I0592924

ROMANS MODERNES

JOURNAL BI-MENSUEL

SOMMAIRE :

Les Batailles de la Vie

PAR

GEORGES OHNET

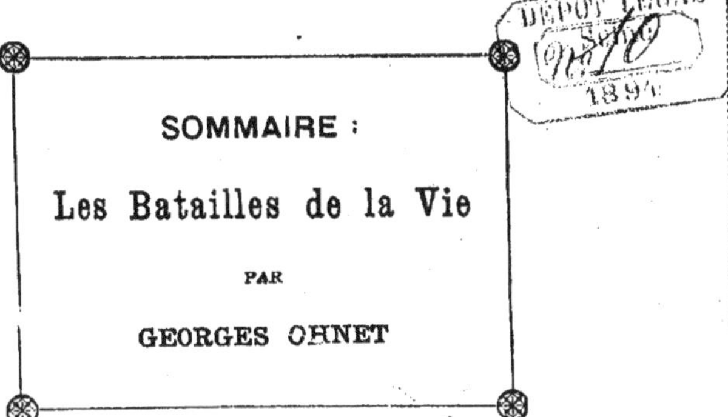

Prix de l'Abonnement : **90** Centimes

LE NUMÉRO

RÉDACTION ET ADMINISTRATION :

41, RUE DENFERT-ROCHEREAU, 41

(Anciennement, 134, Faubourg Poissonnière)

PARIS

DERNIER AMOUR

I

L'hôtel de Fontenay-Cravant était en fête. Par le vaste escalier de
bois sculpté, décoré de splendides tapisseries, d'après le Don Qui-
chotte de Coypel, et éclairé à la lumière électrique, lentement, les
dames en grande toilette, les cavaliers en culotte courte, montaient,
avec un murmure de joyeux propos échangés. Du haut de la galerie,
un groupe d'invités, appuyés aux balustres de marbre rare, comme un

jury d'élégance, examinait le défilé brillant : jeunes femmes luxueusement parées, laissant flotter, avec une grâce experte, leurs traînes
de soie ou de velours, balançant, en des mouvements gracieux, leurs
têtes aux cheveux d'or ou de jais, coiffées de fleurs et de diamants ;
jeunes hommes souriants, au maintien compassé, à l'allure précise
et exercée, dont les habits noirs rehaussaient l'éclat des robes claires
et des blanches épaules. Au haut des degrés, devant la large ouverture par laquelle les salons étincelants de lumière apparaissaient, la
comtesse de Fontenay se tenait, superbe et affable, accueillant ses
hôtes la main tendue, le regard rayonnant, d'aimables paroles sur les
lèvres. Sa beauté, qui avait été célèbre, s'épanouissait dans une
admirable maturité. Sa robe de velours noir, relevée sur un tablier de
satin broché, faisait valoir ses élégantes épaules et ses bras de marbre.
Un collier de perles, seul bijou qu'elle eût mis ce soir-là, entourait
son cou délicat, qui supportait avec fierté sa tête pâle, éclairée par des
yeux gris d'une exquise douceur. Sa chevelure brune, ornée d'un seul
piquet de roses, avait toujours cette ondulation harmonieuse qui, au
temps de sa glorieuse jeunesse, encadrait si bien son front hardi. A
peine quelques fils d'argent brillaient à ses tempes, autour de l'oreille,
annonçant que la grande dame avait passé la quarantaine, cet
automne de la vie où les beaux jours encore nombreux sont cependant
déjà voilés d'une ombre de mélancolie.

Entourée d'un état-major mondain, composé d'hommes que leur
naissance, leurs talents ou leur fortune mettaient hors de pair, depuis
deux heures elle était debout, faisant à ses invités les honneurs de sa
maison. Cependant, comme elle venait d'échanger quelques paroles
avec l'ambassadrice d'Autriche, et de la conduire jusqu'à l'entrée des
salons, un jeune homme, très élégant et charmant de figure, s'approcha vivement, et, parlant bas, avec un air de gracieuse familiarité :

— Comtesse, est-ce que vous savez où est Armand ? demanda-t-il.
Depuis un quart d'heure je le cherche dans l'hôtel, sans pouvoir le
trouver...

— Mais je ne l'ai pas vu de la soirée, dit Mme de Fontenay. Je
pense qu'il surveille les derniers apprêts de la représentation...

— Non pas. Je viens des coulisses... Mme de Jessac, à qui on a
fait une coupure dans son rôle, voudrait avoir un raccord avec
Armand, et nous ne savons pas ce qu'il est devenu... Un Dieu, jaloux
de ses succès, l'a peut-être enlevé !... A moins que ce ne soit le
directeur de la Comédie-Française.

Le beau garçon riait. Mais le front de la comtesse s'était assombri. Une sourde inquiétude avait troublé son cœur, sans motif et
sans raison ; car où son mari pouvait-il être, sinon enfermé au fond
de son appartement, occupé à mettre la dernière main à sa toilette,
en relisant le rôle qu'il jouait dans la pièce nouvelle du marquis de
Riva, dont la première allait se donner devant l'auditoire d'élite
rassemblé dans les salons.

— Je ne puis m'éloigner d'ici, vous le voyez, dit Mme de Fontenay, en montrant de son éventail les groupes qui se formaient au
haut de l'escalier, attendant pour la saluer. Cherchez encore, mon
cher Paul, et venez, tout à l'heure, me rendre compte...

Elle s'avança vers ses hôtes, d'un pas rapide qui fit bruire sa traîne
de soie. Le jeune baron de Cravant souleva une portière de satin
brodé, masquant un passage, et entra dans les appartements particuliers qui servaient de coulisses au théâtre dressé au fond du grand
salon. Dans le boudoir de la comtesse, le jeune premier de la troupe
mondaine, Hector Firmont, livrait sa tête aux soins éclairés de
Pontet, le coiffeur sans rival pour maquiller habilement un visage,
faire une tête de barbon à un jeune homme, ou une tête d'amoureux
à un vieillard. L'acteur de société, très inquiet d'une légère chaleur
au larynx, avait envoyé chercher un gargarisme chez le pharmacien
le plus proche, et, toutes les dix minutes, lotionnait ses cordes
vocales avec la potion secourable.

Dans le cabinet de toilette de la comtesse, Mme de Jessac, la diva
qui joue avec le brio de Chaumont et chante avec le charme de
Judic, achevait de mettre le premier costume de son rôle à travestis-
sements. On l'entendait, à travers la porte, jeter à sa femme de
chambre de nerveuses objurgations, coupées par de brillantes
roulades préparatoires.

— Joséphine, faites donc attention, vous me sanglez, je ne pourrai pas respirer... Ah! ah! ah! ah! ah! A-a-a-a-ah! Vous voyez comme le son est étouffé... Desserrez un peu... Ah! ah! ah! a-a-a-a-a-ah!... Je crois que je serai en voix... Eh! vous m'entrez une épingle dans le dos.

Un rire perlé accueillit ce cri de détresse. C'était la jolie Mme Trésorier qui, dans la chambre voisine, séparée seulement par une portière, se promenait en cambrant devant la psyché sa fine taille de soubrette.

— Vous riez, méchante, dit Mme de Jessac... On voit bien que vous êtes sûre de vous, et que vous savez d'avance que vous aurez du succès!

— Nous en aurons tous! Car, pour dire vrai, nous sommes admirables! Eh! qui vient là? On n'entre pas!

Cette exclamation effrayée était motivée par une tentative, faite du dehors, pour ouvrir la porte de la chambre.

— N'ayez pas peur; ce n'est que moi! dit la voix rieuse du baron de Cravant.

— Comment! ce n'est que vous! s'écria Mme Trésorier, mais c'est beaucoup trop! Voulez-vous bien fermer...

— Mais si je ferme, je ne peux plus parler, et, si je ne parle pas, vous ne saurez pas ce que j'ai à dire...

— C'est assez juste. Eh bien! Entrebâillez, mais ne regardez pas...

— Pourquoi! Vous êtes très convenable... Vous êtes en corset et en jupon.

— Comment le savez-vous?

— Tiens! Et la psyché!

— Oh! l'horreur!

Mme Trésorier s'élança vers la porte du cabinet de toilette, se cachant à demi derrière le panneau de satin qui la couvrait :

— Maintenant, demandez ce que vous voulez savoir.

— Armand n'est pas ici, par hasard?

— Comment ici? Le comte? Pendant que je m'habille? Ah! ça,

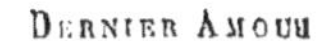

JAMES, ARRANGEZ-VOUS POUR QU'ON IGNORE MON ABSENCE (PAGE 8

vous êtes fou ! Louise, vous entendez ce que M. de Cravant ose me dire ?...

— Oui, c'est un insolent, fit Mme de Jessac... Ah ! ah ! ah ! a-a-a-ah ! Mais je voudrais qu'on retrouvât le comte, car il serait bien utile de nous entendre sur notre nouveau jeu de scène, avant de commencer la représentation.

— Eh bien ! il a fui comme une ombre...

— Mais en disant : Je reviendrai ?

— Je l'espère... Tout porte à le croire... Cependant c'est fort extraordinaire !... J'ai fouillé l'hôtel... Un dernier espoir était qu'il fût avec vous...

— Encore !

— Bah ! Entre camarades !... L'art excuse tout !

— En tout cas, il ne vous excuse pas, vous, qui n'êtes pas comédien, mais simple avertisseur... Allons, filez...

— Dieu ! que ces femmes de théâtre sont désagréables ! s'écria le baron de Cravant avec un éclat de rire. Il referma la porte et, pour la seconde fois, se dirigea vers l'appartement du comte. Il ouvrit une porte et entra dans un cabinet de travail luxueux et sévère, meublé de noyer sculpté, tendu de vieilles tapisseries. Le plafond à poutres apparentes était divisé en caissons, à fond alternativement bleu et rouge, frappé de trèfles d'or. Aux quatre angles, les armes de Fontenay-Cravant : la tour d'or au maure de sable, avec cette devise : « *Fontes n'ay*, » en souvenir de ce Cravant qui, à la bataille de Moncontour, renversé par les reîtres huguenots, remonta sur son cheval démuni de sa selle brisée et chargea ainsi, à cru, toute la journée. Sur une table de milieu, qui servait de bureau, des papiers étaient épars. Les lampes étaient baissées et une demi-obscurité régnait dans la pièce. Au fond, par une porte entr'ouverte, une raie de lumière passait, et un bruit de pas annonçait que quelqu'un se trouvait là. Du cabinet, le baron de Cravant demanda tout haut :

— Armand, est-ce toi qui es dans ta chambre ?

Les pas se rapprochèrent, et le domestique du comte parut, vêtu de noir, sérieux et solennel.

— C'est vous, James?... Est-ce que mon cousin n'est pas chez lui? J'y suis venu déjà deux fois, et n'y ai trouvé personne.

La figure du serviteur prit une gravité soudaine ; il baissa les yeux, comme s'il craignait d'être trop communicatif, et marmotta entre ses dents, en anglais, quelques paroles incompréhensibles.

— Qu'est-ce que vous racontez là? reprit vivement le baron de Cravant. Tàchez de vous expliquer avec plus de clarté.

Le valet de chambre fit le gros dos, montra une face morne et impassible, et garda le silence.

— Ah! çà, vous commencez à me donner des inquiétudes, s'écria le jeune homme. Que signifie votre attitude?... Je vous sais dévoué à votre maître... Lui est-il arrivé quelque chose?... Voyons!... C'est la comtesse qui m'a chargé de m'informer...

Le domestique eut un geste de dénégation, mais ne prononça pas une parole. Impatienté, le baron passa devant lui et pénétra dans la chambre à coucher. Là, tout était préparé pour la toilette du maître de la maison. Le pantalon noir, le gilet blanc, l'habit, étaient rangés avec symétrie, sur le lit étroit et bas. Une petite table portait la chemise garnie de ses boutons d'or, la cravate, le mouchoir et des gants.

M. de Cravant jeta un rapide coup d'œil autour de lui, vit le cabinet de toilette vide et dans un ordre parfait. Il eut la certitude qu'à l'heure où il aurait dû ne songer qu'à ses invités, le comte de Fontenay était absent de chez lui, à l'insu de sa femme : il pressentit quelque grave mystère et, se tournant vers le serviteur qui l'avait suivi et se tenait silencieux devant la fenêtre :

— Il est sorti, dit-il avec fermeté, quand cela?

Le valet de chambre comprit qu'il n'y avait plus à tergiverser et, se décidant à parler :

— M. le comte est sorti, il y a deux heures...

— Et comment?

— Tout seul; à pied.

— Quels vêtements portait-il?

— Ceux qu'il avait dans la journée

— Que s'était-il passé qui pût l'obliger

— M. le comte s'apprêtait à s'habiller, quand il a reçu une dépêche, un petit télégramme bleu... Il l'a lu, a poussé une exclamation, s'est écrié tout haut : « Il faut que j'y aille. » Il a pris son chapeau, son paletot de fourrure, et, au moment de descendre par l'escalier qui dessert le cabinet de toilette, il m'a dit :

— James, arrangez-vous pour qu'on ignore mon absence. Je serai ici dans une heure et demie, au plus tard. Et il est parti... Il était neuf heures.

— Ainsi, il y a deux heures maintenant.

— Il y a deux heures. M. le baron comprendra pourquoi j'ai essayé de gagner du temps, sans donner d'explications, et voudra bien m'excuser de ne lui avoir pas répondu tout de suite.

M. de Cravant fit de la tête un signe approbateur. Il marcha nerveusement, en tirant sa longue moustache blonde d'un air préoccupé. Il pensa à aller retrouver Mme de Fontenay, pour l'avertir de ce qui se passait. La crainte de l'inquiéter le retint. Il s'accouda à la cheminée, se demandant à quelle résolution il devait s'arrêter. Il était impossible que la situation se prolongeât. Le comte jouait avec Mmes de Jessac et Trésorier, MM. Firmont et Perducières. Avant une demi-heure, il faudrait prendre des mesures. Le public n'attendrait pas indéfiniment. Le jeune homme sentit bouillonner en lui une impatience fébrile. Il se jugea chargé d'une lourde responsabilité. Et, après une dernière hésitation, il se disposait à reprendre le chemin du salon et à prévenir la comtesse, quand un pas léger, accompagné d'un frou-frou de soie, se fit entendre, et Mme de Fontenay parut. Elle était un peu pâle, et ses yeux semblaient noirs sous ses sourcils contractés. Elle s'efforça de sourire et dit :

— Eh bien! est-il prêt?

A ce moment précis, le baron Paul de Cravant, qui avait toujours vécu avec une insouciance et une légèreté complètes, eut l'intuition qu'une crise grave était près d'éclater, à laquelle il serait douloureusement mêlé. Il assigna à l'absence du comte des motifs impérieux qu'il importait de cacher à sa femme. D'instinct, il essaya de couvrir la situation de son cousin, et, affectant un air insouciant :

C'EST LUI, FIT-ELLE, IL REVIENT (PAGE 11)

— Ne vous préoccupez pas, comtesse, dit-il. Armand va être ici dans une minute.

— Il est donc absent?

— Il a été appelé pour un instant. Oh ! rien de sérieux...

Les lèvres de la comtesse blanchirent et un léger tremblement agita ses mains. Elle fit cependant bonne contenance et sourit en demandant :

— Appelé ! mais par qui?

Son regard parcourut rapidement la chambre. Elle vit la toilette préparée, le valet de chambre troublé. Elle eut la certitude qu'on la trompait. Une angoisse affreuse la bouleversa ; elle pensa à un duel, à quelque horrible aventure menaçant la vie de son mari. Elle fit un pas rapide en avant; elle venait d'apercevoir dans la cheminée une petite boule de papier bleu : le télégramme froissé et imprudemment jeté par le comte avant de partir. Elle s'arrêta, ayant honte de ramasser ce papier, de le déchiffonner et de le lire devant le domestique, et, se tournant vers lui :

— James, allez, je vous prie, dire à M. Firmont qui s'impatiente, qu'on ne lèvera pas le rideau avant un grand quart d'heure... Vous ferez prévenir aussi Mme de Jessac...

Le valet de chambre s'inclina et sortit. A peine était-il hors de la chambre que, sans souci de Cravant, elle fondit sur le papier bleu, l'ouvrit, le lissa avec sa main gantée et, s'approchant de la lumière, elle dévora ces lignes : « Ma tante est gravement malade. Venez sans perdre un instant. Je me meurs d'inquiétude. — LUCIE. »

Les yeux de Mme de Fontenay devinrent fixes, la respiration s'arrêta dans sa gorge, une chaleur insupportable lui brûla la poitrine. Elle fit entendre une plainte sourde et, les jambes cassées, elle se laissa tomber sur un fauteuil. Elle resta là, immobile, la tête penchée, en proie à une horrible torture morale. En une seconde, tout s'effondrait autour d'elle : sa sécurité morale disparaissait, son bonheur était anéanti. Elle ne pouvait plus rien espérer de l'avenir, et elle avait tout à craindre du passé. Lucie ! Ce nom de femme, éclatant, inattendu, comme un coup de tonnerre, au milieu de sa vie sereine, quelle mystérieuse rivale le portait? Depuis combien de temps Armand la connaissait-il? Quelle irrésistible domination elle exerçait sur lui, pour l'avoir forcé à quitter sa maison pleine d'amis, sa femme parée et rayonnante, à déserter enfin tous ses devoirs d'époux, de maître, et l'entraîner, dans la nuit froide et noire, vers un but ignoré? Quel intérêt il portait à cette jeune femme, quelle tendresse il avait pour elle, quelle obéissance aveugle il lui avait vouée, puisqu'à son premier appel d'alarme, il abandonnait tout ce qui n'était pas elle, et courait, indifférent à ce qu'il laissait derrière lui. Lucie!... Pour la première fois, ce nom traversait sa pensée comme une flèche aiguë. Elle en trouvait la consonnance redoutable. Elle en étudiait la composition et une forme suave, radieuse, jeune, surgissait devant elle, voilée comme par une vapeur qui en laissait la beauté indécise. Mais elle la jugeait belle. Comment, si elle n'eût pas été adorable, Armand...

A cette conclusion si cruelle, des larmes coulèrent de ses yeux, et des sanglots, qu'elle ne pouvait plus contenir, débordèrent sur ses lèvres. La fière grande dame resta le visage découvert, dédaignant de s'abriter derrière ses mains étendues, offrant au baron de Cravant le sublime spectacle d'un désespoir qui ne gardait aucun ménagement hypocrite et, sans autre préoccupation que sa cause même, s'abandonnait incurable et profond.

Le jeune homme, très troublé, fit un mouvement d'affectueuse pitié vers Mme de Fontenay ; elle l'arrêta d'un geste :

— Non, non, laissez, Paul ; cela me fait du bien.

Une question brûlait la bouche du baron. Il eût voulu savoir ce que contenait le mystérieux télégramme. Il n'osa pas le demander. Cette simple et réelle douleur lui imposait. Il avait vu souvent pleurer des femmes ; jamais avec cette saisissante fierté. Il était difficile de prodiguer des consolations à une telle tristesse. Il eût été plus aisé de maudire celui qui en était l'auteur. Comme il restait là, assez embarrassé de son attitude et hésitant à parler, un pas rapide dans l'escalier fit tressaillir la comtesse. Elle se leva vivement, le visage rayonnant d'une joie subite :

— C'est lui, fit-elle, il revient!

Cet : « Il revient » contenait tout un monde d'espérances soudainement ranimées. Peut-être Mme de Fontenay avait-elle eu, pendant un instant, la crainte que son mari ne fût parti pour toujours. Elle vit dans ses mains le télégramme tout ouvert, elle le froissa vivement et le rejeta dans la cheminée ; puis, faisant un geste d'autorité au baron :

— Qu'il ne se doute pas que je suis venue ici... Qu'il ne sache pas que j'ai lu cette dépêche... Vous m'entendez bien, Paul, pas un mot... je ne vous le pardonnerais de ma vie !

Et comme une ombre, elle disparut dans l'obscurité du cabinet de travail. Au même moment, essoufflé et se hâtant, le comte entra dans la chambre. Il fronça le sourcil en apercevant son cousin, lui serra la main machinalement, avec un : « Tiens ! tu es là, » très ennuyé ; puis, jetant sa pelisse et son chapeau, enlevant sa jaquette, il cria :

— James ! Allons, vivement ! Diable ! il est onze heures passées... Où en est-on ?

Le valet de chambre revenait. Il parut étonné de ne pas retrouver Mme de Fontenay dans la chambre. Il lança un regard furtif du côté de M. de Cravant ; mais, habitué à tout voir et à tout entendre sans faire une observation, il baissa la tête et s'occupa de la toilette de son maître. Le baron répondait à la question posée par son cousin :

— On en est, parbleu, à t'attendre. Il y a beau temps que Firmont piétine, dans l'énervement d'une venette intense. Quant à Mme de Jessac, elle te réclame à grands cris...

Le comte eut un geste de mécontentement :

— Ah ! une insupportable affaire, qui m'est tombée sur la tête, au moment où je m'y attendais le moins, et qui m'a forcé à m'absenter pour une heure... Oh ! rien qui me touche personnellement...

Comme il terminait ce beau mensonge, de l'air le plus tranquille, son regard tomba sur la petite boule bleue rejetée par la comtesse avant de s'éloigner. Il eut un sourire de satisfaction en la retrouvant à la place où il l'avait si imprudemment lancée dans la précipitation de son départ. Ce papier lui avait, depuis deux heures, causé du souci, et il s'était violemment reproché la légèreté avec laquelle il l'avait laissé à la portée d'une main indiscrète. Il choisit dans une coupe, sur la cheminée, une cigarette, se baissa d'un air indifférent, ramassa le papier compromettant, l'ouvrit, constata que c'était bien le même, le plia en long, et, le plaçant au-dessus d'une des lampes, il l'enflamma et s'en servit pour allumer sa cigarette ; puis il le laissa brûler jusqu'au bout et en froissa sous son pied les cendres noires.

— Là, dit-il, avec un soupir qui éparpilla au plafond une bouffée de fumée blanche. Sais-tu ce que tu ferais si tu étais un ange? dit-il à Paul de Cravant. Tu prendrais mon rôle qui est sur la table, et tu me ferais repasser mon rôle...

— Tu le sais sur le bout du doigt...

— N'importe! Au dernier moment, c'est une bonne précaution.

— Eh bien! voyons...

Le baron prit le cahier de papier, sur la couverture duquel se lisait, écrit en belle ronde, le titre de la pièce : l'*École d'application*, et plus bas le nom du personnage : *Octave de Margency;* l'ouvrit et donna la première réplique. Le comte répondit, allant et venant de son cabinet de toilette à sa chambre, s'habillant avec rapidité. C'était un homme d'une quarantaine d'années, aux cheveux châtains frisés, au visage coloré, éclairé par des yeux bleus frangés de cils noirs ; de chaque côté de sa bouche, de longues moustaches blondes pendaient comme celles des guerriers gaulois, encadrant un menton carré qui donnait à sa physionomie beaucoup d'énergie. Grand et mince, d'une tournure charmante, Armand de Fontenay paraissait à peine trente ans. Son élégance était admirée de tout Paris. Ancien capitaine d'état-major, officier d'ordonnance du maréchal de Mac-Mahon, puis attaché militaire à Vienne, le comte Armand s'était éloigné de l'armée lorsque son ancien chef avait quitté le pouvoir.

Riche de sa fortune personnelle et de celle de sa femme, la belle princesse de Schwarzbourg, qu'il avait épousée pendant son séjour en Autriche, il menait grand train et sa maison passait pour une des plus agréables du faubourg Saint-Germain. Allié aux plus illustres familles de France, en rapport par la comtesse avec la plus brillante aristocratie étrangère, il avait su, en quelques années, devenir un des arbitres du goût, un des maîtres du bon ton. Ses équipages étaient cités comme des modèles. Sa tenue était copiée par la jeunesse élégante. La coupe de ses vêtements était indiscutée et la couleur de ses gants, la forme de ses cravates, faisaient loi.

Il était, en dépit de cette suprématie mondaine, d'une simplicité et d'une grâce exquises. Sa souveraineté lui était venue sans qu'il fît rien pour l'obtenir. Parce qu'il était beau garçon, bien tourné, très poli et fort spirituel, incarnant, en sa personne, toutes les qualités solides et tous les défauts brillants de la race française. Il semblait un survivant du xviii° siècle, oublié par les guillotinades de la Convention, les massacres glorieux de l'Empire, les révolutions successives de la monarchie et les hécatombes de la dernière guerre. Sous l'habit de satin clair et la culotte courte, avec le talon rouge et la poudre, il eût fait merveille à la cour de Versailles. Sous la redingote noire, à revers de soie, un gardénia à la boutonnière, avec sa grâce aisée et souriante, il était, à la fin du siècle, dans le Paris moderne, le roi de la Mode.

Ce beau garçon avait une gaieté et un entrain inimaginables. Il conduisait le cotillon jusqu'à l'aube, sans paraître en éprouver la moindre fatigue, et, pour se remettre, il prenait une douche et montait à cheval. L'air vif du Bois le ranimait; il rentrait pimpant, frais, animé, déjeunait de bon appétit et une sieste de deux heures, dans la journée, lui rendait toute sa vigueur, toute sa verve pour les visites de cinq heures et les obligations mondaines de la soirée. Encore, s'il allait aux Français, le mardi, ou le vendredi à l'Opéra, trouvait-il la force de ne pas dormir et d'applaudir aux bons en droits.

Il s'était mis, depuis deux ans, à jouer la comédie. La première fois, il avait fait preuve de complaisance. Il s'agissait de remplacer un jeune premier de salon, dans le personnage de l'officier de l'*Étincelle*. En trois jours, Armand avait appris le rôle, et, sans effort, avec un naturel parfait, un charme irrésistible, il avait joué, emportant les suffrages d'un auditoire des plus difficiles à contenter. On eût dit que le comte était venu au monde pour tenir l'emploi des jeunes premiers. Tout de suite, il avait su dire juste, marcher adroitement et parler sans faire de gestes. Sollicité par toutes les maîtresses de maison qui cultivent le théâtre pour le divertissement de leurs invités, Armand s'était laissé entraîner à continuer de si heureux débuts. Et sa seconde incarnation, dans un personnage comique, lui avait valu un triomphe. Alors il avait eu une vogue extraordinaire et, pour ne point passer sa vie à jouer la comédie, il s'était vu contraint de faire une vigoureuse défense.

Une fois, deux fois au plus, dans la saison, il consentait à se donner en spectacle. Encore le faisait-il sans plaisir et comme on s'acquitte d'une corvée. Ce soir-là, c'était chez lui qu'il jouait : à son bénéfice, comme il avait dit gaiement aux répétitions. Et tout ce que la haute société parisienne et la colonie étrangère comptent de personnalités marquantes était réuni dans les salons, attendant avec impatience le lever du rideau.

Armand, tout en répétant, soufflé par son cousin, et en s'habillant, aidé par son valet de chambre, demeurait sombre et préoccupé. Il n'avait pas sa liberté d'esprit accoutumée. On sentait qu'il faisait effort pour se distraire des pensées qui le troublaient. Par instants, son front se creusait, et sa voix devenait sèche et nerveuse. Il achevait de passer son habit, lorsque Firmont, grimé en Brésilien, ses moustaches cachées sous une bande de baudruche, coiffé d'une perruque d'un noir de jais, son plastron de chemise orné de diamants énormes, entra avec agitation :

— Eh bien ! comte, y sommes-nous, dit-il : le public commence à s'impatienter...

Il regarda son partenaire, et, poussant un cri de détresse :

— Ah ! mon Dieu ! Mais votre figure n'est pas faite !... Et vous êtes pâle comme un mort !... Qu'avez-vous ? Êtes-vous souffrant ?

— Non, je suis très bien. Un peu de rouge, il n'y paraîtra plus.

Il passa la patte de lièvre que lui tendait son valet de chambre sur sa joue qui, en effet, était livide. Et, grâce à cette coloration factice, il redevint tel qu'on le voyait d'habitude : animé et brillant.

— On commence l'ouverture, dit une voix à l'entrée du salon.

— Bon ! nous voici, répondit Armand.

Il secoua ses épaules, frappa le tapis du pied, et, avec plus d'énervement que de véritable entrain, comme s'il voulait se faire illusion à lui-même, il dit en souriant :

— Allons ! Cravant, passe devant, et nous, Firmont, au triomphe !

Dans le lointain, déjà les accords de l'orchestre se faisaient entendre. Ils arrivèrent au petit salon qui servait de foyer aux artistes et donnait sur le théâtre, dressé au fond de la grande galerie des fêtes de l'hôtel de Fontenay. Mme de Jessac et la baronne Trésorier, rayonnantes dans leurs élégants costumes, attendaient en causant avec Perducières, rendu complètement méconnaissable par sa perruque grise, ses favoris en côtelettes et son ventre de père noble. Firmont, en Américain du Sud, roulant les consonnes, comme les torrents de la savane roulent les rochers, fut accueilli avec des exclamations enthousiastes. Il fallut, pour faire taire ses amis, que le baron de Cravant leur rappelât que, de la salle, on pouvait les entendre. Ils ne se lassaient pas de se regarder, de se congratuler. Mme de Jessac, jolie blonde à taille fine, offrait un décolletage hardi qui devait, du côté des hommes, paralyser toutes les critiques que son jeu pourrait mériter. Elle avait une mouche assassine, si extraordinairement placée dans le creux délicat de la poitrine, que Firmont sentait, sous son fard, des bouffées de chaleur lui monter à la tête. Le marquis de Riva, soulevant une portière qui séparait le foyer du vestibule, s'avança, souriant, vers ses interprètes, et fit une diversion heureuse. Correct et gracieux, avec ses yeux narquois et sa moustache cirée d'ancien officier, il trouvait un mot aimable et spirituel à dire à chacun. Empressé et galant auprès des femmes, avec les hommes amical et reconnaissant.

— Je pense que cela va bien marcher, dit-il au comte. Mme de Fontenay m'a chargé de vous envoyer ses meilleurs encouragements... Ah! voici l'ouverture qui tire à sa fin. Perducières, c'est à vous... Pas d'émotion, du naturel, et tout ira parfaitement... Moi, je retourne dans la galerie pour vous applaudir.

Armand, monté sur l'estrade où se dressait le théâtre, jeta, par une fente du décor, un coup d'œil sur la salle. Sous la clarté de la lumière électrique, dans le rayonnement de leur élégance et de

JE VOUS ARRÊTE, DIT LE VIEUX DIPLOMATE EN PRENANT LE BRAS DU
JEUNE HOMME (PAGE 22)

leur beauté, deux cents femmes assises, en grande toilette, formaient un parterre d'une somptuosité, d'une splendeur, d'une coloration sans pareilles. Les diamants étincelaient, les yeux luisaient, les bouches s'ouvraient dans un sourire, les plumes ondulaient sur les têtes, les dentelles frémissaient autour des corsages, au vent des éventails élégamment maniés, qui palpitaient comme des ailes d'oiseaux énamourés. Une senteur douce et légère flottait, émanation exquise de cette réunion de femmes, parfum délicieux de ces fleurs vivantes.

Mme de Fontenay, au milieu d'un groupe d'intimes, montrait un visage d'une impénétrable sérénité. Elle parlait, avec une présence d'esprit admirable, faisant à tous les honneurs de sa maison, répandant ses plus affables paroles, offrant ses plus charmants sourires. Et pourtant elle avait le désespoir dans le cœur. Frappée en pleine sécurité, en plein bonheur, par la première atteinte de la jalousie, elle souffrait une torture inexprimable et devait la dissimuler. Auprès d'elle, assis dans l'embrasure d'une porte, un vieillard aux cheveux blancs bouclés, au fin regard, à la bouche sarcastique, le marquis de Villenoisy, ancien ambassadeur, qui avait vu naître la comtesse, l'observait sans mot dire, inquiet du son de sa voix changée, de l'éclat fébrile de ses yeux. Comme elle riait avec un peu trop d'éclat, ne pouvant vaincre l'excitation de ses nerfs désespérément tendus, il se pencha et, avec une douceur paternelle :

— Qu'y a-t-il donc, Mina? fit-il. Est-ce que vous souffrez? Vous ne me semblez pas être vous-même ce soir ?

La comtesse leva ses beaux yeux sur son vieil ami, et, arrêtée en plein effort de résistance à la tristesse qui l'accablait, pendant une seconde les traits de son visage exprimèrent un morne accablement. Des larmes vinrent mouiller le bord de ses paupières, aussitôt séchées par le feu dévorant de sa fièvre. Elle reprit promptement possession d'elle-même, agita sa belle tête aux traits purs, fit un geste insouciant avec son éventail, et d'un ton léger :

— Rien, rien, cher baron. Un peu de fatigue... Mais le plaisir fait tout oublier !

Le vieux diplomate hocha la tête d'un air satisfait. Dans sa carrière

il avait pris l'habitude de toujours accepter les raisons qu'on lui donnait, sauf à se faire, en observant, une opinion personnelle. Il aimait
trop Mme de Fontenay pour essayer de la contraindre à des explications qu'elle semblait vouloir éviter. Mais il se promit d'étudier une
situation qui lui paraissait manquer de netteté. Son attention fut d'ailleurs bientôt distraite.

Après un dernier accord du petit orchestre, rangé devant le théâtre,
la toile venait de se lever, et Perducières, bientôt renforcé de Mme Trésorier, avait ouvert le feu du dialogue. Puis, au milieu d'applaudissements, très vifs pour ce public superlativement réservé, Armand
avait paru.

Dès lors, Mme de Fontenay oublia tout ce qui était autour d'elle
pour concentrer son attention sur l'être unique qui comptât pour elle
au monde. Ses regards, fixés sur le visage de son mari, en scrutèrent
les traits avec l'attention du marin qui cherche à l'horizon les signes de
la tempête. Pas une contraction de ses lèvres, pas un pli de son front,
pas un froncement de ses sourcils, ne devaient lui échapper. Là, au
milieu de cette foule élégante, embusquée comme un espion ardent à
découvrir un secret de vie ou de mort, elle tenait Armand à sa merci.

Elle eut une joie atroce à le voir s'avancer vers la rampe, en pleine
lumière, sans protection, sans aucun moyen de détourner l'attention,
seul, livré à sa dévorante curiosité. Elle frissonna en entendant le son
de sa voix fraîche, sonore et charmante, en admirant sa fière et svelte
tournure. Son cœur eut une rapide crispation et une douleur affreuse
la bouleversa, faisant perler à son front une sueur glacée : son mari,
dans son rôle d'amoureux, se montrait éclatant de verdeur et de grâce.
Il ne paraissait pas trente ans. Cette constatation emplit sa pensée
d'une amertume profonde. Par une évocation soudaine, elle se vit
à côté d'Armand, et les indéniables atteintes que l'âge lui faisait
subir s'accusèrent avec une navrante réalité. Il était jeune, lui,
séduisant, fait pour inspirer l'amour, et elle, hélas! ne devait plus
que le ressentir.

La certitude qu'elle était trahie, ou qu'elle allait l'être, la tortura si
cruellement qu'elle dut mordre son mouchoir de dentelle pour ne pas

crier. Un nuage passa devant ses yeux, elle n'aperçut plus rien de ce qui était autour d'elle. Une sorte de somnolence morale la paralysa pendant quelques instants. Elle entendait, comme dans le lointain, les voix des acteurs qui débitaient leur dialogue, mais elle avait perdu la sensation de son être physique.

Ce demi-évanouissement dura peu. Elle se rendit compte de ce qui lui arrivait, elle craignit de se donner en spectacle, de motiver des commentaires, elle retrouva de la force, tendit sa volonté, et elle réussit à imposer à son visage un air souriant. Elle essaya de s'agiter pour dissiper l'engourdissement qui la tenait encore. Elle prononça tout haut des paroles louangeuses pour les comédiens et frappa de son éventail dans sa main gantée pour applaudir. A ce signal, les bravos éclatèrent.

La comtesse, au milieu de ce joyeux tumulte, se retourna, elle constata que personne n'avait remarqué sa courte défaillance. Elle fut plus tranquille. Pour cette âme énergique, la pensée que ses peines auraient pu être devinées et servir d'aliment à la malignité envieuse était insupportable. La certitude que son secret n'appartenait qu'à elle seule lui fit du bien. Elle suivit avec attention les péripéties de la pièce, qui se déroulait pimpante et légère au milieu des murmures approbateurs. Elle trouva de l'agrément à ce spectacle ; ce fut comme une trêve au milieu de ses angoisses. Elle se refusa à réfléchir, elle se laissa aller à l'impression tout extérieure de ce plaisir fugitif éprouvé. Elle eut ainsi, pendant une heure, un rayonnement du visage qui donna le change à tous ceux qui la connaissaient le mieux.

Armand, aussi troublé intérieurement que la comtesse l'était elle-même, apercevant au milieu de l'auditoire la figure souriante de sa femme, ressentit un immense soulagement. Elle ne se doutait certainement de rien. Sa fugue avait passé inaperçue, et il n'était point sous le coup d'explications périlleuses. Il eut un si vif mouvement de joie que sa physionomie, jusque-là un peu morne, s'éclaira. Il lança un tendre coup d'œil à la comtesse et joua pour elle, lui adressant tous les effets de son rôle, cherchant son approbation, établissant, entre elle et lui, au milieu de cette assistance, une communication secrète.

Il fut charmant, on eût dit qu'il mettait une coquetterie particulière à triompher, ce soir-là, plus brillamment encore que d'habitude.

Il avait voulu plaire et il y avait réussi. La toile descendit devant la rampe au milieu des acclamations. Ce public mondain, si difficile à échauffer, une fois parti ne voulut plus s'arrêter. Les rappels succédèrent aux rappels, ramenant sur le petit théâtre les acteurs riants et ravis. Puis l'assistance se leva en désordre, et au murmure flatteur des compliments adressés à la comtesse, parmi les conversations de tous ces gens habitués à se voir chaque jour, à se retrouver chaque soir, la galerie des fêtes se vida peu à peu, et la salle à manger, où le buffet était dressé, fut envahie. Les acteurs, ayant changé de costume et enlevé leur fard, étaient venus se mêler aux spectateurs, et, entourés, pressés, recevaient les félicitations qu'ils reportaient à leur auteur. Armand, redevenu complètement maître de lui, passait de groupe en groupe, répandant sa verve piquante et aimable. Le baron de Cravant, dégagé du souci d'assurer les entrées des comédiens et libre de s'occuper d'autre chose que du manuscrit de la pièce, examinait le comte et la comtesse, et, les voyant si calmes, si gais, se demandait s'il n'avait point rêvé. Cette scène rapide, drame précédant la comédie, n'avait-elle pas eu lieu dans la chambre d'Armand? N'avait-il pas vu Mme de Fontenay pleurer, en constatant l'inexplicable absence de son mari? Il avait encore dans l'oreille la voix de sa cousine lui disant, avant de s'éloigner : « Pas un mot! Qu'il ne sache pas que je suis venue ici ; qu'il ne se doute pas que j'ai lu cette dépêche!... » Car elle savait ce que le télégramme bleu contenait, et lui, Cravant, ne le savait pas. Était-ce une affaire d'argent, ou une affaire de cœur qui avait contraint si inopinément le comte à quitter sa maison, lorsque sa présence y était si indispensable? Un sourire de doute passa sur les lèvres de Cravant. De l'argent? Avec la fortune énorme que possédait Armand, c'était impossible! Il ne jouait pas. Alors, une femme? Quelque aventure galante?

Le baron agita silencieusement la tête. Le comte n'aimait-il pas sa femme? Leur étroite intimité, après dix ans de mariage, faisait l'étonnement de tout leur entourage. Dans cette société, si prompte aux

scandaleux racontars, aux cancans effrontés, jamais un mot n'avait été
dit ni sur Armand ni sur la comtesse. Au vu et au su de tout le monde,
c'était un ménage exemplaire. On n'en eût pas trouvé un second pareil
dans leur monde. Alors, ni pour affaire d'argent ni pour affaire de
cœur? Et pourtant ce devait être sérieux. Une personne intelligente et
forte comme Mme de Fontenay n'aurait pas été bouleversée pour une
vétille. Il y avait donc une aventure mystérieuse et grave qui mettait
en danger le bonheur de la comtesse. Et Armand, riant, causant, faisant l'agréable, au milieu d'un cercle de jeunes femmes, ne paraissait
pas le moins du monde inquiet.

A la vérité, il ignorait la découverte faite par sa femme et la
connaissance qu'elle avait de la cause de son absence. Le baron Paul
fut ému à la pensée des périls courus par son cousin. La partie entre
Mme de Fontenay et Armand s'entamait vraiment trop inégale.
L'homme était sans défiance, désarmé; la femme était prévenue et
prête à profiter de la moindre faute. Cravant se demanda s'il ne devait
pas prendre sur lui d'avertir le comte. Non pas lui révéler ce qui
s'était passé, mais lui en dire assez pour l'engager à être prudent. Il
équilibrait ainsi les chances et rendait la lutte moins dangereuse. Il
marcha dans la direction du comte, et déjà il levait la main pour lui
toucher l'épaule et lui faire signe de le suivre un instant à l'écart.
Mais il n'eut pas le temps d'exécuter son projet, un bras se glissa
sous le sien et comme, étonné, il se retournait, il vit près du sien le
visage souriant et spirituel du marquis de Villenoisy :

— Je vous arrête, dit le vieux diplomate en pressant le bras du jeune
homme; une belle dame qui désire vous parler m'en a donné l'ordre.

Il attira Cravant très déconcerté et, le conduisant auprès de Mme
de Fontenay :

— Voici votre homme, ma chère Mina, dit-il. Je le remets en vos
mains.

Il s'éloigna laissant le baron et la comtesse en présence. Le visage
de la grande dame perdit en un instant sa gaieté de commande et
devint grave et triste :

— Qu'alliez-vous faire, Paul? demanda-t-elle. Me trahir?... Oh! ne vous en défendez pas. Je n'ai pas cessé de vous observer depuis que vous êtes entré dans le salon, et j'ai lu vos pensées sur votre front. Vous ne pouvez pas me tromper. Vous alliez prévenir mon mari.

— C'est vrai.

— Malgré votre promesse?... C'est mal.

— Dois-je donc l'abandonner à tous les risques qu'il peut courir? Oh! je ne sais ce qui se passe... Il ne m'a fait aucune confidence... Mais peut-être êtes-vous l'un et l'autre exposés à un malheur. Qui sait si un mot dit par un ami, en ce moment, ne suffirait pas pour l'arrêter, pour le faire revenir en arrière... Vous savez que je vous aime tendrement l'un et l'autre... Voyons! comtesse, laissez-moi essayer...

— Non! dit Mme de Fontenay d'une voix sourde, il est trop tard... J'en sais trop pour pouvoir retrouver la tranquillité, même après les plus sérieuses promesses... Il faut, voyez-vous, maintenant que je connaisse la vérité tout entière... Et c'est à moi seule que je réserve le soin de la chercher... Une seconde fois, donnez-moi votre parole de ne pas prononcer un mot qui puisse éclairer mon mari.

— Dans quelle situation me mettez-vous?... Je vais donc vous le livrer?

— Non! Entre nous, vous resterez neutre. Le hasard vous a mis sur la trace du secret... Oubliez ce que vous savez... C'est tout ce que j'exige de vous.

— Soit, fit M. de Cravant avec tristesse.

Il s'inclina devant la comtesse, alla serrer la main d'Armand et partit.

Les intimes seuls s'attardaient encore. Peu à peu ils s'éloignèrent et le comte et la comtesse demeurèrent seuls, dans leurs salons, splendidement éclairés, maintenant déserts. Cette solitude somptueuse, ces vestiges de la fête finie, impressionnèrent vivement Mme de Fontenay; elle y vit le tableau de son existence future. Les jours heureux et brillants n'étaient-ils pas terminés pour elle, n'allait-elle pas connaître la solitude et l'abandon? Elle fut prise d'un ardent désir de questionner son mari, de tâcher de deviner dans ses regards, dans ses paroles, la vérité encore obscure. Elle alla à lui, comme il revenait de conduire jusqu'au grand escalier le dernier de ses amis, et, s'appuyant à son bras, elle l'entraîna dans le petit salon qui séparait leurs deux chambres et où, ainsi que chaque soir, sur une table, le thé était préparé. Ils s'assirent silencieusement, comme séparés l'un de l'autre par leurs pensées. Au bout d'un instant, la comtesse se tourna vers son mari et, le voyant absorbé :

— Qu'avez-vous, Armand? Il m'a semblé, au début de la soirée, que vous ne possédiez pas votre entrain habituel, et, en ce moment, vous paraissez préoccupé...

Le comte vivement releva sa tête inclinée, sa physionomie redevint souriante, et, se penchant vers sa femme :

— Je suis un peu las, voilà tout; mais je n'ai aucune préoccupation, croyez-le bien...

— Je pense que si vous aviez des ennuis vous auriez assez de confiance en moi pour ne pas me les cacher?

Armand, à ces mots prononcés avec gravité, attacha son regard sur la comtesse. Une ombre d'inquiétude passa sur son front. Il repoussa son fauteuil et, marchant dans le salon, il dit, questionnant, au lieu de répondre :

— Quels ennuis pourrais-je avoir?

La comtesse eut un mélancolique sourire, et très doucement :

— Si vous en avez, en tous cas, je pense qu'ils ne viennent pas de moi.

Armand tressaillit, il s'approcha vivement de la comtesse, lui prit la main et, d'une voix émue :

— Non certes! Vous êtes la meilleure et la plus charmante des femmes; et vous savez bien que j'ai pour vous autant d'estime que de tendresse... Des ennuis, à cause de vous, grand Dieu! Tout ce que j'ai éprouvé de joie et de bonheur m'est toujours venu de vous.

— Alors, votre cœur est toujours le même pour moi?...

Le jeune homme fit un brusque mouvement de surprise.

— Que signifie cette question? demanda-t-il doucement. Seriez-vous à en douter?

Mme de Fontenay saisit, sans répondre, son mari par la main et, le conduisant devant la haute glace qui décorait la cheminée, elle souleva du doigt les cheveux qui entouraient ses tempes et, lui montrant les

LA RIEUSE VILHELMINI DEVINT SUBITEMENT GRAVE (PAGE 34)

fils blancs qui les argentaient, avec un sourire d'une navrante tristesse, elle dit :

— Je suis vieille, mon cher Armand ; vous, vous êtes encore jeune et chaque jour augmente la distance qui sépare votre âge du mien.

Plus vous avancerez dans la vie, maintenant, plus je deviendrai vieille et plus vous resterez jeune. Je n'y puis songer sans une cruelle angoisse. Hélas ! le visage change, mais les sentiments restent immuables. Et ma tendresse pour vous est la même qu'il y a dix ans. Ce soir, en vous voyant sur ce théâtre, j'ai frémi en me disant que vous pourriez me jouer, à moi aussi, la comédie, et que je serais d'abord ridicule et ensuite malheureuse à en mourir.

Armand pâlit et voulut protester ; elle continua avec une véhémence passionnée :

— Oh ! laissez-moi parler... C'est l'heure pour moi de tenir ce langage... Tu sais combien je t'aime !... Eh bien ! ne me fais pas souffrir, ne m'impose pas les tortures de la jalousie, ne fais pas de moi la fable de notre monde. Tu me dois au moins la franchise... Souviens-toi qu'avec toi j'ai été franche et loyale.

A ces mots, qui contenaient quelque grave allusion au passé, une flamme monta au front du comte ; il prit la main de sa femme et, la serrant, il dit, avec une si profonde fermeté d'accent, que toute autre moins prévenue y eût retrouvé la confiance :

— Rassurez-vous ; vous n'avez rien à craindre de moi. Chassez toutes ces idées mauvaises... Je vous aime de toute mon âme.

Il passa son bras sous le sien, la conduisit vers son appartement et, sur le seuil, il dit :

— Allons, il faut aller se reposer. Le sommeil emportera ces folies, et demain vous n'y penserez plus.

Il l'embrassa tendrement, la regarda avec des yeux riants et, traversant le salon, il se dirigea vers sa chambre. A peine eut-il disparu que, se laissant tomber sur un fauteuil, le visage bouleversé, à bout de contrainte, la malheureuse femme donna cours à sa douleur, criant à travers ses sanglots : « Il ment ! Il ment ! » Puis elle se calma et se mit à méditer profondément.

II

C'était à Vienne, pendant les fêtes du nouvel an, à un bal de la cour,
que le comte Armand de Fontenay, nouvellement attaché à l'ambassade, avait rencontré pour la première fois la belle princesse
de Schwarzbourg. Elle entrait, avec un air de joie, dans le petit salon
réservé où se tenait l'impératrice. Le jeune Français, récemment arrivé
de Paris, tenait à être présenté par son ambassadeur et se trouvait à
quelques pas de la souveraine, lorsque la jeune femme s'avança
gracieuse et riante. Il fut témoin de l'accueil amical que reçut la
princesse. Il la vit traitée presque d'égale à égale. Il eut tout de suite
la notion exacte de l'importante situation qu'elle occupait à la cour.
Mais il ne fut impressionné que par sa beauté.

— Est-ce que vous êtes seule ici, ce soir, Wilhelmine ? demanda
l'impératrice.

— Oui, madame ; le prince a dû rester en Bohême, à cause des
élections. C'est le service de Sa Majesté qui le tient éloigné de la cour.
Aucune autre raison n'eût pu le décider à être absent un jour comme
celui-ci.

— Il n'a pas besoin d'apporter ses vœux à l'empereur pour que
nous soyons sûrs de son dévouement, reprit gracieusement l'impéra-

trice. Un vieux serviteur de la monarchie tel que lui n'en est plus à faire ses preuves... Mais à son âge il devrait se ménager... L'hiver doit être rude en Bohême.

— Oui, madame. Quand j'ai quitté le prince, il y avait trois pieds de neige sur les routes... On ne circule plus qu'en traîneau, mais la locomotion est ainsi plus commode et plus rapide.

La conversation devint intime entre la jeune femme et la souveraine, et le comte ne put distinguer le sens des phrases. Mais, en ces quelques mots entendus, il avait appris que la princesse s'appelait Wilhelmine et qu'elle avait pour époux un vieillard. Peu d'instants après, l'impératrice se leva et commença, suivie de ses dames d'honneur, parmi lesquelles était Mme de Schwarzbourg, à faire le tour des salons, disant un mot aimable à tous ceux qui étaient connus d'elle, avant de se retirer dans ses appartements.

Il était une heure du matin et les danses, au son d'un orchestre entraînant, emportaient les couples dans un harmonieux tumulte. La jeune princesse, ayant repris sa liberté, s'était assise au milieu d'un cercle de femmes et assistait gaiement à la fête. Il était impossible de rêver un type de beauté plus accomplie et plus séduisante. Sa taille était élevée et d'une élégance fière. La splendeur de ses épaules de neige était célèbre à la cour. Et elle avait un adorable visage, éclairé par de grands yeux d'une douceur exquise, animé par une bouche aux lèvres rouges et amoureuses. Ses cheveux, d'une couleur châtaine, mélangée de tons de cuivre, étaient relevés au-dessus de la nuque par un peigne en diamants et semblaient prêts à s'échapper pour la couvrir de leurs ondes parfumées. Ses bras ronds, frais et blancs, étaient terminés par des mains patriciennes qui jouaient à l'aise dans des gants de Saxe et maniaient un éventail de plumes timbré d'une couronne princière en émeraudes, rubis et brillants. Très grande, elle avait des pieds tout petits, qui, chaussés de satin, s'agitaient instinctivement au son des instruments de fête, comme aux regrets de ne pas parcourir, légers et gracieux, le plancher des salons de la Burg.

Armand, de loin, admirait cette ravissante femme : il en détaillait toutes les beautés avec le goût d'un connaisseur. Il avait, au premier coup d'œil, reconnu, dans la toilette bleue, garnie de valenciennes, la coupe et le style d'une bonne faiseuse parisienne. Il sut gré à la charmante Autrichienne de cette sympathie française. Il la regarda avec plus d'attention et de plaisir. Il se devina en communauté d'esprit avec la jeune femme et n'eut plus qu'une pensée : se faire présenter à elle. Comme il cherchait une personne de connaissance dans l'entourage de la princesse, et ne voyait que des figures inconnues, il se sentit touché à l'épaule et, se retournant, aperçut son ambassadeur, le marquis de Villenoisy.

Celui-ci était alors dans tout l'éclat de sa carrière. Ayant rempli les fonctions de ministre des Affaires étrangères pendant la difficile période de la Défense nationale, il s'était montré admirable par son habileté et son patriotisme au moment de la discussion des conditions de paix. Ce gentilhomme, ayant oublié, dans l'ardeur de son dévouement, les préventions que sa naissance, son éducation et ses goûts devaient lui inspirer pour les hommes du 4 Septembre, s'était donné avec passion à l'œuvre du rachat de son pays occupé par le vainqueur. Gambetta, qui se connaissait en hommes, avait bien vite apprécié la haute valeur et la scrupuleuse honnêteté de ce diplomate de carrière, et, quoiqu'il fût marquis, attaché de cœur à la dynastie tombée et foncièrement hostile au nouveau régime, il lui avait confié, avec une tranquillité justifiée, les destinées de la France.

Le marquis de Villenoisy était celui qui, avec M. Pouyer-Quertier, avait le plus contribué à obtenir du vainqueur des conditions acceptables. Il s'était attiré ainsi la haine de M. Thiers, qui n'aimait pas qu'on rendît auprès de lui des services éclatants. Mais il avait conquis une renommée qui devait le suivre en Europe jusqu'à la fin de sa vie. Actuellement, ambassadeur de France à Vienne, il y était traité non comme un étranger de distinction, mais presque comme un compatriote. Son père, émigré avec le comte d'Artois, avait vécu à Vienne pendant vingt ans et y avait contracté de solides amitiés. La situation du marquis y était donc exceptionnelle. Traité amicalement par l'empereur, qu'il avait connu fort jeune, lié par la parenté avec plusieurs grandes familles autrichiennes, il jouissait d'une importance toute particulière à la cour et y était accueilli avec une déférence affectueuse.

Depuis un instant, engagé, à l'entrée du salon, dans une conversation professionnelle avec le ministre de Bavière, il laissait errer ses yeux sur la réunion brillante qui attirait l'attention du comte Armand. Répondant à son interlocuteur par quelques phrases vagues, il avait rompu l'entretien et s'était approché du jeune officier.

— Qui regardez-vous ainsi, capitaine? dit le diplomate, avec un sourire.

— Mais ces charmantes femmes, Excellence, répondit Armand. Je savais que les Viennoises avaient une réputation de beauté, mais je ne la croyais pas aussi méritée.

— Et laquelle de ces dames a eu les honneurs de cette galante constatation ?

Une ravissante princesse que vous voyez assise près de la cheminée... Tenez, elle rit, en ce moment, avec un air de candeur adorable.

— Ah! c'est ma jeune amie, Mme de Schwarzbourg, dit l'ambassadeur, en approuvant d'un signe de tête le jeune homme. Vous avez raison... C'est une des personnes les plus accomplies que je connaisse... Sa mère, la baronne Berzépébus, était encore bien plus charmante! Je me la rappelle au sacre de l'empereur et roi... Elle effaçait par sa beauté toutes les femmes de la cour, et il y avait là des Hongroises et des Moraves admirables... Ah! mon cher ami, si vous aviez vu cela!... mais je radote! Si vous aviez vu cela, vous auriez mon âge et je ne vous en féliciterais pas. Allez, il vaut mieux pour vous admirer la fille que la mère!

— Vous avez dit, Excellence, reprit le comte, en parlant de la princesse : Ma jeune amie... La connaissez-vous donc intimement!

— Depuis sa plus tendre enfance. J'ai été amoureux fou de Mme de Berzépébus vers 1846... C'était une femme d'une haute vertu. Elle se moqua doucement de moi et je devins son ami... Voulez-vous que je vous présente à la princesse? Vous lui ferez la cour, comme je l'ai faite à sa mère, elle se moquera aussi de vous et vous deviendrez son ami à votre tour.

— Présentez-moi, Excellence, je vous en serai reconnaissant.

Le marquis de Villenoisy était certainement un diplomate de premier mérite, mais il était un médiocre observateur. Faire la moindre comparaison entre un secrétaire d'ambassade, avarement traité par la nature sous le rapport des avantages physiques, et le comte Armand de Fontenay, un des plus élégants cavaliers de l'aristocratie française, c'était s'exposer à un mécompte. Mais on peut s'entendre admirablement à remanier la carte de l'Euro pe et ne faire que des écoles sur la carte du Tendre. Dès le premier instant où ils furent mis en présence l'un de l'autre, la princesse et le comte annoncèrent par leur trouble qu'entre eux tout devait être sérieux. La rieuse Wilhelmine devint subitement grave, et le hardi capitaine se montra interdit. Il fallut qu'ils fissent effort pour parler. On eût dit qu'ils ressentaient une soudaine oppression, comme s'ils se trouvaient dans un des moments les plus importants de leur vie.

Au bout de quelques minutes, Armand, désireux de mettre fin à cette gêne, se rappela l'impatience involontairement manifestée par les petits pieds de la jeune femme et demanda une valse, qui lui fut accordée. Alors, parmi ces Autrichiens, qui passent, à juste titre, pour des valseurs extraordinaires, le triomphant conducteur de cotillons du faubourg Saint-Germain montra une autorité, une puissance, une virtuosité tellement supérieures qu'on se pressa pour le regarder tourner au milieu du salon, guidant sa danseuse de façon à faire valoir la souplesse de sa taille, la grâce de sa toilette, la mettant en valeur, comme un écuyer habile présente un pur-sang de grand prix.

Emportée par le plaisir de la valse, les yeux éblouis par les feux des lustres, se sentant enlevée par un bras vigoureux, la princesse se donnait tout entière à l'enivrement de tourner dans un mouvement cadencé, au bruit des instruments sonores. Elle ne regardait pas autour d'elle, elle ne pouvait se rendre compte de la curiosité admirative excitée sur son passage. Elle valsait avec passion, heureuse de se sentir en plein mouvement, en pleine ardeur de vie joyeuse, oubliant tout ce qui n'était pas la minute délicieuse. Désirant la laisser respirer, après quelques tours son cavalier l'arrêta. Elle se vit alors, avec un peu d'étonnement, au centre d'un cercle formé de personnes amies qui lui souriaient. Une rougeur lui vint, et elle fut sur le point de prétexter la fatigue pour remercier son danseur. En un instant elle s'était sentie inquiète, comme si elle avait fait quelque chose qu'elle eût dû ne point faire. Cependant était-il rien de plus innocent? Une légère pression du bras du comte lui indiqua que le moment était venu de repartir.

Ils recommencèrent à tourner, mais ce n'était plus avec la furia du commencement. On eût dit que, pour varier ses effets, le danseur désirait, à la fin, montrer autant de souple élégance qu'il avait montré de fougue brillante au début. Il allait, par mouvements lents et onduleux, les yeux fixés sur ceux de sa danseuse, comme s'il voulait, par ces prunelles d'un bleu de pervenche, descendre jusque dans son cœur. Un sourire était sur ses lèvres, et il semblait à la jeune femme leur entendre murmurer de tendres paroles. Il n'y avait pas plus d'un quart d'heure que, pour la première fois, elle s'était trouvée face à face avec Armand, et les impressions qu'elle avait subies étaient si vives qu'elle ne se rappelait pas en avoir jamais connu de pareilles. Les dernières harmonies de la valse moururent dans le silence, et la jeune femme, au bras de son cavalier, s'engagea dans la foule qui emplissait les salons.

Il lui parlait et elle l'écoutait avec étonnement. Elle ne percevait pas le sens de ses paroles, elle ne distinguait que le son de sa voix, qui lui paraissait douce et caressante. Ils traversèrent ainsi, comme dans un rêve, plusieurs salles et se trouvèrent devant le buffet, servi par de grands valets de pied solennels, à la livrée impériale. La princesse accepta une grappe de raisin et un verre de vin de Champagne. Le comte était devant elle, regardant, à chaque grain qu'elle mangeait, ses lèvres roses s'ouvrir et montrer ses dents blanches. Il était en extase, jamais il n'avait été attiré si violemment vers une femme. Un désir impérieux l'emportait, il eût donné sa vie pour pouvoir prendre la princesse dans ses bras et

ME SERA-T-IL PERMIS, MADAME, DE ME PRÉSENTER CHEZ VOUS? (PAGE 34)

l'enlever de force, mourante sous ses baisers. Une angoisse lui contracta la gorge, il fut pris d'un tremblement et devint si pâle que la jeune femme, le regardant avec inquiétude, lui dit :

— Qu'avez-vous ? Est-ce que vous souffrez ? Il fait horriblement chaud ici... '

Il eut assez d'empire sur lui-même pour sourire et répondre :

— Ce n'est rien, je viens d'avoir un éblouissement, mais la température n'y était pour rien... Et c'est passé...

Ils étaient, l'un et l'autre, dans un état d'esprit si particulier que rien d'eux ne pouvait leur paraître indifférent. La princesse, à ces banales paroles de M. de Fontenay, découvrit un sens caché qui leur donnait une valeur passionnée. Elle demeura silencieuse, effrayée, comme si elle avait découvert, dans l'esprit d'Armand. le trouble de ses pensées. Il se rendit compte de cette impression avec un tact très fin, et, tenant à rassurer la jeune femme, il prit un air aussi indifférent qu'il put ; puis. offrant de nouveau son bras :

— Princesse, où désirez-vous que je vous conduise ?

— Mais je ne veux pas rentrer dans le bal ; je suis un peu fatiguée et vais partir.

Ils se dirigèrent vers la petite salle d'attente, située près de l'escalier d'honneur, et Armand entendit crier par les degrés : « Les gens de Mme la princesse de Schwarzbourg ! » Au bout d'un instant, deux laquais poudrés parurent, portant la sortie de bal, fourrée de renard bleu, de leur maîtresse, et la blonde blanche dont elle entourait sa tête. Comme elle allait descendre, elle se tourna vers Armand et lui fit un gracieux signe de tête. Lui s'était incliné. Il dit en se relevant :

— Me sera-t-il permis, madame, de me présenter chez vous ?

— Mes amis me trouvent tous les jours, vers cinq heures, dit-elle.

Elle eut un dernier sourire, puis, grande et fière, suivie de ses gens, elle descendit lentement l'escalier.

Lui, le cœur joyeux comme si elle lui avait promis son amour, il rentra dans les salons.

Le comte de Fontenay était un homme trop bien élevé et ayant trop l'usage du monde pour mettre de l'empressement à faire visite à la

princesse. Il savait devoir être d'autant mieux accueilli qu'il aurait su
se faire plus désirer. Il laissa passer toute une semaine avant de se
rendre à l'hôtel de la Herrngasse. Mais il s'arrangea pour voir de loin
la princesse et se montrer à elle. Il s'informa et apprit qu'elle allait le
jeudi à l'Opéra. La loge de l'ambassade était à sa disposition. Il y tint
compagnie au marquis de Villenoisy, qui parut surpris de la soudaine
ferveur musicale de son jeune attaché. Le vieux diplomate avait été
bercé avec les airs faciles des écoles italienne et française. L'algèbre
musicale moderne lui faisait horreur. On jouait, ce soir-là, le *Don
Juan* de Mozart, et le marquis, caressé par de suaves, limpides et
exquises mélodies, s'épanouissait sans défiance.

Ce fut ce moment-là qu'Armand de Fontenay choisit pour obtenir
des confidences sur la ravissante femme dont le souvenir le hantait. Il
apprit avec étonnement qu'elle avait trente ans. Elle lui avait paru
extraordinairement jeune. Il ne lui aurait certes pas donné plus de
vingt-deux à vingt-trois ans, et elle se trouvait être son aînée. Il se fit
alors expliquer le mariage de Mlle de Berzépébus avec le prince
de Schwarzbourg, qui eût pu être son père. Le baron de Berzépébus, ayant quitté l'armée encore jeune, pour occuper son
désœuvrement, et entraîné par le goût des spéculations, s'était lancé
dans de considérables affaires de mines en Carinthie. Il avait découvert, dans des terrains de nul rapport, lui appartenant, des gisements
d'étain d'une très grande valeur. Il avait monté, pour les exploiter,
une usine et commencé une coûteuse exploitation. Sa fortune personnelle avait promptement été engloutie tout entière dans cette
entreprise. Une grande partie de la fortune de sa femme avait suivi. Et,
après de longs efforts, des travaux sans nombre, des expériences très
onéreuses, l'opération allait peut-être aboutir, lorsque la guerre
de 1866 avait tout compromis. Les marchés passés n'avaient pu être
exécutés, faute de bras pour extraire le minerai. Le baron, très engagé
à la Bourse, avait eu d'importantes différences à payer. En quelques
mois, il s'était trouvé ruiné, et Mlle de Berzépébus, qui passait pour la
beauté la plus accomplie qu'il y eût à Vienne, était devenue une fille
sans dot. Il convient de dire, à l'honneur de la jeunesse viennoise, que

pas un des soupirants qui prétendaient à la main de la belle Wilhelmine ne s'était retiré. La jeune fille aurait pu faire un très beau mariage
et épouser un homme de son choix. Mais le baron de Berzépébus,
plus malheureux de la ruine de son industrie que de la perte de sa
fortune, en décida autrement.

Le prince de Schwarzbourg, gouverneur de la province, chambellan
de l'empereur, qui s'était intéressé aux tentatives du baron, lui offrit
des fonds pour les renouveler. Très pratiquement, le grand seigneur
avait pressenti le succès final de l'entreprise. Il possédait une des
fortunes territoriales les plus considérables de l'Autriche. Il vendit
des forêts de plusieurs lieues pour en enfouir l'argent dans les mines
de Carinthie. Berzépébus, qui mourait de chagrin de voir son rêve
évanoui et sa combinaison avortée, retrouva toute la vigueur de son
corps et toute la lucidité de son esprit, pour mettre en œuvre les
capitaux énormes que le prince tenait à sa disposition. Mme et
Mlle de Berzépébus, éloignées de Vienne par l'activité passionnée du
baron, qui ne pouvait vivre hors de son usine et de ses mines, passèrent deux hivers au fond d'un château féodal, au milieu des montagnes, parmi des paysans. Leurs seules distractions leur venaient de la
présence du prince, qui donnait un semblant d'animation à leur sauvage retraite. Ce qui devait arriver, fatalement arriva. Wilhelmine
inspira au vieux Schwarzbourg une passion d'autant plus violente
qu'elle était plus déraisonnable. Le grand seigneur était alors un
homme de cinquante-huit ans, admirablement conservé, d'une taille
haute et superbe, le teint coloré, les cheveux tout blancs, mais les
sourcils noirs abritant des yeux brillants. Il avait un air de force et de
santé qui rendait son amour acceptable. La grâce de son esprit le
faisait extrêmement séduisant. Il était un des derniers brillants cau-
seurs qu'on pût citer dans l'aristocratie viennoise. D'ailleurs, c'était de
tradition dans sa famille. Ses pères étaient célèbres par leurs reparties
et leurs mots. On disait : l'esprit des Schwarzbourg. Wilhelmine avait
donc le choix des raisons pour expliquer son mariage. Elle pouvait
prétendre que son futur époux lui plaisait, à cause de sa grande situation mondaine, de sa verte et brillante tournure ou de sa verve écla-

tante. Elle se borna à déclarer que son père avait souhaité cette union.
Et en cela elle ne mentit point, car elle n'avait dit oui que pour complaire au baron de Berzépébus.

Ce vieil original, une fois sa fille mariée, s'enferma avec la baronne
dans ses montagnes abruptes et, pendant que sa fille faisait à la cour
une apparition radieuse, il travaillait comme un ouvrier pour arracher
des millions aux roches de la Carinthie. Il y réussit. Miracle digne
d'être cité : cet homme du monde ne dépensa pas des sommes
immenses et des jours nombreux dans un labeur improductif. Il fut
aussi favorisé de la fortune qu'un sans le sou. Les étains eurent un
rendement extraordinaire et l'argent commença à déborder de la
montagne vers l'hôtel de la Herrngasse, comme un torrent gonflé
par la fonte des neiges. Au lieu de dire : spirituel comme Schwarzbourg, on commença à dire : riche comme Berzépébus.

Après quelques années d'exil dans sa sauvage province, le baron
mourut archi-millionnaire et fut bientôt suivi de sa femme, dont le
rude climat du pays avait détruit la santé. Wilhelmine, ou plutôt Mina,
comme on l'appelait dans son entourage intime, eut donc cette
satisfaction d'avoir apporté à son mari une fortune égale à la sienne.
Mais elle lui avait en plus apporté beaucoup de jeunesse et de beauté,
et il ne lui avait offert en échange qu'un amour pâle et décoloré,
comme ces soleils d'hiver qui brillent, mais sans flamme et sans
chaleur.

Il y avait plus de dix ans que la belle princesse était mariée, et elle
n'avait point d'enfant. Son mari, septuagénaire, était pour elle d'une
bonté parfaite et presque paternelle. Le vieillard, revenu des rêves
qu'il avait faits au début de cette union, semblait vouloir, par son
indulgente tendresse, dédommager sa jeune femme des déceptions
que lui avait values le mariage. Le caractère de Mina s'était ressenti
de cette complaisante affection. Elle avait gardé la vivacité rieuse
d'une jeune fille et acquis le capricieux despotisme d'une femme dont
les volontés ne sont jamais discutées. Il est vrai que le mari pouvait
être pleinement rassuré : jamais vertu n'avait été mieux affirmée que
celle de Mme de Schwarzbourg.

Tous les hommes à bonne fortune de la grande société viennoise, voyant la jeune femme livrée à elle-même, et mal défendue par l'amour d'un vieillard, s'étaient mis en frais pour lui plaire. De leur aveu même, aucun n'avait été encouragé, et leur amour-propre avait adouci l'amertume de la défaite par cette déclaration que la place était imprenable. La princesse avait donc des privilèges et des immunités qui n'appartenaient qu'à elle. Sans qu'on en glosât, elle pouvait avoir à sa suite deux ou trois adorateurs. Elle passait si bien pour inattaquable, qu'il paraissait fort innocent de l'attaquer. C'était temps perdu pour ses poursuivants et jeu pour elle.

Cependant elle n'était point coquette, et sa charité était inépuisable. Elle était à la tête de toutes les œuvres de bienfaisance et, dès le matin, on la pouvait rencontrer, dans tous les bas quartiers de la ville, visitant les malades et secourant les pauvres, D'une autre qu'elle, on eût dit, en la voyant passer, vêtue d'une toilette sombre, une voilette sur le visage : elle va chez son amant, ou elle en revient, et les œuvres dont elle est patronnesse ne sont là que pour servir de paravent à sa galanterie. Elle, jamais la calomnie ne l'avait effleurée. On la désirait, car elle était adorable, mais on la respectait.

Depuis un an, le beau major de Waradin, le plus brillant officier de l'armée de Vienne, presque de sang royal par sa mère, qui était une princesse de Deux-Ponts, et descendant du grand Magnat de Hongrie, compagnon de Scanderberg, s'était fait le patito de la princesse. Nul n'attachait la moindre idée malveillante à son assiduité. On savait qu'il serait tenu à distance, comme ses prédécesseurs et comme ses successeurs. L'impératrice avait plaisanté Waradin sur sa fidélité, et le beau major avait répondu, avec une grâce respectueuse, qu'il était plus heureux de son infortune que beaucoup d'autres de leurs succès. Cependant, comme il avait mauvais caractère avec les hommes et passait pour le plus redoutable duelliste de Vienne, nul n'avait osé entrer en compétition avec lui pour la place d'amoureux transi, et le vide s'était fait autour de la princesse.

Par un hasard inexplicable, Waradin n'avait pas assisté à la réception impériale où le comte Armand avait été présenté à Mme de Schwarzbourg. Mais il était dans sa loge, au moment même où le marquis, de sa voix aigrelette, donnait à son jeune compatriote tous ces renseignements circonstanciés sur sa belle amie. L'acte finissait, et don Juan venait d'inviter le commandeur à souper. Dans les couloirs du théâtre, les spectateurs se répandaient. Les visites s'échangeaient à la mode italienne, et, dans chacun des salons qui précèdent les loges, des groupes se formaient.

Armand, nouvellement arrivé et connaissant peu de monde, était resté accoudé au rebord de velours, laissant errer ses yeux sur la salle. Il apercevait très distinctement Mme de Schwarzbourg assise de profil, sa belle tête éclairée se détachant sur la tenture rouge foncé. Deux dames se tenaient auprès d'elle, et le major de Waradin causait avec animation. Sa conversation plaisait, et Armand voyait les trois femmes sourire. Mais il fut interrompu par l'entrée du marquis de Villenoisy. Dès lors, le major fut relégué au second plan, et l'ambassadeur accapara l'attention.

De loin, Armand essayait, dans le jeu des physionomies, dans le mouvement des têtes, de deviner ce qui se disait. A un moment, il vit les regards de la princesse se diriger de son côté, comme si le marquis l'avait prévenue qu'il était là, et en même temps Waradin se pencha pour le mieux examiner. Il demeura impassible, ne voulant pas paraître se douter qu'il fût question de lui. Il constata seulement que le soupirant de Mme de Schwarzbourg avait un air de mécontentement et se retirait dans le fond du salon, comme affectant de ne plus prendre part à la conversation. L'entr'acte terminé, le marquis revint dans la loge et tout de suite, s'adressant à Armand :

— La princesse vient de me parler de vous... Elle ignorait que vous fussiez avec moi, ce soir. Elle s'est étonnée que vous ne m'ayez pas accompagné, quand je suis allé la saluer.

— Mais, Excellence, dit le comte tranquillement, je vous fera observer que vous ne m'avez pas dit, en sortant de la loge, quelles étaient vos intentions.

— C'est juste, dit le diplomate en souriant.

— J'ajouterai, pour ma justification, que je n'ai rencontré Mme de Schwarzbourg qu'une seule fois, que je n'ai pas encore été lui faire une visite chez elle, et que j'aurais trouvé un peu familier d'envahir ainsi sa loge sans y être autorisé.

— Eh bien! vous lui serez agréable en y allant... Elle m'a chargé de vous en informer.

— J'irai donc, au prochain entr'acte, et sans me faire prier, vous pouvez le croire.

L'orchestre répandait dans la salle ses ondes mélodieuses, Armand se recueillit et pensa à l'étrange faveur avec laquelle il était accueilli par cette charmante femme, la semaine d'avant inconnue de lui. Il chercha ce qui avait pu la lui valoir. Il ne s'arrêta pas à penser que ce dût être le charme de sa personne, l'attrait de sa jeunesse, l'irrésistible influence d'une mystérieuse affinité. Il préféra croire que le marquis avait parlé de lui avec éloge, avait demandé à la princesse d'ouvrir, à lui, nouveau venu, dépaysé à Vienne, les portes de son salon. Il jugea qu'il était l'objet d'une amabilité compatissante, mais non d'une sympathie particulière.

Et cependant, à l'idée de paraître devant la princesse, il était ému. Jamais il n'avait éprouvé un trouble semblable. Il se préoccupait de ce qu'il dirait, il préparait son entrée. C'était la première fois qu'il se sentait exposé à sembler emprunté. Il en fut surpris et mécontent. Mais la princesse seule l'intimidait. Il ne se demanda pas quel effet son apparition produirait sur le beau Waradin. Aucune inquiétude ne lui venait de ce palito. D'après ce que lui en avait dit le marquis, il le jugeait sans importance.

Un grand mouvement, qui se fit autour de lui, l'arracha à ses réflexions. C'était la toile qui se baissait. Il n'avait pas entendu un mot ni une note de l'acte qui finissait. Il se leva, s'engagea dans le couloir et, à travers la foule, gagna la loge de la princesse. En entrant, il croisa le major qui sortait. Celui-ci fit un mouvement pour s'arrêter et rester; mais Mme de Schwarzbourg devina son intention et lui dit vivement en allemand : « Allez, allez vite, vous serez plus tôt de retour. » Il eut l'air très vexé, mais cependant obéit. Comme Armand

IL REPOUSSA AVEC VIGUEUR LES PLUS HARDIS (PAGE 48)

restait debout, incertain, elle lui indiqua un siège auprès d'elle, sur le devant de la loge, et avec beaucoup de grâce :

— Est-ce que vous êtes timide, comte, ou indifférent? dit-elle. Je vous ai attendu pendant les premiers jours de cette semaine. Pourquoi n'êtes-vous pas venu me voir ?

Il sourit et, du premier coup, à ce début si franc, se retrouvant dans son élément, il répondit :

— Mon Dieu, princesse, ce que j'en ai fait a été par pure convenance. Je n'ai pas voulu m'élancer à l'assaut de votre intimité. J'ai espéré m'avancer plus sûrement par un peu trop de réserve que par excès d'empressement. Voilà le secret de ma conduite. Avouez qu'elle est assez diplomatique.

— Je vois que votre ambassadeur a en vous un parfait auxiliaire, dit-elle gaiement. Mais il faudra réserver vos roueries pour le gouvernement, et, avec nous autres Viennois, montrer beaucoup de sincérité... Nous sommes un peu Allemands, et par cela même simples et passablement ingénus... Quand nous tendons la main à quelqu'un, c'est sans arrière-pensée de la lui retirer après... Il est vrai que nous ne la tendons pas à tout le monde.

— La faveur n'en est que plus précieuse, et pour moi, madame, vous m'en voyez très touché.

Il dit ces mots avec une émotion qui frappa Mme de Schwarzbourg. Elle fixa sur lui son regard clair et pénétrant. Elle le vit devant elle, élégant, fin et fier, dans sa correction d'attitude, très séduisant avec ses yeux gris aux longs cils, ses cheveux noirs frisés et sa longue moustache blonde. Il ne ressemblait à aucun des hommes qu'elle avait l'habitude de voir autour d'elle. Une chaleur soudaine lui gonfla le cœur. Elle sentit le besoin de dire des choses douces et aimables. Une allégresse était en elle. Et elle se demanda : Qu'ai-je donc? que se passe-t-il de particulier, qui me trouble ainsi?

Lui, très simplement, à voix presque basse, parlait de son arrivée à Vienne, de son isolement dans cette grande ville, de la joie qu'il éprouvait de se voir si gracieusement accueilli par la princesse. Elle l'écoutait, sans l'interrompre par un seul mot, comme si elle ne pouvait se rassasier de la musique de sa voix. Elle ne le regardait pas, craignant la trahison de ses yeux, auxquels montaient des larmes sans cause. Il lui parla de sa famille, de sa mère dont il était l'unique enfant et qui l'avait vu partir avec chagrin. Puis, comme il prononçait le nom d'une de ses tantes, elle lui posa longuement des questions, et releva une alliance entre la famille de Fontenay et la famille de Schwarzbourg. La figure rayonnante de joie, comme si elle se sentait plus proche de lui, elle dit :

— Mais vous êtes un petit cousin de mon mari.

Il répondit avec un sourire :

— Comme lien de parenté, cela pourrait prêter à la discussion ; mais, comme lien d'amitié, cela peut être indestructible.

A partir de ce moment, comme si elle avait découvert une cause à la brusque sympathie qui l'entraînait vers le jeune homme, elle fut très calme, très maîtresse d'elle-même. Après un instant, Waradin rentra, et, sans paraître remarquer la présence du comte, dit en allemand à la princesse :

— Votre commission est faite.

— C'est bien, dit Mme de Schwarzbourg avec un air de mécontentement, mais vous auriez pu parler en français.

Elle oubliait qu'elle-même avait donné l'exemple au major, au moment même où le comte était entré. Mais elle éprouvait un secret besoin de rudoyer son soupirant devant son nouvel ami. Armand dénoua la situation, en ripostant d'un ton dégagé :

— Mon Dieu, madame, si c'est pour moi que vous demandez à monsieur de parler français, c'est inutile : je comprends parfaitement l'allemand, et je le parle volontiers.

Waradin fronça le sourcil, se demandant s'il n'y avait pas dans les paroles du jeune homme quelque sens qui fût blessant pour lui. Mais la princesse ne lui laissa pas le temps d'approfondir. Elle reprit son air riant, et, se plaçant entre les deux hommes :

— Messieurs, il faut que je vous présente l'un à l'autre : M. le comte de Waradin, major aux gardes du corps. M. le comte de Fontenay, attaché à l'ambassade de France.

Elle ajouta, en appuyant avec malice sur cette dernière phrase :
— Cousin par alliance de mon mari.

Le major fit une moue qui signifiait très clairement : D'où nous tombe donc ce cousin-là? Il salua cependant d'assez bonne grâce et murmura quelques paroles de bienvenue, auxquelles Armand répondit avec courtoisie. La princesse parut charmée de les voir en si bon accord, et, se dirigeant vers le salon de sa loge :

— J'ai assez de musique. Je rentre : voulez-vous que je vous offre une tasse de thé?

Comme Armand s'inclinait en signe d'acquiescement :

— Eh bien ! vous allez me mettre en voiture et, dans un quart d'heure, vous viendrez tous les deux... Peut-être trouverons-nous le prince arrivé... On l'attendait aujourd'hui, il sera charmé de vous voir.

— Ils sortirent. Waradin conduisit la princesse, pendant qu'Armand allait prendre sa pelisse dans la loge de l'ambassade. Un fiacre le déposa à la porte du palais de la Herrngasse. Il fut frappé, en montant le grand escalier, du luxe de cette vieille demeure héréditaire. Il retrouvait là, comme dans les anciens hôtels du faubourg Saint-Germain, les traces d'une richesse séculaire. Là, les traditions des temps disparus avaient été respectées et conservaient tout leur éclat. Il arriva à un haut vestibule, où deux valets de pied l'aidèrent à se débarrasser de son paletot. Il fut introduit dans un petit salon, par la porte grande ouverte duquel la vue s'étendait sur une longue suite de vastes pièces à demi éclairées. A peine avait-il eu le temps de jeter un coup d'œil autour de lui et d'admirer les belles tentures Louis XVI des murailles, le charmant mobilier en bois doré et les vitrines pleines de précieuses porcelaines, qu'un bruit de voix attira son attention : la princesse entrait, accompagnée d'un vieillard de belle tournure, à la chevelure et à la barbe blanches. La jeune femme alla au-devant de son hôte en lui tendant familièrement la main.

— Comme je vous l'avais laissé pressentir, mon mari m'a fait le plaisir d'arriver ce soir.

Elle montra Armand au prince et dit :

— Le comte Armand de Fontenay-Cravant...

— Soyez le très bien venu chez moi, comte : la princesse parle déjà de vous comme d'un ami. C'est un titre qu'elle ne prodigue pas... Et, en vous le donnant, elle fait votre éloge.

Ce fut dit avec un ton de gracieuse bienveillance pour l'étranger et d'affectueuse déférence pour la femme, dont le comte apprécia vivement la délicatesse raffinée. Il se sentit en face d'un véritable grand seigneur. Il admira la robuste vieillesse du prince, sa taille encore svelte et son œil brillant. Comme il remerciait pour la cordialité de l'accueil reçu, le major entra, et, à une subite dureté du sourcil, à un pli de la lèvre, à un redressement de tout le corps, le comte devina que le prince supportait Waradin, mais ne l'aimait pas. Le thé était préparé. Mme de Schwarzbourg le servit et, pendant une heure, le prince causa, gai, abondant, varié, tenant tête à sa jeune femme et à ses jeunes hôtes. Comme une heure sonnait, la princesse dit à son mari :

— Mais nous oublions que vous avez fait douze heures de chemin de fer aujourd'hui.

— Je l'avais oublié aussi, dit le vieillard en riant. Mais je trouverai mon lit avec plaisir.

Tout le monde s'était levé. Il baisa galamment la main de la princesse en lui souhaitant le bonsoir, et les jeunes gens ayant pris congé, il les reconduisit jusqu'au grand escalier.

A partir de cette soirée, le comte de Fontenay fut de l'intimité de la princesse. D'abord Waradin parut en prendre son parti. Cet étranger ne semblait pas devoir lui disputer un cœur qu'il jugeait lui-même imprenable. La contenance réservée d'Armand, sa courtoise froideur, son amabilité un peu compassée, ne portèrent point ombrage au major. Il ne découvrit pas tout ce qu'il y avait d'ardeur cachée sous cette glace apparente. Il était d'ailleurs sans rival au logis, le comte se tenant pour satisfait de rencontrer la princesse à la cour, dans les salons, et ne venant chez elle que dans les grandes circonstances.

L'état d'esprit d'Armand n'était point tel que Waradin le supposait. Il avait, dès le premier instant, conçu pour Mme de Schwarzbourg une passion violente. Mais le major l'avait laissé sans inquiétude. Et le prince seul l'avait gêné. Non qu'il se sentît jaloux de lui. Il avait très promptement démêlé les rapports purement paternels qui seuls existaient entre le grand seigneur et sa jeune femme. Il avait, à l'indulgence, à la douceur de celui-ci, compris que Mina n'était pour lui qu'une enfant très tendrement aimée, à laquelle il était prêt à faire bien des sacrifices. Le prince était reconnaissant à sa femme de la chaude atmosphère d'affection dont elle entourait sa vieillesse, il lui savait gré de la pudique fierté avec laquelle elle portait son nom. Au bal, il la suivait d'un regard attendri, jouissant de ses succès, de son plaisir, se parant de sa jeunesse et de sa beauté. Armand était obligé de se contraindre, pour aborder ce noble vieillard, dont il aimait secrètement la femme, et, en dépit des reproches que la princesse lui faisait souvent, il s'écartait le plus qu'il pouvait de sa maison. Cependant il aimait et il était entraîné par son cœur à se relâcher de son rigorisme.

Il y avait trois mois que cette existence durait, et les fêtes de Pâques approchaient lorsqu'un événement, impossible à prévoir, modifia complètement la situation. Le comte avait loué, dès son arrivée à Vienne, une maison entourée d'un grand jardin, dans un quartier un peu écarté et proche des faubourgs. Il avait été séduit par une admirable vue sur le Danube et les îles, et par les ombrages et la verdure. Avec ses chevaux, il était en un quart d'heure au centre de la ville.

Un matin, vers dix heures, au moment de sortir pour se rendre à l'ambassade, il fut attiré à la fenêtre par de violentes rumeurs et aperçut une masse de gens du peuple, très animés, qui s'avançaient barrant toute la rue, faisant entendre des vociférations et des menaces. Depuis quelques jours, des émeutes avaient eu lieu dans les faubourgs, causées par une augmentation du prix du pain. Or, justement un boulanger avait sa boutique en face de l'habitation du comte : l'homme, effrayé, se hâtait de mettre ses volets. Trois ou quatre cents ouvriers s'étaient arrêtés et hurlaient :

— A bas les affameurs! A mort les spéculateurs ! Le pain moins cher !

Un bruit de verre cassé suivit immédiatement : c'était la vitrine du boulanger qui cédait sous la poussée de ces énergumènes et se brisait ou mille pièces. En même temps, les pains sautaient de tous les côtés, jetés à la volée à la foule. Des cris s'élevèrent, affreux, déchirants. Le boulanger, qui s'efforçait de défendre son établissement, venait de recevoir un coup de bâton sur la tête et, tout sanglant, se débattait au milieu des émeutiers, qui déjà criaient :

— Pendons-le à sa lanterne !

La femme du malheureux, sortie de la maison, appelait désespérément à l'aide. Ses plaintes et ses cris étaient accueillis par les huées de la foule, qui, s'échauffant par sa violence même, semblait prête à se livrer aux pires excès. Le comte, très ému, assistait de sa fenêtre à ce spectacle, se demandant si son caractère diplomatique pouvait l'empêcher plus longtemps d'intervenir, lorsqu'un coupé, débouchant d'une rue voisine, se trouva brusquement engagé dans la masse des manifestants. En une seconde, le cheval pris au mors pliait sur ses jarrets et acculait la voiture à la muraille. Le cocher, ayant voulu se servir de son fouet, était arraché de son siège par vingt bras et disparaissait au milieu de la foule. Au même moment, la portière s'ouvrait et, dans l'étroit espace resté libre, une femme, très simplement vêtue, sautait à terre. Elle parlait avec véhémence aux hommes qui l'entouraient et qui semblaient l'écouter, lorsqu'un ivrogne, s'avançant d'un pied incertain, avait levé le bras et, d'une main insolente, arraché le voile qui couvrait le visage de la femme.

Le comte avait laissé échapper un cri : il venait de reconnaître Mme de Schwarzbourg. Il n'était plus à la fenêtre, il descendait l'escalier prompt comme l'éclair, il se jetait dans la rue et, avec une force irrésistible, dispersant la foule, il arrivait aux côtés de la princesse pour la soutenir, pâle et tremblante, et près de s'évanouir. L'apparition du comte, nu-tête, le visage enflammé par la colère, la voix menaçante, avait d'abord étonné ces furieux. Il les avait apostrophés en français : « Misérables lâches qui menacez une femme ! » A ces mots, qu'ils n'avaient pas compris, ils s'étaient regardés et l'un d'eux avait dit :

— C'est un étranger !

— Pardieu ! Oui, je suis un étranger, avait alors repris le comte en allemand, et c'est une honte pour vous qu'un étranger soit obligé, ici, de défendre une Viennoise contre des Viennois!...

— Elle a voulu nous faire écraser par son cheval...

— Tas d'imbéciles ! Ne la reconnaissez-vous pas ? C'est la princesse de Schwarzbourg. Tous les jours, elle est dans un de vos quartiers à s'enquérir de vos misères... Et ce matin encore elle vient de porter des secours aux femmes des plus malheureux d'entre vous... Vous avez profité de cela pour briser sa voiture, maltraiter ses gens et la menacer elle-même. Voilà comment vous traitez vos meilleurs amis !...

Il avait su se faire écouter. Il jeta les yeux sur la jeune femme; il la vit, au milieu de ce cercle étroit d'hommes échauffés par la haine et par l'ivresse, blémissante et prête à défaillir. Il prit son bras et le passa sous le sien; puis, avec un geste de commandement :

— Allons, laissez-nous passer. Cette scène odieuse a assez duré...

Il repoussa avec vigueur les plus hardis, se fraya un chemin à travers la foule, malgré les murmures et les cris, et, faisant entrer la princesse dans sa maison, il en ferma vivement la porte.

— Ici, madame, dit-il, vous n'avez plus rien à craindre.

Mais Mme de Schwarzbourg ne lui répondit pas. La force, qui l'avait animée tant qu'il avait fallu faire face au danger, l'abandonna. Ses yeux vacillèrent, ses jambes fléchirent, elle poussa un profond soupir, et, si le comte ne l'avait pas retenue dans ses bras, elle serait tombée. Il l'emporta jusqu'à son petit salon et la déposa sur un fauteuil, près du feu, lui enleva son manteau, son chapeau, lui mouilla le front avec de l'eau de Cologne, la regardant avec une inquiétude mêlée de joie. Elle respirait avec effort, oppressée, et ses yeux vagues transparaissaient entre ses paupières aux longs cils. Sa bouche décolorée avait un air de souffrance et de volupté. Elle était si belle ainsi, qu'Armand frissonna. Il lui sembla la voir pâmée d'amour. Il s'approcha et, dans l'obscurité de la pièce aux stores baissés, dans le silence à peine troublé par les clameurs de la foule qui s'éloignait, il se mit à genoux près d'elle. Il pouvait oublier qu'elle était à un autre et croire qu'elle lui appartenait tant son abandon était complet. Il ne pensait qu'à l'admirer et à l'adorer.

ALLONS, MA FILLE... AIE CONFIANCE (PAGE 56)

Jamais femme ne se réveilla sous un plus chaud rayon d'amour que la princesse sous les yeux d'Armand. Dans sa pensée, encore vague, elle ne se rendait pas un compte exact du lieu où elle se trouvait. Ses regards erraient autour de la pièce, étonnés; elle les abaissa sur le comte toujours à ses pieds, et un sourire passa sur ses lèvres. Aucun aveu d'amour ne fut plus complet que cet épanouissement de tout le visage de la jeune femme, à la vue de l'homme à qui elle ne cessait de penser. Armand alors ne fut plus maître de lui; il saisit une main qui pendait, languissante et blanche, et la porta ardemment à ses lèvres. L'impression ressentie fut si forte que la princesse retrouva en un instant le sentiment du réel. Elle retira sa main brusquement, battit des paupières comme quelqu'un qui se réveille, se redressa avec un geste de stupéfaction, en apercevant le comte encore à genoux, se leva et s'écarta, effrayée.

Elle était encore bien près de lui cependant, car il n'eut qu'à étendre le bras pour reprendre une main qu'elle ne lui disputa pas et sur laquelle il pencha son front brûlant; puis, à voix très basse, comme s'il confessait une faute, il murmura :

— Je vous aime tant!

Elle resta un moment silencieuse, comme si elle essayait de retenir la caresse de cette voix passionnée; puis, hochant la tête avec un sourire mélancolique, sans fausse pudeur, sans mesquine coquetterie, elle répondit :

— Pourquoi me le dites-vous? N'étions-nous pas heureux ainsi?

Pouvait-elle lui déclarer plus clairement qu'elle partageait son amour, mais qu'elle ne voulait pas y céder? Il le comprit et, se levant lentement, il s'inclina avec soumission :

— Vous savez que j'ai pour vous autant de respect que de tendresse.

Elle se sentit aussitôt rassurée, retrouva sa liberté d'esprit et la grâce de son sourire. Elle se plaça devant la glace pour se rajuster, et, avec une gaieté trop prompte pour n'être pas affectée :

— C'est vous qui m'avez enlevé mon manteau et mon chapeau?... Vous êtes une médiocre femme de chambre... mais vous êtes un courageux sauveteur...

Elle lui jeta un regard de reconnaissance. Puis elle reprit :

— Mais qu'est devenue ma voiture?

— Je l'ai vue assez désemparée... Voulez-vous que je m'informe?

— Tout à l'heure...

Elle examinait toutes choses autour d'elle avec curiosité. Il la laissait faire. Elle dit :

— Où sommes-nous ici ?

— Dans le petit salon du rez-de-chaussée.

Elle eut un sourire :

— Vous êtes tout seul? Peut-on visiter?

— Tout, ici, princesse, est à vos ordres... à commencer par le maître de la maison.

— Eh bien, donc, conduisez-moi.

Il ne put s'empêcher de penser que c'était elle, maintenant, qui venait au-devant de lui, qui pénétrait dans sa vie intime et allait emplir sa mémoire de tout ce qui lui était familier, et le laisser entrer en elle par une révélation de ses habitudes, de ses goûts, qui serait la possession de l'homme lui-même. Il se prêta à cette fantaisie avec une joie nerveuse. Il était heureux de voir la jeune femme s'abandonner avec cette franchise presque aveugle, et en même temps il tremblait, car il devinait le danger. Il fut sur le point de l'arrêter et de lui dire : « Allons, finissons; vous jouez avec le feu, et c'est une folie périlleuse. Rentrez chez vous. » Un mouvement d'amoureux égoïsme le retint et il se tut. Ils parcoururent le grand salon, la salle à manger, très luxueusement meublés. Un escalier de bois sculpté s'offrit à eux. Ils le montèrent et se trouvèrent dans une galerie aux panneaux tendus d'étoffes d'Orient et ornés de précieuses armes.

— Est-ce que vous avez loué la maison ainsi disposée ?

— Non, princesse, j'ai fait venir beaucoup de choses de chez moi.

Ils entrèrent dans un vaste cabinet de travail où le jour, habilement distribué, tombait sur le bureau et laissait une partie de la pièce dans une demi-obscurité. Un grand feu brûlait dans la cheminée. Elle s'en approcha frileusement et, s'accoudant, elle allongea vers la flamme ses pieds tout petits et élégamment chaussés. Par une large porte ou-

verte, elle voyait la chambre à coucher d'Armand, très élégante, très
claire, avec ses meubles Louis XVI et son beau tapis de la Savonnerie.
Elle ne parlait pas et regardait, prise d'une sorte de torpeur, contre-
coup du bouleversement éprouvé. La chaleur du foyer la gagnait, et
des bouffées ardentes lui montaient aux joues, avivant l'éclat de
ses yeux et la rougeur de ses lèvres. Armand s'était assis sur un
tabouret presque à ses pieds et, ayant repris sa main, lui parlait très
doucement, racontant ses premières impressions au bal de la cour,
quand elle lui était apparue rayonnante. Elle s'était emparée de lui
sans résistance possible. Il lui avait appartenu et il n'avait plus eu
qu'un rêve : non pas se faire aimer d'elle, mais l'aimer, pour la joie
d'être son serviteur dévoué et fidèle. Et pas une de ses pensées, depuis
trois mois, pas une de ses actions à laquelle elle eût été étrangère.
Tout pour elle et par elle. Un abandon complet de soi et une absorp-
tion délicieuse par l'être adoré.

Elle l'écoutait, sans s'inquiéter de ce qu'il disait. Elle le savait
d'avance. Elle avait deviné, elle aussi, dès la première heure, qu'un
amour irrésistible les lierait et qu'elle deviendrait aussi folle que lui.
Tout ce qu'il pouvait lui avouer était bien loin de ce qu'elle s'était
avoué à elle-même. Et, dans un vague exquis, elle se plaisait à l'entendre lui parler de sa tendresse. Elle le regardait et elle le trouvait
charmant, tel qu'elle l'avait rêvé. Une voix impérieuse s'élevait au
dedans d'elle-même, lui répétant : « Toi aussi, tu l'aimes. Pourquoi ne
le lui dis-tu pas? Pourquoi n'as-tu pas le courage de l'aveu? » Mais un
sentiment de terreur s'imposait à elle, lointain, comme indistinct.
Elle ne savait pas au juste de qui elle devait avoir peur, mais elle se
disait : « Si je me laisse entraîner à l'aimer, il nous arrivera malheur. »
Elle ne spécifiait rien. Était-ce la colère de son mari qui la menaçait,
ou la jalousie de Waradin? Une grande terreur obscurcissait sa pensée
comme un nuage noir. La voix intérieure cependant s'élevait encore
et répétait : « Tu l'aimes, rien ne pourra t'empêcher de céder. Vous
êtes jeunes, vous êtes beaux, vous vous adorez; au prix des plus
grandes misères, vous serez l'un à l'autre. » Elle ne s'apercevait pas
qu'Armand avait enlacé sa taille et la tenait presque dans ses bras.

Cependant elle brûlait. Des flammes montaient de son cœur à son cerveau et elle était prise d'un transport inconnu. Jamais elle n'avait éprouvé ce qu'elle ressentait ; elle pensa : « Si c'était la dernière heure de ma vie, si je devais mourir dans un instant, ne regretterais-je pas de ne point m'être donnée à lui ? » Un désir aigu fit passer un frisson dans ses veines, elle se cambra dans une contraction passionnée et ses genoux se heurtèrent. Elle leva les yeux. Armand n'était plus à genoux, mais debout auprès d'elle. Il la dominait, la pressait, et son souffle la brûlait. Elle voulut se dégager, mais il la ressaisit avec une douce violence. Elle balbutia : « Armand, par grâce... » Ses lèvres se turent, fermées par un baiser qui la fit frémir et qu'elle rendit avec rage. Elle sentit qu'il l'emportait, elle poussa un cri, mais il la couvrait de ses caresses. Elle s'attacha à lui, avec toute l'ardeur de ses sens soulevés, et, pleine d'une joie enivrée, elle s'abandonna.

A partir de cette heure, l'existence changea pour eux. Elle devint pleine de fièvres, mais de fièvres secrètes, car le monde dut ne rien soupçonner de leur liaison. Armand se montra moins souvent encore chez la princesse. Mais les assiduités de Waradin lui déplurent. D'une part, il fut jaloux de la continuelle présence de ce bellâtre auprès de la femme qu'il aimait, et, d'autre part, sa loyauté se révolta à la pensée de laisser jouer au major le ridicule rôle de paravent. Il demanda un beau jour à Mina de congédier son attentif. Celle-ci lui obéit sans la moindre hésitation, et cette imprudente exécution eut les conséquences les plus graves. Waradin, froissé dans tous ses sentiments, éclairé par le dépit, en vint à soupçonner ce qu'il considéra comme la trahison de la princesse. Il épia ses sorties et, après l'avoir accompagnée à la porte de beaucoup de pauvres, un matin, à sa suite, il arriva à une entrée nouvellement pratiquée dans le mur du jardin de M. de Fontenay. Trois fois, il eut la constance de revenir, afin de s'assurer de son malheur. La troisième fois, c'était le soir ; il resta jusqu'à onze heures caché dans une encoignure, et lorsque la princesse sortit il la suivit. Effrayée d'entendre un pas résonner derrière elle, dans le silence de la ruelle, Mme de Schwarzbourg se retourna et, avec épouvante, elle reconnut le major. Elle s'arrêta, les jambes cassées par l'émotion. Alors, il s'approcha avec une politesse atrocement raffinée et, le chapeau à la main, incliné très bas :

— Ne restez pas là, madame, dit-il, un passant pourrait vous reconnaître... Permettez-moi de vous conduire jusqu'à votre voiture.

Elle se laissa emmener machinalement jusqu'au fiacre qui l'attendait. Là, elle reprit un peu possession d'elle-même et, se rendant compte du danger qu'elle courait, elle sut regarder Waradin avec autorité et lui dire :

— Montez avec moi. Il faut que je vous parle.

Il obéit. Elle ne donna point d'ordres au cocher, qui resta stationnaire. Et, dans cet étroit intérieur de voiture, immobile derrière ses chevaux endormis, s'engagea cet âpre et court dialogue :

— Comment avez-vous eu l'indignité de m'espionner ?

— Comment avez-vous eu la duplicité de me tromper?

— Avais-je pris des engagements envers vous ?

— Vous aviez pris l'engagement tacite de ne favoriser personne plus que moi...

— En vérité! Vous parlez comme si vous étiez mon mari!

— Si je l'étais, je ne serais ni plus dupé, ni plus furieux !... Mais vous avez abusé de ma loyauté, de ma patience... et je me vengerai!

— Vous menacez une femme !

— Oh ! ce n'est pas de vous qu'il s'agit... mais de votre amant !

A ces mots, la princesse demeura immobile et muette. Elle n'avait pas encore pensé que le major pourrait s'en prendre à Armand. L'idée que celui qu'elle adorait allait se trouver aux prises avec un aussi redoutable adversaire la glaça jusqu'au fond du cœur. Elle sentit sa volonté paralysée. Elle fut sur le point d'implorer la pitié de Waradin, mais une réflexion subite l'arrêta : ne serait-ce pas déshonorer Armand! Alors quel recours lui restait? Elle fondit en larmes et, l'excès de sa douleur même lui rendant la faculté de s'exprimer, elle s'écria :

— Voilà donc comment vous me récompensez d'une amitié de deux années? C'est parce que j'ai été bonne et indulgente pour vous que vous voulez me faire du mal aujourd'hui!

Il la vit si accablée qu'il espéra obtenir le sacrifice de son rival :

— Vous savez bien que si je vous parle ainsi, c'est parce que mon affection pour vous est exaspérée... Cette liaison, qui ne peut manquer d'être connue, me couvrira de ridicule. Vous avoir aimée deux ans pour voir un autre triompher si vite, c'est ce que je ne puis pardonner!... A moins que vous ne me donniez une revanche d'amour-propre.

— Laquelle?

— Laissez-moi revenir chez vous et renvoyez le comte.

Elle releva la tête et rougit de colère ; ses yeux eurent un si étincelant regard que Waradin en fut ébloui, et avec un rire superbe :

— Le renvoyer, lui! Quand je suis prête à tout sacrifier à son amour !

— C'est bien ! dit le major, je le tuerai.

— Nous verrons bien ! En attendant, sortez!

Elle lui dit ce « sortez » avec autant d'écrasante hauteur que si, au lieu d'être dans un fiacre, elle eût trôné dans son salon. Il se leva sans répliquer, ouvrit la portière, salua, très pâle, et s'éloigna. La princesse alors donna des indications à son cocher et rentra chez elle. En revenant du cercle Impérial, où il avait passé la soirée, vers minuit, le prince de Schwarzbourg vit de la lumière dans le boudoir de sa femme. Il entra pour lui dire bonsoir et la trouva assise sur un fauteuil, les traits bouleversés. Elle essaya de composer son visage et de donner le change à son mari, mais le vieux gentilhomme avait trop d'expérience pour pouvoir être facilement trompé. Il prit la main de la princesse, la trouva brûlante ; il examina ses yeux, constata qu'elle avait pleuré, et, sérieusement inquiet de ce trouble si nouveau dans ce cœur naïf et tendre :

— Qu'avez-vous, Mina? demanda-t-il. Est-ce que vous souffrez? Vous a-t-on appris quelque mauvaise nouvelle? Avez-vous quelque tourment?

Elle resta immobile, accablée, et ses larmes coulèrent de nouveau en filets brillants sur ses joues.

— Voyons, mon enfant, dit le prince en s'asseyant auprès d'elle, parle. Qu'as-tu? Ce que tu as à dire est donc bien sérieux que tu hésites à me le confier ? Est-ce quelqu'un de notre entourage qui t'a chagrinée ?

Il se redressa, et son visage prit une expression de menaçante gravité :

— T'aurait-on offensée ?

Et, comme elle se taisait encore :

— Écoute, Mina : tu sais quelle affection profonde je t'ai vouée. Je ne suis pas un époux pour toi, mais un ami. Tu peux compter sur mon appui et sur mon indulgence. Mais j'exige que tu sois franche, comme si tu avais à répondre à ton père... Le veux-tu ? Allons, ma fille... Aie confiance. Dis-moi tout. Rien ne peut m'affliger plus que tes larmes...

Alors, dans un élan désespéré, elle conta à son mari, sans lui dire où la scène s'était passée, ni le nom de celui qu'elle aimait, l'entretien qu'elle avait eu avec Waradin. Elle avait appuyé sa tête sur l'épaule du vieillard et, avec des sanglots, elle faisait sa cruelle confession. Le prince, très pâle, l'écoutait silencieusement. Si son cœur frémit d'angoisse jalouse et si une amertume douloureuse monta à ses lèvres, Mina ne put le savoir. Il demeura impassible et sa tête blanche ne se courba pas. Cependant, sa voix tremblait un peu quand il dit :

— Et l'homme qui a su se faire aimer de toi, c'est le comte de Fontenay, n'est-ce pas ?

Comme elle tressaillait de honte, il lui ferma la bouche avec sa main :

— Ne réponds pas ! Cela suffit.

Il réfléchit un instant, puis avec lenteur :

— Ma fille, je te sais gré de ta franchise. Je ne veux pas te voir triste et malheureuse... Je te donne ma parole qu'il n'arrivera rien à celui que tu aimes... Mais, en échange, tu vas me faire une promesse : celle d'éloigner le comte de Fontenay... C'est dans ton intérêt, chère enfant, que j'exige ce sacrifice... Je n'ai plus que bien peu de jours à vivre. Quand je ne serai plus là, s'il t'aime sincèrement, vous vous unirez. Mais pour toi, pour moi, il ne faut pas qu'on puisse dire qu'il a été ton amant... Conserve ta bonne réputation, ménage mon honneur, épargne-moi la risée des malveillants, et, pour le reste,

LA BALLE DU PRINCE CASSA LE BRAS DU MAJOR (PAGE 58)

repose-toi sur moi : personne ne te fera ni affront, ni peine.

Elle eut un redoublement de sanglots et balbutia :

— Comme vous êtes généreux et bon !

— Non, ma chère fille, je t'aime tendrement, voilà tout. Vois-tu, je suis vieux et, par conséquent, sage. Je fais mon examen de conscience et je vois que j'ai été plus coupable envers toi que tu n'as pu l'être envers moi-même. La jeunesse appartient à la jeunesse, et moi, blanchi et ridé par l'âge, j'ai commis le crime d'enchaîner tes vingt ans à ma décrépitude. Toi, avec une bonté angélique, tu m'as consacré tes plus précieuses années, tu as embelli la fin de ma vie, et je serais bien ingrat si je n'oubliais pas les torts dont tu t'accuses pour ne me souvenir que du bonheur que tu m'as donné.

Elle était à ses pieds, lui souriant à travers ses larmes. Il la releva, l'embrassa et la reconduisit à sa chambre :

— Va dormir, ma fille, et ne crains plus rien.

Le lendemain, vers dix heures, le major Waradin s'apprêtait à sortir, pour se mettre en quête du comte de Fontenay, lorsque son domestique lui annonça le prince Toulza et le général comte Colloredo, de la part du prince de Schwarzbourg. Étonné, il les reçut et, avec un sourire, il entendit le général lui déclarer que cette visite avait pour but de lui demander raison d'une offense faite à Mme la princesse de Schwarzbourg. Il ne discuta pas. Il ne fit pas une observation sur l'âge de son adversaire, il s'inclina et dit simplement :

— Messieurs, je suis un sot. Veuillez faire savoir à M. le prince de Schwarzbourg que je me tiens à ses ordres.

Le lendemain, Waradin et le mari de Mina échangèrent deux coups de pistolet au Prater. La balle du prince cassa le bras du major. Les témoins de Waradin affirmèrent depuis que leur client avait tiré sans viser. Le lendemain, le comte de Fontenay obtenait un congé de M. de Villenoisy et rentrait en France. Il ne revit Mina que dix-huit mois plus tard. Elle était veuve et venait finir son deuil à Paris. Dans le délai légal, ils s'étaient mariés, et pendant dix ans ils avaient été pleinement heureux jusqu'à cette soirée où la comtesse avait trouvé, dans la cheminée d'Armand, ce télégramme signé d'un nom de femme.

III

La nuit qui suivit la fatale découverte de la petite boule de papier bleu parut interminable à la comtesse. Il faisait cependant déjà presque jour lorsqu'elle se décida à se coucher. Mais, brûlée par la fièvre, elle ne put dormir. Elle entendit sonner toutes les heures et repassa désespérément, dans son cerveau douloureux, les termes du problème dont la solution pouvait être la perte de son bonheur. Quelle était cette femme, qui signait Lucie tout court et parlait familièrement de la maladie de sa tante au comte de Fontenay? Elle le connaissait donc intimement? Et alors pouvait-elle ne pas être une maîtresse?

A cette pensée, Mina se sentait devenir folle. Une douleur aiguë torturait son cœur et, dans le silence de la nuit, elle se surprenait à prononcer tout haut des paroles. Ce qui la préoccupait tout particulièrement, c'était l'absence complète d'indices avant la révélation. Rien, dans l'attitude d'Armand, n'avait pu lui inspirer de soupçon, rien dans son air. Il était chaque jour le même. Ses occupations n'étaient pas modifiées, il n'avait pas changé ses heures de sortie. Elle l'avait trouvé toujours disposé à l'accompagner, toujours aimable, empressé, souriant. Était-ce là l'attitude d'un mari infidèle?

Elle se perdait alors dans les conjectures les plus bizarres. Elle imaginait que peut-être Armand avait eu, avant son mariage avec elle, une enfant naturelle dont il n'avait point voulu lui parler et dont il s'occupait secrètement. Elle se rattacha désespérément, pendant quelques instants, à cette idée et y trouva un peu de soulagement. Une fille, cette Lucie, déjà grande sans doute et qui n'avait plus de mère, puisqu'il était question seulement d'une tante dans la dépêche. Elle s'intéresserait à elle, l'aimerait même, pour l'amour d'Armand. Elle était prête à la recevoir, à la garder et à la traiter comme si elle était née d'elle.

Puis, elle revint brusquement au doute. Comment, depuis dix ans, son mari avait-il gardé le silence, lui la franchise et la confiance mêmes? Ils n'avaient point d'enfant. Si ce qu'elle avait admis un instant était vrai, Armand n'en aurait-il pas fait loyalement l'aveu, en demandant à sa femme d'adopter la pauvre petite? Il connaissait bien la bonté de son cœur, la générosité de son esprit. Elle n'aurait pas hésité à accomplir ce devoir, à donner cette preuve de tendresse. Alors, pourquoi ces dix années de dissimulation? Non! non, il ne s'agissait pas d'une enfant, mais d'une maîtresse. Elle le devinait à la fièvre de son sang, à l'exaspération de ses nerfs, au frémissement de sa chair. Une maîtresse! Cette idée qu'Armand pourrait la tromper ne s'était encore jamais présentée à son esprit. Son amour jusqu'ici avait été triomphant. Elle n'avait point redouté de rivale. Et voilà que soudainement elle sentait la crainte, le doute, l'angoisse, envahir sa pensée. Comme un promeneur, qui s'attarde dans un sentier de forêt, voit un serpent se dresser dans l'herbe et le menacer, elle avait vu la jalousie lui sauter au cœur, et elle en portait la morsure brûlante. Une autre femme posséder cet homme qu'elle adorait, une autre recevoir ses caresses, elle en devenait folle, et seule dans sa chambre, les yeux ouverts, regardant la lumière qui passait par l'entrebâillement des rideaux, entendant l'agitation discrète des serviteurs levés dans la maison, elle se bourrait ses draps dans la bouche pour ne pas crier de désespoir.

Sa femme de chambre, en entrant à l'heure habituelle, la mit dans l'obligation de se ressaisir. Elle fit un effort pour paraître calme et tromper les yeux clairvoyants de cette fille habituée depuis vingt ans à la servir. Cette première dissimulation lui sembla odieuse. Elle songea qu'elle allait être contrainte de feindre, devant son mari, de parler avec tranquillité, avec enjouement, lorsqu'elle avait la mort dans l'âme. Cette pensée la jeta dans un tel accablement qu'elle resta immobile, les traits tirés, les yeux cernés par l'insomnie et pâle comme si elle était malade. Sa femme de chambre la regarda gravement, avec inquiétude et, s'approchant d'elle :

— Est-ce que madame est souffrante? demanda-t-elle.

— Pourquoi cette question? fit la comtesse avec agitation.

— C'est que madame n'a pas sa bonne mine de tous les jours.

— Donnez-moi une glace à main.

Elle la prit et se regarda, stupéfaite des changements que ces heures de torture morale avaient fait subir à son visage. Ses traits gonflés par la fièvre et ses yeux meurtris, son front coupé de rides et ses cheveux, dont les mèches en désordre s'argentaient aux tempes, tout trahissait la vieillesse victorieuse et inexorable. Cette figure, que la glace incorruptible réfléchissait, ce n'était plus celle de la femme belle, triomphante, aimée, heureuse. C'était le spectre de sa jeunesse morte qui se dressait devant elle, menaçant, funèbre, annonçant les tristesses, les souffrances, prophétisant l'abandon et le deuil. Des larmes lui échappèrent, qui tombèrent sur la surface polie et brillante, et effacèrent son image.

Elle vit alors sa femme de chambre qui, l'air désolé, l'examinait. Elle lut la pitié dans son regard, elle fut prise d'une sorte de honte à se sentir plainte par cette femme dont elle se savait cependant aimée. Elle lui dit brusquement :

— Que faites-vous là ?... Allez-vous-en !

Celle-ci obéit, et la comtesse, regrettant aussitôt sa dureté, reprit avec un sourire triste :

— Je suis souffrante, ma fille, laissez-moi. Quand j'aurai besoin de vous, j'appellerai...

Restée seule, elle se leva, et assise, dans un fauteuil, près de sa cheminée, elle médita profondément. Elle avait retrouvé toute sa lucidité et cherchait les moyens de sortir du doute horrible dans lequel elle se débattait. Au bout d'un instant, elle alla à un petit bureau en marqueterie, prit du papier et traça rapidement ces quelques lignes : « Mon cher ami, j'ai absolument besoin de vous ; venez me voir après votre déjeuner. — MINA. » Elle écrivit sur l'enveloppe : « Monsieur le marquis de Villenoisy, » et sonna. Sa femme de chambre reparut.

— Faites porter ceci immédiatement et, après, venez me coiffer.

Cela fait, elle se sentit plus calme et espéra être assez forte pour surmonter les difficultés. Par-dessus tout, elle appréhendait de se trouver, le matin même, en présence de son mari. Le hasard la servit : Armand sortit en prévenant qu'il ne rentrerait pas déjeuner. La comtesse put donc se recueillir dans la solitude, faire l'ombre autour d'elle, afin de dérober aux regards les traces de souffrance empreintes sur son visage. A une heure, le marquis de Villenoisy arriva. Le vieux diplomate connaissait trop bien Mme de Fontenay pour avoir besoin d'explications préalables. Le premier coup d'œil lui révéla la gravité de la situation et, sans s'attarder à des précautions inutiles :

— Qu'y a-t-il donc ? ma chère amie, s'écria-t-il.

Au moment d'avouer ses tourments, de révéler son malheur, de dénoncer l'infidélité soupçonnée, la comtesse recula. Il lui sembla que la première parole qu'elle allait prononcer rendrait la catastrophe inévitable. Elle eut envie de se taire, de se replier sur elle-même, d'endurer tout lâchement, pour jouir encore de l'hypocrisie charmante de celui qu'elle aimait. Mais son hésitation fut courte. Un flot de sang lui colora le visage, ses yeux étincelèrent, et d'une voix tremblante elle dit :

— J'ai l'horrible soupçon que mon bonheur est perdu, que mon mari m'abandonne et me trahit.

Et, tout d'un trait, elle raconta à son vieil ami la sortie étrange d'Armand, à l'heure où ses invités arrivaient, la découverte du télégramme qui l'appelait impérieusement, son retour précipité, son trouble pendant une partie du spectacle, puis son impassibilité, quand elle l'avait indirectement questionné, ses réponses affectueuses, ses tendres protestations. Et tout cela : mensonge, tromperie, car, elle en était sûre, il aimait une autre femme, et son malheur était certain. Et elle se répandait en lamentations violentes, en protestations indignées, réclamant le secours du marquis, l'excitant à l'indignation, pleine du désir de l'entraîner à partager sa colère.

Lui, impassible, l'avait écoutée sans desserrer les dents, sans faire un geste, ni d'étonnement, ni de blâme. Les yeux demi-clos, pendant que débordait la fureur qui était en elle, il méditait. Quand le flot des récriminations et des accusations fut tari, et quand, à l'entraînement des premières confidences, succéda la lassitude de l'aveu accompli, le diplomate releva sa tête blanche, cligna ses yeux vifs et résuma la situation en ces simples mots :

— Et, en somme, qu'est-ce que vous voulez ?

A cette question, Mme de Fontenay changea de visage ; elle pâlit et, d'une voix tremblante :

— Je veux connaître la vérité, être sûre de ce que je soupçonne, savoir qui est cette femme, où elle habite, depuis combien de temps mon mari la connaît, tout enfin...

— Et puis ?

— Comment : et puis ?

— Oui, et puis, quand vous serez sûre que vous êtes trompée, qu'est-ce que vous ferez ?

La comtesse regarda son vieil ami d'un air épouvanté. Elle entrevit, en un instant, les conséquences de la situation dans laquelle elle s'engageait. Jusque-là, les conclusions qu'elle avait tirées de l'infidélité d'Armand avaient été purement morales. Allait-il falloir en tirer des conséquences matérielles ? La question était nettement posée, et la solution lui semblait déjà si affreuse qu'elle n'osait plus répondre.

Le marquis reprit doucement :

— Je ne suppose pas que vous soyez disposée à entreprendre des recherches pour ne pas aller jusqu'au bout, si elles confirment vos craintes. Avant de commencer une campagne, il faut toujours en préciser les résultats possibles. Si, comme vous l'avez déclaré tout à l'heure, votre mari vous abandonne et vous trahit, que ferez-vous ?

La comtesse demeura de nouveau silencieuse, bouleversée par l'horreur de la résolution à prendre. Alors le marquis poursuivit :

— Vous ne me répondez pas. C'est donc que vous avez saisi toute la portée de mon interrogation. En ce moment, vous n'avez que des doutes et vous êtes torturée par la jalousie ; mais qu'est le supplice que vous endurez, comparé à celui qui vous attend si vous arrivez à une certitude ? Voilà ce que je tiens à vous faire comprendre. Vous m'avez dit vous-même que votre mari était charmant, que rien, dans son attitude, n'aurait pu vous donner l'éveil, sans la découverte que vous avez faite. Peut-être la sagesse consisterait-elle à ne rien tirer au clair et à vous contenter du bonheur très appréciable dont vous jouissez. Évidemment, ce n'est qu'un minimum. Mais un minimum, c'est encore quelque chose. Si vous commencez des recherches, vous pouvez être entraînée plus loin que vous ne voudrez. Votre mari peut s'apercevoir de vos manœuvres. S'il est innocent, il en sera gravement froissé ; s'il est coupable, il sera plus profondément blessé encore. Vous arriverez alors à un éclat. Quelle en sera la terminaison ? Il n'en est que deux possibles : ou le pardon ou la rupture. Le pardon vous replace dans la situation où vous vous trouvez à l'heure présente, avec des souvenirs douloureux et une froideur inévitable en plus, par conséquent une source de chagrins intarissable. La rupture...

— Jamais ! Je mourrais de ne plus le voir, de ne plus l'entendre, de ne plus vivre auprès de lui.

— Alors ?

La comtesse se tordit les mains avec désespoir, et la respiration entrecoupée, presque étouffée par l'angoisse qui lui serrait le cœur :

— Je veux savoir !... Je souffre trop de mes soupçons... La vérité sera cent fois moins cruelle... Il faut que je connaisse cette femme, que j'apprenne qui elle est, comme elle est, où il l'a connue. Vous devriez comprendre ce que j'éprouve et m'aider, au lieu de me torturer par vos arguments... Vous voyez bien que je suis folle !... Ayez du jugement pour moi... Donnez-moi un conseil, un bon !...

— Un qui vous plaise, enfin, dit froidement le marquis. N'attendez pas de moi une pareille complaisance. Dans votre situation, elle

LA PERSONNE QUE MADAME LA COMTESSE ATTEND, EST LA (PAGE 69)

serait criminelle : je ne vous dirai que ce que votre intérêt bien entendu m'inspirera.

Mme de Fontenay se dressa brusquement et le visage enflammé :

— Non! Plus de raisonnements, plus de discussion!... Vous ne me détournerez pas de mon but. Vous voulez m'empêcher de faire des recherches. Vous n'y réussirez pas... Le doute me tuerait... J'aime mieux l'horreur de la certitude... Au moins je saurais à quoi m'en tenir... Et puis, s'il était innocent.

Sa figure s'éclaira d'un rayon de joie. Un soupir de soulagement dégonfla son cœur ulcéré. Elle s'attacha à cette idée consolante qui l'avait déjà hantée pendant son insomnie.

— Car enfin, je l'accuse peut-être à tort. Qui sait si ma jalousie n'est pas sans motifs, s'il n'y a pas seulement des apparences?... Comment croire que lui, si aimant, si fidèle, si loyal, a pu me tromper bassement, ignoblement?...

Le marquis hocha la tête et, plissant sa bouche narquoise :

— Un mari ne trompe pas bassement et ignoblement, quand sa femme ne sait rien... Le soin qu'il a pris de se cacher témoigne de ses égards pour elle... Mon Dieu! La rage que vous avez de tout pénétrer et de tout connaître, vous autres femmes mariées, au risque de vous déchirer le cœur, est bien ce qu'il y a de plus déraisonnable au monde. La fidélité conjugale, que vous exigez, est une rareté presque introuvable... Si j'étais à votre place, au lieu d'ouvrir mes yeux tout grands, pour mieux voir, je les couvrirais avec mes mains pour être plus sûrement aveugle... Ne demandez pas à un homme ce qu'il ne peut pas vous donner, et contentez-vous de ce qu'il vous offre : son assiduité, sa bonne grâce, son égalité d'humeur, voilà ce qui assure le bonheur de tous les jours... Pour le reste, c'est du roman : laissez-le aux livres et ne l'introduisez pas dans la vie.

La comtesse n'écoutait plus son ami. A ses yeux venait d'apparaître la petite maison du faubourg de Vienne et le jardin verdoyant où elle se glissait par la porte dissimulée sous les lierres. Comme ils avaient été heureux là, que de serments échangés, et si bien tenus!

Puis, c'était son arrivée à Paris, après son deuil, lorsque, depuis dix-huit mois, elle était séparée d'Armand, et leur première réunion dans l'appartement des Champs-Élysées, qu'elle avait loué, afin de décider à loisir une installation définitive. Elle voyait Armand entrant dans le salon et s'arrêtant à trois pas d'elle, pâle d'émotion, puis le mouvement irrésistible qui l'avait jeté à ses pieds, presque dans ses bras, pleurant de joie. Comme il l'aimait alors, et que de douces paroles, que de tendres confidences! Le jour tombait, il y avait trois heures qu'il était enfermé avec elle, assis auprès d'elle, la main dans la main, les yeux dans les yeux, causant de l'avenir, et il ne soupçon_ nait pas le temps écoulé, il ne pouvait se décider à s'en aller. Elle l'avait retenu à dîner et, dans la banale salle à manger, servis par un seul valet de confiance, eux qui s'étaient vus, la dernière fois, dans les somptuosités de l'hôtel de Schwarzbourg, ils s'amusaient de la simplicité de ce logis, riant comme des écoliers en vacances, trouvant tout charmant et joyeux.

Et pendant dix ans, cela avait été ainsi. L'existence la plus douce, la plus sûre, la plus heureuse. Un ciel d'une pureté inaltérable, au milieu duquel venait, sans le moindre nuage avant-coureur de l'orage, d'éclater ce coup de tonnerre. Et tout était bouleversé, et peut-être le calme ne reviendrait jamais!

La pauvre femme, à ces tristes pensées, ne put se défendre de pleurer, et silencieusement, sans pose, sans honte, elle laissa ses larmes couler. Elle ne s'occupait pas de son vieil ami, elle avait oublié sa présence, elle ne songeait qu'à son existence brisée. Elle se leva et gagna lentement la fenêtre, comme pour voir si celui à qui elle pensait uniquement, et dont elle soupçonnait, à l'heure même, la présence chez sa rivale, n'allait pas lui apparaître revenant et lui prouvant ainsi le néant de ses craintes. Elle vit la cour vide, avec ses pavés brillants sous le soleil. Elle poussa un profond soupir et murmura :

— Non! vivre ainsi, ce n'est plus vivre!

Elle s'avança vers le marquis et, le regardant profondément :

— Je vous remercie de tout ce que vous m'avez dit de sensé tout à l'heure. Il est certain qu'un peu de scepticisme et beaucoup de patience assureraient mon repos. Mais qui me les donnera? Vous savez que j'ai un esprit exclusif et une âme ardente, mal préparée aux ménagements et aux concessions. Tout ou rien pourrait être ma devise. N'essayez donc plus de m'amener à des accommodements qui sont incompatibles avec mon caractère. Soyez l'ami dévoué et éclairé à qui je ne me suis jamais inutilement adressée, quand j'ai eu des difficultés à résoudre. Aidez-moi de votre expérience et de votre sagacité... Mettez à ma disposition les moyens de pénétrer le mystère que je veux éclaircir...

M. de Villenoisy lui prit la main et la serra amicalement entre les siennes :

— Vous avez la fièvre, Mina, dit-il. Peut-être vaudrait-il mieux ajourner la fin de cet entretien.

— Je souffre un peu, mais j'ai tout mon sang-froid. Vous pouvez parler...

— Eh bien! ma chère, si je vous ai bien comprise, vous m'avez demandé, en termes vagues, mais enfin vous m'avez demandé tout de même de vous faciliter la surveillance de votre mari... Tout bêtement, et pour appeler les choses par leur nom, vous voulez le faire espionner, filer, et avoir un rapport sur ses faits et gestes... Je ne me trompe pas, c'est bien là, n'est-il pas vrai, ce que vous désirez?

La comtesse eut une contraction des lèvres, comme si elle répugnait à prononcer le mot décisif. Une expression de dégoût passa sur son noble visage. Cependant elle répondit avec fermeté :

— Oui, c'est cela que je désire.

— Vous avez pensé que, dans ma carrière diplomatique, j'ai eu l'occasion d'employer des hommes habiles à ces recherches, et vous voulez que je vous en choisisse un digne de confiance, qui n'abuse pas du secret qu'on devra lui confier.

— Oui. Mais faudra-t-il donc tout lui dire? demanda la comtesse avec angoisse.

— Oh! non! fit avec tranquillité le marquis. Il saura bien deviner...

Et il n'aura pas grand mérite. Pour un spécialiste, déchiffrer cette énigme ce sera un jeu d'enfant. En vingt-quatre heures, vous saurez tout...

— Sera-t-il indispensable que je voie cet homme? demanda la comtesse avec inquiétude.

— Sans doute.

— Ne pourriez-vous lui donner des instructions sans que je sois obligée de paraître?...

— Ah! ma chère enfant, n'espérez pas cela de moi ! s'écria le vieux diplomate, avec une vivacité soudaine. Je vous aime beaucoup, mais j'aime aussi votre mari... Je trouve que je vais déjà très loin, en vous servant si activement contre lui... Je veux garder une dernière apparence de neutralité... Je mettrai à votre disposition les moyens d'apprendre la vérité. Ce sera à vous d'en user...

— Soit. Quand m'enverrez-vous votre agent?

— Dans la journée. Le temps d'aller à la préfecture, de lui parler et de l'expédier chez vous.

— Je ne sortirai pas.

— Alors, je vous quitte.

Il prit son chapeau, s'arrêta devant la comtesse et, avec gaieté :

— C'est bien décidé, irrévocablement, sans retour, ni regrets? Ne perdez pas de vue que l'acte que vous allez accomplir est un de ceux qu'un homme du caractère de votre mari pardonne le moins facilement.

— S'il est innocent, il l'ignorera. S'il est coupable, que m'importe !

— Au revoir donc !

Il lui baisa la main et partit. Elle demeura pensive, très détendue et comme reposée par cette résolution prise et ce commencement d'action engagé. Vers trois heures, comme elle essayait de lire pour absorber sa pensée, un valet de pied entra et à demi-voix :

— La personne que Mme la comtesse attend, de la part de M. de Villenoisy, est là.

Mme de Fontenay tressaillit. Il n'y avait pas plus de deux heures que le marquis l'avait quittée, et déjà sa promesse était tenue. Elle fut prise d'un grand trouble. Elle ne songea pas un instant à congédier l'homme. Mais elle hésitait à le recevoir à cause de ce qu'elle allait être obligée de lui dire. Elle ordonna cependant de l'introduire. Au bout d'une minute, elle vit s'avancer un garçon de taille moyenne, un peu gros, soigneusement rasé, vêtu de couleurs foncées, un chapeau melon noir à la main, et offrant l'apparence d'un valet de chambre de bonne maison, en quête d'une place. Il s'inclina et attendit le bon plaisir de la grande dame.

— Vous venez de la part de M. de Villenoisy? demanda-t-elle.

— Oui, madame, dit-il d'une voix neutre et comme usée.

— Vous savez de quoi il s'agit?

— Oui, madame.

Une rougeur monta au visage de la comtesse; cependant elle poursuivit :

— Que vous faut-il pour réussir?

L'homme eut un imperceptible sourire :

— L'ordre seulement de marcher, madame, et avant vingt-quatre heures la chose sera faite.

— Connaissez-vous donc la personne que vous devez suivre?

— Qui ne connaît à Paris M. le comte de...

Elle lui coupa la parole d'un « C'est bien » très sec, comme pour éviter au nom qu'elle portait l'injure d'être prononcé, devant elle, par une pareille bouche.

— N'avez-vous rien de plus à me demander?

— Rien, madame. Vous m'ordonnez d'agir : je vais me mettre en mouvement. Dès que j'aurai des renseignements à fournir, j'aurai l'honneur de me présenter à l'hôtel.

Il salua et d'un pas léger se dirigea vers la porte. Quand la comtesse leva les yeux, il avait disparu. Elle s'approcha de la fenêtre et aperçut l'homme qui traversait la cour d'un pas tranquille. Il avait l'air inoffensif et indifférent. Il s'engagea sous la voûte de la porte cochère et elle ne le vit plus. Cependant, le temps ne lui sembla pas long jusqu'au dîner. Elle avait le sentiment qu'on agissait pour elle, et sa fièvre s'en trouvait calmée.

Armand rentra vers six heures, monta à son appartement et se présenta chez sa femme au moment de se mettre à table. Il fut charmant pendant le repas, plein d'entrain, de gaieté. Si la comtesse n'avait pas eu d'aussi graves raisons de douter de lui, elle eût pu croire qu'il n'avait pas dans l'esprit une pensée coupable. Après le dessert, il conduisit la comtesse dans son petit salon et lui tint compagnie jusqu'à neuf heures et demie. Comme il ne paraissait pas du tout disposé à sortir, Mina, qui voulait le livrer aux entreprises de son espion, affecta une grande fatigue, que rendait vraisemblable la pâleur de son visage ravagé par l'insomnie douloureuse de la précédente nuit. Alors le comte se leva, sans se presser, comme s'il s'éloignait à regret et déclara qu'il allait passer deux heures au club. Il embrassa tendrement Mina et sortit.

Derrière lui, la comtesse écouta son pas se perdre dans le couloir, et, avec une sombre joie, comme si elle sentait la réussite de son guet-apens assurée, elle s'enferma chez elle. Cette nuit-là fut encore brûlante et agitée ; Mina entendit son mari rentrer et constata qu'il était minuit. Le jour vint trop lentement à son gré ; elle se leva dès sept heures et attendit, pleine d'anxiété, les nouvelles qui ne pouvaient manquer de lui arriver. A midi, elle n'avait encore vu personne, et son impatience s'exaspérait. Elle se fit servir à déjeuner dans son appartement, sous prétexte de migraine.

Les suppositions les plus singulières se présentèrent à son esprit. Son mari s'était aperçu de la surveillance à laquelle il était en butte et il avait payé l'agent pour ne point le trahir. Elle n'aurait donc point de renseignements, ou ceux qu'on lui fournirait seraient faux. Puis, elle s'imagina que le marquis savait d'avance qu'Armand était innocent de ce dont elle l'accusait, et qu'il avait voulu la punir de sa jalousie, en lui faisant subir les angoisses du doute et de la crainte. Et ce fut une douceur exquise pour elle de penser que celui qu'elle aimait n'avait rien à se reprocher et qu'il était toujours fidèle. Puis, subitement, elle revint à son idée première et se persuada qu'Armand avait découvert le piège. Une terreur insensée envahit alors son esprit surexcité. Elle chercha des conséquences à l'action engagée et n'en trouva que d'affreuses. Son mari, ne voulant pas affronter une lutte qui devait être déchirante, ne se résignant pas à abandonner sa maîtresse, n'avai plus qu'à partir, pour ne reparaître jamais. Peut-être, en ce moment même, faisait-il ses préparatifs. Elle fut sur le point de l'envoyer chercher, pour le questionner, pour s'assurer de ses dispositions. Mais que lui dire, sans avouer tout le complot? Et, s'il ne se doutait de rien, quelle attitude prendre vis-à-vis de lui?

Elle pleura de douleur et d'impuissance, dans la solitude de sa chambre, ne sachant que résoudre, craignant tout, elle à qui, jusqu'alors, rien n'avait résisté. Elle resta ainsi plus de deux heures, anéantie, assise sur une chaise au coin de sa cheminée. Jamais chagrin plus amer ne fut plus durement ressenti, et cette femme, si enviée pour son bonheur, paya, pendant ces deux tristes jours, toute la joie de son existence passée.

Enfin, vers trois heures, comme le jour précédent, une femme de chambre entra pour prévenir qu'un homme désirait parler à madame la comtesse. En un instant, Mina fut debout. Le sang lui monta à la tête par vagues brûlantes, et, dans une hâte de savoir, elle gagna d'un pas rapide son petit salon. L'homme y pénétrait par l'autre porte, modeste et respectueux. Il s'arrêta, attendant qu'on l'interrogeât. Mme de Fontenay demeurait immobile, appuyée à la cheminée, examinant l'agent, qui se tenait devant elle, avec l'air insouciant d'un homme que le malheur des gens pour lesquels il s'emploie touche peu. Dans ce drame qui se jouait, il n'était qu'un comparse, et le dénouement qu'il contribuait à préparer ne pouvait le passionner.

Cependant il tressaillit en entendant Mme de Fontenay lui demander :

— Eh bien? Qu'avez-vous appris ?

La sourde intonation de la voix, l'énervement du geste, la pâleur du visage, attestaient une telle anxiété que l'espion en fut troublé. Il plia les épaules, comme sous un fardeau trop lourd, et répondit :

— J'ai appris tout ce que madame la comtesse avait intérêt à savoir.

UNE LARGE ENVELOPPE ATTIRA SON ATTENTION (PAGE 80)

— Et ce que je supposais est-il vrai ?

— La personne que j'étais chargé de suivre est sortie, hier soir, en voiture, à dix heures, et s'est rendue à Neuilly, avenue Maillot, n° 10, chez Mlle Lucie Andrimont. Elle y est restée jusqu'à minuit et est rentrée ici. Ce matin, la personne est sortie, à neuf heures, à cheval, est retournée à Neuilly, en est repartie à onze heures et demie et est revenue ici à midi.

Il y eut un silence, comme à la cour d'assises, quand le chef du jury a prononcé un verdict impitoyable. Après un instant, Mina, surmontant son trouble, voulut avoir des éclaircissements complets. Elle se laissa tomber sur un siège, et cachant à demi son visage sous son mouchoir, qu'elle froissait de ses mains fiévreuses, elle fit signe à l'homme de s'approcher.

— Et cette Lucie Andrimont, quelle femme est-ce ?

— Que madame la comtesse ne s'y trompe pas, dit l'agent ; ce n'est pas une femme, mais une jeune fille...

— Une jeune fille ?

— Parfaitement ! Et qui a la meilleure réputation. Elle vit, depuis six mois dans cette tranquille maison de Neuilly, avec sa tante, Mme Mathisen, qui est morte hier matin, à sept heures. C'est par suite de ce malheur que la personne qui m'avait été signalée est venue plusieurs fois dans la journée, car jamais, avant, elle ne se présentait plus de deux ou trois fois par semaine.

La teneur du petit télégramme bleu revint alors au souvenir de la comtesse et elle y remarqua une concordance très nette avec le récit de l'agent. L'appel affolé de Lucie, voyant sa tante à toute extrémité, et le départ d'Armand, quittant précipitamment sa maison, ses invités, pour courir auprès de celle qui réclamait son appui, tout était exact, certain, conforme à la vérité. Mais alors le problème se posait plus irritant que jamais : Qu'était cette Lucie ? Quel lien attachait Armand à elle ? Pourquoi, depuis dix ans, n'avait-il jamais prononcé son nom, jamais fait une allusion à son existence ? Quel secret y avait-il là ? Et que signifiait ce mystère ?

La grande dame sortit de sa méditation et, se tournant du côté de l'homme qui attendait son bon plaisir pour parler ou pour se retirer :

— Et cette jeune fille, l'avez-vous vue?

— Je lui ai même parlé, madame.

— Comment est-elle?

— Extrêmement jolie, blonde avec des yeux bleus, de taille moyenne, mais très élégante.

— Jeune? interrompit la comtesse.

— Vingt ans, autant que j'en puis juger.

— D'où vient-elle?

— Des environs de Québec, au Canada, à ce que m'ont dit les domestiques, qui sont très fidèles et peu communicatifs... Mais la maison était dans un tel désordre, quand je suis arrivé, que j'ai pu les faire parler...

— Dans un désordre... pourquoi?

— Parce que la jeune demoiselle, comme j'ai eu l'honneur de le dire à madame la comtesse, venait de perdre sa tante, qui habitait avec elle et qu'elle aimait comme une mère... Je me suis introduit, en me faisant passer pour un entrepreneur de monuments funéraires... C'est ainsi que j'ai pu approcher de Mlle Andrimont...

— Sa tante... oui... murmura la comtesse.

Alors elle pensa : n'était-ce pas simplement pour rendre service qu'Armand était allé, l'avant-veille au soir, à Neuilly? Mais comment connaissait-il cette Lucie? D'où la connaissait-il? Et pourquoi se cachait-il de la connaître, s'il n'avait rien de mal à se reprocher?...

— C'est demain qu'a lieu l'enterrement, continua l'homme... Ils vont à la petite église de l'avenue de la Grande-Armée... Le service est pour dix heures...

Mme de Fontenay était retombée dans des réflexions profondes. Elle avait oublié la présence de l'agent. Elle voyait sortir, comme d'un brouillard, une blonde figure de femme, aux traits encore indistincts, mais gracieuse, séduisante et éclairée par des regards d'azur. Sur son front rayonnait le charme tout-puissant de la jeunesse, et, avec un orgueil souverain, une confiance invincible, elle défiait sa rivale. La comtesse poussa un douloureux soupir qui vibra dans le silence du salon. Elle leva les yeux et se vit seule. L'homme avait disparu.

Il eût été possible à Mme de Fontenay de se figurer que rien de ce qui venait de se passer n'était réel, et que, depuis ses soupçons jusqu'à leur confirmation, elle était sous la douloureuse obsession d'un rêve. Elle fut tentée de le vouloir ; elle se replia un instant sur elle-même et pensa : Je suis folle ! Pourquoi chercher à savoir, pourquoi ne pas fermer volontairement les yeux ? Le marquis a raison : la sagesse consisterait à se nier à soi-même son propre malheur, à ne pas admettre qu'il soit et à se créer une factice atmosphère de sécurité et de bonheur. N'aurai-je pas ce courage ? Vais-je entreprendre une lutte affreuse contre l'être que j'adore uniquement ? Le tourmenter, le blesser, l'humilier ? Et pour quoi ? Pour une infidélité ? Pour une amourette, passagère peut-être, après laquelle il me reviendrait plus tendre, plus heureux ! Ne l'aimai-je point assez pour subir sa trahison en silence ; ne saurai-je point me sacrifier à lui ? Il faut l'essayer, ce sera bon, ce sera noble, ce sera courageux. S'il n'a plus d'amour pour moi, au moins aura-t-il du respect et de l'admiration ! Il est vraiment digne de moi d'agir ainsi, et plus mon affection pour lui est profonde, plus mon dévouement doit être complet.

Mais au fond d'elle-même, contre ces sages résolutions, une voix irritée s'éleva, furieuse : Quoi ! tout subir, tout tolérer ? Avoir la preuve de l'infidélité et l'encourager par le silence et la résignation ? Si tu faisais cela pour l'homme que tu aimes, il ne te verrait pas plus grande et plus respectable, mais amoindrie et dégradée. Montrer si peu de fierté ? Mais il ne reconnaîtrait plus la femme qu'il a jadis choisie et aimée. Et déjà entraîné par sa passion pour une autre, il se trouverait tout à fait libéré par son dédain pour toi. Point de faiblesse, une fière et rude résistance, et la rupture s'il le faut. Mais aucun compromis avilissant.

Ayant pris cette résolution, Mina se mit à préparer un plan d'action. Savoir à quoi s'en tenir était bien ; mais ce n'était pas suffisant.

Il devenait nécessaire d'intervenir et de se manifester au coupable, en lui donnant les preuves que rien de son crime n'était plus inconnu. La comtesse pouvait, à l'heure où Armand avait l'habitude de rentrer, le prier de passer chez elle et le foudroyer par ces seuls mots :

— Qu'est-ce que c'est que Mlle Lucie Andrimont?

Mais s'il avait, par hasard, une réponse acceptable à fournir, et si, prévenu, il réussissait à tirer de la situation un parti avantageux pour lui, quelles preuves écrasantes la femme avait-elle à sa disposition pour accabler le mari? Aucune. Le nom de la prétendue maîtresse et son adresse. Était-ce assez? Non. Il fallait donc d'abord se renseigner plus complètement et voir soi-même.

Un projet commençait à poindre dans la pensée obscurcie de Mme de Fontenay. Elle était tentée d'aller chez cette Lucie, de l'interroger, et, dans son attitude, dans sa voix, dans ses regards, de deviner ce qu'elle voulait à tout prix savoir. La manœuvre, à coup sûr, était hardie, mais combien elle pouvait être féconde en résultats, si l'exécution répondait à la conception. Arriver chez la jeune femme, donner un faux nom, inventer un prétexte, nommer Armand et profiter du premier trouble pour pénétrer le mystère de leur liaison, certes, ce coup d'audace valait la peine d'être tenté. Mina s'y résolut avec ardeur. Une telle violence plaisait à son caractère. Dans la lutte, elle se retrouvait elle-même. Sa fierté de race, sa jalousie, née d'un amour longtemps heureux, s'accordaient pour la pousser à ne rien ménager. Un remords enfin, très poignan et très amer, était en elle. Dès le premier instant de la fatale découverte, elle s'était souvenue qu'elle aussi, autrefois, elle avait trahi celui dont elle portait le nom, et pour Armand. Son malheur n'était-il pas la juste punition de la faute? Et n'y avait-il pas comme une revanche du passé dans cette fatalité du présent qui pesait sur elle?

Le visage noble et doux du prince de Schwarzbourg s'évoqua devant elle. Et la bonté consolante du vieillard, ses tendres exhortations, qui lui revenaient à la mémoire, formèrent un pénible contraste avec sa colère et sa violence. Il n'avait point menacé, lui ; il n'avait point usé de rigueur, et pourtant il éprouvait pour elle une profonde tendresse. Il n'avait qu'un souci : sauvegarder sa réputation et calmer son chagrin. Son dernier mot, lorsque la mort était venue le prendre, avait été tout de bonté et d'espérance : « Tu vas être libre, mon enfant, sois heureuse! » Elle le revoyait, elle l'entendait encore, et des larmes coulèrent de ses yeux en pensant qu'elle aussi, peut-être, n'avait plus qu'à mourir pour laisser celui qu'elle adorait être libre et heureux !

La fin de la journée se passa dans ces alternatives de découragement et d'exaltation. La comtesse jugea nécessaire de paraître à l'heure habituelle au salon et dîna avec son mari. Fort heureusement il avait invité le baron de Cravant, avec lequel il allait à une première représentation. La verve du jeune homme, répandue en paroles intarissables, occupa assez ses hôtes et lui-même pour que le repas s'achevât sans que la lourde contrainte, qui tenait la comtesse comme anéantie, fût trop clairement remarquée. A neuf heures, les deux hommes se retirèrent, et Mme de Fontenay fut livrée à elle-même. Elle était dévorée du désir de sortir, de prendre une voiture et de se faire conduire à Neuilly. En une demi-heure, elle pouvait être chez Lucie Andrimont. Mais la crainte de se rencontrer face à face avec son mari la retint. Il avait annoncé qu'il se rendait à cette première représentation ; mais qui l'empêcherait de quitter le théâtre? Et peut-être même laisserait-il son cousin aller seul. La prudence arrêta Mina. Elle remit sa visite au lendemain. Elle était brisée de fatigue et ses nerfs surexcités commençaient à se détendre. Elle se coucha de bonne heure, essaya de lire pendant quelques instants pour se distraire, mais ses yeux se fermaient malgré elle. Elle s'endormit, et, pour la première fois depuis deux jours, trouva le calme et l'oubli.

Il faisait jour quand elle se réveilla. Elle fut un peu honteuse de cette prédominance de la matière sur l'esprit qui l'avait arrachée à ses douloureuses préoccupations. Cependant, avec joie, elle se sentit rafraîchie et fortifiée par cette nuit tranquille. Sa pensée lui parut plus nette et plus sûre. Sa résolution, pour être plus grave, n'en était pas moins ferme. Elle était délivrée des énervements exaspérés de la première heure et se retrouvait maîtresse d'elle-même, dans toute la plénitude de sa vigueur physique et morale.

Elle vit, dès neuf heures. Armand partir vêtu de noir. A midi, il
était de retour. Elle le fit prévenir, alors, qu'elle ne déjeunerait pas
avec lui et, sûre d'avoir deux heures devant elle, pour exécuter le plan
qu'elle avait conçu, elle descendit par le petit escalier, traversa la
cour, appela un fiacre qui passait dans la rue et ordonna au cocher
de la conduire avenue Maillot.

IV

Il y avait environ six mois, un matin du mois d'octobre, au château de Cravant, comme le comte Armand ouvrait distraitement son courrier, avant de partir pour la chasse avec ses invités, une large enveloppe portant cette mention : « Bernard Pellier, notaire à Paris, » attira son attention. Il laissa la lettre, peu importante, qu'il parcourait et, décachetant celle qu'il venait de prendre, il la lut avec curiosité. Elle était ainsi conçue : « Monsieur et cher client, je viens de recevoir la visite d'une de vos parentes, arrivant des colonies anglaises, Mlle Lucie Andrimont, que vous ne connaissez pas et qui a une demande à vous adresser. Soyez assez bon, la première fois que vous vous rendrez à Paris, pour passer à mon étude, et veuillez me prévenir la veille pour que je puisse convoquer Mlle Andrimont, en présence de laquelle, je l'espère, il ne vous sera point désagréable de vous trouver. Recevez, monsieur et cher client, l'assurance de mes sentiments les plus dévoués. — Bernard Pellier. »

Après avoir lu cette lettre, le comte demeura un instant rêveur. Lucie Andrimont : ce nom n'éveillait en lui aucun écho. Sa parente ? Par sa femme, sans doute ; car il ne se rappelait point qu'un Andrimont eût jamais... Brusquement, il fit un geste, son front se creusa,

MADEMOISELLE ANDRIMONT EST ICI, DIT-IL (PAGE 86)

et ses doigts froissèrent la lettre du notaire. Comme si un voile venait de se déchirer dans sa pensée, il avait, en un instant, retrouvé le souvenir. Et même, ce souvenir se liait à un fait matériel, dont son imagination d'enfant avait été vivement frappée. Il devait avoir douze ans, lorsqu'au premier janvier son père l'avait conduit, après le déjeuner, pour souhaiter la bonne année à son grand-père maternel, le marquis de Pont-Croix, enragé légitimiste, échappé par miracle au massacre de la Pénissière, et qui était resté imbu des plus intransigeantes traditions féodales. C'était un grand vieillard, à cheveux blancs ébouriffés, portant encore la croix de Saint-Louis suspendue à la boutonnière de sa redingote par un ruban. Il inspirait à l'enfant une respectueuse terreur. Il avait une façon brusque de le planter à cheval sur son genou osseux et de l'embrasser, en le piquant avec sa barbe de deux jours, qui éloignait invinciblement de lui son petit-fils.

Or, ce premier janvier-là, le comte de Fontenay était assis dans le cabinet de son beau-père, et Armand, après avoir subi la traditionnelle cérémonie de la mise à califourchon sur le genou tranchant et de l'embrassade avec la barbe en chevaux de frise, regardait un album de gravures, lorsque, entre deux pages, il découvrit une mince feuille d'ivoire, sur laquelle était peinte une miniature. C'était le portrait d'une jeune femme, d'une exquise beauté, mais à l'air triste et souffrant. Elle était vêtue très simplement et de couleur sombre. Derrière la feuille étaient écrits ces simples mots : « A mon père, tendrement aimé, malgré tout. — LAURENCE. »

Armand avait alors levé la miniature, ainsi que pour la montrer, et s'était écrié :

— Oh ! tante ! comme elle est ressemblante !

A ces paroles, le vieillard était devenu tout pâle, son regard avait pris une expression menaçante, et, s'avançant vivement, il avait arraché le portrait des mains de l'enfant. Le comte de Fontenay s'était approché inquiet, le marquis avait dit d'une voix sourde :

— C'est cette malheureuse qui s'est encore rappelée à moi. Ne peut-elle me laisser l'oublier ?

Comme le comte tâchait de calmer son beau-père et l'engageait à
se montrer plus indulgent :

— Non ! avait repris le marquis. Qu'on ne me parle plus jamais
d'elle. Jamais ! Elle m'a désobéi, elle m'a offensé... Je l'ai chassée de
mon cœur. Je ne la connais plus !...

Le vieillard, épuisé par cette manifestation violente, s'était laissé retomber dans son grand fauteuil et avait fondu en larmes. Un grand silence
s'était fait, troublé seulement par les sanglots de l'aïeul. Le comte, le
front assombri, regardait le petit Armand, qui, très ému par cette douleur, dont il ne connaissait pas la cause et dont il ne comprenait pas l'a-
mertume, se sentait près de pleurer lui-même. Au bout d'un instant, le
marquis avait repris son sang-froid, et, comme son gendre lui serrait la
main et essayait de lui adresser quelques mots de consolation, il lui avait
coupé la parole par un très sec : « C'est inutile ! » Puis, silencieusement, il
les avait reconduits tous deux jusqu'au vestibule, avait encore piqué
son petit-fils avec sa barbe agressive et était rentré chez lui. Dans la
voiture, Armand avait eu la curiosité d'interroger son père et avait
demandé :

— Qu'est-ce qu'elle a donc fait, tante, pour que bon papa soit si en
colère contre elle ?

— Elle s'est mariée contre son gré...

— Ah ! pourquoi ?

— Parce qu'elle aimait quelqu'un qui déplaisait à ton grand-père.

— Et pourquoi lui déplaisait-il ?

— Parce qu'il n'était pas de notre monde.

— Ah ! Et de quel monde est-il ?

— Il appartient à la bourgeoisie : c'est un industriel.

— Qu'est-ce que c'est qu'un industriel ?

— C'est un homme qui est dans les affaires.

— C'est donc mal d'être dans les affaires ?

— Tu m'ennuies.

Ce « tu m'ennuies » avait clos l'entretien. Mais, dans l'esprit d'Armand, cette conviction ne s'en était pas moins formée, que sa tante
Laurence avait épousé un homme frappé d'une tare et que cette tare

consistait à être dans les affaires, c'est-à-dire à travailler. Or, ni son grand-père ni son père ne travaillaient, et il était amené, par le respect qu'il avait pour eux, à juger que ceux qui ne faisaient pas comme eux faisaient mal.

Il avait donc conservé une pénible impression de cet incident et le nom de sa tante Laurence était resté associé, dans sa mémoire, à quelque chose de mauvais. Comment se nommait l'industriel qu'elle avait épousé, il ne le soupçonnait même pas. Le silence s'était fait sur le mari et sur la femme. Armand avait perdu sa mère depuis long-temps déjà. Aucun de ceux auprès desquels il vivait n'avait de raison de parler de la fille rebelle. Il avait donc grandi et vieilli sans se préoccuper de ce que Laurence était devenue.

Et voilà que brusquement la lettre de son notaire le forçait à faire un retour sur le passé. Une parente : ce ne pouvait être que l'enfant de sa tante. Venant des colonies anglaises : l'absence de nouvelles dans laquelle elle avait laissé sa famille s'expliquait par l'éloignement. Mlle Andrimont : c'était donc ainsi que se nommait l'industriel pour l'amour de qui la jolie tante Laurence avait désobéi à son père, renié sa caste et s'était faite simple bourgeoise.

Armand revit toute la scène où, dans sa douloureuse, colère, son grand-père avait presque maudit la coupable. Le temps avait marché et les idées avaient changé, depuis ce premier de l'an, et l'intolérance du vieux chouan n'aurait plus été de mise. Une demoiselle de noblesse épouser un homme de rien, cela se faisait maintenant tous les jours, pourvu que l'homme de rien fût très riche et que la demoiselle de noblesse fût sans dot. C'était, en somme, le cas de Laurence de Pont-Croix, lorsqu'elle avait rencontré le monstre. Armand savait à quoi s'en tenir sur la fortune que le marquis avait laissée à ses descendants. Beaucoup de quartiers, mais fort peu d'argent. Et, tous les matins, une jeune fille, dotée seulement de sa beauté, ne rencontrait pas un Fontenay-Cravant, jeune et millionnaire, pour réparer envers elle les injustices de la destinée. La vie, en tête à tête avec l'aïeul, ne devait pas être folâtre, Armand était payé pour s'en souvenir, lui qui, aux jours de fête familiale, n'allait chez son grand-père qu'en pous-

saut de lamentables soupirs. Le crime de Laurence avait donc bien
des excuses. Elle se voyait vouée au célibat, et elle avait pu en concevoir de la tristesse. De là à une résolution inspirée par l'homme qui
avait su se faire aimer d'elle, il n'y avait qu'un pas. Et qui ne l'aurait
aidée à le franchir?

Jolie, oui elle l'était la tante Laurence, et la miniature, cause indi-
recte de la scène qui avait frappé son imagination d'enfant, était là
pour en faire foi. Il l'avait retrouvée, en rangeant des papiers dans le
tiroir d'un meuble, après la mort de son père. C'était un petit chef-
d'œuvre de Mme de Mirebel. Elle était telle qu'il l'avait découverte,
entre deux pages de l'album, dans le petit salon de son grand-père, sans
cadre, comme un objet qu'on n'ose pas détruire, mais que l'on dédai-
gne. Armand l'avait placée dans une vitrine, au milieu de précieux
souvenirs qui lui venaient de sa mère. Et voilà qu'en ce moment les
traits de la jeune femme, reproduits sur la mince feuille d'ivoire, lui
apparaissaient très nets, presque vivants. Les yeux avaient un regard
animé, la bouche souriait, et, sur le front étroit et poli, les cheveux
châtains frisaient en boucles légères. Ressemblait-elle à sa mère, cette
parente, qui arrivait des pays lointains, et était-ce une Pont-Croix ou
une Andrimont ?

Il fut tiré de sa rêverie par les aboiements des chiens, qui bon-
dissaient dans la cour, amenés par les gardes. Il poussa dans un
tiroir la lettre de Mᵉ Bernard Pellier, se leva et, descendant vivement, il alla rejoindre ses amis.

Cependant cette affaire le préoccupait. Il avait décidé qu'il n'irait
pas à Paris avant le commencement du mois suivant, afin de ne pas
laisser la comtesse faire seule à ses invités les honneurs de sa
maison. Au bout d'une semaine, il fut pris d'impatience et écrivit à
son notaire qu'il serait à son étude le lundi, à une heure. Alors il
retrouva la tranquillité. Fait singulier, il n'avait point parlé à la comtesse de la communication de Mᵉ Bernard Pellier. Le premier
jour, ce fut par suite de l'impossibilité où il se trouvait de pouvoir
donner à sa femme des renseignements certains, touchant ce sauvageon poussé secrètement sur son arbre généalogique. Il ne voulut pas

s'exposer à des questions auxquelles il ne saurait pas répondre. « Quoi ! vous aviez une cousine et vous n'en disiez rien ! Elle se nomme Andrimont et c'est la première nouvelle que vous en avez ? Qu'est-elle ? Que fait-elle ? D'où vient-elle ? Où va-t-elle ? Que pouvons-nous en attendre, ou que devons-nous en craindre ? Une fille, et qui vient de si loin, garantiriez-vous sa moralité, et allez-vous lui ouvrir les bras ? » Il préféra ne pas ébruiter la chose. Il serait toujours temps d'en parler, et, quand il aurait vu Mlle Andrimont, quand il aurait causé avec elle, quand il aurait pris de sérieuses informations sur son compte, il pourrait faire des révélations.

Le lundi, il partit par le train du matin, arriva à Paris pour déjeuner et, après avoir fait une ou deux courses, il entra fort exactement à l'heure dite dans l'étude de Mᵉ Bernard Pellier. Reçu par le principal clerc, qui lui dit que son patron avait quelqu'un dans son cabinet, il riposta :

— Peut-être est-ce justement avec ce quelqu'un que je dois me rencontrer ? Faites donc, je vous prie, passer ma carte...

— J'y vais moi-même...

La porte rembourrée, qui protégeait les clients contre toute indiscrétion, venait à peine de retomber qu'elle se rouvrit et que le notaire, la figure souriante, apparut. Il tendit la main à son client, avec l'amicale familiarité d'un ancien camarade de collège, et, jetant un regard par-dessus son pince-nez :

— Mlle Andrimont est ici, dit-il.

Le comte Armand, un peu étonné, pénétra dans le vaste cabinet, tendu de velours vert et meublé de poirier sculpté, et, dans la pénombre, le dos à la fenêtre, assise dans un fauteuil, il aperçut une jeune femme. D'elle, ce qui le frappa tout d'abord, ce fut l'éclat doré de ses cheveux, que caressait un rayon de soleil d'automne, et la petitesse de son oreille, transparente et rose dans la lumière. Il salua sans dire un mot, la regardant curieusement. Elle se leva. Il se rendit compte qu'elle était de moyenne taille, et, comme elle s'était un peu tournée, il put la voir et resta saisi de sa beauté. Elle ne devait pas être âgée de plus de vingt ans. Et pourtant son visage avait un air de gravité qui lui prêtait les apparences de la maturité. Pendant que le comte la saluait, elle inclina la tête et sa physionomie s'éclaira comme d'un reflet de satisfaction intime. On eût dit qu'elle pensait, en voyant Armand pour la première fois : Ah ! il est ainsi. J'en suis contente, il se trouve tel que je l'avais souhaité. Mais elle ne fit pas entendre le son de sa voix, même quand le notaire, lui présentant le jeune homme, dit :

— Mademoiselle, monsieur le comte de Fontenay, votre cousin, que vous avez désiré rencontrer.

Elle inclina de nouveau la tête, en signe de remerciement, et leva avec nonchalance une petite main largement gantée de suède. Lui, très gracieux, s'assit en face d'elle, tout près du bureau du notaire, et, à demi-voix, lui donna l'assurance qu'il était heureux de se mettre à sa disposition, s'il pouvait, en quoi que ce fût, lui être utile ou agréable. Elle demeura un instant silencieuse : puis, avec un organe plein et chantant, que ne déparait point une légère pointe d'accent exotique, elle le remercia de l'empressement qu'il montrait à se rendre à son désir et commença à lui donner des explications sur sa situation.

Elle arrivait du Canada, où son père et sa mère avaient vécu pendant vingt-cinq ans, aux environs de Québec, dans une exploitation agricole longtemps florissante. Son père, d'origine hollandaise, avait péri pendant une violente épidémie qui avait décimé la population, il y avait trois ans. Sa mère, épuisée par les soins qu'elle avait prodigués jour et nuit à son mari, minée par le chagrin de sa perte, avait succombé un an plus tard, et la jeune fille était restée seule avec une vieille parente du côté paternel, autrefois recueillie et tirée du dénûment, et qui s'était attachée passionnément à elle. Pendant deux ans, la jeune fille avait essayé de liquider les affaires de son père ; mais, trompée par les hommes d'affaires, exploitée à cause de son inexpérience, elle avait dû céder à vil prix une propriété considérable, et, dégoûtée du pays où elle était née, mais où elle venait d'éprouver de si sérieux déboires et de si cruels chagrins, elle rentrait en France avec l'intention de s'y fixer pour toujours.

Pendant que Lucie faisait ce récit, avec une sobriété d'expressions et une netteté de vues qui dénotaient un esprit à la fois très résolu et très cultivé, le comte l'observait, et peu à peu il était conquis par le charme qui émanait d'elle. Il y avait un très saisissant contraste entre la grâce de sa personne, la douceur de son visage et la fermeté de sa parole. Tout ce que sa beauté avait de séduisant était corrigé par ce que son allure avait de viril. Son langage prenait, par instants, quand elle s'animait, une forme autoritaire et presque despotique révélant la femme qui, pendant de longs mois, avait eu à débattre des intérêts très divers avec des gens retors et mal intentionnés. En fermant les yeux et en écoutant sa voix grave et son discours précis, on eût pu se figurer qu'on avait affaire à un jeune garçon et point à une jeune fille.

Le sentiment qu'elle inspira au comte fut, dès le premier abord, une franche sympathie. Elle était si exempte de coquetterie, qu'il ne songea pas une minute à lui débiter des madrigaux et qu'il lui offrit son amitié comme il eût fait à un homme. Il n'y avait pas une demi-heure qu'ils se trouvaient ensemble et déjà ils étaient en confiance, comme s'ils se connaissaient depuis des années. M° Bernard Pellier, très intéressé par cette entrevue, qu'il avait préparée entre la jeune fille et le comte, les laissait causer, oubliant les clients qui l'attendaient dans l'étude et sacrifiant tout à sa satisfaction du moment.

Cependant, comme Armand venait de risquer une allusion discrète à des offres de services qu'il serait heureux de faire, le cas échéant, à sa jeune parente, celle-ci le remercia et, très simplement, expliqua que sa fortune, rapportée par elle, après liquidation des propriétés paternelles, se montait à douze cent mille francs et lui constituait un revenu de cinquante mille livres de rente. Il n'y avait donc pas à se préoccuper de sa situation matérielle.

— Que puis-je donc pour vous? avait dit alors le comte, avec un peu d'étonnement, car il ne voyait pas du tout où sa cousine entendait le conduire.

— Vous pouvez, monsieur, me faire une très grande joie. Nous vivions au Canada dans le luxe matériel, mais hors de toute recherche artis-

Mademoiselle Andrimont était en possession de la miniature (page 91)

lique. Le croiriez-vous, je n'ai pas un seul portrait de mon père, autre qu'un médiocre daguerréotype fait avant son départ de France, et qui ne me le rappelle point tel que je l'ai connu. Quant à ma mère, rien qui la fasse revivre pour moi. J'ai pensé que, peut-être, parmi les objets qui avaient été légués par notre aïeul à votre mère, il pourrait se trouver un portrait que ma mère avait fait peindre avant de s'embarquer pour l'Amérique et qu'elle avait envoyé à son père. Que de fois elle m'a raconté, avec des larmes, qu'elle n'avait pas même reçu un mot pour lui annoncer que l'objet était arrivé à son adresse! Elle disait : « Il est impossible que mon père ne l'ait pas gardé. Malgré son mécontentement, il m'aimait, et, s'il est resté implacable tout d'abord, une fois séparé de moi pour toujours, il a dû se relâcher de sa rigueur. Ce portrait était tout ce qui lui restait de moi. » Je n'ai point oublié ces paroles de ma mère. Quand j'ai eu le chagrin de la perdre, je me suis rattachée à l'espoir que ce portrait pourrait être retrouvé. Et c'est pour vous demander s'il existe encore, s'il vous est possible de me mettre à même de l'obtenir, que je me suis hasardée à vous prier de venir ici.

— Et vous avez été bien inspirée, mademoiselle, car ce souvenir, si précieux pour vous, je le comprends, existe en effet, et il vous sera facile de l'obtenir.

— Vous connaissez celui qui le possède?

— On ne peut mieux. C'est moi.

La jeune fille frappa ses mains l'une contre l'autre, avec un mouvement de joie ; son visage se colora d'une vive rougeur, qui monta comme une vague pourpre jusque dans la racine de ses cheveux, et, ses yeux bleus levés sur Armand avec une expression suppliante :

— Oh! vous me le donnerez, n'est-ce pas? dit-elle, et je vous en serai reconnaissante toute la vie.

— Toute la vie, c'est beaucoup, dit-il avec un sourire, et mon cœur ne fait pas l'usure. Vous aurez ce portrait aujourd'hui même.

Elle se leva avec impatience, comme si elle eût voulu courir pour atteindre plus rapidement l'objet de son désir.

— Il est chez vous? demanda-t-elle.

— Il est chez moi.

— Est-ce loin?

— Non. A un quart d'heure d'ici.

Elle ouvrit la bouche pour ajouter : « Si vous y couriez tout de suite, » mais elle n'osa pas et resta debout, immobile, pensive, un peu sombre. Il l'examinait avec un secret plaisir, pensant qu'il pouvait, d'un mot, éclairer de nouveau ce charmant visage. Il ne put y tenir, et, très affectueusement :

— Pourquoi ne m'ordonnez-vous pas d'aller vous le chercher? Vous en mourez d'envie.

Les yeux de Lucie resplendirent et sa bouche s'épanouit dans un rayonnant sourire ; elle avoua simplement :

— C'est vrai. Oh ! vous seriez si bon, si vous faisiez ce que vous venez de dire.

— J'y vais.

Elle n'y résista pas et lui tendit fraternellement la main ; il la serra, la trouva nerveuse et vibrante, et, de cette première étreinte, qui le mettait en contact avec la jeune fille, ressentit un singulier trouble. Il n'ajouta pas une parole, salua et sortit. Une demi-heure plus tard, Mlle Andrimont était en possession de la miniature et quittait l'étude de M° Bernard Pellier, en le remerciant avec effusion de la bonne grâce avec laquelle il s'était mis à sa disposition. Comme celui-ci déclarait, avec empressement, qu'il serait heureux de faire agréer ses services à la parente du comte de Fontenay, Lucie devint très réservée et prit congé, sans répondre aux avances authentiques du notaire.

Armand l'accompagna jusqu'à sa voiture et lui demanda la permission d'aller la voir. Elle lui expliqua qu'elle habitait, encore pour quelques jours, un appartement meublé, mais qu'elle lui ferait savoir par M° Bernard Pellier son adresse, quand elle serait définitivement installée. Discrètement, le comte n'insista pas davantage, serra la main que la jeune fille lui tendait pour clore l'entretien et s'éloigna.

Mais la situation ne lui parut pas nette; il soupçonna quelque irrégularité dans l'existence de Mlle Andrimont et il en conçut un secret mécontentement. Il fut sourdement irrité, pendant tout le reste du jour, repartit le soir même pour Cravant et ne parla point à sa femme de la reconnaissance qu'il venait de faire. Avait-il lu sagesse de soupçonner que des relations seraient impossibles à établir entre Mlle Andrimont et les siens, ou bien prévoyait-il obscurément qu'il serait, à un moment donné, avantageux pour lui que l'existence de Lucie ne fût pas connue de Mina? Il eût été embarrassé pour le dire. Cependant, en se taisant, il obéissait à ces deux motifs. D'une part, il craignait que la jeune Américaine ne fût une aventurière; de l'autre, il trouvait cette aventurière adorable et, instinctivement, il était conduit à ne point souffler mot d'elle à sa femme.

Trois semaines se passèrent, sans qu'il eut des nouvelles de sa cousine. Après s'être, pendant quelques jours, montré assez morose, il avait recouvré sa bonne humeur et ne pensait plus que rarement à la belle blonde, avec laquelle il avait passé une heure si charmante dans le cabinet de son notaire, lorsqu'il reçut un matin, sous enveloppe, une carte portant cette mention écrite: « Aux soins de Mᵉ Bernard Pellier, pour M. le comte de Fontenay », et, gravée, cette adresse: « Mlle Andrimont, avenue Maillot, 10, Neuilly. » En une seconde, son caprice se réveilla plus vif que jamais et une hâte singulière de revoir Lucie l'anima.

Il fut mécontent de ce mouvement de son esprit. Il essaya de réagir, de vaincre cet entraînement. Il raisonna et, avec beaucoup de netteté, discerna tous les inconvénients que pouvait présenter la reprise de ses rapports avec la belle étrangère. S'il avait affaire, comme il l'avait soupçonné au premier abord, à une aventurière, sa situation deviendrait promptement très difficile. Ou il serait entraîné, et il sentait que cela n'arriverait que trop aisément, à s'éprendre de Lucie, et alors quelles conséquences n'aurait pas une liaison dans de telles conditions? Ou bien il romprait prudemment toutes relations, et alors à quoi bon les commencer? Mais si Mlle Andrimont, comme il l'espérait, était une jeune fille recommandable, d'allures un peu excentriques, mais parfaitement nettes, à quoi un rapprochement pouvait-il aboutir? Sinon à des embarras sans nombre. De vertu douteuse, il la considérait comme inquiétante; mais combien plus dangereuse si elle était honnête!

Il se dit tout cela, en marchant sur la terrasse du château de Cravant, parmi les fleurs qui sentaient bon et dans la caresse d'un soleil d'été. Il vit, avec une précision merveilleuse, tous les inconvénients, tous les dangers qu'une plus complète connaissance de cette adorable intruse ferait naître. Il eut une violente palpitation de cœur qui prouvait à quel point déjà il était pris. Il s'en rendit compte, il convint qu'il serait fou de passer outre, que rien ne l'obligeait à un surcroît de politesse envers une parente depuis si longtemps perdue de vue. Il s'avoua que, s'il allait la voir à Neuilly, ce serait uniquement entraîné par un désir très blâmable. Il eut vis-à-vis de lui-même toutes les sagesses et toutes les sévérités, rien n'y fit. Et, après s'être si bien raisonné, il se conduisit comme un fou.

Il était quatre heures, quand sa voiture s'arrêta devant la grille d'un jardin, au fond duquel, à travers le feuillage de beaux arbres, apparaissait un joli hôtel construit en brique et pierre. Il sonna et, au bout d'un instant, la porte lui fut ouverte par un jardinier qui s'occupait à tailler les gourmands d'un rosier grimpant, dont les branches vivaces faisaient au pavillon d'entrée une muraille de roses. Comme le comte demandait si Mlle Andrimont était chez elle, et s'il lui serait possible de la voir, le jardinier, montrant une grosse dame âgée, qui tournait autour d'une pelouse de gazon anglais :

— Voici Mme Mathisen, la tante de mademoiselle : si monsieur voulait bien s'adresser à elle, il serait tout de suite renseigné.

Armand s'avança vers Mme Mathisen, qui, étonnée de voir un visiteur, s'était arrêtée dans sa promenade. Elle le regardait venir, son ombrelle ouverte appuyée sur l'épaule, le visage tout rouge sous des cheveux gris ébouriffés. Quand il fut à trois pas d'elle, elle fit une exclamation et eut un geste de joyeuse surprise:

— Oh! monsieur, dit-elle avec rondeur, vous devez être le comte de Fontenay ?...

— Oui, madame, répondit Armand, qui ne put s'empêcher de sourire.

— Ah ! comme ma nièce va être contente. Lucie ! Lucie !

La grosse dame s'élança vers la maison, de toute sa vitesse. A ses cris, un admirable chien de berger, gris et noir, bondit sur le perron et se mit à aboyer d'un air plus gai que menaçant. Comme Armand approchait, une voix grave se fit entendre, disant :

— La paix, Michigan. Allez-vous dévorer les gens maintenant ?...

Et, dans l'encadrement de la porte, vêtue de blanc, nu-tête, ses beaux cheveux ondulés retenus seulement par un peigne d'écaille blonde, Lucie apparut radieuse et souriante. Comme Armand restait un instant immobile, jouissant de cette délicieuse apparition, la jeune fille, levant le bras, lui fit un gracieux geste de bienvenue et, lui montrant sa maison :

— Entrez, mon cousin, dit-elle simplement. C'est, en votre personne, ma famille entière qui revient aujourd'hui chez moi.

— Ah Dieu ! elle a été assez dure, autrefois, cette famille, dit derrière Armand la vieille Mme Mathisen. Ta pauvre mère a bien pleuré et mon pauvre frère a bien souffert à cause d'elle...

— Tante ! murmura Lucie.

— Oui. Je sais. Oui, tu veux oublier, et tu as raison, mais tu ne te rappelles pas ça, comme moi... Tu étais toute petite... Enfin, n'en parlons plus...

Ils entraient dans un charmant salon, tendu d'étoffes indiennes à grands ramages et garni de meubles de tout style et de toute provenance. Lucie s'assit sur un petit canapé à dossier droit, et, montrant au comte un fauteuil :

— Vous avez été fort aimable, dit-elle, de venir me voir... Maintenant, je suis à peu près installée et je crois que je me plairai ici.

— Y habiterez-vous donc toute l'année ? demanda Armand.

— Oui, toute l'année. J'ai choisi ce quartier de Paris, à cause de sa verdure et de sa fraîcheur. Songez que j'ai vécu toujours jusqu'ici au milieu des grandes plaines, au bord des lacs et point enfermée dans les rues étouffantes des villes. Mon père avait un domaine au bord du Saint-Laurent... Jusqu'à vingt ans, j'ai été élevée en liberté, comme un cheval sauvage... La transition m'aurait paru trop brusque

entre mes larges savanes et un appartement sans air… Ici au moins
j'aurai un peu d'espace autour de moi et des voisins pas trop près.
Si je veux marcher, j'ai le Bois tout proche, et il est charmant. J'ai
toujours beaucoup monté à cheval. Peut-être aurai-je la fantaisie de
recommencer, s'il n'est pas trop choquant de voir, à Paris, une jeune
fille s'en aller toute seule en amazone…

Armand ne répondit point à cette question détournée, mais sa physionomie fut, sans doute, très expressive, car Lucie se mit à rire, et
après une légère suspension :

— Oui, ce serait trop choquant? Je ne le ferai donc pas, comme
tant d'autres choses qui m'étaient douces et qui paraîtraient ici inad-
missibles… Il faut que je m'habitue à vos façons françaises, qui ne
sont pas du tout conformes à nos habitudes américaines… Mais,
avec un peu de bonne volonté et quelques conseils, j'y arriverai

— Ces conseils, demanda Armand, en admettant qu'ils vous soient
nécessaires, qui vous les donnera?

Elle le regarda en face et dit avec tranquillité :

— Mais vous, si vous voulez avoir cette bonté pour une pauvre fille
très ignorante.

Il fut surpris par la franchise de cette riposte, au-devant de laquelle
cependant il était allé. Le regard fixé sur le visage de Lucie, il l'examinait avec soin, cherchant quelques signes révélateurs de sa pensée
secrète. Avait-il affaire à une enfant candide et sincère, ou bien à
une coquette hardie et rouée? Le front pur de Mlle Andrimont, ses
yeux limpides, sa bouche souriante attestaient l'innocence. Elle attendait avec empressement sa réponse. Elle était sûre qu'il ne pouvait
lui refuser ce qu'elle lui demandait avec une affectueuse confiance.
Elle fit un geste de déconvenue et une ombre passa sur son visage,
quand il répondit :

— Mais le choix que vous faites de moi n'est pas des meilleurs…
Vous avez à Paris des parents, qui nous sont communs, à qui leur âge
donnerait une autorité morale moins discutable que celle que je puis
avoir.

Elle l'interrompit vivement et, avec une dureté de visage, une rudesse de ton très inattendues, où la sauvagerie des mœurs américaines apparut soudain :

— Ne me parlez pas d'eux... Je ne veux pas les connaître. Ce sont les contemporains de ma mère, ceux qui se sont si durement conduits envers elle... Je n'ai pour eux que rancune, et je prétends ne leur jamais rien devoir... Oui, je sais qu'il y a à Paris de grandes familles où je compte des parents très proches et très bien posés, qui auraient toute faculté de me chaperonner... Mais il ne me convient pas de leur demander le plus léger des services.

Elle eut un rire amer :

— Lorsqu'il y a quinze ans, après la mort de mon grand-père de Pont-Croix, ma mère est venue à Paris pour les affaires de la succession, non dans le but de protester contre son exhérédation, car il ne pouvait entrer dans sa pensée d'ajouter une discussion d'intérêts à la cruelle peine de cœur qu'elle endurait, mais désireuse de revoir les siens, avec l'espérance que le temps aurait affaibli les préventions qui s'étaient élevées contre son mariage, elle a trouvé toute sa famille hostile et dédaigneuse... Seule sa sœur, votre mère, déjà bien malade du mal qui devait l'emporter, ne la repoussa pas... Elle ne l'a jamais oublié, et vingt fois elle m'a dit : « Si tu as besoin d'une aide ou d'un secours, en France, ne t'adresse qu'aux Fontenay. Ce sont les seuls qui aient été bons pour moi... Les autres, il ne faut plus les connaître. Ce sont moins que des étrangers... » Voilà, mon cousin, pourquoi, en arrivant ici, vous avez eu l'ennui de me voir faire appel à vous.

Elle reprit sa sérénité souriante, un instant troublée par ces pénibles souvenirs, et, avec un geste coquet :

— Je n'avais pas été mal inspirée, puisque, tout de suite vous êtes venu, et que bien certainement, malgré vos réserves de tout à l'heure, vous ne vous désintéressez pas de moi à présent que vous me connaissez... Mais vous ne devineriez jamais comment j'ai appris le nom de votre notaire, ce qui m'a permis de recourir à vous... C'est en feuilletant les Petites Affiches, pour trouver une maison à louer... Le nom de Fontenay-Cravant, à propos d'une vente de coupes de forêt, m'a frappée et j'ai vu au-dessous : « Pour le cahier des charges,

IL Y MIT UN BAISER (PAGE 100)

s'adresser à M° Bernard Pellier. » J'ai donc écrit à M° Bernard
Pellier, qui s'est très obligeamment mis à mon service... Et la semaine suivante je vous ai vu arriver... Voilà!

Elle riait. La tante, qui écoutait, tout en travaillant près de la
fenêtre, leva le front et, avec une tendre admiration :

— Ah! monsieur le comte, c'est qu'elle a de la tête, notre fille! Si
vous l'aviez vue se débattre avec les hommes de loi de Dorchester...
C'est qu'elle discutait aussi bien qu'eux, et puis elle avait une paire
d'avocats, comme tout le monde ne peut pas s'en offrir : ses yeux!...

— Tante! gronda Mlle Andrimont, qui devint très rouge, allez-vous
donner à penser à mon cousin que je faisais des coquetteries aux solicitors de là-bas?... Grand Dieu! c'eût été bien inutile! Ils auraient
mis sur la note des frais : Avoir subi les œillades de miss Lucy, tant
de livres sterling... C'est que rien n'est perdu en Amérique, surtout
pour les gens de justice! Mais c'est assez parler de cela... Je vous ai
dit que je montais à cheval... J'ai ramené d'assez jolies bêtes de chez
moi... Voulez-vous que je vous les montre? Elles ne vont plus servir,
maintenant, puisque je n'aurai personne pour m'accompagner. A
moins que tante... Voulez-vous, tante, monter à cheval avec moi?

Elle eut un rire d'enfant, franc, sonore, à l'idée de la bonne Mme Mathisen caracolant auprès d'elle. La vieille dame la grondait doucement de son irrévérence. Lucie l'embrassa pour se faire pardonner,
et, ouvrant la marche, elle conduisit Armand à l'écurie, où, dans des
box très bien tenus, deux charmantes juments, à l'œil doux, tiraient
nonchalamment leur paille. La jeune fille les flatta de la main, faisant
admirer la hauteur de leur garrot, la finesse de leurs jambes et la
grâce de leur encolure, avec la sobriété experte d'une personne qui a
toujours vécu au milieu des animaux et qui en connaît la valeur.

— Celle-ci est Polly, dit-elle, en passant ses doigts blancs sur les
naseaux de la bête. Je puis dire que je l'ai élevée... Elle me suit comme
un chien... Mais elle n'est pas commode quand elle a quelque turlu-
taine... C'est bien dommage qu'elle demeure à ne rien faire... Mon
cousin, rendez-moi un service : prenez-la...

Armand ne s'attendait pas à la proposition. Il ébaucha un vague

geste de protestation et resta très gêné, ne sachant que dire, pour ne pas blesser la jeune fille et cependant ne pas accepter son offre. Lucie s'aperçut de son embarras. Elle rougit et ses sourcils se rapprochèrent. Une vive émotion s'empara d'elle, à la pensée que le comte pouvait lui répondre par un refus. Elle se sentit humiliée, comme s'il lui avait fait comprendre que rien de commun ne devait exister entre eux ; elle soupçonna que, peut-être, avec des formes plus courtoises, il partageait à son égard les préventions de sa famille. Son cœur, qui commençait à s'ouvrir à la sympathie, se contracta douloureusement, et des larmes montèrent à ses yeux ; elle jeta au comte un regard si désespéré qu'il en fut troublé plus encore. Il eut le sentiment très net qu'il faisait inutilement et injustement de la peine à la jeune fille, il ne voulut pas lui laisser le temps de demander une explication et, emporté par un sentiment qu'il ne chercha pas à contenir :

— Excusez-moi, ma chère cousine, si j'ai, au premier abord, paru un peu saisi par votre proposition très gracieuse... Je ne puis qu'être fort heureux de posséder cette charmante bête... Je l'accepte, n'en doutez pas, quoique je craigne de vous en priver... Mais je vois bien que vous cherchez à m'être agréable, et je ne veux pas vous désobliger en me faisant prier... Recevez donc mes remerciements et soyez certaine que Polly sera traitée avec tous les égards qui lui sont dus.

Le visage de Lucie s'éclaira. Elle poussa un soupir de satisfaction, elle tendit la main à Armand avec une familiarité garçonnière et dit :

— Oh ! vous me faites grand plaisir.

Et c'était vrai, elle était radieuse. Elle prit la crinière de la jument entre ses doigts, et, la lissant doucement :

— Tu vas être heureuse, Polly, tu auras un bon maître...

Ils sortirent dans le jardin et Armand, en voyant le soleil descendre derrière les grands arbres, constata qu'il y avait beaucoup plus de temps qu'il ne croyait que sa visite était commencée :

— Près de vous, ma cousine, les heures passent si vite qu'on serait facilement indiscret... Il faut que je vous quitte...

— Mais pas sans me promettre de revenir ?...

— Soyez sûre que vous me reverrez prochainement.

Elle le conduisit jusqu'à la grille, et, détachant une des belles roses qui fleurissaient le pavillon d'entrée, elle la lui offrit. Il prit la main qui se tendait vers lui, et très lentement, sans qu'elle fît résistance, il y mit un baiser. Lucie le regarda monter dans le fiacre qui l'avait amené, et, comme il partait :

— A bientôt, dit-elle.

Il répondit :

— A bientôt !

L'instant d'après, il ne la vit plus, mais il emportait en lui son adorable souvenir. Il ne fit que penser à elle pendant la semaine qui suivit. Il ne put qu'à grand'peine se défendre de lui écrire. Il envoya un homme d'écurie à Paris pour chercher la jument, et, à peine fut-elle arrivée à Cravant, qu'il prit l'habitude de la monter tous les jours. Il avait commencé à mentir, en répondant à la comtesse, qui lui demandait d'où venait cette jolie bête, qu'il l'avait achetée dans la vente d'un haras de course. Pourquoi avait-il déguisé la vérité, lui qui répugnait si fort au mensonge ? N'avait-il pas tout simplement raconté à Mina l'histoire de la reconnaissance faite entre sa cousine et lui ? Avait-il une opposition à craindre de sa femme ? Ne savait-il pas d'avance que ses premiers mots seraient :

— Une cousine à vous ? amenez-la-moi !

Tout ce qui touchait Armand n'était-il pas parfait ? Et trouver une occasion de témoigner, une fois de plus, à son mari combien elle avait à cœur de lui plaire, n'eût-ce pas été une bonne fortune pour elle ? Alors pourquoi donc Armand se taisait-il ? Il ne recherchait pas les motifs de sa duplicité soudaine. Mais il jugeait confusément qu'il y aurait une gêne pour lui à faire connaître à sa femme l'existence de Mlle Andrimont. N'avait-il pas également évité de parler à Lucie de la comtesse ? Pas un mot n'était sorti de sa bouche, qui dût éclairer la jeune fille sur sa situation sociale. Elle pouvait le croire célibataire. Il n'avait rien fait pour qu'elle ne le crût pas. Au début, une sorte de pudeur l'avait empêché de parler de la comtesse devant cette étrangère, dont il ignorait le passé et sur la moralité de laquelle il n'était pas sans défiance. Plus tard, quand ses soupçons s'étaient dissipés, quand le caractère fantasque, quand l'honnêteté certaine de Lucie s'étaient manifestés à lui, quand enfin il était tombé sous le charme de la délicieuse et déconcertante créature, il avait plus que jamais gardé le silence. Quel rôle s'apprêtait-il donc à jouer? Quelles réserves faisait-il pour l'avenir? Comment tant de dissimulation chez un homme si loyal?

Si de telles questions avaient été adressées au comte, si les termes de ce problème avaient été posés devant lui, il eût été bien embarrassé pour répondre et sa délicatesse eût été gravement alarmée. Il n'avait réfléchi à rien. Il n'avait rien combiné, il s'était abandonné à son instinct. Et, avec une absence de prévision qui pouvait étonner, mais qui était indéniable, il se laissait glisser sur la pente de son désir et fermait les yeux pour ne point voir où il allait.

Ce qu'il savait, c'est que Lucie était charmante, qu'il éprouvait, depuis quinze jours, une joie dès longtemps désapprise, à la pensée qu'il tenait une place unique dans l'existence de cette adorable fille. Il ne donnait aucune forme matérielle à l'intérêt irrésistible qui l'entraînait vers elle. Était-ce de l'amitié, serait-ce de l'amour? Il ne cherchait pas à le discerner. Ce qu'il savait, c'est qu'elle occupait son esprit, qu'elle emplissait son cœur et que pas une heure de la journée ne s'écoulait sans qu'il ne la vît apparaître à son souvenir, radieuse avec ses cheveux blonds, ses lèvres roses et ses yeux couleur du ciel. Et quand, par hasard, rêvant avec un sourire, les yeux vagues et la pensée visiblement vagabonde, on lui demandait : « A quoi songez-vous ? » il semblait revenir de très loin et répondait évasivement : « A rien ! » Il mentait donc à toute heure du jour, cet homme d'honneur, et il ne pouvait plus ne pas mentir.

Il retourna à Neuilly presque régulièrement, entrant de plus en plus dans la familiarité de la jeune fille, découvrant mieux l'originalité ombrageuse de ce caractère mobile, aussi prompt à l'enthousiasme qu'à l'accablement, à la fois franc et soupçonneux, et passant de la joie la plus douce à l'irritation la plus vive avec la rapidité d'un changement à vue. Pas une fois Lucie ne l'avait questionné sur sa situation, sur ses habitudes, sur ses goûts. On eût pu croire à un parti pris d'ignorer de lui tout ce qui n'était pas lui, c'est-à-dire l'homme charmant, aimable et bienveillant qu'il s'était montré dès le premier jour. Peut-être attendait-elle qu'il fît des confidences et racontât son existence, comme elle avait raconté la sienne. Mais quoi! un homme si connu, dont il eût suffi de parler à un Parisien un peu versé dans les choses du monde, pour savoir en cinq minutes ce qu'était le comte de Fontenay, où il habitait, qui il avait épousé, quels étaient ses amis, où était sa chasse, le numéro de sa loge à l'Opéra et la couleur de sa livrée. Était-il admissible qu'elle ne sût rien de ce qui le concernait?

Et cela était ainsi pourtant. Elle s'était cloîtrée dans une retraite absolue. Elle n'avait fait aucune connaissance. Elle n'avait pas un ami à Paris. Et l'immense ville, qu'elle habitait maintenant, était plus déserte pour elle que les prairies où paissaient les grands troupeaux de la ferme où elle était née. Sa vie s'écoulait auprès de sa tante, qu'elle aimait tendrement et qu'elle soignait avec beaucoup de sollicitude, car la vieille dame était sujette à des étouffements qui inquiétaient sérieusement sa nièce. Leurs domestiques avaient été ramenés par eux du Canada. Il y avait, dans le nombre, une vieille Indienne qui avait élevé Lucie et qui chantait, dans une langue gutturale et lente, des chansons mélancoliques. Entre la vie parisienne et Mlle Andrimont, il y avait une barrière plus impénétrable que la muraille de la Chine. Elle ne savait pas ce qui se passait derrière, et rien de ce qu'il eût été si intéressant qu'elle connût ne pouvait lui être révélé.

Son existence s'écoulait très régulière, renouvelant chaque jour les mêmes petits faits qui occupaient le temps. Elle sortait vers quatre heures, à pied, avec sa tante, quand celle-ci pouvait la suivre, et se promenait dans le bois de Boulogne, du côté de Madrid. Quelquefois, elle gagnait l'allée des Acacias et marchait jusqu'à la pelouse de Longchamps. Elle revenait par Bagatelle. Mais elle renonça bientôt à cette promenade, qui l'amusait par le mouvement des voitures et le spectacle des toilettes, parce qu'on la regardait beaucoup et qu'elle en était gênée. Cette sauvage ignorait complètement ce qu'était la coquetterie, et ses libres allures se trouvèrent entravées par la curiosité admirative que soulevait sa beauté. Alors, elle cherchait les routes solitaires, avec leurs vertes perspectives et leurs voûtes de feuillage, frais tunnel au bout duquel passait, rapide, la silhouette d'un cavalier ou l'ombre d'une voiture. Elle rentrait à six heures et ne sortait plus.

Elle lisait beaucoup et travaillait peu. Une de ses grandes distractions était la culture de son jardin, dont elle s'occupait passionnément. Ses jours de joie étaient ceux où Armand apparaissait. L'été touchait à sa fin et on allait entrer en automne. Le séjour dans le jardin était souvent impossible. Un jour, Lucie, vers quatre heures, au moment où le comte se préparait à partir pour lui laisser faire sa promenade quotidienne, s'ingénia de lui demander de l'accompagner. Un nuage glissa sur le front d'Armand, ce nuage qu'elle avait déjà vu, le jour où elle lui avait, à brûle-pourpoint, offert sa jument Polly. Déjà, se repliant nerveusement sur elle-même, Lucie s'apprêtait à renoncer à son projet, lorsque le comte, avec beaucoup de tranquillité, avait déclaré qu'il lui serait agréable de faire un tour avec elle. Alors, de la plus vive crainte elle passa au ravissement le plus complet. Elle sauta de joie, comme une enfant, et demanda avec exaltation son plus joli chapeau et son manteau neuf. Mais Armand calma son effervescence :

— Le chapeau et le manteau que vous mettez tous les jours, dit-il. D'ailleurs, nous n'allons pas chercher les endroits où l'on rencontre du monde. Il est inutile de faire jaser, et, à Paris, on est très facilement compromis...

Elle s'écria :

— Oh ! moi, ce qu'on peut penser m'est indifférent. Je ne connais personne et personne ne me connaît...

Il sourit et répondit :

— Il n'en est pas de même de moi... Et il vaut mieux que nous ne nous fassions pas remarquer.

Elle ouvrit la bouche pour lui demander des explications, elle leva les yeux sur lui et demeura muette sans oser. Cependant elle eut le soupçon que quelque chose d'irrégulier se passait entre son cousin et elle. Cette impression ne s'effaça pas, et elle en parla à sa tante, ce qui jeta la vieille dame dans l'étonnement le plus profond, car Lucie, esprit très net et très ferme, ne prenait conseil que d'elle-même et ne disait jamais : « Peut-être faudrait-il faire cela, » mais : « Je ferai cela. »

Alors Mme Mathisen adopta juste le parti qui devait empêcher Lucie de persister dans sa sage défiance, elle critiqua les relations de sa nièce avec le comte. M. de Fontenay était bien jeune et bien séduisant, pour qu'on l'admît dans une aussi étroite intimité, et, peut-être, conviendrait-il de lui donner à entendre que ses visites gagneraient à être un peu plus espacées. A cette argumentation, Mlle Andrimont devint de glace et ne prononça pas une parole. Elle en comprit toute la justesse et ne voulut cependant pas l'admettre. Ne plus voir Armand, mais comment aurait-elle pu s'y résigner ? N'était-ce pas sa présence qui rendait à Lucie la vie supportable ? Sans lui, que serait-elle devenue ? Quand il paraissait, la maison s'éclairait de joie ; quand il partait, tout retombait dans l'obscurité. Il était indispensable, et, s'il avait fallu renoncer à sa douce familiarité, autant valait repartir pour l'Amérique. Paris sans lui serait morne et lugubre.

Moins innocente, Lucie eût été effrayée de l'état de son âme. Mais cette fille si intelligente était la candeur même, et elle ne se demanda pas si le sentiment qui l'attachait si fortement à son cousin était de l'amitié ou de l'amour. Ce qu'elle savait bien, par exemple, c'était qu'elle ne pouvait se passer de lui. Et elle le déclara à Mme Mathisen, avec une énergie qui stupéfia la bonne dame, à ce point qu'elle rentra tous les conseils prudents qu'elle s'apprêtait à donner. Et, par fanatisme pour l'enfant gâtée, par horreur de la contradiction et de la lutte, elle la laissa s'avancer, les yeux fermés, sur la route qui la conduisait vers les plus graves périls.

L'hiver était venu, et ce fut le temps le plus heureux pour Lucie. Le comte, rentré à Paris, trouvait moyen d'aller la voir, ne fût-ce

Elle lui passa la main sur la tête (page 108)

qu'un quart d'heure chaque jour. Elle ne lui en demandait pas plus. Il arrivait souriant, de douces paroles sur les lèvres ; il lui serrait la main, s'asseyait auprès de la cheminée, causait, la regardait surtout. Les heures s'envolaient comme dans un rêve, et il s'en allait, laissant derrière lui du contentement pour le reste de la journée. Et Lucie, plus sage ou moins curieuse que Psyché, ne cherchait pas à pénétrer le mystère dont Armand continuait à s'entourer.

Tout était donc calme, riant, heureux dans sa vie, quand l'épouvante et la douleur avaient fondu sur elle. Mme Mathisen, prise de syncopes, qui n'avaient pas été arrêtées par la médication habituelle, s'était, en quelques heures, sentie au plus mal. Le comte, appelé par dépêche, avait tout quitté pour venir encourager et secourir Lucie, qui devenait folle d'inquiétude. L'arrivée de M. de Fontenay avait paru ramener la chance heureuse dans la maison. La tante avait repris connaissance et pu prononcer quelques paroles. Un peu rassuré, Armand était reparti. Mais, vers minuit, les symptômes avaient reparu. Une crise plus violente avait torturé la malade, et au matin, après une agonie affreuse, dans les bras de Lucie, la pauvre Mme Mathisen s'était éteinte.

C'était l'heure à laquelle les invités du comte et de la comtesse de Fontenay, après la représentation triomphale, quittaient l'hôtel resplendissant de lumière. Et pendant que Mina, bouleversée par la jalousie, s'enfermait dans sa chambre pour pleurer, Mlle Andrimont, désespérée, priait au chevet de sa chère morte.

V.

Il était une heure et demie lorsque la comtesse descendit à la grille de la maison de Lucie. La petite porte était béante et le pavillon d'entrée était vide. Le jardinier ne travaillait point dans le jardin, comme à son ordinaire. Les fenêtres du premier étage de l'habitation étaient ouvertes, tandis qu'au rez-de-chaussée les persiennes étaient fermées. Une apparence de désordre régnait partout : pleine de feuilles, une brouette restait oubliée au milieu de l'allée et des étoffes pendaient sur la rampe de fer du perron. On sentait peser un grand malheur sur les choses et les êtres de ce logis. Tout était dans le désarroi, l'effarement et la tristesse.

Mme de Fontenay pénétra dans le jardin, après avoir tout observé attentivement autour d'elle, s'engagea dans une petite allée, qui conduisait aux communs, afin d'aborder l'entrée de la maison d'un côté où elle pourrait être moins sûrement défendue par une consigne sévère. Elle allait d'un pas léger, évitant de faire crier le sable sous ses pieds, très émue, mais pleine d'une fermeté invincible. Elle avait résolu de voir Lucie ; elle voulait la surprendre au milieu de sa douleur, et, en une seule bataille habilement livrée, décider de l'avenir. Elle ne savait comment elle ferait pour parvenir jusqu'à son adversaire, quels prétextes elle inventerait, de quelles ruses elle se servirait ; mais ce qu'elle savait, c'est qu'elle ne partirait point sans l'avoir vue ni sans lui avoir parlé, dût-elle pour cela corrompre les domestiques.

Sa marche habile et le hasard la servirent mieux qu'elle ne pouvait l'espérer. Elle passait, en longeant une petite pelouse, devant un kiosque en bois rustique, couvert de tuiles vernissées, par le toit duquel s'échappait une mince fumée bleue, lorsque Michigan, le beau chien de berger, couché à l'entrée sur un tapis, se leva en grognant. Ce n'étaient plus les aboiements retentissants et joyeux qui avaient accueilli l'arrivée d'Armand, la première fois qu'il était venu, mais une sorte de rauquement sourd qui se termina par un gémissement aigu, lamentable, lugubre, semblable à la plainte des chiens qui, la nuit, hurlent à la lune. Au même moment, la porte du kiosque, violemment poussée, s'ouvrit et Lucie, tout en noir, très pâle, apparut sur le seuil. Son sourcil se fronça, en se trouvant en face d'une inconnue. Le chien s'était remis à gronder ; elle lui posa la main sur la tête, pour le faire taire, et, regardant Mme de Fontenay avec attention, elle se rendit compte de la noblesse du visage, de la distinction du maintien et de l'élégance de la mise de la visiteuse. Elle comprit bien qu'elle n'avait affaire ni à une fournisseuse, ni à une personne vulgairement importune. Elle essaya cependant de se débarrasser d'elle en l'envoyant à la maison ; elle lui montra l'allée qui y conduisait, en disant :

— Si vous avez à parler à quelqu'un, madame, veuillez vous adresser là...

La comtesse l'interrompit et, marchant vers elle :

— Si vous êtes Mlle Andrimont, dit-elle d'une voix ferme, c'est à vous que je désire parler, et non à une autre.

— Madame, implora Lucie avec un triste sourire, en montrant son vêtement de deuil, vous vous présentez dans un bien douloureux moment...

— Je le vois, mademoiselle, répondit Mme de Fontenay, d'un ton plus doux, et c'est justement parce que vous êtes dans la douleur

que je viens à vous... Je suis envoyée par quelqu'un qui vous porte le
plus vif intérêt.

A ces mots, seule ruse de guerre que la noble femme osa se permettre, le visage de Lucie se ranima, sa pâleur disparut, ses yeux
brillèrent, et, regardant l'inconnue avec une soudaine bienveillance :

— C'est de la part de M. de Fontenay que vous venez ?.

— Oui, c'est de la part du comte, répondit Mina, avec toute son
amerture retrouvée, en constatant que la jeune fille n'avait pas eu
d'hésitation et que le nom de celui qu'on lui voulait désigner s'était
offert à sa pensée, était venu sur ses lèvres, comme si, seul au monde,
Armand eût existé pour elle.

— Entrez, madame, dit Mlle Andrimont, en s'effaçant pour laisser
passer la comtesse, et excusez-moi de vous recevoir ici, mais je fuis
ma maison aujourd'hui...

Elle baissa un peu la voix :

— Il me semble qu'elle est toute pleine de la mort.

Mina inclina la tête, fit de la main un geste de remerciement et
entra. L'intérieur du kiosque était charmant. Partout des fourrures et
des pelleteries. Les meubles étaient couverts avec de la martre ; sur
les murs étaient fixées des têtes d'animaux, et, par terre, un ours gris
gigantesque, tendant son mufle féroce, servait de tapis. Un jour pâle
pénétrait par les fenêtres, donnant au feu, qui brûlait dans la
cheminée, une rougeur plus éclatante. Là, Mme de Fontenay, sûre de
ne pas être évitée, reprit complètement son sang-froid. Elle examina
attentivement Lucie. Elle la vit telle qu'elle avait craint de la trouver,
jeune, charmante, faite pour inspirer une grande, peut-être une criminelle passion, et obtenir qu'on en fût excusé. Étonnée, sous la
flamme de ce regard qui la dévorait, Lucie attendait. La comtesse,
pour pénétrer plus facilement dans le cœur de la jeune fille, voulut
que l'attendrissement le lui ouvrît :

— Vous venez d'éprouver un grand chagrin, dit-elle ; je sais que la
femme excellente que vous avez perdue vous avait tenu lieu de mère,
et brusquement, vous voilà toute seule, livrée à vous-même, dans
cette immense ville où vous ne connaissez pas grand monde...

— Personne...

— Et vous êtes si jeune !... Quel âge avez-vous ?

— Vingt-deux ans, madame.

Mina sentit un frisson passer par tout son corps. Vingt-deux ans ! Elle aurait pu avoir une enfant de cet âge. Comment ne pas comprendre qu'Armand eût aimé cette ravissante fille et qu'il fût adoré d'elle ! Hélas ! c'était l'aurore, rose et fraîche, parée de toutes les grâces, qui s'était offerte à lui. Comment aurait-il résisté ? Elle, la vieillesse l'avait touchée de son aile glacée, et sa beauté s'était flétrie : ses cheveux avaient commencé à blanchir, ses dents à perdre leur éclat, ses yeux à se ternir. Ah ! l'horrible comparaison à faire, entre ce printemps florissant et son stérile hiver ! Des larmes jaillirent de ses paupières brûlantes et coulèrent sur ses joues, à la pensée que tout était fini pour elle, que la vie ne se recommençait pas et que l'implacable destin avait sans doute marqué la fin de son bonheur, sans qu'elle pût rien tenter pour modifier ce rigoureux arrêt. Elle revint à elle, en se sentant serrer la main par Lucie et en l'entendant lui dire :

— Oh ! madame, vous pleurez...

Elle retira sa main et murmura :

— Oui, un souvenir...

— Vous aussi, vous avez souffert ?

— Cruellement.

— Et vous souffrez encore ?

— Il y a des plaies qui ne se ferment pas. Mais ne parlons point de moi, parlons de vous.

Elle fit un effort pour reprendre possession d'elle-même, passa son mouchoir sur ses yeux, afin d'effacer toute trace de sa courte faiblesse, et, regardant profondément Lucie :

— Ainsi, seule au monde ?

— Oui, madame, seule, et ne sachant à qui m'adresser, dans ma détresse morale, si je n'avais pas eu auprès de moi, pour me servir, m'encourager et me soutenir, l'ami le plus dévoué.

— M. de Fontenay.

— Oui. Vous ne pouvez vous figurer ce qu'il a été pour moi, pendant ces trois mortels jours... Ah! c'est à lui que j'ai dû de ne pas tomber dans le plus profond découragement... Il a trouvé des paroles pour endormir mon chagrin et le calmer... Jusque-là, il m'avait témoigné beaucoup de bonté, mais c'est de cet instant seulement que j'ai pu comprendre qu'il avait une réelle affection pour moi...

Elle parlait avec une émotion intérieure qui étouffait un peu sa voix, mais l'expression de son visage exprimait naïvement le bonheur.

— Combien y a-t-il de temps que vous connaissez le comte? demanda Mina, avec une affreuse angoisse.

— Mais, six mois à peu près, répondit Lucie avec tranquillité. J'arrivais d'Amérique, et je n'étais pas encore installée ici, quand je l'ai vu pour la première fois... Depuis, il n'a jamais cessé de venir me voir régulièrement... A intervalles éloignés d'abord, parce qu'il n'habitait pas Paris, puis très souvent, quand il a été de retour.

Il y eut un instant de silence, pendant lequel on eût pu entendre palpiter le cœur de la comtesse, tant il battait à coups précipités et violents. Elle se ramassait pour poser la question décisive, la seule qui pour elle eût de l'intérêt. Avec un regard qui pénétrait Lucie jusqu'à l'âme, elle dit :

— Et il vous aime?... Il vous aime vraiment?

Les yeux bleus de la jeune fille ne se troublèrent pas, ils conservèrent leur expression candide et ce fut avec un accent virginal qu'elle répondit :

— Mais, madame, comment en pourrais-je douter, après toutes les preuves d'affectueux et de délicat dévouement qu'il vient de me prodiguer?...

— Oh! mais, comprenons-nous bien, dit rudement Mina, craignant une feinte, vous aime-t-il comme on aime une femme à laquelle on est prêt à tout sacrifier, à tout donner?

A ces mots, Mlle Andrimont changea d'attitude. Elle soupçonna quelque sous-entendu équivoque dans les paroles qui lui étaient adressées. Ses sourcils se rapprochèrent, son visage prit un air de fermeté qui en changea complètement le caractère. Jusque-là, Mme de Fonte-

nay avait eu devant elle une enfant, tout à coup elle se trouva en
présence d'une femme:

— Madame, je crains de ne pas bien vous comprendre, reprit
Lucie avec gravité. Vous me demandez si M. de Fontenay serait
prêt, par affection pour moi, à tout donner, à tout sacrifier?... Je
ne le sais pas encore, et il y a lieu de croire que je ne le saurai
jamais, car il n'entre point dans mes vues de lui permettre de me donner quoi que ce soit, de le laisser me faire aucun sacrifice... Jusqu'ici,
il m'a témoigné l'intérêt cordial et attentif qu'on doit à une parente qui a besoin de conseil et de protection... Je lui en garde une
très vive reconnaissance. Voilà quels sont les rapports que nous avons
eus ensemble... En dehors de cela, tout ce que vous avez pu supposer est inexact...

Mina demeurait stupéfaite. Non pas qu'elle fût décontenancée par
la fermeté inattendue des explications de la jeune fille. Un seul mot
avait frappé son esprit dans la réponse entendue, mais il l'avait bouleversé: « Parente! » Mlle Andrimont était parente d'Armand. D'où?
Par qui? A quel titre? Et comment l'ignorait-elle? Pourquoi son mari
ne lui avait-il pas révélé l'existence de cette parente, si jeune et si
belle? Au lieu d'être une atténuation, cette parenté lui parut être une
aggravation singulière de la situation. Plus il était naturel et simple
qu'Armand lui fît connaître l'arrivée de Mlle Andrimont, plus il était
effrayant qu'il la lui eût cachée. La clandestinité de ses relations avec
la jeune fille accusait au moins une arrière-pensée criminelle. Et, s'il
n'était pas encore coupable, à coup sûr il se réservait la faculté de l'être.

—Vous êtes sa parente? répéta-t-elle, comme si elle ne pouvait
encore se résigner à l'admettre.

— Oui, sa cousine, reprit Lucie avec animation, car, avec le soupçon, la colère commençait à agiter son esprit. Sa mère était la sœur
de la mienne. Cela vous suffit-il, madame? Êtes-vous assez éclairée?...
Acceptez-vous ma parole, ou vous faut-il des actes authentiques? Et
maintenant que je vous ai dit qui je suis, vais-je enfin, à mon tour,
apprendre qui vous êtes. Car vous m'interrogez depuis une heure,
et il me tarde de savoir à quel titre et à quel droit?

RESTÉE SEULE, LUCIE FIT SON EXAMEN DE CONSCIENCE (PAGE 118)

Comme Mme de Fontenay gardait le silence, Lucie s'écria avec emportement:

— Vous m'avez déclaré que vous veniez de la part de M. de Fontenay?... Comment se fait-il qu'il ne m'ait pas annoncé votre visite? Il m'a quittée, il y a deux heures, sans me rien dire...

— Peut-être ignorait-il encore que je dusse me présenter chez vous.

— Vous l'avez donc vu depuis qu'il est parti d'ici?

— Probablement.

— Êtes-vous donc dans une telle intimité avec lui ?

— Oui, dit la comtesse avec douceur, et rien de ce qui l'intéresse ne m'est étranger. Vous voulez savoir qui je suis: eh bien! supposez que sa mère vive et que je sois sa mère. Vous sentez-vous rassurée et regrettez-vous d'avoir parlé librement devant moi?

En un instant, l'irritation de Lucie était tombée, comme la colère de Mina. On eût dit que l'une n'était que la conséquence de l'autre. La disposition d'esprit de la femme avait changé brusquement, et, par contre-coup, la jeune fille s'était apaisée. Une grande clarté venait de se faire dans l'esprit de Mme de Fontenay. La certitude de la parfaite innocence de Lucie y était entrée. Il n'était pas possible de se tromper à son accent et à son regard. C'était la pureté qui rayonnait dans ses yeux et la sincérité qui éclatait sur ses lèvres. Tout ce qu'elle avait dit était vrai. Entre elle et Armand, il n'y avait que de l'amitié. Et tout ce que la femme jalouse soupçonnait: une liaison secrète, un amour caché, tout cela se trouvait faux. Lucie était l'honnêteté et la candeur même. Mais Armand? Il avait bien trompé, lui, il avait bien menti. Si la jeune fille n'avait pas une arrière-pensée à se reprocher, lui, pourquoi avait-il dissimulé si longtemps et si habilement? Tout, dans sa conduite, était à reprendre et à blâmer. Depuis six mois, il n'avait pas eu un geste, pas un mot qui ne fût calculé. Et le cœur de Mina saignait d'avoir à accuser celui qui était tout pour elle. Mais la grande dame était trop généreuse pour faire payer à l'innocente la faute du coupable. Elle n'avait plus pour Lucie que des sentiments de bienveillance. Elle la voyait, en face d'elle, inquiète de ce qu'elle avait entendu, anxieuse de ce qu'elle ignorait.

Il lui parut injuste de la laisser en proie à ce trouble. Elle voulut le dissiper.

— Vous désirez savoir qui je suis, reprit-elle, mais ce n'est pas à
moi de vous l'apprendre... Le comte, quand vous le reverrez, vous dira
ce qu'il faut que vous sachiez maintenant. Mais soyez certaine que
vous n'aurez rien à regretter de ce qui vient de se passer entre nous.
Je vous ai fait subir une épreuve, et vous l'avez bien supportée... Je
voulais me renseigner sur vos véritables sentiments... En quelques réponses, hardiment provoquées, j'en ai appris plus que je n'en aurais pu
découvrir en une semaine de ménagements et de réticences.

— Mais, madame, quel intérêt si grand aviez-vous à connaître
ce que je pense? demanda Lucie avec curiosité. Je sens dans
vos paroles une véritable sympathie... Autant vous paraissiez menaçante
il n'y a qu'un instant, autant vous vous montrez bonne maintenant...
Je suis très ignorante du monde et il doit être facile de me tromper ;
cependant je crois que vous ne me voulez que du bien et, quoique
vous me soyez inconnue, je serais portée à me confier à vous... Peut-
être est-ce parce que vous m'avez parlé de M. de Fontenay, qui est
mon unique ami, à présent que je n'ai plus auprès de moi la femme
excellente que je pleure... Pourtant, il y a dans ce que vous m'avez
dit des obscurités qui me semblent singulières... Vous êtes venue à
moi, on eût dit que vous ne saviez pas qui j'étais... Vous m'avez interrogée, et je vous ai répondu tout à l'heure ; permettez qu'à mon
tour je vous questionne...

La comtesse se leva, sans répliquer, et fit un pas vers la porte,
comme si elle voulait partir. Lucie se plaça devant elle et, avec une
autorité soudaine :

— Oh! restez, madame, et écoutez-moi... Je ne suis pas allée à
vous : c'est vous qui êtes venue à moi... Il y a, entre nous, un mystère qu'il faut pénétrer... Vous savez ce que vous vouliez savoir... A
mon tour de m'éclairer... Vous m'avez dit que vous étiez dans l'intimité de M. de Fontenay, et puis vous avez ajouté : « Supposez que sa
mère vive et que je sois sa mère... » Vous n'êtes pas d'âge à avoir un
fils comme le comte... Il n'a point de sœur... Alors, qui êtes-vous donc?

A cette question si nettement posée, Mina jugea qu'il n'était plus possible de ne pas répondre, et, relevant la tête avec toute la fierté de sa race :

— Je suis la comtesse de Fontenay!

— Sa femme?

— Sa femme.

Mlle Andrimont pâlit un peu, mais sa figure n'exprima aucun étonnement. Ces quelques mots lui avaient soudainement illuminé l'âme de la comtesse. Elle venait de comprendre, en une seconde, ce qu'elle cherchait vainement à devenir depuis une heure. Elle eut la certitude qu'Armand n'avait pas plus parlé d'elle à sa femme, qu'il ne lui avait parlé de sa femme, à elle. La curiosité de Mme de Fontenay lui fut expliquée, et ses questions, et la légitime perfidie de son entrée en matière, quand elle avait dit qu'elle venait de la part du comte. Elle comprit que la pauvre femme souffrait, elle fut prise d'une pitié profonde. Un attendrissement l'entraînait vers celle qu'elle menaçait quelques instants avant. Le noble visage de Mina creusé par l'émotion, ses tempes argentées, la douceur de son regard, tout lui plut. Si la femme d'Armand eût été plus jeune de quinze ans, peut-être Lucie eût-elle levé sur elle des yeux moins tendres. Mais les mots prononcés par la comtesse lui revenaient à la pensée : « Supposez que je sois sa mère, » et ils lui paraissaient caractériser justement les rapports qui pouvaient exister entre la femme et le mari. Une jeune fille n'est pas jalouse d'une femme mûre : elle est trop sûre de la vaincre.

Lucie ne se découvrait dans le cœur que de la compassion et de la sympathie pour Mme de Fontenay. Elle lui tendit la main, et, éclairant son visage d'un sourire :

— Madame, dit-elle, si vous vous étiez nommée en passant le seuil de ma maison, vous auriez évité toute équivoque. Mais peut-être vous croiriez-vous moins bien renseignée qu'en ayant gardé l'incognito... Rien que pour cela, je ne regrette point que vous soyez venue chez moi avec un masque, car ce qui m'importe, avant tout, c'est qu'en me quittant, vous ne conserviez aucune arrière-pensée.

La comtesse avait pris sa main : elle ne la sentit pas trembler dans
la sienne.

— Il y a six mois, dit-elle, que nous devrions nous connaître...
Si vous ne vous étiez pas montrée si sauvage, vous m'auriez épargné
de gros soucis. Avouez avec moi qu'une femme peut concevoir quelques inquiétudes en voyant son mari s'occuper d'une personne aussi
jolie que vous l'êtes, et la tenir aussi soigneusement à l'écart...

Elle hocha la tête avec enjouement :

— Cette histoire de parente, arrivant de si loin et vivant si jeune
dans la retraite, ressemblait si bien à un roman, et il y avait de quoi,
à la longue, se sentir troublée... Quand je vous ai vue, je n'ai pas
été rassurée, et il a fallu vos franches explications pour me convaincre...

— Que Lucie Andrimont est bien la cousine germaine de votre
mari et, par conséquent, votre parente... Mais ne reprochez pas au
comte de ne pas m'avoir présentée à vous... Dès notre première
entrevue, il m'a proposé de me faire reconnaître par tous les vôtres...
C'est moi qui ai refusé... Je ne puis oublier que tous, excepté
Mme de Fontenay, ont pris parti contre ma mère, accablé mon père
de dures humiliations, qu'ils nous ont mis, en quelque sorte, au ban
de la famille, nous considérant comme frappés de déchéance et d'indignité... Ces gens qui nous ont repoussés, je me suis promis de ne
les jamais connaître.

— Persisterez-vous donc dans cette résolution?

— Certainement.

— Vous continuerez à vivre retirée, comme par le passé?

— Je suis en deuil, et ma solitude me sera précieuse.

— Moins précieuse, je l'espère, que l'amitié que nous vous témoi-
gnerons, le comte et moi.

— Vous connaissez maintenant, l'un et l'autre, le chemin de ma
maison, je serai toujours heureuse de vous y voir... Mais je suis une
sauvage, laissez-moi à ma sauvagerie.

A ces paroles, un trouble nouveau s'empara de Mina. Armand
reviendrait donc chez Lucie, comme par le passé, dans une intimité

étroite et presque mystérieuse, qui devait prêter aux relations les plus innocentes une allure galante dont le danger était certain. Une chaleur lui monta de la poitrine au visage. Elle vit la situation, qu'elle avait cru, un instant, dénouée à son avantage, remise en état, et perpétuant ses craintes et ses tortures. Était-ce admissible? Et à tout prix ne fallait-il pas l'empêcher? Elle eut la perception très nette que ce n'était pas de Lucie qu'elle pourrait l'obtenir et que c'était Armand qu'il fallait attaquer. La jeune fille, à coup sûr, forte de son innocence, ne subirait aucune pression; ce qu'elle ferait, ce serait de son libre consentement. Et, si elle était décidée à ne rien céder, comment l'y contraindre? Tandis qu'Armand, pris dans le piège, atteint et convaincu de duplicité, ne serait-il pas obligé de donner des gages, et ne pourrait-on pas obtenir de lui, ou qu'il cessât de voir Lucie, ou qu'il la décidât à sortir de cette retraite si propice à une passion coupable? Mina changea donc vivement ses batteries et résolut de porter tous ses efforts sur Armand. Elle rasséréna son front, et, regardant Lucie d'un air riant :

— Vous ferez, ma chère enfant, ce que vous conseillera votre raison. Mais n'oubliez pas que ma maison désormais est la vôtre.

Elle marcha vers la sortie, et cette fois Mlle Andrimont ne la retint pas. Autant l'une que l'autre, elles avaient hâte de se trouver seules pour assigner à l'incident qui venait de les mettre en présence sa véritable portée. Elles suivirent l'allée silencieusement, comme si elles eussent, dans ce long entretien, épuisé tout ce qu'elles avaient à dire. Arrivée à la grille, Mme de Fontenay tendit une dernière fois la main à Mlle Andrimont, et, avec cette grâce qui donnait un si grand charme au moindre de ses actes :

— Au revoir, ma cousine.

— Au revoir, madame, répondit la jeune fille.

La comtesse monta dans la voiture qui l'avait amenée et s'éloigna. Restée seule, Lucie fit son examen de conscience. Avait-elle quoi que ce fût à se reprocher vis-à-vis de la grande dame? Si rigoureuse qu'elle fût pour elle-même, elle pouvait répondre : non. L'amitié sincère qu'elle avait pour Armand n'était-elle pas toute simple, et Mme de

Fontenay devait-elle en prendre ombrage? A ce moment, l'image d'Armand, jeune, charmant et superbe, s'évoqua devant ses yeux et une telle disproportion d'âge existait entre la femme et le mari que la jalousie de la comtesse lui parut très naturelle. Elle ne put se défendre d'un sourire en pensant au soin avec lequel son cousin avait évité de parler de son mariage. N'était-ce pas de la coquetterie à lui de cacher une femme dont la maturité le vieillissait? Cependant son intelligence en éveil commençait à discerner, dans la conduite de M. de Fontenay à son égard, une rouerie qui légitimait les inquiétudes de la comtesse. Elle n'avait jamais, jusque-là, eu le moindre soupçon qu'il pût l'aimer. Rien, dans son attitude, n'avait pu l'autoriser à le croire. Alors pourquoi ces précautions? Mais la rectitude de son jugement lui fournit un argument en faveur du comte. S'il ne lui avait rien dit, à la vérité elle ne lui avait rien demandé. Elle avait déclaré dès le premier jour, avec une âpreté singulière, qu'elle ne voulait point connaître sa famille. Mais Mme de Fontenay ne pouvait pas être considérée comme appartenant à la famille. Elle n'avait fait aucun mal aux parents de Mlle Andrimont. Elle était étrangère aux querelles anciennes et ne devait être que sympathique à la jeune fille. Cependant Lucie n'hésitait point à reconnaître que, si Armand lui avait, tout de suite, avec franchise et bonhomie, parlé de sa femme et ouvert sa maison, les rapports affectueux qui s'étaient noués entre elle et lui n'auraient probablement jamais existé. Son humeur sauvage l'aurait éloignée d'une femme, là où sa liberté d'allures l'avait rapprochée d'un homme. Elle était donc, dans une certaine mesure, responsable de ce qui était arrivé. Elle y avait prêté les mains, inconsciemment, mais effectivement néanmoins. Elle fut troublée par cette constatation. Elle s'accusa d'avoir manqué de prudence. Et, pour une fille décidée à ne jamais compter que sur ses propres forces, ce fut une inquiétante découverte.

Elle refit l'histoire des six mois qui venaient de s'écouler, et rechercha comment elle aurait dû agir. Elle se jugea blâmable de n'avoir pas, dès le premier instant, demandé à Mᵉ Bernard Pellier des renseignements circonstanciés sur son propre client. Il était hors de doute que le notaire se fût fait un plaisir de les lui fournir. Elle aurait su ainsi, au début, ce qu'elle était intéressée à savoir. Mais elle aboutissait toujours à cette conséquence probable des éclaircissements reçus : sa répugnance à entrer en relation avec le comte et la comtesse de Fontenay, qui lui aurait fait tenir son cousin à distance; tandis qu'elle avait, tout de suite, accueilli comme un ami Armand, seul et indépendant. Elle en vint donc, après avoir commencé par s'absoudre, à se blâmer. Elle resta préoccupée et irritée, pour la première fois de sa vie, ayant l'impression qu'elle s'était rendue complice d'une manœuvre indélicate, et qu'elle pouvait être soupçonnée d'une intrigue dont elle était pourtant très innocente.

Cependant Mina retournait chez elle en se livrant au même travail mental que Mlle Andrimont. Pour elle, la situation était maintenant claire comme le jour, et elle se demandait avec angoisse de quelle façon Armand allait la lui expliquer. Elle était malheureuse pour lui de l'embarras dans lequel elle allait se trouver obligée de le mettre. Elle oubliait ses griefs, si sérieux, pour plaindre celui dont elle portait le nom d'avoir à rougir de ce qu'il avait fait. Une explication cependant était devenue indispensable. Il fallait que le passé fût tiré au clair et qu'on prît des mesures pour l'avenir. Avec beaucoup de jugement, Mina se rendait parfaitement compte que laisser les choses en l'état, c'était ce qu'elle pouvait faire de pis. Si Armand était amoureux de Mlle Andrimont, il convenait de couper court à ses tête-à-tête avec elle: ou qu'il cessât de la voir, ou qu'il ne la vît plus que devant tout le monde. Sans doute, si Armand n'était point encore trop sérieusement ment épris, il suffirait de lui montrer le danger pour qu'il ne persistât pas dans son entreprise.

Peut-être Mina se trompait-elle et s'était-elle forgé bien inutilement des inquiétudes. Peut-être son mari était-il aussi peu coupable que Lucie, et n'y avait-il que de l'amitié entre elle et lui. Le soir où elle l'avait mis sur la voie d'un aveu, en l'interrogeant avec tant d'insistance, il avait répondu d'un ton bien assuré et avec un visage singulièrement calme. L'émotion qu'il avait manifestée pendant la soirée s'expliquait tout naturellement par le malheur qui frappait Mlle An-

IL S'ÉTAIT MIS A RÊVER (PAGE 122)

drimont. Quitter le lit d'agonie d'une moribonde, pour se retrouver au milieu des lumières, de la musique et dans l'obligation de jouer la comédie, n'était-ce pas un contraste poignant, et il fallait qu'Armand eût une singulière puissance sur lui-même pour avoir fait si bonne contenance. C'était bien ce qui inquiétait Mme de Fontenay. N'allait-elle pas se trouver très désarmée en face de lui? Si elle ne l'attaquait pas hardiment et ne portait pas tout de suite des coups décisifs, elle ne pourrait pas vaincre, elle le comprenait bien. Elle prit d'héroïques déterminations.

Il était cinq heures quand elle arriva à l'hôtel. Jamais Armand d'ordinaire ne rentrait si tôt. Par un hasard heureux, il était chez lui. La matinée, employée à de si tristes devoirs, avait complètement dérangé ses habitudes. Il ne s'était point senti d'humeur à aller au club et il était resté enfermé, s'occupant à fumer et à lire, à lire distraitement, car, assis dans un large fauteuil, près de la fenêtre, il avait, au bout de peu de temps, laissé aller sa tête en arrière; le livre avait glissé de ses genoux sur le tapis, et il s'était mis à rêver.

Devant lui, la gracieuse figure de Lucie, avec ses cheveux blonds et ses yeux bleus, s'était dressée, spectre familier dont son imagination était hantée et qu'il aimait à évoquer. Dans sa toilette de crêpe noir, les joues pâles et ruisselantes de larmes, il la voyait au cimetière, seule avec lui, car nul n'avait été convoqué pour conduire la bonne tante à sa dernière demeure. Comme elle s'appuyait avec abandon à son bras, pour regagner la voiture qui les attendait, en suivant l'avenue bordée de tombes! Elle était vraiment bien à lui, dans ce champ de mort, où, par un saisissant contraste, la vie éclatait dans les verdures luxuriantes des arbres, dans les riantes colorations des fleurs, dans la chanson voletante des oiseaux.

Une ombre passa sur le front d'Armand. Là, seulement, il la possédait. Aussitôt sortie, arrivée sur le pavé de la rue, elle s'était écartée de lui, et instinctivement, lui aussi, s'était écarté d'elle. C'est qu'ils étaient séparés par un obstacle infranchissable, et ce n'était que dans le champ de mort, en effet, qu'ils pouvaient être l'un à l'autre, car, pour qu'ils fussent libres de ne plus se séparer, il fallait qu'une tombe nouvelle s'ouvrît. A cette pensée, Armand frissonna et son cœur fut serré par un remords. Quoi! Il avait pu, même pour la repousser avec horreur, envisager cette horrible solution : la mort de celle à qui il était lié par des engagements éternels. Il eut honte. Comment, il s'abaissait, lui, jusqu'à de tels sentiments! Il s'en indigna, il protesta contre une telle lâcheté de toutes les forces de sa conscience. Être heureux à ce prix? Ce serait un bonheur pire que le malheur!

Puis, par un brusque changement d'idées, il se laissa aller à philosopher sur l'étrange modification de ses sentiments, causée par la venue de Mlle Andrimont. Jamais, lancé dans le monde parisien comme il l'était, en butte aux coquetteries et aux grâces des plus charmantes femmes, il n'avait eu, depuis dix ans, un seul caprice. Il n'avait même pas eu le mérite de la résistance. Aucune tentation ne l'avait assailli. Il admirait une jolie femme, il causait volontiers avec une femme spirituelle. Mais c'était tout : il demeurait fidèle. Et sa grande tenue mondaine, sa suprématie élégante, avaient seules pu le défendre d'un peu de ridicule bourgeois. Ce ménage, si uni, du comte et de la comtesse de Fontenay, avait longtemps étonné. On avait douté d'abord qu'Armand n'eût pas de maîtresse : il avait cependant fallu se rendre à l'évidence. Et maintenant, c'était devenu article de foi.

Que signifiait donc la soudaine fantaisie qui s'était emparée de lui? Comment Lucie avait-elle fait pour arriver à tenir, dans sa pensée, une telle place, qu'il subordonnât tout maintenant à elle, et que sa première, sa seule préoccupation fût elle. Il était obligé de convenir qu'elle n'avait rien tenté pour obtenir un pareil résultat. Jamais femme n'avait été plus exempte de coquetterie, plus droite, plus franche, plus naturelle. Jamais il n'avait senti dans ses paroles une précaution, jamais dans ses raisonnements une arrière-pensée. Tout jaillissait directement de l'esprit et du cœur. Était-ce donc cette différence, si grande, entre les femmes connues jusque-là et la jeune fille, qui l'avait séduit? Était-ce son étrangeté de caractère, sa fierté un peu brusque, sa vivacité d'allures, et, en même temps, ce charme sauvage et pénétrant de fleur des bois qui avaient agi sur lui ? Il n'aurait pu le dire.

Dès le premier instant, tout en se défiant d'elle, il la trouvait délicieuse. Plus tard, il avait compris qu'entre elle et lui de tels obstacles s'élevaient qu'il eût été insensé s'il avait songé à l'aimer. Elle était sa parente, elle était sage, elle s'était confiée à lui en toute sincérité, elle était seule, sans protection. Quel autre qu'un misérable eût pu, dans ces conditions, lever les yeux sur une jeune fille ? Et ce misérable, c'était lui. Il se voyait contraint de l'avouer. Et il y avait dans son cas cette circonstance aggravante qu'il était marié, par conséquent privé de sa liberté, et qu'il ne l'avait pas déclaré à Lucie, pour la mettre en garde contre ce surcroît de péril. Et malgré l'inquiétude qu'il ressentait, en se voyant lancé dans des complications morales et matérielles si sérieuses, il ne regrettait rien. Il se blâmait d'en venir à des combinaisons qui lui semblaient effroyables, et il n'avait pas l'idée de renoncer à la femme qui le mettait aux prises avec de telles difficultés et de telles angoisses. Quel ascendant inouï avait-elle donc conquis sur lui, qu'il fût hors d'état de s'en passer et qu'elle fît partie intégrante de sa vie ?

Il en était là de ses méditations, lorsqu'une porte, s'ouvrant derrière lui, le ramena au sentiment du réel. Il tourna la tête et, voyant entrer la comtesse, il rougit légèrement et se dressa sur ses pieds. Jamais homme ne fut pris moralement en flagrant délit d'adultère d'une façon plus complète. Au fond de lui-même, il était en tête-à-tête avec sa complice, quand sa femme entra.

— Que faisiez-vous là, Armand ? Vous dormiez ? demanda Mme de Fontenay, avec un peu d'inquiétude. Est-ce que vous êtes souffrant ?

— Non, je vous remercie, dit-il, je suis seulement rentré plus tôt que d'habitude et je lisais... Mais vous-même, ma chère ? Est-ce qu'il y a quelque chose ?... Vous paraissez troublée et vous n'avez pas votre figure de tous les jours.

Mina sourit tristement, et, d'un ton très doux :

— Je suis troublée, en effet, et il y a déjà quelque temps que ce trouble existe... Si vous arrêtiez plus attentivement vos yeux sur moi, Armand, vous vous en seriez aperçu plus tôt.

Il fit un pas vers elle, et, avec un tendre étonnement, car c'était la première fois qu'elle lui parlait ainsi :

— Oh ! Mina, des reproches ?

Elle pâlit de douleur et de regret, des larmes vinrent à ses yeux, et, d'une voix tremblante :

— Soyez sincère, Armand, et dites si vous n'en méritez pas ?

Le cœur du comte se serra. Il eut le pressentiment que son secret était découvert. Il ne put supporter un seul instant l'incertitude, et, audacieusement :

— Vous m'effrayez, fit-il ; de quoi s'agit-il donc ?

Elle s'efforça de reprendre son calme, et, regardant fixement son mari, elle dit :

— Pourquoi, depuis six mois, ne m'avez-vous jamais parlé de Mlle Andrimont.

Armand était préparé à la question, il la sentait arriver. Cependant il frémit en entendant tomber le nom de Lucie de la bouche de Mina. Il souffrit cruellement. Une sueur glacée lui mouilla les tempes et il perdit le souffle. Mais son visage demeura impassible. Il fit un suprême effort, pensant que, s'il trahissait l'émotion affreuse qui le bouleversait, il était à la merci de sa femme, et, levant la main avec insouciance, en même temps que ses lèvres pâles se plissaient dans un sourire :

— Ah ! reprit-il d'un ton léger, c'est de Mlle Andrimont qu'il s'agit ?

— Oui, c'est d'elle, affirma avec force Mme de Fontenay. Pourquoi cette mystérieuse intimité entre cette personne et vous ?

— Pas si mystérieuse, plaisanta Armand, puisque vous en êtes informée.

— Par l'effet du hasard !

— Voilà un hasard bien habile ! dit amèrement le comte.

— Oh ! non ! s'écria Mina ; car, sans un oubli de votre part, sans un télégramme jeté par vous dans votre chambre...

— Et que vous avez lu?...

— Et que j'ai lu, oui. Vraiment je n'ai pas tant de patience ni d'abnégation, que je puisse tenir dans mes mains un papier plein de révélations inattendues, et me résigner à ne pas en prendre connaissance...
Oui, je l'ai lu ce papier, et c'est bien heureux pour moi que j'aie eu
l'occasion de le lire!...

Mina s'était échauffée de toute son indignation trop longtemps
contenue. Sa voix, peu à peu, avait pris un éclat menaçant. Ses yeux
luisaient et sa respiration entrecoupée annonçait l'extraordinaire
agitation de tout son être. Elle poursuivit:

— Comment vous expliquer ma douloureuse surprise! Vous savez
dans quelle forme, à la fois pressante et familière, était rédigé ce
télégramme. Vous vous rappelez qu'il était signé d'un nom de femme.
Mettez-vous à ma place, Armand. Qu'auriez-vous supposé? Qu'auriez-
vous cru? N'auriez-vous pas demandé des explications sur l'heure
même, et la preuve en main? Auriez-vous montré autant d'indulgence, de tendresse et de confiance que moi?

L'effet produit sur Armand par l'emportement de la comtesse fut
immédiat. Il devint aussi froid qu'elle était animée et retrouva tous
ses avantages. Il subit, sans sourciller, cette impétueuse sortie, et
quand il vit sa femme à bout d'arguments et de reproches, avec un
très grand calme:

— Mais, ma chère, dit-il, c'est une scène de jalousie que vous me
faites là?

Mina, à ces mots, changea de visage. Elle avait espéré voir Armand
ému, l'entendre se justifier avec chaleur, avec indignation même.
Ah! combien son indignation lui eût paru douce! Et elle n'avait
obtenu de lui que des réponses sèches, railleuses, pas un seul mot
vraiment sorti du cœur. Elle devint soupçonneuse. Elle ne l'était pas
au début de cet entretien. Elle reprit d'un air sombre:

— Une scène de jalousie, non. Ce sont des explications seulement
que je vous demande.

— A quoi bon? Vous me semblez très amplement renseignée.

— Je le suis mieux que vous ne pouvez le croire, riposta-t-elle.

oubliant toute réserve, exaspérée par cette sarcastique froideur. J'ai vu aujourd'hui Mlle Andrimont.

Ce fut au tour d'Armand de perdre contenance. Il n'attendait pas cette révélation. Elle le désarçonna. Qu'avait-il pu se passer entre ces deux femmes? Qu'avaient-elles dû se dire? Que savait Mina, que ne savait-elle pas? Et qu'avait-elle confié à Lucie? En une seconde, il se figura la jeune fille stupéfaite apprenant de la bouche même de sa femme qu'il était marié. La situation lui parut mélangée d'atrocité et de ridicule. Il soupçonna qu'il avait pu être jugé à la fois infâme et grotesque.

— Comment avez-vous su et son nom et où elle demeure? demanda-t-il.

— D'une façon toute simple: je vous ai suivi.

— Et quand cela?

— Hier.

Elle n'osa pas avouer à quels expédients elle avait eu recours pour savoir ce qu'elle désirait connaître. Elle prit l'espionnage sur son compte, trouvant trop grave, à l'heure des aveux, d'avoir mis un tiers, si assurée qu'elle fût de sa discrétion professionnelle, au fait de ses différends avec son mari. Étonné de trouver tant d'initiative hardie chez une femme ordinairement timide et douce, Armand n'osait plus s'avancer qu'avec précaution sur un terrain qu'il devinait semé d'embûches.

— Si vous m'avez suivi, dit-il, vous avez dû être édifiée sur ma conduite, et rien ne pouvait m'être plus avantageux. Si vous avez vu Mlle Andrimont, vous devez être fixée sur son compte, et je ne vois pas ce qu'il me reste à vous apprendre.

— Je sais qu'elle est votre parente très proche, mais j'en suis encore à me demander comment vous m'avez caché si longtemps son existence?

C'était le point décisif de l'entretien pour Mina. Si Armand lui donnait la même explication que Mlle Andrimont, elle pouvait accorder quelque créance à ce qu'il lui avait dit jusque-là et à ce qu'il lui dirait par la suite. Mais, s'ils n'étaient point d'accord dans leurs réponses, alors elle retombait dans le désordre affreux du doute.

Elle regardait son mari jusqu'au fond de l'âme, elle le trouva trop lent à lui répondre, et, frappant du pied avec impatience :

— Oh ! ne cherchez pas ce que vous avez à dire, s'écria-t-elle. Si vous êtes sûr de vous, les preuves doivent vous venir d'elles-mêmes et sans efforts...

— Mais elles me viennent, en effet, d'elles-mêmes, fit le comte. Mlle Andrimont est irrémédiablement brouillée avec ma famille, et elle a tenu à ce que nos parents ignorassent sa rentrée en France et sa présence à Paris. Voilà pourquoi je ne vous ai jamais parlé d'elle. Y a-t-il là quoi que ce soit d'irrégulier et de criminel ?

— C'est fort irrégulier, si ce n'est point très criminel, reprit Mme de Fontenay, avec un soupir d'allègement, car elle éprouva une joie ardente en découvrant à son mari un commencement d'innocence. Mais vous avez eu bien peu de confiance en moi. Doit-il exister des secrets entre nous ? Et pensez-vous que j'aurais abusé de votre confidence ? Qu'en serait-il résulté de grave, après tout ? Mlle Andrimont aurait-elle été perdue, parce que ses oncles et ses cousins auraient su qu'elle était revenue du nouveau monde ? Il y a dans cette sauvagerie bien de l'affectation prétentieuse. Croyait-elle donc que sa famille allait lui faire tant d'avances, votre cousine ? Ou bien craignait-elle qu'on eût de mauvais procédés à son égard ? Tout cela montre qu'elle a une extraordinaire idée d'elle-même ! Et c'est assez ridicule !

Avec beaucoup d'astuce, Mina s'évertuait à charger Lucie, afin de piquer Armand et de l'inciter à la défendre. Il ne donna pas dans le piège. Il demeura fort calme :

— Je ne vous dis pas qu'elle ait eu raison d'agir ainsi. Mais elle a agi ainsi, c'était son droit. Que pouvais-je y faire ?

— Vous pouviez aller beaucoup moins souvent chez elle.

Il se mit à rire avec une délicieuse hypocrisie, et dit:

— C'est vrai.

— Vous y preniez donc du plaisir?

— Je ne m'en cache pas. N'est-elle pas charmante ?

A ces mots, si hardis dans une situation si tendue. Mina devint très

OH ! QUE TU ES BON S'ÉCRIA-T-ELLE (PAGE 132)

grave. Aucun de ses soupçons ne s'était confirmé. Elle n'avait aucune preuve matérielle de la trahison de son mari, et les preuves morales qu'elle avait amassées s'affaiblissaient de minute en minute. Elle ne s'avouait pourtant pas vaincue. Un instinct, malgré tout, l'avertissait qu'Armand abusait de sa crédulité. Une profonde mélancolie descendit en elle. Sa joie d'un instant s'était évanouie, et elle se retrouvait aux prises avec ses tristes prévisions. Elle voulut préciser les faits et prendre acte, pour l'avenir, des déclarations que son mari allait lui faire. Elle s'efforça de cacher l'impression qu'elle ressentait, et, dissimulant sa douloureuse inquiétude, elle se montra enjouée et rieuse, quand elle avait des sanglots dans la gorge et des larmes dans les yeux.

— Elle est charmante. C'est bien ce qui m'a si fort tourmentée, dit-elle. Et c'est bien ce qui aurait pu vous conduire à quelque scélératesse... Vous avez fait le bon apôtre tout à l'heure ; mais est-il prouvé que vous avez dit la vérité ?

— Comment, encore le soupçon ?...

— Jurez-moi qu'il n'y a eu, entre vous et Mlle Andrimont, aucune coquetterie, qu'il n'a pas été échangé un seul mot d'amour ?...

— Je vous en donne ma parole ! dit Armand avec force, car c'était la première fois, depuis une heure, qu'il disait l'absolue vérité. Mais, ma chère Mina, expliquons-nous nettement. Qu'avez-vous donc imaginé ? Que Mlle Andrimont était ma maîtresse ?

Elle hocha la tête et répondit :

— Je l'ai cru et j'en ai beaucoup souffert.

— Et vous ne souffrez plus maintenant, j'espère ?

— Non, puisque vous venez de me donner de si bonnes raisons. J'avoue que c'est un grand soulagement pour moi et une véritable satisfaction, car, pendant l'heure que j'ai passée avec Mlle Andrimont, j'ai conçu pour elle une vive sympathie, et, à présent qu'entre elle et moi la glace est rompue, je pense qu'elle ne m'opposera pas une résistance invincible si j'essaie de l'attirer.

La comtesse n'eût-elle pas eu le moindre soupçon que le brusque haut-le-corps fait par son mari à cette conclusion eût suffi à la mettre sur ses gardes.

— Quoi ! dit-il, vous songez ?...

— A voir votre parente ! A la traiter amicalement. A faire, en un mot, et plus correctement, ce que vous avez fait, vous, depuis qu'elle est en France. Est-ce que cela vous étonne ou vous gêne ?

— Cela ne me gêne en aucune manière. Mais cela m'étonne un peu, je ne le cache pas, dit Armand. Vous êtes prompte aux revirements.

Après avoir fulminé contre Mlle Andrimont, voilà que vous devenez subitement pour elle pleine de tendresse !... Notez que ce que je vous en dis n'est point pour vous détourner de suivre votre idée. Elle est généreuse en soi, quoique peut-être féconde en embarras... Mais j'ai tort de vous parler ainsi ; je vous sais si courageuse que, plus il y aura d'inconvénients à exécuter un projet que vous aurez jugé bon, plus vous vous y acharnerez... Donc, faites ce qu'il vous plaira.

Il était, en parlant ainsi, plus troublé qu'au début même de cet entretien. Après avoir eu la crainte que la bonne harmonie ne fût gravement troublée entre sa femme et lui, il voyait toutes les difficultés s'aplanir et la situation devenir plus favorable qu'elle n'avait jamais été. Au lieu d'obstacles sérieux élevés entre Lucie et lui, des liens plus étroits noués par Mina elle-même. Il ne soupçonna pas que la proposition qui lui était faite pût être une épreuve à laquelle Mme de Fontenay le soumettait. Il fut aveuglé par le bonheur de voir tout sauvé, au moment où il croyait tout compromis. En même temps, Mina se disait : « Je ne serai pas sa dupe. Cette Lucie lui tient au cœur plus qu'il ne l'avoue. Il faut que je les aie, l'un et l'autre, sous mes yeux, afin de les observer, de les juger librement. Comme cela, je saurai réellement à quoi m'en tenir, et si Armand a abusé de ma confiance... »

Une douloureuse palpitation lui serra le cœur à la pensée qu'il faudrait lutter, frapper peut-être. Mais une résolution implacable l'animait. Elle ne pouvait supporter l'idée d'être jouée. Tout lui paraissait préférable à l'horreur d'un abandon, qui la rendrait pour tous un objet de risible pitié. Elle se sentait capable des plus énergiques actions pour défendre son bonheur menacé. Et, si le bonheur était perdu, elle voulait au moins mériter par sa vaillante attitude le respect de ceux qui connaîtraient son malheur.

— Je vous remercie de votre bon vouloir, dit-elle, mais je pense que vous ne me laisserez pas agir seule et que vous ferez ce qui dépendra de vous pour décider votre parente.

— N'en doutez pas.

— Dès demain?

— Dès demain, puisque vous le désirez. Mais je ne vous réponds que de mon obéissance, je ne vous garantis pas le consentement de Mlle Andrimont.

— Bon? fit la comtesse, je m'en rapporte à votre diplomatie, vous saurez trouver les arguments qu'il faudra pour la décider.

Armand ne releva point ces ironiques paroles, il s'inclina sans répondre, et, comme Mina se dirigeait vers la porte, il la suivit. Arrivés dans le petit salon qui séparait leurs appartements, la comtesse s'arrêta un instant. Debout dans l'embrasure de la porte, tournée vers son mari, elle lui apparut si noble et si touchante qu'il fit un brusque retour sur lui-même et se sentit honteux du tourment qu'il causait à cette femme, de laquelle il n'avait reçu que des témoignages de dévouement et de tendresse. Un chaud souvenir du passé lui remonta au cœur, un attendrissement soudain le rapprocha de celle par qui il se savait exclusivement aimé; il lui prit la main, l'attira vers lui, sans qu'elle opposât de résistance, et, la tenant dans ses bras, sous ses yeux, sous ses lèvres :

— Mina, dit-il d'une voix tremblante, je vous ai fait de la peine ; pardonnez-moi.

Un rayon de joie illumina le visage de Mme de Fontenay et le fit resplendir d'une beauté adorable. Cette fois, elle reconnaissait l'accent de la vérité, et combien douce elle lui était à entendre ! Elle saisit Armand par les épaules, dans une étreinte passionnée, et, avec un regard où était son âme tout entière :

— Ah! que tu es bon, s'écria-t-elle, et que je te remercie !... Tu as vu que je souffrais et tu as voulu me consoler... Mais je suis payée de ma peine maintenant, et au delà... Va, fais de mon cœur ce que tu voudras. Il est si bien à toi!

— Je veux que ton cœur soit paisible et heureux, dit-il. Et je ferai tout pour qu'il en soit ainsi.

Il l'embrassa tendrement et, à cette minute-là, il était sincère.

Mina eut un geste de joie, elle mit un doigt sur ses lèvres, pour lui commander le silence et, sous cette impression délicieuse, elle s'éloigna.

VI

Le lendemain, Armand se dirigea vers Neuilly, laissant Mina en tête à tête avec le marquis de Villenoisy, qui avait déjeuné avec eux.

Depuis les services occultes qu'il lui avait rendus, le diplomate n'avait plus entendu parler de la comtesse. Curieux de connaître la suite de ce roman, interrompu pour lui au plus intéressant endroit, selon la savante formule des feuilletonnistes, il venait chercher la suite qu'on lui faisait attendre. Il avait trouvé Armand et Mina en excellent accord, les yeux calmes et le sourire sur les lèvres. A première vue, rien ne dénotait le trouble grave que les manœuvres de Mme de Fontenay annonçaient dans la paix du ménage. Un étranger n'aurait pas pu se douter que des complications sérieuses s'étaient produites entre le mari et la femme. Cependant, pour le marquis, d'infiniment petits détails, des nuances presque insaisissables annonçaient un peu de contrainte.

M. de Villenoisy avait remarqué, dans sa carrière diplomatique, qu'on n'apprend jamais plus facilement les choses que quand on paraît ne pas désirer les savoir; il attendit donc patiemment qu'un des intéressés éprouvât le besoin de lui faire des confidences. Il y avait autant de chances pour que ce fût le comte que la comtesse, car ils avaient l'un et l'autre pour lui autant d'affection et de confiance. Sachant que qui n'entend qu'une cloche n'entend qu'un son, il aurait été désireux, après avoir ouï le tocsin de la femme, d'écouter le carillon du mari. Mais il en fut pour son dilettantisme. Il était écrit que le champ des révélations ne lui serait ouvert que par Mme de Fontenay, car, après le déjeuner, et lorsqu'on fut au salon, le comte prétexta des affaires, s'excusa avec politesse et disparut.

A peine avait-il passé la porte que Mina changea d'attitude, et, s'approchant de son vieil ami :

— J'ai fort mal agi avec vous, dit-elle. Vous vous êtes mis en peine pour me servir, et je n'ai pas seulement trouvé moyen de vous en remercier.

Il agita sa tête blanche et, de sa voix aigrelette :

— Laissez, ma chère, laissez, vous ne me devez rien. Donner l'occasion à un vieux bonhomme tel que moi d'être utile ou agréable à une charmante femme telle que vous, c'est lui accorder une faveur... Au moins, ai-je réussi et avez-vous eu satisfaction?

— Oui, si c'est une satisfaction que d'obtenir la confirmation d'un soupçon dont on souhaiterait ardemment la fausseté.

— Ce que vous craigniez était donc vrai?

— C'était vrai, et votre homme n'a pas tardé à m'en apporter la certitude.

Le marquis cligna les yeux pour regarder plus à loisir la comtesse, dont la tranquillité, en faisant une pareille confidence, lui paraissait contraster un peu trop vivement avec sa violence des jours précédents. Il la vit très calme. Alors, ne pouvant arriver à comprendre son attitude, il se décida à en demander l'explication.

— Vous me semblez, fit-il, disposée à ne point trop vous émouvoir, et je vous en félicite.

Mina secoua la tête avec mélancolie :

— Je ne mérite pas votre approbation, dit-elle. Ne croyez pas que j'aie sur moi assez de puissance pour dominer ma fureur ou modérer mon désespoir, si j'avais lieu d'être furieuse ou désespérée... Pour le présent, tout est expliqué, et, avec des apparences coupables, il n'y avait rien que d'innocent... Mais reste l'avenir, et voilà ce qui est gros de menaces !...

— Ah! ah! Ainsi, en ce moment, le ciel est rasséréné, résuma le marquis. Mais au lointain se massent des nuages noirs... Eh bien! ma chère, c'est déjà quelque chose que d'avoir du temps devant soi pour prendre ses mesures... Encore faut-il savoir les prendre...

— Aussi désiré-je vous demander un conseil.

— Avant tout, mettez-moi au courant de la situation.

Alors la comtesse, avec une émotion qui redevenait plus vive à mesure qu'elle développait les péripéties de ces trois jours, si pleins pour elle de soucis et d'angoisses, raconta à son vieil ami ses entrevues avec l'agent, sa visite à Neuilly et son entretien avec Armand, dépeignant avec une entière franchise l'attitude, si touchante et si fière tour à tour, de Mlle Andrimont et l'habile sincérité d'Armand; car elle se rendait compte qu'il avait su tirer parti de la vérité pour améliorer sa cause. Elle dit tout : la beauté de Lucie, son originalité et sa grâce, et combien il était aisé de comprendre qu'un homme tombât amoureux d'elle. Elle expliqua l'impossibilité où elle se trouvait d'obtenir qu'Armand renonçât à voir sa parente et l'avantage qu'il y aurait à attirer celle-ci et à lui procurer les occupations et les plaisirs du monde, dérivatif puissant à un caprice peut-être à peine né. Elle s'animait, se passionnait pour son œuvre, le sang aux joues, les yeux brillants; elle était admirable à voir ardente à la défense de son bonheur menacé. Le marquis l'écoutait en silence, très attentivement, car le problème lui paraissait curieux à chercher et, s'il se pouvait, à résoudre. Quand Mme de Fontenay eut terminé son récit et son explication, il dit :

— J'ai connu autrefois le père de cette jeune fille. Il y a longtemps. J'étais alors chargé d'affaires à La Haye, et M. Andrimont, qui était encore garçon et qui se nommait Van Andrimont, à bon droit, ce qui lui conférait la particule, menait une existence fort dissipée. Il appartenait à une très ancienne famille d'armateurs d'Amsterdam. Son père lui avait laissé une grande fortune et une très importante maison de commerce. Il mangeait l'une et laissait péricliter l'autre. C'était

PLEUREZ, MA CHÈRE MINA, DIT LE MARQUIS (PAGE 139)

le prince de la jeunesse, à cette époque, et il avait tout ce qu'il faut
pour être incontesté : une remarquable vigueur, beaucoup d'audace
et une inépuisable générosité. Au train dont il marchait, il ne devait pas tarder à se ruiner. C'est vraisemblablement pendant un séjour
fait à Paris pour ses plaisirs qu'il rencontra la sœur de Mme de
Fontenay, la mère de votre mari, et se fit aimer d'elle. Il était assez
beau pour qu'on excusât la jeune fille de l'avoir épousé contre le gré
des siens. Il avait une taille de cuirassier et la plus belle carnation de
blond qu'on pût imaginer. Ces gaillards-là, quand ils se décident à
cesser les folies pour s'adonner aux entreprises sérieuses, font des
soldats ou des colons merveilleux, car ils sont pleins d'ingéniosité et
ne craignent ni Dieu ni diable... Le mauvais de l'affaire, c'est quand
ils se marient... D'après ce que vous m'avez dit, la fille paraît tenir
du père un esprit fantasque et de la mère un caractère ferme.
En se servant de l'un et de l'autre, on pourrait peut-être arriver à
tirer quelque chose d'elle... Elle est riche, jeune, belle. Eh bien !
Il y a un moyen de sortir d'embarras. Votre mari n'est point de ces
hommes qui, vers quarante ans, sont pris d'un retour de folie et se
mettent à courir après n'importe quelle femme... Il s'est trouvé en
face de Mlle Andrimont, qui lui a plu, et c'est elle seule qui doit lui
plaire. Supprimez Mlle Andrimont et, la cause ayant disparu, l'effet
cesse. Vous me regardez avec stupeur et vous vous demandez si je
vous conseille un meurtre? Non, je ne suis pas si sanguinaire et je ne
veux pas tant de mal à cette enfant, que je ne connais pas... Ne la
tuez point, ma chère, mariez-la : cela suffira.

A ces mots, qui répondaient si bien à sa pensée intime, à sa secrète
espérance, et qui cadraient si habilement avec ses projets, Mme de
Fontenay eut un geste de joie. Le marquis l'avait comprise, et lui,
l'homme d'expérience, en la finesse duquel elle se fiait d'une façon
complète, il voyait l'avenir sauvé, il avait indiqué la manœuvre décisive qui devait assurer la victoire.

— Oui, vous avez raison, dit-elle avec feu, voilà qui arrange tout.
Mlle Andrimont est jeune, belle et riche, il n'y a point de raison pour
qu'elle ne se marie pas. Et je me charge de trouver des prétendants

capables de lui plaire. La seule objection qu'elle puisse faire, c'est
son deuil. Mais c'est l'affaire de trois mois. Et, s'il lui faut la retraite,
je la lui offrirai à Cannes ou à Pau, à son choix. Elle n'a plus personne
auprès d'elle : quoi de plus simple qu'elle vienne auprès de moi? Dans
l'intimité la plus stricte, je lui fais connaître des parents, et il n'y a
rien là qui puisse l'effrayer, quelques amis sérieux, dont vous êtes.
Et, de la sorte, nous l'occupons, tout en vous offrant l'occasion de
l'étudier. N'est-ce pas admirable comme expédient? Le drame affreux
que je redoutais tourne tout doucement en aimable comédie, et c'est
à vous que je devrai cet heureux résultat. Oh! cher et excellent ami,
que je vous remercie et que je suis contente !

Elle avait pris les mains du vieillard, tout en parlant avec une vivacité fébrile. Arrivée à cette explosion de joie, elle éclata tout à coup
en sanglots. Elle ne se détourna pas pour cacher des pleurs qui ruis-
selaient sur son visage. Elle souriait tout en pleurant, comme pour
demander pardon de cet attendrissement, auquel elle n'avait
pu résister.

— Pleurez, ma chère Mina, dit le marquis, avec une paternelle
douceur ; votre cœur est encore tout gonflé d'amertume, cela vous
soulagera.

Elle lui répondit par une affectueuse pression de main, et, silencieusement, pendant quelques instants, elle laissa couler ses larmes,
sentant peu à peu le foyer dévorant qui était en elle s'apaiser et
s'éteindre. Quand elle reprit son calme :

— Ne me jugez pas sur la faiblesse que je viens d'avoir devant
vous, dit-elle gravement. C'est votre bonté qui a détendu les ressorts
de mon caractère. Mais j'ai de la volonté et de l'énergie. Je l'ai
prouvé et je le prouverai encore. C'est que je sens bien l'importance
de la lutte entreprise par moi et quelle en peut être la conséquence.
Vous me l'avez dit, la première fois que je vous ai consulté ; j'aurais
été plus prudente peut-être en fermant les yeux, mais cela m'a été
impossible. J'ai éclairci la situation. A l'heure présente, il n'y a de
doute pour aucun des partis en présence. Il n'est plus possible de
reculer. Et, le pût-on encore, que je ne le voudrais pas. Vous voyez

à quel point je suis déterminée. Je vous l'ai déclaré, en réponse à vos sages paroles : Avec moi, point de partage. Ce sera tout ou rien. Je ne suis plus à l'âge où une femme recommence sa vie, et, d'une tendresse perdue, se console par une nouvelle tendresse. Armand ne peut, ne doit être, pour moi, que le dernier amour, et cet amour, je le défendrai comme ma propre vie. Ceci excuse, n'est-ce pas, les quelques larmes que je viens de répandre, car c'est sur moi-même que je pleurais?

— Vous n'aurez pas à pleurer, ma chère Mina, dit le marquis, vous avez affaire à un honnête homme. Il aura suffit de montrer à Armand qu'il s'engageait dans une mauvaise voie, pour le faire revenir sur ses pas. Il contribuera de lui-même à son sauvetage, et, de cette épreuve, votre bonheur sortira plus assuré.

— Je le souhaite, répondit Mme de Fontenay avec un sourire, mais voilà que je vous trouve maintenant trop optimiste : voyez comme je suis difficile à satisfaire !

M. de Villenoisy se leva et baisa galamment la main de la comtesse :

— Quand je vous vois et quand je vous entends, comment ferais-je pour n'avoir pas bon espoir? Vous triompherez. Et je vous rappelle que vous me trouverez prêt à vous y aider de toutes les manières.

Elle le remercia d'un signe de tête et, restée seule, rentra chez elle. Son premier soin fut de regarder la pendule. Il était deux heures. Mina eut un serrement de cœur. Sans qu'Armand le lui eut dit, elle était sûre qu'il était allé chez Mlle Andrimont. D'ailleurs, l'en eût-il avertie, qu'elle n'aurait pu songer à l'en détourner. Après l'entretien de la veille, il était nécessaire qu'il revît Lucie. De graves questions restaient à débattre entre eux. Et la plus grave de toutes, la renonciation de la jeune fille à ses idées de claustration, avait été imposée par Mina. Sa jalousie devait-elle s'alarmer de savoir son mari et la jeune fille en présence? Certes, si jamais entrevue devait peu prêter aux expansions amoureuses, c'était bien celle-ci. Et ce ne fut pas sans une satisfaction intime que la comtesse, rassurée, à la réflexion, songea à l'embarras dans lequel Armand allait se trouver pour aborder Mlle Andrimont. C'était un commencement de vengeance pour la femme, que cette humiliation du mari. Mais Mme de Fontenay n'était point en humeur de s'arrêter à de si petits détails ; elle ne songeait qu'au résultat, et elle l'attendait avec impatience.

Pendant ce temps-là, Armand s'était rendu à Neuilly. La route, qu'il faisait d'ordinaire avec une joie impatiente, lui avait paru maussade. Il réfléchissait, pendant que sa voiture roulait sur le pavé sonore, à ce qu'il allait dire à Lucie, et son souci était extrême. Il craignait le mécontentement de la jeune fille, il appréhendait des reproches. S'il avait su répondre victorieusement à sa femme, il n'était pas aussi sûr de se présenter avec le même avantage devant Mlle Andrimont. C'est que la situation était toute différente : il était aimé de Mina, et il aimait Lucie. Fort contre l'une, il devait être faible contre l'autre. Il se faisait tous ces raisonnements, avec beaucoup de lucidité et non sans inquiétude, essayant de disposer ses arguments de façon à être prêt à répliquer aux critiques et aux remontrances. Mais il n'y réussissait que médiocrement.

Lorsque son coupé s'arrêta devant la grille, pour la première fois il ne mit pas d'empressement à descendre. Il poussa la petite porte et entra dans le jardin. Il suivit l'allée, d'un pas lent et la tête basse. Qui l'eût vu s'avancer ainsi ne l'eût pas pris pour un amoureux allant voir sa belle, mais plutôt pour un débiteur appelé par son créancier.

Il demanda d'une voix discrète à la femme de chambre si sa maîtresse était chez elle. Question singulière, puisque jamais Lucie ne sortait à cette heure-là. La porte du petit salon lui fut ouverte. Il resta debout devant la fenêtre, anxieux du premier abord, et se disant : « Une fois que je saurai dans quelles dispositions elle est, je serai plus à l'aise. » Il n'eut pas à patienter longtemps. Une portière se souleva et Mlle Andrimont parut. Elle vint à son cousin, le visage calme, les yeux clairs, la main tendue. Elle lui désigna un siège, s'assit elle-même et, sans plus de préambule, elle dit :

— Comment se porte Mme de Fontenay, ce matin?

A cette question, le comte perdit un peu contenance. Il s'attendait à des récriminations, à l'explosion d'un juste mécontentement. Et rien, pas même une ironie, pas même une plainte amicale : l'oubli dédaigneux, l'indifférence glacée. Cette faute qu'il s'était reprochée, lui, était, par elle, tenue pour nulle et non avenue. Il ressentit une vive irritation, qu'il ne sut pas contenir, et, venu pour s'excuser, ce fut lui qui se fit agressif.

— Je vois avec plaisir, dit-il, que sa visite imprévue ne vous a pas troublée.

— Et en quoi aurait-elle pu me troubler? demanda Mlle Andrimont avec tranquillité. Elle m'a surprise au début, voilà tout, et m'a ravie à la fin, car c'est une personne charmante que votre femme. Mais vous n'avez pas répondu à la demande que je vous ai faite de ses nouvelles. Elle était un peu émue hier, cela se conçoit : elle avait de meilleures raisons que moi de s'étonner de votre discrétion. Elle était cependant, je crois, partie rassurée...

Armand ne put en écouter davantage. Ce flegme le mettait hors de lui. Il eût préféré les violentes paroles à cette douceur imperturbable. Il se leva vivement et marcha dans le salon, en proie à une agitation douloureuse :

— Lucie, je vous en conjure, dit-il, ne jouez pas la comédie avec moi.

Elle devint soudain très rouge et, le regardant avec un air de hauteur qu'il ne lui avait encore jamais vu :

— La comédie, moi? s'écria-t-elle. Voilà un étrange langage! Et qui vous permet de penser que je me donne cette peine?

— Ah! vous vous fâchez, reprit-il avec vivacité. A la bonne heure! J'aime mieux de la colère que ce mutisme délibéré. Vous m'en voulez, je le sens, et je conviens que vous êtes dans votre droit. Mais, au moins, expliquons-nous : donnez-moi les moyens de plaider ma cause, de me justifier, si je le puis, et de rentrer en grâce auprès de vous. Je pense vous avoir montré assez d'affection pour mériter d'être traité par vous avec plus d'indulgence...

Elle l'interrompit vivement:

— Mais laissez-moi vous dire que je ne vous comprends pas.

Parce que je ne vous adresse aucun reproche, voilà que vous me faites une scène? Vous êtes furieux de ce que je ne me sens aucune irritation contre vous. En vérité, c'est à s'y perdre ! Vous voulez absolument être un criminel et passer pour tel à mes yeux. Pourquoi? Sous quel prétexte? Parce que vous avez une femme et que vous ne m'en avez jamais parlé jusqu'ici ? Mais, quand vous êtes entré chez moi, vous a-t-on demandé si vous étiez marié ou célibataire ? Avez-vous enfreint une règle, violé une loi? Qu'importait que vous fussiez libre ou non ? Pour ce que je voulais faire de vous, c'était très indifférent, et cela continue à l'être. Vous n'aviez pas de femme? Fort bien. Vous en avez une ? Encore mieux ! Auriez-vous vu, par hasard, dans vos rêves que je songeais à vous épouser ? Non ! n'est-ce pas? Et vous avez eu raison. De mon côté, je ne vous fais pas l'injure de croire que vous ayez eu à mon égard des idées déshonnêtes. Alors d'où vient votre excitation, que signifient vos alarmes? Rien n'est perdu, croyez-le bien, ni pour vous, ni pour moi : il n'y a qu'un ménage de plus, voilà tout.

Tout cela fut débité avec une assurance et une netteté étonnantes. Le ton, le geste, la physionomie, s'accordaient avec une précision qui semblait le naturel même. Armand ne savait plus que croire et se demandait si vraiment Mlle Andrimont poussait l'indifférence aussi loin qu'elle voulait bien le dire, ou si elle n'affectait un tel détachement de toutes choses que pour établir irréfutablement que l'intervention de Mme de Fontenay ne devait avoir aucune importance à ses yeux. Avec cette étrange fille, tout était possible. Dans ce que le comte connaissait d'elle, depuis six mois, aucun acte, aucune parole, ne démentaient son attitude actuelle. Elle avait émis la prétention de s'affranchir de toutes les conventions familiales et de toutes les règles mondaines, ne voulant vivre que pour elle et ceux qu'elle admettait dans son étroite intimité, et tenant en oubli le reste du monde. Pourquoi n'aurait-elle pas été sincère quand elle disait qu'il lui était indifférent qu'Armand fût ou ne fût pas marié ? Elle avait, pendant la moitié d'une année, ignoré Mme de Fontenay. Celle-ci lui était soudainement révélée. Elle ne s'étonnait point de la révélation, si peu préparée qu'elle y fût. Au contraire, sans parti pris, elle trouvait sa parente tout à fait de son goût et le disait avec sa franchise habituelle. Pourquoi tout cela n'eût-il pas été vrai, et quel motif le comte avait-il de douter de sa sincérité ?

Il en avait un, et, si peu fondé qu'il fût, c'était pourtant le plus fort et le meilleur qu'il pût avoir. Et ce motif, c'était son naissant amour pour Lucie. Admettre qu'elle fût de bonne foi, quand elle déclarait n'avoir aucune colère contre lui, c'était reconnaître qu'il lui était complètement indifférent. Et à cela il n'était point disposé à consentir. Son aigreur subite n'avait pas eu d'autre cause que la désenchantante constatation du beau sang-froid de celle qu'il s'attendait à trouver hors d'elle-même. Et cependant pourquoi eût-elle été hors d'elle-même ? Il eût donc fallu que son cœur battît à l'unisson de celui d'Armand ? Qui donnait au comte l'audace d'une telle espérance ? Rien pouvait-il la justifier ? Avait-il seulement risqué un aveu ? Lucie soupçonnait-elle qu'il l'aimât ? Non ! Tout s'était passé au dedans de lui. Et la jeune fille, à moins d'une clairvoyance supérieure, devait tout ignorer. Donc, l'exaspération à laquelle cédait M. de Fontenay devait paraître inexplicable, et elle l'était en effet.

Pendant que Mlle Andrimont parlait, Armand se dit toutes ces choses. Il donna complètement raison à Lucie contre lui-même. Il se jugea déraisonnable au suprême degré et craignit d'avoir gâté ses affaires. Aussitôt, il adopta une autre tactique et, se faisant, quoi qu'il ne fût pas calmé, aussi modéré qu'il s'était jusque-là montré violent, il accepta pour bonnes les excuses que lui trouvait sa cousine.

— Pardonnez-moi, dit-il, en affectant une gaieté qui était bien loin de son esprit, de m'être cru plus coupable que je n'étais. Il est vrai que vous aviez manifesté, dès notre première entrevue, une telle animosité contre votre famille que je n'avais plus osé vous reparler de ceux qui la composent. Mais peut-être pouvais-je faire une exception pour ma femme... Si je vous avais demandé de venir la voir, y seriez-vous allée ?

ELLE DINA TRISTEMENT (PAGE 149)

Lucie se mit à rire :

— Ce n'est pas sûr !... Maintenant que je la connais, elle me paraît charmante; mais, pour être à même de la juger, il fallait la connaître...

— Vous voyez bien !

— Il est vrai que j'ai vite rattrapé le temps perdu... Et, je dois en convenir, elle me plaît infiniment plus que vous.

— Voilà que vous recommencez à me maltraiter...

— Oui ! je vous en veux. Vous avez eu, tout à l'heure, un petit air qui ne m'a pas plu du tout et m'a fait sortir de mon caractère.

— Avouez que je ne suis pas heureux : maltraité ici et chez moi.

— Chez vous? Vous ne l'avez pas volé, il faut être juste. Voilà que tout à coup Mme de Fontenay découvre que vous avez des relations avec une jeune étrangère, pas trop mal de sa personne et qui habite une maison discrète, située hors la ville. Qui ne se serait ému à sa place? Elle a cru tout uniment que vous la trompiez. Aussi, il vous eût fallu voir l'air dont elle est entrée ici... Mais, dites-moi donc un peu, puisque vous êtes avide de fournir des explications et de développer des arguments, comment il se fait que vous aviez caché mon existence à la comtesse? Que vous ne m'ayez pas parlé d'elle, soit ; mais que vous ne lui ayez point parlé de moi. Comment arrangez-vous ça ?

— C'est cependant fort simple : ma conduite d'un côté était la conséquence de ma conduite de l'autre. Il fallait à chacun tout révéler ou tout taire.

— Vous croyez?

— Dame ! le premier mot de ma femme, quand nous nous sommes expliqués à votre sujet, a été: « Pourquoi ne me l'avez-vous point amenée tout de suite? » Elle n'aurait pas eu de cesse qu'elle n'eût été en rapport avec vous. Et plus j'y aurais mis de résistance, plus son désir se serait accru. Et toutes les femmes, vous le savez bien, à sa place en eussent fait autant. De là, des tiraillements continuels et des difficultés sans nombre. Il fallait donc se taire, au risque de ce qui est advenu.

— Et qui n'est pas bien grave.

— Plus que vous ne pensez. Vous m'avez dit vous-même que la comtesse était arrivée chez vous fort troublée. Elle est partie rassurée en apparence. Mais, au fond, je ne jurerais pas qu'elle soit aussi tranquille que vous semblez l'espérer. On ne passe pas si aisément de la défiance la plus aiguë à la plus complète sécurité...

— Voulez-vous insinuer que Mme de Fontenay continue à me soupçonner? interrompit Mlle Andrimont, dont les yeux s'enflammèrent.

— Eh! non, ce n'est pas vous, mais moi qu'elle soupçonne...

— Ah! mon cher comte, cette fois, je n'y puis rien, et c'est votre affaire. Débrouillez-vous... C'est vous seul qui en êtes cause...

— Non pas, c'est elle. Et voilà bien ce qui me désole... Aussi, fais-je appel à votre amitié pour m'aider à dissiper entièrement une erreur dont souffre un pauvre cœur innocent. La jalousie ne raisonne pas... Elle ne se rend que devant des preuves matérielles. Ce sont ces preuves que je vous demande de contribuer à donner... Ma femme, en vous quittant, vous a priée d'étendre à elle la sympathie que vous m'avez témoignée jusqu'ici.

— Et je lui ai répondu que j'étais une sauvage, qui ne voulais point sortir de ma retraite.

— Eh bien! c'est cette sauvagerie, cause de tout le mal, que je vous prie instamment de modérer. Ne repoussez pas les avances que la comtesse vous a faites... Elle vous a offert son amitié, et très sincèrement, vous pouvez en être sûre; prouvez-lui, en l'acceptant, qu'elle ne doit conserver aucune arrière-pensée.

Mlle Andrimont hocha la tête avec mélancolie:

— Rien ne me serait plus doux que de faire ce que vous me conseillez. Je suis maintenant bien seule, et l'amitié d'une femme telle que Mme de Fontenay me serait d'un grand secours moral. Mais je voudrais être sûre que la concession à laquelle je consentirais serait limitée à Mme de Fontenay seule.

— Vous n'avez qu'à le vouloir.

— Non! cela ne dépendra plus de moi, si je cède sur ce premier point. Et toute la sécurité de ma vie retirée sera compromise. Je serai entraînée dans un courant qui m'effraie et lancée dans une existence à laquelle je n'ai point été préparée. Je mesure très exactement les conséquences de ce que, votre femme et vous, vous me poussez à faire. C'est le renversement du programme que je m'étais tracé en m'installant à Paris ; il n'est pas possible que je m'y résigne si brièvement et sans avoir pris le temps de réfléchir. Certes, j'ai à cœur de donner satisfaction à la comtesse, mais je ne suis pas disposée à abandonner pour cela toutes mes idées, à changer toutes mes habitudes.

— Rien n'est plus juste, et je vous sais déjà beaucoup de gré de ne m'avoir pas répondu, dès les premières ouvertures, par un refus. Réfléchissez, comparez et décidez. Désirez-vous que la comtesse revienne vous voir pour essayer de forcer vos résistances ?

— Non, c'est moi qui, dans quelques jours, irai lui faire visite. Jusque-là, laissez-moi à moi-même.

— C'est bien. Je vous obéirai et je vous remercie.

Il se leva, lui serra la main sans ajouter une parole et sortit. Après le départ du comte, Lucie demeura immobile, plongée dans une sérieuse méditation. Elle se rendait parfaitement compte qu'elle était arrivée à l'instant précis où son avenir allait se décider. A vingt-trois ans, seule au monde, pouvait-elle espérer vivre avec la sécurité désirable, lorsque sa beauté, sa fortune, seraient un appât pour les convoitises des galants et des ambitieux ? Que pouvait une femme livrée à elle-même ? Ne devait-elle pas fatalement être victime de son inexpérience, de sa faiblesse ou de sa fantaisie ? Forcément désœuvrée, puisqu'elle était riche, à quoi occuperait-elle ses jours ? L'ennui incurable s'emparerait d'elle et la conduirait à quelque folie.

Mais l'existence, telle que ses parents la lui créeraient, ne serait-elle pas, pour elle, tout aussi vide, tout aussi désœuvrée et tout aussi dangereuse ? Trouverait-elle, dans les occupations frivoles et vaines de la société, un aliment pour son esprit ? Allait-elle se condamner elle-même, à cette agitation vaine, à ce verbiage creux, à cette amabilité apprise, à toutes ces façons d'être artificielles qui constituent les grâces d'une femme du monde, et qui révoltaient sa nature simple et

droite? Elle tomba dans une profonde tristesse. A sa pensée revint le
souvenir des chevaux sauvages que les serviteurs de son père allaient
lacer dans la savane. Elle les voyait arriver entravés, les naseaux en
feu, l'œil fou et la crinière hérissée d'horreur. On les enfermait dans
les enclos, et, au bout de quelques jours, leur furie se calmait, ils se
laissaient approcher et, un beau jour, ils apparaissaient sous la selle
ou dans le brancard, domptés et prêts au travail. De leur superbe
fierté, il ne restait qu'une fougue brillante qui leur donnait du prix, et ils
marchaient, comme les autres, sous la cravache ou sous le fouet, les
beaux étalons nés pour galoper libres dans la plaine sans limite. Elle
compara avec tristesse sa destinée à la leur. N'allait-elle pas, comme
eux, troquer sa liberté sauvage contre une élégante domesticité?
Était-elle faite pour les salons où triomphaient l'hypocrite politesse
et la doucereuse flatterie, elle si libre dans ses allures et si franche
dans ses propos. Sa petite villa solitaire ne lui convenait-elle pas
mieux, et n'y serait-elle pas plus heureuse?

Toutes ces idées tournaient dans sa tête, et elle ne s'apercevait pas
que le jour tombait et que l'obscurité emplissait le salon. Sa femme de
chambre, en lui annonçant qu'il était l'heure de dîner, la surprit et la
contraria. Il lui déplut de sortir de ses réflexions pour rentrer dans la
réalité, cette réalité qui l'effrayait. Elle se leva, passa dans la salle
à manger, qu'elle trouva bien grande pour elle seule, et dîna tristement. Après, elle monta à sa chambre et s'y enferma avec son
chien Michigan. Chaque soir, lorsque sa tante vivait, elle se tenait au
salon et faisait la partie de la bonne dame. Puis, elle causait longuement du pays et des êtres chers si regrettés. L'heure du coucher
arrivait, comme par enchantement, et les deux femmes se séparaient
en s'embrassant, heureuses du jour passé, l'une près de l'autre, et
tranquilles sur le jour à venir. Maintenant, Lucie n'entrait plus au
salon, tout plein pour elle de ces désolants souvenirs. Et seule, dans
sa chambre claire, auprès du feu qui brûlait dans la cheminée, elle
écoutait le vent secouer au dehors les arbres du jardin.

Elle prit un livre et s'installa pour lire; mais elle était trop préoccupée, elle suivait distraitement les lignes imprimées et ne comprenait

pas ce qu'elle lisait. Elle se leva et se promena de long en large, suivie des yeux par son chien, étonné de cette agitation extraordinaire. Alors elle éprouva un grand sentiment de lassitude. Ses jambes étaient lourdes, comme si elle avait fait une longue course. Elle sonna sa femme de chambre, et, heureuse d'abréger cette veille qui se préparait remplie de douloureuses impressions, elle se coucha. Elle dormit d'un sommeil agité et fiévreux. Elle rêva, et, dans son rêve, Mme de Fontenay lui apparut tout en larmes, tendant vers elle des bras suppliants. Près d'elle était Armand, triste, comme Lucie ne l'avait jamais vu. Elle voulut savoir pourquoi ces larmes et cette tristesse, et les interrogea. Mais ils ne répondirent pas. Elle se réveilla en sursaut, et trois fois recommença le même rêve, dans lequel elle voyait Mme de Fontenay pleurant et Armand pâle et sombre.

Au jour, elle se leva, essaya de raisonner. Pourquoi la comtesse s'imposait-elle à son esprit sous un aspect désolé ? Et pourquoi la tristesse d'Armand ? Évidemment, c'était une conséquence des scènes auxquelles Mme de Fontenay et son mari l'avaient mêlée. Mais son rêve retardait, puisque, postérieurement à ces scènes, l'horizon s'était rasséréné. Elle fut mécontente d'avoir cédé à cette obsession. Elle s'inquiéta du trouble moral subi par elle. Pour son esprit pratique et positif, ce trouble était nouveau. Était-ce donc le commencement des agitations dans lesquelles il lui faudrait vivre, si elle acceptait la proposition qui lui avait été faite? Elle se trouva plus perplexe et plus inquiète encore que la veille.

Vers deux heures, elle prit un manteau, un chapeau, siffla son chien et sortit à pied. Elle suivit le boulevard Maillot et entra dans le Bois, par la grille de Madrid. Il faisait un temps admirable. Le soleil brillait dans le ciel d'un bleu pâle, et les masses sombres des taillis tamisaient doucement la lumière. Des vols de corbeaux tournoyaient, se poursuivant dans les grands chênes. Le silence était à peine troublé par le roulement lointain des voitures dans les allées fréquentées. Depuis plus d'une semaine, Lucie avait vécu enfermée. L'exercice fit circuler plus activement son sang, ses joues pâlies se colorèrent et un bien-être se répandit en elle. Sa marche cadencée se poursui-

vait sur le sol ferme. Son chien courait gaiement devant elle. La
jeune fille se sentit toute ranimée. Les sombres influences s'effacèrent
et il lui sembla que l'avenir s'éclairait de la lumière de ce beau
ciel.

Son esprit, naturellement vigoureux et positif, entrevit la situation
sous un aspect tout autre que la veille. Il y eut, dans son âme, comme
deux effets successifs très opposés, l'un de nuit, l'autre de jour. Elle
se rendit un compte très exact de ce qu'elle avait éprouvé. Elle sourit, comme un enfant qui, trompé par l'apparition, dans l'obscurité,
d'une forme étrange, s'approche au matin et reconnaît que le spectre,
le fantôme effrayant, était quelque objet familier, grandi, changé par
les ténèbres. N'en était-il pas ainsi d'elle-même? Elle avait, à la suite
d'une journée de fatigue et d'émotion, perdu tout son courage, toute
sa résolution et honteusement tremblé devant des périls imaginaires.
Quel sort si funeste pouvait l'attendre, si elle se décidait à se rapprocher de ses parents et à vivre de leur vie élégante et facile? Quels
soucis et quels chagrins spéciaux la menaceraient dans le monde?
Tout n'y était-il pas bien léger et bien futile? Et la douleur, comme le
plaisir, ne devait-elle pas être toute en surface et point en profondeur.
Après le malheur ancien qu'elle avait subi de perdre son père et sa
mère, à quelques mois de date, après le malheur tout récent de
perdre l'excellente Mme Mathisen, que lui arriverait-il qu'elle ne fût
en mesure de supporter presque avec indifférence?

Elle se sentait aussi pleine de confiance qu'elle avait été pleine de
découragement. Elle considérait la modification de son existence
comme très acceptable et n'en éprouvait pas un grand émoi. Elle
marchait, tout en songeant ainsi, et elle était arrivée tout près de
Longchamps. Elle suivit l'allée de Bagatelle, remonta le long des
villas qui avoisinent la grille de Madrid, sortit du Bois et rentra chez
elle. La soirée s'écoula paisible, ainsi que la journée du lendemain.
Elle avait repris possession de son esprit, un instant troublé, et elle
était redevenue très calme. Sa résolution était arrêtée : elle avait décidé qu'il lui était impossible de ne pas accepter les offres de Mme de
Fontenay. Répondre par un refus aux avances affectueuses de la noble

femme, c'était lui rendre ses soupçons, et Lucie, rien qu'à cette pensée, éprouvait une vive irritation. Et puis, elle était désormais seule
et sans appui. Rien n'aurait donc justifié son éloignement.

Enfin, une aventureuse curiosité commençait à l'entraîner. Cette
société, dont elle avait fait fi, et qui constituait à elle seule tout un
monde, son tempérament actif l'incitait à y pénétrer. Le mal qu'elle
en avait entendu dire, l'éclat extérieur qu'elle lui voyait, les efforts
que ceux qui n'y avaient pas leurs libres entrées faisaient pour y
être admis, tout cela l'attirait. Tant qu'elle n'avait pas été sollicitée
d'y prendre place, elle l'avait dédaigneusement traitée. Maintenant
qu'on lui en ouvrait la porte, elle se sentait disposée à se relâcher de
son intransigeance et elle était prête à y risquer le pied. Elle se donnait à elle-même des excuses. « Je n'y serai point comme une parvenue,
puisque tous les miens y sont et m'y feront place. Je serai indépendante, et, par cela même, respectée, puisque je suis riche. Nul ne
pourra me contraindre, pas plus que dans ma vie solitaire, à faire ce
qui me déplaira. Ceux qui ne se plient pas aux règles communes
passent facilement pour des excentriques. Va pour excentrique si, à
ce prix, je conserve ma liberté. » Un ferment d'opposition batail-
leuse se manifestait même en elle, à la pensée de la vie nouvelle
qu'elle allait mener. « Si cela me plaît, » telle était la règle qu'elle
comptait suivre. Et, avec un sourire, elle se disait : « Ma famille aura
peut-être beaucoup de regrets de m'avoir patronnée et chaperonnée.
Si j'allais lui causer plus d'embarras que de satisfaction ! » Son ardeur
frondeuse se calma cependant assez vite. Elle laissa passer la semaine,
afin de bien prendre le temps de la réflexion, et, ayant mûrement
débattu le pour et le contre, elle se prépara à tenir sa promesse et à
aller rendre à la comtesse la visite que celle-ci lui avait faite. Elle
écrivit un mot pour annoncer son arrivée, et, à l'heure dite, elle entra
sous la grande porte de l'hôtel de Fontenay.

Ces vieilles maisons aristocratiques, vastes et solennelles, exercent
sur l'esprit une incontestable influence. Mlle Andrimont le sentit
bien en se trouvant seule dans le salon, au milieu d'un luxe d'une
sévère magnificence. Rien de ce qu'elle avait vu jusqu'ici ne pouvait

LES DEUX FEMMES N'AVAIENT PLUS L'UNE POUR L'AUTRE QUE DES
SOURIRES (PAGE 155)

lui donner une idée de cet intérieur, que, depuis tant d'années, le goût des maîtres enrichissait de meubles exquis et de précieux objets d'art. Quelques très beaux portraits du siècle dernier attirèrent son attention, et, parmi eux, un charmant pastel de Latour représentant un jeune colonel de dragons qui, sous la poudre et avec sa figure rasée, offrait la plus grande ressemblance avec le comte Armand. Debout au milieu de la vaste pièce, les yeux fixés sur les tapisseries harmonieuses, l'or éteint des vitrines, l'émail brillant des porcelaines rares, elle restait à admirer. Elle n'entendit pas une porte sous tenture s'ouvrir derrière elle, et ce ne fut qu'en voyant la comtesse s'avancer qu'elle s'arracha à sa contemplation.

Les deux femmes restèrent un instant en présence, s'examinant, car, dans cette première et orageuse rencontre, elles ne s'étaient point vues avec leur habituelle physionomie. Le grand air de Mme de Fontenay et l'expression de bonté empreinte sur son vigage frappèrent Lucie. Elle se sentit impressionnée et une sorte de sympathie respectueuse s'imposa à elle. Mina trouva Mlle Andrimont ravissante, avec un air de fierté un peu hostile qui lui plut. Elle admira sa distinction de race et l'aisance avec laquelle elle se présentait. Elle lui sourit et, lui tendant la main, l'attira vers un fauteuil.

— Madame la comtesse, dit la jeune fille avec ce léger accent étranger qui donnait à sa parole une saveur particulière et charmante, vous voyez que je tiens mes promesses. Je m'étais engagée à venir chez vous : m'y voici.

— Et je suis très heureuse de vous y voir, dit Mina, surtout si vous me donnez l'espérance que vous n'en sortirez plus.

— N'en demandez pas tant, madame, sans être sûre que vous n'aurez point à le regretter... Vous ignorez tout de moi... Ne me jugez pas sans me connaître.

— Faut-il si longtemps pour juger les gens? Il est bien rare que mon premier mouvement me trompe, et il a été tout en votre faveur. D'ailleurs, ajouta-t-elle gaiement, si vous avez des défauts, c'est un devoir pour nous de les supporter : vous êtes des nôtres. Et puis, qui sait si vous n'aurez point la surprise de nous trouver beaucoup plus imparfaits que vous ne pouvez l'être?... Et c'est vous qui, peut-être, serez obligée de vous montrer indulgente... Enfin, — et là Mme de Fontenay reprit toute sa gravité, — votre rentrée dans notre famille est une sorte de réparation qui vous est offerte, pour les torts que les vôtres avaient à nous reprocher et, à ce titre, je ne crois pas que vous puissiez y renoncer.

A ces paroles, les yeux de Lucie brillèrent, une rougeur lui monta au visage :

— Ce que vous venez de dire là, madame, répondit-elle, ne me permettrait pas d'hésiter en effet, si je n'avais pas déjà pris la résolution d'accepter vos offres bienveillantes. Et je ne veux pas vous laisser croire que ce soit pour obtenir une satisfaction d'amour-propre que je me décide à changer mes résolutions et à modifier ma manière de vivre : c'est conquise par votre grâce et entraînée par votre bonté. Oui, c'est pour vous que je le fais et non pour moi-même. Je sens que j'aurai du bonheur à vous connaître plus intimement et qu'il me sera facile et doux de vous aimer.

Des larmes vinrent à Mina. Elle prit Lucie par les épaules et l'embrassa tendrement. Les deux femmes qui, pendant une heure, s'étaient regardées avec des yeux menaçants, n'avaient plus l'une pour l'autre que des sourires. Le cœur tendre de Mme de Fontenay s'ouvrit et elle éprouva un plaisir délicieux. Il lui eût été trop difficile de haïr, il lui parut exquis de s'attacher à cette adorable enfant par des liens presque maternels. Elle la regarda avec émotion, et, lui caressant doucement les cheveux de sa belle main blanche :

— Je pourrais avoir une fille de votre âge, si le Ciel ne m'avait pas refusé le bonheur d'être mère. Et quel ravissement c'eût été pour moi d'avoir à la choyer, à veiller sur elle, pendant toutes les heures de ma vie ! C'est une revanche que la destinée me donne en vous conduisant à moi. Vous m'avez conquise, et, s'il vous semble que vous m'aimerez facilement, moi je vous préviens que c'est fait et que je vous aime déjà.

Elles étaient tout près l'une de l'autre, la main dans la main, se regardant avec une satisfaction égale. Toutes les préventions de Mina

avaient disparu et son noble cœur s'était purifié de sa jalousie. Elle
était sûre de Lucie, elle eût risqué sa vie pour attester que jamais
l'esprit de la jeune fille n'avait été effleuré par une pensée mauvaise.
Elle lisait sa candeur et son honnêteté dans le clair regard de ses
yeux bleus.

— Je suis ravie, dit-elle avec tout l'emportement de sa tendresse
nouvelle. Maintenant, vous m'appartenez entièrement.

Lucie se redressa et, montrant à Mme de Fontenay ses vêtements
noirs :

— Pas encore tout à fait, dit-elle avec douceur; j'appartiens à mon
deuil et à mes tristes souvenirs... Vous voyez que je cède à toutes vos
volontés et que je m'apprête à vous remettre le soin de diriger ma
vie... Cependant je désire rester dans la retraite encore pendant quelques semaines... Je le dois à celle que j'ai perdue et qui m'aimait
tendrement, elle aussi... Il convient que je la pleure comme elle a
mérité de l'être... Le délai que j'assigne échu, vous me verrez de
moi-même venir à vous... Mais, pendant cette retraite, ni vous ni le
comte, ne vous présentez chez moi : laissez-moi à moi-même... Ce
seront mes adieux à l'existence solitaire que j'ai menée jusqu'ici.

— Soit, dit Mme de Fontenay, je ne puis que respecter votre
volonté... C'est avec tristesse que je vais me séparer de vous... C'est
avec joie que je vous retrouverai.

Elles se levèrent. Lucie passa par le petit salon de la comtesse et,
accompagnée par elle, sortit dans la galerie qui donne sur le grand
escalier. Comme elle s'apprêtait à prendre congé, une porte s'ouvrit
et le comte parut, accompagné du baron de Cravant. Ils s'arrêtèrent à
la vue des deux femmes. Armand, un peu pâle, sourit et tendit la
main à Lucie. Le baron salua et s'approcha de Mme de Fontenay,
regardant avec une curiosité charmée cette ravissante personne, qu'il
voyait pour la première fois dans la maison. Alors Mina, se tournant
vers la jeune fille, lui présenta le baron :

— M. Paul de Cravant.

Puis, désignant Lucie :

— Mlle Andrimont.

Le baron s'inclina avec une cérémonieuse grâce ; il entendit la comtesse dire :

— A bientôt, et alors, cette fois-là, à toujours.

Et Lucie répondit d'une voix claire :

— Oui, madame. Au revoir, mon cousin.

Quand il se redressa, la jeune fille descendait l'escalier, et il ne put admirer que sa taille svelte et l'éclat doré de ses cheveux blonds. Il la suivit des yeux tant qu'il put la voir, et, quand elle eut disparu, venant à la comtesse :

— Mlle Andrimont, une cousine d'Armand ? Je ne vous avais jamais entendu, ni l'un ni l'autre, parler d'elle ?

— C'est vrai, dit Mme de Fontenay. Nous ne la connaissions pas : elle arrive des colonies.

— Eh bien ! je vous en fais mes compliments. Elle est adorablement jolie !

— N'est-ce pas ? dit la comtesse.

Et, accompagnée par les deux hommes, elle rentra dans son salon.

VII

Il était dix heures du matin, le soleil resplendissait dans un ciel sans nuage, et la plage de Deauville, frangée d'écume par le flot montant, avait un éclat blanc qui aveuglait. Devant le perron d'une de ces belles villas, qui, entourées de leurs jardins exigus, ont les grandioses proportions de châteaux dont une bande noire aurait vendu les parcs, auprès d'un landau admirablement attelé, une troupe de chevaux, tenus en main par des valets de pied, attendaient en creusant le sable de leurs pieds impatients. Sous une véranda, au bout de quelques instants, la comtesse de Fontenay s'avança, le chapeau sur la tête, l'ombrelle à la main, accompagnée de la baronne Trésorier et de la jolie Mme de Jessac. Derrière, venaient Armand, le baron Trésorier, l'élégant Firmont et Paul de Cravant. Mme Trésorier et tous les hommes, à l'exception du comédien de salon, étaient en costume de cheval. La comtesse descendit les marches du perron, et, s'adressant à un des valets de pied :

— Ashton, voyez donc, je vous prie, si Mlle Andrimont est prête...

L'homme donna à un de ses camarades la bride du cheval qu'il tenait et se préparait à traverser le jardin, lorsqu'une petite porte, percée dans le mur et cachée sous le lierre, s'ouvrit et Lucie parut.

lle était vêtue d'une amazone bleu foncé et coiffée d'un chapeau haute forme gris. De sa main gantée elle tenait un mince stick à pomme d'or.

— Est-ce que je suis en retard? demanda-t-elle, en voyant tout le monde rassemblé sur le perron, et m'aurait-on attendue?

— Vous n'êtes pas en retard, c'est nous qui sommes un peu en avance, dit Mme de Fontenay en lui tendant la main.

Lucie prit cette main et approcha sa joue des lèvres de la comtesse, qui l'embrassa tendrement. Puis, allant au groupe, qui stationnait sous la véranda, elle distribua les shake-hands à la ronde, délicieuse avec ses joues animées, ses yeux gais et sa bouche riante.

— Comme il fait beau ce matin, s'écria-t-elle, avec une joie intime, et comme la promenade va être agréable... Oh! vous ne montez pas? fit-elle en se tournant vers Firmont, qui s'empressait auprès de Mme de Fontenay.

— Oh! non! Je ne peux pas, dit le comédien de salon, d'un ton pénétré. Il ne faut pas que je me fatigue : je dis ce soir des vers chez la duchesse d'Argelès... Si je montais, je n'aurais pas tous mes moyens... Et, vous comprenez, n'est-ce pas, on se doit au public!...

— Mais je ne m'en plains pas, dit la comtesse, il va nous tenir compagnie, à Mme de Jessac et à moi, dans le landau... Eh bien! si tout le monde est prêt, partons...

— Partons, dit le comte. Lucie, voulez-vous que je vous mette à cheval?

— Très volontiers...

Ils s'approchèrent des chevaux, et la jeune fille flatta de la main l'encolure fine et lustrée d'une jolie jument, qui hennit en la regardant de son grand œil doux :

— Ah! Polly, tu me reconnais? dit Mlle Andrimont, en mettant son pied dans la main d'Armand et en s'enlevant légère jusqu'à sa selle. Elle s'assura sur l'arçon, disposa les plis de sa jupe et rassembla ses rênes. Puis, avec un de ces mouvements d'expansion, qui la rendaient si originale et si séduisante, touchant l'épaule du comte qui examinait si rien ne clochait dans le harnachement de la jument :

— Cela me fait vraiment bien plaisir, cousin, que vous ayez pensé à faire venir Polly, et de tout cœur je vous en remercie.

Armand se retourna, une rougeur légère monta à ses joues, il baissa la tête, comme pour la dissimuler, et à voix un peu basse :

— J'ai pensé, en effet, que vous seriez contente, mais je n'avais pas besoin de ce remerciement : votre joie suffisait.

Il caressa de la main les naseaux de la bête, en disant :

— J'espère que vous n'aurez pas à vous plaindre d'elle, je l'ai toujours montée depuis un an, et je puis dire qu'elle est vraiment mise.

Il salua de la main et s'en fut au landau, dans lequel sa femme, Mme de Jessac et Firmont achevaient de prendre place. En avant, Mme Trésorier et son mari étaient déjà hors de la cour.

— Vous êtes bien ? demanda Armand à la comtesse avec une affectueuse prévenance. Il ne vous manque rien ?

— Rien. On peut partir.

— Alors, route de Dives !

Le landau roula. Armand sauta en selle et rejoignit le groupe de cavaliers qui, en peloton, escortaient au trot la comtesse.

Depuis huit jours, le comte et la comtesse de Fontenay s'étaient installés dans leur villa de Deauville et Mlle Andrimont, renonçant à sa vie retirée, s'était logée dans une petite villa mitoyenne, dépendant de la somptueuse demeure de ses parents. Elle habitait là, avec sa demoiselle de compagnie, une jeune Anglaise, septième fille d'un pasteur très pauvre et obligée d'entrer en condition. Miss Griffith était une personne d'une extraordinaire laideur, mais d'un grand mérite. Haute de cinq pieds six pouces, ce qui lui donnait la tournure d'un carabinier, ses cheveux étaient d'un blond si pâle qu'un albinos eût paru foncé auprès d'elle. Elle avait le teint assez blanc, mais criblé de taches de son, et sa bouche en s'ouvrant découvrait des dents d'une longueur formidable. Le baron Trésorier disait, affectant des airs d'épouvante :

— Elle mangera, un de ces jours, l'un de nous : c'est la femme de l'ogre.

Ce à quoi la baronne répondait, avec un ironique sourire :

ELLE AVAIT GRAND PLAISIR A RENCONTRER LE BARON (PAGE 164)

— Vous vous flattez, mon cher : les ogresses ne mangent que les petits enfants !

Miss Griffith, depuis trois mois, vivait auprès de Lucie, et une véritable amitié avait lié promptement les deux femmes. Les qualités de cœur de l'Anglaise et ses ressources d'esprit avaient adouci la tristesse et charmé la solitude de Mlle Andrimont. Miss Griffith, forte comme un cheval et marchant comme une montagnarde, avait encouragé sa jeune maîtresse à prendre de l'exercice. La santé de Lucie s'en était ressentie : elle s'était développée et épanouie, en même temps que sa noire mélancolie peu à peu s'évanouissait, chassée par l'intarissable bonne humeur de sa compagne. Miss Griffith avait quitté à regret, et non sans inquiétude, la maison de Neuilly, pour s'installer à Deauville. Cependant la mer l'avait charmée. Au bout de deux jours d'habitation, voyant que Mlle Andrimont conservait sa liberté, ne se laissait pas absorber par ses voisins et vivait chez elle le plus qu'il lui était possible, l'Anglaise retrouva un peu de sécurité et consentit même à franchir la porte de communication qui séparait le jardinet de leur maison du jardin de la villa de Fontenay.

Firmont, esprit très délicat, s'était pris de sympathie pour cet extraordinaire laideron et se déclarait son soupirant. Paul de Cravant, riant et plaisantant, avait dit à Lucie :

— Tout cela est très grave et finira par un enlèvement...

— Oui, avait répondu la jeune fille. Griffith enlèvera M. Firmont sous son bras et me l'apportera pour que je le punisse de la tourmenter.

Entre le baron de Cravant et Mlle Andrimont une familiarité commençait à s'établir, qui préoccupait Armand. Avant le départ pour Deauville, plusieurs fois Lucie était venue dîner à l'hôtel de Fontenay. La comtesse avait tenu, avant d'attirer définitivement la jeune fille, à bien faire connaître les liens naturels qui l'attachaient à la famille. Un rapprochement avait été préparé entre l'héritière du colon canadien et les parents les plus proches. Les Beaulieu, les Préfont et les Champroy avaient accepté de se rencontrer avec la jeune fille, qu'on savait riche et qu'on trouva charmante. Le baron Paul faisait partie des convives et le marquis de Villenoisy était à la droite de la maîtresse de la maison.

Ce fut, pour Lucie, la soirée décisive. Elle plut non seulement à ceux qui n'avaient aucune propension à la traiter favorablement, mais encore à celui qui avait été appelé pour la juger en dernier ressort. Le vieux diplomate, séduit par la grâce de Mlle Andrimont moins encore que par son exquise simplicité, causa pendant plus d'une heure avec elle, la poussant sur les sujets les plus variés, comme un professeur qui fait passer un examen à un élève, et ne releva pas dans ses réponses une seule phrase à critiquer : tout fut parfait de tact, de bon sens et de franchise. A l'issue de ce véritable interrogatoire, la comtesse appela le marquis auprès d'elle, et, désireuse de connaître son opinion :

— En trois mots, dit-elle, comment la trouvez-vous?

— La perfection, dit-il, mais elle n'en est que plus inquiétante.

— Oh! je ne crains rien d'elle! s'écria Mme de Fontenay avec élan.

— D'elle, sans doute. Mais n'importe. Rappelez-vous mon premier conseil : mariez-la.

Du bout de son éventail, Mina montra au marquis, à l'autre extrémité du salon, Lucie assise sur un petit pouf, et, penché vers elle, Paul de Cravant. Ils étaient lancés dans une conversation très animée et avaient oublié tout ce qui les entourait. Le baron, après avoir tâté légèrement, en Parisien expert, deux ou trois sujets de conversation avec la belle cousine, sans rencontrer un de ces terrains solides sur lesquels on peut baser un flirt prolongé, avait fini par trouver ce qu'il cherchait. Il avait fait, deux ans auparavant, un grand voyage en Amérique, au cours duquel il avait traversé les possessions anglaises, et il connaissait assez bien le Canada. A ces mots magiques, prononcés par lui, la jeune fille doucement aimable, qui répondait avec une grâce polie, s'était transformée en une personne vivante et animée, qui prenait à causer un plaisir extrême.

En un instant, Paul s'était trouvé transporté, avec elle, au bord des grands lacs glacés par l'hiver, dans les prairies couvertes de neige, qu'on ne parcourait qu'avec des raquettes aux pieds. Et les chasses aux bisons, et la poursuite des chevaux sauvages, et la traversée des montagnes Rocheuses, dans les gorges profondes où l'aigle plane sur les voyageurs, comme sur une proie attendue. Avec ravissement, Paul voyait peu à peu se développer devant lui la véritable nature de Lucie, enthousiaste et passionnée, et il admirait ses yeux brillants, son visage animé, il se laissait aller au charme de sa vive parole. A quelques noms du pays, prononcés par lui avec un accent très juste, elle avait deviné qu'il connaissait l'anglais, et elle s'était mise, toute joyeuse, à parler dans sa langue natale. Il lui avait répondu, et ils bavardaient tous deux, riant à l'aise, bons amis déjà, elle avec un plaisir non dissimulé, lui avec une ardeur qui se traduisait par l'éclat de ses regards, la vivacité de son geste, la tension de toute sa volonté pour plaire.

Depuis un instant, Mme de Fontenay, en maîtresse de maison exercée, avait remarqué leur intimité soudaine, et elle la signalait au marquis avec une expression de visage qui, pour le vieux diplomate, était une révélation complète.

—Oh! mais, dit-il, répondant à l'indication de Mina, sans autre explication, voici qui arrangerait bien des choses. Il suffit, ma chère amie, de vous montrer le chemin, vous êtes promptement au but. Nul mieux que ce gentil garçon ne saura plaire à cette charmante fille. Il s'y emploie avec chaleur, elle s'y prête avec bonne volonté. Tout va de soi, il n'y aura plus qu'à les laisser faire.

— J'y aiderai même, au besoin, ajouta la comtesse, avec un vif mouvement de joie, car elle voyait son horizon s'éclaircir davantage d'instant en instant. Nous partons pour Deauville dans quelques jours. J'inviterai Paul. Et l'amour fera le reste.

L'amour avait fait ce qu'il avait pu, mais il n'avait réussi à enflammer que M. de Cravant. Lucie était restée très calme. Elle avait grand plaisir à rencontrer le baron, à causer, à se promener, à monter à cheval avec lui, à lui témoigner en tout une amicale préférence. Mais cette préférence même, par la façon franche et publique dont elle se manifestait, devenait sans valeur. C'était de l'amitié, ce n'était point de l'amour. Cependant Armand s'en inquiétait.

L'esprit du comte, depuis trois mois, avait passé par des états successifs et très différents, qui attestaient un trouble profond. Après les incidents si sérieux qui avaient marqué la découverte de Mlle Andrimont par sa femme, Armand avait éprouvé une sorte d'apaisement. Tourmenté, pendant six mois, par la nécessité de se cacher, bourrelé par le sentiment de sa duplicité, le comte s'était senti d'abord très heureux quand la situation s'était trouvée aplanie. Il sortait sans dommage d'une impasse où il pouvait laisser la tranquillité de sa vie. Il devait rendre grâce à sa bonne étoile. Il ne fut pas ingrat, se jugea très favorisé et jouit de la faveur accordée par la destinée.

Mais il n'est pas dans le caractère de l'homme d'être longtemps satisfait d'un état sans changement. Au bout d'une semaine, Lucie commença à lui manquer singulièrement. L'espérance de l'avoir, dans un temps donné, auprès de lui continuellement ne compensait pas l'ennui d'être obligé de rester loin d'elle pendant deux mois. Il n'avait que de bien faibles souvenirs du passé pour se consoler de l'absence présente. Il ne pensait à la jeune fille que pour regretter le temps écoulé et laissé par lui inutile. En effet, à quoi avait-il employé ces six mois, pendant lesquels Lucie avait été toute à lui et à lui seul? Il avait eu, vis-à-vis d'elle, la contenance froidement empressée d'un tuteur. Il était venu régulièrement la voir, comme une pensionnaire au couvent, s'informant de son bien-être matériel et occupant son esprit de frivoles conversations. Il s'était conduit avec délicatesse. Il n'avait pas prononcé une seule parole qui pût lui mériter un reproche. Et maintenant il regrettait sa modération et sa réserve, car il ne retrouverait plus l'occasion si belle qu'il avait eue de se faire aimer.

Oh! comme ces occasions, qu'il avait manquées, lui paraissaient nombreuses et favorables! A chaque instant, seul avec elle, et pleine de confiance et l'oreille ouverte à ses paroles. Il n'avait qu'à vouloir pour se faire aimer. Pourquoi avait-il hésité? Mais sa conscience alors élevait la voix et lui répondait : « Et comment aurais-tu osé être à ce point infâme? Les paroles te seraient restées dans la gorge, ton cœur se serait révolté et tu aurais gardé le silence avec l'horreur du vil dessein prémédité. Non! ne regrette rien. Tu as été à l'extrême limite de ce que tu pouvais risquer sans te déshonorer. Maintenant, affermis ta pensée, purifie-la de tout ce qui s'y agite de malsain et de dangereux. Ne risque pas le malheur de la femme qui t'aime uniquement dans une aventure misérable où tu ne trouveras que le désenchantement et le désespoir. Reste honnête homme, et, au lieu de pleurer l'absence de celle qui t'a si profondément troublé, profites-en pour l'oublier. »

Il écouta ce conseil, il le trouva juste et bon. Il voulut le suivre et, très courageusement, il s'appliqua à se guérir de son amour. Il s'efforça de se prouver à lui-même qu'il s'était fait illusion sur la valeur du sentiment qui l'entraînait vers Lucie. Il voulut y voir de l'amitié et rien que de l'amitié. Et, par une sorte de suggestion imposée à lui-même, il arriva à un calme complet. Sa passion s'engourdit et il n'en sentit plus les mouvements désordonnés. Pendant plus de six semaines, il vécut ainsi très tranquille, avec la certitude qu'il était en voie de guérison et que bientôt il pourrait revoir Mlle Andrimont sans courir le moindre danger.

Il avait repris ses habitudes d'existence, sortait beaucoup, allait au club et faisait consciencieusement tout ce qui dépendait de lui pour redevenir l'homme qu'il avait été. Un jour, qu'il était allé au Bois vers dix heures du matin, pour essayer une paire de chevaux qu'on lui proposait d'acheter, il s'était écarté de la route fréquentée par les attelages, afin de n'avoir pas à ralentir son train et de juger si ses bêtes avaient une allure soutenue. Il suivait au grand trot la route qui mène à Boulogne, quand, au coin d'une allée, il croisa deux dames qui se promenaient à pied. La plus petite des deux leva la tête, en entendant venir le comte, et Armand reconnut Lucie. Elle sourit et, de la main, lui fit signe d'arrêter. Il retint si vivement l'attelage que la croupe de ses chevaux toucha presque le sable. Il était devenu pâle d'émotion et son cœur battait si fort qu'il lui sembla qu'il allait étouffer. Machinalement, il avait mis le chapeau à la main et regardait la jeune fille. Debout au bord du chemin, fraîche et reposée, pincée dans une jaquette noire très simple, la tête couverte d'une toque noire, sans voile, elle lui parut plus charmante qu'il ne l'avait jamais vue.

— Vous vous portez bien? demanda-t-elle avec tranquillité, comme si elle l'eût quitté la veille. Et Mme de Fontenay aussi? Comment se fait-il que nous vous rencontrons dans nos solitudes? Êtes-vous perdu, comme le petit Poucet, et faut-il vous indiquer votre route?

— Je vous remercie, dit-il, en s'efforçant de prendre un air riant. Je connais très bien le pays... Mais vous, qu'est-ce que vous devenez?

— Vous voyez, je me promène; c'est la plus importante de nos occupations, à miss Griffith et à moi... Mais vous ne connaissez pas miss Griffith... C'est une excellente personne, qui a bien voulu donner cet exemple de patience de vivre auprès de moi... Il faut que je vous présente à elle... Miss Griffith... Mon cousin, le comte Armand de Fontenay.

La gigantesque et blonde Anglaise inclina la tête et dit :

— Oh! je connais déjà beaucoup M. le comte.

— Oui, ajouta Lucie, j'ai parlé de vous à miss Griffith...

— En bien ou en mal? demanda Armand.

— Euh! un peu de l'un, un peu de l'autre... N'est-ce pas, Griffith?

— Beaucoup en bien, déclara la demoiselle de compagnie.

— Allons! dit en riant Mlle Andrimont, j'aurai exagéré !

Les chevaux du comte, tourmentés par cet arrêt prolongé, s'agitaient et piaffaient. Retenus d'une main ferme, ils couvraient leur mors d'écume.

— Voilà vos chevaux qui s'impatientent, dit la jeune fille. Rendez-leur la main et adieu... Mes meilleurs souvenirs pour la comtesse...

Armand n'était point disposé à obéir, mais Lucie lui fit un geste d'adieu et, s'appuyant au bras de miss Griffith, elle s'engagea, par un sentier, dans l'épaisseur du Bois. Armand la suivit des yeux, puis, reprenant sa course, il s'éloigna, le cœur plein de son amour en un instant réveillé. A compter de ce jour, ce fut fini de ses illusions : il comprit qu'il ne pourrait jamais aimer Lucie autrement qu'il ne l'aimait et que tous ses efforts seraient superflus. Il se courba sous cette fatalité et n'essaya plus de lutter.

Il se laissa aller, de nouveau, à la douceur de ses rêves et y trouva une dangereuse aggravation de son mal. A force de volonté, il était arrivé à chasser, pendant six semaines, Lucie de sa pensée. Elle s'en empara de nouveau, en souveraine absolue. Les ravages que cette préoccupation perpétuelle exerça dans ce cerveau enfiévré furent extraordinaires. Tout ce qui n'était pas Lucie disparut. Il n'y eut plus que Lucie, idole unique, à laquelle s'offraient toutes les prières, se rapportaient toutes les actions, s'adressaient toutes les espérances. Qu'il parlât ou qu'il se tût, qu'il fût seul ou entouré d'amis, Armand n'avait que Lucie devant les yeux. On le voyait, au milieu d'une réunion, devenir tout à coup silencieux, et, le regard vague, la lèvre souriante, paraissant suivre le jeu des lumières dans une glace, ou la danse des atomes légers dans un rayon de soleil, ou le vol capricieux d'une hirondelle dans le ciel. Il pensait à Lucie, il la voyait marchant à pas lents dans une allée du Bois, avec le grenadier femelle qui l'escortait, ou bien à demi étendue sur une peau d'ours dans le kiosque aux fourrures, et il l'adorait, prêtre fanatique d'un culte mystérieux.

Le jour où Mlle Andrimont, au bout des deux mois de solitude, qu'elle avait stipulés avant de consentir à faire son entrée dans le monde, se décida à venir à l'hôtel de Fontenay, pour annoncer à la comtesse qu'elle était prête à tenir son engagement, au lieu d'éprouver la grande joie à laquelle il se préparait, Armand ressentit un sourd mécontentement et comme une sorte d'inquiétude. La pensée que Lucie allait paraître aux yeux de tous détruisit la satisfaction qu'il avait de la voir se fixer auprès de lui. Il lui sembla que le trésor de sa beauté, jusque-là soigneusement caché, et qui n'appartenait qu'à lui seul, allait être profané par l'admiration générale. Il eût préféré jalousement que la jeune fille restât dans sa retraite, dût-il ne pas la voir, pourvu que personne ne la vît. Au moins, il pouvait, par la pensée, se rendre auprès d'elle et se mêler en imagination à sa vie, dont il connaissait si bien tous les détails. Il était ainsi l'amant du rêve, insoupçonné et toujours présent, maître de celle qu'il aimait et possédait seul dans une fiction délicieuse. Il accueillit donc Lucie avec une froideur chagrine, qui acheva de rassurer Mina, et il partit pour Deauville, où il était convenu qu'on passerait deux mois, sans le moindre empressement.

LES QUATRE CAVALIERS POUSSÈRENT LEURS CHEVAUX (PAGE 172)

Depuis le soir où Mlle Andrimont avait entamé avec M. de Cravant cette conversation, d'abord banale et enfin si animée qu'elle avait conduit les deux jeunes gens à une intimité immédiate, Armand était soucieux. Certes, il ne redoutait point Paul, dont il connaissait la légèreté et l'inconstance. De cet aimable mondain, un caprice de huit jours était tout ce que l'on pouvait attendre. Ne s'occupait-il pas trop de lui-même pour avoir le loisir de s'occuper sérieusement d'une femme? De menus soins, une galanterie à heure fixe, des causettes d'un quart d'heure, entre deux promenades ou deux changements de toilette, voilà quel était le maximum d'efforts que pouvait supporter ce joli garçon. Mais un amour sérieux, une passion profonde, où auraient-ils pu naître et se développer? Sa petite tête soigneusement frisée ne semblait pas faite pour contenir des pensées ardentes, et son cœur, en battant trop fort, n'aurait-il pas dérangé l'harmonie si laborieusement calculée de sa toilette?

Non ! Son cousin n'aurait pas dû lui porter ombrage, et cependant la cour qu'il faisait à Lucie le troublait et l'irritait. Il lui semblait que Mlle Andrimont prenait un malin plaisir à encourager le baron, pour l'inquiéter, lui. Quand elle riait de ce que M. de Cravant disait, elle avait un éclat, une vibration dans la voix, qui attaquaient les nerfs du comte et le faisaient souffrir. Alors il s'éloignait, pour ne pas céder à la tentation d'épancher sa mauvaise humeur en paroles agressives. Et les deux jeunes gens, insouciants et ne s'apercevant pas de son départ, continuaient à causer et à rire.

Un jour, ne pouvant résister à un de ces mouvements violents, Armand avait dit à Lucie :

— Décidément, nous sommes tous distancés, et c'est Cravant qui est votre favori.

— Oh ! mon Dieu, non, avait répondu la jeune fille. Il ne me plaît pas plus que les autres, seulement il est gai, bon enfant, et puis, avec lui, je suis à l'aise : il est de mon âge.

Armand s'était incliné avec un sourire :

— Grand merci ! alors, vous nous considérez, Firmont, Trésorier et moi, comme des patriarches ?

— Que vous êtes mauvais ! dit-elle gaiement. Vous me cherchez là une vilaine querelle : M. Firmont est tout à la comédie ; d'ailleurs, il fait la cour à Griffith... Et je ne veux pas enlever à cette chère amie son amoureux... Quant au baron Trésorier et à vous, vous êtes mariés, vous ne comptez pas ! Il ne reste donc que M. de Cravant... Et c'est parce qu'il est tout seul que je le préfère.

Le terrible « vous ne comptez pas » avait passé, grâce au « c'est parce qu'il est seul que je le préfère », mais Armand, à la réflexion, y avait trouvé de sérieuses causes d'amertumes. Pour Lucie, il ne comptait pas, et comment, en effet, aurait-il compté ? Un homme attaché à une femme par d'éternels serments pouvait-il être considéré, par cette honnête fille, comme un prétendant admissible ? Le soupçon qu'elle était aimée de lui ne devait-il pas la révolter et l'éloigner pour toujours ? Non ! elle avait bien dit vrai, dans sa réponse naïve et prime-sautière : il ne comptait pas, et, s'il comptait jamais à ses yeux, ce ne serait que pour son malheur et sa honte, puisqu'aucun lien n'était possible, entre elle et lui, qu'un lien adultère, et que, pour être l'un à l'autre, il leur fallait commettre un crime.

Il raisonnait ainsi son cas avec une affreuse philosophie, mesurant la portée des faits et calculant les conséquences qu'ils entraînaient. Et rien de ce jugement si net et si juste n'avait d'influence sur sa détermination. Il savait qu'il était insensé, que la voie dans laquelle il marchait le conduisait tout droit à un gouffre au fond duquel, s'il y roulait, son honneur et celui des autres périraient irrémissiblement, et cependant il ne s'arrêtait pas. Il ne voulait pas songer à la catastrophe, il se disait : « Il arrivera un événement qui dénouera cette situation tragique. » Quel événement ? Il l'ignorait. Un événement, voilà tout. Et, fortifié par ce fatalisme absurde, il continuait à aimer Lucie, à tromper Mina et à s'enfoncer chaque jour un peu plus dans son rêve passionné.

Courant à cheval sur la route de Dives, il suivait des yeux tous les mouvements de la jeune fille, qui allait devant lui, entre M. Trésorier et son mari. Pour l'instant, le baron Paul s'était rapproché du landau et causait avec la comtesse et Mme de Jessac. On descendait la côte qui de Villers mène à Houlgate. A droite, par les éclaircies d'une falaise sauvage et bouleversée, semée de maigres bouquets d'arbres poussant difficilement dans le sable et étouffés par les ajoncs, la mer bleue apparaissait. Il faisait une violente chaleur et les chevaux, tourmentés par les mouches, s'agitaient nerveux. A dix pas en arrière, Armand entendait la voix de Lucie, sans discerner le sens de ses paroles; mais il avait l'impression qu'elle était joyeuse. Et, au lieu de s'en réjouir, il s'en attristait, comme si cette joie, excitée par d'autres que lui, était un vol qui lui était fait.

Il se rapprocha du groupe, auquel M. de Cravant venait de se joindre; mais, à sa vue, les quatre cavaliers poussèrent leurs chevaux, comme s'ils désiraient se tenir à l'écart de lui, et, riants, partirent au grand trot, devançant la voiture. Irrité de cette fuite, il les poursuivit, ne voulant pas prendre le galop, se doutant bien qu'ils le prendraient eux-mêmes et transformeraient la promenade en une véritable course. Il se borna donc à presser son allure, mais ils étaient aussi bien montés que lui et ne perdaient pas de terrain. Ils traversèrent ainsi Houlgate et arrivèrent à Beuzeval très animés. Là, ils s'arrêtèrent, non pour laisser le comte les rejoindre, mais parce que la voiture était restée très loin derrière. Il fut, en quatre foulées, sur eux, et, ne pouvant dominer son mécontentement :

— Pourquoi ne m'avez-vous pas attendu? demanda-t-il avec vivacité.

— Pourquoi ne nous as-tu pas rejoints? riposta gaiement Paul.

— Parce que vous avez fait tout ce qu'il fallait pour m'en empêcher...

— Voilà un mauvais argument, pour toi, qui montes mieux que nous tous!

Ce compliment calma un peu le comte qui, levant les épaules, l'air fâché :

— Puisque vous faites bande à part, je ne troublerai pas votre partie. Il poussa son cheval et continua vers Dives.

— Où vas-tu? lui demanda Cravant, étonné d'une mauvaise humeur si peu justifiée.

— Commander le déjeuner, répondit le comte sans s'arrêter.

— C'est bien ! Rendez-vous utile, cria Trésorier.

— Puisque je ne puis pas être agréable !

Ces mots leur parvinrent un peu dépouillés de leur aigreur par la distance. Cependant ils se regardèrent surpris.

— Est-ce que vous ne trouvez pas que le caractère d'Armand change beaucoup depuis quelque temps ? fit Cravant. Il devient taciturne, lui qui était si gai ; il est soupçonneux, lui qui était la confiance même.

— C'est l'âge ! s'écria gaiement la baronne Trésorier.

— L'âge ! ma chère, vous êtes étonnante ! dit Trésorier ; est-on si près de la décrépitude quand on a quarante ans ?

— Est-ce que le comte a quarante ans? interrogea Lucie, avec un étonnement très marqué.

— Parfaitement. Il vient de les avoir, répondit Paul.

— Eh bien ! Faut-il le tuer? demanda Trésorier. Moi, j'en ai quarante-deux, et je m'en vante !...

— Il n'y a vraiment pas de quoi ! répliqua la baronne.

— Pourquoi? Si je les porte mieux que certains ne portent leur trentaine? Armand et moi, nous sommes d'une très bonne génération : celle qui a fait la guerre. La misère et les privations nous ont trempés !...

— La misère et les privations ! s'écria la baronne. Parlez pour le comte, qui a fait la campagne et durement, dans la neige et sous les bombes... Mais vous !...

— Comment, moi! dit Trésorier, rouge et crêté comme un coq.

— Oui, vous! Vous étiez dans l'état-major de la garde nationale... Et vous vous chauffiez gentiment les pieds dans l'intervalle des sorties, et ils étaient très longs les intervalles... Oh ! je me le rappelle bien... je vous connaissais déjà... J'étais petite fille, mais j'avais de bons yeux, et, après le siège, quand je vous ai revu, je vous ai trouvé engraissé !...

Trésorier se mit à pousser des cris affreux :

— C'est une infamie ce que vous dites là !... Mais soyez consciencieuse une minute, si vous pouvez, et dites, d'Armand et de moi, quel est celui qui paraît le plus jeune ?

— Armand ! répondirent ensemble la baronne et Cravant.

— Bon ! vous êtes de parti pris ! dit Trésorier... Et, d'ailleurs, j'aurais dû m'y attendre : Paul fait la cour à ma femme, il a intérêt à me nuire... Quant à vous, ma chère, vous n'avez de justice que pour vous-même... C'est donc à Mlle Andrimont seule que je m'en rapporte. Prononcez en conscience...

— Eh bien ! dit Lucie, en conscience, le comte ne paraît pas plus de trente ans...

— Et moi ?

— Vous, vous ne paraissez pas plus de...

— Quarante-cinq ans ! interjeta Paul au milieu d'un rire général.

— Oh ! vous êtes insupportables ! s'écria le baron. Allons ! au trot ! Les chevaux ont assez soufflé.

La voiture arrivait. Ils l'entourèrent, et tous ensemble, traversant Beuzeval, le long de la mer, gagnèrent Dives où, sur le pas de l'auberge du Conquérant, le comte les attendait. L'auberge, si connue de tous les voyageurs et de tous les touristes, est un intéressant spécimen de l'architecture normande. La tradition, un peu aidée peut-être par les divers hôteliers qui se succédèrent dans la maison, depuis une cinquantaine d'années, veut que ce soit de ce point exact de la côte que Guillaume se soit embarqué pour aller porter en Angleterre l'invasion triomphante et la domination prolongée. De là, le nom du Conquérant peint sur l'enseigne de l'auberge. Sa notoriété ne lui vient pas seulement de ce glorieux patronage. La façon de faire le salmis de canards, spécialité de la maison, y est aussi pour quelque chose. Et, les gourmets s'alliant aux archéologues, la vogue s'est attachée à l'établissement.

Au moment où la comtesse et ses amis descendaient de voiture et de cheval, un breack, chargé de Parisiens en villégiature, repartait dans la direction de Cabourg. Il était midi et, dans la salle commune, les tables étaient sérieusement occupées. Sur le jardin, un salon s'ouvrit devant Mme de Fontenay et ses convives. Armand y avait fait disposer le couvert. Tout était d'une simplicité rustique, dans ce cabinet où, sur la table, le service à fleurs, les pichés de grès et les pyramides de fruits étaient les seuls ornements.

Affamés par une longue course, les convives s'assirent : on servait. Deux grosses Normandes joufflues et fraîches, au lieu des horribles garçons, marchant à pas mesurés avec des grâces de coiffeurs, subis toute l'année dans les grands restaurants de Paris. Chacun s'était placé à sa fantaisie, et Mme de Fontenay se trouvait entre Trésorier et son mari. En face d'elle, Lucie, ayant à sa droite Mme de Jessac et Paul de Cravant. Mme Trésorier et Firmont étaient aux deux bouts. Le soleil entrait par la fenêtre ouverte, et des abeilles, attirées par une clématite, dont le parfum montait pénétrant et doux, passaient en bourdonnant dans les rayons dorés qui jouaient, amortis par le feuillage, sur les cristaux de la table, sur la blancheur de la nappe et sur le visage des convives.

C'était une de ces heures trop rares où le cœur subit les influences d'un milieu reposant et éprouve une plénitude exquise. Causant gaiement, sans arrière-pensée et sans souci, tous étaient sous l'impression de ce bien-être, et en jouissaient délicieusement. Ils en étaient arrivés presque à parler plus bas, comme pour ne pas troubler l'intimité de ce moment dont ils appréciaient le charme fugitif. Et dans la tiédeur de l'été, parmi la verdure, devant un ciel sans nuage, avec la mer roulant sur la plage toute proche ses vagues au rythme régulier, ils se sentaient complètement heureux.

Armand, pour un instant, oublia ses humeurs sombres et se montra tel que ceux qui étaient là, à l'exception de Lucie, l'avaient toujours connu : aimable et brillant convive, hôte plein de grâce et de prévenance. Mlle Andrimont ne put se défendre d'attacher ses yeux sur lui, avec une nuance d'étonnement admiratif, qui mit dans le cœur du comte un baume consolant : il comprit qu'il plaisait, et, pour la première fois depuis bien longtemps, il éprouva de la satisfaction. Dès lors, il fut incomparable. Mina, ravie de le voir retrouver sa verve joyeuse, et ne soupçonnant pas la source à laquelle il la puisait, lui sourit et l'encouragea. Lucie avait eu raison, lorsqu'elle avait

une heure auparavant, déclaré qu'il ne paraissait pas plus de trente
ans. Il se montra jeune, et, animé par le contentement, les yeux rayonnants, la bouche souriante, il était vraiment séduisant. Il les tint ainsi
sous le charme, pendant tout le déjeuner et, durant cette heure, il fut
sans rival. Lucie l'écoutait avec une attention que Paul de Cravant
n'essayait plus de vaincre. Il avait cessé de parler à sa voisine et
entretenait par ses répliques le feu de la conversation d'Armand : tout
était donc pour celui-ci, tout se rapportait à lui et il régnait en
maître.

La fin du repas fut le terme de son triomphe. On se leva et chacun
reprit son indépendance, pour un temps aliénée. Avant de repartir, et
pour laisser les bêtes se reposer, on convint d'aller se promener au
bord de la mer. Ils s'avancèrent : les femmes, sous la transparence
colorée des ombrelles, moulant la trace de leurs petits souliers dans
le sable, les hommes portant des pliants pour qu'on pût s'asseoir.
Hector Firmont, électrisé par le spectacle de la mer, et toujours prêt
à traduire sa sensation par une tirade en prose ou en vers, avait commencé, en marchant, à déclamer l'*Épave*, qu'il avait entendu si souvent dire à Coquelin et à Mounet-Sully. Il y vibrait ou y nasillait, tour
à tour, suivant que le tragédien s'imposait à sa mémoire, ou que le
comique dominait dans son souvenir, mais emballé, sincère toujours, et par cela même communicatif. Ses amis l'écoutaient avec
plaisir, et nul ne l'interrompit. Ils l'applaudirent même, quand il eut
laissé tomber le dernier hémistiche avec un geste fatal et un regard
profond.

Ils s'arrêtèrent près d'un gros de barques, tirées sur le sable et qui
attendaient la marée montante pour repartir, remorquant le chalut.
De gros pieux, solidement enfoncés dans le sable, s'offraient comme
sièges. Dans l'engourdissante chaleur, en face de la mer, jaune au
bord de la plage et bleue au large, prêtant l'oreille aux roulements
des vagues ourlées d'écume blanche, ils restèrent apaisés et silencieux.
Puis distraitement et sans tourner la tête, comme fascinés par
l'étendue qui s'ouvrait devant eux, ils se mirent à causer des menus
incidents de leur vie de bains de mer, d'un concert qui devait avoir

ARMAND, EN UN INSTANT LEVÉ, LES EXAMINAIT D'UN REGARD
SOUPÇONNEUX (PAGE 178)

lieu au théâtre et du prochain bal du casino. Les noms des personnes connues qui habitaient en ce moment le pays vinrent, les uns après les autres, dans la conversation, et à chacun une observation ou une critique sur la tenue extérieure, les prétentions, le luxe vrai ou faux, la réputation bonne ou mauvaise. Et, sans vivacité, sans ardeur de médisance, ce papotage étant le fonds habituel du discours de ces mondains, pour qui les arts comptaient comme un fugitif passe-temps, le commerce et l'industrie étaient lettres mortes, la politique un objet d'horreur et de dégoût, et qui se trouvaient forcément réduits à s'occuper d'élégantes futilités.

Il y avait près d'une heure que, dans cette lente causerie, ils s'abandonnaient, lorsque la baronne Trésorier, paraissant se réveiller brusquement, demanda :

— Mais qu'est donc devenue Mlle Andriment ? Il y a un bon moment qu'elle n'est plus auprès de moi ?

Tous les yeux se tournèrent vers le pliant vide, et au même instant Mme de Fontenay dit :

— Mais la voilà sur la jetée, qui se promène avec Cravant.

A deux cents pas, le long du quai, Lucie et Paul marchaient parmi les cordages, les paniers déchargés, les hautes piles de bois du Nord apportés pour une construction commencée sur la plage. Lasse de rester inactive, ennuyée des propos échangés sur des gens qu'elle ne connaissait pas, elle s'était levée en silence et avait commencé à s'éloigner. Paul, assis en arrière, l'avait suivie, muet d'abord, se promenant à côté d'elle très lentement. Puis, peu à peu, ils avaient parlé et s'étaient écartés du groupe de leurs amis. La marche dans le sable leur paraissant fatigante, ils avaient regagné la route et, l'un près de l'autre, à petits pas, ils causaient. Ils étaient assez loin de leur point de départ et ne paraissaient pas penser le moins du monde à leurs compagnons abandonnés.

Armand, en un instant levé, les examinait d'un regard soupçonneux. Pourquoi ce tête-à-tête ? Et pourquoi cette fuite silencieuse ? Il les croyait déjà de connivence et une fureur grondait en lui.

— Eh bien ! nous pouvons rentrer à l'auberge et nous préparer au départ, dit Mina. Ils nous verront et reviendront par la route.

— Je vais les prévenir, dit vivement le comte, car ils ne semblent pas du tout se souvenir que nous sommes là et pourraient très bien gagner Beuzeval, si je ne les arrête...

Déjà, sans attendre une réponse, il s'avançait à grandes enjambées le long des bateaux, coupant en biais la plage et remontant vers le quai. Il se dirigeait vers le pont de Dives, et, au lieu de se montrer, il se dissimulait de son mieux, comme s'il avait dessein de surprendre ceux qu'il allait chercher.

Il prenait, du reste, une peine inutile, car ils s'étaient assis sur des planches et continuaient à causer avec la plus complète tranquillité. La route était déserte, le petit port était vide, et seules les hirondelles de mer qui voletaient, cherchant des poissons dans la fange mise à découvert par le reflux, auraient pu les entendre.

Ils étaient partis, sans avoir prémédité de quitter leurs compagnons d'excursion. Lucie s'était arrêtée d'abord un instant devant un ancien bateau de pêche converti en habitation et aux bordages duquel une grappe de petits enfants était suspendue. Elle leur avait donné quelques pièces de monnaie et avait, à ce moment-là, aperçu Paul, qui l'avait suivie par simple politesse et pour qu'elle ne fût pas seule.

Il n'avait lui-même aucune idée arrêtée et ne s'était pas dit: « Je vais l'accompagner, chercher un biais dans la conversation et lui exprimer tout ce que sa grâce et sa beauté m'ont inspiré. Il n'était point si résolu, ni si habile. Il subissait, depuis le premier jour qu'il l'avait vue, le charme de Mlle Andrimont. Elle lui plaisait plus que jamais femme ne lui avait plu jusqu'à ce jour. Et cependant il en avait connu d'adorables. Il pensait à elle constamment et il s'était demandé si, cette fois, il n'était pas épris pour de bon. Mais, de là à brûler ses vaisseaux, à risquer des aveux décisifs, il y avait, à ce qu'il lui semblait, une distance énorme, une route très longue à parcourir, pour aboutir à ce point final: le mariage. Car, avec Lucie, on ne devait pas chercher un autre dénouement. Du reste, il n'y avait pas songé. Il s'était avoué que celui qui épouserait cette charmante fille ne serait point à plaindre. Mais il n'avait pas décidé que ce serait lui. Il s'en fallait. Et cependant il était sur la pente, et il ne s'apercevait pas qu'il la descendait très rapidement.

— Quelle étrange existence que celle de ces gens ! dit-il, en montrant à Lucie une femme qui les regardait curieusement par une fenêtre percée dans le flanc d'une de ces barques transformées en maisons. Ils naissent, ils vivent et ils meurent dans un bateau.

— N'en est-il pas de même pour tout le monde? répondit-elle. Et vous, votre bateau, n'est-ce pas votre train de vie élégante? Ils sont, eux, dans la misère ; vous êtes, vous, dans le luxe : voilà toute la différence. Et je ne répondrais pas que votre sort soit préférable au leur.

— Oh! oh! mais voilà de la philosophie égalitaire! Est-ce que vous donnez dans le socialisme.

— Ne le croyez pas! Je me rappelle seulement ce que j'ai vu dans mon pays, au bord du Saint-Laurent ou des grands lacs, dans ces villages d'une simplicité encore primitive. Là, des familles vivent dans de vastes cabanes de planches, le père et les fils chassant, la mère et les filles soignant le ménage. Pour tout horizon, le bleu de l'eau, le vert des forêts et le brun de la terre. Aucun confortable, aucune recherche, l'ignorance complète des satisfactions intellectuelles. Ils sont heureux et j'ai souvent pensé qu'ils avaient lieu de l'être. J'ai vu mon père se consumer dans l'angoisse des spéculations commerciales, passer des nuits dans la fièvre, attendant une hausse ou une baisse sur les denrées qu'il avait engagées ; j'ai comparé son agitation douloureuse au calme de ces hommes, et j'ai conclu en faveur des simples et des pauvres. Mon père était envié, cependant, là-bas. On le considérait comme un personnage de haute importance. Il était plus à plaindre que les humbles squatters de la plaine.

— Vous l'aimiez pourtant, et il vous aimait, vous et votre mère.

— Oui, mais il jouissait moins de cette tendresse que ces gens-là de la tendresse de leur femme et de leurs enfants. Il en était distrait par trop de soins... Oh! s'aimer exclusivement, tout subordonner à une affection unique... C'est là véritablement la vie.

— Eh bien ! miss Lucy, dit Paul d'un ton léger, mais avec une soudaine émotion, auriez-vous donc un cœur passionné ?

— Je n'en sais rien, répondit-elle, l'air rêveur. Mais je ne suis pas banale et je n'aime pas tout le monde.

Le jeune homme eut un battement de cœur si violent qu'il en fut pour un instant étouffé. Puis, après un silence, et comme s'il prenait son élan pour franchir un obstacle suprême :

— Moi, au moins, dit-il, m'aimez-vous un peu ?

Elle se mit à rire, et, le regardant du haut de sa tête, l'œil demi-clos, avec cet air hautain qui lui donnait un charme si piquant :

— Vous êtes bien curieux !

— On le serait à moins, fit-il, car moi je vous aime beaucoup.

— C'est bien de l'honneur pour votre humble servante, monsieur le baron, dit-elle gaiement.

— Vous n'êtes pas sérieuse, mademoiselle Andrimont.

— Pas sérieuse! grand Dieu! Je le crois bien! Il ne manquerait plus que cela? Mais, si j'étais sérieuse, je vous prierais de retourner auprès de nos amis, qui sont là-bas à compter les galets sur la grève, et de consacrer vos amplifications galantes à Mme de Jessac ou à Mme Trésorier...

— Il y a beau temps que je leur ai dit tout ce que j'avais à leur dire.

— Bravo ! Et vous croyez que je vais causer avec vous après un tel aveu? Pour qu'un jour vous disiez à mademoiselle ou à madame n'importe qui, en parlant de moi, ce que vous venez de dire de ces dames, avec une fatuité superlativement impertinente?

— Mais vous ne me comprenez pas. Il y a dix ans que je suis le camarade de Mme Trésorier et de Mme de Jessac... J'ai élevé avec elles... Nous nous connaissons trop pour nous mettre en frais les uns pour les autres...

— De sorte qu'avec moi, c'est le piquant de l'inconnu?

— Que vous êtes méchante! Vous vous amusez à me tourmenter. Vous savez pourtant bien que moi je suis sincère...

— Voilà un beau mérite !

— Écoutez-moi seulement cinq minutes.

— Il y a une demi-heure que je ne fais que cela... Et vous en avez abusé.

Ils étaient arrivés au bout du quai, devant un bateau chargé de planches de sapin destinées à la scierie de la Dives. Ils s'assirent à l'ombre d'une pile de bois, sur une autre pile commencée, et continuèrent à parler. Paul, pénétré d'un sentiment qui le surprenait par sa force impérieuse, était devenu très grave et lentement dépeignait à Lucie le vide de l'existence de plaisir qu'il menait depuis longtemps déjà. Il venait d'en sentir tout à coup le fond et de comprendre combien elle était mauvaise et inutile. Il avouait maintenant que sa compagne avait eu raison en jugeant heureux ces pauvres pêcheurs, qui vivaient en face de la mer, près de leur femme et de leurs enfants. Une singulière et très douce mélancolie s'emparait de lui, aux côtés de cette adorable jeune fille, et des idées, qui ne lui étaient jamais venues, régulières, droites, sages, dont il aurait ri en tout autre instant, germaient dans son cerveau, comme des plantes vivaces dans un terrain neuf et fertile. Il le lui dit, et elle le regarda avec curiosité. Elle n'avait point supposé que ce frivole garçon saurait si vite et si volontiers se métamorphoser en un homme sérieux et manifester des sentiments si profonds.

— Est-ce que vous pourriez vraiment, dit-elle, rester tel que vous êtes en ce moment, pendant quinze jours?

— Mais je crois que je le pourrais très bien pendant toute ma vie. L'occasion m'a manqué jusqu'ici, ou peut-être la femme qui fût capable de m'inspirer ces sentiments. Il me semble, et de très bonne foi, que rien ne me serait plus doux que d'aimer fidèlement et de toutes les forces de mon cœur, et de ne rien voir au delà de mon amour. Voulez-vous en faire l'expérience?...

Elle reprit son air fantasque et son ton ironique :

— Mais pourquoi serait-ce moi? Cherchez une autre victime! Je ne vous ai rien fait. Ayez un peu de pitié!

— Oh! je ne vous demande rien, que de me permettre de vous aimer...

— Mais je le permets à tout le monde !

— De vous le dire... poursuivit-il.

— Ah ! voilà déjà des exigences exorbitantes !

— Et de ne point, de propos délibéré, refuser de vous laisser convaincre.

— Vous ne préféreriez pas, tout de suite, mon cœur offert, à genoux et sur un plateau d'argent ?

— Oh ! je ne prétends même pas obtenir votre cœur...

— Alors ?

— Votre main seulement, dit-il en riant. Votre belle main blanche me suffirait tout d'abord. Le cœur viendra après, j'en suis sûr.

— Présomptueux !

— Ce n'est pas de la présomption, c'est la conscience très forte de amour sincère que j'ai pour vous.

— Depuis huit jours ?

— Depuis le jour où je vous ai vue pour la première fois !

Il lui dépeignit alors l'impression qu'il avait ressentie en se rencontrant avec elle chez Mme de Fontenay, le souvenir qu'il en avait gardé et sa joie en la retrouvant. Il était plein de conviction et de chaleur ; il toucha Lucie. Elle devint muette et ne railla plus. Elle commençait à être étonnée vraiment de cette transformation, et elle était sur le point d'en savoir gré à Paul, presque de s'en enorgueillir comme d'une victoire. Il avait pris une de ses mains et la tenait doucement serrée entre ses doigts, charmé qu'elle ne la retirât pas. Et, en réalité, elle ne s'apercevait point qu'il l'avait prise. Elle réfléchissait, très sérieuse, comme toutes les femmes du Nouveau Monde, quand ce grand mot est prononcé : le mariage. Non qu'elle songeât à épouser Cravant, mais parce que, pour la première fois, l'idée du mariage se matérialisait à ses yeux et se personnifiait en un homme qui pouvait, si elle y consentait, devenir son mari.

Elle le regarda, pour la première fois, attentivement, comme pour discerner son caractère dans les lignes de son visage. Il avait des traits charmants, mais un peu efféminés, et, par une mystérieuse comparaison, la mâle et fière figure du comte s'évoqua devant elle.

Et il lui parut qu'auprès d'Armand, Paul était un véritable enfant. L'homme par qui elle aurait voulu être aimée, protégée, défendue dans la vie, c'était ce soldat vigoureux et hardi. Mais une ombre glissa sur sa pensée, au souvenir des mois écoulés, pendant lesquels il venait, si attentionné, si affectueux, passer de longues heures avec elle. Ne l'aimait-il pas, lui qui était séparé d'elle par des obstacles insurmontables? Il n'avait jamais prononcé une parole qui pût le laisser croire. Et pourtant, de Cravant ou de lui, s'il avait fallu décider lequel était celui qui était épris, et le plus ardemment, avec un amer regret Lucie eût été obligée de convenir qu'elle croyait que c'était lui.

— Que méditez-vous? lui demanda le baron, inquiet de la voir rester silencieuse. Songez-vous à devenir plus indulgente pour moi.

— Je ne le crois guère ! Je n'ai pas une confiance absolue dans vos attendrissements soudains. Vous êtes dépaysé, voilà la vérité. Vous cédez à l'ennui superlatif des stations balnéaires, vous cherchez de la distraction, et vous m'avez fait la faveur d'un flirt... Vous vous êtes dit : « Voilà une jeune personne qui arrive d'Amérique, elle sera peut-être différente des autres... Elle m'aidera, par une petite guerre sentimentale, à gagner l'époque de la chasse... » Est-ce cela?

— Tout à fait ! répondit Cravant avec un calme parfait. Et vous en aurez la preuve prochainement.

— Et cette preuve sera...?

— La preuve la plus concluante qu'un homme puisse donner de son amour.

— Je l'attends avec curiosité.

Comme elle prononçait ces paroles, un bruit léger la fit se retourner ; elle se leva vivement. Le comte de Fontenay, très pâle, était debout derrière elle.

— Il y a longtemps que vous êtes là? lui demanda-t-elle avec embarras.

— Je viens d'arriver, dit-il d'une voix altérée. Ces dames m'envoient vous chercher. Il est temps de repartir.

— Quelle heure est-il donc?

— Trois heures.

Il vous a dit qu'il vous aimait, n'est-ce pas ? (page 186)

— Déjà !

Il eut un sourire railleur et, réunissant Paul et Lucie d'un geste :

— Je vois que le temps ne vous a pas paru long !

Son visage, son accent, son attitude, révélaient une douleur si réelle, si profonde, quoiqu'il s'efforçât de rester impassible, que la jeune fille en fut saisie et qu'elle demeura silencieuse. Ils reprirent lentement le chemin de l'auberge. La voiture et les chevaux attendaient à la porte. Le comte, se tournant vers Paul qui marchait auprès de lui :

— Veux-tu avoir la complaisance de prévenir nos amis que nous partirons quand il leur plaira.

— Très volontiers.

Il disparut dans la cour. En un instant, Armand et Lucie, restés seuls, échangèrent des regards pleins de trouble. Les reproches les plus violents montaient aux lèvres du comte, et il ne les retenait qu'à grand'peine. Enfin, ne pouvant plus se contraindre, il saisit Mlle Andrimont par le poignet, l'attira à lui et, la regardant jusqu'au fond du cœur :

— Il vous a dit qu'il vous aimait, n'est-ce pas ?

L'âpreté du ton, la forme injurieuse de la question, la façon presque brutale dont il l'avait saisie, irritèrent la jeune fille, et, soutenant son regard, avec une rudesse pareille elle riposta :

— N'a-t-il donc pas le droit de me le dire, et n'ai-je pas, moi, le droit de l'écouter ?

Les yeux d'Armand vacillèrent, ses lèvres tremblèrent et des gouttes de sueur perlèrent sur son front :

— Il vous l'a dit, reprit-il. Et vous, que lui avez-vous répondu ?

— Que vous importe ?

Il dit, d'une voix presque étouffée par les larmes :

— Lucie, ménagez-moi, je vous en prie. Je ne suis pas heureux.

Elle le regarda plus doucement. Sa tristesse si vraie avait rouvert le cœur de la jeune fille. Elle hocha la tête gravement :

— Comte, je partirai, dit-elle, si je dois être une cause de souci pour vous.

— Non, fit-il, avec un air suppliant, ne vous fâchez pas. Soyez assez bonne pour me dire ce que vous lui avez répondu.

— Eh bien ! je lui ai répondu qu'il y avait, ici, pour lui, d'autres distractions que de me faire la cour.

Le visage d'Armand s'éclaira de joie, il s'inclina devant la jeune fille, et, à voix presque basse, comme s'il avait honte de ce qu'il disait, il murmura :

— Merci.

VIII

Après le dîner, dans le jardin de la villa Fontenay, le long des corbeilles qui sentaient bon, en face de la mer qui battait les dunes de la plage de ses flots murmurants, pendant que M. et Mme Trésorier causaient avec Armand, Paul de Cravant, ayant la comtesse à son bras, se promenait lentement. Ils parlaient à voix basse, évitant de se rapprocher du groupe de leurs amis, comme s'ils craignaient d'être entendus. Presque au sortir de table, et le café servi sur la terrasse, pendant que les cigarettes s'allumaient, Mina et le cousin de son mari, comme s'ils eussent été mus par une pensée pareille, s'étaient réunis.

— Vous avez accaparé Mlle Andrimont tantôt, dit la comtesse à Paul d'un air détaché, mais en examinant le jeune homme du coin de l'œil.

— En auriez-vous été mécontente? demanda Cravant.

— En aucune façon. Je suppose que ce petit tête-à-tête vous a fait plaisir. Et je ne suis pas assez égoïste pour m'en plaindre.

— Avouez que j'ai été bien inspiré de profiter de l'occasion, puisque miss Lucy nous a fait faux bond ce soir?...

— Elle avait paru, en revenant, moins gaie qu'en partant. Et, une heure avant le dîner, elle m'a fait prévenir qu'elle ne serait pas des nôtres. Elle est un peu fantasque...

— C'est peut-être par là qu'elle est si séduisante.

— Elle vous plaît, décidément ?

— Je ne m'en cache pas.

— Et vous le lui avez dit ?

— Je le lui ai dit.

La comtesse s'arrêta, regarda en face le baron, avec ce qu'il appelait « son air princesse », et d'une voix très douce :

— Je m'en doutais, et c'est pourquoi j'ai voulu causer un instant avec vous ce soir. Vous êtes un galant homme, Paul, et vous comprenez les obligations que m'impose l'hospitalité donnée par moi à notre parente. En entrant dans ma maison, Lucie s'est placée moralement sous ma protection. Mon âge me permet de la traiter comme si elle était ma fille : j'ai donc lieu de vous demander affectueusement quelles sont vos intentions.

— Mes intentions, chère comtesse ? répondit le baron avec un épanouissement de son visage. Elles sont très simples, et je ne les ai pas dissimulées à Mlle Andrimont. Je l'ai tout simplement priée de bien vouloir m'accorder sa main.

— Vous avez fait cela, vous, Paul ? dit la comtesse, avec une émotion qu'elle s'efforçait de cacher.

— J'ai fait cela. Mais est-ce donc si extraordinaire ?

— Non, certes.

— J'ai trente ans. Je suis libre, riche, Mlle Andrimont me plaît, elle ne dépend que d'elle-même. Je l'adore, et, si elle veut bien y consentir, je l'épouse.

— Voilà ce que vous lui avez dit, pendant que vous paraissiez si occupé à contempler le cours de la Dives ?

— Oui, comtesse, assis sur des planches qui exhalaient une délicieuse odeur de sapin. Je n'ai pas choisi l'endroit. J'aurais aussi bien fait ma déclaration dans votre salon et mollement installé sur un fauteuil en satin capitonné. Mais elle n'aurait été ni plus sincère ni plus enthousiaste.

— Et comment a-t-elle été accueillie?

— Je voudrais pouvoir vous avouer, d'un air avantageux, que ç'a été avec faveur. Mais je suis trop véridique pour cela. Miss Lucy m'a écouté, et très gracieusement. Elle m'a même répondu avec beaucoup de bonne humeur, mais je dois dire qu'elle n'a pas paru me prendre au sérieux. Vous savez, comtesse, qu'il n'entre pas dans mes idées de jouer le mélodrame: je n'ai pas l'encolure d'un Antony ou d'un Didier. Je ne me suis donc pas roulé par terre, avec des cris de fureur et de désespoir, mais j'ai le sentiment d'avoir déployé tout ce qu'il m'a été départi d'éloquence. J'étais convaincu, j'étais enflammé; ma foi, j'ai donné, en toute franchise, le fond de mon sac à séductions. Et j'ai le regret d'avoir à vous confesser que ça n'a pas pris du tout!

— Alors?

— Alors, qu'est-ce que vous voulez que je devienne, si vous ne m'aidez pas? Je me suis rapproché de vous, ce soir, pour vous conter mon entreprise et vous prier de vous y intéresser. Une femme, et surtout une femme comme vous, est un allié décisif pour un pauvre garçon tel que moi. Vous l'avez dit vous-même, tout à l'heure, vous avez sur Mlle Andrimont une autorité morale. Eh bien! exercez-la en ma faveur, et vous aurez fait deux heureux, je puis le dire, car moi je l'aime et je réponds que, si elle n'a pas déjà donné son cœur à un autre, je saurai me faire aimer d'elle.

A ces mots « si elle n'a pas déjà donné son cœur à un autre », Mina tressaillit. Un pli creusa son beau front et ses yeux se cernèrent de noir. Le souvenir de ses soupçons anciens la ressaisit. Mais elle se calma avec cette pensée: « N'est-ce pas la preuve la plus décisive que je vais tenter? Si Armand accepte avec tranquillité l'idée de ce mariage, si je puis décider Lucie à épouser Paul, tout est sauvé. La combinaison qui se réalise en ce moment n'est-elle pas celle que j'ai préparée, sur le conseil de mon vieil ami? Alors pourquoi craindre, au lieu d'espérer? Il faut me réjouir d'être si promptement et si sûrement arrivée à mes fins. »

Malgré ces raisonnements, qu'aucune discussion ne pouvait affaiblir,

Mina ne parvenait pas à dominer le trouble qui s'était emparé d'elle.
Pendant trois mois, elle s'était engourdie dans une sécurité de commande, mais, en une minute, elle venait de retrouver toutes ses
inquiétudes et toutes ses préventions. Elle n'était point d'un caractère à reculer devant une lutte suprême. Au contraire, elle devait
la rechercher. Le doute était pour elle le pire des maux. Et, pour
en sortir, elle pouvait se résoudre à tout. Elle raffermit donc son
regard, et, s'adressant à Paul :

— Comptez absolument sur moi. Ce qu'il sera nécessaire de dire
ou de faire, pour décider Lucie, je le dirai et le ferai.

— Alors je suis donc sûr de réussir, dit-il avec joie.

— Avant tout, sachez être discret et ne sonnez pas mot de ce que
vous venez de me confier à aucune des personnes qui sont ici. Vous
m'entendez bien, aucune, pas même Armand, ne doit connaître vos
projets. C'est une des conditions indispensables du succès.

— Soyez tranquille, je serai muet.

— Rapprochons-nous de nos amis. On commence à remarquer
notre conciliabule. N'ayons pas l'air de conspirer.

Ils revinrent sur la terrasse. L'air était tiède et les fleurs, rafraîchies
par la brise de la nuit, répandaient des parfums délicieux. Le ciel
était resplendissant d'étoiles et, au-dessus de la colline boisée qui
s'étend vers Villers, la lune montrait son mince et clair croissant.

— N'est-il pas l'heure d'aller au casino? demanda le baron Trésorier. Il y a une sauterie ce soir. Nous regarderons danser les petites
étrangères.

— Allez seuls, dit Mina, je suis un peu lasse. Allez aussi, Armand,
si cela vous tente.

— Non, je vous remercie; je préfère rester avec vous.

Mina rougit; une chaleur lui brûla la poitrine, à la pensée que
l'occasion s'offrait d'elle-même d'engager avec Armand la partie
suprême. Elle fit un geste décidé et dit, d'une voix que l'émotion rendait presque rauque :

— Restez donc.

Ils demeurèrent seuls et lentement remontèrent au salon. La comtesse s'installa sur un fauteuil bas, près de la petite table où étaient rangés ses menus ouvrages, et suivit des yeux, pendant un instant, son mari, qui marchait de long en large, l'air absorbé. Puis, comme il se trouvait en face d'elle :

— J'ai causé longuement avec Paul, ce soir, dit-elle, et de choses qui nous intéressent tous.

— Ah ! fit-il, en levant la tête brusquement.

— Oui ; j'avais, depuis quelque temps déjà, remarqué qu'il était très assidu auprès de Lucie ; j'ai tenu à pressentir un peu ses intentions...

— Et il vous les a dites ? demanda Armand d'un ton sardonique.

— Il me les a dites.

— Et elles sont ?...

— Oh ! tout à fait satisfaisantes pour nous... Il désire l'épouser.

— Fort bien ! Mais entre ses désirs et leur réalisation, il y a un petit obstacle : c'est la volonté de Mlle Andrimont.

— Cette volonté, la connaissez-vous donc ?

— Oui, je la connais. J'avais, comme vous, constaté que Cravant s'occupait de Lucie, et, pendant que vous interrogiez l'un, moi j'interrogeais l'autre.

— Et elle vous a répondu... ?

— Que Paul ne lui plaît pas.

Mme de Fontenay inclina la tête sur sa poitrine et, soucieuse, garda pendant une minute le silence. Quelle étrange préoccupation avait poussé Armand à faire une enquête pareille à celle qu'elle faisait elle-même ? N'avait-il pas obéi au même sentiment de jalouse inquiétude qui la poussait ? Et, ainsi qu'elle était avide de savoir s'il ne pensait pas obscurément à Lucie, il était, lui, ardent à chercher si Lucie ne favorisait pas Paul. Elle reprit, décidée à pousser Armand aussi loin qu'il serait possible :

— C'est ce que Paul m'a dit ce soir, car il ne s'en fait pas accroire. Mais il n'a pas été découragé par l'aimable persiflage de Lucie. Il compte continuer à s'occuper d'elle, il ne désespère pas, à force d'assiduité, d'arriver à la convaincre. Il m'a demandé mon appui, et je le lui ai promis.

ELLE S'APPROCHA DE LA FENÊTRE ET RESPIRA L'AIR DE LA NUIT
(PAGE 197)

Le visage d'Armand se contracta, ses traits se durcirent et, d'une voix âpre :

— Peut-être eût-il été mieux de vous désintéresser de cette entreprise... Je crois que le devoir d'une bonne maîtresse de maison est de ménager la tranquillité de ses hôtes. Avez-vous attiré chez vous Mlle Andrimont pour l'exposer aux importunités de vos amis?

— Je ne crois pas que Cravant lui soit importun. Elle n'a pas pris au sérieux la demande, très formelle, qu'il lui a faite; mais, à la réflexion, son impression peut changer. Il n'est point rare de voir une jeune fille dire non pendant longtemps et finir par dire oui. Je ne pense pas que Lucie puisse trouver mieux que votre cousin...

— Il ne lui plaît pas!... Et je le comprends : il n'a rien pour lui plaire. Il est léger, sans cesse occupé de lui-même, coquet et vain comme une femme... Comment voulez-vous que le caractère ferme, l'esprit mûri et solide de Mlle Andrimont s'accordent avec cette frivolité et cette inconsistance?... Mais, s'ils se mariaient, ce serait elle qui serait le guide, le conseiller, le maître, l'homme enfin!...

— Eh bien! peut-être y aurait-il là une chance toute particulière de bonheur pour l'un et pour l'autre...

— Oh! je vous en prie, ne faites pas d'expériences matrimoniales dans notre famille!

— Vous ne pensez pas cependant que Lucie restera vieille fille! Si ce n'est pas Cravant, ce sera un autre!

A ces mots, le visage d'Armand devint si pâle qu'on eût dit que tout son sang s'était porté au cœur. Ses yeux brillèrent d'un feu sombre. Il se détourna pour cacher l'altération de ses traits et, s'asseyant dans l'ombre, il resta silencieux et immobile. Il lui eût été impossible de parler. Il avait la gorge sèche et les lèvres tremblantes.

— Elle rencontrera certainement quelqu'un qui lui plaira, continua Mme de Fontenay. Qui sait si celui-là vaudra Paul, qui, malgré ses imperfections, est un excellent garçon... Ne voulez-vous donc pas vous joindre à moi pour raisonner Lucie?

Il fit un effort et répondit :

— Non!

Elle s'approcha de lui, et, le regardant fixement :

— Je vous ai contrarié en vous parlant de ces projets?

— Que voulez-vous que tout cela me fasse?

Il rit amèrement.

— Si vous avez pris Mlle Andrimont pour une petite pensionnaire que l'on décide contre son gré à épouser un bellâtre quelconque, vous vous êtes trompée. Elle ne fera que ce qu'elle voudra faire.

— Mais ce qu'elle voudra faire sera certainement ce qu'elle devra faire.

— J'en suis convaincu.

Il prit un livre et Mina, en dépit de ses efforts, ne put rien lui tirer de plus. Elle était plus hésitante que jamais. Elle regardait son mari qui, sous la clarté d'un grand abat-jour, semblait lire paisiblement. Il était encore pâle, mais ses traits s'étaient détendus et offraient l'apparence d'une sérénité parfaite. Que se passait-il derrière ce front poli, que ne coupait aucune ride? Que cachait le vague sourire de cette bouche couverte par la longue moustache blonde pendante? Quelle étrange force de caractère avait Armand, s'il arrivait à apaiser le bouillonnement de son sang, les palpitations de son cœur et à éclairer ainsi son visage? Mais au prix de quelles souffrances! Il devait être torturé au dedans, et blasphémer et maudire dans le secret de sa pensée.

Elle remarqua qu'il ne tournait pas les feuillets de son livre. Donc, il ne lisait point. Et ses yeux étaient rivés à cette page avec une attention passionnée. Cette impassibilité était effrayante et Mina, atterrée, regardait ce liseur enfoncé dans son idée fixe et comme en état de sommeil cataleptique. Que se disait-il? Oh! elle eût donné beaucoup pour le savoir. Était-ce son arrêt qui se débattait dans ce cerveau en combustion? Et Armand, morne, silencieux, impénétrable comme le destin, décidait-il en ce moment de son avenir? Elle fut sur le point de jouer le tout pour le tout, en posant une question brusque, à laquelle il fût impossible de ne pas répondre? Peut-être d'un seul éclair illuminerait-elle les ténèbres, dans lesquelles elle continuait à se débattre avec horreur.

Elle se leva, pour résister à cette envie redoutable, espérant que le mouvement changerait le cours de ses idées. Elle alla s'asseoir sur un petit canapé, entre deux fenêtres, et là Armand cessa d'être sous l'inquisition de son regard. Elle ne voyait plus que son dos, qui se courbait, comme si son front, de plus en plus lourd, se fût penché davantage sur le livre. Ils restèrent ainsi, pendant un temps assez long, séparés par l'orage de leurs pensées. Enfin, la pendule en sonnant parut réveiller le comte ; il leva la tête et dit d'une voix sourde, presque brisée :

— Il est onze heures !

Il se leva. Mina vint à lui :

— Vous vous retirez déjà ?

— Oui, si vous le permettez.

— Allez, et dormez bien.

Il hocha la tête d'un air de doute, serra, d'une main brûlante, la main de sa femme et sortit. Debout, pendant un instant, elle regarda la porte par laquelle il venait de s'éloigner ; puis, gagnant la table sur laquelle était posé le livre qu'il venait de garder si longtemps inutile devant ses yeux, elle le prit. C'était un roman de Balzac : *Le Père Goriot*. Il s'ouvrit de lui-même, comme rompu par la pression prolongée des doigts, et, avec saisissement, elle vit que la page sur laquelle Armand avait médité était trempée de larmes. Pendant qu'il lui tournait le dos, sûr de n'être pas vu par elle, il avait pleuré. Elle en avait la preuve dans cette feuille de papier brouillée par l'eau amère tombée de ses yeux. Elle voulut savoir si le passage du roman pouvait être, pour Armand, une cause particulière d'émotion et elle lut le chapitre admirable où la fière Claire de Bourgogne, trahie par son amant, le marquis d'Ajuda, quitte Paris et le monde, au milieu d'une dernière fête donnée par elle, et, sans espoir désormais, se retire dans une retraite qui ne sera pour elle qu'une halte avant la mort. Sur les lignes où la douleur causée à la pauvre femme par l'abandon de cet homme à qui elle s'était donnée sans réserve était superbement dépeinte, les petites gouttes avaient plu serrées, comme si le cœur d'Armand avait fondu en cette triste rosée.

Mina fut bouleversée par cette découverte. Elle avait voulu questionner, pour savoir à quoi s'en tenir. Le hasard ne lui répondait-il pas, sans qu'elle eût pris la peine d'interroger ? Oui, la situation de Claire de Bourgogne offrait, avec sa situation à elle, une douloureuse ressemblance. Armand, pareil au héros du romancier, était sur le point de la trahir, et cependant, en lisant le récit des douleurs de la femme abandonnée, il pleurait. Quelle mystérieuse pitié élevait donc la voix, au fond de lui-même, en faveur de Mina ? Il était entraîné à tromper, et pourtant il plaignait sa victime et pleurait sur elle. Voilà donc à quoi il pensait, immobile, son livre entre les doigts, quand elle l'observait ; c'était donc là ce qui lui avait arraché des larmes, quand, hors de la vue de sa femme, il avait pu s'abandonner sans contrainte à ses impressions.

Une tristesse immense s'empara d'elle, et, avec étonnement, en face de la trahison certaine, presque avouée, elle constata qu'elle était sans colère. Ces pleurs du coupable la touchaient profondément. Elle en ressentait une joie amère. Il luttait donc, il essayait donc encore de résister à la passion qui l'emportait ? Devait-elle désespérer qu'il triomphât ?

Elle monta chez elle, et, au lieu de se déshabiller, elle s'approcha de la fenêtre et respira l'air de la nuit. Les lumières du casino brillaient dans l'éloignement et, à droite, de l'autre côté du mur couvert de lierre, le chalet de Mlle Andrimont profilait sur le ciel pâle l'arête de son toit découpé. Au rez-de-chaussée et au premier, des fenêtres étaient éclairées. Là aussi, on veillait. Un bruit de pas sur le sable du jardin attira l'attention de Mme de Fontenay. Elle regarda et découvrit une forme noire qui marchait au pied de la terrasse. Elle reconnut Armand.

Il allait d'un bout du parterre à l'autre, régulièrement, continuant sa veille, dans la solitude, croyant bien être à l'abri des regards, la fenêtre à laquelle Mina s'accoudait étant sombre. Sa douloureuse agitation persistait. Les yeux de la comtesse s'habituant à l'obscurité, elle le voyait très distinctement, les mains derrière le dos, la tête penchée, suivant le même chemin d'un mouvement automatique.

Pendant une heure, il se promena ainsi ; puis soudain, obliquant dans son parcours, il se dirigea vers la petite porte percée dans le mur et qui conduisait chez Lucie. Il s'arrêta devant, comme s'il hésitait à l'ouvrir, puis il se décida, et, avec un trouble affreux, Mina le vit prendre la direction du chalet. Qu'allait-il faire là ? Quelle nouvelle révélation, plus cruelle que toutes les autres, attendait la malheureuse femme ? Armand s'entendait-il avec Lucie ? Était-elle leur dupe ? Elle ne perdait pas des yeux le comte, marchant avec précaution le long d'une petite allée et suivant l'ombre des arbres, afin d'être moins facilement aperçu. Il arriva ainsi tout près du chalet et s'arrêta au pied de la fenêtre du rez-de-chaussée, au travers des vitres de laquelle brillait une tranquille lumière. Sa tête était à la hauteur du rebord de pierre de la croisée, il était immobile : il regardait. Il resta, pendant un temps qui parut bien long à Mina, debout en observation, puis, tout à coup, il se rejeta en arrière et vivement se cacha derrière un massif.

Au même moment, la fenêtre s'ouvrit et la silhouette énorme de miss Griffith se dessina dans la clarté de la croisée. L'Anglaise sonda d'un regard la nuit, comme si elle cherchait à découvrir quelque chose, et de sa voix forte, qui parvint jusqu'à Mme de Fontenay, elle dit à Lucie, restée dans le fond de la pièce :

— Ce n'est pas Michigan... Il n'y a rien... Nous nous serons trompées...

Elle tira la persienne, poussa la fenêtre et le rez-de-chaussée devint sombre. Au bout d'une minute, Armand quitta l'abri de son massif, reprit le chemin qui l'avait conduit au chalet, franchit la petite porte et rentra dans le jardin de la villa. Il s'assit, dans l'obscurité, sur un banc; alluma un cigare et s'attarda à fumer, immobile, continuant sans doute à rêver.

Mina, rassurée, laissa échapper un soupir de soulagement et ferma doucement sa croisée. Il lui était facile de comprendre la scène qui venait de se passer sous ses yeux. Armand, après l'entretien qu'i avait eu avec elle, avait été entraîné par le désir de voir Lucie, peut-être même de s'assurer qu'elle était seule et que l'excuse donnée par elle, pour ne pas venir dîner à la villa, ne servait pas à lui assurer la liberté de recevoir Paul. Il était jaloux, le malheureux, et Mina savait de quelles folles suppositions la jalousie était capable. Il avait voulu surveiller, épier, entrer, qui sait?... Et il avait regardé par la fenêtre du salon. Sans doute, quelque bruit trahissant sa présence, miss Griffith avait ouvert, croyant que c'était le chien de Lucie. Et le comte avait dû battre précipitamment en retraite.

Donc, nulle connivence entre lui et la jeune fille. Aucun mystère, aucune déloyauté. Tout pouvait donc être encore sauvé si Mlle Andrimont consentait à épouser Cravant. Mais il fallait que Mme de Fontenay se hâtât de tenter la manœuvre suprême qui devait décider du salut ou de la perte de sa tranquillité. Un jour d'hésitation et de retard pouvait laisser se produire un incident qui amènerait un éclat irréparable. Mina, dans une situation aussi grave, livrée à elle-même, sentit, pour la première fois, chanceler sa ferme volonté. Elle eut des hésitations sur ce qu'elle devait faire et vit tout obscur devant elle et autour d'elle. La trempe admirable de son esprit, si vigoureux et si délicat, s'altérait dans ces terribles débats, la droiture de sa conscience se faussait, et, par instants, il lui semblait qu'elle perdait le sens du juste et de l'injuste, du permis et du défendu.

Elle voulut donc, pour ne point faillir à ce qu'elle se devait à elle-même, pour ne point déroger à la fierté de son caractère, s'éclairer des avis du prudent et dévoué conseiller qui l'avait guidée et soutenue aux heures troubles et périlleuses. Elle envoya une dépêche au marquis de Villenoisy, pour le prier de venir auprès d'elle. Le vieillard passait l'été dans une terre, près de Caen. En quelques heures, il lui était facile de rejoindre Mme de Fontenay. Elle savait qu'il ne résisterait pas à sa prière pressante. Déjà réconfortée, elle put dormir. Le lendemain, à l'heure du déjeuner, elle apprit que, dès le matin, Armand était parti en bateau pour le Havre, en prévenant qu'il ne rentrerait que tard dans la journée. En même temps, elle recevait la réponse du vieux diplomate. Il annonçait son arrivée pour le lendemain.

L'absence du comte facilitait l'exécution de la promesse, faite par Mina, de parler à Mlle Andrimont en faveur de Cravant. Sûre de ne point être interrompue, vers trois heures la comtesse se rendit au chalet, où elle savait que la jeune fille était seule, miss Griffith étant partie à grands pas dans la direction de Trouville. Elle arriva à la porte du petit salon dans lequel Lucie avait coutume de se tenir, et, sans frapper, familièrement, elle entra. Assise près de la table, vêtue d'une robe grise très simple, Lucie était occupée à dessiner une broderie sur un canevas. En entendant ouvrir la porte, elle tourna la tête et son visage s'éclaira d'un sourire. Elle se leva, alla à la comtesse, lui serra la main, l'amena près d'un canapé, et, s'asseyant sur un petit siège bas :

— Qui me vaut le plaisir de vous voir ici ? demanda-t-elle de sa voix grave. Serais-je assez heureuse pour pouvoir vous être bonne à quelque chose ?

— Je viens à vous comme ambassadrice, dit Mme de Fontenay, et je vous demande, après m'avoir bien accueillie, de vouloir bien m'entendre.

Le clair regard de la jeune fille se voila comme d'un nuage d'inquiétude et ses sourcils se tendirent, mais l'expression de son visage demeura affable.

— Êtes-vous inquiète du résultat de votre négociation? demanda-t-elle. Ce que vous avez à obtenir est-il donc si difficile ?

— J'en ai peur. Ou plutôt, celui au nom duquel je me présente a lieu de craindre, car vous n'avez pas été encourageante pour lui...

Lucie demeura silencieuse, les yeux fixés sur Mme de Fontenay, attendant qu'elle s'expliquât plus complètement et ne lui facilitant pas l'explication.

— Il s'agit, continua celle-ci, de Paul de Cravant, qui est venu me faire ses doléances et me prier d'être son intermédiaire auprès de vous. Il pense que peut-être vous aurez l'oreille plus ouverte à des paroles prononcées par moi, et il me charge de plaider la cause de son bonheur.

— La cause de son bonheur? répéta Mlle Andrimont. En est-il bien sûr? Je vous répondrai ce que je lui ai répondu à lui-même. C'est une fantaisie qui passera, remplacée par une autre fantaisie. Eh bien !

UN ÉLAN DE TENDRE REPENTIR, POUSSA MADAME DE FONTENAY
VERS LUCIE (PAGE 205)

qu'il en prenne son parti tout de suite et qu'il s'adonne à un nouveau caprice. Il n'aura point de peine à oublier une femme d'un aussi mince mérite que moi, et il aura au moins cette satisfaction d'avoir respecté mon repos.

— Vous déplaît-il à ce point que vous refusiez même d'examiner sa demande?

— Non certes! C'est un charmant homme et qui m'est très agréable comme compagnon. S'il veut borner son ambition à des relations de simple amitié, je m'y prêterai du meilleur cœur.

— Alors, est-ce donc le mariage qui ne vous convient pas?

— Peut-être est-ce, en effet, le véritable motif de mon éloignement. Je n'ai aucun désir d'aliéner ma liberté. Je me trouve très heureuse comme je suis, et je regretterais de changer ce sort, très satisfaisant, contre un autre, qui pourrait l'être moins. On sait bien ce qu'on quitte, on ignore ce qu'on prend. La sagesse est de s'en tenir à une honnête moyenne. Or, cette honnête moyenne, le célibat me la donne. Je serais bien folle d'y renoncer.

— En ce moment, votre raisonnement est juste, mais, un jour, il cessera de l'être, et il sera trop tard pour modifier votre existence. Vous êtes jeune et cependant vous avez eu déjà le malheur de perdre tous les vôtres. Vous avez connu les tristesses de l'isolement. Ne craignez-vous pas de les connaître encore? Rien ne remplace les inaliénables affections d'une famille à soi. Je vous en parle par expérience : je n'ai pas d'enfant, et c'est une véritable douleur pour moi. La vieillesse vient et je n'ai, pour me rattacher à la vie, que la tendresse de mon mari.

A ces mots, prononcés avec une émotion profonde, Lucie tressaillit. Elle regarda attentivement la comtesse et, dans ses yeux inquiets, sur ses lèvres pâlies, elle devina l'angoisse qui la bouleversait et l'importance désespérée de la tentative faite par elle. Épreuve nouvelle, sans doute, pour s'assurer de l'état d'âme de celle qu'elle soupçonnait d'être sa rivale. Supplication adressée à sa générosité, pour qu'elle fournît une preuve de la liberté de son cœur. Cette preuve, c'était son consentement à la demande du baron de Cravant. Cette exigence la révolta. Quoi! il lui fallait, pour obéir à une jalousie aveugle, sacrifier sa liberté, engager son existence entière, épouser un homme qu'elle n'aimait pas! Là, une voix s'éleva dans sa conscience, disant : « Est-ce parce que tu n'aimes pas celui qu'on te propose? Ou plutôt parce que tu as devant les yeux celui qu'il est criminel pour toi d'aimer. »

Elle frémit à l'idée que la comtesse avait pu, en même temps qu'elle, faire cette supposition. Tout lui parut préférable à une telle humiliation et elle se sentit prête à fournir toutes les preuves qu'exigerait la défiante jalousie de Mme de Fontenay. Mais d'abord elle voulut fixer ses doutes, et, affectant un grand calme :

— Vous me parlez beaucoup de moi, dit-elle. Mais je pense que ce n'est pas uniquement pour moi que vous vous intéressez à ce projet. Vous pensez un peu aussi à M. de Cravant. Croyez-vous que je sois bien la femme qu'il lui faut? Êtes-vous sûre que je pourrai le rendre heureux?

— Il vous aime.

— Mais moi, il faut que je ne lui accorde pas ma main comme par contrainte... Il ne saurait manquer de s'en apercevoir et sa fierté devrait s'en offenser...

— Par contrainte! répéta Mme de Fontenay. Vous ne l'épouseriez que contrainte? En aimez-vous donc un autre?

— Et si cela était? s'écria Lucie avec force.

La physionomie de Mme de Fontenay exprima une telle douleur que la jeune fille ajouta, atténuant la rudesse de sa réponse :

— Ne serait-ce pas possible? M'en refusez-vous le droit?

— Ce serait donc chez moi que vous l'auriez rencontré? dit la comtesse sans répondre. Vous m'avez dit vous-même que, pendant votre séjour à Neuilly, vous ne voyiez personne. Si le choix que vous avez fait est louable, n'hésitez pas à le déclarer... Vous agirez ainsi avec délicatesse envers un homme qui vous aime véritablement.

La vie de Mina paraissait dépendre de la réponse de Mlle Audrimont. Elle attendait palpitante, les mains agitées, les yeux nageant dans des larmes prêtes à couler. Comme la jeune fille, devant cette torture dont elle était l'auteur, restait silencieuse, tremblante aussi d'émotion :

— Par grâce, reprit Mme de Fontenay, ayez le courage de tout me dire. Il y a, entre vous et moi, Lucie, un secret qu'il faut que je connaisse. Je vous ai traitée comme mon enfant ; dès le premier instant où je vous ai connue, je vous ai voué une affection véritable, payez-moi de cette affection par votre franchise. De vous à moi, il n'est pas besoin de beaucoup de paroles pour que les choses soient comprises... Je souffre, je suis malheureuse, vous pouvez beaucoup pour moi... Je ne vous demande qu'un seul mot... mais décisif, mais sans retour...

En un instant, devant Lucie les jours écoulés s'évoquèrent. Elle eut le sentiment très net qu'en acceptant l'hospitalité que Mme de Fontenay lui avait offerte elle avait contracté des devoirs envers elle. Sans doute sa résolution n'avait pas été prise librement, et, depuis qu'elle s'était trouvée en présence de Mina, elle avait été entraînée à une suite de concessions, qui l'avaient mise dans un état de complète sujétion. Toujours pour ménager la tranquillité des autres, elle avait été obligée de compromettre la sienne. Et maintenant, emportée dans l'engrenage, elle était menacée de difficultés plus graves que toutes celles auxquelles elle avait déjà été exposée. Il lui fallait se décider en une minute et sans paraître hésiter. Était-ce possible ?

Dans le désarroi de sa pensée, elle voulut gagner du temps, ne rien donner au hasard, résister à la tentation de tout terminer fièrement par une rupture sans raccommodement possible. Elle se sentait forte de sa conscience. Elle n'avait rien fait de mal. Pourquoi était-on venu la troubler dans sa retraite ? Que lui voulaient tous ces gens, qui semblaient acharnés après elle ? Armand, Paul et Mina, tous s'employant à la tourmenter, à disposer d'elle et à annihiler son indépendance, à laquelle elle tenait par-dessus tout.

Il suffisait d'un mot pour briser les liens dans lesquels elle se trouvait enfermée. Liens faits de convention mondaine, de préjugés sociaux, de mesquineries, de petitesses, qui répugnaient à la libre et sauvage Lucie. Mais ce mot devait rendre inutiles les efforts auxquels

elle s'était prêtée pour assurer le bonheur de Mina. Toute cette
œuvre de salut qu'elle avait jugée nécessaire, elle la détruisait. Le
souvenir de la tendre et délicate bonté de Mme de Fontenay lui amollit
le cœur et lui donna la force de se contraindre. Elle fit à cette noble
femme, une fois de plus, le sacrifice de sa franchise et de son orgueil.
Elle la trompa uniquement pour lui éviter une peine immédiate.

— Vous voulez me forcer à m'engager, dit-elle avec douceur.
Vous m'imposez de prendre une décision. Eh bien ! soyez donc satisfaite : je ne repousse pas la demande de M. de Cravant. Qu'il sache me
plaire, et, puisqu'il faut absolument, selon vous, que j'enchaîne ma
liberté, autant ce maître-là qu'un autre.

— M'autorisez-vous à le lui dire ? demanda Mme de Fontenay,
croyant à peine à une si heureuse conclusion de ce redoutable
entretien.

— Je vous y autorise, mais pas avant demain. Je veux encore avoir
cette soirée à moi pour me préparer à subir le choc de sa galanterie.

Elle riait en parlant ainsi, et Mina sentit son cœur se détendre et
s'apaiser. Elle avait tant besoin de croire qu'elle ne douta pas de ce
que Lucie venait de lui dire.

— Soit, pas avant demain. Mais, je vous en prie, chère enfant,
voyez les qualités de Paul et oubliez ses défauts bien légers...
Resserrez les liens qui nous unissent à vous, soyez doublement notre
parente. Assurez votre situation dans le monde. Faites la joie d'un
homme qui ne vivra que pour vous... La joie des autres, voyez-vous,
c'est encore ce qu'il y a de plus doux dans la vie.

— Je le sais, répondit gravement Mlle Andrimont.

— Quant à moi, qui vous ai un peu tourmentée pour obtenir votre
consentement, croyez que je vous remercie de m'avoir entendue...
oh ! de toute mon âme !

Un élan de tendre repentir poussa Mme Fontenay vers Lucie. Elle
la saisit dans ses bras et posa ses lèvres chaudes sur le front blanc de
la jeune fille, lui prouvant toute sa reconnaissance dans une étreinte,
et, sans ajouter une parole, elle la quitta.

Restée seule, Lucie réfléchit. C'était fini : il lui devenait impossible de continuer à vivre dans l'intimité de Mme de Fontenay. Avant tout, elle voulait rester maîtresse d'elle-même, et, si elle avait cédé aux instances de la comtesse, c'était avec l'intention arrêtée de se soustraire à cette tyrannie, qui prétendait lui imposer pour mari un indifférent. Mais, pour reprendre son indépendance, il fallait partir, et partir c'était avouer que les soupçons qui s'égaraient sur elle étaient fondés. Allait-elle se donner ainsi à elle-même un pareil démenti? Allait-elle autoriser les jugements les plus sévères, s'exposer aux calomnies, se perdre en un mot? Et pourquoi?

Elle chercha un autre moyen de sortir d'embarras, mais elle ne vit, de tous côtés, que des issues humiliantes et difficiles. Expliquer la situation à Armand, c'était s'exposer à une explosion qui pouvait avoir les plus dangereuses conséquences. Parler à M. de Cravant et s'en remettre à sa loyauté, c'était compromettre le comte et se compromettre soi-même. Quoi qu'elle fît, il n'en pouvait résulter que des difficultés et des périls. Elle ne songea pas un instant à se confier à miss Griffith. Son orgueil répugnait à la confidence de ses ennuis. Elle se proposa de donner, comme prétexte à une absence momentanée, l'obligation pour sa dame de compagnie de passer en Angleterre, afin de régler des affaires de famille. Huit jours de déplacement, qui se prolongeraient et se termineraient par une séparation définitive. Ce qui se passerait derrière elle, quand elle serait loin, lui importait peu.

Pendant que Mlle Andrimont tournait dans sa tête le problème de sa libération, sans lui trouver une solution très nette et très satisfaisante, Mme de Fontenay, rentrée chez elle, avait une surprise agréable: le marquis de Villenoisy venait d'arriver plus tôt qu'elle ne l'attendait, et, descendu à l'hôtel des Roches-Noires, s'était tout de suite présenté à la villa. Il était assis au salon. A la vue de son vieil ami, la comtesse poussa une exclamation de plaisir. Elle était dans un de ces instants de plénitude de cœur où tout est joie. La présence du marquis, appelé dans une heure de détresse et paraissant pour assister au triomphe, lui sembla tout à fait douce. Elle eut un mouvement d'expansion, et, allant à lui les mains tendues, le bonheur épanoui sur les lèvres et rayonnant dans les yeux:

— Que je suis contente de vous voir! s'écria-t-elle.

Il la regarda avec un air de joyeuse surprise, et, retenant la belle main de Mina entre ses doigts :

— Ah! ah! voilà qui va bien! Je craignais de n'avoir à entendre que des soupirs; il me plaît beaucoup d'être accueilli avec des sourires.

— Oui, quand je vous ai écrit, j'étais affreusement tourmentée, mais maintenant tout est calme, l'horizon s'est éclairé. Je suis un peu folle depuis quelque temps et je prends mes craintes pour des réalités. Heureusement, j'ai eu affaire à une personne plus raisonnable que moi...

— Mlle Andrimont?

— Oui, Mlle Andrimont...

— Vous aviez été reprise de vos inquiétudes?...

— Oh! pas à son sujet, grand Dieu! La brave enfant! C'est le cœur le plus honnête qui soit!...

— Armand alors?

— Oui, Armand, plus troublé, plus sombre qu'il ne l'avait jamais été.

— Il s'occupe toujours d'elle?

—Sait-on exactement à quoi s'en tenir avec lui? Mais nous touchons à la conclusion que vous m'avez indiquée vous-même. Paul de Cravant est amoureux de Lucie, il veut l'épouser, et, après beaucoup d'hésitation, elle ne repousse pas sa prétention.

— Elle vous l'a déclaré?

— Il n'y a qu'un instant... Elle demande seulement qu'il n'en soit pas parlé jusqu'à demain.

— Pourquoi?

— Pour s'habituer à l'idée de ce changement si sérieux dans sa vie.

— Elle ne s'y décide donc pas de bon gré?

—Elle n'est pas très fixée sur ce qui lui plaît ou ne lui plaît pas. L'idée du mariage l'effraie, le mari la rassurera.

Le marquis était devenu rêveur. Sa physionomie prit une expression de gravité soudaine. Dans cet atermoiement, exigé par Lucie, il pressentait autre chose qu'un caprice. Il ne jugeait pas la jeune fille frivole et ne la croyait pas capable de se résigner, comme une pensionnaire qui sort du couvent, à une union de convenance arrangée par la famille. Il avait pénétré cette nature altière, capable de toutes les violences et de toutes les générosités, mais hostile à toute solution banale et médiocre. Si Paul de Cravant n'avait pas su se faire aimer d'elle, si elle n'était pas entraînée, par un grand courant de passion, à devenir sa femme, elle ne s'y résignerait pas pour plaire à Mina et pour avoir un important état dans le monde. Un coup de cœur, inexpliqué, pour ce joli garçon, creux et sonore comme un brillant grelot, et elle était à lui. Mais l'épouser sans amour, c'était inadmissible.

Il y avait donc autre chose. Quelque stratagème, quelque faux-fuyant pour échapper à une persécution, soit de la femme, soit du mari. Car Lucie, prise entre la tendresse exaspérée d'Armand et la jalousie sourde de Mina, devait se trouver dans une situation intolérable. Il se promit d'étudier plus à fond les acteurs de ce drame obscur, de rechercher les motifs qui les faisaient agir et de tâcher de dénouer cette intrigue, sans que, d'un côté, on fût trop malheureux et que, de l'autre, on fût trop sacrifié.

— Eh bien! ma chère amie, s'il y a mariage, nous chanterons l'épithalame, dit-il. Cependant, ne péchez pas par un excès de confiance. Attendons la fin. Par exemple, lorsque Lucie sera la femme de Paul, je connais trop Armand, pour n'être pas sûr qu'il ne lèvera même plus les yeux sur elle.

La fin de la journée s'écoula gaiement. Le comte rentra pour le dîner, les Trésorier, Firmont, Mme de Jessac et Paul s'arrachèrent aux délices de la promenade des planches sur la plage de Trouville et revinrent tout bourrés des histoires qu'on y raconte. Mlle Andrimont fit son apparition, vers sept heures, escortée de la gigantesque et timide Griffith, pour qui c'était un supplice de dîner chez les Fontenay. La jeune fille était vêtue de blanc et, quoique un peu pâle, rayonnante de beauté. Elle affectait une grande liberté d'esprit et parlait avec

Baron, vous avez dit cela très gentiment, fit mademoiselle
Andrimont avec gaieté (page 212)

une vivacité nerveuse, qui dénotait un trouble intérieur. Elle avait pris la résolution d'annoncer son départ pour l'Angleterre à la fin de la soirée, et la perspective de l'explosion de sentiments divers qu'elle allait provoquer lui causait une vive anxiété. Elle était cependant décidée.

Le marquis de Villenoisy, placé à côté d'elle, avait engagé la conversation et Lucie lui avait aussitôt répondu, avec cette ironique fantaisie que son léger accent exotique rendait particulièrement piquante. Le vieux diplomate avait attaqué un sujet des plus scabreux, mais des plus fertiles, étant donnée la situation : du choix d'un époux et des conséquences de ce choix. Lucie l'avait laissé développer son thème, qui consistait à prouver qu'il n'y avait pas, dans la vie, de conditions fâcheuses dont il ne fût possible, avec du courage et de l'intelligence, de tirer un bon parti.

— Vous avez parfaitement raison, dit la jeune fille, et mon père m'a raconté autrefois comment, dans les colonies pénitentiaires, les mariages se font entre forçats. Il arrive des convois de condamnés des deux sexes. On les présente les uns aux autres, et ils s'épousent, entre voleuses et assassins. Il paraît qu'il n'y a pas beaucoup plus de mauvais ménages qu'en Europe, quand on s'épouse entre honnêtes gens. Et là, au moins, on sait tout de suite à quoi s'en tenir. On n'a pas la douloureuse surprise d'apprendre, plus tard, trop tard, qu'on a épousé un scélérat ou une coquine. Enfin, si le mari ou l'épouse donne satisfaction à son conjoint et témoigne de quelque vertu, c'est tout bénéfice.

— Vous avez poussé mon raisonnement jusqu'au paradoxe, reprit le marquis. Mais ne croyez-vous pas qu'un homme, doué de beaucoup de raison et de volonté, puisse, sans crainte, épouser une femme frivole et vaine, s'il se sait aimé d'elle ?

— Je crois que cet homme pourra arriver à la fin de sa vie, ayant usé ses jours dans une lutte incessante contre toutes les difficultés et tous les soucis que la frivolité d'une femme peut lui causer. Mais pourquoi accepterait-il de le faire, s'il n'y était pas contraint ?

— Ne peut-il y être entraîné par l'amour que cette femme a pour lui.

— Être aimé ! dit Mlle Andrimont avec dédain. Qu'importe !

Le marquis la regarda avec finesse, puis il répliqua vivement :

— Vous faites fi de l'amour ! N'êtes-vous pas aimée ?

A ces mots, Lucie eut un froid sourire.

— Aimée? répondit-elle. Toutes les femmes le sont. Mais peu le sont comme elles le voudraient être.

— Et serait-il possible d'obtenir que vous me confiiez quelles sont vos idées sur ce point ?

— Mais c'est un programme que vous me demandez de formuler, dit Mlle Andrimont d'un air railleur.

— A mon âge, ne craignez pas que j'en abuse.

Elle répliqua avec vivacité :

— Oh ! sinon pour vous, du moins pour les autres. Vous pouvez donner des conseils !

Le marquis se dit : «Je suis percé à jour. Elle a deviné ma tactique, et je ne lui tirerai plus une parole sincère, en admettant qu'elle ne se soit pas moquée de moi depuis le commencement de cet entretien. Avant tout, couvrons la comtesse contre tout soupçon d'indiscrétion. »

— Il vous paraît peut-être singulier que je fasse des théories sur l'état conjugal, reprit-il, moi qui suis resté célibataire ?

— Vous êtes bien plus à l'aise pour les faire, n'étant pas aveuglé par les avantages et irrité par les inconvénients du mariage.

— En réalité, je ne crois pas qu'il y ait d'état plus avantageux que le mariage pour les femmes et plus défavorable pour les hommes. Donc, le mariage est un sacrifice pour ceux-ci et un bénéfice pour celles-là.

Comme le marquis avait un peu élevé la voix, le baron de Cravant, qui n'avait pas cessé de dévorer Lucie des yeux depuis le commencement du dîner, entendit cette déclaration de principes et dit :

— Quand on aime vraiment, le sacrifice est une joie. Et subor-

donner son bonheur à celui d'une femme adorée, n'est-ce pas tout
naturel ?

— Baron, vous avez dit cela très gentiment, fit Mlle Andrimont
avec gaieté. L'héroïsme vous va bien.

— Oh ! si vous me plaisantez, je vais perdre tous mes moyens !

— Laissez donc ; vous n'êtes pas si timide ! N'essayez pas de m'attendrir.

— J'y tâche cependant, et c'est mon plus ardent désir.

La conversation, commencée entre Lucie et le marquis, étant
devenue générale, sauta d'un sujet à un autre, avec une brillante
variété. Et rien de spécial ne vint jeter dans l'obscurité au travers de
laquelle se débattait le diplomate une lueur qui pût le guider. Il
allait à tâtons. Mais, moins que jamais, il ne croyait à une union
entre le charmant baron Paul et la fière Mlle Andrimont. Il examinait
la jolie figure du jeune homme : son front blanc, coupé par un bandeau de cheveux châtains, ses yeux bleus et sa moustache retroussée
au petit fer. Et mentalement, il pensait : « Ce n'est pas toi, mon cher
ami, qui conduiras dans ta maison cette belle fantasque. Elle ne te
prendra jamais au sérieux. Et comment le pourrait-elle ? Tu n'es pas
un homme, tu es une femme, avec ta douceur, ta gentillesse et ta
frivolité. Ma parole ! tu as aux mains plus de bagues qu'elle ! L'homme,
je sais bien où il est... »

Ses yeux se portèrent sur le sombre visage d'Armand.

Depuis le commencement du dîner, il était engagé dans une conversation très animée avec Mme Trésorier, et il faisait une admirable
contenance. Il avait remarqué les tentatives d'interrogatoire du mar-
qui. Quoiqu'il fût sur du feu, il avait continué à causer avec une
étonnante présence d'esprit. Sa physionomie ne révélait aucune contrainte. Il souriait des lèvres et des yeux. Mais une pâleur inusitée
était sur son front, que mouillait une légère sueur. Il entendit toutes
les paroles qui furent échangées entre Lucie et Cravant. Il ne parut
pas les avoir remarquées. Il était impassible et faisait les honneurs
de sa table sans une faiblesse, sans une impatience. Quand on se
leva, il offrit son bras à Mme de Jessac et passa avec elle au salon.

La soirée était douce et claire, et bientôt on se répandit sur la terrasse. Là, Armand se trouva entre sa femme et le marquis, devant
un groupe au centre duquel Paul marivaudait avec Lucie.

Le marquis, les lui montrant d'un geste, dit :

— N'est-ce pas charmant, la jeunesse ? Si quelque chose pouvait
consoler de l'avoir perdue, ne serait-ce pas de la voir fleurir, dans les
autres, autour de soi?

Armand resta immobile et muet, dévorant des yeux celle qu'il
adorait si follement, pendant qu'elle riait avec Cravant. Mina, avec
l'instinct de la jalousie, suivit le regard de son mari et le vit rivé à ce
couple joyeux. Elle connaissait ce regard. C'était le même dont elle
suivait Armand, quand il était auprès de Lucie. Elle frémit de colère,
et, incapable de supporter sa souffrance, sans essayer de la rendre à
celui qui la lui faisait endurer :

— Oh ! ils peuvent causer et rire, dit-elle. C'est leur droit. La
recherche du baron est acceptée par Lucie...

Elle jeta ces imprudentes paroles à son mari, comme un défi,
s'attendant à le voir perdre contenance, blêmir, crisper les poings,
manifester une angoisse semblable à celle qu'elle éprouvait. Pas un
muscle du visage d'Armand ne bougea. Ses paupières battirent un
peu plus rapides, le plastron blanc de sa chemise fut soulevé par une
palpitation plus violente de son cœur. Mais debout, toujours souriant,
il ne laissa pas constater que le coup avait porté. Au bout de quelques
secondes, il dit d'une voix très calme :

— Je gronderai Paul et Mlle Andrimont de ne m'en avoir pas parlé.

La comtesse et le marquis se regardèrent, épouvantés de cette
force de caractère, et, comme ils se taisaient, Armand les quitta,
s'avançant plein d'aisance vers les deux jeunes gens. Cravant venait
d'être rejoint par Mme de Jessac et Firmont. Le comte profita de cette
diversion ; il aborda Lucie, sans que son visage exprimât un seul des
mouvements furieux de son âme, et, penché vers elle, d'une voix
tranquille, comme s'il lui disait la chose la plus simple du monde :

— Lucie, vous m'avez menti hier. Vous êtes d'accord avec Cravant,
on vient de me l'apprendre. Je ne suis pas homme à menacer en vain.

Donc, prenez garde : s'il s'approche de vous, s'il vous parle bas, si vous paraissez le favoriser en quoi que ce soit, je me jette sur lui et le soufflette devant tout le monde.

Elle le regarda avec stupeur :

— Êtes-vous fou?

— Oui, fou, répondit-il, fou de désespoir et de colère.

Au même moment, le baron, se séparant de ses amis, revenait à Lucie. Elle lança un coup d'œil à Armand et le vit prêt aux pires résolutions. Alors, de loin, faisant un geste impérieux à Cravant :

— Baron, veuillez donc m'envoyer miss Griffith, j'ai besoin d'elle.

Le jeune homme s'inclina et partit à la recherche de la demoiselle de compagnie. Alors, prenant le bras d'Armand, elle l'attira à l'écart presque avec violence, et là, tremblante d'indignation :

— Jamais je ne permettrai, entendez-vous bien, à qui que ce soit de me traiter comme vous venez de le faire. Je suis innocente de vos colères, et j'entends être à l'abri de vos menaces.

— Lucie!

— C'est odieux! oui, odieux à la fin! Et il faut que cette situation cesse. Je ne crains ni vous, ni personne, sachez-le! Mais vos violences sont autant d'insultes contre lesquelles je me révolte!...

— Écoutez-moi, laissez-moi vous expliquer...

— Ici? Au milieu de tout ce monde qui nous entoure, qui nous épie...

— Eh bien! chez vous, ce soir?...

— Soit. Et pour la dernière fois.

Mina, inquiète, se rapprochait d'eux. Lucie s'avança vers elle et, avec une froide gravité :

— Le comte vient de me complimenter sur mon prétendu mariage avec M. de Cravant, dit-elle. Je vous en veux, comtesse : vous n'avez pas tenu votre promesse de ne point parler avant demain. Me voici maintenant redevenue libre, et je ne ferai que ce qui me plaira.

Miss Griffith la rejoignait. Elle lui prit le bras, et, passant devant Mme de Fontenay, elle descendit dans le jardin, où elle disparut parmi les fleurs.

IX

Mlle Audrimont avait, en partant, emporté avec elle tout l'agrément de la réunion, car, lorsqu'elle ne fut plus là, les visages s'assombrirent, la conversation languit. Armand était ardemment préoccupé et Mina cherchait le sens des étranges paroles de Lucie. Dans quelque sens qu'elle les interprétât, elles les trouvait menaçantes. Elle s'accusa d'avoir cédé à l'envie de révéler à Armand la secrète capitulation de la jeune fille en faveur de Cravant. Elle jugea combien précaire était la garantie sur laquelle elle avait fait reposer son espoir de tranquillité. Elle retomba dans l'inquiétude et la tristesse. Ces alternatives de doute et de confiance lui serraient si douloureusement le cœur, qu'elle se sentit étouffer. Elle s'assit à l'écart, tellement pâle que le marquis et Armand s'approchèrent d'elle, soucieux et empressés. Elle leur sourit doucement, se plaignit de la chaleur violente qui lui causait des étourdissements, assura qu'elle se trouvait mieux. Et mieux elle se trouvait, vraiment, rien que d'avoir vu le visage effrayé d'Armand et d'avoir constaté sa sollicitude. A ce pauvre cœur souffrant il fallait peu de chose pour qu'il fût soulagé.

Vers dix heures, Mina demanda à ses amis la permission de rentrer chez elle. Le marquis, fatigué par son voyage, prit congé, et tous les hôtes de la villa s'offrirent pour le reconduire. En réalité, à ces Parisiens habitués à passer la soirée soit au théâtre, soit dans le monde, l'intimité paraissait insupportable. Et, sous prétexte de ramener le marquis à Trouville, ils se rendaient tous au casino, où les illuminations flambaient dans la nuit, où l'orchestre faisait rage et où les mondaines, en grande toilette, passaient, curieuses et amusées, au bras de leurs élégants cavaliers et regardaient danser les petites étrangères.

Armand avait, contre son habitude, accompagné ses amis. Il alla avec eux, d'un pas nonchalant, jusqu'au port, et là, affectant le regret d'avoir quitté la comtesse, il leur dit bonsoir et retourna en arrière. La nuit était tiède, le ciel limpide ; la brise du large apportait à l'oreille le roulement sourd de la mer sans cesse remuante. Une paix profonde émanait des choses, et Armand, bourrelé de soucis, fut douloureusement frappé du contraste grandiose qui existait entre ce calme imposant et fécond et les agitations stériles de son âme. Quel être était-il donc pour se laisser entraîner à de si criminelles tentations et à de si basses manœuvres? Quoi! Parvenu aux deux tiers de sa vie, il n'avait pas assez de puissance sur lui-même pour se contraindre à la sagesse? Pour de douteuses joies, il risquait de sacrifier, non pas seulement son repos, mais le bonheur d'une femme qu'il vénérait. Et la coupable satisfaction qu'il cherchait, il se la voyait refuser, et c'était sans être payé de retour qu'il s'acharnait à aimer, quand l'amour était criminel!

Marchant dans l'obscurité transparente, sous les étoiles qui resplendissaient en face de l'immensité sereine, il se trouva pitoyable. La chaleur de son courage passé lui remonta au cœur et une sorte de honte le prit de son indignité. Il souffrit de sa déchéance morale. Il se rendait compte de l'énormité de son désir, de la folie de son rêve; et cependant l'image de Lucie, avec son beau front et ses yeux fiers, lui apparaissait, et un frisson le secouait tout entier. Il se disait : « Je suis insensé, il est impossible qu'elle m'aime jamais, je me voue à la douleur en persistant à m'occuper d'elle. » Et malgré tout il était emporté irrésistiblement par sa passion mauvaise. Sa raison révoltée s'indignait

LUI, BRISÉ PAR LA VIOLENCE DE SES SENTIMENTS, S'ÉTAIT LAISSÉ TOMBER
SUR UN TABOURET (PAGE 222)

de la faiblesse de son cœur. Mais elle était impuissante à le retenir.

Il pensait : « Je n'ai qu'à ne pas aller retrouver Lucie ce soir. Il n'y a pas d'explication entre elle et moi. La situation reste donc intacte. Demain, je lui adresse quelques paroles d'excuse pour mon emportement et mes menaces, que je puis, devant elle, qualifier d'absurdes. Elle me croit ou ne me croit pas, peu importe! Tout est sauvegardé: son amour-propre et les convenances. Je n'ai pas l'occasion de me laisser entraîner à lui dire ce que j'ai su lui taire jusqu'ici. Ah! que cela serait sage et bon! Voilà ce qu'il faut faire. »

Et la passion exaspérée répondait : « Tu peux passer auprès d'elle une heure décisive, et tu hésites? Vous êtes à la veille d'événements qui modifieront gravement sa vie, et tu vas les laisser s'accomplir sans avoir répandu devant elle le trop-plein de ton cœur? Et pourquoi recules-tu devant cet aveu? Pourquoi essaies-tu de t'engourdir avec des arguments moraux et des théories philosophiques? Qu'y a-t-il de vrai dans tout ce que tu déclames? Le bien et le mal sont-ils absolus? Qui les a déterminés? Ne sont-ce pas de pures et simples conventions sociales? On est tombé d'accord sur des principes de morale à l'usage de la masse des êtres. Mais ces principes sont-ils faits pour tous et est-il monstrueux de s'en affranchir? Il y a un peu de puérilité dans ces remords qui te troublent. La seule douleur vraie, c'est la privation du bonheur. Et le bonheur pour toi, c'est la possession de Lucie. Essaie de la conquérir. Mets-toi au-dessus des préjugés, des faiblesses, et impose ta volonté. »

Armand, l'esprit bouleversé par ces combats, marchait presque inconscient du chemin qu'il parcourait. Il écoutait en lui-même les voix de sa conscience et de sa fantaisie, qui se répondaient, graves ou railleuses, attendries ou ardentes, et il lui semblait que son cerveau était martelé cruellement. Il n'avait plus conscience de sa vie physique. Il se trouva, sans savoir comment il y était parvenu et pourquoi il y était allé, assis sur un tertre gazonné au bord de la route de Villers, à un demi-kilomètre de Deauville. Il tira sa montre et vit qu'il était onze heures. Une grande fatigue était alors la seule trace qu'il conservât des orageux débats qu'il venait de subir.

Il se leva et reprit la direction de la villa. Il ne songeait plus qu'à une seule chose à présent : c'était que Lucie l'attendait et qu'une explication, entre lui et elle, s'imposait. Qu'allait-il dire? Que devrait-il entendre? Que résulterait-il de cet entretien? Il ne s'en préoccupait pas. Il allait retrouver Lucie, voilà tout. Il arriva promptement devant la porte du chalet. Là, le sentiment de l'irrégularité choquante de sa présence chez Mlle Andrimont le saisit, et, au lieu d'entrer chez elle, il pénétra dans le jardin de la villa. Il suivit la petite allée qui, la nuit précédente, l'avait conduit à la porte cachée sous le lierre et, sans bruit, il passa de l'autre côté du mur. Il laissa la porte poussée tout contre, afin de n'avoir pas à la rouvrir, et, marchant avec précaution le long des massifs de fleurs, pour qu'on ne le vît pas, il s'approcha de la maison.

Tout était obscur et silencieux. Seule la fenêtre du petit salon laissait, à travers ses persiennes, filtrer une faible clarté. C'était là que Lucie l'attendait. Il sentit son cœur battre violemment, et, montant les marches du perron, il entra dans le vestibule, où tout était éteint. Au même moment, la petite porte du mur, par laquelle il venait de se glisser dans le jardin et qu'il avait laissée poussée, s'ouvrit et une forme blanche s'engagea dans l'allée qui menait au chalet. Elle parcourut le même chemin qu'Armand, attendit un assez long temps au bas du perron, puis, d'un pas tremblant, elle gravit les marches et entra à son tour dans le vestibule.

Le comte, étonné par l'obscurité, avait d'abord hésité, puis il s'était dirigé à tâtons, s'efforçant de ne faire aucun bruit. Cependant il avait été entendu, car une portière soulevée laissa pénétrer une grande clarté dans la pièce d'entrée, et miss Griffith souriante parut sur le seuil du salon. Comme Armand stupéfait restait immobile, l'Anglaise, s'effaçant pour lui livrer passage :

— Entrez, monsieur le comte, dit-elle; mademoiselle est là.

Il entra. Dans le salon, avec la même toilette qu'elle portait à dîner, Lucie était assise. Elle ne se leva pas en voyant le comte; elle fit une légère inclination de tête et lui désigna un fauteuil en face d'elle. Il ne s'assit pas et alla s'accouder à la cheminée. Mlle Andrimont, alors, se tournant vers sa demoiselle de compagnie :

— Je vous remercie, ma chère; vous pouvez monter, je n'ai plus besoin de vous.

La gigantesque Griffith donna un shake-hands vigoureux à Lucie, salua le comte et sortit par la porte opposée à celle qu'elle avait ouverte à Armand. Son pas robuste résonna dans l'escalier, ébranla le plancher à l'étage supérieur, puis tout devint silencieux. C'était l'instant où la blanche forme, qui avait suivi le comte, entrait derrière lui dans le chalet.

Restés en présence, Lucie et M. de Fontenay se regardèrent sans parler. Lui sombre et soucieux, elle un peu pâle, mais impassible. Depuis le grave entretien qu'ils avaient eu ensemble à Neuilly, le lendemain de la visite de Mina, et dans lequel Lucie avait consenti à sortir de sa retraite, ils ne s'étaient jamais revus sans témoin. Quelques mois seulement s'étaient écoulés depuis ce temps, et il leur semblait que des années avaient passé sur cette tendre intimité qui les avait unis, tant il y avait maintenant, entre eux, de gêne et de susceptibilité. La fière Lucie le sentit si vivement qu'elle ne voulut pas supporter cette oppression morale et, levant la tête avec un dédaigneux sourire :

— Vous avez paru étonné, dit-elle, d'être accueilli par ma demoiselle de compagnie?... Vous ne pensiez pas cependant que je m'exposerais à paraître vous recevoir ici en secret.

— Je n'ai rien pensé, répondit le comte d'une voix très basse et comme étouffée. Vous avez fait ce qui vous a plu, et je ne songe à rien critiquer.

— Vous voilà subitement bien doux, dit-elle avec âpreté. Il y a deux heures, vous vous montriez moins accommodant...

— J'ai eu, il y a deux heures, un mouvement de colère que je vous prie de me pardonner...

— Je vous le pardonnerais très facilement, si j'étais sûre que vous profiterez de l'expérience et que vous ne recommencerez plus... Mais ma situation auprès de vous devient par trop difficile et je veux la changer.

Il crut qu'elle faisait allusion à son mariage avec Cravant et blêmit. Il ferma les yeux, il serra les lèvres, pour qu'elle ne vît pas la
flamme de son regard, pour que le torrent d'amères paroles, qui lui
montait à la bouche, ne pût pas s'échapper. Elle l'examinait, et,
pour la première fois, elle le trouvait tout à fait accablé, presque
inerte, le visage sans expression, comme un homme qui dort et se
meut en état de somnambulisme.

— Vous ne semblez pas comprendre ce que je vous dis, reprit-elle
avec une dureté exaspérée devant son mutisme et son atonie. Avez-
vous donc perdu toute sensibilité, tout tact, toute délicatesse?... Ou
bien me faites-vous l'injure de me traiter comme une femme vis-à-vis
de laquelle on peut tout se permettre?

Cette fois, elle avait touché le point sensible. Il parut se ranimer, une
rougeur monta à ses pommettes, il fit un geste de protestation et, se
courbant comme s'il allait se mettre à genoux :

— Moi! s'écria-t-il. Moi! qui ai pour vous plus que du respect!...

— Taisez-vous! interrompit-elle furieusement. Je ne me paie plus
de belles phrases. Votre langage change trop facilement, suivant les
circonstances et suivant les endroits. Il ne s'agit plus de protestations
vagues, il faut une explication nette et catégorique. De quel droit
m'avez-vous menacée, si je parlais à M. de Cravant, de le frapper
devant tout le monde?

Il resta, de nouveau, sans regard et sans parole, immobile, la
physionomie fermée, comme s'il voulait qu'on ne pût rien deviner de
son secret. Elle, frémissante de colère, se dressa sur ses pieds, avec
une menaçante énergie, et, le visage bouillonnant de son indignation
encore contenue :

— De quel droit? répéta-t-elle, de quel droit? Il faut que vous me
disiez vos motifs, vos raisons, vos excuses. Je veux que vous parliez.
On ne s'explique pas avec un muet : or, vous me devez une explication. Répondez-moi. Dites quelque chose. Que signifie cette attitude?
Êtes-vous malade ou fou?

Comme il demeurait devant elle les paupières baissées, la bouche
crispée, sans expression et sans mouvement, elle le prit par le bras et

le secoua avec emportement. A cette sommation brutale, il se décida
à répondre, et de la même voix sourde :

— Je ne suis ni malade ni fou, dit-il, quoique je souffre affreusement.

— Vous souffrez ! répéta-t-elle implacable. Est-ce une raison pour
m'insulter, pour menacer M. de Cravant ?

— Je le hais !

— C'est votre parent, c'est votre ami.

— Je le hais !

— Et pourquoi le haïssez-vous ?

A ces mots, une transfiguration s'opéra en cet homme, qui, depuis
un instant, semblait de marbre. Ses yeux lancèrent des flammes, son
front s'illumina, et, s'approchant de Lucie, jusqu'à la brûler de son
souffle, d'une voix ardente, passionnée :

— Je le hais, dit-il, parce que je vous aime ! Et je suis malheureux,
souffrant, misérable, parce que je n'ai pas le droit de vous aimer.
Depuis que je suis près de vous, vous me torturez pour me faire parler.
Vous voyez bien que j'avais raison de me taire. Ces paroles que je
prononce, vous n'auriez jamais dû les entendre, car elles vous outra-
gent, vous, qui êtes jeune, pure, chaste, digne de toutes les adorations
et de tous les respects ; elles me séparent à jamais de vous, moi qui ne
souhaitais qu'une chose : vivre sous vos yeux, être votre serviteur fidèle
et mourir à vos pieds !

Il avait parlé avec une ardeur de tendresse qui fit tressaillir la
jeune fille. Il était prosterné devant elle, comme un fanatique en
prières, et cet amour, qu'il avouait criminel, qu'elle jugeait indigne,
était si profondément ressenti, si complètement renégat de tout ce qui
n'était pas elle, qu'aucune crainte ne lui vint et qu'elle ne se révolta
pas. Elle comprenait qu'en levant un doigt elle obtiendrait une obéissance absolue. Il l'avait dit : il était son serviteur fidèle et serait
mort plutôt que de lui déplaire.

Lui, brisé par la violence de ses sentiments, s'était laissé tomber
sur un tabouret, aux pieds de Lucie, et, le visage dans ses mains, il
s'efforçait de reprendre possession de lui-même. Il y eut un instant de

silence, pendant lequel un soupir se fit entendre, faible et gémissant, comme la plainte désolée d'une âme qui s'envole de la terre en quittant ceux qu'elle aime. Et ce soupir, ni Armand ni Lucie ne l'avait poussé. Ils étaient si troublés l'un et l'autre qu'ils ne l'entendirent pas. Armand, écartant ses mains et relevant la tête, reprit avec lenteur :

— Je ne cherche pas d'excuses. Je n'en puis pas trouver, et, d'ailleurs, en existât-il pour moi, que je les repousserais. Car c'est affreux à dire : j'ai joie de mon crime, et je ne voudrais pas ne point être criminel, tant il m'est doux de vous aimer, même sachant que je fais mal, même sachant que je n'ai rien à espérer. Car, rendez-moi cette justice que je m'efforçais de garder mon secret, et qu'il a fallu les tortures de la jalousie pour me faire perdre toute réserve. Il me suffisait de vous voir, de vous entendre, et, si vous aviez consenti à rester près de nous, j'aurais dompté mes désirs et me serais fait un bonheur de vivre à vos côtés, en vous sacrifiant tout ce qu'il pouvait y avoir d'impur dans mon amour. Mais l'annonce d'un accord entre Cravant et vous m'a troublé la raison. J'ai, pendant quelques instants, senti que je serais prêt à tuer un homme, s'il était assez fortuné pour vous posséder. Maintenant, je suis calme, j'ai réfléchi et je suis décidé à endurer toute peine pour ne point vous tourmenter et ne point vous contraindre. Je n'ai aucun droit sur vous ; j'ai eu tort de vous parler comme je l'ai fait, je me suis gravement oublié ; daignez me le pardonner et épousez qui vous aimez et qui vous aime.

Les derniers mots tombèrent de sa bouche comme un sanglot. Il était si tremblant de la contrainte qu'il venait de s'imposer, qu'il semblait près de perdre connaissance. Il demeura livide, les yeux enfoncés sous les sourcils, les lèvres convulsives, le front baissé, comme demandant grâce. Elle fut touchée de son généreux retour sur lui-même, de sa patience héroïque et de son tendre dévouement. Il ne pouvait faire plus que de l'engager à accepter ce qu'il croyait être le bonheur pour elle, quand ce bonheur devait être pour lui une torture cent fois plus cruelle que la mort. Elle voulut l'en récompenser et, avec une douceur que depuis longtemps il ne lui connaissait plus :

— Je ne sais point si M. de Cravant m'aime autant qu'il le prétend, mais ce dont je suis sûre, c'est que moi je ne l'aime pas. Je vous l'avais déjà déclaré, et vous savez que je ne mens jamais.

Des larmes de reconnaissance, car il comprit qu'elle voulait le calmer, le rassurer, lui coulèrent des yeux. Il prit sa main sans qu'elle esseyât de la retirer, et, la serrant entre ses doigts qu'elle sentit glacés, il dit :

— Vous me traitez mieux que je ne le mérite, et je vous aimerais pour votre divine bonté si je ne vous adorais déjà pour votre grâce, pour votre jeunesse, pour tout ce qu'il y a en vous de charmant et de délicieux... Oh! ne m'empêchez pas de vous le dire, car c'est peut-être la dernière fois que nous nous trouvons l'un près de l'autre. Depuis le jour où je vous ai rencontrée pour la première fois, je n'aurais pas eu un seul instant de bonheur complet, excepté celui-ci, si je puis, sans restriction, vous exprimer tout ce que je ressens pour vous. Il est impossible que vous ne l'ayez pas soupçonné, malgré mon silence. Je pouvais avoir assez de volonté pour me taire, mais il ne dépendait point de moi de ne pas vous aimer, et tout trahit l'amour : la voix, le regard, ce qu'on dit et même ce qu'on ne dit pas. Il est comme ces plantes invisibles, dont le parfum tout à coup vous saisit et vous enivre. La plante peut être modeste ou triomphante, humble ou superbe : son parfum n'en va pas moins au cœur. Serait-il possible que rien de ma tendresse n'ait été jusqu'à vous, et que nous puissions nous quitter sans que rien réponde en vous à mon désespoir?

Elle répondit doucement :

— Ne le croyez pas. J'ai toujours eu, et j'ai encore pour vous une très grande affection.

Le visage d'Armand s'éclaira d'un rayon de joie :

— Au moins, grâce à votre généreuse franchise, j'aurai cette consolation de penser que je ne vous reste pas complètement étranger et que quelque chose de moi est en vous qui vous accompagnera sans cesse et que rien n'aura la puissance de chasser. Si vous saviez quelle torture c'est que de soupçonner d'indifférence ceux que l'on aime. Vous ne devez pas le savoir, vous qui ne pouvez paraître sans être

LA CARESSE DE SES LÈVRES EFFLEURA SON FRONT (PAGE 230)

adorée, vous vers qui vont tous les hommages. Moi, j'en ai fait la dure expérience. J'ai passé des nuits sans sommeil, à me ronger le cerveau avec cette pensée : Qui aime-t-elle? Car je ne rêvais pas d'être aimé de vous. Je ne vous ai jamais fait cette injure de supposer que vous songeriez à moi, qui ne suis pas libre. Mais mon songe le plus doux était que vous n'aimeriez jamais, que vous resteriez toujours blanche et froide comme la neige, et que vous vivriez près de nous, sans penser à vous éloigner... Oh! si cela eût été possible, quelle ivresse! Si j'avais osé vous le demander, si j'avais pu l'obtenir de vous... Lucie! oh! Lucie, je vous aurais bénie et je vous aurais adorée de loin, à genoux, et pas un de mes soupirs ne serait monté jusqu'à vos oreilles pour les offenser. Vous auriez pu oublier ma tendresse, et libre, tranquille, sereine, vous ne vous seriez souvenu que je vous aimais qu'en vous voyant mieux obéie et plus respectée.

Il était à genoux, à trois pas d'elle, le front courbé sur le parquet, les mains croisées comme pour une prière. Elle demeura sans bouger, mais une pâleur monta à son front. Elle répondit :

— Vous savez bien que ce dont vous parlez là est impossible...

— Pourquoi?

Parce que la situation dans laquelle nous nous trouvons est le résultat d'une équivoque et ne pourra jamais être qu'équivoque ; parce que rien n'y est franc, net et sûr ; parce que je ne suis venue chez vous que cédant aux sollicitations de votre femme, et que ces sollicitations n'étaient qu'une épreuve qu'elle me faisait subir. J'aurais dû, dès le premier instant, en mesurer les conséquences et voir que les soupçons de la comtesse ne seraient pas apaisés par ma présence dans votre maison, mais que, bien au contraire, une circonstance imprévue amènerait quelque éclat. J'ai cependant bien réfléchi, car je ne suis point vaine et légère. J'ai vu beaucoup de danger à accepter ce qui m'était proposé, j'en ai vu plus encore à le refuser. Et puis, qui sait? peut-être aussi ai-je été influencée par le chagrin que je ressentais à la pensée que je serais séparée de vous pour toujours. Car, je vous l'ai dit, j'avais pour vous une très grande affection. Vous étiez, depuis que ma pauvre tante était morte, la seule personne en qui j'étais disposée à avoir confiance. Et vous voyez comme j'avais tort, puis-qu'en somme vous ne m'avez pas dit la vérité.

Sa voix s'altéra et elle murmura à peine les derniers mots. Une émotion profonde s'était emparée d'elle, peu à peu, sans qu'elle eût la force de s'en défendre, et, pour la première fois depuis qu'Armand la connaissait, abandonnée par son orgueil, elle venait de s'oublier. Affolé, en la voyant aussi troublée qu'il l'était lui-même, en écoutant ces paroles qui étaient presque des aveux, il tendit la main dans un geste de protestation passionnée.

— La vérité ! répéta-t-il. Oh ! ne dites pas que je vous l'ai cachée !...

— Cela est cependant, reprit-elle avec force. Si, dès le premier jour, j'avais su que vous n'étiez pas libre, que vous aviez une femme, je me serais tenue en garde contre les sentiments que vous pouviez m'inspirer. Mais vous m'avez trompée... Oh ! vous n'avez pas menti. Vous avez omis de me dire ce qu'il m'importait de savoir, et ce qu'imprudente je ne vous ai pas non plus demandé. Et quand j'ai su que vous étiez à une autre...

— Lucie !...

Il se courbait devant elle, comme en extase ; il tenait ses mains serrées entre les siennes, et sur son front, dans ses yeux, resplendissait une joie surhumaine. Elle retira doucement ses mains, s'en couvrit le visage avec un mouvement de honte et resta un moment silencieuse, la poitrine soulevée par les sanglots, et des larmes coulant entre ses doigts blancs.

— Lucie ! répéta-t-il d'une voix suppliante, le cœur déchiré par la chaste douleur de cette fille adorable.

Il n'osa pas faire entendre une parole de plus, il ne voulut pas lui demander de prononcer le mot qu'elle avait retenu, le mot de son désespoir, à peine avoué à elle-même, quand elle avait su que celui qu'elle avait mystérieusement élu comme le compagnon de sa vie n'était pas libre. Il la regarda pleurer, avide de ces larmes, qu'il aurait bues comme une rosée divine, heureux de la savoir si bien à lui moralement, désolé de la savoir matériellement à jamais perdue pour lui.

Brusquement, elle écarta ses mains, et, montrant à Armand son visage encore ruisselant de ses pleurs, avec un sourire de pudique tristesse, elle dit tout bas :

— Vous voilà bien fier de m'avoir amenée à vous avouer que moi aussi je vous aime ! Je ne le savais pas bien clairement jusqu'à cette heure ; et il a fallu votre douleur pour me le faire comprendre, car, puisque je me sentais aussi malheureuse que vous, c'était donc que mes sentiments étaient semblables aux vôtres... Oui, tout ce qu'il y avait d'obscur en moi s'est éclairci, et je sais maintenant pourquoi j'ai souffert et pourquoi je souffre encore !

Entre ces deux êtres charmants, qui venaient de s'avouer leur amour, une subite gêne s'était produite. A peine s'ils osaient se regarder et ils ne savaient plus que dire. Ils demeuraient embarrassés, glacés. A leur ravissement se mêlait une amertume violente, causée par le sentiment, profond en eux, de l'irrégularité de leur tendresse. Ils semblaient deux amants qui, au moment où l'un d'eux va partir pour un temps très long, échangent leurs suprêmes et déchirants adieux. C'était bien là, en effet, l'horreur de leur joie : ils sentaient qu'ils devaient se séparer et que l'heure délicieuse qui les unissait dans une tendresse commune serait unique. Ils se regardèrent en même temps et lurent cette pensée dans leurs yeux, aussitôt détournés.

Ce fut Lucie qui eut le courage d'aborder le douloureux sujet :

— Lorsque je vous ai prié de venir me parler ce soir, dit-elle avec effort, c'était pour vous annoncer mon intention de partir. Mes idées, vous le comprenez, n'ont pu être modifiées par les explications que nous avons échangées. Ce départ sera plus pénible, voilà tout, mais il est aussi nécessaire. Je voulais vous prier de m'épargner la difficulté d'apprendre à Mme de Fontenay que je quittais sa maison. Je vous aurais laissé un mot, expliquant mon brusque départ, de façon à vous mettre à l'abri de ses soupçons et à me protéger moi-même contre des suppositions fâcheuses. Je ne sais plus maintenant comment je dois agir, j'ai peur de vous créer de sérieux embarras, de faire souffrir la comtesse. Ma fermeté d'esprit m'abandonne un peu ; j'ai du chagrin... Ayez donc la bonté de me conseiller.

Il l'écoutait avec une respectueuse admiration. En la voyant préoccupée seulement de la sécurité des autres, défendue par sa pureté contre toute pensée mauvaise, sûre de lui et s'en remettant à son honneur du soin de la guider dans une situation si difficile, il se sentit fier d'être aimé par cette noble fille et il se promit de l'égaler en courage et en dignité.

— Il faut que vous partiez, Lucie, répondit-il, et, quelque chagrin que j'en ressente, je vous conseille de vous éloigner sans un jour de retard. Il m'appartiendra, par mon attitude, de dissiper les craintes de la comtesse, et, en la rassurant, en la défendant contre elle-même, d'achever la tâche que vous avez si généreusement commencée. Elle mérite les égards que vous avez eus pour elle, car, en dépit de ses soupçons, elle vous aime et elle a souffert plus, peut-être, de la peur de vous découvrir coupable que de l'horreur d'être votre victime. C'est qu'elle a un noble esprit et un grand cœur, capable de toutes les générosités, sensible à toutes les délicatesses. Elle comprendra un jour, n'en doutez pas, le sacrifice fait à sa sécurité, et elle nous saura plus de gré de notre faiblesse, aussitôt réparée, que, d'une impeccable fermeté. Écrivez-lui pour la prévenir que vous vous absentez. Je me charge du reste... Où comptez-vous aller?

— En Angleterre, je voyagerai. Je vais être triste. Le mouvement seul pourra faire diversion à mon ennui.

— Tâchez de ne pas trop oublier ceux que vous laissez derrière vous, dit-il avec un mélancolique sourire. Pensez, quand vous serez loin d'eux, que, si vous êtes triste, ils le sont aussi, mais que, moins heureux encore que vous, ils ne sont pas libres et doivent se contraindre et cacher leurs soucis. Écrivez quelquefois, pour qu'on sache où vous êtes, ce que vous faites, pour que la pensée aille plus directement vers vous et ne vous cherche pas au hasard. Et promettez que, si le calme renaît dans votre esprit, si vous vous sentez à l'abri de tout entraînement mauvais, de toute tentation douloureuse, vous reviendrez. Un temps sera, Lucie, il faut le croire, où notre cœur apaisé n'aura plus que de douces pensées, où nous pourrons nous voir sans regrets et sans angoisses, et jouir de ce dernier bonheur de nous rappeler les tourments d'autrefois.

La main dans la main, gagnés par une même émotion, ils se souriaient, les yeux pleins de larmes. Ils avaient le même chagrin, la même raison, le même courage. Ils ne se plaignaient pas et faisaient sans hésiter leur devoir. Trop honnêtes pour tromper, trop fiers pour accepter un lien illégitime, ils se séparaient, comprenant qu'ils ne pouvaient plus vivre côte à côte. Ils souffraient, ils pleuraient, mais ils n'hésitaient pas. Jamais ils ne s'aimèrent plus que pendant ces courts instants, où ils se sentaient dignes l'un de l'autre par la droiture de leur conduite. Ils ne parlaient pas, ils se regardaient, comme pour graver plus profondément dans leur cœur le souvenir qu'ils voulaient garder l'un de l'autre.

La pendule, en sonnant, les rappela à eux-mêmes. Ils sortirent de leur commune extase et s'aperçurent qu'il était une heure du matin. Depuis deux heures, ils étaient ensemble. Et le moment était venu de se quitter. Ils se levèrent, frissonnants de l'angoisse de l'adieu inévitable.

Elle vint à lui, et, toute sa fierté se fondant en une adorable douceur :

— Adieu, dit-elle; pardonnez-moi la peine que je vous fais. C'est moi seule qui suis cause de tout ce que vous endurez. Avant de me rencontrer, vous étiez tranquille et heureux. Je suis venue à vous, sans que vous désiriez me connaître, et j'ai jeté le trouble dans votre existence; pardonnez-moi, en voyant combien je souffre de m'éloigner de vous.

Il plia le genou devant elle, et, la voix étranglée par l'émotion qui lui serrait la gorge :

— Et vous, Lucie, pardonnez-moi de n'avoir pas su vous approcher sans vous aimer, et, par ma dissimulation et mon imprudence, de vous avoir exposée à des difficultés et à des soucis. Si nous avions tous deux été libres, j'aurais voué ma vie à assurer votre bonheur. Pardonnez-moi d'avoir tout fait pour gagner votre cœur sans avoir le droit, en échange, de vous donner le mien.

— Je n'ai pas à vous pardonner, dit-elle, je vous aime.

Il sentit qu'elle appuyait ses mains sur son épaule, et, légère, la caresse de ses lèvres effleura son front. Il se leva brusquement en poussant un cri. Il la vit toute pâle devant lui, la saisit dans ses bras, la pressa avec passion sur sa poitrine. Elle fit un effort désespéré, et, le serrant et le repoussant à la fois, elle lui cria, avec un accent épouvanté, comme si elle se défiait d'elle autant que de lui-même :

— Va-t'en ! Va-t'en.

Il était près de la porte. Il jeta à Lucie un dernier regard, et, obéissant à son ordre, il sortit.

Traversant le vestibule sombre, il gagna le jardin et prit le chemin de la villa. Lucie, tremblante de tous ses membres, resta d'abord à la même place, écoutant le bruit des pas d'Armand, qui se perdaient dans le silence de la nuit. Puis elle marcha dans le salon, au hasard, bouleversée, anéantie. Il lui semblait qu'un vide immense venait de se faire en elle. Elle avait l'impression d'un isolement profond et elle dit tout haut :

— Mon Dieu ! qu'est-ce que je vais devenir ?

Devant la séparation inéluctable, elle sentait brusquement la solidité des liens qui l'attachaient à cet homme, qu'elle avait cru si longtemps lui être indifférent, et qui s'était emparé d'elle par le regard, par la voix, et qui maintenant était son maître. Elle s'en apercevait au moment où il fallait le quitter. Seule dans cette pièce, où elle venait de passer deux heures auprès de lui, elle qui était brave, elle eut peur. Un bruit de pas léger, au-dessus de sa tête, se fit entendre. Elle pensa que c'était Griffith qui s'inquiétait de la durée de sa veille. Le besoin de trouver quelqu'un, auprès de qui elle pourrait échapper à ses préoccupations, la poussa à rejoindre sa demoiselle de compagnie.

Elle prit un flambeau, gravit les marches de l'escalier, arriva sur le palier du premier étage, et, par la porte, qu'elle s'étonna de voir entr'ouverte, aperçut sa chambre à demi éclairée par la lampe de nuit. Elle appela doucement : « Griffith !... » Elle n'obtint point de réponse. Mais le silence de sa chambre était comme animé. Elle eut la perception très nette qu'un être vivant était là. Il lui semblait distinguer le souffle vague d'une respiration entrecoupée, peut-être les tumultueux battements d'un cœur. Un frisson la saisit. Qui donc pouvait l'attendre ? Qui donc osait pénétrer dans sa chambre ? Un mouvement de colère l'emporta. Elle poussa vivement la porte, mais aussitôt, avec une exclamation étouffée, elle s'arrêta : Mme de Fontenay était devant elle, qui la regardait venir, muette, les yeux troubles, la taille voûtée, dans une immobilité effrayante.

Comme un éclair, la pensée que la comtesse avait assisté à son entretien avec Armand l'illumina. Elle comprit, en une seconde, son morne accablement, sa pâleur douloureuse et son mutisme glacé. Elle ne put supporter le doute, elle voulut savoir, et, s'avançant vers Mina, qui ne bougeait pas, raide, blême, adossée à la cheminée :

— Madame, vous étiez là ? s'écria-t-elle.

La comtesse tourna lentement la tête en signe de dénégation, mais ne parla point.

— Alors vous étiez... en bas ? demanda Lucie avec angoisse.

Cette fois, la comtesse fit : oui, toujours sans parler, comme si le son de sa voix eût dû l'épouvanter.

Lucie joignit les mains et murmura :

— Mon Dieu !

Et, sans ajouter une seule parole, suppliante, éperdue, elle se laissa tomber à genoux devant sa rivale, saisit sa robe, et, dans les plis, se cacha le visage. Elle resta là, bouleversée, n'osant lever les yeux à l'idée que Mme de Fontenay l'avait surprise et qu'elle n'ignorait plus rien de ce qu'elle eût tant souhaité qu'elle ne sût jamais. Au bout d'un instant, elle sentit que Mina lui prenait la main, et elle l'entendit qui disait :

— Relevez-vous, ma fille. Ce qui arrive est un grand malheur. Mais je n'ai pas le droit de vous en rendre responsable. C'est moi qui a commis la faute, et il est juste que j'en subisse les conséquences.

Lucie fut aussitôt debout et, regardant la comtesse avec stupeur :

— Vous, madame ?

— Oui, moi. Car, dès le premier instant j'avais vu plus clair que vous dans votre pensée : j'avais soupçonné votre amour, et lorsque, instinctivement, vous vouliez vous écarter de nous, c'est moi qui vous ai contrainte à revenir. J'ai trop calculé avec mon esprit, lorsqu'il aurait fallu ne juger qu'avec mon cœur. Comment ai-je cru, un seul mo-

IL S'EN ALLAIT SUR LES LES FALAISES, ATTACHAIT SON CHEVAL A UN
ARBRE (PAGE 240)

ment, que vous pourriez vivre, Armand et vous, l'un près de l'autre, sans que vos deux cœurs se prissent d'une tendresse irrésistible? De tous ceux qui devaient vous entourer, est-ce qu'un seul était capable de vous plaire lorsqu'il était là? J'ai eu l'orgueil de croire que je saurais lutter contre votre jeunesse, contre votre charme, enfin contre l'attrait mystérieux du fruit défendu. J'en suis durement punie. Mais, hélas! je n'en suis pas punie seule!

Écrasée par la fière magnanimité de cette femme, qui, si malheureuse elle-même, ne songeait qu'à plaindre le malheur des autres, la jeune fille ne put que balbutier:

— Oh! madame!... Vous nous plaignez! Vous nous plaignez! Vous!

— Et comment ne vous plaindrais-je pas, puisque je connais vos souffrances et votre sacrifice? Ai-je devant moi des coupables ou des innocents frappés par une fatalité à laquelle ils ont résisté de toutes leurs forces? Vous n'avez pas trompé, vous, et vous êtes purs de toute faute!... Ai-je donc à vous condamner?

— Oh! madame, s'écria Lucie avec désespoir. Votre indulgence est plus lourde à porter que ne le serait votre colère!

Mina, les yeux fixes, comme retenus par une surnaturelle vision, répéta :

— Non! vous n'avez pas trompé! Vous êtes purs de toute faute!

Et, laissant tomber ses bras avec accablement, elle poussa un profond soupir.

Lucie, effrayée, se tut, la regardant et se demandant si elle ne devenait pas folle. Mais Mina ne paraissait plus se souvenir que la jeune fille était là. Elle avait vu s'évoquer brusquement l'image du prince de Schwarzbourg, triste et grave, comme il était pendant cette nuit où, affolée, elle lui avait confié le secret de son amour pour Armand et révélé les menaces de Waradin. Elle le voyait la relevant et lui essuyant les yeux d'un geste paternel, et la plaignant au lieu de l'accabler de ses reproches. Elle était pourtant coupable, et le vieillard ne la maudissait pas. Il pleurait avec elle et ne se souciait que d'assurer sa tranquillité et de défendre son honneur. Oui, il avait agi ainsi, la

traitant, non comme une épouse indigne, mais comme une enfant
égarée. Brusquement, elle frémit, les paroles que le vieillard avait
prononcées en terminant ce terrible entretien lui revenaient à la
mémoire :

— Je n'ai plus que peu de jours à vivre... Quand je ne serai plus
là, s'il t'aime sincèrement, vous vous unirez...

Une angoisse lui serra le cœur. La situation aujourd'hui n'était-elle
pas la même ? Entre Lucie et Armand, n'était-elle pas le seul obstacle,
comme autrefois le vieux prince entre Armand et elle ? Quelle fatalité
vengeresse lui faisait subir ce destin ? Un jour déjà, six mois auparavant, lorsqu'elle commençait à soupçonner son mari, elle avait vu se
dresser devant elle le spectre du vieux prince, comme un funèbre messager annonçant les infortunes prochaines. Elle avait eu alors le pressentiment que, pour les dix ans de joie sans mélange dont elle avait
joui, le malheur s'apprêtait à prendre sur elle une terrible revanche.
Cette vision, qui revenait persistante, pareille, lui rapportant ces souvenirs et ces craintes, lui signifiait-elle une seconde fois son arrêt ?
Était-elle irrévocablement condamnée à se sacrifier à son tour, afin
de laisser Armand être heureux ? Mais se sacrifier, comment ? Le prince
de Schwarzbourg était mort, chargé d'ans, au terme extrême de sa
vie. Elle, en pleine force, en pleine ardeur d'existence, devait-elle disparaître ?

Elle se révolta contre cette idée, elle la repoussa avec violence.
Elle fit un effort désespéré et écarta de son esprit la menaçante évocation. Elle se vit dans la chambre de Lucie, seule avec la jeune fille.
Elle devina, dans les yeux de celle-ci, l'effroi que lui avait causé sa
longue et douloureuse rêverie. Elle dit avec beaucoup de calme :

— Ainsi que vous l'avez décidé, vous partirez ce matin, le parti est
sage pour vous et pour nous. Mais, comme il ne faut pas que vous
paraissiez nous mal quitter, je vous conduirai moi-même... En nous
voyant ensemble, nul ne soupçonnera un désaccord.

— Que vous êtes bonne ! murmura Lucie.

Mme de Fontenay hocha la tête :

— Non ! je suis juste, et je ne fais que ce que je dois faire. Ne

croyez pas, parce que vous me voyez agir ainsi, que je ne souffre
point. J'ai le cœur déchiré, car j'aime mon mari de toutes les forces
de mon être, et l'idée que son amour ne m'appartient plus empoi-
sonne ma vie. Vous êtes bien malheureuse de partir, mais ne suis-je
pas plus malheureuse encore, moi qui reste et qui vais endurer ce
supplice de le voir souffrir sans pouvoir le consoler? Car il ne faut pas
qu'il se doute que j'ai découvert son secret. A son chagrin, je ne veux
pas ajouter la honte d'avoir à en rougir devant moi. Vous devez me
comprendre : les femmes sentent ces choses-là... Que je sois mille
fois plus torturée, si je puis à ce prix lui épargner un peu de
peine.

Cette pensée était si cruelle, que Mme de Fontenay ne put conserver sa fermeté. Ses yeux, qui depuis qu'elle était devant Lucie,
n'avaient pas versé une larme, rougirent, se gonflèrent, et des pleurs
coulèrent sur ses joues, en même temps que sa poitrine se brisait en
de durs sanglots. Lucie se jeta aux pieds de la pauvre martyre, lui
baisa les mains, lui prodigua les supplications, lui offrit sa vie.
Elle était dans un état d'exaltation si violent, qu'elle n'eût reculé
devant rien pour adoucir cette douleur, presque divine à force de
douceur et de résignation. Et les deux rivales pleurèrent ensemble,
abandonnant leurs griefs et leurs rancunes dans un complet oubli
d'elles-mêmes.

Quand elles eurent retrouvé un peu de sang-froid, la comtesse se
leva, triste, mais résolue.

— Il faut nous séparer, Lucie, dit-elle. Nous ne pourrions que prolonger inutilement l'angoisse de l'heure présente. Demain, nous ne
serons plus seules, il faudra surveiller nos paroles et notre visage;
faisons-nous donc, ici, nos véritables adieux. J'aurais souhaité qu'il
me fût permis de vous aimer comme une enfant à moi, de vous garder
toujours à mes côtés, de vous marier et de vous voir heureuse. La
destinée ne l'a pas voulu. Ne me maudissez pas d'être un obstacle
entre vous et celui que vous aimez : soyez indulgente pour ma faiblesse
et n'essayez pas de m'oublier. Le temps modifie bien des choses, et
promptement quelquefois. Ne me laissez jamais ignorer où vous êtes

Vous entendez; je veux pouvoir vous appeler très vite, si j'avais besoin de vous.

Elle avait prononcé ces dernières paroles avec une si singulière expression, que Lucie leva les yeux pour l'interroger. Elle la vit toute droite, la bouche grave et le front assombri, comme si elle prenait une résolution suprême. La jeune fille voulut questionner. Elle l'arrêta d'un geste, et, revenant à sa demande, avec une insistance nouvelle :

— Que je sache toujours où vous êtes, et, si je vous appelle, promettez-moi de venir sans une heure de retard.

— Je vous le promets.

— C'est bien. Maintenant, je suis plus tranquille. A demain.

Elle saisit la jeune fille par les épaules, l'embrassa maternellement et s'éloigna. Son pas léger se fit à peine entendre dans l'escalier et Lucie demeura seule.

X

Le lendemain, en descendant pour déjeuner, les hôtes de la villa apprirent avec étonnement que Mlle Andrimont était partie pour Paris. La comtesse revenait de la gare, où elle était allée la conduire. Comme le baron Trésorier hasardait une question, la comtesse de Fontenay, avec une parfaite sérénité, expliqua que Lucie, ayant l'administration de sa fortune, était obligée de faire elle-même ce dont les femmes chargent habituellement leur tuteur ou leur mari, et qu'elle était absente pour quelques jours.

— Il sera d'ailleurs inutile qu'elle revienne à Deauville, ajouta-t-elle. Voici la saison qui tire à sa fin, et nous allons nous disposer à gagner Cravant, pour les chasses. Elle nous y rejoindra directement.

Ainsi, aux yeux de tous les intimes, l'absence de Lucie était justifiée. Le baron de Cravant, qui était sorti, dès le matin, emmené par Armand sur la route d'Honfleur, ne reçut pas les explications générales. Il rentra avec un air contraint et compassé qui ne lui était pas habituel, ne demanda rien à personne, et il parut évident que le comte lui avait fourni, pendant leur promenade, de si sérieuses raisons qu'il lui avait fallu se rendre.

L'entretien décisif, qui avait eu lieu entre les deux cousins, avait été réglé par Mme de Fontenay. Dès le matin, elle avait fait appeler son mari chez elle, et, avec une tranquillité absolue, elle lui avait annoncé qu'elle venait d'être informée par Lucie qu'il lui était indispensable de s'absenter pour quelques jours, et qu'elle partait le matin même. Comme Armand se montrait stupéfait de la forme inattendue que prenait le dénouement, dont l'exécution lui avait paru présenter d'inextricables difficultés, la comtesse avait ajouté avec un naturel parfait :

— Je ne crois pas devoir vous laisser ignorer que ce départ, qui ressemble si étonnamment à une fuite, a pour cause les assiduités de Cravant. Il a mis tant d'insistance dans sa recherche, que notre jeune sauvage en a été inquiétée, qu'elle a vu sa liberté menacée, sa sécurité perdue et que, ne voulant pas user de rigueur elle-même envers un galant homme qui n'a d'autre tort à ses yeux que de l'aimer, elle m'a priée, puisque j'avais été le porte-parole de Cravant pour lui demander sa main, d'être son interprète pour faire comprendre à celui-ci qu'il n'y a aucun espoir de réussir. Comme Lucie part ce matin, vous allez être assez bon pour emmener Paul aussi loin que vous voudrez, afin que nous ayons le champ libre.

— Voulez-vous en même temps, dit Armand, que je vous évite le souci de lui donner l'explication du départ de Mlle Andrimont?

— Je vous en serai reconnaissante.

Vers neuf heures, les deux cousins étaient partis à cheval, et à midi ils avaient reparu, en très bonne intelligence apparente, mais séparés par une hostilité réelle. Si léger qu'il fût, le baron commençait à trouver, dans les événements auxquels il avait été mêlé depuis six mois, des circonstances bien surprenantes. Et, en y réfléchissant un peu plus qu'il n'en avait l'habitude, il arrivait à cette certitude que l'apparition de Mlle Andrimont avait coïncidé avec tous les symptômes d'agitation, remarqués par lui dans l'existence jusque-là si calme d'Armand et de Mina. Pour en venir à conclure que c'était elle qui avait été la cause de tout ce trouble, il n'y avait qu'un effort de raisonnement à faire. Le jeune mondain le fit. Mais alors il découvrit à cette conclusion des conséquences si extraordinaires, et, en même temps, si contraires à la vérité des faits, qu'il ne sut plus que croire.

Pour pénétrer complètement le mystère des chagrins de Mina et des tristesses d'Armand, pour comprendre les causes exactes du départ de Mlle Andrimont, il eût fallu se rendre compte de l'héroïsme de la femme, de la probité du mari et de la vertu de Lucie. C'était un problème un peu trop compliqué pour les facultés d'analyse de Cravant. Il soupçonna, mais n'approfondit pas. Il ne devait deviner le sens caché de cette aventure qu'un peu plus tard.

Du reste, l'attitude d'Armand et de la comtesse était faite pour donner le change, car, en présence de leurs amis, ils se montraient aussi libres d'esprit que si rien ne s'était passé. Le marquis de Villenoisy avait eu avec Mina un long entretien le premier jour. Mais le vieux diplomate jouissait depuis longtemps de privilèges dans la maison, et nul ne songea à s'étonner que la comtesse passât une partie de son temps avec lui.

Quant à Armand, il redoublait d'activité. Il était à cheval presque du matin jusqu'au soir. On eût dit qu'il voulait écraser son corps de fatigue. La promenade à cheval lui procurait l'inappréciable avantage de l'isolement. Il s'en allait sur les falaises, attachait son cheval à un arbre, s'asseyait, et là, rêvait, les yeux perdus dans l'infini de l'horizon. Le bruit des flots montant jusqu'à lui, sans cesse grondant, faisait écho à la sourde plainte de son cœur. Il aimait cette agitation qui n'avait point de trêve ; il lui semblait qu'à son spectacle l'irritation profonde qui était en lui s'apaisait.

Il était sans nouvelles de Lucie, il ne savait point ce qui s'était passé entre elle et Mina. Car il avait dû se passer quelque chose. Alors qu'il croyait avoir à donner des explications à sa femme, au sujet du départ de la jeune fille, il l'avait trouvée renseignée comme une personne qui a reçu des confidences. Il n'avait pas osé l'interroger, craignant quelque foudroyante réponse. Et il la voyait pâle, les yeux creusés, la bouche douloureuse et surtout les cheveux blanchissants. En quelques jours, Mme de Fontenay, qui jusque-là s'était conservée si belle, avait vieilli de dix ans. La souffrance était si visible en elle, que ses amis s'inquiétèrent. Ils lui témoignèrent une affectueuse sollici-

En croirai-je mes yeux, s'écria-t-il (page 248)

lude. Mais elle ne voulait pas qu'on la plaignît, et elle accueillit leurs craintes avec une tranquillité vaillante qui ne leur permit pas d'insister.

Cependant, un lourd ennui pesait sur leur villégiature si gaiement commencée, et, peu à peu, ils s'éloignèrent. Mme de Jessac partit la première, puis Trésorier et sa femme. Le marquis de Villenoisy avait été rappelé brusquement à Paris; Firmont, qui, avec son nez de comédien, avait flairé un drame intime, resta le dernier en compagnie de Cravant. Mais, un beau matin, ils prirent congé, et la comtesse demeura en tête-à-tête avec Armand. Alors, ainsi qu'ils l'avaient dit, ils quittèrent Deauville et allèrent s'enfermer à la campagne.

Ce fut un grand soulagement, pour l'un et pour l'autre, de n'avoir plus à se contraindre, pour simuler une gaieté qui était bien loin d'eux et faire bonne figure à leurs hôtes. Là, dans les vastes appartements du château, dans les espaces déserts du parc, ils pouvaient s'isoler et se donner le repos d'être tristes à loisir. Ils ne se réunissaient qu'à l'heure du déjeuner et du dîner. Armand s'enfermait dans son cabinet et lisait ou fumait, voyant, devant les pages de son livre ou dans la spirale bleue de sa cigarette, passer une délicieuse figure de femme, jamais évoquée, mais toujours présente, comme si quelque chose d'elle fût resté attaché indissolublement à lui. Alors, dans le silence et la solitude, il avait des crises de chagrin qui ressemblaient à de la folie. Il sortait au bout de quelques heures, pâle, silencieux, maigre, véritable fantôme de cet Armand jeune et brillant qu'on avait connu.

Il était, avec Mina, d'une douceur et d'une bonté qui arrachaient des larmes à la pauvre femme. Jamais, même dans ses heures d'exaspération les plus farouches, il n'avait prononcé un mot qu'il pût regretter. Il était évident qu'il s'était fait une loi de ne point donner à la comtesse un seul motif de plainte contre lui. Il se jugeait trop coupable moralement envers elle pour ne pas vouloir lui assurer la tranquillité matérielle. Mais elle ne l'avait pas. Elle aussi s'étudiait à ne pas le tourmenter, à lui éviter tout sujet d'inquiétude. Elle avait, pour ce pauvre cœur blessé, une pitié d'ange. Elle eût voulu pouvoir le guérir, ou tout au moins le consoler. Mais comment y arriver sans aborder la discussion du terrible sujet? Elle l'avait osé, autrefois, quand elle n'était point sûre de leur commun malheur et emportée par le désir de connaître la vérité. Maintenant qu'elle la savait, elle craignait de remuer ces cendres encore brûlantes, d'où une flamme pouvait jaillir et détruire ce qui restait de leur bonheur écroulé.

Une singulière transformation s'était faite en elle. Il lui semblait que son amour avait changé. Elle le retrouvait toujours aussi fort, mais il n'était plus le même. Il était fait d'indulgence, de douceur, de commisération. Plus de jalousie, plus de désespoir. Une tristesse profonde de voir souffrir celui qu'elle aimait et le désir de calmer sa souffrance. Elle n'en était pas à admettre qu'il pût aimer Lucie et l'oublier, elle. Mais elle était sans colère contre lui. Elle eût souhaité obtenir qu'il lui confiât sa peine. Elle sentait en elle des trésors d'affection qui lui eussent permis de l'écouter et de le plaindre. Insensiblement, et sans y prendre garde, sa tendresse d'épouse devenait une tendresse de mère et déjà Armand était, pour elle, bien plutôt un enfant dont le chagrin attendrit, qu'un époux dont la douleur offense.

Mais la sauvagerie du comte rendait toute consolation impossible. Il mettait de l'orgueil à montrer à Mina un front tranquille. Il se contenait, chaque jour, pendant deux heures en sa présence. Et seul, en face de lui-même, il se délassait, dans une détente complète de sa volonté, des efforts qu'il avait dû faire. Il n'avait point l'idée d'aller à Paris. Il ne demandait pas à inviter du monde pour essayer de combattre son ennui. Il préférait sa tristesse à toute distraction, il s'en repaissait, il s'en enivrait. Souffrir d'aimer Lucie, c'était encore pour lui une jouissance.

Cependant la comtesse avait reçu des nouvelles de la jeune fille. Suivant sa promesse, Lucie avait écrit. Elle était en Écosse, dans la famille de miss Griffith. Elle avait trouvé, chez le pasteur, un accueil simple et cordial qui l'avait beaucoup touchée. Elle s'était prise d'affection pour la plus jeune sœur de sa demoiselle de compagnie, et elle songeait à acheter une petite propriété et à vivre, pendant quelque temps, auprès de ces bonnes gens. Elle faisait des promenades dans la montagne, avec l'infatigable Griffith, et ne pouvait rassasier ses yeux des splendeurs des lacs et des sauvages perspectives des collines couvertes de bruyères. Elle avait obtenu l'apaisement, sinon l'oubli, dans cette paisible existence, et elle avouait qu'elle n'était point malheureuse.

En lisant cette lettre, Mina n'avait pu se retenir de pleurer. Quelle différence entre la façon d'aimer de Lucie et la sienne! L'éloignement, l'espace, la contemplation d'un horizon nouveau, avaient suffi pour procurer à la jeune fille un calme immédiat. Elle, il lui semblait que rien ne pourrait faire diversion à son incessante préoccupation. Quel spectacle aurait pu la distraire, quel milieu aurait pu l'absorber assez pour qu'elle n'eût pas la lancinante angoisse de sa douleur? Lucie, qui sait? au bout de quelques années, au bout de quelques mois peut-être, aurait oublié et ouvrirait son cœur à une nouvelle tendresse et se donnerait à un autre homme. Pour elle, c'était le dernier amour, celui après lequel il n'y a que la tombe.

Elle déchira cette lettre, qui l'avait navrée et irritée, comme si un sentiment d'envie se fût éveillé en elle pour cette indifférence naïve de la jeunesse. Quand elle l'eut déchirée, elle en fut aux regrets. Elle pensa qu'il aurait peut-être mieux valu l'oublier adroitement sur une table, pour donner à Armand l'occasion de la lire. La comparaison, qu'il ne pouvait manquer de faire entre son tourment et la tranquille tristesse de Lucie devrait lui être salutaire. Il en souffrirait, mais comme le patient souffre d'une cautérisation de sa blessure, qui sert à amener la guérison. Cependant, à la réflexion, elle jugea plus prudent de ne pas laisser Armand apprendre où était la jeune fille. Il fallait tout craindre d'un moment d'exaltation. Et, s'il prenait le parti d'aller la rejoindre, Dieu seul savait ce qu'il en résulterait. Le mieux était d'essayer de lui procurer de la distraction, car cette existence, d'une désespérante monotonie, exerçait certainement une influence funeste sur son humeur.

Un soir, après le dîner, elle lui prit le bras, l'emmena dans le petit salon, et là, l'installant au coin de la cheminée avec des cigarettes, elle lui dit :

— Est-ce que vous ne pensez pas à inviter quelques-uns de vos amis
à chasser? En me promenant, je vois une grande quantité de gibier,
et vous n'êtes pas de caractère à sortir seul pour le tuer. Nous avons
des habitués, qui s'étonneront de n'être pas convoqués, comme tous
les ans. Et nous-mêmes ne regretterons-nous pas de ne point les
recevoir?

Il ne répondit que par des hochements de tête, dont la signification
était fort douteuse. Mais il était facile de s'apercevoir que la proposition le laissait sans enthousiasme. Mina ne se tint pas pour battue et
avec une douce insistance :

— Peut-être, au début, la présence d'étrangers vous fatiguera-t-elle
un peu, reprit-elle. Mais vous vous y habituerez et vous y trouverez
une diversion à vos préoccupations.

Jamais la comtesse n'avait fait, jusque-là, une allusion aussi directe
à l'état moral d'Armand. Il était entendu tacitement, entre eux, qu'ils
avaient du chagrin. Mais ils affectaient de ne pas s'en apercevoir et
de ne jamais prononcer un mot qui y eût trait. En entendant ces dernières paroles, Armand rougit et ses yeux se fixèrent scrutateurs sur
ceux de sa femme. Elle soutint son regard avec une tranquille résolution. Elle n'avait point de crainte, n'ayant rien à se reprocher. Lui,
de son côté, avait trop bien le sentiment du sacrifice qu'il avait fait
à son devoir pour redouter une explication. L'un et l'autre, ils avaient
des arguments invincibles à fournir. L'une pouvait dire : « J'ai tout
enduré par amour pour vous. » L'autre pouvait répondre : « J'ai tout
subordonné à votre repos. » Et, hélas! avec de si parfaites intentions,
ils n'avaient réussi qu'à se rendre tous les deux cruellement malheureux. Seulement, ils traînaient ensemble leur chaîne, et l'apparence
était sauve.

En ce moment, si Mina avait eu l'audace d'aborder franchement la
question et de mettre le doigt sur la plaie, peut-être eût-elle été
encore guérissable. Au lieu de cette sombre et farouche bouderie qui
les séparait, une explication, même violente, eût pu les rapprocher.
Ils avaient tant de véritable et solide affection l'un pour l'autre qu'ils
auraient peut-être trouvé un accord qui eût tout sauvé. Leurs larmes,

en commun versées, auraient purifié leur pensée, et ils auraient repris
la force de vivre, au lieu de dépérir, rongés par l'idée fixe qu'ils ne
pouvaient plus être heureux ensemble.

— Vous ferez ce qui vous semblera convenable, ma chère Mina,
dit le comte. Si vous jugez qu'il soit nécessaire d'avoir du monde,
invitez qui vous voudrez, mais que ce ne soit pas pour me plaire, car
la solitude m'est, en ce moment, plus agréable que tout.

En entendant Armand, qui autrefois ne savait pas se passer d'un
entourage nombreux et remuant, faire cette profession de foi misanthropique, Mina sentit son cœur se serrer douloureusement. Elle
n'eut pas le courage d'insister, et, s'approchant de son mari :

— Qu'il soit donc fait comme vous le désirez, dit-elle. Mais si vous
prenez tant goût à la solitude, un temps viendra peut-être où vous ne
voudrez même plus me supporter auprès de vous...

Elle eut un triste sourire, et d'une voix basse, dans laquelle on
sentait trembler les larmes, elle ajouta :

— Alors, est-ce qu'il faudra que je m'en aille ?

Il se dressa, et, avec une flamme dans les yeux :

— Vous, Mina, vous ? Ce serait un grand malheur, dit-il avec fièvre,
si je ne vous avais pas à mes côtés ? N'êtes-vous pas la meilleure part
de moi-même ? Le peu que je vaux, c'est à vous que je le dois. Vous
êtes mon bon ange, et, si vous me quittiez, Dieu sait ce que je deviendrais !

Elle le prit par les épaules, le força à se rasseoir auprès d'elle et,
lui parlant avec une chaude tendresse :

— Je vois bien que tu t'ennuies ici. Oh ! je ne te demande rien. Je
ne veux que te plaindre et te consoler. Mon rôle auprès de toi, tu viens
de le dire, doit être tout de douceur. J'aimerais mieux cesser de vivre
que de te faire la moindre peine. Laisse-moi donc te soigner et tâcher
de te guérir. Changeons de pays. La tristesse et l'inertie, dans lesquelles tu vis, ne te valent rien. Veux-tu que nous voyagions? Viens
en Italie : à Naples, à Palerme. N'est-ce pas assez loin, et y trou-
veras-tu encore de mauvais souvenirs ? Allons en Orient, par delà les
mers, sous des cieux nouveaux, où rien du passé ne pourra te suivre,

où tout sera différent, curieux, séduisant. Je t'y conduirai, et je prends l'engagement de ne te montrer qu'un visage riant et de ne te faire entendre que des paroles joyeuses.

Elle le pressait, elle l'entourait de ses bras, ardente à l'entraîner, à le sortir de ce courant fatal où elle le voyait mourir. Oublieuse de ses tourments, elle ne songeait plus qu'à ceux de celui pour qui, ayant versé toutes les larmes de ses yeux, elle était prête maintenant à verser tout le sang de ses veines. Il sentit tout ce qu'il y avait de sublime dévouement dans la tentative de Mina. Mais il était trop gravement atteint pour se prêter à de tels expédients. Six mois plus tôt, au moment de la première explication, un brusque départ pour les pays lointains l'aurait certainement sauvé, mais maintenant il était trop tard. Il agita sa tête avec lassitude et, d'un ton découragé :

— Non, je vous en prie, ne faites pas des projets si extraordinaires. Restons dans le calme de notre vie habituelle. C'est là seulement ce qui peut me satisfaire.

— Restons donc, dit Mina avec une feinte gaieté. Nous tâcherons de nous suffire à nous-même.

Ils continuèrent à vivre seuls, redoublant de soins et d'égards l'un pour l'autre, ces deux âmes souffrantes se plaignant et n'ayant pas le courage d'aller jusqu'à l'aveu complet qui, en portant leur mal au paroxysme, eût pu modifier favorablement leur état moral. Car, que pouvait-il leur arriver de plus affreux que de pleurer en se défiant l'un de l'autre ?

Cependant, un tout petit incident, qui se produisit vers la fin de septembre, à quelque cent lieues du château de Cravant, amena un changement très sérieux dans leur situation. Hector Firmont, qui, à sa passion pour la comédie, joignait l'amour de la chasse, ayant épuisé les différentes ouvertures que ses relations mondaines lui valaient dans les meilleures maisons des environs de Paris, songea à faire un déplacement en Angleterre, pour aller tirer des perdreaux et des lièvres dans le Yorkshire. Lord Mellivan-Grey l'avait invité, depuis longtemps, à venir brûler, en sa compagnie, trois ou quatre cents cartouches par jour, dans les champs de navets interminables qui forment des couverts uniques au monde. Après un séjour d'une semaine à Grey-House et un massacre comme il n'en avait pas encore vu, même dans les chasses somptueuses de la haute banque, Firmont, entraîné par le jeune lord Fitz Gérald, gagna l'Écosse et s'installa dans un cottage des moors, pour faire une battue aux grouses.

La veille du jour où devait avoir lieu son départ, le sentimental Hector, conduit par sa rêverie, avait gravi une colline et s'était assis, laissant errer ses regards sur le paysage merveilleux qui se déroulait devant lui. A ses pieds, un lac d'azur, entouré de montagnes d'un rouge violacé, dont les cimes rocheuses s'estompaient au lointain dans une buée bleuâtre d'une transparence exquise. Un soleil splendide éclairait ce site admirable, et l'air était si pur que les yeux semblaient plonger jusqu'au fond du ciel. Un silence profond régnait, et Firmont ému, dépouillant son cabotinage, qui lui faisait généralement trouver une citation en prose ou en vers, appropriée à toutes les circonstances de la vie, restait muet, dans l'admiration.

Un bruit de pas sur la route le troubla dans sa contemplation, il se détourna avec mécontentement. Mais son visage exprima une surprise mêlée de joie, car il venait de reconnaître, étendant son ombre gigantesque sur le sable, son amoureuse de Deauville, miss Griffith. A trois pas derrière elle, suivait Mlle Andrimont. Il se leva avec vivacité, et, allant au-devant des deux femmes :

— En croirai-je mes yeux, s'écria-t-il.

L'effet que produisit son exclamation lui donna tout de suite la mesure du plaisir que sa rencontre procurait à Lucie. Elle s'arrêta brusquement et fronça le sourcil. Cependant, ne pouvant esquiver le jeune homme, elle reprit sa marche et rejoignit Griffith qui, dans la candeur de son âme, échangeait avec Firmont de vigoureux shanke-hands.

— Comment, chère mademoiselle, vous quitter à Deauville, dit le jeune homme, avec une pantomime animée, et vous retrouver en Écosse, sur une montagne, en face d'un lac ! Mais est-ce bien vous ? N'est-ce pas Diana Vernon elle-même, sortie du Rob Roy de sir Walter Scott?

ARMAND, A CES MOTS SE DRESSA, ET FAISANT UN PAS VERS LE BARON
(PAGE 255)

— C'est moi, Lucie Andrimont, tout simplement, répondit avec calme la jeune fille. Je suis venue avec miss Griffith passer quelque temps dans sa famille. Le pays est magnifique. J'aime la marche, comme vous savez, et chaque jour nous arpentons la vallée ou la montagne. C'est ce qui m'a procuré le plaisir de vous rencontrer. Êtes-vous pour longtemps ici ?

— Moi, je compte regagner Paris dans deux ou trois jours ?... Avez-vous des commissions pour nos amis ?

Le visage de Lucie devint grave, et, d'une voix un peu rude, elle dit :

— Aucune commission. Je vous serai même reconnaissante de ne point dire que vous m'avez trouvée ici... J'y suis au repos... Je ne tiens pas à ce qu'on m'y écrive... J'ai pris des habitudes de paresse... Il faudrait répondre... Cette perspective me fait horreur...

— Permettez-moi, si ce n'est pas indiscret, de vous retourner la question que vous m'avez adressée tout à l'heure : Êtes-vous pour longtemps ici ?

— Pour tout le temps que je m'y plairai.

— Mais c'est peut-être toute la vie, cela ?...

— Mettons que c'est toute la vie.

— Comment ? Mais alors, c'est de l'anachorétisme ! Vous allez, comme Marie-Magdeleine... une vertueuse Marie-Magdeleine, naturellement... vous ensevelir dans une grotte des monts Cheviots ou des monts Crampians ? Vous n'en avez pas le droit ! Vous appartenez au monde, à son admiration, à...

— Je m'appartiens, avant tout, à moi-même, interrompit Lucie en riant. Et je n'aime pas assez le monde pour lui faire le sacrifice de ma liberté... En quittant l'Écosse, peut-être retournerai-je dans mon pays...

— Toute seule ?

— Griffith ne m'abandonnera pas.

— Non, certainement ! dit la gigantesque fille, avec un affectueux regard. Jamais !

— Vous voyez que ma solitude, en somme, ne sera ni très complète, ni très désolée.

— Elle sera désolante!... Mais où demeurez-vous? Chez les monta-gnards écossais, l'hospitalité se donne. Où la recevez-vous ?

— Chez le pasteur Griffith, au bourg de Lochness. Mais je vous serai obligée de ne pas vous y présenter... Nous sommes en famille. Votre présence effaroucherait ces gens simples...

— Autrement dit, vous m'évincez. Vous craignez mon importu-nité ?

— Pas du tout, je crains votre prestige?

Elle se mit à rire, comme au meilleur temps de son insouciance et de sa coquetterie, et ajouta :

— Il faut être prudent : il y a des demoiselles dans la maison!

— Allons! allons! vous vous moquez de moi!... Mais je vous obéi-rai tout de même. Disons-nous donc adieu pour toujours, sur cette route. Miss Griffith, vous savez que j'emporte votre image gravée dans mon cœur et que, jusqu'à mon dernier souffle, je ne cesserai pas de vous aimer!

Il salua les deux femmes et les regarda s'éloigner sur la route blanche et se perdre au détour du vallon. Deux jours après, il partait d'Édimbourg, gagnait Douvres, et de là Paris. Comme il avait promis de se taire, la première chose qu'il fit, en arrivant, fut de courir chez le baron de Cravant et de lui dire :

— Savez-vous qui j'ai rencontré en Écosse, au coin d'un lac ? Mlle Andrimont.

Et comme celui-ci pâlissait, à la fois de son amour déçu et de sa vanité blessée :

— Oui, mon cher, fraîche comme une rose, continua le comédien de salon, courant les bruyères, en compagnie de la colossale Griffith... Elle m'a dit avoir quitté la France, et sa famille, et vous, sans espoir de retour... Elle m'a même fait promettre de n'en pas souffler mot; mais, comme cela vous intéresse très fort, je crois, j'ai tenu à vous prévenir... Vous comprenez que je fais céder ma discrétion à notre amitié !

— Je vous remercie, mon cher, dit Cravant troublé. Vous me ren-dez un réel service.

— Je l'ai pensé... Au revoir...

Il sortit, laissant Paul dans un état d'irritation violente. Ainsi Lucie, qu'on lui avait montrée partant pour ne point donner suite au projet d'union avec lui, et devant revenir auprès de M. et Mme de Fontenay dans un délai très court, était en Écosse et ne songeait aucunement à revoir sa famille française, avec laquelle elle semblait parfaitement brouillée. Alors il avait donc été trompé? Et la résignation avec laquelle il avait accepté la perte de ses espérances pouvait être considérée comme une preuve singulière de la tiédeur de ses sentiments. Lucie était-elle seulement d'accord avec M. et Mme de Fontenay pour cette rupture? Et ne l'avait-on pas abusée, elle autant que lui?

Les soupçons qui l'avaient assailli à Deauville s'imposèrent de nouveau à lui. Il trouva tout obscur, tout équivoque dans la situation, et il voulut y porter la lumière. Pour obtenir ce résultat, il se décida à se rendre à Cravant. Il fallait une heure et demie de chemin de fer pour y aller de Paris. Il lui était donc facile de faire son enquête entre deux trains, ce qui lui éviterait les embarras d'un déjeuner ou d'un dîner en présence d'Armand et de Mina, si les explications qu'il avait résolu de demander ne lui paraissaient pas satisfaisantes. Sans prévenir de son voyage, pour ne point laisser à ses parents la facilité de se préparer à le recevoir, il se mit le lendemain en route.

Il descendit à la station de Cravant, et, par un très joli chemin à travers les bois, en un quart d'heure il gagna le château. Il franchit la grille et promptement se dirigea vers la terrasse. Il en gravit les marches et arriva devant les fenêtres du salon. Il était deux heures et Mme de Fontenay lisait, toute seule, près de la croisée ouverte. Le bruit des pas du baron sur le sable attira son attention; elle poussa une exclamation de surprise et, se levant, alla au-devant du visiteur.

— Vous, à pareille heure et à l'improviste, dit-elle, qu'est-ce que cela signifie? Ne pouviez-vous écrire ou télégraphier, pour qu'on vous envoyât chercher à la gare?

Elle l'examinait en parlant et ne lui trouvait pas sa physionomie habituelle. Une apparence de gêne, un peu de raideur involontaire, trahissaient son arrière-pensée.

— L'idée m'est venue, ce matin, d'aller vous voir, et c'est vraiment si facile que j'ai jugé inutile de déranger quelqu'un... Est-ce qu'Armand n'est pas ici?

— Il doit être chez lui ; je vais le faire appeler.

Elle sonna et donna l'ordre de chercher le comte.

— Mais vous, dit-elle, qu'est-ce que vous devenez?

— Mais je deviens ce que j'ai toujours été. Je me continue, ma chère cousine, et c'est tout ce que je puis faire.

Elle fixa sur lui un regard inquiet, et, avec un demi-sourire :

— Et le cœur ?

— Mais le cœur se défend, dit-il avec tranquillité.

Elle insista, comme si elle désirait couler à fond cette question avant l'arrivée d'Armand :

— Et ce gros chagrin d'il y a quelques semaines... passé?

Il pinça les lèvres, et, avec plus d'amertume qu'il n'eût souhaité en montrer :

— Il a bien fallu...

Il vit qu'il allait être entraîné plus loin qu'il ne voulait, et, changeant brusquement de conversation :

— Ah! pendant que cela me vient à la mémoire : j'ai vu Mme de Jessac, hier soir, et elle m'a chargé de la rappeler à votre souvenir... Elle chante toujours avec un égal succès... Mais Paris ne lui suffit plus... Elle court la province... Elle est, en ce moment, en tournée, dans des châteaux... Je lui ai dit : « Prenez garde ! Un de ces jours, la Société des auteurs vous réclamera des droits. Vous faites une trop sérieuse concurrence aux théâtres! » Elle a été ravie !

Cette gaieté, qu'elle sentait forcée, alarma Mme de Fontenay ; elle jugea nécessaire de se tenir sur ses gardes. Il lui parut évident que Paul ne venait pas à Cravant pour faire une simple visite, mais pour exécuter un projet délibéré. Il ne pouvait rien sortir de bon, pour Armand et pour elle, de ce que le baron préparait. Elle regretta d'avoir dit que son mari était au château. Il lui était si facile de répondre qu'il était absent. Elle savait d'avance qu'Armand ne se serait pas montré. Tandis que maintenant il allait se trouver exposé aux entreprises de Cravant. Et, avec lui, tout était difficulté et péril. Elle n'eut pas le temps de prendre une résolution : le comte entrait. Il donna la main à son cousin, qui resta stupéfait en le retrouvant si changé.

Il était maigre et pâle. Ses yeux s'enfonçaient sous ses sourcils et une contraction de la bouche donnait à son visage une expression de profonde mélancolie.

— Est-ce que tu es malade? demanda Paul. Tu n'as pas une mine florissante...

— Mais non; je suis bien, dit le comte avec indifférence.

Le baron regarda son cousin d'un air railleur, et, renouant la conversation au point où il l'avait rompue avant son entrée :

— C'est moi qui ai eu des déboires, dit-il, et c'est toi qui as l'air d'en avoir souffert.

A ces mots, Armand releva la tête et une ombre passa sur son front. Paul, sans paraître s'en apercevoir, continua :

— Comment se fait-il que je ne rencontre pas ici mon charmant bourreau?... Je pensais qu'une fois délivrée de ma présence, Mlle Andrimont accourrait auprès de vous... Tout me l'avait laissé croire... Et je ne vous avais même quittés si promptement, à Deauville, que pour abréger son temps d'exil. Or, il paraît qu'elle n'est point revenue?...

Armand et Mina demeurèrent glacés. Sans que leur trouble le touchât, le baron poursuivit :

— Je la crois un peu changeante dans ses affections... Après l'accueil vraiment exceptionnel que vous lui aviez fait, son éloignement me paraît ressembler singulièrement à de l'ingratitude, à moins qu'il n'y ait, pour expliquer cette rupture, des raisons que je ne connaisse point...

Il resta silencieux, l'air interrogateur, comme s'il attendait un mot qui le fixât sur l'opinion qu'il devait avoir de Lucie. Et sa demande avait été posée de telle sorte qu'il était impossible de n'y pas répondre sans faire un grave tort à la jeune fille. Mina le comprit, et, sans vou-

loir aller au fond des choses, elle trouva nécessaire de fournir quelques explications :

— Mais, mon cher Paul, dit-elle, qui vous donne à penser qu'il
y ait rupture entre Mlle Andrimont et nous? Elle s'est éloignée pour
un temps. Y a-t-il lieu de s'en étonner? Était-elle en notre dépendance?... Elle reviendra, soyez-en sûr, et vous la reverrez... Et même,
guerri d'une petite blessure d'amour-propre, on vous comptera parmi
ses amis.

— Très volontiers, si j'en ai l'occasion. Mais c'est peu probable,
car elle a déclaré, la semaine dernière, à quelqu'un qui me l'a rapporté, qu'elle avait l'intention de ne plus reparaître en France...

— De ne plus reparaître en France? répéta Armand d'une voix altérée.

— Voici qui ne concorde pas très bien avec vos renseignements,
ma chère comtesse.

Mina eut le soupçon que Cravant plaidait le faux pour savoir le vrai
et, décidée à le pousser pour juger de la sûreté de ses informations :

— Et où l'ami qui vous a conté cette histoire avait-il rencontré
Lucie?

— En Écosse, sur une route de montagne, près d'un bourg qui
s'appelle Lochness, et où elle habite chez le Révérend Griffith, père
de sa demoiselle de compagnie... Vous voyez que c'est précis... En
recevez-vous de moi la première nouvelle?

— Nullement, dit la comtesse. Je suis très au courant de tout ce
qui la concerne.

— Alors vous devez savoir pourquoi elle a disparu. Quel crime expie-
t-elle dans ce désert? poursuivit Cravant, irrité du sang-froid avec
lequel ses attaques étaient supportées, et décidé, coûte que coûte, à
provoquer une explication. Est-ce quelque passion contrariée qui l'a
conduite là? Qui sait? Peut-être quelque amour défendu?...

Armand, à ces mots, se dressa et, faisant un pas vers le baron, il dit
avec une menaçante fermeté :

— Je ne puis oublier que Mlle Andrimont est ma parente, qu'elle était
il y a encore peu de temps sous ma protection, et il ne me convient
pas de laisser parler d'elle dans ces termes devant moi.

— Mais, mon cher, pardon, s'écria Cravant avec aigreur ; je suis, moi, dans des conditions toutes particulières et j'ai droit à bien des indulgences. En tout cas, ma curiosité s'explique, car j'ai été singulièrement mêlé à l'incident qui a servi de prétexte à son départ...

— Que ne vas-tu en Écosse, répliqua Armand, demander des explications à Mlle Andrimont elle-même ?...

— Ce serait peut-être le moyen de les avoir enfin loyales et franches !

— Loyales et franches ? s'écria le comte avec un geste violent.

— Oui ! dit Cravant, en se levant à son tour, comme pour affirmer plus fortement ses paroles.

Les deux hommes, échauffés par leurs secrètes rancunes, emportés par la vivacité soudaine qu'avait prise l'entretien, étaient debout, face à face, prêts à la provocation. Mina les vit pâles de colère, à la merci d'un mot, qui devait fatalement échapper à l'un ou à l'autre, et, intervenant avec autorité :

— Vous vous oubliez singulièrement tous les deux, dit-elle froidement. Depuis quand des gens tels que vous se querellent-ils devant une femme ?... Vous m'aviez habituée, mon cher Paul, à plus de respect, et vous, Armand, vous avez ordinairement plus de modération...

Le baron s'inclina devant Mme de Fontenay et, d'un ton plus calme :

— Vous avez raison, comtesse, et je vous prie de m'excuser... Mais l'affaire qui nous occupait me tient fort au cœur, et il m'est difficile d'en parler tranquillement.

— Eh bien ! n'en parlons plus ! dit Mina, avec une feinte gaieté. Tenez, faisons un tour dans les serres, la vue des fleurs vous calmera... Donnez-moi votre bras...

Ils sortirent sur la terrasse. Armand, impassible, les regarda partir. Il n'avait pas trouvé la force de faire entendre à son cousin une parole conciliante. En ce moment, il le haïssait de toute la puissance de sa jalousie retrouvée. Il fit quelques pas vers la fenêtre, passa la main sur son front contracté, poussa un douloureux soupir et, se laissant aller dans un fauteuil, il ferma les yeux, comme pour s'isoler

ADIEU DONC! DIT GRAVANT, AVEC UN SOURIRE AMICAL. (PAGE 261)

plus complètement dans sa tristesse découragée. Côte à côte, Mina et Paul avaient suivi la terrasse. Ils étaient devant les serres et ne se souciaient pas d'y entrer. Un prétexte avait été nécessaire pour s'éloigner d'Armand. Maintenant qu'ils étaient seuls tous deux, ils ne pensaient plus qu'à ce sujet brûlant, qui venait de lancer M. de Fontenay et son cousin l'un contre l'autre.

— Vous m'avez dit en m'emmenant, ma chère cousine : « Ne parlons plus de Mlle Andrimont, » reprit tout à tout Cravant. Je crois, au contraire, que, si vous m'avez emmené, c'est pour en parler plus à loisir.

— Peut-être.

— Je ne suppose pas que vous ayiez oublié la part que vous avez prise aux négociations que j'avais engagées. J'ai donc quelque droit de vous questionner... Ne fût-ce que pour savoir si vous êtes aussi bien informée que vous le prétendez...

— Quel avantage en tirerez-vous?...

— Mais, d'être sûr qu'on ne s'est pas joué de moi et qu'on ne rit pas encore du bon tour dont j'ai été la dupe.

— Que soupçonnez-vous donc?

— Je soupçonne que la charmante Lucie avait singulièrement abusé de l'hospitalité que vous lui donniez, et que c'est vous qui, le jour où vous vous en êtes aperçue, l'avez, sans scandale, mais très fermement, mise à la porte.

— Vous vous êtes trompé! s'écria la comtesse avec force. J'aime Lucie et je la tiens pour la plus honnête fille qui soit!...

— Alors pourquoi ne revient-elle pas dans votre maison? Écoutez, comtesse, nous sommes arrivés au point où il faut absolument s'expliquer avec franchise. Vous me savez homme d'honneur. Je vous engage ma parole que ce qui va être dit ici mourra entre vous et moi. Mais j'en sais trop pour ne pas vouloir tout connaître... Si Mlle Andrimont s'est séparée de vous brusquement, il y a eu pour cela une sérieuse raison... Vous venez de m'affirmer que vous l'aimiez et la respectiez : c'est qu'elle n'a rien à se reprocher. Alors de qui viennent les torts? Logiquement, de vous ou de votre mari. De vous, c'est inadmissible... Alors, ce serait donc...

A cette conclusion, qui ravivait toutes ses douleurs, des flammes montèrent au visage de Mina. Elle abandonna le bras du jeune homme, et, levant la main pour lui imposer silence :

— Paul !

Des larmes jaillirent de ses yeux, sans qu'elle put les arrêter, et, devant le baron bouleversé, elle se donna l'affreuse joie de dégonfler son cœur trop plein de chagrins et d'amertume. Puis, quand elle fut un peu calmée :

— Nous n'avons, dit-elle, avec une grande dignité, à nous reprocher, ni les uns ni les autres, aucune faute. Mais nous subissons tous un malheur, et avec un égal courage. Mlle Andrimont, comme on vous l'a appris, ne reviendra plus. A moins...

Elle eut un navrant sourire.

— A moins que je vienne à disparaître... Je suis un obstacle au bonheur de deux êtres que j'aime et qui souffrent injustement... Dieu me fera peut-être la grâce, que je lui demande chaque jour, de me rappeler à lui... Ainsi toutes choses seraient arrangées au mieux... Pour vous, cher enfant, ne pensez plus à vos griefs et calmez votre mécontentement. Vous oublierez bien vite. Soyez indulgent pour ceux qui n'oublieront jamais !...

Devant cette noble femme, qui portait si courageusement le fardeau de ses peines, Cravant rougit des mesquines rancunes qui l'avaient entraîné. Il fut honteux de l'avoir contrainte à un aveu si pénible. Il n'eût plus qu'un désir : lui donner l'assurance que son secret serait bien gardé. C'était la seule satisfaction qu'il pût lui offrir, il voulut qu'elle fût complète.

— Je vous remercie de la confiance que vous avez eue en moi, dit-il avec un tendre respect. Je ne me souviens plus que d'une chose : c'est que je vous aime profondément. Quoi qu'il advienne, comptez que vous me trouverez dévoué à vous et aux vôtres.

Le baron de Cravant s'était animé : il pensait vraiment ce qu'il disait. Cet aimable garçon, qui avait, dans sa vie banale, exprimé tant de sentiments de commande et prononcé tant de paroles de complaisance, se sentit capable d'être aussi généreux qu'il s'y engageait. Ses regards brillèrent. Il fut content de lui. Il eut l'impression qu'il se conduisait bien et que ce moment rachetait ceux pendant lesquels il ne s'était pas aussi bien conduit. Il éprouva le besoin d'exprimer à Mme de Fontenay l'admiration qu'elle lui inspirait. Il lui prit les mains et, les serrant :

— Je ne puis vous dire à quel point je vous trouve bonne, grande et généreuse! Je suis venu ici avec de mauvais desseins, j'en partirai réconcilié avec vous et avec moi-même... C'est vous qui aurez eu cette influence favorable! Ah! quand on a le bonheur d'être aimé d'une femme telle que vous, comment peut-on...

Elle ne le laissa pas achever, et, avec une profonde tristesse :

— Ne blâmez pas, mon ami, lorsque j'excuse. Les transformations du cœur sont mystérieuses, mais elles sont certaines... On ne peut marquer les phases par lesquelles elles ont passé, mais on constate le résultat... La fleur qui s'épanouit sur la plante, lentement se fane et tombe. Il en est de même de l'amour... Heureux sont ceux dont la mutuelle tendresse meurt en même temps! Moi, je suis vieille, mon cher Paul, et Armand est jeune... Ma vie est finie, et la sienne est encore florissante. Je suis la plante fanée et qui n'a plus qu'à disparaître... Il est, lui, l'arbre plein de verdeur et de sève qui peut encore fleurir... Il y a, en ce qui nous concerne, désaccord entre les faits et les sentiments... De là vient tout notre mal...

Elle eut un sourire :

— Mais je vous demande pardon, j'ai beaucoup réfléchi à ces choses, pendant mes jours de mélancolie et mes nuits d'insomnie ; j'en abuse en vous faisant un exposé philosophique... La morale de ceci, c'est que le jour où vous vous marierez, il faudra prendre une femme plus jeune que vous... et peut-être ne la point trop aimer, ou au moins ne pas le lui laisser complètement voir, car on prend vite l'habitude d'être heureux... Et quand il faut la perdre, c'est une douleur mortelle.

Ils étaient, en marchant, revenus près du château et, par la porte-fenêtre du salon, ils apercevaient Armand assis, toujours à la même place, les yeux ouverts et fixes devant lui.

— Allez lui serrer la main, dit Mina doucement.

— De grand cœur.

— Voyez-vous, il est très malheureux !

Ainsi, elle ne se plaignait pas, elle ne plaignait que lui. Ils entrèrent dans le salon et le comte se leva à leur approche. Il les examinait d'un air soucieux. Ils lui offrirent un visage calme et riant. Son front s'éclaira.

— Voici Paul qui s'en va, dit la comtesse, et qui vient vous dire adieu.

— Nous avons été un peu vifs tout à l'heure, dit le baron avec cordialité, mais, entre nous deux, cela ne tire pas à conséquence... Tu ne m'en veux pas?

— Non.

— Accompagnons-le jusqu'à la grille, voulez-vous ? demanda Mina.

Il se leva sans répondre, comme un homme à qui tout est devenu indifférent et qui marche ou s'arrête sans préférence. Ils suivirent la belle allée du parc, sous la voûte des arbres centenaires, et arrivèrent à une petite grille, donnant sur la campagne, de laquelle on découvrait à quelques centaines de mètres le toit rouge de la gare.

— Adieu donc ! dit Cravant, avec un sourire amical.

— Adieu ! répondirent Mina et Armand.

Il les quitta et, au bout de quelques pas, il se retourna. Ils étaient toujours là, devant la porte, qui le regardaient s'éloigner. Il les vit l'un près de l'autre, dans l'encadrement blanc du mur, se détachant sur le fond sombre des massifs. Un frisson le saisit et il eut le pressentiment que, de ces deux êtres, il y en avait un qu'il ne reverrait plus. Il voulut fixer son regard plus attentivement sur eux, comme pour chercher à reconnaître celui sur lequel le mauvais sort devait tomber. Mais ils avaient disparu, et la grille refermée, triste et noire sous les branches pendantes, lui fit l'effet d'une porte de tombeau.

XI

La nuit qui suivit la visite de Paul de Cravant fut pour Armand pleine de désordre et de fièvre. Seul, dans sa chambre, ne pouvant pas se décider à se mettre au lit, il se promena avec agitation, tournant dans sa tête cette affreuse pensée que Lucie était partie pour toujours. Jusque-là, il avait supporté son absence avec chagrin, mais avec patience. Il était séparé d'elle, mais il ne songeait pas que cette séparation pût être définitive. Jamais il n'était entré dans son esprit qu'il dût ne pas la revoir. Brusquement, Paul lui avait donné cette navrante assurance qu'elle s'était éloignée avec la ferme volonté de ne plus reparaître. Et il était dans la situation horrible d'un condamné à mort, qui a écarté l'idée terrifiante de son exécution possible et qu'on réveille pour lui dire qu'il faut marcher à l'échafaud.

Depuis deux mois, il ne savait rien d'elle. Soudainement, celle qui avait, pendant près d'un an, tenu une si grande place dans sa vie avait disparu, et il était comme un corps sans âme. Cependant, il avait encore au fond du cœur une obscure espérance. Elle était loin de lui, mais il était sûr qu'elle l'aimait. Elle rentrerait à Paris, à la fin de l'automne, comme il y rentrerait lui-même. Et alors il était impossible qu'ils ne se trouvassent pas en présence. Il aurait la joie de la rencontrer, fût-ce de loin, fût-ce dans la rue, sans pouvoir s'approcher d'elle, sans lui parler, soit, mais enfin il la verrait. Et puis, il la saurait là. Elle viendrait, de temps en temps, chez Mina, et il aurait, par sa femme même, indirectement, des nouvelles. Bien petit bonheur, bien fugitive joie, mais enfin joie encore et bonheur.

Et voilà que, tout à coup, il apprenait qu'elle se proposait de se fixer en Écosse ou de retourner au Canada. Alors, toutes ses croyances étaient donc vaines? Elle n'avait pas pour lui une affection égale à celle qu'il avait pour elle? L'absence ne lui coûtait pas; elle admettait fort bien que la distance, que la mer, que des espaces, que des êtres, fussent interposés entre eux. Et elle n'en souffrait pas, puisque, sans y être contrainte, elle le supportait. Il l'accusa furieusement de n'avoir pas de cœur. Quoi! elle pouvait lui procurer, par sa présence, un adoucissement de sa misère, et elle ne sacrifiait pas tout à ce devoir qui eût dû lui être cher. Lui, s'il avait été libre de suivre les impulsions de son cœur, il se fût ingénié à se manifester à elle, chaque jour, par quelque prévenance délicate et secrète. Il ne se serait pas montré, mais il aurait trouvé moyen d'occuper sa pensée, de la réconforter, de la réchauffer par quelque marque de tendresse, comprise d'elle seule et par cela même plus précieuse. Et, au lieu de lui apporter ce secours, elle l'abandonnait.

Dans le silence de la nuit, il poussa des cris de fureur. Il était à bout de patience et il en venait à se demander si sa résignation n'était point une duperie, et si tout, même le crime, ne valait pas mieux que les tortures endurées par lui. Il eût pu si facilement quitter Cravant, gagner Paris et partir pour l'Écosse. En deux jours, il serait à Lochness et reverrait Lucie. Et, comme dans un mirage, la route, courant parmi les bruyères rousses, et le lac bleu sous le ciel clair s'évoquaient. Il apercevait Lucie, marchant dans la montagne, accompagnée de miss Griffith. Et une morne tristesse était peinte sur le visage de la jeune fille.

Il parcourut sa chambre à grands pas, essayant de faire diversion, par le mouvement, à cette surexcitation de sa pensée. Mais il avait beau changer de place, il ne réussissait pas à abolir la troublante vision. Elle le suivait. Il ne pouvait ni s'en éloigner, ni s'en affranchir : elle était en lui, obsédante et impérieuse, et si nette, avec de tels reliefs, qu'il lui semblait que Lucie était tout près de lui. Il voyait toujours son visage désolé. Il dit tout haut : « Pourquoi a-t-elle l'air de souffrir autant que moi? » Et une voix, qui lui parut celle de la jeune fille, murmura à son oreille : « Parce que je suis aussi malheureuse que toi. » Alors, parlant à ce fantôme qui s'imposait à lui, torturant et délicieux, il dit :

— Si tu es malheureuse, pourquoi es-tu partie si loin? Pourquoi as-tu mis la mer entre toi et moi?

Et l'apparition répondit :

— Pour être sûre de ne pas manquer à la promesse que j'ai faite de ne point te revoir. Si près, qui sait si j'aurais eu le courage de résister à la joie de reparaître devant toi? Et, si j'avais cédé une fois, qui peut dire si je n'aurais pas, de concession en concession, fini par faire mal? On est bien faible contre soi-même. Et mon cœur est si plein de toi!

Affolé, Armand cria :

— Alors, ne persiste pas à me fuir! Qu'importe ce qu'il adviendra! Je ne peux vivre ainsi !

Il lui sembla que le visage de Lucie se voilait de vapeur. Elle lui apparut moins distincte, comme si elle se fût éloignée, et la voix, plus faible aussi, arriva à son oreille, disant :

— Tu sais bien que c'est impossible, puisque tu ne pars pas toi-même et que tu restes attaché volontairement à ta chaîne, fidèle au devoir, à la foi jurée, à l'honneur, et que tu vas peut-être en mourir!

La vision s'effaçait peu à peu. Et Armand, qui la fuyait l'instant d'avant, eût voulu la retenir, la fixer, pris de la peur de ne plus la revoir s'il la laissait s'échapper. Mais tout devint sombre dans sa pensée, et il se retrouva seul dans sa chambre silencieuse.

Il tomba alors dans un accablement physique et moral profond. Assis dans un fauteuil, la fièvre qui le brûlait soudainement passée, il resta en face de lui-même, très lucide, et par cela même désespéré.

ELLE SAISIT LE PISTOLET A PLEINE MAIN (PAGE 271)

Tout était fini. Il fallait le comprendre et avoir la force de se l'avouer, pour couper court aux rechutes. C'était comme si Lucie fût morte. La tombe ne l'eût pas gardée mieux que l'exil. Elle était partie, et il le lui avait demandé lui-même. Alors, que signifiait cette révolte dans sa raison, ce soulèvement de tout son être contre la séparation? Ce qui était ne pouvait être autrement et ne pourrait jamais être autrement; Lucie n'était point fille à se donner à lui, et il n'était pas homme à vivre avec elle, en délaissant Mina. Jamais cette solution n'était entrée dans son esprit, jamais il ne l'avait même discutée. Une existence irrégulière, un ménage interlope, l'abandon de sa situation sociale, la rupture avec ses amis, la dégradation mondaine, enfin, il ne l'acceptait pas plus pour Lucie que pour lui.

Il avait eu des heures d'emportement, pendant lesquelles il s'était écrié : «Tout plutôt que la douleur que j'endure!» Mais, s'il avait fallu aborder l'examen des faits matériels : son départ, en laissant la comtesse de Fontenay seule derrière lui, le désespoir de cette admirable femme qu'il aimait toujours, le scandale éclaboussant son nom, les commentaires passant de bouche en bouche, les ironiques récits des journaux, toute cette douleur, toute cette honte et toute cette boue lui eussent inspiré un insurmontable dégoût. Et il eût continué à faire ce qu'il faisait depuis deux mois: son devoir.

Il passa une partie de la nuit à rêver éveillé, en proie à des hallucinations plus cruelles que les idées qui le tourmentaient pendant le jour. A l'aube, il se coucha, mais ne pût trouver le sommeil. Il était voûté, creusé, livide, quand il descendit pour le déjeuner. Mina l'examina avec épouvante. Il ne lui parut pas qu'il pût supporter longtemps des angoisses pareilles. Elle ne se risqua point à le questionner sur sa santé. Elle s'efforça de le distraire, en l'entretenant des choses qui, autrefois, l'intéressaient le plus. Il comprit l'intention de sa femme, il fut touché de sa bonté exquise. Il lui jeta des regards trempés de larmes, comme un pauvre malade qui n'a pas la force de parler et qui essaie cependant de remercier celle qui le soigne avec un admirable dévouement. Il eût souhaité s'étendre à ses pieds, poser sa tête sur ses genoux et se tenir immobile, les yeux fermés, comme il faisait avec sa mère, quand il était petit et souffrant. Il lui semblait que là il eût dormi et calmé le feu brûlant qui lui dévorait le crâne. Il n'osa pas se plaindre. Devant celle qui n'attendait qu'un mot de lui pour ouvrir son cœur plein de tendresse indulgente, il eut la pudeur de sa souffrance. Ils restèrent, en face l'un de l'autre, torturés, mais fermés, au lieu de mettre leurs misères en commun et de pleurer ensemble.

La journée se passa triste, une de ces journées de la fin de septembre, où l'automne répand sa pluie froide et grise sur les bois et les plaines, secouant les feuilles jaunies et pleurant dans les branches. Armand, toujours dans la solitude, car là seulement il goûtait un peu de repos, tournait dans sa tête, sans trêve, le problème affreux de son infortune et ne lui découvrait point de solution acceptable. Mina, effrayée de l'état moral dans lequel elle voyait son mari, en oubliait son chagrin et ne pensait plus aux conséquences à venir de cette lamentable situation, mais aux conséquences immédiates qui lui semblaient extraordinairement menaçantes. Dans les regards de ce malheureux, elle voyait poindre la folie. L'idée fixe lui rongeait le cerveau, comme un ferment destructeur. Et l'idée fixe, elle la connaissait, elle savait ce qu'elle était : revoir Lucie. On eût ouvert cette tête souffrante, on eût ouvert ce cœur désolé, on n'y eût trouvé que Lucie. Tout ce qui n'était pas elle n'existait plus. Et la volonté seule retenait ce pauvre être, là où il devait rester jusqu'à la mort.

Une immense douleur, faite de pitié, et non plus de colère, s'empara de Mina. Oh! certes, elle avait lutté pour la défense de ses droits, elle avait essayé par tous les moyens de sauvegarder son bonheur. Elle avait recouru à la dissimulation, puis à la violence. Tout avait été inutile, et la fierté, qui l'animait au début de la lutte, ne la soutenait même plus. Son orgueil avait été assoupli par ses larmes. Elle, qui disait si impérieusement : Tout ou rien, elle en était à regretter son emportement et à maudire sa curiosité. Elle se rappelait ce que lui avait dit son vieil ami, le marquis de Villenoisy, lorsqu'elle s'était, pour la première fois, confiée à lui : « Pourquoi chercher à savoir? Contentez-vous des apparences ! » Elle avait rejeté avec hauteur ce conseil, elle s'était refusée à un si humiliant compromis. « Tout ou rien ! » Elle ne savait que répéter cette formule audacieuse.

Maintenant, elle avait la réponse à son ultimatum. Ayant voulu tout maintenir, il ne lui restait rien. Le compromis qu'elle acceptait était autrement misérable que celui qu'elle repoussait avec tant d'indignation, et, au lieu de lui assurer la tranquillité matérielle et la sécurité morale, il la laissait sous le coup des appréhensions les plus humiliantes et des angoisses les plus douloureuses. Elle se trouvait sans énergie, sans initiative, incapable de prendre une résolution, dans un moment où il eût fallu dominer les événements et les conduire. Sa force était usée dans la lutte. Et elle éprouvait un sentiment de lassitude, qui lui eût fait souhaiter un sommeil très pesant et très long.

Le dîner les réunit tous deux à la même table. Ils firent effort pour parler, mais leurs paroles avaient une sonorité lugubre qui leur parut plus pénible que le silence. Ils se turent, effrayés l'un par l'autre, et, le repas terminé, ils montèrent chacun chez eux, après un serrement de main navré.

Armand se remit à rêver en marchant, espérant ramener sa vision de la veille ; mais son imagination fut rebelle à son désir et il demeura seul, en face de lui-même, en proie au plus sombre chagrin. Il pensait avec désespoir que cela serait toujours ainsi et qu'il n'aurait plus jamais, jamais une seconde de joie. Il se reprocha cependant sa faiblesse. Il se dit qu'il y avait des êtres qui supportaient le malheur avec héroïsme et qui, à force de résistance courageuse, parvenaient à dompter leur mal, à retrouver le calme et quelquefois un bonheur relatif ; que d'autres travaillaient et s'absorbaient dans un labeur qui les régénérait en leur donnant l'espoir du succès. Mais, énervé par la lutte qu'il soutenait depuis six mois contre lui-même, était-il capable de la moindre résistance ? Montrer de l'héroïsme quand il avait moins de courage qu'un enfant ! Celle qui avait du courage, c'était Mina.

Lui, il était faible et même lâche. Il se méprisa et ce lui fut une tristesse de plus. Quant à travailler, à perdre, dans l'ardeur d'une étude passionnée, le sentiment de son moi misérable, comment y serait-il arrivé? Il n'avait jamais été apte qu'au métier des armes, et sa vie se consumait dans l'oisiveté. Quelle aide lui restait, quelle sauvegarde pouvait-il espérer? Bateau démâté, privé de son gouvernail, ballotté par les flots, il était destiné à rouler jusqu'à la destruction finale. Là, un éclair brilla dans la nuit de son cerveau. La destruction finale! N'était-ce pas le dénouement forcé de son aventure? Mais quand viendrait-elle? Dans des années peut-être. Et il lui faudrait souffrir jusque-là, endurer le cauchemar affreux qui le tourmentait sans merci. Pourquoi donc? N'était-il pas libre d'abréger son temps de peine et d'avancer l'heure de sa libération par la mort?

La mort! Un sourire passa sur ses lèvres. C'était bien peu de chose à supporter pour un homme, brave comme lui devant un danger réel, mais défaillant devant un mal indéfini. La mort, il l'avait affrontée, sans un frisson, sur le champ de bataille; il l'avait regardée en face dans des duels. Il avait vu tomber ses camarades dans la boue sanglante et parmi les débris d'armes, sans plaindre leur sort, puisqu'ils succombaient utilement et glorieusement. Il connaissait cette épreuve, il savait ce qu'elle était, il ne craignait pas de s'y soumettre. Un instant de résolution, le froid d'un canon de fer sur le front, une pression nerveuse du doigt, et tout était fini. Le silence, le repos, l'oubli de l'éternité, commençaient. Et qui sait? Peut-être son âme, dégagée des liens charnels, libre, obtiendrait d'aller, à travers les espaces, rejoindre Lucie, glisser invisible auprès d'elle, l'effleurer, enfin, flotter sereine, dans l'air qu'elle respirait.

A cette pensée, une exaltation terrible s'empara d'Armand. Il lui sembla qu'il dépendait de lui d'être réuni à celle qu'il adorait, sans rompre le contrat humain qu'il avait consenti, sans manquer à la foi jurée, sans soulever le scandale, sans mériter les reproches et les blâmes. Il se leva, et, marchant vers un meuble d'ébène placé près de sa fenêtre, il l'ouvrit, prit un revolver qu'il regarda et mania avec une froide précision. Son visage avait retrouvé un calme soudain. Sa résolution était arrêtée. Il ne luttait plus, ne se débattait plus. Il ressentit un bien-être depuis longtemps inconnu, il s'assit près de sa table, sur laquelle il posa l'arme libératrice. Il resta à songer avec mélancolie, mais sans cette agitation effroyable qui le poussait, depuis quelques semaines, à la démence.

Il repassa les événements derniers de sa vie, et, avec une sorte de fatalisme, il se dit que le sort qu'il avait subi était inévitable. Tout avait concouru à le préparer : sa propre faiblesse, l'aveuglement de sa femme et l'entraînement de Lucie. Dès lors, à quoi bon se torturer, puisqu'il était impossible de modifier sa destinée ? Il en vint à penser que Mina, délivrée de sa présence, serait, après une crise de douleur violente et d'amers regrets, beaucoup moins à plaindre que bouleversée sans cesse par ses craintes jalouses. Ah ! qui aurait pu supposer que leur grand amour aboutirait à cette misère morale ? Dix ans seulement avaient passé sur cette tendresse, qui devait être inaltérable, et elle n'existait plus, remplacée par une autre, qui semblait invincible, et qui céderait peut-être aussi et disparaîtrait. Qu'était-ce donc que le cœur de l'homme pour que, si facilement, il changeât au gré d'une fantaisie, d'une sensation souvent inexplicable, toujours involontaire ? Et la vie se trouvait, par cette fantaisie ou cette sensation, complètement bouleversée, au point que nulle tranquillité, nulle joie ne paraissait plus possible. Cette courte et vaine existence, si pleine de soucis, de contrariétés, d'impuissance et d'agitation, valait-elle la peine d'être conservée ?

Ces réflexions confirmèrent Armand dans sa résolution. Il se prépara à perdre le sentiment de sa douleur avec une joie farouche. Il se leva, fit quelques pas, regardant autour de lui, comme s'il voulait emporter un souvenir très exact de cette chambre, où il avait vécu et où il allait mourir, puis il prit son revolver et, s'approchant d'une glace, il chercha des yeux la place où il devait appliquer le canon pour être sûr de ne pas se manquer. Il fut étonné de la pâleur de son visage. Cependant il n'avait pas peur. Il leva le bras, mais soudain il recula en poussant un cri : à côté du sien, dans la glace, il venait de voir apparaître le visage de Mina, les yeux agrandis et fixes, les lèvres décolorées et tremblantes, image de l'épouvante.

Il se retourna, croyant à une hallucination. Mais sa femme, près de la porte, dont la portière tremblait encore derrière elle, était debout, immobile et blanche comme une statue, sans voix, mais exprimant l'horreur par sa physionomie, par son attitude, par tout son être enfin, soulevé et pourtant inerte. Armand fut pris d'un vertige. Il entrevit toutes les conséquences de sa tentative avortée, il porta vivement l'arme à sa tempe ; mais, plus rapide encore, Mina, rendue à la vie par l'excès de sa terreur, s'était jetée sur lui. Elle saisit le pistolet à pleine main, le dirigea de son côté au risque de se tuer, l'arracha à Armand, et, avec un horrible soupir d'allégement, les bras et les jambes cassés par l'émotion foudroyante de cette minute effroyable, elle se laissa tomber sur un siège, presque inanimée, mais tenant l'arme mortelle.

Armand n'avait pas bougé de place. Il attendait, les yeux fixés sur le tapis, sombre, mais en pleine possession de lui-même. La malheureuse femme alors, avec une énergie surhumaine, triomphant de l'anéantissement dans lequel le spectacle qui s'était offert à sa vue l'avait plongée, s'avança vers son mari et pour tout reproche, avec un geste désespéré, elle dit :

— Oh, Armand ! Me laisser seule ?

De ces simples mots se dégageait, si nettement exprimé, le sentiment qu'en recourant à la mort Armand désertait, trahissait, commettait enfin une action vile, que, frissonnant de douleur, le comte baissa la tête. Alors, le voyant atterré, n'essayant pas de trouver même une réponse à défaut d'excuse, Mina poussa un gémissement :

— En sommes-nous donc arrivés là, dit-elle avec amertume, que vous trouviez la vie assez mauvaise auprès de moi pour songer à la quitter ? Qu'ai-je fait pour mériter une telle peine ? Comment pouvez-vous expliquer une pareille résolution ? Quoi ! c'est pour un amour contrarié que vous voulez manquer à tous vos devoirs ? C'est pour une femme que vous voulez vous tuer ? Vous, avec le nom que vous portez, avec votre passé si plein d'éclat, vous voulez vous dégrader par une fin si honteuse ?

— Mina ! murmura-t-il sourdement.

— Trouvez-vous d'autres expressions pour qualifier cet acte ? Moi, je n'en connais pas et je suis aussi bon juge que vous, en fait d'honneur, je crois.

La fière Schwarzbourg venait de reparaître. Il ne put soutenir l'éclat de son regard, l'autorité de son maintien, l'énergie de sa révolte. Il ne répondit pas, et, courbé comme sous un fardeau trop lourd pour ses forces, il s'assit à l'écart sur un fauteuil et attendit. Elle, exaspérée par son mutisme, qu'elle prit pour une entêtée et passive résistance, poursuivit :

— Ainsi, pendant que je souffrais avec courage, me résignant à subir une situation que vous seul avez créée, vous étiez assez faible, — et, en employant ce mot, je vous ménage, — pour songer à vous dérober aux conséquences de votre conduite. Ainsi, c'est vous, le coupable, qui ne voulez pas subir un châtiment, qui n'est pas si douloureux que mon martyre, à moi, qui suis la victime.

Comme il la regardait avec des yeux pleins de stupeur :

— Oh! il est temps de cesser les ménagements, et il faut dissiper les équivoques. Je vous ai fait l'aumône de ma pitié jusqu'ici. J'ai feint l'ignorance pour ne point blesser votre orgueil, pour ne point irriter votre conscience. Mais, puisque je vous vois si dénué d'orgueil, puisque je vous découvre une conscience si peu scrupuleuse, je ne vois pas pourquoi je tolérerais plus longtemps les inconvénients d'une situation obscure. Il convient que nous sachions, l'un et l'autre, à quoi nous en tenir : vous, sur ma clairvoyance; moi, sur votre honnêteté. Apprenez donc que je n'ignore rien de ce qui s'est passé entre Mlle Andrimont et vous, que j'ai assisté, — oh! à l'insu de Lucie, — à votre dernier entretien, que j'ai entendu toutes vos paroles, et que c'est d'accord avec moi, comme elle l'était avec vous, qu'elle s'est éloignée... Il s'agissait de sauvegarder notre honneur à tous. Et nous avons été unanimes. Je l'ai alors constaté avec fierté : ni elle ni vous n'avez hésité sur la conduite à tenir. Si pénible que pût être la séparation, vous l'avez acceptée. Moi, j'ai consenti à garder le secret, à subir mes désillusions en silence. Nous n'avons, ni les uns ni les autres, manqué de dignité pour juger quel était notre devoir, ni de résolution pour l'accomplir. Il y a eu une

Elle était tombée a genoux près de lui (page 275)

sorte de pacte tacite conclu entre nous. Lucie y a été fidèle, elle est partie et a tout fait pour que vous l'oubliiez. Moi, j'ai supporté le chagrin de mon amour perdu, de ma confiance détruite, j'ai enduré la tristesse de la vie solitaire et farouche que vous avez voulu mener. J'ai tout tenté pour vous consoler, pour vous guérir. J'ai la conviction d'avoir fait hautement et loyalement tout ce que je pouvais faire. Maintenant, vous, répondez : comment avez-vous supporté notre malheur commun? Il vous suffisait d'avoir de la patience et de la résignation. On ne vous demandait que de la douceur et de la bonté. Est-ce être patient que de renoncer, au bout de deux mois, à une épreuve? Est-ce être résigné que de se révolter contre la destinée et de vouloir la changer? Est-ce être doux et bon que de ne pas hésiter à causer à ceux qui vous aiment la plus épouvantable douleur qui pût leur être réservée?

Il resta le front lourd, les mains lasses, sans regard et sans voix, dans une torpeur si effrayante que la colère qui avait emporté Mina fit place à une inquiétude soudaine. N'avait-il plus assez d'énergie pour se redresser sous les cinglants reproches qu'elle lui adressait? Était-il si résolu à ne pas modifier son affreux projet, que tout ce qu'on lui pouvait dire devait le laisser indifférent? Elle l'observait. Il était inerte, les paupières baissées, les traits détendus, comme s'il dormait. Elle s'approcha de lui et, lui touchant l'épaule :

— Armand, vous ne répondez pas. Vous m'avez cependant entendue. N'avez-vous donc rien à me dire?

Il secoua la tête d'un mouvement lent et las, qui exprimait si complètement sa détresse morale, que Mina frémit d'angoisses.

— Ne voulez-vous pas me parler? demanda-t-elle. Est-ce un parti pris de ne point discuter ces graves questions? Ou bien êtes-vous mécontent de ce que j'ai été trop vive? S'il en est ainsi, excusez-moi et ne me tenez pas rigueur. L'heure qui s'écoule est décisive... Il y va de votre vie. Si je ne parviens pas à vous convaincre, que puis-je attendre, que vais-je devenir? Je ne serai pas toujours là pour vous arracher le pistolet des mains. Vous trouverez d'autres moyens de vous tuer... Et moi, moi alors? Armand, au nom du Ciel, par tout ce que j'ai

de tendresse pour vous, par tout ce que vous avez eu d'amour pour moi
ne vous butez pas à ne point me répondre. Vous taire, en ce moment,
c'est m'empêcher de plaider ma cause, c'est me donner à comprendre
que tout est inutile! Armand! réfléchissez! Ce n'est pas vous que vous
condamnez, en ce moment, c'est moi! Je ne vous survivrai pas, vous le
savez bien! Oh! ne m'infligez pas le supplice de vous voir mort, de
vous tenir inanimé entre mes bras et de pleurer sur vous. Je frémis jusqu'au fond de moi-même à la pensée que votre sang coulera, que votre
chair sera déchirée, que vos yeux se fermeront et ne me regarderont
plus jamais! Qu'est-ce que j'ai fait pour être si durement traitée?
Est-ce parce que je vous aime, que vous abusez de moi? Vous n'êtes
pas méchant, vous auriez pitié d'un étranger qui souffrirait. Et vous
restez impitoyable quand c'est votre femme qui se lamente et qui
supplie! Au moins parlez-moi, regardez-moi, levez les yeux, montrez
que la mort ne vous a pas encore pris. Consentez à raisonner, seulement un quart d'heure, avec moi. Vous ne serez pas engagé par cette
concession et je vous bénirai pour me l'avoir accordée. J'oublierai,
rien que pour ce quart d'heure de grâce, les jours et les nuits, si
nombreux, que j'ai passés à gémir!...

Elle était tombée à genoux près de lui, elle l'enlaçait, le pressait
sur sa poitrine, l'échauffant de son ardeur, le pénétrant de son désir,
lui faisant passer dans les veines, dans le cœur, dans le cerveau,
toute la généreuse fièvre de dévouement qui la brûlait. Elle voulait le
sauver, elle eût sacrifié l'humanité tout entière pour assurer son salut.
Penchée vers lui, soudain elle vit que des larmes coulaient silencieusement sur ses joues.

Elle poussa un cri de joie:

— Oh! tu pleures! Alors, je puis espérer!

Elle lui prit les mains, lui saisit la tête entre ses bras, le força à
la regarder, lui parlant avec une sorte de folie passionnée:

— Voyons! sors de ce silence, de cette immobilité... Je t'ai maltraité tout à l'heure, je le regrette amèrement... Tu sais, on n'est pas
maître d'un mouvement d'irritation, on s'abandonne, et puis on voudrait rattraper ce qu'on a dit... Mais je t'aime trop pour que tu aies

pu soupçonner que je voulais t'offenser ou seulement risquer de te déplaire... C'est un dernier reste de jalousie qui m'a emportée, mais c'est fini!... De la jalousie! Grand Dieu! A quoi bon? Et pourquoi faire? Est-ce que ce ne serait pas ridicule à mon âge et avec mes cheveux blancs? Car, tu vois, ils sont tout blancs maintenant... J'ai souffert tellement en secret! Oui, je le sais : j'étais insensée d'espérer encore. Toi, si jeune, tu ne peux plus aimer une vieille femme comme moi... J'aurais dû le comprendre plus tôt... Mais le cœur n'a pas de rides et il se défend contre l'oubli... A l'avenir, je serai raisonnable, je t'adorerai, non pour moi, mais pour toi, comme une mère. Oui, ta mère! Voilà ce que je veux être. Et tu auras confiance en moi, tu me diras tout, et je pourrai te consoler, t'encourager, te promettre le bonheur.

Elle se dressa rayonnante de généreuse abnégation, et, le visage enflammé, les yeux étincelants :

— Oh! j'ai bien deviné ce qui se passe dans ta tête depuis deux jours. Tu sais où Lucie s'est réfugiée, ce stupide Cravant est venu te l'apprendre, et tu n'as qu'une idée, c'est d'aller la rejoindre. Eh bien! si tu dois trouver, dans la joie de la revoir, la force de vivre, oh! dis-le, n'hésite pas, et je t'y conduis moi-même !

Il la contempla, l'air extasié comme s'il avait vu se manifester à lui un être céleste. Il joignit les mains, et, se courbant, presque à genoux :

— Oh! Mina ! Mina ! Après ce que j'ai fait, après ce que tu as enduré... Et pour moi! Pour moi! Oh ! je ne suis pas digne de toi, et tu as une bonté vraiment divine.

Elle cria :

— Mais je ne veux pas que tu meures! Je préfère que tu m'abandonnes, que tu me quittes : au moins, je te saurai heureux !

— Rassure-toi, je ne me tuerai point; j'en prends, devant toi, l'engagement d'honneur.

Elle reprit avec un déchirant désespoir :

— Mais tu souffriras, je te verrai tous les jours, plus triste et plus pâle, te courber vers la terre, comme pour t'y ensevelir... Et tu resteras sourd à mes prières, à mes encouragements. C'est le supplice que j'endure depuis deux mois qui se perpétuera, jusqu'à ce qu'il prenne fin, un jour, par ce qui me fait horreur, par ce que je repousse de toutes mes forces vivantes : la mort. Oh! tu ne peux savoir ce que c'est que la vue d'un être qu'on chérit et qui souffre, et qu'on ne peut guérir. C'est la torture affreuse des mères penchées sur le berceau de leurs enfants. On voudrait donner son sang, la moelle de ses os, pour ranimer, réconforter celui qui agonise, et c'est impossible ! On ne peut que se tordre les bras en pleurant, et pas trop près de lui encore, pour ne pas l'effrayer, pour lui laisser l'illusion qu'on ne sait pas qu'il est à sa dernière heure. Oh ! si je dois voir prolonger cette angoisse, qui vous tord si affreusement le cœur dans la poitrine, qui vous étouffe et vous brise, je ne la supporterai pas, et je demande grâce !

Il eut un doux et triste sourire :

— Hélas ! Mina, dit-il, je puis promettre de ne pas me tuer, mais il ne m'est pas permis d'assurer que je ne souffrirai pas. J'ai honte de ma douleur, mais je ne saurais ni la vaincre ni la contraindre à cesser. C'est au-dessus de moi et je ne suis qu'un jouet dans une main puissante et mystérieuse. Je n'ai pas besoin de vous dire quelle est ma détresse morale, vous ne la connaissez que trop. Elle est profonde et incurable, je le crains... Tout ce que je pourrai faire désormais, ce sera de l'endurer sans me plaindre. Vous avez été, tout à l'heure, généreuse jusqu'à la démence ; non seulement vous avez fait bon marché de vous, de vos sentiments, mais encore de moi-même et de ma conscience. Vous m'avez offert d'aller retrouver Lucie. Vous savez bien que c'est la seule chose que je ne puisse et ne veuille pas faire. Mourir ? c'était simple. Vous quitter ? c'est inadmissible.

— Pourquoi ? Parce que tu n'es pas libre, parce que tu manquerais à tes engagements envers moi ? Il doit y avoir des moyens de te rendre ta liberté, de rompre tes engagements... La loi nous a unis, elle nous désunira. Il y a le divorce...

— Le divorce ? dit Armand. Est-ce vous qui parlez, Mina, une femme pieuse, une fervente catholique ?...

— Eh ! que m'importe ma religion, quand il s'agit de toi ? Que devient ma piété, quand elle lutte contre ma tendresse ? Comprends donc bien ce que je te dis. Je suis arrivée à un tel état de désespoir, en te voyant malheureux, que rien ne compte plus que ce qui t'importe ou t'intéresse. Mon Dieu, c'est toi, et je suis prête à te sacrifier bien plus que mes scrupules, bien plus que mes préventions : la joie de vivre près de toi, entends-tu, ce qui est ma seule satisfaction sur la terre. Je me séparerai de toi, tu t'en iras et je resterai ; tu auras le droit de prendre une autre femme, et moi, je serai vivante, et je saurai que tu la possèdes, et je te verrai avoir des enfants d'elle, quand je ne conserverai, moi, d'autre preuve que tu m'auras appartenu, que le souvenir délicieux que cela fut et la pensée atroce que cela n'est plus.

Il secoua la tête et dit gravement :

— Je n'accepte pas votre sacrifice. Les liens qui nous unissent sont éternels.

— Alors, pourquoi Dieu n'a-t-il pas fait notre tendresse inaltérable ? Oh ! Armand, réfléchis bien !... Je suis dans une heure d'exaltation où je puis tout accepter !... Prends-moi au mot, n'hésite pas, dépêche-toi !... Car ce que j'aurai promis, je le tiendrai, dussé-je y compromettre mon salut éternel ! Mais tu ne me trouveras peut-être plus jamais disposée à un tel abandon de mes droits les plus précieux et les plus sacrés... Armand ! prends garde !... Ne me laisse pas trop y songer !

Elle se tordait les bras avec fureur, en même temps qu'elle suppliait, ardente à le contraindre et tremblante à l'idée qu'il pourrait consentir. Mais il avait retrouvé toute sa raison et s'oubliait pour ne plus penser qu'à ce désespoir plus grand encore que le sien.

— Non, Mina, dit-il, ni maintenant, ni jamais, je n'accepterai la proposition que vous me faites. Croyez-vous que je serais plus heureux loin de vous, auprès d'une autre ? Je n'aurais fait que changer de douleur. J'ai pour vous un attachement profond, n'en doutez pas. Et je repousse une liberté qui vous coûterait des larmes. Le divorce est peut-être un expédient utile à ceux qui ne s'aiment pas. C'est la rupture de deux indifférences ou la libération de deux infidélités.

Mais il n'est point institué pour des gens comme nous. Il n'arrange rien que dans l'ordre matériel. Il laisse les sentiments intacts. Et c'est en cela qu'il ne peut nous être d'aucun secours.

Mina l'écoutait accablée. Dans la chaleur de son exaltation, elle avait vu, pendant un instant, le ciel s'ouvrir, comme pour l'apothéose d'un martyr. Elle avait dirigé ses regards en haut, oublié la terre, et il lui avait semblé que son âme montait, épurée, adoucie, calmée par un rayon de divine miséricorde. L'éclaircie qui s'était faite dans sa nuit cessa, et tout redevint obscur, douteux, effrayant. Elle se retrouva en face de la même situation, dont l'horreur n'était diminuée que de la crainte de voir Armand se tuer. Mais il devait rester désolé, sombre et souffrant. Et ce qu'elle avait tant redouté n'était qu'ajourné. Il ne se frapperait pas lui-même. Mais il mourrait, car il ne chercherait pas à vivre, il ne se défendrait pas contre son chagrin, et fatalement il était destiné à succomber. Ce serait lent, au lieu d'être rapide, mais ce serait, inéluctablement. Elle en eut, durant une minute, alors que les dernières paroles d'Armand achevaient de vibrer dans le silence, la vision très nette. Elle ne se révolta pas, elle ne fit entendre aucune protestation, elle baissa le front comme sous un arrêt.

— C'est bien ! fit-elle. Et je vous remercie de tout ce que vous venez de me dire de bon et de consolant. Vous refusez mon sacrifice, c'est votre droit. Mais moi, j'accepte votre engagement et je conserve l'assurance que vous ne renouvellerez plus l'horrible tentative que vous avez voulu faire vous-même... Vous me le promettez de nouveau ?

— Je vous le promets. Mais c'eût été bien simple, Mina.

— Ne revenez point là-dessus, vous me torturez...

Elle leva les yeux sur lui, pour se rendre compte de l'expression de sa physionomie. Elle dit timidement :

— Alors je puis, n'est-ce pas, me retirer en toute sécurité ?

— Je vous ai donné ma parole.

— Oui. C'est vrai. Et du moment que vous jurez... je dois être tranquille...

Elle jeta un regard effrayé sur le revolver, qui restait sur la cheminée où elle l'avait placé. Il comprit sa pensée et, avec une amère contraction des lèvres :

— Emportez-le, dit-il, si cela vous rassure...

Elle fit un geste de protestation :

— Non ! non ! C'est inutile, vous avez juré...

Elle vint à lui. Il était assis, fatigué et abattu. Elle le regarda profondément, lui prit la tête entre ses mains, l'embrassa avec rage dans les cheveux, puis éclata en sanglots, qu'elle exhalait éperdument. Il voulut se lever, effrayé de cette crise. Elle l'en empêcha, trouva la force de lui sourire et dit :

— Restez, ne vous tourmentez pas. Ce sont les nerfs qui se détendent... Cela me soulage... Pardon ! Vous avez assez de vos tristesses, je devrais bien vous épargner le spectacle des miennes... Je vous laisse... Tâchez de dormir, je vous en prie... Et à demain !

Elle se dirigea vers la porte et disparut. Rentrée dans sa chambre, elle s'assit et réfléchit. Elle était arrivée, elle le comprenait bien, au point extrême de sa résistance. Tout ce qu'elle avait pu tenter, pour essayer de modifier son abominable situation, elle l'avait fait. Elle était allée jusqu'à la violence, sans rien obtenir, jusqu'aux supplications, sans être exaucée. Elle sortait de sa dernière lutte et de sa dernière prière, le corps anéanti et le cœur sans espérance. La lutte qu'elle avait engagée était terminée. Le désastre était complet, irrémédiable. Il n'y avait plus qu'à en subir les conséquences. Et ces conséquences, maintenant qu'elles étaient proches, lui paraissaient moins cruelles que le combat. Jamais, pour payer sa rançon, elle ne souffrirait autant que pour subir sa défaite. Elle n'avait plus à compter qu'avec elle-même et point avec les autres. Pour une nature généreuse et bonne comme la sienne, c'était un immense soulagement. Elle l'avait dit à Armand : elle eût accepté de porter seule le poids de toute leur misère, à la condition de le savoir heureux.

Elle pensa avec mélancolie au dur chemin qu'elle avait parcouru, depuis le jour où elle s'emportait si furieusement à la pensée que son mari pût la tromper. Que d'étapes, marquées chacune par une déception, une douleur et un abaissement de sa fierté ! Elle en était aujour-

Elle dit à Lucie : (page 285)

d'hui, après n'avoir rien voulu céder de ses droits sur Armand, à offrir à celui-ci sa liberté, à la seule condition qu'il consentît à vivre et à ne plus souffrir. Et cette concession suprême était inutile, cette immolation de son amour et de son orgueil était vaine. Elle n'avait même pas le pouvoir de se sacrifier pour celui qu'elle adorait. Il n'acceptait pas son dévouement sublime. Il en pleurait d'attendrissement, d'admiration et de reconnaissance, mais il le repoussait.

Un fugitif éclair de joie brilla dans ses yeux, autrefois si beaux, maintenant si tristes. Ce dévouement qu'elle offrait, il lui était permis de le refuser, mais il était hors de sa puissance d'empêcher qu'elle le lui imposât. A la volonté de l'un s'opposait la volonté de l'autre. Et quand Armand refusait d'être libre et de ne pas mourir, qui pouvait empêcher Mina de mourir pour lui rendre la liberté? Oui, mourir! Elle en était là. Le problème, qui s'était posé au cours de l'entretien avec son mari, et dont elle entrevoyait confusément la solution, se précisait dans ces termes: Puisqu'il meurt de ne pas pouvoir être aimé de Lucie, et que, pour être aimé d'elle, il faut qu'il soit libre, il ne me reste plus qu'à mourir.

Là, seule en face d'elle-même, elle eut une dernière faiblesse à l'idée de ne plus voir celui dont l'amour était le principe même de sa vie. Mais à quoi bon la vie, puisqu'il ne l'aimait plus? Pauvre Mina, tendre cœur, elle n'avait plus qu'à disparaître, puisqu'elle était un obstacle au bonheur de l'être cher qu'elle avait rêvé de rendre toujours heureux. Puisqu'il n'était plus heureux par elle, elle le désirait heureux par celle qui le lui avait pris. Et elle se préparait à le lui donner, au mépris de sa jalousie, de son orgueil, au prix de toutes les douleurs humaines. Mais il fallait qu'il fût heureux. Elle, qu'elle mourût, ce n'était rien. Elle pensa que ce serait une délivrance et que, dans le silence et la paix de la tombe, elle se reposerait délicieusement de ses agitations dévorantes, de ses furieux tourments. Oh! l'oubli! L'oubli du mal enduré et du mal souhaité. Car elle avait eu ses heures de haine, et elle souffrait presque autant d'avoir haï, la douce créature, que d'avoir été torturée. Pour cette âme noble, la rancune et la colère étaient des souillures. Elle avait soif de s'en laver dans le sacrifice complet d'elle-même. Son héroïsme devait effacer ses faiblesses. Car elle, qui venait de reprocher à Armand d'être lâche en voulant se tuer, elle sentait bien qu'elle était héroïque en se décidant à mourir. Entre leurs deux résolutions, il y avait cette différence que la sienne était grande et féconde, tandis que celle d'Armand était vaine et stérile. Lui, cédait au découragement et à la lassitude. Il mourait pour cesser de lutter. Elle, mourait pour empêcher les autres de souffrir.

Les autres, c'étaient Lucie et Armand. Il lui fallut les réunir dans sa pensée. Et là, elle sentit bien qu'elle était encore vivante, si près qu'elle fût de l'éternité. Car elle eut une crise de fureur à la pensée qu'elle partirait, et qu'eux resteraient l'un près de l'autre. L'abandon de la vie, c'était simple; mais l'abandon de son amour! Oh! quelle agonie morale, avant d'en arriver à accepter sans révolte qu'Armand et Lucie s'unissent dans l'ivresse d'un bonheur partagé. C'était cependant pour que cela fût qu'elle se résignait à disparaître. Mais si elle avait pu étendre sur sa pensée un voile, afin de ne pas savoir ce qui se passerait quand elle ne serait plus là, elle eût été moins ulcérée. Prévoir qu'elle et lui s'enlaceraient éperdument, et, dans une ivresse délicieuse, échangeraient les mêmes paroles qu'elle avait bues sur les lèvres d'Armand. Penser qu'ils vivraient ensemble, rayonnants et charmants, enviés de tous, pendant qu'elle serait, elle, dans la froide terre et oubliée, oh! oubliée certainement! Était-ce donc possible, et possible grâce à elle?

Elle se laissa aller à un effrayant désespoir : tombée à genoux, elle se frappa le front contre le plancher, elle adressa des supplications désespérées à la nature, au ciel, à Dieu. Elle demanda qu'un miracle lui rendît sa jeunesse et sa beauté, pour que son mari l'aimât encore. Elle pria l'Éternel Maître d'arracher du cœur d'Armand l'amour coupable qui l'entraînait vers Lucie. Elle se révolta contre l'anéantissement de son être. Elle s'attacha furieusement à la vie. Elle eut peur du froid, du vide, de l'inconnu. Elle gémit, elle pleura. Pendant une heure, elle fut en proie à un accablement aussi profond que son énergie auparavant avait été grande.

Puis elle reprit possession d'elle-même et rougit de sa défaillance.
Quoi! la matière pouvait à ce point l'emporter sur l'esprit? Pauvre et
misérable bête humaine, à la merci de ses instincts, de ses désirs et
de ses faiblesses! Voilà donc où elle en arrivait? A trahir l'âme et à
la déshonorer par des capitulations honteuses. Elle constata avec
satisfaction que le serviteur avait cessé d'être en rebellion contre son
maître et que le corps accomplirait ce que la pensée aurait décidé.
Sûre d'elle-même désormais, elle fut plus calme et prépara l'exécution de son dessein. Avant tout, il fallait prémunir Armand contre la
violence première de son chagrin. Car elle ne doutait pas qu'il souf-
frît cruellement de sa perte. Lucie, seule, saurait amortir la violence
de cette explosion de regrets, qui pouvait, s'il était seul, livré à lui-
même, le conduire à un acte de désespoir.

Elle résolut d'écrire à la jeune fille, le matin même. Elle n'avait
point de temps à perdre : chaque heure qui s'écoulait lui dérobait un
peu de la raison et de la vie d'Armand. Et puis, ne valait-il pas mieux
abréger cette attente affreuse de sa fin décidée. Elle prit, pour mas-
quer sa mort et ne pas laisser deviner quelle part sa volonté y avait
eue, des précautions minutieuses. Elle jugea nécessaire que le marquis
de Villenoisy fût présent au château, afin d'interposer sa grande autorité, si quelque soupçon amenait des recherches et un essai de constatation. Elle souhaitait disparaître sans exciter d'autres sentiments que
le regret et la tristesse. A cette fine et délicate nature, un scandale
autour de son lit d'agonie devait répugner. La douleur aussi l'effrayait,
et elle chercha à adoucir son passage dans l'éternité. Elle avait sous
la main de la morphine, qui avait servi, l'année précédente, à calmer
les souffrances d'une de ses femmes gravement malade. Nul ne savait
qu'elle possédât ce poison. Et lent et doux, l'engourdissement dans
lequel il la ferait tomber la conduirait au sommeil dont on ne se
réveille pas.

Ainsi tout lui sembla bien combiné. L'aube blanchissait sa fenêtre.
Elle songea à écrire ses lettres au marquis pour l'inviter à venir
auprès d'elle, à Lucie pour la rappeler. Elle pensa un moment à
avouer la vérité à la jeune fille. Elle rêva de l'accabler de l'immensité

de son sacrifice. Mais elle rougit de cette vanité suprême. Elle jugea qu'elle serait plus grande par le mystère. Elle voulut enfin ne pas jeter sur l'avenir d'Armand et de Lucie l'ombre ineffaçable de sa mort volontaire révélée. Puisqu'elle voulait les faire heureux, il fallait leur éviter ce remords, qui eût empoisonné leur bonheur, qui sait? qui les eût peut-être éloignés l'un de l'autre. L'âme clémente de Mina eut toutes les générosités. Elle se résigna au dévouement silencieux. Elle dit à Lucie :

« Ma chère enfant, vous m'avez promis de m'obéir comme si j'étais votre mère. Eh bien ! je vous appelle auprès de moi, je vous appelle avec instance. Car il y a péril imminent. Ce péril ne menace que moi, mais gravement. Depuis plusieurs mois, je souffre, sans en parler, de violentes douleurs au cœur. J'ai consulté dernièrement, à l'insu de mon mari, pour ne pas l'inquiéter, et, dans les froides réticences du médecin, j'ai compris que ma vie était menacée. Il me fallait une existence tranquille et sans émotion, et vous savez si ma folie m'a permis le calme. Mon mal a si sérieusement empiré depuis quelques semaines que je crains de disparaître brusquement et de laisser Armand abandonné, sans consolations, sans affections. Entendez-moi bien, ma fille : j'ai peur qu'il soit seul près de moi mourante, morte peut-être... J'ai peur de son désespoir, je me défie de son exaltation. Enfin, je ne voudrais pas m'en aller sans vous avoir embrassée, sans vous avoir fait connaître mes volontés dernières. Je n'ai plus longtemps à rester sur la terre, je désirerais que vous ne soyez pas trop loin de moi. Si cette joie pouvait m'être donnée de serrer votre main et celle d'Armand réunies dans la mienne, quand je rendrai le dernier soupir, je m'en irais plus calme, presque consolée. Vous me comprenez, n'est-ce pas? Il a été mon unique adoration au monde. Et, au moment de partir, je vous le lègue, avec ce devoir de l'aimer comme je l'aimais et de me remplacer auprès de lui, pour veiller sur son bonheur. Si vous m'obéissez, ma chère fille, vous aurez exaucé mon suprême vœu et vous aurez mérité que je vous bénisse de toutes les forces de ma tendresse rassurée.

« MINA. »

Cela fait, elle éprouva un soulagement complet. Elle n'avait plus rien à faire qu'à vivre les quelques jours qui la séparaient de l'arrivée de Lucie, car elle n'admettait pas une minute que Lucie ne vînt pas. Elle connaissait trop le ferme caractère de la jeune fille pour douter de sa résolution. Le soleil brillant et encore chaud entrait par la fenêtre. Elle souleva le rideau et regarda. Le parc s'étendait, couvert d'une brume bleuâtre, qui courait sur les pelouses comme une fumée. Des gouttelettes de rosée tremblaient aux arbres et, dans les branches, les oiseaux voletaient en chantant. Au bord de la plaine, sur la route, un attelage de chevaux tirait une charrue, et le conducteur faisait claquer son fouet insoucieusement, en marchant dans l'air matinal. Mina se dit : « Hier, c'était ainsi et ce sera ainsi demain. Je disparaîtrai, rien ne changera. L'univers comptera un atome de moins, et voilà tout. Pauvre humanité, qui égales tes douleurs, si vaines et si faibles, aux plus grands cataclysmes du monde et qui te lamentes pour quelques instants de souffrances, en face de l'éternité ! » Elle laissa retomber les rideaux et, pour oublier, tâcha de dormir.

On eût dit qu'avec les dernières hésitations de Mme de Fontenay ses amères préoccupations avaient disparu. Les jours qui suivirent l'envoi de sa lettre à Mlle Andrimont et l'arrivée du marquis la virent charmante, souriante, parée, ainsi qu'au temps le plus brillant de sa vie. Elle se fit coquette pour la mort, comme si elle voulait la séduire et lui faire estimer sa conquête. Elle se donna de la peine afin de plaire, et y réussit. Le marquis et Armand, étonnés de cet épanouissement inattendu après un si morne accablement, subirent l'un et l'autre l'entraînement de cette verve heureuse. Ils ne sentirent pas tout ce qu'elle avait de nerveux, d'exalté et de factice. Mina poussa l'art de la dissimulation jusqu'à faire des projets pour l'hiver. Elle parla d'aller s'installer à Cannes, de fréter un yacht à vapeur et de parcourir lentement la côte jusqu'à Naples. Elle semblait avide de pays nouveaux et se disait toute prête, si la navigation ne paraissait pas trop pénible, à pousser jusqu'en Égypte et à remonter le Nil. Elle avait, en développant son plan de voyage, une animation singulière, comme la fièvre d'un départ prochain. Et ils la regardaient surpris. Le marquis lui dit :

— Mais, ma chère comtesse, vous ne vous mettez pas en route

demain. A quoi bon vous échauffer ainsi? Attendez l'instant voulu, ou bien vous userez votre plaisir et vous vous dégoûterez de ce voyage avant de l'avoir commencé...

— Bon! je ferai alors d'autres projets et je tâcherai de les mener à bien... Le rêve, après tout, n'est-ce pas ce qu'il y a de plus sûr et de meilleur dans la vie? Jamais la réalité ne l'atteint comme charme, bonté ou splendeur. Rêvons! Rêvons! C'est le moyen d'être heureux!

Armand l'observait cependant avec des yeux inquiets. Cette vivacité brillante, succédant à la torpeur morne des semaines précédentes et au lendemain d'une scène si grave et si violente, l'effrayait singulièrement. Il se demandait par instants si, bouleversée par tant de secousses violentes, Mina conservait la plénitude de sa raison. Mais, pour étrange qu'elle fût, l'animation de Mina était empreinte d'une affabilité si délicate, qu'il n'était pas possible d'y découvrir une discordance annonçant le trouble de l'esprit. Et, faisant un retour sur lui-même, Armand se rappelait sa femme, un an plus tôt seulement et il la retrouvait telle qu'elle était en ce moment : pétillante d'esprit et rayonnante de grâce. Tout cet éclat s'était terni par sa faute. Ce rayonnement, c'était lui qui l'avait voilé de tristesse.

Pourquoi, par un effort d'esprit, par une vaillance de cœur, Mina n'aurait-elle pas reconquis le charme qui la faisait si séduisante, pour essayer de ramener à elle l'ingrat qui s'en éloignait, pour tâcher de l'arracher au sombre découragement et au mortel ennui ? Ne l'avait-il pas vue, depuis six mois, ardente à lutter pour le disputer à l'entraînement irrésistible qu'il subissait? Son courage, il le connaissait. Pourquoi cette expansion, qui le ranimait, qui le distrayait, n'en eût-elle pas été une manifestation nouvelle !

Il le crut et il en sut gré à Mina. Elle eut la joie suprême de le voir lui sourire et l'encourager d'un tendre regard. Elle n'eut pas la faiblesse de croire qu'elle pourrait réchauffer ce cœur, mort pour elle. Mais elle eut un frémissement d'orgueil en constatant qu'elle avait pu lutter victorieusement contre le souvenir de Lucie et triompher pendant quelques heures. Le marquis, curieux de connaître les causes de cette transformation, avait profité d'une promenade, en tête à tête

LUCIE ALLA S'AGENOUILLER A CÔTÉ D'ARMAND (PAGE 296)

avec Mme de Fontenay, pour la questionner discrètement. Il devinait
une plaie toujours vive et il n'osait y toucher qu'avec précaution.
Comme il avait démandé à la comtesse si elle avait des nouvelles de
Mlle Andrimont :

— Mais oui, répondit Mina. Et de très bonnes... Elle revient
d'Écosse, où elle est depuis deux mois, et va faire un grand voyage en
Espagne... Vous savez que ces gens des colonies sont de véritables
nomades, qui ne se plaisent que sur les chemins...

— Et elle ne se marie toujours pas?

— Non! Elle préfère décidément rester fille...

— Au moins le baron de Cravant n'aura pas eu de rival préféré...

— C'est satisfaisant pour son orgueil; mais pour son amour?

— Oh! vous savez, Paul est un tiède... Il n'a pas été plus fulgurant
dans son désespoir que dans sa tendresse... Une petite fumée, une
légère explosion, et pas de dégâts!...

— Rien du Vésuve!

— Non! Un aimable volcan de salon... Juste ce qu'il faut pour faire
le thé!

Ils se mirent à rire tous les deux. Mais le vieux diplomate trouva la
gaieté de Mina si aiguë et si stridente qu'il en fut affecté. Il continua
son interrogatoire :

— Quant à Armand, il me paraît retombé au calme, et je m'en
réjouis...

Le visage de la comtesse se contracta et une angoisse soudaine lui
serra la gorge. Elle ne répondit pas et hocha la tête d'un air songeur.
Ce fut un changement si rapide et si complet que le marquis ne put
pas douter que la tranquillité de son amie ne fût feinte et que sa
gaieté ne fût de commande. Alors pourquoi et pour qui jouait-elle ce
rôle? Était-ce donc à son intention que ces artifices étaient disposés?
Mais comment, après lui avoir témoigné tant de confiance, s'entourer
tout à coup de tant de précautions? Il pressentit un mystérieux dessein. Et, guidé, non plus par la curiosité, mais par un intérêt véritable,
il s'efforça de le pénétrer.

— Vous, reprit-il, je ne vous fais pas de compliments : je connais votre force de caractère, mais cependant j'avoue que vous m'étonnez par votre entrain et votre bonne humeur...

La comtesse avait eu le temps de reprendre son sang-froid. Elle fouetta, du bout de son ombrelle, le sable de l'allée, et, avec une souriante bonhomie :

— Que voulez-vous? En vieillissant on devient philosophe. Je me suis fait beaucoup de morale depuis quelque temps. Et le fruit de cette morale a été une résignation raisonnée et par conséquent durable. Mon mari, plus jeune que moi, en réalité, et dont, en apparence, je suis l'aînée de vingt ans, a modifié la tendresse qu'il avait pour moi. Ne serais-je pas folle de vouloir l'aimer autrement qu'il le désire et de répondre à son amitié par de la passion ? J'ai suivi son exemple, j'ai modifié aussi mes sentiments. Ça n'a pas été sans lutte. Mais j'y suis arrivée. Et vous en voyez l'effet. Au lieu de le tourmenter par une exigeante jalousie, je lui laisse une liberté entière. Au lieu de récriminer sur le passé et de pleurer, je forme des projets d'avenir et je tâche de le distraire. Il m'en sait gré, vous avez pu le constater, et moi, j'y trouve une satisfaction. En somme, il fallait bravement prendre le parti que j'ai pris et arranger ma vie : que vous semble mon arrangement ?

— Je l'admire, s'il est sincère.

— Comment pourrait-il ne pas l'être?

— Cela durera-t-il ?

— Eh ! qui peut savoir si nous durerons nous-mêmes ?

— Alors tout sera dit, et les choses seront ce qu'elles pourront !...

La comtesse devint soudain très grave :

— Non ! dit-elle. Il ne faut pas que les choses soient ce qu'elles pourront, mais ce qu'elles devront. Et je me préoccupe même de ce qui adviendra après moi.

Le marquis lança à son amie un fin regard ; mais il la trouva impassible.

— Tant que je vivrai, je ferai tout pour qu'Armand trouve la vie douce et facile à souhait... Mais quand je ne serai plus là?

— Ma chère, vous avez encore vingt ans à vivre...

— Quand je ne serai plus là, reprit avec force Mina, sans s'arrêter à l'interruption, et poursuivant fermement sa pensée, qui me remplacera auprès de lui? Il est incapable de **vivre** seul. Je l'ai choyé, gaté, trop peut-être! Mais qui lui rendra les douceurs auxquelles je l'ai habitué avec tant de plaisir?

Elle prit le bras du marquis, le serra avec force et ajouta :

— La souffrance use la vie : j'ai beaucoup souffert moralement : depuis quelques mois, je souffre physiquement, et beaucoup, sans le dire. Je puis disparaître, je le sais, très prochainement...

Le marquis essaya de protester; elle lui imposa silence d'un regard impérieux :

— Je ne parle pas au hasard. Je ne crains pas la mort pour moi, je la crains pour celui que je laisserai derrière moi. Eh bien! apprenez quelle est ma volonté suprême, soyez-en le dépositaire et faites la connaître quand il le faudra : Je souhaite qu'Armand épouse Mlle Andrimont. Le jour où vous le verrez dans le désespoir, dites-le-lui. Il comprendra que je lui ordonne de vivre, et il saura alors combien fut immense la tendresse que je lui avais vouée.

Effrayé, entrevoyant dans l'âme de Mina des profondeurs qu'il n'avait pas soupçonnées, le marquis voulut demander des explications, réduire à néant les appréhensions de la comtesse, discuter ses résolutions, jeter un peu de lumière sur ce ténébreux abîme qu'elle venait de lui découvrir. Mais elle changea de ton, et, avec enjouement :

— Oh! nous avons été beaucoup trop sérieux, et pendant trop longtemps, dit-elle. C'est vous qui m'avez poussée à la mélancolie... Ce qui est dit est dit... Mais je n'y veux plus penser.

Elle le ramena du côté du château, et, en présence d'Armand, il ne put reprendre la conversation. Il resta sous une impression triste jusqu'au soir, malgré les efforts de la comtesse, qui se mit en frais d'amabilité et causa avec une variété et une abondance remarquables. Après le dîner, elle s'assit au piano et chanta, comme elle savait chanter. Ce furent les stances de *Sapho*, au moment de plonger dans le gouffre, moins amer que ses pleurs. Elle y mit un sentiment si poignant de déchirante douleur que les larmes vinrent aux yeux de ses auditeurs. A la fin du morceau, les trouvant silencieux, elle se retourna et, les voyant tout bouleversés, elle les plaisanta et, pour varier leurs sensations, attaqua une valse de Strauss. Elle les tint ainsi étonnés, émus, charmés.

Vers dix heures, au moment où on servait le thé, un valet de pied apporta, sur un plateau, une dépêche adressée à la comtesse et qui arrivait, par exprès, de la station voisine. Mina la décacheta, la lut et elle pâlit un peu, en même temps qu'un sourire passait sur ses lèvres. Ce fut l'impression à la fois gaie et mélancolique d'un rayon de soleil au travers d'une pluie d'orage. La pâleur disparut et il ne resta que le sourire.

— Qu'est-ce donc? demanda Armand, avec un commencement d'inquiétude.

— Rien d'important. C'est ma couturière qui se trouve embarrassée pour une façon et qui me consulte par le télégraphe pour n'avoir pas à interrompre son travail... Ce sont de ces dépêches qui ne font pas baisser la Bourse.

Et, toujours plaisantant, riante, charmante, elle prolongea la veille jusqu'à onze heures. Puis elle se fit mener jusqu'à sa chambre par les deux hommes. Elle leur souhaita le bonsoir. Pas une émotion dans son regard, pas un tremblement dans sa voix, ne donnèrent l'éveil au marquis et à Armand. Elle serra la main du vieillard, elle embrassa son mari. Elle les reconduisit jusqu'à sa porte, avec un air de joie. Ils l'entendirent leur répéter affectueusement : « A demain. »

Mais à peine fut-elle seule, ayant renvoyé sa femme de chambre, qu'elle se laissa tomber, accablée par la fatigue de l'horrible rôle qu'elle venait de jouer, et qu'elle éclata en sanglots. Elle n'avait plus besoin de tromper maintenant, elle était en face d'elle-même, et tout était fini. Elle venait de recevoir son arrêt de mort : cette dépêche lue intrépidement sous les yeux de son mari et du marquis, et qu'elle froissait maintenant avec fureur entre ses doigts crispés. Elle la rouvrit cependant et la relut pour s'assurer qu'elle n'avait plus rien à espérer. Elle contenait ces mots : « Je viens d'arriver à Paris, je serai demain à Cravant, vers onze heures. — LUCIE. »

Lucie à Cravant, c'était Mina dans son cercueil. Il n'y avait pas de sursis, de recours, de grâce possible. Appeler Lucie, c'était signer sa propre condamnation. L'une ou l'autre, mais plus jamais l'une et l'autre auprès d'Armand. Puisqu'il fallait que ce fût Lucie, pour que celui auquel Mina subordonnait tout trouvât la force de vivre, il n'y avait donc plus qu'à disparaître. Mais l'approche de l'heure décisive troublait la martyre. Son âme avait eu l'héroïsme de la résolution, sa chair faiblissait devant l'exécution. Et, dans la chambre où elle avait vécu les dix meilleures années de sa vie, elle pleurait amèrement, regrettant le bonheur perdu.

Dans l'épouvante de son agonie, elle chercha autour d'elle un appui et, ne le découvrant pas, elle leva ses yeux vers le ciel. Elle pria, demandant à la fois à Dieu de lui pardonner son sacrifice et de lui donner l'énergie de l'accomplir. Celui qui était mort pour le rachat de l'humanité eut sans doute pitié de celle qui allait mourir pour le salut d'un homme, car, lorsque Mina se releva, elle était paisible et résignée.

Elle mit en ordre ses papiers, brûla la dépêche annonçant l'arrivée de Mlle Andrimont et ne put se défendre de remarquer avec ironie que le drame qui allait se dénouer dans un instant avait commencé par un télégramme de Lucie et se terminait de même : le problème de sa destinée tenant tout entier sur ces deux minces carrés de papier bleu. Elle alla à la croisée, chercha du regard la fenêtre de l'appartement de son mari, la vit sombre comme la nuit dans laquelle, pour l'éternité, elle allait entrer. Alors, avec un soupir, elle s'étendit sur ce lit, d'où elle ne devait plus jamais se relever.

L'aube vint et le silence qui régnait dans le château ne fut pas troublé. Mme de Fontenay sortait habituellement assez tard de chez elle. Cependant, vers dix heures et demie, sa femme de chambre, ne l'entendant pas remuer, entra dans sa chambre et tira les rideaux. Elle s'approcha du lit et recula avec un grand cri. Puis, épouvantée, laissant les portes ouvertes, elle se sauva, ne sachant que répéter :

— Madame ! Mon Dieu ! Madame !

A ce bruit, le marquis et Armand, qui étaient ensemble dans la bibliothèque, se montrèrent, et, à la terreur de cette fille, à son tremblement, à ses paroles entrecoupées et sans signification précise, soupçonnèrent un malheur. Sans s'attarder à l'interroger, ils coururent à l'appartement de la comtesse. Et, sur le seuil de la chambre, ils s'arrêtèrent, immobiles de saisissement et de douleur. Devant eux, Mina était étendue, semblant dormir, mais les ombres de la mort sur le front. Ses mains étaient jointes. Elle paraissait prier. Et sa bouche souriait comme à un rêve heureux.

Armand, s'arrachant à sa stupeur, s'élança vers le lit, se jeta sur le corps inanimé. Il le sentit froid et recula d'horreur. Il échangea avec le marquis un regard plein d'angoisse. Il eut le sentiment affreux de son abandon, il se vit perdu, livré à lui-même, et, plus glacé que la morte, il murmura :

— Maintenant, comment vivre ?

Le souvenir de tout ce qu'il avait fait endurer de tourments à la pauvre femme qu'il regrettait amèrement le saisit. Il se jugea criminel. Il s'accusa de l'avoir tuée. Et, avec des plaintes déchirantes, la tête appuyée sur ses poings crispés, oubliant tout ce qui n'était pas son chagrin, il sanglota éperdument. Le marquis, à demi éclairé, commençant à comprendre le sens mystérieux des suprêmes recommandations de Mina, regardait avec une âpre tristesse cet homme qui avait assez de sensibilité pour pleurer sa victime, mais qui n'avait pas eu assez de courage pour la sauver. Le voyant si accablé, et se rappelant la suprême clémence de Mina, il n'osait pas être sans pitié et s'apprêtait à lui faire entendre quelques paroles d'encouragement, lorsqu'il le vit se dresser, le front farouche, et marcher vers la porte. Il fit un pas pour le suivre ; mais Armand, l'arrêtant du geste, dit d'une voix étouffée :

— Restez auprès d'elle...

-- Non ! dit le vieillard, je ne vous quitterai pas...

— Que craignez-vous donc ?

Le marquis le regarda profondément et dit :

— Ce qu'elle craignait elle-même.

Armand pâlit affreusement, et, les yeux troubles, presque sans regards :

— Vous a-t-elle donc dit...

Il ne put achever.

— Elle m'a dit, continua le vieillard avec fermeté, qu'elle se sentait frappée mortellement et qu'elle n'avait plus que peu de temps à vivre. Elle m'a chargé de veiller sur vous quand elle ne serait plus là et de vous faire connaître ses dernières volontés !...

— M'a-t-elle donc pardonné ?

— Elle vous aimait.

Armand fit entendre une horrible plainte.

— Ah ! c'est de moi qu'elle est morte ! s'écria-t-il avec déchirement. C'est moi, misérable, qui me suis fait son bourreau. Quand il m'était si facile de la rendre heureuse, je l'ai torturée, et maintenant je ne vois pas comment je pourrai lui survivre !... Car elle était mon ange gardien sur la terre, et me voilà seul... désespérément seul !...

Et, avec un abandon accablé, il se laissa retomber à genoux. A cette minute même, une voiture roula sur le sable de la cour, s'arrêta sous la fenêtre, et une voix, qui fit tressaillir les deux hommes, retentit dans le silence funèbre du château, disant :

— La comtesse ? Où est la comtesse ?

Nul ne répondit.

Dans la chambre, Armand et le marquis demeurèrent immobiles, écoutant un pas léger qui se rapprochait. Enfin, dans l'encadrement de la porte restée ouverte, Lucie apparut. D'un regard, le marquis lui montra Mina inanimée et le comte qui pleurait auprès d'elle.

La jeune fille poussa un douloureux soupir, fit le signe de la croix, et, sans une parole, alla s'agenouiller à côté d'Armand.

Un rayon de soleil, entrant par la croisée, vint éclairer le front de la morte, et il sembla au marquis que, du fond de son dernier sommeil, elle venait de sourire. Sans doute son âme, planant au-dessus de ceux qu'elle avait aimés sur la terre, se réjouissait d'avoir si bien su, à l'heure où Armand s'abandonnait, faire revenir Lucie pour lui rendre l'espérance.

VOLONTÉ

I

Il était sept heures et demie du soir, et, dans le ciel rougi par les feux mourants du soleil, l'obscurité s'étendait lentement. Sur les boulevards, une cohue de gens affairés s'écoulait comme un fleuve, avec de grands remous quand, pour un instant, la circulation se trouvait entravée par la vente des journaux devant un kiosque. Les terrasses des cafés regorgeaient de consommateurs, entre les rangées desquels se faufilaient les marchands de cannes, portant en bandoulière le large étui en serge verte d'où émergeaient les pommes d'acier ou d'écaille surmontant le rotin et le bambou. Des femmes passaient avec l'allure traînante d'une flânerie qui ne doit être terminée que par l'offre, plus ou moins prompte, d'un dîner dans un des restaurants d'alentour. Sur la chaussée, les omnibus à trois chevaux, chargés de voyageurs, circulaient avec précaution au milieu des files de fiacres arrêtés au coin des grandes voies par les gardiens de la paix, afin de laisser traverser le flot des piétons. Une rumeur joyeuse s'élevait, faite du roulement des roues, du trot cadencé des chevaux, du cri des marchands, du murmure des promeneurs, voix de la grande ville qui, après le travail, l'agitation et le bruit de la journée, allait entrer dans le repos, le calme et le silence de la nuit.

Remontant le courant qui se dirigeait vers la Chaussée-d'Antin, deux jeunes gens très élégamment vêtus se frayaient un chemin, tournant les groupes avec cette adroite souplesse, coudoyant les passants avec cette audace souriante qui sont propres aux Parisiens. Ils semblaient chercher des yeux quelqu'un dans la foule. Arrivés devant le passage Jouffroy, ils eurent un moment d'hésitation.

— Je ne la vois plus, dit le plus âgé.

— Eh bien ! ne posons pas là... fit son compagnon.

Ils se remirent en marche.

— Du reste, continua-t-il, je ne sais rien de plus bête et de plus inutile que de suivre une femme dans la rue. Ou c'est une farceuse, alors qu'y a-t-il de piquant dans l'affaire ? Ou c'est une honnête dame, et alors il n'y a aucune suite possible à l'aventure. Donc, des pas et du temps perdus.

— Je te ferai remarquer, cher ami, que, dans le cas présent, nous ne perdions ni notre temps, ni nos pas, puisque la charmante personne qui nous a occupés cinq minutes nous menait dans notre chemin. Et puis, c'est gentil à voir trotter une Parisienne, et celle-ci avait une allure relevée, souple et coquette qui dénotait le pur sang...

— Tu en parles, ma foi, comme d'une de tes pouliches de courses...

— Eh ! mon cher, il n'y aurait d'affront ni pour la femme, ni pour... Tiens ! la voilà !

Retardée un instant par la difficile traversée du Faubourg-Montmartre, celle qui avait, sans s'en douter, attiré l'attention des deux promeneurs montait vivement la pente du boulevard devant Barbedienne, s'en allant vers le Faubourg-Poissonnière. La foule, plus clairsemée, permettait la marche facile, et les deux amis purent se rapprocher de l'inconnue et l'examiner à loisir. Sa mise était plus que simple. Un petit paletot de drap serrant sa taille svelte descendait sur une jupe de lainage marron sans un ornement, mais relevée avec goût ; sur sa tête aux cheveux châtains, un chapeau de paille noire, sans brides, sans plumes, ni fleurs. Une voilette assez épaisse couvrait son visage. Son costume annonçait une condition très humble : quelque modiste, une femme de chambre de petite bourgeoisie, ou bien une pauvre maîtresse de piano revenant de courir le cachet. Mais il y avait dans sa démarche une grâce, une élégance faites pour inspirer des doutes sur la réalité de son apparence. On eût dit une grande dame habillée avec des vêtements d'emprunt.

Elle marchait rapide, ne flânant pas, ne regardant pas les boutiques, et son pas ferme sonnait, sur l'asphalte, net et pressé. Les deux amis étaient arrivés, sans affectation, à sa hauteur et la regardaient du coin de l'œil, n'osant pas lui laisser voir qu'ils s'occupaient d'elle, retenus par une pudeur subite, comme s'ils avaient le sentiment qu'ils se trouvaient en présence d'une jeune fille. Ils ne purent distinguer ses traits ; mais, à travers le réseau serré du tulle, il leur sembla que ses yeux brillaient, profonds et doux. La voilette tombait au ras d'une bouche moyenne, au pli grave et un peu triste. Le seul trait bien visible et nettement accusé de ce visage était un menton fin et blanc, d'une fermeté sévère, tranquille et un peu hautaine. En somme, l'inconnue pouvait être laide, mais on eût juré qu'elle devait être jolie.

— Dis donc, fit à son compagnon le plus jeune des deux promeneurs, si elle continue dans la direction de la porte Saint-Denis, bonsoir, nous la lâchons... Je n'ai pas envie d'aller à sa remorque jusqu'à la Bastille !

Ils étaient au coin du Faubourg-Poissonnière. L'inconnue eut, au bord du trottoir, devant le ruisseau qui coulait assez large, un temps d'arrêt presque imperceptible ; puis, soulevant un peu sa jupe, elle sauta avec un mouvement leste et gracieux, découvrant aux deux amis un bas de jambe d'une finesse exquise. De l'autre côté de la chaussée, elle descendit vivement le Faubourg-Poissonnière.

— Ah ! ça, elle va chez ta grand'mère, dit en riant le plus âgé des deux hommes.

— A moins que ce ne soit au Conservatoire...

— Non ! Elle n'aurait pas traversé la chaussée.

Ils firent quelques pas plus rapides, qui les mirent coude à coude avec la jeune femme. Une sorte de communication magnétique s'établit entre eux. Elle dirigea de leur côté son tranquille regard, remarqua leur animation, devina leur curiosité ; le pli de sa bouche s'accentua avec une dureté subite. Elle tressaillit et parut se ramasser sur elle-même, non inquiète, mais contrariée. Précipitant sa marche, elle distança ses poursuivants, puis, devant une grande maison à large porte cochère, elle tourna brusquement et entra. Les deux amis, arrivés presque en même temps qu'elle, s'arrêtèrent et, se regardant, se mirent à rire.

— Eh bien ! je te l'avais dit : elle va chez ta grand'mère.

— Elle est entrée chez le concierge, elle va ressortir ; attendons un instant.

Au même moment, en effet, elle ressortait tenant dans sa main une clef, celle de son logement sans doute, et un paquet enveloppé dans de la lustrine grise. En retrouvant ces deux hommes plantés sous la porte et semblant la guetter, elle ne put réprimer un geste de dépit ; elle détourna la tête, comme pour leur témoigner son mécontentement, et, s'engageant dans un petit escalier qui s'ouvrait à la droite de la loge, elle disparut.

— Elle demeure dans la maison, dit le plus jeune des deux amis, et pourtant c'est la première fois que je la rencontre. Il y a, dans les combles, de très petits logements. C'est quelque ouvrière... En tous cas, la chasse est terminée. Tu n'as pas envie de grimper cinq étages

AH! ÇA, ELLE VA CHEZ TA GRAND'MÈRE (PAGE 300)

derrière ses talons, n'est-ce pas, pour te faire fermer vertueusement
la porte au nez? Alors, allons dîner...

— Demande donc au concierge comment elle s'appelle...

— Je puis faire cela pour toi.

Le jeune homme ouvrit la porte de la loge, au fond de laquelle un
vieil homme à cheveux blancs, assis dans un grand fauteuil de cuir.
lisait le journal du soir. En reconnaissant celui qui entrait, sa figure
s'éclaira d'un large sourire, et, ôtant sa calotte, il se leva avec empressement.

— Père Anselme, quelle est donc la personne qui sort à l'instant
de votre loge?...

— Mlle Hélène, une des locataires du cinquième, monsieur Louis...
Une jeunesse très sage, très tranquille, très courageuse... Ça travaille
dans la confection toute la journée, et, pour s'occuper le soir, ça
perle de la dentelle... jusqu'à des minuit... C'est ma femme qui lui fait
son ménage... Nous l'appelons Mlle Hélène, mais son nom de famille
est Graville... Il y a dix-huit mois qu'elle loge ici, et on ne s'en est
pas seulement aperçu...

— Merci, père Anselme, dit le jeune homme en voyant que le concierge se disposait à lui faire une biographie complète de sa locataire.

Et, adressant au vieux serviteur un signe de tête amical, il rejoignit
son compagnon.

— Eh bien ! elle s'appelle Hélène Graville et travaille pour un
magasin de confections... Elle est sage, rangée et édifie le portier...
Si donc tu veux l'épouser...

— Que le diable l'emporte !

— Alors, allons dîner. Il est sept heures et demie, nous sommes en
retard, et ma grand'mère n'aime pas ça.

Ils se dirigèrent vers le perron d'un hôtel situé au fond de la cour.
Donnant d'un côté sur le Faubourg-Poissonnière et de l'autre sur
un immense jardin qui s'étend presque jusqu'à la rue d'Hauteville,
l'hôtel Hérault-Gandon a été bâti sous Louis XV par le financier La
Grimonière, qui en avait fait sa maison de campagne. Une petite
rivière, dont il n'existe plus trace, traversait le parc et se jetait dans

la Grange-Batelière, alimentant des bassins de marbre sur l'emplacement desquels ont été construites quelques-unes des maisons de la rue d'Enghien. Acheté en 1852, au lendemain du coup d'État, par Hérault-Gandon, le grand industriel dont les usines métallurgiques sont les plus importantes de Saint-Denis, ce vaste hôtel a été depuis trente ans la résidence de la famille. La vieille Mme Hérault l'habite avec son petit-fils Louis, unique héritier du nom et de la fortune.

Louis et son ami gravirent les marches du perron et entrèrent dans un vestibule dallé, dont la porte leur fut ouverte par un valet de pied en livrée noire.

— On ne m'a pas attendu? demanda le jeune homme en prenant sur un plateau d'argent quelques lettres et des journaux.

— Madame s'est mise à table il y a environ un quart d'heure, avec Mlle Lereboulley.

— Oh! si Émilie est là, dit Louis en se tournant du côté de son ami, tout va bien.

Ils montèrent au premier étage par un grand escalier à marches de pierre, recouvertes d'un somptueux tapis, et arrivèrent dans une haute galerie à l'entrée de laquelle un maître d'hôtel était assis devant une table de bois sculpté, solennel et grave comme un chef de bureau. Il se dressa lentement, prit les pardessus et les cannes des deux jeunes gens, et, sans prononcer une parole, les introduisit dans le salon.

Au travers d'un fouillis de guéridons, chargés de précieuses porcelaines, de paravents habilement disposés pour arrêter le vent des portes et des croisées, de canapés et de fauteuils placés dans un harmonieux désordre, ils s'avancèrent vers la salle à manger. Dans la large cheminée de marbre blanc, décorée de bronzes dorés, le feu brûlait comme en hiver. Mais une fenêtre était ouverte et du jardin montaient des senteurs fraîches de verdure naissante. Auprès d'une bergère douillettement capitonnée, un chien à longs poils argentés dormait dans une corbeille garnie de satin brodé. A l'approche des deux hommes, il souleva languissamment sa paupière, reconnut des amis, et, ayant remué la queue, se replongea dans sa délicieuse torpeur. De l'autre côté de la porte, un murmure de voix et un bruit d'argenterie remuée se faisaient entendre. Louis ouvrit et, faisant passer son ami devant lui :

— Veut-on encore de nous, dit-il gaiement, ou faut-il que nous allions dîner au cabaret?

— Ah ! vilain garçon, te voilà enfin ! dit la grand'mère, en se levant avec un joyeux empressement... Bonjour, monsieur de Thauziat... asseyez-vous auprès d'Émilie...

Et, frappant ses petites mains sèches l'une contre l'autre, pour activer ses domestiques :

— Vite! deux couverts !

Elle avait pris son petit-fils par le bras, comme pour être certaine qu'il ne s'en irait pas, et, le regardant avec tendresse, elle l'avait installé auprès d'elle. C'était une toute petite femme ratatinée par l'âge. Sous ses cheveux blancs, son teint frais et ses yeux vifs lui donnaient un air de santé. Elle était vêtue d'une robe noire très simple et portait sur ses épaules un châle de laine tricotée. L'aspect d'une modeste bourgeoise, dans cette admirable salle à manger décorée de ravissants panneaux dus au pinceau de Largillière et dont le plafond, en voussure, représentait la guerre des Dieux et des Titans, peinte par Coypel.

— Hein ! Émilie, dit-elle avec animation, nous qui croyions dîner toutes seules et qui, maintenant, faisons partie carrée !...

Celle à qui Mme Hérault s'adressait, assise de l'autre côté de la table, était une jeune fille d'apparence chétive et souffreteuse. Son menton saillant, sa bouche crispée, son nez pointu, auraient offert les signes distinctifs de la méchanceté, si un front large et rêveur, couronné de superbes cheveux blonds, n'avait corrigé par sa noblesse tout ce que le bas du visage avait de menaçant. Cette tête, remarquable par son étrangeté, se dressait sur un corps grêle, un peu déjeté, auquel étaient attachés deux longs bras maigres, terminés par des mains très petites et ornées de bagues magnifiques. Émilie était habillée avec une grande élégance, mais sans cette recherche de la grâce qui caractérise la femme qui veut plaire. Elle paraissait avoir abdiqué toute prétention et s'être résignée, connaissant son peu de

MAIS AU BOUT DE QUELQUES SECONDES ON ENTENDIT UN DOUBLE CRI
(PAGE 310)

charme, à n'être pour les hommes qu'une camarade. On lui eût facilement donné trente ans, mais elle n'en avait pas encore vingt-cinq.

Fille unique de Sébastien Lereboulley, sénateur, ancien ministre, un des grands financiers de l'Europe, elle avait perdu sa mère toute jeune, et, élevée par une institutrice anglaise, elle avait pris des habitudes indépendantes que la tendresse de son père avait favorisées. Absorbé par le souci de ses immenses affaires, accaparé par la politique et entraîné par un goût pour la galanterie que n'avait pas tempéré l'âge mûr, Lereboulley, adorant Émilie, l'avait laissée vivre à sa guise dans le culte des arts, l'intimité des artistes et la recherche du beau. Cette fille, si disgraciée de la nature, semblait avoir voulu compenser, par l'élévation éclatante de son esprit, la dégradation misérable de son corps. Elle s'occupait de sculpture et de peinture avec un talent qui eût assuré l'avenir d'un pauvre diable. La causticité de son esprit la faisait redouter dans le monde, où son immense fortune lui attirait une cour d'adorateurs. Mais elle ne s'attaquait jamais aux humbles et réservait ses traits acérés pour les intrigants et les orgueilleux.

Sa main avait été demandée par les plus aimables jeunes gens de l'aristocratie et de la finance. Elle avait éconduit tous les prétendants, disant qu'elle avait trop d'orgueil pour ne pas exiger qu'on l'épousât par amour, et trop de raison pour ne pas comprendre que c'était impossible. Cet amer raisonnement, qui trahissait un cœur tendre, déchiré par des regrets fièrement dissimulés, n'avait pas découragé les soupirants. La foule des ambitieux avait continué à se recruter de tous ceux qui pouvaient espérer qu'un moment de lassitude, une minute de dépit, feraient s'ouvrir cette main jusque-là obstinément fermée.

Parmi tous ceux qui l'entouraient, deux seulement pouvaient se flatter d'être l'objet d'une préférence marquée de la part de Mlle Lereboulley, et ces deux élus venaient justement de faire leur apparition dans la salle à manger de l'hôtel Hérault. L'un, ami de jeunesse, se voyait traité par Émilie comme un véritable frère, c'était Louis. L'autre, Clément de Thauziat, ami nouveau, ayant eu l'habileté ou

l'indépendance de ne point se poser en épouseur, avait mérité l'attention semi-railleuse, semi-caressante de la jeune fille. Il se voyait alternativement gratifié de mots aimables, aussitôt compensés par de
cuisantes épigrammes. Avec lui, Mlle Lereboulley semblait une chatte
qui tantôt griffe et tantôt fait patte de velours. Un observateur eût
constaté que la griffe dominait. Mais, en somme, elle ne le dédaignait
point, et c'était un triomphe.

Du reste, il se montrait de force à se défendre, n'étant point pré-
cisément naïf. Quoique paraissant encore très jeune, il avait atteint la
quarantaine. C'était un beau garçon, brun, à figure d'Arabe, les yeux
noirs et la barbe frisée, l'air mâle, et, dans sa mise, d'une sobriété
recherchée qui lui donnait un remarquable cachet de distinction. Il
était venu à Paris très jeune, s'était lancé avec beaucoup de hardiesse
dans de grandes affaires et disposait de considérables capitaux. Lereboulley l'appréciait beaucoup. Ils s'étaient rencontrés dans le monde
galant où Thauziat s'était fait, dès le premier instant, le guide et
l'initiateur de l'homme de cinquante ans. Le madré compère avait
montré au financier tous les tours et détours de l'île des Plaisirs, et le
financier lui avait, en échange, ouvert le chemin de la fortune.

Lereboulley et Thauziat, de la sorte, avaient depuis dix ans vécu
dans une intimité complète, et ils connaissaient l'un sur l'autre bien
des histoires, les unes badines, les autres terribles, batailles d'amour
et batailles d'argent, livrées dans les boudoirs tendus de dentelles ou
gagnées sur le froid pavé de la Bourse. Quand on disait en riant :
« Thauziat et Lereboulley ont entre eux des cadavres, » on ne
croyait pas rencontrer si juste. Mais il n'en fallait pas plaisanter
devant Thauziat, qui était un des plus forts escrimeurs de Paris et
qui, au pistolet, cassait autant d'assiettes qu'on voulait, à trente pas,
au commandement.

Au demeurant, c'était un merveilleux type d'aventurier égaré dans
ce siècle étriqué et mesquin, qu'il dominait dédaigneusement de toute
sa beauté, de toute sa hardiesse et de toute son intelligence. Au xv⁰
siècle, il eût été un de ces condottieri superbes, qui se taillaient des
principautés dans les territoires conquis, et qui, patronnant les

architectes, les sculpteurs et les peintres, bâtissaient des villes de
marbre, peuplées de statues et ornées de tableaux qui sont aujour-
d'hui la gloire des musées modernes. Il avait l'envergure d'un Sforza
ou d'un Colonna ; mais, enserré dans une étroite civilisation, il n'avait
pas pu développer ses ailes d'aigle. Et, replié sur lui-même, il avait
encore un air d'audace et de force qui le faisait distinguer, au premier
abord, par tout œil clairvoyant.

En tout il aimait l'exquis, et jamais homme ne dépensa l'argent avec
un dilettantisme aussi raffiné. Il habitait, avenue d'Antin, un bijou
d'hôtel qui était la plus charmante garçonnière de Paris. Il y avait
réuni des tableaux qui, en dehors de leur valeur d'art, avaient tous
une origine célèbre, ayant passé par les galeries des grands amateurs.
Aucune maison n'était mieux tenue que la sienne et ses attelages
remportaient des prix au concours hippique. Il faisait courir, et sa
casaque violette triomphait sur les hippodromes. Ses bonnes fortunes
lui avaient valu des haines terribles, dont il avait triomphé, et des
admirations, dont il tirait parti. Dans ce siècle, où le banal règne, il
avait une originalité, et par cela même il était une des douze ou quinze
figures curieuses de Paris. Il lui avait suffi de prendre Louis Hérault
en amitié pour mettre celui-ci hors de pair. Du jour au lendemain, le
camarade de Clément était devenu quelqu'un, rien qu'à refléter les
rayons de l'astre.

Ils s'étaient rencontrés à Vienne, dans des circonstances extraordinaires. Revenant de Carlsbad, Thauziat avait accepté à souper chez
Carlotta Brunnen, une des plus célèbres danseuses de l'Europe. Louis
Hérault, qui passait, allant en Moravie chasser le coq de bruyère,
avait été amené par lord Eddisley, un de ses amis du club. Thauziat
et lui se trouvèrent les seuls Français dans une réunion formée en
grande partie d'Allemands. On était alors, en France, en proie à une
violente anxiété. La guerre paraissait être à la veille d'éclater, et le
czar seul, par son intervention inattendue, tenait en suspens l'invasion
nouvelle prête à se répandre au delà des Vosges. Clément de Thauziat,
habitué à briller partout où il se montrait, ne parut pas remarquer la
composition essentiellement germanique de l'assistance et déploya

les grâces de son esprit comme s'il eût été entouré d'amis. Les femmes, qui sont généralement cosmopolites quand elles ont affaire à de jolis garçons, s'étaient du reste déclarées pour lui, et la visible faveur dont il était l'objet n'avait pas peu contribué à rendre les autres invités maussades. Mais peu à peu, sa verve avait tout emporté, et le souper, commencé à minuit, était, à deux heures du matin, d'une gaieté folle.

Ce fut cet instant que choisit la maîtresse du logis pour porter la santé de celui qui s'était improvisé roi de la fête. Si Carlotta avait simplement levé son verre en l'honneur de Thauziat, tous les hommes présents auraient, sans hésiter, fait raison à la belle danseuse. Mais elle eut l'imprudence de vouloir associer Louis Hérault à sa manifestation sympathique, et, réunissant les deux compatriotes dans le même toast, elle s'écria : « Messieurs, à nos amis de France ! » Il se trouvait là deux attachés militaires allemands, un très noble baron bavarois haut de six pieds, blond comme la bière de son pays, et un petit capitaine prussien trapu, l'air rogue et hargneux, même en état d'ivresse. Au milieu du chorus que firent tous les convives, un bruit strident retentit : les verres des deux officiers venaient de tomber brisés sur la table. Il y eut un instant de silence gêné, au milieu duquel la voix calme de Clément s'éleva :

— Ces messieurs n'ont plus soif, mais peut-être un peu d'air leur ferait-il du bien ?

Il s'était dressé, et avec lui les deux Allemands. Faisant signe à Louis de le suivre :

— Continuez, dit-il aux soupeurs d'un air riant, nous sommes à vous dans une seconde.

Il se dirigea vers la fenêtre qui avait été ouverte à cause de la chaleur, et, passant sur le balcon au bas duquel un petit bras du Danube coulait, reflétant les étoiles d'une splendide nuit d'été, il alluma une cigarette et se mit à causer le plus tranquillement du monde avec le Goliath bavarois. De loin, on le voyait sourire, pendant que son interlocuteur, très rouge, faisait « non » de la tête. Louis, de son côté, avait entrepris le petit capitaine. Quelles demandes et quelles réponses furent échangées dans cet entretien qui fut fort court, on ne le sut pas. Mais, au bout de quelques secondes, on entendit un double cri, et, sur le balcon, on n'aperçut plus que les deux Français. Ils rentrèrent dans la salle à manger, et, d'un ton très calme, Thauziat, s'adressant à l'assistance :

— Il y avait eu erreur, ces messieurs avaient encore soif : ils boivent !

On s'élança. Au pied du balcon, le baron et le capitaine barbotaient dans deux pieds de vase. Clément et Louis s'étaient chargés chacun du leur. Le lendemain, dans un petit bois, près de Schœnbrun, le Bavarois, qui avait voulu se battre au sabre, recevait de Thauziat, qui pratiquait toutes les escrimes, un coup de banderole qui eût fait l'admiration de tous les tireurs de rapière des universités allemandes. Quant à Louis, il avait mis une balle dans la cuisse du capitaine. A partir de ce jour, Thauziat et Hérault furent inséparables. Peut-être ne fut-ce pas pour le bien de Louis, dont le caractère faible aurait eu besoin d'un plus sage mentor que ce redoutable viveur. Mais on ne change pas sa destinée, et il était écrit dans l'avenir que l'existence de Clément et celle de Louis devaient être tragiquement mêlées l'une à l'autre.

Pour l'instant, ils étaient fort paisibles dans la belle salle à manger de l'hôtel Hérault et, de bon appétit, s'efforçaient de rattraper les deux femmes, qui avaient déjà à demi épuisé le menu du dîner. L'une et l'autre d'ailleurs, la vieille et la jeune, s'étaient interrompues et examinaient avec un plaisir non dissimulé ces deux hôtes inespérés.

— Et maintenant, méchant garçon, veux-tu avoir la bonté, dit la vieille Mme Hérault, de m'expliquer ce que tu es devenu depuis huit jours ? Car, sans reproche, voilà une semaine que je ne t'ai vu.

— Grand'mère, j'étais en Angleterre avec Clément ; nous sommes allés regarder courir une pouliche sur laquelle il fonde de grandes espérances pour les Oaks et peut-être aussi pour le Grand-Prix de Paris... Une fille de Baronnette par Turlupin, rien que ça !

— Et vous êtes revenus... ?

— Aujourd'hui.

— Votre train arrivait donc bien tard, dit en souriant la grand'-

...ère, que vous n'avez pas pu être exacts pour l'heure du dîner?

— Nous sommes arrivés ce matin. Je suis allé tantôt à Saint-Denis, pour me faire rendre compte des affaires... Je me suis habillé au cercle... et nous aurions parfaitement pu être ici à sept heures, si, en venant, Thauziat ne s'était pas mis en tête de suivre un petit trottin de modiste, dont la tournure lui avait paru agréable.

— Ah! Ah! sire Clément, dit Mlle Lereboulley, dont les yeux gris pétillèrent, nous allons être informées de vos dévergondages!... Vous suivez maintenant les petites filles dans la rue, mon brave homme?... Mais, imprudent, qu'est-ce que vous vous réservez pour votre vieillesse?

Thauziat fit un geste d'insouciance:

— N'écoutez pas les calomnies de ce jeune drôle, qui veut tout simplement me noircir dans votre esprit... Et, puisqu'il ose m'attaquer, je vais lui rendre la pareille... Nous sommes en retard parce qu'il a tenu absolument à entrer chez Mme Olifaunt avant de venir ici.

— Et l'avez-vous vue, la belle Diana? demanda Mlle Lereboulley avec un sourire ironique.

— Non, elle dormait encore.

— Et il était sept heures du soir? Oui, c'est sa manière; elle va au bal cette nuit et veut y paraître fraîche et reposée; alors, elle reste au lit tout le jour. Ah! sa beauté, elle la surveille comme un bijou de valeur. Que ne peut-elle la serrer dans un écrin, avec ses diamants, et ne la sortir qu'aux heures marquées pour le triomphe!... Mais chaque année, chaque mois, chaque jour porte atteinte à ses charmes précieux. Aussi Diana, impuissante à arrêter la marche du temps, limite le nombre des minutes pendant lesquelles elle sera exposée à la fatigue qui lui vaudrait une ride... Cela s'appelle administrer sa beauté... Elle a déjà un gérant: son mari, l'honorable sir James... Un de ces jours, elle aura un bureau... pour les renseignements.

— Émilie! s'écria Louis avec reproche, tu ne perds jamais une occasion de te montrer mauvaise pour Mme Olifaunt.

— Mon père est si bon pour elle! Elle n'a sans doute pas la prétention d'obtenir les bontés de toute la famille?...

Il y eut quelques secondes de gêne, pendant lesquelles le rire strident dont Émilie avait souligné son allusion se fit seul entendre. Désireux de changer la conversation, Louis reprit :

— Je vous préviens, grand'mère, que la belle si chaudement poursuivie par Thauziat est une de vos locataires; elle demeure dans le corps de logis du Faubourg.

— Qui te l'a dit?

— Le concierge.

Mme Hérault leva ses petites mains ridées jusqu'à son bonnet à fleurs, et, d'une voix aigrelette :

— Eh bien! Voilà du joli!... Ah çà, Thauziat, je vous défends de faire du scandale dans ma maison... Cette personne est peut-être une honnête fille.

— Anselme l'atteste... D'ailleurs, elle est trop simplement vêtue pour avoir mal tourné. Lorsque Clément l'entretiendra, elle mettra de côté ses petites robes de laine, et nous lui verrons un coupé à la porte, pour que les autres Thauziat ne puissent plus la suivre dans la rue.

— Et comment se nomme-t-elle, cette locataire fortunée qui attire les regards de notre grand maître des élégances? demanda Mlle Lereboulley... Vous avez dû vous en assurer pendant que vous feuilletiez le concierge?

— Elle s'appelle de son petit nom Hélène, comme celle qui mit autrefois en feu la Grèce et l'Asie, répondit gaiement Louis, et, de son nom de famille, Graville.

— Graville! interrompit la vieille Mme Hérault, c'est le nom du village où je suis née... Il y avait, dans le pays, une famille de Graville qui habitait le château. Mais l'unique héritier était un garçon, et je n'ai point connu de fille qui s'appelât Hélène.

— Hé! grand'mère, si vous l'aviez connue, elle aurait la soixantaine, et la personne en question est toute jeune.

— C'est juste, dit en riant Mme Hérault... Les vieilles gens parlent de leur passé, vois-tu, comme si c'était hier... La vie s'écoule si vite, qu'on croit encore être ce qu'on a été... Et on est tout étonné quand on vous dit : « Mais non, il y a de cela un demi-siècle... » Un demi-

JE TE PARIE QUE JE DEVINE A QUI TU PENSES (PAGE 318)

siècle!... Juste l'époque où j'épousais ton grand-père. Mme de Graville y fut pour quelque chose, et je lui ai dû beaucoup en ce temps-là... Il aurait fallu ne pas la perdre de vue... Mais Hérault a voulu venir à Paris, il s'est lancé dans les affaires, et j'ai oublié le pays, le château et la dame qui avait été si bonne pour moi... C'est l'histoire de bien des gens... On a l'air d'être ingrat, quand on n'a été qu'occupé... Si cette personne appartient à la famille dont je vous parle, nous aurions à nous acquitter d'une dette envers elle.

— Ce sera chose facile, dit Louis, car elle paraît pauvre. Alors, Clément aurait joué le rôle de la Providence, en nous mettant sur la trace d'une descendante des Graville que vous avez connus... Mais des Graville, il y en a, en Normandie, comme des pommes... C'est un nom très répandu.

— Je m'informerai.

Le dîner était terminé et la porte du salon venait d'être ouverte. La vieille Mme Hérault se leva de table, et, sans prendre le bras de Clément ou celui de son petit-fils, elle passa la première, vive et alerte, laissant derrière elle Émilie et les deux jeunes gens. Le café était servi sur une petite table. Elle le montra à Mlle Lereboulley :

— Faites-en les honneurs, ma chère, à ces deux messieurs, et après, s'ils veulent nous faire la faveur de rester avec nous, permettez-leur de fumer leurs horribles cigarettes.

— Émilie serait bien fâchée si nous ne fumions pas, dit Louis : elle n'aurait pas l'occasion de fumer elle-même.

— C'est une gracieuse façon de constater une fois de plus, interrompit Mlle Lereboulley, combien je suis mal élevée, n'est-ce pas?

Elle hocha la tête, puis, avec une amère mélancolie :

— Prenez donc une bonne fois l'habitude de me traiter comme une créature à part. Je n'ai rien d'une femme; j'ai donc voulu m'affranchir, autant que je l'ai pu, de la sujétion imposée à mon sexe. Je me suis faite garçon et je prétends être indépendante dans mon allure autant qu'il me plaira. Je suis privée de toutes les petites joies féminines, je ne dois pas songer à me parer ou à me pomponner... Tournée comme je le suis, ce serait grotesque! Nul ne me fait la

cœur... Oh ! je m'entends : sincèrement, pour moi-même, car on courtise beaucoup ma dot... Mais, lorsqu'un de ces braves, décidés à m'é-
pouser malgré ma laideur, me dit en soupirant : « Mademoiselle,
combien vous êtes charmante ! » je transpose la musique de sa
romance et j'entends : « Mademoiselle, combien vous êtes riche ! »
Alors j'envoie au diable le galant et sa spéculation amoureuse, et je
cherche des compensations à ma détresse morale dans les plaisirs de
la liberté. Je sors quand il me plaît, je vais où je veux, je conduis
moi-même mes chevaux, je parle de tout, je lis tout, je fume avec mes
amis et je suis presque un aussi méchant drôle que toi, entends-tu,
mon petit Louis, mauvaises mœurs à part, bien entendu... Et je n'y
ai guère de mérite !

Elle fit une pirouette, qui la montra dans sa chétive difformité,
puis, partant d'un éclat de rire, elle tira de sa poche une très jolie
boîte d'argent et y prit une fine cigarette russe qu'elle alluma,
poussant avec affectation sa fumée dans la figure de son camarade.

— A la liste de vos défauts, il en manque un cependant, mademoiselle Lereboulley, dit tranquillement Thauziat.

— Et lequel, mon cher ?

— Vous êtes fanfaronne, et vous vous vantez d'être mauvaise, plus
que bien d'autres d'être bons, et à moins juste titre... Avec vos
prétentions à la diablerie, vous êtes excellente.

— Ce n'est pas vrai ! s'écria violemment Émilie. D'ailleurs, pourquoi le serais-je ? Je méprise et je hais l'humanité, que je trouve
bête, méchante et lâche.

— Vous n'avez pas tort... Mais vous êtes, vous, trop intelligente
pour ne pas faire d'exceptions... Et la preuve, c'est qu'en arrivant ici
nous vous avons trouvée tenant compagnie à Mme Hérault, pour la
dédommager de l'absence de son petit-fils.

La grand'mère se leva de son fauteuil, et, avec une vivacité
joyeuse :

— Bien dit, monsieur de Thauziat ; la voilà prise en flagrant délit.
Du reste, vous y êtes pris comme elle, vous qui, avec vos idées
d'égoïsme déclaré, êtes venu manger le dîner d'une vieille femme

ennuyeuse, et qui restez encore dans la soirée pour lui faire société...

Thauziat secoua sa belle tête brune en souriant :

— Non, madame Hérault, ne croyez pas à du dévouement... Je viens dîner chez vous parce que la cuisine y est bonne, et je reste après pour faire une partie de besigue avec vous, parce que vous le jouez bien... voilà tout!...

Les yeux de la vieille femme brillèrent, et, se tournant vers son petit-fils avec vivacité :

— Alors, Louis, donne-nous la table !...

— Eh bien ! grand'mère, nous pouvons rester jusqu'à onze heures, dit Louis; Thauziat va faire une chouette, tâche de le rubiconer...

— Sois tranquille. Et vous, Clément, tenez-vous bien !...

Ils commencèrent à jouer. Émilie et Louis s'étaient assis dans un coin du salon. Ils demeurèrent un instant silencieux, elle fumant distraitement, lui suivant une obsédante pensée, qui l'emportait loin de ce tranquille hôtel où les bruits de la ville n'arrivaient même pas, amortis par l'étendue déserte des cours et la solitude des jardins. Il voyait, subitement évoquée, l'image souriante d'une femme blonde, au visage rose, éclairé par le regard de deux yeux d'un bleu céleste. Elle se balançait, légère comme une apparition, blanc fantôme d'un rêve, gracieuse, un peu irritante avec son énigmatique sourire, semblant dire : « Ose donc m'aimer! Si tu m'avoues que tu me désires et que tu me veux, qui sait ce que je te répondrai? Malgré mon apparence marmoréenne et glacée, je suis passionnée et ardente. Mais je ne m'anime et je ne me transfigure que pour celui qui m'adore... Prends-moi dans tes bras, et tu sentiras mon cœur battre. Il faut de l'audace : c'est là le secret du triomphe !... »

Puis, soudain, auprès d'elle paraissait une autre forme, à la fois grotesque et menaçante : celle de son mari, l'honorable sir James, comme disait railleusement Émilie, avec ses cheveux roux, crépus, son visage coloré par le porto et ses petits yeux noirs, perçants et moqueurs. Il se montrait flegmatique et cérémonieux, affectant une tenue irréprochable et parlant de sa loyauté avec la fréquence affirmative d'un homme qui ne veut pas laisser le doute se manifester.

paternel pour la belle Diana, à laquelle il prodiguait les appellations tendres, mais visiblement assez peu son mari pour ne pas décourager les adorateurs.

Lorsque le sourire cessait de donner à son visage une expression joyeuse, sa physionomie devenait d'une dureté sinistre. Qu'était-ce que cet homme et cette femme, qui avaient subitement paru, deux ans auparavant, dans le monde parisien? Ils habitaient un hôtel avenue Gabriel, sortaient dans des voitures merveilleusement tenues, donnaient à dîner le mardi et recevaient le soir. Le sénateur Lereboulley, père d'Émilie, homme de soixante ans, très gros de corps, les cheveux d'un noir dur qui annonçait la teinture, était intime dans la maison. Il apportait à la belle Anglaise des fleurs et des bonbons, et l'appelait Diana. Il devait avoir, dans sa maison de banque, des fonds à M. et à Mme Olifaunt, car, à différentes reprises, on avait vu des chèques signés Lereboulley dans les mains de sir James.

Un autre ami avait ses grandes et ses petites entrées dans la maison, c'était Thauziat. Quand on l'interrogeait sur le compte de sir James, il racontait que M. Olifaunt appartenait à une excellente famille du Yorkshire et qu'il avait épousé par amour la fille d'un pasteur protestant. Il connaissait la femme et le mari depuis très longtemps et avait beaucoup contribué à leur créer d'agréables relations quand ils étaient venus se fixer à Paris. C'était par lui que Lereboulley avait été présenté à Diana. A différentes reprises, Louis avait essayé de questionner Clément sur le compte de ses amis d'Angleterre; toujours celui-ci s'était dérobé avec une nonchalance hautaine qui rendait l'insistance difficile. Louis, cependant, avait cru se montrer très habile en faisant à Thauziat et à Lereboulley la confidence de sa passion naissante pour Mme Olifaunt. Clément avait répondu très froidement : « Eh bien ! fais-lui la cour. » Quant au sénateur, il avait froncé violemment le sourcil et, plein d'agitation, s'était écrié : « Mais, mon cher, vous êtes fou ! C'est une très honnête femme ! »

Alors, que croire? A qui se fier? Les apparences étaient en faveur du ménage Olifaunt, qui menait un train honorable, était entouré d'amis sûrs et n'attirait l'attention que par une certaine pointe d'excentricité libre, très excusable chez des étrangers. Et cependant, l'instinct secret de Louis le mettait en garde, et il conservait l'étrange soupçon que Diana pourrait être, en réalité, une aventurière de haute volée et sir James un chevalier d'industrie vivant de l'inconduite de sa femme.

Absorbé par sa rêverie, Hérault poussa un soupir.

— Cœur qui soupire n'a point ce qu'il désire, dit Émilie, en jetant sa cigarette... Je te parie que je devine à qui tu penses?...

— Voyons... fit le jeune homme, dont les paupières battirent, comme s'il se réveillait.

— A notre chère belle Diana. Est-ce vrai?

— C'est vrai.

— Pour ma peine, apprends-moi où vous devez vous rencontrer ce soir. Car vous allez dans la même maison, n'est-ce pas?

— Alors, sois discrète, car c'est un secret que je vais te confier: nous allons à la redoute du comte Woréseff...

— Mais c'est une soirée de cocottes!... s'écria Émilie avec un geste effarouché. Et notre pudique Diana se montrera dans un pareil lieu?

— D'abord, il n'y aura que les étoiles de nos grands théâtres...

— Et bien! qu'est-ce que je disais? interrompit Mlle Lereboulley.

— Et, poursuivit Louis, beaucoup de femmes du meilleur monde, en veine de curiosité. Sous le masque, on peut se permettre bien des choses... Du reste, Mme Olifaunt sera bien accompagnée. Sans compter sir James...

— Oui, ne le comptons pas!...

— Il y aura ton père!...

— Mon sénatorial et majestueux père lui-même! Qu'est-ce qu'il va faire dans cet endroit-là? Il se fera encore carotter des billets de mille francs par un tas de petites demoiselles.

— Enfin, il y aura Thauziat et ton serviteur... Tu vois qu'avec tant de protecteurs...

— Diana sera bien en danger!

— Tu n'es pas sérieuse, Émilie.

— Et toi, jeune malin, est-ce que tu l'es? En somme, d'après ton dire, votre soirée est une réunion des plus choisies... Faubourg-Saint-Germain et Faubourg-Montmartre mélangés. La mère sans danger y conduira sa fille... C'est parfait!...

Elle se pencha vers son ami et, d'un ton très câlin :

— Alors, emmène-moi, mon petit Louis... Je meurs d'envie d'y aller...

— Tu plaisantes !

— Une fois par hasard, non !

— Mais, ma chère, tu n'as pas d'invitation.

— La bonne raison! A ton bras, qui est-ce qui risquera une observation? Tu diras à Woréseff que je suis la belle Fatma, déguisée en Parisienne... Sous un domino, tu verras, je ferai illusion... Oh! que ce sera amusant ! J'intriguerai... Je sais tant de choses sur tous ceux qui seront là... Hein? C'est entendu?... Je ne te gênerai pas... Tu seras libre. Et, quant à moi, celui qui s'aviserait de me manquer de respect...

Elle redressa sa petite taille, puis, avec son air de gamin gouailleur:

— Celui-là, il serait rudement volé !

— Eh bien ! soit, dit Louis ; mais à une condition : tu me diras ce que tu sais sur le compte de Mme Olifaunt.

Le visage d'Émilie se rembrunit ; elle pinça ses lèvres et, hochant la tête avec gravité :

— Mme Olifaunt? Que veux-tu que je te dise sur elle? Tu la connais... Elle est belle, jeune, riche...

Louis eut une hésitation; puis, fixant avec attention ses regards sur ceux de Mlle Lereboulley :

— Qu'est-ce qu'elle est à ton père?

— Ah ! c'est ça qui te taquine?

— Oui, j'ai interrogé Thauziat, il n'a pas voulu me répondre. Toi, tu détestes Diana et elle a peur de toi, c'est visible... Pourquoi la haine? Et pourquoi sa crainte?

Les yeux d'Émilie devinrent plus sombres sous ses sourcils froncés, et, d'une voix railleuse :

— Nous ne nous adorons pas, c'est vrai. Et, puisque tu veux tout savoir, je crois que Diana est une fille naturelle que mon père a eue autrefois en Angleterre.

Louis fit un haut-le-corps :

— Tu te moques de moi ! Il ne la connaissait pas il y a deux ans.

— Il l'a retrouvée par hasard... C'est Thauziat qui l'a mis sur la trace... Les voies de la Providence sont mystérieuses !...

— Allons, ce n'est pas possible !

— Alors, qu'est-ce qu'elle serait donc, si elle n'était pas sa fille ? s'écria Émilie, avec toute sa gaieté revenue. Sa maîtresse ? Tu n'espères pas que je vais te raconter que je soupçonne mon père de se mal conduire ?... Et notre honorable sir James, que deviendrait-il dans tout cela ? Et moi-même, qui reçois la divine Diana, que serais-je, si c'était une farceuse ? Non pas ! Sa conduite est parfaite ; seulement, c'est une Anglaise, et les étrangères sont excentriques voilà tout. Et, pour finir, laisse-moi te donner un bon conseil : ne lui fais pas la cour. Tu t'attirerais une affaire avec sir Olifaunt, qui est de première force au pistolet...

Et comme Louis haussait les épaules avec un tranquille dédain :

— Et, surtout, tu mécontenterais papa, ce qui serait infiniment plus grave.

— Alors, il aurait donc des raisons d'être mécontent ?

— Il aurait celles que je t'ai dites... Contente-t'en, et trouve-les bonnes, à défaut d'autres... Ainsi, tu m'emmènes ?

— Puisque tu y tiens. Mais à tes risques et périls.

— Naturellement... D'ailleurs, papa sera là... Et, quand je m'ennuierai, je lui ferai la surprise de me faire connaître.

— Voilà un homme qui sera heureux ! Où irai-je te prendre ?

— A la porte de l'hôtel, à minuit. C'est dit ?

— C'est dit.

Au même moment, la vieille Mme Hérault se levait de la table de

ET LE SOIR, ON POUVAIT LES RENCONTRER SUR LA ROUTE
D'OFFRANVILLE (PAGE 324)

jeu. Elle se tourna vers les deux jeunes gens, et, l'air navré :

— Eh bien ! voilà une belle affaire, mes enfants. Ce Clément a une chance incroyable : nous perdons deux cent cinquante francs !

— Bon, attendez, s'écria Émilie en s'asseyant à la place de la grand'mère, je m'en vais lui rattraper votre argent et un peu du sien avec...

Elle battit les cartes, et, regardant M. de Thauziat :

— Coupez, mon brave, et pas trop de soixante de dames, hein ! ce serait de l'ostentation !

Clément leva sa belle tête et, avec un sourire :

— Vous, tâchez de ne pas tricher.

— Si je ne triche pas, avec vous, comment ferai-je pour gagner ?

— Merci !

A travers la table, il prit la main fine et nerveuse de Mlle Lereboulley, et, sur ses ongles roses, il mit un baiser. Émilie le laissa faire avec complaisance. Ses narines eurent un léger gonflement, ses regards brillèrent comme avivés par une émotion soudaine, puis de sa voix ironique :

— Vous adorez ce qui vous déchire, c'est bien !

Et, conseillée par Louis, elle entama la partie.

Dans son fauteuil au coin de la cheminée, la vieille Mme Hérault, engourdie par le silence, s'était mis à rêver. Le souvenir de cette jeune fille, qui portait le nom du pays où elle était née, lui trottait par la tête. Et insensiblement, elle redescendit la pente du passé. Les années de jeunesse et de pauvreté, années heureuses pourtant et qu'elle revoyait en souriant, défilèrent une à une devant ses yeux, et, captivée par le mirage qui lui faisait revivre, en un instant, toute sa vie, l'aïeule oublia ce qui l'entourait.

Entre Longueville et Saint-Aubin, sur la route de Rouen à Dieppe, se trouve le petit village de Graville : une centaine de maisons blanches, à toits de chaume ou de tuiles, groupées dans la verdure des vergers, traversés par la charmante rivière de la Scie. Au sommet d'une colline, couverte de hêtres au feuillage noir, frissonnant sous la brise de mer, le château dresse ses tourelles de brique, encadrant une assez belle façade de style Renaissance, ornée d'un monumental perron, d'où, par un escalier à double révolution, on descend sur une terrasse bordée de très vieux lilas et de larges plates-bandes de fleurs. Une inscription, gravée sur une plaque de marbre à l'entrée du château, rappelle qu'Henri IV a couché à Graville le soir de la bataille d'Arques. Ce fut là, dit-on, dans un salon du rez-de-chaussée, sur une table de marqueterie italienne précieusement conservée, que le roi victorieux écrivit le célèbre billet : « Pends-toi, brave Crillon, nous avons vaincu à Arques et tu n'y étais pas. » A quelques centaines de mètres de la clôture du parc, derrière un rideau de peupliers, au bord de la rivière, une usine étale ses murs salpêtrés par l'humidité et noircis par la fumée. On l'appelle le Glandier. Là, se lamine le cuivre qui sert à blinder les quilles des navires, se martèlent les chaudières

des bateaux à vapeur et se fondent les tuyaux des machines. Le Glandier est une dépendance de la terre de Graville. Le comte Bernard,
ayant, en 1814, quitté le service qu'il avait pris dans la marine danoise
pendant toute la durée de la Révolution et de l'Empire, a fondé
l'atelier de laminage pour donner de l'occupation à de braves serviteurs qui avaient partagé son exil. M. de Graville, très au fait des découvertes scientifiques et prévoyant la transformation que l'emploi de la
vapeur devait faire subir au matériel naval, joignit, en 1826, la fabrication des chaudières au laminage et fut en mesure de fournir aux
constructeurs du Havre tous les appareils qui leur furent nécces-
saires.

Le contremaître de l'usine était alors un grand gars de trente ans,
nommé Hérault, très intelligent, mais complètement illettré. Il avait
des aptitudes extraordinaires pour la mécanique, et, n'ayant pas senti
la nécessité de savoir lire, il avait tout seul appris à dessiner. Il était
l'inventeur d'un clapet automatique d'une simplicité extrême qui avait
attiré à son patron d'importantes commandes. Fort et bien bâti, il était
la coqueluche des filles de Graville, et, parmi ses conquêtes, il avait eu
l'honneur de compter la « demoiselle » du père Gandon, le cabaretier
chez lequel il allait boire de l'eau-de-vie de cidre, le dimanche seulement, car il ne se grisait jamais dans la semaine et passait pour un
homme rangé. Fifine, ainsi qu'on appelait familièrement Mlle Joséphine, s'était éprise d'Hérault, qui lui contait fleurette. Et, le soir, on
pouvait les rencontrer sur la route d'Offranville, auprès des écluses de
la Scie, marchant côte à côte dans la nuit tiède.

Il était résulté de cette amoureuse intimité un accident qui mit le
père Gandon d'autant plus en fureur qu'Hérault, Normand égoïste et
raisonneur, ne parut pas le moins du monde disposé à réparer la faute
commise. Il ne voulait pas s'embarrasser d'une femme qu'il faudrait
traîner derrière lui comme un encombrant fardeau. Dans ses rêves
d'ambition, le contremaître voyait le Havre, et peut-être un jour Paris,
sols fertiles où les idées poussent et rapportent gros. Il économisait
depuis dix ans pour se constituer un petit capital qui lui permît
d'aborder les affaires et, d'ouvrier, de devenir à son tour patron.

Aussi laissait-il **Fifine** s'en prendre à ses yeux, et, pour se soustraire aux criailleries du père, avait-il cessé d'aller au cabaret.

Dans le pays, les gars se disaient : « Est-il bête ce Hérault de ne pas épouser la fille de l'établissement de Gandon ! Un homme serait là bien heureux, logé, nourri, abreuvé et dorloté jusqu'à la fin de ses jours. » Ils ne pouvaient deviner les projets de leur camarade : ses visées étaient trop hautes pour qu'ils pussent y atteindre. Et très fermement, dans l'intérêt de son avenir, Hérault avait coupé court à toutes les douceurs du présent. Plus d'amour libre et plus de franches griseries. Il s'enfermait tout seul dans sa chambre et passait ses soirées à tirer, d'une main habile, des lignes sur du papier. Il était sur la trace d'une nouvelle découverte. Cependant, le hasard, en qui il avait placé toute sa confiance, allait lui imposer la modification d'existence à laquelle il se refusait si rudement, et faire de son mariage avec la petite Gandon la première assise de sa fortune.

Mme de Graville, jeune femme de vingt-cinq ans, avait eu, de son mariage avec le comte Bernard, un fils, délicat et chétif, avec lequel Fifine, quand elle venait en journée au château, jouait pendant des heures, douce et complaisante. Prise de désespoir, en se voyant repoussée par Hérault, honteuse de sa maternité devenue visible, la pauvre fille avait cessé de travailler chez Mme de Graville, et le petit garçon, n'ayant plus la compagne de ses jeux, se plaignit de son absence. La comtesse s'informa, apprit l'aventure et, sachant que Hérault était employé à l'usine, entreprit de l'amener à faire son devoir. Mme de Graville était éloquente, mais surtout elle était riche et une dot de trois mille francs, offerte à propos, mit dans un équilibre si parfait l'amour et l'ambition du contremaître que, le mois suivant, il conduisit Mlle Gandon devant le maire de Saint-Aubin.

Au bout d'un an, riche de six mille francs, mari d'une femme active et dévouée, père d'un gros garçon qu'on avait nommé Pierre, Hérault quittait Graville et s'installait au Havre, pour exploiter un générateur de sa façon qui devait transformer très avantageusement les chaudières à vapeur. Le Normand, ardent au travail et âpre au gain, avait été, en naissant, marqué au front du signe qui distingue ceux qui doivent réussir dans toutes les entreprises, car, dix ans plus tard, il était installé à Paris et possédait à Saint-Denis un vaste établissement métallurgique. La révolution de 1848, qui causa tant de ruines, fut pour Hérault une occasion de fortune. Profitant de la baisse énorme de la rente, il jeta dans les fonds publics tout ce qu'il avait d'argent disponible. En 1852, après le coup d'État, il réalisa son capital et l'employa à acquérir des terrains dans les Champs-Élysées. Cet ancien ouvrier, avec une intuition supérieure des besoins de luxe de la bourgeoisie parisienne, avait deviné que le régime nouveau allait favoriser l'éclosion de somptueux palais, et la spéculation décupler la valeur du sol. En même temps qu'il lotissait les arpents de terrain achetés aux environs de l'Arc de triomphe de l'Étoile, et qu'il devait revendre mille francs le mètre, Hérault se rendait adjudicataire de l'hôtel du Faubourg-Poissonnière et s'y installait avec sa femme et son fils, déjà âgé de vingt-six ans.

Pendant toute la durée de l'Empire, les deux hommes travaillèrent sans relâche. Le vieil Hérault ne vécut que pour son industrie et la porta au plus haut point de perfection. Ses ateliers immenses, où grouillaient, dans un bruit infernal, dix-huit cents ouvriers, étaient une des curiosités de Saint-Denis, et, à l'Exposition de 1867, l'ancien contremaître, président de la section des machines, était fait officier de la Légion d'honneur. Des pensées d'ambition commencèrent alors à fermenter dans sa tête et, en se voyant arrivé si haut par son activité et son intelligence, Hérault eut l'ambition de vouloir travailler au gouvernement de son pays. Se faire nommé député de Saint-Denis serait un jeu d'enfant pour l'ancien ouvrier, qui savait parler leur langue aux compagnons rouges de limaille. Il lui suffirait de manifester son désir pour que son succès fût assuré. Et alors, qui sait? Peut-être un ministère : les Travaux publics. Et tant de belles réformes, tant de règlements pratiques : un socialisme sain dont il devenait le germe dans l'esprit du maître impérial, et qui devait assurer au peuple une ère de travail plus féconde en sécurité et en bonheur.

La guerre, éclatant brusquement, réduisit à néant tous ces admirables projets. Le vieil Hérault, qui croyait au triomphe de la France.

mourut du saisissement que lui causa l'invasion allemande. C'était cependant une forte tête ; mais il ne put supporter la vue de ses ateliers changés en parc d'artillerie et ses bureaux convertis en ambulances. Les hautes cheminées de l'usine privées des noirs panaches de la houille et le fort de la Briche couronné de la blanche fumée de la poudre lui offrirent un spectacle trop inattendu, et, avant la capitulation de Paris, le brave homme était mort, laissant sa fortune à sa veuve et son industrie à son fils.

C'était un homme de quarante ans que Pierre Hérault lorsque le gouvernement de l'usine lui échut. Il avait été élevé à la dure, et, sous la lourde main du « patron », ainsi qu'il avait l'habitude d'appeler son père, il avait peiné comme un commis. Il y avait déjà des millions dans la maison, que le vieil Hérault n'avait encore rien changé à ses habitudes de petit bourgeois. A dire vrai, il n'en sentait pas la nécessité, il n'avait pas de besoins et ne s'acharnait à la poursuite de la fortune que pour obéir à sa passion innée d'acquérir. Lui et sa femme Joséphine se levaient à cinq heures en été, à six heures en hiver, et se couchaient presque avec le soleil. Deux fois l'an, à la fête du patron et à Pâques, la famille louait une loge et allait voir la pièce en vogue.

Lorsqu'en 1860 Pierre Hérault se maria avec la fille d'un riche vermicellier, son père ne lui donna pas de dot et exigea qu'il habitât le second étage de l'hôtel du Faubourg-Poissonnière. L'existence de cette famille logée dans cette vaste demeure, avec quatre domestiques, fut tout ce qu'on peut imaginer de plus mesquin. Les dames Hérault avaient chacune leur femme de chambre. Une cuisinière était chargée de préparer les repas, que les deux ménages prenaient en commun, non pas dans la splendide salle à manger décorée de ravissantes peintures représentant des scènes mythologiques, mais dans une petite pièce contiguë à la cuisine. Le seul domestique mâle était le cocher, qui, après avoir ramené de Saint-Denis les messieurs Hérault, avait, avant le pansage de son cheval et le lavage de sa voiture, à servir le dîner, en véritable maître Jacques.

Cette vie, à laquelle Pierre Hérault était habitué depuis son enfance, avait paru lourde à sa jeune femme. Sortie du couvent avec une éducation très soignée et des vues sur le monde et l'existence qui ne pouvaient être celles de ses beaux-parents, elle avait trouvé dans le cœur de son mari un écho à ses plaintes. Pierre aussi, plus instruit que son père, l'esprit ouvert aux progrès sociaux, souffrait de la médiocrité qui lui était imposée. Connaissant la fortune acquise, dressant lui-même l'inventaire de chaque année, il blâmait la parcimonie paternelle, sans oser protester. La libre disposition de ses appointements et des revenus de la dot de sa femme lui aurait permis de se donner quelque plaisir. Mais il craignait les réprimandes du patron. Et les années se passaient monotones, sans incidents, sans émotions, dans le labeur toujours renouvelé, et sans but, puisqu'il était interdit de jouir de cette richesse qui augmentait toujours.

Mme Hérault, la mère, avait trouvé un moyen ingénieux et peu coûteux d'occuper sa vie : elle s'était donné la passion des fleurs. Son mari lui avait fait construire, au fond du jardin, une serre exposée au midi, dans laquelle, avec le soin et la patience d'un amateur hollandais, elle cultivait les espèces d'orchidées les plus belles et les plus rares. Par un retour de son caractère paysan, elle n'avait pas voulu sacrifier uniquement à la frivolité, et, devant le mur du fond de la serre, elle avait planté des ceps de vigne qui produisaient, en juillet, d'admirables grappes de raisin. Ce raisin, triomphalement servi à la fin du repas à M. Hérault, obtenait grâce pour les modiques dépenses que faisait sa femme. Le côté utilitaire sauvait, aux yeux de ce travailleur, le côté futile de ce passe-temps.

La jeune Mme Hérault, qui n'aimait point l'horticulture, se consolait en s'occupant passionnément de son enfant, qu'elle pomponnait comme un fils de roi. Il n'y avait jamais de robes assez brodées, de bonnets trop garnis de précieuse dentelle pour le petit Louis, dauphin de cette maison Hérault-Gandon, qui avait une signature jugée de premier ordre à la Banque et qui ne dépensait certainement pas cinquante mille francs par an pour vivre dans un hôtel qui avait servi de théâtre aux fêtes de la Régence. La jeune femme acceptait sa médiocrité présente, en pensant aux splendeurs que lui promettait l'avenir. Trop

IL S'ARRÊTA ET, A DEUX CENTS MÈTRES, APERÇUT PRÈS D'UNE VOITURE
(PAGE 336)

bonne pour souhaiter la mort de son tyrannique beau-père, elle ne pouvait cependant penser qu'il serait éternel, et elle se rendait compte que tout, au lendemain du deuil, prendrait certainement dans la famille une allure nouvelle. La destinée ne lui avait cependant pas réservé cette tardive jouissance. Elle mourut dix-huit mois avant le vieil Hérault et laissa son mari veuf avec son fils de six ans à élever.

La grand'mère, heureusement, se trouvait là, qui, sans hésiter, se partagea entre ses plantes et son petit-fils, fleur plus tendre et plus frêle que toutes celles qu'elle avait soignées jusqu'ici. Il était délicat, ce rejeton d'une race d'ouvriers, comme si la sève se fût peu à peu affaiblie à mesure que les descendants s'affinaient. Pierre était déjà moins vigoureux et moins rude au travail que le vieil Hérault, et le petit Louis était moins robuste encore que son père. Les grand'mères ont habituellement pour leurs petits-enfants une tendresse plus passionnée et plus indulgente que pour leurs enfants eux-mêmes. Il semble que le cœur des vieilles gens, comme le vin généreux, se soit fondu et adouci avec le temps. Peut-être aussi, la fin de la vie, imminente, les fait-elle se hâter de jouir de leurs effusions, et les baisers qu'ils donnent ne sont-ils si tendres que parce qu'ils peuvent être les derniers. La bonne dame témoigna à son petit-fils un amour exclusif et violent qui lui eût fait mettre le monde aux pieds de ce bambin aux yeux bleus et aux boucles blondes. Quant à Pierre Hérault, elle le traita avec une singulière indifférence. Elle vivait avec lui dans une communauté de vues complète. Elle disait : « très bien » à tout ce qu'il proposait ; car cet ancien esclave s'était promptement métamorphosé en maître. Mais tous les soins, toutes les prévenances, toutes les pensées, tous les rêves, étaient pour l'enfant.

D'ailleurs, ce grand garçon de quarante-cinq ans n'avait plus besoin de sa mère. Il était devenu, du jour au lendemain, « Hérault-Gandon, » aux lieu et place de son père ; il était le mâle, le chef, et pouvait commander. Il ne s'en fit pas faute. Et en peu de temps la face de la maison changea. Le parcimonieux père Hérault n'était pas depuis six mois dans la tombe, que des ouvriers avaient envahi l'hôtel, pour le remettre en l'état où La Grimonière l'avait laissé, au temps où les nymphes d'Opéra couraient de leurs pieds légers sous les ombrages et s'arrêtaient dans les grottes du jardin, en compagnie des Canillac et des La Fare. Les merveilleuses dorures du salon, ternies par un siècle d'abandon, reparurent sous l'éponge des peintres. Les bergers et les bergères des dessus de portes, nettoyés et revernis, s'éveillèrent dans leurs cadres. En arrachant des papiers, dans une salle de billard, on découvrit des tapisseries de Beauvais admirables, sur lesquelles ces ignobles tentures imprimées avaient été collées. Les greniers rendirent les vieux bois des marquises et des fauteuils qui y avaient été relégués avec mépris, pour laisser la place au glorieux acajou orné de bronzes dorés du premier empire.

Hérault eut la bonne fortune de rencontrer un tapissier homme de goût, qui s'efforça de reconstituer un mobilier digne de l'hôtel. Il n'y eut donc, dans les salons, aucun de ces lampas criards, ni de ces velours de Gênes pesants qui déshonorèrent les ameublements sous le second empire. Des soies anciennes à délicieux bouquets recouvrirent les meubles et se drapèrent aux fenêtres. La cage du grand escalier fut ornée de quatre admirables tapisseries représentant les batailles d'Alexandre, par Lebrun. La rampe en fer forgé, noircie par le temps, fut habilement redorée. En quelques mois, l'hôtel du Faubourg-Poissonnière prit un aspect de luxe en rapport avec la fortune de ceux qui l'habitaient. Le nombre des domestiques fut doublé. Quatre chevaux rendirent aux écuries un peu d'animation, et les remises furent pourvues d'élégantes voitures. La dépense de la maison tripla dès la première année, mais n'absorba cependant pas le quart des revenus.

Hérault, qui n'avait commencé les réparations de l'hôtel qu'en tremblant, et qui s'était dit en réformant complètement le train de la maison : « Voyons comment cela marchera, » s'aperçut avec joie que ses « folies » étaient, en somme, fort raisonnables et qu'au lieu de s'arrêter il pouvait aller de l'avant. Rien ne parut plus doux à cet homme, jusque-là sevré de toutes les satisfactions du luxe, que de s'en offrir tous les raffinements. Peu à peu, il se laissa glisser à la mollesse de la vie. Il ne se leva plus dès l'aube, comme le vieil Hérault l'avait habitué à le faire. Il était maintenant d'un cercle, et, quand il avait veillé tard, les langueurs de la grasse matinée lui semblaient irrésistibles. Un sous-directeur et trois ingénieurs avaient été chargés, à l'usine, de la besogne que son père et lui avaient menée à bien pendant tant d'années. Il put ainsi se donner du bon temps et profiter de l'existence.

Au bout d'un an de célibat, il avait rencontré au bord de la mer une jeune veuve, très élégante, très entourée, qui l'avait attiré chez elle et s'était chargée de compléter son éducation mondaine. Il avait trouvé dans son salon une société d'hommes et de femmes dont le but unique était le plaisir. Avec un peu d'expérience, il se fût aperçu, dès le premier coup d'œil, que si les hommes étaient d'une valeur incontestable et d'une honorabilité parfaite, les femmes étaient, pour la plupart, d'une vertu douteuse et d'une origine équivoque. Il ne vit que l'agrément de leur compagnie et pourvut largement au luxe coûteux de celle qui lui avait préparé tant de satisfactions. S'il dépensa beaucoup d'argent, il en gagna moins, parce qu'à l'usine rien ne remplace l'œil du maître. Mais il se conforma fidèlement à la morale des philosophes mondains qui ont décidé que, ne sachant pas ce qu'il y a après la mort, l'homme doit, pour être sage, commencer par rendre la vie aussi agréable que possible. Ce matérialisme élégant et dissipateur eût fait frémir le vieil Hérault, qui qualifiait de prodigalité toute dépense inutile. Mais pendant que son fils faisait sauter ses écus, le créateur de la fortune dormait dans le tombeau de famille.

Ce n'était pourtant qu'un demi-viveur que Pierre Hérault et, s'il ne continuait pas l'œuvre paternelle, il ne la compromettait guère. Il ne s'enrichissait pas, mais ne se ruinait pas non plus. Il mangeait benoîtement ses revenus, et, avec des airs de tout jeter par les fenêtres, il était encore fort sage. Son fils Louis devait l'être moins. Et, pris tout petit par le goût du luxe, il allait réaliser le vrai viveur que n'avait pas su être son père.

Dès qu'il eut l'âge de raison, il fut visible qu'il avait une vocation marquée pour tout ce qui coûte de l'argent et un dégoût profond pour tout ce qui en rapporte. A dix-huit ans, il avait été impossible de lui faire passer un seul examen, quoiqu'il fût intelligent, et il avait

afin des protections pour le faire admettre au volontariat. **La**
grand'mère Hérault, en voyant partir ce gamin rose, mince et blond,
qui avait l'air d'une fille et qu'on allait, vingt-quatre heures plus tard,
transformer en hussard, pleura des larmes plus amères que quand
elle avait perdu son mari. Dans sa grande maison, qui lui paraissait
vide depuis que l'enfant chéri n'y était plus, elle se promena comme
une âme en peine. La culture de ses fleurs même la laissa indifférente. Les plus précieuses orchidées ne lui arrachèrent pas un regard.
Au bout d'une semaine, n'y tenant plus, elle partit pour Évreux, où le
régiment de son petit-fils était en garnison, et s'installa à l'auberge.

Mais, quoiqu'elle ne fût pas exigeante, elle se trouva si mal qu'elle
chercha, dans les environs, une maison où elle pût vivre conforta-
blement pendant les douze mois que devait durer ce qu'elle appelait
« le martyre » de son cher enfant. Or, la présence de sa grand'mère
ne faisait pas du tout le compte du « cher enfant », qui avait rencontré, en arrivant au corps, très joyeuse compagnie. Tous ces petits
hussards, volontaires d'un an, n'engendraient pas la mélancolie et,
dans les intervalles du service et de l'instruction, ils avaient organisé
à dix ou douze fils de famille, dans un cottage du faubourg, une façon
de cercle où, à fumer, manger, boire, jouer et le reste, ils passaient
très agréablement les heures. Quelques personnes assez jolies, déni-
chées dans la ville par ces oiseleurs qui promettaient pour l'avenir,
les aidaient à endurer la vie, et jamais la présence d'une grand'mère
n'avait été moins urgente que ne le parut à Louis celle de la vieille
Mme Hérault.

Son premier mouvement fut de la renvoyer à Paris. Mais on ne se
défait pas si facilement des gens qui vous aiment. Le hussard eut
beau expliquer à l'excellente femme qu'il se portait très bien, que tout
allait au mieux et qu'il n'avait nullement besoin d'elle, il ne put pas
lui persuader qu'elle n'avait pas besoin de lui. Alors, il chercha, lui
aussi, une résidence, et, comme il tenait à ce qu'elle ne fût pas trop
près de la ville, il découvrit sur les bords de l'Eure, entre les forêts
de Pacy et de Breteuil, relié à ces deux massifs forestiers par de
jolis bois bien percés, un château charmant, situé à Boissise-le-Roy

et que le propriétaire consentait à louer pour un an. On achèterait le domaine, s'il plaisait, après habitation. Le malin hussard, qui n'avait pourtant pas besoin de ruses, n'ayant qu'à dire : « Je veux, » fit remarquer à sa grand'mère qu'il y avait dans la propriété de fort belles serres, et tira des larmes à Mme Hérault, qui se dit : « Il a pensé à mon plaisir. » En conscience, ce délicieux égoïste n'avait pensé qu'au sien.

Boissise était campé sur une jolie colline, à trois lieues d'Évreux. Des fenêtres du château on découvrait la ville. Il montra à sa grand'mère la flèche de la cathédrale et lui dit :

— D'ici, avec une lorgnette, tu verras le toit de la caserne ; nous serons ensemble, et tu vivras au moins au grand air. Avec de bons chevaux, en trois quarts d'heure, tu te rendras à la ville... Et, le dimanche, je viendrai te voir avec mes amis.

Mme Hérault loua Boissise, amena de Paris son cocher, ses voitures, ses domestiques, ce qu'il fallait de meubles pour garnir les appartements un peu vides du château, et finalement se trouva fort bien. Les serres lui plurent, autant par un retour de son ancienne passion que parce que le cher Louis avait assigné cette occupation à son désœuvrement. Lui, pendant ce temps-là, « carottait » le plus qu'il pouvait sur ses heures de service et d'études, grâce à la connivence de ses sous-officiers, gorgés de cigares et d'argent. Et les jours s'écoulaient, dans la garnison, occupés par de chaudes parties de poker ou de baccara et de joyeuses petites fêtes au *Café de Paris*.

Il y avait une chasse à Boissise, et, lorsqu'arriva le mois d'août, Pierre Hérault, qui, depuis six mois, avait fait la sourde oreille à toutes les sollicitations de sa mère, qui le pressait de venir, se décida à se déplacer. Le pays lui sembla délicieux et, pris d'un subit caprice pour les champs et les bois, il déclara qu'il y passerait l'automne. Évreux était à deux heures de Paris ; rester à Boissise n'était donc pas s'enfermer au désert. Il se prépara à mener grand train et produisit, dans ce paisible coin de province, une agitation extrême. Par ses relations au cercle, il se trouva connaître quelques officiers, qui amenèrent le reste de l'état-major. Boissise retentit du bruit clair des

éperons sonnant sur les dalles. Mais l'élément féminin, représenté par
la vieille Mme Hérault, parut insuffisant.

Quelques invitations adroitement faites dans le pays attirèrent les
femmes et les filles des châtelains des environs, et les réceptions de
Boissise commencèrent à offrirent un ensemble supportable. La grand'-
mère plut par sa charmante bonhomie, le fils par sa simplicité. Quant
au petit-fils, il était plus souvent au château qu'à la caserne, bien que
gêné au milieu de ses officiers, encore qu'ils fussent les convives de
son père. Le prestige du galon, établi par les longs mois d'obéissance,
ne s'affaiblit pas en quelques heures de familiarité.

Pierre Hérault, qui, depuis son introduction dans le monde élégant,
avait appris à monter à cheval, aurait bien voulu organiser des chasses
à courre. La forêt était vive en grands animaux et le terrain sablon-
neux se prêtait admirablement à la cavalcade. Mais, outre que l'époque n'était pas favorable, la meute manquait complètement. Il fallut
donc se contenter de quelques rallye-papers, auxquels les officiers de
hussards se chargèrent de donner un entrain exceptionnel.

Louis, qui était un cavalier de premier ordre, se tenait systématiquement loin de ses chefs, pendant ces courses où il lui eût été facile
de triompher, grâce à la qualité des purs sangs de son père. Avec un
tact très fin, il ne se souciait pas de porter ombrage à ceux qui, charmants à Boissise, auraient pu être sévères à Évreux. Il partait avec
tout le monde, dans sa tenue de simple soldat, pour ne point offus-
quer le moindre sous-lieutenant par l'élégance de sa mise, et, après
cinq minutes de galop, il prenait une allée transversale et se perdait
dans le bois, laissant le gros de la course se développer sur la piste
des papiers. Il s'en allait ainsi sous la voûte fraîche des futaies, fou-
lant au pas de son cheval l'herbe épaisse des routes, écoutant distraitement le cri strident des geais fuyant de hêtre en hêtre et le lointain
appel du coucou mélancolique.

Il s'arrêtait à la lisière de la plaine, s'asseyait sur un revers de
fossé, et, dans la chaleur endormante du soleil d'été, restait les yeux
occupés par la large ondulation des blés jaunes sous la brise. L'écho
lui renvoyait les fanfares amorties du cor, et cette paix profonde le

reposait délicieusement des plaisirs bruyants de sa vie ordinaire. Il rêvait, étonné de la fuite rapide des heures, se surprenant à penser qu'il y avait peut-être, dans ce monde, des douceurs autres que les dîners fins, l'amour de rencontre et l'abatage des neuf au baccara. Cette nature douce, tendre et un peu molle eût été facilement tournée vers le bien. Il eût suffi d'une ferme influence, constamment manifestée, pour faire de ce garçon de vingt ans, déjà entraîné par des fréquentations mauvaises, un homme charmant et bon, au lieu du viveur inutile aux autres et dangereux à lui-même qu'il promettait d'être. Mais cette influence, sa grand'mère n'avait pas une autorité intellectuelle suffisante pour l'exercer, et son père était trop occupé à se décarêmer de ses quarante ans de vie austère, pour diriger d'une façon suivie une autre existence que la sienne.

Un jour, on avait fait la partie d'aller déjeuner en forêt, auprès des ruines d'une très ancienne abbaye de Prémontrés, très connue des archéologues sous le nom de Saint-Wulfrand. Il était environ quatre heures. Louis, s'étant séparé de ses compagnons suivant son habitude, revenait vers Boissise au pas de son cheval. Toute la journée, il avait été préoccupé d'une demande d'argent un peu forte, que ses pertes au jeu le forçaient à faire à sa famille. Et, après avoir tourné autour de son père, il s'était décidé à confier son ennui à Mme Hérault. Il rentrait dans cette intention, mâchonnant un cigare et pensant que dans deux mois il serait libéré de son service et pourrait mener joyeuse vie à Paris, lorsqu'en passant devant une route d'exploitation de coupe deux appels, jetés d'une voix claire, arrivèrent jusqu'à lui. Il s'arrêta et, à deux cents mètres, aperçut, près d'une voiture, quelqu'un qui de la main lui faisait signe d'accourir. Il se lança dans le chemin, coupé d'ornières profondes par le passage des charrettes de marchands de bois, et en quelques secondes il eut rejoint celui qui lui demandait assistance.

C'était un garçonnet de quatorze ans, blond, malingre, les épaules voûtées, vêtu d'une blouse de drap, d'une culotte descendant au-dessous du genou et serrée dans des molletières de cuir, coiffé d'un petit chapeau de feutre gris. La charrette anglaise, attelée d'un

SA MÈRE NE SAVAIT QUE PLEURER SA FORTUNE PERDUE (PAGE 344)

poney, qu'il avait engagée imprudemment dans cette fondrière, avait perdu une de ses roues et gisait sur le flanc dans la boue. L'enfant s'était épuisé à essayer de la relever ; puis, voyant qu'il n'y pouvait parvenir, avait commencé à dételer le poney, lorsque Louis avait paru sur le lieu de la catastrophe.

— Hé ! militaire, un coup de main, s'écria-t-il avec une assurance impérieuse ; je ne peux plus ni remettre ma voiture sur pied, ni dégager mon cheval...

— Mon petit, vous vous y prenez tout de travers, dit Louis en sautant à bas de sa selle.

Le garçonnet regarda le hussard d'un air moqueur, et, haussant les épaules :

— Nous allons voir si vous serez plus malin, vous qui critiquez les autres...

— Mais cela ne sera pas bien difficile, dit Louis avec tranquillité.

Ramassant la roue, qui s'était enfoncée dans la terre détrempée, il l'examina, constata qu'elle n'était point brisée, puis, saisissant à deux mains le bout de l'essieu, il le sortit de l'ornière. Le poney, d'humeur pacifique et las d'avoir tiré, ne fit pas un mouvement.

— Il me faudrait quelque chose pour soutenir l'essieu maintenant, dit Louis.

Il avisa un tas de bourrées :

— Tenez ! donnez-moi donc deux de ces fagots...

L'enfant prit à pleins bras le lourd amas de branchages et l'apporta, courbé par le poids. Dans l'effort qu'il fit, son chapeau tomba, et Louis, avec surprise, s'aperçut que les cheveux blonds de son compagnon étaient relevés sur la tête et maintenus par un peigne de femme. Il ramassa le feutre qui avait roulé à ses pieds et, avec un sourire, s'inclinant légèrement :

— Mademoiselle, dit-il, je vous demande pardon. Si j'avais su à qui j'avais affaire, je ne me serais pas permis de vous parler avec tant de familiarité.

— Bon ! allez toujours ! Sans cet imbécile de chapeau qui ne tient

pas, vous ne vous seriez pas douté que je suis une fille... Mettons qu'il
n'est pas tombé, et continuons notre besogne...

Louis entra l'essieu dans le moyeu, l'assujettit avec la moitié de la
clavette rompue, et, ayant fait tourner vigoureusement la roue pour
s'assurer qu'elle fonctionnait bien :

— Voilà la chose!... S'il vous plaît de monter, je pourrai vous
accompagner jusqu'à la bonne route...

— Mais je ne voudrais pas vous entraîner loin de chez vous.

— Je demeure à Boissise...

— Ah! alors vous êtes le petit Hérault?

Louis leva les yeux avec surprise sur celle qui le traitait avec un si
surprenant sans-gêne. Il la vit maigre, pâle, un peu contrefaite, avec
un visage maladif, éclairé par des yeux gris, pétillants de malice. Elle
ne devait pas avoir plus de quinze ans. De ses mains sèches et dia-
phanes elle avait pris les guides et, sifflant, elle essayait de faire
démarrer son poney, qui, satisfait de cette halte forcée, ne semblait
pas disposé à repartir. Elle tendit son fouet à Louis :

— Dites donc, hussard, cinglez-moi un peu ce fainéant-là.

— Je vais faire mieux, dit le jeune homme.

Et, passant la bride de son cheval dans son bras gauche, de la main
droite il poussa de toutes ses forces la légère charrette anglaise et la
mit en mouvement. Ils suivirent pendant quelques instants le chemin
bourbeux ; puis, arrivés à une ligne transversale :

— Au port! s'écria gaiement la jeune fille... Maintenant, mon sauveur, il me reste à vous assurer de toute ma reconnaissance.

— Ce n'est vraiment pas la peine...

— Si, vous êtes crotté comme un barbet... Mais que ne ferait-on
pas pour la beauté, n'est-ce pas? poursuivit-elle avec une âpre ironie...
Au fait, vous ne m'avez seulement pas demandé qui je suis... Vous
n'êtes pas très poli, vous savez!...

— Je suis discret.

— Ou plutôt vous n'êtes pas pressé de me rencontrer de nouveau...
Je comprends ça !

Elle eut un pâle sourire d'enfant déjà désillusionnée :

— Eh bien! vous en serez pour votre réserve : j'habite à une lieue de chez vous et je me nomme Émilie... Mon père est M. Lereboulley, le sénateur..., un gros monsieur, à l'air très aimable et que vous verrez toujours avec une jolie femme.

Louis regarda curieusement la jeune fille.

— Madame votre mère ?... dit-il.

Un nuage passa sur le front d'Émilie, sa physionomie devint soudainement dure, et, d'une voix rauque et un peu tremblante :

— Ma mère est morte ! répondit-elle.

Elle inclina la tête en signe d'adieu et, fouettant son poney de toute sa force, elle s'éloigna. Pendant un instant, Louis la suivit des yeux, intrigué par cette petite fille bizarre, mélange de gouaillerie et de sensibilité. Mais il ne s'attardait pas volontiers à raisonner ses impressions, et, rendant la main à son cheval, il rentra.

M. Lereboulley était, en effet, très aimable. Les hôtes de Boissise furent à même de le constater le lendemain même. Il vint apporter ses remerciements pour l'aide donnée à sa fille par Louis. Émilie ne parut pas. Le sénateur, dès le premier jour, fut en parfaite intelligence avec Pierre Hérault. Ils se reconnurent viveurs par une sorte de franc-maçonnerie du plaisir. Au bout de quelques semaines, ils étaient compères. Lereboulley, grand et gros homme, âgé de cinquante ans, avait une figure poupine, rasée, comme celle d'un prêtre. Il parlait facilement, avec un accent normand assez prononcé. Depuis plusieurs générations, sa famille avait une puissante influence dans le département de l'Eure. Et, sous l'Empire, une lutte mémorable s'était engagée entre le père du sénateur actuel, franchement orléaniste, et le préfet, un délicieux fonctionnaire à poigne. Les Lereboulley n'avaient été vaincus qu'à grand'peine. Le département, gorgé de faveurs, s'était laissé endormir, et le candidat du gouvernement avait triomphé. Mais, sous la République, Lereboulley avait retrouvé toute sa puissance, et la ville d'Évreux lui appartenait. Il avait été nommé sénateur, un de ses neveux était député, et, avec le scrutin de liste, ils étaient à peu près maîtres du pays. Lereboulley, homme à vues profondes, sous des apparences enjouées, était un de ces grands brasseurs d'affaires avec lesquels la Bourse est obligée de compter. Régent de la Banque, administrateur du chemin de fer du Midi, il avait, tant au point de vue politique qu'au point de vue financier, une situation exceptionnelle.

Resté veuf, avec une fille qu'il adorait d'autant plus tendrement qu'il avait eu plus de peine à l'élever, il n'avait jamais voulu se remarier, quoiqu'il en eût été ardemment sollicité. Il n'avait pu supporter l'idée de donner une belle-mère à sa petite Émilie, souffreteuse et maladive. « Si j'ai d'autres enfants, pensait-il, vigoureux et bien portants, ma pauvre disgraciée sera délaissée, méprisée peut-être ; il ne faut pas qu'elle ait de rivaux, elle sera seule et souveraine dans ma maison. » Et il avait résisté à toutes les avances faites à sa main droite. Mais il s'était rattrapé avec la main gauche. L'amour, c'était là son péché mignon. Il était passionné, et toujours, comme l'avait dit sa fille, on le rencontrait avec une jolie femme. Le salon de la veuve, qui embellissait la vie de Pierre Hérault, offrit, par sa composition, de grandes ressources à ce papillon sénatorial, et l'intimité des deux hommes devint étroite. Ils firent des affaires ensemble. Hérault entra dans diverses combinaisons financières élaborées par Lereboulley. Lereboulley mit en société les usines d'Hérault.

Les enfants avaient suivi l'exemple des parents. Sincère et solide affection, sans arrière-pensée de mariage entre ce joli garçon et cette fille disgraciée de la nature. Ils s'étaient sentis attirés l'un vers l'autre, elle par la bonne mise et la juvénile gaieté de Louis, lui, au contraire, par la dégradation physique et l'amère concentration morale d'Émilie. Ils offraient entre eux le plus complet contraste, et ce fut l'assise indestructible de leur amitié.

Mlle Lereboulley, du reste, éprouva un vif plaisir à fréquenter la maison Hérault, à cause de la vieille grand'mère. Cette enfant, sevrée de tendresses féminines, adopta l'aïeule. Pour elle, elle assouplit sa bizarre allure garçonnière et fut vraiment jeune fille. Il était temps qu'elle vînt volontairement occuper une place au foyer, car Louis, suivant l'exemple de son père, avait pris sa volée et s'était mis à mener la vie à grandes guides. Mais avec quelle supériorité dans l'art de jeter l'argent par la fenêtre! Entre le train de Hérault et celui de son fils, il y eut la même différence qu'entre la marche du coucou et celle du chemin de fer. L'un allait paisiblement, faisant ses trois lieues à l'heure, dans un honnête nuage de poussière, l'autre alla à tout briser, dévorant l'espace, avec un bruit de tonnerre, enveloppé de flamme et de fumée. En trois ans, Louis avait gaspillé l'héritage de sa mère et se préparait à enrichir de sa signature tous les usuriers de Paris, lorsqu'en cinq minutes une attaque d'apoplexie le mit en possession de la fortune paternelle. Au retour d'une petite fête avec Lereboulley, Hérault se sentit la tête lourde. Il se plaignit à son domestique d'avoir des éblouissements, et, le lendemain, on le trouva mort dans son lit.

Le matin du jour où, devant la porte cochère de l'hôtel Hérault-Gandon, on accrochait les draperies funèbres, deux heures avant que le char brodé d'argent et orné de panaches emportât à sa dernière demeure le fils du contremaître de l'usine de Graville, une petite charrette à bras s'était arrêtée, et deux commissionnaires avaient déchargé sur le trottoir un modeste mobilier. Le concierge, d'un air mécontent, avait dit aux deux hommes :

— Comme c'est ennuyeux que vous arriviez aujourd'hui !

— Mais c'est le 15, avait répondu un des commissionnaires. C'est votre mort qui n'est pas dans son droit...

— C'est le propriétaire ! avait interrompu sévèrement le concierge.

— Raison de plus ! fit l'autre homme de peine, en haussant les épaules. Un propriétaire, qui s'en va le jour du terme, ça n'a pas de bon sens!

— Allons, montez vivement, avant qu'on expose le corps.

Et, en trois voyages, l'emménagement avait été terminé.

Vers dix heures, lorsque la foule des parents, des invités et des ouvriers, venus pour les obsèques, emplissait le faubourg, une jeune fille s'avança à travers les groupes serrés, regardant le numéro de la porte, comme si les tentures noires eussent à ce point défiguré la maison qu'elle ne la reconnût pas. En constatant qu'elle était bien arrivée à sa destination, elle fit un léger mouvement d'effroi; puis, grave, passant

près du catafalque couvert de bouquets et de couronnes, dont les
parfums, développés par la chaleur des lumières, montaient violents
dans l'air, elle plia le genou, fit une courte prière et s'éloigna. C'était
Hélène de Graville qui, au moment où Pierre Hérault sortait de la
maison, venait d'y entrer.

Elle ne le connaissait même pas de nom, cet homme dont sa grand'
mère, par le mariage de Fifine, avait fait un enfant légitime. La comtesse avait promptement oublié le bienfait et ceux qui en avaient béné-
ficié. Son fils, devenu grand, avait succédé à son père dans l'exploitation du domaine et de l'usine. Il s'était marié, et de son mariage était
née une fille unique : Hélène. Par un contraste trop fréquent en ce
siècle d'activité fiévreuse et de lutte implacable, en même temps que
la fortune de l'ancien ouvrier grandissait, celle de celui qui avait été
son maître, presque son seigneur, allait s'amoindrissant. Le Glandier,
mal dirigé par un gérant incapable, avait coûté de l'argent au lieu
d'en rapporter, et il avait fallu vendre un établissement qui devenait
une trop lourde charge. M. de Graville, pour se remettre à flot, avait
tenté quelques spéculations avantageuses, mais la guerre avait porté
un coup funeste à ses entreprises, et, vers 1875, la terre de Graville,
surchargée d'hypothèques, avait été achetée à vil prix par un banquier de Dieppe.

M. de Graville, chaudement patronné par des amis influents, avait
été, sous le gouvernement du maréchal de Mac-Mahon, pourvu d'une
recette particulière ; mais, entraîné par la débâcle du Seize-Mai, il
était tombé sur le pavé de Paris, sans ressources et sans protecteurs.
Enragé de sa déchéance, et ne pouvant s'habituer à la médiocrité, il
avait ramassé le peu d'argent qui lui restait et s'était embarqué pour
le Texas, résolu à trouver dans cette contrée, féconde en richesses
et en dangers, la mort ou la fortune rapide. La mort avait été plus
facile à rencontrer que la fortune. L'aventurier n'était pas revenu et
sa veuve avait été obligée de chercher du travail pour vivre.

Hélène, âgée de seize ans, avait, dans ces circonstances difficiles,
prouvé une admirable fermeté de caractère et une rare vaillance d'esprit. Voyant sa mère accablée par tant d'infortunes successives, elle

avait fait elle-même, et résolument, toutes les réformes qu'exigeait leur existence nouvelle. L'unique bonne qui les servait avait été congédiée, et un logement de deux pièces, rue de Cléry, avait remplacé l'appartement qu'elles avaient habité jusque-là. Une maison de confections lui avait confié de l'ouvrage et, depuis le matin jusqu'au soir, les doigts agiles de la jeune fille bâtissaient, cousaient, avec une adresse et une promptitude surprenantes. Cette enfant, née pour la richesse, était une travailleuse intrépide, et l'ouvrage fondait dans ses mains comme si une invisible fée l'eût aidée par de mystérieux enchantements. Sa mère ne savait que pleurer sa fortune perdue et se lamenter sur son triste avenir. Hélène, alors, avec un sourire résigné, disait :

— Il est vrai que notre sort n'est pas brillant, mais il paraîtrait enviable à tant d'autres. Il faut toujours, quand on est malheureux, regarder au-dessous de soi : on voit qu'il en est de plus misérables, et on s'estime encore bien partagé.

La mère alors geignait :

— Cela t'est facile à dire, à toi qui n'as pas encore pris d'habitudes d'existence ; mais moi, qui ai connu des temps plus prospères, comment ne pas me désoler ? Quel avenir s'offre à moi ? Que tu tombes malade, et nous sommes perdues, car, hélas ! je suis à ta charge.

— C'est ce qui fait ma joie. Je suis fière de te rendre un peu des soins que tu as eus pour moi. Ne te tourmente pas : je suis forte et je me porterai bien... Rien n'entretient la santé comme la frugalité et le travail.

Elle riait ; puis, gravement, en agitant sa petite tête :

— D'ailleurs, je ne veux pas être malade.

— Tu ne veux pas ! répétait la mère avec une lassitude découragée ; s'il suffisait de vouloir, comme ce serait facile !

— Il suffit, en effet, de vouloir, répétait Hélène avec un léger froncement de sourcils qui donnait à son jeune visage une singulière expression d'énergie. On peut beaucoup pour soi-même... Seulement, il ne faut pas une volonté de cinq minutes, il faut une volonté de tous les instants.

ELLE EUT UNE SENSATION DE VERTIGE ET RESTA DANS LA CHAMBRE
SOLITAIRE A PLEURER (PAGE 348)

— D'où te vient tant d'assurance? reprenait Mme de Graville avec un peu d'aigreur, devant cet optimisme si résolu.

— Je n'en sais rien, disait naïvement Hélène, c'est en moi... Je ne puis penser autrement, et c'est ainsi que je veux faire.

— Je veux!... Je veux!... répétait la veuve avec mélancolie... Le roi lui-même dit : Nous voulons ?

— Il a des ministres ! s'écriait Hélène avec gaieté en embrassant sa mère. Et moi je n'en ai pas... Je suis donc plus libre que lui.

Et elle se remettait à travailler avec ardeur.

Mme de Graville avait pris l'habitude d'appeler sa fille « Mademoiselle je veux ». Elle la raillait doucement; mais, au fond, elle était impressionnée par la fermeté d'esprit de cette enfant. Elle sentait palpiter en elle une âme supérieure, et, avec la confiance des êtres faibles, elle lui abandonnait la conduite de sa vie. Elle n'avait pas lieu de s'en repentir. En deux ans, la situation s'était améliorée au point que l'aisance avait reparu dans le ménage. Les maisons de confections pour lesquelles Hélène travaillait avaient su se l'attacher par de solides liens. Souvent on lui proposait de venir, comme première, dans les magasins; mais cet état de demi-domesticité ne lui plaisait pas. Et puis il aurait fallu quitter sa mère, la laisser seule du matin jusqu'au soir. La veuve n'était, ni moralement ni physiquement, en état de supporter la solitude. Sa santé, devenue mauvaise, exigeait la présence d'Hélène. Et la jeune fille restait « ouvrière en chambre », comme elle disait non sans fierté. Assise devant sa fenêtre, elle tirait l'aiguille tant que le jour durait, écoutant monter jusqu'à elle le bourdonnement de la rue commerçante. Le soir, elle allumait sa lampe et, dans la petite pièce qui servait de salle à manger, elle continuait la tâche commencée. Sa mère s'assoupissait peu à peu sur le feuilleton du journal, et, à onze heures, soupirant, se laissait déshabiller et coucher. Hélène alors s'asseyait près du lit et, jusqu'à ce que Mme de Graville dormît complètement, lui faisait la lecture. Dans ses moments de bonne humeur, la veuve disait :

— Nous avons changé de rôle... C'est toi qui es la mère... Je suis un vieil enfant, hélas! que tu as eu quand tu étais toute petite.

Un véritable enfant, en effet, auquel il fallait subordonner le présent et l'avenir. Si Hélène avait eu la liberté de ses actions; si, au lieu d'être entravée, elle avait été aidée, elle eût probablement fait fortune dans le commerce. Son activité tranquille, la confiance souriante qu'elle montrait, lui conciliaient partout les sympathies. En face d'elle on sentait tout de suite qu'on avait affaire à quelqu'un. Jolie comme elle l'était, elle ne pouvait manquer de plaire, et, parmi les propositions déshonnêtes qu'on lui adressait, une offre sérieuse et digne lui avait été faite. Le patron de la grande maison de deuil : *A l'immortelle*, avait voulu l'épouser. C'était un homme de quarante ans, assez laid, mais très intelligent et fort riche. Hélène, malgré les conseils de sa mère, qui entrevoyait tout un avenir aisé et tranquille, avait refusé. Elle aimait mieux rester fille que de se donner à un homme qu'elle n'aimerait pas. Sa mère avait eu de cette détermination un réel chagrin. Le patron de l'*Immortelle* lui plaisait.

— Puisque tu n'obéis qu'à la fantaisie, disait-elle, avec lui tu pourrais avoir des caprices. Cet homme-là serait ton esclave...

— La belle avance, s'il m'est indifférent? Moi, je n'ai de plaisir à vouloir que pour le bien de ceux que j'aime.

L'existence des deux femmes se poursuivit ainsi pendant trois ans, exempte de soucis, vide d'événements, pleine de jours pareils les uns aux autres, occupée par le travail et remplie par la tendresse. Une catastrophe rompit cette heureuse monotonie : Mme de Graville mourut subitement de la rupture d'un anévrisme, et, sans avertissement, sans préparation, Hélène demeura seule sur la terre. Pendant une semaine, cette vaillante fille fut complètement anéantie. Sa ferme raison se trouva désorientée. Son père était mort loin d'elle et, si cruellement qu'elle eût ressenti sa perte, le coup n'avait pas été aussi direct que celui qui l'écrasait maintenant. La pauvre femme auprès de laquelle, depuis sa naissance, elle avait vécu sans un éloignement d'une minute, dans une confiance entière, lui était brusquement enlevée. Tous les liens de chair qui attachaient cette fille si tendre à sa mère se déchirèrent, lui causant une douleur physique atroce. En un instant, Hélène vit son avenir comme un gouffre noir et vide. Elle eut une sensation de vertige et resta dans la chambre solitaire, à pleurer.

Mais cet abandon d'elle-même ne devait pas être de longue durée. Lorsque la jeune fille reprit le gouvernement de son esprit, elle ne put supporter le séjour dans l'appartement où, à chaque heure de la journée, elle cherchait sa mère. Et c'est ainsi qu'en deuil elle entra dans la maison du Faubourg-Poissonnière, le jour même où Louis conduisait son père au cimetière.

Il y a de secrètes sympathies qui naissent d'un rapprochement fortuit entre deux pensées joyeuses ou tristes. La fenêtre d'Hélène donnait sur la cour de l'hôtel et, chaque jour, elle voyait passer ce jeune homme, vêtu de noir comme elle l'était elle-même. Cette conformité dans leur situation morale, cette égalité de malheur entre le fils de famille riche et la jeune fille pauvre attira sur Louis l'attention sympathique de Mlle de Graville. C'était la première fois de sa vie qu'elle attachait si longtemps ses yeux sur un homme.

Pendant les six mois qui suivirent la mort de M. Hérault, Louis mena l'existence la plus régulière. Il semblait avoir été touché par une grâce inattendue. Il vivait auprès de sa grand'mère, déjeunait avec elle, allait à Saint-Denis dans le cabinet de son père, surveillait les travaux de l'usine, rentrait dîner et passait la soirée auprès de Mme Hérault, la plupart du temps avec Émilie Lereboulley, qui avait redoublé d'attention et de soins pour sa vieille amie. Le matin et le soir, Hélène, assise devant sa fenêtre, apercevait Louis. Elle ne savait même pas son nom, n'ayant eu affaire pour sa location qu'au gérant des propriétés de la famille Hérault. Ce fut le père Anselme qui, par hasard, la renseigna. Elle apprit, à la fois, que le jeune homme était très riche et qu'il n'était pas très sage.

La distance entre la petite ouvrière et le fils Hérault était si grande qu'Hélène se sentit rassurée et se laissa aller à penser librement à ce gentil garçon qui était, à en croire l'affirmation glorieuse du concierge, un si mauvais sujet. Il fallait pourtant que cet homme exagérât singulièrement, car l'existence de Louis était exemplaire. Il sortait aux mêmes heures, rentrait aux mêmes heures, réglé comme une horloge. Toujours l'air doux et triste, cet air câlin avec lequel il était venu au

monde et qui devait, pendant toute sa vie, malgré sa noirceur, lui
valoir tant de sympathies et d'indulgence.

Durant ces premiers mois de tristesse et de chagrin, il avait eu
très sincèrement l'intention de modifier ses habitudes et de devenir
aussi sérieux qu'il s'était montré léger jusque-là. Il avait vingt-six
ans; ne s'était-il pas assez amusé et ne pouvait-il se donner aux
affaires, comme il s'était donné au plaisir? N'était-ce pas intéressant
de diriger le fonctionnement de cette vaste usine de Saint-Denis, où
deux mille ouvriers travaillaient dans un bruit infernal, avec une activité féconde? N'avait-il pas la main dans dix entreprises dirigées par
Lereboulley? Et ses jours ne seraient-ils pas absorbés entièrement par
les soucis de ces grands intérêts à faire fructifier? Il suffisait qu'il le
voulût : il avait assez d'intelligence pour mener à bien sa tâche. Ses
chefs de service eurent, au début de ce beau zèle, un très vif mouvement de joie : ils crurent avoir retrouvé un maître. Leur empressement à l'aider dans l'exécution de ses projets encouragea Louis
et prolongea sa bonne résolution un peu plus que s'il eût été livré à
lui-même. Au bout de six mois, las de la retraite, las du travail,
Louis reparut au cercle. Il y fut accueilli par des démonstrations affectueuses qui le retinrent, et, tiraillé en sens contraire par le devoir et
le plaisir, il se laissa aller à faire ce qui lui était le plus agréable.

A compter de ce jour, Mme Hérault dîna, presque chaque soir, en
tête à tête avec Émilie Lereboulley, et la petite ouvrière n'eut plus
aussi souvent l'occasion de suivre des yeux le jeune homme aux
mêmes heures du jour. La première fois qu'il ne vint pas dîner, elle
oublia de dîner elle-même. Penchée à la croisée, son aiguille active
oubliée sur ses genoux, elle resta à attendre le pas sonore qu'elle
reconnaissait de loin, sous le passage de la porte cochère, et qui lui
annonçait le retour de Louis. Peu à peu, la nuit descendit, les vitres de
l'hôtel Hérault s'éclairèrent, la voiture d'Émilie roula dans la cour,
puis le va-et-vient du repas commença dans les couloirs de service.
Huit heures sonnèrent à l'église Saint-Eugène et, avec un serrement
de cœur, Hélène se dit: « Il ne rentrera pas. » Elle poussa un soupir, et,
triste comme si elle venait de perdre un ami, elle ferma sa fenêtre.

III

La fête du comte Woréseff avait tenu toutes ses promesses. Dans le hall de l'hôtel des Champs-Élysées, féeriquement éclairé à la lumière électrique, une foule animée et joyeuse circulait, dans une atmosphère enivrante, faite du parfum des fleurs et de la capiteuse odeur des femmes. Entourés d'un triple rang de spectateurs, des couples dansaient au son d'une musique entraînante qu'un orchestre, caché dans une loggia voilée de verdure, laissait tomber mystérieusement en ondes sonores. Au balcon qui contourne tout le premier étage, des groupes se penchaient, regardant le tableau pittoresque des intrigues qui mêlaient, aux habits noirs et rouges des hommes, les dominos éclatants des femmes. Dominant le bruit des instruments, par instants un murmure de voix s'élevait frémissant comme un battement d'ailes, et des éclats de rire perlés résonnaient, fanfare joyeuse de cette nuit de plaisir. Le long du grand escalier de bois sculpté, splendidement décoré de panneaux peints par Baudry, un flot de curieux montait, avide de visiter les luxueux appartements particuliers du comte.

Tout était ouvert dans l'hôtel, merveille d'installation artistique, depuis le vestibule renaissance, aux parois en mosaïques de Florence, jusqu'à la chambre à coucher Louis XV, dont le plafond lumineux est célèbre dans le monde de la galanterie. Les invités pouvaient pénétrer partout. Le grand seigneur russe avait dit à ses amis : « Vous êtes chez vous, cette nuit ; » et, avec le faste hospitalier d'un satrape d'Orient, il avait mis à leur disposition tout ce qu'il possédait de merveilleux. Il n'était dans sa maison que l'invité des hôtes qui lui avaient demandé de donner cette fête. Il avait convié tout ce que Paris compte d'aimable, d'illustre et de charmant. Il n'avait fait qu'une exception et proscrit qu'une seule personne : le duc de Bligny, qui, deux ans auparavant, lui avait enlevé sa femme.

— Encore, avait-il dit, n'est-ce pas tant parce qu'il m'a privé de la comtesse que parce que, dans le duel qui s'en est suivi, il m'a logé dans la hanche une balle dont je boiterai toute ma vie. Une femme se remplace toujours ; une jambe, jamais.

Tous les grands clubs avaient envoyé leurs membres les plus connus, et quelques loups de velours enlevés, à cause de la chaleur, laissaient deviner, sous la dentelle des capuchons, le joli visage de charmantes comédiennes. La Presse était représentée par une douzaine de journalistes choisis hautainement parmi ceux qui ont du talent et de la conscience. Adossé à une colonne de marbre, le maître du théâtre contemporain, reconnaissable à sa haute taille, à son vaste front couronné de cheveux rebelles et à sa longue moustache grise surmontant une bouche railleuse, écoutait, avec un sourire, deux jeunes femmes qui lui demandaient une consultation sur un cas de conscience embarrassant. Un peu plus loin, maigre et pâle, avec son profil à la Bonaparte, le seul écrivain qui puisse lutter de célébrité et de succès avec le grand paradoxal, répandait sur un cercle d'auditeurs le flot intarissable de sa verve, tirant, sans arrêt et sans repos, un feu d'artifice où les mots pétillaient comme des fusées.

Le successeur des maîtres flamands, aussi petit par la taille qu'il est grand par le talent, agitait sa longue barbe de fleuve en écoutant l'illustre musicien Vignot, qui, l'air inspiré, levant sa tête d'apôtre, parlait peinture, affirmant sa compétence universelle. Une jeune danseuse de l'Opéra, dont la renommée, soigneusement couvée par un banquier ami des arts, commence à égaler celle des plus hautes étoiles, s'était suspendue au bras du très jeune directeur de la Comédie française et lui faisait des grâces, comme si elle eût désiré être élevée au sociétariat. Lui, souriant, prônait malicieusement la chorégraphie italienne, et méritait des coups d'éventail sur les doigts, en portant aux nues la Cornalba. Le prince de Cravan, l'arbitre de toutes les élégances, promenait à son bras un domino hermétiquement masqué, et secouait en riant sa tête blanche quand on lui demandait : « Qui est-ce ? » Une femme du monde lui avait dit : « Présentez-la-moi. » Il avait fait une mine effarouchée et répondu tout bas : « Impossible, c'est Grille-d'Égout ! »

Il y en avait, en réalité, de toutes les sortes et pour tous les goûts, dans cette redoute discrète, où, le visage voilé, à leur gré, les duchesses et les filles avaient pu venir. On n'avait, à l'entrée, demandé que les cartes des cavaliers. L'incognito des femmes avait été scrupuleusement respecté. Et, en conscience, Woréseff n'aurait pu dire qui était ou n'était pas chez lui, ce soir-là. C'était justement cette promiscuité du vice et de la vertu, ce coudoiement de la haute noblesse et de la basse roture, mettant pêle-mêle tout ce monde séparé, dans la vie ordinaire, par les infranchissables barrières des convenances sociales, qui avaient excité tant de curiosité.

Retiré dans un petit salon oriental, décoré de panoplies circassiennes de la plus grande beauté, Lereboulley s'était assis à une table de jeu, et, en compagnie de sir James Olifaunt, de Bramberg et de Sélim Nuño, il avait commencé une partie de poker. La belle Diana venait de prendre le bras de Clément de Thauziat pour faire le tour des appartements, et le sénateur, tranquille en la sachant accompagnée de ce redoutable porte-respect, s'était mis en devoir de gagner quelque argent à ses confrères de la Banque étrangère. Depuis une demi-heure qu'il était là, rien n'avait troublé sa quiétude, et son visage de prêtre, aux tempes marquées de bistre, exprimait la satisfaction la plus entière, lorsqu'un couple, entrant dans le salon, s'était arrêté à deux pas de la table. La femme, petite, mince, était vêtue d'un domino de satin bleu pâle, garni d'admirables valenciennes. Le

LE DOMINO BLANC VOULUT RETIRER SA MAIN (PAGE 356)

cavalier était Louis Hérault. Le sénateur leva les yeux et, reconnaissant le jeune homme :

— Ah ! vous voilà déjà en possession, vous, dit-il d'un air égrillard.
Vous n'êtes jamais dans les retardataires.

Louis regarda Lereboulley et, souriant avec tranquillité :

— Si je promène cette jeune personne, mon cher, c'est pour vous
rendre service...

— Je la connais donc ?

— Comme si vous ne les connaissiez pas toutes !

— Voyons, qui est celle-là...

Le gros homme s'était levé, laissant la partie commencée. Il s'approcha et se disposait à relever la barbe de dentelle du masque,
quand l'inconnue, le prenant par les épaules, lui appliqua sur chaque
joue un baiser.

— Eh ! eh ! s'écria gaiement Louis, voilà de la tendresse, ou je ne
m'y connais pas !

Le domino, sautant en arrière, laissa échapper un strident éclat
de rire qui amena un nuage sur le front de Lereboulley ; puis, saisissant de nouveau le bras de son cavalier, dans un mouvement rapide
et léger, avec un froufrou de jupes, elle passa dans la pièce voisine.

— J'aurais juré que c'était cette folle d'Émilie ! murmura le sénateur, en suivant la jeune femme des yeux.

Il haussa les épaules avec insouciance et, se rasseyant à la table,
il reprit sa partie. C'était Émilie, en effet, qui, depuis une heure, en
compagnie de son camarade, circulait de groupe en groupe, jetant
un trait moqueur, un mot plaisant, et, au hasard de la rencontre,
dépensait avec largesse le trésor de son esprit. Déjà, on avait fait
curieusement cercle autour d'elle pour l'entendre riposter à une des
plus fines lames du monde littéraire. Déguisant sa voix, elle raillait
avec une aisance charmante. Rien de brutal ni de violent ; un badi-
nage élégant, dans lequel les répliques à l'emporte-pièce éclataient,
comme les pétards un soir de fête. Louis enchanté, se trouvant,
grâce à sa compagne, le point de mire des regards, laissait Émilie se
dépenser, l'appuyant, quand il le fallait, avec une bonhomie joyeuse

et, surtout, suivant avec docilité le mouvement qu'elle imprimait à
son bras pour diriger leur marche à travers les salons. Elle ne s'arrêtait qu'un instant, parlant de sa voix déguisée à tous ceux des invités
qu'elle connaissait, et c'était le plus grand nombre, puis reprenait sa
course, fouillant la foule de son clair regard, comme si elle cherchait
quelqu'un.

Ils étaient arrivés ainsi, Louis et elle, à l'entrée de la serre, dans
laquelle, sous des plantes aux larges feuilles, au milieu des lycopodes
fins comme de la soie et verts comme l'émeraude, coulait, avec des
bouillonnements argentins, un petit ruisseau qui, sortant de l'urne
d'une nymphe de marbre, s'épanchait dans un bassin à margelle de
porphyre. Un treillage doré, garni de camélias roses et blancs, couvrait les murs, et du plafond vitré des lianes pendaient, s'entre-croi-
sant comme de longs serpents de verdure. Une Vénus, taillée dans
un marbre noir, se dressait sur son piédestal de bronze, déité mystérieuse de cette retraite exotique. Les lourdes exhalaisons des plantes,
se mêlant à l'âcre parfum de la terre de bruyère, composaient une
atmosphère chaude et troublante. Dès l'entrée, Louis sentit le bras
d'Émilie qui frémissait sous le sien, en même temps qu'un soupir
étouffé s'échappait des lèvres de la jeune fille. Il ne l'interrogea pas.
Un coup d'œil lui avait montré Clément de Thauziat, debout auprès
d'un banc de marbre sur lequel était assise une femme vêtue d'un
domino blanc.

Sous le capuchon de la dame, un bandeau de cheveux couleur d'or
apparaissait, et le loup de velours noir qui lui masquait le haut du
visage découvrait hardiment une bouche rose, entre les lèvres de
laquelle étincelaient des dents de perle. Sur chaque joue, lorsqu'elle
venait à sourire, une délicieuse fossette se creusait. Grande et svelte,
autant qu'on en pouvait juger sous l'ample vêtement qui la déguisait,
la femme au domino avançait, en le balançant légèrement, un tout
petit pied chaussé d'un soulier de satin et surmonté d'une cheville
exquise dont la peau rosée transparaissait sous le fin réseau d'un bas à
jour. Les mains, un peu grandes, jouaient avec un éventail en plumes
roses. Clément, pincé dans son gilet de satin blanc, une fleur à la

boutonnière, élégant et superbe avec sa belle tête de prince italien, causait du bout des lèvres, éventant familièrement sa compagne avec son claque.

— Oh! oh! voici le sire de Thauziat, dit Émilie d'une voix de fausset. Comme toujours, avec une jolie femme!... Bonsoir, madame, poursuivit-elle en s'inclinant avec une grâce comique. Vous n'avez pas peur de vous compromettre, en flirtant avec un si beau garçon?...

Sans répondre, le domino blanc agita son éventail d'un air insouciant.

— Vous ne vous casserez pas la voix, ma chère belle, reprit Émilie, si vous n'êtes pas plus bavarde... Oh! le joli pied que nous avons là... Et la main? Voyons...

Sans que la compagne de Thauziat pût s'en défendre, elle lui prit la main, et, avec dextérité lui enlevant son long gant de suède blanc, elle palpa ses doigts, les retournant d'un air de devineresse.

— Est-ce que tu dis la bonne aventure, beau masque? demanda Clément avec un sourire.

— Quand on veut; seulement, je ne suis pas discrète, et je révèle tout ce que je vois.

— Ce n'est que plus piquant!... Que t'a-t-on prédit, à toi, Louis? Car je suppose que tu t'es fait tirer ton horoscope... Tu étais pour cela mieux placé que personne.

— Ma foi, non, mon cher, et c'est ta compagne qui, si elle y consent, va en avoir l'étrenne.

Le domino blanc voulut retirer sa main. Mais Émilie la tenait serrée dans ses doigts nerveux, et, à moins d'entamer une lutte qui aurait fort bien pu ne pas tourner à son avantage, la dame dut se résigner. Émilie, penchée sur la paume blanche et lisse, restait silencieuse. Ses yeux brillaient diaboliques à travers les trous de son masque, et sa bouche se plissait comme pour un sarcasme.

— Oh! oh! fit-elle sur deux tons, voici une main bien curieuse, et, après l'avoir étudiée, il est impossible de conserver d'illusions sur celle qui la possède, car sa nature s'y montre sans mystère... Merveilleuse ligne de tête, qui domine toute la ligne de vie et qui prime absolument la ligne de cœur. Les passions, les caprices, les désirs, tous les actes principaux de l'existence seront donc soumis au raisonnement. Voici Vénus, dont le mont est assez développé, qui se ramifie étroitement avec Mercure, et, par là, l'instinct du commerce mettra en mouvement l'amour... Oh! oh! Il n'y a pas à dire le contraire, c'est écrit là, fit-elle, en touchant le creux de la main de son doigt maigre... Nos faveurs ne seront pas gratuites... Nous ne donnerons pas nos coquilles, ma petite belle!... Et, pour nous plaire, il faudra répandre des flots d'or!...

Émilie ne put continuer son impitoyable examen. La dame au domino s'était levée brusquement et, retirant sa main avec violence, elle avait dardé sur la jeune fille des regards meurtriers.

— Eh bien! Qu'y a-t-il donc? s'écria Mlle Lereboulley de sa voix de gamin gouailleur, Madame se fâche? Madame est blessée?... Pardon, madame est peut-être une femme du monde? C'est qu'il y en a, aujourd'hui, qui se font payer aussi cher que des filles!...

Louis s'était avancé avec inquiétude, en voyant la tournure menaçante que prenait l'incident. Il semblait plus désireux de protéger la dame au domino blanc contre les violences d'Émilie, que de soustraire sa compagne à la colère de celle qu'elle avait offensée si cruellement. Cependant la jeune fille, pendant quelques secondes, parut courir un réel danger. Le visage de sa victime était devenu livide et ses dents serrées avaient mordu ses lèvres pâlissantes. Elle leva les mains, avec un sifflement de fureur, comme si elle allait frapper, et, se voyant impuissante à rendre l'affront qui lui était fait, elle se replia soudain sur elle-même; puis, ayant prononcé ces mots : « She shall pay for it,» qui, en anglais, veulent dire : « Elle me le paiera!... » elle sortit.

— Elle me le paiera!... Pardi, reprit Émilie, la poursuivant de ses éclats de rire, quand je disais qu'avec vous on n'avait rien pour rien!

Elle se tourna vers son compagnon, et, lui montrant la belle fugitive :

— Allons! suivez-la donc, mon cher, vous en mourez d'envie!...

— Est-ce pour que je vous laisse en tête à tête avec Thauzial, que vous me dites cela? demanda Louis gaiement, en imitant Émilie, qui, pour assurer son incognito, affectait de lui dire « vous ».

— Peut-être! fit la jeune fille en posant sa main sur le bras du superbe Clément... Je dois savoir gré à ce redoutable champion de ne pas avoir tenté de défendre sa dame contre moi.

— Si elle avait voulu résister, dit avec calme Thauziat, elle était de force à le faire toute seule.

— Et vous la laissez se sauver sans courir après elle?

— Ne voyez-vous pas, répondit-il, en montrant Louis qui s'élançait sur les traces du domino blanc, qu'elle a un cavalier tout trouvé?

— Vous n'êtes pas jaloux? Elle est pourtant belle!

— Elle est belle, c'est vrai, mais je n'ai aucune raison d'être jaloux.

— Vous n'avez « plus » aucune raison... Et encore, est-ce vrai?

— Puisque je le dis!

— La belle raison! s'écria Émilie avec un rire un peu forcé. Donnez cet argument à un homme, il sera peut-être assez sot pour s'en contenter, mais à une femme? C'est vous moquer!

— Je ne me donne jamais la peine de mentir!

— Avec moi, d'ailleurs, ce serait inutile... Je connais trop la vérité pour que vous puissiez me tromper.

Clément sourit, et, d'un ton railleur:

— Vous l'avez apprise dans la main de la belle blonde?...

— Dans sa main, ou dans vos yeux, peu importe : je la sais.

— Voyons!

— Alors, venez dans ce petit coin, à l'abri des importuns.

Elle entraîna Clément sous un grand latanier dont les feuilles énormes s'étendaient comme un berceau au-dessus d'un canapé en canne dorée. Des héliotropes grimpants répandaient dans l'air des senteurs exquises. Le petit ruisseau murmurait sur les cailloux blancs de son lit, entre deux rives de mousse fine. Au travers de la verdure, les lustres versaient une lumière adoucie. La symphonie de l'orchestre n'arrivait plus que par bouffées, comme pour rappeler qu'autour de cette oasis, délicieuse de calme et de fraîcheur, le flot mondain continuait à tourbillonner, dévorant et furieux, sans repos et sans trêve.

Pelotonnée dans un coin, Mlle Lereboulley se donna, pendant un instant, le plaisir d'examiner son compagnon. Lui, souriant, attendait,
avec une sécurité singulière. On eût dit qu'il savait ne pas pouvoir
échapper à cet entretien et qu'il s'y était préparé. Ce fut lui qui le
premier reprit la parole :

— Mon cher petit sorcier, il faut maintenant que tu t'expliques,
dit-il avec enjouement... Tu prétends savoir la vérité. Eh bien !...
Voyons le fond de ton sac à malices.

— Soit ! fit Émilie. Commençons par la belle Diana, car c'est elle
qui se cache sous ce domino blanc. Elle est facilement reconnaissable
à ses cheveux d'or, et il n'y a pas de sorcellerie à la nommer... Après
son tour, ce sera le vôtre... C'est vous qui l'avez découverte et lancée,
à Londres, en 1878. Elle était servante dans un bar de Chancery Lane
et se nommait Kate Browne. Elle apportait les sandwiches et l'ale aux
clercs des solicitors, et, pour une demi-couronne, on obtenait ses
faveurs. Elle était extraordinairement ignorante, mais belle à miracle.
Le hasard d'un procès vous amena dans l'établissement où elle servait.
Elle vous inspira à la fois de l'admiration et de la pitié. Un artiste tel
que vous ne put pas voir tranquillement cette merveille de dix-sept
ans abîmer ses mains à rincer des verres, et éteindre son intelligence
à boire avec des bazochiens. Quoique vous ayez pour principe de ne
jamais embarrasser votre existence d'une femme, vous la prîtes avec
vous, et, du jour au lendemain, elle changea de condition. Elle n'était
plus servante, mais elle continuait à être fille, car elle devint votre maîtresse. C'était la fin de la *season;* vous alliez, de château en château,
chasser dans le Yorkshire et dans les moors d'Écosse. Entre chaque
déplacement, vous reveniez passer quelques jours auprès d'elle. Vous
lui aviez donné des maîtres, parce que vous êtes un raffiné, que vous
avez horreur d'entendre écorcher la syntaxe par les êtres qui vivent
autour de vous et que vous n'aimez pas à recevoir des lettres sans
orthographe. Elle avait profité de vos généreuses dispositions et, en
quelques mois, elle s'était métamorphosée au point que ses anciens
compagnons de misère ou de fête ne la reconnaissaient plus. Elle
ressemblait à l'ancienne Kate par le visage, mais, par les allures, par

les façons, elle était une jeune lady. Quand elle fut bien décrassée de son ignorance, de sa grossièreté, et qu'elle se trouva être un admirable instrument façonné dangereusement pour le vice, les nécessités de votre existence vous rappelant à Paris, après l'avoir gratifiée de mille livres en bank-notes et d'un baiser, vous lui donnâtes sa liberté. Elle était Diana, mais elle n'était pas encore Olifaunt. Elle avait tout ce qu'il fallait pour entreprendre la carrière de la galanterie : une admirable beauté, une corruption profonde, aucun scrupule. Il ne lui manquait qu'un associé pour entreprendre la conquête de la société. Elle le rencontra promptement. Ce fut sir James...

Thauziat avait écouté sans sourciller. On eût juré qu'il n'était pas question de lui et que ce récit le laissait absolument indifférent. A cet instant seulement, il fit un petit geste de surprise, et, avec calme, ne se donnant même pas la peine de nier :

— Qui vous a si bien informée ? Il y a bien peu de gens qui sachent ce que vous venez de me raconter...

— J'ai longtemps vécu en Angleterre, répliqua Émilie, en continuant à déguiser sa voix.

— Vous n'avez point d'accent, fit Thauziat avec un coup d'œil narquois.

— Diana n'en a presque pas plus que moi, et elle n'est en France que depuis deux ans... Mais ces créatures ont des grâces d'état... Faut-il que je continue ?

— Oui, vous m'amusez beaucoup.

— Si Diana était là, nous nous amuserions davantage.

— Raconteriez-vous donc cela devant elle ?

— Très bien !

— Vous la haïssez ?

— Je ne lui fais pas tant d'honneur. Je la méprise comme la boue du ruisseau.

— Prenez garde ! Elle n'est pas inoffensive... C'est une femme à vitriol.

Émilie ne put réprimer un geste d'insouciance gamine et, de sa voix naturelle, âpre et cassante :

THAUZIAT ÉTAIT DEVENU GRAVE ; IL FIXA SUR CELLE QUI L'INTRIGUAIT
UN REGARD PROFOND (PAGE 363)

— Peuh ! Si elle me défigurait, qui vous dit que je n'y gagnerais pas ?

— Coquetterie ! dit Thauziat galamment.

Elle reprit avec son organe nasillard :

— Allons ! je vois bien que vous ignorez qui je suis.

Elle fit une pause ; puis, poursuivant son récit :

— La Diana est un joli type, mais le James Olifaunt est bien plus remarquable encore. Il appartient à une excellente famille. Étant cadet, il est parti aux Indes, il n'y a pas fait fortune, mais il en a rapporté de grands besoins d'existence. Joueur, coureur, ivrogne, il a tout pour lui, et cache ses vices sous le vernis d'une tenue supérieure. Il vit des libéralités que lui font les amants de lady Olifaunt, et aucun d'eux n'oserait lui manquer de respect ; il est très fort au pistolet, et on porte trois morts d'homme à son compte... oh! tués en duel ! Sir John est gentleman, il n'assassine pas !... Cependant, ce bretteur file doux devant vous, et tout porte à croire que vous connaissez sur lui des choses très compromettantes...

— Peut-être !...

— Savez-vous à quelle paroisse il a épousé Diana ?

— Non. Mais je sais qu'ils se sont mariés en Angleterre...

— A Gretna-Green, sans doute, devant le forgeron? Un coup de marteau a fait l'affaire ! En tous cas, ils sont étroitement liés par leurs intérêts, et malheur à qui tombe entre leurs griffes. Ne laissez donc pas ce pauvre innocent de Louis Hérault, dont vous vous dites l'ami, s'engager plus avant dans l'intrigue qu'il a nouée avec la belle. Il y va bon jeu, bon argent, mais peut-être serait-il encore temps de le détromper... Vous seul pouvez le faire...

— Que craignez-vous donc pour lui ?

— Tout. D'une pareille femme, il faut redouter les pires projets... Louis Hérault est très riche, très amoureux... Elle peut vouloir se faire enlever par lui... et alors, que ferait sir John ?

— Rien. J'en fais mon affaire.

— Mais si Louis est malheureux ?...

— Vous avez raison ; c'est un enfant et il ne saurait pas se conduire comme il convient avec Diana... Mais j'ai un moyen de le guérir, si cela devient nécessaire.

— Lequel?

— Souffrez que je ne vous le dise pas.

— Vous êtes bien mystérieux.

— Je suis très discret.

Émilie garda le silence pendant un instant; puis, très bas, comme si ses paroles eussent été étouffées par la dentelle de son masque:

— Alors, si on vous demandait qui vous aimez?

— Je pourrais le dire, et sans compromettre qui que ce soit: je n'aime personne...

— Ainsi, votre cœur est libre?

— Complètement!

— Depuis peu de temps alors?

— Depuis toujours. Je n'ai jamais aimé.

Thauziat était devenu grave; il fixa sur celle qui l'intriguait un regard profond, puis, lentement et comme avec solennité :

— Jusqu'à présent, mon cœur n'a jamais connu la passion. J'ai eu des aventures galantes, j'ai aimé, au sens banal qu'on prête à ce mot, le plus sérieux cependant que l'on puisse prononcer. Jamais je ne me suis senti prêt à donner ma vie plutôt que de renoncer à une femme. Un ami serait venu me trouver et m'aurait dit: « Je suis épris de ta maîtresse, » j'aurais répondu à mon ami: «Prends-la, » et je n'y aurais plus pensé le lendemain, si ce n'est pour me féliciter de ne pas avoir affligé un galant homme quand il m'était si facile de le satisfaire. Depuis que j'ai l'âge de raison, je me suis débattu au milieu des difficultés de la vie, j'ai fait effort pour franchir les obstacles qui se dressaient sur mon chemin. J'ai essayé de dominer la chance et j'ai livré victorieusement bataille à la fortune. Dans ces luttes, il m'a fallu juger ceux que je rencontrais à mes côtés et ceux qui se rangeaient contre moi. J'ai compris très vite qu'en général les uns méritaient peu d'estime et que les autres devaient inspirer peu de crainte. En réalité, il m'a paru que, pour réussir, il suffisait de vouloir, et que le monde était à ceux qui ont de la volonté. Jusqu'à présent, j'ai voulu beaucoup pour

ma fortune, mais je ne me suis pas arrêté à vouloir pour mon bonheur.
Un de ces jours, je découvrirai la femme qui a été créée pour moi,
car, sur la terre, tout être vivant a une moitié qui lui a été spéciale-
ment destinée, et, ce jour-là, je mettrai les ressources de mon énergie
au service de ma passion. Il faudra que celle que j'aimerai m'appar-
tienne, et je sens que, pour l'obtenir, je ne reculerai devant rien.

— Et si une femme aujourd'hui vous aimait?

— Je ferais tout pour l'aimer, mais je sais d'avance que je n'y réus-
sirais pas. Une ville prise ne me tente pas ; ce qu'il me faut, c'est la
conquête, c'est la forteresse imprenable, qu'on doit escalader au risque
de se rompre les os ; en un mot, c'est la bataille. Je suis né avec l'horreur
du convenu, de l'arrangé et du banal. Tout, dans ma vie, porte
l'empreinte de ce goût pour la sensation rare, pour l'objet unique,
pour le trésor précieux. Peut-être suis-je très malheureux d'être venu
au monde ainsi. Je me dis souvent que je souffrirai cruellement de
quelque affreuse déception, et cependant je ne puis regretter d'être ce
chercheur de l'impossible, qui serait, je m'en rends bien compte, un
peu prétentieux, s'il n'avait pas l'excuse d'une entière sincérité.

— Alors, si une jeune fille, très riche, très intelligente, point belle,
oh! il s'en faut, mais capable de tenir largement sa place partout où
la destinée se plairait à la conduire, vous offrait sa main, qu'elle a
refusée à tout ce que Paris compte d'hommes brillants, titrés, illustres:
à cette femme, assez hardie pour se mettre au-dessus des convenances
mondaines et venir d'elle-même à vous, à cet esprit assez fier pour
penser que vous saurez comprendre ce qu'il y a de délicat dans son
choix, à ce cœur assez passionné pour compenser par une tendresse
de tous les instants de misérables imperfections physiques, que répon-
driez-vous?

La taille de la jeune fille semblait grandie, par les trous de son loup
de velours ses yeux étincelaient. Sa main s'était appuyée frémissante
sur le bras de Clément, et de tout son être se dégageait un charme
troublant. Sous ce domino de soie pâle, elle semblait comme les fées
travesties des contes. Un mot d'amour du prince Charmant ne devait-
il pas, en une seconde, être le signal de la métamorphose, et du

capuchon et des jupes une jeune princesse n'allait-elle pas, triomphante
et superbe, sortir, rendue à la liberté et au bonheur? Le mot attendu
ne fut pas prononcé. Thauziat baissa la tête et resta, pendant quelques
secondes, plongé dans une méditation douloureuse. Son mâle et beau
visage s'était assombri. Il releva le front en entendant celle qui était
assise auprès de lui pousser un profond soupir. La main de la jeune
fille n'était plus appuyée sur son bras; il la prit et la serra doucement;
puis, avec une mélancolie qu'il ne cherchait pas à dissimuler:

— Les paroles que vous venez de prononcer ne sortiront pas de
ma mémoire, et, quoique vous me demandiez jamais, vous me trouverez prêt à le tenter.

Et, comme la jeune fille ne pouvait retenir un geste plein de trouble:

— Oui, je sais qui vous êtes. Je vous ai, dès le premier instant,
reconnue, reprit-il avec un respect attendri, et je vous ai parfaitement comprise. C'était de vous qu'il s'agissait, et vous me faisiez
certes plus d'honneur que je n'en mérite. Peut-être vais-je en cette
minute, et j'en ai comme le pressentiment, passer à côté du bonheur.
Mais je ne serais pas l'homme que je suis si je me démentais moi-
même, en faisant ce que j'ai décidé que je ne devais pas faire.
Accepter un lien qui ne serait pas indestructible de par ma volonté,
ce serait une mauvaise action, car il est certain que je le briserais
et que je trahirais, que je désolerais une femme digne de toute mon
estime et de toute ma tendresse. Le jour où je servirai une femme, je
la servirai à genoux. Mais, jusque-là, je ne puis répondre de moi: je
vous rendrais malheureuse, et j'en aurais honte. Vous savez que j'ai
pour vous, et depuis longtemps, une affection solide et peu vulgaire.
Oubliez ce qui vient d'être dit pendant cette demi-heure, mais accordez-moi le droit de m'en souvenir comme de la preuve la plus délicatement flatteuse qu'une femme ait jamais donnée à un homme de la
confiance qu'elle avait en son honneur. Tendez-moi votre main bien
franchement, et prouvez-moi que vous êtes bien telle que vous vous
êtes dépeinte et telle que je vous ai jugée, en me pardonnant l'amertume passagère que je vous cause.

Émilie, d'un mouvement très lent, enleva son loup et laissa voir à

Thauziat son visage pâle sur lequel coulaient encore des larmes. La doublure de satin du masque était humide ; elle la montra avec un triste sourire :

— Il y a des femmes qui pleurent de joie, dit-elle d'une voix douce ; moi, je ne connais que les larmes de la déception et du chagrin ; encore celles que je viens de verser sont-elles des plus douces qui aient jamais coulé de mes yeux. Vous êtes fier, Clément, et vous avez raison de l'être. Vous aurez dû tout à vous-même, vous êtes donc dans votre droit quand vous faites de votre « moi » une divinité implacable à laquelle vous sacrifiez tout. J'aurais été pour vous une alliée et une amie plutôt qu'une femme, et vous auriez été bien secondé par moi, soyez-en sûr. Mais il y a des destinées malheureuses : la mienne est de celles-là, malgré l'envie qu'elle excite. Croyez que j'aurais donné tout au monde pour vous plaire, car vous êtes le seul homme, parmi tous ceux que j'ai rencontrés, qui m'ait paru valoir la peine qu'on s'attachât à lui.

Thauziat hocha gravement la tête et, regardant Émilie avec humilité :

— Vous n'êtes pas assez indulgente pour les autres et vous l'êtes trop pour moi. Si vous m'observiez avec des yeux plus clairvoyants, vous vous en apercevriez.

Ils restèrent silencieux, essayant de reprendre leur calme si profondément troublé. La tranquillité poétique de ce coin de verdure contrastait délicieusement avec le tumulte de la fête et avec l'agitation de leur pensée. Dans l'encadrement de la porte, des couples apparaissaient, emportés par le rythme de la valse. Et tous, danseurs et danseuses, avaient sur le visage cet air de contentement uniforme qui est la marque d'une absence complète de pensée. Ils tournaient, et sur la terre qui tourne elle-même il n'y avait plus rien pour eux, on le sentait, que la satisfaction de tourner.

— Ils s'amusent ! dit Émilie en les montrant d'un geste. Ils sont bien heureux !

Elle s'était levée et avait remis son masque :

— Maintenant, voulez-vous me faire un grand plaisir ? Oui, sans doute. Eh bien ! ne vous occupez plus du tout de moi, ce soir. Je vais

rentrer très bien seule en voiture. Il y a un trajet de cinq minutes.
d'ici à l'hôtel. On m'attend, je n'aurai même pas le temps de sonner.
Pensez seulement un peu à ce pauvre petit Louis qui est dans les
mains de sa magicienne anglaise. C'est dit : je le veux.

— Je vous obéis.

Ils rentrèrent dans le hall, côte à côte, sans se donner le bras et,
après quelques pas faits dans la foule, lorsque Clément chercha
Émilie auprès de lui, il ne la retrouva plus. Elle s'était perdue dans les
groupes. Et il pouvait, s'il lui plaisait, s'imaginer que son singulier
entretien avec la jeune fille était un rêve. Clément gagna les salons.
Là, on ne dansait plus, on flirtait. Et, à l'écart, sur les sièges
moelleux, debout dans les embrasures des fenêtres, ou marchant
enlacés étroitement, hommes et femmes parlaient à voix basse, de la
bouche à l'oreille, comme si les mots d'amour devaient être murmurés
de près, sous peine, en glissant dans l'air, de perdre de leur charme
pénétrant. Dans une petite pièce décorée à la turque et qui servait de
fumoir au comte, sous la demi-clarté d'une lampe mauresque descendant du plafond à trèfles dorés, des couples étaient assis sur des
divans bas, parmi les piles de coussins. Là, ce n'étaient plus des
paroles qui s'échangeaient, c'étaient des baisers.

Thauziat passa. Il n'avait que faire de déranger des amoureux.
Diana ne pouvait pas être là, sa pudeur d'Anglaise eût été effarouchée
par le laisser-aller de cette fin de soirée, et c'était dans un milieu
plus tempéré qu'il fallait la chercher. Il traversa la grande salle à
manger où, sur de petites tables rondes, on soupait dans un cliquetis
d'argenterie et de vaisselle, avec un luxe et une profusion moscovites.
Il revint dans le salon de jeu et retrouva à la même place Lereboulley
et sir James qui continuaient, avec leurs mêmes partenaires, la partie
de pocker entamée au début de la soirée. Le sénateur paraissait
ennuyé ; sir James, très rouge, avait devant lui un gros tas de louis
et de billets de banque. Visiblement l'Anglais plumait les trois autres
joueurs, et le flosch royal lui avait largement distribué ses faveurs.
Thauziat s'approcha de la table et, pendant qu'un des joueurs donnait
les cartes, se tournant vers Lereboulley :

— Vous n'avez pas vu Louis Hérault, depuis un instant?

Sir James leva le nez de dessus son jeu, avec un regard amical à Clément :

— Il a traversé cette pièce, il y a une demi-heure.

— Seul ?

— Non. Il donnait le bras à un domino blanc... Ils sont sortis par cette porte, après s'être arrêtés un instant à nous voir jouer.

— Ça ne vous a pas donné la guigne! dit Clément avec gaieté.

— Comme vous voyez!

L'Anglais avait parlé avec la tranquillité d'un mari qui ne se doute pas que le costume qu'il vient de désigner cache sa femme. Lereboulley montra beaucoup plus d'agitation, et, se tournant vers Clément :

— Prenez donc mes cartes un instant, cher ami, dit-il. Je ne serai pas fâché de couper un peu la mauvaise veine...

— Vous voulez me livrer au terrible sir James? Grand merci. Restez, mon cher, vos moyens vous le permettent.

Et, malgré les regards suppliants du banquier, il poursuivit son chemin. Il se trouvait maintenant dans la bibliothèque du comte, vaste pièce entourée de vitrines basses, pleines de manuscrits précieux et de médailles rares. Dans un pan coupé, une petite loggia vitrée, donnant sur les Champs-Élysées, formait un charmant retiro meublé de sièges de bambou garnis de coussins de soie, orné de jardinières pleines de fleurs. Une large fenêtre, au balcon en encorbellement, était ouverte, et, appuyés à la balustrade de fer, Louis et Diana causaient. Il était deux heures, et déjà, dans le haut du ciel, des blancheurs apparaissaient, amortissant la clarté des étoiles. Le parfum des marronniers en fleurs montait dans l'air tiède. Au pied de la fenêtre, le long de la rue, la file des voitures s'allongeait, comme un serpent noir aux yeux brillants. Un grand silence régnait, et, dans cette maison pleine de monde, rayonnante de lumières, emplie du bruit des instruments joyeux, Diana et Louis se sentaient seuls.

Depuis le moment où l'Anglaise était sortie de la serre, chassée par les atroces railleries de Mlle Lereboulley, le jeune homme n'avait

ELLE RESTA UN INSTANT APPUYÉ A LA BARRE DE FER (PAGE 372)

pas quitté Diana, et elle avait mis en jeu pour lui tous les artifices de
sa coquetterie. Il l'avait d'abord retrouvée hors de la serre, arrêtée
près d'une fenêtre, la tête penchée et les yeux pleins de larmes. Elle
lui avait laissé prendre sa main, comme ne se doutant pas qu'il était
auprès d'elle. Il avait essayé de lui parler, elle était restée muette,
elle ne paraissait pas l'entendre. Des soupirs profonds soulevaient sa
poitrine et ses lèvres frémissaient. Louis, bouleversé par cette douleur,
dont le spectacle était charmant, pressa doucement les doigts de
Diana, sans qu'elle les retirât ; il se hasarda à enlacer une taille souple,
qui ne se défendait pas contre son étreinte. Et, lorsque la ravissante
femme sortit de son angoisse et de son accablement, elle se vit dans
les bras de Louis, la tête presque sur son épaule. Elle le repoussa
avec une adorable indignation, et, s'éloignant d'un pas, la bouche
sévère et le regard courroucé :

— Vous voyez les effets de ces abominables calomnies, dit-elle
d'une voix entrecoupée par les sanglots, vous osez me traiter comme
une fille ? Vous avez donc cru que ce qu'on vient de me dire était
vrai ?

Et comme Louis s'apprêtait à protester :

— Ne répondez pas, reprit-elle. Ne me faites point entendre de
vaines paroles dans lesquelles, sous de mensongères affirmations, je
devinerais trop facilement votre mépris. Quel crime ai-je commis pour
qu'on me haïsse ? Pourquoi cet acharnement contre moi ? Je ne puis
vivre ainsi : je partirai, pour ne plus jamais revenir. On ne me verra
plus !... Cette Émilie, car je l'ai reconnue, elle me persécute et me
torture... Mais je ne lui ai jamais rien fait ! Je ne la connais pas...
Est-ce parce qu'elle est difforme et laide qu'elle m'en veut ? Est-ce
ma faute à moi ? Si son père savait ce qu'elle entreprend contre moi, il
y mettrait bon ordre... Mais je ne me plaindrai pas... Je craindrais de
l'affliger, de l'obliger à donner des explications, qui lui seraient pénibles, pour prouver à cette horrible enfant qu'il a le droit, oh ! le plus
naturel et le plus sacré ! de s'intéresser à moi...

Elle croisa ses mains sur sa poitrine, ainsi qu'une martyre qui
attend dans le cirque la bête féroce qui doit la déchirer, et ses lèvres

remuèrent, comme pour une prière. Louis, ébloui par la beauté vraiment extraordinaire de la jeune femme, ensorcelé par son charme, n'écoutait même pas ses paroles, il n'entendait que le son de sa voix. En ce moment, il aurait à jamais renié Émilie, qu'il aimait pourtant comme une sœur; il eût cherché querelle à Thauziat. Il était affolé, et tout ce qu'il possédait, il l'eût donné pour prendre dans ses bras cette adorable créature, pour l'emporter comme une proie, bien à lui, rien qu'à lui. Son désir éclatait dans ses yeux, car Diana détourna ses regards, comme s'ils eussent été blessés par une lueur trop vive. Et, serrant autour d'elle son domino avec un geste pudique, modeste et rougissante ainsi qu'une jeune fille, elle fit un pas pour s'éloigner.

— Ne me quittez pas, s'écria Louis d'une voix ardente; vous savez bien que sur moi vous pouvez tout, que je suis votre serviteur fidèle, votre ami dévoué et que je vous défendrai contre qui que ce soit!...

— Vous auriez trop à faire, dit Diana avec douceur; d'ailleurs, je n'ai aucun droit sur vous et je ne veux point vous permettre de vous engager pour moi. Retirez-vous... Laissez seule la malheureuse femme contre laquelle tout est permis...

Elle avait juste prononcé les paroles qu'il fallait dire pour donner à Louis l'envie de se faire tuer pour elle. Il s'avança, et, avec un beau sourire de jeunesse confiante :

— Prenez mon bras et ne craignez plus rien.

Elle leva les yeux sur lui, et, comme fascinée par sa résolution et sa fermeté, avec un peu d'amoureuse reconnaissance, elle prit ce bras qui s'offrait et suivit le jeune homme. Ils passèrent, ainsi que sir John l'avait dit, dans le salon de jeu. Et Diana ne put résister au désir de s'approcher de la table de poker. Son mari jouait et la regarda d'un air indifférent. Lereboulley se montra plus démonstratif, et il fallut une œillade impérieuse de Diana pour le maintenir à sa place. Le sénateur parut au supplice. Une rougeur ardente monta à son front et enflamma ses oreilles. Il donna le spectacle d'un vieillard en proie à un désir qu'il lui faut réfréner et qui menace de tourner à l'apoplexie. Silencieuse, sous son domino, Diana passa comme un blanc fantôme.

Un instant après, elle était avec Louis, sur le balcon de la bibliothèque du comte Woréseff.

Elle resta un instant appuyée à la balustrade de fer, livrant son front pâle aux frêles caresses du vent de la nuit. Elle n'avait plus son masque, et Louis admirait ses traits charmants. Elle était vraiment d'une beauté accomplie. Ses grands yeux bleus, bordés de longs cils noirs, avaient une douceur candide. Son petit nez, aux narines délicates et rosées, donnait à son visage un air délicieusement mutin. Sa bouche rose avait le contour suave de celles des madones. C'était le plus adorable visage qu'un amant pût rêver, avec la pureté séraphique des yeux et de la bouche, et l'audace infernale du nez qui défiait le monde entier. En ce moment, Louis ne remarquait pas ce nez diabolique ; il n'apercevait que cette bouche et ces yeux d'ange, et il pensait que, pour avoir le droit d'y mettre un baiser, pour les voir se fermer pâlissants de volupté, on pourrait, sans regret, commettre un crime. Au bout de quelques minutes, la jeune femme fit entendre une exclamation de dépit, passa la main sur son front, pour chasser une pensée importune et, se tournant vers son compagnon avec un triste sourire :

— Je vous demande pardon. Je m'oubliais à rêver au passé bien douloureux qui est mon existence entière. Car je suis encore très jeune, je n'ai que vingt-quatre ans, et j'ai bien souffert, je souffre bien encore.

Voyant Louis faire un geste d'étonnement, elle secoua sa tête, dont les cheveux blonds brillèrent comme un casque d'or :

— Oh ! je ne souffre plus de la même façon... Autrefois, j'ai connu la misère, presque la faim... Ma mère était morte, me laissant toute seule, et mon père nous avait perdues de vue... Il a fallu un hasard pour que ce puissant protecteur me fût rendu... Et Dieu sait de quelles calomnies sa généreuse bonté a été le prétexte... Mais je ne regrette pas ce temps de misère, lorsque je le compare aux jours qui l'ont suivi. Au moins, j'étais libre autrefois, tandis qu'aujourd'hui je suis liée à un homme qui ne me comprendra jamais.

Elle frissonna, ramena son capuchon de soie sur sa tête, puis, d'un ton saccadé et comme si elle retenait des sanglots :

— Mais je ne sais pas pourquoi je vous dis toutes ces choses. Que vous importe que je souffre! Vous n'y pouvez rien...

— Vous me les dites, répondit Louis, parce que vous savez que je vous aime. Oh! vous le savez!... Depuis six mois, vous l'avez deviné à mon trouble quand je m'approchais de vous, au tremblement de ma voix quand j'étais assez heureux pour pouvoir vous parler. Tout vous l'a dit, ma timidité quand je vous suivais sans oser risquer un aveu, mon audace en ce moment où j'ouvre mon cœur pour répandre à vos pieds tout ce qu'il contient d'adoration et d'ivresse. Oui, je l'ai bien vu, vous n'êtes pas aimée et vous n'êtes pas heureuse. Grand Dieu! Comment est-il possible qu'un homme vive auprès de vous sans subir votre charme, sans tomber à vos genoux pour ne plus se relever jamais? Moi, quand je vous regarde, un frémissement passe en moi. Quand ma main touche la vôtre, il me semble que du feu coule dans mes veines; pour que vous m'apparteniez, je donnerais tout mon sang, car, j'en suis bien sûr, une heure de votre amour vaudrait tous les jours qu'il me reste à vivre.

Penché vers elle, Louis avait murmuré ses aveux à voix basse, avec une douceur caressante. Ses yeux s'étaient éclairés d'une flamme, ses lèvres brûlaient, et Diana, les paupières à demi fermées, le regardait, émue malgré elle par ce débordement de passion jeune et sincère. Il était charmant ainsi et valait qu'on l'aimât. L'Anglaise eut un sourire mélancolique.

— Combien m'ont déjà dit ce que vous venez de me faire entendre, sans que j'y aie ajouté foi, et bien heureusement, car ce n'était que caprice et vaine fantaisie. C'est une fatalité de mon existence que tous les hommes se croient obligés de me jurer qu'ils m'adorent. Que de faux serments! Que d'inutiles promesses! Vous, peut-être cependant, êtes-vous plus loyal que les autres et m'aimez-vous vraiment, car voilà longtemps que vous m'êtes fidèle... Mais si je vous écoutais, combien cette grande passion durerait-elle? Une femme est un jouet pour les gens comme vous! On m'a raconté que, quoique très jeune encore, vous étiez un viveur. Du reste, vous ne quittez pas Clément de Thauziat...

— Allez-vous me dire du mal de lui? demanda Louis, d'une voix tremblante. On m'a assuré qu'il vous connaissait depuis longtemps, et très bien...

— Allez, soyez franc, on vous a dit qu'il avait été mon amant? interrogea Diana, avec une rudesse subite. Peut-être vous l'a-t-il dit lui-même. Il y a des gens capables des plus grandes infamies par vanité!...

— Il ne m'a jamais parlé de vous, quoique je l'aie questionné souvent... Il est vrai que j'aurais voulu apprendre qui vous étiez, ce que vous étiez, au risque d'en souffrir. Tout ce qui vous touchait m'intéressait. Hélas! je crois que j'aurais oublié le mal qu'on m'aurait pu dire de vous, tant je vous aime, et que rien n'aurait prévalu contre ma passion.

— Est-ce bien sûr?

La physionomie de Diana changea brusquement, ses paupières palpitèrent sur ses yeux demi-clos, ses narines battirent, sa bouche rose s'entr'ouvrit ironique, et, avec un air de bravade :

— Et si je vous disais, moi, que Clément m'a aimée, que j'ai été à lui et que peut-être encore...

Elle n'eut pas le temps d'achever. Louis l'avait saisie par les épaules et, avec une violence irrésistible, il l'avait soulevée de la rampe de fer. Un effort de plus et elle tombait dans la rue, brisée sur le pavé. Elle ne fit pas un mouvement pour se défendre. Ses cheveux, dénoués par cette étreinte brutale, roulèrent sur ses épaules, comme un manteau embaumé, et dans les bras de celui qui la menaçait, serrée sur sa poitrine, son visage eut une expression de triomphe radieux. Ils restèrent un instant immobiles, se contemplant l'un et l'autre ; puis, soudain, Diana se tordit comme une liane dans un brasier, ses lèvres s'approchèrent de celles de Louis et s'y posèrent dans un long baiser. Il sembla au jeune homme que le ciel était traversé par des lueurs éclatantes qui l'aveuglèrent, ses oreilles tintèrent et il demeura éperdu, les mains enfoncées dans cette chevelure d'or dont les flots soyeux l'enveloppaient comme d'une mer de flammes. Quand il revint à lui, le ciel clair resplendissait calme, la rue était silencieuse et obscure, l'orchestre du bal chantait dans le lointain et Diana, debout, un peu pâle, rattachait ses cheveux. Il la saisit avec ardeur, elle ne résista que faiblement, et, la bouche contre son oreille, il lui répéta :

— Je vous adore !

— Et cependant vous avez voulu me tuer ? dit-elle en hochant la tête.

— Pourquoi m'avez-vous soumis à cette horrible épreuve ?

— Pour voir si vous m'aimiez vraiment. Mais êtes-vous donc si jaloux ?

— J'ai souffert pendant une seconde, si cruellement, que j'ai perdu la raison. C'est faux, n'est-ce pas, tout ce que vous m'avez dit ?

— C'est faux.

— Maintenant, je ne pourrais plus supporter la pensée que vous êtes à un autre.

Diana baissa le front ; puis, avec contrainte :

— Oubliez-vous que je ne m'appartiens pas ?

— Ne m'avez-vous pas dit vous-même que votre mari n'était pour vous qu'un étranger ?

— Si répréhensible que soit sa conduite envers moi, je n'en suis pas moins sa femme et je porte son nom... Tenez ! j'ai été folle, et je me reproche amèrement mon imprudence... Vous prétendez déjà faire valoir vos droits... Vous allez me perdre... Je vous en prie, effacez de votre mémoire tout ce qui vient de se passer... Un instant, entraînée par votre passion, grisée par vos paroles, j'ai oublié la sagesse et j'ai fait le rêve insensé de vous donner toute ma vie... Mais vous voyez bien que c'est impossible ! Oh ! vous aurez été le seul homme à qui je me serai abandonnée, ne fût-ce que pendant une seconde... Je vous aurais aimé... Je vous aime déjà trop !... Mais il en est temps encore, il vaut mieux souffrir et ne plus nous revoir.

— N'espérez pas que j'y consente.

— Alors, que voulez-vous donc ? s'écria Diana.

— Vous tout entière.

Il l'avait reprise dans ses bras et la sentait palpiter contre lui. Il essaya de lui donner un baiser, elle lui échappa et il ne put que mordre une torsade épaisse de ses cheveux.

Une sorte de délire sembla s'emparer de la jeune femme. Au lieu de repousser Louis, elle le serra étroitement, en poussant des cris inarticulés. Des larmes coulèrent sur son visage, elle parut en proie à l'amour le plus violent et au désespoir le plus affreux. Lui, bouleversé par ce voluptueux désordre, la regardait, enivré, sans penser à la folie qui la lui livrait sans défense. Il répéta :

— Toute à moi, et pour toujours !

Elle le regarda avec des yeux fixes et répondit :

— Oui, et quoi qu'il puisse advenir ! La mort, plutôt que de renoncer à vous !

Puis, épuisés par l'émotion de cette scène, pressés l'un contre l'autre, sans dire une parole, ils restèrent sur le balcon, jouissant de cette heure délicieuse.

Un bruit de pas les arracha à ce bonheur. Ils se séparèrent vivement : Thauziat était devant eux.

— Voilà une demi-heure que je vous cherche, dit-il d'une voix tranquille. Vous respirez le frais ?

— Oui, dit Diana, avec un grand calme, pendant que Louis s'avançait dans la bibliothèque pour dissimuler son trouble. Il faisait dans le salon une chaleur étouffante... Quelle heure est-il ?

— Trois heures du matin, fit Thauziat, après avoir regardé sa montre.

— Il est temps de partir. Je vais aller arracher sir James aux douceurs du jeu.

Elle se tourna vers Louis, et, lui tendant la main avec une amicale indifférence, comme si rien de décisif ne se fût passé entre eux :

— Adieu. Je vous verrai sans doute aujourd'hui ?...

— Assurément, répondit-il. Et il s'inclina devant elle.

Quand il se releva, il aperçut la traîne de son domino blanc qui disparaissait à l'entrée de la pièce voisine, et il se trouva seul avec son ami.

— Eh bien ! je t'ai laissé le temps de causer avec lady Olifaunt, dit Clément, et tu remarqueras que je suis arrivé très directement, en faisant du bruit pour annoncer ma présence. Vous paraissiez très bien ensemble...

TU COMMENCES A SOUPÇONNER OU IL VA? FIT-IL (PAGE 379)

— Très bien, dit sèchement Louis.

— Oh ! oh ! oh ! fit sur trois tons Thauziat; voilà tout ce que la reconnaissance t'inspire ?.. Si elle n'a pas été aimable, ce n'est pas ma faute !

Louis posa sa main sur le bras de son ami et, le regardant sérieusement :

— Écoute, Clément, si tu veux, nous ne parlerons plus jamais ensemble de lady Olifaunt; cela vaudra mieux que d'en parler avec cette insultante légèreté.

— Eh ! là ! s'écria Thauziat, avec surprise. Qu'y a-t-il ? Que t'a-t-elle dit ? Que s'est-il passé ? D'où vient ce respect soudain et cette sévérité inattendue ?

— Trois mots t'expliqueront tout : je l'adore !

— Ce n'est pas nouveau : tu as un coup de soleil pour elle depuis six mois.

— Je l'adore ! te dis-je, reprit Louis avec exaltation, et je suis prêt à tout pour ne plus jamais me séparer d'elle, à l'enlever, à l'épouser, s'il le faut !

Thauziat agita une de ses mains blanches et nerveuses, ses sourcils se froncèrent, il murmura :

— Les femmes sont plus clairvoyantes que nous. Émilie avait deviné jusqu'où pouvait aller l'aventure.

Il se plaça en face de son ami.

— L'enlever, c'est beaucoup ; l'épouser, c'est trop. On n'épouse pas Diana, quand on peut si bien faire autrement.

— Ah ! prends garde, Clément, s'écria Louis qui pâlit ; tu insultes une femme que j'aime, je ne le supporterai pas !

— Tu me menaces, je crois ! dit Thauziat, avec un accent si rude, que les nerfs du jeune homme vibrèrent. Pardieu ! Voilà qui est bien fait pour m'émouvoir ! Eh ! tête de bois, si cette charmante créature te plaît à ce point, sois son amant !... Mais ne l'enlève pas, et surtout ne la pousse pas à divorcer avec cet excellent sir James... Tu le mettrais sur la paille !

Il se mit à rire. Cette gaieté exaspéra Hérault, qui, les poings serrés, marcha vers son ami en s'écriant :

— Pour la seconde fois, prends garde ! C'est une lâcheté d'insulter une femme.

— Prends garde toi-même ! interrompit Thauziat. Jeune nigaud, qui te laisses si bien prendre aux roueries d'une enjôleuse... En es-tu arrivé au point de méconnaître mon amitié et d'hésiter entre une femme et moi ?... Pour te punir, je te laisserais berner, si je n'avais promis solennellement à une personne qui a la bonté de s'intéresser à toi de te sortir du guêpier où tu cours... Tu crois à la pureté de Diana, tu crois à sa tendresse, n'est-ce pas ?

— Oui !

Au moment où Louis venait de répondre, Lereboulley parut, sortant de la salle de jeu.

— Il se fait tard, dit le sénateur, vous restez sans doute, jeunes gens ? Moi, je rentre à pied... Bonsoir... ou plutôt bonjour !...

Il les salua de la main et lourdement s'éloigna. Thauziat alors, se tournant vers son ami, lui dit avec gravité :

— Lereboulley rentre à pied, suivons-le... Tu vas savoir promptement à quoi t'en tenir.

Ils gagnèrent le rez-de-chaussée, prirent leurs pardessus et sortirent dans les Champs-Élysées. A cinquante pas devant eux, le sénateur, ayant allumé un cigare, les mains dans les poches de son paletot, sa canne sous le bras, descendait l'avenue déserte.

— Il va chez lui, murmura Louis.

— Tu verras, répondit Clément. Marchons dans la ligne des arbres, pour qu'il ne nous reconnaisse pas.

Ils arrivèrent au rond-point, et là, au lieu de tourner dans l'avenue d'Antin, Lereboulley inclina à gauche, traversa la chaussée, comme s'il allait au cirque et s'engagea dans l'avenue Gabriel. Thauziat avait passé presque de force le bras de Louis sous le sien ; il le sentit frémir.

— Tu commences à soupçonner où il va ? fit-il.

Louis ne répondit pas, mais sa respiration sonna plus haute, comme si un poids lui eût oppressé le cœur. Le sénateur marchait d'un pas tranquille, sans se douter qu'il était suivi. A la hauteur du café des Ambassadeurs, Thauziat arrêta son ami. Ils se dissimulèrent derrière un massif de plantes et attendirent. Lereboulley fit encore vingt pas, s'arrêta devant une petite porte cachée sous des lierres et dissimulée dans la grille du jardin ; il jeta, à droite et à gauche, machinalement, un regard, pour s'assurer qu'il n'était pas épié, puis, tournant la clef dans la serrure, il entra. Une sourde exclamation jaillit des lèvres de Louis. Il regarda, pâlissant, son ami qui restait immobile ; puis, d'une voix tremblante :

— La misérable ! elle m'a laissé entendre qu'il est son père !

Thauziat haussa les épaules.

— C'est ce qu'elle dit ordinairement. Il faut bien expliquer le luxe dans lequel elle vit. Depuis qu'elle est à Paris, Lereboulley se compromet pour elle. Voilà pourquoi Émilie la hait... Maintenant, sois son amant, si cela te plaît, mais ne l'enlève pas, c'est inutile. Et surtout ne l'épouse pas, ce serait honteux.

— Je ne la reverrai jamais !

— C'est exagéré. Elle est bonne à voir ; seulement, il ne faut pas y croire !

Louis prit la main de Clément et, la serrant doucement :

— Pardonne-moi ce que je t'ai dit, fit-il avec émotion : j'étais fou.

— Je ne t'en veux pas de ce que tu m'as dit. Je t'en veux de m'avoir forcé à trahir une femme.

Il fit un geste brusque, et, posant le bras sur l'épaule de son ami, il l'entraîna loin de cette maison qui semblait invinciblement le retenir.

IV

Il était une heure de l'après-midi, et Hélène Graville venait, après
avoir déjeuné, de se remettre au travail, lorsqu'un coup de sonnette
discret l'attira à la porte d'entrée. Elle ouvrit et recula d'un pas en se
trouvant face à face avec une petite vieille dame vêtue d'une robe
très riche et coiffée d'une fanchon de dentelle noire. Elle reconnut
Mme Hérault. La grand'mère sourit à l'attrayante et fraîche jeunesse
de sa locataire, et, s'avançant :

— Excusez-moi, mon enfant, dit-elle, si je vous dérange... Je suis
venue, comme vous pouvez le voir, en voisine. On m'a dit que vous
étiez une très habile brodeuse et j'ai un ouvrage, délicat à faire, que
je désirerais vous confier.

— Prenez la peine d'entrer, madame, dit la jeune fille d'une voix
douce, et excusez-moi de vous recevoir au milieu d'un pareil fouillis.

De la main, elle montrait les étoffes éparses sur les meubles, la
machine à coudre toute garnie de fil, les ornements de jais et les
passementeries perlées hors de leurs cartons, et, près de la fenêtre,
par laquelle tant de fois elle avait guetté Louis, la table couverte d'une
magnifique pièce de soie à demi brodée.

— Bien ! bien ! fit Mme Hérault, en s'asseyant sur une chaise de paille, je sais ce que c'est que le désordre du travail. J'ai travaillé pendant quarante ans de ma vie et je jardine encore tous les jours... Mais, ma chère enfant, il me semble que vous me faites concurrence...

Elle s'était levée et, s'approchant de la fenêtre, elle examinait, dans une caisse posée sur l'appui de pierre, des jacinthes de diverses couleurs, qui poussaient entourées de volubilis grimpants.

— Ces jolis feuillages me font faire une économie de rideaux en été, dit gaiement la jeune fille, et puis je sors peu, et mes fleurs me donnent l'illusion de la campagne. Toute mon enfance s'est écoulée en plein air, dans la liberté des champs, et ce qui m'a coûté le plus, en venant à Paris, ç'a été de vivre enfermée... Mais, ajouta-t-elle avec un charmant sourire, on se fait à tout.

— Vous avez de la philosophie.

— Il le faut bien... Si je ne m'attachais pas à ne voir que le bon côté des choses, je m'aigrirais le caractère et je me trouverais très à plaindre.

— Et vous ne l'êtes pas?

— Non, madame, matériellement du moins, car je gagne très largement ma vie; moralement, oui. J'ai fait, il y a un an une grande perte, dont je ne me consolerai jamais!

Et, comme Mme Hérault l'interrogeait du regard :

— J'ai perdu ma mère, ajouta Hélène, dont la voix trembla, et je suis restée toute seule.

L'ouvrière essuya une larme; puis, levant les yeux sur sa visiteuse :

— Je vous demande pardon, madame, de vous importuner de mes ennuis. Si vous voulez bien me dire à quoi je puis vous être bonne?...

Mme Hérault prit sous son bras un paquet soigneusement ficelé de rose, l'ouvrit et, tendant à Hélène une merveilleuse écharpe en crêpe de Chine brodé de couleurs variées :

— Voilà une étoffe à laquelle il est arrivé un malheur : ma femme de chambre a sottement brûlé une bande de cette broderie qui recouvrait une table dans ma chambre à coucher. Je tiens beaucoup à cette écharpe, qui a pour moi la valeur d'un souvenir... On m'a dit que vous brodiez comme une fée... Ce plumetis est extrêmement difficile à exécuter... C'est de la véritable peinture... Vous voyez, il y a des oiseaux et des fleurs de nuances très variées et fines... Pouvez-vous vous charger de refaire ce qui a été détruit ?

Hélène, penchée sur l'étoffe, la maniait doucement de ses doigts légers. Elle semblait prendre un secret plaisir à toucher ce tissu merveilleux. Sa nature aristocratique se trahissait dans ce goût pour les choses raffinées, et rien qu'à la voir développer et froisser l'écharpe soyeuse, on devinait qu'elle était issue d'une race créée pour l'élégance et le luxe. Mme Hérault, la laissant à son examen, passait en revue le modeste appartement de la jeune fille. En dépit du désordre dont Hélène s'était excusée, tout était d'une propreté admirable. Le mobilier très simple reluisait, annonçant les soins de tous les jours. La disposition même des objets n'avait rien de vulgaire, et un petit miroir artistement drapé de peluche, une table garnie de bibelots sans valeur, mais adroitement placés, un couvre-lit de soie brochée, une étagère portant quelques livres reliés et timbrés d'un chiffre, épaves et reliques d'une aisance disparue, révélaient que l'habitante de ce pauvre logis était très supérieure à sa condition. Auprès de la cheminée, un portrait d'homme jeune, élégant, souriait dans un cadre noir. Un bouquet de violettes de deux sous, tout frais, était attaché au bas comme un pieux ex-voto. La grand'mère resta quelques instants à le regarder. Rien, dans cette physionomie, n'éveillait ses souvenirs. Au bout d'un instant, elle se retourna et, s'adressant à l'ouvrière, elle dit :

— C'est votre père ?

— Oui, madame, répondit Hélène d'un ton un peu bas, comme si elle eût parlé dans une église.

— On m'a dit que vous vous appeliez Hélène Graville, reprit Mme Hérault. J'ai connu en Normandie un village du même nom, situé auprès de Saint-Aubin. Est-ce que vous seriez originaire de ce pays ?

—C'est au château de Graville que je suis née, dit gravement Hélène.

Les deux femmes restèrent l'une devant l'autre, sans parler, ressaisies par leurs souvenirs. La jeune fille revoyait le grand parc aux noires futaies de hêtres, avec ses pelouses vertes descendant en pente jusqu'à la Scie, les vergers remplis de pommiers, que le printemps poudrait de blanc, comme des marquis Louis XV, et qui, à l'automne, ployaient sous le fardeau de leurs fruits jaunes et rouges. Elle sentait encore sur son visage le vent frais venant de la mer qui répandait sur les herbages ses âcres senteurs salines et donnait aux plantes cette saveur nourrissante qui gonflait d'un lait plus pur les mamelles des vaches alourdies. Sur la hauteur, la terrasse du château profilait sa balustrade de briques, piquée de pierre, et, au travers des massifs de lilas et de faux-ébéniers, un homme et une femme passaient, se promenant au soleil. L'homme était svelte et ressemblait au portrait accroché dans la petite chambre. La femme, blonde, blanche, souriait, l'air heureux. Hélène les suivait des yeux l'un et l'autre, puis, au détour d'un bosquet, ils disparaissaient et la terrasse restait vide et triste, comme était maintenant sa vie.

La grand'mère Hérault, elle, avait évoqué l'usine noire et fumeuse, avec son bruit de marteaux frappant les chaudières de cuivre, et, dans le rougeoiement des foyers incandescents, elle revoyait Hérault, les bras nus, les cheveux dorés par la limaille, beau garçon avec ses blondes moustaches et son teint clair de pur Normand. Elle le suivait le soir, dans les prairies, au bord de la petite rivière, et, enfiévrés par les ardeurs du printemps nouveau, grisés par les parfums des baies d'aubépines fleuries, ils échangeaient leur premier baiser. De combien de larmes il avait été suivi ! C'était le père Gandon, maintenant, qui se montrait furieux et humilié de l'abandon de sa fille et qui menaçait de tuer Hérault. Que de nuits passées sans sommeil, les yeux brûlés par le chagrin, jusqu'au jour où la dame du château était entrée dans le cabaret, ramenant le séducteur qui se décidait à demander la main de Fifine à son père. Et tout était venu de là, le bonheur, la fortune. Tout était dû à cet élan de cœur d'une femme généreuse, dont l'unique descendante, aujourd'hui, se trouvait plus pauvre et plus abandonnée que l'avait jamais été la fille du cabaretier.

IL MARCHA DANS LA CHAMBRE, AU HASARD (PAGE 392)

— Ainsi, c'est au château de Graville que vous êtes née ? demanda Mme Hérault. Votre père s'appelait M. Henri...

— Oui, madame, dit Hélène avec étonnement. Mais qui a pu vous dire ?...

— Mademoiselle, reprit la vieille femme, avec une fierté attendrie, quand je n'étais qu'une pauvre couturière de village, j'allais en journée au château, chez votre grand'mère, et j'ai fait sauter votre père sur mes genoux. En vous voyant dans une position si précaire, en pensant que vous et les vôtres vous avez pu connaître la misère, j'éprouve une grande amertume et je me reproche comme une affreuse ingratitude d'avoir laissé au hasard le soin de me rapprocher de vous.

— Madame, interrompit Hélène, ne prenez aucun souci de moi, je vous assure que je ne manque de rien, et, tant que ma mère a vécu, grâce au ciel, j'ai pu, par mon travail, la mettre à l'abri du besoin.

— Vous êtes une vaillante enfant, et je suis heureuse de vous voir telle que vous êtes. Je dois tout à votre famille. Le peu que je suis, c'est elle qui l'a fait, par sa bonté et sa générosité. Votre grand'mère a donné la dot qui m'a permis d'épouser M. Hérault, et c'est avec cet argent qu'il a commencé l'édifice laborieux de notre fortune. Si nous sommes riches, c'est grâce à Mme de Graville. Sans elle, Hérault végétait ouvrier dans une fabrique de province ; moi, je restais chez mon père ; nos forces, notre activité commune, ne se réunissaient pas, et rien de ce que nous avons réussi n'aurait seulement pu être tenté. Vous voyez, mademoiselle, que je dois beaucoup aux vôtres et, par conséquent, à vous, et vous ajouterez à ma reconnaissance si vous me permettez de m'acquitter.

Mlle de Graville rougit et fit un pas en arrière. Elle ne distinguait pas très nettement où Mme Hérault voulait en venir. Elle pressentit quelque offre d'argent répugnante, qui l'eût ravalée au niveau d'une mendiante, elle qui gagnait sa vie et ne demandait rien à personne. Elle se replia sur elle-même, humiliée d'avance et froissée.

— Madame, je suis heureuse des services que ma famille a pu rendre à la vôtre, mais je ne trouve dans ce fait rien qui vous engage...

Gardez vos dons pour des nécessiteux véritables. Moi, tant que je trouverai de l'ouvrage, je me suffirai largement à moi-même.

La vieille Mme Hérault, avec sa finesse native, comprit ce qui se passait dans l'esprit d'Hélène ; elle devina le trouble que sa proposition lui avait causé et, voulant le faire cesser, elle s'avança vers la jeune fille et lui prit affectueusement la main :

— Il faut être indulgente, mon enfant, dit-elle avec douceur, pour une vieille femme qui n'est jamais guidée que par son cœur. Je ne vous offre pas d'argent, soyez tranquille : je sais à qui j'ai affaire. Vous êtes d'une race qui donne et qui ne reçoit pas. Mais je suis très âgée, et je n'ai qu'un petit-fils qui me délaisse souvent, non par manque d'affection, mais parce que, lancé dans le monde, il y est retenu par ses plaisirs... Je suis presque toujours seule et j'ai bien des fois regretté de n'avoir pas une petite-fille. Elle serait restée, elle, près de sa grand'-mère, et je n'aurais pas connu les tristesses de l'isolement. En vous voyant, il m'a semblé que le hasard m'avait envoyé cette enfant que je souhaitais, et j'ai pensé à vous demander de venir près de moi, continuer le rôle qu'ont joué vos parents et d'être, à votre tour, ma bienfaitrice, en m'aidant à finir ma vie comme ils m'avaient aidée, eux, à la commencer.

A ces mots, sortis du cœur, Hélène pâlit, des larmes jaillirent de ses yeux, et, voyant que Mme Hérault lui tendait les bras, elle s'y jeta sans plus résister.

— Vous acceptez donc ? s'écria la grand'mère avec joie.

Hélène se dégagea de l'étreinte qui semblait déjà la faire prisonnière, et, secouant lentement la tête :

— Je ne puis encore vous répondre, madame. Je vous suis profondément reconnaissante, mais je veux réfléchir et ne pas céder à un premier élan sentimental que nous pourrions un jour, l'une et l'autre, regretter. Ne m'en voulez pas si je m'exprime franchement et sans arrière-pensée. Mais j'ai, depuis longtemps, acquis l'habitude de me conduire moi-même, et mon esprit y a peut-être pris un peu plus de décision qu'il ne sied à une femme. Ce que vous me proposez, en ce moment, c'est d'abdiquer ma liberté, de renoncer à ma modeste mais tranquille existence, pour aller vivre auprès de vous, qui avez toutes les apparences de la bonté, mais que je ne connais pas, dans un monde qui me paraît semé de perfidies et de dangers. Si je me décidais à faire ce que vous me demandez, je ne pourrais plus que difficilement revenir en arrière. Les nouvelles habitudes que j'aurais prises me rendraient ma pauvreté plus lourde à porter, et, d'un changement que j'aurais à bon droit jugé favorable, je pourrais ne recueillir que découragement et tristesse. Il faut donc que je me consulte, que je pèse le pour et le contre. Une fois résolue, quelle que soit ma détermination, rien ne pourra plus me la faire changer.

— Je vois, dit Mme Hérault, en examinant Hélène avec curiosité, que vous avez du caractère. Cela me surprend et me ravit, moi qui n'en ai jamais eu et qui ai toujours fait tout ce que les autres ont voulu. Hérault commandait dans la maison, moi je veillais à ce qu'on exécutât ses ordres. Après lui, mon fils, plus mollement c'est vrai, a pris l'autorité en main, et j'ai continué à obéir. Aujourd'hui, c'est Louis qui est le maître, et celui-là, voyez-vous, mon enfant, il n'a qu'à sourire pour que j'aille au-devant de son caprice. J'ai tort, je le sens bien, mais qu'y faire? Il faudrait guider ce garçon faible et léger, au lieu de dire : très bien, à tout ce qui lui plaît. C'est une fatalité que le fils ne vaille généralement pas le père et que la fortune amassée par l'aïeul soit, le plus souvent, dissipée par le petit-fils. Nos affaires, qui étaient autrefois prospères, languissent, sans impulsion. Or, comme M. Hérault le disait souvent : toute fortune qui n'augmente pas diminue. Tant que mon petit-fils restera garçon, je ne respirerai pas à l'aise. Il y a tant de coquines, sans compter le jeu et les courses, pour vous aider à manger beaucoup d'argent! Dès qu'il sera marié, je le connais, il se rangera, c'est une nature douce et bonne... Il adorera sa femme, il aimera ses enfants et il reprendra la direction des affaires, au lieu de la laisser à un stupide conseil d'actionnaires. Alors je bénirai le ciel, je n'aurai plus d'inquiétudes... Mais, pour que j'obtienne ce résultat, j'ai besoin d'avoir auprès de moi quelqu'un qui me conseille et me soutienne. Je suis bien vieille, il y a des choses que je ne sais pas et n'apprendrai plus. Apportez-moi le secours de votre finesse et de votre tact. Jugez du bien que vous pouvez faire, comprenez que c'est vous qui me rendez un service, et non qui le recevez.

Hélène ne répondit pas. Debout près de la fenêtre, elle regardait, pensive, un rayon de soleil qui dorait les feuilles de ses volubilis. Elle les voyait enlaçant de leurs replis vivaces la maison ancienne et lui prêtant un charme de jeunesse verdoyante. Dépouillée de sa parure de rameaux et de fleurs, la noire muraille reparaîtrait triste et maussade. Et, dans sa pensée, un rapprochement soudain se faisait entre elle et cette plante cultivée chaque jour de ses mains. Comme les tendres et délicats volubilis, sa belle et fraîche jeunesse ne devait-elle pas être l'ornement de la vieille famille? La destinée semblait l'avoir placée auprès d'elle, afin qu'elle n'eût qu'à étendre ses bras pour l'étreindre plus étroitement et devenir sa protection et son charme.

Et, évoquée soudain, devant ses yeux passa la gracieuse et élégante silhouette de Louis, vêtu de deuil, traversant la cour à des heures régulières et vivant comme un fils modèle auprès de la vieille aïeule. Serait-il donc possible, comme le disait Mme Hérault, d'avoir sur la vie de ce jeune homme une influence favorable, d'aider la grand'mère à l'arracher aux fréquentations mauvaises qui l'entraînaient loin du foyer de famille? Quel rapport y avait-il entre ce fou audacieux qui l'avait suivie la veille, accompagné par son ami au brun et fier visage, et l'orphelin doux et rêveur qu'elle avait guetté, pendant tant de jours, du haut de sa fenêtre? N'était-ce pas ce compagnon qui était son mauvais génie? Si elle pouvait le lui disputer, le rendre à la raison, à la sagesse, et, au lieu d'un viveur épuisé et inutile, en faire un travailleur vigoureux et capable? Mais au profit de qui accomplirait-elle cette œuvre de salut? Une jeune fille inconnue viendrait qui serait fiancée à Louis et qu'il prendrait pour femme. La grand'mère l'avait dit: une fois qu'il sera marié, je pourrai respirer à l'aise. Quelle était donc celle qui devait, un jour, s'appeler Mme Hérault et assurer l'avenir de toute cette famille?

Une voix mystérieuse murmura alors à l'oreille d'Hélène: «Ce sera toi.» Tu n'as qu'à vouloir, et ta destinée change. Peut-être serais-tu plus heureuse en restant dans la médiocrité, mais le combat de la vie t'appelle là, et tu ne peux déserter ton poste. C'est toi qui seras la protectrice de cette maison, qui la défendras, qui la sauveras. Cette œuvre ne s'accomplira pas sans de grandes souffrances et sans beaucoup d'amertume. Mais c'est là ta tâche, c'est ta vertu de l'accepter et ce sera ton orgueil de la remplir.

Hélène frémit. Il lui sembla qu'un être invisible était auprès d'elle, qui la conseillait et l'encourageait. Distinctement, elle entendit prononcer ce mot, qui semblait sa devise : Volonté ! Volonté ! Elle regarda avec trouble autour d'elle ; elle se vit seule dans sa chambre avec la vieille Mme Hérault, et elle comprit que c'était son âme seule qui avait parlé.

— Eh bien ! ma chère fille, dit la grand'mère avec bonté, voilà cinq minutes que vous réfléchissez, et vous étiez bien loin de moi, n'est-ce pas ? Je ne veux pas abuser de vous et vous lasser par ma présence. Mais me laisserez-vous partir sans me donner un peu d'espérance ?

Les traits charmants d'Hélène s'éclairèrent d'un beau sourire, et, tendant la main à Mme Hérault :

— Laissez-moi l'ouvrage que vous m'apportiez, dit-elle ; je vais, à compter d'aujourd'hui, ne travailler que pour vous. Mon aiguille ira d'accord avec ma pensée, et chaque point que je ferai m'attachera à vous plus solidement. Pendant que je me consulterai, consultez les vôtres, car, si j'entre dans votre maison, je ne veux pas que ce soit comme une intruse, et je prétends n'y rencontrer que des regards amis et des mains ouvertes. Quand j'aurai terminé cette broderie, je vous la rapporterai, et, si vos intentions ne sont pas changées, si mes résolutions sont d'accord avec les vôtres, alors nous déciderons de l'avenir.

Mme Hérault approuva gravement de la tête ; elle prit la jeune fille par la taille, l'embrassa avec tendresse et, d'une voix émue :

— Travaillez bien, dit-elle, afin de ne pas trop me faire languir.

Et, reconduite jusqu'à la porte du petit appartement par Mlle de Graville, elle s'éloigna.

Le matin même, à midi, comme Louis descendait pour déjeuner, un peu pâle et très mélancolique, Mme Hérault, dans un élan d'enthousiasme, lui raconta sa visite. Il l'écouta en silence, peut-être même n'entendit-il pas ce qu'elle lui dit. Il était fort loin du Faubourg-Poissonnière et rôdait, en pensée, autour d'une maison de l'avenue Gabriel. Il voyait, dans une chambre du premier étage, dont la fenêtre était éclairée, un gros homme à figure glabre pénétrer silencieusement. Une femme, dans un coquet déshabillé, l'accueillait avec un sourire ; il la pressait sur sa poitrine. A la lueur discrète de la lampe de nuit, une nappe de cheveux dorés se répandait sur des épaules éblouissantes, un sourire enivrant animait un délicieux visage et le regard de deux yeux couleur du ciel rayonnait avec un charme irrésistible. Et c'était le même flot d'or qui l'avait enveloppé de ses ondes parfumées, le même sourire qui l'avait ensorcelé et le même regard dont il avait encore la douceur au fond de l'âme. Il avait tenu ces épaules entre ses bras, ces lèvres roses s'étaient posées sur sa bouche... Comment donc cet homme était-il là ? Et quelle infâme et noire menteuse était cette femme, à laquelle il ne pouvait encore penser sans frissonner d'amour !

Mme Hérault, prenant la préoccupation de son petit-fils pour de l'attention, continuait son récit:

— Je lui ai demandé de venir auprès de moi et de ne plus me quitter... Si elle accepte, j'espère que tu n'y verras pas d'inconvénient?

Il n'attacha pas plus d'importance à cette question que s'il se fût agi de quelque dame de compagnie et il répondit :

— Tout ce qui te fera plaisir, grand'mère.

Mme Hérault alla vivement à Louis et l'embrassa :

— Tu es vraiment bien gentil ! Je craignais que cette introduction d'une étrangère ne te portât ombrage.

Il secoua négativement la tête et se replongea dans ses orageuses pensées. Après le déjeuner, il rentra dans son appartement, qui occupait tout le second étage de l'hôtel, et, étendu sur un canapé dans son fumoir, il passa deux heures à essayer de s'étourdir avec des cigarettes opiacées, sans obtenir d'autre résultat que d'irriter son

imagination. Toujours il voyait, provocante et lascive, la ravissante
femme aux cheveux dorés dans les bras de son nocturne visiteur, et
il rugissait de colère et de jalousie à la pensée du bonheur dont jouissait l'horrible Lereboulley. Des idées folles naissaient du paroxysme
de son exaltation. Il se disait : « Je suis aussi riche que lui et je suis
jeune. Pourquoi ne serait-elle pas à moi ? Je la paierai, puisque c'est
une fille. Elle me jouera de nouveau l'atroce comédie dont j'ai été la
dupe cette nuit. Elle y est toute disposée, puisqu'elle m'attend
aujourd'hui, en ce moment même. Elle trompera Lereboulley pour
moi. Et moi, elle me trompera pour d'autres ! » Il éclata d'un rire
furieux, et, frappant avec rage sur un petit guéridon qu'il brisa :

— Son sourire, son regard, ses cheveux, son corps, s'écria-t-il,
tous ceux qui pourront payer les auront comme je les ai eus ! Eh
bien, cent fois non ! Je n'en veux pas ! Je ne serai point berné par
elle ! De moi elle ne rira avec personne !

Il marcha dans la chambre, au hasard, s'arrêta devant la cheminée, regarda la pendule et vit qu'il était quatre heures. Il sonna
son domestique, donna des ordres pour sa voiture et s'habilla. A cinq
heures, il sortit et se fit conduire au cercle impérial. Là, il était à
peu près sûr de rencontrer Lereboulley et Thauziat ; là, il était à deux
cents pas de l'hôtel Olifaunt. Il avait eu beau se jurer de ne plus
s'occuper de Diana, il venait à la rencontre de son amant et s'em-
busquait presque au coin de sa maison.

Il faisait un temps charmant ; la chaleur déjà très forte avait attiré
une foule énorme aux Champs-Élysées, et, par la rue Royale, c'était
un va-et-vient de promeneurs pressés de jouir de cette belle fin de
journée. Les salons du cercle étaient presque vides, le jeu languissait.
Le plus grand nombre des habitués était dans le jardin en terrasse qui
domine toute la place de la Concorde et fait de ce petit coin un des
plus agréables observatoires de Paris. Sous une tente de coutil blanc
et rouge, assis dans de confortables fauteuils, les membres du cercle
causaient en fumant, à l'abri des rayons obliques du soleil déclinant.
Une fraîche odeur de verdure et de fleurs emplissait l'air, et un bien-
être délicieux détendait les nerfs et calmait la pensée. Louis traversa

IL SE RETOURNA, LEREBOULLEY, SOURIANT, GAI, ÉTAIT DEVANT LUI
(PAGE 396)

les groupes, donna quelques poignées de main distraites, échangea
des saluts et, se dirigeant vers la balustrade de pierre qui borde la
place, il s'y accouda et resta, les yeux troubles, à regarder défiler,
sans les voir, les équipages qui se dirigeaient vers le Bois. Il fumait
par bouffées rapides, jetant sa cigarette pour en allumer une autre, la
tête vide avec une violente amertume au fond du cœur. Il y avait une
demi-heure qu'il était là, lorsqu'une main se posa sur son épaule. Il
se retourna. Lereboulley, souriant, gai, était devant lui. Un valet de
pied apportait un fauteuil de jardin pour le sénateur. Le gros homme
s'y laissa lourdement tomber, et, essuyant son front, sur lequel des
gouttes de sueur perlaient :

— Il fait une chaleur étonnante, dit-il; j'ai marché pour obéir à
mon médecin, et, quoique je sois vêtu légèrement, je me suis mis en nage.

Louis regarda Lereboulley. Le père d'Émilie était habillé avec une
recherche qui dénotait l'homme à femmes. Sous la jaquette qui pinçait sa large taille, il portait un gilet de piqué blanc. Un pantalon
gris clair moulait ses cuisses énormes. Il avait des chaussettes de soie
à petites fleurs et des souliers vernis. Une cravate bleue à pois blancs
était négligemment nouée sous son triple menton et un chapeau de
feutre gris à bourdalou noir abritait sa tête. Il appuyait ses mains sur
un superbe jonc à pomme d'or finement ciselée.

— Avez-vous vu Thauziat aujourd'hui? dit-il, en allumant un
cigare.

— Non, répondit Louis.

— J'ai causé longtemps avec lui, ce matin, poursuivit le sénateur.
Il s'agit d'une très grosse affaire dans laquelle on me demande d'entrer, et sur laquelle je tenais à avoir son avis. Vous savez combien il
a le coup d'œil juste... Lorsqu'il a étudié un projet et l'a jugé exécu-
table, on peut s'embarquer sans crainte... Je n'ai jamais rencontré
personne qui eût le flair de ce garçon-là !... Or, comme la spéculation dont il s'agit est considérable et compliquée...

— En quoi m'intéresse-t-elle ? interrompit sèchement Louis, en
entendant celui qu'il aurait de bon cœur étranglé lui parler tranquillement d'affaires.

— En quoi ? Mais, diable, en tout ! Nous avons, mon cher ami, des intérêts communs et, justement, ces intérêts se trouveraient sérieusement engagés. Je ne puis rien conclure sans vous...

— Je ne suis pas en train de m'occuper de choses sérieuses, dit rudement Louis.

— Vous me ferez pourtant la faveur de m'écouter, je pense... Il y a là une mine d'or à exploiter, grâce à laquelle vous pourrez, en peu de temps, réparer les brèches que vous avez faites à votre fortune. Il s'agit, tout simplement, d'un câble transatlantique à établir entre la France et l'Amérique, de façon à ne plus être tributaire des Anglais. Votre père avait jadis entamé des négociations, sans aboutir à un résultat. Mais nous repartons aujourd'hui sur de nouveaux frais. Il y a une grosse société américaine qui se fonde. Nous formons la société française, nous engageons des capitaux pour le fonctionnement et nous fournissons le câble. Voilà où vous apparaissez, vous, mon cher ami, avec l'usine de Saint-Denis, pour contribuer à la partie matérielle de l'œuvre. En avant le laminage et la tréfilerie !... Il y a du travail sur la planche...

— C'est bien ! Je ferai étudier un projet dans les bureaux.

Lereboulley leva la tête, et, de ses yeux perçants, examina le jeune homme avec attention.

— Qu'est-ce que vous avez ? demanda-t-il. Vous n'êtes pas dans votre assiette, aujourd'hui.

— Un peu de migraine...

— Oh ! oh ! Suites de la fête de cette nuit ?... Nous sommes sortis presque en même temps, et vous voyez, moi : frais et dispos... Je suis pourtant un vieux !

Il lorgna, avec complaisance, la rose qu'il avait à la boutonnière.

— Le lit dans lequel vous avez couché était peut-être meilleur que le mien ! répliqua Louis avec un rire amer.

— Que prétendez-vous dire ? interrogea Lereboulley avec un commencement d'inquiétude.

— Rien qui ne soit vraisemblable. On connaît vos mœurs... Et il y a gros à parier que vous n'êtes pas rentré chez vous, en nous quittant ce matin.

— Je ne tiendrai pas le pari, dit Lereboulley d'un air fat. Vous pourriez gagner...

— Et c'est une femme du monde, naturellement? demanda Louis.

— Du monde et du meilleur. Je ne sais pas si vous êtes comme moi, mais je ne peux plus supporter les filles... Autrefois, tout m'était bon. Pourvu que la femme fût jolie, je ne lui en demandais pas davantage. Ensuite, j'ai été plus exigeant : il m'a fallu du genre, de la tenue, l'attrait des apparences mondaines... Je ne tenais pas à ce que la réalité fût absolue...

— Le demi-castor, interjeta Louis.

— Maintenant, il me faut l'authenticité complète, la certitude que rien n'est faux : ni le nom, ni la situation... C'est ma troisième manière !

— Prenez garde, mon cher ; il y a du ruolz qui imite si bien l'argenterie !

Lereboulley sourit et dit, avec un accent d'orgueil :

— Oh! je suis sûr de mon fait : j'ai contrôlé !

Il se tut subitement. Une victoria descendait la rue Boissy-d'Anglas, au trot de ses deux chevaux steppant avec grâce. Pompons rouges aux oreilles, chaînes d'acier tintant à chaque pas, livrée blanche, tout était d'une élégance parfaite. A demi renversée au fond de la voiture, dans une charmante toilette noire dont la couleur sombre faisait valoir la fraîcheur de son teint et l'éclat de ses cheveux, Mme Olifaunt souriait. Comme par un hasard flatteur, au moment où la voiture passait au pied de la terrasse au bord de laquelle se trouvaient les deux hommes, le cocher ralentit l'allure de ses chevaux, qui piaffèrent un instant sur place. Louis pâlit à cette apparition subite de celle qui hantait son cerveau et torturait son cœur. Ses sourcils se froncèrent, et, d'une main nerveuse effilant sa blonde moustache, il resta accoudé à la balustrade de pierre, les veines gonflées d'un sang tumultueux, la respiration courte, regardant Diana et pris de la tentation de l'insulter.

Lereboulley, lui, s'était levé radieux. Un rayon d'orgueil avait illuminé sa figure. Il avait éprouvé une immense satisfaction. Cette femme si belle, dont il était si fier, venait parader sous les yeux de son seigneur et maître, et lui rendre un secret hommage. Tout ce qui charmait, brillait et resplendissait là, à ses pieds, était à lui. Il n'avait qu'un signe à faire, la voiture s'arrêtait, il montait, s'asseyait aux côtés de Diana, et, s'il voulait, l'affichait devant tout Paris rassemblé. Mais le mystère qui planait sur sa liaison lui plaisait bien plus qu'un bonheur public. Ses façons de Jupiter, descendant en secret chez cette moderne Danaé, le ravissaient. La comédie qu'il jouait donnait à son amour un excitant tout particulier. Chaque fois qu'il se glissait, le soir, chez Mme Olifaunt, il avait une sueur froide; il croyait voir sir James apparaître au détour de chaque porte, un revolver à la main, pour lui demander compte de son honneur. Il savait pourtant que le gentleman vivait au milieu d'un luxe dont la provenance ne pouvait être douteuse pour lui. N'importe! Diana lui avait dit que son mari était homme à verser du sang, et il le craignait comme le feu. Pour l'instant, il n'avait rien à redouter, et il jouissait en paix de son bonheur triomphant.

Penché vers la rue, levant son feutre gris, il était tellement fasciné par le spectacle qui s'offrait à lui, qu'il ne s'aperçut pas que Louis, après avoir touché légèrement le bord de son chapeau, s'était détourné, affectant de diriger ses yeux du côté du jardin. Mme Olifaunt, du bout de son ombrelle, effleura l'épaule du cocher, et, d'une voix brève, dit:

— Arrêtez!

Négligemment adossé à la balustrade, Louis attendit, observant du coin de l'œil tous les mouvements de la jeune femme. C'était pour lui qu'elle commandait d'arrêter, il le devinait bien, et non pour Lereboulley, qui exultait tout gonflé. Il avait vu la joie se peindre sur le visage de Diana, quand elle l'avait aperçu en compagnie du sénateur, puis la surprise quand il l'avait à peine saluée, et enfin la colère quand il avait paru décidé à ne point faire attention à elle. Redressée, le buste en avant, les narines pincées et les sourcils bas, elle le regardait fixement, l'air mauvais:

— Pourquoi n'êtes-vous pas venu me voir tantôt? questionna-t-elle avec un geste impérieux.

Louis ne bougea pas et garda le silence. Lereboulley, après un coup d'œil jeté sur son compagnon immobile et muet, prit la demande pour lui et répondit, étonné :

— Mais, chère madame, était-il convenu que vous m'attendriez? Excusez-moi, je ne m'en suis pas souvenu.

— Ce n'est pas à vous que je m'adresse, dit Diana avec une impertinence extraordinaire. C'est à M. Hérault.

Il sembla à Lereboulley que la terre tremblait et que le ciel devenait couleur de plomb. Il dirigea sur son ami et sur sa maîtresse des yeux agrandis par la stupeur, et ce fut au milieu des bourdonnements qui emplissaient ses oreilles qu'il distingua ces paroles, échangées entre Louis et Mme Olifaunt :

— Il m'a été impossible de venir, se décidait à répondre le jeune homme. J'ai été occupé.

— Une occupation bien importante, alors? Et vous verra-t-on ce soir ?

— Ce n'est pas probable.

— Demain ?

— Pas davantage.

— Jamais, alors ?

— Jamais !

— Vous m'expliquerez ce que cela signifie ?

— Non, madame, c'est inutile.

Il s'inclina et, faisant quelques pas en arrière, il se mit hors de la portée du regard. Il entendit Diana pousser une exclamation de colère, puis dire:

— Marchez maintenant : au Bois.

La victoria tourna le coin de l'avenue et, dans un roulement moelleux et sonore, elle s'éloigna. Lereboulley était toujours à la même place. En quelques secondes, les pensées les plus opposées et les plus violentes s'entrechoquèrent dans son cerveau. Il se dit d'abord que Diana l'avait trompé avec Hérault et qu'ils venaient des rompre là,

imprudemment, devant lui. Il chercha alors, dans le passé, des indices
d'une liaison entre l'Anglaise et Louis. Il n'en découvrit aucun. Était-
ce donc alors Mme Olifaunt qui se jetait à la tête du jeune homme et
celui-ci qui refusait le bonheur offert? Mais comment ne se cachaient-
ils pas de lui? Ne pouvaient-ils avoir, en secret, l'entretien qu'ils
avaient eu publiquement? La veille, Diana avait causé avec Louis pendant la fête du comte Woréseff. Pourquoi cette explication soudaine,
impérieuse de la part de la femme, brutale de la part de l'homme?
Et pourquoi surtout en sa présence ? Diana aurait cherché une occasion de le quitter, de lui mettre le marché à la main, qu'elle n'aurait
pas agi autrement. Cet homme, si fort dans les bureaux de sa maison
de banque, ce politique à larges vues, se montra faible comme un
enfant sous la main de la femme qu'il aimait. Il se dirigea vers Louis,
qui s'était assis et fumait silencieusement, et, le suppliant du regard
et de la voix :

— Mon cher ami, dit-il, apprenez-moi ce qui se passe, je vous en
prie? D'où vient cette querelle subite entre Mme Olifaunt et vous?
Pourquoi cette insistance de sa part, pourquoi cette rudesse de la vôtre?

Louis leva la tête et, avec un grand calme, car sa colère était tout
à fait tombée :

— Pardon, cher ami, mais à quel titre me demandez-vous des explications? Les secrets de Mme Olifaunt ne vous regardent pas, il me
semble. Vous n'êtes pas son mari, que je sache... Et, à moins que
vous ne soyez son amant...

— Louis! s'écria Lereboulley, en tendant les mains dans un mouvement plein de supplication. Louis, ne parlez pas légèrement de
l'honneur d'une femme !

— Mais je ne parle de rien du tout, dit Hérault ; c'est vous qui
m'interrogez, et sur des points si délicats !... Je suis prêt à vous répondre, mais à la condition que vous ayez un droit, un titre quelconque.
Vous n'êtes ni le mari, ni l'amant... Alors, qu'est-ce que vous êtes et
pourquoi me questionnez-vous ?

Le sénateur resta un instant très indécis. Puis, prenant son courage,
avec des hésitations et des circonlocutions :

— Je m'intéresse tout particulièrement à la personne avec laquelle vous avez échangé, tout à l'heure, ces étranges paroles... J'ai, sachez-le, la charge de veiller sur son existence, et je remplis ce devoir avec un soin dévoué et affectueux... N'allez pas vous imaginer des choses qui ne sont pas ! Supposez, par exemple, qu'elle soit ma pupille... oui, ma pupille ! N'ai-je pas alors le droit de vous demander pourquoi, lorsqu'elle vous priait de venir chez elle, vous vous y refusiez? Quels liens mystérieux vous attachent à elle? Répondez-moi, je vous en prie... Faites-le, même si je ne vous ai pas convaincu de mon droit de vous questionner... Faites-le, par égard pour notre longue amitié...

Louis eut pitié de Lereboulley en le voyant au supplice, balbutiant, la sueur au front, les mains tremblantes. Il pensa: « Voilà donc ce que cette créature peut faire des hommes les plus énergiques et les plus puissants : des êtres sans fierté et sans courage. Me serais-je donc abaissé ainsi? Se serait-elle emparée de moi, comme elle s'est emparée de celui-ci? Allons! c'est une influence heureuse qui m'a détourné d'elle. Déjà elle m'avait jeté la folie dans le cerveau et dans le cœur. Si je l'avais possédée, que serais-je alors devenu, et quel eût été son empire sur moi! »

— Eh bien! mon cher Lereboulley, dit-il très tranquillement, il y a entre Mme Olifaunt et moi une petite pique. Hier, à la redoute du comte Woréseff, sans aucune raison, elle m'a traité avec un sans-gêne qui ne m'a pas plu, je le lui ai laissé voir, elle s'est fâchée et m'a, d'un ton de reine, ordonné de venir aujourd'hui, chez elle, pour lui offrir mes excuses. Comme j'estimais que je ne lui en devais pas, je ne lui ai pas obéi; de là son ressentiment.

Le sénateur se dérida à moitié :

— C'est là toute l'affaire? dit-il, vous ne me trompez pas? C'est une bien jolie femme que Mme Olifaunt, et bien tentante... Tous les hommes à la mode ont tourné, tournent ou tourneront autour d'elle... J'ai observé le manège de tous... Jamais Diana ne s'était montrée aussi troublée... Aujourd'hui, pour la première fois, je lui ai vu un visage, une attitude, un ton, que je ne lui connaissais pas... Voyons, Louis, donnez-moi votre parole que vous n'êtes pas son amant?

MAIS DE GRACE NE VOUS DÉRANGEZ PAS ET EXCUSEZ MON ÉTOURDERIE
(PAGE 405)

Il avait été repris de toute son anxiété, en énumérant les symptômes accusateurs. Il s'adressait à Louis d'une voix suppliante. Le jeune homme voulut complètement le rassurer:

— Sur l'honneur, je n'ai pas été et je ne suis pas son amant.

— Ah! mon cher enfant!

Le sénateur l'avait saisi dans ses bras et le serrait sur son cœur, dans un élan de reconnaissance. Louis se dégagea en riant, et, regardant le vieillard:

— Dites donc, Lereboulley, feriez-vous le même serment?

La question était si inattendue, que le vieillard en fut démonté. Il fit un haut-le-corps et changea de visage. Il s'assura que personne n'était à portée d'entendre et, protestant, avec un accent indigné:

— Mais, mon cher ami, à quoi pensez-vous? Après ce que je vous ai dit, vous supposeriez...?

— Après ce que vous m'avez dit, justement...

— Non! non! N'allez pas vous imaginer... Je serais désolé... Diable!... Il faut savoir respecter la réputation d'une femme.

— Vous la respectez joliment, vous, en entrant à trois heures du matin chez elle, par la petite porte du jardin.

Lereboulley resta stupéfait, et, baissant la voix:

— Comment, moi?...

— Oui, vous, cette nuit, en sortant de chez Woréseff... Thauziat et moi, nous descendions à pied, par les Champs-Élysées; vous marchiez devant nous, en vous dandinant d'un air vainqueur... Et, de nos yeux, nous vous avons vu entrer avenue...

— Chut! interrompit le sénateur... Mais ce n'est pas ce que vous croyez...

— Quoi donc? Est-ce que vous alliez causer avec sir James?

— Diable de garçon!... Pas de noms... je vous en prie... pensez à la gravité de l'affaire. Si on se doutait...

— Eh! il y a la moitié de Paris qui s'en doute et l'autre moitié qui en est sûre!

Lereboulley prit un air mécontent.

— Je ne crois pas ce que vous me dites... Si cela était, je serais navré... Mais, puisque vous m'avez surpris en flagrant délit... il faut bien que j'avoue... Thauziat le savait depuis longtemps, lui... Vous voyez quelle discrétion j'y mets... C'est qu'il s'agit d'une femme véritablement du monde... La meilleure société va chez elle... Elle est attirée partout... Elle est si charmante!... Oh! j'en ai joliment connu des femmes, jamais je n'ai rencontré la pareille!.. Voyez-vous, mon cher, je sais apprécier le bonheur. Je suis un vieux chevronné de l'amour, et Diana c'est mon bâton de maréchal!

— Elle doit vous coûter cher...

— Mais, mon ami, elle a de la fortune, se récria Lereboulley. Elle possède des terrains en Amérique, qui lui viennent de son père ; dans ces terrains, il y a même de très importantes mines...

— Oui, comme dit votre fille, on peut toujours être sûr, au moins, qu'il y a les mines de Diana!...

Le sénateur se rembrunit :

— Vous touchez là, mon cher ami, à un des points douloureux de ma situation. Ma fille déteste Mme Olifaunt, et l'attitude qu'elle prend vis-à-vis d'elle me cause les plus grands chagrins... Vous savez combien j'aime Émilie... Je suis resté veuf à cause d'elle... Eh bien, elle devrait comprendre qu'il y a, dans l'existence d'un père, qui est libre, en somme, de ses actions, des côtés sur lesquels il faut fermer les yeux.

— Vous ne pouviez pas espérer qu'elle serait une sœur pour Mme Olifaunt.

— Non, mais je pouvais croire qu'elle ne la poursuivrait pas de ses épigrammes, comme elle le fait... C'est à peine si j'ose inviter Diana et son mari chez moi... Ma fille me donne, à chaque instant, le frisson... C'est que sir James est un homme terrible et qui ne badine pas quand il s'agit d'honneur... Il est de première force au pistolet.

Louis se mit à rire :

— Je le tire beaucoup mieux que lui. S'il vous cherche querelle, envoyez-le-moi...

— Diable! non! s'écria Lereboulley. Si vous lui cassiez la tête! Ce serait une autre affaire, il me faudrait épouser sa veuve!

Ils étaient maintenant très gais : le sénateur ravi de pouvoir, sans qu'il eût à se reprocher une indiscrétion, étaler son bonheur ; Louis, avec l'inconsistance de son caractère, déjà satisfait d'avoir dénoué une intrigue dans laquelle il pressentait vaguement des embarras et des dangers. Le soleil se couchait, jetant sur l'avenue la pourpre de ses rayons. Les voitures, par files, rentraient dans Paris. Le cercle commençait à devenir désert, et, sur la terrasse, le vide s'était fait. Ils regagnèrent les salons, Lereboulley, s'appuyant familièrement sur Louis. Comme ils entraient, Thauziat parut. A la vue des deux hommes, au bras l'un de l'autre, il ne put réprimer un mouvement de surprise et interrogea Louis d'un coup d'œil. Comme si Lereboulley eût tenu à satisfaire lui-même la curiosité de Thauziat, il dit à Louis :

— Puisque voilà Clément arrivé, allons-nous-en tous les trois demander à dîner à Mme Olifaunt. Elle sera enchantée et je vous raccommoderai avec elle... Vous me ferez beaucoup de peine si vous restez brouillés tous les deux. Il faut toujours être bien avec une jolie femme. Après le dîner, nous causerons de la grande affaire du câble. Est-ce dit ?

— Non, c'est impossible. Thauziat et moi nous ne sommes pas libres... Nous avons promis notre soirée.

— Ah ! vous y mettez de la rancune, Louis, dit le sénateur en hochant la tête, ce n'est pas bien !

Il serra la main des jeunes gens et s'éloigna.

— Pourquoi ne t'es-tu pas laissé faire, puisqu'il paraissait tant y tenir ? dit Thauziat à son ami.

— Parce que tout ce que je sais, depuis hier, a modifié mes intentions et que je ne veux plus entendre parler de Diana.

Clément examina Louis et le vit très calme.

— Eh bien ! tant mieux, dit-il ; ce n'était pas une femme pour toi.

Ils dînèrent, firent un tour aux Ambassadeurs dans la soirée, écoutèrent avec plaisir quelques chansons stupides et, vers minuit, revinrent au cercle, où une très grosse partie commençait. A une heure du matin, Thauziat alla se coucher, laissant Louis en train de gagner tout ce qu'il voulait. A trois heures du matin, la chance ayant tourné, l'héritier de la maison Hérault était en possession d'une culotte de deux mille louis et rentrait au Faubourg-Poissonnière la tête lourde, mais le cœur vide.

Pendant toute une semaine, il mena une existence calculée, de façon à changer complètement le cours de ses idées et à le détourner de la belle Anglaise. Il s'arrangea pour n'être jamais seul, afin de n'avoir pas le loisir de penser à celle qu'il n'était pas encore sûr de ne plus aimer. Il se levait tard, déjeunait avec Thauziat, allait aux courses, dînait au cercle et jouait une partie de la nuit. Il ne quittait la table qu'écrasé de fatigue et se procurait ainsi un sommeil sans rêves. Pendant huit jours, il vécut complètement hors de chez lui et sa grand'mère ne le vit pas. Au bout de la semaine cependant, il fut pris d'un remords et pensa qu'il abandonnait complètement la pauvre femme. C'était un lundi, et jamais, ce jour-là, Émilie ne dînait avec Mme Hérault, car c'était réception chez Lereboulley. Louis avait donc la certitude qu'on ne lui parlerait pas de Diana. A sept heures il arriva, entra tout droit dans le salon. Les lampes n'avaient pas encore été allumées et les grands rideaux laissaient la vaste pièce dans une demi-obscurité. Il aperçut, près de la petite table entourée du paravent, devant laquelle travaillait toujours Mme Hérault, une femme assise et qui tournait le dos. Sans plus l'examiner, il s'approcha d'elle et dit, d'une voix joyeuse :

— Bonsoir, grand'mère !

Mais il poussa aussitôt une exclamation de surprise. La femme assise s'était levée, et, avec une gracieuse confusion, au lieu d'une vieille figure et d'une taille voûtée, lui avait laissé voir un visage jeune et une tournure charmante.

— Oh ! pardon, fit-il en s'inclinant. Mais, de grâce, ne vous dérangez pas et excusez mon étourderie.

Celle à qui il parlait fit un signe de la main, comme pour le prier de ne point tant se mettre en peine, et, le saluant avec une sérieuse inclination de la tête, elle se disposait à s'éloigner, lorsque Mme Hérault,

précédant son domestique qui apportait de la lumière, ouvrit la porte
du salon :

— Ah! c'est toi, mon cher enfant, s'écria-t-elle en allant à son
petit-fils... Que tu es gentil!

Pas un reproche pour son absence prolongée, des baisers seulement et des regards où le bonheur éclatait. Revenue de la surprise que
l'arrivée de Louis lui causait, elle vit les deux jeunes gens en présence
et un peu embarrassés :

— Sotte que je suis, dit-elle, j'oubliais... Tu ne connais pas
Mlle Hélène, et vous, ma chère belle, vous ne connaissez pas mon
petit-fils.

La vieille Mme Hérault redressa sa petite taille et d'un ton cérémonieux :

— Mademoiselle, mon petit-fils, Louis Hérault-Gandon; mon cher
garçon, Mlle Hélène de Graville.

En un instant, tous les incidents de la semaine précédente revinrent
à la mémoire de Louis. Il revit la jeune fille, suivie par Thauziat et lui
jusqu'à la porte de la maison, l'interrogatoire du père Anselme,
l'émotion de Mme Hérault à ce nom de Graville, qui lui rappelait tout
un passé, déjà si loin. Il entendit la grand'mère lui raconter sa visite
à Hélène et, tout agitée de la joie de sa découverte, lui demander la
permission d'accueillir la descendante de ses bienfaiteurs. Emporté par
le courant de sa vie folle, il avait oublié cette aventure, et, brusquement, il en trouvait devant lui l'héroïne. Elle lui plut par la franchise
de son regard, par la fermeté sérieuse de sa bouche et par la lumi-
neuse intelligence de son front. Le teint de son visage un peu brun lui
donnait une apparence sombre et mélancolique. Tout, en elle, formait
un contraste violent avec la mignardise, l'éclat et la blancheur de
Diana. Cette grâce sévère le conquit dès le premier abord. Il jugea
Hélène une personne calme, réfléchie et agréable, avec laquelle il
aurait du plaisir à se rencontrer. Il se pencha vers elle, et, lui tendant
la main avec une grâce amicale :

— Soyez la bienvenue, mademoiselle, et permettez-moi de vous
remercier de la bonté avec laquelle vous avez cédé aux désirs de ma

grand'mère... Je vous en sais, pour ma part, beaucoup de gré et je
vous prie de considérer cette maison comme la vôtre.

Hélène baissa la tête, avec un sourire qui montra ses dents blanches,
plaça sa main dans celle du jeune homme, et, faisant, pour la première
fois, entendre sa voix, dont le timbre grave parut à Louis harmonieux
et profond :

— Je vous suis reconnaissante de votre bon accueil et je vous
promets d'aimer votre grand'mère comme si elle était mienne.

Ils n'échangèrent pas d'autres paroles, envahis par un trouble soudain qui les fit se détourner l'un de l'autre.

Le dîner fut presque silencieux et très rapide. Les trois convives
s'observaient, Mme Hérault cherchant à lire sur le visage de son
petit-fils l'impression produite par Hélène ; Louis regardant Mlle de
Graville, qui conservait l'attitude la plus tranquille et la plus correcte.
Il ne lui échappa pas un mot qui ne fût naturel et plein de tact.
Cette enfant, en vingt-quatre heures, s'était retrouvée, dans la
maison de Mme Hérault, ce qu'elle était autrefois dans la maison de
sa mère, avant la période de décadence. Sa bonne éducation la mettait
à l'abri de toute raillerie, comme une fidèle armure défend contre une
attaque sournoise. Elle se sentait à l'aise et sûre d'elle-même.

Elle constata avec tristesse la pâleur de Louis, les meurtrissures de
ses yeux rougis par les veilles récentes. Elle le vit absorbé et soucieux.
Elle soupçonna des chagrins secrets, sans se douter qu'en ce moment
même le jeune homme ne pensait qu'à elle, qu'avec sa légèreté naturelle il avait écarté déjà de son esprit toute préoccupation et tout
ennui. Dans le salon, Hélène, sans attendre que Mme Hérault songeât
à le lui demander, prépara le café et le servit. La grand'mère, assise
auprès de son petit-fils, se laissa aller au plaisir de voir cette charmante jeune fille lui rendre les petits soins affectueux dont elle était
trop souvent privée. Elle fut fière d'avoir su la découvrir et heureuse
de l'avoir attirée. Il lui sembla qu'elle était sa création et que quelque
chose de son charme rejaillissait sur elle. Tout ce qui pouvait faire
briller Hélène, elle voulut le signaler à Louis. Elle prit, sur un guéridon, le morceau de crêpe de Chine qui lui avait servi de prétexte

pour entrer chez Mlle de Graville, et, avec triomphe, le montra merveilleusement réparé :

— Elle brode comme une fée, dit-elle en maniant la brillante étoffe;
elle joue du piano, elle chante avec un goût extraordinaire, et si tu
l'entendais lire!...

— Si elle ne craint pas la fumée du tabac, dit Louis, je la déclarerai
une personne accomplie!

La vieille Mme Hérault s'adressa à Mlle de Graville, qui se tenait
discrètement à l'écart, tournant les pages d'un journal illustré.

— Est-ce que vous voulez permettre une toute petite cigarette à ce
mauvais sujet-là, ma chère Hélène? Il faut flatter ses vices, sans quoi
nous ne le reverrions plus avant la semaine prochaine.

Hélène se leva d'un mouvement souple, et, apportant le petit allume-
cigare en argent qui se trouvait sur le plateau :

— J'ai été élevée par un père qui fumait, dit-elle simplement, et
l'odeur du tabac ne me déplait pas.

Elle retourna s'asseoir et ne parla plus que lorsque Mme Hérault
l'interrogeait. La soirée passa avec une rapidité surprenante, et Louis
fut très étonné de constater qu'il était onze heures, alors qu'il lui
semblait qu'on venait seulement de sortir de table. Il prit congé de
Mlle de Graville, embrassa sa grand'mère et, sans même penser à
aller au cercle, il monta chez lui, se coucha et dormit comme cela ne
lui était pas arrivé depuis longtemps. Le lendemain, il déjeuna avec les
deux femmes et revint pour le dîner. Il en fut ainsi pendant toute la
semaine. Et Mme Hérault, au comble de la joie, pensa qu'avec Hélène
le bonheur était rentré dans la maison.

QU'AVEZ-VOUS DIT A VOTRE AMI HÉRAULT SUR MON COMPTE ? REPRIT
MADAME OLIFAUNT (PAGE 414)

V

Au bout de trois jours, Clément de Thauziat avait commencé à
s'étonner de la disparition de son ami et flairé un mystère. Il était
habitué aux brusques changements de Louis; mais cette retraite subite,
après une crise violente, annonçait une importante modification dans
les idées du jeune homme. Il pensa que l'amoureux de Diana s'était
mis en quête de quelque diversion galante et, comme il n'était pas
curieux, il ne se péoccupa pas de savoir ce que devenait son satellite.
Il avait besoin d'aller à Bruxelles, pour examiner le fonctionnement
d'une société dont Lereboulley et lui étaient administrateurs. Il partit,
flâna en route et ne rentra à Paris qu'à la fin de la semaine. Comme
il lui fallait rendre compte de sa mission au sénateur, il s'en fût,
vers cinq heures, chez Mme Olifaunt.

L'hôtel habité par Diana est une charmante maison qui a son
entrée sur le faubourg Saint-Honoré et sa principale façade sur le joli
jardin dont la petite porte s'ouvrait si facilement, la nuit, pour Lereboulley. Cette bonbonnière, louée quarante mille francs par an, a
été construite pour miss Howard, lorsque le prince Louis-Napoléon
habitait l'Élysée. Dans ses petites proportions, elle contient tout ce
que le confortable le plus raffiné peut exiger. Les appartements de

réception occupent le rez-de-chaussée, qui, très élevé, a des allures
d'entre-sol. Au premier étage sont les appartements particuliers de
la belle Anglaise. Dans une aile en retour, qui forme presque un
pavillon séparé, loge sir James. Un élégant escalier de pierre, à
rampe de velours, ornée de colonnes de porphyre, éclairé par une
lanterne en bronze doré, conduit du vestibule à une galerie sur
laquelle s'ouvrent les salons.

Un goût exquis a présidé à l'installation intérieure. Les ameublements sont d'une élégance sobre, plus ruineuse que le faste criard.
Les tentures de soie ancienne du petit salon, les tapisseries d'après
Téniers de la salle de billard, les cuirs de Cordoue Louis XIII qui
décorent la salle à manger, offrent une variété de tons qui donnent à
chaque pièce le caractère particulier qu'elle doit avoir. La chambre
à coucher, précédée d'un boudoir Pompadour, où les merveilles du
style rocaille charment les yeux, est tendue d'une magnifique étoffe
héliotrope tissée de fleurs d'argent, dont la douceur caressante prête
un plus séduisant éclat au teint de Diana. Le lit, de style renaissance,
en ébène incrustée de nacre, est accompagné de bahuts italiens, ornés
de bronzes dorés, aux armes de Médicis. La commode est un coffre
vénitien dont le dessus est formé d'une mosaïque en marbres, représentant le mariage du doge avec la mer Adriatique. Les précieux
meubles de cette chambre extraordinaire ont été achetés à la vente
du palais San Donato. La cheminée, en poirier noir sculpté, est sur-
montée d'un retable dans lequel est encadré le portrait de Mme Olifaunt, en costume de Diane chasseresse, un sein nu, le croissant
d'argent dans ses cheveux dorés, œuvre admirable de Chaplin. Le
parquet est partout recouvert d'un tapis d'astrakan blanc que le pied
foule, moelleux et fin comme de la neige.

Les jours d'intimité, la maîtresse de la maison se tient au rez-de-
chaussée, dans un petit salon japonais que sir James a enrichi de
bibelots, choisis par lui avec la sûreté d'un connaisseur. Il y a là,
dans des vitrines, les plus beaux ivoires sculptés qu'il soit possible
de désirer, toute une série de petites statuettes fouillées avec la
patience et l'adresse des merveilleux ouvriers de Yeddo. Dans cette

pièce, tendue de soie bleu pâle, brodée d'oiseaux fabuleux, de plantes monstrueuses et d'animaux chimériques, Diana recevait, ce jour-là, vêtue d'un costume en rapport avec le cadre dans lequel elle se trouvait. Une longue tunique rose, à fleurs d'or, ouverte sur la poitrine, et dont les larges manches laissaient voir ses bras nus, tombait jusqu'à ses pieds, chaussés de babouches vertes. Ses beaux cheveux, retroussés sur le front, étaient assujettis par des aiguilles d'or à tête de corail. Sa robe était si flottante, qu'à chaque mouvement elle semblait prête à en sortir. Elle était ainsi d'une beauté surprenante.

Cinq heures sonnaient lorsque le valet de pied ouvrit la porte à Clément. Dans ce délicieux salon, sept personnes étaient réunies. La belle Diana retenait assis sur un canapé, auprès d'elle, le duc de Pforza, un noble Italien fort riche, aux cheveux teints d'un noir vert, pincé dans une longue redingote, à la boutonnière ornée d'une rosette multicolore. Près du piano, Mme Andersen, une vieille Américaine, sans fortune, mais pourvue d'une fille ravissante, cheveux blonds, yeux bleus, menton un peu lourd comme toutes les Yankees, écoutait le jeune compositeur Lucien Wordler, qui chantait à demi-voix une mélodie qu'il venait d'écrire sur des vers de Coppée. Dans une embrasure de fenêtre, sir James, maniant un petit tableau acheté par lui dans la journée, s'efforçait d'en détailler les qualités, prodigieuses pour le prix — vingt mille francs! une misère! — à Lereboulley, refrogné comme un dogue.

L'entrée de Thauziat arracha Mme Olifaunt aux séductions de l'aristocratique étranger et tira Lereboulley des griffes de sir James. Diana avait toujours un sourire en réserve pour Clément; cependant, en le voyant entrer, elle avait froncé le sourcil. Elle alla à lui, se laissa serrer la main, puis retomba languissamment sur les coussins brodés. Le jeune homme salua les deux Américaines, fit un signe de tête amical au musicien et, se dirigeant vers Lereboulley :

— Eh bien! mon maître, dit-il, sir James est en train de vous montrer quelque nouvelle merveille?

— Vous arrivez bien, mon cher Clément. Vous qui êtes un fin connaisseur, dites donc à notre ami qu'il s'est fait voler par ce scélérat

de Steiner... Mille louis, un petit panneau de dix pouces sur huit !...
Volé, mon cher, volé comme dans un bois !

— Un Carlo Dolci authentique, signé, répliqua froidement sir James,
en regardant le sénateur d'un œil sévère. D'ailleurs, c'est un marché
conclu. Et j'ai donné un chèque sur votre maison, je vous en avertis...

L'idée du chèque parut redoubler l'irritation de Lereboulley, qui
s'écria d'un ton rogue :

— Je vous suis très obligé de m'avertir... Mais vous allez vite, sir
James... Il n'y a pas de fortune qui résiste à de telles prodigalités !

L'Anglais devint cramoisi et, d'un air offensé :

— Pardon, mon cher Lereboulley, ma femme n'aurait-elle plus de
fonds chez vous ?

— Comme vous prenez la mouche ! interrompit le sénateur. Si je
critique cette acquisition, c'est par intérêt pour vous... Achetez ce que
vous voudrez... Je n'ai rien à y voir... que pour payer !... Mais cela
n'empêche pas que votre tableau est une croûte !

Il prit Thauziat par le bras et l'emmena à l'écart, en répétant rageusement :

— Une croûte ! une vraie croûte !

Le compositeur, accompagnant la jolie miss Andersen, qui chantait maintenant sa mélodie, levait au plafond des yeux pleins d'extase
en lui serinant l'air :

O ! les premiers baisers... à travers la voilette !

— Appuyez sur « baisers ». C'est le mot de valeur... comme ceci : bai-
ai-aisers... et en mourant sur « voilette »... Mourez... mourez... Parfait !

La vieille Américaine, qui se bourrait de sandwiches arrosées de
porto, applaudit toute seule, avec un enthousiasme maternel, en sifflant
entre ses dents :

— Delicious ! Very charming !

Le prince italien, qui se piquait d'être mélomane, faisait chorus,
en serrant de près la jolie étrangère.

Diana n'était plus étendue, dans sa belle robe japonaise, sur le
canapé propice aux rêveries. Elle avait soulevé une portière et

emmené Thauziat dans la pièce voisine, petit bureau servant à sir
James pour faire ses écritures et solder les fournisseurs.

— Ici, nous ne serons pas dérangés, fit-elle en s'asseyant sur un
fauteuil.

— Qu'y a-t-il donc? interrogea Clément, avec un sourire. Vous
me chambrez, Diana? Je croyais que c'était une spécialité réservée à
sir James...

— Ne plaisantez pas, dit la belle Anglaise, dont les yeux bleus
eurent un regard clair et dur comme l'acier, ce n'est pas le moment.

— Oh! oh! vous avez des ennuis?

— Un seul, mais très sérieux.

— Y puis-je quelque chose?

— Je crois que vous y pouvez tout.

Thauziat jeta un coup d'œil sur Diana, la vit très calme et, la connaissant peu portée, par nature, aux récriminations, il devint très
sérieux.

— Qu'avez-vous dit à votre ami Hérault sur mon compte? reprit
Mme Olifaunt. C'est avec vous que je l'ai laissé quand je suis partie
de chez le comte Woréseff... Vous êtes sortis presque en même temps
que moi, je l'ai su par Lereboulley. M. Hérault devait venir me voir le
lendemain; non seulement il n'est pas venu, mais il s'est conduit
avec moi de la façon la plus impertinente et la plus grossière... et
devant témoins. Que s'est-il passé? Comment, lui, qui était aimable
et empressé la veille, se montrait-il dédaigneux et violent le lendemain? C'est vous qui avez changé ses résolutions... Ce ne peut être
que vous... Pourquoi, par quels moyens? Je veux le savoir!...

— Mais, ma chère, je trouve très singulier que vous me rendiez
responsable des faits et gestes de Louis Hérault. Il sait ce qu'il a à
faire. Il est assez grand garçon pour se diriger tout seul, et je n'ai
pas besoin de lui dicter sa conduite. D'ailleurs, je m'étonne de vous
voir si animée pour une visite manquée... Serez-vous délaissée parce
qu'un seul homme aura échappé à votre pouvoir?

— Si c'est justement celui-là, interrompit durement Diana, que je
veux avoir à mes ordres.

— Oh! oh! dit Thauziat, faites-vous donc tant d'honneur à Louis? Il est le galant préféré, presque indispensable... Et vous le réclamez avec tant d'âpreté?

— Je ne réclame rien... qu'un peu de franchise de vous. Qu'avez-vous dit à M. Hérault pour l'empêcher de se présenter chez moi?

— Rien.

Diana se dressa sur ses pieds avec violence, et, approchant de Thauziat son visage menaçant :

— Pourquoi mentez-vous ?

— C'est une peine que je ne me donne avec personne, dit Clément. Pourquoi me la donnerais-je avec vous ? Je n'ai rien dit à Louis. Il ignore tout ce que vous voulez cacher soigneusement. Mais, voyant que ce garçon était follement épris de vous et se répandait en projets insensés, — ne parlait-il pas de vous enlever et de vous épouser, après un bon divorce ?... des folies, comme vous voyez! — j'ai essayé de le ramener à une plus saine appréciation des choses, et, n'y parvenant pas, je l'ai tout simplement emmené à pied, au grand air... Or, il s'est trouvé que nous marchions derrière Lereboulley. Cet heureux homme nous a conduits, sans défiance, jusqu'à votre porte...

— Et Louis Hérault l'a vu entrer ?

— Il l'a vu entrer.

Diana resta silencieuse. Ses mains un peu tremblantes jouaient avec les glands de soie de sa ceinture, sa bouche rose, crispée par un sourire méchant, avait une expression de ruse féroce, et, sous ses sourcils tendus, ses yeux étaient sombres.

— Quel intérêt aviez-vous à le détourner de moi? reprit-elle au bout d'un instant. Vous êtes incapable de me desservir sans une raison importante. Vous n'avez jamais été de ces hommes bêtes et lâches qui font du mal pour le plaisir de faire souffrir.

— Vous savez, Diana, que j'ai une grande faiblesse pour vous. Mais ne songez plus à Louis. Je me suis engagé à ne pas le laisser dans vos blanches mains. Voilà tout le mystère. Plumez Lereboulley, il a l'aile coriace et se défend de son mieux. Mais ce pauvre petit, qui se croit un roué, et qui est la naïveté même..... grâce pour lui !.....

La belle Anglaise leva vivement ses yeux, qu'elle avait tenus baissés, et, les montrant à Clément dans tout leur lumineux éclat :

— Et si je l'aimais ? s'écria-t-elle.

— Ne dites pas d'invraisemblances ! fit Thauziat froidement. Ma chère, vous n'avez jamais aimé au monde que Diana... Et vous avez fort sagement agi, car c'est une petite personne qui ne vous trahira point et avec laquelle vous n'aurez que de la satisfaction. Les hommes sont bêtes, allez, ils ne valent pas la peine qu'on s'occupe d'eux.

— J'avais un caprice pour celui-là.

— Ça passera.

— Thauziat, je cherche vainement l'intérêt qui vous guide... Il doit y avoir dans tout cela une main de femme.

— Peut-être.

— Un de ces jours, vous vous trouverez en rivalité d'amour avec Louis Hérault... c'est immanquable !... et vous vous brouillerez.

Clément se mit à rire :

— Ce jour-là, Diana, je vous le rendrai : ce sera ma vengeance.

— Marché conclu, dit-elle en lui frappant dans la main.

— Vous êtes très gentille, fit-il, en retenant la blanche main qu'il avait prise dans la sienne.

Il lui baisa le bout des doigts ; puis, lui voyant le bras nu :

— Vous ne portez donc plus de bracelets, maintenant ? Je vous en connais pourtant de superbes...

— Je n'aime plus que les perles, très belles et noires, et elles sont trop chères pour que j'en achète.

— Permettez-moi de vous en envoyer.

— Pendant que vous y serez, Thauziat, dit la belle Anglaise avec un air railleur, envoyez-moi donc celle que votre ami a découverte et à laquelle il fait la cour chez sa grand'mère.

— Chez sa grand'mère, il ne rencontre qu'Émilie Lereboulley.

— Non ! non ! Il ne s'est jamais occupé de cette déjetée au teint de safran, dit Diana avec aigreur. Il s'agit d'une autre, d'une nouvelle... Est-ce pour favoriser ces amours que vous l'avez détourné de venir ici ?

LOUIS REPARAISSAIT AVEC ÉMILIE (PAGE 422)

— Je ne sais pas le premier mot de ce que vous me dites... Je n'ai pas vu Louis depuis huit jours.

— Eh bien ! allez assister à ce spectacle, cela doit être curieux... et vous me le raconterez !

— N'en doutez pas !

Ils rentrèrent dans le salon, où sir James avait entamé avec Lereboulley une partie de piquet. L'Italien flirtait avec miss Andersen, dont la mère continuait à manger des petits gâteaux, sous l'œil émerveillé du compositeur.

Au bout d'un instant, Thauziat prit congé et se retira. Il se dirigea vers le cercle et y arriva rêveur. Les paroles de Diana avaient laissé des traces dans l'esprit du jeune homme. Entre autres qualités, il avait une excellente mémoire qui emmagasinait précieusement les moindres incidents. La perfide insinuation de Mme Olifaunt avait fait, en un instant, reparaître dans son esprit l'histoire de la jeune fille suivie et le retour de Mme Hérault sur le passé, à ce nom de Graville, qui lui rappelait le village où elle était née. Et très nette, sur-le-champ, Thauziat revit l'élégante silhouette de celle qui, pendant une demi-heure, avait excité sa curiosité, aiguillonné son désir et fait bouillonner, par une sensation inattendue, son tranquille cerveau. Était-ce donc elle qui était maintenant installée chez Mme Hérault ? Et comment Louis s'était-il ainsi gardé de l'informer du dénouement curieux de l'aventure ?

Il pressentit une petite perfidie. C'était lui, en somme, qui avait remarqué cette inconnue qui passait modeste, n'ayant rien que son élégance native et sa grâce discrète pour attirer les yeux. C'était lui qui avait entraîné Louis à la poursuite de la jeune fille. Oh ! sans arrière-pensée de conquête banale, pour le seul plaisir de la voir marcher. C'était lui qui avait demandé qu'on interrogeât le père Anselme. C'était lui qui avait tout mis en œuvre pour la providentielle découverte d'Hélène... Oui, Hélène, il se rappelait jusqu'à son nom !... Et il voyait son profil sérieux sous la voilette plaquée, son menton volontaire, sa bouche hautaine et la ligne onduleuse de sa taille, quand elle avait pressé le pas pour se mettre hors de leur atteinte.

Louis aurait-il seulement arrêté ses yeux nonchalants sur une femme, dans la foule? S'il l'avait distinguée, aurait-il eu la décision de la suivre? Non! Et tout l'épisode avait Clément pour auteur. Tout venait de lui, il se sentait un droit de propriété sur la jeune fille ; elle était en quelque sorte sa création.

Et déjà son esprit s'échauffait, et il lâchait la bride à son imagination. Il fit un prompt effort sur lui-même, sentit tout ce qu'il y avait de hâtif dans son jugement, d'incertain dans le récit de Diana, et se mit à rire de sa précipitation. Cependant, il éprouva un secret plaisir à constater cette effervescence subite qui l'avait emporté. Il y vit une preuve que la jeunesse ne l'avait pas encore quitté. Il analysa, avec complaisance, sa sensation et s'aperçut qu'il était plus sérieusement préoccupé qu'il ne le croyait. Une irritation sourde était en lui, et, quoiqu'il n'eût aucune visée sur cette inconnue dont il n'avait fait qu'entrevoir le visage, il se jugeait supplanté.

Habitué à guider Louis et à le voir toujours s'effacer devant lui comme devant son seigneur et maître, il devina dans ce vassal un commencement de révolte, et cette tentative d'émancipation le piqua au vif. Si cette fille avait plu à Louis, certainement il la lui aurait laissée : ses idées, en matière de galanterie, étaient bien connues. Mais si on mettait son amour-propre en jeu, si on essayait de le distancer, de le vaincre, alors il avait envie de combattre et de triompher. Et malheur à ceux qui se trouvaient devant lui !

Il eut un geste de menace et, cette fois, ayant noté la marche de sa pensée, il ne rit pas. Bien au contraire. Il demeura calme et se promit de tirer promptement au clair toute cette intrigue. Ayant achevé de dîner au cercle, il fit un tour dans les salons, jeta un coup d'œil sur une partie de billard qui commençait, trouva que les deux adversaires jouaient mal, et, cédant à une impatience intérieure qui l'empêchait de tenir en place, il se dirigea vers le Faubourg-Poissonnière. En arrivant, au lieu de le laisser monter au premier étage comme d'habitude, le valet de pied lui ouvrit une petite porte sous la voûte de l'escalier et le conduisit au jardin.

La journée avait été brûlante, et Mme Hérault, après le dîner, avait trouvé la chaleur intolérable dans le salon. Elle avait pris le bras de son petit-fils, et, laissant Émilie, qui était venue dîner, passer devant avec Mlle de Graville, était allée s'asseoir, auprès du perron, dans un rond-point de verdure. Il était neuf heures, la nuit était presque close, mais le ciel était si clair, qu'on y voyait encore distinctement. Une fraîcheur délicieuse montait des gazons soigneusement arrosés, et les fleurs des corbeilles, ranimées par un léger souffle de vent, répandaient dans l'air des senteurs exquises. Un calme profond s'étendait sur ce beau jardin.

C'était à peine si, au loin, un murmure de voix, un roulement de voiture, rappelaient qu'on était au cœur même de la ville. Et, absorbés par ce silence, pénétrés par cette douceur, tous les quatre, ils se taisaient. Louis, cependant, avait pris un cigare et l'avait allumé. Mais Mme Hérault, qui laissait son petit-fils fumer partout dans la maison, avait protesté vivement :

— Tu vas nous empoisonner avec ton tabac.

— Voilà qui est assez nouveau, dit Louis ; tu me défends le cigare en plein air, et, dans ton salon, tu le supportes.

— Il y a, autour de nous, des plantes qui embaument, ce soir, et tu gâtes tout.

— Oh! grand'mère, voilà l'horticulture qui te reprend! Est-ce que Mlle de Graville aime les fleurs? Est-ce que vous avez cette passion innocente, mais impérieuse, mademoiselle?

— Mlle de Graville aime les fleurs, répondit Mme Hérault, et elle s'y connaît même beaucoup mieux que moi. Elle m'a indiqué des modifications à faire dans la disposition des bâches de la serre, qui sont très ingénieuses et très simples.

— A Graville, chez mon père, c'était ainsi, dit Hélène.

— Alors, grand'mère, si tu as trouvé une complice, l'année prochaine nous allons exposer : Mme Hérault, médaille d'or, section des orchidées... Cela fera bien ! Mais, puisque ce cigare vous déplaît, je vais faire un tour... Viens-tu avec moi, Émilie?

Mlle Lereboulley s'était levée, et lentement, côte à côte, ils disparurent au tournant d'un massif. Au bout d'un instant, le bruit d'un pas sur le gravier de l'allée frappa l'oreille de Mme Hérault ; elle se retourna et dit :

— Tiens ! c'est M. de Thauziat.

A ces mots, Hélène tressaillit. Depuis une semaine, elle avait bien souvent entendu prononcer ce nom. Elle savait que c'était celui de l'ami le plus intime de Louis. Elle ne leva pas les yeux, prise subitement d'une angoisse, comme à l'approche d'un danger. Elle entendit une voix au timbre sonore qui disait :

— Bonsoir, chère madame ; vous vous portez bien ? Est-ce que Louis vous a laissée seule, ce soir ?

— Il se promène avec Émilie Lereboulley. Mais je ne suis pas seule, comme vous voyez... Je ne le suis plus jamais maintenant. J'ai une fille adoptive... Il faut que je vous présente à elle... Ma chère enfant... un de nos meilleurs amis : M. de Thauziat.

Hélène se leva et, regardant le visiteur, elle reconnut le sombre et fier visage de celui qui accompagnait Louis, le jour de leur rencontre. Avant de l'avoir vu, elle l'avait deviné : ce ne pouvait être que lui dont l'arrivée lui causait ce trouble violent. La vibration impérieuse de sa voix, faite pour être obéie, la fermeté de son regard qui s'imposait, la décision de son allure un peu dédaigneuse, tout en lui trahissait l'homme de premier rang. Bon ou mauvais, celui-là devait être quelqu'un, et, partout où il lui plairait d'aller, laisser une trace de son passage. Mme Hérault, montrant la jeune fille, continua :

— Mon cher Clément, Mlle Hélène de Graville.

Il s'inclina avec une grâce respectueuse et charmante, comme s'il avait été conduit aux pieds d'une princesse de sang royal et, d'une voix presque caressante, tant elle était douce :

— J'aurai moins de remords, madame, lorsque j'emmènerai Louis, puisque je saurai que le vide fait par son absence sera aussi bien rempli.

Elle, très froidement, inclina la tête. Rien, dans les manières du jeune homme, ne sortait des limites de la plus stricte convenance. Et pourtant Hélène se sentit atteinte comme s'il lui avait murmuré à l'oreille des mots d'amour. Le ton, l'accent, l'attitude, tout était particulier et frappait. Il était impossible que rien, de lui, fût indifférent. On devait fatalement l'adorer ou le haïr. Mais, quant à échapper à son influence, il n'y fallait pas songer.

Hélène, dès la première minute, eut la perception très nette de cette fatalité. Elle ne se trompa pas sur le compte de Clément. Elle eut la certitude qu'il lui ferait beaucoup de bien ou beaucoup de mal. Mais serait-ce l'un ou l'autre, elle ne le savait pas, et il lui aurait été impossible de le préjuger.

Pendant qu'il causait avec Mme Hérault, elle se hasarda à l'observer. Elle ne put rien découvrir sur son visage qui annonçât la méchanceté. Il avait le front intelligent, des yeux noirs, brillants et profonds, de belles dents et un air de force et de gaieté. Seul, son nez un peu busqué avait une ligne tranchante et dure. Mais c'était l'indice de l'orgueil aussi bien que celui de la cruauté. Sa voix, enfin, avait des séductions presque irrésistibles. Mentalement, elle compara Louis, élancé et fluet, avec ses cheveux blonds et ses yeux bleus, sa voix de femme et son caractère indécis, à ce brun énergique et résolu. Il semblait une colombe à côté de ce milan. Quelle résistance pouvait-il lui opposer ? N'était-il pas né pour être sa proie ? Au même moment, Louis reparaissait avec Émilie. De loin, il reconnut son ami et s'écria :

— Tiens! Clément !

Mais il ne hâta point le pas. On eût dit qu'il venait à regret. Mlle Lereboulley, au contraire, marcha la main tendue vers Thauziat, les yeux brillants et la bouche souriante :

— Vous m'avez tenu parole, dit-elle, merci.

— De quoi le remercies-tu? interrogea Louis.

— D'un petit service qu'il m'a rendu.

— Ah! Thauziat te rend des services ? Prends garde, il ne fait rien pour rien.

— Il peut me demander ce qu'il voudra, dit Émilie gravement, ce ne sera jamais autant que je lui ai offert.

Et, passant devant les deux jeunes gens, elle alla s'asseoir entre

Mme Hérault et Hélène. Louis et Thauziat restèrent en présence.

— Qu'est-ce que tu deviens donc, depuis une éternité que je ne t'ai vu? dit Clément. Est-ce que tu t'es fait ermite?

— Je ne suis pas encore assez vieux diable pour cela!

— Est-ce que ce sont les beaux yeux de cette jeune personne qui te retiennent?

Et, d'un mouvement de tête ironique, Thauziat désignait Mlle de Graville. Le cœur de Louis eut une rapide palpitation. Il sentit que son ami était plus sérieux qu'il ne désirait le paraître et que sa question exigeait une réponse franche. Il eut, un moment, la pensée de lui dire : « Oui, elle me plaît et je serais heureux de me faire aimer d'elle. » Le souvenir de la modeste condition de la jeune fille l'arrêta, et il ne voulut pas révéler l'intérêt déjà très vif qu'elle lui inspirait. Il craignit des moqueries. Il fut aussi un peu jaloux. Il se rappela l'admiration ressentie par Thauziat, lorsqu'il avait vu Hélène pour la première fois, sa fougueuse poursuite; il jugea prudent de ne pas attirer l'attention du séducteur, et il n'avoua pas.

— Quoi? dit-il avec un dédain affecté. Cette petite demoiselle de compagnie? Ma foi, non; je n'ai jamais compris qu'on eût des amourettes chez soi. C'est trop gênant. Quand on se brouille, on n'ose plus rentrer; ou bien il faut mettre la femme dehors, et on prend là des allures de bourreau... J'ai le cœur trop sensible, je n'aime pas faire de peine aux gens. D'ailleurs, est-ce que tu la trouves bien ?

— Tout à fait bien. Et, puisque la place n'est pas assiégée...

— Mais, Clément, elle est chez ma grand'mère.

— Sois tranquille, je respecterai ton toit.

— C'est une personne de bonne famille.

— Alors, on peut l'épouser! dit Thauziat, en riant.

Puis, redevenant sérieux et fixant ses yeux sur ceux de Louis :

— Tu es bien pudibond, aujourd'hui. As-tu une arrière-pensée ? Dis-la !

— Aucune.

Ainsi, par deux fois, et volontairement, Thauziat avait offert à Hérault l'occasion de parler. Deux fois, celui-ci recula devant l'obligation de se confesser à son ami. En cinq minutes, il s'était préparé de cruels regrets pour l'avenir.

Ils se rapprochèrent du groupe formé par les trois femmes et, dans l'obscurité grandissante, ils se mirent à causer. Émilie, d'abord silencieuse, s'anima peu à peu, et son esprit, au choc de celui de Thauziat, commença à lancer des étincelles. Ces deux brillants virtuoses joutèrent alors, comme si, pour les applaudir, ils avaient eu une galerie de cent personnes. On eût dit que Clément voulait donner sa mesure et qu'Émilie, heureuse de cette communauté d'idées qui se faisait entre lui et elle, s'ingéniait à lui fournir des thèmes pour ses variations.

Mme Hérault, Hélène et Louis restèrent jusqu'à onze heures à les écouter, sans s'apercevoir que l'air de la nuit devenait plus frais et que le silence de la ville devenait plus profond. Il fallut que Louis s'écriât tout à coup : « Mais il va être bientôt minuit ! » pour que le charme se rompît. Alors, avec un peu de langueur, Mme Hérault se leva, et tous prirent le chemin de la maison. Dans le vestibule, ils demeurèrent un instant réunis, pendant qu'Émilie, aidée par sa femme de chambre qui l'attendait, attachait son manteau.

— Voilà une charmante soirée, dit la grand'mère.

— Qu'il sera facile de renouveler, ajouta Émilie, pour peu que M. de Thauziat se prête à cette petite débauche.

Il sourit sans répondre, désirant ne pas montrer trop d'empressement, s'inclina devant Mme Hérault et devant Mlle de Graville, serra la main de Louis; puis, se tournant vers Mlle Lereboulley :

— Je vais vous mettre en voiture.

Ils sortirent et les trois habitants de l'hôtel les regardèrent s'éloigner.

— Quel charmant homme que ce Clément! dit Mme Hérault, encore enthousiasmée. A le voir et à l'entendre ainsi, qui se figurerait que c'est un diable? Car, ma chère Hélène, c'est un diable!... Pendant deux heures, là, comme il a été simple et gentil!... Moi, je l'adore, ce garçon-là!... J'espère bien qu'il reviendra...

— Ne te fais pas trop d'illusions, grand'mère, dit Louis. Thauziat

MILIE EUT LA MISSION DE COURIR LES MAGASINS AVEC MADEMOISELLE
DE GRAVILLE (PAGE 427)

est l'homme qui excelle le mieux dans l'art de se faire regretter. Il s'est mis en frais pour vous, ce soir; vous ne le reverrez pas avant quinze jours.

Louis, au fond de lui-même, espérait bien qu'il en serait ainsi. Mais il eut une déception. Le surlendemain, Thauziat revint, et, comme si une transformation aussi complète que celle de son ami s'était opérée en lui, il parut prendre un vif plaisir à la vie de famille. Il avait toujours été traité par Mme Hérault comme l'enfant de la maison, et d'ailleurs son intimité avec Louis expliquait la fréquence de ses visites. Cependant, on eût pu remarquer qu'il ne se présentait qu'aux heures où il était sûr de trouver Mlle de Graville auprès de Mme Hérault. Il se faisait bonhomme, du reste, avec une habileté et un tact surprenants. Il endormait les préventions d'Hélène, n'éveillait pas les soupçons de Mme Hérault et avait presque donné le change à Louis. Celui-ci se disait : « Clément, après tout, a vraiment de l'affection pour moi, il m'en a donné la preuve; pourquoi ne serait-ce pas pour me retrouver qu'il vient ici? »

Émilie était plus pénétrante et, dès le premier instant, elle avait vu plus clair que tout le monde dans l'esprit de Thauziat. Ce qui s'y passait était pourtant assez compliqué, mais il n'est pas d'analyste aussi subtil qu'une femme qui souffre pour préciser les causes de sa souffrance.

Le premier jour, Clément était venu à Mlle de Graville par curiosité. Il avait voulu savoir ce qu'était la jeune fille. Froissé par l'hypocrite silence de Louis, il s'était promis de s'en venger en infligeant un peu de souci à son ami. Puis il s'était lui-même échauffé au jeu, et le charme d'Hélène avait achevé la défaite de cet invincible.

Elle l'avait conquis, c'était indiscutable. Il se plaisait auprès d'elle, même sans lui parler. Il passait très bien toute une soirée, à l'hôtel Hérault, à jouer au bésigue avec la grand'mère, pour avoir le droit de regarder la jeune fille, travaillant auprès de la table, les yeux baissés sur son ouvrage. Il ressentait, à vivre dans le même air qu'elle, un plaisir nouveau, doux et puissant. Il ne se demandait pas où cette pente, qu'il descendait avec tant de rapidité, le conduirait. Il savait qu'il avait du plaisir à suivre la route et que ce plaisir-là valait tous ceux qu'il avait pris jusqu'ici. Il s'étudiait à entrer dans la confiance d'Hélène et, très gravement, quand l'occasion s'en présentait, il lui parlait de son pays, de sa famille, de l'existence précaire qu'elle avait si vaillamment supportée. Il rencontrait alors des mots d'une délicatesse infinie, pour lui exprimer l'admiration qu'il éprouvait pour elle. Et c'était un curieux spectacle que celui offert par ce blasé qui se retrouvait de l'innocence et de la tendresse.

Émilie avait suivi, non sans mélancolie, le manège de Clément; elle mesurait avec beaucoup de justesse les étapes successives fournies par lui sur ce chemin de la passion, et, voyant Mlle de Graville rester impassible devant les grâces singulièrement flatteuses du jeune homme, l'estime qu'elle avait conçue pour elle dès les premiers jours s'en était augmentée. A sa place, n'aurait-elle pas répondu avec joie aux avances de ce séduisant amoureux? Qui aurait gardé une contenance si fermement digne? Qui aurait eu autant de politesse froide et de réserve aimable? C'était à croire, par moments, qu'Hélène ne se rendait pas compte des soins attentifs dont elle était l'objet. Émilie résolut de sonder habilement ce cœur qui ne trahissait rien de ses sensations.

Traitée comme si elle avait été la fille de Mme Hérault, Hélène avait été installée à côté de la grand'mère. Une femme de chambre avait été attachée à son service, et elle avait été comblée de présents de toute sorte. La jeune fille n'avait absolument rien à se mettre quand elle avait cédé aux sollicitations de Mme Hérault : Émilie eut la mission de courir les magasins avec Mlle de Graville, et, dès les premiers temps, elles furent en familiarité. De son côté, Lereboulley avait fait un gracieux accueil à la nouvelle amie de sa fille et l'avait attirée chez lui. Hélène n'avait point opposé de résistance. L'excentricité d'Émilie l'étonna ; sa nature, foncièrement bonne sous ses dehors sarcastiques, lui plut. Elle devina le levain d'amertume qui aigrissait, à la surface, cette âme d'élite. Elle sut découvrir les trésors de délicate tendresse qui dormaient, au fond, comme des perles sous le tumulte des flots. La voyant souffrante et malheureuse, elle s'attacha à elle et se montra telle qu'elle était, sans défiance, dans toute sa naïve et tranquille droiture.

Elles étaient donc devenues, au bout de quelques semaines, tout à fait intimes. Elles passaient de longues heures dans l'atelier d'Émilie. Hélène s'était mise à peindre sur porcelaine avec beaucoup de goût, et, pendant qu'elle était penchée sur la table, un grand tablier à bavette serré à la taille, maniant délicatement le pinceau, Mlle Lereboulley faisait son portrait. Une après-midi qu'en fumant une cigarette Émilie donnait des conseils à Hélène, qui copiait un plat persan décroché du mur de l'atelier, elle dit à son élève :

— Je ne suis pas mécontente de votre portrait : il ne vient vraiment pas mal... Si vous voulez me le permettre, je l'enverrai chez Petit, à l'exposition des Internationaux.

Hélène leva la tête et, posant son pinceau :

— Je vous laisserai faire ce qui vous plaira, mais vous pourriez envoyer un morceau de peinture plus attrayant que ma figure.

— Êtes-vous sincère quand vous parlez ainsi?... Ou ne savez-vous pas que vous êtes extrêmement jolie?... Thauziat, qui est un connaisseur, pourrait vous renseigner sur ce point-là ; il ne vous quitte pas des yeux.

Une légère rougeur monta au front d'Hélène, mais elle ne répondit pas. Émilie voulut la pousser dans ses derniers retranchements :

— Ne vous êtes-vous pas aperçue qu'il vous aime?

— Croyez-vous que M. de Thauziat perde son temps à s'occuper de moi ?

— Soyez tranquille... Il est bien convaincu qu'il ne le perd pas.

— En ce cas, il se trompe, dit Mlle de Graville d'une voix ferme.

Émilie laissa échapper un soupir de soulagement. Que Thauziat aimât Hélène, elle n'en doutait pas. Hélas! elle ne pouvait faire que celui qu'elle adorait sans espérance n'eût pas de regards pour les autres femmes. Elle savait qu'il n'avait pas rencontré et qu'il ne rencontrerait pas souvent de cruelles. Mais c'eût été un déchirement pour elle si Hélène l'eût aimé. De toutes les rivales qu'elle redoutait d'avoir, Mlle de Graville était celle qu'elle aurait le plus péniblement supportée. L'amitié qu'elle lui avait vouée eût été empoisonnée. Et elle tenait presque autant à son amitié pour l'une qu'à son amour pour l'autre. Elle était tranquille maintenant. Hélène n'avait pas subi le charme, elle était sortie victorieuse de cette redoutable épreuve. Une bouche si fière ne mentait pas.

Ayant appris ce qu'elle désirait savoir, Émilie changea la conversation, et entre elles il ne fut plus question de Clément.

Après avoir si bien réussi auprès d'Hélène, elle voulut recommencer la même manœuvre avec Thauziat et tâcher de l'amener à découvrir ses secrètes intentions. Elle savait que la tâche n'était pas aussi aisée et que celui-ci serait un autre adversaire que la confiante jeune fille. Ce fut Clément, lui-même, qui offrit à Mlle Lereboulley l'occasion qu'elle cherchait. Un soir qu'il avait dîné chez le sénateur, en cérémonie, il était assis dans le grand salon et écoutait patiemment Mme Olifaunt qui chantait, avec plus de prétention que de voix, le délicieux lamento du *Cid :* « Pleurez, mes yeux... » Comme la belle Anglaise finissait au milieu des applaudissements, Émilie s'approcha de Clément et, lui montrant Diana :

— On lui a tellement répété qu'elle avait cent mille francs dans le gosier, dit-elle avec sa mine de gamin, qu'elle fait des efforts effrayants pour tâcher de les faire sortir.

— Elle doit bien souffrir, dit froidement Thauziat, car elle pousse des cris terribles ?

— Louis n'apprécie pas assez le service que vous lui avez rendu en le brouillant avec cette chère petite belle...

— Oui, il est bien tranquillement Faubourg-Poissonnière, lui !

— Si Mlle de Graville avait voulu accepter notre invitation, il serait venu.

— Croyez-vous qu'il ne puisse se passer d'elle ?

— Je soupçonne qu'il a une forte inclination, très encouragée par Mme Hérault.

— Elle songerait à le marier avec Mlle Hélène ?

— Dame ! Croyez-vous qu'elle soit de ces femmes qu'on ne peut pas épouser ?

Thauzial ne répondit pas. Il devint rêveur et sembla oublier qu'Émilie était auprès de lui. Elle n'osa pas lui parler. Elle eût donné beaucoup, cependant, pour connaître les pensées qui s'agitaient dans cet esprit hardi. Après quelques minutes de silence, il releva le front et, comme continuant la conversation commencée :

— Peut-être est-ce, en effet, la femme qu'il lui faut... Si elle sait prendre de l'influence sur lui, tout ira bien.

— Je crois qu'il lui plaît beaucoup, ajouta Émilie.

Une flamme passa dans les yeux de Clément, et sa bouche se crispa. Mais aussitôt, avec un geste d'insouciance :

— Grand bien leur fasse à tous les deux !... Qu'ils soient heureux et qu'ils aient beaucoup d'enfants !

Il se leva et Émilie ne put rien obtenir de plus.

La vieille Mme Hérault, elle, ne cachait pas ses impressions. Elle était folle d'Hélène. Jamais elle n'avait été choyée, gâtée comme elle l'était par la jeune fille. Cette femme, rompue à une passivité absolue, n'avait pris que malaisément l'habitude de commander. Les soucis de sa fortune à gérer, de sa maison à conduire, lui pesaient comme une corvée. Elle s'en déchargea sur Mlle de Graville, qui sut se faire obéir et en même temps aimer par les domestiques. Elle avait une façon d'ordonner douce et gracieuse. Le maître d'hôtel, qui était une puissance, dit un jour à Mme Hérault :

— J'aime mieux un ordre de Mlle Hélène qu'une prière de bien d'autres !

La grand'mère, émerveillée, put ainsi constater que sa fille adoptive avait ensorcelé tout le monde et gagné, petit à petit, sans qu'on sentît le moindre choc, une incontestable autorité. Elle avait coutume de dire : « Si Hélène me quittait maintenant, qu'est-ce que je deviendrais ? » Il est certain que si son petit-fils était venu, un matin, lui déclarer son amour et lui demander la permission d'épouser la jeune fille, elle aurait accueilli cet aveu avec enthousiasme. Mais Louis, nonchalant, se contentait de jouir du bonheur que lui causait la présence de Mlle de Graville et ne songeait pas à modifier cet état de béatitude. Il était de ces gens qui prennent difficilement une résolution, mais qui, une fois qu'ils l'ont prise, s'y tiennent, même si elle est mauvaise, plutôt que d'en prendre une autre. Nature molle, surtout pour le bien, et qui n'avait de véritable ardeur que pour le mal.

A la suite de la conversation qu'il avait eue avec Émilie, Clément resta quelques jours sans se montrer, au grand étonnement des habitués du Faubourg-Poissonnière. Louis le voyait chez Lereboulley et à Saint-Denis, car la combinaison du câble franco-américain devenait très sérieuse. Le sénateur, après avoir mûrement réfléchi, avait décidé, sur le conseil de Thauziat, de constituer une société anonyme et d'accaparer, avec Louis et le richissime Yankee J. Arthur Smithson, la presque totalité des actions. Les deux extrémités du câble devaient être à Brest et à Panama. Le percement de l'isthme donnerait assurément une importance considérable à l'affaire.

Lereboulley, très monté à la pensée de jouer un mauvais tour à la société anglaise du câble transatlantique, comme si c'était l'odieux sir James qu'il allait frapper dans ses compatriotes, développait ses idées, faisait des conférences, interrogeant Thauziat, sollicitant une approbation, que celui-ci donnait, mais du bout des lèvres, ne paraissant pas écouter ce que son associé lui disait. Visiblement, cet esprit si net, si vigoureux, était troublé et détendu. Louis, voyant cette mollesse et cette apathie, prit de l'assurance et jugea Clément moins fort qu'il ne l'avait cru jusqu'à ce jour. Incapable de soupçonner les tempêtes dont cette lassitude était la conséquence, il souriait et se disait : « Allons ! je puis lutter avec lui et l'emporter. » Il eut la hardiesse de demander à son ami pourquoi on ne le voyait plus Faubourg-Poissonnière. Thauziat lui lança un regard dans lequel Louis retrouva toute la railleuse acuité des jours passés, et, tranquillement :

— Si tu tiens à ce que je vienne, je ferai cela pour toi.

Hérault, piqué, se redressa, et, avec assurance :

— Mais ma grand'mère serait charmée de ta visite. D'autant plus que nous allons partir pour Boissise...

— J'irai vous y voir aussi facilement qu'à Paris... à mon retour d'Inspruck.

— Tu pars pour l'Autriche ?

— Oui, je vais faire un tour chez les princes Wienitsgrœtz, qui m'invitent, depuis des années, à chasser l'isard.

Louis se dit : « C'est décidément bien fini, il ne songe plus à Hélène. » Et, en lui, une grande sécurité succéda à une vive inquiétude.

C'était pourtant l'heure où Clément pensait le plus ardemment à la jeune fille. Cette nature fière et résistante ne se rendait pas sans combats, et, avant de céder à une passion si différente de celles qui l'avaient entraîné jusqu'ici, il se défendait de toutes ses forces. Il analysait le sentiment éprouvé, il discutait la personne qui le lui inspirait, il essayait de se prouver qu'elle ne valait pas le souci qu'il se donnait pour elle. Il remplissait, vis-à-vis de lui-même, le rôle d'un sage conseiller : il se montrait tous les dangers qu'un tel amour devait lui faire courir. Toutes ces critiques avaient pour point de départ cette phrase d'Émilie Lereboulley : « Croyez-vous qu'elle soit de ces femmes qu'on puisse ne pas épouser ? »

Épouser, c'était une grave résolution à prendre, et Clément ne la prenait pas. S'il s'était agi de séduire Hélène, de l'enlever de chez Mme Hérault, de lui sacrifier momentanément une partie de sa liberté, il n'aurait pas hésité un instant. Ni les gémissements de Louis, ni les exclamations de la grand'mère ne lui aurait fait éprouver une émotion. Il aurait tout subordonné à son plaisir, comme il avait coutume de le faire. Et les conséquences de son action, quelles qu'elles fussent, ne l'auraient pas effrayé. Mais bouleverser sa vie, modifier sa situation sociale, du jour au lendemain changer la formule de son avenir, et tout cela pour une femme ! Il en riait, avec des convulsions de rage, mais il en riait, en jurant qu'il ne donnerait pas un tel démenti à tout son passé.

Alors il fallait renoncer à Hélène ? Oui, lui répondait sa raison. Mais tout son être se révoltait à la pensée qu'elle pourrait être à un autre, que ce corps souple frissonnerait enlacé par un bras qui ne serait pas le sien et que ces yeux aux regards profonds se voileraient dans l'extase d'une volupté qu'il ne partagerait pas. Quand ces idées s'emparaient de lui, il ne savait comment les chasser. La solitude,

IL SEMBLAIT QUE LE PORTRAIT L'ATTIRAT (PAGE 435)

dans laquelle il avait élaboré tant de plans hardis et caressé tant de rêves souriants, lui était odieuse. Il fallait qu'il sortît de chez lui et qu'il marchât. Encore le séduisant fantôme le suivait-il souvent, penché vers lui, semblant lui dire : « Pourquoi me fuis-tu ? Ne serais-je pas une douce compagne pour la vie ? Tu me trouverais toujours à tes côtés, prête à t'encourager, à t'admirer. Ton ambition, au moins, aurait un but, tes efforts ne seraient pas égoïstes, et les triomphes, comme ils deviendraient plus beaux, si nous étions deux pour nous en réjouir ! » Et il faisait de vaines tentatives pour éloigner de son esprit cette pensée obsédante.

Il avait repris l'habitude d'aller chez Mme Olifaunt. C'était là encore qu'il était le plus en sûreté contre lui-même. La maison de la belle Anglaise était une sorte de lanterne magique dans laquelle défilaient des personnages nombreux et variés. Là, Thauziat n'avait pas le loisir de penser, et la distraction, pour lui, c'était le salut.

Diana avait voulu, dès le premier jour, l'interroger sur les découvertes qu'il avait faites à l'hôtel Hérault ; mais Clément avait répondu avec un si visible ennui, qu'elle n'avait pas insisté, quelque envie qu'elle en eût. Elle connaissait trop bien, et depuis trop longtemps, celui à qui elle avait affaire, pour s'émanciper avec lui, quand il ne paraissait pas d'humeur à le permettre. Elle avait eu, un instant, le soupçon que Thauziat était amoureux, mais il était si invraisemblable alors qu'il ne fût pas aimé, qu'elle n'avait pas cherché à s'informer exactement. Elle attribua à de graves préoccupations d'affaires l'humeur inégale de son ami. Elle le savait engagé dans de grosses entreprises que la misère générale et la stagnation des affaires pouvaient compromettre. Et, intéressée comme elle l'était, rien ne devait lui paraître plus légitime qu'une telle inquiétude. Cependant, Lereboulley affirmait que Thauziat se trouvait tout à fait à l'abri et que, s'il avait des soucis, ce n'était pas des soucis d'argent.

Diana essaya de quelques coquetteries afin d'amuser Clément, mais il ne parut pas s'apercevoir des avances qu'elle lui faisait. Il continua à la traiter comme un camarade et à sortir beaucoup avec elle. Il ne s'occupait pas de savoir où elle le menait. On donnait rendez-vous à sir James, qui arrivait d'une vente à l'Hôtel Drouot, ou d'une visite chez un marchand, un nouveau bibelot dans sa poche, et on allait finir la soirée dans un cabaret à la mode ou dans un petit théâtre, avec Lereboulley.

Un jour, vers cinq heures, Clément et Diana, passant en voiture rue de Sèze, virent les affiches d'une exposition de peinture. La belle Anglaise eut la fantaisie de la visiter. Elle fit arrêter et entra. C'était une de ces sociétés, comme il s'en est formé beaucoup dans ces dernières années, en dehors du Salon officiel et annuel, sortes de petites églises, où chaque artiste a sa chapelle. Beaucoup de gens du monde se sont joints aux peintres professionnels, et leur grand talent n'est pas un des moindres attraits de ces expositions particulières. C'était le jour d'ouverture, et le public se pressait nombreux dans les vastes salons. Diana et Clément commencèrent à tourner, évaluant, d'un œil distrait, les tableaux qui couvraient les murs, et observant, avec plus de soin, les visiteurs qui circulaient autour d'eux.

Déjà ils avaient rencontré plusieurs visages de connaissance et distribué, lui quelques coups de chapeau, elle quelques sourires, lorsque d'un groupe, formé à quelques pas d'eux, ces mots, prononcés à haute voix : « C'est de Mlle Lereboulley, » attirèrent leur attention. Ils s'avancèrent, et, brusquement, Clément demeura immobile, les yeux fixes. Sur une toile encadrée de noir, avec son sourire grave et ses yeux fiers, il venait de reconnaître celle à qui il ne cessait de penser. Diana l'examina avec étonnement et, le voyant arrêté, un peu sombre, devant le portrait, elle dit :

— Eh bien ! Thauziat, qu'y a-t-il donc ?

Il ne répondit pas. Il semblait que le portrait l'attirât et que ses yeux ne pussent s'en détacher.

Mme Olifaunt pensa : « Quelle est la femme qui produit sur cet esprit si ferme un si puissant effet qu'il oublie tout, pour se perdre dans une contemplation extatique ? Est-ce donc elle qui est la cause de ce trouble singulier dont nous ne pouvons découvrir les motifs ? Qui est-elle ? Émilie Lereboulley la connaît ; cependant, je ne l'ai jamais rencontrée et sa figure m'est complètement inconnue. »

Elle **réfléchissait**, laissant Clément à son adoration, et regardait la foule qui s'écoulait lente, avec un murmure de voix étouffées, quand une exclamation de son compagnon la fit retourner : devant elle, la femme qui avait posé pour le portrait s'avançait, accompagnée d'Émilie Lereboulley et de Louis Hérault.

Clément était devenu très pâle. Diana sourit et, entre ses dents, elle murmura :

— Tout s'explique !

Un espace de quelques mètres séparait les deux groupes. Instinctivement, Hélène s'était arrêtée en voyant Thauziat avec la belle Anglaise. Émilie avait pâli et Louis avait jeté à son ami un coup d'œil plein d'angoisse. Ce fut Clément, le plus troublé pourtant de ceux qui se trouvaient en présence, qui rompit le premier la glace. Il s'approcha d'Hélène, et, la saluant avec cette grâce respectueuse qui plaçait en un instant une femme à son véritable rang :

— Nous admirions votre portrait, mademoiselle, dit-il, à cause de vous, dont il reproduit si fidèlement les traits... Maintenant que nous pouvons le comparer au modèle, nous allons l'admirer à cause du peintre, dont cette comparaison affirme si complètement le mérite.

— Allons ! monsieur de Thauziat, fit Émilie, nous acceptons la première moitié de votre compliment. On peut louer la beauté du modèle, quant à l'œuvre...

Elle s'arrêta, et, affectant de découvrir Diana :

— Eh ! ma chère madame Olifaunt... pardonnez-moi, je ne vous avais pas vue... Louis, Mme Olifaunt...

Louis s'était incliné, mais l'Anglaise ne tourna même pas la tête de son côté. Elle dévorait des yeux celle en qui elle devinait une rivale. Ses lèvres se pincèrent, ses yeux bleus devinrent couleur d'acier. Elle fit un pas en avant et, s'adressant à Émilie :

— Ma chère, je vous prie, présentez-nous donc l'une à l'autre, mademoiselle et moi ; je serais si heureuse de faire la connaissance d'une personne charmante et que vous aimez, je le vois...

— Beaucoup ! répliqua Émilie, d'un ton presque menaçant. Mais, puisque vous le désirez... Ma chère Hélène, Mme Olifaunt, une de nos plus jolies femmes... Chère madame, Mlle de Graville...

Diana ne parut pas remarquer l'extraordinaire impertinence avec laquelle Émilie venait de renverser l'ordre des présentations, ni l'accent dédaigneux avec lequel elle l'avait qualifiée : une de nos plus jolies femmes. Elle marcha vers Hélène et, lui tendant la main :

— Très heureuse, mademoiselle... vraiment très heureuse ! Vous êtes l'amie de Mlle Lereboulley, nous aurons donc certainement l'occasion de nous rencontrer... Ce sera pour moi un très vif plaisir... croyez-le bien...

Elle fit alors un signe de tête à Louis, et, passant entre Mlle de Graville et lui, très bas :

— Tous mes compliments, dit-elle, avec une ironie qui le fit tressaillir.

Un instant encore, elle resta à regarder Hélène et Louis, sans parler, son méchant sourire sur les lèvres ; puis elle laissa échapper ces mots :

— Décidément, très bien !

Elle prit le bras de Thauziat, salua légèrement les deux femmes, dit tout haut :

— Au revoir !

Et s'éloigna. Hélène la suivit un moment des yeux, admirant la grâce de sa démarche, la souplesse de sa taille, l'aisance de ses mouvements. Puis, revenant à Émilie :

— Ainsi, dit-elle, c'est cette fameuse Mme Olifaunt, dont je vous ai entendue si souvent parler ?

— Oui, ma chère, la divine Diana, elle-même, épouse de sir James Olifaunt, baronnet.

— Pourquoi nous a-t-elle regardés si fixement pendant quelques secondes, M. Hérault et moi ?

— Parce qu'elle connaît votre histoire et qu'elle sait que Mme Hérault vous aime comme si vous étiez sa fille.

Une rougeur monta au visage d'Hélène. Elle hocha la tête :

— Dans ses yeux j'ai vu de la haine. Je suis pauvre et modeste ; elle est riche et superbe. Pourquoi me haïrait-elle ?

— Parce que certaines natures, répondit Émilie, comptent leur bonheur pour rien et n'estiment que celui des autres. L'envie corrompt leurs jouissances. Et, à moins de voir tout le monde misérable autour d'elles et d'être seules triomphantes, elles n'ont pas une satisfaction complète. Diana est de ces natures-là. Elle vous a vue tranquille, gaie, entourée ; elle oublie sa tranquillité, sa gaieté et son cortège d'admirateurs. Un instant lui a suffi pour vous haïr : elle vous a devinée heureuse.

— Elle a deviné juste, dit Hélène, avec un accent profond, et elle peut me haïr, car c'est vrai : je suis heureuse !

Louis eut un mouvement pour aller à la jeune fille, pour lui prendre la main et lui exprimer la joie qu'elle venait de lui faire éprouver. Un coup d'œil d'Émilie l'arrêta ; et, le cœur plein d'une ivresse délicieuse, il suivit celle qui semblait si bien le guider vers le plus souriant avenir.

Pendant ce temps-là, Mme Olifaunt, au bras de Clément, continuait sa visite. Elle ne regardait plus les tableaux, elle ne cherchait même plus, dans la foule, les visages de connaissance. Elle songeait. Ils descendirent ainsi l'escalier de pierre et se trouvèrent dans le vestibule, devant le tourniquet du péage. Ils sortirent et montèrent en voiture. Aussitôt qu'elle fut assise, Diana, se tournant vers son compagnon, lui dit d'une voix sèche :

— Voilà donc la demoiselle de compagnie que ce petit niais de Louis courtise à domicile ? Elle n'est pas mal, en somme, et je comprends que la vieille Mme Hérault soit enchantée. Une maîtresse à la maison... c'est le rêve de toutes les mères !... Ainsi, le cher enfant ne sort plus, et, au lieu de le déranger, l'amour le range.

Elle allait sans doute continuer à répandre en paroles la rage qui la dévorait, mais Thauziat lui posa la main sur le bras et lui dit :

— Mlle de Graville est la plus honnête des femmes, et je vous serai obligé de ne plus parler d'elle devant moi.

A ces mots, une clarté se fit dans l'esprit de Diana ; elle laissa échapper une exclamation et, frappant un petit coup sec de son ombrelle dans la paume de sa main :

— Sotte que je suis ! s'écria-t-elle. Je n'avais pas compris ! Mais j'y suis, maintenant : vous aimez Mlle de Graville, et vous êtes en rivalité avec Louis Hérault ! Vous Clément, vous ?

Il ne répondit pas, son visage resta immobile, mais ses doigts crispés tordirent ses gants, qu'il avait défaits.

— Savez-vous que c'est un fier triomphe pour la jeune personne ! Troubler si profondément le beau, l'invincible Thauziat... Alors, elle vous résiste ?

— Je ne lui ai jamais dit un mot qui pût lui faire soupçonner que je l'aime...

— « Que je l'aime, » répéta Diana. Le mot « aimer » me produit un singulier effet dans votre bouche, s'adressant à une autre qu'à moi, Clément, je ne vous le cache pas !

— Allez-vous être jalouse de moi, en même temps que de Louis ? répliqua Thauziat, sur les lèvres duquel glissa un fugitif sourire.

— Elle me déplaît passablement, à vous dire vrai, cette demoiselle !... Et alors vous brûlez pour elle d'une flamme secrète ? C'est assez romanesque, ça, mon bon, pour un homme pratique ! Vous êtes, depuis quinze jours, comme une âme en peine... Qu'est-ce qu'on pourrait bien inventer pour vous soulager ? Voulez-vous que j'aille demander pour vous la main de la belle ? Je vous servirais volontiers de mère, pour la circonstance, vous savez ? Lereboulley et sir James comme témoins... Mais ça ne serait pas mal !

— Ne plaisantez pas, Diana, c'est très sérieux.

— Je vous parle de mariage ? Qu'est-ce qu'il vous faut de plus sérieux ? Vous ne pensez pas à épouser ? Alors, pouvez-vous faire autrement ?

— Je veux oublier. Pour la première fois de ma vie, je ne suis plus maître de moi-même... Vous me connaissez assez pour comprendre que j'en souffre. Qu'est-ce qu'un homme à la merci de son cœur ? Jusqu'ici, le mien a suivi les ordres de mon esprit... Je veux le contraindre à obéir... Je partirai.

— Mon cher, dit Diana, l'absence tue un caprice, mais vivifie une passion.

— Si je souffre trop, je reviendrai. Alors, ma résolution sera prise, et je ferai tout pour que celle que j'aime soit à moi.

— Et si elle en aime un autre ?

— Je ne le souhaite, ni pour elle, ni pour cet autre, ni pour moi.

— A la bonne heure ! Je vous retrouve.

Clément ne répondit pas. Diana, enfoncée dans le coin capitonné de la voiture, songeait, et déjà, dans son esprit, apparaissait l'image de Louis suppliant et reconquis. Avec une joie cruelle, elle l'attachait par des liens habilement serrés et, sur cet esclave, ivre de ses philtres amoureux, elle se vengeait de l'humiliation qu'il lui avait fait subir.

ILS ALLAIENT PAR LES ROUTES (PAGE 445)

VI

Boissise, depuis le jour où la grand'mère s'était décidée à y camper, pour ne pas se séparer de son petit-fils, avait subi quelques changements. Autour du château, fastueusement restauré par Pierre Hérault, un millier d'hectares avaient été groupés. Un lac, creusé au milieu d'une prairie, étendait ses rives gazonnées jusqu'aux premiers arbres de la forêt. Dans une île, au sommet d'un promontoire élevé, encadrée par la verdure, la colonnade blanche d'un petit temple se dressait, comme dans les charmantes compositions d'Hubert Robert. Les allées du parc formaient des voûtes sombres, éclairées, le soir, par des candélabres que le gazomètre, construit dans les communs, alimentait abondamment. Partout la nature avait été aidée par le progrès.

Devant le perron, s'offrait, majestueux et superbe, un jardin à la française, dont chaque carré était orné, au centre, d'une immense corbeille au-dessus de laquelle, en forme d'anse, se développait un arceau de fer recouvert d'un rosier grimpant et, à chaque extrémité, d'un cône de quatre mètres, rouge, fleuri, fait de deux mille pots de géraniums habilement étagés. Dans les plates-bandes, des azalées, dont la tige portait des fleurs roses en haut et blanches en bas, triomphe d'une greffe savante. Les écuries, reconstruites, pouvaient contenir vingt chevaux les jours de chasse à courre, et la faisanderie peuplait les bois de ses élèves pour les tirés d'automne.

Cette admirable propriété avait été à peine habitée depuis la mort de Pierre Hérault. Le personnel restait pourtant au complet. Tous les ans, au printemps, les jardiniers mettaient le parc en état d'être visité, garnissaient de fleurs les massifs, tondaient les gazons et les rafraîchissaient, pendant des journées entières, avec des pluies produites par d'ingénieux systèmes d'arrosage. Tous les étés, les gardes et les éleveurs lâchaient dans la chasse la même quantité de perdreaux, de cailles et de faisans. Tout était prêt pour recevoir les maîtres, et cependant Boissise était délaissée. Pendant huit jours, à l'ouverture, Louis venait, avec des amis, abattre quelques centaines de pièces, puis il repartait, et, de l'année, on ne le revoyait plus.

L'existence dans ce grand château, en tête à tête avec la bonne Mme Hérault, lui aurait paru insupportable. Lereboulley avait beau s'installer pendant deux mois, son voisinage n'était pas suffisant pour attirer Louis. Le Parisien n'avait pas, comme le sénateur, le souci de grands intérêts politiques, pour l'occuper, dans l'Eure, pendant des semaines entières. Il n'avait pas de popularité à soutenir, d'influence à faire prévaloir, de tournées électorales à entreprendre. Et, lorsque la ressource de s'en aller passer la soirée dans un fauteuil d'orchestre, de tailler une banque au cercle ou de visiter quelques galantes amies lui manquait, les journées se traînaient, pour lui, maussades et décolorées. Et, au bout de huit jours, pris de la nostalgie de Paris, il n'avait plus qu'une pensée : demander la voiture, fuir ce silence mystérieux des bois, cette étendue absorbante des plaines et rentrer dans la ville où tout était bruit et où aucun horizon n'était sans bornes.

Pour la première fois, en y voyant Mlle de Graville, Louis découvrit à Boissise des charmes qu'il ne lui connaissait pas. Il ne fut plus rongé, comme autrefois, par un incurable ennui. Il s'étonna de trouver cette solitude moins vide, sans se rendre compte qu'elle était peuplée de ses rêves et de ses espérances. En compagnie de la jeune

fille, il visita les jardins, les potagers, les dépendances, et s'intéressa
à toutes les choses qui l'avaient, jusque-là, laissé indifférent. La variété
du savoir d'Hélène le stupéfiait. Élevée jusqu'à seize ans à la campagne, elle connaissait tous les secrets de l'élevage et de la culture.
Aux yeux de ce Parisien qui ne savait pas, dans un champ, distinguer le blé de l'avoine, elle passa pour un prodige. Il dit à Mme Hérault, dans un accès d'enthousiasme :

— Mlle de Graville est vraiment extraordinaire ! Elle sait tout !

La vieille dame ne le démentit pas. Elle n'était pas éloignée de
croire que la jeune fille résumait toutes les perfections. Échauffée
par l'ardeur de son petit-fils, elle se joignit aux jeunes gens et leur
fit les honneurs de ses serres. Mais il arriva ceci, que Louis ne prit
aucun plaisir aux explications de sa grand'mère. Il pensa que l'horticulture n'était pas, décidément, aussi amusante qu'elle en avait l'air,
et il lui parut que les conférences sur la variété des fleurs n'avaient
de prix que quand elles tombaient de certaines lèvres. Il avait, la veille,
passé une heure délicieuse à examiner de simples giroflées et des
pois de senteur qui grimpaient au tronc des arbres, dans la cour des
communs ; il bâilla à se décrocher la mâchoire dans la serre aux
orchidées, devant des produits à la fois admirables et monstrueux,
qui valaient deux mille francs la pièce. Il fut donc fatalement amené
à cette conclusion, que toute sa joie lui venait de l'intimité avec
Hélène et que les promenades n'avaient d'agrément qu'autant qu'elles
lui offraient la jouissance exclusive de la société de la jeune fille. Tout
le mal résultait de la présence d'un tiers, fût-ce sa grand'mère, qui
n'était pourtant pas gênante, mais qui avait ce tort impardonnable
de faire tenir Hélène sur la réserve et de l'empêcher de se montrer
dans toute sa naïve et charmante exubérance.

Car, depuis qu'elle avait retrouvé l'air des bois et des plaines au
milieu desquels s'était écoulée son enfance, Mlle de Graville avait
été prise d'une sorte d'ivresse, et une floraison soudaine avait donné
à sa beauté grave une suavité et un éclat tout nouveaux. La pâleur
qu'avait mise sur ses joues le travail sans répit dans l'atmosphère
étouffée d'une chambre étroite avait disparu. Un sang plus chaud

teinta ses joues, ses yeux brillèrent plus vifs. Il se fit en elle une transformation aussi complète au moral qu'au physique. Cette nature,
jusque-là comprimée par les soucis et la souffrance, s'épanouit,
comme un arbuste glacé par le vent d'hiver au soleil du printemps.
Le pli sérieux de sa bouche s'effaça dans les sourires et sa froideur
un peu sévère se fondit en une expansive gaieté. Elle fut vraiment
heureuse et devint plus séduisante encore par le rayonnement de
ce bonheur. Mme Hérault et Louis assistèrent, étonnés et ravis, à
cette éclosion de la jeune fille. Ils s'en attribuèrent l'honneur et s'atta-
chèrent d'autant plus à celle qu'ils considéraient comme leur création. La vieille grand'mère eut des satisfactions maternelles à voir
se développer ce corps charmant, qui prenait, de jour en jour, plus
de grâce et d'élégance. Louis demeura ébloui par les feux de cette
imagination qui, en un instant, délivrée du joug de la misère, se
révélait à la fois puissante et exquise.

Au bout de quelques jours, Émilie Lereboulley, installée avec son père
à Évreux, fit son entrée à Boissise. Alors, l'existence des jeunes gens prit
une activité nouvelle. Ils parcoururent, tous les trois, le pays dans la
petite charrette d'Émilie, traînée par un vigoureux cob d'Irlande, court
de jambes et vigoureux d'encolure. Ils revirent ainsi le fameux chemin
de traverse dans lequel Mlle Lereboulley, embourbée avec son équipage, avait, pour la première fois, rencontré Louis. Ils allèrent
déjeuner aux ruines de Saint-Wulfrand, gais comme des écoliers en
vacances, lâchés à pleine volée sous le couvert de la verte forêt, dans
le profond silence des halliers, troublé seulement, aux heures chaudes,
par l'appel plaintif du coucou mélancolique ou par le départ effaré et
criard d'un geai dérangé dans le feuillage.

Ils allaient par les routes, lourds de fatigue, appesantis par le grand
air, ne parlant pas, et enchantés, comme s'ils s'étaient dit les choses
les plus délicieuses, tant ils avaient de plénitude heureuse dans le
cœur. Assis sur un revers de fossé, au pied d'un grand chêne à travers
les branches duquel le soleil filtrait ses rayons d'or, Louis passait des
heures à contempler furtivement Hélène. Il sentait une envie de se
jeter à ses pieds, de lui dire : « Je vous adore, soyez à moi, et de ma

vie faites une éternité de tendresse. » L'effort à faire pour lui parler, l'indécision de son caractère, la crainte de déranger l'harmonie de ces jours radieux, l'arrêtaient. Il se disait : « A quoi bon ? J'ai bien le temps. Serais-je plus heureux si elle était ma femme ? Quelle félicité plus grande pourrais-je éprouver par elle ? » Il ne désirait pas Hélène. Son amour, pour la première fois depuis qu'il avait senti son cœur battre, était chaste. Il y avait dans le sentiment éprouvé quelque chose de très fraternel. Il admirait, chérissait la jeune fille. Elle ne troublait pas ses sens. Il eût pu s'égarer dans les bois et passer toute la nuit, auprès d'elle, sous l'abri d'une cabane de bûcheron, sans se laisser emporter à la saisir dans ses bras. A la pensée qu'il pouvait la perdre, qu'elle procurerait à un autre les joies morales qu'il goûtait, il aurait été pris d'un violent désespoir. Elle lui était maintenant indispensable pour vivre, et pourtant il n'aurait pas fait tout au monde pour la posséder. En elle, il y avait une majesté virginale qui le troublait. Il la regardait un peu comme une déesse avec laquelle les mortels n'avaient pas le droit de s'émanciper. Son amour était mélangé de respect. Et ce respect, qu'il n'avait jamais encore éprouvé en face d'une femme jeune et jolie, arrêtait les aveux sur ses lèvres.

Il était cependant impossible d'être plus simple, plus gaie, plus avenante que se montrait Mlle de Graville. Sa hauteur, qui n'était que de la sauvagerie, avait disparu. Elle traitait Louis comme un frère, comme un camarade, avec un peu de déférence, née de la gratitude de cette âme délicate pour le fils de celle qui l'avait mise hors de peine. Elle avait pour lui une profonde tendresse, faite des rêves d'autrefois et de la réalité d'aujourd'hui. C'était toujours, pour elle, le jeune homme frêle et pâle qui traversait la cour de l'hôtel, en deuil de son père, et qu'elle suivait avec des yeux si pleins d'affectueuse pitié. Il avait le même pas nonchalant, la même tournure gracieuse et un peu féminisée, le même regard doux. Il n'était pas changé, quoiqu'il ne fût plus triste. Elle le retrouvait tel qu'elle l'avait deviné : faible au moral, prompt à se laisser dominer, mais capable de toutes les violences quand il se sentait un appui. Homme resté enfant et qui avait besoin d'être guidé dans la vie pour n'être pas la proie des sots et des méchants.

Elle connaissait, maintenant, pour en avoir, à satiété, entendu parler autour d'elle, l'importance des forces industrielles placées dans cette main débile, et elle voyait, avec impatience, qu'elles restaient à l'abandon. Comprenait-on le fils d'un grand industriel qui laissait la direction de ses usines à des étrangers et qui vivait dans la mollesse, au lieu de mettre en mouvement lui-même tous les ressorts de l'immense machine ? Oh ! si elle avait été homme, et si la charge d'une pareille œuvre à conduire lui était échue, avec quelle passion elle y aurait consacré toutes les ressources de son intelligence ! Quelquefois elle parlait ainsi, devant lui, avec ménagement, pour ne pas le blesser par l'expression complète de sa pensée, qui contenait un blâme sérieux. Mais elle essayait de le piquer, de le pousser, pour voir s'il aurait un accès d'enthousiasme. Elle disait :

— La première vertu d'un homme, c'est le travail... Qu'est-ce qu'un homme qui ne fait rien ?

Il répondait en souriant :

— Un homme qui ne fait rien, c'est un homme qui jouit de la vie, qui court dans les bois, qui se repose à l'ombre et qui, toute la soirée, cause avec vous, mademoiselle Hélène : c'est un homme heureux.

— Mais est-ce un homme utile ?

— Utile à lui-même, et grandement.

— Est-ce suffisant ?

— Cela dépend des goûts.

— Mais enfin, si vous étiez pauvre, monsieur Hérault ?

— Je ferais comme les autres, je m'arrangerais pour ne plus l'être ; mais, très heureusement, mon grand-père et mon père s'en sont occupés avant moi.

— Et le grand patrimoine qu'ils vous ont légué, vous le laissez aller à l'abandon ?... Toute fortune qui n'augmente pas diminue, comme le disait si bien M. Lereboulley, l'autre jour. Voulez-vous donc finir par vous ruiner ?

— J'en aurai toujours assez et assez longtemps pour moi... Ah ! si j'avais des héritiers, si je devenais, à mon tour, chef de famille, peut-être changerais-je d'idées... Mais pour qui voulez-vous que je me

préoccupe? Je n'ai pas le goût du travail pour le travail... Se donner
de la peine pour un être cher, pour une femme, pour un enfant, cela
se conçoit; mais le faire uniquement par amour de l'agitation, par
désir du gain, non, je ne m'y sens pas porté.

Émilie alors, avec son ironique sourire, terminait la discussion :

— Petit Hérault, tu n'es qu'un décadent du grand Hérault et du
moyen Hérault. Tu finiras fatalement sur la paille, mon bel ami, à
moins qu'une main énergique ne te soutienne. D'ailleurs, au fond,
n'est-il pas profondément moral que le gros tas d'or que tu possèdes,
et que tu n'as pas gagné toi-même, retourne à la masse de tous ceux
qui peinent et se démènent dans des labeurs quotidiens? Ne t'effarou-
che pas et ne lève point les bras en l'air, en m'accusant d'être socia-
liste... Il est prouvé que, dans le temps où nous vivons, les fortunes
ne durent pas pendant plus de trois générations. Le père la gagne, le
fils la conserve et le petit-fils la croque... Tu es le petit-fils, Louis
Hérault-Gandon, et tu as de bonnes dents, tu l'as déjà prouvé en
mangeant tout ce que t'avait laissé ta mère... Le reste y passera, à
moins qu'on ne te mette une fameuse muselière!

— Merci. Il ne te faut rien pour la peine?

— C'est gratis, mon enfant. Profites-en, si tu peux. Mais ce n'est
pas probable.

Quelquefois, Louis, poussé à bout par les arguments des deux
femmes, disait, en affectant un air sérieux :

— C'est bien : pour vous donner satisfaction, je vais rentrer à Paris
et aller à l'usine.

Ce à quoi Émilie répondait :

— Ne fais donc pas ça. Tu auras chaud en chemin de fer, tu iras
au cercle ce soir, tu perdras un millier de louis au baccara et tu seras
revenu ici demain pour dîner... Alors, à quoi bon te mettre en
route!...

Louis riait et on partait pour la promenade. Mais Hélène n'était
point satisfaite; elle trouvait qu'Émilie ne prenait pas Hérault assez
au sérieux. Cette affectation de le traiter toujours comme un grand
enfant sans courage la froissait. Il semblait qu'on lui faisait un

DES LARMES LUI MONTÈRENT AUX YEUX, ET IL TOMBA SUR UN BANC
DE MARBRE (PAGE 456)

affront à elle-même en doutant des facultés du fils de sa bienfaitrice. Elle en parla à Mme Hérault, qui lui donna raison. Elle aussi, la vieille mère, elle désirait voir l'héritier du nom faire enfin œuvre d'homme et prouver que, dans ses veines, coulait le sang vigoureux de sa race.

Elle avait toujours espéré qu'après avoir jeté au courant de la vie le trop-plein de sa jeunesse, Louis deviendrait raisonnable. La rapide métamorphose qui s'était opérée en lui depuis quelques semaines annonçait l'évolution finale. Il était en train de se ranger, c'était évident. Mais il ne fallait pas lui en demander trop tout d'un coup. Il avait pris goût à la vie de famille. Lui, qui autrefois, pendant des mois entiers, courait les villes d'eaux, l'été à Trouville, l'hiver à Monaco, jouant, soupant, faisant une fête perpétuelle, et pouvant être rencontré partout, excepté dans sa propre maison, il ne bougeait plus, et en paraissait bien aise. Il y avait là un tel progrès qu'on ne devait pas essayer d'obtenir davantage, de crainte de tout perdre.

— Ma chère fille, voyez-vous, disait Mme Hérault, ici nous le tenons ; mais, s'il était à Paris, il suffirait d'une mauvaise inspiration pour qu'il commît encore quelque sottise. Ne l'envoyons pas à Paris, où il y a des amis qui, au cercle, vous gagnent votre argent, sans parler de beaucoup d'autres mauvaises connaissances... Gardons-le ici, c'est le salut pour lui : tant que nous l'aurons entre nous deux, il sera à l'abri de tout danger.

La vieille Mme Hérault soupirait et regardait la jeune fille, n'osant pas compléter sa pensée. Mais, au fond d'elle-même, elle faisait des vœux pour que son petit-fils se décidât à épouser Hélène. Qu'importait qu'elle fût sans fortune? Sa ferme raison et l'influence sans cesse grandissante qu'elle avait sur Louis valaient plus qu'une dot. C'étaient des biens inaliénables et qui auraient la sécurité et le bonheur pour intérêts. Et puis, donner à Mlle de Graville une part de la fortune de la maison Hérault, c'était acquitter la dette contractée soixante ans plus tôt et rendre à la descendante le bienfait des aïeux. Cette pensée la hantait. Mais elle ne s'en ouvrait ni à son petit-fils, dont elle avait peur de changer les bonnes dispositions, ni à Hélène, dont elle craignait d'éveiller les susceptibilités. Elle s'en rapportait, pour obtenir le

résultat rêvé, à la camaraderie de la campagne, à l'intimité des courses dans les bois, à cette ivresse de vivre, faite du clair soleil, de l'air
pur et du parfum des fleurs.

En attendant, pour ne point faire de Boissise une thébaïde, on
recevait, et, Lereboulley aidant, l'existence était fort gaie. Les châteaux voisins s'étaient mis en frais et la garnison d'Évreux envoyait
ses plus brillants officiers. Des réunions s'organisaient toutes les
semaines, et ce n'étaient que garden-parties, dans lesquelles les
courses sur l'eau, la pêche, le tir au pigeon, le lawn-tennis et la
danse se partageaient les faveurs des invités.

Le mois d'août arriva ainsi, et, l'anniversaire de la naissance de
Mme Hérault tombant le 10, Louis décida de donner une grande fête.
On fit des invitations à Paris même, et le château se remplit, pour la
première fois de la saison. On se serait cru revenu au beau temps de
Pierre Hérault, quand il y avait à Boissise des hôtes par séries, de
semaine en semaine, comme dans une demeure royale. Le programme
de la journée et de la soirée avait été réglé par Louis et Émilie : feu
d'artifice, dont les charpentes se dressaient depuis la veille, et bal
champêtre, dont la tente de toile emplissait le grand rond-point du
parc. Sur les lacs, des bateaux chargés de lanternes vénitiennes
devaient porter des orchestres et répandre dans la nuit de joyeuses
harmonies. Un dîner dans la grande salle à manger du château réunissait quarante convives.

A cinq heures, au milieu de la plus grande animation de tous ces
jeunes gens et de toutes ces jeunes filles, Lereboulley, qui ne perdait
jamais une occasion de consolider son influence auprès des maris en
faisant la cour aux femmes, se présenta, vêtu d'un pantalon gris, d'un
gilet blanc et d'un habit bleu, qui, suivant l'expression d'Émilie, avait
un petit air à la fois badin et digne, au milieu des habits rouges de la
jeunesse. Après les premiers compliments et les saluts obligés, il traversa la pelouse sur laquelle une partie de paume était engagée entre
quelques amateurs de mérite, et, se fixant dans le groupe au centre
duquel étaient Mme Hérault et Hélène, il dit :

— Peut-être allez-vous me trouver indiscret, mais je vous ai invité

un convive sur lequel vous ne comptiez pas... S'il n'y a pas de place
pour lui à dîner, on le mettra à une petite table avec Émilie...

— Qui est-ce donc ? demanda la grand'mère, un peu étonnée
qu'on pût en user si familièrement avec le nouveau venu.

— C'est Thauziat, répondit le sénateur.

Il y eut dans le groupe un silence plein de trouble. Tous ceux qui le
composaient échangèrent des regards où les sentiments éprouvés se
trouvaient clairement exprimés. Il y eut là, pendant une seconde,
entre Louis, Émilie et Hélène, un si complet accord, qu'ils n'auraient
pas été plus renseignés s'ils s'étaient confiés ce qui se passait, depuis
deux mois, dans leur âme. L'arrivée de Clément, si imprévue, était,
pour chacun d'eux, un motif d'angoisse. Louis frémissait à l'idée que
son ami revenait, sans doute, pour Hélène. Émilie, avec amertume,
pensait que Thauziat préparait quelque tentative suprême qui devait
lui assurer le cœur de Mlle de Graville. Hélène voyait, dans l'apparition du sombre visage, une menace pour la sécurité de Louis et pour
son bonheur à elle. Lereboulley, lui, avait continué son explication :

— Il est arrivé tantôt par l'express. Il a pris un locatis à Évreux et
a fait son entrée dans mon cabinet comme je me disposais à partir.
Je voulais l'amener tout de go. Il n'a jamais voulu y consentir, prétendant que ce serait indiscret... Comme s'il n'était pas l'enfant de la
maison ici, aussi bien que chez moi !... Bref, il est entendu avec ce
cérémonieux garçon que, si on veut de lui, je lui renverrai ma
voiture ; sinon, il dînera tout seul et viendra nous retrouver ce soir.

— Vite, renvoyez-lui la voiture, dit Mme Hérault. On se serrera un
peu, mais il faut qu'il soit des nôtres.

Louis se tourna vers Hélène et, un peu pâle, attacha sur elle ses
yeux suppliants. Jamais il ne lui avait montré si pleinement qu'il l'aimait. Une joie profonde envahit le cœur de la jeune fille. Elle osa lui
sourire, tête haute, le regard fixe, comme pour lui dire : « Ne craignez rien, je suis à vous, rien qu'à vous, et tous les don Juan de la terre
ne pourront pas vous dérober votre bien. » Il baissa le front avec
tristesse. Il connaissait Clément et il avait peur. Hélène eut pitié de
son angoisse et, s'adressant à Émilie :

— Venez-vous faire un tour, avec nous, du côté de la salle de danse ?... Il serait bon de voir si tout a été disposé, dans la décoration, comme vous l'avez prescrit.

Elle prit le bras de Louis, sans attendre qu'il le lui offrît, et tous les trois, ainsi qu'ils en avaient l'habitude depuis leur intimité, ils suivirent les noires allées du parc, se recueillant dans le souvenir délicieux des jours sans nuages, afin de prendre des forces pour affronter la tempête. Ils entendaient les cris joyeux des joueurs, et la profondeur muette des taillis frais et parfumés leur paraissait délicieuse. Ils n'allèrent même pas jusqu'à la tente du bal, sachant bien que la proposition d'Hélène n'était qu'un prétexte, et, sans parler, à petits pas, ils revinrent, quand il ne leur fut plus possible de rester loin de la fête.

Le soir tombait et les salons du château étaient éclairés. Ils gravirent le perron, entrèrent, et, debout, devant la cheminée, causant avec Mme Hérault, la première personne, la seule qu'ils découvrirent, ce fut celui dont ils redoutaient tant la présence. Il avait maigri, de sorte qu'il paraissait de plus haute taille encore. Sa belle figure s'était creusée et, sur les tempes, dans sa noire chevelure, quelques fils d'argent brillaient. En apercevant son ami et les deux jeunes filles, il sourit et ses yeux s'illuminèrent. Il marcha à Louis, la main tendue, et, dans l'étreinte chaude et frémissante qu'il lui donna, il était impossible de ne pas sentir qu'il était loyal.

Peut-être revenait-il pour conquérir Hélène. Mais, en tous cas, il ne tenterait la conquête qu'à visage découvert. Il devait espérer, car il était radieux. Jamais Hélène ne l'avait vu ainsi. Toujours, depuis le premier soir de leur rencontre, elle l'avait connu préoccupé et inquiet. Elle vit apparaître, là, le Thauziat des grands triomphes, celui qui avait une élégance souveraine, un esprit éclatant et une grâce caressante, presque irrésistible. Jusqu'à cette marque blanche dans ses cheveux, aux deux angles du front, qui lui donnait un air de douceur qu'il n'avait jamais eu autrefois et qui, en lui ôtant un peu de son éclat diabolique, le faisait plus humainement beau.

— Je vous trouve un peu changé, dit Émilie, en le regardant avec tristesse ; est-ce que vous avez été malade pendant votre absence ?

— Oui, j'ai eu des préoccupations graves, de sérieux soucis, répondit-il. Mais c'est passé... J'ai pris mon parti.

Ils se regardèrent. Voulait-il faire entendre qu'ayant adoré Hélène il s'était décidé à renoncer à elle ? Ou bien, avec la franchise orgueilleuse qui lui était habituelle, levait-il hardiment son étendard devant tous et déclarait-il qu'il allait combattre ? Il ne s'adressa pas particulièrement à Hélène. Il ne prononça pas, devant elle, une seule parole qui pût éclairer la situation. Il parla de ses chasses en Carinthie. Il décrivit les immenses forêts de pins séculaires, dont les troncs renversés par les ouragans étaient si gros, qu'il fallait des échelles pour les franchir ; ses haltes matinales, au sommet des montagnes, pour attendre l'aurore qui fait chanter le grand coq de bruyère devant ses poules émerveillées. Il conta ses courses sur les pics arides et dans les gorges profondes, à la poursuite du chamois si habile à deviner le danger, et les bonds affolés de la bête percée d'une balle, qui se cramponne de ses pieds tremblants au bord du précipice et finit par rouler, pantelante, au pied du chasseur. Ce raffiné, qui ne trouvait jamais le luxe parisien assez délicat, avouait avoir passé avec délices deux semaines entières dans une cabane couverte de branchages, couchant sur un lit de fougères, au sommet de l'Arlberg, n'ayant pour compagnons que de rudes paysans, qui lui servaient de rabatteurs, et pour nourriture que le gibier qu'il tuait. Dans ces bois déserts et dans ces rochers presque infranchissables, il était arrivé à perdre presque le sentiment de sa personnalité. Il revenait à la nature et tous ses tourments avaient cessé.

Il eut, pour traduire ses impressions, une verve de poète et tint ses auditeurs sous le charme. Tout avait disparu autour de lui et, seul, il restait en évidence. Il avait absorbé tous ceux qui étaient présents, comme le soleil, en apparaissant, pompe les nuages, les dissipe et monte éclatant dans le ciel devenu vide.

Pendant une heure, il n'y eut pas là un seul homme qui ne fût jaloux de lui et pas une femme qui ne rendît hommage à son incontestable supériorité. Il fut ce qu'il voulait être : dominateur. Il donna à celle pour qui il avait développé toutes les forces de son esprit l'irrécusable preuve de son prestige et la mesure de sa puissance. Désirant être aimé, il démontra qu'il était digne de l'être. Mais tout ce déploiement était-il nécessaire? Et, dans son cœur, une femme ne trouve-t-elle pas des arguments inattendus qui triomphent des meilleurs raisonnements de l'esprit?

— Mon cher Clément, vous êtes unique, dit Mme Hérault, pleine de ravissement, sans se douter, la candide vieille, qu'elle tirait à boulets rouges sur ses propres troupes.

Et elle l'accabla de compliments et de gracieusetés, jusqu'au moment où le maître d'hôtel annonça que le dîner était servi. Le repas fut long et maussade. L'immensité de la table rendait une conversation générale difficile. Louis avait la femme du préfet à sa droite et une vieille douairière des environs à sa gauche. Il fit des frais, mais avec effort. Son attention se partageait entre Hélène, qui était à côté de Lereboulley, et Thauziat, qui avait Émilie pour voisine. Les forces étant ainsi divisées, toute bataille devenait impossible. Et si un engagement avait lieu, ce devait être sur un terrain plus propice. L'instant où on se leva fut un soulagement pour tous. Il faisait une chaleur insupportable dans les appartements, tandis que, sur la terrasse, on jouissait d'une fraîcheur délicieuse; aussi, en peu de minutes, les salons furent vides et tout le monde se répandit au dehors. Les invités arrivèrent pour la soirée, et Louis, au supplice, fut obligé de rester auprès de sa grand'mère, afin de les recevoir.

Il sentait que, dans cette ombre qui entourait la terrasse, les parterres et le parc, Thauziat retrouvait sa complète liberté d'action, qu'il pouvait s'approcher, parler, et que ce ne serait pas Émilie qui saurait opposer, par sa présence, un obstacle suffisant à cet aventureux. Il l'avait vu à l'œuvre. Il connaissait ces surprises qui, en une heure, faisaient tomber dans ses bras les femmes aveuglées par un vertige inexplicable. Et il pâlissait d'impatience, fouillant la nuit du regard, prêtant l'oreille aux bruits du dehors, n'apercevant que le ciel rougi par les illuminations, n'entendant que les éclats des fanfares e les rires joyeux de la foule rassemblée. Où étaient-ils? Que faisaient-ils ? Au bout d'une heure, il n'y put tenir davantage et, entraînant Mme Hérault, il descendit.

Les premières fusées du feu d'artifice jetaient leurs traînées de flammes. Par moments, de grandes lueurs succédaient à l'obscurité et les groupes étaient éclairés comme en plein jour. D'un coup d'œil, Louis parcourut toute la terrasse : il ne vit ni Hélène, ni Émilie, ni Thauziat. Et, le cœur serré, il resta immobile, n'osant pas aller à leur recherche, avec la certitude que, pendant ces instants d'horrible torture, son sort se décidait. Une main, en se posant sur son épaule, l'arracha à son affreuse inertie. Il se retourna : Émilie était devant lui, pâle et grave. Il ouvrait la bouche pour lui crier : « Où sont-ils ? » Mais elle parut avoir deviné son angoisse, car, tendant le bras dans la direction de la pièce d'eau, elle lui dit :

— Ils sont là.

Il distingua, parmi beaucoup de formes confuses, la haute taille de Clément, et, auprès de lui, la robe blanche d'Hélène. Ils étaient appuyés à la balustrade de pierre.

— Pourquoi n'es-tu pas restée auprès d'eux ? demanda Louis.

Émilie eut un triste sourire :

— Parce que je les aurais gênés, comme tu les gênerais toi-même. Ils causent, laissons-les causer.

Une douleur brûla la poitrine de Louis, des larmes lui montèrent aux yeux et il tomba sur un banc de marbre.

— Faut-il donc renoncer à toute espérance, murmura-t-il, et vais-je la perdre ?

— Qui peut se vanter de connaître le secret d'une femme ? dit Émilie en s'asseyant auprès de lui. Hélène est de celles qui ne disent leur pensée que quand elles ont décidé de la dire et qui ne font que ce qu'elles veulent. Fatalement, Thauziat devait l'aimer : c'est une nature identique à la sienne. Jamais, s'il l'épouse, le hasard n'aura aussi exactement rapproché deux moitiés dans cette unité qui s'appelle le mariage.

Louis serra les poings et, relevant la tête avec colère :

— Ta philosophie m'exaspère !...

EST-CE DONC CE QUE VOUS A DIT MONSIEUR DE THAUZIAT, QUI VOUS
TROUBLE A CE POINT ? (PAGE 461)

J'ai envie de me lever et d'aller insulter Clément, le frapper...

— De quel droit? As-tu la prétention d'empêcher Hélène de l'aimer?

— J'ai la prétention d'essayer de le tuer, si elle me le préfère!...

— S'il fallait verser le sang chaque fois que le cœur éprouve un mécompte, dit Émilie doucement, j'en aurais donc fait couler un fleuve, moi qui n'ai jamais été qu'un objet de risée ou de mépris.

— Mais que veux-tu que je fasse?

— Rien. Tu n'es pas de ceux qui forcent la destinée, mais de ceux qui la subissent. Tu as eu, depuis un mois, vingt fois l'occasion de dire à Hélène que tu l'aimais. Tu t'es laissé aller à la douceur d'aimer et cela t'a suffi. Il a fallu qu'un rival parût pour te faire apprécier le bien que tu négligeais. Et, maintenant, tu cries, tu menaces. Pourquoi?... Mlle de Graville est libre. Elle peut choisir. Tu n'as pas la folie de penser que le peu qu'elle vous doit l'engage? Elle a fait pour vous, par sa présence dans votre maison, plus que vous n'avez fait pour elle en la tirant de sa pauvreté... Si tu te jetais entre elle et Thauziat, à quel titre serait-ce? Es-tu son frère ou son fiancé?

— Tu en parles facilement, dit Louis avec colère; si tu aimais...

— Moi? s'écria Emilie, dont le regard brûlant éblouit son ami. Moi!

Elle éclata d'un rire cruel qui découvrit ses dents aiguës.

— Tu as raison. Je n'aime pas!... Je suis condamnée à n'avoir que de l'amitié et point d'amour... Mais, mes amis, je les chéris tendrement et, autant que je puis, intelligemment... Je te le prouve, en te retenant ici, à mes côtés... A présent, veux-tu un conseil, un bon? Ne te mêle point de ce qui se passe : tu ne peux qu'y gagner. Laisse agir les autres, reste impassible... Il y a des heures où la plus grande des habiletés, c'est de ne rien faire... Et puis, avec ta nature, si Hélène aime Clément, tu te consoleras.

— Jamais!

— Tes jamais et tes toujours, je les connais : ils durent une semaine. Va, ne proteste pas ; ce sont les gens heureux qui oublient. Je ne plains que ceux qui se souviennent.

Louis ne l'entendait plus, il s'était élancé en avant. Elle le suivit.
L'entretien d'Hélène et de Thauziat prenait fin.

La jeune fille avait fait à Clément un signe de tête; puis, à pas lents, elle était revenue vers la terrasse. Lui, très respectueusement, l'accompagnait. En approchant, Émilie et Louis s'aperçurent qu'il souriait. Hélène était sérieuse.

— Il y avait longtemps que vous n'aviez vu Mlle de Graville, dit Émilie à Clément, vous aviez beaucoup de choses à lui dire : il y a une heure que vous causez ensemble...

— Une heure? répéta-t-il, en regardant Hélène ; je ne l'aurais pas cru.

— Il paraît que ce que vous disiez était intéressant! interrompit Louis en pâlissant, tant sa contrainte était douloureuse.

— Très intéressant, dit Hélène avec un calme qui terrifia Hérault, car il y vit un arrêt de mort pour son amour. M. de Thauziat me parlait de mon pays et de quelques personnes que j'ai connues autrefois. Il m'a demandé des renseignements, que je serai en mesure de lui donner, j'espère.

— Demain ? fit Clément.

— Demain, affirma Mlle de Graville.

Ils échangèrent un regard qui fit bouillonner le sang dans les veines de Louis. Il eut la perception nette qu'on le trompait et que les paroles échangées devant lui avaient un double sens. Il se contint, tremblant, les tempes serrées, les lèvres sèches, espérant qu'un mot lui donnerait l'occasion d'éclater, de répandre sa rage comme un torrent. Ce mot ne fut pas prononcé. Lereboulley s'approchait avec Mme Hérault. Le moment était venu d'aller faire un tour dans le bal champêtre. La grand'mère prit le bras d'Hélène, sur qui elle aimait à s'appuyer, et chacun suivit à sa fantaisie.

De la terrasse au rond-point, la grande allée du parc était éclairée, comme en plein jour, par des cordons de gaz. Les oiseaux, tenus éveillés par la lumière, voletaient, effrayés, dans les branches. Et, à la surface des lacs, des carpes énormes, croyant voir le jour, suivaient les bateaux étincelants de lumière. Dans la partie du parc livrée au public, les gens du village, mêlés aux gens de la ville, circulaient, s'arrêtant aux buffets en plein vent qui avaient été préparés. Des soldats de la garnison étaient venus en permission et jetaient, dans la masse noire de la foule, la note gaie de leurs uniformes.

Sous la tente on dansait. Là, deux cents personnes étaient réunies et, au son d'un orchestre juché sur une estrade, les jeunes gens tournoyaient sur le sol uni de la clairière. Ce n'étaient pas des danses paysannes, mais des polkas et des valses, comme à la ville. L'animation était grande ; cependant on sentait que tout ce monde avait la préoccupation de l'effet à produire. Chacun tenait à être distingué. Le menuisier de Boissise, ayant voulu s'émanciper, mettre bas sa redingote, parce qu'il avait trop chaud, et crier un peu fort, avait été cueilli par le brigadier-garde du château et, dans le parc, on l'entendait encore brailler ses explications. Les demoiselles en robes claires se promenaient par groupes, avec des airs un peu pincés. Tout ce plaisir était guindé, et rien des mœurs franches et libres d'autrefois ne subsistait plus.

Lorsque Mme Hérault parut, suivie de ses amis, une acclamation violente s'éleva. Lereboulley, qui ne pouvait pas voir, dans son département, dix personnes rassemblées sans prendre la parole, débita un petit speech, dans lequel il célébrait grandement la famille Hérault. Puis il fit, avec modération, l'éloge du gouvernement dont il était un des principaux soutiens et trouva moyen de terminer par le mot : République. L'orchestre partit comme un tonnerre, mais ne joua pas la *Marseillaise*, le brigadier-garde de Mme Hérault, ancien sergent de l'armée de Metz, ayant d'avance prévenu le chef que, s'il se servait de ses instruments pour faire de la politique, il aurait l'avantage de le coiffer de la grosse caisse. Mme Hérault resta à regarder les ébats de ceux à qui elle avait préparé tous ces plaisirs ; puis, un peu lasse, elle rentra au château.

Dans le grand salon on se mit alors à danser, comme on dansait sous la tente, mais sans entrain et presque sans plaisir. Ceux qui auraient pu donner essor à la gaieté étaient distraits ou tristes. Pendant deux heures, des couples se formèrent correctement, Hélène valsa

deux ou trois fois, comme pour s'acquitter d'une tâche, mais ni avec
Thauziat, ni avec Louis. L'un et l'autre se tinrent à l'écart et ne l'invitèrent pas. Elle, visiblement troublée, malgré l'empire qu'elle avait
sur elle-même, demeurait près d'Émilie, qui ne lui parlait que de
choses indifférentes et à de longs intervalles, respectant avec un tact
exquis la préoccupation de son amie.

Vers une heure du matin, les deux jeunes filles sortirent sur le perron. La nuit était admirable. Le ciel, d'un bleu sombre, resplendissait
d'étoiles. La lune, haute à l'horizon, argentait de sa clarté pâle les
futaies du parc. Les lacs étaient redevenus silencieux et déserts. Dans
l'épaisseur des quinconces, l'orchestre du bal résonnait, lointain. Une
sérénité profonde s'étendait sur les choses, et le calme de la nature
formait avec l'agitation des êtres un contraste imposant. Tout s'absorbait dans l'immensité majestueuse de l'espace. L'illumination pâlissait
et la fanfare se faisait murmure. Un air doux, léger et transparent enveloppait de bien-être ; les yeux se perdaient dans la contemplation
et l'âme dans la rêverie. Hélène et Émilie restèrent ainsi immobiles
pendant assez longtemps, appuyées à la rampe de fer, regardant et se
taisant. Puis, Mlle de Graville poussa un soupir qui fit lever les yeux à
sa compagne. Mlle Lereboulley vit Hélène pâle et inquiète, elle lui prit
la main et d'une voix douce :

— Est-ce donc ce que vous a dit M. de Thauziat qui vous trouble
à ce point ?

— Oui, répondit-elle simplement.

— Il vous a déclaré qu'il vous aimait ?

— Il m'a demandé si je voulais être sa femme.

Un silence se fit. Le cœur d'Émilie battait si fort qu'il lui sembla
qu'il allait sauter hors de sa poitrine. Il était donc arrivé ce moment
terrible où tout son courage, toute sa vertu, devaient être mis à
l'épreuve. Elle se sentait moralement très calme, très maîtresse de sa
raison. Sa souffrance n'était pas aussi vive qu'elle avait pu le craindre.
Une soif de dévouement, une ardeur de martyre, la transportaient et
lui rendaient supportable cette torture d'entendre dire que celui
qu'elle adorait en aimait une autre, et de la bouche de cette autre

même. Sa chair se révoltait, mais son esprit, se dégageant des liens matériels, planait, pur et fier, au-dessus des angoisses humaines. Elle eut un mouvement d'orgueil en se découvrant si noble et si grande. Ce fut la jouissance suprême de cette âme, la revanche sublime de sa disgrâce et de son infériorité.

— Louis aussi vous aime, reprit-elle. Il ne vous l'a jamais dit, mais il faut que vous le sachiez.

— Je le sais.

— Est-ce donc là ce qui fait votre agitation et votre souci?

— C'est la première fois de ma vie, déjà pleine, pourtant, d'événements douloureux, que j'ai à prendre une résolution aussi grave. Je me suis défendue contre l'abattement et le désespoir, j'ai lutté contre la misère et les tentations mauvaises, j'ai eu du courage et de la décision. Mais il ne s'agissait que de moi. Ma résolution n'engageait pas l'avenir, elle ne risquait pas de compromettre le bonheur des autres. Tant qu'on n'a à répondre que de soi et pour soi, on est forte. Aussitôt qu'une responsabilité morale pèse sur vous, on se sent moins sûre de la voie à suivre. On s'y engage avec moins de hardiesse. J'ai écouté ce soir, pendant une heure, M. de Thauziat, et depuis deux mois je vois M. Hérault, sans que j'aie rien fait pour l'encourager, s'occuper de moi, de jour en jour plus attentionné. Bien des têtes seraient tournées par un tel triomphe : être aimée de ces deux hommes ! Bien des femmes éprouveraient de la joie. Moi, je n'éprouve que de la tristesse. La réponse que je donnerai sera, pour l'un ou pour l'autre, une cause d'amertume et de chagrin. Et je me demande si je ne ferais pas mieux de quitter cette maison, où je n'aurai apporté que le trouble.

— Si vous partiez, qu'y aurait-il de changé? Croyez-vous que Thauziat et Louis ne sauraient pas vous rejoindre? Voulez-vous ne pas vous marier? Alors, tout est dit, et, au lieu d'un seul malheureux, il y en aura deux. Mais, si vous n'êtes pas vouée au célibat, alors il faut choisir : accepter Thauziat qui se présente, ou laisser Louis se déclarer.

Émilie avait jeté ces derniers mots rapides et brefs, comme s'ils lui eussent brûlé les lèvres. Elle passa la main sur son front, puis de sa voix gouailleuse :

— Voyons, ma petite, est-ce que vous tenez à coiffer sainte Catherine ?

— Je n'avais jamais pensé à me marier dans l'humble condition où j'étais, mais rien ne m'éloigne du mariage.

— Alors ?

— Ce n'est pas par hasard que je vous ai parlé comme je l'ai fait. M. Hérault n'a rien de secret pour vous, je viens d'en avoir la preuve, et vous connaissez très bien M. de Thauziat, qui est étroitement lié avec votre père. Vous m'avez témoigné de la sympathie et je crois que vous avez de l'affection pour moi. Eh bien ! rendez-moi un immense service : dans l'obscurité où je me trouve, éclairez-moi de votre raison. Donnez-moi un conseil.

— Ah ! ah ! ricana Émilie, c'est là ce que vous attendez de moi ?... De vos deux bergers, vous voulez que je vous dise auquel il faut donner la pomme... Ah! ah! C'est l'envers du jugement de Pâris ! Et c'est moi, n'est-ce pas, qui suis Vénus ? Ma parole, l'idée est charmante ! Louis ou Thauziat ? Thauziat ou Louis ? A quoi bon choisir ? Ne préférez-vous pas que nous tirions à pile ou face ?

Son rire, devenu presque convulsif, s'éteignit dans un sanglot.

— Mon Dieu ! Qu'avez-vous donc ? s'écria Mlle de Graville effrayée, en saisissant Émilie par les épaules, car il lui sembla qu'elle allait s'évanouir.

— Rien ! Laissez-moi ! répondit la jeune fille, en repoussant sa compagne. Je suis stupide. Ne me parlez pas. Dans un instant, ce sera passé.

Elle prit vivement son mouchoir et se cacha la figure, afin qu'Hélène, stupéfaite et glacée, ne vît pas couler ses larmes. Elle pleura follement, s'attachant à la rampe de fer pour ne pas tomber ; puis, au bout de quelques minutes, avec un geste d'orgueil, s'essuyant les yeux, elle tourna vers son amie son visage pâle, mais rasséréné :

— Vous avez bien fait de vous adresser à moi. De personne vous n'auriez obtenu un conseil plus loyal et plus désintéressé. Vous connaissez parfaitement Louis, auprès duquel vous vivez dans une intimité constante. Avec lui, point de dessous : c'est un être tout en surface. Il est doux, mais faible. Incapable de faire sciemment du mal à quelqu'un, il peut rendre une femme très malheureuse par entraînement. N'ayant point de fermeté dans le caractère, il ne saura pas revenir sur une résolution mauvaise. S'il est soumis à une influence heureuse, il sera facilement très bon. Si l'influence à laquelle il cédera est pernicieuse, on doit attendre de lui les actes les plus dangereux pour les autres et pour lui-même. C'est un véritable enfant, qu'il faudra conduire et qui, peut-être, ne se laissera pas faire. L'autre... que vous connaissez moins, car sa nature est compliquée et profonde, est tout l'opposé de Louis. Appuyée à son bras, une femme sera sûre de traverser l'existence sans périls et sans chagrins. Toute son énergie morale et physique, il la mettra en œuvre pour faire à celle qu'il a choisie une destinée heureuse et brillante. Quand il aura dit : « Je vous aime » et aura donné sa foi et son nom, il sera fidèle et dévoué jusqu'à la mort. Celui-là est un homme. Il parviendra aussi haut qu'il lui plaira.

Pour un esprit comme le sien, dans notre société abâtardie et débile, il n'est point d'obstacle. Tout ce qui s'opposera à lui, il le renversera. Il a atteint, jusqu'ici, tout but qu'il avait marqué. Et je crois qu'il a tous les pouvoirs, hormis, hélas ! celui de vous contraindre à l'aimer. Mais, comprenez-moi bien ; ayant le choix entre Thauziat et Louis, n'hésitez pas, ne commettez pas la folie d'hésiter. Aveuglément, les yeux fermés, rien que parce que je vous dis de le faire, tendez la main à Thauziat. Avec lui, votre destinée sera grande, sera heureuse, sera enviée. Il vous aime : ne soyez pas assez insensée pour le repousser. L'amour d'un tel homme, voyez-vous, c'est le rêve de toute âme. Vous avez su le mériter, il vous est offert, acceptez-le et faites-en la joie de votre existence entière.

Elle s'était animée en parlant, une rougeur montait à ses joues et une flamme brillait dans ses yeux. Hélène l'avait écoutée, immobile, pesant toutes ses paroles. Lorsqu'Émilie lui montra Louis, faible et désarmé comme un enfant, un mélancolique sourire passa sur ses

UNE VOITURE ENTRA DANS LA COUR D'HONNEUR (PAGE 171)

lèvres. Lorsqu'elle lui dépeignit Thauziat puissant et superbe, elle pencha son front assombri.

— Merci, dit-elle, je n'oublierai jamais la preuve d'amitié que vous venez de me donner.

Émilie, sans dire un mot de plus, adressa à Mlle de Graville un signe de tête et rentra dans le salon. Elle fit ses adieux à Mme Hérault, serra la main de Louis et, prenant le bras de son père, elle s'éloigna. Depuis une heure, M. de Thauziat était parti. Lorsque M. et Mlle Lereboulley eurent quitté Boissise, la fête languit et, presque en même temps, tous les invités prirent congé. Pendant que Louis veillait au départ, la grand'mère resta dans le salon avec Hélène.

— Eh bien ! ma chère, dit-elle avec un air joyeux, voilà une belle fête !... Tout a admirablement réussi et je n'ai rien eu à souhaiter, grâce à vous.

— Vous ne souhaitez vraiment rien, madame? demanda Hélène.

— Rien, ma chère enfant, que la continuation du présent. Je suis très vieille et la vie n'a plus de promesses pour moi. Je ne dois donc pas compter avec l'avenir. Aussi, tout ce que je demande, c'est que ce qui est soit encore... Que je ne devienne pas trop ennuyeuse, pour ne point vous détourner de me tenir compagnie, et enfin qu'au moment où il faudra que je cesse de vivre vous soyez là, Louis et vous, près de moi, pour me fermer les yeux.

— Pourquoi finir cette heureuse journée par des pensées tristes? dit Hélène.

— Il dépend de vous qu'elles soient gaies, ma chère enfant, dit la grand'mère. J'exprime un désir : contentez-le. Depuis que vous êtes auprès de moi, tous mes soucis ont disparu et je n'ai éprouvé que des satisfactions. Je crois bien que c'est à vous, en grande partie, que je le dois, et c'est si bon, à mon âge, d'avoir de la tranquillité dans l'esprit et de la sécurité dans le cœur... Promettez-moi que vous me traiterez comme une véritable grand'mère et que vous ne m'abandonnerez jamais?

Elle l'avait attirée à elle et la serrait dans ses bras. Hélène vit des larmes couler sur les joues ridées de la vieille femme et son cœur se gonfla. Elle se rappela l'arrivée de Mme Hérault dans sa mansarde, elle se représenta, en une seconde, toutes les preuves d'affectueuse bonté qu'elle avait reçues d'elle, et, se laissant aller presque à genoux :

— Vous aurez en moi une fille, dit-elle gravement; je vous le promets.

Elle sentit les lèvres de la grand'mère se poser sur son front. Elle l'entendit murmurer :

— Ah! si vous vouliez, chère petite...

Elle se releva vivement pour l'empêcher de continuer sa confidence, et Louis, en rentrant, la trouva debout et comme indifférente.

— Tout le monde est parti? demanda-t-elle.

— Tout le monde.

— Alors, il faut aller dormir : Mme Hérault doit être fatiguée.

Et, brusquant le bonsoir, pour se soustraire aux questions de Louis, dont elle devinait la dévorante curiosité, conduisant la grand'mère, elle sortit du salon. Vainement le jeune homme suivit-il Mme Hérault dans sa chambre, espérant prolonger la veille et rencontrer une occasion d'ouvrir son cœur. Mlle de Graville, impassible, éluda, avec une habileté singulière, tous les sujets de conversation inquiétants. Alors, maudissant l'atroce insensibilité des femmes, car Hélène ne pouvait pas, selon lui, ne pas comprendre ses angoisses, maudissant sa propre nonchalance et sa personnelle sottise, il rentra chez lui, au comble du désespoir, et passa une nuit affreuse, rongé par l'inquiétude et brûlé par la fièvre.

De son côté, Mlle de Graville ne prenait pas beaucoup plus de repos. Au lieu de s'endormir paisiblement, comme elle faisait chaque soir, elle resta, les yeux ouverts dans l'obscurité, à ressasser les événements de cette journée. Lasse et énervée, elle aurait voulu se retremper dans le sommeil; mais l'orage de ses pensées se déchaînait et, battant son cerveau, la tenait douloureusement éveillée. Elle voyait Clément, penché vers elle et lui parlant de son amour. Peu à peu, le visage sombre s'éclairait et devenait radieux et superbe. Ce n'était plus le Thauziat indifférent et dédaigneux qu'elle connaissait, mais un Thauziat tendre et charmant. Avec quelle éloquence il lui décrivait ses tortures, lorsqu'il s'était enfui loin d'elle, espérant que l'éloignement la lui ferait oublier. Mais, au lieu d'affaiblir sa tendresse, l'isolement l'avait redoublée. Partout il retrouvait Hélène, partout elle lui apparaissait : au bord des torrents, sur la cime des montagnes, dans la profondeur des forêts. Et il avait dû se convaincre qu'il l'avait emportée avec lui, au fond de son cœur, et qu'elle n'en sortirait plus jamais. Il avait compris que sa destinée était de l'aimer sans cesse et, renonçant à lutter, il était revenu se mettre à ses genoux.

En disant cela, il courbait sa haute taille, et, près de la balustrade de pierre, dans l'obscurité rompue d'instants en instants par les embrasements de la fête, elle distinguait sa noble figure, animée par la passion. Il était sincère, son grand orgueil avait plié, il aimait et se faisait une joie de cet amour qui le rendait esclave. Elle ne lui avait pas répondu. Alors, avec une puissance d'expression merveilleuse, il l'avait initiée à ses espérances pour l'avenir, à ses rêves d'ambition et de fortune. Et, brusquement, elle s'était sentie enlevée à des hauteurs vertigineuses. A ce vaste esprit, rien ne semblait inaccessible, il devait toucher tous les sommets et voir le monde à ses pieds. Sollicité par Lereboulley, il consentait à entrer dans la politique et à se présenter aux élections. Avant peu il serait, elle n'en pouvait douter, au premier rang et, à sa grande situation mondaine, il ajouterait le rayonnement du pouvoir. Qui saurait lui résister? Ceux qu'il ne séduirait pas, il les dominerait. Il avait manifestement au front le signe des victorieux. Allait-elle donc, elle aussi, se rendre et lui assurer le triomphe le plus ardemment souhaité?

Les préventions qu'elle avait contre lui s'étaient dissipées. Il lui apparaissait très charmant, et elle comprenait que ce qu'elle avait relevé d'étrange dans ses façons d'agir et de penser venait de la grande originalité de son esprit et de la supériorité de son caractère. Son ton un peu dédaigneux et la hauteur de son attitude s'expliquaient facilement par le peu de cas qu'il devait faire de ceux qui l'entouraient. Son humilité devant elle n'avait alors que plus de prix, et il y avait une délicieuse satisfaction d'amour-propre à voir ce rebelle faire amende honorable et à être la souveraine de cet indompté.

Soudain, le pâle visage de Louis passa devant ses yeux et son cœur se serra. Dans l'enivrement de son triomphe, elle avait oublié le faible et inconsistant jeune homme. Pas un instant, dans son souvenir, il n'était entré en lutte avec Clément, comme si, vaincu d'avance, il se fût résigné à sa défaite. Comment aurait-il pu combattre un tel adversaire? N'était-il pas, auprès de lui, fatalement voué au rôle de satellite? Ne devait-il pas, dans l'orbe étincelant de cet astre superbe, tourner terne et obscur? Là, où Clément offrait de la vigueur, Louis montrait de la faiblesse. D'un côté, tout ce par quoi un être humain prouve son essence supérieure et divine, de l'autre tout ce qui, dans une créature de chair, atteste l'infirmité terrestre. Le contraste était complet et terrifiant pour celle qui avait à choisir. Émilie l'avait dit : un homme et un enfant.

Les paroles de son amie lui revenaient exactes, telles qu'elle les avait prononcées : « N'hésitez pas et tendez la main à Thauziat. » Et cependant, elle n'était pas entraînée à la lui tendre. Pour Louis, si faible, livré à lui-même, une immense pitié naissait dans son cœur. Derrière l'enfant, elle voyait la grand'mère, et elle se demandait si elle allait ainsi les abandonner, tous les deux, à l'heure où ils comptaient éperdument sur son attachement et sa reconnaissance. Lui aussi, il l'aimait, comme Thauziat, d'une façon moins flatteuse, mais peut-être plus douce. Il n'avait pas parlé, il s'était contenté d'aimer. Mais ses regards suppliants avaient eu bien de l'éloquence. Depuis qu'elle avait mis le pied dans l'hôtel Hérault, la conduite de Louis s'était modifiée, comme par enchantement. Il n'avait plus quitté sa grand'mère, dont elle était la compagne. Toujours près d'elle, toujours les regards fixés sur elle, ne semblant vivre que pour elle. N'était-ce pas aussi un triomphe que d'avoir conduit ce mauvais sujet à se ranger et à devenir sage? Il n'avait pas lutté comme Thauziat, lui; il s'était courbé tout de suite sous le joug. Il n'avait pas eu d'hésitation ; il avait, dès le premier jour, dès la première minute, aimé, et n'avait plus pensé qu'à aimer.

Elle se le rappelait en noir, frêle et triste; allait-elle donc lui mettre de nouveau la tristesse dans les yeux et lui faire prendre, celle fois, le deuil de son amour? D'ailleurs, n'était-ce pas pour lui qu'elle était venue à l'hôtel Hérault? Lorsque la grand'mère lui parlait de la gratitude qu'elle devait à la famille de Graville, est-ce qu'elle l'écoutait? Elle ne pensait qu'à ce jeune homme mélancolique et doux, qu'elle avait, à regret, cessé de suivre des yeux derrière sa fenêtre et qu'elle aurait été heureuse de revoir. Ce n'était pas la grand'mère qu'elle était allée retrouver : c'était le petit-fils. Et le soir même, quand il était entré, comme son cœur avait battu ; quel charme pour elle avait eu sa voix quand il avait parlé! Elle avait vécu à ses côtés, avec joie, sans secousse, sans transports, et c'était peut-être cette absence de péripéties troublantes et passionnées qui l'avait empêchée de se rendre compte qu'elle aimait. Elle s'en rendait compte, maintenant, à la pensée qu'il serait malheureux et qu'il pourrait peut-être recommencer sa mauvaise existence. Une angoisse lui serrait le cœur et, dans ses yeux brûlants, des larmes coulaient.

Cependant les paroles d'Émilie bourdonnaient encore à son oreille : « Si vous voulez être heureuse, tendez la main à Thauziat. Louis est faible; si l'influence à laquelle il cédera est pernicieuse, on doit attendre de lui les actes les plus dangereux pour les autres et pour lui...» Mais, au fond d'elle-même, une voix répondait : «L'influence ne sera pas pernicieuse, puisque ce sera la tienne. Tu le conduiras au bonheur par la route du bien. Si tu le veux, ce sera. Ne peut-on pas ce qu'on veut?» Et, dans sa pensée, le mot qui semblait être celui de sa destinée revenait sonore et impérieux, comme chaque fois qu'elle avait eu une grave résolution à prendre : Volonté! volonté! Elle essayait vainement de réfléchir, de discuter avec elle-même, le mot persistant, tenace, implacable, chantait toujours en elle et, ainsi qu'un ordre divin, s'imposait à sa raison.

Dès lors, elle se sentit plus calme, et, comme le jour naissant blanchissait sa fenêtre, elle s'endormit. Fatiguée par sa veille prolongée, elle se leva tard et à dix heures seulement elle entra chez Mme Hérault. La grand'mère était déjà prête et trottait d'un pas léger dans son appartement.

— Vous avez été paresseuse, ma chère, dit-elle, vous avez bien

fait. Vous étiez fatiguée et vous n'avez pas trop bonne mine. Je ne
sais pas ce qu'a Louis : il est parti à pied dans les bois, dès le matin.

Hélène ne répondit pas. Elle savait, de reste, ce qui causait l'agitation du jeune homme. Elle descendit aux serres avec Mme Hérault et, jusqu'à midi, elle écouta, sans les entendre, les discours de
la vieille femme sur la qualité des plantes et sur la façon de les culti-
ver. En tête à tête, elles déjeunèrent ; pour la première fois, depuis
qu'il habitait Boissise, Louis ne parut pas. Mme Hérault, inquiète,
s'informa : on ne l'avait pas vu rentrer. La grand'mère jeta à Hélène
un coup d'œil plein d'interrogation. La jeune fille, très calme, dit :

— Il aura été plus loin qu'il ne voulait et, pris par l'heure, il sera
resté à déjeuner à la faisanderie ou à la ferme.

— C'est possible, fit Mme Hérault, sans beaucoup de conviction.
Depuis deux jours, il était tout troublé ; pourvu qu'il n'ait pas fait
quelque sottise !

— Non, madame, rassurez-vous, il n'est rien arrivé de fâcheux
et tout s'expliquera fort simplement.

Vers quatre heures, les deux femmes travaillaient dans le petit
salon, lorsqu'une voiture entra dans la cour d'honneur et s'arrêta
devant le perron. C'était Émilie qui conduisait, et Thauziat était
assis auprès d'elle. La jeune fille jeta les guides à son valet de pied,
descendu du siège de derrière, et, prenant la main que Clément lui
tendait, elle sauta à terre. Hélène venait à leur rencontre. Les deux
amies s'embrassèrent au haut des marches. Thauziat, lui, ne tendit
pas la main à Mlle de Graville ; il la salua avec une adoration grave
et, lentement, monta jusqu'à elle.

— Vous lui aviez dit : « Demain, » fit tout bas Émilie, en montrant
d'un coup d'œil Clément à son amie. Il n'a même pas voulu attendre
jusqu'à ce soir... Et le voilà, ému et tremblant. C'est, certes, la première fois qu'il éprouve des sensations pareilles... N'êtes-vous pas
fière d'inspirer un tel amour ?

Hélène hocha mélancoliquement la tête et ne répondit pas. Ils
entrèrent au salon tous les trois ; mais, au bout d'un instant, Émilie
ayant habilement emmené Mme Hérault, Mlle de Graville et Thauziat

se trouvèrent seuls. Ils demeurèrent un instant embarrassés, en présence l'un de l'autre. Enfin, Clément fit un effort et, avec un sourire :

— Je suis un créancier peu patient, n'est-ce pas? Mais vous ne devez vous en prendre qu'à vous de mon empressement. J'aurais pu, en m'imposant une plus dure contrainte, ne pas me présenter si tôt et vous laisser plus longtemps la liberté de réfléchir; mais j'ai la volonté d'agir avec une entière franchise et, au risque de montrer quelque faiblesse, de paraître à vos yeux tel que je suis...

Et comme Mlle de Graville ouvrait la bouche pour lui répondre, il l'interrompit d'un geste suppliant :

— Oh! ne parlez pas encore, je vous en prie... En venant, j'avais hâte de connaître votre décision, et, maintenant que je suis près de vous, j'ai peur d'apprendre mon sort. Il me semble que je n'ai pas assez éloquemment plaidé ma cause, et je suis tenté de vous répéter encore combien je vous aime, pour que vous mesuriez mieux le mal que vous allez me faire si vous me dites que vous ne voulez pas m'aimer.

— Je sais tout ce que je dois savoir, répondit Hélène, et il est inutile d'ajouter un seul mot. Je ne suis ni légère, ni frivole; j'apprécie à leur valeur les sentiments d'un homme tel que vous. Si j'avais pu avoir un doute, le cas que font de vous tous ceux qui nous entourent m'aurait éclairée; mais je n'avais pas besoin d'autres yeux que les miens pour voir combien il faut vous placer haut. Ce que je vous dis là, ce ne sont point de vaines paroles : vous avez été franc avec moi, je le serai avec vous. Sachez donc que j'ai ressenti beaucoup de fierté en constatant que, parmi tant d'autres, vous m'aviez choisie... Et, si l'orgueil pouvait avoir sa part dans mes résolutions, peut-être, en ce moment, serais-je entraînée à vous tendre ma main...

— Hélène! s'écria Clément, qui devint pâle comme s'il allait mourir, Hélène, à quelle réponse voulez-vous me préparer?

— A une réponse que j'ai assez d'estime pour votre caractère, assez de confiance dans votre générosité, pour désirer vous faire moi-même. Vous me priiez tout à l'heure, c'est à moi de vous prier main-

ELLE S'ENFONÇA DANS LES ALLÉES SOMBRES DU PARC (PAGE 477)

tenant. Promettez-moi que, quoi que je vous demande, vous me l'accorderez?...

— Tout! s'écria Clément avec force... Tout, excepté de cesser de vous aimer.

Mlle de Graville leva sur lui ses beaux yeux suppliants, et, lui tendant ses mains, qu'il n'osa pas prendre dans les siennes :

— Vous m'aimerez, comme une amie sûre et dévouée... De cet amour, que vous avez pour moi, et qui se serait peut-être éteint promptement, ainsi qu'une flamme trop vive, vous ferez une affection solide et qui sera durable. Oh! je voudrais vous faire sentir combien je serais heureuse si vous cédiez à mes prières, et quelle reconnaissance je vous aurais de tant de grandeur d'âme... Vous êtes le seul de qui j'oserais implorer un tel effort sur lui-même, parce que vous êtes le seul peut-être que j'en juge capable... Je vous en conjure, sortons de cette situation, si douloureuse pour tous deux, vous, l'esprit raffermi par des résolutions généreuses, moi, le cœur plein d'une tendresse que je vous prouverai pendant toute ma vie.

Il resta silencieux, le front penché sur la poitrine.

— Vous ne répondez pas? demanda Hélène, pleine d'une horrible anxiété. A quoi pensez-vous? ajouta-t-elle doucement.

— Aux beaux rêves que j'avais faits, dit Clément, et qui viennent, en une seconde, de s'envoler pour toujours... Est-ce donc possible, pourtant, que je vous sois indifférent et que je ne puisse obtenir que vous m'aimiez? Ne dois-je conserver aucun espoir? Êtes-vous sûre, vous-même, de ce que vous pensez? En aimez-vous un autre?

Ce fut elle, cette fois, qui ne répondit pas. Il l'observait ardemment et, debout, développant sa haute taille, le front noir de soucis, elle le revit tel qu'il s'était montré, quand, à ses yeux, il personnifiait le mauvais génie de Louis. Il lui sembla menaçant et terrible. Elle retrouva ses anciennes impressions et le jugea capable de beaucoup de bien ou de beaucoup de mal. En ce moment, c'était le mal qui semblait l'emporter, et la douceur, la bonté, avaient disparu de son visage, comme, au sommet des monts, les nuages légers emportés par le vent d'orage.

— J'ai promis à Mme Hérault, dit enfin Hélène, de ne pas la quitter, et vous savez que j'acquitterai ainsi une dette de reconnaissance... Elle a été parfaite pour moi, et, jusqu'à son dernier jour, je serai heureuse de vivre auprès d'elle.

— Allons, soyez franche, interrompit Thauziat. Ayez le courage de dire la vérité : ce n'est pas Mme Hérault qui vous fait rester dans cette maison, c'est Louis!... Vous l'aimez!... C'est lui que vous m'avez préféré... Voyons, n'oserez-vous pas avouer, devant moi, que vous l'aimez?

A ce défi, Mlle de Graville sentit en elle une révolte. Et, bravant Thauziat du regard :

— Vous voulez que je vous le dise? Eh bien! soyez donc satisfait : oui, je l'aime!

— Qu'a-t-il fait pour cela? s'écria Clément avec amertume.

— Il est faible et a besoin d'être défendu.

— Dites qu'il est lâche et vicieux.

— Eh bien! je serai sa bravoure et sa vertu.

— S'il vous trouve supérieure à lui, il vous prendra en haine.

— Ayant tout fait pour le bien, je souffrirai sans me plaindre.

— Pensez-vous que je vous laisserai ainsi vous sacrifier?

— De quel droit interviendriez-vous? dit Hélène avec colère. Je trouve que vous vous donnez bien des licences! Jusqu'ici, j'ai supporté que vous me parliez librement. Mais, si vous en abusez pour menacer, je ne consentirai plus jamais à vous écouter.

— Pardonnez-moi, s'écria Clément, les mains jointes. Je souffre tant que je m'oublie et que je vous offense. Dieu sait pourtant quelle adoration il y a pour vous au fond de mon cœur. Je voudrais vous mettre en garde contre les dangers que vous allez courir si follement, et vous refusez de me comprendre. Si je vous dépeins Louis tel que je le connais, vous m'accuserez de perfidie et de déloyauté. Cependant, je ne puis vous laisser ainsi engager toute votre existence. Le monde dans lequel vous êtes destinée à entrer et que vous ne connaissez pas est semé d'embûches et de dangers. Ce ne sont que trahisons et mensonges. Vous recevrez, si vous n'êtes pas défendue, de cruelles bles-

sures... Et Louis! Louis!... C'est à un tel homme, qui a tant besoin
de protection lui-même, que vous prétendez vous confier?

Hélène prit un air riant et, mettant la main sur le bras de Thauziat :

— Eh bien! S'il a tant besoin de protection, il aura la mienne et,
s'il le faut, la vôtre...

Clément s'éloigna d'elle, et, avec fureur :

— Jamais! Je ne pourrai pas vous voir à lui sans le haïr mortellement!

— Voilà justement ce que je ne veux pas, dit Mlle de Graville avec
fermeté. Vous allez me donner votre parole d'honneur que, le jour où
j'épouserai Louis, vous oublierez tout ce que vous m'avez dit, et que
Louis et moi nous aurons en vous un ami.

Il secoua la tête. Elle se pencha vers lui avec une grâce charmante,
et, le forçant à la regarder :

— Jurez, et je vous aimerai bien.

Il secoua une seconde fois la tête, puis avec effort :

— Je donnerais tout au monde pour vous plaire, mais je ne suis
qu'un homme, et il ne faut pas me demander des vertus divines. Non,
il ne me sera pas possible de lui pardonner le mal que je vais endurer
à cause de lui. Il en est innocent, je le sais; je suis très injuste, je le
comprends; mais vous ne ferez pas que je ne souffre pas de son bonheur et que je n'en sois pas jaloux. Vous, oh! vous, soyez rassurée,
vous n'avez à attendre de moi que fidélité et dévouement. Je vous
aimerai jusqu'à ma dernière heure, avec cet espoir suprême qu'un
jour, ayant vu le néant de celui à qui vous aurez donné votre tendresse,
vous pourrez revenir à moi. Cet amour que j'implore et que vous me
refusez, je serai toujours prêt à l'accepter à genoux. Un homme tel
que moi ne change pas : je vous aime aujourd'hui, je vous aimerai
demain; quoi qu'il arrive, je ne cesserai jamais de vous aimer.

— Et moi, dit gravement Hélène, je suis une femme qui ne donne
pas deux fois son cœur. Et, telle vous me trouvez aujourd'hui, telle,
dans dix ans, vous me trouverez encore.

Il fit un pas vers elle, comme pour la supplier. Il comprit que c'était
inutile, fit entendre une exclamation de désespoir et, ayant courbé sa

haute taille devant Mlle de Graville, sans se retourner, il s'éloigna..
Elle, le front lourd et les yeux vagues, sortit sur la terrasse, évita
Mme Hérault et Émilie, qui rejoignaient Thauziat, arrêté près de la
voiture, et, avide de silence et de solitude, s'enfonça dans les allées
sombres du parc.

Arrivée à l'extrémité des lacs, elle se laissa tomber sur un banc de
gazon et, là, songea profondément. Ainsi Clément, comme Émilie,
la mettait en garde contre son penchant et, dans une union avec Louis,
lui signalait de graves dangers. Lui, son animosité était explicable :
il aimait. Et cependant il était sincère, elle l'avait senti. Mais Émilie,
l'amie, la compagne de tous les jours, qui disait : « Ne prenez pas
Louis, vous seriez malheureuse! » Il sembla à Hélène qu'elle était penchée sur un gouffre, dont elle ne pouvait mesurer l'immensité. Tout au
fond, une petite lueur brillait, claire, attirante. N'était-ce pas l'espérance? Mais y avait-il une espérance de sortir de l'abîme, si elle s'y
laissait glisser? Alors pourquoi faire un pas de plus en avant? Elle
était libre, elle pouvait ne pas s'exposer au danger. Qui la contraignait?
Un mot suffisait et tout était fini. Ce mot, hésiterait-elle à le prononcer?
Avait-elle peur de la pauvreté, maintenant qu'elle avait vécu dans le
luxe? Non, elle retournerait à son travail et recommencerait, sans
une plainte, sa vie de privations. Mais la grand'mère, à qui elle avait
promis d'être une enfant dévouée, resterait à l'abandon, et, après
l'avoir habituée aux douceurs de son attentive tendresse, elle la
laisserait seule et sevrée d'affection? Et Louis, si triste, si découragé
depuis deux jours, serait livré de nouveau à lui-même?

Une douleur immense, en cet instant, emplit son cœur. Elle eut la
certitude que, si elle dédaignait les conseils de Clément et d'Émilie,
elle allait au-devant des plus cruels chagrins. Mais la voix qui parlait
en elle s'éleva encore, répétant : « Sois courageuse et, hardie affronte
les dangers, tu en triompheras par la volonté. » Et, dans le gouffre noir
qui paraissait prêt à l'engloutir, elle vit la petite lueur qui grandissait,
montant vers elle, et peu à peu l'abîme sombre devint bleu, et il
sembla à Hélène qu'elle avait devant les yeux l'infini du ciel. Dès lors,
sa résolution fut immuablement prise; elle eut la conviction qu'elle

surmonterait tous les obstacles et que, défendant son bonheur, elle
défendrait celui des êtres qu'elle aimait. Son cœur serré se dégonfla ;
elle se sentit reposée, calme et resta là, jouissant de la délicieuse tranquillité qui était en elle et autour d'elle.

Au bout de quelques minutes, un bruit léger dans le feuillage attira
son attention. Elle leva les yeux : Louis était arrêté au milieu de l'allée.
Il était très pâle, et cependant la sueur perlait sur son front ; à ses vêtements étaient attachés des brins de mousse, comme s'il s'était couché
par terre, dans les bois. Il s'approcha et, la voix tremblante :

— Je ne pensais pas vous rencontrer ici, dit-il, je vais m'éloigner.
Je suis sans doute importun...

— Et comment cela ? demanda Hélène.

— Depuis hier, vous m'évitez, répondit-il avec amertume. C'est
donc que ma présence vous déplaît, ou qu'une autre vous plaît
mieux...

— Je ne vous comprends pas...

— Je viens de voir partir la voiture qui emmenait Émilie et M. de
Thauziat.

— Ah ! c'est M. de Thauziat qui vous préoccupe, dit la jeune fille en
souriant. Eh bien ! je doute qu'il revienne.

Louis fit un mouvement de joie et, s'avançant tout près d'Hélène,
incapable de se contenir :

— Vous ne l'aimez donc pas ?

— Doit-on donc immanquablement l'aimer ?

Il devint encore plus pâle que quand il était jaloux, il se laissa
tomber auprès de la jeune fille, et, lui tendant ses mains, qu'elle trouva
glacées et frissonnantes :

— Oh ! mon Dieu, dit-il, que vous m'avez fait de mal ! Mais que
vous avait-il demandé hier, car j'ai bien compris que vous ne me
disiez pas la vérité ?

— Hier, répondit doucement Hélène, il m'avait demandé si je voulais être sa femme... Et aujourd'hui...

Elle s'arrêta, jouissant délicieusement de l'émotion qui bouleversait
Louis, dont la vie semblait suspendue.

— Aujourd'hui ? répéta-t-il.

Mlle de Graville eut un regard d'ineffable bonté et, d'une voix qui résonna à l'oreille de celui qui l'aimait comme une musique céleste :

— Aujourd'hui, je lui ai répondu que je ne quitterai jamais la maison de votre grand'mère.

— Hélène ! cria Louis, dont les yeux s'emplirent de larmes.

Elle était à ses côtés, joyeuse de son ivresse et souriant de le voir pleurer. Passionnément, il la saisit et, la tenant serrée contre lui comme s'il avait encore peur qu'on la lui disputât :

— Ah ! comme je vous adore, dit-il, et comme je suis heureux !

D'un mouvement doux, elle se dégagea ; d'un geste maternel, elle essuya les yeux de Louis ; puis, se levant, elle prit son bras et lentement, appuyés l'un contre l'autre, ils rentrèrent au château.

VII

Le mariage de Louis Hérault-Gandon et de Mlle de Graville s'accomplit sous les plus heureux auspices. La grand'mère était folle de joie, et, du côté de la fiancée, il ne se trouvait point de parents pour se froisser de ce qu'une fille noble, mais pauvre, épousât un industriel, si riche qu'il fût. La situation d'Hélène était princièrement assurée. Son mari lui reconnaissait un apport d'un million dans la communauté. Cependant, le notaire de la famille Hérault, qui, pour rédiger le contrat, avait dû faire un relevé des valeurs composant l'avoir du futur, ne put dissimuler à Louis que les prodigalités de sa vie de garçon avaient notablement entamé sa fortune. Il y avait toujours les usines et la terre de Boissise, sans parler des biens personnels de la grand'mère Hérault ; mais ce qui constitue une splendide aisance pour des gens modestes est le strict nécessaire pour des gens habitués à vivre sur un grand pied. Le luxe entraîne avec lui des charges écrasantes, et beaucoup d'existences mondaines demandent plus d'économie, dans la distribution des revenus, que certaines existences bourgeoises.

Dès les premiers jours, Hélène mesura les exigences de la position sociale dans laquelle elle était placée, et, avec une netteté de vues et une rectitude de jugement incomparables, elle régla le budget de la

IL EST ADMIRABLE, BÉGAYAIT LEREBOULLEY, ÉTRANGLANT DE COLÈRE
(PAGE 486)

maison de façon à ne pas diminuer le train qu'on y avait toujours mené,
tout en ne dépassant pas les ressources disponibles. Elle émerveilla
son mari par sa ferme prudence et transporta d'aise la grand'mère,
qui n'avait jamais su compter.

Du reste, Louis paraissait en passe de devenir un autre homme.
Pour plaire à sa femme, il s'était remis aux affaires et, plus exactement
que jamais, il allait à Saint-Denis. Aucun des fâcheux pronostics qui
avaient été portés sur la destinée du jeune ménage ne se réalisait. Il
est vrai que la lune de miel durait encore et que, pour un aussi grand
amour que celui de Louis, six mois d'assiduité n'étaient pas un bien
long bail. Il adorait sa femme, c'était indéniable, et ne voyait que par
ses yeux. Émilie en était stupéfaite. Elle n'aurait jamais cru son ami
capable d'une si durable affection. Des caprices, des emballements,
des feux de paille, bon ! Voilà ce qu'on pouvait attendre de ce garçon
nerveux au physique et léger au moral. Mais une tendresse vigoureuse
et résistante, c'était du nouveau, et Hélène avait fait un miracle.

L'hiver qui suivit le mariage fut pour la jeune femme une suite
d'enchantements. Son mari, que le monde assommait, avait laissé
tomber les quelques relations que son père s'était créées. Mais, fier
d'Hélène et désireux de la voir admirée, il renoua avec les amis
anciens et s'en fit de nouveaux. Lereboulley l'aida beaucoup : il connaissait tout Paris. L'hôtel Hérault retrouva ses somptuosités passées
et s'ouvrit, resplendissant de lumières, aux invités qui s'y pressèrent
en foule. Avec une grâce simple et aisée, Hélène se montra maîtresse
de maison parfaite. Les esprits les plus malveillants ne purent rien
découvrir de critiquable dans la façon d'être de cette charmante parvenue de la fortune. On ne l'en attaqua pas moins, parce que la perfection, aux yeux de beaucoup de gens, est le plus atroce des défauts.
Mais ce fut injustement, et il n'en fallut pas plus pour exciter le fanatisme des admirateurs de la jeune Mme Hérault. L'enthousiasme fut
plus vif que le dénigrement, et, comme le monde ne prend jamais,
pour se faire un jugement, que la moyenne des opinions, Hélène fut
classée parmi les personnes accomplies.

Satisfaite de se voir accueillie avec faveur, elle s'en réjouit, surtout à cause de Louis, dont la vanité exulta. Et la vanité, chez lui, tenait une énorme place. Il était de ces hommes qui se ruinent pour qu'on dise qu'ils ont le plus bel hôtel, les plus merveilleux chevaux, la plus splendide chasse et la plus jolie femme. Heureusement pour lui, sa femme, qui était la plus jolie, était en même temps la plus intelligente, et elle l'empêchait de commettre beaucoup de sottises. Il avait toujours suivi l'impulsion de quelqu'un. Autrefois, c'était Thauziat qui le dirigeait, le jetant dans les prodigalités, avec son magnifique esprit de grand seigneur dédaigneux de l'argent. Mais Thauziat n'était plus le compagnon de toutes les heures, et, depuis le jour où, à Boissise, il s'était éloigné, frappé en plein cœur, il se tenait à l'écart.

Ce fut un grand soulagement pour Hélène. Depuis qu'elle avait pénétré, jusqu'aux plus intimes replis, le cœur de Louis, elle savait quelle influence souveraine Clément y avait exercée. Elle comprenait qu'il suffirait d'un mot pour que cette influence s'exerçât de nouveau. Après avoir haï Thauziat de toutes les forces de sa jalousie, Louis, son amour satisfait, avait retrouvé son amitié d'autrefois. D'ailleurs, même s'il avait eu des motifs de haine, était-il capable de haïr longtemps ? Dans cet esprit frivole, les sensations duraient peu. Et, malheureusement, les plus délicates et les plus nobles étaient les plus fugitives. C'était donc avec inquiétude que la jeune femme, dans les premiers temps de son mariage, avait accepté d'aller en cérémonie chez Lereboulley. Thauziat était un des familiers de la maison, et elle redoutait de le rencontrer. Elle s'en ouvrit à Émilie, qui lui reprochait la rareté de ses apparitions. Mais, aux premiers mots qu'elle prononça, la jeune femme l'interrompit :

— Vous n'avez rien à craindre. Vous ne connaissez pas Clément... Il s'éloignera de vous et ne prononcera pas une parole qui puisse vous inquiéter ou vous mécontenter... Il est malheureux, mais nul ne s'en doutera... Il a sur lui-même une puissance extraordinaire.

En effet, chaque fois que, dans une soirée ou dans un bal, Hélène apercevait Thauziat, il se détournait aussitôt et, un quart d'heure après, juste assez pour ne point faire remarquer la coïncidence de son départ avec l'arrivée de Mme Hérault, il disparaissait. Cette façon d'agir était si constante que Louis en conçut de l'humeur. Il trouva que son ancien ami mettait de l'affectation à le fuir. Ils avaient été rivaux, était-ce une raison pour ne plus se connaître? Il n'en voulait pas à Clément, lui. Pourquoi Clément avait-il tant de rancune? Un désespoir de six mois, c'était suffisant, et jamais un chagrin d'amour ne devait durer davantage. N'avait-il pas de quoi se consoler, ce séducteur si peu habitué à la défaite? Toutes les femmes ne manifestaient-elles pas de l'empressement à lui faire oublier les cruautés dont il témoignait un ressentiment exagéré?

Il reprocha à Hélène de n'être pas favorable à un rapprochement et de se montrer hostile à Thauziat. Mais, sur ce chapitre-là, il la trouva intraitable. Elle déclara qu'il était inutile de se revoir après une séparation déjà longue. D'ailleurs, à la suite d'une rupture, les raccommodements n'étaient point durables. Il y avait de ces cassures morales qui ne reprenaient jamais bien. En tous cas, ce n'était pas à Louis qu'il appartenait de faire des avances. Si M. de Thauziat, ayant retrouvé son sang-froid, revenait à eux avec la franchise d'un ami, certes elle ne le repousserait pas. Mais son éloignement systématique était une preuve qu'il n'avait pas oublié. Il convenait donc de le laisser à sa sauvagerie.

— As-tu peur qu'il te fasse la cour? demanda Louis avec la sécurité un peu railleuse d'un homme qui se sait aimé.

— Peut-être, dit gravement Hélène.

Elle ne voulait pas avouer que c'était pour Louis, bien plutôt que pour elle, qu'une intimité nouvelle avec Thauziat l'eût effrayée. Le hasard se chargea de la délivrer de ce souci. Lereboulley partit, au milieu de l'hiver, pour Smyrne, où il allait étudier une grosse affaire de transit. Il s'agissait d'un service de steamers à établir entre Marseille et la côte de Syrie. En passant, le sénateur devait s'arrêter à Corinthe, afin de voir l'emplacement choisi dans le projet de percement de l'isthme. Il emmenait Thauziat, et c'était sir James qui conduisait ses amis sur un yacht à vapeur, dont il venait de faire l'emplette pour plaire à sa femme. La *Sirène* était un des plus charmants bateaux de plaisance qui existassent en Europe. Elle jaugeait quatre

cents tonneaux, filait quinze nœuds et son propriétaire, lord Mellivan-Grey, ne la cédait à son compatriote sir Olifaunt que parce que,
accablé par la mort de sa fille, il renonçait à naviguer. Lorsque sir
James avait avoué son acquisition, Lereboulley avait, tout d'abord,
poussé des cris terribles. C'était bien autre chose que des bibelots ou
des tableaux, et ce yacht ne pouvait se mettre sur une étagère. Il
fallait un capitaine pour le diriger, un équipage pour le manœuvrer,
du charbon pour le chauffer. C'était, en dehors du prix d'acquisition,
une dépense sans cesse renouvelée. Lereboulley, pendant quinze jours,
ne tarit pas en récriminations amères au sujet du bateau.

— Si encore il valait quelque chose ! disait-il à sir James. Mais, à
coup sûr, c'est un vieux sabot qui ne tient plus la mer et qui va
couler bas à la première occasion. Et vous m'offrez de naviguer avec
vous, dans de pareilles conditions?... Mais vous êtes fou ; oui, fou ! Et
j'espère bien que votre femme ne se risquera pas en votre compagnie...
A moins d'être insensée elle-même, elle restera à terre... Si vous
allez au fond de l'eau, sir James, nous vous pleurerons, mais au
moins vous n'aurez pas entraîné avec vous la pauvre Diana.

Et c'était avec une rageuse insistance qu'il prédisait à sir Olifaunt
un sinistre certain. On sentait qu'il aurait voulu être sur la côte au
moment où la *Sirène* s'engloutirait dans les flots, afin de jouir du
coup d'œil et d'être bien sûr que son prodigue ami n'avait pas survécu au naufrage. Mais sir James ne se démontait pas et, avec son
flegme ordinaire, il disait :

— C'est Diana qui a acheté le yacht, et elle est folle de joie à l'idée
de faire, à bord, le tour de la Méditerranée... Il est d'ailleurs tout à
fait joli et offre la plus grande sécurité.

— Un sabot, je vous dis, un sabot ! grondait furieusement Lereboulley... Et vous vous noierez tous... En tous cas, moi, je n'irai pas...
sur le sabot !

— C'est une très bonne affaire, reprenait sir James ; on gagnera
dessus en le revendant.

Lereboulley bondissait, hors de lui :

— Une bonne affaire !... Un bateau d'occasion... pour quatre cent

mille francs !... Entendez-vous, sir James, quatre cent mille francs !
Vous n'avez pas l'air de vous douter de ce que c'est que quatre cent
mille francs ! Il faudra payer, sacrebleu ! Pensez-y !

— Je vous ai prévenu de l'époque à laquelle devra être effectué le
premier versement...

— Il est admirable !... Non, mais admirable ! bégayait Lereboulley,
étranglant de colère.

Alors sir James, à bout de patience, s'avançait vers le sénateur,
avec un air si féroce que celui-ci, calmé comme par enchantement,
ne proférait plus que des interjections confuses et ne se permettait plus
de blâmer celui qui le terrorisait. Enfin, Diana, avec son plus délicieux
sourire, avait déclaré qu'elle était contente. Et c'était un argument
qui terminait généralement les discussions, même les plus violentes,
engagées entre sir James et Lereboulley. Le yacht était arrivé au
Havre. Il se trouva qu'il était parfait, luxueusement aménagé, et, Diana
ayant proposé de faire une excursion le long des côtes dans la Méditerranée, le sénateur avait profité de l'occasion pour se faire conduire
à Smyrne. C'était un agréable moyen de passer quelques semaines
avec sa belle et de rentrer dans son argent. Dès lors, le déplacement
eut des allures de fête. On en parla un peu plus qu'il n'aurait plu à
Lereboulley, qui ménageait beaucoup les apparences à cause de la
position de Diana. Mais Émilie, qui ne connaissait plus de bornes
quand il s'agissait de la belle Anglaise, commença à lancer des mots
si vifs, que bientôt le voyage prit des proportions fabuleuses. Un soir
que, chez son père, on demandait quel serait définitivement le port
d'attache du yacht de Mme Olifaunt, dans la Méditerranée :

— Mais est-ce qu'il n'est pas tout indiqué ? demanda froidement
Émilie.

— Lequel donc ?

— Cythère !

Ces méchancetés, que Lereboulley n'osait pas réprimer, autant par
tendresse que par crainte, car il aimait et redoutait sa fille, étaient
pour lui un supplice. Si Émilie avait consenti à promettre de ne plus
déchirer Diana de ses petites griffes acérées et de ses dents aiguës,

il lui aurait donné ce qu'elle aurait voulu. Mais c'était la volupté secrète de cette disgraciée de mettre en lambeaux la jolie femme qui coûtait si cher à la passion de son père. Le résultat de cette petite guerre fut d'avancer le départ de la joyeuse bande, et, un beau matin, Hélène apprit que Lereboulley voguait sur les flots bleus, et Thauziat avec lui.

Dès lors, elle fut rassurée et put prendre librement son essor. Elle se montra rayonnante de beauté et de bonheur. Généralement, lorsque, dans un salon, une femme attire l'attention, toutes les autres femmes instantanément se crispent, s'agitent et jettent à la triomphatrice des regards empoisonnés. Hélène eut ce rare privilège d'être admirée par les hommes et de n'être pas exécrée par les femmes. Elle plaisait, mais on sentait qu'elle n'en abuserait pas. De là l'indulgence. Elle ne mit pas de calcul dans sa conduite, elle fut elle-même : c'était ce qu'elle pouvait être de mieux. Elle n'avait qu'une ambition : s'attacher plus étroitement son mari. Elle s'y appliquait avec un soin jaloux et obtenait ce bizarre résultat de redoubler l'affection qu'elle avait pour Louis, sans augmenter celle que Louis avait pour elle. Elle s'était prise à son propre piège, et, en s'occupant incessamment de ce joli blond, elle était arrivée à l'adorer. Lui était très épris, mais un peu plus les jours où son orgueil d'époux était caressé par les louanges que méritait Hélène.

Un événement, qu'il était facile de prévoir, arrêta les succès mondains de la jeune femme : elle devint grosse et dut s'imposer quelques ménagements. La joie de Mme Hérault fut sans bornes et Louis suivit l'enthousiasme général avec beaucoup de convenance. Il n'avait pas un goût excessif pour les enfants ; mais, à la pensée d'en avoir un à lui, un garçon surtout, une fibre, insensible jusque-là, vibrait dans son cœur. Il donna à sa femme les preuves les plus grandes de sa réelle tendresse : lorsqu'il lui fut désagréable de se montrer en public, avec sa taille déformée, il passa toutes ses soirées auprès d'elle.

Le salon de l'hôtel Hérault connut, encore une fois, les douces intimités qui avaient prélude au mariage, lorsque Louis, ramené à la maison par le charme d'Hélène, trouvait le temps si court auprès d'elle, qu'à minuit, au moment où sa grand'mère annonçait qu'elle rentrait dans sa chambre, il s'écriait: «Déjà!» Il y mettait moins d'ardeur, maintenant, mais il n'en avait que plus de mérite. Après une journée passée à Saint-Denis, au milieu de ses contremaîtres, il aurait pu souhaiter un plaisir plus vif que le tête-à-tête avec sa grand'mère et sa femme. Il l'acceptait avec beaucoup de gentillesse, et, quand Hélène lui disait :

— Tu t'ennuies ici ; va donc au théâtre, il y a une pièce nouvelle.

— Non, répondait-il ; on la jouera longtemps, nous irons la voir ensemble.

Alors sa femme le prenait par les épaules, lui lissait doucement de sa main blanche ses jolis cheveux blonds, le regardait jusqu'au fond de ses yeux bleus, et, le voyant souriant et paisible, l'embrassait avec tout l'emportement de l'amour heureux. Elle faisait des frais pour tâcher de l'empêcher de s'ennuyer. Elle avait beaucoup lu et avait naturellement l'imagination fertile. Elle causait avec charme et réussissait à occuper le désœuvrement de Louis. Il l'admirait, se rendant compte des efforts qu'elle tentait pour le distraire. La culture de son esprit l'étonnait. A chaque instant, elle parlait d'événements qu'il ignorait et d'hommes qu'il ne soupçonnait pas. Il se fit ainsi, peu à peu, une très grande idée de la valeur intellectuelle de sa femme et il en vint à la consulter, même sur la marche de ses affaires. Quelquefois elle disait, en riant :

— Si ton grand-père Hérault m'avait connue, il aurait voulu me placer dans ses bureaux... Et il n'aurait pas eu tort, j'aurais fait un excellent comptable...

Elle profitait de la confiance de son mari et s'initiait peu à peu au mouvement de son industrie. Elle découvrit que non seulement il y avait, dans le produit des usines de Saint-Denis, une question de fabrication, mais encore une question d'agiotage. Le cuivre avait un cours susceptible d'assez importantes variations, et, suivant que la hausse ou la baisse se manifestait, les résultats pouvaient être bons ou mauvais. L'habileté consistait à emmagasiner des matériaux quand ils

LA BELLE ANGLAISE LAISSAIT ERRER SES YEUX SUR L'AZUR DU CIEL
(PAGE 494)

n'étaient pas cotés très haut et à construire des appareils qui se ven-
daient toujours très cher. Le cuivre était, depuis quelques années,
fort abondant. Une grande source de bénéfices avait été tarie pour
les producteurs de minerai depuis que les différentes nations du
globe avaient cessé de construire des canons en bronze et avaient
adopté l'acier. De plus, de nouvelles mines avaient été découvertes et
l'Espagne, notamment, perdait de très gros revenus, par suite de la
dépréciation du métal. Heureusement Lereboulley avait obtenu, pour
le compte de l'usine, une importante fourniture de douilles pour les
cartouches de guerre et, enfin, la fameuse affaire du câble de Brest à
Panama était en voie de réalisation.

Hélène, cependant, avait une inquiétude. Elle s'était aperçue de
la tendance qu'avait Louis à spéculer. Il rêvait des combinaisons
compliquées pour gagner de l'argent, en vendant ou en achetant du
cuivre brut, au lieu de s'ingénier à mettre son usine hors de pair par
les perfectionnements de sa fabrication. Elle le poussait dans ce sens,
avec ardeur, stimulait son indolence physique, s'efforçait de vaincre
l'horreur native qu'il avait pour le travail. Elle se rendait compte
qu'il faisait très consciencieusement ce qu'il pouvait, et, avec une
indulgence en quelque sorte maternelle, elle le plaignait d'être contraint à tant d'efforts pour vaincre ses habitudes. Mais Louis occupé,
c'était le salut pour elle. Émilie le lui répétait en toute occasion, et
elle n'avait pas besoin de ces avertissements pour en être convaincue.

La vieille Mme Hérault, qui n'avait jamais vu son petit-fils passionné que pour des sottises, trouvait prodigieux le parti qu'Hélène
avait su tirer de lui. Il n'aurait pas fallu insister beaucoup pour qu'elle
criât au miracle. Elle allait avoir un bien autre sujet d'émerveillement:
un arrière-petit-fils lui naquit, un beau soir, vers les onze heures,
sans grand embarras, mais non sans grande émotion. Et, pour la
seconde fois de sa vie, Louis pleura de joie.

Assis auprès du lit de sa femme, après qu'elle eut repris possession
d'elle-même, lui serrant la main, pendant que, sous les regards ravis
de la grand'mère, le nouveau petit Hérault buvait comme un homme
de l'eau de fleur d'oranger dans un verre, il passa une des heures les

plus complètement heureuses de son existence. Hélène, étendue, pâle
et souriante, au milieu des dentelles, ne lui parlait pas, mais tenait ses
yeux fixés sur les siens, avec l'orgueilleuse joie de sa maternité. Il
avait souhaité un fils, elle le lui avait donné. En échange, elle ne lui
demandait que la sagesse, qui devait assurer leur tranquillité.

— Tu es content? murmura-t-elle.

— Oui, dit-il, avec un élan de profonde tendresse.

— Il faudra désormais être deux fois raisonnable : pour moi et
pour lui.

Il ne répondit pas. Mais, se penchant vers elle, il lui mit sur le
front un baiser, qui valait mieux que tous les serments.

Le lendemain, il y eut entre les parents de l'intéressante malade et
le médecin qui la soignait, l'illustre Rameau de Ferrières, une confé-
rence sur la question de savoir si Mme Hérault pouvait nourrir son
enfant. La jeune femme en avait follement exprimé le désir, et la
grand'mère, qui avait nourri son fils, avait hautement approuvé sa
bru. Cependant Louis avait fait quelques objections, et, pour la rareté
du fait, on aurait pu constater que c'était lui seul, qui, dans l'occur-
rence, avait le sens commun. Rameau, à qui on s'en remit pour la
décision à prendre, commença par déclarer que Mme Hérault
« pouvait » parfaitement nourrir son enfant. Elle avait du lait et
serait une superbe nourrice. Quant à dire qu'elle « devait » nourrir,
il lui semblait singulier qu'étant données ses opinions bien connues
on lui demandât son avis. Fortement imbu de socialisme, l'illustre
praticien avait alors, avec chaleur, cité Jean-Jacques Rousseau et
conclu à l'absolue nécessité de l'allaitement maternel. Puis, moitié
plaisamment, moitié sérieusement:

— Toutes les femmes doivent être égales devant la maternité,
comme tous les hommes devant la loi. Une jeune femme n'a pas plus
le droit de se soustraire à la dette du lait qu'un jeune homme à
l'impôt du sang... Avoir des enfants, c'est, pour la femme, sa façon de
payer sa dette à la patrie; les nourrir, c'est payer sa dette à la famille.
Il va de soi, de même qu'on ne traîne pas sous les drapeaux les
infirmes et les malades, qu'on ne peut forcer à nourrir une femme

qui n'a pas de lait... Mais alors, point de remplacement par une mercenaire: le meilleur lait d'une chèvre ou d'une ânesse, au risque de donner à votre enfant un caractère capricieux ou entêté...

Il s'était tourné vers Hérault :

— Est-ce là ce que vous souhaitez?

Louis fut obligé de convenir qu'il en serait désolé. Ennemi de la discussion comme il l'était, il ne prit pas sur lui d'entraîner Rameau à l'écart pour lui fournir, à l'encontre de raisons physiques qui avaient leur valeur, quelques raisons morales qui avaient une bien autre importance, à savoir : qu'une nourriture l'éloignerait forcément de sa femme, et qu'il tenait beaucoup à ne point interrompre l'intimité qui leur avait, jusque-là, assuré le bonheur. Sollicité par Hélène, poussé par Rameau, harcelé par sa grand'mère, qui n'avait pas le plus léger soupçon des dangers qu'elle rendait possibles, Louis céda. Ce fut la première, et peut-être la seule faute d'Hélène, dans la bataille qu'elle avait engagée contre la vie.

Avec une grande rectitude de jugement, elle manquait encore d'expérience. Elle crut attacher son mari plus étroitement au foyer, en lui donnant pour chaînes les bras de l'enfant. Elle ne devina pas que c'était elle seule qu'elle enchaînait et que le foyer, changé en « nursery », ne plairait pas longtemps à ce viveur, à grand'peine rangé et toujours à deux doigts d'une rupture de ban. Elle fit pour le bien, comme on fait, en ce monde, tant de choses qui tournent mal. Malheureusement, la ligne de conduite qu'elle adoptait n'était pas de celles que l'on change du jour au lendemain. Et, pendant le temps qu'il lui faudrait pour aller en arrière, que de mauvaises habitudes pouvaient être reprises !

La jeune femme ne fut pas longue à constater les premiers effets de sa résolution. Lorsque, complètement rétablie, elle se releva et reprit son existence normale, elle essaya vainement de ramener son mari dans sa chambre. Il s'était réinstallé dans son appartement de garçon et s'y trouvait fort à l'aise. Il mit en avant la santé de la mère, celle du nourrisson; il donna à entendre que, pour être libre de se faire apporter le bébé la nuit, il fallait qu'elle restât seule. Il fut tendre, il

fut ferme et, quand il n'eut pas d'excellentes raisons à donner, il eut
de tendres sourires. Hélène dut céder, et, ainsi qu'elle l'avait voulu,
enfermée dans sa maternité comme dans une forteresse, elle se rendit
compte que, pour que la place fût inexpugnable, il fallait avant tout
que le mari ne fût pas dehors.

Cependant elle n'avait pas lieu de se plaindre : Louis était exemplaire. Il redoublait d'activité pour les affaires. Il avait désiré reprendre
possession de la presque totalité des actions de sa maison de Saint-
Denis, et Lereboulley s'y était prêté de très bonne grâce. Hérault
paraissait donc en voie de continuer l'œuvre de son grand-père et de
regagner bravement, par son travail, ce qu'il avait dissipé par son
oisiveté. Le printemps s'était écoulé, pendant que le jeune ménage
était si sérieusement occupé, et la fin d'août approchait. Hélène, qui
avait très bien supporté les chaleurs, grâce au verdoyant et frais jardin
du Faubourg-Poissonnière, manifesta alors le désir d'aller passer
quelques semaines à Boissise. Sans doute, le voyage d'Évreux à Paris
serait fatigant pour Louis s'il était obligé de le faire souvent. Mais c'était
l'époque de la morte-saison, l'usine avait ralenti sa vie et ronflait
sourdement dans la torpeur des machines ensommeillées, comme un
énorme animal étendu au soleil.

Ce fut une joie pour les jeunes gens de revoir ce charmant pays. Ils
retrouvèrent leurs délicieuses impressions de l'année précédente. Le
parc, avec ses allées sombres, les lacs aux eaux limpides, sur lesquelles
passaient, majestueux et mélancoliques, les cygnes d'argent ; les
splendides parterres remplis de fleurs éclatantes, le banc de pierre
où ils avaient échangé les paroles qui les avaient liés l'un à l'autre,
tout les ravit. Ils refirent, à deux, les promenades qu'ils avaient faites
avec Émilie, si gaiement, à travers les épaisseurs mystérieuses des
taillis. Ils oublièrent le monde, se dégagèrent de tout ce qui n'était pas
eux et vécurent dans un égoïsme exquis.

Si, à cette heure de son existence, Hélène avait pu compléter, pour
Louis, les pures jouissances morales par des satisfactions un peu
moins éthérées, si elle n'avait pas été obligée de se renfermer dans un
platonisme absolu, elle aurait, sans aucun doute, attaché son mari

par des liens de chair bien difficiles à rompre. Mais tout ce qu'elle prodiguait de grâce physique, d'ingéniosité intellectuelle, ne remplaçait pas, pour cet homme jeune et ardent, les douceurs apaisantes de la possession. Plus elle se faisait plaisante, et plus elle augmentait le danger. Elle alimentait elle-même un incendie qu'elle ne pouvait pas éteindre.

Revenu de son excursion en Orient, Lereboulley avait repris le maniement de ses immenses affaires. Son séjour à bord de la *Sirène* s'était prolongé un peu plus qu'il ne l'aurait voulu. Mais, une fois en route, il lui était bien difficile de résister aux caprices de Diana, et, s'il avait été sincère, il eût déclaré qu'il ne regrettait pas le temps qu'il perdait, nouvel Antoine, à suivre cette séduisante Cléopâtre. Thauziat avait retrouvé, au bout de quelques jours, toute sa liberté d'esprit, et les sombres vapeurs qui obscurcissaient son front au départ s'étaient dissipées. Ses compagnons de voyage l'avaient revu tel qu'il se montrait d'ordinaire : brillant, spirituel, mais avec une pointe d'amertume misanthropique qui devait être désormais la marque de son esprit. Ce vainqueur avait connu la défaite et il en gardait, pour toute sa vie, le cuisant regret. Il ne parlait jamais de Louis ni d'Hélène et ne supportait pas qu'on lui parlât d'eux. Diana s'y était risquée une fois, mais avait été si rudement accueillie qu'elle n'avait pas eu la fantaisie de recommencer.

Il était évident que Thauziat, au fond du cœur, avait encore douloureuse la plaie de son amour blessé. Incontestablement, à une heure donnée, il y aurait un parti à tirer de cette douleur et de cet amour. Mme Olifaunt y rêvait souvent, et, dans le secret de sa pensée, formait ce doux projet de se venger, sans miséricorde, de ce Louis, qui l'avait si insolemment méprisée, et de cette Hélène, qui était honnête, fière et heureuse. Couchée sur des piles de coussins, à l'avant du navire, abritée sous une tente suspendue aux bordages, la belle Anglaise laissait errer ses yeux sur l'azur du ciel, en caressant ces songes féroces, pendant que Lereboulley jouait de redoutables parties de besigue avec sir James, bourré de grog, et que Thauziat, monté sur la passerelle, tirait des mouettes pour se distraire.

Ils avaient ainsi abordé à Smyrne, visité Jérusalem et les saints
lieux, relâché à la Corne d'or, devant le féerique tableau qu'offre Cons-
tantinople, traversé l'archipel grec pour aller atterrir au Pirée.
Athènes, dont ils se promettaient des merveilles, leur avait paru une
bourgade mesquine et sale. Ils étaient partis très désenchantés de
cette Grèce, que les merveilleux récits des poètes leur avaient fait
imaginer si grande, si splendide, et qui n'était, en somme, qu'un
petit pays d'aspect grisâtre, où les forêts étaient des buissons, les
fleuves des ruisseaux, et les cités des villages.

— La Grèce, avait déclaré Thauziat, n'existe que dans les livres
classiques. C'est un pays chimérique, créé par la littérature ancienne.
Il ne faut pas la chercher au sud-est de l'Europe ; si on veut la retrouver, il faut relire Homère, Sophocle, Aristophane, Thucydide et
Hérodote. C'est un fantôme brillant, paré de souvenirs immortels,
qu'il convient de laisser dans son ombre sacrée. Si on l'évoque, on ne
voit plus, les bandelettes déchirées, qu'un affreux squelette décharné
et misérable... Votre Byron était un fou, sir James, ou plutôt c'était
un orgueilleux, qui a voulu avoir la mesure de son pouvoir sur l'esprit de ses contemporains en essayant de ressusciter le cadavre... Il
en est mort, c'est sa punition.

Sir James quitta de vue ses cartes pendant une seconde et dit :

— Byron était un immense poète, il vendait ses ouvrages une guinée
le vers.

— Bravo ! sir James... Toujours poétique ! s'écria Thauziat ; Lereboulley, marquez donc soixante de dames. Sir James est aimable : il
vous laisse les dames !

Regardant, devisant, dénigrant, les voyageurs étaient revenus à
Marseille, d'où ils s'étaient dirigés sur Paris. C'était au mois de mai,
et Hélène était alors au comble de l'ivresse. Lereboulley alla déposer
quelques bulletins dans les urnes du Sénat, prit la parole dans quelques
commissions où il avait de l'influence, mit au courant tout le travail
qui se trouvait arriéré et, en quelques semaines, avec une âpreté dont
la Bourse se rendit un compte cruel, rattrapa l'argent que la *Sirène*
lui avait coûté.

Quant à Thauziat, jamais il ne jeta un éclat plus vif que pendant les quelques semaines qui suivirent sa rentrée en France. On eût dit qu'un démon le possédait. Il eut une aventure des plus bruyantes avec la femme du baron Opperger, le riche banquier allemand qui a eu de si pénibles démêlés avec la police correctionnelle et n'en paraît nullement affecté. Les journaux s'étant emparés de l'anecdote et l'ayant racontée avec force détails, Clément se battit, en deux jours, avec deux des plus venimeux chroniqueurs de la presse à scandale et les coucha, l'un après l'autre, sur le carreau. Il tailla à banque ouverte, toute une nuit, au cercle, et emporta aux pontes cent quarante mille francs, qu'il distribua, le lendemain, à des établissements hospitaliers. Il gagna aux courses d'Auteuil le grand steeple-chase international avec *Braconnier*, un cheval qu'il avait acheté trois mille francs dans un prix à réclames de courses plates et qu'il avait entraîné sur les obstacles. Il fit diversement parler de lui et fut, pendant un mois, le lion du jour.

Au plus beau moment de cette vogue, Lereboulley, un soir qu'il avait besoin de causer avec lui, l'ayant vainement attendu, alla jusqu'à son hôtel. Familier de la maison, il fit signe au valet de pied qu'il était inutile de l'accompagner, entra tout droit dans le cabinet de Thauziat et, là, surprit son ami étendu sur un canapé, pleurant à chaudes larmes. Debout aussitôt, Clément essaya de donner le change au sénateur; mais celui-ci avait bien vu et s'efforça de lui arracher des aveux. Thauziat affecta de ne pas comprendre. Il causa très librement, plaisanta au bout d'un instant et fournit sur l'affaire qui amenait Lereboulley tous les éclaircissements désirables avec la plus grande lucidité. Cependant, après s'être un peu trop montré en tous lieux, il s'enferma chez lui et ne sortit plus, en proie à des humeurs noires si violentes, qu'il pouvait à peine supporter la lumière dans les pièces qu'il habitait. Enfin, il se calma et, Lereboulley ayant décidé qu'il partirait pour Évreux la semaine suivante, Thauziat accepta d'aller s'y installer avec lui.

M. et Mme Olifaunt étaient du déplacement. C'était une fantaisie que Diana avait eue. Émilie, qui recevait la belle Anglaise à Paris, mais lui faisait payer cher sa condescendance, avait formellement

N'ENTRONS PAS, MA CHÈRE AMIE, QU'IRIONS-NOUS FAIRE LA ? (PAGE 501)

déclaré à son père qu'elle ne la recevrait pas à la campagne. Après un échange de paroles, suppliantes de la part de Lereboulley, acerbes de la part d'Émilie, le père et la fille avaient conclu un accord. Le séjour de Mme Olifaunt ne serait que de quinze jours, et, pendant ces deux semaines, Émilie irait s'installer à Boissise, où, certainement, Mme Hérault ne demanderait pas mieux que de l'accueillir.

La jeune fille avait depuis longtemps un projet et elle trouvait l'occasion bonne pour le mettre à exécution. La petite église du Thiel, paroisse du château, très ancienne construction de style roman, était, dans ses bas-côtés, décorée de peintures murales fort curieuses, représentant des scènes de la Passion. Le temps avait notablement dégradé les panneaux ; quelques-uns même n'offraient plus que de faibles vestiges de couleur. Émilie, qui avait avec le curé, vénérable vieillard, des relations charitables, lui avait souvent dit :

— Vos peintures sont dans un état bien misérable, monsieur le curé... Il faudra que je vienne un jour avec mes pinceaux, afin de leur rendre forme humaine...

Jamais Émilie, entraînée par le courant de sa vie agitée, accaparée par les invités de son père, ne trouvait trois semaines de tranquillité pour restaurer la pauvre vieille église. Elle pensa : « Cette fois, je vais pouvoir travailler à loisir. » De Boissise au Theil il y a deux kilomètres de trajet, en plein bois, par des routes délicieuses, entretenues comme des allées de jardin anglais. Le lendemain de son arrivée chez ses amis, Émilie, mettant dans une voiture sa boîte à couleurs, ses brosses, ses appuis-main, tout l'attirail qu'elle avait préparé, partit dès le matin pour son « chantier », comme elle disait gaiement. Elle devait déjeuner, dans le jardin du presbytère, avec des provisions qu'elle emportait. Ses amis, vers le milieu de la journée, viendraient donner leur avis sur son travail.

Le jour même où Mlle Lereboulley avait commencé à grimper sur une échelle dans l'église du Theil, Mme Olifaunt, sir James, Thauziat et quelques jeunes boursiers avaient débarqué à Évreux, chez le sénateur. La propriété du grand électeur du département est située à cinq minutes de la ville, sur le bord de l'Iton. Une extrémité du parc touche au faubourg, l'autre va rejoindre les bois de Boissise. L'habitation, construite avec une partie des matériaux de l'ancien château de Navarre, par le père de Lereboulley, date de 1838. C'est une vaste construction blanche, dans le style Louis XV, flanquée de deux ailes et ornée d'un assez beau perron de huit marches. L'intérieur est d'un luxe remarquable. Les objets d'art les plus précieux sont entassés en si grand nombre, dans les vastes pièces de réception du rez-de-chaussée, qu'à Évreux on appelle le château du sénateur : le musée Lereboulley. Le parc, fait de pièces de terre achetées les unes après les autres, a coûté les yeux de la tête. Lorsque Lereboulley promène ses invités dans certaines parties de sa propriété, il a coutume de dire : « Ici, mes amis, un peu de recueillement : nous marchons sur des pièces de vingt francs ! »

Ce parc de soixante hectares, planté d'arbres séculaires, peut rivaliser avec celui de Boissise. Le luxe des fleurs y est encore plus exagéré que chez Mme Hérault. Le sénateur a remis la direction de ses jardins à des Anglais, qui obtiennent des résultats prodigieux. Les serres à raisins attirent la curiosité des amateurs de toute l'Europe. Les plus beaux produits et les plus variés y sont en pleine maturité, depuis le mois de mai jusqu'à la fin de février. Ainsi, d'un bout de l'année à l'autre, le sénateur a, sur sa table, du raisin frais. Tout est à l'avenant. Il y a quelques années, Lereboulley eut la fantaisie de faire de la pisciculture. L'Iton traverse son parc et y alimente une admirable pièce d'eau. Des bassins, gradués suivant l'âge des truites, mis en communication par des canaux en ciment, amènent dans l'élevage une eau claire et fraîche. Des grillages arrêtent les petites truites, qui sont continuellement nourries avec des cervelles de moutons et des mouches, dont l'éclosion est obtenue artificiellement. Une cascade de dix mètres de haut sert de barrage au lac, dans lequel les poissons d'argent passent au soleil comme des éclairs. Lereboulley qui, même d'une fantaisie, veut tirer un résultat pratique, envoie tous les ans, au moment du carême, dix mille truites à la Halle. Aussi Thauziat, dans un jour de gaieté, écrivit ainsi l'adresse de son ami : « M. Lereboulley, sénateur, marchand de poisson, » ce qui souleva, dans la ville d'Évreux, une rumeur d'indignation.

Installés dans cette somptueuse demeure, les invités occupèrent deux jours à tout visiter. Puis, leur curiosité étant satisfaite, ils commencèrent à ressentir la torpeur spéciale à tout Parisien qui se trouve, depuis quarante-huit heures, éloigné du boulevard. Lereboulley, accaparé par sir James, qui lui faisait subir au besigue des Waterloo désastreux, mit les écuries à la disposition de ses hôtes.

Alors, tous les jours, vers trois heures, lorsque la chaleur commençait à tomber un peu, une cavalcade, à la tête de laquelle se trouvait Diana, sortait par la porte du parc et s'engageait dans les taillis de Boissise. La belle Anglaise, serrée dans une amazone de drap bleu, à corsage de piqué blanc, coiffée d'un feutre gris à long voile, allait par les routes, suivie de trois ou quatre cavaliers, dont Thauziat, courant devant elle tout droit, comme au hasard. Elle connaissait cependant très bien le pays, ayant pris la peine de l'étudier sur une grande carte qui était suspendue dans le cabinet de Lereboulley. L'insouciance de Diana était si merveilleusement jouée, que Clément s'y laissait prendre et ne devinait pas les projets qui, doucement, se développaient dans l'esprit de la perverse et charmante femme. Peut-être était-il lui-même si profondément absorbé par ses pensées. qu'il n'avait pas sa pénétration habituelle. Mais, depuis quatre jours, Mme Olifaunt tournait autour de Boissise, rétrécissant, un peu plus chaque fois, son parcours, comme un épervier qui vole en grands cercles au-dessus de sa proie, pour la fasciner et l'engourdir.

Un soir, vers cinq heures, le bourg du Theil fut tiré de son calme par les pas de quatre chevaux dont les fers sonnaient sur le pavé de la route. Les chiens endormis à l'ombre des portes aboyèrent; les poules, qui picoraient dans la poussière, s'élancèrent effarées vers les cours. Quelques enfants et des femmes sortirent curieusement des maisons. C'était Diana qui passait avec son escorte. Les bêtes avaient chaud, les cavaliers avaient soif. Sur la place une auberge s'offrait, attrayante, avec son pignon fleuri de clématites.

— Arrêtons-nous, dit Diana à ses satellites, il doit y avoir du cidre frais dans cette maison... Nous boirons; pendant ce temps-là, nos chevaux souffleront... Cela nous fera du bien à tous.

Thauziat mit pied à terre, enleva Diana de sa selle, et, sous une tonnelle ombreuse, les quatre promeneurs s'attablèrent. Ils n'étaient pas là depuis cinq minutes qu'un duc attelé de deux petits chevaux. roulant devant l'auberge, alla s'arrêter à l'ombre du portail de l'église.

— Mais c'est une voiture à Lereboulley! dit Diana; je reconnais la livrée... Voyez donc, messieurs.

Ils firent quelques pas et s'approchèrent du cocher, qui était descendu et se tenait à la tête de ses poneys.

— Est-ce que vous êtes de chez M. Lereboulley? demanda Thauziat.

Le cocher mit le chapeau à la main :

— Oui, monsieur, mais je viens de Boissise... Je suis attaché au service de Mlle Émilie.

— Ah! Mlle Émilie est là? fit Mme Olifaunt, en fronçant légèrement le sourcil.

— Oui, madame, avec Mme Hérault... Mademoiselle travaille aux peintures de l'église.

— Thauziat, allons donc voir ça, dit la belle Anglaise. C'est peut-être curieux !... Messieurs, attendez-nous un instant.

Clément suivit d'abord Diana; puis, arrivé près de la porte :

— N'entrons pas, ma chère amie... Qu'irions-nous faire là? Nous dérangerons Mlle Lereboulley, qui est sans doute en costume d'atelier.

— Et puis, surtout, nous nous trouverons en face de Mme Hérault, interrompit Mme Olifaunt avec un mauvais rire, et vous avez peur d'elle, c'est visible.

— Oui, j'ai peur d'elle, répéta-t-il froidement. Puisque c'est entendu, retirons-nous.

— Mais, moi, je n'ai peur ni de la belle Hélène, ni de la sage Émilie... et j'y vais.

Thauziat fit un mouvement pour retenir Diana, mais il la connaissait assez pour savoir qu'une fois son désir manifesté elle ne renoncerait pas à le satisfaire. Il l'accompagna donc, un peu inquiet, car il redoutait d'elle plutôt une méchanceté qu'une maladresse.

La petite porte de l'église, en se refermant, les plongea dans une assez profonde et très fraîche obscurité. Les fenêtres du côté gauche avaient toutes été bouchées avec de larges toiles, afin d'éviter un faux jour. Seules les ogives du côté droit laissaient entrer la lumière, et les chapelles, ainsi éclairées, paraissaient plus nues et plus délabrées. Devant l'autel de la Vierge, un petit échafaudage volant avait été dressé, et, sur les planches, à un mètre de terre, Émilie se tenait, le pinceau à la main. Au bout de l'échafaudage, assise sur une chaise de paille, Mme Hérault, son fils dans les bras, posait.

C'était une nativité que Mlle Lereboulley avait commencé à reprendre. Le personnage de la Vierge Marie était complètement effacé, et, n'ayant point de modèle à sa disposition, la jeune fille avait prié son amie de bien vouloir lui consacrer trois ou quatre après-midi. Vêtue de blanc, ses beaux cheveux châtain clair lissés en bandeaux sur le front, le regard baissé vers son enfant, rose et joufflu comme un ange de Murillo, Hélène était d'une beauté divine. Un rayon du soleil déclinant dans le ciel illuminait son visage, jetait dans sa chevelure des reflets d'or et entourait ainsi sa tête d'un nimbe mystérieux. Diana et Clément s'arrêtèrent un instant, dans l'ombre du baptistère, à regarder ce tableau inattendu. Un tel charme de pureté s'en dégageait que le cœur de la belle Anglaise se serra et qu'un soupir monta à ses lèvres. Elle jeta un coup d'œil sur Thauziat, debout auprès d'elle. Elle le vit sombre et pensif. Alors, faisant un geste d'envie :

— Ces gens-là sont heureux ! murmura-t-elle.

— Oui, ajouta Clément avec amertume, et ils méritent de l'être !... Ce sont des cœurs purs, qui se contentent des simples joies de la vie, ne cherchant pas les émotions dévorantes, les plaisirs excessifs... Voyez le cadre de l'existence menée par ces deux femmes aujourd'hui : une pauvre église de village pleine d'ombre et de silence ; elles sont restées là tranquillement, satisfaites d'être ensemble et de concourir, chacune dans la mesure de ses forces, à une œuvre utile...

Iriez-vous, Diana, poser pour les vierges, pendant des heures, sur des planches à peines rabotées? Non! Ces joies-là ne sont pas faites pour tout le monde. A nous, ma chère, il faut celles que donne le luxe!

Ses lèvres se contractèrent comme s'il essayait de sourire.

Diana le regarda en hochant la tête; puis, avec douceur :

— Vous voulez faire, quand même, l'esprit fort, mon pauvre Clément; mais vous souffrez. Voyons, vous l'aimez donc bien encore?

Il ne répondit pas et son pâle visage demeura impassible et glacé.

— Éloignons-nous, dit Mme Olifaunt avec une véritable pitié, vous aviez raison : il ne fallait pas entrer ici.

Elle fit quelques pas en arrière, mais la voix d'Émilie s'éleva sous la voûte sonore de l'église :

— Qui donc est là? demandait la jeune fille... J'entends parler depuis un instant... Est-ce vous, monsieur le curé ?

Les faibles planches de l'échafaudage crièrent sous son poids. Elle allait descendre.

— Nous sommes pris, dit la belle Anglaise... Il faut faire bonne contenance.

Et, marchant vers la chapelle, elle sortit de l'ombre.

— Eh! c'est Mme Olifaunt! s'écria Émilie. Dans une église? Et par quel hasard? Voudriez-vous abandonner la religion réformée et vous convertir au catholicisme? Mais n'est-ce pas M. de Thauziat qui est avec vous ?

A ce nom, Hélène tressaillit et devint un peu pâle. Elle dirigea ses regards vers Mlle Lereboulley, comme pour l'interroger. Elle la vit aussi agitée qu'elle-même.

— Ma chère Émilie, dit d'un ton dégagé la belle Anglaise, nous nous étions arrêtés dans ce petit pays, quand nous avons appris que vous travailliez dans l'église... M. de Thauziat et moi nous avons eu la tentation d'admirer les belles choses que vous faites... Mais, ajouta-t-elle avec un charmant sourire, en se tournant vers Mme Hérault, le tableau vivant que nous avons vu en entrant nous a paru si joli que nous avons oublié de regarder les peintures.

— Ah ! ma chère Hélène, voici un petit compliment qui est à votre adresse, dit Émilie, dont les paroles furent entrecoupées d'un rire nerveux. Comment se fait-il, Clément, que ce ne soit pas vous qui ayez trouvé cela ? Vous vous êtes laissé damer le pion, mon cher !

— M. de Thauziat a pu le penser sans avoir le dessein de le dire, riposta tranquillement Diana, en examinant l'ouvrage d'Émilie avec un lorgnon d'écaille qui lui donnait un air de superlative impertinence.

Clément, après avoir salué Mlle Lereboulley, s'était approché de Mme Hérault. Très troublée, elle leva vaguement sa main vers lui. Il n'avait qu'à la prendre, mais il sembla ne pas la voir et s'inclina seulement.

— Et alors, Émilie, voilà que vous faites concurrence à Raphaël ? reprit Mme Olifaunt... C'est très bien, votre madone... très bien ! très bien ! Le bambino surtout est délicieux... Presque aussi délicieux que nature !...

Elle se pencha vers l'enfant, qui sourit à ses yeux bleus, à ses cheveux d'or et qui tendit ses petits bras comme pour se pendre à ses épaules.

Émilie, alors, s'adressant à Diana avec une ironie féroce :

— Vous voyez, ma chère, c'est un garçon : il veut déjà vous embrasser !

— C'est moi qui l'embrasserai, si sa maman le permet, fit Mme Olifaunt, sans rien perdre de son sang-froid.

Elle pencha son visage vers l'enfant et de ses lèvres elle effleura délicatement la joue satinée du bébé.

— On ne peut pas savoir encore à qui il ressemblera, reprit-elle... Regardez donc, Thauziat.

Clément resta immobile; mais, de sa voix grave, il dit :

— Je souhaite qu'en tout il ressemble à sa mère.

Et, saluant Hélène, il fit quelques pas et resta à l'écart.

— Vous ne lui mettez rien autour du cou, madame ? demanda la belle Anglaise... Peut-être avez-vous tort... J'ai rapporté de Syrie de très beaux colliers de corail; faites-moi la grâce de permettre que j'en

SUR LA ROUTE, DIANA COURAIT CÔTE A CÔTE AVEC CLÉMENT (PAGE 511).

envoie un à ce cher mignon... Vous verrez comme ces perles roses seront en valeur sur sa peau si blanche.

Sans laisser à Hélène le temps de lui répondre, elle salua; puis, s'adressant à Émilie, qui la suivait des yeux :

— Vous n'avez point de commission à me donner pour votre père?

— Si, répondit Mlle Lereboulley; dites-lui que j'espère avoir bientôt la liberté de rentrer chez lui.

Elle fit à Thauziat un geste amical et, sans plus s'occuper de Diana, elle se remit à peindre.

— Vous avez été bien dure pour cette pauvre femme, dit alors Hélène. Il me semble qu'elle méritait un peu plus d'indulgence.

— Parce qu'elle a flatté et caressé votre enfant, interrompit Émilie. Ne vous laissez pas prendre à ses façons hypocrites. Vous ne la connaissez pas. Espérons que vous n'aurez pas l'occasion de la connaître. Tenez-la toujours loin de vous et des vôtres ; profitez de mon avertissement, car d'elle peut vous venir un grave danger.

Hélène pensa à la première rencontre qu'elle avait faite de la belle Anglaise, à l'exposition où Émilie avait envoyé son portrait. Elle se rappela les yeux de Diana, chargés d'une haine incompréhensible, et un pressentiment douloureux lui serra le cœur. Ses regards tombèrent sur le petit Pierre, qui s'était paisiblement endormi sur ses genoux ; elle le pressa contre sa poitrine et il lui sembla qu'avec une telle cuirasse nul coup ne saurait l'atteindre.

Diana et Thauziat avaient traversé l'église. Au moment d'ouvrir la petite porte battante, la jeune femme dit:

— Elle n'est pas bavarde, Mme Hérault... Elle ne nous a pas fait entendre le son de sa voix... Mais elle est jolie... Je comprends qu'elle vous plaise.

Ils sortirent. La lumière du jour, après leur station dans l'église sombre, les aveugla. Ils demeurèrent un moment sans voir distinctement. Cependant, il leur sembla que le groupe de ceux qui les attendaient sous la verte tonnelle de l'auberge s'était accru. Ils s'approchèrent et, causant avec leurs amis, ils aperçurent Louis Hérault.

Il arrivait de Boissise, à pied, par le parc, et avait été fort étonné de s'entendre héler comme il traversait la place. Il avait reconnu deux de ses amis du cercle, buvant du cidre et fumant des cigarettes.

— Comment! c'est vous? dit-il. Qu'est-ce que vous faites donc là?

— Nous attendons Mme Olifaunt et Thauziat, qui sont entrés dans l'église... Nous retournons chez Lereboulley.

Le front de Louis se rembrunit. Dans l'église : c'était là qu'il allait, lui aussi, rejoindre Hélène et Émilie. Les deux jeunes femmes s'étaient donc trouvées face à face avec Diana et Clément. La rencontre avait-elle été volontaire de la part de ceux-ci et étaient-ils venus au-devant de Mme Hérault et de Mlle Lereboulley, ou bien le hasard avait-il tout fait? En y réfléchissant, sa première impression, qui avait été mauvaise, se modifia et devint meilleure. Ne faudrait-il pas, dans un temps donné, se revoir? La froideur que lui montrait Thauziat ne tomberait-elle pas un jour ou l'autre et ne seraient-ils pas amis comme par le passé? Alors, ne valait-il pas mieux que le bon accord se rétablît le plus promptement possible ?

Cependant, il se souvint des dispositions hostiles d'Hélène et de l'opposition qu'elle avait faite chaque fois qu'il avait témoigné le désir de se raccommoder avec Thauziat. Comment allait-elle se comporter en présence de Diana et de Clément? Pour Diana, il était sans crainte. Jamais Hélène n'avait soupçonné son commencement d'intrigue avec la belle Anglaise. Mais pour Clément? Il ne ressentit pas la moindre jalousie, à la pensée que celui qui avait tant aimé sa femme était auprès d'elle. Sa tranquillité fut complète. Il avait reçu trop de preuves de la ferme raison d'Hélène pour avoir une seconde d'inquiétude. Ce fut un grand malheur pour la jeune femme : Louis, moins sûr d'elle, se fût mis en défense contre un danger possible. Il eût éloigné Thauziat et Mme Olifaunt. Il n'y songea aucunement, et, là où une autre femme, vaine et frivole, eût été protégée, Mme Hérault, à cause de sa supériorité morale, ne le fut pas.

En voyant Diana et Clément s'avancer, Louis marcha à leur rencontre.

— Eh bien! mais nous aurons vu toute la famille, dit la jeune femme;

car, après la mère et l'enfant, voici le père!... Bonjour, mon cher
monsieur Hérault, le mariage vous réussit fort bien, vous êtes frais
comme une rose!... Allons, Thauziat, ne faites pas grise mine et
donnez honnêtement la main à votre ami, qui vous tend la sienne
depuis une minute.

Devant cette main, qui s'ouvrait franche et cordiale, Clément
était resté interdit. Sa loyauté répugnait à la prendre. Jusque-là, il
avait su se tenir à distance de Louis et ne point lui manifester les
sentiments qu'il éprouvait. Il l'avait dit à Hélène : je ne pourrai vous
voir à lui sans le haïr. Le haïssait-il ? Non! De la haine envers cet
être si faible, c'eût été beaucoup pour l'âme hautaine de Thauziat.
Mais un éloignement presque insurmontable. Il ne lui voulait pas de
mal, il se sentait trop supérieur à lui pour cela. Il souhaitait seulement ne le point rencontrer, n'avoir aucun rapport avec lui. Et, brusquement, il se trouvait en sa présence, sans qu'il lui fût possible de
se dérober. Entre Louis et lui, il n'y avait que la distance de cette
main tendue, qu'il regardait sans se décider à la toucher. « Si je lui
donne la main, pensa-t-il, je le tromperai, puisque je ne pourrai lui
rendre l'amitié ancienne. Je serai donc un fourbe et un hypocrite. Si
je me détourne, il faudra donc renoncer à m'approcher d'Hélène, et,
sans la voir, sans lui parler, je ne puis plus vivre. D'un côté une
infamie, de l'autre le désespoir. » Un violent combat s'engagea dans
sa conscience entre son amour et sa fierté. Il fit un geste de colère,
pâlit légèrement, et l'amour fut vainqueur.

Louis tendait la main à Clément, mais il regardait Diana, et jamais
elle ne lui avait paru plus belle. Sa taille élancée et souple, moulée
dans son amazone, se cambrait voluptueusement, et, sous le chapeau
gris posé sur ses cheveux blonds avec une crânerie provocante, ses
yeux étaient couleur de bleuet. Ses lèvres entr'ouvertes laissaient
apercevoir ses petites dents en forme d'amandes, et son sourire était
à la fois tendre et moqueur. Le souvenir du baiser échangé avec cette
adorable femme, le soir de la redoute, revint à Louis, et il frissonna
jusqu'au fond de sa chair. Il avait oublié Thauziat, il avait oublié
Hélène ; des battements violents soulevaient son cœur. Il ne voyait

plus que cette Diana perverse et charmante, dont l'amour devait causer un délire atroce et délicieux. La main de Thauziat touchant la sienne l'arracha à sa contemplation passionnée. Il serra et garda cette main.

— Tu ne me la reprendras plus? dit-il. Promets-moi que tout ce qui nous a séparés est oublié.

Clément baissa la tête et murmura :

— Tout.

— Oh! je te connais, reprit Louis, et ton dépit ne pouvait pas être de longue durée! Tu as vu Hélène dans l'église? Tu lui as parlé?... Je vous raccommoderai et vous serez amis... Vois-tu, mon cher Clément, c'est une bonne mère de famille... Nous sommes de vrais bourgeois... Ah! notre manière de vivre manquerait, pour toi, de grandeur et de relief. Du reste, tu n'étais pas du tout fait pour le mariage... Tu en as eu le caprice... Mais estime-toi très heureux de n'avoir pas été à même de réaliser ta fantaisie... Les aigles comme toi ne sont pas faits pour avoir les ailes liées... Un pauvre coq comme ton serviteur, passe... Et encore !

— Et encore? Voyez-vous ça! fit Diana gaiement.

A mesure que Louis parlait, un pli sardonique se creusait autour de la bouche de Thauziat. Son ami avait voulu essayer d'endormir ses dernières rancunes. Il n'avait réussi qu'à exciter en lui une méprisante pitié. Ainsi, voilà comment cet homme aimé appréciait son bonheur! Voilà quel cas il faisait de cette femme adorable, dont la possession eût dû lui mettre, pour toute sa vie, une flamme d'orgueil dans les yeux. Une bonne mère de famille, un couple de bourgeois! Comme dans les grossières féeries, le char de triomphe se changeait en vulgaire pot-au-feu.

— Eh bien! mon cher monsieur Hérault, maintenant que vous nous avez tracé ce charmant tableau de votre bonheur, dit Mme Olifaunt avec gravité, recevez toutes nos félicitations... Il est certain que vous n'avez rien à regretter de votre existence passée.

— Peut-être, fit Louis, en dévorant des yeux la belle Anglaise.

— Non! non! Rien !... Ou vous seriez le plus abominable des

ingrats ! Vous avez la sécurité du cœur, la régularité de l'existence. Les grands désordres de la passion, ce n'est pas du tout votre affaire, à l'inverse de ce que vous disiez, tout à l'heure, si ingénieusement à Thauziat... Tenez-vous les pieds chauds et la tête fraîche. Vous vivrez très vieux !

— Vous vous moquez de moi, madame ; mais je n'ai rien à réclamer : c'est votre droit.

— Vous êtes bien aimable de me le concéder.

— Vous seriez femme à le prendre...

— Oh ! je prends volontiers tout ce qui me plaît.

En disant ces mots, elle examinait Louis à travers son lorgnon d'écaille, les yeux demi-clos, la bouche plissée par une moue coquette :

— N'allez pas vous flatter que ce que je dis soit pour vous, ajouta-t-elle avec impertinence... D'ailleurs, vous ne comptez plus, avec votre fil à la patte.

— Je ne suis pas si enchaîné que vous le croyez, répliqua-t-il vivement... M'autorisez-vous à aller vous voir ?

— Non, mon bel ami, non. Restez à roucouler dans votre pigeonnier... Thauziat, vous êtes témoin que je refuse de recevoir monsieur.

— J'irai malgré vous, dit-il en riant. Mais serais-je donc si coupable ?

— N'en ayez pas l'espoir !

Diana passa devant lui, en montrant, sous sa jupe retroussée, une ravissante petite botte vernie dont le talon frappait le sol avec un bruit cavalier.

— Allons, messieurs, assez bavardé ; nous avons une bonne lieue à faire pour rentrer...

Elle s'approcha des chevaux. Sans lui demander la permission, Louis la prit par la taille et, d'un seul effort, il la plaça en selle. Elle le regarda de haut, avec son sourire irritant :

— Tiens ! vous êtes plus vigoureux que je n'aurais pensé.

Elle rassembla les rênes, toucha son cheval et, saluant Louis de la main, elle partit au trot, dans un nuage de poussière.

— Au revoir, Thauziat. Adieu, messieurs, cria Hérault. Et, seul au milieu de la place, les yeux troubles, le sang tumultueux, il poussa un soupir, puis entra dans l'église.

Sur la route, Diana courait côte à côte avec Clément. Ils restèrent un temps assez long sans parler; enfin, Mme Olifaunt s'adressant à son compagnon :

— Eh bien! vous voilà, tout au moins en apparence, remis avec Louis... Il vaut mieux qu'il en soit ainsi. Vous tourniez au beau ténébreux.

Clément montra à son amie son visage sombre comme la nuit :

— J'ai menti deux fois, en action et en parole, Diana : j'ai donné la main à Louis et je lui ai dit que tout était oublié. C'est la première fois que je commets une lâcheté, et j'en souffre affreusement.

— Exagération!... En amour, c'est très admis! Avez-vous entendu comme votre Pylade vous prêchait d'exemple? Si j'avais voulu, je l'emmenais dîner avec nous. Il a trahi sa femme, en pensée, plus de dix fois, pendant les cinq minutes que nous avons passées avec lui. Et vous auriez des scrupules? Vous êtes un peu trop paladin!... Soyez donc de votre siècle, mon cher : la morale n'y a pas cours et il n'y a plus que les imbéciles qui soient vertueux !

— Je n'avais qu'une religion : c'était l'honneur, dit Thauziat d'une voix étouffée, et j'y ai manqué.

— Votre religion, c'est l'amour que vous avez pour une femme. L'amour n'est-il pas le suprême mobile des actions humaines? Tout ce qui se fait de véritablement grand, même dans l'infamie, c'est l'amour qui l'inspire. Sachez donc vous mettre au-dessus du vulgaire, mon cher Clément. Est-ce que, pour une certaine catégorie d'êtres vivants, les principes généreux qui régissent le monde peuvent compter? Vous laisserez-vous garrotter par des liens moraux qui n'existent que parce que vous le voulez bien? A quoi servirait d'être supérieur aux autres hommes, pour se courber sous le même joug? Brisez vos entraves et posez comme règle unique : votre bon plaisir. C'est ce que j'ai fait depuis longtemps, et je ne le regrette pas. En somme, il n'y a qu'une seule chose qui compte : vous aimez?

— Comme un insensé! dit Thauziat.

— Eh bien! rappelez-vous ce que je vous ai dit, il y a plus d'un an : « Vous vous trouverez en rivalité d'amour avec Louis Hérault... » J'avais comme une prescience de l'avenir. Vous m'avez répondu en riant : « Ce jour-là, je vous le rendrai, ce sera ma vengeance. » Ce jour-là est venu, Clément... Mais je ménagerai votre conscience, qui est chatouilleuse. Je ne vous demanderai pas de me rendre Louis Hérault. Je saurai le reprendre toute seule. Et, quand vous verrez la belle madone trahie, outragée par celui à qui elle vous a sacrifié, il est probable, alors, que votre vertu remontera définitivement vers le ciel et que vous cesserez d'être un ange pour vous retrouver un homme.

— Diana! s'écria Clément avec force, je vous défends...

— Chut! fit la belle Anglaise, en lui coupant la parole, on ne défend rien à une femme!

Et, comme Thauziat voulait encore parler, la supplier :

— Taisez-vous! Voici ces messieurs qui se rapprochent. Ils pourraient nous entendre.

Elle ajouta à voix basse :

— Lorsque la femme que vous aimez sera dans vos bras, souvenez-vous que c'est Diana qui l'y aura mise.

ELLE PRENAIT SUR LA TABLE LA BROCHURE OU LE LIVRE COMMENCÉ
(PAGE 520)

VIII

Avec l'automne, les grandes affaires avaient repris. Lereboulley,
Thauzial et Hérault, plus unis que jamais, posaient les premières
assises de la société du câble, et de fréquentes conférences se tenaient,
rue Le Peletier, dans les bureaux de Lereboulley. Il y avait à résoudre
de sérieuses questions, avant de s'engager définitivement dans cette
importante entreprise. Les sociétés anglaises s'étaient émues de cette
tentative de concurrence, et, très puissantes, de plus, en possession
du trafic, elles s'apprêtaient à entamer une lutte à outrance contre
l'exploitation française. Il fallait prévoir un abaissement du tarif de
transmission, et, en conséquence, établir le câble dans des conditions
économiques telles qu'on pût non seulement combattre, mais
triompher. C'était du moins ce que Louis expliquait à sa femme avec
un luxe de détails, une prolixité d'appréciations qui donnaient à
Hélène une haute idée des travaux qui se préparaient.

Cependant, l'insistance avec laquelle il parlait à tout propos de
cette affaire, mettant sur le compte des études ses sorties de plus en
plus fréquentes, commençait à inspirer de l'inquiétude à la jeune
femme, et, un jour qu'Émilie dînait Faubourg-Poissonnière, Hélène
lui avait dit, au milieu de la conversation :

— Votre père ira-t-il en Amérique pour le câble, comme il est allé à Corinthe, au printemps, pour le percement de l'isthme ?

Émilie avait répondu en riant :

— Papa est allé à Corinthe pour se promener avec Mme Olifaunt. Sans le yacht et sans la charmante passagère qui était à bord, il aurait envoyé un de ses représentants... Du reste, je ne l'entends jamais parler ni du câble, ni de l'Amérique.

—Mais ces messieurs passent presque toutes leurs soirées ensemble, à étudier le projet d'établissement.

Émilie jeta un rapide regard autour de la table. Elle vit Hélène inquiète, Louis fort troublé. Elle eut l'intuition que le terrain sur lequel son amie essayait de l'engager était dangereux, et, coupant court à tout éclaircissement :

— Tout cela est très possible... Mon père ne me souffle jamais mot de ses affaires.

— S'il te racontait ce que nous débattons entre nous, dit Louis, reprenant contenance, cela ne t'amuserait guère. Ce ne sont que détails techniques et entassements de chiffres à perte de vue..... Figure-toi...

— Oh! mon cher Louis, grâce! s'écria Hélène avec une gaieté affectée. Réserve tes démonstrations pour notre intimité.

Elle dirigea sur son mari un coup d'œil profond :

— Moi, je t'écoute volontiers... Cela m'instruit.

On changea de conversation. Mais, après le dîner, sous prétexte de fumer une cigarette, Émilie emmena Louis dans son cabinet de travail, et là, brusquement :

— Tu fais donc des cachotteries à ta femme, toi ? Qu'est-ce que c'est que ces histoires de conférences. le soir, avec mon père et Thauziat?... Comme si mon père, passé sept heures et le courrier signé, s'occupait d'autre chose que de ses plaisirs ? Est-ce que tu en ferais autant, mon petit ?

— Tu rêves ! Qu'est-ce que tu vas t'imaginer ?

— Eh ! mon cher, ce qui est vraisemblable, étant donné ton caractère. Tu as eu la bonne fortune de rencontrer une femme au cœur angélique, il y a de grandes chances pour que sa vertu te fatigue et pour que tu coures au vice. Le goût du contraste !... Tu as une trop grande sécurité, cela te donne du loisir, et il est probable que ce loisir, tu l'emploies à mal faire. Ce qu'il te fallait, à toi, c'était une femme qui te menât à la baguette et qui, à la moindre alerte, te menaçât de représailles : ainsi, tu aurais été tenu en respect. Tu te serais occupé à te défendre, et tu n'aurais plus trouvé le temps d'attaquer. Tu es trop heureux, voilà la morale de l'histoire, et tu cherches le moyen de gâter un peu ton bonheur !

— Ma bonne Émilie, tout ce que tu me débites là est fort piquant et très ingénieux. Je suis touché de la gracieuse opinion que tu t'es faite de mon caractère. Mais la psychologie est en défaut. Je ne suis pas le monstre que tu crois, et, si je sors sans ma femme, un peu plus que je ne le devrais, les distractions que je prends sont fort innocentes.

— Il y a donc quelque chose de vrai dans mes conjectures? s'écria Mlle Lereboulley.

— Dans tes conjectures, rien ; dans les faits, oui. Je ne m'amuse pas beaucoup, tous les soirs, à la maison, entre ma grand'mère et Hélène. Aussitôt le dîner fini, ma femme s'enferme dans la chambre de son enfant, et moi j'ai la ressource de m'assoupir au fond d'un fauteuil, en fumant un cigare. A neuf heures, ma femme reparaît. Je te concède que sa société est charmante, mais, à la longue, elle est un peu monotone. Alors, que veux-tu? J'éprouve le besoin de me distraire, de me remuer, de ne pas me laisser glisser dans la torpeur d'une vie de ménage, et je sors...

— Où vas-tu?

— Au cercle, la plupart du temps.

— Tu joues?

— Un peu. Oh! très peu...

— Et tu perds, naturellement?

— Ça va et ça vient. Veine et déveine entremêlées. Rien de grave: une partie de père de famille.

— Tu es bien sûr que c'est au cercle que tu vas? Ne me fais pas de mensonge : je le saurai.

— Où veux-tu que j'aille?

— Je ne veux pas; je crains, voilà tout. Si tu vas au cercle, pour_
quoi ne le dis-tu pas à ta femme? Il n'y a là rien de criminel, et cela
vaudrait mieux que de lui conter des histoires. Tu te couperas un de
ces jours, ou tu seras trahi par quelqu'un involontairement, et alors
la confiance qu'Hélène doit avoir en toi sera ébranlée, elle aura du
chagrin... C'est bête ce que tu fais là !

— Si je lui parle du cercle, elle sera inquiète. Elle ne sait pas,
comme toi, ce que c'est que la vie des hommes à Paris. Elle se figu-
rera que j'ai remis le pied dans l'enfer d'où elle se flatte assez ingé-
nument de m'avoir tiré... Enfin, j'ai voulu éviter des discussions et
j'ai préféré ménager son repos.

— Eh bien! ne t'en tiens pas aux apparences, ménage-le en réalité...
Mais voilà un quart d'heure que nous causons; un plus long conciliabule éveillerait les soupçons, rentrons au salon.

Cette conversation donna fort à penser à Émilie. Elle était trop fine
pour avoir accepté, comme argent comptant, les explications de Louis.
Elle se mit en tête de savoir exactement ce que faisait son camarade.
Elle interrogea adroitement les gens de son entourage, et, en huit
jours, acquit la certitude que la majeure partie des soirées que Louis
dérobait à la vie conjugale, il les passait chez Mme Olifaunt.

Cependant, Hélène n'était pas dupe non plus des explications que
lui fournissait son mari. Mais, à l'inverse d'Émilie, elle ne voulait rien
approfondir. Le doute lui paraissait préférable à la certitude. Au fond
d'elle-même, elle sentait que, si la vérité lui était révélée, il en résulterait la perte de son bonheur. Et, plutôt que de chercher à savoir,
elle se bouchait les yeux et les oreilles. Cette vaillante eut cette
lâcheté.

Elle se consolait de ses inquiétudes et de ses soupçons avec son
enfant. C'était là qu'elle se montrait vraiment dans toute la perfection
de son charme et de sa beauté. Sa noble figure prenait une douceur
tendre qui faisait rayonner ses yeux, resplendir ses lèvres de l'ineffable grâce de la maternité triomphante. Tenant son petit garçon
couché entre ses bras, comme dans un berceau souple et tiède, mur-

murant à mi-voix des chansons pour l'endormir, ou l'excitant à bondir
sur ses genoux, pendant que de cette petite bouche, dans l'animation
du jeu, les éclats de rires tombaient comme des perles égrenées,
elle offrait un tableau empreint d'une poésie adorable. C'était là qu'il
eût fallu que Louis allât la rejoindre pour se mettre à l'unisson de son
esprit et de son cœur. Il eût suffi qu'il la vît ainsi jeune, ardente et
dévouée, pour être pénétré d'une affection nouvelle, faite d'attendrissement et de respect. Il aurait compris qu'Hélène n'était pas seulement une femme exquise, mais encore une mère admirable, et que,
si les liens de leur amour étaient, pour un instant, détendus, des
chaînes plus fortes, scellées par la reconnaissance, devaient le retenir
auprès de cette créature accomplie.

Mais, au lieu de la suivre, il restait au fumoir à mâchonner un
cigare, ou au salon à lire un journal. Vainement, la vieille Mme Hérault lui disait:

— Viens donc voir déshabiller le petit Pierre, tu seras émerveillé
de sa gentillesse et de sa beauté... C'est un enfant à exposer!

Louis souriait de ce qu'il appelait des exagérations d'aïeule et
ripostait par des phrases toutes faites sur la nécessité de soustraire
aux regards du mari les menus détails de l'élevage des enfants. Il
citait la nursery anglaise, séparée du reste de l'appartement, pour
empêcher tout le tapage fait par les marmots de parvenir jusqu'aux
oreilles des parents.

— Mais, mon cher garçon, reprenait la grand'mère, ce petit ne
crie jamais, on ne l'entend que rire et gazouiller : c'est un prodige !
Et, soigné comme un prince ! Ce monsieur en a des dentelles !...

— C'est vrai qu'il est très gentil. Mais tous les enfants se ressem-
blent. Il ne m'intéressera vraiment que quand il commencera à
parler.

Mme Hérault pensait, en soupirant, que son petit-fils se privait de
bien douces jouissances, et, ne pouvant pas amener Louis dans la
chambre de l'enfant, elle y allait pour deux et restait en extase
devant le berceau du petit Pierre, qui dormait, la poitrine soulevée
par un souffle égal, ses cheveux blonds sortant de son béguin à entre-

deux de malines, et ses poings roses fermés, comme s'il voulait se
cramponner à son délicieux sommeil.

Hélène, pendant ces heures-là, assise près de la fenêtre, tricotait
des chaussons de laine blanche, laissant errer à l'aventure son esprit,
qui l'emportait souvent loin de cette chambre heureuse où vivait
l'ange consolateur. Elle se demandait si, entraînée par l'égoïsme
maternel, elle n'avait pas eu tort de sacrifier son mari à son enfant.
Car, avec la générosité de son caractère, elle s'adressait des reproches et excusait presque Louis de s'être éloigné d'elle. Elle comprenait que l'esclavage, qui lui causait à elle tant de joies profondes, ne
pouvait lui plaire à lui. L'existence devait sembler bien monotone à
ce jeune viveur. Pourtant, elle s'avouait qu'avec un peu de contrainte
il eût pu la supporter. N'essayait-elle pas de la lui rendre aussi
attrayante que possible et, s'il avait eu l'esprit moins superficiel et
moins léger, n'eût-elle pas dû y réussir? Jamais elle ne se montrait
à lui que souriante et gracieuse. Elle affectait même une coquetterie qu'elle n'avait pas autrefois et apportait une grande recherche
dans sa mise. Peine perdue : son mari l'embrassait distraitement, lui
adressait un compliment du bout des lèvres, sans paraître penser à
ce qu'il disait, mais restait bel et bien séparé d'elle. Elle ne se croyait
pas abandonnée. Elle pensait : « C'est un peu de patience à avoir ;
il reviendra à moi quand je ne serai plus une insupportable nourrice. »
Et, avec sa disposition d'esprit à voir toujours le bon côté des choses,
elle rêvait une autre lune de miel.

Elle en était pourtant bien loin, et elle en eut trop tôt la preuve.
Comme Louis sortait presque tous les soirs, une des satisfactions
d'Hélène était d'aller dans l'appartement de son mari, et là, seule, de
s'y installer pendant une heure ou deux. Il lui semblait qu'ainsi,
elle se rapprochait de lui et que, dans la pièce silencieuse et vide,
elle laissait un peu d'elle-même, une subtile émanation de sa suave
tendresse qui finirait par pénétrer Louis. Elle rangeait les menus
objets placés sur la cheminée, ouvrait les armoires, y plaçait des
sachets qui embaumaient le linge et les habits. Tous ces petits soins
caressants, dont elle aurait voulu combler l'être chéri, elle les rendait

aux choses qui lui étaient familières. Puis, quand elle avait terminé
son travail d'attentive ménagère, elle s'asseyait dans le fauteuil de
Louis et prenait sur sa table la brochure ou le livre commencé,
s'efforçant de saisir la pensée de l'absent et de se mettre en communication intellectuelle avec lui. Elle s'oubliait ainsi et, un soir, elle
entendit son mari qui rentrait, vers minuit, chantonnant un air d'opérette. Elle n'eut que le temps de se lever, ne voulant pas être surprise
dans cette chambre, dont elle aurait paru forcer l'accès, et de se
sauver en emportant sa lumière.

Louis ne se doutait en aucune façon de la fréquentation habituelle
de sa femme dans son appartement. Le parfum doux et chaste qu'elle
y laissait en se retirant, légère et silencieuse, comme une bonne fée
qui veille dans l'ombre, ne l'avait point frappé. Il trouvait tout dans
un état parfait chez lui, mais il ne cherchait pas la main qui travaillait discrètement à son bien-être. Peut-être même ne remarquait-il
pas qu'il y eût une amélioration, dans la tenue de sa maison, depuis
qu'il était marié. Il avait peu d'ordre et, volontiers, laissait traîner
des clefs, de l'argent, des papiers dans ses poches et sur la cheminée,
dans des coupes.

Un soir qu'il y avait une première représentation au Palais-Royal
Louis était parti précipitamment après le dîner. Hélène, un peu triste,
après avoir couché son petit garçon et fait une partie de cartes avec
Mme Hérault, était allée s'enfermer dans le petit salon qui précédait
la chambre à coucher de son mari. Là, dans une demi-obscurité, elle
n'avait point su réagir contre les impressions vagues, mais douloureuses, qui l'assaillaient en foule. Elle n'avait aucune raison plausible de se tourmenter plus que d'habitude ; cependant, étendue dans
un fauteuil, les mains énervées, elle pleurait sans pouvoir s'arrêter,
et ses larmes coulaient, comme un flot brûlant, sur ses joues. On eût
dit que le pressentiment d'un malheur prochain lui venait, ou que la
perception très nette d'un malheur accompli s'imposait brusquement
à elle.

Au bout d'une demi-heure, comme elle était vaillante et raisonnable, elle fit un effort, s'interrogea, ne trouva pas ombre d'un prétexte

IL L'EMBRASSA SUR LE FRONT AVEC UNE VÉRITABLE TENDRESSE (PAGE 527)

à ce chagrin subit, fut obligée de le mettre sur le compte des nerfs, et, mécontente de cette prédominance, inusitée chez elle, du physique sur le moral, elle se morigéna, se secoua et se reprit. Elle voulut se distraire par une occupation active et entra dans la chambre de son mari. Avec un sourire, elle la vit dans le désordre où il l'avait laissée. Les domestiques, attablés à la cuisine et se délassant des fatigues de la journée par un repas prolongé, n'étaient pas encore venu ranger. Elle releva les vêtements abandonnés sur le tapis, et, avisant sur un guéridon des papiers jetés pêle-mêle, elle les rassembla et allait les mettre dans un tiroir, quand une carte de parchemin, timbrée dans l'angle d'une devise latine en caractères gothiques bleu-acier, attira son attention. *Amo et odi* disait la devise, et sur la carte, d'une grande écriture droite et sèche, une ligne était tracée: « Demain, à trois heures, rue de Moscou. » Point de signature.

Hélène avait laissé retomber les papiers sur la table, et, dans sa main, elle ne tenait plus que la mince feuille de parchemin. Elle n'en pouvait détacher ses yeux. La devise, qu'elle comprenait imparfaitement, lui semblait, avec ses caractères métalliques d'un bleu changeant, se tordre comme les anneaux d'une vipère. Et, sourdement, elle se sentait au cœur la morsure de ces lettres venimeuses. D'un geste instinctif, elle porta la carte à son visage, et le parfum affaibli qui l'imprégnait lui monta, troublant, jusqu'au cerveau. Hélène eut la certitude que la carte venait d'une rivale. Un flot de sang empourpra ses joues, ses pieds furent glacés et tout tourna autour d'elle. Une angoisse atroce la saisit. Elle craignit de tomber là et, étendant la main vers une carafe qui se trouvait sur un plateau, elle mouilla son mouchoir, qu'elle appuya sur son front.

Peu à peu, elle recouvra sa lucidité et se remit à étudier la carte qui contenait, dans l'énigme de ses caractères, le mot de toute sa destinée. Demain, à trois heures... Pourquoi ce rendez-vous serait-il criminel? Qu'est-ce qui prouvait que la femme, puisqu'à n'en pas douter c'était une femme qui écrivait, était une maîtresse? Hélas! le parfum violent, âcre, voluptueux, était un indice irrécusable. Il révélait la créature qui, enveloppant les hommes des séductions de sa chair, voulait, même éloignée d'eux, leur laisser actif le souvenir des ivresses, dont ce parfum infâme était un des plus subtils poisons. Oui, c'était une maîtresse! Mais de quand était cette carte?

L'avait-il reçue le matin ou le soir? Quand il était rentré, revenait-il de son rendez-vous, sortait-il des bras de la femme, tout chaud de ses baisers? Ou bien était-ce seulement le lendemain qu'ils devaient se retrouver, à trois heures, rue de Moscou? Rue de Moscou! Où? dans quelle maison? Il la connaissait bien, puisqu'on ne lui envoyait pas le numéro. Il voyait donc la femme ailleurs, puisqu'on lui spécifiait l'endroit où, ce jour-là, il la rencontrerait? Toutes ces idées se présentaient à l'esprit d'Hélène, successivement, avec une logique absolue. Elle voyait clair dans les ténèbres soigneusement faites autour d'elle et voulait voir plus clair encore. Elle courut à la bibliothèque et y chercha un dictionnaire latin. Ce mot *odi* était pour elle le point obscur de l'énigme. Il lui semblait que, si elle pouvait le comprendre, tout s'illuminerait en une seconde. Elle découvrit le livre qu'elle voulait et feuilleta vivement, à la lueur d'une bougie, répétant vaguement, comme si elle évoquait le mot mystérieux:

— Odi... odi... odi... Voilà! Odi... je hais!...

Elle regarda la carte et lut: *Amo et odi*, puis traduisit: «J'aime et je hais. » Elle remit le dictionnaire à sa place, ferma la bibliothèque, et, pâle, repassa dans la chambre de son mari. En un instant, s'était évoquée dans sa pensée la femme blonde qu'elle avait rencontrée, pour la première fois, avec Émilie, à l'exposition, et qui avait jeté sur elle des yeux pleins de haine. Elle n'hésitait pas, elle n'admettait pas de doute; c'était elle, ce ne pouvait être qu'elle: Diana Olifaunt. L'amour et la haine, qu'elle affichait si audacieusement, avaient pour objet Louis et Hélène. C'était Louis qu'elle aimait, et Hélène qu'elle haïssait.

La jeune femme, froide, lucide, sentit descendre en elle une douleur profonde, expliquée cette fois, dont sa tristesse sans cause apparente n'avait été que l'avant-coureur magnétique. Elle éprouva une haute et puissante indignation de ce que cette femme venait ainsi voler son bonheur. Tout ce qui s'était passé, depuis dix-huit mois,

lui apparut; elle mesura les effets et jugea les causes avec la fermeté
d'une âme supérieure. Elle comprit la valeur des conseils qui lui
avaient été donnés et qu'elle n'avait pas suivis. Elle se rappela
qu'Émilie lui avait, avant son mariage, prophétisé ce qui devait arriver.
Elle l'entendait encore dire : « Louis est un enfant... épousez Thauziat. »

Thauziat! Sa belle figure se dressa devant elle, sombre et triste
fantôme qui hantait son souvenir. Lui aussi, il souffrait; lui aussi,
il était malheureux. Comme il avait regardé le petit Pierre, le jour
où il était venu dans l'église, et de quel ton il avait dit, en parlant de
l'enfant : « Je souhaite qu'en tout il ressemble à sa mère! » Eût-elle
été plus heureuse avec lui? Oui, c'était certain, elle se l'avouait maintenant. Toutes les pensées, tous les actes de Clément, se seraient rap-
portés à elle. Il l'eût aimée comme une divinité unique et, à ses pieds,
il eût brûlé son âme, comme le seul encens assez pur pour lui être
offert. Des larmes lui vinrent aux yeux. Elle les essuya avec colère,
il lui sembla que son involontaire retour sur le passé était une trahison envers son mari. S'il était coupable, rien ne lui donnait le droit,
à elle, de laisser s'échapper sa pensée, de même qu'il avait laissé
s'égarer son cœur. Le sentiment profond de son malheur l'accabla
brusquement, comme si tout ce qu'elle devinait de lâchetés, de hontes,
de perfidies, accumulé en un fardeau énorme, tombait d'un seul coup
sur elle et l'écrasait. Elle poussa un gémissement et, se rappelant
soudain le lieu où elle était, craignant d'y être vue ainsi bouleversée,
elle se dirigea d'un pas ferme vers son appartement.

Elle entra dans sa chambre, éclairée par une lampe de nuit, la
traversa et passa dans celle du petit Pierre. D'un signe, elle renvoya
la femme qui le gardait. Alors, s'asseyant à côté du berceau, elle
appuya sa tête contre la tige de fer qui soutenait les rideaux dans
l'ombre desquels l'enfant dormait son doux sommeil, et là, libre,
elle dégonfla son cœur ulcéré. Elle souffrait cruellement! Pourtant,
dans son esprit, il n'y avait pas une pensée de colère. Elle avait croisé
ses mains pour une prière, et ses vœux montaient, touchants, simples
et tendres, vers le ciel. Elle disait : « Mon Dieu! vous voyez ma détresse;
je ne vous demande qu'une seule consolation en ce monde : c'est de

me laisser mon cher petit. Tant que je le verrai me sourire, tant que
ses petits bras se tendront vers moi, je n'aurai pas le droit de me
plaindre et j'accepterai la douleur avec résignation. Il sera ma consolation, et peut-être, par lui, parviendrai-je à ramener son père. »

Ses pleurs coulaient goutte à goutte, sur l'oreiller. Une de ces perles
chaudes tomba sur le front de l'enfant. Il s'agita, tourna la tête et,
ouvrant un instant les yeux, il reconnut sa mère. Sa petite bouche
sourit et son regard brilla, azuré comme le ciel. Puis il se rendormit
doucement, retournant à son rêve. Alors, sur son cou blanc, Hélène
vit se détacher, roses, les boules du collier de corail que Mme Olifaunt
lui avait envoyé, le lendemain de leur rencontre dans l'église. Il lui
sembla que ce bijou était empoisonné, comme tout ce qui venait de
cette femme. Elle détacha le collier et, s'approchant de la cheminée
où le feu brûlait encore ardent, d'un geste rapide elle le jeta dans les
flammes. Puis elle se rassit près du berceau et continua à veiller.

Le lendemain, au déjeuner, Louis se montra très gai et très
expansif. Il avait, au fond de lui-même, une joie qui débordait, sans
qu'il pût la contenir. Il ne remarqua point la pâleur de sa femme. Il
était de ces aimables égoïstes à qui leur propre contentement donne
l'illusion de la satisfaction universelle. Il plaisanta avec sa grand'mère,
développa à Hélène ses projets financiers ; enfin, il fut bon prince et
se leva de table avec la conscience d'avoir témoigné une grande bienveillance à ceux qui l'entouraient.

Hélène, cependant, incapable de se contenir assez pour donner le
change à un observateur moins superficiel que Louis, n'avait pas
prononcé une parole et avait à peine mangé. Une fièvre ardente la
dévorait, et, à chaque instant, elle portait son verre à ses lèvres,
buvant de l'eau pour éteindre le feu qui lui brûlait la poitrine. Elle
écoutait, avec un amer sourire, les gentillesses de son mari, se rendant très bien compte que c'était le bonheur d'avoir vu sa maîtresse
la veille, ou le ravissement d'aller la retrouver le jour même, qui, de
son cœur, faisait monter la joie comme un flot à ses lèvres. Son
hypocrisie l'exaspérait. Elle eût préféré des violences et des brutalités
à tous ces mensonges. S'il s'était dressé subitement, et, la regardant

bien en face, s'était écrié : « Assez de tromperie ! J'aime une autre femme, et je vais la rejoindre, » elle eût dit : « A la bonne heure ! C'est cruel, c'est infâme ! Mais ce n'est point lâche ! Tu me brises le cœur, mais tu ne me voles pas ma confiance, tu ne me salis pas avec des baisers qu'une autre a partagés ! »

Louis ne fut pas si héroïque. Il continua à marivauder, pensant visiblement à autre chose qu'à ce qu'il disait ; puis, une fois sorti de table, il alla chez son fils, ce qu'il ne faisait pas tous les jours. Hélène le suivit dans la chambre de l'enfant, avide de voir si la trahison pouvait revêtir si exactement les apparences de l'honnêteté. Louis lutina son petit garçon, lui sourit, l'embrassa, le fit sauter dans ses bras, avec l'entrain et l'abandon d'un excellent père de famille. La tranquillité et l'aisance de son mari étaient telles qu'un doute se glissa dans l'esprit de la jeune femme et qu'elle se demanda si elle n'avait pas rêvé. Elle voulut raffermir sa conviction, et, s'adressant à Louis :

— Qu'est-ce que tu fais aujourd'hui ?

Il leva les yeux avec une nuance d'inquiétude, comme si, dans l'accentuation de ces paroles, il eût discerné une vibration menaçante :

— Pourquoi me demandes-tu cela ? dit-il.

Elle alla droit au fait.

— Parce que j'ai rendez-vous avec Émilie, pour choisir les étoffes de tenture de mon petit salon et que j'aurais été contente d'avoir ton avis.

— A quelle heure est-ce ?

— A deux heures et demie.

Il prit un air contrarié :

— Oh ! je ne peux pas... à mon grand regret... j'aurais été ravi d'aller avec toi... nous ne sortons pas assez ensemble... mais les affaires avant tout... Je suis attendu à Saint-Denis.

— Ne peux-tu faire dire que tu ne viendras pas ? Il n'est qu'une heure. On aurait bien le temps, Louis, et je serais si heureuse !

Hélène avait prononcé ces derniers mots sur le ton de la prière. Cette fois, il ne la regarda pas. Une vive anxiété contracta son visage.

Il parut hésiter. Mais, au bout d'un instant, il répondit d'une voix un peu étouffée :

— Excuse-moi... c'est vraiment impossible. Il y va des plus sérieux intérêts.

— Bien ! dit Hélène, avec un horrible battement de cœur.

Il s'approcha d'elle, comme s'il voulait lui demander pardon et, l'attirant contre lui, il l'embrassa sur le front avec une véritable tendresse. Elle se dégagea vivement, des larmes lui montèrent aux yeux, mais elle les refoula par un effort de sa volonté et, trouvant l'énergie de montrer un visage calme :

— Alors, à ce soir, dit-elle. Et elle rentra dans son appartement.

Désormais pour elle, il y avait une complète évidence ; mais elle prétendait pousser sa certitude aussi loin que possible et connaître sa rivale. Elle s'habilla à la hâte, mit un chapeau, avec une voilette assez épaisse pour qu'on ne pût distinguer ses traits, et, montant en voiture, elle se fit conduire à l'hôtel Lereboulley. L'idée lui était venue de tout révéler à Émilie. Lorsqu'elle avait dit à Louis qu'elle avait rendez-vous avec la jeune fille, déjà elle projetait de demander à celle-ci de la conseiller et de l'aider à se défendre. Sa confiance en elle était absolue. Elle savait quelle sagesse et quelle ampleur de vues possédait son amie. Elle n'eût laissé voir à aucune autre la plaie saignante de son amour blessé. Mais Émilie n'avait-elle pas été initiée à ses hésitations au moment du mariage ? Y avait-il, pour elle, un mystère dans la vie menée par le jeune ménage depuis un an ? Peut-être, avec sa sagacité et sa pénétration, Mlle Lereboulley avait-elle deviné le mot de l'énigme que cherchait Hélène. Si elle allait l'éclairer et lui éviter des recherches humiliantes, un espionnage douloureux ! Oui, il fallait l'interroger, la presser jusqu'à ce qu'elle eût avoué tout ce qu'elle savait. Et, dans sa hâte de connaître tout son malheur, la jeune femme eût voulu activer la marche du cheval, franchir l'espace et donner enfin satisfaction à son atroce curiosité.

La voiture s'arrêta, Hélène sauta sur le trottoir, renvoya son cocher et, pleine d'impatience, demanda si Mlle Lereboulley était chez elle. Le concierge répondit affirmativement et fit résonner le timbre.

dont le tintement amena un valet de pied sur le perron de l'hôtel.

— Mademoiselle est à son atelier, dit le domestique.

Et, précédant Mme Hérault, il la conduisit au second étage, ouvrit une porte et se retira.

Assise devant un chevalet, Émilie donnait les derniers coups de pinceau à un charmant tableau de fleurs. Sur la table, devant elle, une jonchée de roses, d'orchidées et de jacinthes, entremêlées de fougères, lui servait de modèle. En entendant la porte s'ouvrir, elle avait tourné la tête. Elle reconnut Hélène, poussa un cri de joie et, se dressant, sa palette passée dans le pouce de sa main gauche, elle vint à la jeune femme, l'embrassa, l'attira auprès de son tableau et la fit asseoir. Et, comme Mme Hérault relevait sa voilette et lui montrait un visage pâli par l'anxiété :

— Qu'est-ce qu'il y a donc? dit-elle. Vous avez l'air bouleversée.

Hélène baissa affirmativement la tête ; suffoquée par l'émotion, elle ne pouvait parler. Elle ne croyait pas, en venant, que l'aveu de son malheur et de l'infamie de son mari lui paraîtrait si pénible. Mais Émilie était déjà trop prévenue pour ne pas deviner ce qu'on hésitait à lui dire. Elle prit le parti d'interroger :

— Est-ce Louis qui est cause de ce que vous souffrez?

— Oui, répondit Hélène.

Aussitôt ce mot prononcé, le flot de ses paroles s'épancha librement et elle énuméra à son amie toutes ses preuves. Vainement, Mlle Lereboulley essaya de les discuter, d'ébranler la conviction de la jeune femme. En somme, pourquoi n'y aurait-il pas, entre la réception du billet accusateur et le refus de consacrer à Hélène l'heure marquée pour le rendez-vous, une coïncidence fortuite? Ce billet n'était pas daté. Peut-être était-il pour la veille? Qui prouvait que Louis y était allé? S'il était enfin pour le jour même, qui saurait si Louis allait s'y rendre?

— Moi! dit Mme Hérault.

— Et comment?

— Je vais le guetter.

— Ma chère, vous ne ferez pas ce que vous dites!

MADAME, DIT ÉMILIE, J'AURAIS UN PETIT RENSEIGNEMENT A VOUS
DEMANDER (PAGE 534)

— Je vais le faire, n'en doutez pas, à moins que vous ne me nommiez la femme avec laquelle Louis me trompe si misérablement.

— A quoi la reconnaîtrais-je?

— A sa devise impudente, qui est un véritable programme de fille! s'écria Hélène.

Elle sortit son porte-cartes, y prit un carré de papier sur lequel elle avait écrit la phrase latine et le tendit à son amie.

Celle-ci devint très grave : elle avait reconnu la devise de Mme Olifaunt. Elle regarda longuement le papier, comme si elle en étudiait toutes les lettres. Elle pensait : « Ainsi, l'instant des amertumes est arrivé pour la pauvre Hélène. Elle éprouve toutes les angoisses de la jalousie et elle subira toutes les humiliations de l'abandon. Et c'est cette atroce Diana qui lui distillera le poison goutte à goutte. »

Elle frémit en mesurant la profondeur de l'abîme dans lequel son amie allait tomber. Diana était capable de tout, même du plus abominable des crimes, pour en venir à ses fins. Si une lutte s'engageait entre les deux femmes, et Hélène était de caractère à la soutenir, on pouvait tout craindre. Émilie jugea nécessaire d'égarer aussi longtemps que possible le soupçon de la femme légitime et l'empêcher de découvrir la maîtresse. Pour cela, il ne fallait pas la livrer à elle-même, mais l'accompagner et tâcher de déjouer ses plans.

— Je ne connais pas cette devise, dit Émilie en relevant le front. Mais elle convient aussi bien à un homme qu'à une femme.

— L'écriture, le parfum, tout est d'une femme, interrompit Hélène, irritée de la résistance que lui opposait Mlle Lereboulley.

— Soit! c'est une femme. Elle donne un rendez-vous à votre mari, à trois heures, rue de Moscou, aujourd'hui... Je l'admets encore... Mais que prétendez-vous faire? Attendre rue de Moscou... mais attendre quoi?

— La sortie de mon mari et de la femme.

— Et si la femme habite la maison et ne sort pas?

— Non! Si elle habitait là, elle n'aurait pas mis « rue de Moscou ». C'est un lieu de rendez-vous.

Émilie ne put s'empêcher de sourire :

— C'est assez bien raisonné, dit-elle. Le chagrin ne trouble pas trop vos idées.

— Il m'exalte, s'écria Hélène avec animation, il décuple mes forces... Oh! ne croyez pas que je sois de ces femmes qui n'ont pour ressources que leurs larmes et qui restent sans défense. Je lutterai, pour moi, pour mon enfant, pour l'honneur de mon mari. Je ne demanderai pas une protection de la loi: je ne veux ni séparation ni divorce. Je veux mon mari, qui m'appartient, que j'aime malgré ses folies et que je prétends ramener à moi. Mon cœur souffre cruellement de le voir s'éloigner, mais il souffrirait plus cruellement encore si je le perdais pour toujours. Voilà pourquoi je désire tout savoir... Non pas pour chercher des arguments judiciaires, non pas pour découvrir des prétextes à récriminations et à querelles, mais pour connaître celle que je dois combattre et apprendre comment je puis la vaincre!

Mlle Lereboulley regarda son amie avec une admiration attendrie. Les yeux de la jeune femme étincelaient de hardiesse, son front intelligent était creusé par un pli énergique. Ses mains frémissaient, impatientes de la lutte. Elle incarnait si bien ainsi le courage et la persévérance, qu'Émilie retrouva un peu d'espoir. Belle, jeune, vigoureuse, ardente, pourquoi Hélène ne triompherait-elle pas de l'exécrable Diana? Hélas! le vice, sur cette terre, n'était-il pas toujours vainqueur? Ne le savait-elle pas, elle, qui, depuis son enfance, avait vu tourner autour de son père tant de femmes, vivant de leur beauté, reçues partout, grâce à leur luxe et à leur élégance, s'imposant au monde qui aurait dû les rejeter et qui, au contraire, leur faisait fête? Un mari, pour couvrir de son nom leur infâme commerce, un peu de tenue, pour sauvegarder les apparences, et, moyennant ces concessions à la respectabilité, elles pouvaient vivre en courtisanes, prendre les maris, les fils, les frères, braver de leur impudent sourire les épouses délaissées, les sœurs inquiètes, les mères gémissantes, et semer partout la douleur, le deuil et la ruine.

Ne comptait-on pas nombreuses ces aventurières qui trônaient dans les salons, dans les théâtres, dans les villes d'eaux, partout, ayant les plus beaux diamants, les plus belles loges, les plus beaux équipages? On se nommait leurs entreteneurs tout bas à l'oreille, et elles étaient en intimité avec des duchesses, pénétrant dans la société la plus aristocratique, au moyen des œuvres de bienfaisance qu'elles enrichissaient de leurs dons, des concerts de charité dans lesquels elles chantaient, traînant, derrière leurs jupes, la troupe de leurs amants, toujours prêts à payer pour leur plaire. Diana n'était-elle pas la plus redoutable, la plus rapace, la plus insolente de toutes ces femmes tarées? Et c'était avec elle qu'Hélène rêvait d'engager la bataille, sans autres alliés que sa fierté, sa bravoure et son intelligence, abandonnée par celui qui aurait dû être son défenseur, et qui la livrerait à son ennemie, découvrant lui-même la place où il faudrait frapper pour que la blessure fût mortelle! Cependant n'était-elle pas juste et grande, sa cause? Et ne méritait-elle pas, résistant au lieu de courber la tête, que son amie l'aidât de toute son ardeur et de toute sa force?

Émilie résolut, avant tout, d'éviter un choc entre Louis, Diana et Hélène. Si le rendez-vous était vraiment pour le jour même, il fallait, à tout prix, empêcher que ces trois adversaires se trouvassent en présence, brusquement, sur un terrain public ou dans un escalier banal, exposés à la curiosité des passants ou à l'indiscrétion des subalternes. Elle se décida à accompagner Mme Hérault, afin de prévenir, par tous les moyens en son pouvoir, un scandale probable.

Hélène marchait fiévreusement dans l'atelier. Mlle Lereboulley se leva et, souriant:

— Vous voulez absolument vous rendre rue de Moscou? Eh bien! je ne vous laisserai pas aller seule: je vous accompagne! Je suis sûre d'avance que vous ne verrez personne venir au rendez-vous. En tous cas, je serai là pour vous détourner de commettre quelque sottise.

Hélène ne répondit pas, mais elle embrassa son amie avec effusion. La femme de chambre apportait à Émilie son chapeau et son manteau. Elles descendirent.

— Vous n'avez pas gardé votre voiture? C'est une bonne précaution. Nous allons prendre un fiacre. Il n'est qu'une heure et demie, nous avons le temps.

Bientôt, roulant au trot modéré d'un cheval fourbu, elles se dirigèrent vers le pont de l'Europe. Hélène, qui avait habité le boulevard des
Batignolles autrefois, avec sa mère, connaissait parfaitement le quartier. Afin d'augmenter les chances de réussite de son embuscade, elle
avait projeté de placer sa voiture, d'où elle surveillerait, à égale distance des deux extrémités de la rue. Avec de bons yeux, elle devait
facilement distinguer une personne entrant, soit du côté de la place,
soit du côté du boulevard. Une fois la maison reconnue, elle se rapprochait et guettait la sortie de Louis et de sa complice. Émilie
n'avait pas d'objections à faire à cet ordre de bataille. Elle laissa
Hélène arrêter la voiture à l'endroit désigné, et, avec une vive
émotion, elle attendit.

Elles étaient toutes les deux méconnaissables, sous leurs voilettes
épaisses : Mme Hérault, les yeux ardemment fixés sur l'entrée du
boulevard, par laquelle un pressentiment lui disait que Louis devait
arriver, Mlle Lereboulley, par le petit guichet du fond, observant
l'entrée de la place. Elles ne parlaient pas, mais leur respiration
oppressée révélait le trouble qui les agitait. De temps en temps, Hélène
prenait sa montre et regardait l'heure. Il luisemblait que le temps
s'écoulait avec une désespérante lenteur. A trois heures moins un
quart, Émilie tressaillit : son œil perçant avait aperçu Diana,
vêtue d'un costume gris très simple, voilée, mais bien facile à reconnaître à sa démarche, qui s'avançait sur le trottoir au bord duquel
leur fiacre s'était rangé. Elle allait à son rendez-vous, d'un bon pas,
sans hésitation, comme une personne qui en a l'habitude. A vingt
mètres de la voiture, elle tourna et entra sous une porte cochère.

Émilie ne sourcilla pas. Elle s'était engagée à prévenir Hélène si
elle voyait quelqu'un ou quelque chose de suspect. Elle manqua délibérément à sa promesse. « Si Louis vient par le même côté, pensa-
t-elle, tout est sauvé pour aujourd'hui. Ce soir, j'ai le temps de l'avertir de ce qui se passe, afin qu'il ne se coupe pas si sa femme l'interroge, et je tâche de le ramener par de bonnes paroles. » Une exclamation d'Hélène l'interrompit; elle se retourna : son amie s'était rejetée
en arrière, la main tendue. Elle suivit du regard la direction indiquée

et aperçut Louis qui approchait, tranquille, souriant, les mains dans les poches de son paletot. Il longea la voiture, jeta un vague coup d'œil sur les deux femmes qui y étaient assises dans une demi-obscurité, ne les devina point et passa. Derrière lui, Hélène, tremblante, se pencha au dehors, le vit entrer dans la maison où déjà Diana était arrivée et voulut descendre.

— Qu'est-ce que vous allez faire? demanda Émilie, en lui saisissant le bras.

— Je veux m'informer, interroger, savoir.

— A qui parlerez-vous? A des domestiques, au concierge? A des gens qui peuvent s'étonner de votre agitation, s'effrayer de vos regards, prévenir votre mari... Non! il ne le faut pas... Laissez-moi la liberté d'agir, je suis de sang-froid, j'en apprendrai plus que vous et plus aisément... attendez-moi là... je ne serai pas long-temps.

— C'est bien, je vous attends.

Émilie descendit. Elle pénétra, à son tour, dans la maison. Au fond de la cour, un palefrenier lavait une victoria. Le portier, assis sur un baquet renversé, causait avec lui, son balai entre les jambes. La jeune fille se dirigea vers la loge; une femme y était seule, petite, maigre, l'air futé, vraie concierge de maison à femmes. En entendant ouvrir la porte, elle s'avança:

— Madame, dit Émilie, j'aurais un petit renseignement à vous demander.

Ce disant, elle ouvrit une bourse en mailles d'or et y puisa deux louis, qu'elle posa sur la table. La concierge fit un geste de protestation, mais son œil s'était allumé à la vue des quarante francs.

— S'il n'y a rien de compromettant, dit-elle, et si je peux vous rendre service...

— Parfaitement, reprit Émilie. Mais il ne s'agit point d'une affaire comme on en voit tant : ni coup de révolver ni vitriol, tranquillisez-vous... Un monsieur vient d'entrer à l'instant... Il a ici un apparte-ment de garçon, où il reçoit une dame, ou des dames, je ne sais pas au juste, et peu m'importe du reste!... Il faudrait, tout simplement, ui faire passer, à l'instant même, un mot que j'écrirai... Soyez sans crainte, il vous remerciera...

— Y aura-t-il une réponse? dit la concierge.

— Non, madame, je vous donne le billet et je m'en vais.

Elle prit une de ses cartes et, au crayon, traça rapidement ces mots : « Ta femme est dans une voiture, à la porte, qui t'attend... Empêche Diana de partir avant une heure. Toi, sors immédiatement, va-t'en par la place de l'Europe et viens chez moi avant de rentrer. — Émilie. »

— Auriez-vous une enveloppe? demanda-t-elle.

La concierge fouilla dans un buvard crasseux, et, parmi des quittances en blanc et de vieux journaux, elle découvrit une enveloppe. Émilie écrivit dessus : « Monsieur Louis, » y mit la carte et, la tendant à la femme :

— Voilà, madame. Je vous remercie.

— J'y cours, dit la concierge, gagnée par l'air calme d'Émilie.

— Bonjour, madame.

Elle regagna la voiture.

— Eh bien? interrogea Hélène.

— On ne le connaît pas dans la maison. C'est la première fois qu'il y vient. Il n'y a que des locataires habitant « bourgeoisement ». Le propriétaire ne veut pas de femmes seules dans son « immeuble », m'a dit le portier, homme respectable. Nous sommes donc obligées de nous demander si vous ne vous êtes pas laissée aller à des craintes absolument chimériques.

Hélène observa son amie : elle paraissait rassurée. Elle poussa un profond soupir. Combien n'eût-elle pas donné pour que ses craintes fussent vaines! Mais la lettre sans signature, la devise et le parfum, et Louis arrivant à l'heure indiquée? Il est vrai qu'elle n'avait pas vu venir de femme. Alors que signifiait ce rendez-vous? Pourquoi avait-il été donné?

— Restons encore, dit-elle.

— Tant que vous voudrez, répondit Émilie, sûre maintenant que l'aventure aurait le dénouement qu'elle avait préparé.

Elles demeurèrent silencieuses, les yeux fixés sur la porte cochère. Au bout d'un quart d'heure, Louis sortit tout tranquillement et, à petits pas, s'éloigna du côté du pont de l'Europe. Émilie, en elle-même, se disait : « Voilà un maître hypocrite ! Il a des allures innocentes. Il s'en va comme un petit saint. La pauvre Hélène aura bien du mal à le mater ! »

— Eh bien ! ma chère, fit-elle tout haut. Voilà notre homme parti. Il est maintenant clair qu'il ne venait pas pour un rendez-vous.

— A moins que vous ne l'ayez fait prévenir, interrompit Hélène, avec un regard soupçonneux.

— Et le moyen? S'il avait un appartement clandestin dans cette maison, il y serait évidemment connu sous un faux nom. Comment aurais-je, en si peu de temps, pu m'informer et lui envoyer un émissaire? Enfin, pourquoi vous aurais-je trompée?

— Par amitié, dit Hélène en hochant la tête. Mais ce serait bien mal m'aimer. Rien ne me serait plus pénible que d'être exposée à vivre, pleine de confiance, auprès d'un homme qui me trahirait. Il pourrait rire de moi: le ridicule s'ajouterait ainsi à l'odieux, et j'aurais peine à me relever d'une situation si humiliante.

— Tranquillisez-vous, ma chère. Ce soir, quand votre mari rentrera, interrogez-le habilement. Il vous donnera peut-être lui-même l'explication du mystère. Je vais vous reconduire chez vous.

Elle alla Faubourg-Poissonnière avec Hélène et resta auprès d'elle jusqu'à cinq heures et demie. A sept heures, Louis arriva pour dîner, comme d'habitude, et, sans même passer chez lui, entra au salon. Il embrassa sa grand'mère et sa femme, s'assit, et, l'air riant:

— Eh bien ! qu'est-ce que vous avez fait aujourd'hui ? demanda-t-il.

— Moi, dit la vieille Mme Hérault, j'ai été au Bon Marché acheter de la laine pour tricoter des camisoles de pauvres, j'ai fait un petit tour aux Champs-Élysées et me voilà.

— Et toi? dit alors Hélène à son mari. Qu'est-ce que tu as fait?

— Ma foi, j'ai prêté dix mille francs que je crois bien aventurés . Mais c'est à un vieux camarade du temps ou j'étais mauvais sujet... Il

ÉMILIE LE SAISIT PAR LE BRAS (PAGE 539)

m'avait écrit deux fois et je me faisais tirer l'oreille... Enfin, je me
suis rendu et je lui ai porté la somme tantôt.

— Où çà?

— Rue de Moscou, répondit Louis d'un ton indifférent... De là,
j'ai été à Saint-Denis...

— En voiture?

— Non. J'ai pris, rue d'Amsterdam, un fiacre qui m'a conduit à la
gare du Nord... Et me voilà, comme dit grand'mère.

Hélène fut frappée de l'extraordinaire précision des réponses de
son mari; elle les trouva invraisemblables à force d'être exactes. Elle
y sentit une habileté qui dénonçait le crime. Elle eut la conviction
qu'elle avait été jouée et que Louis avait eu sa leçon faite par Émilie.
Son généreux cœur n'eut pas un battement de colère. Elle comprit
les motifs auxquels avait obéi son amie et lui pardonna. Mais elle
résolut de redoubler de surveillance, afin d'arriver à une certitude.

Louis avait, en effet, suivi de point en point les instructions de
Mlle Lereboulley. En sortant de la maison de la rue de Moscou, il était
allé tout droit chez elle. Il l'avait attendue pendant deux heures, qui
lui avaient paru mortelles. Il était impatient de savoir ce que sa
femme pouvait avoir découvert, mécontent d'avoir été surpris et
un peu inquiet d'avoir à subir les semonces d'Émilie. Elle entra comme
un coup de vent, ne lui tendit pas la main et, d'un ton sec, en traversant le salon:

— Monte à mon atelier, nous serons plus à notre aise pour causer.

Il la suivit. Enfermés dans la vaste pièce, elle enleva son chapeau,
son manteau, qu'elle jeta sur un divan, et, se plantant devant son ami:

— C'est joli, ta conduite, dit-elle.

— Voyons, Émilie, interrompit-il, tu me gronderas tant que tu
voudras, mais commence par m'apprendre ce qui s'est passé.

— Comme c'est malin à deviner!... Tu laisses traîner tes lettres...
Ta femme en a trouvé une, l'a lue, et, sans moi, elle te pinçait avec
la Diana.

— Combien je te remercie!

— Il n'y a pas de quoi!... Ce n'est pas pour toi que je l'ai fait! Car, vrai, tu m'écœures affreusement. On n'est pas bête comme toi! Tu as une femme ravissante, qui t'adore; un enfant délicieux; tu jouis d'un bonheur bien supérieur à ce que tu mérites, et tu vas compromettre tout cela, pour courailler avec une drôlesse qui se moque de toi!

— Émilie! s'écria Louis avec colère.

— Ah ça! est-ce que tu as des illusions sur sa moralité?

— Ne me parle pas d'elle. Dis de moi tout ce que tu voudras... tu n'en diras jamais assez!... Mais respecte la femme que j'aime.

— Ce sera très difficile, car elle est bien peu respectable!...

Louis prit son chapeau avec un geste furieux et s'élança vers la porte. Émilie le saisit par le bras :

— Allons, reste, imbécile; je ne parlerai plus de Mme Olifaunt, puisque tu es si chatouilleux. Mais je n'en ai pas fini avec toi... Je suis parvenue à faire croire à ta femme qu'on ne te connaissait pas dans la maison où tu as ta petite tour de Nesle. Elle va t'interroger, fais-lui un bon mensonge, pour lui expliquer ta visite... Pour une fois, tu mentiras utilement.

— Émilie! répéta sourdement Louis, qui s'assit, le front lourd d'ennui.

— Seulement, je te préviens qu'Hélène n'a pas accepté avec douceur l'idée que tu pouvais la tromper et que tu auras fort à faire si tu veux continuer les fredaines. Elle se défendra avec la plus grande énergie, et, dame, tu sais, prends garde!... Un moment de colère peut l'entraîner loin... et elle est très jolie!... Si elle te rendait la pareille, hein?

— Elle en est incapable : c'est une honnête femme.

— Et alors le voilà bien tranquille! s'écria Émilie, avec une âpre ironie. Toi et tes pareils, êtes-vous assez gredins! Et comme les femmes seraient plus ménagées par vous, si elles étaient moins fidèles à leur devoir! «Elle est honnête»; je peux la martyriser impunément; elle souffrira, pleurera, mais ne se vengera pas : elle est honnête! Et monsieur, fort de cette sécurité, cascade sans se gêner. Et, pendant ce temps-là, à la maison, la pauvre petite délaissée nourrit son fils, le soigne, le veille. La révélation de son malheur peut la bouleverser, l'empoisonner et tuer, du même coup, l'enfant; mais qu'importe! Il faut bien que monsieur s'amuse! Comme c'est lâche ce que tu fais là!

— Voilà bien de l'exagération et un peu trop de drame, répondit Louis en souriant d'un air contraint. Je ne prétends pas m'excuser; mais, si ma femme était un peu plus ma femme et un peu moins la mère de son fils, tout ce qui est arrivé ne serait peut-être pas.

— Assez! s'écria Émilie pâle de colère; ce que tu dis là te complète. Tu fais à Hélène un crime de sa vertu. Tu lui reproches ce qui devrait la rendre sacrée à tes yeux. Ne me réponds plus un mot. Va-t'en. J'ai eu bien de l'amitié pour toi; je n'en ai plus. Mais, avant de t'éloigner, écoute un dernier avis: si tu n'as point souci de ta femme, si tu négliges sir James Olifaunt, et en cela tu n'as pas tort, ne fais point fi de M. Lereboulley... Il tient beaucoup à sa Diana... Il n'a pas consenti à me la sacrifier... Il ne se laissera pas prendre sans combat... Prends garde!

Et comme Louis avait un geste de dédain:

— Oh! Il ne te cherchera pas querelle. Il n'essaiera pas de t'attaquer, le pistolet ou l'épée à la main. Il a de meilleures armes. Il te cassera financièrement les reins. A bon entendeur, salut. Maintenant, tu peux t'en aller.

Elle tourna le dos à son ami. Il s'approcha d'elle, plus troublé qu'il ne voulait le paraître, et, lui tendant la main:

— Je te remercie encore de ce que tu as fait pour moi et pour Hélène... Mais ne me laisse pas partir ainsi. Il y a si longtemps que j'ai de l'affection pour toi!... Avec ma grand'mère, ma femme et mon enfant, tu es la seule personne que j'aime vraiment. Tu viens de me maltraiter, je ne t'en veux pas. Je suis coupable, je le sais. A quoi te servirait de m'accabler?... Plains-moi, cela vaudra mieux, et ce sera peut-être plus efficace.

Elle le regarda: il avait les yeux pleins de larmes.

— Mais quel poison vous donne-t-elle donc, cette créature, s'écria-t-elle en frappant du pied, pour vous affoler ainsi tous, les uns après les autres? Et encore, toi, tu es un véritable enfant, tu n'as pas de défense! Voyons, au moins tâche d'être un peu plus raisonnable!

— Je te le promets.

— Serment d'ivrogne! dit-elle avec un triste sourire. Allons, va-t'en, on serait inquiet de toi si tu étais en retard aujourd'hui.

Il la prit, presque de force, par les épaules et l'embrassa; puis toute sa tristesse parut s'être envolée :

— Tu es vraiment une bonne fille ! s'écria-t-il.

— Et toi un fameux drôle !

— Adieu !

Et il sortit. Derrière lui, Émilie resta assise à songer. L'avis qu'elle avait donné à Louis était sérieux. Elle savait que, le jour où son père apprendrait qu'il était trompé, sa colère serait terrible. Engagé dans toutes les affaires de la maison Hérault, ayant fait une part à Louis dans toutes celles dont il s'occupait, en un tour de main il lui était facile de le ruiner. Disposant de moyens financiers formidables, le sénateur pouvait, à son gré, lancer une spéculation ou la faire échouer. Emporté par le ressentiment, il devait concevoir tout de suite la pensée d'attaquer son rival dans sa fortune, n'ignorant pas que c'était le plus sûr moyen de lui reprendre Diana. Émilie connaissait l'incurable passion de Lereboulley pour sa maîtresse : à ce vieillard, Mme Olifaunt s'était rendue indispensable. En plus du danger auquel Louis était exposé de ce côté, il y en avait un autre que la jeune fille avait à peine indiqué : c'était celui que pouvait lui faire courir l'amour de Thauziat. Voyant le mari s'éloigner de sa femme, Clément, à moins d'une générosité surhumaine, chercherait à profiter du dissentiment. Certes, Hélène était très honnête, mais Thauziat était si charmant. Ainsi, de tous côtés, Émilie jugeait la sécurité de ses amis menacée par la faute de Louis. Elle résolut de faire tout ce qui dépendrait d'elle pour les aider à franchir, sans désastre, tous ces écueils.

Si Mme Hérault était restée chez elle, comme elle le faisait depuis le commencement de l'hiver, les chances mauvaises eussent été bien diminuées. Mais la jeune femme, changeant de tactique, déclara que, désormais, elle accompagnerait son mari dans le monde. Fatalement, ainsi, elle se trouverait en face de Mme Olifaunt, et la lutte s'engage-

rait implacable entre les deux femmes. Il était impossible que les intéressés, et en première ligne Lereboulley, n'entendissent pas siffler
les traits qui s'échangeraient de part et d'autre. A moins de se faire
aveugle et sourd, il faudrait comprendre. Dès lors, on pouvait tout
craindre. Louis avait accueilli sans enthousiasme la résolution prise
par sa femme. Il s'était trop bien accommodé de sa nouvelle existence
de garçon pour ne pas aspirer à la prolonger. Il souleva quelques objections, qui furent repoussées par Hélène avec une invincible fermeté :

— Mon petit Pierre, dit-elle, peut maintenant se passer de moi le
soir ; je ne veux pas m'enfermer toute ma vie entre les quatre murs
de notre maison. Il est temps de me décarêmer. Je prétends m'amuser
un peu : cela me changera.

Elle se mit à aller en soirée, au bal, au théâtre, elle reçut chez
elle. Sa vie mondaine des premiers temps de son mariage reprit avec
un éclat plus vif. On sentait qu'elle faisait tous ses efforts pour plaire.
Elle y réussit. Sa beauté un peu grave s'adoucit et devint très séduisante. Une cour se forma autour d'elle, et, adulée, choyée, elle montra
plus d'esprit et de grâce encore que de charme. Thauziat, avec sa
fierté tranquille, se tenait à l'écart des courtisans et des flatteurs.
Mais il avait une façon de saluer Hélène, de lui parler, de l'accompagner, qui achevait d'assurer la suprématie de la jeune femme. Rien
cependant, ni dans l'attitude, ni dans les paroles de Clément, ne
paraissait compromettant pour elle. Il lui témoignait un respect qu'il
n'avait eu pour aucune autre. On ne pouvait douter qu'il ne fût amoureux d'elle, mais il affectait si bien, lui-même, de ne pas conserver le
moindre espoir, que la vertu de Mme Hérault était considérée comme
inattaquable.

Elle, calme en apparence, passait à travers la foule, écoutant les
propos galants, répondant, avec un sourire, libre, aisée, mais cependant l'attention continuellement en éveil. Elle ne perdait jamais de
vue son mari. Aucun de ses mouvements ne lui échappait. Et cette
chasse à l'adultère, au travers des salons parisiens, avait, pour un
observateur sagace, comme était Émilie, un âpre et poignant attrait.
Fait singulier, depuis qu'Hélène sortait, jamais, dans les mêmes mai-

sons qu'elle, on ne rencontrait Diana. On eût dit que la belle Anglaise était prévenue par un ami secret de tout ce que Mme Hérault devait faire dans la soirée. Louis, doux, affable, menait sa femme où il lui plaisait d'aller et se conduisait en époux modèle. Hélène, malgré sa ténacité, commençait à se lasser et sentait sa conviction s'affaiblir, quand un incident imprévu fit soudainement jaillir la lumière qu'elle cherchait si passionnément.

IX

Tous les ans, Lereboulley, pour plaire à sa fille, et quoique la musique lui fît horreur, donnait deux ou trois concerts dans les splendides salons de son hôtel. Émilie, très avancée en art et fanatique de Wagner, avait beaucoup contribué à acclimater dans le monde parisien les admirables compositions du maître. Ayant fait entendre à ses amis tout ce qu'on pouvait raisonnablement imposer à la légèreté française de cette belle mais sévère musique, elle se bornait maintenant à patronner de jeunes musiciens qui, malgré une réelle valeur, ne parvenaient pas à forcer la porte des théâtres. L'exécution de ces œuvres inédites était confiée à un orchestre d'élite ; les plus remarquables chanteurs se chargeaient de l'interprétation des morceaux et ces soirées sans rivales attiraient un monde énorme.

Le premier concert devait être, cette année-là, consacré à l'audition de fragments de *Manfred*, un opéra de Lucien Wordler, dont Mme Olifaunt avait chanté tout l'hiver, dans les salons, une ravissante berceuse, avec un grand succès. Connaissant l'intérêt que Diana portait au compositeur, Mme Hérault était sûre que, cette fois, elle aurait la chance de la rencontrer. Pourtant, elle avait failli subir encore une déconvenue.

LE MÉDECIN DÉCLARA NE RIEN VOIR D'ALARMANT (PAGE 546)

Le petit Pierre, le matin, ayant eu un réveil triste et maussade, lui qui n'était que gaieté et sourire, sa mère fut prise d'une violente inquiétude. Elle envoya chercher le médecin, qui déclara ne rien voir d'alarmant : un peu de fièvre causée par les dents qui commençaient à percer de leurs pointes blanches ces gencives roses, et c'était tout. Hélène, malgré ces assurances, décommanda son coiffeur et parut décidée à ne point aller chez Lereboulley. Cependant, vers huit heures du soir, l'enfant, après une journée très calme, s'étant endormi frais et paisible, la jeune femme changea de résolution, se montra aussi confiante qu'elle avait été effrayée, et, ayant déclaré à son mari qu'elle serait parfaitement coiffée par sa femme de chambre, donna ordre de préparer sa toilette. Louis essaya timidement de combattre cette résolution, mais il se découragea devant la tranquille obstination d'Hélène, et, avec un soupir, il se résigna.

Il était onze heures quand ils arrivèrent. La première partie du concert était commencée. Talazac chantait un très beau nocturne avec Mlle Isaac. Émilie, assise dans le petit salon, reconnut M. et Mme Hérault, se leva avec un geste de surprise et alla au-devant d'eux.

— Mon petit garçon est bien, je suis rassurée, dit la jeune femme, et j'ai tenu à venir.

D'un coup d'œil, Émilie montra à Louis Mme Olifaunt, placée au premier rang. En même temps, Hélène apercevait l'Anglaise et pâlissait en la voyant si triomphalement belle. Vêtue d'une robe en tulle soufre, dont la traîne était ornée d'une guirlande de ces belles roses jaunes qu'on nomme le rêve d'or, elle était éclatante de blancheur. Très décolleté, son corsage découvrait sa poitrine superbe et son dos nacré. Des diamants étincelaient dans ses cheveux blonds et sa main balançait un éventail en plumes à monture d'écailles Attirés, comme par une influence magnétique, les yeux de Diana se détournèrent, rencontrèrent ceux d'Hélène, et les deux femme. échangèrent un regard. Diana sourit et fit un geste gracieux avec son éventail. Mme Hérault inclina gravement la tête. Enfin, elle se trouvait face à face avec cette femme soupçonnée. Elle allait la

voir en présence de Louis, les observer tous deux, et, dans les into-
nations de leurs paroles, dans l'expression de leur visage, chercher
à deviner leur secret.

Mais elle avait compté sans Émilie qui, adroitement, la guidait
vers un groupe de femmes dans lequel elle projetait de l'enfermer,
comme dans une citadelle. Lereboulley, ayant serré la main à
Hérault, s'était approché d'Hélène. Pendant ce temps-là, Louis
s'était perdu dans la foule des hommes solennels et ennuyés qui
bouchaient toutes les issues, bâillant avec discrétion et se tenant
autant que possible hors de portée de la musique.

Il avait rejoint Thauziat et sir James, mais les avait quittés, au
bout d'un instant, pour gagner, par d'habiles manœuvres, une place
d'où il pût, sans être vu par Hélène, admirer Diana et goûter le
plaisir secret de penser qu'il possédait cette femme dont la beauté
excitait d'universels désirs. Il entendait autour de lui bourdonner
les louanges et des bouffées ardentes montaient de son cœur à son
cerveau. Elle, l'air candide, écoutait les chanteurs sans distraction,
applaudissait avec enthousiasme et, dégagée de tout ce qui n'était
pas l'œuvre du musicien, semblait s'absorber dans une béatitude
délicieuse.

Cependant elle se rendait fort bien compte de ce qui se passait
autour d'elle et avait réussi à tourner la tête pour regarder Louis.
De son éventail, porté négligemment à ses lèvres, elle lui avait
envoyé un baiser, puis, en règle avec son amour, elle s'était remise
à écouter. Elle se sentait observée par Hélène. Le poids des regards
de la jeune femme pesait sur elle, et, prudente, car avant tout elle
voulait éviter un éclat, elle se proposait de faire chercher son mari
au premier entr'acte, et, sous prétexte de migraine, de se dérober à
l'ennemie par une savante retraite. Comme les dernières mesures
d'un finale mouraient au milieu des applaudissements, elle se leva,
et, d'un signe de tête, appelant Thauziat, elle prit son bras :

— Je suis un peu souffrante, dit-elle, conduisez-moi dans le petit
salon réservé aux artistes, je désire les complimenter et serrer la
main à Wordler avant de partir.

— Est-ce la présence de Mme Hérault qui vous taquine? demanda Thauziat avec une froide ironie.

— Peut-être, répondit Diana avec un fin regard. La comparaison avec elle est difficile à soutenir. Elle est splendide, vraiment. Son mari est bien bête de la tromper. Mais les maris sont toujours bêtes !

— Excepté sir James.

— Oh! lui, il est à part.

— On pourrait même dire à double part !

— Vous êtes très gai, Thauziat, ce soir. Si vous disiez des choses aussi piquantes à Mme Hérault, vous augmenteriez vos chances.

— Allóns, ne vous fâchez pas, Diana, je plaisante.

— Je ne me fâche pas. A vous, vous savez bien que je vous permets tout.

Ils étaient arrivés dans la salle à manger convertie en buffet et encombrée par les allées et venues des couples qui s'approchaient de la haute table couverte d'un somptueux surtout en argent ciselé, et qui causaient, buvant et mangeant debout, servis par les maîtres d'hôtel impassibles.

— Tâchez donc de m'avoir une grappe de raisin et un verre de champagne glacé, dit Diana à son cavalier.

Il revint, offrant sur une assiette de vermeil une grappe dorée et transparente.

— C'est de ce beau chasselas que nous admirions dans les serres, à Évreux, dit Mme Olifaunt. Il est vraiment exquis. L'an dernier, Lereboulley m'avait envoyé un cep de vigne sur lequel son jardinier avait greffé un rosier, de sorte qu'il portait à la fois du raisin et des roses... C'est un homme qui sait vivre que Lereboulley, dit-elle, en regardant autour d'elle si elle voyait Louis.

Mais le jeune homme s'était fait invisible. Elle prit le verre de champagne que Thauziat lui tendait :

— A vos amours ! Clément.

Elle but à petites gorgées, en renversant un peu son cou charmant, qui se gonflait comme celui d'une colombe. Puis, se suspendant de nouveau au bras de Thauziat, elle se dirigea vers un petit salon qui donnait dans le cabinet de travail du sénateur. Le salon était à peu près vide. Ils allaient le traverser, lorsque, par l'autre porte, au bras de Lereboulley, parut Mme Hérault. Émilie venait derrière eux. Diana serra le bras de Thauziat et jeta un regard autour d'elle; mais il n'était plus temps de reculer, et le choc, que tant d'amis attentifs avaient essayé d'empêcher, allait se produire. La belle Anglaise s'arma de son air le plus riant et, ses yeux d'un bleu céleste fixés sur Hélène, elle s'avança calme comme la plus honnête des femmes. Cependant, cette hardie créature éprouvait une émotion bien rare : en face de Mme Hérault, elle avait peur; elle se sentait dominée et elle s'efforçait de dissimuler les palpitations de son corsage en s'éventant avec grâce. Émilie avait tenté d'emmener son père et Hélène du côté de la salle de concert, mais ce n'était plus Lereboulley qui conduisait Mme Hérault, c'était la jeune femme qui entraînait son cavalier. Elle avait vu Diana et marchait à elle comme à l'ennemi. Mme Olifaunt s'arrêta, elle ne voulait pas paraître fuir; elle salua la première et, attaquant hardiment:

— Je n'ai pas eu le plaisir de vous rencontrer, madame, depuis que je vous ai vue posant une madone dans la petite église, près d'Évreux. Comment va le délicieux bambino?

Hélène écoutait cette voix douce, à laquelle une pointe d'accent étranger donnait une saveur très piquante. Rien de faux ne lui semblait en altérer la pure sonorité. Elle étudiait le maintien de Diana et rien n'y trahissait l'embarras. S'était-elle donc trompée et fallait-il chercher ailleurs l'inconnue détestée?

— Vous êtes une heureuse mère, madame, poursuivit la belle Anglaise, et toutes les femmes peuvent vous envier.

Elle aurait pu parler ainsi éternellement, Hélène ne l'écoutait plus. Ses yeux venaient d'être attirés par l'éventail en plumes jaunes que Diana balançait devant sa poitrine, et, sur un des montants d'écaille, elle avait vu briller des lettres en diamants formant plusieurs mots qu'elle ne réussissait pas à déchiffrer. Une devise, sans doute, mais laquelle? Une voix secrète lui cria que c'était la même qu'elle avait lue sur le carré de parchemin. Ses regards se troublèrent, ses oreilles s'emplirent de bourdonnements confus et le sang monta, brûlant, à la racine de ses cheveux. Elle fit un effort pour rester debout, saisit le bras d'Émilie, auquel elle s'attacha avec une force convulsive et, très pâle, s'adressant à Mme Olifaunt :

— Vous avez là, madame, un bien bel éventail. Vous plairait-il de me le laisser admirer ?

Diana tendit à la jeune femme l'éventail qui tenait à sa ceinture par une cordelière de soie paille ; Hélène s'en empara et, avec une avidité furieuse, sur le montant d'écaille, lut ces mots : *I love and I hate*. Un froid mortel descendit dans ses veines, elle venait de retrouver là, en anglais, la devise latine. C'était bien cette blonde audacieuse, fine, exquise, qui était sa rivale. Une colère folle bouleversa son cerveau. Elle eut la tentation de labourer avec ses ongles ces yeux limpides, de déchirer cette bouche voluptueuse sur laquelle s'étaient posées les lèvres de Louis, de renverser et de piétiner ce corps potelé qui lui avait volé les caresses de celui qu'elle aimait. Elle serrait machinalement l'éventail dans ses mains tremblantes, elle lut d'une voix sourde :

— *I love and I hate...*

— Cela signifie en anglais : « J'aime et je hais, » fit Diana. Mais, comme toutes les devises, celle-ci en dit plus qu'il ne faut. Je ne suis ni si tendre ni si méchante.

— *Amo et odi*, reprit Hélène, n'est-ce pas la même chose ?

— Parfaitement, répondit Lereboulley.

Diana eut le pressentiment d'un danger. Elle fit un pas en arrière. Mais Mme Hérault la suivit :

— Les femmes d'intrigue, prétend-on, ne devraient jamais écrire, continua-t-elle avec un écrasant mépris. C'est pourtant sur du papier portant cette devise si caractéristique que vous donnez des rendez-vous à mon mari !...

Mme Olifaunt devint blême, elle poussa une exclamation et, arrachant son éventail des mains d'Hélène, elle se rapprocha de Lereboulley, bouleversé :

— Madame, s'écria le sénateur, en s'interposant entre les deux femmes, mesurez-vous bien la portée de vos paroles?

— Mieux que cette créature n'a mesuré la portée de ses actions. A l'instant, elle avait l'audace hypocrite de me parler de mon enfant, et elle est la maîtresse du père !

— Me laisserez-vous insulter de la sorte chez vous? cria la belle Anglaise à Lereboulley.

Et, comme celui-ci restait pétrifié d'étonnement :

— Allons! défendez-moi !

Elle se dressait furieuse, les mains crispées, redevenue, en un instant, la fille de bar que Thauziat avait sortie de la fange. Hélène, froide et hautaine, l'examina en silence. Toute sa colère était tombée et elle ressentait une douleur immense. Il lui semblait qu'un abîme s'était creusé dans son cœur et que toutes ses joies, toutes ses fiertés, toutes ses pudeurs, venaient de s'y engloutir. Une amertume lui monta aux lèvres. Elle eut le dégoût profond de ce lieu, de cette femme; elle voulut le silence, le recueillement, elle aspira à se retrouver chez elle, auprès de son enfant. Et, se tournant vers Thauziat, immobile et silencieux :

— Voulez-vous, je vous prie, me conduire auprès de mon mari ?

Elle lui prit le bras, salua Lereboulley et sortit, accompagnée par Émilie, sans même faire à sa rivale atterrée l'aumône d'un dernier regard.

A peine Hélène eut-elle disparu que Lereboulley sortit de sa prostration, et, se tournant vers Mme Olifaunt :

— Diana, s'écria-t-il, si Mme Hérault a dit vrai, malheur à vous et malheur à Louis !

— Elle est folle! Allez-vous ajouter foi à des propos de femme jalouse?... Est-ce que je comprends un mot à ce qu'elle m'a dit! Son mari m'a fait la cour quand il était garçon. Il m'a poursuivie... Vous le savez bien! Peut-être a-t-elle découvert un billet de moi en fouillant les meubles. Mais devait-elle en conclure que je détourne cet imbécile d'Hérault de ses devoirs? Parce que j'attire les regards, parce qu'on m'entoure, parce que leurs maris font la roue

devant moi, toutes ces femmes m'envient et m'exècrent ! Est-ce ma
faute ? Je ne fais cependant rien pour attirer les hommages. Tout cela
est odieux, abominable ! Et ce qu'il y a de plus cruel, c'est que vous
m'avez abandonnée à la colère de cette insolente. Vous n'avez trouvé
que quelques mots à balbutier. Tenez, vous ne m'aimez pas... Car,
lorsqu'on aime une femme, on la respecte et on la fait respecter !

— Diana !

Elle fondit en larmes. Lereboulley, affolé, craignant à chaque
instant de voir entrer quelqu'un, tâchait de la calmer :

— Voyons, Diana, vous ne pensez pas ce que vous dites. Moi,
ne pas vous aimer ! Voyons, remettez-vous : on peut venir... Si on
vous surprenait tout en larmes, seule avec moi, que penserait-on ?
Passez dans mon cabinet, je vous en prie ; là, vous serez en sûreté.

Elle consentit à le suivre et se laissa aller sur un canapé, avec la
grâce d'une jeune nymphe qui se sait guettée par un satyre. Le sénateur se promenait agité, insoucieux du concert qui reprenait, dédaigneux de tout ce monde qui emplissait ses salons, tout à la crainte
de son infortune.

— Ah ! ce Louis, si je pouvais croire...

— Vous n'êtes pas encore très convaincu de mon innocence ! Eh
bien ! qu'est-ce que vous feriez si, tout d'un coup, je vous disais : « J'ai
horreur du mensonge, vous voulez savoir si Louis Hérault est mon
amant ? Oui, il l'est !

— Diana, ne plaisantez pas sur un pareil sujet. Si vous me trompiez, ce serait terrible. Je ne reculerais devant rien pour me venger.

— Vous me feriez du mal, à moi ?

— Peut-être !

— Je serais curieuse de voir ça ! s'écria Mme Olifaunt, en déco-
chant à Lereboulley une œillade tellement vive, qu'il en oublia ses
soupçons, sa fureur, et qu'il ne trouva plus, dans son cœur, qu'un
désir immense et, sur ses lèvres, que des paroles énamourées :

— Oh ! Diana, que vous êtes belle ! On commettrait un crime pour
vous posséder !...

— Et, quand on me possède, mon cher, combien pour me garder ?

ELLE VIT HÉLÈNE ACCOUDÉE SUR SON OREILLER, LES YEUX FIXES
ET ÉGARÉS (PAGE 550)

— Ah ! commandez ! Tout ce que vous exigerez sera accompli.

— C'est bien ! dit froidement la jeune femme, nous verrons... En attendant, donnez-moi votre bras, on pourrait remarquer votre absence et la mienne.

Elle sourit et se serra contre le vieillard :

— Il n'en faudrait pas plus pour faire croire qu'il y a quelque chose entre nous.

Il l'enlaça et, penchant sa figure glabre et basanée sur les blanches épaules de Diana, il les caressa de ses grosses lèvres ; elle lui donna une petite claque sur la joue et, se dégageant :

— Allons, Lereboulley, changez d'idées, mon ami.

Il poussa un soupir et, la jeune femme suspendue à son bras, il rentra dans le salon. Sur le visage de Diana, toute trace des émotions subies s'était déjà effacée, et, comme un masque de théâtre repris aussitôt qu'enlevé, elle avait retrouvé son air riant et sa grâce pudique.

Si Mme Olifaunt avait supporté imperturbablement l'épreuve, il n'en avait pas été de même pour Hélène. Partie avec son mari, sans qu'un mot eût renseigné celui-ci sur la scène qui venait d'avoir lieu, Mme Hérault avait ressenti cruellement le contre-coup de toutes ces violences. Enfoncée dans le coin du coupé, la tête couverte d'une écharpe de dentelle, elle tremblait, les dents serrées, la gorge contractée par une fièvre violente. Le balancement de la voiture lui causait des douleurs aiguës dans le front et, par instants, des éclairs lancinants frappaient ses yeux. Le trajet, qui dura un quart d'heure, lui sembla interminable. Louis, inquiet du silence de sa femme, tournait de temps en temps de son côté des regards soucieux. Il lui demanda :

— Est-ce que tu es souffrante ? Est-ce que tu as quelque chose ?

Elle fit un effort, desserra sa mâchoire contractée et répondit sourdement :

— Rien.

La voiture s'était arrêtée devant le perron de l'hôtel ; elle voulut descendre, elle fit quelques pas en trébuchant et fut obligée de s'appuyer aux colonnes de fonte de la marquise. Louis, effrayé, la saisit, l'enleva et, d'un élan, la porta jusqu'au premier étage. Là, elle put marcher et gagner sa chambre. Quand elle fut au coin du feu, débarrassée de son voile, elle apparut à Louis, pâle, secouée par de grands frissons, les mains inertes et les yeux tirés.

— Mon Dieu ! qu'y a-t-il donc ? s'écria-t-il avec une affreuse anxiété. Hélène ! parle-moi... Tu souffres ?

— Oui... un peu...

— Mais comment cela est-il venu... tu as eu froid ?

— Oui, très froid... au cœur.

Il voulut sonner, elle fit un mouvement pour l'en empêcher.

— Non ! ne réveille pas les domestiques... Appelle seulement ta grand'mère.

Il s'élança. Quelques minutes plus tard, la vieille Mme Hérault était auprès de la jeune femme. Silencieusement Louis sortit. Alors, de ses mains actives, l'aïeule aida Hélène à se déshabiller et à se coucher. Quand elle la vit, dans la tiédeur de ses couvertures, grelottant et le sang maintenant au visage, elle lui prépara une infusion bouillante allant du lit au cabinet de toilette, à pas menus, mais veillant à tout. Elle passa dans la chambre de l'enfant, se pencha sur son berceau, admira son calme repos et revint dire à Hélène :

— Le petit Pierre dort bien, soyez sans inquiétude. S'il se réveille je lui donnerai à boire du lait chaud, et il n'en ira pas plus mal.

La jeune mère sourit tristement et murmura :

— Je vous remercie, vous êtes bonne.

Cependant Louis était rentré et parlait de veiller. Alors, la grand'mère parut avoir deviné ce qui se passait dans le cœur de la jeune femme et déclara que la présence de son petit-fils était fort inutile, qu'elle suffirait à tout.

— Va dormir, mon garçon, dit-elle. Moi, je resterai là... Les vieilles gens n'ont pas besoin de sommeil.

Et comme Louis insistait :

— Ta femme le désire.

Il s'approcha d'Hélène, lui toucha le bras, qu'il trouva brûlant.

et, le cœur serré, il l'embrassa doucement au front. Une question était sur ses lèvres, qu'il n'osait point faire. Il devinait la main de Diana dans le mal d'Hélène. Ce silence farouche, qui avait accueilli ses questions, ce désir de l'éloigner et de demeurer seule avec Mme Hérault, tout annonçait qu'un grave incident s'était produit, qui allait profondément modifier la situation. Le matin, la malade ne se sentant pas mieux, Louis envoya chercher Rameau de Ferrières. Une inquiétude affreuse augmentait les souffrances de la jeune femme : elle craignait de ne pas pouvoir continuer à nourrir son enfant. Dans sa détresse morale, cette suprême consolation lui manquerait-elle ? Faudrait-il abandonner ce bébé rose et blond aux soins d'une étrangère ? Dans son horrible insomnie agitée et fiévreuse, elle ressassait ces douloureuses pensées. Le père lui échappait, allait-elle voir aussi lui échapper l'enfant ? Vers trois heures du matin, elle avait eu du délire. Parlant tout haut, elle disait :

— Si on donne mon petit Pierre à cette méchante femme, il mourra !...

La grand'mère s'était levée silencieusement du fauteuil où, près du feu, elle continuait de ses doigts agiles son tricot éternel, s'était penchée vers Hélène, lui avait touché le front et, d'une voix tranquille :

— Rassurez-vous, ma fille... Si vous êtes malade, c'est moi qui m'occuperai de l'enfant, mais il ne sera pas confié à une étrangère.

La jeune femme sourit, ses yeux brillèrent dans l'ombre des rideaux ; elle soupira, marmotta quelques paroles confuses et s'endormit. Quand elle se réveilla, il faisait grand jour et l'illustre médecin, qui venait d'arriver, causait avec Louis dans le salon voisin. Il entra, secouant sa crinière de lion sur sa tête énorme, et, s'approchant du lit :

— Eh bien ! chère madame, vous êtes assez malavisée pour avoir besoin de moi ?... Voyons un peu de quoi il s'agit ?

Il lui tâta le pouls, lui examina les yeux, prit, avec un thermomètre, la température de son corps ; puis, s'adressant à Hérault :

— Ce ne sera rien... Mais nous avons plus de trente-neuf degrés de chaleur, c'est beaucoup trop.

Il l'entraîna dans un coin :

— Elle a été à deux doigts d'une fièvre cérébrale... Il y a, dans les yeux, de la contracture bilatérale... Il faut les plus grands ménagements...

Voyant qu'Hélène s'agitait, il revint :

— Je voudrais, maintenant, qu'on me montrât le nourrisson de cette belle malade.

On lui apporta le petit Pierre riant, joufflu et superbe. Il le souleva, le palpa, l'embrassa et, répondant au regard plein d'anxiété qu'Hélène dirigeait sur lui :

— Eh bien ! mais on va le sevrer, ce gaillard-là !... C'est un peu tôt, mais il est de force à le supporter. J'aime mieux le mettre au lait de vache que de le changer de nourrice... Cela vous plaît-il ainsi, madame ?

Hélène agita faiblement sa tête et deux larmes coulèrent sur la batiste de son oreiller.

Rameau alors, se tournant vers Louis :

— Ne la fatiguons pas... Conduisez-moi chez vous, que je rédige mon ordonnance.

Ils sortirent. Alors, sans réclamer ni conseil, ni aide, la vieille Mme Hérault roula le berceau du petit Pierre dans la chambre et l'installa près de la fenêtre, de façon à ce que, de son lit, Hélène pût le voir. La jeune femme échangea avec l'aïeule un regard, dans lequel elle fondit tout son cœur ; elle voulut parler, mais la bonne dame mit un doigt sur sa bouche, s'assit et reprit son travail silencieux.

Louis n'avait pas quitté la maison et, d'heure en heure, il demandait des nouvelles. Il amena Émilie, qui s'était présentée, dès le matin, et qui fut accueillie avec joie par Hélène. Entre ces deux gardes-malades, la grand'mère et l'amie, il sembla que la jeune femme se ranimait. Mais, vers le soir, la fièvre redoubla et tout annonça que la nuit serait mauvaise. Rameau prescrivit des calmants et composa une potion destinée à faire dormir la malade. Il n'était pas inquiet. La nature vigoureuse d'Hélène pouvait résister victorieusement à la souffrance.

Émilie s'installa à l'hôtel Hérault, afin de remplacer la grand'mère au chevet d'Hélène. Elle dîna avec Louis, qui errait dans les appartements déserts, dévoré par les soucis. Il n'avait pas voulu aller chez Mme Olifaunt, il n'avait point reçu de lettre d'elle. Et, entre sa femme qui souffrait et sa maîtresse qui ne donnait pas signe d'existence, il était saisi d'une sombre fureur contre les autres et contre lui-même. Il se jugeait infâme de penser à Diana, près d'Hélène, et cependant il ne pouvait s'arracher à l'obsession de la belle Anglaise. Sans cesse, elle était devant ses yeux, l'appelant de sa douce voix, le sollicitant de sa radieuse beauté. L'arrivée d'Émilie fut un immense soulagement pour lui : d'abord son amie lui apprit ce qui s'était passé entre les deux femmes, et ensuite, avec elle, il put parler de Diana. Il en était heureux, même pour la maudire, même pour jurer qu'il ne la reverrait jamais. Le soir, dans le petit salon qui précédait la chambre d'Hélène, il causait avec Émilie, se répandant en amères paroles, maudissant le jour où il avait cédé à l'influence de cette dangereuse créature :

— Car elle est redoutable, dit-il, par sa hardiesse et sa perfidie. Je la connais bien... C'est la perversité même !

— C'est, je crois, ce qui vous plaît tant en elle, répondit Émilie. Elle vous change de vos sœurs et de vos femmes, qui sont simples, chastes et bonnes. Mais la simplicité, la chasteté et la bonté, vertus de ménagères ! Ce n'est pas amusant... Il faut des farceuses !

— Elle n'a pas de cœur, reprit Louis, avec rage, elle est froide et féroce. Elle sait que, depuis ce matin, je suis dans l'anxiété, que je donnerais, après l'esclandre d'hier, beaucoup pour savoir ce qu'elle fait, ce qu'elle pense... Elle s'en soucie bien ! Se souvient-elle seulement de moi, qui lui ai sacrifié la plus charmante et la meilleure des femmes?... Non ! Elle rit, s'amuse ! C'est une atroce ingrate. Elle ne m'écrira pas une ligne !

— Elle a raison. C'est par là qu'elle vous tient tous. Si elle ne vous traitait pas comme des chiens, elle ne tirerait rien de vous !... Elle a pris le système des dompteurs d'animaux... Elle vous dresse avec une barre de fer rougie au feu et vous réduit par l'abstinence. Tu j'accuses d'être féroce et ingrate. Et toi, est-ce que tu n'es ni féroce ni ingrat ? Ce que Diana te fait endurer, c'est la revanche de ce que souffre Hélène. Diana, c'est la manifestation de la justice providentielle. C'est l'expiation ! Et encore, nous parlons de Diana, jeune et jolie. Elle est incontestablement séduisante : aux yeux du monde, tu as droit à des circonstances atténuantes. Mais te figures-tu Diana vieillie et laide ? Car il y a des hommes qui les gardent, les vieilles Diana ! Et tu peux devenir de ceux-là. Si tu lasses la patience de ta femme, elle se séparera de toi. Et alors tu resteras rivé à ton Anglaise, et tu passeras ta vie à boire du porto et à jouer au bésigue avec sir James ! Cette perspective t'enchante ? Non ! Alors, petit Hérault, prouve que tu n'es pas un niais : lâche ta bonne amie, qui est celle de bien d'autres, j'en jurerais, et redeviens un honnête homme !

— Aussi vrai qu'il y a un Dieu, cela sera ! s'écria Louis avec fureur.

— Ne le jure pas, Louis, c'est mauvais signe... Fais-le simplement. Mais il arrivera une lettre, demain matin, et adieu les belles résolutions.

Elle le laissa seul dans le salon et alla remplacer Mme Hérault auprès de la malade. La première partie de la nuit fut assez calme. Mais, vers deux heures du matin, Émilie, qui s'était endormie sur la chaise longue, fut réveillée par un bruit de voix. Elle se leva et, dans la demi-obscurité de la chambre, elle vit Hélène, accoudée sur son oreiller, les yeux fixes et égarés, qui parlait dans le silence. La jeune fille s'approcha, serra la main de son amie. Celle-ci parut la reconnaître et, poursuivant l'idée qui la troublait :

— Si je mourais, il forcerait cette femme à quitter son mari et il l'épouserait. Elle prendrait ma place dans la maison, elle habiterait ma chambre, mon enfant serait le sien... Comme elle le regardait dans l'église ! On eût dit qu'elle voulait me le voler !... Tout ce qui m'appartient serait à elle... Et de moi, il ne resterait pas même un souvenir... Un pauvre petit nom gravé sur une pierre, et ce serait tout !

Elle s'agita : des gouttes de sueur perlaient dans ses cheveux. Émilie se pencha vers elle, lui posa ses mains froides sur le front, afin de faire passer un peu de sa tranquille raison dans la tête hallucinée de la malade :

— Vous n'êtes pas en danger, Hélène, dit-elle doucement, et vous vivrez pour être heureuse.

— Je vivrai… oui, reprit avec force la jeune femme ; je vivrai, je le veux, pour défendre ceux que j'aime !

Elle répéta plusieurs fois : « Je le veux ! » comme si, dans le vague de sa pensée, ce mot, qui résumait tout son caractère, se présentait seul à son esprit. Puis, sous le regard compatissant d'Émilie, peu à peu ses paupières battirent et se fermèrent. Le lendemain matin, quand Rameau arriva, il la trouva plus calme, moins brûlante et en bonne voie de guérison.

Louis, de son côté, parut moins agité et moins nerveux. Il resta quelques instants dans la chambre de sa femme et se montra très affectueux pour elle. Hélène, brisée, accueillit ses démonstrations avec une triste joie. Désormais, elle ne pouvait plus se livrer sans réserve aux effusions de son cœur. Toujours, entre elle et son mari, devait se dresser l'image de Diana. Elle ne le repoussa point cependant. Mais elle fit signe à Émilie de l'emmener.

Elle voulait réfléchir et arrêter une règle de conduite. Aussitôt rentrée en possession d'elle-même, sa droite raison délibérait, et, sans faiblesse, comme sans colère, cherchait le meilleur parti à tirer de sa douloureuse situation. Louis était attentionné. Elle se dit, avec une indulgente sagesse, qu'il aurait pu être indifférent. Elle ne vit que le bon côté des choses, elle ne maudit pas la vie, en la jugeant mauvaise. Elle avait une bonne mère, une amie dévouée, un enfant adorable, elle remercia le ciel de lui avoir donné tant de compensations et ne désespéra pas de l'avenir.

Elle se rendait un compte très exact, maintenant, de l'état intellectuel et moral de son mari. Sa faiblesse, son inconsistance, n'avaient jamais été un secret pour elle ; mais elle avait eu l'orgueil de croire qu'elle pourrait s'emparer de lui et le guider. Il lui avait échappé, et une autre, plus habile, avait soumis ce révolté et le conduisait dans les mauvais chemins. L'influence exercée devait être bien puissante,

UN MATIN, EN DÉCACHETANT SES LETTRES, ELLE TROUVA, SOUS
ENVELOPPE, UNE INVITATION AINSI RÉDIGÉE (PAGE 568)

puisque Louis n'avait pas été ramené dans la bonne voie par l'horreur du mensonge et de la trahison. Soupçonné, poursuivi, découvert, ayant à rougir devant sa femme, à se cacher d'elle, il continuait quand même à la tromper. La gangrène était donc dans ce cœur, et peut-être faudrait-il le fer rouge pour cautériser la plaie et la guérir.

Après comme avant cette violente secousse, pas une seconde, Hélène n'avait pensé à accepter sa disgrâce et à se résigner. Elle ne voulait pas céder devant la maîtresse, elle prétendait défendre les droits de l'épouse. Elle ne se figurait pas que son malheur fût une exception épouvantable, faite pour lui arracher des cris de désespoir. Les hommes lui apparaissaient tous faibles, entraînés par leurs passions, sollicités par leurs vices. Elle ne croyait pas que Louis fût pire que les autres. Elle acceptait l'humanité telle qu'elle était : très caduque et très méchante. Mais elle était convaincue qu'avec de la patience, de l'énergie et de l'indulgence, elle arriverait à tirer du bourbier le malheureux qui s'y vautrait. Elle prit donc la résolution de ne lui point parler de son explication avec Mme Olifaunt, de ne lui marquer en rien qu'elle était renseignée sur sa conduite, de ne point faire de scènes, d'attendre, pour exposer ses sentiments, qu'il fournît lui-même une occasion et de s'engager alors à fond dans une lutte, qui ne devrait se terminer que par la défaite irrémédiable et définitive de sa rivale ou d'elle-même.

Comme si elle avait été réconfortée par ces vaillantes résolutions, la convalescence de la jeune femme fut rapide, et, au bout de la semaine, elle était remise. Louis, pendant ces huit jours, n'avait pas quitté la maison. Il s'était montré plein de douceur et de prévenances. Son humeur, d'abord chagrine, avait retrouvé son égalité souriante. Hélène avait attribué ce changement à la joie de sa prompte guérison. Si elle avait pu lire dans le cœur de son mari, elle eût rougi de honte.

Après vingt-quatre heures d'attente exaspérée, Louis avait enfin reçu un petit mot de Diana. La jeune femme s'étonnait de ne pas l'avoir vu depuis la soirée chez Lereboulley et lui adressait de tendres reproches. Quoique sa fureur eût été un peu calmée par l'arrivée

du billet, Louis avait répondu assez sèchement que sa femme était
malade et qu'il ne pouvait la quitter. Aussitôt Diana avait entamé avec
lui un combat épistolaire ayant pour but de le contraindre à venir
chez elle, ne fut-ce qu'un instant. Elle était bien sûre, si elle parvenait à l'amener en sa présence, de le retenir autant qu'il lui plairait. Mais lui, avec beaucoup d'astuce, résistait aux prières et aux
ordres de Mme Olifaunt, et, riant de l'animation avec laquelle il était
poursuivi, se tenait à l'abri de ses séductions et de sa colère.

Il avait des nouvelles par Thauziat, qui ne manquait pas de s'informer, chaque jour, de la santé d'Hélène et qui décrivait à son ami
l'irritation de la charmante femme et les vexations que, pour se
venger, elle faisait subir à l'infortuné Lereboulley. Ils en plaisantaient
tous les deux, car Thauziat avait retrouvé sa belle humeur. Il ne redevenait grave que quand Louis parlait de retourner chez Diana.
Alors son front se chargeait de nuages. Et, pris entre l'âpre désir de
voir Louis à jamais séparé d'Hélène et la crainte des souffrances que
cette séparation causerait à la jeune femme, il en venait à maudir
l'inconstance du mari et à subordonner sa passion au bonheur de
celle qu'il adorait. Dans son âme si fière, de soudains mouvements de
générosité se produisaient qui l'entraînaient à crier à Louis : « Mais,
fou que tu es, prends donc garde, tout n'est qu'un piège autour de toi;
tu ne peux faire un pas, sur la route où tu t'es engagé, sans fouler
aux pieds le bonheur des autres et le tien ! » Un jour, il alla jusqu'à
dire à son ami :

— Tu es bien imprudent de ne pas songer à défendre ton bien, au
lieu de t'acharner à piller celui des autres. Si ta femme cessait de
t'aimer, qui sait si elle ne se trouverait pas sans défense contre un
amour sincère...

— Quel amour?

— Mais le mien d'abord.

Louis avait répondu en riant:

— Bah! Deux ans ont passé sur cette belle flamme, elle est éteinte.
Et puis, tu te crois donc bien dangereux?... Fais la cour à ma femme
si tu veux, ça l'occupera... Va! je suis bien sûr d'elle.

Une ride profonde avait creusé le front de Thauziat et un sourire de mépris avait crispé ses lèvres. Cette insensibilité dépravée, affectée par Louis, ne l'avait pas réjoui, elle l'avait navré. Il n'avait pas pensé à lui-même, il n'avait songé qu'à celle qui était si odieusement offensée.

Le jour où Mme Hérault put descendre de son lit et faire quelques tours en marchant dans son appartement, Louis se décida enfin à se rendre chez Mme Olifaunt. Il était quatre heures quand il se présenta et la maîtresse du logis venait de rentrer avec son mari. Étendue sur un divan, dans le salon japonais, elle feuilletait du bout des doigts un roman. Dans la pièce voisine, dont la porte était ouverte, on entendait sir James ouvrir et fermer des tiroirs. En apercevant Louis, la belle Anglaise fit entendre une exclamation joyeuse, aussitôt réprimée, et, mettant un doigt sur ses lèvres, elle parut vouloir lui imposer une contrainte inaccoutumée. Il restait immobile, se demandant ce qui se passait, lorsque sir James, tenant en main une superbe miniature, fit son apparition:

— Ah! c'est vous, monsieur Hérault, dit l'Anglais avec un froid sourire. Enchanté de me trouver là pour vous recevoir. Asseyez-vous donc... Ma chère Diana, voici le portrait en question, c'est Mlle de Fontanges par Petitot... L'émail a une très grande valeur... Voyez si la coiffure vous convient.

— C'est pour un bal costumé, ajouta Diana, en examinant la miniature. Je crois que ces boucles ne m'enlaidiront pas.

— Il y a longtemps que nous n'avons eu le plaisir de vous voir, monsieur Hérault, reprit sir James. Depuis le concert de notre cher Lereboulley... Vous avez eu, depuis ce temps, des soucis et des inquiétudes... Votre charmante femme est-elle remise de son indisposition?

— Tout à fait, répondit Louis, très étonné de la sollicitude soudaine que l'Anglais témoignait à Hélène.

— Ravi!... D'autant plus ravi que nous donnons, dans quinze jours, un bal... Oui... Nous voulons rendre toutes les politesses qu'on nous a faites... J'espère bien que vous serez des nôtres, ainsi que Mme Hérault?

Ces mots résonnèrent aux oreilles de Louis comme une déclaration de guerre. Il soupçonna une trame habilement ourdie par la femme et par le mari. Il voulut savoir à quoi s'en tenir et, très *résolument*, il répondit :

— Je viendrai avec le plus grand plaisir, sir James, mais je n'ose vous promettre que Mme Hérault m'accompagnera. Les plus grands ménagements lui sont imposés, et elle sera probablement obligée de ne pas profiter de votre gracieuse invitation.

La figure de l'Anglais devint glacée et hargneuse, comme lorsqu'il discutait avec Lereboulley la valeur d'un tableau ou l'authenticité d'un bibelot nouvellement acheté. Il se dirigea vers la cheminée et, s'y adossant avec un air d'autorité :

— Voilà qui est très regrettable pour Mme Olifaunt et pour moi, dit-il d'une voix sèche. Très regrettable ! Il nous est revenu de différents côtés qu'on nous reprochait de n'avoir à nos réunions que des hommes. Oh ! une société tout à fait choisie d'hommes distingués. Mais enfin des hommes seuls, toujours sans leurs femmes, leurs filles ou leurs sœurs. La malveillance s'est emparée de ce fait et l'a tourné contre nous. Aussi Mme Olifaunt et moi, nous avons décidé qu'à l'avenir nous ne recevrions plus ceux de nos amis mariés qui voudraient continuer à venir chez nous en garçons... Nous avions cédé au charme d'une intimité avec eux, mais il ne faut pas négliger les avis du monde. C'est pourquoi je regrette que Mme Hérault ne soit pas dans un état de santé qui lui permette de sortir, car les précieuses relations que nous avons avec vous vont se trouver momentanément interrompues.

Louis se leva un peu pâle, et, se tournant vers Diana, qui, étendue sur son divan, ne faisait pas un geste :

— Mais, madame, si je ne me trompe, c'est un congé en bonne forme que me signifie M. Olifaunt?

Diana laissa tomber de ses lèvres un murmure étouffé, qui tenait le milieu entre le gémissement et l'éclat de rire. Ce fut sa seule réponse.

— Un congé? reprit sir James, avec un geste de protestation. Je suis trop poli pour en agir ainsi avec un gentleman, mais vous êtes trop homme du monde pour ne pas apprécier mes raisons... Du reste, je vous laisse avec Mme Olifaunt, qui vous les expliquera mieux encore.

Il tendit à Louis une main que celui-ci serra avec répugnance et, mettant un baiser sur le front de sa femme, il sortit. A peine la porte s'était-elle refermée, que Diana bondit sur ses deux. pieds, et, montrant à son amant un visage éploré :

— Enfin, vous voilà, s'écria-t-elle. Vous ne pouvez vous imaginer quelle est ma vie depuis huit jours. Un véritable enfer, et j'y étais seule, abandonnée par vous... J'ignore quels abominables rapports on a été faire à sir James, mais il est hors de lui... Il prétend que son honneur est atteint et qu'il faut changer notre mode d'existence à Paris, ou retourner en Angleterre.

— Il vous emmènerait? s'écria Louis. Alors, c'est donc avec votre consentement, car il ne fait que ce que vous voulez?...

— Il me traite ordinairement en enfant gâtée; mais, quand il s'agit de choses sérieuses... Et quoi de plus sérieux que ce qui nous arrive? Le bruit s'est répandu que vous ne sortiez plus de chez moi... La scène affreuse qui s'est passée chez Lereboulley a été racontée... Par qui? Par cette atroce Émilie, sans doute, car ce n'est ni votre femme, ni Thauziat, ni Lereboulley qui ont parlé... Vous savez combien je suis jalousée par toutes ces chipies si laides et si délaissées!... Cette semaine, on m'a fait des affronts... Je ne peux plus entrer dans un salon sans avoir un battement de cœur... Tout cela, je le souffre à cause de vous... Je ne m'en plains pas... Mais faites, de votre côté, ce que vous pourrez pour m'éviter les ennuis...

Elle l'avait forcé à s'asseoir près d'elle, sur le divan, et, pelotonnée contre lui, elle l'enlaçait de son bras blanc qui sortait d'une large robe de satin vieux rose, serrée à la taille par une cordelière d'or. Sa petite tête, dont les yeux d'azur brillaient sous des mèches de cheveux fauves, s'appuyait sur la poitrine de Louis, et, de ses lèvres souriantes, elle semblait demander un baiser auquel elle se dérobait dès que la bouche irritée du jeune homme s'approchait de la sienne. Elle l'enveloppait de son haleine, du chaud parfum que dégageait son corps souple. Et, ardente à exciter son désir, elle passait de la tendresse à la bouderie et de la gaieté à la douleur, avec une habileté et une promptitude qui faisaient d'elle dix femmes en une seule.

Lui, brûlé par ces regards, grisé par ces sourires, l'avait saisie par les épaules et attirée dans ses bras. Repris de sa fièvre passionnée, il n'avait plus devant les yeux que Diana. Le souvenir des voluptés anciennes lui revenait, avec le rêve des voluptés nouvelles. Il voulait la jeune femme, il se gourmandait d'être resté toute une semaine loin d'elle, il s'étonnait d'avoir pu s'y résigner et ne pensait plus qu'à sacrifier tout au monde pour qu'elle fût à lui.

Alors, avec des paroles entrecoupées de douceurs, Diana entreprit de lui prouver que c'était un bien petit sacrifice à lui faire que d'amener Mme Hérault à cette soirée. Il suffirait qu'elle fît un tour dans les salons, qu'on la vît, et ce serait tout. On pourrait dire après ce qu'on voudrait, il serait facile de répondre : « La preuve que Louis Hérault n'est pas l'amant de Mme Olifaunt, c'est que Mme Hérault va chez elle. » Certes, il faudrait qu'Hélène humiliât un peu son orgueil ; mais, quand elle accorderait à celle qu'elle avait outragée une si faible réparation, où serait le mal ? Et ces perfides raisonnements étaient suivis de tant de baisers, que leur amertume disparut et que Louis fit le serment d'obtenir de sa femme qu'elle consentît à l'accompagner.

Il fut récompensé immédiatement de sa lâcheté par les démonstrations les plus passionnées. Diana le remercia ; elle alla jusqu'à verser des larmes. Elle eut de véritables élans de joie à la pensée de la revanche qu'elle prendrait sur Hélène. Elle répéta à Louis: « Je t'aime ! » avec une sincérité puisée dans une haine féroce. Lui, au milieu de ces transports, ne songeait point à l'infamie de la promesse qu'il avait faite, à l'affront que sa femme devait subir, et dont il se faisait le complice. Il subordonnait tout à son caprice. Qu'importait comment et à quel prix il était satisfait, pourvu qu'il le fût ?

Le soir, il ne rentra pas dîner, pour la première fois depuis qu'Hélène était malade, et, le lendemain, il se montra froidement aimable, comme il en avait depuis trop longtemps l'habitude. Cependant, pour Hélène qui le connaissait si bien, il n'avait pas son visage ordinaire. Une préoccupation, cachée avec soin, l'agitait intérieurement. La jeune femme cherchait vainement à deviner ce qui se passait de nouveau dans ce cœur maintenant fermé pour elle. Émilie, interrogée, n'avait pu répondre. Hélène sut bientôt d'où venait le trouble dont elle s'inquiétait.

Un matin, en décachetant ses lettres, elle trouva, sous enveloppe, une invitation ainsi rédigée : « Sir James Olifaunt, baronnet, et Mme Olifaunt prient M. et Mme Hérault de leur faire l'honneur d'assister à la soirée qu'ils donneront... »

La jeune femme n'en lut pas davantage. Elle aurait vu écrit sur le carré de bristol : « Hélène Hérault est l'esclave de Mme Olifaunt et pourra être, par elle, impunément bafouée, insultée, torturée, » qu'elle n'eût pas éprouvé un plus horrible saisissement. Elle n'entendit pas Louis qui entrait. Il s'avança jusqu'auprès du fauteuil sur lequel elle était assise, sans qu'elle sortît de sa stupeur.

— Qu'as-tu donc ? lui dit-il.

Elle leva la tête, jeta à son mari un triste regard, et, sans parler, lui tendit la carte. Il tressaillit, ses lèvres se pincèrent et ses yeux s'enfoncèrent sous ses sourcils. Une violente angoisse lui serra le cœur, mais il ne recula pas devant la honte de l'engagement pris. Il examina la carte et dit d'un ton léger :

— C'est une invitation que nous envoient les Olifaunt... C'est vrai, j'avais oublié de t'en parler.

— Tu savais donc que nous devions la recevoir ?

Il répondit audacieusement : « Oui. » Cet être faible devenait implacable quand sa résolution était arrêtée. Hélène frémit à cette affirmation si nette. Elle se sentit abandonnée, sacrifiée. Des larmes montèrent à ses yeux, tant la douleur qu'elle ressentit fut aiguë. Elle voulut poursuivre cependant son enquête morale :

— Tu n'as pas promis que nous irions ?

Elle avait murmuré ces paroles d'une voix suppliante, comme si elle demandait grâce. Elle eût attendri un bourreau ; mais elle avait affaire à son mari.

— J'aurais souhaité n'y pas aller et surtout t'épargner l'ennui d'y

DIANA A ABSOLUMENT TENU A CE QU'IL Y EUT, CHEZ ELLE, CE SOIR-LA,
UNE HONNÊTE FEMME (PAGE 575)

de m'y accompagner, dit-il, mais j'ai dû céder à des considérations très particulières et très sérieuses, et j'ai promis.

— Mais tu sais ce qu'on dit de cette femme ? hasarda-t-elle doucement.

— On dit tant de choses, et généralement de si stupides et de si méchantes, qu'il n'en faut pas tenir compte. Mme Olifaunt est reçue partout...

— Mais on ne va pas chez elle.

— Parce qu'on n'en a pas l'occasion. C'est la première fois qu'elle invite d'autres personnes que ses intimes...

— Dont tu es.

— Dont je suis, et je m'en félicite, car Mme Olifaunt est une femme charmante, très agréable, très attachée à ses amis.

— Et à ses amants !

— Hélène !

Par vives gradations, le ton des deux époux s'était élevé en même temps que leurs paroles étaient devenues plus âpres. Gagnée par la violence avec laquelle Louis essayait de la dominer, Hélène s'était dressée, frémissante d'indignation. Une rage sourde la poussait aux mots agressifs et elle ressentait un amer plaisir à rendre coup pour coup, dans ce combat atroce. Elle fit quelques pas rapides, puis, avec une fermeté d'accent que son mari ne lui connaissait pas :

— Écoute, Louis, dit-elle. Nous touchons à une des heures les plus graves de notre existence, il convient de ne pas agir à la légère et de nous expliquer hardiment. Rends-moi cette justice que, jusqu'ici, tu ne m'as pas entendue me plaindre, et pourtant j'en avais sujet. Tu m'as trompée, et je n'ai rien dit ; tu as entassé les mensonges sur les mensonges, et je n'ai rien dit ; tu m'as exposée à des tortures morales telles que j'en ai été gravement malade et que notre enfant aurait pu en mourir, et je n'ai rien dit. Mais, aujourd'hui, pour contribuer au succès de ta maîtresse, pour orner son triomphe, tu veux me forcer à la suivre, à l'escorter, comme une complaisante, comme une amie. Cette fois, je me révolte : j'ai supporté le chagrin, je n'accepterai pas l'abjection. Les larmes, soit ; la boue, jamais !

— Où est-il question de triomphe et en quoi consisterait l'abjection? répondit Louis d'une voix tremblante, car la résistance qu'il rencontrait était rude et il n'était pas de caractère à lutter longtemps. Il s'agit, tout simplement, d'une apparition d'un quart d'heure dans un salon où sera réunie la meilleure société de Paris.

— Je ne m'y donnerai pas en spectacle. Me voir l'objet de la curiosité insolente de tous, m'exposer à entendre louer ou blâmer la sérénité avec laquelle il me faudrait supporter l'humiliation qui m'est préparée, je m'y refuse!

Louis garda un instant le silence. Il parut réfléchir; puis, comme s'il avait retrouvé de nouvelles forces :

— L'humiliation, c'est toi qui l'as fait subir, l'autre soir, chez Lereboulley. Celle qui a été l'objet de la curiosité, c'est Mme Olifaunt, quand tu l'as outragée devant ses amis et les nôtres. Ta présence chez elle n'aura d'autre effet que d'atténuer le tort que tu lui as causé, et qu'elle ne méritait pas. Car tu l'accuses, mais sur quelles preuves? Jusqu'ici, j'ai dédaigné de me défendre; il faut bien que je m'y résigne, puisque c'est ta jalousie qui est l'unique obstacle à cette réparation nécessaire.

— Et qui t'est imposée, n'est-ce pas? Et en échange de laquelle tu seras adoré, et que tu es assez cruel pour me demander, et que tu me crois assez faible pour l'accorder... Eh bien ! détrompe-toi et n'essaie pas de m'abuser davantage. Je sais tout ce que je dois savoir, je n'ai pas de soupçons, j'ai une certitude. Je t'ai vu allant à ton rendez-vous. J'ai eu dans les mains la lettre qui te le donnait. Si durement que je fusse frappée, j'ai gardé le silence, non pas par crainte de toi, mais par affection pour toi. J'espérais qu'en voyant combien je souffrais tu ferais un retour sur toi-même et que tu reviendrais à celle qui t'aime réellement, qui n'a jamais aimé et n'aimera jamais que toi. Mais, au lieu de t'apitoyer, je t'ai encouragé. En trouvant le mal si facile, tu t'y es complu, et maintenant tu perds le sens moral au point de me demander de couvrir de mon honnêteté les tares de celle qui t'a volé à moi. Tu exiges que je serve de chaperon à ma rivale... Tu ne rougirais pas en nous montrant l'une à côté de l'autre, la main dans la main?...

Ta femme, celle qui porte ton nom, la mère de ton fils, accolée à cette drôlesse!... Voyons, Louis, réfléchis, reprends-toi, ne m'inflige pas l'angoisse de voir que, malgré tout ce que je t'ai dit, tu persistes... Me respectes-tu donc si peu?... Allons, dis-moi tout : quel affreux engagement as-tu pris, pour ne pas te rendre à mes raisonnements, pour ne pas céder à mes prières? T'es-tu donc vraiment engagé pour moi?

Livide, les traits creusés par l'horreur de cette torture, Louis ne répondit pas. Il n'osait plus regarder Hélène et, inerte, mais ne fléchissant pas, il restait immobile, les yeux baissés, fixés avec un air d'égarement sur une fleur du tapis. Hélène, son cœur battant à l'étouffer, les lèvres tremblantes, mais maîtresse de sa pensée, résolue et forte de toute sa volonté, s'approcha de lui, lui prit la main, et, le forçant à lever les yeux :

— Louis, dit-elle avec une grande douceur, il s'agit, n'est-ce pas, de protéger la réputation de cette femme, de prouver que tu n'es pas son amant? On t'a tendu quelque piège? Tu n'as pas pu refuser, et, sur l'honneur, tu as juré que j'irais?

Il ne put desserrer les dents et, de sa tête baissée, affirmativement il répondit : « Oui. »

— C'est bien, dit Hélène simplement ; même envers de pareilles gens, tu ne dois pas manquer à ta parole : j'irai.

Cette fois il la regarda, et elle lui parut grandie de toute sa hauteur morale. Elle n'avait rien d'exalté, rien de violent, rien de théâtral; elle faisait le sacrifice de sa dignité de femme avec la tranquille abnégation d'une âme maternelle. Il voulut parler, les mots s'étranglèrent dans sa gorge; il tendit la main, comme pour demander grâce, et, s'abattant sur un fauteuil, il éclata en sanglots. Elle, avec une tristesse profonde et miséricordieuse, le regardait pleurer, et les paroles d'Émilie, une fois de plus, lui revenaient à la mémoire : un enfant, un véritable enfant! Elle s'était approchée de lui et elle essuyait doucement les larmes qui coulaient sur ses joues. Alors Louis, saisissant une de ses mains compatissantes, la porta à ses lèvres avec une respectueuse tendresse, et, exhalant en paroles ses pesantes rancœurs :

— Oh! je suis lâche et abominable, dit-il, et toi, tu es la plus dévouée et la plus vaillante des femmes. Qu'y a-t-il donc au fond de moi pour que le vice m'attire ainsi et que je ne puisse pas m'y dérober? Pourtant je t'aime de toute mon âme, je te le jure et tu le sais bien... Cette femme, je la méprise, il y a des instants où je la hais, et je ne peux me passer d'elle. Je me reproche l'infamie de ma conduite, je voudrais me mettre à genoux devant toi pour obtenir que tu me pardonnes, et, si tu me demandais de jurer que je ne retomberai jamais dans ma folie, je ferais un faux serment, car je sens que je ne pourrais pas!... Oh! je t'en supplie, toi qui es si forte, arrache-moi à moi-même, rends-moi du courage, de la fierté... Pourquoi m'as-tu abandonné, pourquoi, depuis un an, m'as-tu livré à moi-même?... Je n'aurais pas commis toutes ces fautes si tu avais été toujours là, près de moi, pour me guider et me défendre... Je suis un pauvre malheureux, sans énergie, sans honneur; je t'ai outragée, et toi, créature parfaite, c'est à peine si tu m'adresses un reproche... Ah! quel misérable je fais, combien je suis indigne de ta pitié!... Va, abandonne-moi. Reste avec ma grand'mère, pour qu'elle ne meure pas seule, mais ne subis pas plus longtemps les tortures que je t'impose. Moi, je partirai, je disparaîtrai.

Elle le regarda avec un air de reproche :

— Et ton enfant? dit-elle. Tu ne penses donc pas à lui? Hélas! Je fais bon marché de moi-même, et, par affection pour toi, je suis prête à bien des sacrifices. Je n'étais qu'une pauvre petite ouvrière, j'habitais une mansarde, lorsque ta grand'mère est venue me prendre par la main, m'a conduite dans votre maison et m'a traitée comme sa fille. Je ne l'oublierai jamais, et je vous paierai en dévouement, à elle et à toi, ma dette de reconnaissance. A la rigueur, tu peux me délaisser, tu as le droit de croire que tu as assez fait pour moi en me donnant ton nom, ta fortune et toute une année de bonheur... Mais ton enfant? Tu parles de partir, de disparaître, tu te crois donc quitte envers lui? Songe qu'un jour tu lui devras l'exemple. Ce n'est pas tout d'un coup qu'on se prépare à cette tâche. Il est nécessaire de s'y prendre de loin. La mère ne suffit pas au fils et le père a de grands devoirs à remplir. Pardonne-moi de te parler ainsi. Tu ne peux savoir combien je t'aime et quels sacrifices je ferais pour te rendre meilleur. Il ne te manque qu'un peu de sagesse, car tu es bon et généreux. Promets-moi que tu t'efforceras de résister à l'entraînement et que tu nous reviendras, à nous, qui t'aimons vraiment... Nous serions si heureux! Oh! Louis, ce serait si facile, si simple et si doux!...

Il l'écoutait en pensant que ce serait facile, simple et doux, qu'il ne faudrait plus mentir, se cacher et vivre avec l'oppression d'un perpétuel remords. Les beaux jours de Boissise s'évoquèrent avec leur sérénité calme et leur reposante fraîcheur. Qui l'empêchait de les faire renaître, ces jours charmants, où il était libre d'esprit et de cœur? Pourquoi ne partirait-il pas avec Hélène pour l'Italie ou l'Espagne, dans un pays de soleil, loin de toutes les intrigues et à l'abri de toutes les tentations? Il ouvrait la bouche pour lui crier : « Partons ! » Mais les yeux de la belle Anglaise, ses lèvres roses et ses cheveux d'or lui apparurent soudainement, et les salutaires et riantes pensées s'effacèrent. L'orgueil fit entendre sa voix : que pensera-t-on de toi? Tu auras l'air d'un petit garçon qui obéit quand on le gronde. Pour une réprimande de ta femme, te voilà soumis et repentant. N'est-ce donc plus toi qui es le maître? Niais qui te laisses prendre à de grandes phrases sur la famille! Est-ce que les hommes tels que toi connaissent d'autre règle que leur fantaisie? Les liens moraux sont-ils assez forts pour te retenir? Es-tu, comme le commun des martyrs, soumis à des préjugés enfantins? Ou bien comptes-tu parmi les êtres d'exception qui savent s'affranchir de toutes les contraintes sociales? En un instant, il s'opéra une évolution dans son esprit, il se jugea naïf et sot. Il avait failli céder à de mesquines considérations bourgeoises. Le démon, qui était en lui, fut le plus fort. Et il se sentit aussi froid qu'il avait été enflammé. Toute trace de repentir disparut, il ne trouva plus dans son cœur que le désir impérieux de satisfaire son caprice.

Il n'osa pas cependant redresser si promptement la tête. Il prit la main d'Hélène, la serra et la porta de nouveau à ses lèvres. La jeune femme avait suivi sur le visage de son mari les mouvements de sa pensée. Elle le vit peu à peu redevenir tranquille et glacé. Elle laissa

passer, comme un bruit vain, les doucereuses paroles qu'il lui adressait avant de s'éloigner, et, quand elle fut seule, se rendant compte
de l'inutilité de ses efforts, elle pleura amèrement.

Dès lors, elle cessa d'espérer qu'elle pourrait ramener à elle, par
sa constante douceur et son inépuisable affection, l'ingrat qui la trahissait. Elle ne se découragea pas pourtant et ne modifia pas son attitude. Jamais elle ne fut plus charmante, plus tendre, que durant ces
jours d'épreuve. Elle avait porté un défi à la destinée, et elle devait lutter jusqu'à la dernière extrémité, déployant des trésors d'ingénieuse
recherche pour plaire à son mari, pour l'attirer, pour le garder, se
faisant coquette afin de le séduire et ayant de vifs mouvements de
joie quand elle voyait qu'elle y réussissait. Elle voulait lui rendre la
maison agréable et ne lui laisser aucune excuse de n'y pas rester.
Mais elle n'alla pas jusqu'à rouvrir sa chambre à Louis. Une victoire
d'un jour eût été trop chèrement payée par un abandon du lendemain.
Elle ne pouvait admettre l'idée d'un partage. Elle voulait son mari tout
entier ou pas. En attendant, elle savait si bien se donner et le ton et
les allures d'une femme heureuse, que Mme Hérault, qui vivait dans
une communauté complète avec le jeune ménage, ne se doutait pas
des graves désordres qui le troublaient.

Depuis la scène qui avait eu lieu entre elle et son mari, Hélène
n'avait point reparlé de la soirée de Mme Olifaunt. Elle espérait qu'au
dernier moment Louis, pris de honte, lui dirait : « Restons ! » Mais, s'il
n'avait pas ce mouvement de révolte, elle avait résolu de l'accompagner. Elle était décidée à être héroïque. Toutefois, elle avait demandé
à Émilie si elle était invitée.

— Oui, avait répondu Mlle Lereboulley. Diana a absolument tenu
à ce qu'il y eût, chez elle, ce soir-là, une honnête femme.

— Il y en aura donc deux : vous et moi.

Les sourcils d'Émilie s'étaient froncés. Elle avait fait seulement :
« Ah ! » Mais elle avait regardé Hélène jusqu'au fond de l'âme. Le
jour suivant, dans un salon, Thauziat s'était approché de Mme Hérault
et, après avoir échangé avec elle quelques propos sans importance,
il lui avait dit soudainement :

— Est-ce vrai que vous irez demain chez Mme Olifaunt?

— Pourquoi me demandez-vous cela?

— Parce qu'elle s'en vante.

— Est-ce donc si glorieux pour elle?

— Très glorieux.

— Tant mieux si elle en est satisfaite; moi, j'y attache bien peu d'importance.

— Vous n'êtes donc pas jalouse?

— Je ne le suis plus.

Elle devint un peu pâle et ajouta, avec un rire qui sonna faux :

— La grande habitude blase l'esprit!

Il fixa profondément sur elle ses yeux noirs, doux et triste, et d'une voix grave :

— Je vous plains de toute mon âme.

Elle releva la tête et lui dit, presque brutalement :

— Je vous en dispense. Je ne veux pas de pitié et je n'ai pas besoin de consolation.

Il répliqua :

— Vous ne pourrez m'empêcher de trouver la destinée injuste envers vous et de souhaiter que vous soyez heureuse, même quand j'en devrais souffrir. Je n'ai point changé, vous le savez bien : il y a des hommes qui sont fidèles à leur amour.

Elle le regarda fièrement :

— Qu'espérez-vous donc?

— Rien. Mais je vous aime et je vous suis dans la vie, parce que j'ai du bonheur à vous voir, à vous entendre. Je vous plains, parce que vous supportez le malheur avec une admirable bravoure, et je voudrais vous empêcher de commettre des folies héroïques, qui ne désarmeront pas celui pour qui vous les faites et qui, aux yeux du monde, vous donneront de fâcheuses apparences. Dans la lutte que vous avez entamée, vous serez cruellement déchirée: vous ne combattez pas à armes égales. Vos adversaires sont cuirassés d'indifférence ou de méchanceté; vous, vous marchez les bras ouverts, le cœur à nu.

ELLE LE CONDUISIT DANS LA PIÈCE VOISINE OU DORMAIT SON PETIT
GARÇON (PAGE 579)

Ils sont hypocrites et félons, vous êtes franche et loyale. Vous ne pouvez pas ne pas être vaincue.

Il s'arrêta. Elle n'osa point parler, il lui sembla que c'était son arrêt qu'il venait de prononcer. Cependant elle devina qu'il n'avait pas tout dit, elle lui lança un coup d'œil suppliant. Il parut l'avoir comprise :

— Vous ne connaissez pas votre mari, et, depuis le premier jour, vous avez fait fausse route avec lui. Il est de ces hommes qui n'ont d'affection et d'estime que pour ceux qui leur résistent. Vous avez été douce et bonne, il vous a martyrisée... C'était inévitable !... Il en est temps encore : soyez violente et implacable... Et, tout d'abord, refusez de vous humilier devant votre rivale.

Elle agita mélancoliquement la tête.

— Vous ne voulez pas ? Alors, tout est dit. N'oubliez pas que j'ai eu l'honnêteté de vous donner ce conseil, et croyez que vous aurez toujours en moi un ami passionnément dévoué.

Il poussa un soupir, s'inclina devant elle et s'éloigna.

Hélène rentra chez elle, sombre et préoccupée. Le matin du fameux jour, Louis se montra nerveux, il parla avec une gaieté affectée. Il ne fit pas attention à la gravité triste de sa femme, passa toute la journée dans ses bureaux à Saint-Denis et revint juste à l'heure du dîner. Aussitôt le repas terminé, il se leva et dit d'un ton bref à sa femme :

— Nous partirons à onze heures, n'est-ce pas ?

Elle répondit laconiquement :

— Oui.

Ainsi, tout espoir d'un bon mouvement de Louis était perdu. La jeune femme, suivie par Mme Hérault, gagna sa chambre et resta un instant à jouer avec son enfant. Là, elle fut prise d'une telle tristesse, qu'il lui fut impossible de retenir ses larmes. La grand'mère, effrayée, alla à elle, la questionna. Elle refusa de répondre. Son chagrin était à elle, rien qu'à elle. Il lui venait de son amour, et elle en était jalouse. Elle se remit promptement, et, sous les regards inquiets de la vieille femme, elle commença sa toilette. A onze heures, elle était prête. Elle ne voulut pas descendre au salon, comme elle en avait l'habitude. Elle attendit Louis dans sa chambre. Il y vint, avec un peu d'impatience, la croyant en retard. A sa vue, il s'arrêta, surpris de sa beauté.

Elle était vêtue d'une robe blanche, garnie de perles. Pas un bijou autour du cou. Dans les cheveux, légèrement crêpés, une petite aigrette qui lui donnait un air fier. Elle s'avança vers son mari et, lui prenant la main, elle le conduisit dans la pièce voisine où dormait son petit garçon. Elle écarta les rideaux et lui montra l'enfant. Il était frais et vermeil comme une fleur. Louis s'était penché vers son fils. Il le regarda en silence, puis l'embrassa. Le cœur d'Hélène bondit dans sa poitrine, elle fut sur le point de crier : « Pour l'amour de lui, reste ici avec moi. » Mais Louis s'était relevé très calme et vérifiait la rectitude de son nœud de cravate.

La jeune mère comprit que sa dernière tentative était inutile, et, baissant les rideaux avec un respect religieux, comme si, devant des regards sacrilèges, elle fermait un temple, elle dit :

— Partons.

X

Diana, resplendissante d'orgueil, avait tenu la main de celle qui l'avait
outragée, elle avait montré à Lereboulley stupéfait ce spectacle inattendu de Mme Hérault traversant les salons de Mme Olifaunt, au bras de
sir James, et, légère comme un papillon, dans sa robe de gaze bleue,
elle allait de groupe en groupe, quêtant les compliments et les sourires. Tout ce que Paris comptait de jolies mondaines et de brillants
viveurs était réuni dans ses salons, et c'était vraiment un tableau
charmant que celui de ces élégantes femmes et de ces beaux cavaliers,
dansant avec tant d'animation et de joie. Les éventails palpitaient
comme des ailes de papillons sur les blanches poitrines, les diamants
étincelaient et, avec des mouvements légers, les jupes tournoyaient,
comme emportées dans un vol harmonieux au vent des mélodies de
l'orchestre.

Gros, rond, fleuri, Lereboulley exultait au milieu de cette foule
joyeuse, dans cette maison éclatante. On eût dit que c'était lui qui
donnait la fête. Il passait à la suite de Diana, jouissant des éloges,
compromettant à force d'être épanoui, et oubliant sir James qui, à une
table de jeu, mettait à l'épreuve la chance de ses invités. Le sénateur
était sûr, maintenant, que la prétendue liaison entre Louis et Diana

n'existait pas. Mme Hérault était là, souriante et calme, auprès d'Émilie,
dans un groupe de jeunes femmes. Donc, elle avait eu la preuve que
ses soupçons n'étaient pas fondés. Il pouvait donc respirer librement,
son bonheur n'était pas menacé. Pour la première fois, depuis quinze
jours, il causa familièrement avec Louis. Il le regarda avec des yeux
bienveillants et plaisanta :

— Mon cher, toutes les jolies femmes de Paris sont ici, ce soir. Si
le feu prenait à la maison et si on ne réussissait pas à sortir, demain
les beaux garçons ne sauraient comment placer leur cœur !

Il rit de sa lourde facétie, et, apercevant Diana, il s'avança à sa
rencontre. La belle Anglaise l'attira dans un coin et, là, avec un air
d'innocence triomphante :

— Eh bien ! Vous voyez qu'elle est venue, dit-elle, et qu'elle fait
bonne figure.

— Oui, oui, et j'en suis ravi !... J'aime beaucoup la famille Hérault.
mais j'aime encore bien davantage ma petite Diana... Vous êtes dia-
blement belle, ce soir ! Et je ne vois que la femme de Louis qui soit
digne de vous être comparée... Si vous me quittiez, il n'y a qu'elle
qui pourrait me consoler.

Une lueur d'atroce méchanceté brilla dans les yeux de Mme Olifaunt :

— Alors vous risqueriez fort de mourir de chagrin, dit-elle, car la
place appartient à Thauziat.

— A Thauziat? fit Lereboulley avec stupéfaction. Vous êtes folle,
Diana... Mme Hérault est la plus honnête des femmes, elle n'aime que
son mari !

— Que suis-je donc moi, qui vous sacrifie le mien? interrompit avec
aigreur Mme Olifaunt. Bien peu de chose, n'est-ce pas ?

— Vous, Diana, vous êtes la perfection sur la terre. Mais Mme Hérault...

— Vous me fatiguez avec votre Mme Hérault. Une ancienne ouvrière, à qui il est tombé une fortune sur la tête et que vous traitez
vraiment comme une duchesse. Qu'a-t-elle donc de si remarquable?
Thauziat en est fou... Et vous-même, vous en devenez bête !... Allez

causer avec elle, elle vous racontera la nourriture de son marmot et les émotions de la première dent... Car non seulement c'est la plus honnête des femmes, mais c'est encore la meilleure des mères... Une belle jambe que cela fait à son mari !...

Elle éclata de rire.

— Allons, Diana, je vous ai contrariée... Pardonnez-moi...

— Non ! Allez avec la plus honnête des femmes..... Moi, je ne suis qu'une jolie femme..... Je n'ai pas les vertus qu'il vous faut.

Elle lui tourna le dos et passa dans le salon de jeu. Il la suivit du regard et la vit qui s'approchait de Louis. Elle lui prit le bras, lui parla à l'oreille d'un air caressant et lentement ils sortirent. Lereboulley s'installa à une table d'écarté. Ordinairement, il jouait bien; mais, ce soir-là, il faisait école sur école. Sa pensée était ailleurs. Pourquoi Diana a-t-elle pris le bras de Louis et que lui a-t-elle dit? Où sont-ils allés ? Que font-ils? Toutes ces questions se pressaient dans son cerveau, et il ne pouvait y faire de réponse satisfaisante. L'aigreur que Diana lui avait montrée si brusquement l'avait inquiété d'abord et cet accord avec Louis achevait de l'alarmer. Une sueur perla sur le front du gros homme, il se demanda s'il n'avait pas été joué par Mme Olifaunt et si, en ce moment, elle ne riait pas de lui avec Hérault.

Il jeta ses cartes, régla sa perte et, à pas pressés, il se dirigea vers la porte par laquelle il avait vu sortir ce couple qui, maintenant, lui semblait si suspect. Dans le petit salon plein de danseurs, il ne découvrit ni Diana, ni Louis. Mme Hérault, un peu pâle, causait avec Émilie. Les deux jeunes femmes, assises sur un divan placé entre la cheminée et la porte, étaient dans une sorte de petit coin intime où personne ne venait les déranger. Lereboulley leur adressa un signe amical et s'éloigna. Dans la galerie, pas trace de ceux qu'il cherchait. L'escalier, qui conduisait aux appartements du second, était splendidement éclairé et le buffet avait été installé sur le vaste palier à colonnes de marbre. Le bruit de l'orchestre, affaibli par la distance, résonnait plus doux. Des couples montaient et descendaient, parlant, riant, avec un joyeux murmure. Un cliquetis d'argenterie et de porce-

laines remuées prouvait que les invités de sir James faisaient honneur
à son hospitalité.

Le sénateur gravit les douze marches et se trouva dans la galerie
qui menait à la chambre de Diana. Le buffet attirait une foule com-
pacte, mais la galerie était déserte. Par la porte entr'ouverte du boudoir, une lueur discrète brillait. Lereboulley reçut un coup dans le
cœur. Il eut le soupçon que, derrière cette porte, il trouverait Louis
et Diana. Une affreuse envie de connaître son sort l'entraînait. Il
n'osait pourtant. Il s'assit sur une banquette, les traits contractés par
l'émotion, se demandant : « Irai-je, n'irai-je pas? »

Louis et Diana avaient, en effet, suivi le même chemin que Lereboulley. Ils avaient traversé le petit salon, sans voir Émilie et Hélène,
cachées dans un coin solitaire; ils avaient gagné le buffet et, apercevant devant eux la galerie déserte, ils étaient entrés dans le boudoir
de Diana, à peine éclairé par une seule lampe. Dans la demi-obscurité de la pièce, ils s'étaient arrêtés et, là, ils avaient joui de la fraîcheur de ce lieu retiré, de la tranquillité qui y régnait et de l'ombre
qui reposait leurs yeux. Ce qui n'était que bruit affaibli, dans la galerie, là n'était plus qu'un murmure, et des harmonies voilées rappelaient que la maison était en fête, juste assez pour faire paraître délicieux ce calme momentané. Mme Olifaunt, debout devant la cheminée,
éclairée à jour frisant par la faible lueur de la lampe, avait la grâce
d'une apparition. Louis la dévorait des yeux. Il s'approcha d'elle:

— Eh bien! Diana, vous voyez que je vous ai obéi. Vous m'aviez
imposé le plus grand sacrifice que je pusse vous faire... Comment me
récompenserez-vous?

— Est-il besoin d'une récompense pour avoir donné une preuve
d'amour à une femme qui risque tant pour vous plaire? Je vous aime;
n'est-ce pas assez?

— Répétez-le !

— En doutez-vous?

— Non. Mais je suis heureux de vous l'entendre dire. Sur vos lèvres,
ce mot a une douceur que je ne lui connaissait pas. Ah! Diana, quel
charme est en vous, si puissant, qu'il fasse tout oublier? Chaque fois

que j'ai voulu m'éloigner, j'ai été ramené en votre dépendance par une force qui triomphait de ma volonté! Vous dites que vous risquez beaucoup pour moi; que ne risquai-je pas pour vous? Le bonheur de ceux qui m'entourent, leur tranquillité. Si vous êtes coupable, je le suis cent fois plus! Aussi, aimez-moi bien, puisque c'est votre amour qui est maintenant mon unique joie.

Il avait prononcé ces paroles avec une ardeur presque convulsive. Diana vint à lui et, passant ses bras blancs autour de son cou, caressante et tendre:

— Je vous aime, dit-elle, et je n'aime que vous.

Au même moment, une exclamation étouffée retentit. Ils se tournèrent et, sur le seuil du boudoir, entré par la chambre à coucher, ils découvrirent Lereboulley. Pâle, les jambes agitées d'un tremblement, les lèvres bégayantes, il les regardait avec une stupeur désespérée. Il était arrivé pour entendre les aveux de Diana, pour la voir enlaçant Louis. Et, foudroyé, il restait immobile, sans pouvoir exprimer sa pensée. Elle devait être terrible, car il serrait les poings, comme s'il se préparait à la lutte. Enfin, il poussa un cri de rage, et, s'élançant vers Diana, qui l'attendait impassible:

— Misérable! vociféra-t-il. Misérable femme!

Elle eut un rire ironique, et, sans reculer d'un pas, montrant la porte à Lereboulley:

— Je n'aime pas qu'on parle haut chez moi, dit-elle, impérieuse. D'ailleurs, de quel droit vous permettez-vous d'entrer ici et de me menacer? Êtes-vous mon mari?

A ces mots, qui définissaient si nettement les rôles, le vieillard répondit par un morne regard. Il sentit combien sa situation était fausse, il comprit que l'autorité qu'il s'arrogeait sur Diana, il la tenait d'elle seule et que, d'un mot, elle pouvait la lui retirer. En une seconde, il mesura l'étendue de la perte qu'il était exposé à faire. Il jugea l'existence impossible sans la femme qui la remplissait, pour lui, de joie et d'orgueil. Il se demanda s'il ne valait pas mieux commettre la lâcheté de s'excuser et tout accepter. Cependant, une pensée de résistance lui vint. Il se dit: « Je suis assez riche pour qu'entre moi et Louis elle

MON AMANT, DIT-ELLE, LE VOICI (PAGE 586)

n'hésite pas. » Une bouffée de rage lui monta au cerveau, et, oubliant toute prudence :

— Je ne suis pas votre mari, c'est vrai, mais je suis votre amant!...

Diana ne lui laissa pas le temps d'achever et, s'attachant à l'épaule de Louis, avec une grâce voluptueuse :

— Mon amant, dit-elle, le voici!

— Diana! cria l'amoureux Lereboulley, bouleversé par cet aveu. Diana ! il est temps encore, réfléchissez!... Je n'ai rien entendu, je ne veux rien savoir, j'ai tout oublié. Mais ne me traitez pas avec une pareille barbarie... Vous êtes mécontente : vous avez raison, la colère m'a emporté... je me suis oublié... Vous savez combien je vous aime... Diana!...

Il la vit impassible, le regardant de ses yeux bleus, clairs et durs comme l'acier. Il eut un mouvement de révolte indignée.

— Oh ! m'avoir laissé m'humilier devant ce jeune homme et inutilement, moi, un vieillard, après toutes les bontés que j'ai eues pour vous !... Car personne ne vous aimera comme je vous ai aimée. Tous vos caprices, je les ai subis avec bonheur; toutes vos fantaisies, je les ai satisfaites. Vous n'avez eu qu'à parler, rien ne m'a coûté pour vous plaire... Vous êtes riche, vous avez les plus beaux bijoux, un train de maison princier, et je suis prêt à redoubler de prodigalités... Si vous m'étiez restée fidèle, je vous aurais laissé, à ma mort, une partie de ma fortune, car je vous chérissais comme ma fille... Et je suis vieux, vous n'auriez pas eu longtemps à attendre !... Diana, réfléchissez-y... Cela vaut la peine qu'on y regarde... Une fois que j'aurai passé le seuil de cette porte, tout sera fini et je ne reviendrai plus.

Diana se mit à rire et, le regardant d'une certaine manière, qui fit passer un frisson dans les veines de Lereboulley, elle dit sèchement :

— Vous reviendrez quand je voudrai, je n'aurai qu'à vous siffler.

Devant cette insolente bravade, il se courba, comme prêt à se mettre à genoux :

— Oui, c'est vrai... Je reviendrai... je le sens ; mais épargnez-moi la douleur de partir.

Il s'avança vers elle, la saisit par la main, l'entraîna dans l'embrasure de la fenêtre, et, fixant sur elle des regards enflammés :

— Que faut-il pour que tu consentes à me garder ? Tout subir : la honte de ne plus être le maître ici, le tourment d'être trompé ?... Eh bien ! j'y consens !... Au moins, je t'aurai encore... Je fermerai les yeux sur tes torts, et tu sauras me donner l'illusion du bonheur.

Diana répliqua durement :

— Non.

— L'aimes-tu donc ?

Elle répondit d'un ton plus bas, en dirigeant du côté de Louis un coup d'œil furtif.

— Je crois que oui, tant je hais sa femme !

— Il ne pourra pas faire pour toi ce que je faisais, moi. Il sera ruiné dans un an.

— Tant mieux : elle sera dans la misère !...

Lereboulley eut un rire atroce.

— Si c'est là ce que tu veux, ce sera fait promptement... Mais pourquoi me renvoyer ? reprit-il d'un ton suppliant. Diana, pourquoi ?

— Ma maison vous restera ouverte comme à mes autres amis... Libre à vous d'y venir.

—Jamais ainsi ! Je souffrirais trop... Écoutez, Diana, ne me poussez pas à bout ! Je suis capable de tout, même d'une action affreuse, pour vous conserver toute à moi... Prenez garde que je n'avertisse votre mari...

— Faites !

— Il tuera Louis.

— C'est à vous qu'il s'en prendra, comme à un colomniateur.

Elle s'écarta de lui.

— Mais allez-vous-en, tenez, vous me fatiguez... Vous avez beaucoup baissé..... Il y a un an, vous n'auriez pas dit toutes ces sottises.

Des larmes de rage et d'humiliation coulèrent des yeux de Lereboulley, larmes aussitôt séchées par le feu de son visage. Il secoua ses larges épaules et d'une voix étranglée :

— Adieu donc, Diana.

Il s'arrêta devant Louis, qui avait assisté avec émotion à cette scène, et, agitant sa grosse tête :

— Vous, mon petit, dit-il, vous me paierez ça !

Il sortit. Derrière lui, Mme Olifaunt et Louis se rapprochèrent. Alors, prenant la main du jeune homme et la serrant dans la sienne comme pour conclure un pacte :

— Vous m'avez parlé des sacrifices que vous me faisiez, dit Diana ; je pense que maintenant vous jugerez que les miens égalent les vôtres.

Il voulut parler ; de ses doigts blancs et fins elle lui ferma la bouche, et, avec un délicieux sourire :

— Aimez-moi, voilà tout ce que je vous demande.

Elle se suspendit à son bras et, par les galeries, ils rentrèrent dans l'animation et le bruit du bal.

A compter de ce jour, Louis vécut dans une agitation intellectuelle et morale à laquelle il n'avait pas été habitué. Il voulut remplacer Lereboulley et se montra aussi prodigue que le sénateur avait jamais pu l'être. Sa vanité se trouva aux prises avec les exigences de Diana, et ce fut un combat terrible, où l'or coula, plus abondant que le sang sur les champs de bataille. Il comprit bientôt que sa fortune n'y suffirait pas longtemps. Les affaires étaient la source où le sénateur puisait sans cesse. Pourquoi n'aurait-il pas fait comme lui ? Il n'avait été arrêté, jusqu'à ce jour, que par son indolence. La nécessité de se procurer des sommes importantes l'amena à vaincre sa paresse, et il commença à travailler sérieusement, pour la première fois de sa vie. Le vice lui donna du courage, et, comme il n'était point sot, il réussit d'abord dans ses opérations.

Mais les gains qu'il fit à la Bourse lui semblèrent bien précaires. La chance pouvait tourner et le bon résultat de la veille être contrebalancé par le mauvais résultat du lendemain. Il chercha un levier plus solide et le découvrit. L'affaire du câble sous-marin était à la veille de se conclure. Une commandite énorme avait été réunie par les soins de Lereboulley, et déjà le monde financier s'occupait du lancement de cette importante opération. L'Europe entière s'intéressait au résultat, car le prix des dépêches, par suite de la concurrence, devait baisser de moitié, et le commerce ainsi bénéficierait, dans une très large mesure, des facilités créées par la compagnie nouvelle. L'Angleterre se montrait très hostile. Le gouvernement avait officieusement fait intervenir son ambassadeur à Paris. La société anglaise du câble transatlantique semblait disposée à souscrire un grand nombre d'actions, afin d'avoir barre sur la société française. Mais Lereboulley se faisait fort de rassembler, dans ses mains et dans celles de ses amis, un tel nombre de parts de fondateurs que la prédominance serait assurée aux actionnaires français. Un agiotage important allait donc se produire sur la valeur nouvelle, aussitôt que la loi, nécessaire pour l'établissement du câble interocéanique, aurait été votée par le Parlement. Le vote d'ailleurs ne paraissait pas devoir soulever de difficultés. Lereboulley avait annoncé qu'il prendrait la parole, et ses amis politiques ayant la majorité à la Chambre et au Sénat, tout marcherait le mieux du monde. L'affaire était très nette, avantageuse et essentiellement patriotique.

Ce fut sur cette opération, qu'il connaissait à fond, que Louis se proposa de spéculer, de façon à gagner, d'un seul coup, des sommes assez considérables pour pouvoir subvenir largement aux dépenses de Diana. Aux assemblées préparatoires, qui avaient lieu chaque semaine, il rencontrait Lereboulley; mais celui-ci, l'air sombre, l'évitait avec soin. Ils se saluaient en arrivant, mais ne se parlaient pas. Un jour, Thauziat prit Louis à part et lui dit:

— Lereboulley veut te mettre hors de l'affaire, il m'a déclaré qu'il lui déplaisait de se trouver en face de toi... Il m'a chargé de t'offrir un arrangement. Tu renonceras à la fabrication du câble dans tes ateliers de Saint-Denis et tu recevras cinq cent mille francs d'indemnité pour tes peines et soins jusqu'à ce jour. Le travail n'est pas commencé, l'affaire n'est qu'entamée... Vois ce que tu veux faire.

— Mais c'est tout vu, je refuse. Est-ce qu'il se moque de moi, Lereboulley? J'ai de gros bénéfices assurés. La fabrication du câble m'appartient par traité. Je dois être payé, moitié en argent, moitié en parts de fondateurs. C'est une fortune que j'ai dans les mains. Mon père avait tiré de longueur cette spéculation, puisque voilà près de dix ans qu'elle est en voie de réalisation. Je ne renoncerai pas, pour cinq cent mille francs, à tout ce qui a été fait par la maison Hérault. Il est bon, le sénateur!

— Veux-tu plus?

— Je ne veux rien que ma participation.

— Tu as tort. Il te créera des difficultés.

— Lesquelles?

— Oh! de toutes sortes. Il prétextera des mal-façons, il te poussera l'épée dans les reins et t'amènera à être en retard. Vous aurez des procès. Il est retord et il t'exècre. Pourquoi diable as-tu été lui prendre Diana? Je t'avais averti...

— C'est la plus jolie femme de Paris.

— La plus jolie femme de Paris est chez toi, c'est Mme Hérault... Enfin, tu ne consens pas à entrer en arrangement?

— Non!

— Alors, sois sur tes gardes, car tu ne seras pas ménagé.

— Je n'ai rien à craindre.

— Tant mieux. En tous cas, souviens-toi que j'ai essayé de t'ouvrir les yeux, et ne m'accuse jamais de ce qui pourra arriver.

— Eh! mon cher, comme tu es tragique! Nous ne faisons pas la guerre, nous faisons une affaire. Tant tué que blessé, il n'y aura personne de mort.

— Je le souhaite.

Thauziat changea de ton et se montra aussi gai qu'il venait d'être grave.

— Et sir James, qu'en fais-tu?

Louis se mit à rire:

— Mais ce qu'il a l'habitude d'être.

— Joues-tu avec lui?

— Non, il a trop de veine.

— Alors, il doit bien regretter Lereboulley.

— Je crois que Lereboulley regrette encore plus sir James... Dans

sa liaison avec la femme, ce qui lui était le plus agréable, c'était le
mari... On a séparé ces deux êtres si bien créés pour s'entendre,
malgré leurs apparents désaccords, c'est mal!... Si on les réconciliait?
J'aimerais mieux lâcher Diana que le câble!

— Parles-tu sérieusement?... s'écria Thauziat, en observant son
ami.

— Non, je plaisante, dit Louis, redevenu très froid.

— Tant pis.

Il se séparèrent. Quoi qu'il en eût, Louis ne plaisantait pas quand
il parlait de « lâcher » Diana. Si celle-ci ne l'avait pas pris par l'amour-
propre, qui était le sentiment le plus développé en lui, il n'est pas bien
sûr qu'il n'eût pas déjà trouvé trop pesant, pour ses frêles épaules,
le joug qu'elle lui imposait. Variable et inconstant comme une femme,
il se fût promptement lassé de la vie en partie double qu'il était obligé
de mener. Certes, il ne craignait, de la part des siens, ni reproches,
ni scènes. La vieille Mme Hérault ignorait la triste vérité. Hélène se
serait fait tuer pour empêcher l'aïeule d'apprendre ce qui se passait.
Jamais, depuis l'explication qui avait précédé le bal Olifaunt, elle
n'avait dit un mot qui pût paraître à Louis une plainte ou une remon-
trance. Jamais, en face d'un mari manquant à ce point de courage
et de dignité, ne se dressa femme plus noble et plus fière. Si elle
pleura, ce fut en silence, dans le secret de ses nuits. Elle avait vingt-
cinq ans, elle était charmante et elle était délaissée. Elle ne se posa
pas en victime, elle ne fit aucun bruit autour de sa disgrâce, elle ne
prit à témoin ni Dieu ni les hommes. Elle se contenta pour toute vengeance d'être plus douce, plus simple, plus charmante qu'elle n'avait
jamais été. Elle opposa aux regards curieux et railleurs du monde
un front calme, et sa tenue fut si extraordinaire, que bien des gens
doutèrent de son infortune.

Ceux qui avaient l'assurance que Louis sacrifiait Hélène à Mme Olifaunt sentirent redoubler leur sympathie pour la jeune femme. A force
de sérénité, elle évita le ridicule et trouva dans son malheur une sorte
d'apothéose. On la considéra comme une martyre, souriante et
radieuse au milieu des souffrances, confessant sa foi, quelque tour-

ment qu'elle endurât pour elle. Le crédit de Diana, par contre-coup, fut très ébranlé. Soutenue dans le monde par l'influence de Lereboulley encore plus que par le prestige de sa beauté, l'Anglaise, dès que le sénateur se fut éloigné d'elle, sentit combien il lui était utile. Elle ne se troubla pas pour si peu. Elle était partie de trop bas pour que toute situation ne lui parût pas haute, et elle était sûre d'avoir toujours dans la main la force à laquelle rien ne résiste : une immense fortune.

Pour occuper ses loisirs, et surtout pour enferrer Louis plus encore, elle s'était mis en tête de spéculer sur les constructions. Elle avait acheté, dans le quartier des Champs-Élysées, d'immenses terrains et avait commencé à y faire élever des maisons. Louis avait pris des engagements vis-à-vis des entrepreneurs, et les terrains étant à Diana et les constructions à lui, il n'était pas éloigné de croire que l'opération pourrait être productive. Il y trouvait cet avantage de ne point voir s'évaporer en fantaisies journalières la pluie d'or qu'il faisait tomber chez sa belle et de contribuer, dans la plus large mesure, à enrichir celle dont Lereboulley avait été le fastueux Jupiter. Mais il courait ce danger, ayant passé des marchés, d'être obligé de faire face à des échéances fixes qui exigeaient des sommes considérables. Il éprouvait, depuis quelque temps, les plus grandes difficultés à se procurer l'argent qui lui était nécessaire. Les affaires dans lesquelles il était entré avec Lereboulley, à la suite de son père, était lourdes et languissantes. On eût dit qu'une influence secrète les laissait sommeiller et que celui qui savait, à l'ordinaire, en tirer si habilement parti, les négligeait volontairement. Il n'y avait plus de parts d'intérêts. Les dividendes diminuaient, rien ne produisait.

Louis, irrité par cet état de stagnation, se défit d'un grand nombre d'actions de ces diverses entreprises. Aussitôt, comme par enchantement, elles reprirent de la vie, l'activité se manifesta avec un élan nouveau, et le bénéfice redevint ce qu'il avait été aux époques prospères. Il fallut bien que Louis se rendît à l'évidence et comprît que Lereboulley conduisait contre lui une campagne sérieusement délibérée. Toutes les affaires dans lesquelles ils avaient des participations

VOLONTÉ

LOUIS, ENFONCÉ DANS SON FAUTEUIL, N'AVAIT PAS BOUGÉ (PAGE 595)

communes périclitaient et ne se relevaient que quand le sénateur
avait amené son rival à en sortir. Ainsi se réalisaient les prédictions
de Thauziat.

Au lieu de faire réfléchir Louis, cette hostilité systématique l'exaspéra. S'il n'avait pas été lié à Diana par les chaînes bien fortes du
plaisir, il se fût attaché à elle rien que par haine de Lereboulley. Le
duel engagé entre ces deux hommes était donc dans toute sa violence,
mais le résultat n'en pouvait être douteux, et Louis, combattant le
sénateur, était aussi imprudent qu'un nain qui rêverait d'attaquer un
géant. Ce Goliath était trop fort pour ce David. Et d'ailleurs Diana
était là pour lui couper les cordes de sa fronde.

Embusquée au centre de ces multiples intrigues, comme l'araignée
au milieu de sa toile, elle guettait Louis, attendant le moment où il
tomberait. Elle croisait très habilement les fils de sa trame, de façon
à embarrasser la marche de celui dont elle eût dû être franchement
l'alliée et dont, secrètement, elle était l'ennemie. Elle satisfaisait, à la
fois, une double rancune contre l'homme qui l'avait dédaignée, humiliée, quand elle l'aimait, et contre la femme qui lui avait pris celui
à qui elle faisait l'honneur d'un caprice. En frappant l'un, elle atteignait l'autre, et son œuvre de haine était à double tranchant.

Ce qui redoublait sa rage, c'était l'admirable stoïcisme d'Hélène.
Si Mme Hérault avait pleuré, gémi, fait montre d'un médiocre caractère, Mme Olifaunt se fût dédaigneusement détournée d'elle. Mais la
contenance de la jeune femme était superbe. Elle se confinait dans sa
maternité avec un orgueil triomphant; elle semblait dire : « Tu m'as
pris mon mari, mais tu ne peux pas me prendre mon enfant. Ton
amour est enivrant, mais il est stérile; tu as goûté toutes les joies,
mais il en est une qui te sera inconnue, c'est celle qui fleurit, chaste
et divine, dans le cœur des mères. »

Souvent, en descendant les Champs-Élysées dans son superbe équipage, Diana rencontrait Mme Hérault dans une voiture très simple,
et le regard des deux femmes se croisait. Pas une fois l'épouse ne baissa
les yeux. Elle avait, à côté d'elle, son fils qui, maintenant, marchait et
qu'elle emmenait pour le faire jouer au Bois. Et Mme Olifaunt, qui lui

avait tout volé, bonheur dans le présent et sécurité dans l'avenir, se sentait des envies féroces de se jeter sur elle et de lui déchirer le visage.

Jamais Hélène n'avait été si belle. L'expression un peu altière de sa figure s'était alanguie. Son front hardi avait pris une douceur mélancolique. Sa bouche, d'un dessin si ferme, avait détendu la rigidité de son arc et offrait des courbes tendres. La mère s'était faite plus souriante pour l'enfant, et la femme en était devenue plus séduisante. Il arrivait quelquefois que Louis, après avoir dîné avec sa grand'mère et sa femme, demeurait au salon auprès d'elles, ainsi qu'au temps où il avait commencé à aimer Hélène. Il s'asseyait au coin de la cheminée et restait silencieux, regardant vaguement autour de lui, comme s'il ne se reconnaissait pas. La sérénité un peu grave de cette vaste pièce le changeait des fanfreluches de Mme Olifaunt. Il se trouvait dans une atmosphère tranquille, il respirait un air chaste et se pénétrait d'un calme qui le reposait des tracas de ses affaires, des soucis de la spéculation et de l'énervement d'une passion aiguë.

Un soir, Hélène, s'étant mise au piano, avait feuilleté distraitement un album de vieilles mélodies et chanté, d'une voix un peu faible et voilée, mais avec un sentiment exquis, la romance si connue : « Portrait charmant, portrait de mon amie... » Louis, enfoncé dans son fauteuil, n'avait pas bougé. La grand'mère, à qui ces refrains passés de mode rappelaient sa jeunesse, voyant que la jeune femme se disposait à fermer le piano, planta ses longues aiguilles à tricoter derrière son oreille, et, frappant dans ses mains, cria : « Encore! » Hélène, en souriant, se rassit et entama l'air célèbre : « Plaisir d'amour ne dure qu'un moment... » Elle ne l'avait pas choisi, le cahier s'était ouvert à cette place et elle avait chanté ce qui lui tombait sous les yeux. Mais elle y mit un accent passionné et douloureux, qui était le cri même de son âme. Les derniers sons s'éteignirent dans le silence; elle poussa un soupir, se leva, et, à trois pas d'elle, la tête renversée en arrière, pâle et de grosses larmes coulant sur le visage, elle aperçut Louis. Elle alla vivement à lui, emportée par un élan qu'elle ne put vaincre. Elle fixa ses yeux sur les siens et, d'une voix où débordait toute sa compassion, elle lui dit :

— Qu'as-tu donc ?

Il eut un mouvement des lèvres, comme s'il allait parler, puis il fit un geste de dépit et, se levant:

— J'ai un peu mal aux nerfs... Je vais prendre l'air, bonsoir !

Et il sortit. Les deux femmes restèrent à travailler. Mais Hélène fut moins triste. Il lui semblait qu'un peu de ce que Louis avait de mauvais dans le cœur venait d'être emporté par ses larmes. Si elle avait pu deviner à quel point ce cœur était bourrelé de tourments, elle lui eût pardonné tout ce qu'elle avait déjà souffert.

Quelques jours plus tard, un coin du voile, derrière lequel se préparait le dernier acte de la bataille dans laquelle elle se trouvait engagée, fut soulevé. Émilie, qui était au centre des forces ennemies, dit un matin à son amie :

— Y a-t-il longtemps que votre mari a la procuration de Mme Hérault ?

— Je n'en sais rien, pourquoi ?

— Parce qu'il vient d'hypothéquer, pour deux millions, les immeubles qu'elle possède, et de vendre pour une somme très importante d'actions de chemins de fer.

— Eh bien ! mais il a le droit d'agir comme il lui plaît. Il est le maître de cet argent.

— Il n'est pas maître de ruiner sa grand'mère sans qu'elle s'en doute et de lui faire courir le risque, à son âge, d'être mise à la porte de son hôtel, après une expropriation par autorité de justice... Je sais ce qui se passe. Votre mari est devenu fou... Il marche à grands pas dans un cataclysme financier... Il vous laissera tous sur la paille !... Vous devriez l'interroger et voir s'il n'y a pas des mesures à prendre.

— Pour cela, jamais! s'écria Hélène avec fermeté. Dans l'ordre moral, je ferai tout ce qui dépendra de moi. Dans l'ordre matériel, rien ! Lorsque je ne pense qu'à mon bonheur détruit, paraître céder à des préoccupations d'argent ! M'exposer à ce que Louis m'offre des garanties pour notre fortune, quand je sacrifierais ma vie pour qu'il me donnât des gages de son repentir !... C'est à quoi

je ne consens pas. Je suis entrée pauvre dans cette maison ; si j'en
sors pauvre, qu'importe !

Elle resta un moment silencieuse :

— D'ailleurs, cet argent, qui est la source de toutes mes douleurs,
je le hais !... Si Louis se ruine, il sera forcé de revenir à la sagesse,
au travail. Ah ! Dieu ! si la misère me le rend, je bénirai la misère !

Émilie regarda la jeune femme avec admiration. Puis, hochant la
tête :

— Oh ! si vous aviez affaire à un homme, quels résultats n'obtien-
driez-vous pas !... Mais vous serez seule à avoir de la vertu. Louis, à
bout de ressources, fera un coup de tête... Il peut se laisser enlever
par Mme Olifaunt...

— Je saurai bien le lui reprendre !

— Et si, au lieu de l'enlever, elle le quitte et que, dans une heure
de découragement...

Hélène pâlit, mais elle fit un geste énergique :

— Je lirai sa résolution dans ses yeux. Il ne peut rien me cacher.

— Prenez garde, vous jouez un jeu terrible.

— Puis-je faire autrement ? Ce n'est pas moi qui ai engagé la
partie... Je la soutiendrai jusqu'au bout sans défaillance. Le ciel ne
m'abandonnera pas.

Ainsi que l'avait dit Émilie, la situation était devenue critique pour
Louis. Le cercle dans lequel il se débattait se resserrait de semaine en
semaine. Lui, exaspéré par la résistance qu'il rencontrait dans toutes
ses tentatives, s'acharnait avec un entêtement de joueur. Thauziat, un
instant en eut pitié et essaya de fléchir Lereboulley. Mais le gros homme
avait une telle animosité contre Louis qu'il ne voulut même pas
écouter celui qui, seul, maintenant que Diana n'était plus la favorite,
exerçait une réelle influence sur lui. Il entra en fureur et, avec une
violence de langage qui ne lui était pas habituelle :

— Êtes-vous absurde, s'écria-t-il, de venir me parler en sa faveur,
après ce qu'il vous a fait !... Vengez-vous donc !... Ou plutôt, laissez-
moi agir librement ; je me charge de couler ce joli garçon de telle
sorte qu'on n'en entendra plus jamais parler !... Eh ! parbleu ! sa

femme, abandonnée ou veuve, sera agréable à consoler... Elle a eu assez de déboires, elle ne sera pas exigeante !

Thauziat ne répondit rien. Il était déjà plus qu'à moitié gagné à la cause infâme qui devait jeter Hélène dans ses bras. Il laissa faire, comme le lui conseillait Lereboulley. Et cependant sa volonté eût été un contrepoids suffisant, même à ce moment-là, pour rétablir l'équilibre de la balance et pour sauver Louis. Émilie, témoin de cette défaillance morale et de cette défection matérielle, en conçut une grande tristesse. Elle vit s'abaisser celui qu'elle avait toujours jugé supérieur aux autres hommes. Elle résolut de s'en expliquer avec lui. Un soir, elle lui dit :

— Y a-t-il longtemps que vous n'avez rencontré Louis ?

Il tressaillit.

— Très longtemps, répondit-il.

— Vous n'allez donc plus chez Mme Olifaunt ?

— Presque plus.

— Cela vous attristait de voir ce pauvre garçon se perdre ainsi ?

Il se tut, mais il leva sur elle son regard pénétrant.

— Vous l'avez tiré d'affaire, une fois déjà, par amitié pour moi, reprit-elle. Si vous vouliez, aujourd'hui, vous le pourriez encore. D'un mot, vous neutraliseriez tous les efforts de mon père... Il vous suffirait de lever le doigt pour enrayer la machine financière dans laquelle on broie ce malheureux... Est-ce que vous ne le voulez pas ?

Il continua à se taire. Elle lui posa sa main sur l'épaule avec autorité et, d'une voix ferme :

— Thauziat, n'êtes-vous donc plus l'honnête homme que j'aimais ?

Il eut un rire terrible et, lui montrant son visage bouleversé par la violence des passions qui agitaient son cœur :

— Non ! je ne suis plus cet homme-là !

— Et qui vous a si promptement changé ?

— Mon amour pour une femme ! J'en ai assez de souffrir pour rester fidèle à des principes d'honneur que je suis seul à respecter. Parce que Louis m'a volé celle que j'aimais, il devra m'être sacré, n'est-ce pas ? C'est la règle chevaleresque que vous invoquez en sa faveur ?

Je serai tenu de m'arracher l'âme pour le défendre, pour le sauver, quand il m'a porté le coup dont je souffre si cruellement. Mais, me direz-vous, c'est mon ami, c'est presque mon frère. Et je le trahis, et je l'abandonne, et je le pousse au précipice! Alors je suis déloyal et indigne? Mais lui, qu'est-il donc? Il possède cette femme, dont la perte me rend inconsolable et il la trompe. Voilà un époux loyal, n'est-ce pas, et on est obligé envers lui à beaucoup de loyauté? Il a un enfant adorable, qui devrait être la joie de sa vie, l'espoir de son avenir. Il est en train de le ruiner pour une coquine. Voilà un père intéressant, n'est-il pas vrai, et qu'il faut défendre contre lui-même? Cet homme a eu tous les bonheurs et les a tous gâchés à plaisir. Il a manqué à tous ses devoirs : il n'a eu ni respect pour la mère, ni tendresse pour l'enfant. Et je serai forcé, moi, de pratiquer envers lui des vertus qu'il ne pratique pas envers les autres? Ses vices lui seront une sauvegarde, ses folies lui vaudront une protection! Et, parce qu'il sera menacé de périr, par sa propre faute, je devrai, moi, l'arracher au péril? Allons donc! Ce serait de la duperie et de la démence. Qu'il succombe, puisqu'il n'a eu ni assez de sagesse pour ne point entamer la lutte, ni assez de valeur pour en sortir victorieux.

Il s'était animé en parlant, son large front s'était coloré d'une rougeur ardente. Ses yeux jetaient de sombres éclairs et sa bouche se crispait avec une effrayante ironie. Il apparut ainsi à Émilie resplendissant d'une beauté satanique, rejetant comme un fardeau inutile tout ce qu'il avait d'humain dans le cœur et glorifiant avec audace des actes qui ne pouvaient que soulever sa conscience.

— Ainsi, vous combattez contre lui? reprit-elle.

— Oui! cria-t-il avec force.

— Eh bien! Thauziat, vous serez vaincu. Car il a pour le sauver, lui, ce qui vous aura perdu, vous: l'amour d'une femme.

— Nous verrons.

Elle ne se tint pas pour battue, et, ayant échoué auprès d'Hélène et auprès de Thauziat, elle s'adressa à Louis.

— Tu sais, lui dit-elle, que je ne suis pas femme à m'effrayer faci-

lement. Eh bien ! ta façon d'agir m'épouvante. Tu marches, sans ba-
lancier, sur un fil d'or. Tu tomberas et tu te casseras le cou.

— Mais non, répondit-il gaiement, je ne risque plus rien maintenant. J'attends tout de la grande affaire à la tête de laquelle est ton
père. Celle-là est sûre. Car tu ne pousseras pas la défiance jusqu'à
croire qu'il la fera manquer, pour me jouer un mauvais tour.

— Je ne crois rien, je ne veux pas chercher ce qu'il y a de possible ou d'impossible... Mais, je t'en prie, tiens-t'en à ta coopération
industrielle ; ne spécule pas sur la hausse des actions... Qui sait ce
qui peut arriver ?

— Moi. Je sais qu'un banquier ne s'amusera jamais, pour ruiner
un concurrent, un adversaire, un ennemi, à se ruiner lui-même. Ton
père a des capitaux énormes engagés dans le câble.

— Est-ce qu'on est jamais fixé sur ce qu'il a ou sur ce qu'il n'a
pas !... Il est bien fort !... Et il te hait solidement... Prends tes précautions.

— Merci. Mais ne te tourmente pas. Il n'y a rien à craindre.

Il ne paraissait y avoir rien à craindre, en effet. L'affaire du câble
avait passé à la Chambre, sans la moindre opposition, et Louis n'attendait plus que le vote du Sénat, pour s'engager à fond à la hausse et
ramasser, en quelques jours, le capital dont il avait le plus pressant
besoin. Grâce à des acomptes, il avait fait patienter les entrepreneurs
chargés de la construction des immeubles du quartier des Champs-
Élysées. Les maisons sortaient de terre, étage par étage, et sir James,
qui avait été pris de la passion du moellon et ne quittait pas les chantiers, harcelait Hérault, qu'il appelait « mon associé », demandant sans
cesse des fonds pour le bâtiment. Cet homme extraordinaire montait
aux échelles, s'installait sur les échafaudages, causait avec les contremaîtres et subordonnait tout à l'achèvement des maisons de Diana.

Il en avait oublié l'Hôtel des ventes et les marchands de curiosités.
Les immenses cubes de pierre, qui formaient tout une rue, étaient
maintenant, à ses yeux, des bibelots bien plus importants et bien
plus précieux que les sèvres pâte-tendre ou les ivoires du Japon. Irrité,
ne pouvant faire face aux besoins des entrepreneurs, Louis rabrouait

ÉMILIE, JE T'EN PRIE MON ENFANT, NE PRENDS PAS PARTI DANS CETTE
QUERELLE (PAGE 608)

sir James, mais ne parvenait pas à le lasser. Le mari de Diana prenait alors une mine attristée d'homme dont la confiance a été trompée, et, pendant des soirs entiers, il ne prononçait pas une parole. C'eût été tout bénéfice, si Mme Olifaunt n'avait pas, fidèle alliée de sir James, adressé de tendres reproches à Louis.

Un soir, las de ces criailleries, énervé, éprouvant le besoin de rassurer ceux qui paraissait douter de lui, il eut l'imprudence d'expliquer à sir James la combinaison qu'il avait basée sur l'émission des actions du câble. Diana approuva et son mari opina du bonnet. Mais, le lendemain, par un hasard malheureux, comme l'Anglais se rendait aux chantiers, en traversant les Champs-Élysées, à la hauteur du rond-point, il rencontra Lereboulley. Plusieurs fois déjà, il lui avait exprimé son regret de ne plus le voir avenue Gabriel. Lereboulley, avec amertume, lui avait répondu que Mme Olifaunt lui ayant retiré sa confiance, il était blessé et ne reviendrait plus. Maintenant, quand les deux hommes se trouvaient en présence l'un de l'autre, ils parlaient l'un de Diana, l'autre des constructions, ce qui faisait un duo étonnant, à la fin duquel ils tombaient d'accord sur ce point : que Louis Hérault n'avait pas les reins assez solides pour pousser l'affaire à son terme, mais que Diana ne courait aucun risque, puisque les terrains étaient sa propriété.

Ce jour-là, Lereboulley aborda lui-même la question des constructions, et aussitôt sir James se répandit en explications techniques sur l'état d'avancement des maisons.

— Oui, mais les paiements, dit le sénateur, comment marchent-ils ?

— M. Hérault doit liquider la situation prochainement... Il va engager une opération dont il espère de grands résultats.

— Ah ! fit Lereboulley, en dressant l'oreille, car il avait, depuis quelques semaines, constaté avec ennui que Louis ne spéculait plus.

— Oui. Il attend l'émission des actions du câble...

— Il a raison, dit le sénateur, dont la voix trembla d'émotion. C'est une affaire excellente.

Et, ayant serré la main de sir James, il s'éloigna dans la direction des boulevards.

Ainsi, il se trouvait instruit des projets de Louis par une indiscrétion de celui-là même qui était si intéressé à leur réussite. Tout en marchant, il réfléchissait. Il allait avoir son ennemi à sa merci. Il ignorait encore comment il le frapperait, mais il était résolu à le frapper. C'était la dernière passe du duel engagé entre eux, et il fallait qu'elle fût décisive. Le lendemain, Lereboulley devait prendre la parole au Sénat, pour demander un vote conforme à celui de la Chambre. Il eut un instant l'idée de reculer la conclusion de l'affaire, en réclamant le renvoi de la discussion à un mois. Il prolongeait ainsi les difficultés financières de Louis et avait chance de le voir succomber sous le fardeau dont il s'était chargé. Mais ce résultat, obtenu lentement et par des moyens détournés, ne lui sembla pas assez écrasant. Il voulut un coup direct, rapide et qui jetât son homme à ses pieds. Il rêva de se repaître de son agonie et ne sut pas patienter plus longtemps. Dans son esprit inventif, une autre combinaison commençait à apparaître, simple à exécuter, terrible si elle réussissait, et elle ne pouvait pas ne pas réussir. Le sénateur entra à la Bourse, causa quelques instants avec les agents, puis se rendit dans ses bureaux.

Si l'ardeur avec laquelle Lereboulley préparait le dénouement de la crise était grande, l'anxiété avec laquelle Louis l'attendait était plus grande encore. C'était son va-tout qu'il jouait sur une seule carte. Si la chance le favorisait, il était remis à flot définitivement et ne craignait plus rien. Si le sort lui était contraire, il sombrait sous voiles, à pic, sans sauvetage possible. Il ne resterait, de la fortune possédée, que des bribes appartenant à sa grand'mère, le domaine de Boissise, qui coûtait de l'argent au lieu d'en rapporter, et la fortune reconnue à Hélène par contrat, qui était l'avenir de l'enfant. Il n'hésita pas cependant à tenter la partie. Il était engagé à ce point qu'il ne pouvait plus reculer. S'il cessait de payer les entrepreneurs, lorsque les travaux étaient déjà à moitié terminés, il s'exposait à voir vendre à vil prix ces constructions qui avaient coûté si cher, et tout était perdu. En affrontant le risque, il pouvait gagner, et tout était sauf.

Le jour de la séance du Sénat, dans laquelle la question devait être définitivement tranchée, vers cinq heures, Louis était chez Mme Olifaunt. Ils causaient d'affaires, car la séduisante Diana, quand elle ne dormait pas pour se reposer les yeux et se refaire le teint, s'occupait volontiers de choses sérieuses. Sir James arriva, sans se faire annoncer, chez sa femme, ce qui dénotait chez lui une extraordinaire agitation, et, avant toutes choses, s'écria :

— Le Sénat a voté... Lereboulley a été bien remarquable!

— Vous étiez donc à la séance?

— Oui. J'ai eu l'occasion d'y assister, et, comme cela m'intéressait, j'ai abandonné les travaux pour une journée... Le speech de Lereboulley a vraiment produit beaucoup d'effet... Il a enlevé une subvention pour la société et a fait vivement applaudir une tirade patriotique... J'ai été content pour lui.

Il s'arrêta en voyant que l'éloge de Lereboulley avait amené un silence; mais il n'était pas de caractère à céder sur aucune de ses préférences pour être agréable aux amis de sa femme, et, l'air rogue, il se retira. Alors Diana se leva du divan sur lequel elle était étendue, et, passant ses bras autour du cou de Louis :

— Ainsi, c'est bien décidé? Nous risquons la grosse opération?

— C'est décidé.

— Et quand cela?

— Aussitôt que se dessinera le mouvement de hausse.

Et tous deux restèrent encore une heure ensemble. Qui les eût vus, dans leur jeunesse et leur beauté, rapprochés l'un de l'autre, la main dans la main, les yeux dans les yeux, eût dit : « Voilà deux êtres qui s'adorent et qui parlent de leur tendresse. S'il les eût écoutés, les mots reports, courtages, primes, eussent seuls frappé son oreille. Ces amants causaient comme deux boursiers; leur préoccupation unique n'était pas de s'aimer, mais de gagner de l'argent. C'était pour en arriver là que Louis avait trompé Hélène.

A la fin de la semaine, de grandes affiches jaunes, placardées dans tout Paris, annonçaient l'émission des actions du câble interocéanique, et les journaux financiers commençaient une campagne, à laquelle ils

trouvaient leur compte, pour célébrer les mérites de l'entreprise. Dans
la presse, l'affaire était jugée favorablement. On disait unanimement :
« Elle n'est pas dans la main de faiseurs, mais de gens sérieux, » et la
grande autorité de Lereboulley était une sérieuse garantie pour le
public.

Louis, pendant ces huit jours, se montra agité, fiévreux. Il parlait
avec volubilité ou gardait un profond silence, absorbé par de sérieuses
préoccupations. Un matin, sans que rien eût fait pressentir sa résolution, il annonça, pendant le déjeuner, à sa grand'mère et à sa femme,
qu'il partait pour l'Angleterre. Le soir même, il se mettait en route,
ayant recommandé chez lui que, sous aucun prétexte, on ne révélât le
but de son voyage. Son projet était fort simple : comme il n'osait pas
donner tous ses ordres aux agents de Paris, dans la crainte d'éveiller
l'attention sur sa manœuvre, et ne voulait pas télégraphier à Londres,
il prenait le parti d'y aller de sa personne. La spéculation anglaise
devant, suivant lui, se jeter sur la valeur et la faire monter, il comptait lui apporter l'appoint de son impulsion hardie.

Il y avait quatre jours qu'il était parti, lorsqu'un soir, dans un journal,
Émilie, qui cherchait le compte rendu d'une exposition, tomba sur un
entrefilet ainsi libellé : « On dit en haut lieu qu'une société, en voie de
formation et à la tête de laquelle devait se trouver placée une de nos no-
tabilités financières et politiques, est l'objet de manœuvres si graves de
a part d'un groupe de spéculateurs anglais, qu'une interpellation aura
lieu à la Chambre pour obtenir le retrait de la subvention donnée par
l'État. La France, déjà dupée à Suez, n'est pas assez riche pour
renter des entreprises destinées à enrichir les capitalistes d'outre-
Manche. » Et, deux lignes plus bas : « On annonce le départ pour
Rome de M. Lereboulley. L'éminent financier va débattre avec le
gouvernement italien les conditions d'un emprunt nécessité par l'ex-
tension de la politique coloniale. »

Tout était clair. Au moyen de la première note, on ébranlait la confiance que les souscripteurs pouvaient avoir dans la prospérité de la
société du câble, car c'était d'elle, et non d'une autre, qu'il était question, et, au moyen de la seconde note, on prouvait que Lereboulley

se désintéressait de l'affaire, puisqu'il choisissait l'heure du lancement, toujours délicat, d'une aussi grosse émission, pour se rendre en Italie. Effrayée, la jeune fille chercha aux nouvelles de la Bourse et ces mots lui sautèrent aux yeux, comme s'ils étaient imprimés en lettres flamboyantes : « Baisse de cent francs sur les actions du câble interocéanique. » En une seconde, Émilie, par une intuition mystérieuse, acquit la certitude que Louis était engagé à la hausse sur le fonds nouveau, et que la baisse, dont elle voyait à la fois l'effet et les causes, était dirigée contre lui. Elle courut chez son père, décidée à l'interroger, à le supplier, à user de l'autorité réelle qu'elle avait sur lui. Elle ne le trouva pas : il était sorti et ne devait pas rentrer pour dîner.

Alors, elle demanda sa voiture et se fit conduire à l'hôtel Hérault. Là, on ne savait rien. Une lettre de Louis était arrivée, pleine de banalité tranquille et annonçant son retour. Mlle Lereboulley ne voulut pas risquer de bouleverser inutilement Hélène en lui donnant à craindre une catastrophe qu'elle ne pouvait pas empêcher. Elle rongea son frein et se retira sans avoir rien dit.

Le lendemain matin, elle se dirigea vers la chambre de son père. Le sénateur, rasé de frais, était assis devant un guéridon supportant un déjeuner vermeil, et buvait une tasse de thé, avant de se rendre rue Le Peletier. En voyant entrer sa fille, il se leva et sa figure poupine s'éclaira :

— Comment, te voilà ? dit-il, en l'attirant à lui pour l'embrasser. Que se passe-t-il ? Car tu n'es pas de mon petit lever, d'habitude.

En d'autres temps, Émilie eût pris son air gavroche et répondu à Lereboulley : « Oh ! papa, c'est que ton petit lever n'a pas souvent lieu à la maison ! » Mais elle n'était pas en train de plaisanter. Elle trancha dans le vif de la question :

— Ce qui se passe, c'est à toi de me l'apprendre. J'ai vu que les actions de la société du câble, qui devaient faire prime, avaient baissé de cent francs... Qu'est-ce que cela veut dire ?

Le sénateur enleva d'un mouvement rapide sa robe de chambre, passa sa redingote, puis se tourna d'un air riant vers sa fille :

— Comment, tu me questionnes sur des affaires de Bourse, toi, Émilie? En quoi cela peut-il t'intéresser, ma chère petite?... Reste dans ton domaine artistique, ma belle, crois-moi, tu y es beaucoup mieux.

— Mais enfin, mon père, pourquoi ce mouvement de recul inattendu?

— Des manœuvres, des intrigues pratiquées par des syndicats... que sais-je, rien de sérieux !

— Mais les articles de journaux, dans lesquels on laisse entendre que tu abandonnes l'affaire?

— Racontars absurdes, comme tout ce que publie la presse... La vérité se fera jour et les actions monteront aux prix qu'elles doivent atteindre.

— Mais, en attendant, pour ceux que la baisse aura atteints... la ruine?

— La ruine!... Que veux-tu? C'est le résultat des batailles entre boursiers, comme les blessures et la mort sont le résultat des batailles entre soldats... Malheur aux vaincus ! C'est le mot d'ordre de toute guerre !

Émilie fit un pas vers son père, très grave:

— Peux-tu me donner ta parole que Louis Hérault n'est pas au nombre des vaincus?

Alors, en une seconde, le visage de Lereboulley prit une expression qui terrifia sa fille, et, avec une âpreté qu'elle ne lui connaissait pas :

— Oh! oh! petite fille, tu as du coup d'œil, puisque tu as vu clair dans la situation! Tu es inquiète pour ton camarade, et tu m'en demandes des nouvelles?... Eh bien! Il a été assez hardi pour s'attaquer à moi, et je lui ai cassé les reins, comme je les casserai à tous ceux qui voudront suivre son exemple !

— Et sa mère, et sa femme, et son enfant?

— C'était à lui d'y penser.

— Parce qu'il a été abominable, est-ce une raison pour que les autres le soient?

— Ma fille, tu oublies à qui tu parles.

— Hélas! je voudrais l'oublier!

A ces mots, prononcés avec une tristesse déchirante, Lereboulley, vivement frappé, pâlit; il s'avança vers Émilie, et, la pressant dans ses bras:

— Émilie, je t'en prie, mon enfant, ne prends pas parti dans cette querelle, ne me juge pas sur des apparences... Tu sais combien je t'aime!... Ce que tu viens de dire m'a serré le cœur... Oh! que rien ne s'élève entre nous: ni défiance, ni colère... Demeure en dehors de ces affreuses intrigues... Ne mets pas le pied dans ce bourbier, tu t'y salirais inutilement... Je ne suis pas méchant, tu le sais, et je ne ferais pas gratuitement du mal à qui que ce soit... Mais ce Louis s'est conduit envers moi d'une façon infâme: il m'a outragé, humilié, il m'a causé un des plus grands chagrins que je pusse subir!... Il est indigne de ton intérêt... Si tu savais... Mais tu sais, je le vois bien, et c'est pour sa famille que tu réclames. Eh bien! sa famille, je ferai pour elle ce que tu voudras... Ce sont de vieux amis... des relations très anciennes... Je ne l'oublierai pas... Je leur reconstituerai une fortune, je te le promets... Mais, quant à lui, il faut qu'il sente mon pied sur sa tête... Et il le sentira, ou j'y perdrai mon nom!

Il avait assis sa fille sur ses genoux, il l'embrassait, la caressait, ardent à la convaincre. Elle, froide et lucide, calculait la portée de tout ce qu'elle venait d'entendre:

— Mais je suis riche, moi, dit-elle en se levant. Le bien que je tiens de ma mère est considérable... Je suis majeure, libre et je puis aider Louis.

— Ce serait en pure perte, répliqua Lereboulley. Va, il est pris, et bien pris!... Il faut qu'il paie ou qu'il saute!

— Mais où est-il? Que fait-il? s'écria Émilie avec désespoir. S'il allait prendre quelque résolution extrême... S'il se tuait! Quel remords pour nous!

— Lui! se tuer! s'écria Lereboulley avec un éclat de rire. Allons donc! Tu demandes où il est? Ne devrais-tu pas t'en douter? Revenu hier de Londres, il est descendu chez Mme Olifaunt et n'en est pas sorti... Voilà ce qu'il fait!

PRENEZ GARDE SI VOUS ME TROMPEZ! (PAGE 615)

Sombre, Émilie baissa la tête. Maintenant, elle désespérait elle-même de sa cause.

— Que puis-je donc, moi? dit-elle.

— Tâche qu'il rentre chez lui et que, désormais, il y reste!...

Émilie poussa un soupir et, sans embrasser son père, elle sortit.

XI

Revenu de Londres dans l'état de torpeur accablée qui dut anéantir les forces morales de Napoléon quand il arriva à l'Élysée, après le désastre de Waterloo, Louis trouva Mme Olifaunt très calme, supportant le désastre avec une philosophie souriante, qui eût dû l'éclairer sur les véritables sentiments de cette créature, s'il eût conservé dans son esprit une lueur de clairvoyance. Sir James lui-même, comme s'il eût reçu un mystérieux réconfort, fit preuve d'une placidité bien singulière, étant donné le grand souci qu'il prenait des intérêts de ces braves maçons, qui travaillaient à édifier, en bonnes pierres de taille, une fortune pour Diana.

Louis, qui s'attendait à des transports de désespoir et à d'amères récriminations, reconquit, en un instant, son sang-froid et entama l'examen de sa situation. Il avait une liquidation terrible à opérer. C'était la ruine, à coup sûr, mais l'honneur pouvait rester intact. Déjà il espérait qu'avec un peu d'aide et en faisant de sérieuses réformes dans sa manière de vivre, il parviendrait à se relever. Mais ces réformes, en première ligne, c'était sur Diana qu'elles devaient porter. Avant toute chose, il faudrait qu'il renonçât à son existence libertine et se résignât à être un homme rangé.

Couché au fond d'un fauteuil, devant la cheminée de la chambre qu'on lui avait fait préparer dans l'hôtel Olifaunt, il repassait les incidents de l'année qui venait de s'écouler, et il commençait à voir clair dans sa conduite. Il se rendit compte des mobiles auxquels il avait obéi et les jugea bien misérables : passion exclusivement sensuelle, vanité follement surexcitée, voilà pourquoi il avait dilapidé sa fortune et compromis le bonheur des siens.

Soudain, ceux envers qui il se reconnaissait si coupable se présentèrent à sa pensée, et il les vit réunis dans le salon du Faubourg-Poissonnière. La grand'mère travaillait silencieuse à son tricot ; Hélène, pâle, tenait le petit Pierre sur ses genoux et lui apprenait à parler. L'enfant debout, suivant, sur les lèvres de sa mère, la forme des syllabes, s'efforçait de répéter les mots prononcés et riait, frappant l'une contre l'autre ses petites mains roses. Il sembla à Louis qu'il entendait distinctement les deux voix : celle de sa femme, grave et triste ; celle de son fils, douce et caressante. Les deux voix ne répétaient qu'un mot, toujours le même, comme si elles eussent voulu lui donner la persistance et la force d'un appel :

— Père ! père !

Il ferma les yeux, pour ne plus voir ce tableau qui lui avait glacé le cœur, mais à ses oreilles les deux voix murmuraient toujours et l'appel se faisait entendre plus pressant, plus tendre, plus suppliant. Alors Hérault se leva, il jeta ses regards autour de lui, et cette chambre, dans cette maison étrangère, lui fit horreur. Il pensa qu'il était venu chez sa maîtresse, au lieu d'aller rejoindre sa femme, et, écœuré comme s'il se trouvait subitement dans un mauvais lieu, il prit son chapeau et descendit.

Mme Olifaunt était dans son cabinet de toilette, en train de polir, avec de nombreux ustensiles d'ivoire et d'acier, la nacre parfaite de ses ongles. Elle montra un siège à Louis, et, sans interrompre son importante occupation :

— Eh bien ! dit-elle, êtes-vous rentré en possession de vous-même ? Hier soir, vraiment, vous m'avez inquiétée... Vous étiez si démoralisé !...

— On le serait à moins, dit-il avec un faible sourire.

— Avez-vous pris un parti?

— Oui.

— Lequel?

— Ai-je donc le choix? Je ne pense pas que vous ayez supposé, un seul instant, que je me retrancherais derrière l'exception de jeu... Je vais payer tout ce que je dois, pour commencer... Après, je verrai ce qu'il me reste à faire.

— Je vous connais trop pour avoir douté de vos intentions, mon cher Louis; aussi n'était-ce pas à vos affaires que je faisais allusion. Elles s'arrangeront, je n'en doute pas, surtout si vous mettez vos intérêts dans les mains d'un homme habile.

— Mon notaire, M⁰ Talamon, qui est jeune, actif et très intelligent... C'est, de plus, un véritable ami, je lui donnerai mes pleins pouvoirs.

— Voilà qui va bien. Mais cette liquidation ne pourrait que vous être affreusement pénible. Il va se faire beaucoup de bruit autour de vous...

— Ce sera la juste punition de ma sottise, interrompit-il d'un ton sec.

Diana leva les yeux. L'accent avec lequel Louis parlait indiquait un tout autre ordre d'idées et de sentiments que celui qui lui était habituel.

— Sir James et moi nous nous absentons pendant quelques semaines, dit-elle. Voulez-vous nous accompagner?

Il répondit froidement:

— C'est impossible.

— Pourquoi? reprit Diana en se rapprochant de lui et en le tenant sous la fascination de ses yeux bleus.

— Parce que ma situation a complètement changé et que je dois modifier ma façon d'agir.

Elle se fit câline et tendre, elle enveloppa le jeune homme du parfum troublant qui émanait d'elle; avec une grâce charmante, elle lui appuya sur l'épaule sa tête blonde, et tout bas à l'oreille:

— Ne m'aimez-vous donc plus? Si vous vouliez, nous irions en

Italie, auprès d'un lac bleu, au soleil, parmi les roses, et, là, nous oublierions tout ce qui n'est pas nous.

Il répéta : « C'est impossible ! » Et, comme elle le serrait plus étroitement :

— Il va falloir, Diana, nous dire adieu.

Elle fit un brusque mouvement et, l'observant avec attention :

— Louis, qu'y a-t-il ? D'où viennent ces résolutions nouvelles ? Que vous a-t-on dit ? Que s'est-il passé ? Est-ce ainsi que vous me récompensez de mon dévouement ?

— Ce dévouement, Diana, il ne convient pas que je l'accepte plus longtemps. Forcément, nous devons nous séparer. En ne vous parlant pas franchement comme je le fais, je serais coupable envers vous.

Il eut un geste douloureux.

— Et je suis déjà assez coupable envers d'autres !

— Eh ! les autres, qu'importe ! s'écria Diana avec emportement. Faut-il s'en préoccuper ?

— Oui, dit Louis d'un ton assuré, il le faut, au moment de leur demander les plus grands sacrifices.

La physionomie de Mme Olifaunt devint aigre et méchante :

— Ta grand'mère, n'est-ce pas ? Et ta femme ?... Voilà, auprès de moi, à qui tu penses ?

— Pouvez-vous me le reprocher, quand elles sont si malheureuses ?...

Sa voix se brisa, étouffée par l'émotion :

— Vous savez pourtant bien tout ce qu'elles ont déjà souffert pour moi. Il ne leur restait que les douceurs de l'existence matérielle. Par ma faute, elles vont en être privées. Au moins, si ma présence peut être un adoucissement à leur tristesse, il faut que je le leur apporte.

Il reprit avec plus de fermeté :

— Diana, je vous ai sacrifié ma femme, riche et indépendante, et en cela je me suis conduit indignement ; mais, maintenant qu'elle va être pauvre et humiliée, si je ne revenais pas auprès d'elle, je serais le dernier des lâches!... Je lui dois cette réparation et cette consolation.

La belle Anglaise frémit. Elle comprit que Louis lui échappait et retournait à celle qu'elle haïssait. Le dernier coup qu'elle avait rêvé de porter à sa rivale manquait misérablement. Au lieu de lui prendre son mari, c'était elle qui perdait son amant. Elle ne put supporter cette pensée, et, avec une venimeuse ironie :

— La réparation lui paraîtrait peut-être gênante, dit-elle, et la consolation serait à coup sûr inutile!... S'il n'y a que cela qui vous tourmente, vous pouvez partir avec moi.

A ces mots, Louis devint livide, et, saisissant Mme Olifaunt par le poignet :

— Que prétendez-vous dire? cria-t-il.

— Eh bien! ce que tout le monde sait, excepté vous, naturellement!

— Vous mentez!

Il serra si fort sa chair délicate, qu'elle poussa un cri de douleur. Elle rougit de colère, arracha son bras à Hérault et, lui donnant dans la poitrine, avec la paume de sa main libre, un coup si rude qu'il chancela:

— Eh! si vous êtes si difficile à convaincre, je vous la ferai voir avec son amant!

— Quand cela?

— Ce soir même.

Il fit un mouvement terrible :

— Prenez garde si vous me trompez!

— Et si j'ai dit vrai?

— Alors rien ne me retiendra plus et je vous suivrai.

Il marcha vers la porte. Il étouffait. Elle lui demanda très doucement:

— Où allez-vous?

— Au cercle.

— Vous ne voulez pas rester auprès de moi?

— Non! A ce soir.

La porte refermée, Mme Olifaunt demeura un moment songeuse, le

front dans sa main; puis elle laissa échapper un sifflement sardonique
et, tout haut, comme si elle répondait à sa pensée:

— Qu'il les voie ensemble, cela suffira! S'il exige des explications
et se fâche, Thauziat l'abattra comme un pigeon!

Elle alla à son petit bureau Louis XV, l'ouvrit, écrivit deux billets,
puis sonna. Sa femme de chambre parut.

— Faites porter immédiatement ces deux lettres, et qu'on me dise
si elles ont été remises en mains propres.

Au même instant, sir James entrait. Elle se leva, fit bouffer les plis
de sa robe, examina longuement dans la glace le tissu fin et veiné de
ses tempes, s'adressa un sourire de satisfaction; puis, se tournant
vers son mari:

— Il y a longtemps que nous n'avons vu ce pauvre Lereboulley...
Je n'ai peut-être pas été très aimable avec lui. Il faudra que vous
passiez rue Le Peletier et que vous l'invitiez, de ma part, à dîner.

Sir James fit un mouvement de satisfaction:

— Enfin, vous redevenez donc raisonnable! dit-il. Ce cher ami! Il
sera bien content! J'y vais de ce pas.

Et, ayant baisé la main de sa femme, il s'éloigna.

A l'hôtel Hérault, l'inquiétude s'était manifestée tardive, mais
violente. Pendant quatre jours, l'existence de la grand'mère et
d'Hélène avait été régulière, calme, comme d'habitude. Louis faisait
un voyage, il annonçait sa rentrée prochaine. On l'attendait tranquillement. Hélas! pour la jeune femme, l'absence de son mari
n'était plus une cause de tristesse, et, présent, il était plus éloigné
d'elle qu'en ce moment, où des lieux de terrain et la mer les séparaient. Émilie était venue chaque jour et, à mesure que le temps
s'écoulait, elle demandait avec tant de persistance si on avait des
nouvelles de Louis, qu'Hélène s'était sentie troublée.

Elle avait questionné son amie. Mais celle-ci avait aussitôt battu
en retraite, et il avait été impossible de rien tirer d'elle. Il se passait
cependant quelque chose, et Émilie en était informée. Cela sautait
aux yeux et Hélène ne s'y trompait point. Mais quoi? Mme Olifaunt
était-elle du voyage? Avait-elle obtenu de Louis qu'il recommençât,

EH BIEN ! MA FILLE, LOUIS NOUS A RUINÉES (PAGE 618)

dans la Manche, la promenade que Lereboulley avait faite dans la
Méditerranée? L'absence, que son mari avait dit devoir durer seulement quelques jours, se prolongerait-elle? S'était-il engagé à ne reparaître jamais chez lui? Que ne pouvait-on craindre de sa faiblesse et
de la méchanceté de Diana? Le doute affreux qui torturait Hélène fut
brusquement dissipé, mais la réalité se montra bientôt si effrayante,
qu'il eût peut-être mieux valu ne pas la connaître.

Un matin, la vieille Mme Hérault entra brusquement dans la chambre de celle qu'elle appelait sa fille et se laissa tomber sur un fauteuil. Elle avait les traits bouleversés, les mains tremblantes et elle
avait gravi l'escalier avec tant de rapidité qu'elle était hors d'haleine.

— Mon Dieu! qu'y a-t-il? s'écria Hélène, saisie d'une angoisse
horrible.

La grand'mère regarda fixement la jeune femme, puis d'une voix
tremblante :

— Est-ce que tu ne le sais pas?

— Parlez! parlez, je vous en supplie... vous me faites mourir...

— Eh bien! ma fille, Louis nous a ruinées!

Un soupir de soulagement échappa à Hélène. Pendant une seconde,
elle avait redouté pis.

— Notre notaire, M⁰ Talamon, sort d'ici; il accourait, en hâte,
m'informer des ventes que mon petit-fils a faites, ces temps derniers,
et m'aviser de nouveaux ordres reçus par le télégraphe... Il croit
Louis devenu fou!... Il me conseille de lui retirer ma procuration...
Qu'est-ce que tout cela veut dire? J'ai beau chercher, je ne puis
arriver à comprendre. Où cet argent a-t-il passé? Talamon, qui nous
est très dévoué, a fait une enquête... Il prétend que Louis s'est lancé
dans une affaire de constructions énorme... Si c'est vrai, comment
l'ignorons-nous? En tous cas, il n'a pu se ruiner à construire... Les
maisons ne s'envolent pas... On les retrouvera... Il y a évidemment
autre chose!...

La vieille femme parlait de sa voix aigrelette, avec une volubilité
fiévreuse. Ses cheveux gris, échappés de dessous son bonnet. s'épar-

pillaient en mèches défrisées. Elle, si correcte, si pomponnée d'ordinaire, s'était montrée dans ce désordre à son notaire, elle restait ainsi devant Hélène, son émoi lui faisait tout oublier.

— Autrefois, s'il s'était livré à de grosses dépenses, il était garçon, j'aurais compris où l'argent s'en allait. Mais aujourd'hui qu'il est rangé, marié, père de famille... Voyons, toi, tu ne t'es aperçue de rien ?

— De rien.

— Ton mari se cache donc de toi ?

— Il se cachait bien de vous !

— C'est vrai. Tu vois, je ne sais plus ce que je dis, chère petite, je perds la tête.

La vieille femme se leva et marcha avec agitation. En passant devant une glace, elle se vit et poussa un cri d'horreur :

— Oh ! mon Dieu ! dans quel état je suis !

Et, redressant d'un tour de main son bonnet et ses papillotes, elle redescendit chez elle. Dans l'après-midi, Émilie arriva. Le matin même, elle s'était adressée à son père pour obtenir qu'il tirât Louis de son horrible situation. Elle était encore bouleversée. Elle ne questionnait pas ; désormais, elle était fixée sur ce qu'elle avait voulu savoir. Ce fut la vieille Mme Hérault qui, avec beaucoup de finesse, remarqua ce changement dans l'attitude de la jeune fille. Elle lui dit brusquement :

— Comment se fait-il que tu ne nous demandes pas de nouvelles de Louis ?

Et comme Mlle Lereboulley, sans perdre son sang-froid, répondait :

— C'est juste, j'oubliais... Il va bien ?

— Il va tellement bien, dit Mme Hérault, qu'il est en train de manger tout ce que son grand-père et son père ont amassé !... Est-ce que tu l'ignorais ?

— Je le sais depuis hier... Je le prévoyais depuis longtemps.

— Alors, tu sais aussi comment et pourquoi il s'est jeté dans de folles spéculations ?

Émilie baissa la tête affirmativement.

— Explique-moi cela, mon enfant, car je m'y perds... Quelle sottise ou quel vice l'a conduit là?... Parle : je veux tout connaître.

Hélène s'était dressée brusquement, comme pour se mettre entre la jeune fille et Mme Hérault. A l'idée que la grand'mère apprendrait les fautes de son petit-fils, le blâmerait, le mépriserait, elle avait senti son orgueil qui se révoltait. C'était son mari, c'était la moitié d'elle-même, et il lui semblait que quelque chose du blâme et du mépris rejaillirait sur elle. D'un geste, elle supplia Émilie de se taire. La grand'mère la vit, et, se tournant sévère de son côté :

— Tu veux prolonger mon ignorance? fit-elle. Pourquoi? La responsabilité de notre malheur pèse-t-elle, en partie, sur toi? M'as-tu trompée, comme ton mari? De complicité avec lui? Toi aussi, es-tu coupable?

A ces mots, si injustes et si cruels, Hélène poussa un cri et, s'adressant à Émilie, comme si elle la prenait à témoin :

— Moi? Moi? cria-t-elle.

Alors la vieille Mme Hérault redressa son corps voûté, ses traits prirent une expression soudaine d'énergie et de grandeur, et, tenant sous son regard la femme de son petit-fils :

— Allons! si je t'accuse à tort, justifie-toi... Je suis votre mère, j'ai le droit de savoir la vérité, ton devoir est de me le dire !

— Non! ce que vous exigez d'elle est trop pénible, s'écria Émilie, et ce qu'elle vous a caché si fièrement, si généreusement, c'est de ma bouche que vous l'apprendrez.

Et, malgré les supplications d'Hélène, Mlle Lereboulley commença le récit de ce martyre d'une année, supporté par la jeune femme sans une plainte, avec la préoccupation pieuse d'épargner à la grand'mère la connaissance des folies du petit-fils tant aimé. Elle dit tout : la trahison misérable, l'abandon insolent, l'abaissement exigé de l'épouse devant la maîtresse; elle fit le compte des douleurs endurées, des affronts subis; elle montra, d'un côté, le cynisme et la bassesse ; de l'autre, la patience et la douceur. Elle déchira l'infâme Diana, la roula dans la boue; elle dépeignit Hélène telle qu'elle était, fière, vaillante, angélique, et, en un instant, la vengea de tout ce qu'elle avait souffert.

Stupéfaite, la grand'mère avait écouté, sans prononcer une parole, cette foudroyante révélation. Habituée, depuis soixante ans, à considérer tous ceux qui successivement avaient porté le nom d'Hérault: son mari, son fils et son petit-fils, les chefs de la famille comme des êtres d'un ordre supérieur, dignes d'obéissance et de respect, elle sentit un affreux bouleversement se faire en elle. Toutes ses croyances, toutes ses affections, étaient atteintes en même temps. Il lui sembla que rien de stable et de fixe n'existait plus sur la terre. La fortune s'écroulait, l'honneur était menacé, le bonheur détruit. Ainsi qu'un naufragé perdu dans la tempête, elle jeta un regard terrifié autour d'elle et ne vit qu'Hélène, sombre, mais calme et résolue. Alors, la vieille mère s'avança vers la jeune femme, et, courbant sa tête blanche:

— Mon enfant, dit-elle, je t'ai méconnue. Je t'ai accusée et tout le mal que tu supportes si courageusement te vient de moi. J'ai voulu te donner la fortune, le bonheur, et te voilà pauvre et malheureuse. Je te demande pardon.

Elle tendait ses bras. Avec un cri de tendresse, Hélène s'y laissa tomber.

— J'espérais faire beaucoup pour toi, et c'est à toi que je vais tout devoir: affection et pitié, car tu m'aideras à supporter la tristesse affreuse qui désolera mes derniers jours. A deux, nous serons plus fortes pour endurer le chagrin dont ce malheureux enfant a empoisonné notre vie.

Elle ne put continuer. Hélène, de la main, avec un tendre respect, lui fermait la bouche.

— Ne soyez pas impitoyable, dit-elle d'une voix suppliante, et ne croyez pas que Louis soit si complètement égaré. Nous le ramènerons à la raison, nous lui rendrons le calme et la sagesse. Même aux heures les plus noires, j'ai conservé ma foi en lui. Il m'a causé de cruels soucis, mais je l'aime, et l'amour ne va pas sans espérance. Il a commis des fautes, il a fait des folies ; mais les fautes, il suffira que nous les oubliions pour en effacer la trace, et, quant aux folies, nous l'aiderons à les réparer. Nous avons le droit d'être indulgentes : il est votre fils, il est mon époux, et les femmes, voyez-vous, n'ont été mises par Dieu auprès des hommes que pour les chérir, les plaindre et les consoler.

— Ah ! ma fille, tu es un ange du ciel, s'écria Mme Hérault sans pouvoir retenir ses larmes, et tu me rends un peu de confiance... Mais où est-il ?... que fait-il ? Il devrait être revenu...

— Peut-être n'ose-t-il pas se présenter ici, se doutant que nous sommes informées de ce qui se passe ?... Mais, tranquillisez-vous... Nous aurons bientôt de sûres nouvelles de lui.

— Et les embarras d'argent dans lesquels il se trouve, comment l'en sortirons-nous ?

— Nous abandonnerons tout ce que vous posséderez et tout ce qu'il m'a donné en m'épousant. Nous tâcherons de sauver l'usine, qui a été l'instrument de votre fortune passée et qui pourra être celui de notre fortune future.

La grand'mère leva ses bras au-dessus de sa tête avec admiration :

— Quelle femme tu es ! Mais comment obtenir ce résultat ?

Hélène eut un tranquille sourire, et, avec une conviction profonde et ferme, elle répondit :

— Par la volonté !

Et doucement, à voix basse, elle se mit à faire des projets, reconstruisant, sur les ruines de l'édifice renversé par Louis, un autre édifice plus solide et plus brillant. Encore au milieu des horreurs de la tourmente, elle rêvait déjà des tentatives hardies. Cette âme de combat se révéla ainsi dans toute son admirable énergie. Elle endormit les craintes de la grand'mère, elle émerveilla l'esprit actif d'Émilie, et, en se berçant des séduisantes illusions de l'avenir, elle arriva même à détourner sa pensée des réalités désolantes du présent.

Vers quatre heures, Émilie se retira, en promettant de revenir dans la soirée. Hélène resta seule. La nuit tombait, et, dans l'obscurité croissante, peu à peu les idées de la jeune femme s'assombrirent. Les

raisons qu'elle avait su trouver pour rassurer Mme Hérault ne lui
semblèrent plus, à elle-même, acceptables. Elle s'accusa de fermer
les yeux avec entêtement pour ne pas voir le danger, et tout ce qui
pouvait rendre sa position précaire et inquiétante lui apparut sous
les couleurs les plus sinistres.

Le retard inexpliqué de son mari, l'absence de nouvelles : autant
d'indices terrifiants. Que faisait-il ? Où était-il ? Dans son découragement, — car elle connaissait assez la faiblesse du caractère de Louis
pour être sûre qu'il s'était abandonné, — à quelles folies, à quelles
violences n'avait-il pas été entraîné ? Cette femme, si résolue et si vaillante, en cet instant eut une défaillance morale. Elle vit, autour d'elle,
le vide et le silence. Elle eut froid, une agitation terrible s'empara
d'elle, et le cœur battant, prête à appeler au secours, sous la menace
devinée d'un danger inconnu, elle se leva et marcha vers la chambre
voisine, afin de n'être plus enfermée seule, dans cette pièce qui lui
paraissait lugubre comme un tombeau.

Elle fut promptement rendue à elle-même. La porte s'ouvrit,
donnant passage à la femme de chambre apportant une lampe. La
lumière entra à flots et rompit les influences tragiques de l'obscurité.
Hélène resta éblouie pendant quelques secondes ; puis, sur un petit
plateau d'argent planté devant elle, ses yeux distinguèrent une lettre.
Elle la prit vivement et regarda l'écriture de l'adresse. Ce n'était pas
celle de Louis. Elle la laissa retomber sur la table avec tristesse. Elle
se rassit, plus sombre, dans cette clarté qui l'enveloppait maintenant,
que lorsqu'elle était dans le noir de la nuit. Et, d'une main indifférente, elle déchira l'enveloppe et commença à lire.

Soudain, son regard morne s'anima, une flamme monta à ses joues,
elle poussa une exclamation ; comme éblouie, elle passa une main sur
ses yeux et, reprenant la lettre, elle lut : « Votre mari, que vous
croyez à Londres, est à Paris depuis hier. Il doit partir, demain, pour
l'Italie, avec qui vous savez. Si vous voulez le voir, vous le trouverez
chez M. de Thauziat, où il se cache. » Le papier lui glissa des mains,
et, immobile, étourdie par le tumulte des pensées brusquement
déchaînées dans son cerveau, elle demeura debout au milieu de l'ap-

partement, physiquement anéantie, mais retrouvant, de minute en minute, sa lucidité plus complète.

Sa première impression fut que tout était perdu, cette fois, que l'échafaudage si péniblement élevé par elle sur les décombres de sa vie s'effondrait sous la poussée suprême de la haine, et que Louis lui échappait, emporté triomphalement par son ennemie. Mais sa vaillance n'était jamais longtemps engourdie. A peine eut-elle imaginé, dans une horrible vision, son mari, le père de son fils, l'abandonnant, à l'heure où sa présence dans la maison croulante était impérieusement exigée par l'honneur, qu'elle chercha les moyens de retenir le fugitif. Une rage, qu'elle ne songeait plus à contenir, la fit crier dans le silence et la solitude de sa chambre nuptiale délaissée. Elle eut un voile de sang devant la vue et pensa à aller tuer sa rivale. Quoi ! son malheur n'était-il pas assez complet? Il faudrait donc qu'elle fût seule, définitivement, dans la vie et que son enfant fût orphelin ! Et cette insolente femme promènerait, de ville en ville, dans la banalité des logis de hasard, ce mari enlevé à son foyer, ce père volé à l'affection et au regret des siens !

Elle dit tout haut : « Je l'aimerais mieux mort! » Mais ces paroles terribles la firent frissonner et elle reprit : « Non ! je saurai le lui disputer ! » Dans ses veines, un instant glacées, le sang recommença à bouillonner impétueux, activant la violence de ses pensées. Elle se jugea capable de tout tenter et de tout réussir. Une fièvre brûlante la dévorait, et il lui était impossible de rester en place. Elle se mit à marcher, laissant tomber de ses lèvres, par intervalles, des lambeaux de phrases.

Le projet, qui devait lui être fatalement inspiré par la lettre diabolique, s'imposait à son esprit : aller chercher son mari. Avant tout, elle ne voulait pas qu'il partît. Elle savait quelle autorité elle pouvait avoir sur lui, si elle se décidait à l'attaquer sans ménagement. Elle se rappelait l'avoir vu pleurer à ses pieds, faible et tremblant, l'implorant comme un enfant qui s'adresse à sa mère. Elle irait à lui, et, une fois qu'il serait en face d'elle, dût-elle l'accabler pour rompre sa résistance, il faudrait bien qu'il la suivît. Dans son exaltation, elle se sentait une

JE VOUS DEMANDE SEULEMENT OU EST MON MARI (PAGE 630)

vigueur herculéenne, à l'emporter dans ses bras, pour l'arracher à la mauvaise femme. Mais sa raison, dominant sa colère, comme un aigle qui plane au-dessus des nuées orageuses, l'arrêta dans ses résolutions extrêmes. Où devait-elle aller, pour retrouver son mari? La lettre le disait : chez M. de Thauziat... Thauziat! Un soupçon se glissa dans son esprit.

Si c'était un piège qu'on lui tendait? Si celui qui l'aimait toujours avait, de connivence avec l'atroce Diana, imaginé ce moyen de l'attirer chez lui?

Elle ramassa la lettre et examina avec attention l'écriture. Les caractères lui en étaient inconnus. Avec une habileté extraordinaire, Mme Olifaunt avait su manier sa plume de façon à tromper l'œil clairvoyant d'Hélène. Quel ami ou quel ennemi avait donc envoyé le billet anonyme? Pendant un moment, la jeune femme songea à consulter Émilie. Mais elle se rappela qu'une fois déjà celle-ci l'avait dupée et avait aidé Louis à lui échapper. Si elle allait de nouveau, oh! par affection, afin d'éviter des violences, de prévenir un scandale, l'arrêter dans l'exécution de son projet? A la rigueur, ne pouvait-elle se rendre chez Thauziat sans être accompagnée? Si Louis s'y trouvait, quel danger courait-elle? Si Louis ne s'y trouvait pas, craignait-elle Thauziat? Un sourire de dédain passa sur ses lèvres. Et puis, lorsque son avenir était en péril, fallait-il tant hésiter? N'était-elle point lâche de peser avec tant de soins toutes les chances? Ne saurait-elle pas surmonter tous les obstacles? Elle n'avait jamais été vaincue que par ceux qu'elle aimait et parce que son cœur était leur complice. Mais, combattant pour défendre son amour, qui serait assez fort pour l'empêcher de triompher?

Elle n'hésita plus, et, souriant, elle demanda sa voiture. Elle ne voulait pas aller chez Thauziat clandestinement. Elle comptait se présenter le front levé, sans masque, et parler haut. Elle jeta un manteau sur ses épaules, se coiffa à la hâte et partit.

Diana, en envoyant ses lettres, avait tout calculé. Clément ne sortait presque jamais de chez lui avant deux heures. Hélène ne quittait plus l'hôtel du Faubourg-Poissonnière, depuis le départ de son mari.

Ils devaient donc, l'un et l'autre, en temps utile, recevoir l'avis qu'elle leur faisait parvenir.

Assis au fond d'un large fauteuil, dans une pièce tendue de vieux velours de Gênes à fleurs vertes sur un fond argenté, meublée d'une table et de précieux bahuts de la Renaissance, éclairée par le demi-jour finement coloré des vitraux, Thauziat réfléchissait. Une mélancolie profonde assombrissait son front, et, les paupières baissées, il semblait dormir. Diana l'avait prié de ne pas quitter la maison et d'attendre. Il attendait. Quoi? Il n'en savait rien. Mais un instinct secret lui disait qu'il s'agissait d'Hélène et de Louis. Peu à peu, sa pensée l'avait emporté dans un monde de rêves, où la réalité transformée lui donnait le bonheur. Ses yeux ne voyaient plus ce qui l'entourait. Ce cabinet sévère et un peu obscur, où il avait passé tant de tristes soirées à ressasser douloureusement ses chagrins, se changeait en une chambre riante et claire où se glissait une gracieuse silhouette de femme. Elle allait, légère et presque aérienne, apportant la joie dans les plis de sa robe, illuminant tout du rayonnement de sa beauté. Elle approchait et ses traits devenaient distincts : c'était Hélène. Le cœur battant, Thauziat la suivait du regard; elle ne lui montrait plus un visage glacé, elle était confiante et tendre maintenant. Le cœur de la jeune femme avait été si cruellement torturé que, par les blessures, comme un sang généreux, son amour pour Louis s'était écoulé. Elle avait compris qu'elle avait fait fausse route, et s'était résolument rejetée en arrière. Là, elle avait retrouvé celui qui l'adorait si fidèlement, et la vie avait recommencé pour elle, douce, calme et heureuse. Bercé par ce séduisant mensonge, Clément restait immobile, s'attachant avec passion à ce mirage, qui lui donnait toutes les ivresses qu'il avait si ardemment souhaitées.

Le timbre grave de l'horloge, tintant dans le silence, l'arracha à sa trompeuse extase. Il l'écouta anxieusement sonner quatre fois et, soupirant, il se leva. L'ombre avait envahi l'appartement. Au dehors, régnait une demi-obscurité, dans laquelle les becs de gaz, déjà allumés, brillaient livides. Devant la fenêtre, il s'oublia à regarder les passants marcher d'un pas rapide le long des trottoirs. Il était nerveux et inquiet, comme si un événement grave pour lui était près de se produire. Il attendait, dans un trouble qu'il ne savait ni dominer ni définir, quelque chose de vague qui ne pouvait cependant manquer d'arriver.

Comme cinq heures sonnaient, un coupé s'arrêta brusquement devant la porte. Une tête de femme, que la nuit rendait méconnaissable, se pencha et aussitôt le laquais s'éloigna. Thauziat sentit sa respiration s'embarrasser. Une voix, en lui, cria : « C'est elle ! Ton rêve devient une réalité ! » Des flammes lui montèrent au cerveau. Il écouta. Le timbre d'annonce retentit et ses vibrations eurent un écho jusque dans le cœur de Clément. Un piétinement léger se fit entendre, la porte s'ouvrit et un domestique entra. Thauziat était tellement ému qu'il n'osa point parler. Un frisson avait couru dans ses veines et ses jambes tremblaient sous lui. Il était impatient de savoir, et cependant il avait peur d'interroger. La voix banale et tranquille du domestique articula ces mots :

— Mme Hérault demande si monsieur est chez lui et peut recevoir ?

Un éclair illumina le front de Thauziat : c'était bien elle ! Il fit un signe affirmatif, et, soulevant une portière de velours, il passa dans le salon voisin, où, sur la cheminée, deux lampes étaient allumées. Il resta là, frémissant d'impatience, de joie et d'inquiétude. Un frou-frou de soie, un pas net, un bruit de porte discrètement ouverte et aussitôt refermée, et Hélène un peu pâle, Clément grave et attentif, se trouvèrent en présence. Il lui offrit un siège, elle refusa de s'asseoir, et, debout, d'un ton décidé, elle dit :

— On m'a fait savoir que mon mari était chez vous, monsieur... Voulez-vous le prévenir que je suis là ?

Thauziat eut un geste de surprise et, sans bouger de sa place, très doucement, car il craignait d'effrayer la jeune femme :

— Votre mari, madame ? Il y a juste huit jours que je ne l'ai vu. J'ignore s'il est à Paris ; mais, en tous cas, je puis vous assurer qu'il n'est pas chez moi.

Elle le regarda avec un air hautain

— Qui me trompe? Est-ce mon correspondant inconnu ou vous?

— Moi? s'écria-t-il avec un accent de sincérité auquel il était impossible de ne pas se rendre, vous tromper, dans quel but, dans quel intérêt?

Et, comme elle ne répondait pas :

— Considérez-vous ici comme chez vous, madame, reprit-il avec une respectueuse fermeté. Sonnez, faites venir tous ceux qui vivent autour de moi, dans cette maison, interrogez-les! Peut-être croirez-vous plus à la parole de mes domestiques qu'à la mienne.

Elle se laissa tomber sur le siège qu'il lui avait avancé, et, d'une voix sourde :

— Pardonnez-moi... Je suis si malheureuse!

Il se courba comme pour se prosterner à ses pieds. Elle l'arrêta d'un geste, et, reprenant sa respiration avec effort :

— Dites-moi toute la vérité. Je ne sais ce qui se prépare autour de moi, mais je me sens conduite, malgré ma résistance, vers un abîme... Peut-être suffirait-il d'un avis sincère, d'un conseil loyal, pour me permettre d'éviter le danger... Je vous en prie, éclairez-moi, secourez-moi.

Thauziat hocha la tête, puis avec amertume :

— Est-ce à moi de vous secourir contre celui qui devrait être votre vrai défenseur? Quel rôle me demandez-vous de jouer?

— Un rôle dont je vous ai jugé capable, celui d'un homme généreux jusqu'à l'oubli complet de ses regrets et de ses rancunes.

— Ne me croyez pas si bon! dit-il. J'ai beaucoup souffert, j'ai beaucoup pensé et j'ai perdu de grandes illusions sur moi-même. Si vous avez compté que je ferais preuve d'une abnégation romanesque, détrompez-vous... J'ai été malheureux pour mon compte, je ne veux pas l'être pour le compte des autres.

Elle eut un sentiment d'inquiétude, mais elle le domina et, affectant un air riant :

— Ne vous calomniez pas! Je suis sûre que vous êtes disposé à de grands sacrifices pour m'éviter un chagrin.

Il la regarda profondément, et, avec un accent passionné :

— Ah ! que vous connaissez bien votre pouvoir sur moi?... C'est vrai, je vous aime tant, que, pour vous voir me sourire, je donnerais ma vie.

Elle fit un mouvement pour se lever, en le voyant ainsi s'animer, mais elle avait décidé qu'elle le forcerait à lui dire ce qu'elle désirait savoir ; elle essaya donc d'arrêter son élan et de le ramener à plus de froideur.

— Je ne vous demande pas votre vie, reprit-elle, d'un ton léger. Je vous demande seulement où est mon mari.

— Où peut-il être? sinon chez Mme Olifaunt...

Elle pâlit et un tremblement nerveux agita sa bouche. Mais elle ne se découragea pas.

— Eh bien ! Envoyez-le chercher...

— A quoi cela servirait-il ?

— Quand ce ne serait qu'à prouver que vous désirez me plaire.

Elle prononça ces mots avec une grâce câline. Elle voulait le séduire et l'amener à faire venir Louis. Comme il demeurait muet et soucieux, elle lui sourit, en joignant les mains comme pour une prière :

— Est-ce que je m'adresserai inutilement à vous ?

Il quitta la cheminée à laquelle il était accoudé, s'approcha de la jeune femme et d'un ton glacé :

— Tenez, madame, n'essayez pas plus longtemps de me prendre pour dupe. Vous vous livrez, vis-à-vis de moi, à des coquetteries qui vous répugnent et qui me navrent. Vous prétendez me faire servir de trait d'union entre votre mari et vous... Mais je vois clair dans votre jeu et je le trouve indigne de vous et de moi.

Le cœur d'Hélène se serra, elle eut honte d'elle-même. Thauzial ne venait-il pas de la démasquer d'un mot? En spéculant sur la passion de cet homme qui l'adorait, ne l'avait-elle pas reconnue et presque autorisée? Elle poussa un soupir et murmura faiblement :

— Oh ! mon Dieu ! Que puis-je donc espérer maintenant ?

— Que je vous dise la vérité, si atroce qu'elle soit... Oh ! restez ! fit-il en la voyant se dresser épouvantée. Vous me la demandiez tout à l'heure, et, à présent, vous avez peur de l'entendre ?

Elle releva fièrement la tête :

— Non ! dit-elle. Parlez, je vous écoute.

— Comment vous a-t-on fait savoir que vous trouveriez votre mari chez moi ?

— Par un billet sans signature. On y ajoutait : « Il doit partir demain avec qui vous savez... »

Bien. A l'heure même où vous receviez cet avis, j'étais invité à ne pas sortir de chez moi.

— C'était donc un piège qu'on tendait ? demanda Hélène, en jetant sur Thauziat un coup d'œil méfiant.

— A vous et à moi.

— Mais qui ?

— Qui ? Sinon la femme qui a intérêt et qui aurait plaisir à vous perdre !

— Mme Olifaunt ?

— Oui, Mme Olifaunt.

D'une voix étouffée il ajouta :

— Et qui sait ? peut-être un autre...

Les yeux d'Hélène devinrent fixes et, frémissante d'angoisse :

— Qui soupçonnez-vous encore ? Qui n'osez-vous pas nommer ? L'accusation est donc bien abominable ? Qui, enfin ?

Il baissa le front, comme s'il avait honte de ce qu'il allait dire, et murmura ces deux mots :

— Votre mari.

Elle resta glacée d'horreur. Ce soupçon affreux lui était venu. Elle avait, pendant une minute, douté de celui à qui elle était indissolublement attachée par les liens de son amour et de sa foi. La voix de sa triste expérience s'élevait, lui disant : « Il a tout renié, tout sacrifié pour cette odieuse femme. Pourquoi ne pousserait-il pas la bassesse jusqu'à essayer de se libérer envers toi, en imaginant de te prendre dans une trame abominable ? » Elle l'écoutait avec un frisson de dégoût. Au fond d'elle-même, la voix de sa volonté répondait plus haute et plus ferme : « Ne te laisse aller à aucune défaillance, ne crois qu'au bien, espère toujours, et tu triompheras de toutes les difficultés. Louis ne sera ni lâche, ni infâme, si tu ne l'abandonnes pas. Il sera honnête et bon. Mais il faut que tu le veuilles !

Elle dit, comme répondant à sa pensée :

— Cette accusation est insensée !

Thauziat reprit, avec une exaltation grandissante :

— Elle n'est malheureusement que trop vraisemblable. Si votre mari, entraîné par Mme Olifaunt, a résolu de la suivre, il a pu vouloir, aux yeux du monde, rendre ce départ moins criminel, en vous donnant des torts qui lui fussent une excuse... Vous ne pouvez deviner ce qu'un homme tel que lui peut devenir dans les mains d'une femme telle que cette Diana. Elle lui a pris sa raison, elle lui prend sa fortune, elle lui prendra son honneur. Il vous a abandonnée pour elle, il vous livrera à sa haine. Dégradée comme elle l'est, son rêve ne peut être que de vous dégrader vous-même. Dans son avilissement, quelle joie de vous faire paraître vile autant qu'elle ! Toute la boue du ruisseau où se traîne son existence, elle doit aspirer à vous en éclabousser. Et lui, il s'est fait son complice pour cette œuvre sans nom. Sa femme, la mère de son fils, il la livre aux insultes féroces de sa maîtresse. Vous savez bien que tout ce que je vous dis là est vrai, vous avez déjà senti la griffe de cette misérable déchirer votre cœur !... Vous avez déjà essuyé les traces de ses fangeuses attaques. Rien n'est supposé, tout est évident, prouvé, certain, et le passé infâme vous répond de l'avenir ignominieux !...

Il s'était avancé vers elle, la dominant de sa haute taille et le visage resplendissant d'une beauté terrible.

Les paroles qu'il achevait de prononcer avaient bouleversé Hélène. Elle le regardait, effrayée et attirée en même temps, comme si, penchée sur un gouffre, elle eût été prise de vertige. Comment savoir ce qui s'agitait au fond de cet esprit sombre ? Où tendait-il ? Quel espoir avait-il fondé sur le malheur qui atteignait la jeune femme ? Il était trop maître de lui pour être descendu jusqu'à accuser Louis, afin de se donner le plaisir d'abaisser son rival. Quel plan hardi avait-il formé et quelle revanche cherchait-il de sa défaite passée ?

Elle ne put supporter l'incertitude. Il lui sembla que, de ce qu'il

MONSIEUR DE THAUZIAT, VOUS VOUS ÊTES CONDUIT COMME UN LACHE
ENVERS UNE FEMME (PAGE 637)

allait dire dépendait pour elle le désastre irrémédiable ou le relève-
ment possible. Elle voulut connaître le mot que retenait encore ce
sphinx redoutable. Elle lui dit audacieusement :

— Où voulez-vous en venir ?

Il répondit gravement :

— A vous prouver que ce n'est pas pour rien que la destinée m'a
placé sur votre route et que, si elle m'a déjà tant fait souffrir pour
l'amour de vous, peut-être était-ce afin de vous faire apprécier mieux
ma constance. La lâcheté de ceux qui vous poursuivent nous a joints,
l'un à l'autre, dans un but odieux. C'est un défi qu'ils ont porté à votre
honneur et au mien. Je le relève et je l'accepte ! Provoqué dans
mon amour, je revendique mon amour hautement. Si votre mari,
après vous avoir outragée, vous abandonne, vous redevenez libre.
Rejetez-le de votre existence, comme il vous a rejetée de la sienne.
Revenez en arrière, effacez de votre souvenir les deux années qui
viennent de s'écouler. Je vous tends la main, placez-y la vôtre. Pas
une femme n'aura été adorée comme vous le serez. Je passerai ma
vie à vous faire oublier les chagrins que vous avez endurés.

Elle le regarda un instant, puis très posément :

— Autrement dit, vous m'offrez de recommencer mon existence,
et, rendue à moi-même par un divorce, de devenir votre femme ?

— Oui.

— Si mon mari me délaisse, je ne serai pas plus libre, dit-elle avec
douceur. Il me restera mon enfant, qui, lui, ne trahira pas la tendresse que je lui ai vouée et qui suffira à emplir ma vie.

Thauziat étendit la main avec un geste de protection :

— Il sera mon fils, dit-il, je l'aimerai comme si mon sang coulait
dans ses veines et, je vous le jure, j'en ferai un homme.

— Si son père lui manque, je serai là, moi, et je suffirai à la tâche.
En me consacrant à cet enfant seul, je lui donnerai l'exemple de la
fidélité et du courage. Et, lorsqu'il m'aura vue, sous ses yeux, vivre
comme une bonne mère et une honnête femme, il n'aura plus besoin
de l'aide de personne pour devenir un homme.

— Oui, vous aurez rempli admirablement votre devoir, mais vous

n'aurez vécu que pour le sacrifice. Pas un jour, vous n'aurez connu
le bonheur complet, absolu. Vous aurez aimé, mais votre amour ne
vous aura pas été rendu, dans ce délicieux accord de deux cœurs
qui battent à l'unisson, au point de confondre toutes leurs aspirations, toutes leurs joies, toutes leurs ivresses. Et vous êtes en pleine
jeunesse ; des années succéderont aux années, avant que vous attei-
gniez l'âge où les passions sont mortes. Pouvez-vous affirmer que votre
âme, si cruellement blessée, est fermée pour toujours? Êtes-vous
sûre de n'avoir jamais aucun regret? Ah! si vous vouliez vous
confier à moi, me laisser veiller sur votre avenir, je jurerais bien de
vous rattacher à l'existence. Je n'aurais qu'une préoccupation au
monde : ce serait d'assurer votre bonheur. Je n'ai jamais aimé que
vous ; depuis deux ans, j'ai vécu avec votre souvenir dans ma pensée,
souffrant de vos tortures et n'ayant qu'une seule joie : vous voir,
m'approcher de vous, écouter le son de votre voix, même quand cette
voix ne me faisait entendre que des paroles indifférentes ou cruelles.
Oh! combien j'ai maudit la destinée et envié cet heureux, cet indigne, qui avait su vous plaire et qui n'appréciait pas le trésor de votre
charme et de votre bonté. Je l'ai envié et maintenant, en voyant que
vous vous attachez à lui malgré tout, je le hais! Oui, je le hais de
toutes les forces de mon être révolté! Hélène, ne vous entêtez pas
dans votre folie! Si vous n'avez pas pitié de vous-même, ayez pitié
de moi, qui ne respire que pour vous et qui sacrifierais tout, sans
regret, pour obtenir de vos yeux un regard moins glacé, de votre
bouche un mot plus miséricordieux.

Il s'était avancé vers elle, les mains tendues, le visage bouleversé
par la violence de ses sentiments. Il la désirait, avec une ardeur qui
rayonnait dans ses yeux, qui brûlait sur ses lèvres et qui enveloppait
la jeune femme d'une flamme subtile et dévorante. Elle eut peur pour
la première fois, en le voyant ainsi exalté jusqu'à la fureur. Elle se
leva, mais il saisit le bas de sa robe, et, s'agenouillant devant elle, le
front appuyé sur l'étoffe, comme s'il eût baisé sa chair :

— Je vous en supplie, ne me désespérez pas, reprit-il. Vous
m'avez fait assez de mal. Et moi, je ne vous ai donné, en échange,

qu'une inaltérable tendresse. Pensez que celui à qui vous me sacrifiez implacablement vous trahit, vous abandonne, qu'il est chez cette femme, peut-être dans ses bras...

— Taisez-vous ! cria-t-elle. Ce que vous dites là est infâme !...

— Ce qui est infâme, c'est l'outrage qu'il vous fait subir... Il va partir avec elle, enrichie de sa ruine, de la vôtre...

— Vous mentez !

D'un mouvement emporté, elle arracha sa robe des mains de Thauziat, et, marchant vers la porte :

— Je ne vous entendrai pas plus longtemps !

Il se leva d'un bond, et, se plaçant devant elle :

— Ah ! vous me poussez à bout !... Je veux que vous restiez !

— Oserez-vous me retenir malgré moi ?

— J'oserai tout.

Son visage était devenu sombre et menaçant. Elle fit un pas en arrière, et, avec une insultante ironie :

— Si vous ne me laissez pas partir, songez-vous que je suis en droit de croire que le piège où je suis prise, c'est vous qui l'avez tendu ?

— Croyez-le, si bon vous semble.

— Vous me demandiez mon amour... Est-ce donc mon mépris que vous voulez ?

— Vous aviez mon honneur entre les mains. Je pouvais, à votre gré, être bon ou mauvais. Vous m'avez conduit au mal. Puisqu'il faut être criminel pour avoir des droits sur votre cœur, je le serai !

— Prenez garde ! Si vous m'approchez, j'appelle !

— Vous n'en serez que plus sûrement perdue... Et perdue... vous êtes à moi ! D'ailleurs, on n'entrera pas.

Il poussa vivement le verrou. Elle courut vers la fenêtre ; mais il y fut en même temps qu'elle et la prit dans ses bras. Elle se sentit serrée sur la poitrine de Clément, elle entendit son cœur battre, elle appuya ses mains sur les épaules du jeune homme et, s'éloignant de lui de toute la longueur de ses bras, elle lutta avec rage pour éviter son étreinte. Elle n'osait crier, mais elle rugissait comme une lionne. Lui, les yeux troubles, la respiration haletante, éperdu de désir, était prêt à toutes les violences. Hélène se sentait à bout de forces ; déjà le visage enflammé de Clément se rapprochait du sien, lorsqu'un murmure de voix, dominant le bruit sourd de leur combat farouche, se fit entendre dans la pièce voisine.

— On vient ! dit la jeune femme, il en est temps encore... laissez-moi... et je vous jure que j'oublierai...

Thauziat ne répondit pas ; mais, soulevant Hélène, il essaya de l'emporter comme une proie. Dans le silence, on heurta à la porte, rudement et d'une main impatiente. La jeune femme tenta un effort désespéré et, souple, glissant entre les bras qui la retenaient, elle se trouva libre et courut vers la porte, qu'elle ouvrit avec un cri de triomphe. Mais la voix s'éteignit sur ses lèvres, elle recula terrifiée : son mari était devant elle.

Entre les deux hommes, qui se mesuraient du regard, elle se dressa, pâle et frémissante. Elle oublia tout ce qui n'était pas son honneur, et, plus prompte à se disculper qu'à apaiser les colères qu'elle voyait bouillonner, elle s'écria :

— Louis, avant tout, est-ce que tu me crois coupable ?

Louis marcha vers elle, la vit superbe de pudeur révoltée et, lui tendant la main :

— Non, dit-il.

Elle poussa un cri de délivrance, le saisit, le pressa comme s'il lui eût rendu la vie. Puis, se tournant terrible vers Clément, qui attendait impassible :

— Monsieur de Thauziat, vous vous êtes conduit comme un lâche envers une femme ; vous ne méritez pas d'être souffleté par la main d'un homme.

Et, arrachant à Louis un des gants qu'il roulait entre ses doigts crispés, elle en frappa au visage celui qui l'avait insultée.

Il poussa un cri sourd, piétina, comme s'il prenait son élan pour les écraser tous les deux, puis s'arrêta, redevenu calme par un effort suprême. Alors livide, se courbant devant Hélène :

— C'est juste ! dit-il avec un sourire désespéré.

— A demain ! fit Louis.

— A demain ! répéta Thauziat, comme un funèbre écho.

Hélène, frissonnante, saisit le bras de son mari et, sans jeter un regard en arrière, elle l'entraîna.

XII

Il était onze heures du matin, un jour bas et brumeux éclairait à
peine. Dans le petit salon du second étage, aussi loin que possible de
Mme Hérault, Hélène et Émilie attendaient. Depuis deux heures, Louis
était parti. Sa rencontre avec Thauziat devait avoir lieu à Bagatelle.
Le mari, à qui tous les droits d'offensé avaient été reconnus, imposait comme arme : le pistolet de tir rayé ; comme conditions : vingt-
cinq pas de distance et le feu à volonté. Les témoins, gens très solides, experts en la matière, étaient, pour Thauziat, le baron Trésorier
et le marquis de Beaulieu ; pour Hérault, le colonel Gandon, son cousin, et Pierre Delarue. Après des efforts sérieux, afin d'obtenir que le
duel eût lieu au commandement, les seconds de Thauziat et ceux de
Louis avaient dû se résigner et tout accepter.

Ils ignoraient la cause véritable de la querelle. Louis avait dit à ses
amis que Clément l'avait gravement outragé ; Clément avait donné
mission aux siens de le mettre complètement à la discrétion de son
adversaire. Cependant Thauziat était d'une telle adresse, que ce n'était
pas dans son intérêt que ses témoins avaient essayé d'adoucir les conditions, mais dans l'intérêt de celui qui aurait à supporter son feu.
Avec le tir au commandement, Louis avait une chance de s'en tirer ;

avec le feu à volonté, d'avance il était mort. Voilà ce qui se disait et
ce qu'Émilie avait entendu répéter par son père. Épouvantée, elle avait
couru auprès d'Hélène. La jeune femme lui avait laconiquement appris
la cause de la rencontre et avait fait preuve d'un calme effrayant. Son
mari aurait été couvert d'une armure impénétrable qu'elle n'aurait
pas paru plus sûre de le revoir. Pendant la soirée qui avait précédé le
combat, réfugiée avec Émilie dans sa chambre, elle avait imposé
silence aux alarmes de son amie par les affirmations d'une foi
exaltée.

— Dieu est juste, disait-elle, et il ne peut vouloir m'accabler.
Depuis deux ans, chaque matin et chaque soir, je l'ai imploré, pour
qu'il me rendît celui que j'aime. Il ne m'a pas laissée désespérer,
est-ce donc pour me l'enlever au moment où le malheur peut me le
ramener repentant et corrigé? Non, il n'abandonne jamais ceux qui
se fient à lui. Il a accepté l'hommage que je lui faisais de mes souffrances, il a vu ma résignation. En échange de ce que j'ai souffert, il
me doit la vie de mon mari : il me la donnera.

Elle parlait d'une voix tranquille, sans fièvre, avec une conviction
qui pouvait inspirer des craintes pour sa raison, s'il se produisait un
dénouement fatal. A minuit, la jeune femme demanda à son amie de
se retirer, la priant de revenir dès le matin. Le départ de Louis devait
avoir lieu à neuf heures. Restée seule, elle s'installa dans une pièce
située entre la chambre de son mari et celle de son fils, laissant la
porte ouverte, comme si elle eût espéré envelopper le père du charme
inviolable qui émanait de l'innocence de l'enfant.

Et, jusqu'au jour, silencieuse et recueillie, elle pria. Lorsqu'elle
entendit le bruit des pas de Louis, elle entra dans son appartement,
lui parla avec sérénité, faisant passer sa confiance dans l'âme ulcérée
de ce malheureux, l'animant de son courage, lui rendant de la fierté.
Il la regardait avec une humble admiration. Il eût voulu lui crier le
mot qui, à cette heure décisive, était au fond de son cœur : pardon!
Il n'osa pas, il se sentait trop coupable. Elle, héroïque dans sa résolution de cacher ses angoisses, trouvait la force de sourire. Elle comprenait que, si elle laissait ses nerfs se détendre pour un seul instant,

ALORS AVEC UN SANGLOT, LA JEUNE FILLE TOMBA A GENOUX ET PRIA
(PAGE 647)

elle tomberait dans un attendrissement qui bouleverserait son mari et lui serait mortel. Elle le souhaita calme, ferme et maître de lui-même. Et, comme elle avait toujours fait, elle donna l'exemple. Cependant, au moment où les témoins de Louis venaient le chercher, elle alla prendre, dans son lit, le petit Pierre, qui se réveillait. Elle le mit dans les bras de son père et, les tenant tous les deux sous son regard, comme pour les attacher l'un à l'autre, sans que rien pût briser le lien que scellait sa volonté :

— Embrasse ton papa, fit-elle, et dis-lui : au revoir.

La voix douce et claire du bébé répéta : « Au revoir ! » pendant que ses mains potelées effleuraient le cou de son père. Un frisson agita les membres de Louis, ses yeux s'emplirent de larmes. Hélène alors reprit l'enfant, serra son mari avec une force convulsive et lui dit :

— Va, maintenant.

Et, sans un soupir, sans une faiblesse, elle le vit partir. Par la fenêtre, elle le suivit des yeux, le regarda monter en voiture, et, quand le roulement des roues se fut perdu dans le bruit de la rue, elle rentra dans sa chambre et, à bout d'énergie, elle éclata en sanglots. Un instant après, Émilie arrivait et mêlait ses larmes à celles de son amie. Elles restèrent ensemble, sans parler, pendant une heure, écoutant dans le silence le battement de la pendule qui marquait probablement les dernières secondes de l'existence d'un des deux combattants. Entre Louis et Thauziat, le cœur d'Émilie était déchiré, et elle essayait de ne rien prévoir, ne voulant pas choisir, de celui qui avait été l'ami de sa jeunesse ou de celui qu'elle avait élu entre tous, ayant peur, par une préférence même mentale, d'influencer le destin.

A dix heures, Hélène poussa un douloureux soupir, murmura : « Ils sont en présence ! » et se laissa tomber à genoux. Émilie demeura assise, immobile, les traits creusés par l'angoisse, l'oreille tendue au moindre bruit qui pourrait être un indice, le cœur battant si fort qu'elle en était étouffée. L'heure qui s'écoula alors fut, pour les deux femmes, un horrible martyre. L'arrêt était prononcé et elles en ignoraient la formidable portée. A dix heures et demie, l'agitation d'Hélène devint impossible à contenir; elle descendit au rez-de-chaussée, ouvrit la fenêtre et se pencha au dehors. Dans son impatience de savoir, elle eût voulu aller jusqu'à la rue, courir au-devant des nouvelles. Et, en même temps, elle éprouvait une telle terreur, qu'elle aurait souhaité s'enfermer dans l'obscurité, pour ne rien voir et ne rien apprendre. A onze heures, Émilie, qui, jusque-là, était restée muette, parut hors d'elle-même et s'écria:

— Mais que se passe-t-il? mon Dieu! C'est affreux de prolonger notre ignorance. Tout doit être fini!...

Elle était presque défaillante, mais Hélène ne leva même pas les yeux sur son amie; elle avait le regard rivé à la porte d'entrée, par une force magnétique, attendant la vie ou la mort. Enfin, elle poussa un cri, qui fit frémir Émilie jusqu'au fond des entrailles, tant il était à la fois triomphant et féroce:

— C'est lui! c'est lui! Il est vivant! Dieu a décidé!

Elle n'eut pas la force de faire un seul pas, de dire un mot de plus; elle s'attacha aux rideaux pour ne pas tomber et resta à regarder son mari qui, pâle et lent, s'avançait, soutenu par ses témoins, aidés du baron Trésorier. Une horrible espérance passa dans le cœur d'Émilie : Hérault était blessé. Thauziat devait être sauf! Les quatre hommes approchaient, et le visage de Louis apparaissait tiré, livide, avec ses lèvres pincées et ses yeux vagues. Son bras droit, inerte, était soutenu par un large bandage noir, et son paletot, jeté sur son dos, cachait le désordre sanglant de sa tenue. Il gravit péniblement les marches du perron, presque porté par le colonel Gandou et Pierre Delarue. En entrant, il faillit s'évanouir; ce fut Hélène qui le reçut dans ses bras:

— Mon Dieu! quelle imprudence, dit-elle, pourquoi marcher? Pourquoi n'avoir pas laissé venir la voiture?

— Votre mari s'y est refusé, madame, dit Delarue, dans la crainte de vous effrayer... Il a voulu que vous le vissiez debout.

Louis essaya de parler; Hélène lui ferma doucement la bouche avec sa main. Trésorier ajouta plus bas:

— Ne tardons pas à le monter... Il est très sérieusement blessé...

La balle a fracassé l'épaule... Rameau de Ferrière va faire un nouveau pansement dans quelques minutes...

Hélène alors, se détachant de son mari, s'approcha du jeune homme et dit d'une voix tremblante :

— Et son adversaire ?

Trésorier baissa la tête et répondit ce seul mot :

— Tué.

A cette funèbre déclaration, un gémissement fit écho. Et Émilie, plus pâle que le blessé, presque aussi glacée que le mort, se dressa devant le messager de la sombre nouvelle. Le baron s'avança vers elle et, s'inclinant :

— J'allais, mademoiselle, dit-il, me rendre chez vous... Avant le combat, M. de Thauziat, notre ami, m'avait remis une lettre, que je devais lui rendre si le sort lui était favorable, ou vous porter, s'il lui était contraire... J'ai la douleur, mademoiselle, d'avoir à vous la donner.

Il la tendait. Sans une parole, la jeune fille la prit, passa comme une ombre devant les assistants, entra dans le salon, et seule, libre enfin de souffrir, elle se laissa aller, inanimée. Quand elle revint à elle, ses regards encore voilés tombèrent sur la lettre qu'elle tenait serrée dans sa main. Elle déchira l'enveloppe, déplia le fatal papier et ne put retenir ses larmes en reconnaissant, nette et ferme, l'écriture tracée par cette main, pour toujours maintenant immobile. Elle essuya ses yeux et, avide de savoir ce que celui qu'elle avait si tendrement aimé lui confiait par delà la mort, elle lut :

« La nuit s'est écoulée pour moi, ma chère Émilie, dans les préparatifs matériels et moraux de la rencontre qui se prépare et qui sera grave. J'ai mis ordre à mes affaires et j'ai fait mon examen de conscience. La première tâche a été plus prompte à terminer que la seconde, et j'ai plus facilement réglé les comptes de ma fortune que ceux de mon âme. Le débat que j'ai soutenu contre moi-même a été long et pénible. Le juge était sévère, mais l'accusé se défendait énergiquement, et c'est avec peine qu'a été rendue la sentence : elle me condamne. J'ai mal agi, et vous aviez raison quand vous me le disiez; mais j'étais emporté par la passion, qui est une mauvaise conseillère. Par trois fois, j'ai senti l'esprit du mal s'emparer de moi et obscurcir ma pensée. J'ai essayé de le repousser, je me suis débattu au milieu des ténèbres, j'ai voulu marcher vers cette lumière qui est la vérité et la justice; une force plus puissante que ma volonté, mon instinct animal révolté, m'a retenu dans l'ombre et j'ai commis trois actions déloyales et honteuses : la première, en mettant ma main dans celle d'un homme que je haïssais; la seconde, en restant dans sa maison pour lui voler son honneur; et, enfin, la troisième, en usant lâchement de ma force contre une femme. Chaque fois, j'ai su que je commettais un crime, chaque fois j'ai persisté. L'attrait du mal a été plus fort que la protestation de mon âme indignée et j'ai subi ce double supplice d'avoir horreur de la faute et néanmoins de la commettre. Cependant, au seuil de la mort, et jugeant à la fois ce qu'est le passé et ce qu'aurait pu être l'avenir, si j'ai la force de me condamner, je n'ai pas celle de me repentir. Oui, au moment où je vais peut-être disparaître, mon cœur s'exalte, ma chair frémit à la pensée que, même au prix d'un crime, celle que j'ai adorée aurait pu être à moi. Je maudis ma destinée, qui m'a mis sur le passage de cette femme et qui ne m'a pas permis de m'emparer d'elle et d'en faire la joie de ma vie. Oh! comme je l'ai aimée et comme, en cet instant, je l'aime encore! Elle n'a pas soupçonné l'immense tendresse qui était en moi, et que, n'ayant pu lui prouver par ma vie, je vais essayer de lui prouver par ma mort. Car, entre son mari et moi, elle a décidé. L'amour qu'elle a pour lui triomphe de l'amour que j'ai pour elle. Vous me l'aviez prédit, vous qui avez la suprême raison : dans ma lutte entreprise contre la fidélité et la sagesse, je devais être vaincu. Il ne me reste donc plus qu'à payer ma rançon et je la paierai royalement, en donnant à mon rival la vie, et à celle dont il est aimé le bonheur. Dans le combat qui s'engagera demain, Louis sera à ma merci, je suis décidé à l'épargner. Je ne consens pas à coûter une larme de plus à celle qui a déjà trop souffert. Je prétends terminer son martyre et me faire son allié contre ses ennemis. Je connais malheureusement trop Louis, pour ne pas savoir que l'éloignement sera le suprême remède à son absurde passion. Une balle dans l'épaule, trois semaines de souffrance, un peu de sang versé, et il ne pensera plus à Mme Olifaunt. Je lui rendrai ce service. Blessé, il sera plus sympathique, et le pardon montera plus facilement du cœur aux lèvres de celle qu'il a si follement délaissée. Maintenant, c'est fini, je ne dois plus rien à personne. Au bas de ce compte terrible, que j'avais ouvert, je viens de mettre : quitte. Et je ne veux plus penser qu'à vous, qui avez été mon amie sincère, dévouée et tendre, et qui me regretterez, j'en suis sûr, quoi que je vous aie fait souffrir. Vous m'avez donné, un jour, la plus grande preuve d'estime qu'une femme puisse donner à un homme ; vous êtes allée à moi la main tendue, en me disant : «Voulez-vous de moi pour femme ? » Hélas ! je n'étais pas digne de vous et je ne l'ai que trop prouvé. Pardonnez-moi le chagrin que je vous ai causé et croyez que votre nom sera le dernier que je prononcerai en ce monde. Une fois que je ne serai plus, venez quelquefois me voir, là où je dormirai dans le silence et le repos éternel. J'ai beaucoup aimé les fleurs, apportez-m'en : rien n'est triste comme les tombes délaissées. Si quelque chose de moi survit sous la pierre, j'entendrai votre pas léger, je reconnaîtrai le murmure de votre voix, et ma nuit sera moins sombre, mon sommeil moins glacé... Mais voici le jour qui naît et c'est le dernier... Adieu. Je vous embrasse de toute mon âme. »

Émilie plia la lettre d'une main tremblante et la serra dans sa poitrine. Ses yeux étaient secs, pas une larme ne glissait sur ses joues. Elle se leva, sonna, demanda son manteau, son chapeau et, sans revoir Hélène, elle partit. Un quart d'heure plus tard, elle descendait devant l'hôtel de Thauziat. La porte était grande ouverte, le vestibule désert. La jeune fille monta l'escalier et, au premier étage, entra dans le salon. Là se tenait assis, devant une table, le marquis de Beaulieu, donnant des ordres au domestique de confiance de Clément. En reconnaissant Mlle Lereboulley, il se leva respectueusement.

— Vous voulez le voir ? dit-il à voix basse.

— Oui, répondit-elle.

Il fit quelques pas, souleva une portière, et, s'effaçant, laissa passer

Émilie. La lourde étoffe retomba et la jeune fille se trouva seule
dans la chambre. Sur son lit, Thauzial était étendu, tout habillé. La
courte-pointe de soie rouge accentuait la pâleur de son visage. Ses
yeux étaient fermés, un sourire restait fixé sur ses lèvres, comme s'il
eût adressé un dernier défi à la vie. Ses mains reposaient, calmes et
ouvertes, le long de son corps. Il paraissait avoir succombé sans résistance, sans secousse, en aidant la mort. Un candélabre d'argent à
six branches, posé à côté de lui, illuminait ses traits nobles et fiers.
Aucune trace de sang, aucune souillure. Il était tombé élégant et
correct, ainsi qu'il avait vécu. Émilie s'approcha, le regarda profondément, afin d'emporter de cette dernière vision une empreinte
ineffaçable, puis elle se baissa et effleura de ses lèvres ce front où
n'habitait plus la pensée. Elle retint un cri. Il lui sembla qu'une palpitation rapide avait agité les paupières de Clément et qu'un frisson
imperceptible avait glissé sur ses joues, comme si le baiser qu'elle
venait de lui donner avait rallumé en lui une dernière étincelle de vie.
Mais une ombre violette monta à ses tempes et les ceignit d'une
couronne de deuil. Alors, avec un sanglot, la jeune fille tomba à
genoux et pria.

. . . .

Comme l'avait dit Émilie, il avait fallu le fer rouge pour guérir le
cœur gangrené de Louis. Étendu sur sa couche de douleur, rongé
par d'affreuses inquiétudes, n'osant interroger ni sa femme, dont
la douceur, le calme et la fermeté ne se démentaient point, ni sa
grand'mère, dont la tendresse attristée le navrait; le malheureux
Hérault souffrait moins de son mal physique que de ses tortures
morales. Sa blessure, très sérieuse, habilement soignée, avait été
promptement en voie de guérison. Mais la plaie de son cœur, quand
se cicatriserait-elle? Il avait gaspillé tous les trésors dont la destinée
l'avait si largement comblé; il avait trompé la confiance de sa
grand'mère, il avait trahi l'amour de sa femme, il avait dissipé la
fortune amassée par son père, et qu'il devait rendre à son fils.
Il avait tout jeté au vent de sa folie. Et on ne lui adressait aucun
reproche; l'aïeule allait de son pas léger et menu dans l'appartement

causait bas avec la jeune femme, l'enfant jouait sur le tapis de la chambre, avec de petits rires frais. On n'avait dépouillé le coupable d'aucun de ses privilèges, d'aucun de ses droits : il était, comme par le passé, aimé, respecté. Mais n'était-ce pas au blessé qu'on accordait toutes ces faveurs ? Et la bonté, la douceur, n'étaient-elles pas de la simple pitié ? Pendant ses longues insomnies, couché immobile sur son lit, craignant de réveiller sa femme qui dormait dans la pièce voisine, il pensait à tout ce qu'il avait fait, et ce court passé lui semblait un horrible cauchemar. N'avait-il pas été fou ? Était-ce bien lui qui, pour une misérable créature, dont il connaissait tous les vices, avait commis tant d'actions odieuses et lâches ? En comparant la conduite de Thauziat à la sienne, il en venait à le trouver innocent. La nuit, souvent, le pâle visage de son ami lui apparaissait, non point menaçant et terrible, mais triste et doux. La vision était si nette, qu'il croyait vraiment avoir Clément devant lui. Il brûlait de lui parler, mais il n'osait. Il s'agitait alors, le sang surchauffé par la fièvre, et, au matin, on le trouvait livide et frissonnant. Une fois cependant, à la lueur de la lampe de nuit, il vit Thauziat se pencher sur lui et de si près le regarder, l'air anxieux, comme s'il épiait le progès de la guérison et la trouvait trop lente, que, se soulevant avec d'horribles efforts, il s'efforça de le saisir. Mais ses mains ne rencontrèrent que le vide. Alors, d'une voix presque indistincte, le blessé murmura dans le silence :

— Clément, pardonne-moi !

L'ombre posa une main glacée sur le front ardent de son meurtrier et lui dit :

— Je n'ai rien à te pardonner... Ce n'est pas toi qui m'as tué, c'est elle.

— Alors pourquoi m'obsèdes-tu ainsi, aussitôt que l'obscurité descend ?

— Si ma vue te trouble, je ne me montrerai plus. Mais je serai toujours autour de vous, invisible et protecteur, car tout ce qui reste de moi est demeuré fidèle à l'unique tendresse de ma vie. Aime-la, toi qu'elle aime, et sois heureux, tu peux l'être encore.

LOUIS PÂLIT, IL PRIT LA MAIN DE SA FEMME (PAGE 650)

Il disparut, et jamais Louis ne le revit ; mais, à partir de cette heure, son état s'améliora rapidement, et, au bout de six semaines, il fut sur pied. Le jour où Rameau de Ferrière dit à son malade : « Maintenant, vous pouvez sortir et vivre comme tout le monde, » dans l'après-midi Hélène commanda la voiture. Elle y monta avec son mari et Mme Hérault et donna ordre d'aller aux ateliers de Saint-Denis. Arrivés devant une charmante maison, entourée d'un joli jardin, qui avait toujours été habitée par le directeur de l'exploitation, ils descendirent. Dans le cabinet de travail, situé près de l'entrée, ils trouvèrent M° Talamon, leur notaire, qui les attendait. Alors, gravement, Hélène prit la parole :

— Mon cher Louis, dit-elle, pendant que tu étais dans l'incapacité de t'occuper de tes affaires, nous avons dû, Mme Hérault et moi, prendre des mesures pour faire honneur aux engagements contractés par toi : Boissise et l'hôtel du Faubourg-Poissonnière vendus, — et nous avons acquéreurs, — la dot, que tu m'avais reconnue, abandonnée par moi, tu seras quitte. Il te restera intacte l'usine, qui a été l'instrument de la fortune de ton grand-père et de ton père. Tu n'as qu'à signer les actes que M° Talamon a eu la bonté d'apporter, et tout sera terminé.

Louis pâlit, il prit la main de sa femme et, l'entraînant vers la fenêtre :

— Ainsi, cette maison ?

— Est celle où nous devons vivre désormais.

— Et tout ce que je t'avais donné en t'épousant ?

— Je l'ai restitué... Pauvre je suis entrée dans ta maison, pauvre j'ai voulu en sortir.

— Mais cette fortune, c'était le bien de ton fils.

— Mon fils ne peut avoir de bien plus précieux que l'honneur de son père.

Louis leva des yeux pleins de larmes sur cette femme si fière, si brave, si généreuse.

— Comment m'acquitterai-je jamais envers toi ?

Elle le regarda avec tranquillité et répondit :

— En étant un homme bon, laborieux et honnête.

Et, lui montrant par la fenêtre les ateliers pleins du mouvement des ouvriers et du bruit des marteaux :

— Là est le salut. Tu as détruit l'édifice, reconstruis-le. Je t'y aiderai.

— Mais pourrons-nous réussir ?

— On peut tout avec de la volonté.

Elle le ramena près de la table. Il prit une plume et, sans hésiter, en face de l'avenir qu'elle promettait, il liquida le passé.

LE DOCTEUR RAMEAU

PREMIÈRE PARTIE

I

Parmi les illustres praticiens que compte la science médicale contemporaine, le plus universellement admiré est, sans conteste, le
docteur Rameau de Ferrières. Réputé le premier chirurgien de son
temps, professeur d'anatomie à l'École de Médecine, Rameau est
aussi un médecin hors ligne. Il a fait en thérapeutique des découvertes
surprenantes. Doué d'un coup d'œil supérieur et d'une audace sin-

gulière, il tente, *in extremis*, l'application de remèdes foudroyants. Et, avec un bonheur sans égal, il a opéré des cures miraculeuses.

La confiance qu'il inspire est certes pour moitié dans la réussite de ses traitements. Il est tellement établi que la présence de Rameau au chevet d'un malade met la mort en déroute, que le patient, en voyant entrer le docteur, se sent déjà sauvé. Aucun souverain en Europe n'a jamais eu une sérieuse indisposition sans que Rameau ait été appelé à grands frais. Lorsque les chirurgiens d'Inspruck voulaient couper la jambe à l'archiduc Albert, tombé au fond d'un ravin en chassant le coq de bruyères, c'est lui qui trouva, à force de soins ingénieux, le moyen de ne pas faire du prince un invalide. Il réclama pour ses peines la somme de cent mille thalers. Étant allé à Caprera opérer Garibaldi d'un phlegmon qui le mettait dans le plus grave danger, il demanda au grand aventurier, comme honoraires, une fleur de son jardin.

Rameau est démocrate et libre-penseur. Démocrate parce que, sorti du peuple, il en a conservé les âpres tendances égalitaires. Libre-penseur parce que, dans ses profondes investigations scientifiques, il n'a jamais rencontré que la matière au bout de son scalpel, et que sa vaste intelligence se refuse à admettre ce qu'elle ne peut pas expliquer. Il est un des adeptes du transformisme et il a fait, sur la perfectibilité des races, des études de la plus haute portée.

Arrivé à cinquante ans, dans toute la vigueur d'une nature qui n'a été affaiblie par aucun excès, Rameau est un homme de haute taille, au visage tourmenté comme un sol volcanique. Son front immense est couronné d'une chevelure grise, onduleuse et rude, semblable à la crinière d'un vieux lion. Ses yeux gris, clairs et perçants ainsi que ses outils d'acier, sont surmontés de sourcils noirs et touffus. Son teint très coloré annonce un sang brûlé par l'activité d'une vie entièrement consacrée au travail. Sa bouche aux lèvres épaisses respire la bonté. Mais un pli profond, qui se creuse entre ses sourcils, à la racine du nez, chaque fois qu'il est préoccupé ou mécontent, lui donne un aspect terrible. A l'hôpital ou à l'amphithéâtre, la locution : « Rameau a son pli, » est, pour les internes et les élèves, un signal

d'alarme. Tout tremble et se tait quand l'effrayante ride barre le front
génial du savant, car ses emportements sont formidables, et rien ne
peut les arrêter.

Sa brutalité est légendaire comme son adresse. Aucune femme ne
ferait un pansement, ne poserait un bandage d'une main plus légère
et avec des doigts plus agiles. Il n'est pas de charretier qui jure
contre ses chevaux plus violemment que le docteur contre ses aides.
Les malades épouvantés se renfoncent dans leur lit, s'enfouissent
sous les oreillers, en entendant la voix tonnante du chirurgien qui
brandit d'un air menaçant un trocart à la lame aiguë. Il s'empare
d'eux et, avec ravissement, les malheureux plus morts que vifs
apprennent que l'opération est finie quand ils la craignaient à peine
commencée. Alors ils bénissent la prodigieuse habileté de ce bourru
bienfaisant et comprennent pourquoi, derrière son dos, les internes et
les élèves disent en riant : « Rameau ne fait souffrir ses malades
qu'en paroles. »

Cet homme d'une si rare valeur est parvenu à la situation qu'il
occupe dans le monde savant par la force de sa volonté et la supériorité de son intelligence. Son origine fut très humble. Son père
était cantonnier sur la ligne de l'Est et habitait une petite maison
auprès du passage à niveau de la route de Ferrières. Sa mère gardait
la barrière. Il la voyait, un manteau de toile cirée sur le dos, coiffée
d'un chapeau en cuir, se ranger devant les trains, un étroit drapeau
rouge à la main, comme au port d'arme.

Jusqu'à l'âge de quatorze ans, le petit Pierre vécut là, libre et
insouciant, aidant sa mère à faire rouler la lourde barrière de bois
sur ses galets de fonte, quand les fermiers revenaient du marché de
Lagny, faisant claquer leurs fouets pour demander à passer. Il eut
pour tout horizon la ligne caillouteuse, avec ses traverses de bois
et ses quatre rails de fer, polis par le frottement des roues, et les fils
frémissants de son télégraphe que, pendant les nuits d'hiver, le vent
faisait chanter comme une harpe. Sa seule distraction consista dans
le mouvement des trains crachant de la fumée et semant derrière,
sur le sol ébranlé, des escarbilles brûlantes.

Il ne savait ni lire ni écrire et était vraisemblablement destiné à devenir un obscur ouvrier. Rien ne dénotait en lui des facultés remarquables. Il ne traçait pas d'instinct des lignes géométriques sur le sable, comme Pascal. Il ne pétrissait pas la terre glaise du remblai en étonnantes ébauches, comme Canova. Il était très enfant, très joueur, excellait à tuer les oiseaux à coups de pierres et à poser des collets, dans les haies du chemin de fer, pour prendre les lièvres des chasses voisines. Aucun signe prophétique ne marquait son front. Un hasard décida de sa vocation.

En manœuvrant pour se garer, un train de marchandises tamponna un train de voyageurs. Il y eut quelques morts et beaucoup de blessés. C'était le soir et dans l'obscurité. Des wagons renversés et brisés, on entendait sortir des plaintes déchirantes et des appels désespérés. Tous les employés de la gare, affolés, couraient sans but : seul, le petit Pierre pensa à aller chercher le médecin de Lagny. Il revint avec lui, dans son cabriolet, l'ayant mis, en quelques paroles brèves, au courant de la situation. Étonné de la lucidité froide et précise de l'enfant, le docteur s'en servit comme d'un aide. Il le vit éponger sans pâlir le sang d'un chauffeur à qui il coupait le bras broyé jusqu'à l'épaule. Avec une énergie qui semblait être de l'insensibilité, l'enfant assista aux opérations, ne perdant pas la tête, exécutant de point en point ce qui lui était ordonné et prêtant son concours avec une adresse peu commune.

— Mâtin ! dit le docteur, voilà un petit gaillard qui deviendrait un fameux opérateur, si on lui enseignait la chirurgie ! Qu'est-ce que tu fais, mon garçon ?

— Rien.

— Ce n'est pas beaucoup. A ton âge, tu dois avoir une idée. Qu'est-ce que tu veux être ?

— Je ne sais pas.

— As-tu ton père et ta mère ?

— Oui ; ils habitent là.

Et, de la main, il montrait la maisonnette dont les vitres flambaient dans la nuit.

AVEC ÉLOQUENCE, RAMEAU DÉVELOPPAIT SA PENSÉE (PAGE 664)

— Ah! tu es le petit Rameau. Tes parents sont de braves gens, je leur parlerai. Sais-tu comment je me nomme?

— Oui. Vous vous nommez le docteur Servant, de Lagny.

— Eh bien! viens me voir demain, avant huit heures. Je tâcherai de faire quelque chose de toi.

Il le fit d'abord entrer à l'école, où ce petit sauvageon, élevé dans la liberté de la vie au grand air, eut beaucoup de peine à s'acclimater. Ce n'était pas l'application qui lui manquait. Il avait été, dès le premier instant, brusquement saisi par un désir passionné de tout apprendre. Mais son sang vif lui montait par vagues au visage, il devenait pourpre et souffrait de violentes douleurs dans la tête. Son protecteur, le bon père Servant, eut souvent de l'inquiétude en constatant chez l'enfant ces révoltes de la nature. Mais Pierre persista sans se plaindre et continua à travailler, faisant, de jour en jour, de plus rapides progrès. Au bout de l'année, il fut, à la grande et joyeuse surprise de l'instituteur communal, en état de concourir pour une bourse au collège de Meaux. Et il l'obtint.

A partir de ce moment, il avança à pas de géant. Poussé par le docteur, encouragé par l'administration départementale, qui devina en lui un sujet d'élite, il passa ses premiers examens et fut, à vingt ans, admis à la fois à l'École polytechnique et à l'École normale. Malgré l'insistance du préfet, malgré les prières de ses maîtres, il n'entra ni dans l'une ni dans l'autre. Il n'écouta qu'une seule voix, celle du docteur Servant, qui, la première, s'était fait entendre à lui pour le tirer de la nuit de son ignorance, et qui disait maintenant à l'enfant devenu homme: « Sois médecin. Ce que je t'ai donné, rends-le à tes semblables. Le génie, qui est indéniable en toi, mets-le au service de l'humanité. »

Après avoir soutenu brillamment sa thèse de docteur, il fut reçu au bureau central et se prépara pour l'agrégation. Le professorat l'attirait invinciblement. Esprit militant, énamouré de progrès, toujours il cherchait l'au delà. Il se plongea dans les études de chimie avec passion. Il étudia même les alchimistes: Van Helmont, Valentin, Paracelse. Il sut détacher de leur œuvre tout ce qui était utile et laisser de côté les mystères cabalistiques. Dans le petit appartement qu'il occupait, au cinquième étage, rue de la Harpe, il avait transformé la cuisine en laboratoire, et, sur le fourneau habilement aménagé, il faisait des expériences. La nuit, les voisins voyaient la petite fenêtre s'éclairer de lueurs fantastiques. Et les bons bourgeois, ses voisins, le regardaient avec terreur passer dans l'escalier, serré dans une longue redingote noire, les cheveux épars sous son chapeau cabossé, ayant une vague ressemblance avec l'hoffmannesque docteur Miracle.

Ce fut à son concours pour l'agrégation que sa nature de combattant se manifesta, pour la première fois, dans toute sa violence autoritaire. Il stupéfia les examinateurs par la hardiesse de ses tendances et la nouveauté de ses aperçus. Ce jeune homme osa exposer devant ses maîtres des théories qui aboutissaient à la négation formelle des doctrines admises. Il défendit sa manière de voir avec une éloquence âpre et tranchante, qui fit bondir tout le bureau et provoqua des manifestations enthousiastes parmi les assistants.

Les allures de réformateur du docteur Rameau déplurent souverainement : il passa pour un révolté. On le dépeignit comme un brouillon ambitieux, capable, s'il prenait possession d'une chaire à la Faculté, de bouleverser les idées ayant cours. Ses juges, profondément blessés de s'être sentis dominés par lui, le mirent à l'index. Il fut deux fois de suite refusé. Au mépris de toute justice, on lui fit passer sur le dos des camarades dont la médiocrité n'était point gênante. Rameau rugit de colère. Et, dès lors, la lutte fut engagée entre ses maîtres et lui. « Nous ne le laisserons jamais arriver, » avaient dit ceux-ci. « Je prouverai au monde entier qu'ils sont des ânes, » répliqua Rameau.

Et enragé, tout en continuant à préparer son examen nouveau, il publia les brochures qui commencèrent à attirer sur lui l'attention du monde médical. En Europe, ses travaux furent commentés, ses livres traduits. Le célèbre professeur Schultz, de la Faculté de Leipsick, écrivit un mémoire pour appuyer les tendances du jeune savant français. L'opposition de Rameau prenait les proportions d'un schisme. Il eut des partisans passionnés qui versèrent dans l'exagération. Il fut obligé de réagir et de tracer des limites à ses réformes. On commença à le trouver raisonnable, en le voyant contenir les fanatiques et les déréglés. Et puis, trop de bruit s'était fait autour de son nom. L'effroi commençait à gagner ses détracteurs. La presse scientifique s'était emparée des questions discutées, et tous ceux qui combattaient les doctrines de Rameau étaient traités de rétrogrades. Il devint de bon ton de hocher la tête d'un air grave en parlant de lui, et de dire : « Remarquable intelligence, un peu fougueuse, mais que l'âge disciplinera. Homme avec lequel il faut compter. » Tout un mouvement républicain et libre-penseur s'était produit autour de Rameau. Et les gens timorés disaient en parlant de lui à voix basse : « C'est un révolutionnaire et un athée. »

Révolutionnaire, il l'était dans son art, mais non autrement. Il était fort dédaigneux de tout ce qui ressemblait à des affaires, fût-ce celles du pays. Un des chefs du radicalisme, s'étant trouvé en rapport avec lui, songea à exploiter la popularité du jeune savant au profit de son parti et lui demanda pourquoi, avec sa grande intelligence, il ne faisait pas de politique. Rameau le regarda du haut de sa tête et brusquement :

— Parce que c'est trop facile !

Quant à son athéisme, il était réel, mais point militant. Il ne s'occupait pas de ce que son voisin pensait. Il avait ses idées à lui et n'essayait jamais d'y convertir qui que ce fût. Il ne se cachait point de n'admettre rien de ce que la religion enseigne, et le dimanche, à Lagny, dans la petite maison du docteur Servant, attablé avec son bienfaiteur, il se laissait houspiller par le vieux praticien, qui était croyant comme tous ceux qui vivent dans les larges espaces de la campagne, où l'harmonie de la nature éclate souverainement aux yeux. Mais il ne discutait pas. Il écoutait, avec un tranquille sourire, les violentes sorties du bonhomme et, lorsqu'il sentait trop vivement la pointe d'une épigramme, il secouait ses larges épaules comme un lion harcelé par un moucheron, et disait gaiement en levant son verre :

— A votre santé, docteur. Je croirai en Dieu s'il m'accorde la joie de vous voir centenaire !

La Providence ne fait évidemment pas de propagande, car le docteur Servant mourut à soixante-dix ans, pleuré sincèrement par Rameau et laissant un fils, qui était capitaine d'artillerie.

Le seul être devant lequel Rameau ne se gênait point et rêvait tout haut était son ami Talvanne, médecin comme lui et fils du célèbre aliéniste. Talvanne, destiné à succéder à son père dans la direction de la maison de santé de Vincennes, avait fait de très fortes études et s'était adonné avec passion à l'anthropologie. Il poussait le goût des investigations craniométriques jusqu'à la manie. Il n'était pas rare de le voir, au milieu d'une réunion d'étudiants, se lever, sortir de sa poche un goniomètre, sorte de compas à branches allongées en travers desquelles manœuvre une règle graduée, et, s'emparant de la tête d'un de ses camarades, lui mesurer les pommettes et le renflement des tempes, puis dire gravement :

— Angle pariétal presque nul, brachycéphalie associée à un faible écartement des pommettes et des arcades zygomatiques... Crâne d'Auvergnat, mon bonhomme ?

Et tout le monde de rire, de pousser des cris d'animaux et de s'écrier :

— Bravo l'anthropologiste !

Chez lui, Talvanne avait rassemblé une considérable collection de crânes, et il s'occupait à faire des expériences de jaugeage, pour déterminer la capacité cérébrale des espèces. Il emplissait un crâne avec de l'eau, suivant la méthode de Saumarez, Vitrey et Treadwell ; de mercure, suivant celle de Broca ; de sable, comme Hamilton ; de millet, comme Mantegazza ; de graine de moutarde blanche, comme Philipps, et enfin de plomb de chasse, comme Morton. Et, quand on entrait dans le vaste cabinet de travail qu'il occupait au rez-de-chaussée de la maison de son père, on trouvait des crânes partout, sur les tables, sur les chaises, sur la cheminée, sur la pendule ; un crâne même servait de pot à tabac. Tout ce qui, de près ou de loin, se rattachait à la craniométrie intéressait Talvanne. Il collectionnait les ronds de papier sur lesquels, dans les conformateurs, les chapeliers prennent la mesure de la tête de leurs clients. Il prétendait obtenir ainsi de curieux sujets de comparaison.

Fils de famille, vivant dans un milieu bourgeois, où les idées très avancées n'étaient point reçues ; de plus, ayant été élevé par une mère pieuse, Talvanne gardait un fonds de croyances que ses études n'avaient pu ébranler. Très chaud partisan du transformisme, il était déiste. Et quand, par hasard, Rameau se laissait aller à nier Dieu, des discussions terribles s'engageaient, dans lesquelles Talvanne, dédoublé en quelque sorte, sentait ses instincts de bourgeois se révolter contre les théories du matérialiste, tandis que ses tendances de savant l'entraînaient à penser comme lui. Mais le bourgeois était le plus fort, et, d'autant plus indigné qu'il était moins convaincu, Talvanne finissait par accabler Rameau d'injures. La discussion commençait tranquillement.

— La caractéristique de l'homme, disait Talvanne, est la religiosité. L'être humain se voyant faible éprouve le besoin de croire à une puissance supérieure qui ne lui est pas révélée.

— Si elle ne lui est pas révélée, qu'est-ce qui lui prouve qu'elle existe ?

— Ce sentiment intime, que l'on trouve chez tous les habitants de la terre, blancs, noirs, rouges ou jaunes, et qui leur fait adorer quelqu'un ou quelque chose, Dieu, le feu, le soleil, un serpent ou une pierre...

— Superstition, faiblesse d'esprit !

— Sans religion, l'homme est impossible à gouverner.

— Je le crois bien ! Les trois mobiles des conceptions religieuses ne sont-ils pas la peur, l'admiration et la reconnaissance ? C'est pourquoi les prêtres n'ont à la bouche que l'enfer pour terrifier, les miracles pour étonner et la miséricorde divine pour attirer... Spéculations sur l'ignorance et la pusillanimité humaine... Au fond de tout cela, qu'y a-t-il ? Du charlatanisme !

Régulièrement alors, Talvanne perdait son sang-froid et commençait à crier :

— Si aveugle que tu sois, tu ne peux cependant pas nier qu'il y ait eu une force créatrice...

— Je ne le nie pas ; seulement, je l'analyse, cette force créatrice, et je la trouve à l'état latent dans la matière. Toutes les formes organiques naissent les unes des autres par des modifications insensibles.

— Mais il y a eu un dessein dans la nature, reprenait Talvanne. Il faut admettre les causes finales... Tout a été fait pour l'usage de l'homme par un céleste ouvrier...

Rameau alors se levait et marchait à grands pas, en secouant sa rude chevelure sur son cou de taureau :

— Si tout a été fait pour l'usage de l'homme, pourquoi les animaux nuisibles, pourquoi les plantes vénéneuses, pourquoi les cataclysmes terrestres? Pourquoi les maladies? Ah! oui, tu vas m'expliquer cela par une punition infligée à l'homme, tu vas me raconter le paradis terrestre, Adam et Ève, l'histoire du premier péché, les blagues de tes théologiens! La maladie est aussi ancienne que la vie, ainsi que la paléontologie le démontre... Tu vas me parler de l'utilité des organes et de leur appropriation à une fin! Mais l'anatomie comparée nous fait connaître un grand nombre d'organes rudimentaires qui, utiles pour une espèce, sont tout à fait inutiles pour d'autres : par exemple, les mamelles de l'homme, les dents de la baleine. Et l'hermaphroditisme, qu'en dis-tu? Pourquoi des monstres ? Il y a dans la nature des animaux parfaitement conformés, qui naissent sans tête et dont la vie est impossible. Pourquoi les avoir créés? La vérité, c'est que ce sont les forces de la matière qui, dans leur rencontre accidentelle, ont donné naissance à d'innombrables formes ; et de toutes ces formes, ont seules survécu celles qui se sont trouvées appropriées, d'une manière quelconque, aux conditions du milieu dans lequel elles étaient placées. Celles-là, ayant résisté, se sont développées et transformées.

— Oh! sur ce point-là, nous sommes d'accord, interrompait Talvanne avec éclat : le transformisme, c'est ma loi ; mais il n'exclut pas l'idée d'un créateur...

— Mais, animal, à quoi bon un créateur, puisque l'utilité n'en est pas démontrée? Il te faut absolument un créateur avec une grande barbe et un tonnerre dans la main? Quelle rage d'adoration as-tu? C'est l'absurde faiblesse humaine qui veut se raccrocher à une puissance supérieure, comme un noyé à une branche ! La passion d'être dominé et surtout d'éviter la responsabilité... Si Dieu n'existait pas, il faudrait l'inventer, n'est-ce pas ? Eh bien ! moi je te dis une chose : c'est que si ton Dieu existe, c'est un monstre qui nous a créés pour notre malheur et qui se réjouit de nos misères. Et, comme je ne veux pas porter une accusation aussi impie, j'aime mieux croire à la fécondité naturelle de la matière.

Avec une âpre éloquence, Rameau développait sa pensée, abordant les conceptions philosophiques les plus nouvelles et, avec la précision froide d'un opérateur taillant la chair vive, coupait les ailes aux aspirations spiritualistes de son ami. Et, dans la nuit, à la clarté de la lampe de travail, au coin du feu, Talvanne restait des heures à écouter Rameau, blessé dans ses sentiments, mais émerveillé de la profondeur de vues du savant, et rendant hommage à ce lumineux esprit qui, dans quelque direction que les hasards de la vie l'eussent poussé, aurait été un homme supérieur.

Cependant, dans l'étroite intimité des jeunes gens, un tiers s'était introduit. Sur le même palier que Rameau, dans la maison de la rue de La Harpe, habitait un jeune peintre allemand nommé Frantz Munzel, venu de Stuttgard pour suivre les cours de l'École des Beaux-Arts. Il était silencieux, paraissant travailler beaucoup. Tous les soirs, on l'entendait jouer au piano de l'Haydn ou du Mozart. Il était visiblement doux et timide. Rameau savait qu'il était peintre parce qu'il l'avait rencontré, dans la rue, des toiles sous le bras, sa boîte à couleurs à la main. Mais les deux voisins ne s'étaient jamais adressé la parole. Ils échangeaient un coup de chapeau, en passant, et c'était tout. Ils ne connaissaient même pas leur nom. Quand par hasard Rameau parlait de Munzel, il disait : « Le peintre d'à côté. »

Un jour, Munzel rentra de l'École des Beaux-Arts très pâle. Le soir il ne joua pas sa sonate accoutumée. Il s'était mis au lit avec une grosse fièvre. Le lendemain, une angine des plus graves se déclarait. Ses camarades d'atelier, pour lui faire une charge, l'avaient, pendant toute une matinée, attaché nu et tatoué à la table du modèle, par un froid glacial. En trois jours, le mal avait pris un développement effrayant. Le malheureux était à toute extrémité. Le médecin du quar-

D'UNE MAIN FERME, TROUANT LA CHAIR (PAGE 666)

tier venait de se retirer en déclarant au concierge qu'il n'avait plus d'espoir et que toute opération serait inutile. Celui-ci, ne sachant que résoudre, eut l'idée de frapper à la porte de Rameau.

Le docteur travaillait, sans feu, les jambes entourées de la couverture de son lit, préparant une des thèses qui lui avaient valu tant de déboires. Il se leva silencieusement et, entendant le malheureux Frantz râler dans l'obscurité de sa chambre, il prit sa lampe et s'approcha du lit. La face congestionnée, le cou énorme, les yeux en dedans, le pauvre diable étouffait.

— Il n'en a pas pour une heure, dit Rameau après un rapide examen. Les membranes ont gagné jusqu'aux fosses nasales. Cependant, je vais tenter la trachéotomie.

Il revint avec un bistouri ; d'une main ferme, trouant la chair, il enfonça une canule dans la gorge du mourant et, avec un admirable mépris de la contagion, il aspira violemment. Un flot de mucosités sanguinolentes jaillit et l'air siffla, vivifiant et délicieux, dans les poumons du mourant.

— Il faudrait maintenant faire prévenir la famille...

— Il n'en a pas. Il est seul à Paris, c'est un étranger.

Rameau jeta un regard sur le front pâle, couronné de cheveux blonds bouclés du malade, il s'approcha une seconde fois du lit et palpa le crâne avec soin :

— Selon Camper, nous avons affaire à un sous-brachycéphale. Votre locataire est-il Allemand ?

— Oui, monsieur Rameau, mais il parle bien le français, dit le concierge, qui ne comprenait pas la portée de la question du savant.

— Bien. Sous-brachycéphale et Allemand, fit Rameau avec un léger sourire, voilà qui fera plaisir à Talvanne.

Pendant toute la durée de la maladie, Rameau ne quitta pas Munzel. Il fut à la fois médecin et infirmier. Il travaillait, dans la journée, sur un coin de table, dans la chambre du Wurtembergeois, et la nuit il lisait, en prenant des notes à la lueur de la veilleuse, écoutant avec satisfaction ronfler son camarade.

— L'entends-tu ? disait-il avec satisfaction à Talvanne, venu pour

savoir ce qui arrivait à son ami ; il respire mieux qu'avant, ce matin-
là !

Tant que Frantz fut au lit et que les soins de Rameau eurent un
caractère professionnel, Talvanne manifesta pour le malade une
réelle sympathie. Il remplaça le docteur auprès de lui, et le veilla
même, sans lui tâter le crâne et sans lui mesurer l'angle nasal ; il se
dévoua, non par amour de la science, mais par amour de l'humanité.
Cependant quand le malade était guéri, l'intérêt que lui porta
Rameau prit vraiment un caractère amical, Talvanne se refroidit
sensiblement et commença à regarder le peintre de travers. L'affection que le jeune aliéniste avait pour celui qu'il considérait comme
une des futures gloires de la médecine française était trop vive pour
aller sans jalousie. Il fallut toute l'autorité que Rameau possédait sur
l'esprit de Talvanne pour forcer celui-ci à accepter Frantz. Et dès lors
commença une existence à trois qui fut souvent traversée par de
violents orages.

Dans l'association de Talvanne et de Rameau, l'Allemand rêveur
apporta un élément nouveau. Il était profondément mystique. Il avait
gardé dans son cerveau un peu de l'ombre des hautes cathédrales
gothiques de son pays. Et, dans cette ombre, passaient, radieuses et
charmantes à la fois, les saintes nimbées d'or des vitraux de chapelle
et les blanches fées des légendes du Rhin. Rameau disait en riant:
« Munzel est un clérical-païen. » Mais il avait, pour les idées du jeune
homme, une indulgence toute particulière qui mettait Talvanne hors
de lui. Lorsque de vives controverses s'engageaient sur un sujet religieux, et que Munzel et Rameau se trouvaient en désaccord, le docteur
adoucissait sa voix, cotonnait ses phrases, arrondissait les angles de
ses arguments, comme s'il craignait de blesser son ami. Talvanne
avait beau murmurer :

— Mais tu ne discutes pas avec lui, tu l'implores, tu te traînes à
ses pieds. Pourquoi le ménages-tu ? Il n'est plus malade !

Rameau restait sourd à ses excitations. Alors l'aliéniste reprenait
pour son compte la thèse de Munzel et substituait à la rêveuse argumentation de l'Allemand sa dialectique agressive. Aussitôt Rameau se

réveillait et Talvanne, traité comme un misérable, payait, en un instant, les frais de la guerre. La grande voix du docteur tonnait, lançant les phrases violentes et destructives, renversant les croix, changeant les églises en greniers à fourrages et forçant les prêtres, sacredieu ! à revêtir le costume militaire pour aller faire chauffer leur eau bénite au feu des canons ! Il fallait l'organe musical et grave de Frantz pour calmer Rameau, et le docteur, mécontent de s'être laissé emporter, craignant d'avoir froissé son ami, s'excusait :

— C'est la faute de cet imbécile de Talvanne...

— Moi ? Je n'ai fait que répéter ce qu'avait dit Munzel, répliquait hypocritement l'aliéniste.

— Allons, en voilà assez ; tu nous ennuies. Un verre de bière, Frantz... Et puis tu nous joueras une romance de Mendelssohn.

Et la soirée se terminait tranquillement, l'Allemand, les yeux au ciel, jouant les airs qui avaient bercé son enfance et semblant suivre, dans le vague de ses souvenirs, la marche lente et rêveuse de quelque douce fille blonde qui l'attendait au pays.

Il fallait qu'il eût quelque engagement et qu'il voulût y être fidèle, car Rameau ne lui connut point de maîtresse. Il ne parlait pas volontiers de ses affaires de famille, et jamais son ami ne put lui tirer un mot de ses affaires de cœur. Il allait tous les ans, au mois de juillet, passer quelques semaines à Stuttgard, chez son père, qui était professeur de piano et inventeur d'une nouvelle méthode de solfège. Il revenait triste, maigri, comme s'il eût jeûné dans un intérieur besoigneux, où les convives étaient trop nombreux et le repas trop frugal. Il travaillait à force, sans passion, sans coup de flamme, mais avec une régularité invariable. Élève de Flandrin, il conservait une certaine sécheresse native dans le faire qui sentait l'école de Dusseldorff. Mais il savait composer harmonieusement un tableau et le peindre avec éclat. Il excellait dans le portrait et commençait à gagner de l'argent.

Cependant ses habitudes de vie ne changeaient point, il gardait son modeste appartement de la rue de La Harpe et, s'il avait pris un grand atelier près du Luxembourg, c'était pour ne pas se déconsidérer aux yeux de sa clientèle. Mais il avait beau se faire payer cher,

il ne paraissait pas avoir un sou de plus en poche. Il se refusait tout
plaisir et vivait avec l'âpre régularité d'une vieille fille. Rameau
disait:

— Il doit y avoir dans l'existence de ce garçon-là un trou mystérieux par où tout son argent s'écoule...

— Laisse-moi donc tranquille, répondait aigrement Talvanne, il
est tout simplement avare. Son trou a un fond : c'est une tirelire !

Il fallut six ans pour découvrir le mystère. Un jour, en lisant un
compte rendu scientifique dans un journal allemand, le nom de
Munzel sauta aux yeux de Rameau. C'étaient, dans l'article TRIBU-
NAUX, les considérants d'un jugement par lequel ledit Otto Munzel,
professeur de musique, était débouté de ses prétentions à la possession de la méthode de solfège par signes, et considéré comme ayant
usurpé les droits des frères Pfeiffer, seuls inventeurs de la méthode
en question, et était, par ce fait, le sieur Munzel condamné à dix
mille marks de dommages-intérêts, plus insertions dans six journaux au choix des demandeurs, etc...

Depuis deux jours, Frantz n'avait pas paru chez Rameau. Celui-ci
avait vainement sonné à la porte de l'appartement du peintre, la
porte était restée close. Inquiet, le docteur alla à l'atelier du Luxembourg. Il monta, entra sans frapper et trouva Munzel étendu sur son
canapé, les yeux grands ouverts et rêvant. Sur le chevalet, un tableau
commencé n'avait pas reçu depuis longtemps un seul coup de pinceau.
Il était sec et embu. Le jeune homme ne bougea pas en voyant entrer
le docteur. Il tourna seulement la tête et un pâle sourire erra sur ses
lèvres. Sans dire un mot, Rameau s'approcha et, tirant le journal, il
le mit devant les yeux de Frantz. Celui-ci lut quelques lignes, pâlit,
poussa un cri et, se dressant, tomba en pleurant dans les bras de son
ami.

Ainsi, c'était là la cause de ses secrètes tristesses. Voilà où passait
l'argent gagné et économisé par le peintre. Depuis dix ans, le procès
engagé par les Pfeiffer contre le vieux Munzel se poursuivait devant
toutes les juridictions, et les frais absorbaient les ressources de la
pauvre famille. On mangeait des pommes de terre et du lard aux

choux, toute l'année, et jamais de rôti dans la vieille maison du professeur, pour faire face aux dépenses du procès. Mais le père Munzel était plein de confiance; il disait à sa femme et à ses enfants: « Quand j'aurai triomphé, ma méthode me donnera à la fois la célébrité et la fortune. » Et il trottait, entre deux leçons, chez son avocat, lui portant des mémoires griffonnés sur du papier à musique.

La perte du procès, définitive, irrémédiable, était le coup suprême pour la famille. Il faudrait, pour payer les dix mille marks, voir partir le mince mobilier, le piano, les partitions. Un malheur sans égal pour les humbles gens, et sous lequel Frantz, depuis deux jours, était écrasé. Il avait, dans son tiroir, cinq francs que son marchand de couleurs venait de lui avancer, et pas une étude, pas un bout de croquis à vendre. Depuis longtemps, il faisait argent de tout et les toiles peintes ne traînaient pas dans l'atelier : aussitôt enlevées que finies, et à bas prix, par des marchands qui flairaient le besoin d'argent. Aussi comment allait-il faire? Il ne pouvait laisser la mère et les marmots sur le pavé et le père en prison. Le bonhomme en serait mort. Il fallait qu'il leur vînt en aide. Et, depuis quarante-huit heures, étendu sur son divan, jour et nuit, il retournait dans sa tête ce désolant problème, sans lui trouver une solution.

Rameau posa sa large main sur l'épaule de Frantz, et, agitant silencieusement sa grosse tête aux cheveux rudes :

— Voilà donc la cause de toutes tes privations ?... Va, ne te tourmente pas, mon fils, nous nous procurerons la somme; j'ai chez moi trois ou quatre mille francs, et, pour le reste, j'en fais mon affaire.

Le reste, ce fut Talvanne qui le donna. Mécontent de s'être trompé sur le compte du Wurtembergeois, il prêta, en rechignant, une dizaine de mille francs à Rameau :

— S'il n'a pas la protubérance de l'avarice, dit-il à son ami, il a celle de l'ingratitude. Observe son crâne. C'est un véritable modèle du genre. Après avoir étudié une pareille tête, au lieu d'ouvrir son cœur à celui qui la possède, un homme sage lui fermerait sa porte.

— Tu m'ennuies à la fin avec ta craniologie, répondit rudement Rameau. A force de ramener toutes les conformations individuelles à des types spéciaux, tu divagues complètement. Tu finiras par être aussi fou que tes malades.

Mais Talvanne était tenace.

— Bon ! bon ! Nous verrons ; l'avenir t'édifiera sur le compte de ce garçon...

En dépit des diagnostics de Talvanne, les années s'écoulèrent sans que rien vînt sérieusement troubler la bonne harmonie de leur intimité. Chacun fit sa poussée. Talvanne succéda à son père et devint le remarquable médecin légiste, dont le seul travers est de voir des irresponsables dans tous les criminels. Munzel fut, grâce aux immenses relations de Rameau, un peintre très recherché. Ils marchaient tous les trois sur la route de l'illustration et de la fortune.

Rameau était alors professeur d'anatomie et venait d'entrer à l'Académie de médecine. Nul n'était, dans le monde savant en état de balancer son influence. Il était autant admiré que redouté. Avec une puissance rare, il avait forcé tous les obstacles élevés devant ses pas. C'était un homme terrible pour ses adversaires. Il avait l'audace, qui engage à tout entreprendre, et le génie, qui permet de tout accomplir. Pas un savant qui ne portât ses marques. Il les avait tous pris à partie, les plus incontestés et les plus forts, et s'était montré leur maître. Il n'était doux que pour les faibles et pour les humbles. Mais les présomptueux et les superbes, il les déchirait, les bafouait avec une sorte de sombre joie.

Il allait rarement dans le monde. Sa rudesse se prêtait peu aux élégances apprêtées des salons, et sa parole n'avait pas la banale douceur qui convient aux conversations murmurées. Il y était mal à l'aise, se taisait, ou si, par malheur, on essayait de le pousser pour le mettre en évidence, il parlait avec une éloquence enflammée qui étonnait toujours et choquait souvent ses auditeurs. Il passa promptement pour un original. On disait de lui : « Il a le cerveau un peu dérangé, c'est le détraquement habituel du génie. Mais quel merveilleux chirurgien et quel admirable médecin ! Il sauve tous ses malades. »

Le dimanche, il dînait chez Munzel, et le jeudi chez Talvanne. C'étaient là ses jours de plaisir. Entre ses deux amis, il oubliait les fatigues de sa vie, tout entière vouée au travail. Son front s'éclairait, il lâchait la bride à sa fantaisie et sa verve puissante, un peu rabelaisienne, éclatait en joyeux propos. Il s'amusait à tourmenter Talvanne et émettait des paradoxes énormes, que l'aliéniste s'attachait à réfuter avec une ténacité qui divertissait prodigieusement Rameau. Munzel écoutait, en souriant, avec sa gravité flegmatique d'Allemand blond. Et, quand la discussion s'animait, quand Rameau, s'échauffant au feu de ses arguments, élevait la voix et commençait à marcher en secouant ses larges épaules, le peintre de sa voix douce intervenait et, en un instant, le débat redevenait calme et mesuré.

Talvanne avait publié un ouvrage intitulé : *Des races et de la filiation*, dans lequel il avait consigné toute une série d'observations craniométriques, au moyen desquelles il prétendait établir sûrement la généalogie. Un enfant, né de tel père appartenant à telle race, et de telle mère appartenant à telle autre race, devait, selon sa doctrine, avoir la tête conformée d'une certaine façon, et il était facile, à l'examen, de retrouver sur son crâne la trace des générations dont il était issu. Cette méthode, présentée par l'aliéniste d'une façon très ingénieuse, avait attiré l'attention. La *Revue anthropologique* s'en était occupée et l'avait discutée longuement. C'était le grand sujet de controverse entre Talvanne et Rameau. Celui-ci éprouvait un malin plaisir à mettre cette question sur le tapis, tendant des pièges à son ami et s'amusant, comme un écolier, quand l'aliéniste s'y était laissé prendre.

— Voilà un enfant, disait Rameau, n'est-ce pas, qui vient au monde avec l'occiput développé, ce qui est le type de la race espagnole ; la garde, dans le tablier de laquelle le médecin a jeté le marmot, au moment de sa naissance, trouve cette disposition cranienne fâcheuse et, de ses mains, elle lui modèle sa petite tête, molle comme de la cire, et la fait ronde comme celle d'un Normand. Que devient ta théorie ? Où retrouves-tu les traces de la filiation ? On te donne à examiner le crâne de ce gaillard-là quand il est adulte, tu le mesures et, avec gravité, tu déclares qu'il est né à Yvetot.

— Tu es absurde, grognait Talvanne.

IL FAUT QUE JE PARLE SUR-LE-CHAMP AU DOCTEUR (PAGE 677)

— Voilà qui est vite dit. Ta méthode n'est pas absolue. Les conséquences que tu en tires sont variables. C'est ceci, à moins que ce ne soit cela. Au petit bonheur! En somme, tes observations sont amusantes, mais elles n'ont aucune portée.

— Amusantes! Elles sont d'une précision rigoureuse, indéniable, en tant que généralités, bien entendu! Si tu vas me chercher des exceptions... Il y en a en tout. Et, comme dit la grammaire, elles confirment la règle...

En dépit de ces railleries, Rameau patronnait très chaudement la candidature de son ami à l'Académie de médecine. S'il lui plaisait de nier, dans l'intimité, la valeur scientifique des doctrines de l'aliéniste, il vantait publiquement son mérite. Il avait fait, pour le *Traité des maladies mentales* de Talvanne, une préface admirable, dans laquelle il avait discuté, avec une autorité sans pareille, la question de l'hérédité de la folie. Le livre avait, grâce à cette étude d'une clarté effrayante, obtenu un succès considérable. Ainsi Rameau, excellent au fond, détestable dans la forme, martyrisait Talvanne et, d'une main ferme, travaillait à sa renommée.

Ce fut la phase resplendissante de la carrière de Rameau. La hauteur philosophique de son esprit se manifesta souveraine. Sûr de lui, il osa formuler ses doctrines matérialistes, avec l'âpre fougue d'un Calvin. Nul ne pouvait plus lui faire obstacle. Son génie, comme un feu dévorant, consumait tout ce qui essayait d'arrêter son expansion. Sa profession de foi publique eut un éclat d'autant plus grand, qu'il la fit dans un milieu officiel, à la face des autorités gouvernementales plongées dans l'anéantissement d'une stupeur profonde.

Ce fut à l'inauguration solennelle de la Société de philosophie contemporaine que, répondant à l'allocution pâteuse et vide du ministre de l'Instruction publique, il prononça son célèbre discours sur la création de l'homme et la substance de l'âme. Il y étudiait la question de savoir où en était la physiologie, d'après ses derniers résultats, par rapport à l'hypothèse d'une âme individuelle essentiellement distincte du corps. Et, après avoir discuté les faits avec une merveilleuse lucidité, il était arrivé à cette conclusion que, pour lui, rien dans les études physiologiques ne le conduisait à admettre une âme. Puis, d'une voix de tonnerre, agitant sa crinière de lion, pétrissant des mains le bois de son fauteuil, il avait adressé à la théologie une formidable apostrophe, couronnée par une négation absolue de la divinité, et avait terminé en attestant qu'il se glorifiait d'être parmi ceux qui doutaient le plus.

A peine eut-il cessé de parler que le vide se fit autour de lui. Tous les fonctionnaires, qui occupaient l'estrade, s'éclipsèrent avec une étonnante rapidité. En une seconde, Rameau ne vit plus que des dos d'habits brodés. Autour du ministre très pâle, un cercle s'était formé dans lequel les têtes s'agitaient avec violence et les bras se levaient vers le plafond, comme pour prendre le ciel à témoin. «Où allons-nous, messieurs! Affreux scandale!» s'écriaient les grands personnages, tandis qu'avec un ensemble touchant le fretin gouvernemental reprenait, appuyant la protestation des puissants du jour: « Scandale affreux! scandale affreux! où allons-nous?»

Rameau, seul comme un pestiféré, regardé de travers par les municipaux qui se demandaient, dans leur conscience étroite de soldats, si on n'allait pas l'arrêter, gagna la cour pour chercher sa voiture. Là, il retrouva Talvanne qui, bouleversé, l'attendait. L'aliéniste ne put lui dire que ces mots:

— Oh! mon ami, quel fatal emploi tu fais de tes admirables facultés!... Que de monstruosités tu as avancées!... Mais avec quelle éloquence!... Diable de garçon, va!

Et plein à la fois d'horreur et d'admiration, entraîné par sa chaude amitié, le bon Talvanne prit et serra fortement sous le sien le bras du grand homme qui s'éloignait silencieux, au milieu de la réprobation officielle.

Le lendemain, Rameau fut informé qu'il était relevé de ses fonctions de professeur. Il ne protesta pas. Il n'était un agitateur que dans le monde des idées. Sa révocation produisit une vive émotion dans le quartier des écoles, où le discours avait eu un énorme retentissement. Des manifestations furent organisées par les étudiants, qui vinrent, en masse, sous les fenêtres du savant et firent retentir de leurs vivats la rue, dont les habitants montraient déjà aux fenêtres leurs visages inquiets. Rameau fut sourd à ces appels et resta invisible. Il s'était réfugié chez Munzel, et, étendu sur un divan de l'atelier, il fumait en écoutant le peintre. Celui-ci laissait courir ses doigts sur le clavier de l'orgue qui occupait tout le fond de la vaste pièce, jetant à la voûte sonore et haute les graves et tendres mélancolies de sa rêveuse inspiration.

Chassé de la chaire, Rameau fit de la clientèle. Cet athée, que le grand monde pieux eût voulu exorciser, était néanmoins appelé aussitôt que se présentait un cas grave. On disait : « Il a signé un pacte avec le diable. » Mais la guérison, vînt-elle de l'enfer, ce n'en était pas moins la guérison. Et, au prix de quelques messes expiatoires, on se mettait en règle avec le ciel.

Rameau gagna couramment deux cent mille francs dans son année. Il était arrivé à la fortune et, avec ses goûts simples, il ne savait pas en jouir. Talvanne essaya de lui prouver qu'un train d'existence plus large lui était nécessaire. Il voulut le forcer à déménager : Rameau s'y refusa. Il habitait toujours la maison de la rue de La Harpe ; seulement, du cinquième, il était descendu au premier. Il avait là un appartement de cinq pièces, qu'il trouvait parfaitement suffisant pour lui. Du salon, il avait fait son cabinet et, vers quatre heures, au moment de sa consultation, on trouvait du monde jusque sur les banquettes de l'antichambre. Son domestique donnait des numéros d'ordre aux arrivants et tous, riches ou pauvres, égaux dans la souffrance, confondus ensemble, attendaient patiemment leur tour. Souvent il y avait de nombreuses voitures de maître à la porte de la maison. Et, du haut de leur siège, les cochers, gravement enfoncés dans leurs fourrures, regardaient avec dédain le ruisseau boueux de la vieille rue, dans lequel trempaient les pieds des chevaux, habitués aux chaussées soigneusement balayées des quartiers aristocratiques.

II

Cependant la Providence, comme disait Talvanne, ou le Hasard, comme répliquait Rameau, se préparait à modifier l'existence du savant. Un jour, à l'heure de la consultation, une femme d'une quarantaine d'années, vêtue comme une bonne de petits bourgeois, la tête couronnée d'un tricot de laine noire, un parapluie dégouttant d'eau à la main, se présenta, demandant à parler tout de suite au docteur Rameau. Le valet de chambre, en habit noir, cravaté de blanc, comme un officier ministériel, eut une moue de pitié, et, donnant un numéro à la solliciteuse, ouvrit la porte d'une pièce, dans laquelle quinze personnes attendaient, patientes et silencieuses. La femme poussa une exclamation et fit un pas en arrière. Le domestique referma la porte et doucement:

— Si vous craignez que ce soit trop long, revenez demain, mais deux heures d'avance...

— Demain! s'écria la femme, en frappant ses mains l'une contre l'autre, avec une expression de visage désespérée. Mais, ce soir, il sera peut-être trop tard!... Il faut que je parle sur-le-champ au docteur...

C'est impossible!

— Il faudra donc que ma maîtresse meure sans secours? Mon Dieu! que va dire mademoiselle?

Elle s'assit, les jambes cassées, et fondit en larmes, la tête basse, ses pleurs coulant sur son tablier, oubliant où elle se trouvait, toute à son chagrin.

— Mais, madame... hasarda le valet de chambre, un peu troublé malgré sa froide habitude des misères humaines au défilé desquelles il assistait chaque jour.

Un coup de timbre lui coupa la parole et, sans plus se soucier de son interlocutrice désolée, il ouvrit une porte et s'apprêta à reconduire la personne qui sortait du cabinet de consultation. Dans la pénombre du jour tombant, la haute figure de Rameau apparut. Quelques brèves paroles de congé s'échangèrent entre le docteur et son malade. La femme qui pleurait avait redressé la tête. Avec l'intuition de la douleur, elle devina, dans cet inconnu à peine entrevu, le sauveur qu'elle venait implorer et, se levant avec vivacité, elle s'élança à sa suite dans le cabinet. Rameau la laissa faire et, l'examinant avec un sourire :

— Qu'y a-t-il, ma bonne dame? dit-il de sa belle voix grave.

— Ah! mon cher monsieur, fit la femme avec agitation, c'est bien vous, n'est-ce pas, qui êtes le docteur Rameau?

— Oui, c'est moi...

— C'est le ciel qui m'a permis de vous aborder!... Ah! Dieu, votre domestique disait qu'il fallait attendre, ou revenir demain... Comme si la mort attendait!

— La mort?

— Oui, mon bon et cher monsieur, la mort!... Notre médecin l'a déclaré : c'est une question d'heures... Si l'opération n'est pas faite ce soir même, ma maîtresse ne passera pas la nuit... Et il n'y a que vous, paraît-il, qui soyez capable de la réussir... Alors mademoiselle m'a crié : « Cours chez le docteur Rameau, ramène-le... Ah! Dieu! Promets-lui ce qu'il voudra... Nous vendrons les meubles, s'il le faut, pour le payer... Mais qu'il sauve maman!... »

Rameau avait froncé le sourcil. La femme vit, sur le front

du savant, un nuage passer ; elle rougit et s'arrêta confuse :

— Pardonnez-moi, reprit-elle... Je suis si troublée que je dis tout, comme ça me vient... Mais je serais fâchée de vous avoir déplu...

Rameau fit un geste d'insouciance :

— Vos maîtres sont donc pauvres ? demandait-il.

— Hélas ! oui, les chères dames, après avoir été dans une belle position ! La gêne ne leur en est que plus pénible... Mais tellement bonnes, qu'on se ferait hacher pour elles... Et mademoiselle si douce et si belle ! Ah ! docteur, si vous la connaissiez !

— Qu'a donc votre malade ?

— Oh ! c'est des choses gangreneuses. On l'a d'abord soignée pour un rhumatisme dans l'épaule et puis, du jour au lendemain, ils se sont aperçus qu'elle était à toute extrémité. Ah ! monsieur, si elle avait été encore riche, on ne l'aurait pas laissée aller jusqu'à deux doigts de sa perte... Mais les pauvres, ça peut mourir, n'est-ce pas ?

Rameau hocha la tête et très doucement répondit :

— Non, ma bonne femme.

Il fit résonner le timbre. Son valet de chambre parut :

— Mon chapeau, dit le docteur.

— Oh ! Seigneur ! Vous venez ? s'écria la solliciteuse avec une joyeuse stupeur. Attendez, je cours chercher un fiacre...

— J'ai ma voiture en bas, dit Rameau en souriant, nous irons plus vite. Où demeurez-vous ?

— Boulevard des Batignolles...

— Monsieur sait qu'il y a encore dans le salon des personnes qui attendent depuis ce matin, hasarda le domestique d'un air fâché.

— Dites-leur de revenir demain, répondit Rameau.

Il prit sur un meuble sa trousse toute préparée, et, suivi de la femme, il s'élança dans l'escalier.

Au coin de la rue des Batignolles, tout près de l'établissement de bains chauds et d'hydrothérapie, qui étale sur le boulevard une façade prétentieuse, se dresse une haute maison à cinq étages, dont les plâtres rongés par les eaux pluviales, noircis par le battage des tapis,

donnent à la construction, nue et triste, un aspect de misère sordide.
Une porte étroite s'ouvre sur un couloir dallé, qui passe devant la
loge du concierge et conduit à un escalier dont les murs peints en
vert clair s'écaillent, salpêtrés par l'humidité. Des réflecteurs, rece-
vant un peu de jour par le haut d'une cour étroite et profonde comme
un puits de mine, éclairent vaguement et permettent, dans l'après-
midi, de se diriger à travers les paliers inégaux. Les marches restent
raboteuses des couches de boue entassées par le passage journalier
des cent locataires de cette ruche ouvrière.

La bonne, montant devant Rameau avec la rapidité d'une personne
dont le pied connaît tous les recoins de l'escalier, s'arrêtait de temps
en temps, avec sollicitude, disant :

— Prenez garde, là il y a un tournant... tenez la rampe...

On sentait qu'elle eût voulu soulever dans ses bras le sauveur qu'elle
amenait triomphante. Au quatrième étage elle s'arrêta et, prenant
une clef dans son tablier, elle ouvrit une porte sur laquelle une plaque
de cuivre était attachée offrant cette indication : Mme ETCHEVARRAY,
Modes. Rien de navrant comme cette annonce coquette et luxueuse :
Modes, sur ce carré misérable, dans cette maison qui puait la pauvreté. Quelles modes, hélas ! pouvait-on faire dans ce quartier où les
femmes sortaient nu-tête ou bien coiffées de bonnets de linge ? Triste
métier qui ne devait pas nourrir son ouvrière !

La pièce d'entrée était une salle à manger noire et enfumée, meublée
d'une table en noyer, de quatre chaises et d'un buffet, sur lequel
traînaient les restes d'un maigre repas. Des rideaux de reps fané
pendaient aux croisées qui donnaient sur la cour. Les cuisines de
l'autre corps de logis étalaient sur leurs fenêtres les torchons et les
lavettes qui séchaient, répandant de fades odeurs d'évier. Sur un
poêle en faïence, couvert d'un marbre gris fendu par la chaleur, un
champignon de bois supportait un chapeau commencé.

Rameau, d'un regard, embrassa tout cet ensemble, pendant que
la bonne passait vivement dans une pièce voisine. Une exclamation
se fit entendre et, dans l'encadrement d'une porte soudainement
poussée, le docteur vit paraître la plus radieuse incarnation de la

LA JEUNE FILLE RESTA ANÉANTIE (PAGE 683)

beauté vivante. Il se sentit les mains pressées par des mains nerveuses et chaudes. Il entendit une douce voix qui disait :

— Ah! monsieur, que de reconnaissance nous vous devrons!

Et, sans avoir le temps de répondre un mot, il se trouva amené au pied d'un lit, dans lequel une femme maigre et pâle était étendue. Là, le sentiment professionnel ressaisit Rameau, ses regards recouvrèrent leur netteté, ses oreilles cessèrent de bourdonner. Il redevint le grand praticien au coup d'œil infaillible. Il oublia tout ce qui n'était pas la maladie.

— C'est derrière le cou, docteur, entre l'épaule et la nuque, dit de nouveau la douce voix.

Il agita la tête et commença à examiner la femme couchée. Abattue, elle gémissait sans force pour parler. Des gouttes de sueur perlaient sur son front jauni et creusé par la souffrance. Les artères de son bras, étendu sur le bois du lit, battaient avec violence. Un gonflement violacé, au-dessous de l'oreille droite, débordait des linges qui entouraient le cou.

D'une main légère, Rameau détacha le pansement et sa figure grave se rembrunit.

— Comment a-t-on laissé le mal se développer ainsi? murmura-t-il.

Il recula de quelques pas et, se tournant vers la femme qui l'avait amené :

— Préparez-moi des bandes, dit-il.

Et, posant son chapeau sur une table, il se dirigea, sa trousse à la main, vers la pièce voisine.

— Docteur, allez-vous donc opérer ma mère tout de suite? demanda la jeune fille avec un trouble violent.

Rameau leva les yeux et la vit très pâle.

— N'est-ce point pour cela que vous m'avez envoyé chercher? dit-il en adoucissant sa voix rude.

— Est-ce que c'est aussi grave que l'a dit notre médecin?

— Très grave, mademoiselle.

— Mon Dieu!... Mais vous voyez l'état de faiblesse de ma pauvre malade Ne serait-il pas possible d'attendre à demain?

— Non, mademoiselle, l'état de madame votre mère est des plus
sérieux. Elle souffre d'un anthrax gangreneux qu'on a laissé s'étendre
jusqu'auprès de la carotide... Le salut, pour elle, est une question
d'heures. Ce soir, il serait peut-être trop tard.

La jeune fille resta anéantie, les jambes cassées, s'appuyant à la
table, la tête penchée sur la poitrine. Rameau ne put se défendre de
la regarder. Elle était de moyenne taille, svelte, avec une grâce
nonchalante de femme du Midi. Son teint mat était avivé par la
rougeur fraîche de ses lèvres et par l'éclat de ses yeux bruns. Ses
cheveux noirs, naturellement ondés, couvraient un front un peu bas,
coupé par des sourcils fiers. L'ensemble de sa personne offrait une
élégance et une distinction rares. Elle était de ces femmes qui,
placées dans n'importe quelle situation, par les caprices de la
destinée, s'y montrent supérieures. Dans cet humble logis, vêtue
d'une mauvaise robe de lainage gris, elle avait l'air d'une reine.

— L'opération sera-t-elle longue? dit-elle.

— Oui, mademoiselle. Il faudrait endormir votre mère. Je vous
prierai donc de bien vouloir envoyer chercher votre médecin, il
m'aidera.

Le médecin, après lequel la bonne courut dans le quartier, ne vint
qu'au bout de deux heures. Rameau, rentré dans la chambre de la
malade qui sommeillait lourdement, se mit à causer à voix basse avec
la jeune fille. Il ne songeait pas à s'éloigner. Il aurait pu employer à
quelques visites urgentes le temps qui s'écoulait. Mais un charme
secret le retenait. Dans l'obscurité grandissante, il ne distinguait plus nettement les objets environnants. Une ombre vague
s'étendait autour de lui. La silhouette de la jeune fille se découpait en
noir sur la fenêtre éclairée par la lumière de la rue, dans laquelle les
réverbères, allumés déjà, piquaient leurs points d'or tremblants. Ils
parlaient. Lui, très paternel, la voix grave, elle, très simple avec une
émotion qu'elle ne réussissait point à contenir. Ses nerfs, trop tendus
depuis une semaine par l'inquiétude et la fatigue, s'amollissaient
soudainement, et dans ces ténèbres, à deux pas du lit de sa mère
mourante, auprès de ce savant illustre dans lequel elle devinait un

sauveur, elle se laissait aller à dévoiler toutes les tristesses et toutes les misères de sa vie.

Elle se nommait Conchita et était fille de José Elchevarray, capitaine espagnol, entré en France avec les débris d'une troupe carliste écrasée par les soldats d'Isabelle. Sa mère l'avait amenée à Carcassonne, où le gouvernement français avait interné les réfugiés. Elle était alors âgée de sept ans. Son père avait accepté un emploi de teneur de livres chez un grand négociant en vins. Et, dans ce beau pays, sous le ciel bleu qui était presque celui de l'Espagne, ils avaient vécu tranquilles et heureux. La guerre terminée et l'internement ayant cessé, le carliste avait voulu gagner Paris, où il se flattait d'obtenir, par ses relations, une situation exceptionnelle. Mais la fraternité des camps avait disparu avec l'uniforme. Les chefs du mouvement insurrectionnel, réfugiés à Paris, accueillirent avec réserve le soldat de leur cause vaincue. Ils parlèrent abondamment des souffrances si noblement supportées par leurs partisans. Ils connaissaient beaucoup de braves gens méritant d'être soutenus et bien plus malheureux que le capitaine. Certes, on appréciait ses services et on s'occuperait de lui trouver un emploi. Mais il fallait du temps. Le carliste navré n'avait rien vu venir, et, regrettant son bureau de Carcassonne, il s'était mis bravement à donner des leçons d'espagnol. Sa femme, qui était adroite, avait demandé de l'ouvrage à une grande modiste et, avec beaucoup d'efforts et de privations, la famille avait vécu.

Pendant dix ans, l'existence s'était déroulée pour eux sans péripéties, sans accidents, monotone et médiocre, ramenant chaque matin et chaque soir les mêmes faits dans leur banalité : le père partant pour donner ses leçons, la mère se mettant à sa table, et de ses doigts agiles façonnant le tulle, la faille et le satin. Quand elle avait eu quatorze ans, Conchita avait commencé à aider sa mère. Elle excellait à chiffonner les nœuds de ruban et à planter un oiseau gracieusement sur le velours d'un chapeau. Cette petite fille, qui n'avait rien vu, qui ignorait toutes les élégances, avait en elle un goût inné qui la faisait raffiner sur les faiseuses en vogue.

Elle attira bientôt l'attention de la modiste pour laquelle elle travaillait. Celle-ci désira la prendre au magasin et lui offrit des conditions brillantes. Mais Etchevarray refusa. Sa fille, en grandissant, devenait charmante. Il la voyait s'épanouir, fraîche et rose comme une belle grenade de son pays. Il ne voulut pas qu'elle quittât la maison, craignant pour cette enfant les mauvais conseils de l'atelier et les libertés de la rue. Mais, pour tirer parti de l'adresse de Conchita, il s'installa hardiment rue Taitbout, dans un petit rez-de-chaussée, et ouvrit un magasin de modes. Les deux femmes travaillèrent avec d'autant plus d'ardeur qu'elles étaient à leur compte. Pendant cinq ans, le petit commerce marcha honorablement, et Mme Etchevarray avait une clientèle, lorsque brusquement l'ancien carliste mourut de la rupture d'un anévrisme.

Du jour au lendemain, sans préparation, sans avertissement, les deux femmes se trouvèrent livrées à elles-mêmes. Minée par un sourd chagrin, qu'elle tâchait vainement de cacher à sa fille, la veuve finit par tomber malade. Elle essaya de lutter et s'épuisa en efforts. Soignée par Conchita et par Rosalie, servante dévouée qui avait suivi la famille depuis son départ de Carcassonne, Mme Etchevarray se remit. Mais on eût dit qu'elle avait usé tout son courage. Elle demeurait des journées entières, elle autrefois si laborieuse, les yeux fixés dans le vide, son aiguille inactive entre les doigts. Si sa fille lui parlait, elle tressaillait, se redressait lentement, semblant revenir du lointain pays des rêves.

Conchita avait beau redoubler de vaillance, faire des prodiges d'activité, passer les nuits, peu à peu la clientèle, péniblement rassemblée, se dispersait. La gêne entrait dans le petit magasin. Les fournisseurs se faisaient plus durs, inquiets au moment des échéances. Enfin, après deux ans de lutte pénible et inutile, la plaque de cuivre : Mme Etchevarray, *Modes*, qui ornait la vitre du rez-de-chaussée de la rue Taitbout, était clouée sur la porte du quatrième étage de la maison des Batignolles.

Et, dans ce quartier populeux, loin du centre élégant, les deux femmes avaient végété tristement, obligées de travailler de nouveau pour les autres, sans espoir de remonter jamais la pente en un instant descendue. Puis, la veuve était retombée malade, et Conchita, prise entre les nécessités de sa tâche quotidienne et les absorbantes exigeances de sa mère, avait vu peu à peu les dettes grossir, les papiers roses et bleus du mont-de-piété remplacer, dans les tiroirs, les objets de quelque valeur qui restaient à la maison. Et, impuissante à se défendre contre tant de malheurs accumulés, la jeune fille avait entendu avec épouvante le médecin qui soignait Mme Etchevarray parler d'une opération urgente et grave qui déciderait de la vie ou de la mort de la malade.

Dans l'obscurité maintenant complète, Rameau avait écouté ce lamentable récit, entrecoupé par les larmes de Conchita et ses supplications désespérées. L'illustre praticien avait été envahi par une pitié profonde. Lui, depuis si longtemps blasé sur les souffrances humaines, il avait tressailli aux angoisses de cette jeune fille, deux heures avant inconnue. Une palpitation sourde avait fait bondir son cœur, une chaleur soudaine avait brûlé sa poitrine. Et celui dont l'ironie hautaine troublait les plus hardis s'était senti devenir timide.

Ces deux heures d'attente lui avaient paru passer comme une minute ; quand il avait essayé de se les rappeler, plus tard, et d'en fixer les détails, il n'avait retrouvé, dans sa mémoire, qu'une impression confuse et douce, la sensation d'un enchantement délicieux et irrésistible. Ce qui se dégageait seulement très net, pour lui, de cette première rencontre, c'était l'arrivée de son confrère et l'opération faite sous les yeux mêmes de Conchita.

Il la revoyait pâle, s'accrochant au bois du lit pour ne pas tomber, pendant que le médecin, tâtant le pouls à la malade, l'anesthésiait avec du chloroforme. Puis, toute une suite de faits pour lui indifférents, les outils étalés sur la table, le sang ruisselant sur l'oreiller, les gémissements de la domestique, à la vue de sa maîtresse immobile et comme morte, la chair fouillée par le bistouri. Et, l'opération terminée, les pleurs d'énervement de Conchita, qui ne pouvait se calmer et qui, dans le désordre de sa douleur, lui avait paru encore plus charmante.

Il avait quitté cet humble logis à regret, promettant de revenir et stupéfiant son confrère, qui connaissait sa rudesse proverbiale, par la douceur caressante de ses paroles. Il était, en effet, revenu chaque jour, jusqu'à la guérison complète. Et jamais malade n'avait été traitée comme Mme Etchevarray. Rameau commandait les médicaments et les envoyait, afin que la fidèle Rosalie ne se dérangeât pas pour les aller chercher. Il ne se présentait jamais sans apporter les fruits les plus recherchés et les plus belles fleurs. Un jour, il s'informa auprès de la servante de la situation pécuniaire de ses maîtres, et, après lui avoir fait promettre de n'en rien dire, il lui offrit sa bourse pour payer l'arriéré du ménage. A cette proposition, Rosalie se cabra et refusa net, jetant Rameau dans une confusion extrême. Elle n'eut rien de plus pressé que de conter l'aventure toute chaude à ses dames.

— Comprenez-vous qu'il m'a suppliée de prendre son argent, disant qu'on le lui rendrait si l'on voulait, plus tard, mais surtout qu'il ne fallait pas qu'on le sut en ce moment... Et il était à l'envers pour me faire sa proposition... Pour sûr, cet homme-là aime notre demoiselle... On dit qu'il gagne ce qu'il veut... Et il n'est déjà pas si vieux !... Il a une figure superbe... Mais je l'ai rembarré, parce que j'ignore s'il a des idées convenables...

— Tais-toi, Rosalie, dit Conchita. Tu ne sais pas ce que tu dis... Le docteur est très bon, il s'est intéressé à nous... Mais voici maman rétablie et il pourra ne plus se déranger pour venir la voir.

Le lendemain, Rameau trouva les deux femmes un peu graves et très cérémonieuses. Elles lui exprimèrent toute leur gratitude pour les soins si dévoués qu'il avait prodigués à la malade et lui donnèrent à entendre que des visites nouvelles seraient aussi préjudiciables à lui, qui perdait un temps précieux, qu'à elles, qui ne sauraient comment expliquer son assiduité. D'ailleurs, elles espéraient pouvoir un jour s'acquitter envers lui. En attendant, Conchita lui offrit un ravissant petit chiffonnier en soie ancienne, qu'elle avait secrètement confectionné à son intention. Devant la jeune fille qui lui tendait son présent, avec des larmes de reconnaissance dans les yeux, Rameau, pour la première fois de sa vie, resta court. Il balbutia un vague remerciement, fit un geste de brusque résolution et, tournant les talons, il se sauva plutôt qu'il ne sortit de l'appartement.

En s'en allant, les idées brouillées et les oreilles bourdonnantes, il se gourmandait : qu'allait-il se lancer, à son âge, dans cette amourette d'étudiant de première année? A cinquante ans, avec des cheveux gris, il se mettait à aimer une fillette! Comme s'il devait avoir d'autres passions que la science, maîtresse exclusive et jalouse qui ne s'accommodait pas du partage. Et, au milieu de ces raisonnements le pur visage de Conchita apparaissait, avec ses yeux noirs, ses cheveux ondés frisant sur les tempes et ses lèvres rouges qui souriaient. Un frisson passait, voluptueux, dans les veines de Rameau et un soupir gonflait sa poitrine à la pensée de tous les trésors qu'il dédaignait. Il arriva à sa porte. Là, il secoua ses épaules, comme il avait l'habitude de le faire quand il voulait terminer une discussion avec Talvanne, murmura : « Au diable les femmes! N'y pensons plus! » Et, quatre à quatre, grimpant son escalier, il rentra chez lui et se mit à la besogne.

Il ne dormit pas de la nuit. Enfoncé dans son fauteuil profond, devant son bureau chargé des épreuves d'un livre qu'il s'apprêtait à publier, il fumait à grosses bouffées, les regards perdus au plafond, repassant toute sa vie et se demandant s'il n'avait pas été dupe d'une chimère, en s'absorbant exclusivement dans le travail. Charme de la vie de foyer, joie de l'amour partagé, douceur de se voir renaître en ses enfants, bonheur tranquille du commun des êtres, il avait tout dédaigné. Qu'avait-il en échange? Une réputation européenne, des places honorifiques, des palmes sur son habit, des croix pour aller en soirée. Du reste, n'aurait-il pas pu, et tout aussi sûrement peut-être, atteindre au même but, obtenir le même résultat, en menant l'existence de famille? Le calme n'aurait-il pas été aussi fécond pour lui que l'agitation? Ou bien son cœur n'aurait-il fonctionné qu'au détriment de son cerveau? Comme le vieux Faust dans son laboratoire, il eut, au milieu de ses livres, la vision troublante de la jeune fille, et un soupir de regret sortit de son cœur, vibra dans le silence de la nuit.

IL INTERPRÉTAIT AVEC UN SENTIMENT NAÏF ET PROFOND, QUELQUE RÊVERIE
DE SCHUBERT (PAGE 695)

Au matin, il chassa ses pensées, se mit à l'ouvrage accoutumé, alla faire son cours, passa à l'hôpital et dîna avec Talvanne, qu'il terrorisa par les éclats d'une verve paradoxale plus ardente encore que d'habitude. Puis, vers dix heures, cette flambée s'éteignit, et, couché sur un divan, il resta pendant un temps très long sans desserrer les dents, se leva d'un air morne et rentra chez lui.

Durant toute une semaine il fut ainsi, inquiétant sérieusement Talvanne, qui prit sur lui de l'interroger. Il ne réussit qu'à l'irriter. Rameau envoya son ami au diable, le traita d'imbécile, lui déclara qu'il rêvait et montra un emportement tel que l'aliéniste le quitta tout à fait convaincu, cette fois, qu'il se passait dans ce puissant cerveau quelque chose d'anormal.

Il s'en ouvrit à Munzel, qui, procédant par des moyens tout différents, toucha du premier coup la corde sensible et provoqua une crise d'attendrissement, pendant laquelle le grand homme lui confia tout. L'Allemand sentimental et doux pleura avec Rameau et amollit, comme de la cire, le bronze de ce caractère. Il lui prouva que refuser le bonheur, quand il se présente, c'est commettre un crime contre soi-même. Et, avant le soir, il l'avait décidé à revoir Conchita. De la revoir à l'épouser il n'y avait qu'un pas : il fut vite franchi.

Alors se produisit une extraordinaire éclosion d'amour dans le cœur de Rameau. Il ne pensa plus qu'à sa fiancée. Il subordonna tout à elle. Cet homme, qui n'avait jamais vécu par les sens, se livra à sa passion avec une joie enivrée. Son visage rayonna sous ses cheveux grisonnants, comme un rosier qui fleurit à l'automne. Il eut des fantaisies de jeune homme, s'habilla avec élégance et montra au monde savant, pétrifié d'étonnement, un Rameau riant, brillant, pimpant, qui était bien un des phénomènes les plus inattendus de cette fin de siècle.

Il se trouva lui-même, cependant, pour refuser de se marier à l'église. Lorsque Mme Etchevarray l'engagea à faire publier les bans à la paroisse, le matérialiste regarda sa belle-mère d'une si singulière façon, que la bonne dame n'osa pas prononcer une parole de plus. Ce fut Conchita qui revint à la charge. L'Espagnole, plus superstitieuse encore que pieuse, entrevit avec terreur un mariage qui serait contracté sans la bénédiction d'un prêtre. Et, avec des larmes, elle supplia Rameau de se conformer à la règle.

Pour la première fois, elle le trouva rétif. Il secoua sa grosse tête, voûta ses larges épaules, comme s'il s'apprêtait à supporter tout le poids d'une cathédrale, et, avec des précautions de langage, il essaya de faire comprendre à la jeune fille que subir le mariage religieux ce serait mentir à son passé, renier toutes ses convictions et exécuter la plus humiliante palinodie. Certes, il avait à cœur de lui plaire, mais il ne pouvait, pour un caprice d'enfant, prêter si cruellement à rire.

Conchita ne se mit pas en frais de discussion, elle eut recours à l'éloquence des larmes. Mais elle vit Rameau inébranlable. Alors elle devint muette et froide comme une pierre. Elle laissa le savant discuter pendant des heures, sans même écouter les arguments merveilleux dont il se servit pour la convaincre. Cette parole de flamme glissa sur elle comme la lave sur le marbre. Le torrent de feu écoulé, elle se retrouva aussi nette, aussi ferme dans sa résolution. Comme il la questionnait ardemment, quêtant un mot qui lui donnât gain de cause, la jeune fille lui dit gravement :

— A l'église ou pas.

Il partit sans s'être décidé et passa sur Talvanne une des plus formidables colères qui eussent jamais bouillonné dans un cerveau humain. L'aliéniste avait eu le tort de lui dire avec une ironique bonhomie:

— Après tout, je ne te comprends pas. Qu'est-ce que ça peut te faire d'aller à la messe? Tu accompliras cette formalité comme un devoir de convenance mondaine. Ne t'ai-je pas déjà vu, vingt fois, à des enterrements de confrères, au temple, à la synagogue ou à l'église? Étais-tu déshonoré en sortant? Tu t'étais tenu à ta place, décemment, comme un homme bien élevé, tu avais assisté à l'office sans y prendre part. Qu'y avait-il d'exorbitant en cela? Le grand avantage de l'athéisme, c'est de permettre à l'homme de supporter, sans embarras, les manifestations religieuses les plus diverses. Du moment que tu ne crois pas, rien ne peut te gêner.

— Eh ! ce n'est pas pour moi, répondit Rameau ; mais que dira-t-on ?

— Ah ! voilà ! reprit Talvanne. Tu te préoccupes de la galerie, tu te sens en représentation et tu n'as pas le mépris absolu du public... Tu as peur de ce qu'on pensera... Il y a de la pose dans ton affaire !... J'ai toujours été convaincu que, vous autres matérialistes, si l'on vous enfermait dans un noir cachot, tout seuls, loin des regards, sans espoir d'échapper à la mort, vous vous mettriez à genoux, comme n'importe qui, et vous tâcheriez de vous rappeler votre prière ?

Rameau, qui avait écouté en silence, soucieusement, avait alors éclaté et si rudement injurié son ami que celui-ci n'avait pas reparu de deux jours. C'était le docteur qui était venu le trouver. Il avait fait son apparition chez Talvanne à l'heure du dîner, s'était mis à table sans parler, puis le soir, installé dans le cabinet de l'aliéniste, au milieu de la collection des crânes, où tous les spécimens des races humaines étaient rangés avec ordre, il avait raconté à son ami que son mariage était rompu s'il ne cédait pas à la volonté de Conchita.

— Elle est entêtée, mon cher, comme les mules de son pays, dit-il avec humeur. Elle ne discute pas, elle ne raisonne pas, elle dit : « Je veux me marier devant un prêtre. » Et après elle pleure. Elle me rendra fou !...

— Je te soignerai... Les folies d'amour se guérissent... Des bains de son, une nourriture émolliente et deux heures de promenade par jour, dans un beau jardin... C'est l'affaire de trois mois... En on se porte mieux qu'avant !...

Rameau ne parut pas avoir entendu. Il resta, pendant quelques minutes, plongé dans une profonde méditation ; puis, d'une voix triste :

— Talvanne, elle ne pliera pas. Comment faire ?

— Y tiens-tu ?

— Plus qu'à la vie !

— Un homme tel que toi !... Qu'espères-tu donc trouver en elle ?

Le regard de Rameau rayonna d'une passion ardente :

— Ce que je ne connais pas : le bonheur !

Talvanne hocha la tête :

— Mon vieux, mets les pouces sans plus résister : tu es pincé.
Puisque tu crains le retentissement qu'aurait ton apparente apostasie,
car, ma parole, votre athéisme est aussi une religion, au nom de
laquelle vous proscrivez toutes les autres, eh bien ! transige en acceptant un mariage religieux en Espagne... Passe la frontière... Quoi
d'étonnant? Ta femme est Navarraise... Du diable si on sait ce que tu
auras fait de l'autre côté de la montagne...

— Oui, tu as raison, dit Rameau, qui se redressa... Tu me sauves
avec cet expédient...

Mme Etchevarray, très inquiète de la tournure que prenaient les événements et désireuse de ne pas laisser s'enfuir ce mari inespéré,
avait, entre temps, raisonné sa fille. Celle-ci accepta, comme une
victoire, la demi-capitulation de Rameau, et, redevenant douce et
charmante, ne troubla plus la joie de son fiancé. Ils partirent, la mère,
la fille et le futur gendre, pour Biarritz, d'où ils devaient se rendre
dans la petite ville, berceau des Etchevarray. Talvanne et Munzel, qui
servaient de témoins à leur ami, les rejoignirent quelques jours plus
tard. Et, en une semaine, sans bruit, sans difficultés, le mariage se
trouva conclu.

III

Le retour de Rameau fut triomphal. Il présenta partout sa femme
avec un orgueil rayonnant. Autant, jusque-là, il avait fui le monde,
autant il le rechercha. Conchita, sur qui la célébrité de son mari attirait vivement l'attention, produisit une sensation profonde et fut, dès
le premier jour, classée parmi les beautés incontestées. Elle se montra simple et calme, sans aucun enivrement du succès, semblant en
reporter tout l'honneur à son mari et le lui offrir comme un hommage.
La disproportion d'âge qui existait entre Rameau et elle avait engagé
de brillants jeunes gens à lui faire la cour. Elle accueillit leurs adula-
tions avec une tranquillité parfaite et ne se permit aucune coquetterie.
Les soupirants se découragèrent promptement. Et il fut établi que la
vertu de Conchita était à l'abri de toutes les tentations. Talvanne, qui
n'avait pas vu sans appréhensions son ami se décider à modifier si
gravement son existence, respira plus librement. Il commença à croire
que Rameau serait heureux et à espérer qu'il le serait lui-même. Car
tous les sentiments éprouvés par le docteur devaient avoir leur contre-
coup dans le cœur dévoué de son compagnon de jeunesse.

Au travers de l'éblouissement du premier mois de cette vie agitée
et bruyante, Rameau sentit enfin que le modeste appartement de la
rue de La Harpe était un cadre indigne d'enfermer sa vie. Il acheta

l'hôtel du maréchal Régnault de Saint-Jean-d'Angély, au coin de la rue Saint-Dominique et de l'avenue de Constantine, et s'y installa très luxueusement. Mme Etchevarray vint y demeurer, avec la bonne Rosalie, et la maison fut tenue, sous la surveillance de ces deux femmes, d'une façon supérieure. Rameau y inaugura ses réceptions du samedi, qui attirèrent chez lui tout ce que le monde parisien comptait d'illustrations. Ce fut la brillante période de la vie du grand homme. Et ce fut aussi la période heureuse.

Son existence intime répondit à son existence extérieure. Entre sa femme et ses amis, Rameau fut pleinement satisfait. Il n'eut rien à désirer. Tous les soirs, Talvanne et Munzel arrivaient à neuf heures et, dans le petit salon, ils causaient, jouaient ou faisaient de la musique jusqu'à minuit. Munzel avait découvert à Conchita une voix chaude et vibrante. Il lui accompagnait des chansons populaires espagnoles, qu'elle avait retenues de son enfance et qu'elle disait avec un brio extraordinaire. Puis, l'Allemand restait seul au piano et interprétait, avec un sentiment naïf et profond, quelque rêverie de Schubert. Le silence se faisait plus lourd et comme religieux. Souvent Conchita avait les larmes aux yeux quand les derniers accords se perdaient dans la demi-obscurité du salon et demeurait muette, absorbée dans son extase musicale.

En temps ordinaire, elle gardait vis-à-vis de Munzel une réserve qui confinait à la froideur. Elle n'avait aucune familiarité avec lui et le traitait presque cérémonieusement, tandis qu'elle riait, plaisantait avec Talvanne ainsi qu'avec un ami d'enfance ou un parent. Elle avait toujours dit à Munzel : « Monsieur. » Elle appelait l'aliéniste : « Talvanne, » tout court. Rameau avait promptement remarqué ces nuances et s'en était ouvert à Conchita. La jeune femme, très tranquillement, avait répondu que le caractère froid et grave du peintre ne se prêtait pas, comme celui du médecin, à cette expansion fraternelle; qu'elle avait beaucoup d'estime et d'amitié pour M. Munzel, mais qu'elle ne se sentait pas, avec lui, en confiance comme avec Talvanne. Ces sentiments-là ne se commandaient pas, on les éprouvait ou on ne les éprouvait pas. Et voilà tout.

Talvanne, lui, qui avait toujours conservé au fond du cœur un vieux levain de jalousie, se réjouissait d'être le favori de Conchita et se carrait dans son triomphe. Cependant le docteur, qui défendait Munzel contre Conchita, allait avoir à se défendre lui-même.

Devenue souveraine incontestée, voyant son mari à ses pieds et n'ayant qu'à formuler un vœu pour qu'il fût immédiatement réalisé, la jeune femme s'enhardit jusqu'à rêver de modifier les idées qui avaient amené ses premières, ses seules luttes avec Rameau. Audacieusement, elle se proposa de donner assaut à ce rempart du matérialisme, de renverser cette bastille de l'iniquité et de faire servir à la gloire du ciel l'adoration profonde que le grand homme avait pour elle.

Elle s'ouvrit de ces projets à sa mère. Mais elle ne trouva pas la vieille femme disposée à l'encourager. Très pleine de reconnaissance pour Rameau, dont elle avait admiré le désintéressement et la bonté, Mme Etchevarray faisait taire volontiers ses scrupules de fervente catholique quand il s'agissait d'excuser son gendre. Elle avait des indulgences spéciales pour lui et son étroitesse d'esprit se trouvait corrigée par l'effusion de son cœur. Alors Conchita, avec une irritation d'enfant gâtée à qui l'on résiste, se répandait en amplifications amères sur l'indignité qu'il y aurait pour elle à ne pas risquer un effort afin de sauver celui dont elle partageait la vie.

— Rester impassible et indifférente, s'écriait-elle, ce serait de la complicité ! Je deviendrais aussi coupable que lui ! Car il est coupable, ma mère, vous n'avez pas l'air de vous en douter, ou plutôt vous fermez les yeux pour ne pas voir.

— Mon enfant, ton mari est la perfection sur la terre, et je ne sais pas ce qu'ont pu faire les saints que l'on canonise, s'ils ont été meilleurs que ce mécréant-là. Vois-tu, il doit y avoir, pour les hommes, diverses manières d'être agréables à Dieu : l'une, c'est d'observer avec fidélité ses commandements et de le prier, comme il l'ordonne ; l'autre, c'est de se dévouer passionnément à ses créatures et de pratiquer le bien, au lieu d'aller à la messe... Sans doute, il vaudrait mieux être à la fois vertueux et pratiquant, mais, dans ce

ENTRONS..... MURMURA-T-ELLE A VOIX BASSE (PAGE 700)

temps-ci, il ne faut pas se montrer trop exigeant et, quand on a affaire à un homme qui n'est que vertueux, la sagesse est de s'en contenter.

— Ma mère, il ne croit à rien.

— Eh bien ! crois pour deux. Dans la balance, le bon Dieu rétablira l'équilibre.

Mais cette souriante bonhomie, avec laquelle Mme Etchevarray acceptait l'état moral de Rameau, ne calmait pas Conchita. Elle restait silencieuse, le visage assombri, les yeux fixes, hantée par cette idée que l'incrédulité de son mari attirerait sur eux quelque malheur. Comme les sommets altiers, qui défient le ciel, cet orgueil humain, qui bravait le créateur, devait être frappé par la foudre. Et ardemment, elle souhaitait d'obtenir de Rameau une première concession, qui pût être le signe visible d'une détente de cette fière volonté. Elle se donnait passionnément à cette œuvre, elle avait des exaltations de missionnaire. Elle priait avec des élans d'âme et se sentait prête à tout pour triompher.

La coquetterie lui servit de moyen. Elle chercha à irriter l'amour de son mari, elle voulut se faire désirer par lui et l'attendrir par la douceur de la possession. Elle eut des caprices, des mélancolies sans raison et des gaietés soudaines. Son caractère fantasque et charmant offrit à Rameau d'irrésistibles attraits. Il adora cette délicieuse enfant, dont les fantaisies prêtaient aux loisirs de son existence laborieuse un imprévu sans cesse renouvelé. Il se soumit à la tyrannie de cette femme aimée, non seulement avec complaisance, mais avec entraînement. Il alla au-devant de ses désirs, même les plus déraisonnables, et lui donna la certitude qu'il était disposé à tout faire pour obtenir d'elle un sourire reconnaissant.

On était au printemps et le mois de mai commençait, amenant les chaleurs. Les nuits étaient douces, le ciel clair et les premières verdures sentaient bon. Un soir que Rameau avait dîné en tête à tête avec Conchita, la jeune femme offrit à son mari de sortir à pied. Il accepta, et tous deux partirent, bras dessus, bras dessous, comme deux amoureux, marchant d'un pas leste dans la solitude de l'esplanade des Invalides. Ils arrivèrent au quai, traversèrent le pont de la Concorde et se trouvèrent dans le mouvement de la population parisienne qui descendait vers les Champs-Élysées.

Dans les bosquets illuminés par les cordons de gaz et les globes aux blancheurs d'opale, les orchestres et les chanteurs faisaient rage. Au loin, du côté du Palais de l'Industrie, dans un café-concert, des trompes de chasse sonnaient des fanfares. Les voitures roulaient rapides, s'engageaient par files dans l'avenue, conduisant au Bois les promeneurs avides des fraîches odeurs des taillis. Un instant, Conchita et Rameau demeurèrent immobiles, les yeux occupés par l'animation continue de ce défilé, les oreilles remplies par le tumulte de cette foule en fête. Puis, lentement, ils poursuivirent leur promenade, attirés vers le centre de la ville par l'éclat des lumières, le resplendissement des devantures.

Ils parcoururent la rue Royale, elle, suspendue au bras de son mari, caressante, comme abandonnée, lui, jouissant avec délices de la possession de cette adorable femme dans toute la fleur de sa jeunesse et de sa beauté. Ils gagnèrent ainsi la place de la Madeleine, obscure au milieu de l'illumination des boulevards, avec son église haute et noire, profilant son architecture de temple grec sur l'azur assombri du ciel. Ils s'avancèrent jusqu'à la grille, et là, brusquement, par la porte ouverte, l'intérieur de l'église s'offrit à eux, avec son chœur rayonnant de cierges et décoré de fleurs.

— C'est le mois de Marie, murmura Conchita.

Et, arrêtée devant les marches, les yeux fixés sur l'illumination sacrée qui resplendissait dans le lointain de la nef, elle semblait en contemplation, comme attirée par une force irrésistible.

Elle soupira : « Que c'est beau ! » Et son bras serra, plus caressant, le bras de Rameau, qui attendait, patient et sans arrière-pensée, que celle qui était son maître et son guide reprît sa marche. Conchita, d'un pas plus lent, continua son chemin ; mais, au lieu de suivre le boulevard, elle tourna le long de la grille, dans la solitude profonde de la place, prise d'un subit désir qu'elle n'osait point formuler, mais qui la possédait victorieusement. Arrivée devant une des portes atérales, elle fit franchir la grille à son mari, et, au bout de quelques pas, ils se trouvèrent en face d'une entrée.

— Où allons-nous donc? demanda enfin Rameau, en résistant doucement au mouvement de Conchita.

— Entrons..... murmura-t-elle d'une voix basse et ardente; voulez-vous ?

En même temps, elle fixait sur lui des regards si brûlants de passion qu'il trémit jusqu'au fond de lui-même.

— Voyez, reprit-elle se serrant plus étroitement contre lui et le pénétrant de sa voluptueuse chaleur, personne n'est là, l'entrée est déserte, l'église sombre : qui le saura ?

Il pâlit un peu, mais avec un sourire :

— Moi, ma chère.

— Eh bien ! ne serez-vous pas indulgent pour vous-même?

— Il faut être indulgent pour les autres et sévère pour soi.

— Oh ! ne faites pas de philosophie avec moi, soyez tout simple. C'est ainsi que je vous aime, et alors je vous aime tant ! Serez-vous perdu pour avoir traversé une église avec votre femme ? C'est le mois de Marie, une foule de curieux entrent rien que pour admirer le luxe pompeux du culte...

— C'est ce luxe pompeux que je blâme et qui m'éloigne.

— Alors, faites le sacrifice de vos répugnances pour me plaire.

— Conchita, je vous en prie, allez seule, je vous attendrai ici, et très patiemment, je vous le promets.

Elle leva la tête et de ses yeux jaillirent deux éclairs :

— Il n'est jamais bon de dire à une jeune femme : Allez seule !...

Il fronça le sourcil et, sur son vaste front, le fameux pli se creusa menaçant :

— Conchita ! murmura-t-il, ne jouez pas avec mon cœur.

— N'est-ce pas vous qui jouez avec le mien?

Elle avait changé de ton et son âpreté d'une seconde s'était fondue en une câline douceur. Elle se suspendit de nouveau au bras du grand homme, et seuls, auprès de cette église sombre, le long de cette grille, sous ce ciel étoilé, ils demeurèrent presque enlacés, lui, sentant le

jeune cœur de celle qu'il adorait battre contre sa poitrine, elle, se
tendant dans un effort suprême pour vaincre la résistance de cette
altière hostilité. Elle se leva sur la pointe des pieds et, effleurant de
ses lèvres l'oreille de l'impie, comme si elle se défiait même de la
solitude environnante, avec une caresse de la voix et de la bouche :

— Souvenez-vous que vous êtes déjà entré dans une église avec
moi, en plein jour, que vous avez fléchi le genou et que vous avez
courbé la tête. Vous en est-il advenu tant de mal? Vous avez obtenu
la pauvre Conchita qui, de ce jour-là, s'est dévouée à votre bonheur.
Ne ferez-vous donc pas une concession, si petite, si petite, pour
qu'elle vous dise de tout son cœur : merci.

Le visage de Rameau se penchait sur celui de Conchita, dont les
yeux brillaient plus éclatants que les étoiles du ciel. Une flamme
passa sur le visage du grand homme; il saisit la jeune femme par les
épaules et la regarda profondément, comme pour s'enivrer de sa
beauté jusqu'à l'oubli, jusqu'à la trahison; puis, d'une voix brève :

— Allons ! puisque vous le voulez...

Elle lui sauta au cou et lui donna follement le plus suave baiser
qu'il eût jamais reçu d'elle. Alors, avec amertume, car un esprit
aussi puissant ne pouvait pas abdiquer complètement toute clairvoyance, il pensa : « Je suis payé, maintenant, du premier pas que
je fais sur la route de l'apostasie. Mais, si je ne résiste pas, jusqu'où
me mènera-t-elle ? »

Entraîné par Conchita, il entra dans un des bas-côtés presque déserts, la masse des fidèles emplissant la nef. Sous la voûte, le parfum des
fleurs, qui se fanaient sur les autels, flottait doux et mourant; dans
l'ombre des piliers, des formes noires de femmes agenouillées faisaient
des taches mouvantes. Un grand silence régnait, l'office venait de
commencer. La foule était rassemblée devant le chœur. Conchita,
muette et recueillie, guidant Rameau dont le pied indifférent foulait,
sonore, le pavé de l'église, arriva devant la chapelle de la Vierge, resplendissante de lumières, de dorures, pleine de guirlandes et de bouquets. Instinctivement, l'athée résista au mouvement qui l'emportait,
en pleine clarté, en pleine piété, et, dans une demi-obscurité, il

s'arrêta. Souriante, avec un rayon de triomphe dans le regard, Conchita s'agenouilla et fit une courte prière; puis, se relevant, elle resta debout, près de son mari, regardant et écoutant.

Après un harmonieux prélude d'orgue, des voix pures s'étaient élevées, montant, fraîches et pénétrantes, vers la voûte, ainsi qu'un chant de séraphins, puis des voix plus graves, auxquelles s'étaient mariées des voix de femmes, et c'était comme un chœur universel célébrant la gloire du Très-Haut. Conchita, embrasée du désir de convaincre et de faire croire, sentit son cœur s'amollir et se fondre comme sous une rosée divine. Il lui sembla que la grâce descendait sur elle en flots mélodieux, la baignait, la pénétrait et l'imprégnait d'une joie céleste. Énivrée de sa propre foi, grisée par les parfums attiédis, exaltée par les chants, elle voulut passionnément s'emparer de l'esprit de Rameau, elle souhaita follement le courber dans une soumission iraisonnée. Elle le crut préparé par les séductions extérieures d'un culte tout de charme et d'adoration et, lui montrant sur l'autel une Vierge de marbre, qui tenait dans ses bras l'enfant Dieu, souriant et superbe :

— Je vais demander à Marie qu'elle nous donne un enfant doux et beau comme celui qu'elle porte... Joignez-vous à ma prière, seulement en ployant le genou et, j'en suis sûre, je serai exaucée.

Rameau frémit en découvrant le piège : un enfant de Conchita et de lui, une preuve vivante de son amour pour cette femme qui était sa seule joie, ce qu'il désirait le plus au monde, et elle se servait de cet appât adorable pour l'amener à un acte de faiblesse morale qui, à ses propres yeux, devait le déshonorer. Il regarda la jeune femme non pas avec colère, mais avec une profonde mélancolie. Même quand elle le faisait souffrir, il se découvrait encore de l'indulgence pour elle. Cependant Conchita, tremblante en le voyant rester muet et soucieux, s'était penchée vers lui, prête à un dernier effort pour assurer la victoire :

— C'est si peu de chose. Je ne vous demande rien que de courber un peu la tête ; mais joignez-vous à moi, que notre espérance commune se confonde en un seul vœu et monte dans la même pensée vers le ciel... Je vous en prie, je vous en supplie ! Faites cela pour moi, et je vous aimerai plus encore, si c'est possible, et je vous servirai comme un maître unique, et j'oublierai le monde entier pour ne voir que vous.

Il hocha tristement la tête :

— Je ne puis faire ce que vous me demandez, Conchita : je ne crois pas ! Si la Divinité, à laquelle vous voulez me soumettre existe, elle ne peut accepter favorablement un acte de foi qui n'est point dicté par la conscience ; si elle n'existe pas, à quelle comédie risible et vaine prétendez-vous me contraindre?

Il allait continuer, mais elle, les yeux agrandis par la terreur, blême d'horreur, en l'entendant blasphémer dans ce lieu saint, lui avait placé sa blanche main sur ses lèvres. La bouche de Rameau s'y appliqua brûlante. Conchita, d'un mouvement rapide retira ses doigts; il lui avait semblé qu'un feu satanique avait passé dans ses veines au contact de l'impie. Mais lui, ayant rompu les digues qui arrêtaient le flot de ses protestations, ne pouvait plus se résigner au silence. Il prit sa femme par le bras, l'entraîna dans un coin écarté, désert, la fit asseoir près d'un confessionnal, et là, comme accompagné par la mélodie des instruments et des voix qui résonnaient dans l'église, semblant lutter d'éloquence et de séduction avec ces chants délicieux et troublants, il s'efforça à son tour de conquérir, sur la piété obscure, cet esprit qu'il sentait prêt à se détourner de lui.

— Conchita, je vous en supplie, ne me jugez pas sans m'avoir entendu; je sens qu'en ce moment je vous fais peur, et cependant je voudrais vous rassurer, vous convaincre que je ne suis ni méchant ni injuste. S'il suffisait d'une parole pour vous satisfaire, croyez que je la prononcerais bien facilement... Vous savez que je vous ai cédé déjà une fois; vous avez vu que, ce soir encore, j'ai consenti à vous suivre ; jugez-moi sur ma complaisance passée, et non sur le refus que j'ai dû vous opposer tout à l'heure... Quelle valeur aurait eu pour vous un consentement banal? Était-ce cela que vous vouliez? Oh ! je vous en conjure, ne vous détournez pas de moi... Entre mon cœur et le vôtre, ne placez pas ce Dieu que vous dites être tout de bonté et d'amour... Vous l'aimez pas-

sionnément, mais moi je vous aime bien plus passionnément encore...
Vous le priez, mais moi je vous adore et je ne vis que dans la contemplation de votre grâce et de votre beauté... C'est ma tendresse qui
est ma religion. Pouvez-vous me reprocher ce culte unique et, quand
je me prosterne devant vous, comme aux pieds d'une divinité charmante, allez-vous m'en faire un crime?

— Votre langage est corrupteur, murmura Conchita à voix basse.
Vous substituez une créature de chair au Dieu invisible et présent...
Toutes vos pensées et toutes vos paroles sont d'un païen... Non
seulement vous ne voulez pas vous amender, mais vous essayez de me
perdre.

— Moi ! s'écria Rameau, avec une flamme dans le regard ; moi, faire
une tentative pour vous empêcher de croire? Non ! non ! J'ai toute
ma vie professé la liberté de conscience... Et ce n'est pas pour tourmenter un être adoré comme vous que je changerai de doctrine...
Priez, Conchita, je vous le demande pour votre mère et pour moi-
même... Je donnerais beaucoup pour avoir une croyance qui me
permît de prier avec vous... Mais la foi ne s'impose pas... Heureux
ceux qui l'ont : je les envie.

— Alors, s'écria la jeune femme, dont le visage en un instant fut
inondé de larmes, essayez donc de croire ; élevez votre pensée vers le
ciel...

— Le ciel est vide, Conchita. Chaque peuple y a placé ses dieux,
mais c'étaient des idoles fragiles qui n'étaient que la divinisation des
passions humaines... Les peuples ont passé, les cultes se sont succédé, les dieux ont changé et le ciel est resté vide !

Le grand homme agita sur ses épaules sa tête énorme à la rude
chevelure, comme pour chasser une pensée importune, et, poussant
un profond soupir :

— Ne parlons plus jamais de ces choses, vous me faites de la peine
et je vous fais du mal... J'en suis désespéré... Vous ne me convertirez
pas et je n'essaierai jamais de vous convaincre, car je considérerais
comme un crime de détruire une croyance qui vous soutient et vous
encourage dans la vie. Pardonnez-moi et soyez certaine que, malgré

ELLE ÉTAIT A GENOUX DANS LA CHAPELLE DE LA VIERGE (PAGE 711)

ma résistance à votre volonté, je vous aime de toute mon âme.

— De toute votre âme, dit Conchita amèrement : en avez-vous donc une ?

— Vous avez raison, ma chère, répondit Rameau avec un sourire. Voyez comme les superstitions corrompent même le langage. Je ne crois pas que j'aie une âme, mais je suis bien sûr que j'ai un cœur, et ce cœur est à vous complètement.

Il prit la main de sa femme et, la serrant affectueusement :

— En tous cas, si une créature mortelle a jamais eu une âme, ce doit être vous, Conchita, car vous êtes, pour moi, au-dessus de l'humanité.

Elle ne répondit pas. Ils sortirent lentement, laissant derrière eux la cérémonie qui continuait, et à laquelle Conchita avait cessé de prêter attention, dès que son aide, dans l'œuvre de catéchisation, lui avait paru inutile. Les chants décrurent dans le lointain du chœur, les parfums s'affaiblirent, les lumières baissèrent, un vent tiède souffla délicieusement et la place, avec le boulevard éclairé, apparut. Ils descendirent les marches et, devant la grille, dans la douceur de cette belle nuit de printemps, Rameau, passant le bras de sa femme sous le sien, essaya de l'entraîner de ce même pas souple et léger qui les avait amenés comme deux amoureux. Mais il trouva Conchita languissante et glacée. L'espérance, qui la conduisait en venant, était tombée. Elle n'était plus emportée par son désir vers la victoire attendue. Elle s'en allait dans l'accablement de la défaite, avec un commencement de haine sourde contre celui qui l'avait privée de l'ivresse du triomphe rêvé.

A compter de ce jour, un grand changement se produisit dans l'état d'esprit de Conchita. La reconnaissance qu'elle avait eue pour Rameau s'effaça ; l'admiration tendre qu'elle éprouvait pour le grand homme disparut ; tout fut étouffé par l'horreur que lui inspirait l'athée incorrigible. Il lui apparut sous un autre aspect que celui auquel elle était habituée. Ses traits superbes, mais rudes, lui semblèrent empreints d'un orgueil satanique. Avec son front creusé par l'effort de la pensée, Rameau lui rappela le mauvais ange. Elle décou-

vrit, dans la noirceur de ses épais sourcils, retroussés à chaque
angle de la tempe, les signes effrayants d'une perversité infernale.
Elle nota l'âpreté de ses paroles et y devina un profond mépris de
l'humanité.

Rameau, qu'elle avait jusque-là aimé comme un tendre père, se
transforma soudain en un être menaçant et redoutable. Elle le
regarda avec inquiétude et l'observa avec la patiente ingéniosité
particulière aux femmes. Elle ne le prit pas, une seule fois, en
flagrant délit de faiblesse ou de ridicule. Tout ce que faisait ou disait
cet homme, si réellement supérieur, était important, rationnel, méritait l'attention ou le respect. Elle ne le vit jamais s'abaisser devant
elle à de ridicules comédies d'amour sénile. Il se conduisait avec
un tact parfait, et la noblesse de son intelligence donnait de la grandeur à toute sa conduite. C'était un vieux lion, mais un lion. Il avait la
crinière grise, mais son œil flamboyait et sa puissance était complète.

Elle affectait de ne plus jamais prononcer devant lui un seul mot
qui eût trait à la religion. Il lui semblait que c'eût été une profanation et que le ciel s'en fût indigné. Cependant elle avait un si violent
levain d'amertume dans le cœur qu'elle ne put se retenir, un soir, de
parler à Talvanne et à Munzel de l'incrédulité de leur ami. C'était en
été, après le dîner; on était resté au salon, au lieu de descendre au
jardin comme d'habitude. Par les fenêtres ouvertes, une délicieuse
fraîcheur entrait, et Conchita avait empêché d'apporter les lampes
pour ne pas attirer les moustiques et les chauves-souris. Dans l'obscurité, Mme Etchevarray, Munzel, Talvanne et la jeune femme étaient
assis. Les deux hommes fumaient silencieusement et Rameau venait
de passer dans son cabinet pour écrire une lettre. Au bout d'un
instant, Conchita dit brusquement, comme si elle terminait tout
haut sa pensée :

— Vous, Talvanne, et vous, monsieur Munzel, vous êtes catholiques et vous croyez?...

— Oh! moi, madame, répondit l'aliéniste, j'ai été élevé par ma
mère et, vous le savez, l'influence des femmes est considérable en
matière de religion.

— Ah!... interrompit Conchita, d'un ton si railleur que les deux hommes la regardèrent pleins de surprise.

Elle ajouta avec amertume :

— Ne croyez pas à l'influence des femmes, mes bons amis, surtout en matière de religion.

Talvanne, qui n'était pas sot, soupçonna la possibilité d'une dangereuse polémique, et ne se soucia point de l'engager. Il poursuivit tout tranquillement :

— Quant à Munzel, il est Allemand, c'est-à-dire un peu mystique, fils d'un maître de chapelle, par conséquent imprégné de musique sacrée, blond avec des yeux bleus, donc tout naturellement porté à la rêverie. S'il n'était point croyant dans ces conditions-là, il faudrait qu'il eût un caillou à la place de la cervelle... Et puis, il passe sa vie à peindre des tableaux d'église... Cela influe sur l'esprit d'un homme!

— Allez-vous à la messe? demanda Mme Etchevarray.

— Moi?... Jamais! dit Talvanne.

— Vous n'êtes donc pas plus religieux que mon gendre?

— Votre gendre, ma chère dame, a sa religion à lui : c'est la religion de la nature. Et il est plus dévot que moi à la mienne. Il communie tous les jours par le travail, et sa prière est fort belle, elle dit : « Nature, donne-moi la force de pénétrer tous les secrets, afin de secourir mes semblables et de les empêcher de souffrir. Ainsi soit-il. »

— Mon gendre est un brave homme, je le sais, ajouta la vieille mère, et ce ne sont pas les plus dévots qui vont aux offices.

— Vous avez raison, madame, dit Munzel d'une voix douce, et très certainement Talvanne et moi nous ne valons pas Rameau. Il faut se rendre compte de la portée de certains esprits et ne pas demander à ceux qui planent dans les espaces fermés aux regards de la multitude de ramper sur la terre et de se plier aux règles de l'universelle ignorance. Tous les grands novateurs ont été méconnus... L'inquisition a failli brûler Galilée... Colomb a été emprisonné, parce que la découverte d'un monde nouveau était considérée comme une hérésie... Les grands philosophes, les savants illustres, ont été en butte aux persécutions, parce qu'ils devançaient leur temps... Notre ami est un être tellement supérieur que nous devons nous abstenir respectueusement de le juger... Nous pouvons suivre sa course, craintivement, en la voyant si hardie et si rapide... Mais quant à déclarer mauvaise la route qu'il parcourt, nul de nous n'est de force à le faire. Qui sait s'il n'a pas raison?...

— Moi, je le sais; moi, je le dis! s'écria Conchita d'une voix tremblante. Le premier devoir de l'homme est d'obéir à son créateur, à son maître, à son Dieu!... S'il se révolte contre la loi suprême, malheur à lui et à ceux qui sont autour de lui!

Cette furieuse apostrophe resta sans réponse. Talvanne s'était tourné du côté de la jeune femme et essayait, à travers l'obscurité, de distinguer son visage. Mais la nuit l'enveloppait et il ne put voir la pâleur de son front, le frémissement de ses lèvres, l'agitation convulsive de ses mains.

— Allons, ma fille, reprit après quelques secondes Mme Etchevarray, tu l'animes, tu l'excites, et pourquoi, je te le demande?

— C'est moi qui suis le coupable, ajouta Munzel. J'ai sottement porté la conversation sur un terrain fertile en controverses. Mais je vais rétablir l'harmonie.

Il s'assit devant l'harmonium, qui faisait pendant au piano, et, les yeux levés au plafond, comme s'il cherchait la voûte azurée, il joua lentement. Les voix célestes de l'orgue chantaient et, dans le silence nocturne, la pure mélodie avait un charme délicieux.

— Qu'est-ce donc que cela? demanda Talvanne.

— C'est un motet de Porpora, le grand rival de Haendel.

Il continua de jouer, mais plus doucement, laissant tomber le son, qui n'était que comme un accompagnement à ses paroles.

— J'avais vingt ans quand je l'ai entendu pour la première fois.

C'était à la cathédrale de Cologne. Entré un dimanche, vers midi, je fus saisi, dans l'obscurité de la nef, par la coloration des vitraux inondés de soleil. La sonnette tintait à l'autel, pour l'élévation; toutes les femmes s'étaient mises à genoux, un grand recueillement planait sur ces fronts en prière. Alors, dans le profond silence, comme tout à

l'heure lorsque j'ai commencé, les accents de cette exquise mélodie
se firent entendre et je frémis de plaisir. Je ne l'ai jamais oubliée
depuis et je la retrouve toujours avec joie au fond de ma pensée.

— C'est très joli, dit Conchita d'une voix changée.

Au même moment, Rameau rentra dans le salon, suivi du domestique apportant des lumières, et Talvanne put voir que la jeune
femme avait les yeux humides et les joues très rouges. On ferma les
enêtres, la conversation changea et la soirée s'acheva sans incidents.

Cependant Talvanne conserva, de l'âpre violence de Conchita, un
mauvais souvenir et un commencement de défiance. Il était observateur
par tempérament et par profession. Il se donna la tâche d'étudier la
jeune femme. Il la surveillait, maintenant, avec une attention dont
elle ne se doutait point, et une infinité de petits détails qui avaient,
pour lui, passé jusque-là inaperçus, le frappaient étrangement. Conchita, qui avait été autrefois si active, ne travaillait plus jamais et,
pour occuper son temps, ne lisait point. Elle demeurait immobile, en
hiver, dans son petit salon ou, en été, dans le kiosque du jardin, à
rêver, comme une belle odalisque. On entrait, elle ne s'en apercevait
pas tout de suite et il fallait lui parler pour l'arracher à sa méditation. A quoi pensait-elle si obstinément et si profondément?

Souvent elle sortait dans la journée, seule, presque à des heures
régulières, et, quand on s'informait de ce qu'elle avait fait, avec la tranquille assurance d'une femme qui sait ne devoir jamais être soupçonnée, elle répondait:

—Je me suis promenée, ou: J'ai fait des courses. Promenée où?
Fait quelles courses? pensait Talvanne, en la voyant plus concentrée et
plus morne à la suite de ces sorties. Il voulut savoir où elle allait, et un
jour, après déjeuner, il la suivit. Elle le mena, à travers Paris, jusqu'à
l'église de la Madeleine. Elle gravit les marches et entra. Talvanne
étonné s'arrêta, prit un fiacre devant la rue Basse-du-Rempart et se
fit conduire à sa maison de santé de Vincennes. Quelques jours plus
tard, nouvelle épreuve, nouvelles courses, même arrivée devant l'escalier de la Madeleine et même ascension tranquille et lente des
marches de pierre.

Talvanne, stupéfait de la régularité de ce pèlerinage, et trop Parisien pour ne pas flairer quelque mystère sous cette dévotion si exacte, ne fit ni une ni deux : il laissa Conchita entrer par la porte du bas-côté de droite et, escaladant avec agilité, il s'élança sur ses traces. Il la vit, de loin, qui marchait dans l'église entre les rangées de chaises, puis elle se jeta de côté, et il la perdit de vue. Il se rapprocha alors habilement, et soudain il l'aperçut de nouveau. Elle était à genoux, dans la chapelle de la Vierge et priait devant la statue de marbre qui tenait entre ses bras l'enfant Dieu. Courbée sur la pierre suivant la mode d'Espagne et d'Italie, elle était immobile, la tête penchée, pleine de ferveur. Dissimulé derrière le confessionnal, auprès duquel la jeune femme avait échangé avec Rameau de si redoutables paroles, Talvanne attendit. Au bout d'un quart d'heure, Conchita se releva, reprit le même chemin et rentra chez elle.

L'aliéniste respira, il craignait une aventure. Il renouvela sa surveillance, et toujours le but de la jeune femme fut l'église, dans laquelle se trouvait cette chapelle, objet d'une spéciale dévotion. C'était beaucoup de savoir ce que faisait Conchita, mais Talvanne brûlait d'apprendre pourquoi elle le faisait.

Un soir, il lui dit d'un air indifférent:

— Cette semaine, je vous ai rencontrée deux fois, sortant de la Madeleine. C'est une église qui est bien loin de chez vous il me semble.

Elle tressaillit, mais, fait singulier, Rameau, qui était assis à quelques pas d'eux et qui lisait une brochure, leva la tête et fixa sur son ami des regards inquiets. Au même moment, Conchita, les yeux brillants et une rougeur au visage, répondit d'une voix sourde:

— C'est là qu'il faut que je prie. C'est là que je dois m'humilier, afin de détourner de nous le malheur.

— De détourner... commença Talvanne.

Mais il n'eut pas le temps d'achever. Le docteur se leva brusquement et, de sa brochure, frappant sur la table:

— Laisse Conchita tranquille, dit-il rudement. Elle fait ce qu'il lui plaît, et cela ne te regarde pas...

— C'est évident que cela ne me regarde pas! grommela l'aliéniste. Mais je ne croyais pas commettre un si grand crime en demandant...

— Allons! En voilà assez, parlons d'autre chose!

Et on parla d'autre chose. Mais Conchita resta sombre et absorbée, jetant par moments des regards d'effroi du côté de son mari.

Qu'y avait-il entre eux? Que s'était-il passé? Talvanne ne renonça pas à le découvrir. Mais il lui apparut qu'il faudrait plus de chance que d'adresse pour y arriver.

Un autre que lui avait remarqué le trouble d'esprit dans lequel vivait la jeune femme : c'était Munzel. L'Allemand, après avoir accepté avec tranquillité la froideur que lui témoignait Conchita, semblait s'être mis en tête de dissiper ses préventions. Il avait secoué sa flegmatique indolence et faisait des frais inusités. Rameau en avait plaisanté plusieurs fois, avec la verve un peu brutale qui le caractérisait:

— Dis donc! Talvanne, j'ai le soupçon que Frantz courtise ma femme. Tu sais, moi, je n'ai pas le temps de les surveiller; je t'en charge.

Et de rire, malgré le vif mécontentement manifesté par Conchita et le trouble soudain de Munzel.

Talvanne, plus gravement qu'il n'eût fallu peut-être, avait répondu

— Tu peux compter sur moi.

Et il n'avait plus été question de l'incident. Mais l'aliéniste avait pris sa mission au sérieux et, ayant si bien commencé à observer la jeune femme, il s'était mis à étudier le peintre. Son ancienne hostilité lui était revenue au cœur, à l'idée que Conchita pourrait favoriser Munzel. Certes, l'âme de Talvanne avait la pureté du cristal; il serait mort plutôt que de lever les yeux sur la femme de son ami. Mais la supposition qu'un autre serait, par elle, traité mieux que lui le mettait en fureur. Il se sentait capable de plus de jalousie que le mari lui-même. La jeune femme appartenait à son amitié autant que Rameau jadis. Toute affection qu'elle donnait en dehors de celle qui lui était due, à lui Talvanne, devait, à ses yeux, passer pour un vol dont il avait à se plaindre.

VENEZ, DIT-ELLE, VOUS L'AIMIEZ ET ELLE VOUS AIMAIT (PAGE 716)

Mais il fut promptement rassuré. Conchita ne faisait pas la moindre attention à Munzel. Sa mère seule l'occupait, et la santé de Mme Etchevarray, très atteinte depuis quelques mois, exigeait ces soins inquiets. Agée de cinquante ans, mais usée par les fatigues et les tracas de sa vie, « les sangs tournés, » comme elle répondait, d'un ton dolent, quand on la questionnait, elle ne descendait presque plus de sa chambre. Son gendre la soignait avec beaucoup d'assiduité et une grande affection. Mais, ainsi que le disait Rameau, la machine ne marchait plus, et il aurait fallu changer certains rouages, le cœur par exemple, pour qu'elle continuât à fonctionner.

Cependant, malgré la confiance qu'elle avait dans l'infaillible science de son mari, Conchita le voyait avec terreur s'approcher du lit de sa mère. On eût dit qu'elle redoutait le contact du médecin pour la malade. Lorsque Rameau manifestait l'intention de monter auprès de Mme Etchevarray, la jeune femme l'arrêtait souvent en disant : « Elle dort. » Et c'était avec un soupir de soulagement qu'elle assistait au départ du docteur qui se rendait à l'École de médecine ou à son hôpital. Au contraire, Conchita attirait Talvanne au chevet de sa mère et lui demandait volontiers des consultations. Il se récusait en disant :

— Mais vous savez bien que je ne suis pas un médecin, moi, je ne fais pas de thérapeutique. Je suis une espèce de maniaque, soignant d'autres maniaques, et, de moi ou d'eux, les plus insensés ne sont peut-être pas ceux qu'on pense.

— Venez, insistait la jeune femme ; votre présence seule fait du bien à maman : elle vous aime.

Un jour, elle ajouta :

— Et puis vous croyez, vous. Et cela neutralise les mauvaises influences.

Cette fois, Talvanne commença à comprendre, et le fait lui parut grave. Évidemment, entre Conchita et Rameau, un dissentiment s'était produit, dont le point de départ était l'incrédulité du docteur. La jeune femme avait dû, poursuivant sa ligne de conduite première, manifester des exigences nouvelles au point de vue religieux. Qui sait ! peut-être essayer de convertir son mari. Cette pensée, tout

d'abord, parut tellement bouffonne à Talvanne qu'il ne pût s'empêcher
d'en rire. Mais, à la réflexion, il y découvrit des éléments de lutte si
graves, qu'il fut disposé à voir la situation sous un aspect presque
tragique. Le fanatisme espagnol de la jeune femme, mis aux prises
avec la rude libre-pensée de Rameau, devait produire des chocs redoutables et peut-être entraîner de funestes conséquences. Déjà, il en
avait maintenant la conviction, Conchita rendait son mari responsable du mal dont souffrait sa mère. Elle y voyait un châtiment de
Dieu, indigné de l'abomination de son existence avec un athée, une
punition de la tiédeur de ses efforts pour le ramener au bien.

L'aliéniste, avec beaucoup de finesse, reconstitua tout ce qui avait
dû se passer entre la jeune femme et son mari. Il eut alors l'explication
de la recrudescence de piété, des airs sombres, des paroles amères
de Conchita, et en même temps, par contre-coup, de la brusquerie,
de l'anxiété, du trouble de Rameau, quand certaines questions étaient
abordées. Il était trop respectueux du calme intellectuel de son ami
pour se hasarder à lui parler de ce double état moral. Il ne voyait
aucun avantage à mettre la jeune femme sur la voie des confidences.
La situation d'arbitre entre la religiosité de l'une et l'incrédulité de
l'autre n'eût pas été exempte de difficultés. A défendre son ami, il
risquait de mécontenter Conchita. Et la douceur tranquille de sa vie,
dans cette maison devenue sienne par une tendre prescription, pouvait se trouver compromise. Son égoïsme épicurien lui dicta l'abstention.

Et cependant, avec un peu plus d'ampleur de vue, il se fût rendu
compte que fournir, à cette heure suprême, à Conchita l'occasion de
soulager, même par des récriminations, son cœur gonflé d'amertume
c'eût été lui rendre une paix relative. Par une initiative hardie, Talvanne eût pu tout sauver. Et que de malheurs et de souffrances
eussent été évités à ceux qu'il se préoccupait de ménager.

Un matin, en arrivant chez Rameau, il trouva sur le visage des
domestiques, dès la porte d'entrée, une expression désolée. Il se
dirigea vers le cabinet du docteur et, assis à son bureau, écrivant,
l'air soucieux, il aperçut son ami.

— Eh bien! qu'y a-t-il donc? demanda Talvanne, tout le monde ici paraît sens dessus dessous...

Rameau se leva et, d'une voix grave:

— Mme Etchevarray est morte ce matin, à trois heures...

Il y eut un silence, comme si la présence de la mort dans cette maison eût glacé la parole sur les lèvres des deux hommes. L'aliéniste alla à la fenêtre, et, regardant les oiseaux qui se poursuivaient dans le jardin, il demeura absorbé. Puis, tendant la main au docteur:

— C'est une grande perte que tu fais là. Ta belle-mère t'appréciait à ta valeur... C'était une bonne femme. Mais, explique-moi un peu comment la fin est venue si rapidement?... Hier, elle se sentait mieux, elle parlait librement, elle voulait se lever...

— Oui, toujours les dernières clartés de la lampe près de s'éteindre... Cette nuit, on m'a appelé... Elle avait perdu connaissance... Je l'ai ranimée... mais, ce matin, elle a eu une seconde syncope et tout a été inutile... Tu le sais, nous ne sommes pas maîtres de la vie.

— Et ta femme? interrogea Talvanne avec inquiétude.

— Un calme effrayant et pas de larmes. Cela m'inquiète beaucoup. Rends-moi le service d'aller chez elle. Tu arriveras peut-être à la faire pleurer. Ce serait lui procurer un grand soulagement.

— J'y vais.

L'aliéniste monta au premier et, sans frapper, entra dans le salon. Une demi-obscurité y régnait. Les persiennes n'avaient pas encore été ouvertes. Au bruit de la porte, une forme vague se leva. Talvanne, les yeux brouillés par le passage du jour à la nuit, restait immobile, lorsque la voix de Conchita se fit entendre, sourde et presque étranglée :

— Vous le voyez, le malheur ne s'est pas fait attendre!

Et comme il la distinguait maintenant, debout devant lui, toute noire, le visage pâle et les yeux brillants :

— Venez, dit-elle. Vous l'aimiez et elle vous aimait... Vous verrez, elle est heureuse, on dirait qu'elle sourit dans son sommeil.

La jeune femme ouvrit une porte donnant sur un couloir; la chambre de Mme Etchevarray, illuminée comme une chapelle ardente, apparut à Talvanne. Il s'arrêta sur le seuil, interdit, quoiqu'il eût l'habitude de la mort. Au fond de l'alcôve, la mère de Conchita était étendue, entourée de fleurs, un crucifix sur la poitrine, ses cheveux argentés tranchant à peine sur la blancheur de l'oreiller. Au pied du lit, une sœur des pauvres, assise sur une chaise, lisait des prières. Elle ne leva pas les yeux et continua ses oraisons. On voyait ses lèvres remuer. Mais son visage était impassible.

Conchita s'agenouilla, baisa la main de sa mère, se redressa, puis d'une voix exaltée :

— J'ai pu lui faire administrer les derniers sacrements. Elle a retrouvé sa connaissance, par une faveur divine, et elle est morte en état de grâce. Elle est à présent aux pieds de Dieu, elle me protège, elle me défend, et, grâce à ses prières, je suis sûre que nous nous retrouverons, un jour, dans la béatitude et pour l'éternité.

La sœur interrompit sa lecture et murmura d'une voix très douce :

— Ainsi soit-il.

Puis elle reprit sa prière. Talvanne avait écouté sans répondre. Il se rappelait qu'un jour il avait vu aussi sa mère, muette pour toujours, étendue sur son lit de mort. Un flot de douleurs anciennes, qu'il croyait épuisées, lui monta aux yeux ; il s'inclina lentement et fit le signe de la croix. Devant cet acte de foi, simplement accompli par cet homme si ferme et si grave, Conchita sentit son cœur éclater dans sa poitrine. Alors, prenant la main de Talvanne et l'entraînant, comme si un chagrin autre que celui de la perte de sa mère eût été, dans cette chambre, une profanation, rayonnante de ferveur et sublime de désespoir, elle cria à travers ses sanglots :

— Ah ! s'il avait voulu prier avec moi, croire avec moi, comme je l'aurais aimé !

IV

Talvanne, décidément, était un aliéniste distingué, car il sut empêcher Conchita de devenir folle. Il lui fit entendre les paroles qu'il fallait pour la calmer, et il eut la satisfaction d'être seul à obtenir ce glorieux résultat. Rameau, attendri, lui serra les mains comme il ne l'avait pas fait depuis vingt ans, et le vieux garçon, de par ses droits professionnels, se trouva plus chez lui que jamais dans la maison de son ami. Conchita, aussi sombre de visage que noire de vêtements, avait fermé sa porte impitoyablement et semblait décidée à porter un deuil éternel. Munzel, reçu solennellement dans la journée et privé des douces soirées passées dans l'intimité, manifesta une agitation étrange. Il devint quinteux, fébrile, lui d'humeur si calme et si égale. Il surprit Talvanne par des violences inexplicables. Il s'emporta jusqu'à se plaindre de la vie et à maudire sa destinée.

Il n'en avait cependant pas le droit, car, si jamais peintre avait été favorablement traité par la fortune, c'était bien lui. Entraîné dans l'orbe éblouissant du grand homme, il avait été en relations avec les artistes en renom et les personnages influents. Très jeune, il avait obtenu des travaux considérables, de hautes récompenses. Sa réputation s'était étendue rapidement et, à trente-huit ans, il avait une

éminente situation. Le temps était loin où le père Munzel se voyait
sous le coup de la prison, pour quelques milliers de florins de dommages-intérêts. Un tableau de Frantz, maintenant, se payait trente
mille francs et, pour ses portraits, il fallait s'inscrire. Encore ne
consentait-il à reproduire que les visages qui lui plaisaient.

Il avait souvent demandé à Conchita de lui faire la faveur de poser
pour lui. La jeune femme s'y était refusée, avec une mauvaise
volonté évidente. Elle avait toujours à sa disposition un excellent
prétexte : les entraînements du monde ne lui laissaient pas de loisirs,
ou bien elle craignait la longueur et le nombre des séances. Enfin, sa
mère était tombée malade. Munzel profita du deuil de Conchita, du
vide de son existence, du morne ennui qui la dévorait, pour lui
adresser une demande nouvelle.

— Vous n'avez rien qui vous occupe, cela vous aidera à tuer le
temps, disait-il. Vous êtes triste, je respecterai votre tristesse. Vous
ne parlerez pas et je resterai silencieux. Enfin, je souscris d'avance à
toutes vos conditions, je me plierai à toutes vos exigences.

Conchita, avec une sorte de farouche entêtement répondit: « Non. »
Elle ne donnait plus de raison, plus de prétextes; elle refusait, voilà
tout; et, quand Rameau doucement la grondait de n'être pas plus
aimable et de ne pas profiter de la bonne volonté du peintre, elle se
mettait quelquefois en colère, étonnant son mari par l'âpreté de sa
résistance. Elle fut, un jour, si agressive et si blessante pour Munzel
que celui-ci, pâle d'émotion, se leva et, la voix tremblante, déclara
que, puisque sa présence causait tant d'ennui et amenait de si irritants
débats, il ne reviendrait plus. Malgré les excuses de Rameau, malgré
ses affectueuses remontrances, il tint parole. Et, pour être plus sûr
de ne pas céder à l'entraînement, il quitta Paris et se réfugia au
milieu de sa famille.

Il resta absent quatre mois. On n'entendait même plus parler de
lui et Talvanne était complètement heureux, lorsqu'un matin, après
le déjeuner, arriva, par les Messageries, une grande caisse adressée
d'Allemagne à Mme Rameau. Visitée avec indifférence, la caisse se
trouva contenir une large boîte d'ébène écussonnée d'une plaque d'or,

sur laquelle était ciselé et émaillé un petit bouquet de « ne-m'oubliez-pas ». Conchita, le docteur et Talvanne se regardèrent intrigués, mais avec un commencement de soupçon. La jeune femme ne se hâtant point d'ouvrir le mystérieux coffret, Rameau tourna la clef, leva le battant et, ainsi que dans les musées de Hollande et d'Italie, pour quelque précieuse toile de Quentin Metsys ou d'Antonio Moro, enchâssé soigneusement, apparut le portrait de Mme Etchevarray.

Le sujet était de dimension réduite et conçu comme un tableau de genre. La vieille femme, assise au fond de son fauteuil habituel, auprès de la table, tricotait la tête penchée, ses pelotons de laine sur les genoux. La figure était d'une ressemblance si parfaite que, saisis, Conchita et Rameau ne trouvèrent pas une parole. Ils demeurèrent immobiles devant cette résurrection de la morte, ravis par la sensation d'art qu'ils éprouvaient en face de ce véritable chef-d'œuvre. La jeune femme fit placer le portrait dans sa chambre, et il lui sembla que celle qu'elle cherchait, du matin au soir, dans le vide de la maison silencieuse, était revenue auprès d'elle.

Quelques jours plus tard, Frantz rentra à Paris, et sa première visite fut pour ses amis de la rue Saint-Dominique. Comment Conchita pouvait-elle remercier le peintre, sinon en lui offrant ce qui lui avait toujours été refusé? Le portrait de la mère ne valait-il pas le droit de faire le portrait de la fille? Elle demanda elle-même à poser, et le visage mélancolique de Munzel s'éclaira d'un fugitif rayon de joie. Rendez-vous fut pris, afin de commencer le travail, et, pour la première fois, Conchita franchit le seuil de l'atelier de Frantz. Rameau, ravi de voir la bonne harmonie rétablie, amena lui-même sa femme, choisit la pose, les accessoires, et suivit sur la toile les premiers traits de l'esquisse. Puis, entraîné par le courant de ses occupations, il cessa d'assister aux séances.

Munzel et Conchita restèrent donc seuls pendant de longues heures d'intimité. C'était à la fin de l'hiver, et déjà les jours allongeaient. Souvent le docteur, en venant prendre Conchita, trouvait la jeune femme et le peintre qui l'attendaient. Par l'ouverture des fenêtres, une dernière lueur du ciel empourpré éclairait des trophées d'armes,

ELLE LAISSAIT LE PEINTRE LUI PARLER DE SON ENFANCE (PAGE 725)

tirant du fer d'un bouclier une pâle étincelle. Des fleurs achevaient de mourir dans un cornet de cristal, sur un bahut sculpté, répandant une senteur alanguie. Conchita, à demi étendue sur un divan, noyait dans le noir des ténèbres grandissantes la silhouette sombre de sa robe de deuil. Munzel, au piano, jouait une valse de Strauss ou un nocturne de Chopin, et Rameau, entrant, tombait dans cette ombre et dans cette mélodie. Il ramenait sa femme et le peintre dîner rue Saint-Dominique. La plupart du temps, Talvanne arrivait, et la soirée s'écoulait dans cette heureuse intimité.

L'aliéniste cependant, depuis le retour de Munzel, avait de l'humeur et faisait peu d'efforts pour la cacher. Rameau, qui était habitué à ces écarts de caractère, n'y prenait pas garde et profitait même de cet état d'esprit pour lancer à son ami de vives épigrammes. Mais Talvanne, si prompt à la réplique d'habitude, laissait tomber tous les traits du docteur, sans les lui renvoyer, et demeurait sombre et refrogné. Il affectait surtout de ne jamais parler du portrait. Dès le premier instant, il avait été mal impressionné par le concours de circonstances qui mettait Conchita et Munzel en présence. Son esprit soupçonneux avait aussitôt découvert des conséquences mauvaises à cette familiarité qui devait s'établir forcément entre le peintre et le modèle. Il n'en avait d'abord point parlé, mais il lui était devenu impossible de garder le silence et, un jour qu'il était seul avec Rameau, il lui avait dit brusquement:

— Tu ne vas plus aux séances, depuis quelques jours?

— Non. Je n'ai pas le temps.

— Alors, qui est-ce qui accompagne ta femme?

— Personne. Elle est assez grande pour aller toute seule.

Talvanne avait froncé le sourcil et riposté d'un ton bourru:

— Assez grande, oui. Mais assez vieille, non.

— Pour aller chez Munzel?

— Pour s'enfermer avec un monsieur quelconque, pendant trois heures, tous les jours.

— Es-tu bête!

— Non, je ne suis pas bête, c'est le monde qui est bête. Et je t'assure que personne ne trouverait convenable qu'une femme, aussi jeune que la tienne et aussi jolie, restât en tête à tête, un mois de suite, avec un peintre.

— Qui est mon ami intime!

— On jasera.

— On! Qui, on? Toi, vieux garçon potinier comme une portière... Et puis, tu sais, je m'en moque! Ah! tu es bien toujours le même, avec ta sournoise hostilité! Et c'est bien de toi d'aller mettre en avant la susceptibilité du monde pour essayer de jouer un méchant tour à Munzel!

— Moi?

— Oui, toi. Tu m'as entendu dire que le portrait s'annonçait bien et cela te taquine. Tu voudrais qu'il fût manqué, du moment que ce n'est pas toi qui le fais? Tu es égoïste, envieux... Au fond, tu as une très vilaine nature!

A ces mots, une stupeur si profonde bouleversa les traits de l'aliéniste, que Rameau ne put s'empêcher de rire.

— Je sais bien que ce que tu m'en dis, c'est par amitié, mais il y a des gens qui, par amitié, ne savent être que désagréables... Je te demande un peu ce que signifient tes idées? Crois-tu que je ne te confierais pas ma femme, pendant quinze jours, et sans la moindre arrière-pensée?

— Tiens! parbleu! A mon âge et avec la figure que j'ai!

— Mais, dis donc, ton âge, c'est le mien!...

— Oui, mais toi, tu es superbe... Tandis que moi, je suis ridicule!...

— Tu me plais comme ça, dit gaiement le docteur.

Puis, plus sérieusement:

— Pour le reste, tu as peut-être raison et il est inutile de braver l'opinion, quand on peut faire autrement... A partir de demain, je ferai accompagner Conchita par Rosalie.

Talvanne n'ajouta pas un mot de plus, mais sa figure se détendit et il poussa un soupir de soulagement. Le soir, lorsqu'il vint rue Saint-Dominique, il fut reçu par Mme Rameau avec une froideur inusitée.

Comme il s'en étonnait, elle lui dit avec un ironique sourire :

— J'ai lieu d'être contente de vous. Il paraît que vous me traitez bien, quand vous parlez de moi à mon mari...

— Je ne comprends pas ce que vous voulez dire

— Eh bien! c'est à vous, paraît-il, que je vais devoir de ne plus sortir sans être accompagnée d'un duègne!...

— Ah! c'est de cela qu'il s'agit? fit l'aliéniste en riant.

— Oui, c'est de cela! Vous êtes soupçonneux. Vous auriez fait un bien mauvais mari.

— Aussi ne me suis-je pas marié.

— Et vous croyez, pour la sécurité des époux en général, à l'efficacité d'une surveillance?

— Ma foi! non. Aussi n'est-ce que pour la forme que je la demande.

— En ce qui me concerne, piètre garantie que vous auriez avec Rosalie, qui passerait dans le feu pour moi et par conséquent trahirait la terre entière plutôt que de me desservir.

— Avec vous, il n'y a pas besoin d'autre garantie que vous-même.

— Ah! voilà une fin qui est un peu meilleure et qui corrige le commencement. Mais, croyez-moi, avec les femmes la confiance est encore la plus habile des politiques.

Ils furent interrompus par l'approche de Rameau; mais de cette conversation, Talvanne emporta un pénible souvenir. Il avait trouvé Conchita nerveuse, âpre, cassante. Elle touchait évidemment à une crise. Le vide fait dans son existence par la mort de sa mère n'était comblé par rien. Aux heures des rêves troublants et des dangereux désirs, elle ne rencontrait pas auprès d'elle l'enfant qui, par ses baisers, fait oublier toutes les déceptions et, de ses petites mains, chasse toutes les chimères. Elle était seule et, entre son mari et elle, les plus graves désaccords s'étaient produits. Si peu qu'il eût l'expérience des femmes, le bon Talvanne se faisait toutes ces réflexions, et, ami dévoué, attentif et sagace, il redoutait les plus sérieux dangers pour la tranquillité de celui auquel il eût, sans hésitation, sacrifié son propre bonheur.

Il voyait avec satisfaction, pour la première fois de sa vie, Munzel

venir régulièrement à l'heure du dîner ou dans la soirée. Jugeant les
autres d'après lui-même, il se disait : « Tant qu'il affrontera le regard
de Rameau, c'est qu'il n'aura rien à se reprocher. » S'il avait lu dans
le cœur du peintre et dans celui de Conchita, sa sécurité aurait été
singulièrement troublée.

Depuis que la jeune femme avait commencé à poser, Munzel n'était
plus le même. Sa mélancolie avait disparu pour faire place à une vive
gaieté. Il s'était montré jeune, expansif, enthousiaste, et Conchita
avait vu, avec surprise, se révéler à ses yeux un Frantz qu'elle n'avait
jamais connu. Assise dans la clarté du grand vitrail, qui versait sur
son front une lumière crue, elle laissait le peintre lui parler de son
enfance, de sa famille, de ses sœurs et de son vieux père, le
maître de chapelle de Stuttgard, qui maintenant occupait ses loisirs à
écrire des messes pour la fête du roi. Puis c'étaient les excursions
en Hollande, en Espagne et en Italie, les journées entières passées
dans la contemplation des chefs-d'œuvre, au musée d'Amsterdam
ou au palais Pitti ; les délicieuses promenades nocturnes en gondole
sur les canaux de Venise, dans l'air tiède, sous le ciel criblé
d'étoiles, en suivant les barques chargées de musiciens et de chanteurs qui donnaient la sérénade à toute la ville, et les longues stations,
dans l'admiration recueillie, à Saint-Marc, au milieu des splendeurs.

Avec quelle délicieuse attention la jeune femme écoutait le peintre,
pendant qu'il exprimait d'une voix douce, un peu chantante, et le
regard allumé d'une flamme mystique, ses sensations d'artiste parmi
les chefs-d'œuvre de la pompe sacrée ! Elle se sentait enveloppée de
l'ombre des hauts piliers de marbre, baignée de la fraîcheur qui tombait des voûtes où étincelaient les saints des fresques, pénétrée de la
poésie sublime qui se dégageait de ces séculaires merveilles, au-dessus
desquelles planait, éternellement dominante, l'idée de Dieu. Une douceur exquise était en elle de ne pas craindre qu'un mot railleur, sortant des lèvres de Frantz, vînt détruire sa confiante sécurité. Elle se
trouvait en communion d'âme avec lui. Il pensait comme elle, respectait, adorait, priait comme elle. Sa sincérité un peu déclamatoire
et quelquefois naïve la ravissait. Elle comparait cette ingénuité char-

mante à la dure sagesse de Rameau. Et la scientifique précision de l'un lui paraissait horrible à côté de l'idéalisme nébuleux de l'autre.

Munzel, lui, sans arrière-pensée, ouvrait son esprit et son cœur à Conchita, comme autrefois il les avait ouverts à Rameau. Il ne s'était point interrogé sur la nature des sentiments qui l'entraînaient. S'il avait dû s'avouer à lui-même qu'il aimait la femme de son ami et qu'il s'efforçait inconsciemment de la séduire, il se serait détourné avec horreur. Sur la pente rapide où il était déjà emporté, il allait en aveugle, se grisant de paroles, s'énivrant de sentiments et ne s'apercevant pas que tout ce qu'il disait avait un écho dans le cœur de Conchita. Il était, depuis longtemps, froissé de la préférence qu'elle marquait pour Talvanne. Il avait toujours essayé de se faire bien venir, sans pouvoir y réussir, et, se sentant en faveur, il en profitait de son mieux. Si quelqu'un lui avait dit brusquement : « Mais c'est une cour en règle que vous faites, » il serait tombé de son haut. Puis, rentrant en lui-même, éclairé par ces paroles, il eût bien été obligé de se rendre compte de l'état de son esprit. Mais personne n'était là pour l'avertir. Talvanne s'écartait systématiquement, Rameau avait une imperturbable confiance et Conchita était trop peu expansive pour lui donner l'éveil par un abandon de son habituelle froideur.

Car rien, dans l'attitude de la jeune femme, n'avait changé et n'indiquait une transformation de ses sentiments. Elle écoutait beaucoup et répondait peu. Son visage grave et ses yeux calmes ne réflétaient pas l'émotion de sa pensée. Et même, lorsqu'elle était délicieusement prise par un récit de Munzel, elle n'exprimait qu'un sympathique intérêt. Pour le peintre, habitué à l'indifférence, c'était un triomphe. Mais combien loin il devait être de soupçonner le trajet qu'il avait fait dans l'imagination de son modèle !

Ils passaient les journées l'un près de l'autre, causant de toutes choses étrangères au sujet qui les occupait le plus, prononçant des paroles dans lesquelles le mot décisif ne figurait pas, et cependant pleins, tous les deux, d'un trouble mystérieux qu'ils ne cherchaient point à définir. Il semblait qu'ils missent du raffinement à s'attarder dans cette ignorance presque systématique et que, s'entendant sans parler, ils eussent une grande jouissance à retarder le moment où ils se trouveraient en face de la réalité. Pourtant il était impossible qu'une circonstance ne se produisît pas qui les éclairât. Mais peut-être cette lumière soudaine, jetée sur l'obscur problème de leur cœur, viendrait-elle trop tard.

Au travers de ces complications morales, le travail matériel marchait et le portrait était presque terminé. Fait singulier : à mesure que l'œuvre gagnait en perfection, et elle était vraiment remarquable, le peintre s'assombrissait, de jour en jour plus taciturne, comme si l'achèvement de son travail devait amener pour lui un désastre. Conchita avait remarqué ce changement d'humeur et, bien qu'elle eût à en souffrir, puisqu'à la joyeuse effusion et à l'affabilité charmante de Munzel avaient succédé un mutisme attristé et une âpre amertume, elle ne s'en plaignait pas et même semblait en être satisfaite. Elle affectait une tranquillité et une gaieté qui avaient le don d'irriter tout à fait le peintre. Alors elle riait, le piquait et cherchait à lui faire perdre complètement son sang-froid. Mais il se taisait et la séance s'achevait morne. Quelquefois cependant Frantz, surexcité, se mettait à parler avec feu, comme s'il voulait répandre hors de lui le trop-plein de sa pensée et Conchita l'écoutait, oubliant de railler, captivée par le récit, et surtout par le geste, l'accent et la voix du conteur.

Il ne devait plus y avoir que quelques séances. Un jour, en arrivant, elle avait trouvé Munzel plus sombre que d'habitude. Elle était elle-même lasse et comme inquiète. Elle avait fait quelques tentatives pour dissiper l'humeur maussade du peintre, mais n'avait pu y réussir. Les phrases lui venaient pesantes et avec fatigue. Une sorte de torpeur la tenait concentrée et il lui fallait s'efforcer pour ne pas rester muette. Frantz, assis devant son chevalet, ne laissait échapper que de rares paroles et travaillait d'un air absorbé. La jeune femme, après un assez long silence, se hasarda à dire :

— Il me semble que le portrait est très avancé... Sera-t-il bientôt fini?

Munzel lui lança un regard de reproche, et d'un ton amer :

— Votre supplice s'achève, rassurez-vous. Aujourd'hui, j'aurai terminé... J'aurais pu, depuis quelques jours, me passer de mon modèle... Mais j'ai eu l'égoïsme de vous faire venir... Vous voyez que je suis franc. M'en voulez-vous?

Elle secoua sa belle tête brune et répondit :

— Non.

Puis, se levant et venant se placer derrière le peintre :

— Même, ces séances vont me manquer... Je m'étais habituée à passer ma journée ici...

Sans qu'il se retournât, elle le vit pâlir. Il plia le dos et se pencha sur sa palette, qui tremblait dans sa main. Elle crut qu'il allait parler et, dans la crainte de ce qu'il pourrait dire, elle reprit avec volubilité :

— Rosalie, ma vieille bonne, qui m'attend en travaillant avec votre domestique, me faisait la même observation :

— Madame, dorénavant qu'est-ce que nous allons faire de nos après-midi ?... Voyez quelle place un portrait tient dans l'existence!

Elle se mit à rire. Lui, très grave, la laissa dépenser sa faconde et user ses nerfs; puis, quand elle fut silencieuse :

— Vous parlez de vous, fit-il très lentement, mais que dirai-je donc de moi? Cette intimité charmante, qui me ravissait, va cesser. Après vous avoir eue toute à moi, je vais vous perdre, et je ne vous retrouverai jamais telle que vous avez été pendant ces quelques semaines qui m'ont paru si courtes. Avant de vous voir ici, je ne vous connaissais pas. Vous vous étiez toujours montrée, pour moi, rigoureuse, sinon hostile, et je n'aurais pu soupçonner toute la grâce et toute la bonté qui sont en vous... Ces jours, si vite passés, sitôt perdus, compteront parmi les meilleurs instants de ma vie... Personne ne soupçonnera combien ils auront été remplis de satisfaction et de joie... Mais c'est fini, vous allez vous éloigner. Cet atelier, que vous animiez de votre présence, redeviendra triste. Ce portrait, après vous, partira d'ici et, de tout ce bonheur, il ne me restera rien qu'un souvenir.

La voix douce et un peu grêle, qui charmait la jeune femme depuis un mois, se brisa comme dans un sanglot. Machinalement, Conchita appuya la main sur l'épaule de Munzel pour le calmer, le consoler,

IL APERÇUT CONCHITA ET FRANTZ (PAGE 733)

lui faire comprendre combien elle partageait sa peine. Il ne se retourna pas. Du bout de la brosse, sur la toile, il posait dans la main de la jeune femme une touffe légère de ces fleurs bleues d'Allemagne, qu'il avait déjà fait ciseler sur la plaque du coffret dans lequel était enfermé le portrait de Mme Etchevarray. Et ce sentimental myosotis, qui résumait si bien tout le caractère de Frantz, semblait dire à Conchita : « Tu m'auras sans cesse sous les yeux, et de la sorte, tu ne pourras pas oublier celui qui souhaite uniquement que tu penses à lui. »

Un attendrissement soudain gonfla le cœur de la jeune femme, des larmes, qu'elle ne pouvait s'expliquer et qu'elle ne savait pas retenir, coulèrent de ses yeux et tombèrent chaudes sur le bras du peintre. Il se retourna vivement et leurs regards se rencontrèrent avec tant d'ardeur qu'on eût dit qu'ils ne pourraient plus jamais se détacher l'un de l'autre. Un silence lourd planait sur eux. Nul bruit voisin, ni paroles, ni pas, pour leur rappeler qu'ils n'étaient point seuls sur la terre et qu'il leur fallait compter avec les principes, les lois, les conventions du monde; qu'il y avait un ami, un mari qui se fiait à leur fidélité, à leur dévouement, et qu'il serait infâme de le tromper. Ils ne voyaient plus que la flamme qui jaillissait de leurs yeux, les baisers qui fleurissaient sur leurs lèvres, l'amour qui les enveloppait tout entiers, irrésistible et vainqueur.

La bouche de Frantz s'ouvrit pour prononcer le mot irrévocable : « Je t'aime! » Une sorte de force intérieure le retint. Il eut une commotion au cœur, dans son affolement, et le vague sentiment qu'il était sur le point de commettre un crime. Son honneur chancelant se révolta et, comme pour rompre le charme, le peintre se leva. Il regarda la jeune femme, qui était aussi pâle et aussi tremblante que lui, et balbutia ces paroles :

— Nous sommes fous !

Il passa la main sur son front et marcha vers la fenêtre qu'il ouvrit, pour laisser s'échapper les subtils et enivrants poisons qui lui troublaient le cerveau. Il s'accouda et baigna son visage brûlant dans l'air frais des jardins paisibles qui s'étendaient derrière la maison. Irrésistiblement, Conchita silencieuse vint s'appuyer auprès de lui. De pénétrantes senteurs de terre, échauffée par le premier soleil du printemps, montaient jusqu'à eux. Les gazons verdissaient, les bourgeons éclataient de sève aux branches des arbres, les oiseaux se poursuivaient dans la feuillée en battant des ailes, une ardeur secrète dévorait la nature et, autour d'eux, tout était amour. Frantz voulut se détourner et fuir. Devant lui, il vit la jeune femme, les yeux vagues, les lèvres plissées comme une fleur qui se pâme. La respiration s'embarrassa dans sa gorge, un feu dévorant brûla sa poitrine, il lui sembla que le soleil descendait vers lui pour l'aveugler. Sans parler, il saisit dans ses bras un corps qui s'abandonnait et, éperdu, il oublia tout.

A compter de cette heure, Talvanne cessa de rencontrer Munzel rue Saint-Dominique, et l'inquiétude qui était en lui devint plus violente. Il observa Conchita, mais elle fut impassible. Les femmes ont au plus haut degré le don de dissimuler leurs impressions. Là où un homme se trahira, une femme demeure insoupçonnée. Cependant le peintre ne venait plus chez son ami, et l'aliéniste voyait, dans cet éloignement, l'indice d'une culpabilité qu'il eût voulu établir et qui lui faisait horreur. Rameau, lui, acceptait les prétextes donnés par le peintre, mais maugréait d'être privé de sa présence. Un jour, en arrivant à l'Académie de médecine, le docteur, profitant de ce que la séance n'était pas commencée, alla s'asseoir à côté de Talvanne et lui dit :

— Je vais, en sortant d'ici, à l'atelier de Frantz pour voir le portrait. Veux-tu m'accompagner ?

Et, comme l'aliéniste faisait la grimace et ne répondait pas :

— Tu n'es pas aimable, sais-tu bien ! reprit le docteur. Quand ça ne serait que pour ma femme, tu pourrais faire un effort de politesse. Tu n'as pas l'air de te soucier le moins du monde d'une œuvre dont l'achèvement parfait l'intéresse... Elle le remarquera...

— Soit ! fit Talvanne, j'irai.

— A la bonne heure.

Après la séance, pendant que le docteur descendait, il fut arrêté par un de ses collègues et bloqué dans une embrasure de fenêtre. La conversation se prolongeant, Talvanne faisait les cent pas dans la galerie en attendant son ami. Mais, au bout de quelque temps, Rameau vint à lui, l'air soucieux :

— Je ne peux pas partir avec toi... Je viens d'être pris par Bonneuil ; il va falloir que je l'accompagne chez un malade...

— Une grave opération?

— Très grave. Il n'ose pas la pratiquer seul... Rends-moi le service d'aller chez Frantz et de prévenir Conchita, afin qu'elle ne m'attende pas... Si je ne suis pas de retour à la maison à l'heure du dîner, qu'on se mette à table sans moi.

— Bien.

Rameau serra la main de son ami et partit avec son collègue. Derrière lui, Talvanne descendit et se dirigea vers l'atelier de Munzel. Chemin faisant, il songeait. Dans sa pensée, les diverses phases de son intimité avec le peintre s'évoquaient, et, toujours il retrouvait le sentiment de défiance instinctif, et jusqu'alors injustifié, qu'il avait éprouvé à l'égard de Frantz. Il grommela entre ses dents :

— Cela a tenu à la forme de son crâne, au début... Ce sous-brachycéphale, doté de toutes les protubérances égoïstes, de tous les instincts sournois, ne m'a dit rien qui vaille... Il tient du coucou, oiseau paresseux et voleur, qui fait ses œufs dans le nid des autres... Je l'ai assez répété à Rameau... Il n'a rien voulu voir, ni rien comprendre... Incontestablement, cette race d'hommes a un charme... Il plaît, on l'aime... Moi, pour me faire supporter, j'ai dû m'efforcer, et encore n'y ai-je réussi qu'avec le temps ! Il est vrai que je suis un mésaticéphale, espèce pondérée, avec une tendance à la critique, mais pas trace de mysticisme !

Tout en monologuant, il était arrivé à la maison de Munzel. Ce n'était plus le cinquième étage d'une ruche de peintre que Frantz habitait, mais un petit hôtel entre cour et jardin. Au rez-de-chaussée, sur une belle antichambre, s'ouvraient le salon, la salle à manger et un parloir. Le premier étage, auquel on accédait par un escalier en bois sculpté, comprenait l'atelier très vaste, un fumoir et la chambre à coucher. La porte fut ouverte à l'aliéniste par Rosalie, qui se rendait utile pendant les deux heures qu'elle passait à attendre sa maîtresse. Un franc sourire épanouit son visage à la vue de Talvanne. Elle dit familièrement :

— Ah ! c'est le docteur... Monsieur vient pour voir le portrait? Je ne m'y connais pas, mais je trouve que c'est une merveille... Pour un peu, Madame parlerait ! Si Monsieur veut, je vais l'annoncer... .

— Merci, ne vous dérangez pas : je connais le chemin.

La vieille bonne rentra dans le parloir, et Talvanne s'engagea dans l'escalier de bois qui conduisait au premier étage. Il gagna la porte du fumoir, et là, les sons d'un piano, joué dans l'atelier, frappèrent son oreille. Il murmura:

— Si c'est comme ça qu'il travaille au portrait, les séances peuvent durer !

Malgré lui, il s'arrêta à écouter. C'était une ravissante romance de Mendelssohn que Munzel chantait en s'accompagnant. Le sens des paroles n'était pas distinct, mais l'expression du chant était caressante et tendre. Il ouvrit la porte et pénétra dans le fumoir, dont les fenêtres voilées de stores ne laissaient pénétrer qu'un jour discret. Dans cette demi-obscurité, sur le tapis moelleux qui étouffait le bruit de ses pas, Talvanne resta un instant immobile. La mélodie palpitait sur ces vers amoureux :

> Et sur ta lèvre en fleur
> Je cueillerai les roses...

Soudain, l'accord se brisa, comme si la main crispée avait frappé les dernières notes au hasard ; le son s'éteignit et, dans le silence devenu profond, frémit le bruit d'un baiser. Talvanne se sentit blêmir, un froid mortel passa dans ses veines, il fit brusquement quelques pas, leva, d'une main tremblante, la portière qui séparait le fumoir de l'atelier, et, assis devant le piano, il aperçut Conchita et Frantz au bras l'un de l'autre. Le baiser, dont il avait entendu le doux murmure unissait encore leurs lèvres. Au même moment il distingua la voix de Conchita qui disait : « Qu'y a-t-il donc ? » Et celle de Munzel qui répondait : « Quelqu'un vient. » Alors, épouvanté, comme si c'était lui qui avait commis le crime, Talvanne s'enfuit à travers l'appartement et ne s'arrêta que devant l'escalier, à la rampe duquel il s'appuya pour ne pas tomber.

A peine avait-il opéré cette retraite que Munzel parut et, le reconnaissant, s'écria, avec une satisfaction affectée :

— Eh ! c'est ce cher ami !

Les deux hommes demeurèrent une seconde immobiles, en face l'un de l'autre, se dévorant des yeux ; puis, baissant la tête, Munzel fit passer l'aliéniste devant lui et dit :

— Madame, c'est Talvanne !

Le docteur entra dans l'atelier. Debout près du portrait, tournant le dos au jour, Conchita attendait. Elle attacha son regard sur le visage bouleversé de son ami, puis, d'un geste nonchalant, elle lui tendit la main. Il ne la prit pas et, parlant avec un reste de suffocation :

— Je suis chargé, madame, par votre mari de vous avertir qu'il ne pourra pas venir vous chercher ici et de vous prier de retourner chez vous sans l'attendre.

— Bien, dit Conchita avec tranquillité.

Elle se dirigea du côté du portrait qui, sur le chevalet, était exposé dans un jour favorable.

— Comment le trouvez-vous ? demanda-t-elle.

Le front de l'aliéniste s'assombrit, ses traits se contractèrent et, sans même jeter un coup d'œil sur la toile, il répondit :

— Admirable !

Ses regards se fixèrent menaçants sur Munzel, qui s'efforça de les soutenir avec sang-froid. L'attitude de Talvanne n'avait pas échappé à la jeune femme. Elle devina que si elle partait, laissant les deux hommes en présence, il fallait tout craindre, et, affectant un air riant :

— Puisque mon mari m'abandonne, ainsi qu'à son habitude, vous, ne m'accompagnerez-vous pas ?

— Vous n'avez pas besoin de moi, répliqua sourdement Talvanne, Rosalie est là qui vous attend.

— Je la renverrai et vous viendrez avec moi, dans la voiture.

— Excusez-moi, j'ai disposé de mon temps...

— Vous changerez vos dispositions.

Et, comme Talvanne allait résister encore, sans lui laisser le temps de parler, d'un air impérieux elle ajouta :

— Je le veux.

Il acquiesça de la tête et silencieusement, sans même saluer Munzel, il gagna le fumoir. Elle prit son manteau, son chapeau et, dans un fébrile serrement de main, faisant comprendre à Frantz tout ce qu'elle n'osait lui dire, elle partit. Talvanne était debout auprès de la portière du coupé. Elle monta, le fit asseoir à côté d'elle et dit au cocher : « A la maison. » La voiture roula, et tous deux, Talvanne et Conchita, demeurèrent silencieux, s'observant, hésitant à prendre la parole et sentant bien que le premier qui parlerait allait ouvrir une discussion terrible. Ce fut la femme qui, la première, perdit patience et, audacieusement, fit cesser toute équivoque. Elle regarda Talvanne avec des yeux enflammés, et d'une voix âpre :

— Vous avez eu devant votre ami tout à l'heure une étrange contenance.

— Oh ! pardon, madame, interrompit l'aliéniste, avec une violence qu'il faisait effort pour contenir, mais qui débordait malgré lui, l'homme dont vous me parlez n'a jamais été mon ami, grâce à Dieu !... Je ne me suis jamais mépris sur son compte. Dès le premier jour, il m'a été antipathique et depuis je n'ai point changé... Je l'ai toujours jugé déloyal, menteur et lâche ! Non, non ! Il n'est pas mon ami à moi, mais il est celui de votre mari !

A ces mots, prononcés avec un accent de douloureux reproche, Conchita tressaillit. Une rougeur ardente monta à son front, et, agitée d'une horrible palpitation :

— Talvanne, s'écria-t-elle, que soupçonnez-vous donc ?

— Je n'ai point de soupçons, répondit le docteur, j'ai une certitude. Je vous ai surprise, en arrivant, dans les bras de ce misérable... Oui, vous, vous à qui j'avais voué tant d'affection, de dévouement et de respect, j'ai le désespoir d'être obligé de vous juger avec la dernière sévérité!... Et votre mari, cet homme si grand par l'esprit et par le cœur, qui a pour vous de l'adoration, vous l'avez sacrifié à un Munzel !... A quoi sert d'être supérieur à tous, d'avoir du génie, d'être admiré universèllement, si le premier gratteur de palette venu, avec quelques airs de tête langoureux, quelques phrases creuses et sonores, peut vous voler la joie de votre existence et vous déshonorer! Ah! c'est mal! c'est mal, ce que vous avez fait là ! Nous vous aimions tant! Vous étiez notre préoccupation exclusive, nous ne pensions qu'à vous plaire, à vous rendre heureuse... Et, en un moment, vous avez sacrifié tout cela et à quoi, je vous le demande? Oui, à quoi? Ah ! vous avez été mauvaise et ingrate, et je ne vous le pardonnerai jamais!

Il s'était attendri peu à peu, et sa colère s'était éteinte dans les larmes. Conchita, plus émue de sa douleur qu'elle ne l'avait été de sa violence, n'osait pas parler. Elle le regardait le visage inondé de pleurs, les lèvres tremblantes et, sans pose, se laissant aller à l'excès de son chagrin. Il s'essuya les yeux et, tâchant d'assurer sa voix:

— Et quelle imprudence! Vous exposer à être vue par n'importe qui, par un visiteur, par un valet! Quand je pense que, sans un hasard que je bénis maintenant, votre mari venait avec moi... Et c'était lui qui vous surprenait!... Savez-vous qu'il était homme à vous tuer tous les deux?

Elle dit tout bas:

— Je le sais.

Il se tourna vers elle et, avec plus de douceur:

— Voyons, chère enfant, écoutez-moi, je vous en prie, avec votre cœur et avec votre raison. Il est impossible que vous soyez aussi coupable que les apparences peuvent le faire croire. Vous avez cédé à un entraînement d'une heure, mais vous êtes une bonne et honnête femme. Vous allez vous reprendre, redevenir ce que vous devez être... Voyez tout ce que vous compromettez follement, tout ce que vous perdez, sans compensation véritable. Songez à vous, songez à votre mari...

Le regard de Conchita devint noir sous son sourcil froncé. Son visage prit une expression de haine sauvage, et les dents serrées par

JE VOUS LE DÉFENDS! CRIA CONCHITA, LES YEUX ÉTINCELANTS (PAGE 741)

une contraction violente, les narines pincées par une cruelle angoisse intérieure :

— Mon mari, fit-elle, c'est lui qui est cause de tout! C'est lui qui m'a conduite au mal! C'est lui qui est responsable de ma faute!

— Lui! s'écria Talvanne, lui? C'est monstrueux, ce que vous dites là!

— Cela est! Et s'il était devant moi, à votre place, je le lui crierais et il n'aurait rien à répondre. Comment me ferait-il un crime d'avoir cédé à un entraînement des sens, lui qui ne croit qu'à la matière? Pour lui, les êtres humains ne sont guidés que par leurs instincts. Il les met au niveau de la brute. Par quoi donc aurais-je été arrêtée? Par le sentiment des devoirs? Mais ce sentiment, c'est la conscience, et la conscience, c'est l'âme! Vous savez bien qu'il n'y croit pas! J'ai l'oreille encore pleine de ses ricanements lorsque, pauvre esprit rempli de superstition, comme il disait, j'essayais de défendre ma croyance. Vous avez été témoin de ces scènes, vous preniez mon parti, sans obtenir d'autre résultat que de vous faire bafouer, avec moi, par son orgueilleuse philosophie. Il a abattu, comme à plaisir, toutes les barrières qui m'auraient retenue? Les commandements de mon Dieu me prescrivaient la fidélité et le respect : il m'a déclaré que ce Dieu n'existait pas et que le ciel était vide. Ma mère, dès mon enfance, m'avait enseigné qu'il faut être honnête et bon dans cette vie, afin d'être récompensé dans l'éternité : il m'a prouvé que rien de nous ne subsiste après la mort. Et par quoi a-t-il prétendu remplacer cette foi si consolante et cette crainte si salutaire? Par de vagues principes de morale, variables, puisqu'ils sont la conception d'esprits qui peuvent changer; fragiles, puisqu'ils sont d'essence humaine. Et vous vous indignez parce que je dis qu'il est cause de tout ce qui est arrivé, parce que je le rends responsable de ma faute? Oui, je le répète, s'il y a crime, il est le véritable criminel, et il ne m'en paraît que plus exécrable, car j'aurais pu être aimante, fidèle et dévouée, il a fait tout ce qu'il fallait afin de m'en détourner, et c'est pour moi un immense désespoir.

— Mais il vous a aimée, il vous aime passionnément, s'écria Talvanne, bouleversé par cette confession.

— Oui, parlons-en, de son amour! reprit Conchita avec colère. Qu'a-t-il aimé en moi? Mon corps! Il n'a cherché que ma chair. Il n'a vu que le plaisir de me posséder, parce que j'étais belle et jeune. Matérialiste, sa passion n'a été que pour la matière, et rien de plus banal, de plus abject, de plus outrageant que son désir. Il m'a abaissée au rang d'une fille qu'il prenait quand il était entraîné par ses sens. Il n'a voulu partager aucune de mes aspirations, contenter aucun de mes rêves, il a repoussé tout idéal. Il lui fallait une femme, comme il lui faut à dîner, ni plus ni moins, et il m'a prise. Eh bien! il m'a révoltée, dégoûtée, et voilà pourquoi je répète, non au hasard, mais délibérément, non pour me défendre, mais pour l'accuser, que c'est lui qui a été cause de tout!

Il y eut un instant de silence. La voiture marchait toujours, mais elle et lui ne faisaient pas attention au chemin parcouru. Ils étaient trop pris, l'un et l'autre, par l'importance des paroles échangées. Talvanne était terrifié de ce qu'il entendait. Jamais il n'avait soupçonné que Conchita eût en elle un aussi violent levain d'amertume. Il sentait bien que les arguments qu'elle mettait en avant étaient faciles à réfuter, mais il se rendait compte également des ravages que les théories et la façon d'être de Rameau avaient faits dans l'esprit de la jeune femme. Et, avec son bon sens, il enrageait de voir la cause de son ami si bonne, sans pouvoir nier qu'il n'eût commis toutes les imprudences et toutes les fautes qui devaient amener le désastre.

Que de fois il avait discuté avec lui les effets destructifs du matérialisme sur l'esprit des femmes! Du moment que tout était enfermé, pour l'humanité, entre les bornes étroites de la naissance et de la mort, du moment qu'on ne devait espérer rien après la vie, y avait-il, ici-bas, un autre but que le plaisir à outrance? Le mot d'ordre de l'existence devenait : jouir. Il n'était plus question ni de devoir ni de sacrifice. Tout ce qui n'offrait pas une satisfaction immédiate et réelle n'était que duperie. Et on aboutissait ainsi au relâchement complet de la morale, à la licence aimable qui faisait de l'adultère le contentement tout simple d'un instinct sexuel.

La jeune femme l'arracha à sa méditation. Elle lui dit :

— N'allez pas croire cependant que je m'absolve, parce que j'accuse mon mari. Il n'a rien fait pour m'attacher à lui par un lien indestructible, il a risqué de détruire en moi les pures croyances de ma jeunesse, mais il n'y a point réussi. Je crois en un Dieu sévère et juste qui défend les fautes et les punit. Je me sais donc coupable et j'en souffre cruellement. J'ai subi un entraînement, parce que je n'ai pas été protégée contre ma propre faiblesse, mais je me maudis d'avoir été faible, et je n'ignore pas qu'il me faudra expier.

A ces mots, Talvanne releva la tête :

— Et commet expierez-vous ?

— Le sentiment de ma déchéance ne sera-t-il pas une torture pour moi? Si je n'avais pas le regret amer de ma faute, pensez-vous que j'accuserais ardemment mon mari de n'avoir pas fait tout ce qui pouvait m'empêcher de la commettre? Mais ce n'est pas tout. J'ai gardé la sincérité de mes croyances et je tremble à la pensée du châtiment. J'aurai un jour de terribles comptes à rendre.

— Alors, si vous avez tellement vif le regret de la faute, vous devez être décidée à n'y plus retomber.

Le visage de Conchita exprima le plus grand abattement, ses mains furent agitées d'un tremblement.

— Que me demandez-vous donc?

Il la regarda avec sévérité, et d'une voix ferme :

— De ne jamais revoir Munzel.

Elle murmura d'une voix faible :

— En aurai-je le courage?

— Il sera nécessaire que vous l'ayez.

— Et si ce que vous exigez est au-dessus de mes forces? Vous ne soupçonnez pas quelle influence il a sur moi. Il s'est emparé de ma pensée, il me possède moralement de la façon la plus complète. Mon esprit s'est identifié avec le sien, et mon cœur répond à sa voix comme un serviteur à son maître. Tout ce qu'il rêve, tout ce qu'il désire, tout ce à quoi il aspire, je le rêve, je le désire, j'y aspire. Je ne suis qu'un écho de lui-même. Nous avons les mêmes goûts, les mêmes sympathies, les mêmes croyances. Et jamais femme ne fut plus faite pour appartenir à un homme que moi pour être à lui. Depuis que je l'ai rencontré pour la première fois, j'avais la notion confuse de cet accord de nos deux natures et, instinctivement, je me détournais de lui, je faisais tout pour l'éloigner de moi. Une volonté indépendante de la mienne nous a rapprochés ; en un instant, nos âmes se sont reconnues et sont allées l'une à l'autre. J'ai tout oublié, tout parjuré. Je n'étais plus moi, j'étais lui, et je ne comprends pas par quel moyen j'aurais pu résister. Comment voulez-vous que je m'engage à être plus forte à l'avenir ?

— Prenez garde, s'écria Talvanne, exaspéré par cette déclaration passionnée ; si vous n'avez pas la force de vous éloigner de lui, j'aurai, moi celle de l'éloigner de vous. J'ai pu vous parler, avec douceur, parce que j'ai pour vous l'affection véritable d'un père pour sa fille, mais j'ai horreur de votre faute, et supporter qu'elle se perpétue ce serait m'en rendre complice. N'espérez pas que j'aie cette faiblesse. Je vous ai laissée développer vos griefs tout à l'heure. Mais ne croyez pas que vous m'ayez fait oublier ceux qu'a votre mari. Il suffirait d'un mot pour l'éclairer, et la situation deviendrait terrible. Ne m'obligez pas à en venir à de telles extrémités. Donnez-moi le droit de respecter son repos et d'assurer le vôtre. Je vais, en vous quittant, retourner chez Munzel...

— Je vous le défends ! cria Conchita, les yeux étincelants. Pas d'explications entre vous et lui... Je vous ai forcé à me suivre pour éviter toute querelle...

— Alors, éloignez-le, faites-le partir. Il est libre, et sa fantaisie d'artiste peut suffisamment lui servir de prétexte. Il faut qu'il ne soit plus exposé à se trouver en face de Rameau. Celui-ci souffrira de son absence, car il l'aime. C'est l'éternelle et navrante comédie humaine ! Acceptez-vous ces conditions ?

— Je les subis.

— Veillez, en tous cas, à ce que ce départ n'ait pas lieu brusquement et sans préparation. Nous aurons tous un rôle à jouer pour que votre mari ne soupçonne rien. Et c'est là l'important. Un homme tel que lui, si utile à ses semblables, ne doit pas être à la merci d'un malheur vulgaire qui pourrait obscurcir son admirable intelligence. L'époux a été sacrifié, au moins ayons le respect du savant.

Conchita hocha gravement la tête :

— Prenez garde, Talvanne, s'attacher à lui c'est aller au-devant du danger. L'athée attire la colère du ciel... Tout ce qui l'entoure sera frappé par le malheur! Pour moi, ce sera un juste châtiment, mais pour vous...

L'aliéniste regarda la jeune femme ; puis, avec un tranquille sourire :

— Advienne que pourra, madame. Depuis vingt-cinq ans, j'aime Rameau comme un frère et, croyez-moi, je suis bon catholique, mais je vous atteste que j'aimerais mieux aller en enfer avec lui, qu'en paradis avec quelqu'un que je sais.

La voiture tournait dans la cour de la rue Saint-Dominique. Talvanne descendit, offrit la main à la jeune femme avec un tendre respect et tous deux entrèrent dans la maison.

V

Quelques semaines plus tard, l'ouverture du Salon eut lieu et l'œuvre de Munzel triompha. Certes, jamais le talent du peintre n'avait
atteint à une telle perfection et, avec justice, on put crier au chef-
d'œuvre. Exposé dans le salon d'honneur, le portrait de Conchita
attirait invinciblement les regards. Toute en noir, son front pâle étincelant sous ses cheveux ondés, ses grands yeux levés vers le ciel avec
un air d'extase, la jeune femme était d'une beauté sublime. De sa
manche ouverte au coude, son bras nu sortait, retombant sur les plis
de la robe. Sa main tenait, comme distraitement, la petite touffe bleue
de « ne-m'oubliez-pas », seule note claire de ce tableau sombre. Le
cadre était d'ébène, tout semblait porter le deuil.

Rameau, ravi du triomphe de son ami, n'eut pas cependant un bonheur complet. Munzel n'était pas là pour goûter les premières joies
de la popularité. Une lettre de son père l'avait subitement appelé à
Stuttgard, depuis un mois déjà, et les rares nouvelles qu'on recevait
de lui ne laissaient pas prévoir son retour. Le docteur ne se lassait
pas d'aller regarder le portrait de Conchita. Il aimait à s'arrêter au
milieu des groupes qui se formaient devant la cimaise, et jouissait
délicieusement des louanges accordées à la beauté de sa femme et au

talent de son ami. Bientôt reconnu, car sa stature herculéenne et sa tête de lion ne tardaient pas à attirer l'attention, il se sauvait pour échapper aux embarras de sa propre gloire. Il lisait avec soin les journaux, notant les éloges, comme s'il se fût agi de lui-même, et il n'admettait pas la moindre critique. Il lui fallait l'unanimité de l'approbation pour cette œuvre qui lui tenait doublement au cœur.

La froideur de Talvanne l'avait indigné. L'aliéniste, conduit devant le portrait, n'avait point formulé de restriction ; il était resté maussade et presque muet. Sollicité par Rameau de donner son opinion, il s'était complu dans l'admiration du modèle et avait gardé une réserve absolue, en ce qui concernait le peintre. Rameau s'était contenu, il n'avait rien dit à son ami : ils étaient entourés de plus de vingt personnes. Mais il l'avait quitté en proie à une irritation qui ne devait point se passer facilement. Le lendemain, Talvanne dînait rue Saint-Dominique. Rameau, dans la soirée, lui demanda brusquement compte de ce qu'il appelait son parti pris :

— Je vois bien que tu n'es pas satisfait, dit-il, et je voudrais t'entendre expliquer, une bonne fois, ce qui ne te plaît pas dans ce portrait...

A ces mots, Conchita, qui travaillait près de la table, tressaillit et ses mains, qui tenaient le crochet et le fil, s'agitèrent. Un regard, aigu comme une flèche, jaillit de ses yeux, et elle releva la tête pour ne pas se trouver dans la clarté de la lampe.

Comme Talvanne faisait la sourde oreille, cherchant à éviter une discussion qu'il sentait devoir facilement tourner à la violence, Rameau reprit avec vivacité :

— Oui, que lui reproches-tu à ce portrait ? Si tu t'imagines que je n'ai pas compris ton silence, quand je t'ai conduit le voir à l'Exposition, et que je ne sais pas la valeur de tes mines, quand on en parle devant toi ? Tu n'es pas peintre, alors qu'est-ce que le succès de Munzel, car il est immense et indiscutable, oui, qu'est-ce que ce succès peut te faire ? Mais je suis bien bon de te questionner, je devrais depuis longtemps être fixé sur ce point-là : tu as toujours été jaloux de Frantz !

MUNZEL, EST-CE QUE TU NE M'AIMES PLUS? DIT-IL DOUCEMENT (PAGE 750)

— Moi ! cria Talvanne en se levant avec violence. Moi? je...

Il fit un geste indigné, ouvrit la bouche, prêt à révéler sa pensée cachée. Il regarda Conchita, hocha lentement la tête et, soudainement calmé :

— C'est de la peinture qui ne me plaît pas, voilà tout, dit-il. Je n'y trouve rien de franc ni de sincère. De l'artifice, du truc... Un art hypocrite et déloyal !

Il articula ces mots comme s'il en avait souffleté un ennemi.

— Ajoute : comme lui ! interrompit Rameau avec amertume. Il faut que tu manques de cœur pour parler ainsi, devant moi, d'un homme que j'estime et que j'aime.

— Admettons que je manque de cœur, dit froidement Talvanne.

Il dirigea ses yeux du côté de Conchita. Elle travaillait, de nouveau très calme, comme indifférente, les paupières baissées. Au bout d'un instant, pendant lequel régna un lourd silence, la jeune femme se leva, fit un tour dans le salon et, tendant le front à son mari :

— Je suis fatiguée, je monte... Et puis, vous n'êtes pas amusants avec vos discussions...

Elle donna la main à Talvanne et sortit.

— Tu vois, tu as fait partir Conchita, reprit Rameau à son ami. Elle n'a pas voulu te dire qu'elle te trouvait stupide et inconvenant, elle a préféré s'en aller.

— Bon ! bon ! grogna l'aliéniste, en s'allongeant dans un fauteuil... Je ferai demain ma paix avec elle...

— Elle a besoin de ménagements, reprit Rameau... A toi, je ne te cache rien... Je puis donc te confier notre espoir... La nature bienfaisante remplace ce qui meurt par ce qui naît. Elle a pris à Conchita sa mère, elle lui rend un enfant.

Talvanne demeura immobile, on eût dit qu'il était pétrifié. Ses gros sourcils se rapprochèrent seulement un peu et il parut plongé dans une laborieuse rêverie.

— Voilà comment tu accueilles une nouvelle qui me comble de joie ? fit Rameau après un silence. En vérité, je me demande, par instants, si tu as la moindre affection pour moi et si tu n'es pas le plus détestable égoïste qu'il soit possible de rencontrer...

Un enfant dans cette maison, ce sera du mouvement, du bruit. Cela va te déranger, n'est-ce pas? Tu ne l'appelles pas de tous tes vœux, toi, ce petit être dans lequel on se survit, sur la tête duquel on fait reposer toutes ses espérances d'avenir, qui est la joie de vos derniers jours, qui vous adoucit la mort et vous ferme les yeux... Un enfant! Ce sera un intrus. Pourquoi vient-il?

Rameau s'était levé, il marchait, secouant sa rude chevelure et bombant ses puissantes épaules. Il sentit qu'une main l'arrêtait. Il vit Talvanne devant lui, Talvanne un peu pâle, qui souriait avec des larmes dans les yeux.

— Non, ce ne sera pas un intrus, dit-il avec émotion, cet enfant que tu désires et que tu demandes. Il suffira que tu l'aimes, mon bon Rameau, pour qu'il me soit cher. Si c'est un garçon, sois tranquille, je t'aiderai à l'élever et à l'instruire. Il sera à nous, bien à nous, rien qu'à nous. Il grandira sous nos yeux. Nous en ferons un savant, comme son père, et, pour lui, nous aurons des ambitions que nous n'avons pas pour nous-mêmes.

— Ah! mon brave Talvanne, je te retrouve! s'écria Rameau, en étouffant son ami entre ses bras.

L'aliéniste se dégagea, et doucement:

— Mais si c'est une fille?

— Eh bien! nous lui souhaiterons de ressembler à sa mère. Ce sera suffisant.

Un nuage assombrit de nouveau le front de Talvanne. Mais la verve joyeuse de Rameau fit une heureuse et prompte diversion. Et causant, fumant, les deux amis passèrent le reste de la soirée à former de ces beaux projets qui charment l'heure présente, mais que l'avenir réalise si rarement.

Conchita eut une fille, qui fut nommée Adrienne par Talvanne, son parrain. Munzel, qui voyageait depuis trois mois en Grèce, envoya ses plus tendres vœux pour l'enfant qui venait de naître et de superbes bracelets anciens pour la mère. Rameau fut triste de ne pas avoir son ami auprès de lui, le jour du baptême; mais la satisfaction rayonnante de Talvanne le dédommagea. L'aliéniste s'était pris d'une véritable adoration pour ce petit être, blanc et rose, qui souriait dans son berceau. Il s'asseyait, penché sous les rideaux, et regardait dormir sa filleule. Il fallait se fâcher pour l'empêcher de la prendre dans ses bras et de la dodiner. Il lui faisait la conversation et l'enfant connaissait si bien le vieux garçon, qu'elle se mettait à rire dès qu'elle le voyait.

— Tu seras ma fille, lui disait-il; je ne suivrai pas l'exemple de ton papa qui s'est marié, je resterai célibataire, et tu n'auras pas de rivale dans mon cœur. Tu seras très belle, et je me promènerai avec toi, et nous nous arrêterons à toutes les boutiques, car moi, je ne suis pas un homme illustre : j'aurai des loisirs, et je me mettrai à tes ordres. Tu seras heureuse, je te le promets. Le vieux Talvanne sera là pour assurer ton bonheur. Dors, ma mignonne, et fais de beaux rêves: au fond, c'est peut-être ce qu'il y a de meilleur dans la vie.

Rameau écoutait, en souriant, et il aimait un peu plus Talvanne pour la tendresse qu'il témoignait à l'enfant. Il lui disait quelquefois:

— Tu es un étonnant animal! Tu t'empares de ma fille, tu m'ex-propries, je n'existe plus! Sois raisonnable, laisse-m'en un peu.

— Tu ne connais rien aux enfants, grondait l'aliéniste, va faire tes cours.

Et il mettait Rameau à la porte. Conchita, comme une reine glo-rieuse d'avoir assuré l'avenir de la dynastie, se prélassait dans le grand luxe dont l'entourait son mari. Elle s'était épanouie, radieuse de beauté, et contribuait pour une large part à attirer, dans l'hôtel de la rue Saint-Dominique, la foule qui se pressait aux réceptions du grand homme. C'était au dernier temps du règne impérial. L'opulence battait son plein dans Paris en joie. Une ville neuve, large et bril-lante, faite de palais sculptés dans la pierre et le marbre, était sor-tie, comme par enchantement, de la ville ancienne, noire et tortueuse.

La somptuosité des mobiliers avait répondu à la splendeur des habitations et l'industrie, pour orner le Paris moderne, avait produit les plus belles étoffes, les meubles les plus élégants. Ce n'était pas le meilleur goût qui avait présidé au choix de ces merveilles, mais c'était la suprême richesse qui les avait payées. Tout était riche alors, dans Paris brillant et superbe, ou du moins tout paraissait l'être. On ouvrait les fenêtres grandes pour jeter l'argent en cascades. Et jamais le veau d'or n'assista à une ronde semblable à celle qui se dansait, avec le tintement des écus pour musique.

Rameau se prêta aux fantaisies de sa femme et fit de son hôtel un véritable musée. Il y donna ces fêtes, dont les journaux parlèrent presque autant que de ses ouvrages. Il fut heureux. Cependant un point noir assombrissait son ciel. Depuis deux ans, Munzel n'avait fait que toucher barre à Paris, pour repartir aussitôt vers des pays lointains. On l'avait vu rue Saint-Dominique froid, cérémonieux et comme gêné. Ses façons d'être, avec Rameau et avec Conchita, avaient complètement changé. Dans leur maison, il semblait être au supplice. Il regardait à peine la petite Adrienne et, pour qu'il l'embrassât, il fallait qu'il ne pût pas faire autrement. Ce qu'il y avait de plus surprenant, pour Rameau, c'est que Talvanne paraissait trouver cet éloignement tout naturel.

— Les peintres, vois-tu, disait l'aliéniste à son ami, ne sont saisis que par la valeur extérieure des choses et des êtres. Pour eux, le fond n'est rien. La forme est tout. Quel intérêt veux-tu que Munzel prenne à une gamine, qui a un nez camard, des yeux écarquillés, une bouche sans dents et presque pas de cheveux? Il n'étudiera pas l'éveil de l'intelligence dans cette petite cervelle, les progrès de la connaissance dans ce regard étonné. Les bégaiements de cette bouche hésitante l'ennuient. Mais, par exemple, il tombera en arrêt devant une mendiante hâlée, pittoresquement drapée dans ses haillons; il s'en toquera, la peindra et, après, il ne la connaîtra plus : bonsoir! il ne vit que par l'œil. En lui, le reste est nul; et puis, c'est un égoïste féroce, je te l'ai déjà dit autrefois, et l'égoïste n'aime pas les enfants, parce qu'au lieu de s'occuper de lui on s'occupe d'eux. Il s'en va à Palerme. Il s'y trouve mieux qu'auprès de nous. J'en suis charmé pour lui : bon voyage!

Rameau hochait la tête sans répondre, ce qui était nouveau de sa part. Au fond, maintenant, il se demandait si son ami n'avait pas raison et si le peintre n'était pas par trop indifférent. Après la chaude amitié dont il l'avait entouré, comment Frantz pouvait-il si facilement le quitter? Il n'avait donc pas le souvenir des années écoulées? Et son âge mûr allait donc mentir aux affections de sa jeunesse? Comment était-ce possible? Il en vint à penser que Munzel avait quelque chagrin caché. Une telle misanthropie, un éloignement si inexplicable, devaient être causés par une souffrance secrète. Il résolut de ne pas laisser repartir le peintre sans l'avoir interrogé. Et, dans cette intention, il se rendit un matin à son atelier.

Ce n'était plus le blond et pâle Munzel, qu'il avait trouvé, un jour, étendu sur le canapé, roulant dans sa tête des pensées désespérées. Depuis deux ans, le peintre avait grisonné et son visage s'était bronzé sous le soleil d'Orient. Debout sur une haute échelle, Frantz travaillait à un plafond commandé par le roi de Wurtemberg, pour une salle de son palais. En apercevant le docteur, il ne poussa pas, comme autrefois, un cri de joie. Il rougit et, posant sa palette sur la plate-forme, il descendit lentement. Rameau, immobile, le regardait s'approcher, cherchant à découvrir, sur le visage de son ami, quelque indice des troubles mystérieux qu'il soupçonnait. Il le vit correct, un peu compassé mais souriant, qui lui tendait la main. Il la prit et la serrant avec force :

— Munzel, est-ce que tu ne m'aimes plus? dit-il doucement.

A ces mots si inattendus, le peintre frémit, des larmes roulèrent dans ses yeux et, fixant sur le grand homme un regard épouvanté :

— Pourquoi me demandes-tu cela? répondit-il d'une voix tremblante.

— Parce que tu es si changé, depuis deux ans, que je cherche ce qui a pu motiver ta manière d'être. Toi qui vivais auprès de moi, comme un frère, tu t'en vas maintenant, pendant onze mois de l'année, en pays étranger, sans autre raison que ta fantaisie. On dirait que tu me fuis, car, lorsque tu es, par hasard, à Paris, c'est à peine si je te vois, et encore me faut-il, pour cela, faire des instances ou venir te chercher. As-tu du chagrin? Es-tu malade? Dois-je te guérir? Ou puis-je te consoler?

Munzel, sombre et glacé, s'assit sans répondre. Ses regards mornes étaient baissés et, d'une main inquiète, il arrachait brin à brin l'effilé d'un tapis de soie de Chine. Il poussa un soupir, puis très bas :

— Eh bien! oui, je suis malheureux...

Et comme Rameau ouvrait la bouche pour l'interroger :

— Mais tu ne peux... personne ne peut rien pour moi... C'est un mal sans espoir.

— Tu aimes ?

— Oui.

— Et celle qui te fait ainsi souffrir ?

— Je ne peux pas la revoir... Il ne faut pas que je la revoie...

— Elle est à Paris ?

Munzel hésita un instant, mais il répondit pourtant :

— Oui.

— Et c'est pour la fuir que tu t'en vas si loin pendant si longtemps ? Qu'y a-t-il donc qui vous éloigne l'un de l'autre ?

Le peintre fit un geste d'accablement, et d'une voix brisée :

— Ne m'interroge pas davantage, tu renouvelles tous mes tourments. Je ne veux rien dire. Je suis désespéré, voilà tout. Je vais partir, cette fois pour plus longtemps que d'habitude. Je serai peut-être deux ou trois années sans revenir. Mais ne m'accuse pas d'indifférence. Comment pourrais-je oublier tout ce que tu m'as prodigué de soins, de bontés, de tendresses... C'est là ce qui me déchire le cœur... Et cependant il faut que je m'éloigne... Et rien ne pourra me retenir.

Il fondit en larmes et, faible comme un enfant, il appuya sur la robuste épaule de Rameau son front lourd de chagrin. Celui-ci, de sa voix grave, lui donnait des consolations et des encouragements. Mais le peintre, à tout ce que disait son ami, répondait obstinément : « Non. » Ils restèrent l'un près de l'autre pendant deux heures, et le docteur ne quitta l'atelier qu'en emportant la promesse que Munzel ne partirait pas sans venir dîner en famille.

Le lendemain, il reçut une lettre courte et triste, dans laquelle Frantz lui annonçait qu'un événement inattendu l'obligeait à s'éloigner à l'improviste. Il le priait de l'excuser auprès des amis de la rue

Saint-Dominique et lui envoyait ses plus affectueux souvenirs. Conchita écouta la lecture avec une souriante impassibilité. Elle avait sa fille sur les genoux et jouait avec elle. Quant à Talvanne, il haussa les épaules et grommela quelques mots, d'un ton bourru, sur l'ennui qu'il y a à connaître des gens absurdes. Rameau seul eut un véritable chagrin. Leur existence reprit peu à peu son train régulier, et le fugitif, s'il ne fut pas oublié, cessa au moins d'être un sujet de discussion toujours passionnée. Le grand homme continua ses travaux d'anatomie et de physiologie, donnant à la science moderne une impulsion plus hardie. Le révolutionnaire d'autrefois était maintenant considéré unanimement comme un des esprits les plus pénétrants du siècle. Plus heureux que bien des novateurs, il avait la satisfaction de voir ses théories adoptées et glorifiées.

Ses idées s'étaient élargies et comme régularisées en une doctrine haute et grave. Il avait cessé d'être militant, il ne montrait plus la violence d'un sectaire, mais la sécurité calme et ferme d'un maître. Il n'avait rien renié des principes de sa jeunesse, il les professait seulement avec moins d'âpre rudesse. Le feu était aussi vif : il couvait sous la cendre des années. Son cours était extraordinairement suivi et, quand il consentait à faire des conférences à la Sorbonne, les gens du monde assiégeaient la salle Gerson.

Il avait, en même temps qu'une rare clarté d'exposition, un art de développement plein de séduction. La forme de ses conférences était aussi remarquable que le fond. Et, reproduite par la sténographie, ces leçons pouvaient être publiées, presque sans retouches. On l'a comparée souvent à un Michelet scientifique. Il possédait, en effet, le talent d'évocation de cet admirable historien et excellait à donner un corps palpable, une figure tangible aux conceptions les plus abstraites et les plus flottantes. Sa constitution de fer lui permettait, comme au plus beau temps de sa jeunesse, les excès de travail. Il avait fait de sa vie deux parts, l'une pour la famille, l'autre pour la science, et il paraissait être aussi exceptionnellement favorisé d'un côté que de l'autre.

Pourtant il n'était pas complètement heureux. Entre Conchita et

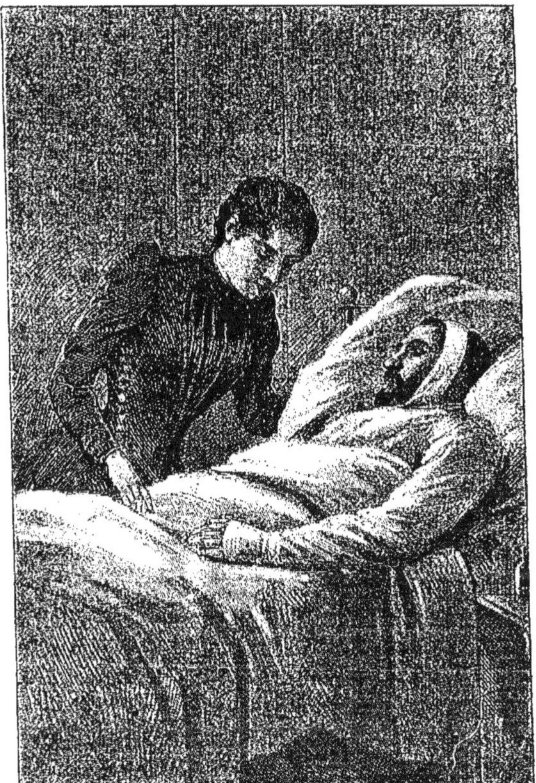

ELLE PASSAIT PLUSIEURS HEURES CHAQUE JOUR, DANS LES SALLES
D'AMBULANCES (PAGE 760)

lui, toujours une ombre s'étendait. Mais plus un mot de discussion, jamais de controverse, entre la religiosité de la femme et la libre-pensée du mari. Ils se redoutaient mutuellement et craignaient d'aborder ces sujets dangereux, qui les avaient si cruellement séparés à différentes reprises. Ils restaient dans leurs positions, comme des combattants lassés, qui ont éprouvé leurs forces respectives et qui ne tiennent plus à livrer bataille, sachant d'avance que le résultat serait indécis.

Conchita cependant redoublait de ferveur et jamais ses pratiques de piété n'avaient été aussi régulières. Avec une facile tranquillité, qui lui venait sans doute de son origine espagnole, elle mêlait le sacré au profane et allait à la messe presque au sortir du bal. Elle soupait très volontiers le samedi, à deux heures du matin, après avoir fait maigre à dîner le vendredi. Sa foi intolérante qui, dans l'ordre moral, offrait comme un ressouvenir affaibli des violences de l'inquisition, était complaisante dans l'ordre matériel. Une femme qui ne remplissait pas ses devoirs religieux lui inspirait de l'horreur, et elle recevait dans son salon des mondaines d'une notoire légèreté. Son mari en plaisantait avec Talvanne, mais il ne se hasardait pas à en rire devant elle.

Il l'adorait, comme aux premiers jours, avec une passion d'homme déjà vieilli, qui a trouvé dans l'amour l'épanouissement d'une nouvelle jeunesse. Peut-être, singulier état d'âme, l'aimait-il un peu plus à cause même de ce fanatisme qui donnait à sa possession comme une violence de lutte. Il la sentait toujours en révolte contre lui, et, quand il l'approchait, elle éprouvait comme un frémissement haineux. Elle n'avait rien fait cependant pour s'éloigner de lui, observant sur ce point la règle de sa religion. Mais elle le subissait, et c'était tout. Lui, bon jusqu'à la faiblesse, acceptait toutes les fantaisies de la jeune femme, la comblait de générosités et faisait couler un fleuve d'or dans ses mains indifférentes. Sa fille était pour lui, sur la terre, la divinité qu'il se refusait à admettre dans le ciel. Il passait des heures entières à causer avec elle, lui expliquait les moindres choses, de cette belle voix profonde qui passionnait ses auditeurs et qu'il s'efforçait d'adoucir afin de se mieux mettre à la portée de l'enfant. Il jouait, ce savant, avec la petite Adrienne, et il oubliait tout : malades, visites, devoirs professionnels, pour obéir au commandement de deux yeux bleus adorés.

Car l'enfant, qui ressemblait étonnamment à sa mère, avait cependant les cheveux blonds et les yeux bleus. C'était Conchita, moins le ton d'ébène des bandeaux naturellement ondulés, moins le noir velouté du regard. Et, élevée comme une princesse, sous la haute surveillance de la fidèle Rosalie, l'héritière de Rameau ne connaissait que la joie et le rire. Elle n'avait jamais pleuré et, quand elle souffrait, son père découvrait quelque secret médical pour calmer sa douleur. Elle avait pour compagnon habituel de jeu, soit dans les allées du jardin, soit aux Champs-Élysées, un petit garçon de douze ans, qu'elle appelait Rob et qui était le petit-fils du docteur Servant.

Des revers de fortune avaient atteint la famille du brave médecin de Logny, et son fils, chef d'escadron d'artillerie, était mort au Mexique, laissant sa femme et son unique enfant dans une situation précaire. Mais Rameau était là et, se souvenant de ce qu'il devait à son vieil ami, il avait fait créer, pour la veuve, une fonction d'inspectrice de la Société maternelle de secours à l'enfance, et, par une supercherie dont l'administrateur s'était rendu le complice, il avait obtenu qu'on doublât les appointements de la place. C'était lui secrètement qui payait la différence. Il s'était, en outre, chargé de l'éducation du petit Robert. « Il sera mon successeur, » disait-il à Mme Servant, et, au fond de sa pensée, en voyant Rob se faire l'esclave patient de la petite Adrienne, d'autres projets d'avenir se formaient, souriants et doux.

Talvanne, arrivé à la cinquantaine, l'air très vieux, avec sa figure rasée, encadrée de cheveux blancs qu'il portait longs, avait vu sa situation grandir avec les années. Comme médecin légiste, maintenant, il était sans rival. Consulté chaque fois qu'un grand criminel tombait sous la main de la justice, il cédait, dans l'honnêteté de son âme tendre, à la manie d'excuser volontiers les assassins en les considérant comme irresponsables. Mais, dans les cas difficiles, sa haute compétence professionnelle s'affirmait par des observations ingénieuses et des conclusions d'une remarquable netteté. Très bon, il profitait de la vogue européenne de sa maison de santé pour faire de secrètes et innombrables charités. Il avait presque autant de pensionnaires gratuits que de pensionnaires payants. Et il s'intéressait bien plus aux pauvres qu'aux riches.

Cet homme parfait avait pourtant une haine: il ne pouvait souffrir les journalistes. Quand, par hasard, un reporter, avide de renseignements, se présentait à son cabinet pour lui faire subir un interwiew, à propos de tel criminel célèbre qu'il avait examiné, ou au sujet de tel pensionnaire en vue dont il s'était chargé, l'aliéniste se hérissait comme un dogue de combat et mettait à la porte l'indiscret, non sans s'être répandu en paroles amères sur l'appétit de scandale et sur l'audacieuse mauvaise foi de tous ceux qui noircissent du papier. Quand il parlait des journaux, c'était avec une horreur indignée, et il résumait généralement son opinion sur eux en disant: « Ce sont des agences d'empoisonnement public. » Au demeurant, il n'eût pas levé le petit doigt, pour restreindre la liberté d'écrire, et, quand un journaliste donnait trop clairement des preuves de folie ou d'imbécillité, il le soignait avec autant de dévouement que si ce malheureux n'eût jamais tenu une plume. Il était aussi heureux qu'un homme peut l'être. Il aimait la science, possédait la liberté et, sans s'être marié, avait une petite héritière qu'il soignait, caressait, comme si elle fût née de lui.

L'existence de cette famille car on peut ranger au nombre des parents un ami tel que Talvanne, s'écoulait ainsi paisible, douce et brillante, quand la guerre éclata comme un coup de tonnerre. En un instant, le décor changea. La ville éclatante, luxueuse et enivrée devint un vaste camp. Les fêtes cessèrent, on n'entendit plus que le bruit des armes. Une agitation fébrile avant la bataille, une stupeur indignée après la défaite, s'emparèrent de cette population, habituée à l'idolâtrie universelle, et qui n'admettait pas qu'on sût lui résister. L'orgueil blessé se tourna en furie. Ne pouvant repousser l'invasion, les Parisiens renversèrent l'Empire. A défaut d'une victoire, ils eurent une révolution.

Certains s'en félicitèrent. Un flot descendit de Belleville et de Montmartre, roula boueux par les rues, brisant les aigles des enseignes, mutilant les façades des monuments et mettant en déroute un gouvernement affolé, qui n'attendait qu'une légère secousse pour s'effondrer. Puis, tout retomba dans le silence morne des lendemains d'orgie. La ville, si habilement disposée pour les fêtes, se prépara pour un siège. Les arbres du bois de Boulogne, à l'ombre desquels, la semaine précédente, roulaient les équipages des élégantes, s'abattirent sur les routes soigneusement sablées. Une virile tristesse remplaça soudain la gaieté insouciante, et il apparut clairement que Paris, après avoir scandalisé le monde par sa folie, allait l'étonner par son héroïsme.

Rameau n'avait pas songé un instant à partir. Son cœur de patriote avait été cruellement atteint par les désastres foudroyants du début de la guerre. Dès le premier jour, il prévit l'investissement de la capitale et prit ses mesures en conséquence. Il fit d'amples provisions de vivres et engagea Talvanne à rendre aux familles un grand nombre de ses pensionnaires. Dans la maison de santé, les deux amis organisèrent une ambulance, où deux cents blessés purent être recueillis. Rameau, désigné à l'attention du gouvernement de la Défense par sa grande illustration, avait été mis à la tête du service des secours. Il avait accepté cette tâche très lourde avec une ardeur généreuse.

Cet homme, doué d'une si merveilleuse puissance de travail et qui ne savait rien faire à demi, donna ses jours et ses nuits à l'œuvre de salut qui lui était confiée. Par le vent, par la neige, vêtu de son costume civil, car il avait horreur de l'uniforme et des galons, l'insigne à croix rouge de la Société de Genève seulement au bras, il allait des hôpitaux aux avant-postes, du Palais de l'Industrie, centre de son service, à l'ambulance de Talvanne : l'œil et la main à tout, réglant les détails de l'administration méticuleusement, s'arrêtant au bord d'un lit pour visiter un pansement, surveillant ses infirmiers, et, au besoin, retroussant les poignets de sa chemise pour faire lui-même une opération difficile.

On le voyait le matin, dans la journée, le soir, au milieu de la nuit, à l'improviste, tenant tout son monde en haleine, avec une activité si prodigieuse qu'on se demandait comment ses forces suffisaient à sa besogne. Il ne s'était jamais mieux porté et aucune trace de fatigue n'apparaissait sur son visage aux traits énergiques. Seulement, il s'était adouci. Ses élèves ne le reconnaissaient plus. Jamais un éclat de voix, jamais une brusquerie de geste, plus de ces boutades terribles, qui faisaient trembler tout le personnel de l'hôpital. Son large front n'était plus coupé par le pli légendaire. On eût dit que les malheurs de la patrie avaient rendu le grand homme plus doux et que voyant, autour de lui, tout le monde souffrir, il s'appliquait à se montrer meilleur. On ne l'entendit pas jurer une fois et il ne secoua jamais rudement le pauvre petit troupier, avant de lui extraire une balle ou de lui couper une jambe. Les chirurgiens et les médecins qu'il avait sous ses ordres disaient :

— Ce n'est plus notre Rameau, on nous l'a changé !

— Et pourtant, c'était bien lui toujours, avec son admirable habileté de main et son ingénieuse recherche des moyens curatifs. La nourriture d'hôpital lui enlevait beaucoup de blessés et il se préoccupait gravement de cet état pernicieux, qu'il combattait vainement avec les saturations phéniquées sans cesse renouvelées. Il parlait à Talvanne de la nécessité de découvrir un désinfectant nouveau d'une puissance irrésistible. Il y pensait continuellement. Et la nuit, dans son laboratoire de la rue Saint-Dominique, des lueurs rougissant les vitres annonçaient aux voisins, à travers l'obscurité profonde, que le savant, penché sur son fourneau, suivait attentivement la composition de quelque mystérieux mélange, qui devait assurer la guérison des blessés.

Un matin, vers trois heures, une détonation effrayante mit en émoi tous les habitants de l'hôtel. Conchita, réveillée en sursaut, accourut avec Rosalie dans le cabinet du savant : là, au milieu d'une vapeur âcre, elle trouva Rameau, les mains déchirées par des éclats de verre, une plaie saignante au front, épongeant sur les dalles un liquide fumant. Il paraissait radieux et, à la lueur de sa lampe de travail, découvrant le visage bouleversé de sa femme et de la servante :

— Ce n'est rien ! Rassurez-vous, cria-t-il gaiement. La dose était un peu trop forte et la cornue a éclaté.

— Mais vous êtes blessé, interrompit Conchita, en lui essuyant le front.

— Une égratignure... Peu importe ! J'ai trouvé ce que je cherchais... Et par raccroc, en tâtonnant... C'était bien simple... et je n'y avais pas songé. On fera honneur de la découverte à la science... Et pourtant elle s'est faite toute seule, comme bien souvent ! Ah ! ah ! si les inventeurs étaient sincères, ils avoueraient qu'ils sont, la plupart du temps, pour bien peu dans leurs découvertes ! Le hasard est le Dieu des savants !

— Ah ! mon ami, dit Conchita, vous pouviez avoir les yeux crevés... Voyez comme vous êtes imprudent !

— Eh ! ma chère, mes yeux, après tout, c'eût été peu de chose à mettre en balance avec la préservation de milliers d'existence... Mais il fait humide et vous allez vous refroidir... Je n'ai plus rien à faire ici... Allons nous coucher...

Le lendemain, il appela à son cabinet un des grands pharmaciens de Paris et, moyennant la fourniture, à prix très réduit, de la composition trouvée la nuit même, il offrit de lui donner le secret du mélange. Le marché fut vite conclut entre le savant, qui traitait au nom de l'humanité, et le commerçant, qui entrevoyait une source de fortune. L'emploi du désinfectant produisit les effets prévus, et la mortalité diminua de moitié dès la semaine suivante.

L'activité admirable de Rameau se manifestait ainsi, ayant les buts les plus divers. Après s'être consacré, avec passion, à une recherche d'utilité générale, il s'attachait à une cure spéciale. On avait amené chez Talvanne, à l'ambulance de Vincennes, un éclaireur à cheval qui, dans une reconnaissance, avait eu le genou brisé par une balle. Le projectile était entré par le jarret, avait pénétré dans la boîte osseuse et broyé la rotule. Suivant l'opinion des chirurgiens, il fallait amputer le blessé. Mais il était si jeune et si résigné que le savant se sentit pris de pitié. Il voulut essayer de sauver le membre menacé. Ce fut un miracle de soins et d'adresse. Mais il y arriva. Non seulement l'éclaireur garda sa jambe, mais il marcha. Rameau était très fier de ce résultat et très touché de la reconnaissance du petit soldat.

— Voyez-vous, docteur, lui dit un jour le convalescent, pour moi, vous êtes comme le bon Dieu !

Le grand homme se mit à rire :

— Oui, mon brave... oui...

Il fit quelques pas et, se tournant du côté de Talvanne :

— S'il n'y avait que le bon Dieu pour raccommoder les jambes, les marchands de béquilles seraient trop riches !

— C'est Rameau qui refait les jambes, dit gravement Talvanne, mais c'est le bon Dieu qui a fait Rameau.

Le savant regarda son ami, et gaiement :

— En es-tu bien sûr?

— Dame! A moins que ce ne soit le diable! Et, pour une fois, tu as raison : oui, c'est plutôt le diable!

— Tais-toi, voilà ma femme.

En effet. Conchita s'était piquée d'honneur et avait secoué son indolence. Sa charité se répandait en soins quotidiens et fatigants. Elle passait plusieurs heures, chaque jour, dans les salles de l'ambulance, surveillant le service, apportant des douceurs aux blessés, consolant les mourants, priant au chevet des morts. Sa pitié avait cessé d'être une vertu de luxe. Et Rameau, avec un attendrissement secret, suivait la jeune femme dans l'exercice de sa mission consolatrice, heureux du rayon de soleil dont sa beauté éclairait ces lugubres jours.

Rameau, Talvanne et Conchita se retrouvaient tous les soirs à dîner rue Saint-Dominique. Les tristesses de ce lamentable temps avaient encore resserré les liens de leur amitié, et lorsqu'après une excursion dans la zone des forts, au milieu des avant-postes, le docteur rentrait harassé et transi, c'était une satisfaction profonde pour lui de trouver dans la salle à manger claire et chaude sa femme et sa fille qui l'attendaient avec Talvanne. S'éloigner des horreurs de la bataille, quitter les ambulances pleines du râle des mourants, du cri des blessés, sortir de la neige sourde et silencieuse, étendue sur la ville

IL ÉTAIT DANS UN ENDROIT ESCARPÉ OU LES DÉCHARGES D'ARTILLERIE
SONNAIENT SOURDES (PAGE 767)

assiégée comme un large linceul, et, dans sa maison calme, à son foyer tranquille, jouir, pendant quelques heures, des êtres chers, n'était-ce pas une dernière épave du bonheur?

La petite Adrienne, plus favorisée que tant d'autres enfants, dont les privations du siège minaient la santé, se développait vigoureuse. Et ses yeux bleus, sa chevelure blonde illuminaient, pour Rameau, l'avenir obscur et désolé. Il s'attardait au coin du feu, sa fille sur les genoux, écoutant son babil enfantin, la caressant de ses puissantes mains, sur lesquelles tant de sang coulait chaque jour. Et on eût dit que cette effroyable rosée fortifiait la jeune plante.

Au travers de ses préoccupations si nombreuses, Rameau en avait une très vive : qu'avait pu devenir Munzel? Il en parlait souvent, sans remarquer le silence contraint de Conchita et de Talvanne. Il s'étendait en suppositions alarmées. Frantz, comme tous les Allemands, avait fait son service militaire, et, avant la guerre, il était officier dans la landwehr. Qu'était-il advenu de lui? Dans quel pays la nouvelle de l'entrée en campagne l'avait-elle trouvé? Qu'avait-il pu faire? Avait-il été appelé? Était-il resté en Allemagne? Les nécessités de la campagne l'avaient-elles amené en France?

Talvanne accueillait ces conjectures d'un air refrogné. Un jour, cependant, il dit :

— Va, ne te tourmente pas. Munzel est trop malin pour ne s'être pas mis à l'abri. Il est dans quelque poste commode et sain et il se sert de la guerre pour faire des études de tableaux militaires. C'est un gaillard pratique, qui s'entendra à utiliser le massacre et à monnayer l'incendie... Tu es bien bon de tant penser à lui... Je suis sûr, moi, qu'il ne pense pas à nous!

Cette fois, Conchita, qui ne soufflait jamais mot lorsque, devant elle, l'aliéniste attaquait Frantz, se leva très pâle et, la voix entrecoupée par l'émotion :

— Ce que vous dites là est indigne! s'écria-t-elle. Je ne comprends pas comment mon mari vous écoute tranquillement... Moi, je serai moins patiente, je ne le supporterai pas un instant de plus!

Et, emportant sa fille dans ses bras, comme si elle voulait que l'enfant ne pût entendre le mal que Talvanne disait de Munzel, elle passa devant les deux amis stupéfaits et sortit.

L'aliéniste baissa la tête devant le regard interrogateur de Rameau, et, regrettant sans doute de s'être laissé aller à une vivacité de paroles qui avait eu un si fâcheux effet, il détourna la conversation, puis, au bout d'un quart d'heure, prit congé et rentra chez lui.

VI

Depuis trois mois, Paris était bloqué, réduit à la ration, sans bois pour se chauffer, et, privation plus grande que toutes les autres, sevré de nouvelles de la province. Ce qui se passait autour du camp retranché des Prussiens était un problème que tous les assiégés s'efforçaient de résoudre, sans pouvoir y parvenir. Les suppositions allaient leur train, éclairées, de temps en temps, par la prise de quelque journal allemand dans la capote d'un mort. C'étaient alors la révélation de désastres, l'annonce de la retraite des armées de secours attendues, au travers des neiges, par les routes encombrées de fuyards. Et des comptes de prisonniers faits par dix mille pour un combat, par trente mille pour une bataille, les soldats allemands se lassant de ramasser ces troupeaux de soldats débandés et les laissant s'échapper, sûrs de les reprendre le lendemain.

Puis, au milieu de ces sombres tableaux, tracés par la main de l'ennemi même, une soudaine lueur de joie jaillissait d'un court entre-filet parlant d'une pointe en avant, tentée par un chef de corps auda-cieux, et permettant, sous la froideur voulue du récit, de deviner un échec subi par le vainqueur. Ces jours-là, on se reprenait à espérer. Quoi? On n'en savait rien. Obstination, dans la lutte, d'un naufragé,

que roule l'Océan sur ses vagues noires, et qui, des yeux, cherche à
l'horizon, quand même, une plage impossible à atteindre.

Et, à mesure que la situation devenait plus grave, la résistance du
peuple de Paris devenait plus résolue et plus stoïque. Dans les greniers glacés, la misère régnait en souveraine et fauchait les enfants et
les femmes. Le deuil s'étendait tous les jours plus lugubre, la souffrance se faisait plus aiguë, on se plaignait, on pleurait, mais on ne
faiblissait pas. Le long des rues pleines de neige boueuse, des files de
ménagères s'allongaient, à la porte des bouchers et des boulangers,
attendant patiemment l'heure de recevoir la ration de pain noir et de
viande de cheval. Dans les quartiers de la rive gauche, les obus tombaient, avec une sauvage régularité. On ramassait un mort, on relevait un blessé, une flaque de sang rougissait le pavé, le gamin, qui
passait, reprenait sa chanson, un instant interrompue, et l'assiégeant
en était pour ses efforts de massacre. Cette ville, habituée à la joie,
s'était accoutumée promptement à la douleur. Et maintenant elle dormait, bercée par les éclats sourds du canon, tonnant toutes les nuits,
comme autrefois par les gais refrains des théâtres, des concerts et des
bals.

Ce qui pesait le plus aux assiégés, c'était l'inaction. L'attente impassible, sous la mitraille que les batteries allemandes leur versaient,
était plus difficile, pour eux, que l'élan enflammé d'une sortie tumul-
tueuse. Mais les combats étaient rares. Le gouvernement semblait
réserver les forces enfermées dans Paris pour une occasion suprême,
vaguement attendue et qui ne se présentait pas. Cependant, l'impatience de la population tournait en irritation vive. De sourdes
rumeurs passaient dans les faubourgs. Un soulèvement avait eu lieu
le 31 octobre, et il paraissait évident que si on ne lançait pas les Parisiens contre les Allemands, dans la fièvre qui les possédait, ils allaient
se battre les uns contre les autres.

C'était vers la fin de novembre, le froid avait encore augmenté et
l'hiver semblait s'allier avec l'ennemi. Dans les tranchées, les soldats
mouraient gelés. Un sombre désespoir s'emparait des esprits. Il devenait nécessaire de réchauffer par la bataille ces malheureux qu'en-

gourdissait l'inertie et qu'affaiblissait la famine. Un mouvement inusité dans les services de la guerre, une trépidation sourde dans les rouages de la défense, annoncèrent que des événements se préparaient. Depuis trois jours, le bruit courait dans la ville qu'une marche en avant des corps de la Loire s'effectuait et que l'armée de secours réclamait, pour attaquer plus à fond, une sortie de la garnison de Paris.

Le 30 novembre, des ponts furent jetés sur la Marne et, brusquement, les forts prirent feu, couvrant d'obus les lignes allemandes. En même temps, une poussée ardente se faisait vers Villiers et Champigny, mettant aux prises soixante mille Français avec le gros des forces saxonnes et wurtembergeoises, massées sur les hauteurs. Le choc avait été rude et, tout de suite, l'ennemi avait reculé. Il faisait un temps magnifique et, au soleil d'hiver, le givre étincelait sur les coteaux. Dans l'air sec, les détonations de l'artillerie vibraient éclatantes, et la fumée des pièces montait blanche, comme un nuage léger. Le long des rues de Vincennes, les troupes passaient, marchant en avant d'un pas rapide. Les corps engagés s'éloignaient du point de départ de l'action et des renforts incessants montaient vers les collines, où, dans un tumulte grandissant, se développait la bataille.

Rameau, arrivé, dès le début de l'affaire, à Saint-Maur, avait fait disposer ses services d'ambulance, et, avec une impatience qu'il avait peine à modérer, il piétinait dans la cour d'une suiferie, dont les murs et le toit avaient été crevés par les obus du bombardement. Talvanne, assis sur un banc de pierre, fumait philosophiquement, laissant les jeunes aides-majors s'occuper des premiers blessés, qui arrivaient sur les cacolets. Des Allemands étaient amenés en grand nombre. La rapidité précipitée, avec laquelle leurs avant-postes avaient été obligés de se replier avait fait tomber dans nos mains beaucoup de blessés. Ils restaient sombres, regardant au loin, comme s'ils s'attendaient à voir reparaître les lignes profondes de leurs troupes, ramenées en avant par l'énergique volonté des chefs.

Mais la fusillade s'éloignait de plus en plus, rapide, tenace, furieuse, et la journée paraissait définitivement tourner à l'avantage des Français. Des mobiles accouraient débandés, dans une sorte d'ivresse victorieuse, jetant avec volubilité des nouvelles de la bataille. Un régiment wurtembergeois venait d'être anéanti par le 113° de ligne. Tout ce qui n'avait pas été tué ou blessé était pris. Et, en effet, des files de prisonniers commençaient à passer. Au milieu des cris et du bruit assourdissant de l'artillerie, qui défilait au galop, gagnant le plateau, où le feu redoublait d'intensité, un général arriva, suivi de son état-major, très maigre, rouge sous ses cheveux blancs. En voyant tous les mobiles arrêtés au bord du chemin, très occupés à raconter leurs prouesses, ou à boire des petits verres à une cantine en plein vent, il fit un geste de colère :

— Qu'est-ce que ces gens-là fichent ici? cria-t-il d'une voix enrouée. C'est encore cette racaille de mobiles?... Où sont vos régiments? Au feu, n'est-ce pas? Et vous avez décampé? Je vous ramènerai en ligne par les oreilles, moi, sacré tonnerre! Qu'on me mette un peloton de gendarmerie en travers du pont, et tous ceux qui voudront aller en arrière, qu'on les sabre !

Dans un tourbillon de poussière, avec un grand bruit d'acier froissé, le général disparut au travers des arbres qui bordaient les champs. Rameau, ayant organisé les secours, restait près de la route, le cœur serré, attiré malgré lui par le tumulte de la bataille. Il aurait voulu courir seulement jusqu'au haut du raidillon de la montée. Il lui semblait que, de là, il pourrait voir et se rendre compte de ce qui se passait. Et il demeurait immobile : les salves stridentes du canon, qui tonnait à intervalles égaux, emplissaient ses oreilles et troublaient son esprit. Enfin, il ne put y tenir et, prenant sa course comme s'il avait peur d'être rappelé, il s'engagea sur le coteau. Il était dans un endroit creux et escarpé, où les décharges d'artillerie sonnaient sourdes, avec une vibration étouffée. Tout à coup, à un détour du chemin, une échappée sur le champ de bataille s'offrit à lui, et il s'arrêta, pris par ce spectacle.

A ses pieds, un bataillon de gardes nationaux était abrité derrière une butte, les hommes couchés, pour offrir moins de prise aux projectiles qui, à chaque instant, faisaient voler les mottes de terre du talus. Le commandant, un gros homme, était assis sur une souche d'arbre, battant ses bottes machinalement avec le fourreau de son sabre, et son cheval, la bride lâche, broutait l'herbe gelée, avec un air d'avidité. A deux cents mètres en avant, une batterie de six pièces tirait, avec une rapidité enragée, sur un point inconnu. On ne voyait pas arriver ses obus. Et c'était terrible, ces canons crachant du feu, sans s'arrêter, et éparpillant la mort dans le vide.

Les lignes de soutien s'allongeaient le long de la Marne, massées en dehors de la zone dangereuse. Et là, où le combat se livrait, Rameau chercha vainement ces épisodes, que les peintres et les poètes se plaisent à retracer : mêlées de cavalerie, charges de deux troupes d'infanterie l'une contre l'autre, tumultes héroïques, massacres sublimes, offrant une vision inoubliable. Il n'aperçut rien qui ressemblât à ces compositions artistiques.

Dans une fumée épaisse, de petits points noirs, ressemblant à des essaims de mouches, évoluaient au loin avec activité. Il les distinguait grimpant une route, qui déroulait sur le versant de la colline son ruban jaune. De temps en temps, ils montaient, puis ils redescendaient. Et le docteur ne se rendait pas un compte exact de ce qu'ils faisaient. C'était la fameuse attaque de Champigny par les zouaves. Ces admirables soldats s'élançaient à l'assaut des murs crénelés et, sous une avalanche de mitraille, ils tourbillonnaient, balayés comme des feuilles emportées par le vent. Un quart d'heure après, reformés, ils repartaient et reprenaient leur ascension mortelle. C'était là ce qui causait ce va-et-vient dont Rameau ne comprenait pas la cause. Il voyait des flocons blancs aller en avant, puis en arrière, et la bataille se résumait, à ses yeux, dans la marche de deux fumées.

Et pourtant elle était terrible et sanglante, car les fourgons des artilleurs descendaient, sans relâche, vers la Marne, et, dans la vallée, s'éloignant du massacre, des groupes venaient lentement, portant des blessés. Un bruit épouvantable, fait du roulement ininterrompu de la canonnade et du déchirement aigu des fusillades, montait de tous les points de cette plaine où, sans qu'il fût possible de discerner nettement

AIDE-MOI, DIT-IL A TALVANNE AVEC FERMETÉ (PAGE 772)

ce qui se passait, cent cinquante mille hommes se ruaient les uns contre les autres.

Une main se posant sur l'épaule de Rameau l'arracha à sa contemplation et, pâle, les traits bouleversés, Talvanne se montra à lui.

— Je viens te chercher, dit précipitamment l'aliéniste.

— Comme tu es troublé!... Qu'est-ce qu'il y a donc? demanda Rameau, en fixant sur son ami des regards effrayés.

Talvanne, qui paraissait s'être tant pressé et avoir une si grande hâte de parler, s'arrêta brusquement, comme s'il découvrait tout à coup un abîme, et garda le silence.

— Mais tu sembles hors de toi!... Que se passe-t-il? reprit Rameau, s'échauffant à mesure que Talvanne se refroidissait.

L'aliéniste fit un effort et parvint à dire, d'un air embarrassé:

— Il faut que tu viennes... Les ambulances regorgent... On va être obligé d'embarquer les blessés sur des bateaux-mouches, pour les évacuer sur Paris...

— Ne pouvais-tu donner des ordres et me suppléer...

— Ta présence est nécessaire, interrompit Talvanne.

Et il répéta presque rudement:

— Il faut que tu viennes!

— Ah! dit Rameau, avec une sourde inquiétude.

Et, sans plus discuter, il se mit à descendre vers le village. Au bout d'une centaine de pas, il jeta un coup d'œil pénétrant sur son ami, et, la voix changée:

— Il y a donc quelque chose? dit-il... Je vois que tu hésites à parler... et cela m'effraye... Tu veux me ménager et tu me tourmentes... Voyons! Qu'est-ce qu'il y a?

Talvanne hocha un instant la tête, et, d'une voix entrecoupée comme par un grand essoufflement:

— Eh bien! on nous a apporté beaucoup de blessés allemands... et parmi eux...

Le visage de Rameau se creusa, il devint blême, et, saisissant le bras de son ami:

— Munzel? s'écria-t-il.

Talvanne ne répondit pas, il baissa silencieusement la tête.

— Il est mort?

— Non, il vit, mais il est grièvement atteint...

Rameau n'écoutait plus, il courait vers l'ambulance. En un instant, il y arriva et, haletant, sans souci du décorum, se jetant au milieu des groupes, bousculant ses subordonnés stupéfaits, il s'élança dans la cour où, sur des matelas et de la paille, étaient rangés les blessés pour lesquels il n'y avait point de place dans les pièces du rez-de-chaussée.

— Où l'a-t-on mis? s'écria-t-il, comme si chacun de ceux qui l'entouraient devait connaître le sujet de sa préoccupation. Talvanne, qu'il avait distancé, entrait. Il prit son ami par le bras, et, l'emmenant vers un petit bâtiment percé à jour, qui avait servi de loge au concierge de l'usine, il ouvrit une porte à demi détachée de ses gonds et murmura :

— C'est là!

Rameau fit un pas et s'arrêta près du seuil, bouleversé par l'horreur du spectacle qu'il avait devant les yeux. Dans un espace de quelques mètres carrés, dix hommes étaient étendus, capotes arrachées, chemises tachées de rouge, poussant de lugubres plaintes, qui se confondaient dans un long et affreux gémissement. Le sang ruisselait à travers la paille sur le plancher et une lente coulée noirâtre, presque figée, descendait vers la cour. C'étaient des officiers qu'on avait mis là, à part, sous la garde d'un caporal prussien, blessé d'un coup de feu à la mâchoire et qui, assis sur un billot à fendre le bois, apporté là on ne sait comment, soutenait dans sa main sa joue étoilée d'une déchirure béante.

— Munzel! lui cria Rameau d'un air de commandement.

Le caporal lâcha sa tête, se leva vivement, fit le salut militaire, et, desserrant avec peine ses dents disloquées :

— Je ne le connais pas, dit-il en allemand. Est-ce le capitaine?

Un des blessés se souleva sur son coude et, sans parler, d'un geste, il désigna au docteur un angle de l'étroite pièce, dans lequel, recouvert d'une capote, un corps était étendu. Rameau, tremblant, se pencha, souleva le vêtement et reconnut son ami, la tête renversée en arrière, les yeux fermés, livide. Il jeta un coup d'œil autour de lui, aperçut Talvanne debout au pied du grabat, lui fit signe d'approcher, et, s'adressant au caporal:

— Viens ici. Prends-le par-dessous les épaules.

Et, comme il ne voyait pas assez clair et se sentait étouffer dans cette étroite pièce pleine de l'odeur âcre de la paille ensanglantée, d'un coup de poing il défonça la fenêtre, aspira une large bouffée d'air et se mit à genoux près du blessé, pour l'examiner. Une large plaque brune, déjà sèche, entourait une déchirure de la chemise de Munzel, à la hauteur de la ceinture. Rameau fendit la toile, mit à nu la hanche droite, et, avec un frémissement, découvrit au-dessous des côtes, à la hauteur de la fosse iliaque, un petit trou sanguinolent, produit par la terrible balle d'un chassepot. Aucune trace de sortie. Le lingot de plomb était resté dans la plaie.

— Aide-moi, dit-il à Talvanne avec fermeté, retrouvant toute son énergie dans l'exercice de sa profession. Et, étalant sa trousse sur le billot de bois, il prit une sonde, puis, d'une main prudente, il commença à explorer la blessure. Elle était profonde, et le visage de l'illustre opérateur devint sombre. Il changea d'instrument, et, s'armant d'un très long stylet, il l'engagea hardiment dans le trou affreux. Un frisson passa sur le corps du blessé, une lamentation douloureuse sortit de ses lèvres.

— Sens-tu le projectile? Veux-tu un tire-balle? dit Talvanne à Rameau, sans même regarder Munzel, qui s'agitait sur sa misérable couche.

— Non. Je ne puis pénétrer plus loin. La plaie est perforante. Il sera impossible d'avoir le morceau de plomb, à moins de pratiquer une section abdominale, et l'opération, neuf fois sur dix, est mortelle...

— Y a-t-il des os brisés? demanda Talvanne.

— Non, fit brièvement Rameau.

— Quel trajet a fait la balle?

— Elle a contourné le foie et s'est logée dans l'intestin.

L'aliéniste hocha la tête sans faire de nouvelles questions. Il comprit la gravité de la blessure et jugea Munzel perdu. Le docteur, à genoux près de son ami, l'observait avec angoisse. Les yeux toujours fermés et comme tuméfiés, il respirait péniblement. Au contact du fer qui avait traversé son flanc, sa chair torturée avait tressailli et il avait crié, mais inconsciemment et par une révolte de la bête. Le cerveau était engourdi, un voile s'étendait sur la pensée.

— Il ne reprend pas connaissance, dit Talvanne. Il paraît étouffer. Il doit se produire un épanchement intérieur. Vois, la plaie est à peine humide.

— Saignons-le, dit Rameau. C'est la seule chance qu'il y ait de l'empêcher de mourir avant une heure... Si nous pouvons le prolonger jusqu'à demain... qui sait?

Et il regarda son ami avec la confiance d'un homme habitué à faire des miracles. Talvanne, docile comme un aide, déchira son mouchoir en bandes, comprima le bras du blessé, et, tendant une lancette à Rameau:

— Fais toi-même; qu'il bénéficie de la chance...

Une gouttelette rougeâtre pointa sur l'épiderme de Munzel et, lentement, le sang se mit à couler. Il y en avait déjà tant par terre que les deux médecins ne se préoccupèrent pas de trouver un vase pour recueillir celui qu'ils tiraient et, du bras, la traînée se répandit sur le sol. Un soupir de soulagement passa entre les lèvres du blessé, ses paupières battirent, il ouvrit les yeux. D'abord vague, son regard erra sur les murs blancs du bâtiment, sur les grabats où gisaient ses compagnons de souffrance. Une ombre passa sur son front. Le souvenir lui revenait: il commençait à comprendre comment il se trouvait là, étendu sans force et avec une douleur brûlante dans les entrailles. Une fraîcheur, qui le ranimait, tombait de la fenêtre, et, à ses oreilles bourdonnantes, les détonations furieuses de l'artillerie arrivaient par bordées éclatantes. Il essaya de se redresser; deux bras complaisants le soutinrent. Il leva les yeux et, penché vers lui, comme autrefois, quand il était si malade, il reconnut le visage soucieux de Rameau. Il devint livide, ses traits se creusèrent et il se mit à trembler:

— Frantz! cria le docteur bouleversé par l'émotion, mon pauvre ami, mon cher enfant!...

A ce cri, jailli du cœur de celui par qui il avait été si sincèrement aimé, le blessé poussa un soupir, deux larmes coulèrent de ses paupières brûlantes, ses yeux exprimèrent une horrible angoisse; il joignit ses mains, comme pour une supplication, et murmura d'une voix faible :

— Rameau!... Le ciel n'aura donc pas voulu que je meure sans t'avoir revu!

— Va! je te sauverai! dit le grand homme, en posant sa main frémissante sur la tête de son ami. Oui! tu vivras!

Munzel eut un pâle sourire, et très bas :

— Maintenant que tu m'as embrassé, ce serait dommage!

Il s'évanouit de nouveau, et des teintes violettes s'étendirent sur ses joues. Rameau effrayé s'approcha de lui :

— Il respire, dit-il à Talvanne. Il faut maintenant le faire transporter chez toi. C'est là qu'il sera le mieux... Nous n'aurons pas un brancard disponible... Prenons ma voiture... Nous irons au pas...

Ils n'étaient plus seuls dans la petite salle. Un aide-major, suivi de deux infirmiers, passait la revue des blessés étendus le long des murailles. Des imprécations et des gémissements s'élevaient des coins obscurs, pendant que le froissement des outils expliquait la torture subie par ces malheureux. Un bras, fraîchement coupé, avait été jeté en travers de la porte, et, les yeux cavés, la bouche rentrée, un jeune officier wurtembergeois, qu'on apportait, regardait avec épouvante ce débris ensanglanté. Dans la cour, pêle-mêle, les Français et les Allemands s'entassaient, amenés sans relâche. Et, emplissant des omnibus jaunes, sur les écriteaux desquels se lisaient : *Madeleine-Bastille*, des charretées de victimes, épaves du massacre, étaient emportées vers la Marne.

— Nous allons vous faire de la place, dit Rameau à l'aide-major; donnez-moi deux hommes pour enlever ce blessé...

— Deux hommes, cher maître? Et où voulez-vous que je les prenne? Nos brancardiers, eux-mêmes, font des pansements..... Nous sommes complètement débordés..... Mais, est-ce que vous partez?

— Allons, Talvanne, dit le docteur, sans s'attarder à répondre, à nous deux alors !

Et, l'un saisissant Munzel par les jambes, l'autre par-dessous les bras, ils sortirent. A cent pas, auprès d'un bouquet d'arbres, sous le couvert d'un drapeau des ambulances, la voiture de Rameau attendait. Les deux hommes étendirent sur les coussins le blessé, toujours évanoui.

— Monte auprès du cocher, et vite à Vincennes! Installe-le et ne le quitte pas... Moi, mon poste est ici... Il y a trop de besogne pour que je puisse m'éloigner.

Il regarda profondément Talvanne, et, lui serrant la main avec force :

— Je compte sur toi... ordonne le nécessaire. Et, s'il arrive quelque chose... envoie-moi aussitôt prévenir... Je ne pourrai sans doute pas m'échapper avant ce soir... Mais le devoir avant tout.

— Sois tranquille, dit Talvanne, tout ce qui sera possible sera fait... Mais hâte-toi!

La voiture partit. Rameau secoua la tête et, le cœur gonflé d'amertume, il retourna à sa lugubre besogne. Le soir, lorsque l'obscurité eut séparé les deux armées aux prises, un peu d'ordre put être rétabli dans les services. Les troupes françaises campaient sur les positions enlevées aux Allemands et leurs feux couvraient les collines, la vieille encore occupées par les assiégeants. Un vent glacé faisait frissonner les grands peupliers des rives de la Marne et, sur le sol durci des routes, les fourgons, apportant des munitions, roulaient sonores. Un grand mouvement de troupes s'effectuait et tout permettait d'espérer que la sortie, si bien commencée, serait poussée à fond le lendemain.

Quittant ses ambulances presque complètement évacuées, Rameau se dirigea vers Vincennes, à pied, au milieu des patrouilles, des convois, des encombrements de l'intendance. Au pont, il lui fallut se faire reconnaître : on ne laissait personne retourner en arrière. Un régiment de ces mobiles, que les vieux généraux traitaient avec tant de dédain et qui avaient vaillamment payé de leurs personnes, campait de chaque côté du remblai de la route. Sur l'autre bord de la rivière, des marins, venus des forts, achevaient de mettre en batterie deux grosses pièces destinées à battre les hauteurs. Des ingénieurs, montés sur un radeau, suivaient avec attention les effets d'une crue assez rapide, qui entraînait les eaux avec une violence redoutable pour les ponts de bateaux jetés auprès de Nogent.

Le froid faisait trembler Rameau, surexcité et fiévreux. Il hâtait le pas dans la direction de la maison de santé de Talvanne. Il atteignit Joinville et, dans les arbres du parc, aperçut les lumières de la demeure de son ami. Les grilles d'entrée étaient ouvertes et sa voiture dételée stationnait au milieu de la cour. Il gravit le perron et, traversant le vestibule, il entra sans frapper dans le cabinet de l'aliéniste. A sa vue, une femme assise dans l'ombre se leva vivement et Rameau reconnut Conchita. Elle resta devant lui, debout, sans une parole, si troublée que lui, ne pensant qu'à Munzel, s'écria :

— Est-ce que j'arrive trop tard ?

— Non, dit-elle, d'une voix sombre. J'étais à l'ambulance quand on l'a apporté. Il était évanoui, il vient à l'instant de reprendre connaissance.

Au même moment, Talvanne paraissait.

— Ah ! c'est toi, enfin ! Il t'a déjà demandé deux fois...

Talvanne et Conchita échangèrent un regard. La jeune femme sourit amèrement, puis d'un ton un peu bas :

— C'est vous qu'il veut voir... Pas d'autre que vous !

— Où est-il ?

Les deux médecins sortirent, laissant Conchita seule. Si Rameau avait regardé la jeune femme, il eût été effrayé de l'altération de son visage. Mais il ne s'occupait que de son blessé. Au bout d'un couloir, l'aliéniste ouvrit une porte et, faisant passer le docteur devant lui :

— C'est là !

— Ah ! tu l'as mis dans ta chambre, s'écria Rameau attendri. Bon Talvanne !

Il serra si affectueusement la main de son ami, que celui-ci eut peine à retenir ses larmes. Sous les rideaux du lit, relevés pour laisser

PRENEZ GARDE! VOUS ME BLESSEZ AU PLUS SENSIBLE DE MON AME (PAGE 783)

circuler l'air plus librement, Munzel était étendu. Une lampe éclairait son visage couleur de cire. Ses yeux étaient ouverts. Sa bouche se pinça dans un sourire contraint et il remua faiblement sa tête sur l'oreiller.

— Ne bouge pas, s'écria Rameau, en prenant le poignet du blessé qu'il trouva froid. Les pulsations de l'artère étaient lentes et filaient sous le doigt. Il releva le drap, ouvrit la chemise, examina la blessure et la trouva tuméfiée. De l'aine à la hanche une enflure commençait, dure et douloureuse. Le docteur remit l'appareil et s'assit au pied du lit avec un air tranquille. Munzel ne le perdait pas de vue, cherchant une certitude de salut ou une sentence de mort dans la physionomie de celui qu'il savait infaillible.

— Ça va bien, dit Rameau, mais tu souffres ; il faut que je tâche de diminuer les douleurs...

Il se leva et, s'approchant de Talvanne, qui était resté debout près de la cheminée, à voix basse, avec un calme effrayant il dit :

— Il est perdu... La lésion de l'intestin a engendré la péritonite... il sera emporté avant douze heures, je vais l'endormir avec de la morphine...

Et comme l'aliéniste baissait la tête :

— Commande à tes impressions, il nous observe... Épargnons-lui au moins les angoisses morales... Fais-moi apporter tout ce dont j'ai besoin.

Talvanne sortit, donna des ordres à un de ses internes et alla, dans son cabinet, retrouver Conchita.

— Eh bien ? demanda-t-elle en se levant brusquement et en regardant l'ami de son mari avec des yeux brûlants ; je vous en supplie, ne me cachez rien.

— Eh bien ! Rameau pense qu'il n'y a aucun espoir.

Conchita frappa ses mains l'une contre l'autre, épouvantée. Elle et Talvanne restèrent immobiles, sans dire un mot, au milieu de la pièce, écrasés, comme si tout l'avenir venait, en un instant, de s'écrouler sur eux. La jeune femme retrouva la première sa présence d'esprit et, d'une voix déchirante, sans souci d'être entendue, oubliant tout ce qui n'était pas sa douleur :

— Oh! mais je veux le voir!... Je ne veux pas qu'il meure sans que je lui aie parlé...

— Votre mari est auprès de lui...

— Qu'importe!... Je veux le voir!...

— Vous perdez la raison!...

Il la regarda fixement :

— D'ailleurs, vous savez bien que lui-même n'a pas permis, tout à l'heure, que je vous laisse entrer...

— Il ne savait pas qu'il allait mourir!...

— Il ne le sait pas encore, il ne le saura pas... Rameau veut qu'il passe de la vie à la mort, sans une souffrance physique, sans une angoisse morale... Il s'endormira en croyant se réveiller.

— Et alors, le salut de son âme? s'écria avec violence la jeune femme. Pas une consolation, pas une parole d'espérance... pas un prêtre? C'est mon mari qui a combiné cette fin, n'est-ce pas?... Eh! qu'il soit athée pour son compte, mais qu'il ne le soit pas pour le compte des autres!... C'est monstrueux ce qu'il va faire là! Mais il n'a pas le droit de damner ce malheureux! Je ne veux pas qu'il le fasse! Non! non! cela ne sera pas!

— Allez donc le lui dire à lui-même, fit Talvanne gravement.

Elle fit un geste d'impitoyable résolution et dit :

— J'y vais.

— Prenez garde!

— Croyez-vous que rien puisse m'arrêter!

Déjà elle courait dans le couloir. Il la suivit, épouvanté de la lutte qu'il prévoyait. Un petit salon précédait la chambre dans laquelle le blessé agonisait. Elle s'y arrêta haletante et, debout, devant la porte, attendit. Dans la pièce voisine, on entendait le pas de Rameau et le tintement des fioles remuées. Un frémissement d'impatience agita la jeune femme :

— Que lui donne-t-il? murmura-t-elle. Il est en train d'engourdir sa raison, d'endormir sa conscience... Il faut que je lui parle... Il le faut!...

Elle avançait la main, lorsque la porte s'ouvrit et Rameau parut. A

sa place, au chevet du blessé, Talvanne se glissa, laissant la femme
et le mari en présence.

— Eh bien? interrogea-t-elle.

Rameau, les larmes aux yeux, hocha tristement la tête, et, avec une
solennité funèbre :

— Il va dormir.

— Dormir, fit Conchita. C'est-à-dire mourir?

— Oui, puisque la science humaine est impuissante à le sauver.

— Et voilà cette science, dont vous êtes si orgueilleux! s'écria la
jeune femme avec âpreté. Elle ne vous donne même pas les moyens
de sauver un être cher! Et c'est à une telle incapacité, une telle infirmité, que vous avez élevé un autel, sur les ruines de toutes les
croyances! Ah! ah! mourir!... Tout le monde peut laisser mourir!...
Dieu seul peut faire vivre!

Rameau, le front assombri, écoutait sans répondre. Conchita
reprit :

— Avez-vous dit à votre ami qu'il fallait demander à Dieu de le
sauver? Lui avez-vous dit que sa vie était en danger et qu'il était temps
d'assurer le salut de son âme? Lui avez-vous offert de conduire un
prêtre à son chevet? Il est chrétien, il est croyant... Avez-vous pensé
à tout cela?

— Oui, répondit Rameau d'une voix lente et ferme.

— Alors qu'allez-vous faire?

— Je vais le laisser s'éteindre paisiblement.

— C'est ce que Talvanne m'avait dit. Mais avez-vous le droit d'agir
ainsi?

— Je le prends.

— Vous allez le damner!

— Si Munzel paraît devant un juge suprême, il n'aura pas à redouter sa colère. Il a vécu honnête homme, il peut partir tranquille.

A ces mots, Conchita se dressa terrible et, l'horreur du criminel
souvenir dans les yeux :

— Qu'en savez-vous?

Il la regarda avec étonnement. Mais elle, sans s'arrêter :

— Vous avouait-il tout? Avez-vous été mis au courant des circonstances dernières de sa vie? Vous affirmez bien hardiment, comme
toujours.

Il fronça le sourcil et, avec un commencement de trouble :

— A-t-il eu cette confiance de vous dire, à vous, ce qu'il m'aurait
caché à moi?

— Il ne s'agit point de ce qu'il a pu révéler, ou cacher, à nous ou à
d'autres, répondit-elle résolument, mais de ce qu'il pourrait vouloir
confesser à ses derniers moments. Ah! je sais bien que, pour vous,
libre-penseur, ces pratiques sont risibles. Mais, pour nous autres
catholiques, elles sont capitales et décisives. Repoussez les secours de
la religion pour vous-même, si vous avez cet égarement, à l'heure
suprême ; mais, de votre autorité, ne privez pas un de vos semblables
de ce qui lui adoucira la fin de la vie, lui facilitera le passage de la
mort et lui assurera l'entrée dans la béatitude éternelle. Vous n'êtes
pas le maître de la conscience d'un autre, vous ne pouvez substituer
votre volonté à la sienne, et, en vous livrant à une telle tyrannie morale, vous commettez un crime, entendez-vous, un crime monstrueux!

— Soit! J'en accepte la responsabilité. Si votre Dieu existe, qu'il
me punisse et qu'il absolve mon ami.

— Vos blasphèmes sont effroyables, s'écria Conchita avec terreur,
quand, si près de vous, est la mort!

— La mort, dit Rameau avec une tristesse profonde. Oui, voilà ce
qui épouvante les cœurs, même les mieux trempés. Et cependant
n'est-ce pas la fin de toutes les misères? Ah! pauvre être si cher, qui
te débats et qui brûles dans les douleurs de l'agonie, on veut que je
double ta cruelle torture physique d'une horrible angoisse morale.
Alors que tu aspires à la cessation de ta souffrance, on me demande
de la faire durer jusqu'à ton dernier soupir. Mais sois tranquille! Je
n'y consentirai pas. Tu vas dormir, ami, et ce sera pour toi comme le
commencement du repos. J'aurai pitié de ton agonie et, au lieu de la
prolonger, je la ferai finir dans l'extase. Je ne sais pas ce que l'au
delà de notre vie te réserve, mais je t'aurai au moins procuré toutes
les douceurs de l'heure présente. Je ne veux pas lire la terreur de l'in-

connu dans tes yeux. Tu vas dormir, et quand tu te réveilleras, si tu
te réveilles, alors tu comprendras combien je t'ai aimé!

En ce moment, Rameau parut transfiguré aux yeux de Conchita. La
ferveur de son amitié resplendissait sublime sur son visage. Il eut,
dans le regard, le rayonnement d'une foi presque divine. Pour celui
qui allait mourir, il était prêt à endurer tous les supplices. Sa tendresse lui donnait une force morale que nulle puissance n'aurait pu
vaincre. Il avait la certitude qu'il agissait pour le bien. Armé d'une
telle conviction, un tel homme devait tout dominer.

Il fit un pas vers la chambre du blessé, Conchita se jeta devant lui.
S'il était résolu, elle était exaltée et leurs deux convictions allaient se
heurter jusqu'au dernier instant. Elle comprit qu'il lui échappait et
que sa cause était perdue. Un feu sombre s'alluma dans ses yeux, et
menaçante, saisissant le bras de son mari :

— Écoutez-moi bien, fit-elle. Ce qui se passe entre vous et moi
est plus grave que vous ne pouvez le supposer. Il ne s'agit point d'un
caprice de femme entraînée par une foi exagérée. Il ne faut pas, vous
m'entendez bien, il ne faut pas que celui qui va mourir rende son
âme à Dieu sans avoir été absous de ses fautes. Il a à se repentir...

— De quoi est-il coupable? Le savez-vous?

— Oui, je le sais!

— Et comment?

— Peu vous importe! Je le sais!

— Alors, confiez-le-moi.

Elle le regarda terrifiée :

— A vous?

— Oui. Je pèserai, dans ma conscience, si la faute mérite le châtiment terrible de l'agonie que vous réclamez pour ce malheureux.
Et, si cela est, je vous jure que vous aurez satisfaction. Allons, parlez
maintenant.

Les lèvres de Conchita tremblèrent. Prise entre le soin de sa sécurité et le souci du salut de Munzel, elle fut sur le point de tout dire à
son mari. Une pâleur mortelle décolora ses joues, ses yeux vacillèrent,
comme si elle allait s'évanouir. La notion du réel lui échappa.

Emportée dans une hallucination, elle ne vit plus autour d'elle qu'une obscurité funèbre, illuminée, d'instants en instants, par des langues de feu, et il lui parut que c'était l'enfer. Des clameurs effrayantes, alternant avec le *Dies iræ*, assourdirent ses oreilles. Puis, elle entendit distinctement des voix de démons qui lui criaient : « Ne parle pas ! Tu vas te perdre ! » Et des chœurs célestes qui répondaient au loin à ces clameurs sataniques et chantaient : « Dévoue-toi pour lui ! Expie, pour qu'il n'ait pas à expier ! » Affolée par cette vision, transportée par son exaltation, elle murmura :

— Eh bien ! puisque vous le voulez...

Mais le sentiment de la conservation lui revint, l'horreur de l'aveu l'arrêta. Elle rouvrit les yeux, se vit seule avec son mari qui la regardait fixement, frémit et, se reprenant :

— Êtes-vous prêtre, pour entendre une confession?...

Rameau eut un mélancolique sourire :

— Je n'ai rien à entendre, parce que vous n'avez rien à me révéler, pauvre folle. N'essayez pas plus longtemps de m'abuser et cessez de vous tourmenter, comme vous le faites. Votre foi vous entraîne à des agitations excessives et vous êtes énervée par la tristesse qui pèse sur nous tous. Je le comprends, et je vous excuse autant que je vous plains. Calmez-vous, remettez-vous et laissez-moi à mon douloureux devoir.

Conchita ne répondit pas. Elle eut un rire nerveux qui résonna lugubre. Puis, levant la main, comme pour attester le ciel :

— Vous ne voulez pas faire ce que je vous demande? Vous me refusez cette grâce?

— Oui ! parce que je suis plus sûr de l'humanité, au nom de laquelle j'agis, que vous n'êtes certaine de la divinité, au nom de laquelle vous parlez.

— Prenez garde ! vous me blessez au plus sensible de mon âme.

— Quand vous aurez réfléchi, vous me le pardonnerez.

Elle cria avec rage :

— Jamais !

Il dit froidement :

— Soit !

Et, comme une sourde plainte s'élevait dans la pièce voisine :

— Excusez-moi : j'entends mon malade qui m'appelle, et voilà qui prime tout.

Il ouvrit la porte et, impassible, passant devant la jeune femme, il disparut. Derrière lui, elle resta un moment immobile, écrasée, puis, se laissant glisser à genoux, elle murmura avec l'accent d'une invocation suprême :

— Mon Dieu ! Seigneur Dieu ! Dieu tout-puissant, ayez pitié de lui et pardonnez-moi !

Et elle resta la tête penchée vers le parquet, sourde à tout ce qui se passait autour d'elle, indifférente à tout ce qui n'était pas sa prière. Les heures s'écoulèrent, la nuit devint plus sombre, le silence se fit plus profond, et seule, devant la porte qui la séparait du mourant, elle continua son oraison.

Elle se souvint vaguement, plus tard, que Rameau était sorti un instant de la chambre, l'avait contrainte à s'asseoir, l'encourageant au calme, avec des paroles d'une gravité émue, que Talvanne était resté longtemps avec elle, sans dire un mot, respectant son recueillement, la regardant avec des yeux attendris et inquiets. Une sorte de demi-obscurité s'étendait sur tout ce qui avait suivi les terribles répliques échangées entre elle et son mari. C'était comme un rêve affreux, plein de déchirements et d'angoisses. Elle demeurait inerte, balbutiant des mots suppliants et attendant. Quoi ? La mort inévitable du malheureux, qui râlait sur son lit trempé d'une sueur d'agonie. Quelle station au pied de ce calvaire ! Et quelle expiation des heures criminelles !

Mais, quand elle retrouvait un peu de force intellectuelle et se reprenait à penser, elle n'avait pas un instant de doute. En face de ce mystère effrayant, devant ce gouffre sombre, dans lequel allait disparaître celui sur qui elle pleurait, nulle défaillance de sa foi ne la jetait dans les épouvantes de l'incertitude. Elle puisait dans ses méditations une assurance nouvelle et concevait l'espérance plus ferme que tous ceux qui auraient avoué, regretté leurs fautes avant de mourir, devraient, dans l'éternité, se retrouver un jour. Cette idée alimentait

ELLE SE LAISSA TOMBER A GENOUX ET RÉCITA LA PRIÈRE DES MORTS
(PAGE 786)

son amer regret de voir celui qu'elle perdait expirer sans qu'il fût en
état de grâce. Et plus sa conviction était forte, plus son désespoir
était grand. Alors, courbant la tête, bien bas, avec toute l'humilité
qui était en elle, du fond de l'âme elle implorait la clémence
divine et tâchait, à force de supplications, d'obtenir le pardon du
coupable.

Vers deux heures, elle sentit qu'on lui touchait l'épaule. Elle leva
le front et vit Talvanne, pâle et grave, devant elle. Elle l'interrogea du
regard. Il baissa la tête avec tristesse. Elle balbutia :

— C'est fini?

Il répondit :

— C'est fini.

— Sans souffrir?

— Sans souffrir.

— Sans se douter qu'il mourait?

— Sans s'en douter.

Elle hésita, puis un peu bas :

— Quelle a été sa dernière parole?

— Il était assoupi, il s'est réveillé, il a regardé votre mari, qui essayait de lui faire boire une potion calmante, il a souri, comme s'il
sentait un grand bien-être, puis, en murmurant: «Comme tu es bon !»
il a expiré.

Elle dit avec amertume :

— Ainsi, son dernier mot même a été pour lui !

Elle marcha vers la chambre et en franchit le seuil. Rameau, assis
auprès du lit, se leva et, du geste, lui montra Munzel, les yeux fermés, livide, comme si tout le sang de son corps eût coulé par l'horrible blessure. Il ne dit pas une parole à la jeune femme, pour ne pas
troubler sa pensée; il se retira dans la pièce voisine, pour ne pas gêner
sa piété. Elle se laissa tomber à genoux et récita la prière des morts;
puis, arrachant de son cou une petite croix d'or qui ne la quittait
jamais, elle prit les mains de Frantz, les joignit, entre leurs doigts
plaça l'emblème sacré, et, calmée, elle se tourna vers Talvanne qui
attendait :

— Promettez-moi qu'on l'ensevelira ainsi.

— Je vous le promets.

— Merci.

Elle eut alors une détente de tous ses nerfs et, s'appuyant au bras de ce fidèle ami, elle se laissa aller à pleurer. Les larmes coulaient brillantes sur son visage. Pas un cri, pas un soupir ne sortait de sa bouche, et ce désespoir silencieux était saisissant. Au bout de quelques minutes, elle reprit possession d'elle-même, essuya ses yeux rougis :

— Vous croyez que c'est lui que je pleure? dit-elle brusquement en montrant le mort qui, sa croix dans les mains, paraissait prier. Eh bien! vous vous trompez. Il est tranquille maintenant, il est heureux. Les larmes que je répands, c'est sur moi-même.

Et, comme Talvanne l'observait, effaré, craignant qu'elle ne fût devenue folle, elle agita la tête :

—J'ai mon bon sens, n'ayez pas peur, mais je prévois. J'ai consenti, moi chrétienne, à épouser un athée, et j'en dois être punie. Voyez comme tous ceux qui ont approché cet homme ont été frappés. Ma mère m'a été enlevée; souvenez-vous de ce que je vous ai dit à son lit de mort. Munzel s'en va à son tour. C'est moi, maintenant, qui vais partir. Talvanne, autour de lui l'impie a tout corrompu de son mortel poison. Craignez aussi pour vous!

Toute noire, elle se dressait, à deux pas de cette couche funèbre, effrayante, prophétique. Elle étendit le bras dans un geste circulaire, comme si elle avait manié la faux de la mort, et répéta :

— C'est moi qui vais partir.

Des larmes coulèrent de nouveau de ses yeux, et, regardant Talvanne avec une terreur suppliante :

— Quand je ne serai plus là, jurez-moi que vous n'abandonnerez pas ma fille, que vous l'aimerez et que vous ferez d'elle une chrétienne.

— Son père est un honnête homme, répondit Talvanne, il saurait respecter votre volonté. Mais vous vivrez, chère enfant, et c'est vous qui nous fermerez les yeux.

Elle reprit avec une insistance pleine d'angoisse :

— Jurez ; je ne serai tranquille que quand vous aurez juré !

— Eh bien ! s'il le faut pour vous tranquilliser, je le jure.

Elle poussa un soupir d'allégement et, se mettant à genoux près du lit, elle recommença à prier.

DEUXIÈME PARTIE

VII

— Eh bien! comment va le petit?

— Oh! beaucoup mieux, mademoiselle, grâce aux soins de votre bon et cher père, que le ciel conserve aux pauvres gens! Voyez comme l'opération a réussi...

La femme qui parlait, grande, maigre, pâle, vêtue de noir, leva le bandeau qui couvrait le front d'un enfant qu'elle portait dans ses bras et, montrant les yeux encore rouges, mais sains dans leur limpidité azurée :

— Quand on pense qu'il aurait pu être aveugle! Un pauvret, qui devra, comme son père, travailler pour vivre... Que serait-il devenu, sans le docteur qui nous l'a sauvé?... Aussi, mademoiselle, tous les matins et tous les soirs je prie le bon Dieu pour qu'il vous donne le bonheur.

— Priez-le pour qu'il conserve la santé à mon père.

La jeune fille effleura de sa main blanche la joue de l'enfant, abaissa doucement le bandeau et, avec un grave sourire, congédia la mère. Poussant une porte en lisière, un vieillard sortait maintenant du cabinet de consultation, courbé, l'air inquiet, regardant un papier, sur lequel étaient tracées quelques lignes hiéroglyphiques.

— C'est votre ordonnance? demanda la jeune fille.

— Oui, mademoiselle, répondit le vieux. Bien des choses, qu'il m'a ordonnées aujourd'hui, le docteur. Des traitements pour les riches, mais pas pour les meurt-de-faim comme moi!...

— On va vous donner un bon de pharmacie...

— Les pharmaciens nous reçoivent bien mal; si c'était un effet de votre bonté, insinua le vieux d'un air contrit, de me remettre plutôt l'argent...

— Oui, pour aller le boire! s'écria, en sortant de la pièce voisine, une grosse femme en cheveux blancs, très rouge de visage et vêtue comme une gouvernante. Je vous connais, père Gillet, et ce n'est pas à moi qu'il faut raconter des histoires!... L'autre semaine, vous avez entortillé mademoiselle, elle vous a donné dix francs et, le soir, on vous a rapporté chez votre fille ivre-mort! En voilà une façon de soigner votre catarrhe !

— Si on peut dire! soupira le bonhomme interloqué.

— Oui, c'est à dégoûter de faire du bien aux gens... Il est vrai qu'on le fait pour soi et non pour eux!... Sans ça!...

— Rosalie! interrompit doucement la jeune fille...

— Va, Adrienne, je sais ce que je dis... Tenez, père Gillet, voilà votre bon... Et à une autre fois, mon brave homme.

Elle conduisit le vieux vers la porte. Là, il salua la jeune fille avec une mine humble et désappointée et, dans le couloir, on entendit le traînement de ses galoches sur les dalles de pierre.

Adrienne et Rosalie étaient restées en présence, dans le parloir lambrissé de chêne clair, autour duquel couraient des banquettes, polies par les stations réitérées des malheureux et des malades qui venaient, deux fois par semaine, à la consultation gratuite du docteur Rameau. Par la fenêtre, ouverte sur le jardin, le soleil printanier entrait, comme un flot d'or. Des parfums de lilas en fleur montaient doux et pénétrants, et les disputes des oiseaux, qui se poursuivaient dans les branches, éclataient joyeuses. Un engourdissant bien-être se dégageait des choses et, immobiles, les deux femmes, la vieille et la jeune, demeuraient absorbées par la tiédeur de l'air, par l'éclat de la lumière, et se laissaient aller à la douceur de vivre.

Elles furent rappelées à elles-mêmes par le bruit de la porte qui s'ouvrait, livrant passage à un vieillard vêtu d'un long pardessus, coiffé d'un vaste chapeau sous lequel se déroulaient de beaux cheveux blancs, encadrant une figure fraîche et riante.

— Ah! mon parrain, s'écria Adrienne joyeuse, en courant à lui.

Le docteur Talvanne prit la jeune fille par les épaules, la regarda tendrement, admira ses joues roses, ses yeux bleus, sa chevelure d'or et l'embrassant :

— Bonjour, mignonne; tu vas bien ce matin ?

— Comme toujours, parrain.

— Fille de médecin, va, jamais malade! Comme on voit que c'est ton père qui te soigne! Il est là, ton père?

— Oui, parrain. La consultation gratuite vient de finir. Papa est dans son cabinet avec M. Servant.

— Bon! Je vais prendre la place de Robert et te l'envoyer... Tu veux bien?

— Oui, parrain.

L'aliéniste poussa la porte rembourrée et entra dans le cabinet de Rameau. Assis devant un vaste bureau couvert de papiers, de livres, de fioles et de grandes éprouvettes contenant des liquides de couleurs variées, le docteur dictait des notes à son élève, penché sur une table à côté de la fenêtre. Aussitôt le travail de la consultation terminé, les deux hommes s'étaient remis à la tâche interrompue.

Robert Servant, maintenant âgé de vingt-huit ans, était un beau garçon brun, les yeux noirs, les cheveux frisés, la barbe en pointe, l'air sérieux et calme. Quant à Rameau, il eût été difficile de reconnaître en lui le grand homme à la carrure athlétique, à la tête de lion qui impressionnait si vivement par la fière originalité de son visage. Son large front dégarni était constamment barré par le pli fameux,

mais ce pli n'indiquait plus la préoccupation ou la colère, il se creusait sous l'effort d'une pensée unique, toute de douleur et de tristesse.
La rude chevelure, qui ondulait autrefois comme une crinière, avait
blanchi et était devenue rare autour de la tête du savant. Son corps,
cassé et amaigri, se voûtait dans son fauteuil. Seul, son regard, étincelant sous ses sourcils encore noirs, avait toujours le rayonnement
du génie.

Il tendit à Talvanne sa main nerveuse et fine, et, d'un signe de
tête, indiqua à son élève que leur besogne était terminée. Silencieusement, le jeune homme se leva, plia ses papiers et se hâta vers la porte.
Les deux amis demeurèrent en présence.

Seize ans s'étaient écoulés depuis les malheurs de la guerre et,
comme si l'équilibre de la destinée heureuse de Rameau eût été rompu,
à partir de cette année néfaste, la tristesse et le deuil étaient entrés
dans sa maison. Après avoir langui, rongée par un mal inconnu,
malgré les soins dont l'avait entourée son mari, malgré sa résistance,
car la mort l'épouvantait, Conchita avait été rejoindre sa mère. Et
Rameau, abattu comme un chêne sous la cognée du bûcheron, était
resté, pendant plusieurs mois, en proie à une incurable misanthropie.

Cloîtré chez lui, ne sortant presque pas de son cabinet, hors de la
vue des domestiques de l'hôtel, servi par la seule Rosalie, il avait vécu
entre sa fille et Talvanne, pleurant la morte et maudissant la science
qui l'avait trahi. Jamais son matérialisme ne se montra plus violent
que pendant ces premiers mois d'épreuve morale. Il ne se courba pas
sous le poids qui l'écrasait, il se révolta, et son pessimisme déborda
amer comme s'il eût répandu à longs flots le fiel qui lui rongeait
le cœur. Il en voulut à la nature entière du malheur qui l'atteignait,
il en rendit responsables les hommes et lui-même. Il n'accusa pas
Dieu: il n'y croyait pas.

Talvanne, avec une angélique douceur, qui eût dû faire soupçonner
le ciel à Rameau, écouta les farouches imprécations de son ami,
subit ses intolérantes sorties, accepta ses mutismes, souvent prolon-
gés pendant des soirées entières. Il se fixa auprès de lui, constamment, indulgent comme un frère et patient comme une femme. Il en

Il passait des journées entières, assis dans son fauteuil (page 795)

négligeait les devoirs de sa profession. Quand on lui faisait des remontrances, il répondait brusquement :

— Le premier devoir pour un ami, c'est de s'occuper de son ami. Tant que Rameau aura besoin de ma présence, le reste de l'humanité n'existera pas pour moi.

Et le grand homme le récompensait de son dévouement en le rudoyant sans pitié. Il ne l'avait pas autant maltraité dans leur jeunesse, alors que ses violences éclataient, comme des éruptions de volcan soudainement provoquées, tumultueuses et foudroyantes. Et ce que l'étudiant, aux cheveux blonds et au front lisse, supportait difficilement et non sans résistance, le membre de l'Académie de médecine, au front ridé et blanchi, l'acceptait sans une réplique et sans un murmure.

Il sentait que ces épanchements furieux soulageaient le cœur ulcéré de Rameau. Lorsque le torrent des colères avait roulé pendant une heure, le calme venait et, presque honteux de ses emportements, le grand homme essayait de se les faire pardonner par des délicatesses de pensées, des charmes d'expressions, dans lesquelles se retrouvait toute la rayonnante grandeur de son esprit. Il semblait faire des excuses moralement et vouloir dédommager son ami des duretés subies, par la symphonie caressante de sa parole. Alors, c'était comme un beau soir d'été, après un orage, lorsque le ciel apaisé est d'un bleu plus doux, l'air rafraîchi d'une pureté plus suave, la verdure lavée par les pluies, d'une coloration plus éclatante.

Le bon Talvanne jouissait délicieusement de ces changements dont il comprenait toute la valeur, et il retrouvait du courage pour supporter les bourrasques à venir. Lorsque l'humeur de Rameau était trop impitoyablement chagrine, l'aliéniste recourait à un suprême et irrésistible expédient : il allait chercher la petite Adrienne et l'amenait dans le cabinet du docteur. Devant le visage naïf et pur de sa fille, la sombre fureur du père se fondait en une extase ravie. Instantanément, la voix âpre se faisait douce, les yeux mauvais s'illuminaient d'un rayon de tendresse, la bouche crispée se détendait en un sourire. Dans une étreinte, dans un baiser, toutes les exaspérations étaient oubliées.

La petite fille avait quatre ans, et, trottant à travers la vaste pièce, au milieu des livres, des dossiers et des ustensiles de chimie, elle apportait dans le sévère logis une gaieté chantante d'alouette. Sans elle, son père n'eût pas trouvé la force de supporter sa douleur. Elle le rattachait à l'existence, mais elle n'avait pas pu combler l'abîme creusé par la mort dans le cœur de Rameau. Cet homme, qui avait tant vécu par la pensée, sentait son esprit sans ressort et sans vigueur. Lui, qui avait tant travaillé, et avec une joie si complète, il était dégoûté du travail.

Il passait des journées entières, assis dans son fauteuil, non plus devant son bureau à creuser quelque problème scientifique, mais auprès de sa fenêtre, à regarder voler les nuages qui balayaient le ciel dans la vaste étendue de la place des Invalides, ou à suivre des yeux les évolutions des soldats qui faisaient l'exercice à des heures régulières, tournant à droite, tournant à gauche, laissant retomber leurs fusils en cadence, au commandement bref des instructeurs. Lorsque la nuit venait, il quittait sa place et allait s'asseoir au coin de la cheminée, toujours silencieux et rêvant.

A quoi? Talvanne le savait et il se serait bien gardé de le lui demander, dans la crainte de provoquer quelque crise de colère. Sans trêve, l'époux songeait à la jeune femme morte et maudissait la destinée qui la lui avait prise. Quand il parlait, poussé par le besoin furieux de s'épancher, c'étaient toujours les mêmes récriminations : Pourquoi la mort de cette femme de vingt-huit ans, forte, belle, heureuse, utile, lorsque tant de vieillards malheureux, languissants, ne tenant plus ni à personne ni à rien, n'achevaient pas de mourir? Quelle atroce injustice que cette loi de l'existence des êtres, qui condamnait la jeunesse et la beauté, et épargnait la décrépitude et la sénilité?

— Explique ça, toi, imbécile, criait-il rageusement à Talvanne, avec ton ordre admirable de la nature, tes causes finales et ta volonté divine! Tire une solution acceptable de ce problème infâme et monstrueux: les jeunes mourant avant les vieux, la débilité triomphant de la force! Est-ce juste? Et, s'il y a un Dieu qui permet une telle iniquité, qu'en penses-tu de ce Dieu?

La plupart du temps, le docteur ne répondait pas, baissait le nez comme vaincu. Mais Rameau devenait quelquefois si pâle de son irritation insuffisamment débordée, que son ami se décidait à accepter la controverse, pour lui donner l'occasion d'épancher cette sombre fureur, dont la concentration aurait pu le tuer.

— Hélas ! disait-il doucement, la vie est une si courte épreuve que Dieu la compte pour peu de chose. En même temps, cette épreuve est si dure que ceux qu'il rappelle à lui doivent être considérés comme des élus. Tu sais bien que toutes les religions, le paganisme en tête, ont envisagé la mort comme une faveur céleste. Et, à ceux qui survivaient aux êtres chers, pour les consoler des déchirements de la séparation, elles ont donné l'espérance de se revoir un jour...

— Oui ! Dans de vagues Champs Élysées, dans un paradis dont l'emplacement est indéterminé... Ah ! ah ! Aveuglement et tromperie ! clamait Rameau. Et sous quelle apparence se reverra-t-on ? Sous l'apparence humaine ? Tu sais bien que de ce corps, voué aux vers du tombeau, il ne restera rien ! Alors, à l'état de squelette ? Horreur ! Ne vaudrait-il pas mieux ne se retrouver jamais ! Non ! Tes prêtres ont beau mentir, cette forme exquise, adorée si tendrement, et qui s'offrait si radieuse et si belle, je ne la reverrai pas ! Ce sourire, qui me ravissait et où éclatait la joie de vivre, ne rayonnera plus pour moi ! Ces yeux si doux, si brillants, si tendres, voilés de leurs paupières aux longs cils, je ne me sentirai plus réchauffé par leur regard ! La perte que j'ai faite est irrémédiable ! Va, tu peux me parler des promesses de ta religion, j'ai le malheur de ne pas y croire ! Le corps de celle par qui j'étais heureux m'a été enlevé, le lien vivant qui l'attachait à moi a été rompu, et c'est fini : nous sommes séparés pour toujours !

Il était pris alors d'un attendrissement irrésistible qui faisait cet homme, si puissant et si vigoureux de corps, plus faible et plus irrésolu qu'un enfant. Talvanne le laissait pleurer, navré par le spectacle de cet anéantissement physique et moral; puis, quand l'accès était fini, il venait serrer la main de son ami, lui exprimant, dans une seule étreinte, toute la pitié et toute la tendresse de son cœur.

— Tu vois, disait Rameau, avec un douloureux sourire, tu as affaire
au plus triste et au plus dangereux des fous! Mesure ma tête, palpe-
la, fais des observations craniométriques. Cela te servira, à toi qui
penses encore à la science et qui continues à y croire!

Le calme revenu, il retombait dans son silence, et la journée ou la
soirée s'écoulait sans nouvel incident.

Depuis son deuil, il avait défendu sa porte aux malades, cessé ses
cours et offert de donner sa démission. L'administration lui avait
accordé un congé, mais ses clients n'avaient pas été de si bonne
composition. Malgré les consignes sévères imposées aux domestiques,
des parents, affolés par l'inquiétude, avaient forcé l'entrée de son
cabinet pour lui demander la vie des êtres tendrement aimés. Il les
avait repoussés avec fureur, retrouvant les violences de sa jeunesse
pour leur exprimer l'implacable indifférence que lui inspirait maintenant l'humanité.

— Vous voulez que je sauve votre femme? disait-il. Je n'ai pas pu
sauver la mienne! Vous avez confiance dans mon diagnostic, dans
mon expérience!... Vous êtes plus hardis que moi... Aujourd'hui, je
ne soignerais pas mon chien, s'il était malade, tant je serais peu sûr
de ne point le laisser mourir! Allez-vous-en, la médecine n'existe
pas! Adressez-vous à un charlatan, ou ne faites rien! Cela reviendra
au même. Mais laissez-moi en repos! Que m'importent vos misères,
vos angoisses ou vos souffrances! Finisse le monde! Il n'y aura pas
grand mal, et la perte ne sera pas lourde!

Le bruit se répandit qu'il avait l'esprit dérangé, depuis la mort de
sa femme. Et, de fait, on n'était pas loin de la vérité.

Cette étrangeté d'humeur effrayait parfois Talvanne, qui avait une
grande expérience des fous, et il était obligé de s'avouer que plus d'un
de ses pensionnaires n'était pas plus bizarre que son ami. La répulsion
profonde que Rameau éprouvait pour tout ce qui, de près ou de loin,
se rattachait à une profession à laquelle il avait voué sa vie était un
symptôme très grave. L'aliéniste voyait s'écouler les mois, sans que
jamais le docteur manifestât une curiosité quelconque de ce qui se
passait dans le monde scientifique. Lui qui, autrefois, lisait traités,

articles, thèses, publiés en Europe ou en Amérique, tout ce qui touchait à la médecine, il n'enlevait même pas la bande de la *Gazette médicale* placée, avec intention, sous ses yeux, par Talvanne.

Souvent, pour tâcher de faire jaillir une étincelle de ce foyer qui semblait éteint, l'aliéniste racontait des opérations nouvelles pratiquées à l'amphithéâtre de l'école, il décrivait des expériences tentées au laboratoire de chimie. Il épiait le visage de Rameau; il le voyait impassible, comme s'il n'eût pas compris ce dont il entendait parler. Il comprenait cependant, car un jour que Talvanne monologuait, à propos d'un traitement nouveau du cancer, prôné par les professeurs allemands de Berlin, il avait levé brusquement les épaules et s'était écrié :

— Des ânes! tous des ânes! S'ils avaient employé les injections phéniquées sous-cutanées, ils auraient eu de bien plus grandes chances de réussite!

— Tu dis ça. En es-tu sûr? avait répliqué vivement Talvanne, essayant de le piquer au jeu.

Mais Rameau, avec un sourire dédaigneux :

— Après tout, je m'en moque!

Et il avait été impossible de lui tirer une parole de plus. Son ami commençait à se demander si une anémie cérébrale n'avait pas enlevé à Rameau la faculté de penser, lorsqu'un événement imprévu rendit le grand homme à lui-même. Mme Servant tomba malade et son état devint bientôt très grave. Talvanne averti avait tenu Rameau au courant de la situation. Il lui disait:

— Je viens de chez Mme Servant, elle est moins bien qu'hier... Richardet, qui la soigne, a tenu à la voir deux fois aujourd'hui... Il ordonne telle et telle chose, mais n'obtient aucun résultat.

A l'annonce de la maladie, Rameau avait fait: « Ah! » simplement, et, chaque fois que l'aliéniste lui parlait de la femme sur laquelle il avait reporté toute la reconnaissance qu'il devait à son vieux maître, il hochait la tête avec tristesse. Talvanne un soir lui dit:

— Toi, dans un cas pareil, qu'est-ce que tu prescrirais?

Rameau eut un rire mauvais :

— Est-ce que je sais? Et puis, à quoi ça servirait-il?

Comme son ami insistait, il lui coupa brutalement la parole:

— Tais-toi, tu me fatigues!

Il se leva, marcha à grands pas dans la pièce, comme pour se distraire d'une émotion qu'il était mécontent de ressentir, et, au bout d'un instant, se rassit et resta silencieux. Le lendemain, Talvanne monta très agité chez son ami, sans s'asseoir même, donna les nouvelles : Mme Servant était considérée comme perdue, une consultation avait eu lieu dans la journée et le résultat avait été désolant. Les médecins ne savaient plus quoi faire, ils se jugeaient impuissants et s'abandonnaient au hasard.

— Comme s'il y avait autre chose! ricana Rameau, sans même tourner la tête

Cette obstination à se désintéresser d'une situation à laquelle il aurait dû prendre si grandement part finit par irriter Talvanne. Il perdit patience et s'écria:

— Voyons, tu ne peux pas être devenu insensible au point d'écouter sans sourciller ce que je viens de te dire. Il s'agit de la femme dont tu as adopté le fils... Elle porte le nom de ton vieux maître, de ton créateur, car, sans lui, que serais-tu?

— Peut-être un homme heureux!

— Rameau! s'écria l'aliéniste, tu as souffert, tu souffres et tu souffriras encore : c'est le sort de tous les hommes. Mais vas-tu rendre des innocents responsables de ta douleur? Veux-tu faire peser sur tes semblables la rancune du malheur qui t'a frappé? Le spectacle du mal des autres soulagera-t-il le tien? Je t'ai connu généreux et brave. Es-tu maintenant égoïste et lâche? Me comprends-tu? Quelles paroles faut-il que je prononce pour aller jusqu'à ton cœur? Une femme se meurt; en la sauvant. tu peux acquitter une dette sacrée. Le veux-tu ?

Un éclair jaillit des yeux de Rameau, deux larmes coulèrent sur ses joues, qu'une rougeur vint colorer. Il se leva, ses épaules voûtées se redressèrent, sa tête agita sa rude chevelure et, avec toute sa vigueur retrouvée :

— Tu as raison, pardonne-moi, dit-il d'une voix ferme, j'y vais!

— Oh! c'est toi! Enfin! s'écria Talvanne transporté de joie, en le serrant dans ses bras. Viens! je te conduis!

Et, sans lui laisser le temps de réfléchir, l'habillant comme un enfant, l'encourageant par des paroles enflammées, il l'enleva dans sa voiture et l'amena au chevet de la mourante.

Le pacte que Rameau semblait avoir fait avec la mort, et auquel celle-ci n'avait été qu'une fois infidèle, mais bien cruellement, parut alors être redevenu plus solide que jamais. En trois jours, Mme Servant renaissait à la vie et son sauveur était bien plus sauvé qu'elle. Par cette victoire, il avait repris goût au combat contre la souffrance. Il avait été reconquis par le travail : à compter de cet instant, il ne devait plus lui échapper.

Une transformation se fit en lui, soudaine. On eût dit que, depuis de longs mois en léthargie, il se reveillait et recouvrait toute sa pensée pour concevoir, toute sa vigueur pour exécuter. Il reparut à l'École de médecine et sa première leçon, qui avait attiré un grand concours d'étudiants, fut un triomphe. On était heureux de voir ce puissant esprit se ranimer et jeter des clartés plus vives. On fut, de nouveau, sous le charme. Son talent de parole s'était comme affiné. Il était moins viril, peut-être, que par le passé, mais attendri d'une poésie mélancolique qui lui donnait un charme plus pénétrant. On y entendait résonner comme un écho de sa souffrance. Il avait connu 'extrême fin des joies et des douleurs humaines, et son génie y avait trouvé un développement complet.

On admirait Rameau, autrefois, et on le redoutait dans sa force et dans sa fierté. Maintenant, pour son incurable tristesse et sa mansuétude sans bornes, on l'aimait et on le vénérait. Sa fortune, alors considérable, car il gagnait ce qu'il voulait, devint un embarras pour lui et il s'ingénia à la dépenser, en faisant le plus de bien possible. Il avait fondé une clinique de chirurgie, où, de concert avec ses élèves, il opérait les pauvres gens. Une consultation gratuite avait lieu, deux fois par semaine, à l'hôtel de la rue Saint-Dominique. Rameau mérita le titre admirable de médecin des malheureux. Il suffisait de souffrir

LA COUTURIÈRE EST VENUE M'ESSAYER MA ROBE, ALORS J'AI VOULU VOUS
LA MONTRER (PAGE 805)

pour avoir droit à sa bienveillance, à ses soins. Et quels soins! Les empereurs et les rois n'avaient pas autour d'eux de praticiens comparables à cet enchanteur qui engourdissait le mal, terrassait la maladie et enchaînait la mort.

Talvanne triomphant avait rajeuni. Ardent à poursuivre la cure qu'il avait faite, et dont il s'attribuait secrètement l'honneur, il aidait Rameau dans l'organisation de tous ses services charitables. Il administrait la clinique, en surveillait le fonctionnement, payait le loyer, les infirmiers, se chargeait de la partie financière de l'institution et laissait à son ami la partie scientifique.

— Moi, avec ma maison de santé, disait-il, je suis ferré sur la question matérielle, et on ne me met pas dedans! Toi, mon ami, tu n'y verrais que du feu. Raccommode des bras et des jambes, extirpe des tumeurs, ouvre des femmes en deux et recouds-les de telle sorte qu'elles soient plus solides après qu'avant, c'est ton affaire et tu y es sans rival. Chacun son département, nous marcherons supérieurement et nous enfoncerons l'homme au petit manteau bleu!

Et de rire, en se frottant les mains à s'arracher la peau, dans le paroxysme de son contentement.

Quelquefois, le soir, prenant la petite Adrienne sur ses genoux, il disait:

— Ton père est un grand philanthrope. On lui dressera un jour une statue sur une place publique, comme à n'importe quel héros des grandes guerres, et il l'aura mieux méritée, ma fille, car il est plus beau de conquérir de la gloire en aidant les hommes à vivre qu'en les contraignant à mourir!

Mais si l'état physique et intellectuel de Rameau était devenu satisfaisant, son état moral laissait encore bien à désirer. Le docteur avait, en dépit de l'affectueuse sollicitude de son ami, malgré les absorbantes câlineries de sa fille, des heures de morne tristesse. C'était surtout lorsqu'approchait l'anniversaire de la mort de celle qu'il pleurait toujours, que ses sombres humeurs devenaient plus farouches et plus menaçantes. Il était presque inabordable, en dehors des nécessités professionnelles. Enfin, la veille du jour fatal, il montait dans la

chambre de sa femme, et, sans ouvrir les volets, comme dans l'obscurité d'un tombeau, il y passait vingt-quatre heures enfermé seul,
en communion avec la mort. Cette retraite funéraire terminée, il sortait de la chambre, plus pâle, plus voûté, les yeux plus rouges, mais
avec une fermeté et un calme plus grands. Et il reprenait ses travaux,
ses occupations, sa vie habituelle.

Sa maison, qui avait été si hospitalière, était rigoureusement fermée. A l'exception de quelques amis, nul n'y pénétrait. Les réceptions
du samedi avaient cessé, jamais le grand salon ne s'illuminait, et les
invités en cortège ne montaient plus les marches de pierre de l'escalier d'honneur. Tout était silencieux et sombre, et, sur le jardin, au
premier étage, au centre de la façade, deux fenêtres restaient immuablement closes de leurs persiennes, comme les yeux pieusement
fermés d'un mort.

Au milieu de cette tristesse et de cette misanthropie, la petite
Adrienne grandissait, bien portante, vive et gaie, chantant ainsi qu'un
oiseau perché sur le cyprès des tombes et qui gazouille, sans souci
du deuil et des larmes, parce que le ciel est bleu et que le soleil rit
dans la verdure. Son père l'adorait. Il la couvrait de son regard, semblant fouiller jusqu'au fond de cette âme qui s'éveillait, comme pour
y deviner le secret de sa raison future. Serait-elle sérieuse ou futile,
posée ou fantasque? Oh! surtout, serait-elle douce et croyante, ou
bien intolérante et fanatique? Aurait-elle l'âme passionnée et ardente
de sa mère et, dans ce siècle de foi chancelante, montrerait-elle l'ardeur religieuse des époques disparues? Ou, et c'était là son rêve,
offrirait-elle, à son père d'abord, plus tard à son époux, un cœur
simple et tendre, se contentant d'aimer et d'être aimée sans vouloir
réformer et proscrire?

Il s'était imposé la règle de ne jamais prononcer, devant cette
enfant, un seul mot qui eût trait à la religion : pas de controverse, pas
d'exposé de doctrine, une neutralité absolue. Il eût considéré comme
un crime de glisser dans cet esprit, ouvert à sa parole et avide de
l'entendre, une seule de ses idées. Il avait, sur ce point, des scrupules
d'honneur.

Il faisait élever Adrienne ainsi que toutes les petites filles de son entourage. Elle allait, sous la conduite de Rosalie, à un cours où l'enseignement religieux était normalement développé. Et quand l'enfant adressait à son père quelques questions relatives à l'histoire sainte, c'eût été plaisir d'entendre Rameau expliquer avec une simplicité admirable les poétiques légendes de l'origine du christianisme. Il lui racontait les choses comme on les lui avait racontées à lui-même, dans son enfance, et il retrouvait au fond de son souvenir les sensations qu'il avait éprouvées. Après tant d'années d'incrédulité, ces impressions avaient encore laissé des traces dans sa pensée. Avec une rêveuse philosophie, il se disait que des croyances dont les racines allaient aussi profondément dans l'imagination étaient presque indestructibles. Et il embrassait doucement sa fille, dont les mains mignonnes caressaient sa barbe blanche, en achevant le récit de la fuite en Égypte ou du sommeil de Jésus sur le lac de Génézareth.

Il faisait ainsi l'admiration de Talvanne, qui voyait, avec une joie profonde, l'éducation de l'enfant suivre son cours régulier, sans qu'aucune difficulté se fût produite. Il appréhendait pourtant l'époque de la première communion. Comment Rameau accepterait-il pour sa fille cette cérémonie contre laquelle il s'était si souvent élevé, à cause de la confession qui la préparait? L'influence du prêtre, tenant à sa merci la volonté morale d'une jeune fille ou d'une jeune femme, lui paraissait monstrueuse, et il avait toujours eu, en discutant cette importante question de la liberté de conscience, des emportements qui touchaient à la frénésie. Il se montrait intraitable sur ce chapitre-là, alors qu'il faisait quelques concessions sur certains autres.

Il avait cependant laissé sa fille suivre le catéchisme. Quand elle parlait de son cours d'instruction religieuse, il ne sourcillait pas et il était impossible de se rendre compte de ce qu'il pensait. L'interroger eût été périlleux, en ce qu'on risquait d'éveiller ses susceptibilités, d'exciter ses préventions et de provoquer une tempête. Talvanne ne se sentait pas la hardiesse d'affronter de telles difficultés, et il laissait le temps passer, s'en rapportant à la modération inattendue du père et à la gentillesse captivante de la fille. Il se disait: « S'il y a du grabuge, je laisserai Adrienne en tête à tête avec lui. Et le diable m'emporte, si, dans cette lutte, ce n'est pas l'agneau qui met le tigre à la raison. »

Pourtant le jour solennel approchait, il devint nécessaire de s'occuper de la toilette de l'enfant. Rosalie se chargea de la commander. Pour Adrienne, c'était une importante solennité. Elle était en même temps toute pleine de la ferveur la plus profonde à la pensée de s'approcher de la sainte table et transportée de joie parce que, pour la première fois, elle allait mettre une robe longue.

Un soir, après le dîner, Talvanne et Rameau s'étaient retirés dans le cabinet du docteur, pour examiner des documents très curieux envoyés d'Allemagne, lorsque bruyamment la porte s'ouvrit et Adrienne, le visage rayonnant, entra, habillée en communiante. Elle s'avança vers son père et son parrain, marchant à pas comptés, en faisant bouffer ses jupes, avec cette instinctive coquetterie des fillettes qui fait d'elles déjà de petites femmes.

— La couturière est venue m'essayer ma robe s'écria-t-elle, alors j'ai voulu vous la montrer... Elle me paraît bien. Mais, si vous avez des observations à faire, dites...

Son contentement éclatait dans ses yeux, elle cherchait vaguement une glace pour s'admirer, mais, dans ce cabinet grave et sombre, il n'y avait pas de miroir. Talvanne inquiet avait, dès le premier instant, jeté un regard suppliant du côté de son ami ; il l'avait vu très calme. Lorsque Adrienne, dans l'élan de sa satisfaction, avait déclaré : « Elle me paraît bien, » un sourire avait passé sur les lèvres de Rameau, et, d'une voix adoucie, le père avait répondu :

— Elle te va bien, mon enfant...

— Ah ! tant mieux ! fit la petite fille, en frappant joyeusement dans ses mains. Je veux être dans les plus belles, papa, pour que tu aies du plaisir à me regarder à l'église et que tu sois fier de moi...

— Prends garde, Adrienne, dit Rameau, en levant un doigt et en menaçant tendrement sa fille, voilà que tu pèches par orgueil.

L'enfant rougit. En un instant, toute son exhubérance tomba et, avec une tranquillité voulue :

— Tu as raison, papa, mais ce n'était pas par vanité que je parlais, c'était par grand désir de te plaire.

Elle alla à Rameau, lui prit doucement la tête entre ses bras, ce qui mit la barbe blanche de neige du père sur la blanche mousseline de la robe de communiante, elle l'embrassa et, faisant la révérence, avec un éclat de rire qui emplit la triste pièce d'une soudaine gaieté :

— Mes beaux messieurs, votre très humble servante !

Et elle partit aussi vite qu'elle était venue. La porte refermée, les deux hommes s'examinèrent : en une minute, un monde de pensées fut échangé entre eux. Sans pouvoir résister au mouvement d'expansion qui l'entraînait, Talvanne se pencha vers son ami et, lui serrant les mains :

— Tiens ! tu es un brave homme !

— Est-ce que cela t'étonne ? demanda Rameau.

— Non, dit doucement l'aliéniste. Mais je sens que tu fais sur toi-même un effort pour complaire à cette petite, et moi, qui l'aime comme si elle était ma fille, je t'en remercie.

Le docteur releva son front penché et, regardant son ami fixement :

— Que craignais-tu donc de moi ?

— Écoute, dit Talvanne avec précaution, ne te fâche pas de ce que je vais te dire, mais je t'ai connu si intolérant...

— Intolérant, soit ! interrompit-il avec force. Mais comment pourrais-je l'être avec ma fille ?

Il resta silencieux ; puis, d'une voix émue :

— Froisser ce jeune cœur qui s'ouvre si frais, si confiant, jeter une ombre sur cet esprit si pur et si tendre ? Quel monstre serais-je ? Oh ! non ! Si quelque religion est supportable, c'est celle d'un enfant qui se sent attiré tout naturellement vers le ciel. Si une prière est sacrée, c'est celle qui tombe d'une bouche naïve. Qu'importe que la croyance soit vaine, si elle fortifie ce cœur et éclaire cet esprit ? Toute prière est bonne, si elle est inspirée par l'amour et la charité. Le soir, quand j'entre dans la chambre de ma fille, à l'heure où elle va s'endormir, je la vois croiser ses petites mains, je l'entends murmurer d'une voix douce : « Mon Dieu, accordez-moi la sagesse, pour que papa n'ait pas de reproches à me faire et que je le rende heureux... Donnez-lui la santé ainsi qu'à mon cher parrain. » Eh bien ! Talvanne, pour rien au monde je ne voudrais que ma fille ne crût pas et ne priât pas... Il me semble qu'elle serait moins bonne, moins douce, moins pure. Laissons la philosophie aux hommes ; qu'ils discutent et qu'ils élucident, mais gardons-nous d'enlever la foi aux femmes... Nous y perdrions trop !

Et, comme son ami le regardait avec un étonnement profond :

— Oui, je devine à quoi tu penses. Tu te demandes comment je me montre si libéral avec ma fille, ayant été si autoritaire avec ma femme, au risque de lui causer tant de chagrin. C'est que, vois-tu, la situation était toute différente. Conchita ne se contentait pas de croire et de prier, elle voulait me contraindre à croire et à prier comme elle. La liberté pour elle ne lui suffisait pas, elle voulait m'enlever ma liberté, à moi. Son prosélytisme tournait à l'oppression, et, lorsque je ne lui demandais d'abandonner aucune de ses croyances, elle prétendait m'obliger à renier toutes mes convictions. Entre elle et moi, il y a eu lutte, et, pour ma dignité d'homme, pour mon autorité intellectuelle, il m'a fallu résister. Mais je n'ai jamais essayé d'abuser de ma victoire. Et, c'est aujourd'hui une consolation dans ma peine, je n'ai fait aucun effort pour affaiblir son zèle. J'ai seulement repoussé ses tentatives contre mon indépendance, et ce n'a pas été sans déchirement. Tu sais que j'étais prêt à de bien grandes concessions : tu me les as vu faire. Mais brûler tout ce que j'avais adoré, c'était exiger de moi une capitulation déshonorante, et, quelque grand que fût mon amour, il ne pouvait m'imposer une telle dégradation. J'ai beaucoup souffert silencieusement, car je n'aurais point voulu laisser soupçonner, même à un vieil ami comme toi, les désaccords qui troublaient mon repos. L'affection que j'avais pour ma femme n'a pas été affaiblie par ces souffrances. Je l'ai plainte, quand je la voyais blessée de n'avoir pu triompher de ma résistance. J'ai redoublé de tendresse pour elle, afin de lui faire oublier, si c'était possible, les déconvenues que lui valait chacune de ses tentatives. Et je vais aller bien plus loin : je n'aurais pas voulu qu'elle partageât mes idées. Si elle avait été libre-penseuse, je ne l'aurais pas aimée : elle m'aurait semblé une sorte de monstre, toute sa féminité aurait disparu, et je me serais détourné d'elle avec horreur. Il est nécessaire que la femme croie. La foi est une occupation pour son esprit, une force pour son cœur, et enfin une grâce touchante pour toute sa personne. Et si la société future connaît la femme athée, je plains ceux qui auront pour mère, pour épouse ou pour fille cet effroyable produit de notre progrès scientifique. Je veux Adrienne heureuse, et, par conséquent, j'ai fait tout ce qui dépendait de moi pour qu'elle eût les idées qui facilitent le bonheur. Elle pensera, elle verra, comme la moyenne éclairée et sage des jeunes filles de ce temps-ci. Elle ne se distinguera que par sa beauté, puisque la nature la lui a donnée, et par son intelligence, puisque nous nous employons, toi et moi, à la lui développer. Elle aura la simplicité, la droiture et la bonté. Qu'avec cela elle se marie à un honnête homme, et je pourrai m'en aller sans inquiétudes, dans le néant, comme c'est ma conviction, ou dans l'éternité, comme c'est sa croyance.

Talvanne avait écouté cette déclaration, si curieuse venant d'un tel homme, avec un intérêt plein d'émotion. Il admirait la hauteur de vue philosophique avec laquelle Rameau, mesurant la portée destructive de certaines idées sur certains esprits, prétendait limiter, pour la femme, le domaine des conquêtes intellectuelles. Il voulut le pousser à formuler plus complètement sa conclusion et, avec une malicieuse bonhomie, il dit :

— Pourquoi ne veux-tu pas que les femmes soient aussi éclairées que les hommes? Si tes idées sont bonnes, pourquoi ne pas les en faire profiter? Je ne comprends pas tes restrictions. Le bien est absolu, et, s'il est enviable pour l'un, il l'est aussi pour l'autre. Alors, tu veux réduire les femmes en une sorte de servitude morale ? Pourquoi?

Rameau hocha la tête.

— Parce qu'avec les femmes, tout ce qui n'est pas utile est nuisible.

— VOIS, DIT-IL, NE LES JUGES-TU PAS BIEN ASSORTIS? (PAGE 814)

Il n'y a pas de moyen terme. La libre-pensée conduirait directement la femme à la licence des mœurs et, de là, au vice. La liberté est un trop lourd fardeau à porter pour elle. Il faudrait, pour la rendre apte à en jouir, changer toutes ses conditions d'existence qui sont l'infériorité et la dépendance. Elle n'y gagnerait pas et l'homme non plus. Il n'existe pas, au point de vue social, d'égalité entre l'homme et la femme, il n'en peut exister. Laissons-la donc à son rôle de soumission, de douceur et de grâce. C'est par là qu'elle triomphe. Ne changeons rien à son destin, car nous ne serions pas sûrs de l'améliorer.

— Mais cependant il a existé des femmes qui, par l'ampleur de leur intelligence, se sont montrées dignes de toutes les libertés. Ainsi, sans remonter bien loin, dans la politique Mme Roland, dans la littérature Mme de Staël, et enfin, tout récemment, George Sand...

— Eh ! Tu confirmes mon raisonnement, interrompit Rameau avec vivacité : c'étaient des hommes. Il y a des erreurs dans la nature, vois-tu bien, et les sexes sont quelquefois mal appropriés !... Si ces exceptions géniales devaient être la règle, il n'y aurait plus qu'à paraphraser le mot du grand caricaturiste et, en parlant de ces femmes supérieures, nous écrier : Dieu garde nos fils de leurs filles !

Talvanne se mit à rire et ne poussa pas plus loin la controverse. Il était, ce soir-là, trop bien d'accord avec son ami. Ils restèrent, au coin du feu, à fumer et à causer, puis l'aliéniste regagna Vincennes.

Quelques semaines plus tard, Adrienne fit sa première communion. Son père et son parrain l'accompagnèrent à l'église. Elle eut l'honneur de prononcer publiquement le renouvellement des vœux du baptême, et rien, dans cette solennelle journée, n'assombrit son bonheur.

Peu à peu, elle devint une petite femme et commença à participer aux bonnes œuvres du docteur. Elle avait été placée à la tête du vestiaire et de la lingerie, annexes providentielles de la consultation gratuite. Avec la vieille Rosalie, elle préparait les langes, les draps, les serviettes, les chemises. Elle était en relations constantes avec les grands magasins de Paris, pour obtenir au rabais des vêtements de pauvres. Elle confectionnait de petites brassières en laine, et taillait des bonnets, des sarraux, des camisoles, qu'elle envoyait coudre à l'ouvroir des sœurs. Une administration complète lui était dévolue et elle s'en acquittait avec un ordre, une activité et une satisfaction qui faisaient plaisir à voir. Elle prenait de l'autorité sur les gens et, avec un petit air capable et résolu, réglait, ordonnait, réprimandait, tenant parfaitement son personnel en main.

Souvent, le matin, Talvanne venait assister aux distributions de sa filleule. Il s'installait dans un coin de la salle d'attente par laquelle défilaient les malades, les souffreteux, et restait en extase devant le ferme aplomb et la bonne grâce souriante de cette gamine. Elle approchait cependant de ses seize ans et, à force d'être une petite fille, elle devenait une demoiselle. Sa beauté se développait avec une surprenante splendeur. Et Talvanne n'était pas seul à s'en apercevoir et à l'admirer.

L'élève de Rameau, Robert Servant avait, depuis longtemps, changé d'attitude vis-à-vis de son amie d'enfance. Il ne plaisantait plus, ne riait plus, ne compagnonnait plus avec elle, librement comme autrefois. Il se tenait sur la réserve, plus grave, mais non moins empressé. Quand il arrivait de l'hôpital de la Charité, où il était interne, pour se mettre aux ordres de son maître, il apportait toujours un petit bouquet de fleurs à Adrienne, mais il ne l'embrassait plus ainsi que par le passé. Il lui serrait seulement la main, et la pression de ses doigts était aussi tendre que le baiser.

C'était un garçon très remarquable, lauréat de tous les concours et en passe d'enlever rapidement son agrégation. Il tenait de Rameau un goût très vif pour la chimie, et il avait déjà fait, dans l'ordre microbien, des observations intéressantes. Habile chirurgien, il préférait cependant la médecine, dont le champ plus vaste offrait à sa curiosité des découvertes plus nombreuses à tenter. Étant sans fortune, orphelin, sa mère ayant succombé à la maladie contre laquelle Rameau la défendait depuis tant d'années, il n'avait rien à attendre de personne. Mais il était vigoureux, raisonnable et travailleur. Il avait foi en l'avenir et suivait résolument sa voie.

Son maître d'ailleurs la lui aplanissait, car, dans le domaine médical, il était tout-puissant. Lorsqu'il faisait une opération à un malade riche, il amenait Robert avec lui et le laissait, pour renouveler les pansements et veiller sur les complications possibles. Ces missions de confiance étaient fort lucratives, et les finances du jeune docteur s'en trouvaient bien. Chez Rameau, il était chez lui, ayant été, pour ainsi dire, élevé dans la maison. Talvanne le prenait encore quelquefois par l'oreille, comme quand il était petit, et il n'y avait pas bien long-temps que la vieille Rosalie ne le tutoyait plus. Il vivait à l'ombre de la grande célébrité de son maître, dans son intimité laborieuse et fa-miliale. Et il avait autant d'admiration que de dévouement pour le grand homme auquel il devait tout. Il se serait fait écharper pour le défendre. Mais peut-être eût-ce été le père d'Adrienne, encore plus que le maître vénéré, auquel il eût donné sa vie.

Un amour profond, pur, inaltérable, une de ces tendresses d'enfance qui durent toute la vie, emplissait son cœur. Si on lui avait demandé depuis quand il aimait la jeune fille, il aurait été embarrassé pour répondre. Il aurait dit : « Je l'ai toujours aimée. Je ne me rappelle pas avoir jamais senti mon cœur vide de cette affection. Depuis que mes yeux sont ouverts, je la vois et je la trouve charmante. Il me serait impossible de comprendre la vie sans elle et, si la fatalité voulait qu'elle disparût, je n'aurais plus qu'à la suivre, car, pour moi, le monde serait désert. »

Il n'avait pourtant jamais prononcé une parole qui pût faire soup-çonner à la jeune fille qu'il l'aimât. La nécessité d'un aveu de sa ten-dresse ne s'était point présentée à son esprit. A quoi bon lui parler? Ne devait-elle pas le comprendre sans qu'il s'expliquât? Sans qu'elle lui eût fait aucune promesse, il était d'avance sûr d'elle. Il n'admet-tait pas qu'elle pensât à un autre que lui. Il avait une confiance et une quiétude parfaites, et il vivait heureux dans cette demeure triste, sombre et silencieuse, la trouvant gaie, sonore et rayonnante, parce qu'il y entendait la voix, parce qu'il y voyait le sourire d'Adrienne.

VIII

Dans le cabinet de Rameau, Talvanne s'était assis au coin de la
cheminée, se chauffant au feu qui brûlait toute l'année, même lorsqu'au printemps les fenêtres étaient ouvertes. Le docteur avait
accueilli son ami d'un signe de tête et s'était replongé dans la lecture
d'un rapport. Il prit quelques notes au crayon sur les marges, puis,
repoussant les papiers, il fit pivoter son fauteuil sur un pied, regarda
la pendule et dit :

— Déjà midi !

— Oui. Et combien as-tu vu de malades?

— Une douzaine. Il faut que je m'habille avant le déjeuner, car je
suis d'examen aujourd'hui à l'École. Donne donc un coup de sonnette.

Talvanne appuya sur le bouton électrique qui se trouvait à portée
de sa main, et, comme si tout ce que pouvait désirer Rameau était
prévu et réglé à l'avance, Rosalie entra, portant sur ses bras une
redingote, un gilet et une cravate. Le docteur ne souffrait pas qu'un
serviteur autre que la vieille femme de charge s'occupât de sa personne. Elle était dressée à le soigner, connaissait ses habitudes, ses
manies, prévoyait ses occupations et savait fort bien entrer dans son
cabinet et interrompre son travail, pour lui rappeler qu'il s'oubliait,

avait telle et telle chose à faire, à telle heure déterminée, et qu'en conséquence il fallait qu'il s'en allât. En temps ordinaire, elle était silencieuse, comprenait à demi-mot et répondait sobrement. Pour cela, Rameau aimait son service.

Elle posa les habits sur un fauteuil, ouvrit un meuble en forme de crédence, qui contenait une toilette, meuble indispensable dans un cabinet de médecin, et prépara, sans prononcer une parole, tout ce dont son maître avait besoin. Elle prit sur le divan la grande robe noire, en forme de froc, qui servait à Rameau de vêtement d'intérieur, et sortit.

Le docteur, en bras de chemise, se lavait les mains. Talvanne s'approcha de la fenêtre et, s'accoudant à la barre d'appui, il regarda dans le jardin. Robert et Adrienne, aussitôt réunis, y étaient descendus et, côte à côte, se promenaient lentement au bord de la pelouse de fin gazon anglais, au soleil, dans un bien-être délicieux. Ils causaient. On n'entendait pas leurs paroles, mais à la gaieté de leur sourire, à la vivacité de leurs regards, il était aisé de comprendre qu'ils se trouvaient heureux ensemble. Le temps passait pour eux rapide et charmant, le long de ces bosquets embaumés, pleins de la chanson voltigeante des oiseaux. Talvanne les suivait dans leur marche, devinant le plaisir qu'ils goûtaient l'un près de l'autre et jouissait profondément de leur bonheur. Il se retourna, vit Rameau habillé; d'un signe, il l'amena à la fenêtre, et, lui montrant le jeune couple qui poursuivait sa promenade :

— Vois, dit-il. Ne les juges-tu pas bien assortis?

Rameau resta silencieux. En un instant, son esprit avait évoqué un autre tableau. Comme cadre, toujours le même jardin, mais non plus en plein soleil : la nuit descendait et l'ombre s'épaississait entre les massifs odorants. Un homme et une femme se promenaient aussi, d'un pas nonchalant et causaient à voix basse : c'était Conchita et lui. Comme ils étaient confiants dans le présent et sûrs de l'avenir! Et cependant leur destinée s'assombrissait, les enveloppant, plus noire que la nuit, sans qu'ils eussent le pressentiment de ce qui se préparait pour eux de fatal.

Le docteur poussa un soupir. En serait-il de même pour ces deux enfants qui marchaient souriants et tranquilles? L'équilibre des chances favorables se ferait-il en eux, ou bien leur accord n'amènerait-il que tristesses et soucis? Depuis lontemps, dans sa pensée, il les réunissait, et voilà qu'au moment décisif il hésitait, pris d'une sourde inquiétude, comme s'il avait le pressentiment d'un malheur. Mais à quoi pouvaient servir ses craintes? Le malheur ne serait-il pas plus grand de les séparer maintenant que de les donner l'un à l'autre? Ne les avait-on pas laissés grandir dans cette union de cœur, dans cette communauté de sentiments qui prépare l'amour? Ne s'étaient-ils pas sentis destinés au mariage? C'était cette certitude, cette sorte de possession morale, qui avait donné tant de douceur à l'intimité de leur jeunesse. D'ailleurs, s'ils avaient à souffrir, ne seraient-ils pas moins à plaindre étant deux pour supporter le fardeau du chagrin? Et, s'ils étaient favorisés d'une félicité sans nuage, n'en jouiraient-ils pas bien davantage, le bonheur de l'un se doublant du bonheur de l'autre?

Assombri, il s'éloigna de la fenêtre et, le front penché, marcha dans son cabinet. Talvanne étonné le regardait, ne comprenant pas sa préoccupation morose : tout n'était-il pas plein d'espérance et de joie dans l'union de ces deux jeunes gens si bien faits pour s'entendre ?

— Qu'est-ce que tu as? dit-il. Il semblerait que le spectacle de cette jeunesse aimante, au milieu de ce jardin en fleurs, t'ait attristé? Ne veux-tu pas les marier? Alors, il est grand temps de les prévenir, car voilà plus d'un an qu'ils se font les yeux doux. Enfoncé dans tes paperasses, l'esprit occupé de spéculations scientifiques, tu n'as peut-être rien vu; mais moi, qui suis un homme assez ordinaire pour m'intéresser aux plus simples choses de la vie, je puis t'assurer que Robert adore Adrienne et que, de son côté, Adrienne ne décourage pas Robert. Il a vingt-huit ans, elle, dix-huit. Il est brun, elle est blonde. Il offre tous les caractères physiognomoniques d'un mésaticéphale très pondéré. Je crois que tu peux avoir confiance. Il la rendra heureuse.

— Il faut qu'elle soit heureuse. Ce sera ma dernière joie dans la vie. Tout, pour moi, est subordonné à cette enfant. Je lui parlerai, je désire apprendre d'elle le secret de son cœur. Je causerai aussi avec Robert. Et, si ce que tu crois est vrai, eh bien! nous les marierons et nous nous verrons revivre dans leurs enfants.

— Pas trop de délais, n'est-ce pas ? Ils n'ont point à faire connaissance. Il n'est pas une pensée de l'un qui soit étrangère à l'autre. On pourra donc abréger les formalités.

Rameau redevint soucieux ; et, d'une voix assourdie par l'émotion :

— Il va falloir que je rassemble tous les actes nécessaires. Mon contrat de mariage, l'extrait de naissance de ma fille... Ces papiers sont enfermés dans un petit meuble dont ma femme avait la clef et qui est dans sa chambre. Tu sais que je ne pénètre dans cet appartement, si plein pour moi de souvenirs poignants, qu'un jour par an, à une date douloureuse. Je ferai l'effort de devancer l'anniversaire, et demain je chercherai parmi ces tristes souvenirs... Pour la première fois, le repos des reliques sacrées sera troublé. Je ne crois pas avoir besoin de te dire combien cette espèce d'exhumation me sera pénible... Mais il le faut... je m'y résoudrai.

Ils n'ajoutèrent pas une parole et descendirent dans la salle à manger, où déjà les deux jeunes gens les attendaient. Le déjeuner fut rapide et presque silencieux, puis Talvanne et Rameau partirent en emmenant Robert. Le soir, l'aliéniste ne parut pas et le docteur dîna en tête à tête avec sa fille. Il l'examinait pendant le repas, étudiant de ses yeux au regard divinatoire les lignes de ce jeune visage qui respirait la santé, admirant les proportions de ce corps élégant et vigoureux.

Adrienne, étonnée, se demandait ce que signifiait cette inspection approfondie. Mais, trop respectueuse pour questionner son père, elle attendait patiemment qu'il lui donnât lui-même l'explication qu'elle désirait. Ce ne fut que remonté dans son cabinet qu'il se décida à parler. Il attira la jeune fille près de lui, sur un siège bas qui la mettait presque à ses pieds, et, lui prenant la main :

— J'ai eu ce matin avec ton parrain une importante conversation dont tu as fait tous les frais.

TU AGITAIS DANS TA PETITE TÊTE, DES PENSÉES QUE JE N'AVAIS
PAS SOUPÇONNÉES? (PAGE 819)

Et, comme elle levait la tête avec une surprise un peu inquiète :

— Ne te tourmente pas, ajouta-t-il, tu sais que notre unique préoccupation est d'assurer ton bonheur. Tout ce que nous aurons imaginé, préparé ou souhaité comptera pour rien, si tu nous déclares que nos projets ne te satisfont pas.

Elle sourit, déjà au fait de ce que son père allait lui dire et, se levant à demi, penchée sur son épaule, elle l'embrassa tendrement.

— Tu viens d'avoir dix-huit ans, reprit le docteur, te voilà donc grande fille, et tu peux aspirer à une autre existence que celle qui s'est écoulée pour toi entre deux vieux pas souvent gais, comme Talvanne et moi.

Cette fois, Adrienne ne put garder le silence et, avec une tendre vivacité, interrompant son père :

— C'est cependant ainsi que je désirerais continuer à vivre, dit-elle de sa douce voix, et je ne crois pas pouvoir être plus heureuse qu'entre mon cher parrain et toi.

— Tu ne seras certes pas plus aimée, reprit Rameau, car, depuis que tu existes, nous avons tout subordonné à toi... Mais, mon enfant, nous ne serons pas éternels, et la tendresse que nous t'avons vouée viendra forcément, un jour, à te manquer. Il faut donc que nous songions à ton avenir, et l'avenir d'une jeune fille, c'est le mariage. Oh! ne crois pas que ce soit sans trouble que j'aborde cette question... Si, auprès de nous, tu t'es jusqu'ici trouvée heureuse, en toi, nous avons rencontré le dernier attrait, la suprême consolation que nous gardait la vie... Cette maison, qui a connu tant de douleurs et de tristesses, par toi avait reconquis un peu d'animation et de gaieté... Tu en as été le rayon et le sourire... Aussi, je t'assure bien que la pensée d'abandonner toute cette joie à un autre nous a serré le cœur. Mais nous ne sommes pas assez égoïstes pour accepter que tu te sacrifies à notre bonheur, et nous voulons te donner un compagnon au bras duquel tu pourras marcher en toute sécurité.

— Ainsi, vous pensez à vous séparer de moi ?

— Non, ma chère enfant, car j'espère que celui qui sera ton mari ne me privera pas de ta chère présence... Mais, tu le sais, la femme

doit suivre son époux et, quand tu seras mariée, si près de moi que
tu sois, tu ne m'appartiendras plus comme aujourd'hui... Il y aura
toujours entre toi et moi la pensée, le souvenir ou l'image d'un
autre.

Le docteur hocha la tête :

— Et peut-être me fais-je même, en ce moment, d'étranges illusions : qui sait si déjà? Oui, Talvanne prétend que ton cœur n'est
plus à nous exclusivement et que tu aimes...

La main d'Adrienne trembla entre les doigts de Rameau, une rougeur ardente colora son visage, et elle demeura interdite, n'osant
plus lever les yeux.

— Ce n'est pas un reproche que je te fais, chère petite, reprit le
docteur. A peine est-ce une question que je t'adresse... J'ai pleine
confiance en toi, et je suis sûr d'avance que, si tes regards se sont
reposés avec complaisance sur quelqu'un, le choix fait par toi doit
être tel que je n'aurai qu'à l'approuver...

— Oh! mon père, j'en suis bien sûre!

Elle s'arrêta, un peu honteuse de la chaleur avec laquelle elle
venait de prononcer ces paroles. Rameau sourit doucement, et, la
forçant à relever sa tête qu'elle tenait maintenant baissée :

— Ainsi, même les meilleures et les plus franches ont leurs secrets,
dit-il. Tu agitais dans ta petite tête des pensées que je n'avais pas soupçonnées? C'est Talvanne qui a été le plus clairvoyant : il ne s'est pas
trompé à ton calme apparent, et il avait deviné ton roman... Voyons,
conte-moi un peu cela... Car, à présent, je veux tout savoir.

— Oh! papa, c'est peu compliqué, et nullement romanesque.
Peut-être même me suis-je forgé des illusions et ai-je rêvé toute seule,
car jamais un mot n'a été échangé entre moi et celui dont tu
me parles...

— Quel est-il?

Elle leva ses yeux bleus, tranquilles et purs, et dit avec calme,
comme si aucun autre nom ne pouvait tomber de sa bouche :

— C'est Robert.

Rameau poussa un soupir de soulagement. Il n'avait point douté de ce que Talvanne lui affirmait; cependant, il éprouva une satisfaction profonde à être sûr que l'époux choisi par sa fille était celui qu'il lui destinait.

— Et tu l'aimes?

— Je n'ai fait que suivre ton exemple, répondit finement la jeune fille : tu le traitais comme un fils. J'ai pris du plaisir à le voir venir dans cette maison. Il était le compagnon de mes jeux quand j'étais enfant, il a été l'ami de ma jeunesse, je l'ai toujours eu près de moi et, s'il devait s'éloigner, il me semble que j'en éprouverais un grand chagrin. Excepté mon parrain et toi, je ne connais personne d'aussi bon que lui. Quand j'avais des peines, il me consolait. Quand j'étais joyeuse, il en paraissait plus gai. Tout de lui m'a semblé généreux, délicat et tendre, et si souhaiter passer sa vie auprès de quelqu'un c'est aimer, alors, oui, mon père, je l'aime.

Pendant qu'elle parlait, Rameau la regardait, l'écoutait, et le charme candide qui émanait d'elle le pénétrait délicieusement. Il ne chercha pas à analyser ses sensations, il les éprouvait exquises, et il s'y livra sans réserve.

— Et lui, demanda-t-il, crois-tu qu'il t'aime ? Te l'a-t-il dit?

— Non, mon père, mais j'ai deviné bien vite qu'il avait, auprès de moi, le même plaisir que je ressentais dans sa compagnie. Il a une façon de me parler, de me sourire, où son cœur apparaît tout entier. Lorsque sa mère est morte, tu t'en souviens, je suis allée la veiller avec Rosalie. Nous avons trouvé le pauvre Robert pleurant tout seul, car il n'avait pas du tout de famille à Paris. En nous voyant entrer, il a été si ému qu'il ne pouvait prononcer une parole. Il m'a conduite dans la chambre de sa mère et il y est resté avec moi. Nous étions assis près de la fenêtre, sans parler, l'un à côté de l'autre. Mais, dans ses yeux, je lisais sa reconnaissance. Le soir, au moment où j'allais partir, il a pris une petite bague ornée d'une perle, la seule que Mme Servant portât, et il me l'a donnée, en disant: « C'est un des souvenirs les plus précieux que je possède de ma mère, car cette bague, elle l'avait déjà au doigt quand elle était jeune fille, et elle l'a gardée toute sa vie; acceptez-la et ne la quittez jamais. » Sa voix tremblait, j'étais toute troublée, je ne voulais pas recevoir ce bijou, et cependant j'avais peur, en refusant, de lui faire du chagrin. Alors il m'a pris doucement la main et il m'a passé lui-même le cercle d'or au doigt. Il m'a regardée, triste encore, mais avec un sourire. Une larme est tombée sur la bague, et il m'a semblé que c'était le premier anneau d'une chaîne qui nous liait et que rien ne pourrait briser. Quand je suis rentrée, je t'ai montré la bague et je t'ai raconté comment elle était en ma possession. Tu m'as embrassée sans me dire de la rendre, et j'ai été bien heureuse, car j'ai compris, là, que tu ne désapprouvait pas l'affection que j'avais pour Robert. Pendant son deuil, tu l'as attiré encore plus que par le passé, et il n'a pas mis de résistance à faire de la maison la sienne. Maintenant, je le vois tous les jours, nous nous promenons ensemble dans le jardin, nous causons, nous rions, et je suis si heureuse, que je me demande comment je pourrais l'être davantage.

— Ainsi, jamais un mot de lui qui ait pu te faire comprendre ses espérances?

— A quoi bon? dit Adrienne avec sa belle et calme innocence, nous savons bien ce que nous avons dans le cœur, l'un et l'autre.

— Alors, tu es sûre de lui?

— Oui, mon père, comme il doit être sûr de moi.

— Sans vous être jamais mis d'accord?

— Sans autre accord que celui de nos regards et de nos sourires.

— Alors, tu veux bien devenir sa femme?

— Oui, mon père, parce qu'il sera pour toi un bon fils et que rien ne sera changé dans notre existence. Mon parrain aussi sera content, car il aime Robert. Oh! cela est facile à voir: il ne sait pas dissimuler. Et, quand il désapprouve quelque chose, ou suspecte quelqu'un, on s'en aperçoit tout de suite à son attitude. Eh bien! il a toujours fait à Robert la même figure qu'à moi, et il n'a jamais manqué une occasion de me parler de lui.

— Alors, tu as jugé qu'il l'encourageait?

— Oui, papa, et j'ai été bien contente.

— Et moi, tu ne t'es pas préoccupé de mon opinion?

Adrienne sauta sur les genoux de son père et, lui apportant aux lèvres son riant et frais visage :

— Oh! toi! Je savais que tu ne me refuserais pas ce que je te demanderais bien gentiment!

— Il y va cependant de la tranquillité de ta vie, dit le docteur gravement, et il ne faut pas se décider à la légère. Je crois, comme toi, que Robert est un bon et honnête garçon ; je sais que, comme médecin, il est plein d'avenir. Mais si tu soupçonnais quelles difficultés imprévues peuvent surgir. L'existence est pleine d'embûches, contre lesquelles on ne saurait trop se prémunir! C'est la tâche des vieux parents qui, au prix de cuisants chagrins, ont acquis de l'expérience. Talvanne et moi, nous confesserons Robert... Et, s'il est tel que nous l'espérons, s'il a les sentiments que nous lui prêtons, eh bien! mon enfant, si cruel qu'il me paraisse de céder une partie des droits que j'ai sur ton cher petit cœur, je te confierai à lui, et tu seras heureuse!

Et comme Adrienne, les bras autour du cou de son père, le couvrait de baisers, dont une part seulement s'adressait bien à lui, le docteur doucement éloigna sa fille et, avec un reste d'émotion qui faisait trembler sa voix :

— Maintenant, va, ma mignonne, et laisse-moi travailler. Dors paisiblement afin que ton amoureux, demain, te trouve les yeux brillants et les joues fraîches.

La jeune fille souhaita le bonsoir à son père et, le front rayonnant d'une joie tranquille, elle se retira. Resté seul, Rameau prit des dossiers sur son bureau et essaya de lire. Mais sa pensée était distraite, il ne réussit pas à la fixer sur son travail. Les lignes tracées sur le papier disparurent et, devant ses yeux, il vit un jeune couple marchant à pas légers, en murmurant de tendres paroles. A cette vue, son cœur se gonfla dans sa poitrine. Une sorte d'ivresse, qu'il ne connaissait plus depuis bien longtemps, vint le réchauffer et il lui sembla que la source des douces émotions, qu'il avait crue tarie à jamais en lui, s'ouvrait de nouveau, jaillissante et féconde.

Il laissa tomber sa tête sur sa poitrine et pensa avec une sombre ironie que l'homme n'était jamais complètement dégagé des liens terrestres, et que la joie ou la douleur trouvaient toujours en lui un terrain préparé pour leurs inépuisables semences. L'arbre frappé par la foudre et desséché par l'hiver ne reverdissait plus, son tronc pourrissait lentement et tombait en poussière pour faire corps avec la masse universelle. Après des années d'infécondité, il ne se couvrait pas subitement de bourgeons et de feuillages, sous la poussée d'une sève nouvelle. Et lui, tronc depuis si longtemps inerte, voilà qu'il retrouvait la faculté de sentir et, par conséquent, de souffrir. Il se voyait attaché par de puissantes fibres à des créatures vivantes et capables de s'intéresser activement, fiévreusement, aux péripéties de leur existence. Il s'était cru mort et il découvrait, plein à la fois d'horreur et d'un commencement de joie, qu'il vivait et qu'il pouvait sans doute encore être heureux.

Car ne serait-ce pas une satisfaction profonde que d'assister à l'épanouissement de cette aimable fille en une adorable femme? Ne se réchaufferait-il pas aux rayons de ce bonheur qui serait son œuvre? De petits-enfants naîtraient, qui grandiraient sous ses yeux, et, aimants comme leur mère, l'entoureraient de leur douce tendresse. Un nuage passa devant ses yeux, qui se mouillèrent de pleurs. Une voix s'éleva au fond de lui-même qui disait : « Tu es infidèle au souvenir de la morte. Tu t'étais juré de ne plus avoir une seule pensée qui lui fût étrangère. Son image devait être, devant tes yeux, unique, comme celle d'une divinité à laquelle tu aurais voué tout le reste de tes jours. Et voilà que tu profanes la solitude où elle était souveraine, et que ton cœur s'ouvre à de nouvelles affections, ton esprit à de nouvelles pensées. Tu auras joué, pendant quinze ans, la comédie du deuil inconsolable et, en un instant, tu vas rejeter tous tes voiles noirs, remplacer celle qui semblait, avec elle, avoir emporté la vie. »

Mais son puissant esprit réagit contre ces impressions. « L'homme, se dit-il, ne doit pas supporter plus qu'un certain faix de soucis et de douleurs, et il y aurait ingratitude de sa part à se refuser aux compensations qui lui sont offertes. Que ma fille soit heureuse et que j'en éprouve une satisfaction profonde, quoi de plus juste? Si je ne devais pas endurer les tristesses et jouir des douceurs de la vie, à quoi bon m'avoir fait vivre? D'ailleurs, pensa-t-il, avec un prompt retour à son amer pessimisme, peut-être l'apparence de ce bonheur est-elle trompeuse, et qui sait si je ne suis pas réservé à des chagrins imprévus et plus cuisants? »

Il rechercha alors tout ce que l'avenir pouvait bien lui préparer de déceptions et de malheurs. Il n'en découvrit pas de plus affreux que d'être privé de sa fille. Si, dans le changement d'existence qu'elle allait subir, Adrienne tombait malade et mourait, que deviendrait-il? Il ne put supporter la pensée du vide et de la solitude dans lesquels il lui faudrait vivre, et, se levant, il se promena de long en large dans son cabinet pour distraire son imagination. Au bout d'un instant, il se sentit plus calme et reprit son travail.

Le lendemain, en arrivant à dix heures rue Saint-Dominique pour se mettre aux ordres de son maître, Robert fut assez étonné de se voir barrer le chemin par Rosalie. Comme il s'apprêtait à questionner, la gouvernante ouvrit la porte du petit salon et le jeune homme aperçut le docteur Talvanne qui lisait un journal. L'aliéniste se leva vivement et, la main tendue :

— Rameau est occupé, dit-il, nous ne pouvons pas entrer dans son cabinet. Assieds-toi, tu me tiendras compagnie en attendant. Qu'est-ce qu'il y a de nouveau dans la médecine?

— Mais, docteur, répondit Robert en souriant, je vous crois beaucoup mieux informé que je ne puis l'être...

— Pour les choses sérieuses, peut-être, mais non pour les choses futiles... Raconte-moi les petits potins de l'École... Est-ce qu'on n'y dit plus de méchancetés, est-ce qu'on n'y plaisante plus les maîtres?

— Oh! si!

— Eh bien! Va, je t'écoute.

— On dit que le professeur Gazan demande, maintenant, pour faire les opérations graves dont il a la spécialité, une année du revenu de son client, comme honoraires. Il a une agence très sérieuse qui le renseigne sur la fortune des malades et, comme l'autre jour, le mari

IL DISAIT TOUS SES RÊVES, TOUS SES ESPOIRS, TOUTES SES INCERTITUDES
(PAGE 832)

d'une dame, qu'il venait d'ouvrir et de recoudre très habilement, se récriait en déclarant qu'il n'était pas aussi riche qu'on croyait, Gazan l'a interrompu en disant sévèrement : « Monsieur, vous avez une maison rue de Rivoli qui rapporte tant, deux fermes en Normandie qui rapportent tant, et tant de titres au porteur... N'espérez pas me tromper!... » L'autre, atterré, a baissé la tête et s'est exécuté.

— Rend-il l'argent quand l'opération ne réussit pas?

— Jamais! le malade meurt et Gazan ne rend pas!

— Vois-tu, mon garçon, ce sont des mœurs nouvelles, dit Talvanne. De notre temps, on ne connaissait pas ces façons-là. Autrefois, on faisait de la science; aujourd'hui, on fait de l'industrie médicale. L'important est de gagner de l'argent et, sous ce rapport, tu vas être satisfait : j'ai entendu Rameau parler d'une mission de confiance qu'il a à te donner... Tu partirais pour la Saxe et tu y resterais six mois. Tu aurais le loisir de préparer ta thèse d'agrégation et tu serais princièrement payé. Voilà qui n'est pas à dédaigner!...

Talvanne aurait pu continuer longtemps sans être interrompu. Robert ne l'écoutait plus. Il était devenu très rouge, avait baissé les yeux, comme s'il redoutait de rencontrer le regard du docteur, et il examinait, avec une attention profonde, une fleur du tapis. La nouvelle qui venait de lui être donnée l'avait complètement étourdi. Depuis deux mois, il n'était jamais sorti de chez lui, pour se rendre rue Saint-Dominique, sans se dire : «Je vais aujourd'hui prendre mon courage à deux mains et parler sérieusement au patron.» Parler sérieusement au patron signifiait, pour le jeune homme, avouer à Rameau qu'il aimait Adrienne et obtenir qu'il la lui donnât pour femme.

Il partait, fermement résolu à affronter l'imposant regard de son maître. Après tout, la démarche était-elle si pénible? N'était-il pas traité comme un fils par le grand homme? Certes! Pouvait-il douter de sa bienveillance? En aucune façon! N'importe! Il n'en était pas moins le grand homme et, depuis quinze ans que Robert le voyait tous les jours il n'avait jamais pu s'habituer à ne pas trembler devant lui. Il n'ouvrait jamais la porte du cabinet dans lequel il savait trouver son maître assis à sa table de travail sans ressentir une légère angoisse.

Jamais il n'avait répondu à une question posée par lui, sans être troublé. Il voyait, en Rameau, un être d'essence supérieure, avec lequel il était difficile, sinon impossible, de se familiariser. Il aimait passionnément sa fille et il ne pouvait se résoudre à la lui demander en mariage.

Pendant que Talvanne lui parlait, il songeait : «Qu'est-ce que cette fantaisie de m'envoyer à l'étranger pendant six mois, sous couleur de me faire gagner de l'argent, quand il sait que je m'en soucie fort peu, et de me donner du loisir pour préparer mon concours, quand il n'ignore pas que j'ai ici tout le temps nécessaire. Évidemment, il s'est produit un incident que je ne connais pas et qui va modifier ma situation dans la maison. Mon maître veut m'éloigner. Peut-être a-t-il découvert que j'aime sa fille. Alors, il ne voudrait donc pas me la donner? Si elle lui avait été demandée par un autre, et si la demande avait été agréée?»

A cette idée, une sueur froide mouilla son front, ses mains s'agitèrent fébriles, et il eut des tintements dans les oreilles. Un sentiment de honte l'accabla en pensant qu'il avait levé les yeux sur la fille de son bienfaiteur, sans être sûr de se voir approuvé par lui. Il se jugea indélicat et se trouva très malheureux. « Si elle m'aimait, pourtant, se dit-il. Ne pourrions-nous pas vaincre la résistance de son père? Mais je paraîtrais faire une spéculation. Elle sera très riche et moi je suis pauvre. On m'accusera d'avoir abusé de l'intimité dans laquelle on m'a laissé pénétrer, pour m'emparer de ce jeune cœur si tendre, de cet esprit si simple. »

Il souffrit dans son honnêteté. Et cependant, il persistait à espérer qu'Adrienne l'aimait. Il se rappelait les grâces confiantes, les attentions affectueuses de la jeune fille. Se pouvait-il qu'elle appartînt jamais à un autre que son ami d'enfance? Il se révolta : une colère grandissait au fond de lui. Pourquoi se sacrifierait-il? Pourquoi laisserait-il, en partant, le champ libre à un autre? Un flot de sang lui monta au visage, ses yeux se relevèrent hardis, il frappa résolument de son poing fermé sur son genou et, oubliant où il était et avec qui il était, il cria :

— Non! Cela ne sera pas!

Il resta stupéfait en entendant Talvanne lui demander :

— Qu'est-ce qui ne sera pas?

Il regarda le docteur, et, sortant tout à fait de son rêve, il reprit possession de lui-même.

— Tu parles tout seul? reprit l'aliéniste, en l'examinant d'un air moqueur. Ceci rentre dans ma spécialité. Verrais-tu des êtres imaginaires et t'entretiendrais-tu avec eux sur le ton de la menace? Tu serais alors sous l'influence du délire de la persécution. Tu n'ignores pas qu'on en guérit rarement? En général, les altérations médullaires se produisent rapidement et le sujet devient gâteux... De même pour le délire des grandeurs... Sais-tu que plus les prétentions sont élevées, plus la marche de la maladie est rapide?... Un malade qui se croit Napoléon ou Jésus-Christ est moins guérissable qu'un autre, qui se croirait simplement Bernadotte ou saint Jean-Baptiste...

— Rassurez-vous, interrompit Robert en s'efforçant de sourire, je suis dans mon bon sens. Ou du moins je crois y être, reprit-il avec un peu d'amertume. Je pensais simplement à ce séjour d'une demi-année en Saxe, et je protestais contre l'idée qu'a eue mon maître de me l'imposer...

— Mais je ne crois pas qu'il te l'impose si tu n'en n'es pas satisfait, dit vivement Talvanne. Il m'a paru vouloir te faire une faveur...

— Étrange faveur que de m'éloigner de lui !

— C'est parce qu'il a confiance en toi qu'il te charge d'un traitement difficile.

— Ne peut-il faire soigner son Allemand par un Allemand?

— Peste! C'est un archiduc !

— Eh! quand ce serait un roi?

— Diable !

Talvanne pinça les lèvres et se frotta les mains. ce qui, chez lui. était l'indice d'une agitation intérieure assez vive. Il se leva de son fauteuil et, baissant le ton, comme s'il voulait provoquer des confidences :

— Tu as donc des raisons décisives pour rester à Paris?

Robert regarda fixement l'aliéniste. Celui-là ne lui faisait pas peur. Il était amical pour lui, tendre pour Adrienne. N'y avait-il pas un coup du sort dans cette rencontre qui le mettait à sa portée, au moment précis où il était si important qu'il déclarât son amour. Se confier à Talvanne, c'était se confier à Rameau. Un quart d'heure après qu'il aurait tout dit à l'un, l'autre serait instruit de l'affaire. Et quel avantage, s'il n'était pas désapprouvé par le parrain ! Il aurait un allié très puissant pour défendre sa cause. Une chaleur bienfaisante revint à son cœur. Sa tête se dégagea, il se sentit capable de discuter, de prier, de convaincre.

Pendant que Robert combinait ce plan et le jugeait admirable, Talvanne se disait : « A quoi cet animal peut-il bien penser? Je lui porte le coup brutal d'un exil de six mois, loin de sa bien-aimée, il prend feu, proteste, refuse de partir, et puis, quand il faudrait avouer, le voilà qui se replie sur lui-même et qui devient muet comme une carpe ! L'occasion est pourtant belle pour se jeter à mon cou en criant : « J'aime votre filleule, et je ne veux pas supporter l'idée de vivre loin d'elle. Qu'on me la donne, ou je vais à l'hôpital et, au moyen d'une bonne piqûre anatomique, je me procure un suicide glorieux, sous les apparences d'un martyre de la science. « Mais voyez s'il parlera ! Et il prétend qu'il est dans son bon sens. Que serait-ce s'il n'y était pas? Je ne suis pourtant pas intimidant! Allons, il faut que je l'aide et fasse comme Socrate, qu'on avait surnommé l'accoucheur des esprits... Voyons si celui-ci résistera aux forceps. »

— Ainsi, tu es absolument décidé à ne pas quitter Paris ? reprit-il, en regardant Robert d'un air engageant.

— Absolument décidé, répliqua le jeune homme.

— Quelque amourette, sans doute?

A ces mots, Robert recula de deux pas et, avec un geste de protestation indignée :

— J'espère que vous ne le croyez pas ?

— Alors, c'est donc pour le plaisir de passer, tous les jours, quelques heures dans la compagnie de deux vieux, comme Rameau et moi, que tu refuses une mission qui serait un objet d'envie pour tout homme de ton âge? Voilà qui est vraiment flatteur!

Cette fois, Robert sentit l'aiguillon de la raillerie, il secoua la tête, ainsi que pour prendre son élan, mais la confession qu'il avait à faire lui coûtait tant qu'il hésita encore. Talvanne devina que le jeune homme reculait devant l'obligation de brûler ses vaisseaux. Il comprit la crainte affreuse qui le poignait, et, allant sans détour à son aide :

— Allons, bêta, dis-moi donc bravement ce que tu as sur le cœur?... Tu sais bien que, si ce que tu as rêvé est raisonnable, tu as le droit de compter sur mon appui et que, si c'est absurde, tu peux être sûr de mon silence...

A ces paroles si pleines de bonté, deux larmes jaillirent des yeux de Robert, et, serrant avec effusion les mains du docteur :

— Eh bien! sachez donc tout : j'aime Adrienne et c'est pour cela que je ne veux pas partir. Pendant mon absence, qui sait ce qui peut arriver? Suis-je même sûr que déjà son père n'a pas formé pour elle des projets qui détruiraient toutes mes espérances?

Talvanne se frotta les mains, cette fois, à s'emporter l'épiderme ; puis, regardant l'amoureux de sa filleule avec une sévérité soudaine :

— Ah! ah! mon garçon, dit-il, les visées ne sont pas médiocres!...

— Docteur... balbutia le jeune homme.

— Je comprends que tu tiennes à rester ici !

— Croyez bien... interjeta Robert bouleversé.

— Et qu'est-ce que pense ma filleule de tout cela ?

— Mais je n'ai pas prononcé une parole qui pût lui faire soupçonner les sentiments que j'avais pour elle !

— Et tu la vois tous les jours !

Talvanne fit une pause, jeta un coup d'œil malicieux sur son interlocuteur abasourdi, et, se mettant à rire :

— Tu es un garçon plein de réserve et tout à fait bien élevé : reçois mes compliments... Mais es-tu bien sûr, d'autre part, de ne pas l'être montré un peu nigaud?... Quand on aime véritablement une jeune fille, il est méritoire de ne pas troubler sa tranquillité en lui adressant des aveux passionnés ; mais, quand elle a auprès d'elle un parrain tel que le docteur Talvanne, on est un fameux Nicodème de ne pas éclairer de soi-même la situation en risquant auprès de celui-ci quelques confidences...

— Que voulez-vous dire ? s'écria Robert.

— Tout simplement ceci : qu'il y a une demi-heure que je fais les derniers efforts pour t'amener à me conter ce qu'il est nécessaire que je sache. Maintenant, passe devant, Jeannot, et allons causer avec le père de ta belle.

L'aliéniste donna une tape sur l'épaule du jeune homme et, ouvrant la porte du salon, il le poussa vers le cabinet de Rameau. Mais Robert, repris de sa frayeur à l'idée de s'expliquer devant son maître, voulut, dans le couloir, opposer de la résistance. Il s'arrêta, et tout effarouché :

— Docteur, je vous en prie, expliquez-moi... Est-ce que vous croyez que je peux, ainsi, brusquement?

— Veux-tu prendre des ambassadeurs, comme un prince du sang!

— Mais que vais-je dire?

— La vérité, toute la vérité, rien que la vérité...

— Qu'est-ce que le docteur va penser?

— Que sa fille est assez gentille pour qu'il soit naturel qu'on l'aime.

— Espérez-vous qu'il m'accueillera favorablement?

— T'y mènerais-je sans cela ?

Cette fois, Robert retrouva un peu de courage et, comme Talvanne ouvrait la porte du cabinet, il le suivit. Vêtu de sa longue robe noire, sur laquelle tombait sa barbe blanche, Rameau, du fond de son fauteuil, sans bouger, les regarda venir. Sous ses sourcils touffus ses yeux brillaient, et sa bouche avait un bienveillant sourire. L'aliéniste s'avança tout près de lui et, du geste, montrant Robert qui restait immobile :

— Je t'amène ce jeune réfractaire, mais ce n'a pas été sans peine. J'ai rarement rencontré quelqu'un de plus fermé. Il a fallu autant d'effort pour le contraindre à avouer son amour que s'il s'était agi d'un crime... N'importe, *habemus confitentem reum*... Qu'allons-nous en faire?

Rameau s'était levé, il s'adossa à la cheminée et, hochant sa tête grise, il dit :

— Un homme heureux !

Robert pâlit d'émotion ; il fit entendre une exclamation, qui ressemblait singulièrement à un sanglot, et, comme le grand homme lui tendait les bras, il s'y jeta avec une filiale affection.

— Allons ! voilà qui va bien ! s'écria Talvanne. Maintenant, occupons-nous un peu de la demoiselle.

Il sortit, laissant l'élève et le maître en présence. Entre eux, la glace était rompue, et le flot des aveux, trop longtemps retenus par Robert, s'épanchait librement. Il disait tous ses rêves, tous ses espoirs, toutes ses incertitudes, toutes ses craintes. Et, dans ces paroles brûlantes, le docteur, avec une douceur mélancolique, retrouvait un écho de sa passion morte. Oui, celui qui aimait ainsi aimait sincèrement, profondément, sans réserve, et ne devait jamais changer.

La nature délicate et tendre d'Adrienne serait comprise par lui, et leurs deux cœurs battraient à l'unisson de la même tendresse. Aucun germe de désaccord n'existait qui pût les séparer, comme ils l'avaient été, Conchita et lui, par leurs dissentiments religieux. Robert, élevé pieusement, avait les sentiments de l'honnête homme à qui, lorsqu'il était enfant, sa mère a appris à prier. Son intelligence, naturelle et acquise, l'avait incité à discuter avec lui-même, et beaucoup de parties du dogme n'avaient pas résisté à son libre examen ; mais les persécutions violentes que la religion subissait n'avaient fait que raffermir sa foi ébranlée. En face de l'Église triomphante, il se serait peut-être émancipé ; devant le culte menacé, il s'était soumis. Le jour où Adrienne lui demanderait de s'incliner avec elle, il s'inclinerait, et leur mutuel amour serait fortifié par leur mutuelle croyance.

A cette idée, un soupir gonfla la poitrine de Rameau et un amer regret assombrit son front. Ce grand esprit, qui dominait de si haut la pensée humaine, maudit, pour un instant, la clairvoyance souveraine qui, en le faisant si supérieur à ses semblables, l'avait éloigné du bonheur qui est dévolu aux humbles et aux simples. Il avait, nouveau Prométhée, plongé ses regards dans les mystères du ciel,

MES ENFANTS, DIT-IL, SOYEZ HEUREUX ! (PAGE 834)

et, foudroyé par le malheur, il portait au flanc une dévorante blessure. Mais n'avait-il pas payé, à lui seul, la dette de tous les siens,
et, pour prix des paternelles souffrances, Adrienne ne devait-elle
pas obtenir une existence exempte de soucis et de tristesse? Robert
la lui promettait avec une ardeur passionnée, et il était porté à le
croire. La sincérité éclatait dans ses yeux, comme son amour et sa
reconnaissance.

— Mon cher enfant, dit Rameau gravement, je te confie ce que
j'ai de plus précieux au monde. Tu sais combien j'ai été malheureux.
Ma fille est le seul être qui me rattache à l'existence. Ainsi, c'est ma
vie dont tu vas avoir la garde. Je t'ai instruit, je t'ai aplani la voie, tu
es mon élève et presque mon fils. Ton grand-père avait été mon bienfaiteur, et je lui ai dû plus que tu ne me dois toi-même, car, sans
moi, tu aurais pu devenir un homme remarquable, ta famille était en
mesure de te donner une brillante éducation, tandis que j'étais l'enfant d'un ouvrier, destiné à rester grossier, ignorant, et c'est le
docteur Servant qui m'a créé de toutes pièces. Jusqu'à ce matin, je
n'étais quitte ni envers les tiens ni envers toi, mais je te donne ma
fille, et, à compter de cet instant, c'est toi qui deviens mon débiteur.

— Tous mes jours seront employés à essayer de m'acquitter.

— C'est bien ! Je te crois et je te remercie.

Ils étaient en face l'un de l'autre, la main dans la main, échangeant
une chaude étreinte. La porte s'ouvrit et, conduite par Talvanne,
Adrienne parut. Son doux visage resplendissait de joie et ses yeux
ravis allaient de son père à celui qu'elle aimait. Ils restèrent à se
regarder, immobiles, comme s'ils craignaient de perdre la sensation
délicieuse qu'ils éprouvaient tous. Enfin, Rameau tendit les bras à sa
fille qui, avec un cri de reconnaissance, se laissa aller sur sa poitrine.
Le grand homme rapprocha les fiancés dans la même étreinte, les
couvrit de son profond regard, comme s'il essayait, sur leur front de
lire le secret de leur destinée, mit leurs mains l'une dans l'autre, et,
courbant sa blanche tête de patriarche:

— Mes enfants, dit-il, soyez heureux !

Ils restèrent les mains unies, se souriant avec un étonnement

joyeux, comme s'ils n'osaient pas encore croire à leur bonheur;
puis, sans une parole, ils sortirent appuyés l'un sur l'autre, ainsi
qu'ils devaient l'être toute la vie. Au bout d'un instant, leur pas léger
se fit entendre sur le sable du jardin, et les deux vieillards, le cœur
serré par l'éclosion radieuse de cet amour qui leur prenait à chacun
un peu du cœur de leur fille, virent les deux jeunes gens qui, parlant
à voix basse, le sourire aux lèvres, oublieux de la terre entière, marchaient au soleil, parmi les fleurs.

IX

Le lendemain du jour où Robert et Adrienne avaient été fiancés,
Rameau, dès le matin, se dirigea vers la chambre mortuaire, dans
laquelle il n'entrait qu'en tremblant une fois chaque année. La maison était silencieuse. Adrienne travaillait, au rez-de-chaussée, dans
son petit salon d'études et Rosalie, en voyant le docteur prendre le
chemin de l'appartement de celle qu'elle continuait à pleurer comme
lui, s'était sauvée. Rameau traversa donc solitaire le couloir du premier étage et arriva, pâle et le cœur battant, devant la porte. La
clef était dans la serrure, comme si l'habitante, au lieu d'être partie
pour toujours, allait rentrer d'un instant à l'autre. Le docteur s'arrêta indécis, prêt à remettre sa triste visite à plus tard. Mais un effort
de volonté le porta en avant, il ouvrit d'une main ferme et pénétra.

La pièce était dans une obscurité que rendait plus profonde pour
lui le passage subit de la clarté à la nuit. Il resta debout, au milieu
de cette ombre et de ce silence, saisi par la fraîcheur de cette chambre
toujours fermée, tressaillant aux craquements de la boiserie ébranlée
dans son annuelle immobilité, cherchant d'un regard troublé si personne ne marchait auprès de lui. Ses yeux, peu à peu habitués aux
ténèbres, commencèrent à distinguer les formes des meubles. Là,
était la table, plus loin la chaise longue sur laquelle Conchita aimait

à s'étendre, laissant s'écouler les heures. Un filet de lumière, passant
par un trou de la persienne close, allumait une étincelle d'or au sommet de la pendule et, dans l'enfoncement de l'alcôve, sous ses
rideaux clairs, la masse du lit s'accusait confusément. Une odeur
passée, comme un parfum de fleurs fanées ou de flacons depuis
longtemps débouchés, flottait dans l'air. Et, avec horreur, Rameau se
rappela les entassements de bouquets sur la bière, au jour fatal, et la
senteur fade de ces présents funèbres.

Il se retourna frissonnant, cherchant, sur les tréteaux de bois recou-
verts de velours semé de larmes, le cercueil massif qui contenait tout
ce qu'il avait le plus aimé sur la terre. L'épouvante de cette solitude,
sur laquelle planait lugubrement le souvenir de la morte, le saisit
invincible, et rapidement, comme s'il se sentait poursuivi par un
spectre, il alla à la fenêtre, l'ouvrit, poussa rudement les volets et se
retourna du côté de la chambre. Elle était vide, poudreuse, emplie
par le soleil qui pénétrait à flots et, sur la muraille, dans une calme
lumière, le portrait de Conchita souriait mélancolique, sa touffe de
« ne-m'oubliez-pas » à la main.

C'était tout ce qui restait de la femme et de l'ami disparus : cette
toile éclatante dans son cadre doré, souvenir navrant, puisque, perpétuant la beauté du modèle et rappelant le talent du peintre, il faisait leur perte plus lamentable. Rameau s'oublia dans une douloureuse
contemplation. En un instant, tout le passé apparaissait devant lui :
époque brillante où il montait vers les sommets dorés par l'aurore,
maintenant laissés en arrière et ensevelis dans l'ombre du couchant,
époque heureuse où il marchait entre l'amour et l'amitié, tous les deux
évanouis, ne laissant, au lieu de l'espérance et de la joie, que le doute
et la tristesse.

Il éprouva un invincible accablement. Pourquoi n'était-ce pas lui
qui était parti? Il serait endormi dans la tranquillité du néant et ne
traînerait pas une misérable existence désolée par des regrets inutiles. Ce qu'il avait fait de grand : ses travaux admirés, ses découvertes
fécondes, sa gloire, il l'oubliait, prêt à tout sacrifier pour quelques
heures de ce passé envolé.

Assis près de la table sur laquelle se trouvaient encore, dans le désordre de l'usage quotidien, les menus objets dont se servait Conchita, il les regardait avec des yeux pleins de larmes. L'amour qu'il avait pour sa fille, l'affection qui le liait à Talvanne et à Robert, il ne se souvenait plus de rien, et sa vie lui apparaissait comme un gouffre noir, dans lequel tout ce qui pouvait le rendre heureux s'était englouti pour toujours. Il maniait doucement un petit ouvrage commencé sur le canevas duquel l'aiguille demeurait piquée, attendant que les doigts qui le tenaient habituellement vinssent le reprendre.

Il avait vu bien souvent cette broderie dans les mains de Conchita, il lui semblait qu'elle en portait encore l'empreinte, qu'elle en gardait la chaleur, qu'elle en conservait le parfum. Il la porta à ses lèvres et ne put retenir un sanglot. Des pleurs glissèrent sur ses joues et tombèrent sur la soie. Il les laissa couler, sentant un profond soulagement à se montrer si faible, s'absorbant tout entier dans son chagrin, s'y complaisant avec une sorte de cruel plaisir. Il était seul, loin des regards, sans témoins, et avait le droit de s'abandonner comme le dernier des hommes, de cesser d'être le grand, l'illustre Rameau, pour n'être plus qu'une brute ivre de larmes, cuvant sa douleur.

Il resta longtemps ainsi. La pendule, arrêtée au moment de la mort, ne parcourait plus de ses aiguilles dorées le cadran d'émail. Les heures s'écoulaient et la journée aurait pu passer tout entière sans que personne se hasardât à franchir le seuil de la chambre pour appeler celui qui y était enfermé. Les bruits de la maison : portes poussées discrètement, passage furtif d'un domestique dans l'escalier, voix étouffées avec précaution, parvenaient confus jusque-là sans éveiller l'attention de Rameau. Il avait oublié de manger, son esprit avait déserté son enveloppe matérielle et, insoucieux du présent, planait dans le passé.

Cependant, peu à peu, le soleil disparaissait derrière les grands arbres de l'esplanade et le jour perdait de son éclat. Le portrait s'obscurcissait, comme si, devenu plus lointain, ses contours se fussent noyés dans le vague de la distance. Rameau voulut le mieux regarder et, se levant, rompit le charme de son rêve. Il se vit dans la chambre

déserte et poussiéreuse, il se souvint qu'il y avait été conduit par de sérieux motifs et qu'au lieu de s'engourdir dans de mystiques méditations, il lui fallait faire d'actives et pénibles recherches. Il secoua
sa tête blanche, passa ses mains sur ses yeux éblouis et, reprenant
son sang-froid, il se dirigea vers la cheminée où, dans une coupe
d'émail, sans qu'une main les eût touchées depuis quinze ans, les clefs
de Conchita étaient restées.

Il prit le trousseau dans ses doigts tremblants, choisit une petite
clef dorée, s'approcha d'un bonheur du jour en bois de rose in-
crusté de cuivre, fit tomber l'abattant, garni à l'intérieur de velours
bleu, et, avec un pieux respect, il ouvrit les tiroirs. Dans celui du
milieu, le papier à lettres timbré des initiales C. R. était rangé auprès
des enveloppes et du fin porte-plume en ivoire. Une photographie
de la petite Adrienne, en robe blanche, les jambes et les bras nus,
debout sur un fauteuil, souriait dans un cadre d'émail. Rameau la
prit et, avec étonnement, dessous il découvrit une miniature de
Munzel.

C'était bien lui, tel qu'au début de leur amitié, à vingt-cinq ans,
blond, avec ses yeux bleus au regard toujours voilé d'une inexplicable
tristesse. Le portrait était signé du monogramme que le docteur avait
vu, si souvent, au bas des toiles de petite dimension que le peintre
brossait pour satisfaire aux commandes des marchands de tableaux.
Comment cette miniature, si complètement en dehors de la manière
de Munzel, se trouvait-elle dans ce tiroir et réunie à la photographie
d'Adrienne?

L'hostilité si opiniâtre que sa femme montrait à son ami, dans les
premiers temps, revint à la mémoire de Rameau, puis l'apaisement
qui avait suivi l'envoi du portrait de Mme Etchevarray, et enfin l'intimité des séances, lorsque Conchita allait poser. Sans doute, à cette
époque, la jeune femme avait vu cette miniature à l'atelier et l'avait
demandée, comme un souvenir de franche amitié. Mais d'où venait
qu'elle ne l'eût point montrée à son mari et qu'il ignorât qu'elle fût
en sa possession? Pourquoi était-elle cachée au fond d'un tiroir,
dans un meuble où jamais personne ne jetait un regard?

Qu'aurait-il trouvé de surprenant à ce que Conchita eût obtenu un portrait de Frantz? Il s'en serait réjoui et aurait pris du plaisir à le regarder. C'eût été pour lui un souvenir précieux de l'ami si tragiquement perdu et si amèrement regretté. Mais pourquoi caché comme un objet défendu? Qu'y avait-il de criminel à posséder cette image? Et comment, de sa rencontre, Rameau éprouvait-il de l'émotion? N'aurait-il pas pu aussi bien découvrir le portrait de Talvanne?

A cette idée, un pli creusa son front pâli et un amer sourire crispa ses lèvres. Non! il n'aurait pas trouvé, dans le tiroir de Conchita, un portrait de Talvanne et, s'il l'avait trouvé, son cœur n'aurait pas battu d'un mouvement plus rapide, une sueur d'angoisse n'aurait pas mouillé ses tempes, il n'aurait rien vu là d'anormal, de louche, de répréhensible. L'honnêteté saine et solide de son ami aurait tout couvert de son prestige inattaquable, tandis que Munzel...

Arrivé à cette conclusion de ses orageuses pensées, Rameau frappa du pied avec colère, il fit entendre une exclamation qui résonna dans le silence morne de la chambre, il voulut imposer à son esprit de repousser ces soupçons plus absurdes encore qu'odieux; il dit tout haut :

— Allons! je divague! Quel poison s'est glissé dans mon cœur, quelle folie s'est emparée de mon imagination? Frantz? Autant soupçonner un frère!

Il leva les yeux et ses regards rencontrèrent le portrait de la ravissante jeune femme qui souriait, son petit bouquet bleu à la main. Oh! le doux sourire de cette bouche exquise, le regard adoré de ces yeux languissants! Pendant des semaines, le peintre les avait vus, admirés. Il les avait reproduits sur la toile et son pinceau avait modelé tous les contours de ces lèvres amoureuses, les caressant comme d'un baiser. Était-il possible qu'il eût contemplé toutes ces beautés, sans devenir éperdument amoureux du modèle?

Un nuage sombre passa sur l'esprit de Rameau. Mille pensées, qui ne l'avaient jamais effleuré de leur aile de flamme, le brûlèrent cruellement. Toutes les préventions de Talvanne, au début de leur liaison avec Munzel, l'animosité de son ami, instinctive comme celle

LE MAL ? TU EN ES TOUT ENTIÈRE L'INCARNATION ! (PAGE 847)

du chien fidèle, ses avertissements lorsque Conchita allait seule à
l'atelier de Frantz, tout lui revint précis, terrible, accablant. Il ne
retrouva pas la confiance qui lui faisait accueillir par des railleries
toutes ces suspicions. En un instant, la jalousie dévorante l'avait
détruite de ses ferments mortels. Rameau endura soudainement de
telles tortures qu'il fut obligé de faire un effort pour ne pas crier. Il
rejeta la miniature qu'il avait gardée entre ses doigts, puis, avec une
fièvre qu'il ne pouvait plus vaincre, il commença à fouiller tous les
tiroirs, tous les compartiments du meuble, jetant de côté, d'une main
hâtive et brutale, les objets, l'instant d'avant adorés religieusement
comme des reliques.

Pris d'une horrible curiosité, il voulait pénétrer les secrets de la
femme près de laquelle il avait vécu, pendant dix ans, avec une confiante sérénité. Il violait les mystères de la mort, il profanait le silence
de la tombe, prêt à se plaindre que Conchita ne fût plus là, non pas
pour l'aimer, mais pour la questionner, l'effrayer, la rudoyer. Toute
sa tendresse se tournait en haine, à l'idée que celle qu'il avait si passionnément regrettée, qu'il pleurait encore, à la minute même, avait
pu le duper, lui dissimuler un caprice, lui cacher une aventure... Ses
poings se crispèrent et il grinça des dents. Oui, il en était là. Il admettait que la morte sacrée avait pu être infâme et il cherchait furieusement les preuves de son crime.

Pour aller plus vite, il sortit les tiroirs de leurs coulisses et les lança
sur le tapis, bientôt couvert de rubans, de fleurs sèches, de menus
souvenirs. Ses mains inquiètes sondaient le bois avec une adresse
de policier. Il semblait avoir l'instinct de la cachette possible, habilement dissimulée, mais il ne trouvait rien, et sa colère sans aliments
se dévorait elle-même, d'autant plus furieuse qu'elle devenait moins
fondée. Soudain, il poussa un cri. En tâtant la paroi intérieure du
meuble, ses doigts avaient rencontré une aspérité et s'y étaient accro-
chés. Un craquement avait retenti et un double fond, ménagé dans
l'épaisseur d'une tablette, s'était démasqué.

Rameau demeura un moment immobile : autant il avait mis d'ardeur à poursuivre la certitude qu'il voulait acquérir, autant il appré-

hendait maintenant de la posséder complète. Le doute le torturait, mais c'était encore le doute. Devant lui, dans ce recoin
obscur et poudreux, la preuve s'offrait. Il n'avait qu'à allonger le bras
pour s'en emparer et il hésitait, épouvanté devant ce fait matériel,
devant ce témoignage palpable qui ne lui laisserait plus de recours
et détruirait à jamais son illusion.

Il regarda, de loin, attentivement. Un mince paquet blanc, entouré
d'un ruban fané, se voyait dans l'étroit passage. Lentement il avança
les doigts, le prit et, sans hâte de l'ouvrir, il alla se rasseoir près de
la fenêtre. Il dénoua posément le ruban, enleva l'enveloppe de papier
et trouva une vingtaine de lettres. Il n'en voyait pas l'écriture et, jusque-là, rien n'accusait Conchita. Une espérance suprême réchauffa le
cœur de Rameau. Si c'étaient des lettres de son père ou de sa mère,
gardées comme de pieux souvenirs !

Mais pourquoi les cacher si elles ne contenaient rien de mal ? Pourquoi ce double fond et pourquoi cette défiance ? Non ! La correspondance n'était point innocente, elle ne venait point, elle ne pouvait
venir d'un autre que d'un amant ! Tout l'attestait, le prouvait, et le
nom de l'infâme allait apparaître au bas des lettres scélérates.

Du bout des doigts, comme s'il touchait à du poison, Rameau
déplia une des feuilles jaunies et, avec horreur, il reconnut l'écriture
de Munzel. Il voulut lire et, terrible, il porta les yeux sur les lignes accusatrices. C'était la première des lettres reçues par Conchita après le
départ de Frantz, et les tristesses de la séparation y étaient retracées
avec une éloquence déchirante. L'amour éclatait dans ces pages,
mais le remords y était dépeint avec une puissance d'expression qui
fit frémir Rameau. Certes, l'ami était coupable, mais la femme combien davantage ! Toute l'histoire de la faute était retracée là, en
phrases brûlantes de passion et de douleur : la tyrannique volonté de
la maîtresse, qui rappelait son amant auprès d'elle, et les protestations enfiévrées du malheureux, pris entre la volupté de ses souvenirs
et l'exécration de sa trahison. Oui, il maudissait sa faiblesse qui
l'avait conduit à tromper son ami, et il aimait tant qu'il ne pouvait se
résoudre à regretter d'avoir commis l'infamie. Et, torturé par le dou-

ble regret du bonheur et de l'ignominie, il fuyait par delà les mers, pour être sûr d'échapper à sa dangereuse ivresse ; il allait mortifier sa chair criminelle dans les déserts, isolé, loin des tentations adultères.

Alors, devant les yeux éclairés de Rameau, tout le passé apparut dans son horrible réalité. Il comprit pourquoi Munzel pleurait, en lui disant qu'il l'aimait toujours tendrement, mais qu'une raison impérieuse le contraignait à s'éloigner. Il revit le front pâle du blessé, dans la petite suiferie de Saint-Maur, et les regards suppliants du mourant, dans la chambre de Talvanne à Vincennes. Munzel était presque heureux d'expirer sous les yeux de Rameau, dans ses bras, assisté par lui, comme si, en même temps que ses soins, il eût reçu son pardon.

De quelle voix il lui parlait : oh ! tout ce qu'il y avait de prière, de regret, de tendresse dans sa voix affaiblie ! Oh ! Frantz ! Compagnon de la jeunesse ! Ami de toutes les heures bonnes et mauvaises, si fraternellement traité pendant tant d'années, était-ce possible que, pour une femme, il eût tout oublié ? Quel poison l'amour avait-il donc versé dans son cœur, pour y éteindre tous les délicats sentiments, toutes les belles fiertés qui donnaient tant de prix à son amitié ? Quoi ! Pour une ivresse si courte et dont le réveil avait été si cruel, tout trahir, tout profaner ! Outrager un homme pour lequel il serait mort sans hésitation ! Salir l'honneur de celui qui se serait porté garant pour lui, eût-il dû risquer sa fortune et sa liberté !

Des larmes coulèrent sur les joues de Rameau, non des larmes d'attendrissement, mais des larmes de chagrin. Sa souffrance n'était plus physique : il était sans colère. La jalousie ne lui faisait plus bouillonner le sang. L'orage était plus haut : il grondait dans son cerveau. Il pleurait sa foi détruite, ses illusions envolées. Il n'avait cru qu'à l'humanité, et l'humanité le trahissait. Il avait fait de l'homme l'unique maître de la nature, et l'homme, en qui il avait placé ses affections les plus vives, lui était démontré misérable et infâme. Alors que restait-il ? Rien.

Il s'adressa désespérément à sa philosophie. Elle demeura impuissante. Il lui demanda une consolation, une excuse, une raison, un argument. Elle ne lui fournit pas une réponse qui soulageât sa pensée ou qui adoucît son cœur. Sombre, il se dit : « Au moins les fidèles ont Dieu ! » Puis, par un brusque ressaut de son esprit rebelle, il protesta aussitôt contre cet abandon de lui-même. Ce retour à l'idée d'un être supérieur n'était-il pas de la simple pusillanimité? Ce besoin de se rattacher à une puissance céleste, n'était-ce pas la crainte de se voir abandonné et livré à soi-même? Il en avait ri, de ce besoin, de cette crainte, autrefois, et, aujourd'hui, il les subissait. Il était sur le point d'y céder.

L'humiliation de se sentir si faible déchaîna en lui de soudaines violences. Il ricana amèrement. Ah! ah! les suprêmes secours de la religion! C'était donc cette angoisse secrète, endurée par lui, qui, au moment de quitter la vie, courbait tant d'incrédules devant un prêtre? Le sentiment de la solitude morale, qui épouvantait les plus sceptiques et les poussait à vouloir peupler d'un Dieu cette solitude, il venait de l'éprouver. Il entra en révolte contre une si lâche hypocrisie.

Cette religion, qu'on montrait comme la consolation unique, était-elle autre chose que mensonge et duperie? La dévotion ne s'alliait-elle pas merveilleusement avec la faute? Il savait ce que pouvait oser la dévote. Il en avait aimé une et la piété ne l'avait pas détournée du vice. Elle l'avait même aidée à s'y livrer: la certitude de l'absolution rendait la chute si facile! Un court repentir, quelques prières, et la femme rassurée, rafraîchie, retournait au mal. Cette périodicité du repentir et du crime n'était-elle pas ce qu'on pouvait rêver de plus infâme?

Il était, en ce moment, repris de toute sa fureur. Son visage pâle était couvert d'une sueur glacée. Il avait l'écume au coin des lèvres. Il eût tué la coupable, s'il l'avait vue apparaître. Il n'accusait plus Frantz. C'était elle qui était responsable de la forfaiture. C'était elle qui y avait entraîné son complice. Il se découvrait, rétrospectivement, haï par elle. Du jour où il avait refusé de se prêter à ses mystiques fantaisies, elle l'avait rejeté de son cœur et, entre elle et lui, sa religion s'était élevée comme une barrière maudite.

Il marchait à grands pas dans la chambre, heurtant les meubles, sans précaution, sans respect, tout à sa fièvre. Par delà le tombeau, il poursuivait de sa colère celle qui l'avait trompé. Il trouvait des aggravations à sa faute, il l'accablait de reproches, d'injures, il eût voulu la frapper. Brusquement, il leva la tête et ses regards rencontrèrent la toile maudite sur laquelle Conchita immuablement souriait, avec ses fleurs d'amour dans la main. Il lui sembla que le charmant visage le bravait. « C'était à son amant qu'elle souriait ainsi, pensa-t-il. Et toute ma vie j'aurais cette image, insolemment adultère, devant les yeux?... »

De son cœur un flot enflammé monta à son cerveau. Il poussa un cri sourd et, d'une main, saisissant le cadre d'or, il l'arracha du mur et le fit tomber sur le parquet. Il s'y brisa avec un effroyable bruit et ses éclats roulèrent de tous côtés, dans un nuage de poussière. A terre, étendu comme un mort, le portrait souriait toujours. Alors Rameau s'avança et, furieusement, de son talon il frappa l'adorable figure. Surexcité par son action même, il redoubla et, avec une frénétique rage de démolir et d'effondrer, il se mit à piétiner la toile, criant d'une voix entrecoupée :

— Tiens, misérable! Tiens, infâme! Tiens, basse et immonde créature! Que ne puis-je t'écraser toi-même!

Échevelé, les poings crispés, l'œil injecté de sang, acharné à son œuvre de destruction, il semblait un fou. Comme il continuait à crier ses injures, la porte de la chambre s'ouvrit et, amenée par l'inquiétude, tremblante d'émotion, sa fille parut. En la voyant sur le seuil, Rameau recula hagard. Avec un horrible saisissement, en elle, ainsi éclairée par la pleine lumière, il avait retrouvé Conchita, mais blonde avec des yeux bleus : les cheveux et les yeux de Munzel. Il la dévorait du regard et, comme Adrienne, voyant son père le visage convulsé, les habits en désordre, au milieu de ces décombres, en proie à cette démence, n'osait faire un pas en avant, il cria d'une voix terrible :

— Que viens-tu chercher ici?

La jeune fille pâlit, suppliante ; elle tendit les bras :

— Mon père !...

— Tais-toi ! interrompit-il avec un geste formidable. Pas ce nom !...

Pas dans cette chambre infâme! Va-t'en! va-t'en! que je ne te voie plus! tu me fais horreur!

A ces paroles, si différentes de celles que ce père tendrement aimé lui adressait chaque jour, Adrienne fit un mouvement, comme pour chasser une vision terrifiante. Le sang reflua à son cœur, qui battit à l'étouffer. Elle eut un voile devant les yeux, ses jambes plièrent sous elle et une teinte livide s'étendit sur ses joues :

— Je t'en prie, tu me fais peur!... Qu'y a-t-il donc? balbutia-t-elle. Pourquoi me repousses-tu? Est-ce que j'ai fait quelque chose de mal?

— Le mal? Tu en es tout entière l'incarnation! s'écria Rameau, dont les yeux égarés flambèrent de fureur. Le mal, tu es son expression vivante! Le mal, c'est toi! Oui, toi, preuve odieuse de l'infamie dont tu perpétues le souvenir! Je ne sais à quoi il tient que je ne t'écrase!

Il l'avait prise par l'épaule et la secouait avec violence. Elle ne disait plus une parole, épouvantée non pour elle, mais pour son père. Elle le jugea fou. Une douleur immense emplit son cœur, des larmes coulèrent sur ses joues, elle n'eut plus la force de se soutenir et se laissa aller à genoux, comme pour demander grâce. En l'entendant tomber sur le parquet, Rameau eut un retour de raison. Il ne vit plus, devant lui, que l'enfant qu'il avait adoré pendant dix-huit années.

Il lui tendit les bras, voulut la relever, il cria :

— Adrienne !

— Oh! c'est fini : c'est toi, je retrouve tes regards et ta voix! fit la jeune fille avec une joie ardente.

Elle essaya de lui passer les bras autour du cou, de s'attacher à lui, de le reconquérir. Mais, d'un coup d'œil, il avait parcouru la chambre. Il avait revu le portrait déchiré, les lettres en lambeaux, les meubles abattus. Toute l'horrible vérité s'était emparée de sa pensée; sa figure en un instant était redevenue implacable. Il repoussa l'enfant, s'arracha à son étreinte, et d'une voix tonnante :

— Arrière! Point de simagrées! Je ne veux plus être dupé! Hors d'ici!

Le bras tendu, sa haute taille redressée, effrayant de colère, il montrait la porte. Adrienne, bouleversée par ce rapide passage de l'espérance à la plus cruelle déception, ne fit pas entendre un soupir. Elle blêmit, ses yeux se cernèrent et, de sa hauteur, elle tomba sur le plancher. Au même moment, la vieille Rosalie entrait, attirée par l'éclat des voix. Elle vit la jeune fille étendue au milieu du mobilier détruit ; elle fondit sur elle, ainsi que sur une proie, l'entoura de ses bras, la tâta, pour s'assurer qu'elle était vivante. Elle jeta à Rameau un regard suppliant, elle le trouva sombre, immobile, impassible. Elle dit sourdement :

— Mon Dieu !

Puis, sans une question, sans un appel, sans un mot, elle enleva l'enfant et, chargée de son précieux fardeau, passant devant le père, elle sortit. Derrière la servante, Rameau quitta la chambre, ferma la porte, mit la clef dans sa poche et, lentement, se dirigea vers son cabinet, où il disparut.

Rosalie, à travers les couloirs, gagna l'extrémité de la maison. Arrivée à l'appartement d'Adrienne, elle appela à grands cris, sans retenue, sans ménagement. Deux femmes accoururent. Comme elles levaient les bras au ciel, en poussant des hélas ! et se perdaient en questions :

— Taisez-vous, dit rudement la vieille femme de charge en entrant dans un petit salon. Mademoiselle vient de se trouver mal... Qu'une de vous prépare son lit, que l'autre descende dire au cocher d'atteler et d'aller immédiatement chercher le docteur Talvanne à Vincennes, au valet de chambre de courir chez M. Robert et de le ramener à l'instant... Marchez, et pas de discours : ce n'est ni le lieu, ni le moment.

Elles s'élancèrent. Restée seule, Rosalie déposa Adrienne sur un canapé et, prenant dans le cabinet de toilette un flacon d'eau de Cologne, elle essaya de la faire revenir à elle. Ses cheveux blonds dénoués, les yeux clos et toute pâle, comme une jeune martyre, la jeune fille était si belle que la servante s'oublia un instant à la regarder. Puis, ressaisie par l'inquiétude, elle lui mouilla les tempes et la paume des mains, la réchauffant, la couvant ; elle lui parla, l'appelant

ELLE ALLA OUVRIR LA PORTE ET SE TROUVA EN FACE DE ROBERT (PAGE 850)

doucement, maternellement, sans pouvoir faire cesser son immobilité. Dans la maison, le silence était redevenu profond. Plus de cris irrités, plus de coups sourds, plus de piétinements affolés. La tempête s'était calmée, mais le calme rétabli était peut-être encore plus gros de menaces et de violences.

Un pas rapide, glissant sur le parquet du couloir, fit lever vivement Rosalie; elle alla ouvrir la porte et se trouva en face de Robert. Il ne questionna pas; elle n'expliqua rien. Il avait vu la jeune fille, toujours étendue, immobile et froide. Il lui toucha la main, s'assura que le pouls battait. Et, un peu rassuré, il examina le visage. Les yeux se violaçaient et la mâchoire se contractait, pinçant la bouche.

— Donnez-moi de l'éther, dit le jeune homme à la femme de charge. Elle sortit et, en un clin d'œil, reparut tenant une bouteille et une cuiller. Robert versa quelques gouttes, approcha la cuiller des lèvres d'Adrienne et, lentement, avec effort, parvint à faire pénétrer la liqueur entre les dents serrées. Une rougeur empourpra les joues de la malade, elle poussa un soupir et ses paupières se relevèrent. Elle parut reconnaître celui qui la soignait, un douloureux sourire passa sur ses lèvres décolorées, elle pâlit de nouveau et resta inerte. L'évanouissement cependant avait cessé et les mains, tout à l'heure glacées et rigides, redevenaient moites et souples.

— Il faudrait la mettre dans son lit, dit Robert. Et, comme Rosalie approuvait d'un signe de tête, il ajouta :

— Où est son père?

La vieille gouvernante fronça le sourcil, elle se recueillit pendant une seconde, comme si elle avait un grand parti à prendre; puis, sans regarder le jeune homme :

— Monsieur est sorti depuis le déjeuner, répondit-elle froidement. Mais on l'a envoyé prévenir, ainsi que le docteur Talvanne...

Puis, coupant court à des explications difficiles :

— Tenez, prenez l'enfant par les épaules. Nous allons l'emporter à nous deux... Elle n'est pas lourde, la chère mignonne...

La porte de la chambre était ouverte. Une chambre tendue de soie blanche semée de bouquets roses, à meubles laqués blancs, fraîche,

claire, virginale, embaumée d'un léger parfum. Robert y entrait pour
la première fois. Il eut le cœur serré. Il lui sembla que cette violation
avait la mort pour excuse. Il abaissa ses regards sur le visage de la
jeune fille, il frémit à la pensée que ces beaux yeux fermés ne se rou-
vriraient plus jamais. Il voulut chasser ce funèbre pressentiment.
Autour de lui, il vit tout animé et riant. Mais, au même instant, un
nuage passa devant le soleil, le ciel s'obscurcit et la chambre devint
sombre. Il entendit confusément Rosalie qui lui disait :

— Retournez dans le salon, je vous appellerai aussitôt que je l'aurai couchée.

Il sortit machinalement, très troublé, commençant à éprouver une
violente inquiétude. Il fit appel à sa science et rechercha, dans sa
mémoire, quelles graves maladies pouvaient avoir, pour premier
symptôme, une syncope suivie d'un état de prostration complète. Il en
trouva vingt. Il ne s'arrêta à aucune certitude. Il était hésitant, épeuré.
« Que deviendrais-je, pensa-t-il, si j'étais obligé de la soigner ? Dans
quelles angoisses vivrais-je ? Combien ce savoir, dont nous sommes
si fiers, est limité et comme nous en comprenons l'inanité quand il
s'agit d'en tirer parti pour ceux que nous aimons ! Que fera le docteur
Rameau ? » La pensée que le père d'Adrienne allait bientôt arriver et
combattre lui-même la maladie illumina les ténèbres dans lesquelles il
se débattait. Il avait en son maître une foi si complète qu'il retrouva
tout son calme.

Il se sentit rassuré et tranquille, comme le soldat commandé par un
général toujours victorieux. Le docteur, d'un coup d'œil infaillible,
établirait le diagnostic. Et, quant aux soins à donner, son esprit,
merveilleusement inventif, trouverait certainement quelque remède
souverain. Tant de fois Rameau avait fait des miracles, comme les
thaumaturges de l'antiquité, que Robert éloignait toute crainte, sûr
qu'au moment décisif un prodige se produirait, qui assurerait le salut
de la malade. C'était sa fille ! De quoi ne se montrerait-il pas capable,
lorsque l'être qui lui était le plus cher au monde serait menacé ?
Souvent, Robert le savait, des médecins, et non des moins célèbres,
avaient reculé devant la responsabilité de soigner leurs femmes ou

leurs enfants. Ils avaient subi ce trouble, cet anéantissement de toutes les facultés que le jeune homme avait ressenti si vivement. Mais Rameau pouvait-il être accessible à ces faiblesses? N'était-il pas, par la force de son caractère et la clarté supérieure de son intelligence, au-dessus de l'humanité?

Rosalie, en traversant le salon, arracha le jeune homme à sa méditation. Il interrogea du regard la femme de charge. Elle répondit à voix basse :

— L'enfant semble dormir. Vous pouvez entrer.

Sur l'épais tapis, il parvint sans bruit auprès du lit, et, étendue, le visage maintenant rougi, les yeux toujours fermés, il vit Adrienne. Son bras blanc, allongé sur le drap, tressaillait, comme si tous les nerfs, mis en mouvement par une agitation intérieure, en eussent vibré. La respiration était brève, un peu sifflante, les dents toujours serrées par une violente contracture. Cet état, si évidemment douloureux, réveilla les inquiétudes de Robert. Non, Adrienne ne dormait pas. Et l'anéantissement dans lequel elle demeurait plongée attestait en son organisme des désordres sérieux.

Il se leva et se dirigea vers la fenêtre. Sur l'esplanade des Invalides, les soldats faisaient l'exercice, comme tous les jours, sous l'œil émerveillé des badauds. Il regarda la pendule : une heure déjà s'était écoulée depuis son arrivée dans la maison. Une impatience fébrile s'empara de lui. Que faisait Rameau, pour ne pas venir? Où était Talvanne? Qu'ordonner, en leur absence, et comment oser s'y décider? Il lui devint impossible de rester ainsi seul auprès du lit dans lequel était étendue, sans regard et sans pensée, la femme qu'il adorait. Il fut sur le point de sonner. Le roulement d'une voiture dans la cour l'arrêta. Il éprouva un soulagement immédiat. Enfin, on lui apportait du secours, il n'allait plus se trouver abandonné à lui-même. La voix de Talvanne, retentissant dans l'escalier, l'amena à la porte du salon. Il ouvrit, et l'aliéniste essoufflé entra.

— Ah! te voilà, dit-il d'une voix brève. Eh bien? Comment est-elle?

— Toujours dans le même état. Une sorte de somnolence fébrile…

Talvanne interrompit le jeune homme :

— Examinons ça.

Il passa dans la chambre. A la tête du lit déjà Rosalie l'avait devance. Il observa avec attention sa filleule immobile, comme s'il voulait faire pénétrer son regard au dedans d'elle. Il hocha la tête, puis souleva délicatement la paupière de la jeune fille. Un strabisme soudain avait troublé sa vue. Il tâta le front couronné de cheveux d'or et le trouva brûlant. Il glissa sa main sous la nuque et la palpa fortement. Adrienne poussa un douloureux soupir. Le visage de Talvanne se rembrunit, il jeta un coup d'œil sur la gouvernante et sur Robert. Il les vit anxieux, attendant son jugement. Il hocha de nouveau la tête, fit entendre une toux sèche et murmura :

— Il faut voir...

Puis, s'adressant à la vieille servante :

— Où est Rameau?

— Il vient de rentrer à l'instant...

Comme Robert, à ces paroles, manifestait une profonde surprise et s'apprêtait à questionner, elle prit, avec un air d'autorité, l'aliéniste par le bras et, l'attirant à l'écart :

— Descendez le trouver; il est dans son cabinet, dit-elle d'une voix tremblante, et tâchez de lui rendre la raison. Il s'est passé aujourd'hui, ici, des choses bien malheureuses... Dieu veuille que tout cela ne nous coûte pas la vie de notre enfant!...

Talvanne, stupéfait par l'étrangeté de cette confidence, ouvrait la bouche pour demander à la vieille femme de s'expliquer plus complètement. Elle parut avoir lu dans sa pensée et, coupant court à sa curiosité :

— Ce n'est pas à moi qu'il appartient de vous éclairer... Descendez chez lui... interrogez-le... Il vous contera ce qui s'est passé, s'il le veut et s'il l'ose!... Oui! Il osera... C'est un homme terrible!... Et tantôt, j'ai cru qu'il allait tuer cette pauvre petite-là!

— Tuer! répéta Talvanne en pâlissant : Rosalie, réfléchissez un peu à ce que vous dites?

— Il ne réfléchissait guère à ce qu'il faisait, lui! répliqua la gouvernante avec amertume. Il était fou..... Fou de colère !.....

Elle s'interrompit, puis très grave :

— Mais pourquoi faire peser les fautes sur ceux qui en sont innocents?

Elle et lui se regardèrent très émus. Ces mots avaient suffi. Une mystérieuse communication s'était faite entre eux. En une seconde, tout s'était éclairci, et Talvanne était préparé à ce qu'il devait entendre. Il fit :

— Ah ! Ah !

Et ces deux interjections signifiaient si bien : « Comment, vous saviez tant de choses, et depuis si longtemps, sans qu'il y parût? » que la vieille femme répondit par un signe de tête affirmatif. Talvanne alors se tourna vers Robert resté près du lit de la malade :

— Attends-moi là, je remonte tout de suite avec Rameau.

Et, laissant le jeune homme, assisté de la gouvernante, auprès d'Adrienne, il se dirigea vers le cabinet de son ami.

X

Après ce dernier mouvement de fureur qui l'avait emporté jusqu'aux plus extrêmes violences, Rameau était resté quelque temps dans un état d'immobilité complète. Assis dans un fauteuil profond, il se sentait accablé de fatigue et son cerveau lui paraissait vide. On lui eût crié tout à coup que la maison prenait feu ou menaçait de s'écrouler, qu'il n'eût pas fait un mouvement pour se lever et fuir. Tout lui était indifférent et le naufrage de sa vie le laissait anéanti. Qu'avait-il à craindre maintenant? Que pouvait-il lui arriver qui fût plus atroce que ce qu'il venait d'endurer? Sa vie, irrémédiablement brisée, eût-elle valu la peine d'être défendue? Quels regrets aurait-il éprouvés en fermant les yeux pour toujours? Il eût cessé de voir cette terre féconde en malheurs, ce monde tout rempli d'abjections; il se fût plongé délicieusement dans le néant, c'est-à-dire dans l'insensibilité.

Tout l'avait déçu et trahi dans cette vie infâme qu'il maudissait. La destinée ne lui avait pas même fait la charité de respecter sa dernière illusion. Il avait fallu qu'il subît sa douloureuse passion, qu'il en dégustât le fiel, qu'il en sentît tous les clous, toutes les épines. Il avait été savamment torturé et ses bourreaux étaient hors d'atteinte.

Pour lui, point de vengeance. La mort avait tout pris d'avance. Et lui, l'imbécile, pleurant les deux coupables de ses larmes les plus amères, il avait tenté l'impossible pour adoucir leurs souffrances.

Malédiction ! Si c'était à recommencer ! S'il pouvait les tenir là pour leur cracher son mépris et sa haine, pour jouir de leur angoisse, pour voir couler sur leur front la sueur glacée de l'épouvante. Mais non, ils avaient rendu le dernier soupir entre ses bras caressants, sous ses yeux consolants, calmes comme si leur conscience ne leur reprochait rien. Ils étaient morts hypocrites et menteurs, ainsi qu'ils avaient vécu. Et lui, qu'allait-il devenir ? Comment trouver l'énergie nécessaire pour supporter ce dernier écroulement ? Vivre encore après tant de déceptions, lorsque l'existence ne lui offrait plus que des tortures ? A quoi bon ? Le repos suprême, voilà ce qu'il lui fallait.

Et il se le procurerait si facilement ! Il n'avait que quelques pas à faire, une armoire à ouvrir et, parmi les substances si nombreuses qui lui servaient pour ses expériences, il lui suffirait d'en prendre une, d'en avaler quelques gouttes, et, sans souffrir, il s'endormirait. Aucun scandale autour de sa tombe. On ne croirait assurément qu'à une congestion cérébrale. D'ailleurs, les traces du poison choisi seraient difficiles à trouver, et sa fin offrirait toutes les apparences les plus naturelles.

Il sourit lugubrement en se sentant maître de sa destinée. Il éprouva une sorte de soulagement, comme après le règlement d'une situation difficile. Ayant pris le parti de rejeter toutes ses tristesses et toutes ses douleurs, il les sentit déjà moins vives. Il retrouva la force de se lever et de faire quelques pas dans son cabinet. Il laissa tomber, en passant, un coup d'œil sur les papiers qui couvraient son bureau, et se dit qu'il n'achèverait pas le travail commencé. Mais qu'était-ce que ce travail auquel il avait pris tant d'intérêt ? Quelle valeur avait-il ? Sur quelle base certaine le faisait-il reposer ? Tout, dans ce monde infirme, n'était-il pas sujet à l'erreur ? Qui pouvait se flatter d'avoir raison et de connaître le vrai absolu ?

Lentement, plongé dans sa méditation, il gagna son laboratoire. D'un mouvement machinal, il ouvrit une armoire et, sur les rayons,

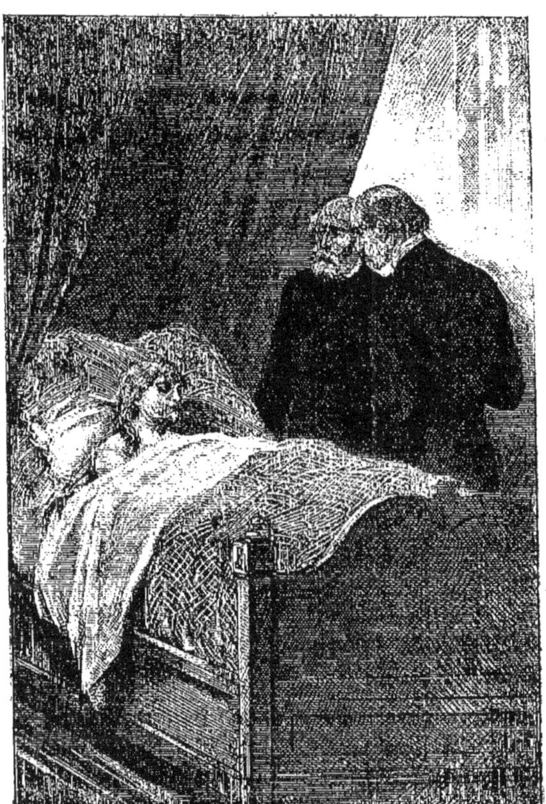

NON! CE N'EST PLUS LA MÊME ENFANT, DIT SOURDEMENT RAMEAU (PAGE 860)

examina une cinquantaine de flacons étiquetés de rouge. Il en saisit un, tout petit, l'étudia au jour, pour s'assurer qu'il ne se trompait pas, referma son armoire, revint dans son cabinet, plaça le flacon sur une table, à portée de la main, et se rassit. Il décida qu'il attendrait une heure, afin de se donner le temps de chercher s'il n'avait aucune disposition à prendre avant de disparaître. Il pensa à Talvanne et une ombre passa sur son front.

Celui-là l'aimait sincèrement et d'une affection profonde, dont il lui avait fourni des marques à toutes les heures de sa vie. Allait-il donc se séparer de ce fidèle compagnon, sans lui laisser une preuve qu'il ne l'avait pas oublié? Quoi! pas un mot, pas un souvenir, pas une suprême confidence? A cette idée que Talvanne pourrait mêler des reproches à sa douleur, le cœur de Rameau se serra. Il se leva et, s'approchant de son bureau, il se disposait à écrire à son ami lorsqu'une porte s'ouvrit et celui-ci parut.

Ils restèrent un instant à s'observer. Ils étaient presque aussi pâles l'un que l'autre. Tout à coup, les yeux de Talvanne tombèrent sur le flacon étiqueté de rouge. Il fit deux pas, s'en empara vivement, lut la désignation, et, avec un cri de reproche, le reposant sur la table:

— Toi, Rameau! Un homme tel que toi!

Le docteur baissa la tête et, sans chercher à nier, d'une voix si douloureuse qu'elle tira des larmes à son ami, il répondit simplement:

— Je suis si malheureux!

— Mais qu'y a-t-il donc? s'écria Talvanne presque avec colère, tant le chagrin de celui qu'il aimait plus que lui-même lui paraissait injuste et cruel.

Un feu sombre s'alluma dans les yeux de Rameau:

— Ce qu'il y a? Tu vas le savoir.

Il saisit la main de l'aliéniste et, sans ajouter un mot, l'entraînant à sa suite, il sortit, traversa les couloirs, monta l'escalier et s'arrêta devant la porte de l'appartement de la morte. Avec la clef qu'il avait emportée, il ouvrit, et, repris de sa colère:

— Regarde les débris de tout ce que j'entourais d'un culte. Ici, tout est renversé, déchiré, souillé et profané. Eh bien! Il y a moins de ruines que dans mon cœur, moins de souillures et de profanations que dans ma pensée... Tu me demandes ce qu'il y a?... La trahison de l'ami, l'adultère de la femme. Toute mon existence salie et déshonorée... Voilà ce qu'il y a!... Cela te suffit-il, comme honte et comme douleur ! Et ai-je le droit, enfin, quand ces deux misérables sont morts et ne souffrent plus, de vouloir mourir, à mon tour, pour ne plus souffrir?

— Et qui t'assure, dit gravement Talvanne, que tu ne souffriras plus? Qui te prouve qu'ils ne souffrent pas, eux, et horriblement? Et, quand bien même tu serais cent fois plus à plaindre, est-ce une raison pour l'abandonner à ce point? As-tu donc oublié tout ce qu'il y a autour de toi d'honnête, de bon et de pur? Je ne compte donc plus, moi? Et Adrienne?

Rameau fronça le sourcil, baissa la tête, mais ne répondit pas. Talvanne continua :

— Cette pauvre petite, innocente de tout ce que tu souffres, pourquoi l'en as-tu rendue responsable? Est-ce généreux? Est-ce raisonnable? Elle n'a eu pour toi, depuis qu'elle existe, que des caresses et des sourires. Et tu l'as bouleversée, épouvantée, brutalisée quand elle te suppliait... Maintenant, elle est malade, et tu en es cause... Rameau, je te suis bien attaché, je suis bien partial quand il s'agit de toi, mais je ne puis te trouver aucune excuse.

Le docteur avait écouté impassible. Il garda le silence obstinément; Talvanne le regardait effrayé :

— Est-ce que tu ne m'as pas entendu? demanda-t-il.

Rameau baissa la tête affirmativement.

— C'est de ta fille que je te parle, reprit Talvanne avec animation. Comprends-tu? De ta fille!...

Le docteur releva son front, que des rides profondes sillonnaient, et d'une voix sourde :

— Ma fille! répéta-t-il. En es-tu bien sûr?

Le visage de Talvanne devint sévère, et d'un ton ferme :

— Si ton cœur n'a pas devancé ma réponse, tout ce que je te dirai ne suffira pas à te convaincre. Je changerai donc les termes dont

je me suis servi. Il y a là, sous ton toit, à deux pas, une créature
humaine qui souffre et que tu peux soulager, et je te demande si,
homme, tu vas refuser de paraître à son chevet, si, médecin, tu
vas refuser de la soigner.

Rameau ne répondit pas une parole, mais il sortit et, suivi de son
ami, il se dirigea vers l'appartement de la malade. La porte était
ouverte et, dans l'obscurité du salon, la lueur d'une lampe, placée
sur la cheminée de la chambre, traçait une raie de lumière. Dans cette
clarté, au bruit de la marche des deux hommes, Robert se montra.
En reconnaissant Rameau, il ne sut réprimer un geste de joie, ce
geste que le docteur connaissait si bien et que chacun faisait, en le
voyant apporter ses secours à un être cher dangereusement menacé.
Le maître écarta l'élève qui s'avançait à sa rencontre et, lui montrant
le salon, il dit d'une voix brève :

— Reste là et attends.

Il fit passer Talvanne et, à sa suite, entra dans la chambre. Adrienne
était toujours étendue dans son lit, roulant douloureusement sa tête
sur son oreiller, comme si elle cherchait la position la plus propre à
calmer sa douleur. Ses yeux à demi fermés étaient sans regard. Une
pâleur s'étendait sur son visage, accusant plus nettement la rigidité
de ses traits durs et immobiles, comme ceux d'un masque de pierre.
Talvanne s'approcha et, montrant la jeune fille à Rameau :

— Elle paraît souffrir cruellement, dit-il. Regarde la pauvre petite !
Est-ce la même enfant que nous voyions hier, si fraîche, si rose, si
vivante, avec ses belles lèvres souriantes et ses yeux brillants de
joie?

— Non ! ce n'est plus la même enfant, dit sourdement Rameau.

— Il a suffi d'un instant, poursuivit Talvanne, pour que cette vigoureuse santé disparût, pour que cette fleur de jeunesse se fanât. Et
tout ce mal, enduré par une délicieuse créature que nous regardions
comme la joie de notre vie, c'est de toi qu'il est venu !

— De moi ! répéta lugubrement Rameau, sans protester contre le
reproche que lui adressait son ami.

— Et tu l'observes avec des yeux insensibles, continua l'aliéniste, toi qui la couvais hier avec amour ; tu restes immobile et inactif devant elle, toi qui aurais tout abandonné pour courir, si on était venu t'annoncer qu'il lui était arrivé la moindre chose, qu'elle souffrait d'un inoffensif bobo. Si on t'avait prédit que tu serais si dénaturé, n'aurais-tu pas répondu que c'était impossible ?

— Je l'aurais répondu.

— Et pourtant cela est. Et tu raisonnes et, cependant, tu persistes dans ta féroce, soudaine et absurde indifférence.

Rameau avait fait un pas de plus vers le lit et d'un œil fixe examinait le visage d'Adrienne. Il prit le bras de son ami, le serra avec force et, lui montrant la jeune fille :

— Étudie ce front bombé, ces pommettes saillantes et ce nez délicatement recourbé. Toi, savant qui as fait de l'anthropologie l'étude de toute ta vie, n'y vois-tu pas tous les signes distinctifs de la race espagnole ? Vois comme l'origine berbère est marquée dans cette figure. Les Maures ont passé par là, Talvanne, il n'y a pas à le nier. Ne serait-ce pas la tête de sa mère, traits pour traits, si le bas du visage ne trahissait le mélange de la race saxonne ? Ce menton, dont la carrure est un peu lourde, n'accuse-t-il pas le type allemand ? Tâte cette tête, maintenant, et tu y trouveras tous les signes qui caractérisent le sous-brachycéphale... Ah ! ah ! Tu vois que j'ai bien profité de mes discussions avec toi et que je sais de quoi je parle !... Prends les mesures, d'après la méthode de Camper, d'après celle de l'Anglais Morton, ou celle du Français Broca, et tu ne trouveras pas une autre solution que celle indiquée par moi, ou bien la science n'est qu'un vain mot !

— Tu me l'as dit cent fois ! s'écria Talvanne avec désespoir. Tu n'y as jamais cru ! Vas-tu, pour fournir des arguments à ton injustice, avoir recours à des théories que tu as toujours réfutées ? Rameau, aie pitié de cette enfant et de toi-même... Ne cède pas à des préventions irraisonnées, à des imaginations folles !...

Rameau baissa la tête et, avec un calme plus terrible encore que n'avait été sa colère :

— Ne nie pas la lumière ! Elle nous illumine et il faudrait être

insensé pour ne pas voir! Les cheveux blonds, les yeux bleus de celle
pour qui tu me pries, ce sont ceux de Munzel... Regarde-la!... tiens,
pendant que son visage se contracte... N'est-ce pas lui, tel qu'il était
quand je l'ai soigné, dans la petite chambre de la rue de la Harpe?...
Elle lui ressemble tant qu'il est inouï que je n'en aie pas été frappé
plus tôt!... Mais notre misérable espèce est si crédule!... Un enfant!
c'est flatteur pour un homme! On le croit de soi, tout naturellement,
par un stupide orgueil!... Ah! ah! ah!

Il éclata d'un rire déchirant, appuya fortement sa main sur sa poitrine, comme pour comprimer une douleur violente qui lui labourait
le cœur, puis il reprit :

— Je l'ai adorée, cette petite fille! Tu ne peux nier que j'aie uniquement pensé à elle, pendant les dix-huit ans qu'elle a déjà vécu. Tu
le disais tout à l'heure : c'était ma passion, ma folie. Eh bien! maintenant elle me fait horreur et je la hais! Elle souffre, et je la regarde
souffrir ; elle est très malade et va peut-être mourir, et je ne lèverais
pas un doigt pour qu'elle ne mourût pas! Elle est née des deux autres,
elle est aux deux autres, qu'elle aille dans la terre avec les deux
autres!

— Rameau! cria Talvanne épouvanté.

— Mon bon ami, poursuivit le docteur, avec un sang-froid horrible, il me serait facile d'être hypocrite et de te raconter des bali-
vernes, mais ce serait indigne de toi et de moi. Je te montre mon
cœur à nu, je te traduis ma pensée complète. Je suis peut-être un
monstre. Je ne dis pas le contraire. Mais je ne puis être autrement.
Je hais cet être innocent, pour toutes les caresses qu'il m'a volées et
pour tous les baisers que j'ai délicieusement posés sur sa chair
odieuse. Voilà dix-huit ans que je suis dupe, c'est assez!

— Ainsi, tu ne frémis pas à la pensée qu'elle souffre!

— De quoi pourrais-je frémir? Quels liens m'attachent à elle? Rien
de moi n'est en elle. J'en suis sûr, et toi aussi. Ce n'est donc pas mon
sang, mes nerfs, qui pourraient s'émouvoir. Quant à mon esprit, il est
révolté et furieux. Alors, que me demandes-tu?

Talvanne essuya avec son mouchoir la sueur qui perlait sur son front. Il fit un mouvement des lèvres, comme pour reprendre sa respiration, puis avec une fermeté voulue :

— Je te demande ton opinion sur sa maladie. C'est une étrangère, soit, une indifférente, une ennemie même. N'importe! Tu es venu à son chevet par considération pour moi, examine-la.

Rameau s'avança tout près du lit. Une pâleur plus grande s'étendit sur son front et ses yeux se creusèrent plus profonds sous ses épais sourcils. Ses mains tremblèrent. Cependant il se pencha sur Adrienne, il approcha son visage du sien, il sentit sa respiration haletante l'envelopper. Un pli grave se creusa autour de sa bouche, mais son regard ne se troubla pas. Il souleva les paupières de la malade et examina ses yeux; il prit, entre ses doigts, son bras rond, doux, charmant, qui brûlait de fièvre. Il lui toucha le creux de l'estomac et le ventre, lui palpa la tête, comme avait déjà fait Talvanne, puis lentement il s'écarta. Il paraissait calculer des probabilités. Il dit enfin à voix basse :

— Il y a, en ce moment, beaucoup d'inflammation cérébrale. Les méninges sont fortement pris; mais ce qui est à craindre, c'est un accident intestinal par suite d'un brusque déplacement du sang... Demain, il peut y avoir péritonite... Si la péritonite se généralise, il faudra tout craindre.

Et comme la figure de Talvanne exprimait l'étonnement plus encore que la crainte, Rameau, avec la tranquillité endurcie d'un vieux praticien, ajouta:

— Du reste, fais appeler qui tu voudras : Larcher, Sourdain ou Buyot... J'approuve d'avance tout ce qui sera décidé.

— C'est une façon de t'en désintéresser, dit Talvanne avec amertume.

Rameau ne répondit pas. Il ouvrit la porte et, apercevant Robert qui les attendait anxieux :

— Tu peux rentrer chez toi, mon garçon, dit-il d'un ton tranchant. Tu viendras, demain, savoir des nouvelles. Pour l'instant, il n'y a rien à redouter... Dors tranquille.

Et, passant devant son élève, stupéfait qu'on l'éloignât au moment où il était prêt à se dévouer corps et âme, il gagna le couloir, où le bruit de ses pas se perdit dans l'obscurité. Talvanne, avec une agitation violente qu'il ne cherchait plus à dissimuler, s'élança vers Robert et, lui montrant la direction dans laquelle s'était éloigné Rameau :

— Suis-le, dit-il vivement, va dans son cabinet et, quoi qu'il te dise, ne le quitte pas avant que je vienne te remplacer, va.

Il le poussa presque hors du salon et, voyant le jeune homme lui obéir sans répliquer, il laissa échapper un soupir de soulagement. Puis, entrant dans le cabinet de toilette, il fit revenir la vieille Rosalie et l'installa auprès de la malade. Il prit sur la table du papier, une plume et commença à rédiger une longue ordonnance. Pendant qu'il écrivait, la fièvre qui l'avait surexcité depuis plusieurs heures tombait peu à peu, ses nerfs se détendaient et toute l'horreur de la situation lui apparaissait. Celle qui souffrait, celle pour qui il commandait ces remèdes énergiques était l'enfant de son cœur, l'être adorable auquel il avait voué toutes ses affections et qui emplissait d'intérêt et de joie les dernières années solitaires de sa vie de vieux garçon. Deux larmes coulèrent lentement sur ses joues et tombèrent sur le papier ; il les essuya avec mécontentement, fit un geste de dépit et ne put étouffer un sanglot. Il lui sembla qu'une ombre passait devant ses yeux, il leva la tête et vit la vieille gouvernante qui s'était approchée et le regardait :

— Vous l'aimez, vous ! dit-elle avec reconnaissance.

— Lui aussi, répondit Talvanne.

Et comme la femme de charge hochait la tête avec tristesse :

— Il souffre, ajouta-t-il, il souffre injustement et s'en prend à la terre entière de cette souffrance et de cette injustice. Mais bientôt il verra clair dans son cœur et tout changera...

— Dieu vous entende ! Car, si tout ne changeait pas, nous n'aurions plus, les uns et les autres, beaucoup de bonheur à attendre.

Ils échangèrent un regard. Talvanne et elle s'étaient entendus à demi-mots. Ainsi, pas une fois, depuis tant d'années, la servante, si complètement au fait des causes du drame qui venait de bouleverser

TE PRÉVENIR? POURQUOI? POUR EMPOISONNER TA VIE VINGT ANS
PLUS TOT? (PAGE 871)

la maison, n'avait donné à penser, par son ton ou par ses allures, qu'elle eût pénétré le mystère. Elle avait tout su, tout vu, tout caché, par dévouement pour Conchita et par amour pour Adrienne.

Le docteur comprit qu'il aurait en Rosalie une aide infatigable et prête à tous les sacrifices. Par elle, la malade serait soignée, jour et nuit, sans une défaillance. Il en sentit un grand soulagement. Il pourrait ainsi se consacrer tout entier à la lutte qu'il voulait engager avec Rameau. Il se demanda s'il fallait confier à Robert tout ou partie du terrible secret. Il connaissait assez le jeune homme pour être sûr que sa passion résisterait à l'épreuve et que rien ne pourrait changer son cœur. D'ailleurs, Adrienne était-elle responsable de la faute qui pesait si lourdement sur elle? Elle était victime d'une implacable fatalité, et d'autant plus intéressante. Il se dit : «Moi, je l'aurais adorée rien que pour son malheur ! »

Un sourire passa sur ses lèvres, il pensa : « Non, je déraisonne et je dramatise. Je l'aurais adorée parce qu'elle est elle, c'est-à-dire tout ce qu'on peut rêver de plus charmant, de plus joli et de plus séduisant sur la terre. Hélas! sa mère était ainsi. D'où toute notre misère. Ce sont de ces femmes qu'on ne peut pas se défendre d'aimer. »

Une autre idée lui vint : «En ce moment, que doit penser Robert en face de Rameau hors de lui? Quelles suppositions étranges peut-il faire? Il est trop intelligent pour ne pas deviner qu'il se passe ici des événements plus qu'extraordinaires. Et quelles causes leur assigne-t-il? Avoir vu, pendant vingt ans, un homme donner les preuves de la solidité et de la lucidité d'esprit les plus grandes et, tout à coup, constater qu'il se conduit comme un furieux et comme un fou. Alors il serait plus prudent de lui tout laisser entrevoir. Il est de caractère à plaindre sincèrement son maître et à le respecter davantage. Bah ! le mieux sera de me décider suivant les événements. »

Il se leva et, tendant à la vieille servante l'ordonnance qu'il avait achevé de rédiger :

— Faites porter ceci à la pharmacie et qu'on attende les médicaments. Pour l'instant, des compresses d'eau froide sur le front et, s'il survient quelque chose, tout de suite faites-moi appeler. Je serai en bas, chez le docteur.

Il revint au lit de l'enfant, qu'il ne pouvait se résoudre à quitter, si impérieuse que fût la nécessité qui le conduisait auprès de Rameau. Il toucha son front toujours brûlant, il tâta son bras, dont la chair lui parut plus moite. Au même moment, dans l'ombre des blancs rideaux qui protégeaient son sommeil de vierge, Adrienne ouvrit les yeux. Ses regards vagues essayèrent de se fixer sur le visage de celui qu'elle voyait debout devant elle. Ses traits se détendirent et se firent riants, elle interrogea avec un accent de joie :

— C'est toi, papa ?

— Non, ma mignonne, ce n'est pas ton père, fit Talvanne ; mais il était là, il n'y a qu'un instant...

L'expression du visage de la jeune fille redevint grave, souffrante ; elle roula sa tête sur l'oreiller, avec le même mouvement douloureux, murmura, comme accablée :

— Ah ! parrain, c'est toi ?... Merci, parrain...

Son accent était si triste, en constatant l'absence de son père, que Talvanne frissonna. Il lui sembla que l'enfant se sentait abandonnée, reniée, condamnée, et que l'ombre de la mort s'étendait déjà sur elle. Il se pencha vers le lit et tout bas :

— Il reviendra, ma fille, je te le promets. Je lui dirai que tu l'as demandé, et il reviendra...

Elle agita doucement sa pauvre tête malade et faiblement :

— Oui, parrain, oui... Tu es bien bon, parrain...

L'aliéniste sentit que, s'il restait un instant de plus, il ne pourrait plus contenir l'attendrissement qui le gagnait. Il embrassa doucement l'enfant sur le front et lui dit :

— Tâche de dormir, ma mignonne.

Elle ne répondit pas et ferma les yeux. Sur la pointe des pieds, pour ne la troubler par aucun bruit, Talvanne gagna le couloir et descendit chez Rameau. Il était profondément ému, mais non pas effrayé, à la pensée de l'entretien qu'il allait avoir avec son vieil ami. Depuis longtemps, cuirassé contre ses violences, il demeurait sans force contre sa douleur. Et quelle douleur était la sienne! Ce grand esprit devait souffrir bien plus qu'un autre. Toutes les émotions se décuplaient, reçues et répercutées par un cerveau aussi sensible. Talvanne avait trouvé, en arrivant, le docteur accablé et décidé au suicide. Maintenant, après leur discussion si rude, était-ce dans la colère ou dans la prostration qu'il était tombé?

Il avait descendu l'escalier, il approchait du cabinet de Rameau et, avec inquiétude, de l'autre côté de la cloison, il lui semblait entendre une voix forte, qui parlait sans interruption, comme prononçant un discours. Il eut peur. Une sueur froide lui mouilla le front. Son ami était-il devenu fou? Il ouvrit vivement et, assis dans son fauteuil, séparé de son élève par le large bureau, il vit le docteur, calme, très pâle cependant, mais maître de toute sa pensée, qui dictait les conclusions d'un rapport. Il ne s'interrompit pas, comme s'il éprouvait une orgueilleuse joie à étaler devant celui qui l'avait vu si faible son étonnante énergie.

Robert, sombre et préoccupé, laissait errer ses regards de Rameau à Talvanne, cherchant le mot de l'énigme qu'on ne lui expliquait pas. Il traça les dernières phrases sur le papier et, posant sa plume, il resta un instant immobile entre les deux hommes qui se taisaient. Jamais il n'avait supporté silence si pesant. Jamais il n'avait enduré pareil malaise. Au lieu de la bonhomie et de la familiarité qui existaient habituellement entre les deux amis, une contrainte et une froideur subite. Que s'était-il passé? A quoi attribuer ce changement si brusque? La maladie d'Adrienne en était-elle la cause ou le résultat? Il lui parut impossible de sortir de la maison, de rentrer chez lui, de laisser toute la nuit s'écouler sans obtenir un éclaircissement.

Au même moment, Rameau se levait. Robert comprit qu'il gênait et que son maître allait le congédier. Il s'approcha de lui timidement pour lui dire adieu. Chaque jour, celui-ci tendait, avec une bonne grâce affectueuse, la main à son élève et lui adressait quelques aimables paroles. Il se borna à incliner la tête et à dire, d'une voix sourde : « Bonsoir. » L'étreinte de Talvanne, par contre, fut plus chaude et plus nerveuse qu'à l'ordinaire. Alors, avec un grand respect,

Robert salua son maître et, se dirigeant vers la porte, il sortit.

Restés seuls, les deux hommes s'assirent en face l'un de l'autre. Le premier regard de Talvanne avait été pour la table, sur laquelle, une heure auparavant, était placé le petit flacon étiqueté de rouge. Maintenant, il avait disparu. Mais le docteur l'avait-il caché sur lui, ou l'avait-il remis dans l'armoire? Renonçait-il à son indigne projet, ou bien l'ajournait-il, pour l'exécuter avec plus de loisir et de sûreté? Il sembla que Rameau lisait dans la pensée de son ami. Un pli ironique crispa sa lèvre, il courba son front dégarni.

— Tu te demandes avec ennui ce qu'est devenue la petite fiole d'acide prussique qui était là, tout à l'heure, dit-il. Je vais te rassurer: elle est dans le laboratoire. Si, ce soir, tu étais entré une demi-heure plus tard, tu m'aurais trouvé débarrassé de tous mes soucis. Tu m'as empêché d'accomplir ma résolution dans le moment de fièvre où je l'avais prise... A présent, c'est fini: l'exaltation est tombée. Je vois froidement la situation, et je me sens le courage d'y faire face. J'ai eu un instant de faiblesse... Que celui qui n'en eut jamais me méprise.

Talvanne lui prit la main et la serra avec une sensibilité presque convulsive. Quel énorme poids de moins sur la poitrine! Pris entre le père et la fille, aussi inquiet de l'un que de l'autre, ne pouvant les séparer dans son affection, il avait enduré, pendant toute la soirée, de cruelles tortures. Enfin, d'un côté, il était dégagé. Son visage exprima une telle satisfaction que Rameau en fut ému:

— Ne te réjouis pas trop, dit-il. Il eût peut-être mieux valu, pour toi, que je disparusse... Tu n'avais pas, en moi, un bien agréable compagnon... Que sera-ce désormais?

— Peux-tu parler ainsi, même légèrement?... s'écria Talvanne. Oublies-tu que, depuis notre jeunesse, j'ai tourné autour de toi comme un modeste satellite. Ma lumière et presque ma vie, je les recevais de toi... Qu'aurais-je été sans ton amitié? Un humble gardien d'aliénés, un hôtelier de la démence, logeant et nourrissant des fous! Tandis que tu as fait de moi, par ton influence, une manière d'homme de talent. Tu as emprunté à ta gloire pour me créer une notoriété;

de tes rayons, tu m'as fabriqué une auréole, comme on donne un jouet
à un enfant. Crois-tu que je m'y sois jamais trompé?... Oh! mon
vieux compagnon, si je ne t'étais pas attaché, je serais un ingrat!
Mais, en plus de ma reconnaissance, tu sais bien que j'ai pour toi
une affection profonde... Je n'avais pas de famille, et tu m'en as tenu
lieu... Toi et les tiens, vous avez été mes vrais parents, d'autant plus
aimés que je vous avais choisis... Et tu me plains d'avoir encore à
vivre auprès de toi?... Tu crains d'être maussade et de me déplaire,
quand, moi, je te remercie, de tout mon cœur, d'avoir renoncé à me
laisser seul! Va, je suis un bien grand égoïste!... Peut-être aurais-tu
été plus tranquille et plus heureux, réfugié dans la mort... Mais je n'ai
pas pensé à cela, je te l'avoue bien sincèrement, je n'ai pensé qu'à
moi: si tu m'avais quitté, qu'est-ce que je serais devenu?

Rameau, à cette chaude bouffée de tendresse, sentit son cœur,
qu'il croyait glacé, se dilater dans sa poitrine; une rougeur monta à
ses joues pâlies, ses yeux brillèrent moins farouches. Il éprouva une
sensation de bien-être qui lui démontra que tout sentiment humain
n'était pas mort en lui. Il se dit : « Puisque je suis à la merci de mon
imagination, au point de m'associer aussi vivement à l'émotion d'un
autre, j'aurai encore cruellement à souffrir. Que faudrait-il donc pour
éteindre en moi toute sensibilité morale? »

Ainsi, au moment où Talvanne se félicitait de l'avoir reconquis, il
cherchait un moyen de lui échapper. Mais la nature, rebelle à sa volonté, le maintenait esclave, et il était encore dans la dépendance de
son ami bien plus qu'il ne le pensait. Il suffit d'un mot pour le lui prouver, en réveillant sa passion avec une violence et une acuité nouvelles.
Talvanne, imprudemment entraîné par la chaleur de ses sentiments,
s'était laissé aller à dire:

— Va, tout ce que tu éprouves, depuis ton horrible découverte, je
le comprends ; je l'ai éprouvé moi-même, et depuis bien longtemps,
car, ce que tu ignorais, moi, je le savais!...

En une seconde, Rameau se vit emporté de nouveau par le courant furieux de sa jalousie exaspérée. La phrase de Talvanne venait,
subitement, d'évoquer Munzel et Conchita et de les présenter, à la

pensée de celui qu'ils avaient trahi, vivants, heureux, souriants. Le couple infâme passait enlacé, joyeux, dans une mystérieuse pénombre, et l'imagination de Rameau les poursuivait de son implacable et douloureuse curiosité. Il dit à son ami:

— Ainsi, tu connaissais le crime?

— Depuis le premier jour.

— Et tu ne m'as pas prévenu, tu ne m'as rien dit, tu n'as rien fait pour sauvegarder mon honneur?

Il s'était levé menaçant, redressant ses épaules voûtées, serrant les poings, comme pour écraser les coupables. Mais il poussa un grondement de colère impuissante. Les ombres lui échappaient et il ne pouvait les étreindre, les étouffer de ses mains irritées. Talvanne lui répondit froidement:

— Te prévenir? Pourquoi? Pour empoisonner ta vie vingt ans plus tôt? Jouer, auprès de toi, le rôle d'un Iago loyal et franc? Et à quoi bon? Le mal était-il réparable? Les coupables étaient déjà assez malheureux!

— Malheureux?

— Oui, car ils avaient été, tous les deux, victimes d'une déplorable fatalité. Ils ne s'étaient point cherchés, ils avaient tout fait pour se fuir. Ils s'aimaient cependant. Et, par un dernier reste d'honnêteté, ils s'efforçaient de se cacher, l'un à l'autre, leur sentiment réel sous une hostilité feinte. Rappelle-toi leur attitude gênée, leur langage sarcastique...

— Hypocrisie! Ils voulaient me donner le change!

— Non! Ils étaient sincères. Car j'ai eu les aveux de l'un et de l'autre. Tu me reprochais, à l'instant, de n'avoir rien fait pour sauvegarder ton honneur. Eh bien! j'ai risqué de m'aliéner à jamais l'affection de ta femme, par la rudesse et la fermeté de mon intervention. Je l'ai menacée de frapper Munzel et de le forcer à se battre avec moi s'il ne quittait pas sur-le-champ Paris. Aujourd'hui qu'il n'y a plus à ménager ni lui ni elle, je puis te dire la vérité absolue. Et je te jure qu'ils étaient désespérés.

— Oui, de se séparer!

— Non! car ce fut Conchita elle-même qui ordonna à Munzel de partir. Ils étaient plus affligés de leur faute, plus honteux de leur trahison, qu'heureux de leur amour. Le remords empoisonnait toutes leurs joies. Et pas une des heures qui se sont écoulées depuis l'outrage n'a été exempte de ces tortures qui étaient ta vengeance. Enfin, tu peux te rendre compte des véritables sentiments de Munzel en te souvenant qu'au moment de mourir il n'a pas voulu revoir sa complice. Certes, je ne l'ai jamais aimé, tu le sais, et j'avais un pressentiment du mal qui devait nous venir de lui, mais je ne puis me refuser à constater qu'il s'est amèrement repenti. Il ne pensait qu'à toi, il ne voulait que toi, et cette malheureuse pleurait, de l'autre côté de la porte, à genoux sur le parquet, proscrite par le mourant, écartée de son lit d'agonie, comme s'il eût craint, par sa présence, d'être empêché de se réfugier dans ton amitié, ainsi que dans un asile de clémence et de pardon. Va, ne regrette pas de n'avoir pu te venger toi-même, apaise ta colère, calme ton ressentiment : ils se sont punis mieux que tu ne l'aurais pu faire, et tu les tiendrais là, vivants, que tu ne saurais être plus implacable qu'ils ne l'ont été pour eux-mêmes.

Rameau avait écouté son ami, la tête cachée entre ses mains, sans l'interrompre, comme insensible à tout ce qu'il entendait. Il laissa s'écouler quelques minutes, puis, se découvrant le visage :

— Ah! j'aurais pu avoir la générosité de les oublier. Mais me l'ont-ils permis? Leur crime n'a pas été effacé par leur mort, il leur a survécu. La trace en est restée vivante, dans ma maison, auprès de moi, sous mes yeux. Voilà quelle est ma torture la plus cuisante, ma blessure inguérissable. Cette enfant, que j'ai adorée, à laquelle j'ai tout rattaché, qui était ma consolation et ma joie, il faut que je m'en détourne avec horreur. Oh! je ne puis t'exprimer ce qui se passe en moi depuis cette terrible révélation. Je souffre à devenir fou!... Toutes mes idées se heurtent, avec fureur, dans mon cerveau. Par instants, je me dis que je suis un monstre de repousser cette innocente créature, je m'efforce de me prouver qu'il est impossible que j'aie changé en un si court espace de temps. Je l'aimais ce matin, et

SI ADRIENNE N'ÉTAIT PAS LA FILLE DE RAMEAU, QU'EST-CE QUE TU DIRAIS?
(PAGE 877)

je la hais ce soir... C'est le comble de l'invraisemblance, de l'insanité, et cependant cela est. Il a suffi d'une seconde pour empoisonner cette tendresse, pour ruiner ce culte... L'idole est à bas, et comment la relever? J'ai fait appel à ma philosophie, j'ai invoqué les droits de l'humanité... Tous les principes, au nom desquels j'ai agi jusqu'ici, se sont trouvés inutiles et vains!... Je ne raisonne plus. En moi l'esprit est vaincu, c'est la bête qui l'emporte et qui pleure et qui crie, parce que son petit, qu'elle aimait, n'est pas d'elle, ne la touche plus, et qu'elle est désespérée!...

— A cela, je t'ai déjà répliqué : « Qu'en sais-tu? » fit Talvanne. Comment, toi, savant médecin, habile physiologiste, tu avances un pareil fait? Tu es bien hardi! Une femme a un amant : nécessairement l'enfant qui naît d'elle devra être de cet homme? C'est là un argument de drame et de roman! Fiction commode pour amener une situation. Mais la réalité est moins simple. Cette femme, en effet, a un mari, lequel la possède aussi... Oh! je te révolte, mais laisse-moi poursuivre!... Il faut avoir l'imagination d'un auteur, ou l'aveuglement d'un jaloux, pour affirmer que l'enfant ne sera pas du père. Qu'en sait-on? Et toi, le premier, qui t'autorise à nier que ta fille soit tienne? Je ne te fournirai pas des raisons sentimentales. Je ne te dirai pas : Elle est la fille de ta pensée, il n'y a pas, dans son esprit, une sensation, dans son cœur, une émotion, qui ne viennent de toi... Non, je me bornerai à invoquer la simple raison, je prendrai à témoin la nature, et je te crierai de toutes les forces de ma conviction : Tu te trompes, et ton erreur peut être mortelle pour cette enfant, pour toi, pour Robert, pour moi, pour nous tous enfin, qui l'aimons!

— Et moi je te répondrai, fit Rameau, avec une exaltation nouvelle, que ma conviction est aussi forte que la tienne, et que rien ne saurait la changer. Non! cette enfant n'est pas de mon sang et il suffit de la voir pour en être sûr. Tout en elle crie la faute. Elle est l'émanation matérielle et morale du crime. Elle en a la grâce, la douceur et le charme. Enfant de l'amour, te dis-je, conçue dans l'ivresse et le frémissement des sens. Ce n'est pas dans un accouplement résigné et dolent que cette créature délicieuse a pu être incarnée. C'est la vie ardente et passionnée qui s'est épanouie en elle. Le plus redoutable témoin qui s'élève pour l'accuser, c'est elle-même. La fille d'un vieux mari et d'une jeune femme, cette enfant qui est le printemps en fleurs? Allons donc! Quand bien même les circonstances, les dates, ne s'accorderaient pas si bien pour prouver le contraire, il me serait impossible de croire que je suis son père! Cesse donc de me traiter comme un vieux fou qui ne demande qu'à se laisser convaincre; tu as devant toi un homme assez courageux pour regarder la vérité en face.

Cette fois, Talvanne comprit qu'il n'y avait plus un mot à ajouter. Rameau ne se lamentait plus, il avait repris possession de lui-même et sa pensée était aussi lucide que sa parole était claire. Il continua :

— J'ai dans ma maison une étrangère à laquelle la loi confère tous les droits d'une enfant légitime. C'est la plus grande infamie de l'adultère de créer la situation que j'ai à dénoner. Comment le ferai-je? C'est ce que je ne sais pas encore, mais ce à quoi je vais réfléchir.

— Ne prends pas de résolution extrême, supplia Talvanne. Ménage cette petite : si ce n'est pour elle, que ce soit pour moi. Tu sais combien je l'aime tendrement. Moi, aucun de mes sentiments n'a changé. Si tu ne veux plus la revoir, si sa présence à tes côtés te paraît insupportable, n'oublie pas que je suis prêt à me consacrer pour elle... Je suis son parrain, j'habite presque la campagne... Pour colorer aux yeux du monde un changement d'existence aussi complet que celui imposé à Adrienne par tes préventions — oh! tu n'obtiendras pas que je dise autrement! — il nous est facile de dire qu'elle est malade, anémique, qu'elle a besoin de changer d'air... Nous pourrons ainsi gagner l'époque de son mariage, à moins que...

Il s'arrêta et son visage prit une expression soucieuse.

— A moins que? interrogea Rameau.

— A moins que, poursuivit Talvanne d'une voix tremblante, nous n'ayons à la conduire au cimetière, tout simplement, la pauvre mignonne. La scène d'aujourd'hui a gravement ébranlé sa santé. Je redoute des complications. Un peu de tendresse et de bonté seraient

les meilleurs remèdes à son mal, et ce sont justement ceux dont tu
me parais le plus décidé à la priver...

Il regarda son ami et, avec une chaleur et une émotion auxquelles,
avant le malheur, celui-ci n'eût pas résisté :

— Allons ! Rameau, je t'ai connu un brave homme, au cœur large
et généreux, à l'esprit puissant et profond... Ne peux-tu dominer en
toi la faiblesse humaine ? Ne peux-tu, d'un coup d'aile, t'envoler bien
haut, loin des misères qui te salissent, et, plus grand, plus pur, oublier
tout ce qui n'est pas l'éternelle et souveraine équité ? En ce moment,
tu déchois, tu n'es pas digne de toi-même, et tu t'en rends compte :
c'est de là que vient ta colère. Redresse la tête, reprends ta place au-
dessus des autres hommes. Sois supérieur par la bonté, comme tu
l'es par le génie. Adrienne est une étrangère ? Eh bien ! au lieu de la
repousser, adopte-la.

Rameau hocha tristement la tête :

— Autrefois, j'aurais dit comme toi, je me serais livré à de belles
théories extra-humanitaires. Aujourd'hui, tout est changé. Je ne suis
plus en face d'une idée, qu'on peut discuter, développer en s'exaltant !
Je me heurte à un fait, et on ne discute pas un fait : on le subit.
Peut-être, à ma place, ferais-tu ce que tu me conseilles. Alors, c'est
que tu es meilleur que moi. Je n'en ai pas la force et je crois bien que
je ne l'aurai jamais, à moins d'un miracle !...

— Eh bien ! dit Talvanne, s'il faut un miracle, Dieu l'accomplira !

— Dieu ! répéta sourdement Rameau, Dieu ! Votre dernier argument à tous, quand vous ne savez plus que dire !

Il ajouta avec lassitude :

— Ah ! ton Dieu, qu'il se manifeste donc ! Je lui en saurai vraiment gré. J'ai bien besoin d'une étoile pour me guider dans l'obscurité où je me débats !

— Ce guide, Rameau, reprit l'aliéniste, tu l'as, mais tu ne veux pas
en ce moment le suivre. C'est ta conscience.

Il ne donna pas à son ami le loisir de lui répondre, désirant le laisser sous l'influence de ses dernières paroles. Il lui serra la main avec

force, lui dit: « A demain, » accueillit comme un engagement le oui que le docteur fit entendre et sortit du cabinet.

Dans l'antichambre obscure, une ombre se détacha du mur et vint à lui. Il reconnut Robert :

— Comment ! tu m'as attendu ? dit-il au jeune homme. Depuis tant de temps !

— Je suis retourné auprès d'Adrienne et lui ai fait prendre moi-même les médicaments prescrits... La fièvre est un peu moins violente, mais la tête n'est pas encore dégagée...

— Attendons l'effet de la nuit.

Il saisit Robert par le bras et, s'appuyant sur lui :

— Pourquoi m'as-tu guetté ainsi ?

Celui-ci, embarrassé, garda le silence.

— Allons ! reprit l'aliéniste, aie donc le courage de ta curiosité.

— Eh bien ! dit d'une voix étranglée l'amoureux, je désire apprendre de vous ce qui s'est passé aujourd'hui, ce qui trouble si gravement mon maître et ce qui fait tant de mal à Adrienne.

Ils étaient, tous les deux, dans la rue, sur le trottoir, et le coupé de Talvanne stationnait devant la porte de l'hôtel :

— Nous allons marcher un peu, dit le docteur à son cocher.

Et, la voiture les suivant, ils s'engagèrent sur la place des Invalides. Robert observait Talvanne avec attention. Brusquement, l'aliéniste s'arrêta, regardant fixement son compagnon :

— Si Adrienne n'était pas la fille de Rameau, qu'est-ce que tu dirais ?

Ceux qui aiment ont une sorte de divination. On eût pu croire que Robert pressentait ce que le docteur s'apprêtait à lui demander. Il répondit vivement, comme si d'ailleurs son cœur avait préparé la réponse :

— Eh ! que m'importe qu'elle soit la fille de Pierre ou de Paul, orpheline ou héritière? Pourvu qu'elle soit elle, cela me suffira : je l'aime !

La figure de Talvanne s'épanouit, il serra joyeusement le bras du jeune homme sous le sien et s'écria :

— A la bonne heure! Parlez-moi des amoureux pour exprimer nettement leur pensée. Tu es un gentil garçon, que j'aimais bien hier, mais que, ce soir, j'aime encore bien davantage. Maintenant, écoute-moi, je vais t'expliquer le mystère.

La nuit était douce, un vent léger faisait bruire les feuilles des arbres et, dans le ciel, des milliers d'étoiles scintillaient froides et lumineuses. Le docteur leur lança un coup d'œil pensif et murmura :

— Ce diable de Rameau qui réclame une étoile... Ce n'est pas l'étoile qui manque, hélas !... ce sont les yeux pour la voir !

Il allongea le pas, s'engagea sur le quai et, toujours suivi de sa voiture, commença le récit qu'il avait promis à Robert.

XI

Dans le cabinet de Rameau, trois médecins étaient réunis en consultation : tous trois comptaient parmi les plus célèbres praticiens de l'Europe. Talvanne, adossé à la cheminée, à trois pas du fauteuil de son ami, écoutait les conclusions formulées par le professeur Lemarchand, spécialiste pour les maladies de poitrine, qui a découvert le bacille de la phtisie. Celui-ci parlait d'une voix lente, debout et avec des gestes attristés, s'adressant à la fois à ses confrères, pour les prendre à témoin, et au père, pour implorer son indulgence.

— Mon cher ami, nous ne savons que penser. La maladie nous échappe. Les symptômes en sont extrêmement divers... Il y avait, hier, hématocèle caractérisée, avec accompagnement de péritonite.. Aujourd'hui, il n'y a plus trace d'inflammation dans le ventre et la fièvre augmente avec troubles de la vue et de l'ouïe... En même temps, des accidents cérébraux se manifestent et Talvanne persiste à redouter une méningite...

Les trois consultants s'examinèrent anxieusement. Ils s'agitèrent, comme faisant un effort pour sortir des ténèbres au milieu desquelles ils se débattaient; ils soupirèrent, mais gardèrent le silence. Leur physionomie était lugubre. Ils se sentaient impuissants et, en face de leur collègue, de leur ami, dont la fille, remise à leurs soins, souffrait d'un mal qu'ils ne savaient point définir et qui empirait d'heure en heure, ils éprouvaient une sorte de honte. Laisser mourir un malade vulgaire, passe encore. Mais l'unique enfant du professeur Rameau ! C'était un déni de capacité qui devait flétrir la Faculté tout entière. Et ils restaient assis devant le bureau, absorbés, sinistres dans leurs vêtements noirs : la livrée du médecin, qui semble toujours porter un deuil présent ou futur.

— La maladie vous échappe, dit alors Talvanne, parce que son siège est dans la pensée. Vous avez à combattre une affection produite par une commotion morale, par un saisissement violent. N'espérez pas la réduire par des moyens thérapeutiques ordinaires... Point de ventouses, comme notre confrère le proposait tout à l'heure : la perte de sang anémierait fâcheusement la malade. Pas de bains froids : il n'y a pas trace de fièvre typhoïde. Des calmants, du repos ; en un mot, le moins de médecine possible.

Ils se regardèrent tous, tant l'ironie était aiguë. Mais Rameau, enfoncé dans son fauteuil, ne sourcilla point. Ils se levèrent et vinrent lui serrer la main. Ils dirent :

— Attendons le développement de la maladie. A demain matin.

Et, comme des ombres, ils sortirent du cabinet, laissant Rameau et Talvanne en présence.

— Et voilà l'élite de la science médicale moderne ! dit l'aliéniste en haussant les épaules. Pauvre humanité, qui est tributaire de ces gaillards-là ! Leurs malades guérissent parce qu'ils le veulent bien. Cela me rappelle ce que me disait ce pauvre docteur Bouvey, dont j'étais l'interne à Saint-Louis : « Dans mon service, j'ai deux salles pleines de malades. Ceux qui sont dans la première, je les soigne comme on l'enseigne à l'école. Ceux qui sont dans la seconde, je leur fais boire de l'eau sucrée : il en guérit autant d'un côté que de l'autre ! » Celui-là était franc, il ne droguait pas ! C'étaient toujours les médicaments d'évités !

Il fit quelques pas du côté de la fenêtre, revint vers son ami, se planta devant lui et, changeant de ton :

LE FRONT DU MAITRE S'ÉTAIT CREUSÉ D'UN PLI PROFOND (PAGE 888)

— Je sais bien ce qu'il lui faut, à notre malade, et ce qui la guérirait mieux que tous leurs remèdes...

Il s'arrêta et, regardant Rameau fixement :

— C'est la présence.

Et comme celui-ci restait immobile et silencieux :

— Tu ne veux pas monter avec moi chez elle? demanda-t-il d'un ton suppliant.

Le docteur répondit non, de la tête. La figure de Talvanne s'assombrit et son regard s'éteignit, comme s'il regardait au dedans de lui-même; il demeura absorbé pendant quelques minutes, puis vivement :

— Tu le devrais, quand ça ne serait que par amour-propre professionnel! Tu vois bien que tous ces grands médecins, tes rivaux si jaloux de toi, ne sont pas en état de formuler un diagnostic certain... Ils errent, ils tâtonnent... S'ils n'avaient pas affaire à Adrienne, et si je ne m'y étais pas opposé, ils se seraient déjà livrés à des essais de traitement qui auraient mis la pauvre enfant à la torture... Toi, si tu voulais t'en mêler, non seulement tu découvrirais ce qu'ils ne savent pas voir, mais tu appliquerais la vraie médication... Quelle leçon à leur donner, et dans ta propre maison! Rameau, je t'en prie, viens...

Le docteur baissa la tête sur sa poitrine, pour ne pas voir son ami, et ne répondit pas. Celui-ci laissa échapper un geste de découragement.

— Mon Dieu! j'use avec toi de tous les moyens, même de la ruse, et tu restes inébranlable! Que faut-il donc te dire pour t'apitoyer? Tu m'aimes pourtant, moi, tu aimes Robert, qui est comme un fou et qui mourra de chagrin si nous ne sauvons pas Adrienne. Je te jure qu'il n'y a que toi qui puisses la sauver. Nous sommes tous des ânes, il n'y a que toi qui sais!... Est-ce possible que nous ayons sous la main le seul médecin qui existe au monde et qu'il nous refuse, à nous, ce qu'il a tant de fois accordé à des étrangers, pour de l'argent!... Mais c'est donc vraiment de la haine qui te dévore le cœur?... Tu me l'as dit, mais je ne voulais pas le croire. Phrases de colère, paroles échappées à la fièvre, me disais-je, il se laissera fléchir. Et tu demeures dur

et froid comme la pierre ! Tu n'es donc pas de notre espèce, tu n'as
donc rien d'humain ? Tu me fais peur, à moi, qui ai passé toute ma
vie auprès de toi et qui ai eu la superstition de ta grandeur et de ta
bonté ! Voyons, Rameau, mon cher et vieil ami, si tu voulais seulement m'accompagner jusqu'à sa chambre, si tu la revoyais, ne fût-ce
qu'une seconde, tu aurais pitié d'elle. Nos collègues en ont eu le cœur
bouleversé, et ils ne la connaissent pas ! Ils ne savent pas combien elle
est douce, gentille et tendre. Une enfant qui a été notre joie, que
nous écoutions respirer, quand elle était petite, tant nous avions peur
qu'elle ne fût malade, et tu vas la laisser mourir ? Car, je te le dis,
moi, elle va mourir, et mourir de toi !... Entends-tu ?... Elle ne
demande, elle n'appelle que toi. Quand elle sort de son horrible sommeil si douloureux, et qu'elle reprend sa raison, elle te cherche, et
c'est le tourment de ne pas te voir auprès d'elle qui la replonge dans
le délire... Tu la tues !... Si tu veux te débarrasser d'elle, tu as pris le
bon moyen ! Elle ne résistera pas à ta dureté. Tu n'en as pas pour
longtemps et, dans trois ou quatre jours, ce sera fini !... Rameau, tu
me comprends bien, n'est-ce pas ?... Fini !... Nous la clouerons dans un
cercueil et on la descendra dans la terre. Alors, nous resterons seuls !
Oh ! non pas ensemble ! Car, je t'en préviens, je te fuirai comme un
monstre ! Tu me feras horreur. Je ne vivrai certainement pas avec un
meurtrier... Et tu seras un meurtrier !

Il se laissa tomber accablé, pâle, haletant, à côté de Rameau.
Celui-ci paraissait vraiment n'avoir plus rien d'humain, ainsi que le
lui avait reproché son ami. Son front, jaune comme de l'ivoire, brillait à la clarté de la lampe ; sa barbe blanche couvrait sa poitrine,
semblable à une nappe d'argent, et ses paupières, charbonnées par
l'insomnie, étaient baissées, comme s'il dormait. Seules ses mains,
posées sur les bras de son fauteuil, étaient agitées par un léger tremblement qui accusait une violente émotion intérieure.

— Rameau, m'entends-tu ? reprit Talvanne. Réponds-moi !

— Je t'ai laissé maître dans ma propre maison, dit alors le docteur,
sans lever les yeux, sans que sa figure perdît rien de sa froideur et
de sa rigidité. Fais ce que tu veux, appelle qui tu veux. Décide,

ordonne. Mais ne m'en demande pas davantage. Tu as exigé que je vive et je t'ai dit que tu avais eu tort. Tu vois, déjà tu en es presque aux regrets !

L'aliéniste frappa ses deux mains avec force l'une contre l'autre et, avec une irritation qu'il n'essayait pas de contenir :

— Je ne te reconnais plus ! Pensées, langage, ce n'est plus toi ! Un homme peut-il changer ainsi en si peu de temps ? On dirait que tu joues un horrible rôle ! Voyons, pour la dernière fois, cède à ma prière. Fais-moi la charité d'un peu de pitié pour cette enfant.

Rameau répondit :

— Ne réclame pas de moi ce que je n'ai point la force de faire !

Talvanne se dressa devant son ami, pâle comme s'il allait mourir et, avec un accent qui exprimait l'atroce déchirement de son cœur :

— Tu es un mauvais homme, s'écria-t-il. Oui, un mauvais homme ! Tu ne me reverras plus chez toi. Adieu.

Et il sortit sans regarder derrière lui. Rameau ne fit pas un geste, ne dit pas un mot, pour retenir l'ami de toute sa vie. Mais, quand la porte se fut refermée sur lui, il poussa un long soupir et des larmes coulèrent de ses yeux rougis sur sa barbe de neige, ainsi qu'un flot amer.

Talvanne exaspéré avait gravi l'escalier en quelques enjambées. Il avait retrouvé son agilité de jeune homme. On eût dit qu'il courait annoncer une heureuse nouvelle. Arrivé à la porte de l'appartement d'Adrienne, il s'arrêta. Son excitation nerveuse tomba brusquement et l'horreur de la situation lui apparut. Rameau refusait de tenter personnellement quoi que ce fût pour celle qu'il avait chassée de son cœur, en un instant et pour toujours. Et lui, Talvanne, avait pris l'engagement de le ramener au chevet de la malade. Comme il l'avait dit à son ami, l'enfant ne pensait qu'à son père, ne cherchait que son père, ne demandait que son père. Elle mourait de s'être vue repoussée par lui. La blessure dont les médecins constataient les ravages, sans en pouvoir deviner la cause, avait été faite par la main furieuse de Rameau brutalisant Adrienne, et elle était au cœur. Seul, le père pouvait panser cette plaie et la guérir. Et il ne le voulait pas.

Donc, c'était fini et, dans les angoisses d'un délire sans cesse grandissant, dans les tortures d'une fièvre qui brûlait son cerveau, la pauvre petite, victime innocente de la faute, était condamnée à s'éteindre. Qu'allait répondre Talvanne, quand la malade lui adresserait la même question, qu'elle ne se lassait pas de répéter depuis la première heure : « Pourquoi papa ne vient-il pas? » Il lui faudrait encore mentir, comme il avait menti pendant deux jours.

Il en vint à souhaiter que sa filleule dormît de cet affreux sommeil plein de torpeur, et cependant hanté de cauchemars effrayants qui la faisaient appeler, supplier et crier, comme si elle apercevait de menaçantes figures, comme si elle était mêlée à des scènes de violence. Et il la reconstituait bien, la scène, il la connaissait, la figure. Une chambre pleine de débris, et Rameau échevelé, écumant, terrible, voilà ce qu'elle voyait toujours, ce qui lui arrachait, d'une voix angoissée, ces paroles, toujours les mêmes :

— Papa ! oh ! papa, pardonne-moi !... Si tu as du chagrin, ce n'est pas de ma faute !... Papa, ne me fais pas de mal !

Et elle priait si doucement que Talvanne, en l'écoutant, avait les larmes aux yeux et que Robert rugissait de colère et de douleur, se rongeant les poings dans son exaspérante inutilité. Prendre la souffrance de cette créature adorée, se sacrifier pour elle, mourir pour lui éviter une douleur : voilà ce que rêvaient ces deux hommes, le parrain et le fiancé. Et ils étaient impuissants. Tandis qu'un homme qui, d'un geste, d'un mot, pouvait sauver cette martyre, s'entêtait férocement à ne pas faire ce geste, à ne pas dire ce mot, immobilisé, figé, pétrifié, dans une folie supernaturelle qui lui avait stérilisé le cerveau et le cœur.

Et il n'y avait rien à tenter auprès de lui de plus que ce qu'avait risqué Talvanne. Nul raisonnement, nulle supplication, nulle violence. On aurait pris un pistolet, on le lui aurait mis sur le front en criant : « Sauve-la, ou je te tue ! » Il aurait répondu : « Béni soyez-vous, tuez-moi ; c'est tout ce que je demande ! » Rien ! rien ! L'arsenal des moyens humains était épuisé. Il fallait s'en remettre à la Providence et compter sur la nature.

Hors de lui, prêt à tout, tant il souffrait de sa fureur concentrée, Talvanne cependant ne désespérait pas encore. Il ne savait pas d'où viendrait le secours, mais il en attendait un. Le miracle dont il avait parlé à Rameau se produirait. Un coup de foudre rouvrirait, dans ce cœur, la source tarie de la bonté. Il était impossible qu'il n'arrivât pas quelque chose. Il ne voyait pas Adrienne morte.

Et pourtant, elle était mourante, et il se rappelait, frappé durement par ce souvenir, la prédiction, déjà en partie réalisée, faite par Conchita devant le lit de mort de Munzel : « Tout ce qui a approché l'impie a été frappé. Il a tout corrompu, autour de lui, de son mortel poison... » Tous ils avaient succombé, comme elle l'avait dit, et maintenant c'était le tour de l'enfant. Il lui sembla voir la jeune femme, toute noire, étendant le bras, avec une flamme prophétique dans les yeux. Mais il secoua la tête et chassa ces pensées. Il se trouva, avec surprise, dans le corridor, au haut de l'escalier, devant le salon, dans une obscurité complète. Il y avait peut-être une demi-heure qu'il était là. Il gagna la chambre d'Adrienne, sur la pointe du pied. A sa vue, Robert, assis près de la cheminée, se leva et, sans parler, d'un geste l'interrogeant :

— Impossible de le décider, répondit le docteur.

— Et si j'y allais, moi? demanda le jeune homme.

— Ce serait, à mon avis, inutile. Réservons, en tous cas, ce dernier effort pour une heure suprême. Après ce que je l'ai contraint à écouter, que lui dirais-tu qui pourrait le frapper? Non ! Le coup qui l'atteint a brisé les liens qui l'attachaient à nous. Nous n'avons plus affaire à un homme. Il n'est plus touché par nos misères. Il n'entend plus et ne comprend plus nos arguments humains. Je suis navré, je ne croyais pas ma vieillesse réservée à une pareille épreuve? Et Adrienne, comment est-elle?

— Elle se plaint de violentes douleurs dans le cerveau et la lumière affecte cruellement sa vue... Elle ne peut la supporter...

— A-t-elle eu encore des hallucinations?

— Oui, pendant son sommeil. En se réveillant, toujours la même préoccupation.

— Son père?

— Oui. Voilà qu'il est huit heures. Vous avez passé ces deux nuits auprès d'elle, vous devriez rentrer chez vous et vous reposer. Moi, je veillerai avec Rosalie...

— Soit! mais je ne partirai qu'à minuit.

Il s'approcha du lit. Un souffle irrégulier et pénible sifflait dans l'ombre des rideaux, et un murmure de vagues paroles se faisait entendre. Talvanne se pencha et ses yeux, s'habituant à l'obscurité, distinguèrent les traits de sa filleule, ravagés par la souffrance. De cette fraîcheur rosée, qui donnait tant d'éclat à son visage, il ne restait plus trace. Une pâleur, marbrée de rouge aux pommettes, s'étendait sur ses joues, et sa mâchoire, toujours contractée, se creusait émaciée. Ses lèvres, brûlées par la fièvre, laissaient échapper des mots, toujours les mêmes, qui accusaient une préoccupation incessante. Une sueur perlait à ses tempes. Ses membres s'agitaient sous ses draps, comme si elle était dans un brasier.

Talvanne hocha la tête, poussa un soupir et vint s'asseoir auprès de Robert. Ils demeurèrent silencieux à écouter le tic-tac monotone de la pendule. Vers huit heures et demie, la porte s'ouvrit doucement et la vieille Rosalie parut. Elle s'approcha et, d'une voix basse, avertit les deux hommes qu'elle leur avait fait monter à dîner dans le salon.

— C'est le dîner de monsieur, dit-elle avec un geste apitoyé. Il n'y a pas touché...

Et comme Talvanne et Robert ne bougeaient pas :

— Il faut prendre des forces, ajouta-t-elle tristement, vous en aurez besoin.

Ils se levèrent et, précédés par la vieille servante, ils passèrent dans le salon, où, sur un guéridon, le couvert était mis. Et tristes, mortellement, ils s'attablèrent, en face l'un de l'autre, dans cette maison où ils avaient, tant de fois, dîné gais et heureux.

Dans son cabinet, Rameau, depuis le départ de Talvanne, n'avait pas fait un mouvement. Il paraissait ne plus vivre. Renversé sur le dossier de son fauteuil, il réfléchissait. La gouvernante était venue plusieurs fois le prier de manger. Elle avait voulu placer une table à portée de sa main. Le front du maître s'était creusé d'un pli plus profond, il avait murmuré avec impatience : « Emportez cela, » et était retombé dans son orageuse méditation. Vêtu de sa grande robe noire, au milieu de ses livres, pensif et courbé, on eût dit le vieux Faust cherchant les problèmes mystérieux de l'existence humaine.

Depuis deux jours et deux nuits, il n'avait pas fermé les yeux et, l'esprit cependant lucide et actif, il lui semblait que plus jamais il n'aurait besoin de sommeil. Il avait calculé, plein de joie, que le reste de sa vie s'userait plus vite dans cet énervement, et, avec une âpre application, il s'était remis à songer à son malheur. Peu à peu, sa pensée s'était envolée au-dessus de la terre et il avait perdu le sentiment du réel.

Il se sentait emporté dans des espaces immenses, comme s'il eût été impalpable et aérien. Tout ce qui était autour de lui disparaissait et il montait toujours, soulevé par de puissantes ailes. Il s'était élevé ainsi jusqu'aux solitudes célestes, où les poètes font planer les âmes des morts et, comme Francesca et Paolo, enlacés dans une étreinte éternelle et sanglante, il avait aperçu Munzel et Conchita, plaintifs et désolés, attachés l'un à l'autre par le remords de leur crime. Il ne pouvait détourner d'eux ses regards, et une douleur immense l'oppressait. Il voulait les rejoindre, mais la distance entre eux et lui restait toujours la même. Il s'acharnait à les poursuivre, ils fuyaient éperdus dans l'immensité déserte, et de longs voiles noirs flottaient funèbres derrière eux. Aucune fatigue et pourtant aucune **trêve**. Il lui semblait qu'il les chasserait ainsi, toujours, avec le sauvage désir de les atteindre pour les juger et les punir.

Des heures s'écoulèrent sans qu'il cessât d'être en proie à sa redoutable folie. Il oubliait la vie, le monde, les siens, et, perdu dans son rêve, il n'existait plus que par le cerveau. Rosalie entra dans son cabinet, il ne l'entendit pas. Elle lui parla, le suppliant de se coucher, de ne pas demeurer assis, toujours à la même place, il ne lui répondit pas. La maison, peu à peu, devint silencieuse et obscure comme un tombeau. Talvanne était parti, la nuit s'écoulait et, à la lueur des

D'UNE OREILLE AVIDE, RAMEAU ÉCOUTAIT (PAGE 891)

lampes, qui commençaient à pâlir, Rameau songeait toujours, les yeux fixes, le front baissé, la bouche menaçante.

Deux heures sonnèrent à la pendule. Une sensation de froid, première impression vitale que le sombre penseur eût éprouvée depuis quarante-huit heures, le fit frissonner. Il jeta un regard trouble autour de lui, vit son feu éteint, son cabinet désert, la nuit profonde. Le souvenir de ses douleurs présentes lui revint. Une rapide vision lui montra la chambre blanche, dans laquelle souffrait, mourait Adrienne, et une douleur lancinante lui traversa le cœur comme un trait aigu. Il pensa qu'il n'était pas seul à gémir et qu'il se plongeait dans un anéantissement volontaire, qui n'était qu'un monstrueux égoïsme. Mais aussitôt un flot de colère troubla de nouveau son esprit. Il se révolta contre la pitié qui avait osé lui faire entendre sa voix. Il n'admit pas qu'une souffrance pût être égale à la sienne. Qu'importaient les autres? N'était-il pas seul, maintenant, et du fait même de la faute? Quel lien la faiblesse humaine lui conseillait-elle de renouer? Ceux de l'infamie dont il était la victime? Non! non! il ne serait pas si lâche!

Il se leva et marcha d'un pas pesant et engourdi. Tout se taisait. Il était isolé, matériellement aussi bien que moralement. Le vide, qu'il avait étendu autour de lui, par sa violence et sa dureté, demeurait complet. Il se sentit abandonné autant qu'il abandonnait les autres. Talvanne, lui-même, n'avait-il pas dit qu'il ne reviendrait pas? Talvanne! Était-ce possible? Et que serait la dernière heure de Rameau, sans l'ami fidèle pour lui fermer les yeux? Seul, comme un paria volontaire, n'était-ce pas là ce qu'il avait voulu?

Lentement il se dirigea vers la porte de son cabinet et l'ouvrit. Il marchait sans lumière : tous les coins de la maison lui étaient familiers. Son pied trouvait le chemin sans aucun secours des yeux. Il traversa le couloir et arriva devant l'escalier qui conduisait à l'appartement d'Adrienne. Le silence partout. Pas une allée et venue, à l'étage supérieur, qui décelât la veille, les soins donnés à la malade. Était-elle délaissée, elle aussi? Un frisson passa dans les veines de Rameau. Si tout était fini? Si elle était morte?

Dans les ténèbres, il commença à gravir les marches de l'escalier.
Il montait, attiré par une curiosité qu'il ne savait plus vaincre.
Devant qui allait-il se présenter? Qu'allait-il voir? Des gens écrasés
par le chagrin ? Un corps frêle et blême dans un lit entouré de clartés
funéraires. Et des soupirs et des prières, et des larmes ! Il montait
toujours. Il parvint jusqu'au salon qui était ouvert; il entra et, par la
porte de la chambre entrebâillée, il vit une mince raie de lumière,
il entendit une voix sourde qui semblait psalmodier. Il fit un pas de
plus, approcha son visage de l'ouverture et regarda.

Auprès du lit, presque sous les rideaux, éclairé par la faible et
tremblante lueur d'une veilleuse, Robert était assis. C'était lui qui
parlait, et celle à qui il s'adressait ne l'entendait pas. Elle était toujours plongée dans ce même effrayant délire, qui ne cessait par
courts intervalles, que pour la laisser, après, plus dolente et plus
prostrée, dans une sûre et lente extinction de la vie. Et, pour l'arracher à ce sommeil qui semblait l'avant-coureur de la mort, le fiancé
lui parlait, la priait, avec une tendresse ardente et désolée. Dans cette
obscurité, au milieu de ce silence, c'était un spectacle à la fois touchant et sinistre que celui de ce vivant, qui essayait de réveiller cette
demi-morte par des paroles d'amour.

D'une oreille avide, Rameau écoutait. Sûr d'être seul, puisque Talvanne était parti, Rosalie couchée et le père obstinément enfermé
dans sa haineuse abstention, Robert, penché sur la main inerte
d'Adrienne, laissait déborder son cœur :

— Est-ce possible que nous devions te perdre, toi si douce, si
bonne et si tendre? Que sera notre vie, lorsque tu ne seras plus là?
Que de regrets, quel désespoir, pour ceux qui t'auront laissée partir !
On mesurera le vide que fera ton absence, on voudra te rappeler, te
ravoir, mais tu n'entendras plus... Et il sera trop tard ! Cependant il
suffirait d'une lueur de raison, au travers d'une démence inexplicable
pour que tu sois sauvée... Si celui que tu appelles sans cesse, quand
tu n'es pas immobile comme en ce moment, consentait à venir,
s'il oubliait les torts dont tu n'es pas responsable, pour ne se souvenir que de la grâce et de ta tendresse, tu vivrais, car tu ne souffres que

de sa colère et tu ne mourras que de son abandon. Et moi, je suis condamné à assister à cette injustice, à supporter cette iniquité, et je ne puis rien pour toi !... Tu m'aimes pourtant, mais l'amour que tu as pour celui qui te tue est le plus fort ! Chère petite, ta main est brûlante de fièvre. M'entends-tu ? Réveille-toi, ne reste pas là toujours à murmurer des mots qu'on devine... Ton père viendra... Oui, je le supplierai à genoux... Ton parrain n'a pas su lui parler... Il a été violent et dur !... Ce n'était pas ainsi qu'il fallait prendre le maître... Il n'aurait pas résisté à des larmes... Et je l'attendrirai, moi, ou bien c'est qu'il n'aura plus de cœur dans la poitrine... Oh ! chère Adrienne, devant quoi reculerais-je pour te procurer un apaisement ?... C'est une telle torture pour moi de te voir souffrir et d'être incapable à te soulager... Je paierais de ma vie le pouvoir de te sauver !... Te haïr, toi ?... Pour je ne sais quelle ancienne folie ! Mais demain, guérie, vaillante, heureuse, tu m'abandonnerais, pour en aimer un autre, que je n'essaierais pas de te faire du mal... Je mourrais de douleur et de désespoir, voilà tout, en souhaitant ton bonheur et ta joie. Te haïr ! est-ce possible ? Déraison passagère. Ne nous quitte pas, sois patiente, attends : il te reviendra et tu n'auras plus de chagrin, nous ne verrons plus dans tes yeux que de la gaieté et sur ta bouche que des sourires...

Exalté, il pressait la main de la jeune fille dans ses doigts, comme s'il eût voulu lui prendre son mal et lui donner sa santé. Il sentit cette main s'agiter dans la sienne, il se souleva et vit les yeux d'Adrienne ouverts dans la nuit. Elle se tourna avec effort et, reconnaissant son ami, elle dit :

— C'est toi, Robert !... Parrain n'est plus là ?

Elle eut une hésitation, puis, plus que faiblement :

— Et papa, où est-il ? Je voudrais bien le voir...

— Il était là, tout à l'heure, ma chérie, mais tu dormais, répondit le jeune homme.

Elle eut un navrant sourire :

— Oui, il vient pendant que je dors... Vous me le dites... Mais je ne le trouve jamais là quand je me réveille...

Elle se tut pendant quelques secondes, puis avec un accent déchirant :

— Et cela me fait tant de peine ! Tant de peine... Hélas !

Ses yeux se troublèrent, sa tête retomba sur l'oreiller, elle murmura plusieurs fois : hélas !... et le délire la reprit.

Robert désespéré pencha son front brûlant sur la main qu'elle n'avait pas retirée, et Rameau l'entendit qui sanglotait. Alors, plus courbé, plus sombre, plus malheureux, presque effrayé, fuyant le tableau de ces angoisses et de ces douleurs, dans l'ombre, comme un coupable, le docteur redescendit du même pas l'escalier et rentra dans son cabinet.

Il marcha : il ne pouvait plus tenir en place et une agitation violente bouillonnait en lui. Sa pensée avait pris un autre cours. Elle n'évoquait plus Conchita et Munzel. Le couple adultère avait disparu, c'était la petite malade, dont il était si près matériellement et si loin moralement, qui occupait son esprit. Il voyait la chambre blanche et, sous les rideaux qui avaient tant de fois abrité le paisible et riant repos de l'enfant, il entendait l'alètement d'un sommeil douloureux et effrayant. C'était la même douce créature, si tendrement aimée, dont les baisers lui remuaient le cœur, qui souffrait, et il n'essayait pas de la guérir.

Il tenta de discuter avec lui-même. Il se dit : « Que m'importe cette fille ? je ne la connais pas. S'il ne fallait pas donner au monde des explications, devant lesquelles je recule, je l'aurais mise hors de chez moi. Je ne l'aime pas, je ne peux l'aimer. Ce serait une duperie ajoutée à tant d'autres. Aimer la bâtarde de cette misérable et de son amant ? Accepter la honte, l'approuver ? Ah ! ah ! il ne manquerait plus que cela ! Mais je serais vraiment tombé en enfance ! Allons ! pas de faiblesse ! On a pu me déshonorer, je ne me déshonorerai pas moi-même ! »

Une voix s'éleva, au fond de lui, pour la première fois et timide encore, qui répondit : « Qui le saura ? Talvanne ? Il t'a supplié d'être miséricordieux. Robert ? Il passera sa vie à te bénir. » Mais aussitôt il se révolta contre cette lâche conseillère, il protesta qu'il ne suivrait

pas ses perfides et doucereux avis. Il voulut se cuirasser plus complètement d'indifférence, mais il ne put y réussir. Vainement il s'efforça
de penser à autre chose, d'attacher son imagination à un sujet
différent, toujours il était ramené à ce tableau lamentable de la petite
malade, brûlée par de fiévreux cauchemars, dans son lit blanc fait
pour les songes heureux. L'obsession grandissait sans cesse et d'une
façon singulière. Il éprouvait un violent désir de savoir ce qui se
passait.

Il fut sur le point de sonner, pour demander des nouvelles. Et ce
n'était pas un retour de tendresse : il ne se sentait pas entraîné
vers l'enfant. Il lui semblait que, guérie, il se fût désintéressé d'elle.
Mais elle souffrait et il se disait: « Je ne pense à elle que parce qu'elle
souffre. » Il éprouva du soulagement quand il eut trouvé cette explication à son trouble. Il se rassit dans son fauteuil profond, aux premières lueurs du jour, et ouvrit la fenêtre. L'air pur lui fit du bien. Il
respira délicieusement et revint à sa table, sur laquelle il prit un
livre. Jusqu'au déjeuner il lut paisiblement.

Rosalie, avec un étonnement épouvanté, le vit calme, comme si
rien d'anormal ne fût arrivé. Elle avait compté sur une détente des
nerfs lassés, pour amener une révolution dans l'état d'esprit de son
maître. Et soudainement, à l'heure où elle le croyait abattu et à la
merci de son entourage, il se redressait plus solide et plus puissant.
Elle se demanda quel pacte il avait conclu avec les êtres invisibles,
pour posséder ces ressources mystérieuses. Elle lui apporta, sur un
plateau, son repas habituel : de la viande froide et des fruits. Il mangea
quelques bouchées et but un verre d'eau. Il n'avait pas encore fait
entendre le son de sa voix quand elle se disposa à s'éloigner. Il
attendit qu'elle fût à la porte, pour se décider à lui adresser la
question qui brûlait ses lèvres :

— Le docteur Talvanne est-il là?

Elle répondit :

— Oui, monsieur, il est là haut avec Robert.

Elle ne prononça pas le nom d'Adrienne, elle ne dit pas : chez
votre fille. Là haut — voilà tout. N'était-ce pas ce qu'il voulait

savoir? Elle fut tentée d'ajouter : et cela va mal. Elle se retint. La
figure de Rameau s'était contractée et, de pâle, était devenue livide.
D'un geste impatient, il ordonna à la gouvernante de sortir.

Ainsi, Talvanne avait exécuté sa menace : il ne revenait plus chez
son ami. Il était chez sa filleule, là haut, mais il ne s'était pas arrêté
au premier étage, pour serrer la main de son vieux camarade.
C'était la première fois depuis quarante ans. Il ressentit une profonde
tristesse. Il avait écouté tout ce que lui avait dit Talvanne, mais il
n'avait pas cru à sa rancune. Il se dit : « A présent, je suis bien seul.
Tout me manque en même temps, et je ne puis me retenir à rien.
C'est le vide complet et définitif. »

Il vit tout désert et désolé autour de lui. Une impression navrante
s'imposa à son esprit. Il eut comme le vertige et, avec un grand trouble,
il se demanda si le sentiment qu'il éprouvait n'était pas de la peur.
Une oppression inconnue lui serrait le cœur. Il était mécontent des
autres et de lui-même. Un poids très lourd l'étouffait, et il eut le
soupçon que c'était un remords. Il s'indigna à cette pensée. Un
remords de quoi? Qu'avait-il fait? Était-il donc coupable ? Il sourit
amèrement : Pauvre humanité, ballottée toujours sur l'océan des
rêves et terrifiée par la réalité. Faiblesse, faiblesse, et rien que
faiblesse ! Un changement dans sa vie, une modification de ses
habitudes, et lui-même, l'esprit fort, il perdait l'équilibre de ses
facultés. Talvanne le boudait et cette hostilité momentanée le conduisait à broyer du noir, à ressentir des inquiétudes d'enfant qui
craint les fantômes. Toute cette tristesse, toute cette mélancolie :
fantômes de son imagination. Il suffirait de les regarder de près pour
les dissiper et les anéantir.

Il s'efforça, pendant les longues heures de cette journée, de se
fortifier moralement. Il y mit une grande volonté et beaucoup de
courage. Il y parvint après de violents efforts. Il put passer son
examen de conscience et se juger aussi innocent envers les autres
que les autres avaient été coupables envers lui. Il compta sur l'équité
naturelle de Talvanne et espéra que son ami lui reviendrait. Il
retrouva toute sa fermeté et décida qu'il avait agi comme il devait

agir. Il reçut ses confrères, qui se présentaient pour la consultation quotidienne, ne parut pas remarquer que l'aliéniste ne les avait pas accompagnés. Il parla médecine, discuta le traitement indiqué, accepta les encouragements qu'on lui donnait et joua, avec une affreuse liberté d'esprit, son rôle de père.

Mais, vers six heures, quand la nuit descendit et que l'ombre remplaça le jour, il fut, de nouveau, envahi par l'inquiétude. Il ne put rester immobile et recommença à marcher avec agitation. Il sonna pour avoir de la lumière et, comme Rosalie lui préparait ses lampes, il demanda pour la seconde fois :

— Est-ce que le docteur Talvanne est là?

La servante le regarda, étonnée, et avec un ton de reproche :

— Oh! monsieur, depuis ce matin il n'a pas quitté de là haut.

Toujours « là haut », point: mademoiselle, comme elle disait, autrefois, cérémonieusement, ou familièrement : Adrienne. Là haut! Rameau s'arrêta devant la vieille femme et s'aperçut, tout à coup, que deux grosses larmes lui coulaient des yeux sur les joues. Il sentit sa respiration qui s'embarrassait dans sa poitrine, il demanda d'une voix tremblante :

— Est-ce que cela va plus mal?

A ces mots, Rosalie éclata et, bégayant d'émotion :

— Oh! monsieur, monsieur!... Une petite que nous avons élevée dans la plume et le coton... Une princesse n'aurait pas été plus choyée! Et la voir s'en aller si misérablement... Mon Dieu! est-ce qu'il faudra la perdre, comme nous avons déjà perdu sa mère!

En entendant ces paroles, Rameau se rappela que c'était à celle qui pleurait là, devant lui, qu'il avait confié la tâche d'accompagner Conchita chez Munzel. Il ne vit plus en elle la fidèle servante, tremblant pour la vie de l'enfant aimée, mais la complaisante infâme des amours de la femme coupable. Il lui jeta un regard qui la fit frissonner, et d'une voix tranchante :

— Vous qui conduisiez la mère chez son amant, vous savez bien que la fille n'est pas de moi! Quelle comédie jouez-vous, pour m'apitoyer? Vous étiez comme les autres... Vous saviez tout, n'est-ce pas?

OH ! PAPA NE ME QUITTE PAS ! (PAGE 900)

— Sur mon salut éternel, ce n'est qu'en mourant que la pauvre madame m'a tout dit... J'aurais donné ma vie pour que cela ne fût pas!

— Hypocrisie et mensonge! cria Rameau. Sortez d'ici!

Elle recula effrayée, joignit les mains, et suppliante:

— Mais la pauvre petite si innocente!...

Rameau répondit avec fureur:

— Ce sont les gens comme vous qui m'éloignent d'elle! Allez-vousen!

Il fit un pas en avant, avec un air si terrible qu'elle n'osa pas dire un mot de plus et sortit. Quand il fut seul, les battements tumultueux de son cœur l'effrayèrent. Il se croyait redevenu plus maître de lui. Un mot inoportun, une demande intempestive, et sa violence l'avait encore emporté. Et contre qui? Contre la femme dont il avait été en mesure, depuis vingt-cinq ans, d'apprécier l'infatigable dévouement. Était-elle coupable d'un malheur qu'elle n'avait pu empêcher? Oh! elle ne mentait pas, il le savait.

Il retomba dans sa tristesse, en se découvrant si désarmé et si faible. Un domestique lui apporta son dîner, auquel il ne toucha pas. C'en était fait de sa supériorité d'esprit qui le mettait au-dessus des compromissions. En un instant, il redevint un homme semblable aux autres, à la merci de la chaleur de son sang et de la sensibilité de ses nerfs. Il demeura sombre, la tête inclinée, roulant dans son cerveau d'orageuses pensées. Il se sentait très chancelant, depuis qu'il n'avait plus à craindre les assauts de Talvanne. Sa dernière révolte avait été provoquée par l'intervention de Rosalie. Poussé dans ses derniers retranchements, il se défendait avec énergie. Relégué dans la solitude et le silence, sa résistance tombait. Il était fort contre les autres, point contre lui-même.

Invinciblement, comme la veille, le besoin de connaître ce qui se passait dans la maison s'imposa à son esprit. Le tableau de la pauvre petite malade, ayant auprès d'elle Robert qui la suppliait de ne pas mourir, s'évoqua de nouveau, et la voix insidieuse qui lui avait déjà parlé à l'oreille se fit encore entendre: « Contente donc ton désir. Sors d'ici, va t'informer, qui le saura? » Toujours cette hypocrite conseillère qui le poussait à la lâcheté! Il s'indigna et, tout haut, comme s'il s'adressait à quelqu'un de présent, et pourtant d'invisible, il dit :

— Je n'irai pas !

Et les heures s'écoulèrent. Il entendit sonner minuit. Le silence autour de lui était complet. Les voitures avaient cessé de rouler dans la rue. Pas un bruit, pas un souffle : la solitude. On eût pu croire qu'un ordre avait été donné pour que le passage fût libre devant lui, s'il voulait monter. Il ouvrit sa fenêtre : son front brûlait. La lune pâle et pure argentait les massifs du jardin. Un rossignol se mit à vocaliser dans les lilas, et les trilles de l'amoureux ailé faisaient un si violent contraste avec la sépulcrale tristesse qui entourait Rameau, qu'il lui sembla que l'oiseau chantait sur une tombe. Il ne voulut pas l'entendre davantage et repoussa sa fenêtre.

Hésitant encore, il marcha de long en large, tenaillé par l'envie de monter. Puis, brusquement, il sortit. Il suivit, dans l'obscurité, le couloir, gravit l'escalier, arriva à l'étage supérieur, entra sans bruit dans le salon et vit la porte de la chambre entrebâillée, comme la veille. Il entendit parler, il approcha. Un homme était assis, près de la lampe, dans un fauteuil, mais ce n'était pas Robert, c'était Talvanne. Le vieillard, fatigué par les veilles, brisé par les émotions, n'avait pu vaincre sa lassitude et s'était endormi. Les paroles entendues, c'était la malade qui les prononçait, dans son inguérissable délire, se plaignant toujours, et plus amaigrie, plus blême, plus dévorée par la fièvre.

Rameau franchit le seuil de la chambre sur la pointe du pied, ainsi qu'un voleur. Il alla jusqu'au lit et, debout tout près de l'enfant, il osa la regarder. Les ravages de la maladie lui apparurent terribles, trahissant un affaiblissement profond, présageant une catastrophe prochaine. Les yeux de la douce créature étaient fermés, il ne vit pas leur couleur bleue, qui lui rappelait l'ami infâme. Ses cheveux blonds étaient noyés dans l'ombre, il ne vit pas leur ton d'or qui criait l'adultère. Il ne distingua que la bouche souffrante, dont les lèvres, entre deux baisers, lui avaient dit tant de tendresses. Il n'aperçut que les pauvres petites mains, agitées d'un tremblement fébrile, ces mains caressantes qui passaient, si délicieusement, dans sa barbe blanche. Il frissonna de regret, de douleur et de désir. Ce front pâle tentait sa lèvre, il eût voulu l'embrasser, comme autrefois. Et cependant elle lui faisait horreur !

Il se tordit les mains d'angoisse. Oh ! le supplice, la malédiction de ne pas pouvoir se laisser tomber à genoux devant ce lit d'agonie, de n'avoir pas le droit de l'entourer de ses bras, comme d'une barrière vivante contre la mort ! Oh ! les misérables, qui avaient empoisonné son cœur, souillé sa pensée, détruit toutes ses croyances et creusé cet abîme de honte et de dégoût entre lui et l'enfant qu'il avait adorée ! Un flot de colère monta aux lèvres de Rameau, et là, en face de leur fille mourante, il prit les deux coupables à témoin de leur infamie.

Tout à coup, il frémit jusqu'au fond des entrailles. Une voix s'était élevée, disant avec un accent de joie inexprimable :

— Oh ! papa ! C'est toi ! enfin !

Bouleversé, Rameau voulut faire un pas en arrière ; mais la petite main tremblante l'avait saisi, et il en sentait la brûlure sur son bras. Il vit les regards d'Adrienne fixés sur les siens. Mais il ne pouvait juger si les yeux de l'enfant étaient bleus, tant ils étaient voilés par les armes. Il essaya encore une fois de se dégager, mais la voix s'éleva de nouveau, plus touchante :

— Oh ! papa, ne me quitte pas !

Il s'arrêta, immobile, oppressé, les oreilles pleines de bourdonnements. Ses jambes brisées par l'émotion se dérobaient sous lui. La oix se fit entendre encore, mais plus faible, et il sembla à Rameau que c'était celle d'Adrienne toute petite, alors qu'elle était encore sa fille, et qu'il la veillait, pendant ses premières maladies :

— Oh ! papa, j'ai bien mal... bien mal ! Et ni parrain, ni Robert, ni tes amis n'y peuvent rien... Toi ! oh ! toi, si tu m'aimais, comme avant...

Elle se souleva sur son coude et, avec une expression déchirante:

— Je ne voudrais pourtant pas vous quitter !... Je voudrais vivre !

Oh ! papa, toi qui as toujours sauvé tous les malades, dis, est-ce que tu vas laisser mourir ton enfant?

A ces mots, le cœur trop gonflé de Rameau éclata dans un sanglot. Il s'abattit au pied du lit, comme un chêne brisé par la foudre et, pleurant les seules bonnes larmes qu'il eût répandues depuis qu'il souffrait tant, il pressa l'enfant sur sa poitrine avec des caresses folles, balbutiant :

— Non ! non ! ma chérie, ma mignonne, ma seule adoration sur la terre, tu ne mourras pas... Tu vivras, pour me consoler... pour m'aimer !

Elle dit très doucement :

— Oh ! c'est toi, maintenant... Je te retrouve, c'est toi!... Il ne faut plus me laisser dormir, car, vois-tu, j'ai de mauvais songes, où il me semble que tu me repousses et que tu me menaces.

— Ne crains plus rien... Tu dormiras, mais pour mieux guérir.

Il était debout, redressant sa haute taille, semblant défier la mort, tel qu'il apparaissait au chevet des malades, ainsi qu'un sauveur. Adrienne lui souriait. Il lui posa les mains sur le front, et, au bout d'un instant, calme, les traits détendus, comme si une volonté souveraine eût commandé à son mal, elle reposait.

Il la contempla un instant avec une ivresse profonde, puis, s'étant retourné, il se trouva en face de Talvanne, qui le regardait. Rameau leva un doigt pour lui commander le silence. Alors, l'aliéniste s'approcha de son ami et, le saisissant, il l'embrassa de toute sa force. Les deux hommes restèrent en face l'un de l'autre, la main dans la main, le visage illuminé par la joie. Enfin, attirant le docteur dans le salon, Talvanne, les yeux riants, lui murmura, avec un soupir d'allègement :

— A présent, n'est-ce pas, je crois que je peux aller me coucher?

Rameau inclina la tête, répondit tout bas: « A demain ! » et, quittant son ami, vint se rasseoir au pied du lit d'Adrienne.

XII

Talvanne, qui faisait d'habitude si bon marché de sa science médicale, s'était montré grand médecin le jour où il avait déclaré à ses
illustres confrères que le mal dont souffrait Adrienne avait son siège
dans la pensée et que ce n'était pas avec des topiques plus ou moins
violents qu'il fallait le combattre. A partir du moment où Rameau
s'était installé à son chevet, Adrienne, qui jusque-là semblait ne pas
opposer de résistance à la maladie, s'était rattachée ardemment à
l'existence et en quelques jours avait été hors d'affaire. Sous le
regard de son père, elle s'était ranimée, comme une plante frileuse
aux rayons du soleil. Maintenant, elle était en convalescence, très
faible, très blanche, brisée encore des violences de la fièvre, mais
jouissant délicieusement de son retour à la vie.

Tant que l'enfant avait été en danger, Rameau ne l'avait pas quittée,
la soignant avec cette clairvoyance géniale qui lui avait valu son
universelle renommée. Suivant la maladie pas à pas, il l'avait domptée,
s'appliquant à deviner les crises, afin de les combattre avant même
qu'elles eussent le temps d'éclater. Il avait ainsi rendu à la santé de
la jeune fille sa régularité, un instant si gravement troublée, et il la

voyait avec bonheur sortir de cette dangereuse épreuve, plus développée et plus vigoureuse.

Jour et nuit, il s'était prodigué avec Talvanne, Robert et Rosalie, admirant la discrétion avec laquelle ils affectaient tous de ne pas soupçonner le drame qui avait bouleversé l'existence du père et compromis celle de la fille. Mais quand Adrienne, étendue sur une chaise longue, devant la fenêtre, n'eut plus besoin que de repos et de calme, le docteur rentra dans son cabinet et, seul en face de lui-même, s'efforça de comprendre l'évolution qui s'était opérée dans ses idées.

Rameau n'était pas de ces esprits vulgaires qui se résignent devant le fait accompli sans tenter d'en découvrir les causes et d'en mesurer la portée. En une seconde, il avait vu chanceler sa volonté, changer ses résolutions et il prétendait analyser les mouvements de son être qui avaient favorisé cette volte-face inattendue. Il n'éprouvait aucune honte de s'être démenti lui-même, il ne regrettait pas sa capitulation, il en était heureux. Il avait retrouvé la plénitude de sa tendresse pour Adrienne, quoiqu'il eût la certitude qu'elle n'était pas sa fille. Peut-être même l'aimait-il davantage, comme si, par cette conquête morale, elle se fût emparée de lui plus solidement.

Un très grand trouble était dans son esprit et toutes ses théories sur l'amativité étaient renversées. Son matérialisme était aux prises avec le problème suivant : voici une enfant, à laquelle je ne suis attaché par aucun lien de la chair, que je devrais haïr, car elle est la preuve matérielle de mon malheur et de ma honte, et une force inconnue et pourtant invincible me lie à elle. Est-ce donc l'habitude de l'aimer, cette occupation constante que j'ai prise d'elle depuis sa naissance ? Alors, je chérirais en elle ma propre bonté, et je lui saurais gré des soins que je lui ai prodigués ? Un si banal attachement, fondé sur des raisons si basses, aurait-il pu résister à l'horreur de la révélation qui m'a été faite, à la colère qu'elle m'a inspirée? Non!

Et il demeurait pensif, en face de cette énigme d'un amour pour ainsi dire imposé à son cœur, par un pouvoir inexpliqué et contre l'autorité duquel il ne pouvait réagir. Il eut un sentiment d'inquiétude. Il lui sembla que l'édifice de ses convictions tremblait sur sa base.

Arrivé au déclin de la vie, retiré des luttes, fort de son inébranlable foi, il avait cru posséder une sécurité intellectuelle absolue. Il était sûr d'avoir tout expérimenté, tout examiné, tout jugé, dans le domaine de l'homme. Il s'imaginait donc pouvoir s'arrêter, comme un voyageur au haut d'une colline lentement et laborieusement gravie, jeter un regard paisible sur le chemin suivi et se reposer dans une quiétude complète.

Et voilà que, subitement, les bornes du territoire parcouru s'éloignaient, les horizons reculaient à perte de vue, et Rameau se trouvait, avec stupeur, devant une étendue beaucoup plus vaste que tout ce qu'il avait exploré. Ou plutôt, ces espaces, qui s'élargissaient à ses yeux, comme si un voile se fût tout à coup déchiré, il commençait à le comprendre, ces espaces n'étaient pas insoupçonnés par lui, mais il en avait volontairement détourné ses regards pour ne pas les voir. Le champ du matérialisme était sa possession, sa conquête, et, arrivé au but, brusquement, comme Moïse sur le mont Nébo, il apercevait toute une contrée nouvelle, terre promise dont il avait nié l'existence qui se déroulait devant lui, monde du spiritualisme, mille fois plus fécond et plus resplendissant que tout ce qu'il avait admiré jusqu'alors.

Avec un frémissement d'initiation inattendue, il en eut la vision radieuse et sublime. C'était bien le pays où la beauté était plus chaste, la vertu plus douce et l'amour plus pur. Admirable pays de l'idéal, où le bonheur durait éternel et où, dans la tranquille lumière, le doute disparaissait, comme un nuage dissipé par le soleil. Rameau, ébloui par les clartés qui pénétraient en lui, essaya de se dérober à leurs flammes. Il voulut fuir, redescendre dans son ombre. L'immensité, au travers laquelle il se sentait emporté, lui fit peur, il aspira à la terre. Il fit un effort pour rentrer dans l'ordre des faits matériels. Il se calma, se reprit, et, certain qu'il n'était victime d'aucun sortilège, affermissant sa raison, il essaya de discuter.

S'il admettait un principe supérieur à la matière, il était donc conduit à reconnaître qu'il avait nié de toutes les forces de son orgueil humain : l'existence d'une âme. Il se mit à rire amèrement. Une âme? Où était-elle? Dans quelle partie du corps se logeait-elle? De quel

C'était l'athée qui priait (page 908)

organe était-elle le moteur? Était-ce dans son cerveau qu'elle résidait? Était-ce son cœur qu'elle mettait en mouvement? Allons! Il savait bien que c'était impossible! Son âme, c'était son intelligence, l'ensemble de ses idées développées et acquises par le travail, le perfectionnement de ses instincts physiques, grandis et épurés jusqu'à devenir des qualités morales. L'âme? c'était la mise en mouvement de son libre arbitre et de sa volonté. Pas autre chose.

Et cependant, avec stupeur, il se rappelait que sa volonté était de haïr Adrienne; que, livré à son libre arbitre, il se fût détourné d'elle avec horreur et que pourtant une force, qu'il n'avait point su définir, mais à laquelle il obéissait malgré lui, l'avait conduit au chevet de l'enfant issue de la faute et lui avait imposé la compassion, pour le jeter enfin, tremblant et pénétré de tendresse, aux pieds de celle qu'il devait et qu'il voulait haïr. Et il l'aimait. Ce n'avait pas été une surprise d'un instant, une seconde d'attendrissement provoqué par un ébranlement des nerfs, mais un élan de miséricorde, profond et durable, comme un flot vivifiant largement répandu. Il aimait et, il le sentait bien, toute sa vie il continuerait de l'aimer.

Quelle puissance supérieure avait donc ouvert cette source sacrée qui rafraîchissait sa pensée? A quelle force, latente en lui, cette puissance s'était-elle adressée? Oh! qu'on l'appelât son intelligence ou son âme, elle existait, elle brûlait, impalpable et divine, et ce n'était ni le hasard des éléments, ni la science des hommes qui avait pu la créer.

Enlevé de nouveau en plein ciel, Rameau ne voulut plus en descendre. Il sentit déborder en lui un enthousiasme inconnu, s'allumer une ivresse délicieuse. Il lui sembla que son front brûlait, comme si sa pensée s'exaltait et tout son être s'emplissait d'une joie surhumaine. Toutes ses convictions anciennes, il les jugea fausses, toutes ses doctrines lui apparurent vaines. Autour de lui, il ne vit plus que des décombres stériles et des ruines poudreuses. La certitude d'un être supérieur, principe de toute grandeur, de toute pitié et de tout amour, lui apparut. Avec un cri d'ineffable bonheur, il confessa son aveuglement et ouvrit ses yeux à la nouvelle lumière.

. . . .

Deux mois plus tard, par un beau jour de la fin de juillet, l'église Sainte-Clotilde était pleine de tout ce que Paris comptait d'artistes et de savants, venus pour assister au mariage de Mlle Adrienne Rameau et du docteur Robert Servant. La foule, écrasée dans la nef et les bas-côtés, refluait jusque dans la rue. Par la grande porte, restée ouverte, on apercevait le chœur resplendissant de clartés, et on entendait les derniers accords de la marche nuptiale.

Le cortège achevait d'entrer et, précédée par les deux suisses, frappant les dalles du manche de leur hallebarde, la fiancée, au bras de son père, traversait la nef, au milieu d'un murmure caressant longue-ment prolongé. Son teint rosé et ses cheveux blonds transparais-saient sous la blancheur de son voile. Elle marchait gracieuse et lente, les yeux baissés, dans un recueillement grave, sans entendre aucune des louanges que méritait sa beauté. Rameau, très pâle, mais souriant et l'air heureux, allait comme au triomphe, portant haut sa belle tête couronnée de cheveux blancs. Derrière lui, Talvanne et Robert, et la longue file de parents et d'amis, saluant sur leur parcours, entre les rangées des chaises, les figures de connaissance. Et, jetant avec un éclat joyeux ses pompeuses harmonies, l'orgue qui chantait, exaltait les cœurs comme les fleurs partout répandues, les cierges étoilant l'obscurité, éblouissaient les yeux.

Arrivés à leur siège d'apparat, les mariés se placèrent et la céré-monie commença. En face du chœur, côte à côte, un peu séparés de leur famille, glorieusement assis sur des fauteuils dorés, ils étaient déjà unis dans une méditation recueillie. Le prêtre à l'autel lisait les textes sacrés, et le silence s'était fait profond sous la voûte, troublé seulement par le roulement des voitures et le murmure étouffé des curieux dans la rue.

Talvanne, assis auprès de Rameau, comme un frère, regardait avec complaisance le jeune couple, admirait la beauté de la femme et la gracieuse tournure du mari. Et, pensant à tout ce qu'il avait fallu d'efforts pour obtenir qu'ils fussent heureux, il bénissait la Providence qui avait souverainement manifesté sa volonté. Après tant d'épreuves, on était au port, et on avait assez souffert : c'était fini, il ne devait plus y avoir, dans l'avenir, que de la tranquillité et de la joie.

Au même instant, le prêtre, à pas mesurés, descendit de l'autel pour unir les jeunes époux. Le voile d'Adrienne relevé laissait voir son visage incliné dans une fervente prière. A la question : « Prenez-vous pour époux... » elle répondit un « oui » très distinct, et son regard, un peu détourné, se fixa sur son père pour lui offrir tout le bonheur qui s'épanouissait en elle.

Ce bleu regard exprimait une tendresse si profonde que le cœur de Rameau eut une palpitation exquise. En même temps, le soleil, illuminant les vitraux du chœur, vint caresser de ses rayons la tête blonde d'Adrienne et l'éclaira comme d'une gloire d'or. Elle apparut ainsi, transfigurée, presque isolée dans une lumière divine, semblable à une jeune sainte descendue au milieu des hommes. Rameau, malgré ces yeux d'azur et ces blonds cheveux, ne vit plus en elle l'enfant issue de la faute, mais un ange qui lui avait été envoyé pour le consoler de ses tourments. Tout ce qui restait d'amer et de douloureux en lui se fondit dans une extase délicieuse, et, plein d'une humble reconnaissance, il se courba. Talvanne, entendant Rameau parler tout bas, se pencha pour écouter, et il distingua ces mots, murmurés avec ferveur :

— Mon Dieu !... Mon Dieu !...

C'était l'athée qui priait.

FIN

ROMANS MODERNES

JOURNAL BI-MENSUEL

SOMMAIRE :

Les Batailles de la Vie

PAR

GEORGES OHNET

Prix de l'Abonnement : **90** Centimes

LE NUMÉRO

RÉDACTION ET ADMINISTRATION :

41, RUE DENFERT-ROCHEREAU, 41

(Anciennement, 134, Faubourg Poissonnière)

PARIS

1 Juin 1894 — N° 37

ROMANS MODERNES

JOURNAL BI-MENSUEL

SOMMAIRE :

Les Batailles de la Vie

PAR

GEORGES OHNET

Prix de l'Abonnement : **90** Centimes

LE NUMÉRO

RÉDACTION ET ADMINISTRATION :

41, RUE DENFERT-ROCHEREAU, 41

(Anciennement, 134, Faubourg Poissonnière)

PARIS

Imprimeur-Gérant, M. Schulhoff, 41, Rue Denfert-Rochereau, Paris

16 Juin 1894 — N° 38

ROMANS MODERNES

JOURNAL BI-MENSUEL

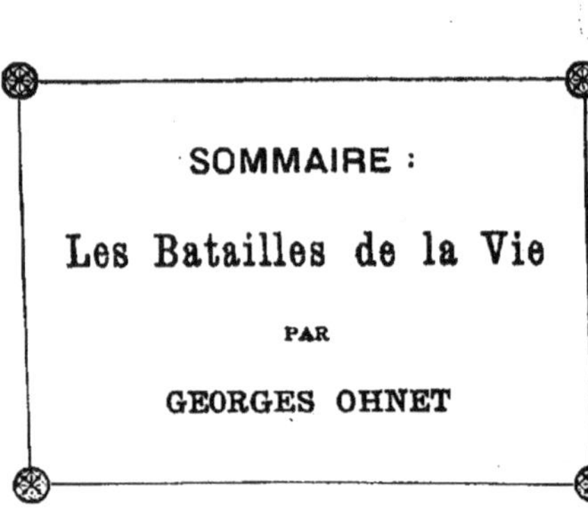

Prix de l'Abonnement : **90** Centimes

LE NUMÉRO

RÉDACTION ET ADMINISTRATION :

41, RUE DENFERT-ROCHEREAU, 41

(Anciennement, 134, Faubourg Poissonnière)

PARIS

LA GRANDE BIBLIOTHÈQUE

ILLUSTRÉE

demande des Représentants sérieux et actifs dans toutes les Villes.

Écrire pour conditions et échantillons à ses bureaux,

41, RUE DENFERT-ROCHEREAU, 41

PARIS

Imprimeur-Gérant, M. Schulhoff, 41, Rue Denfert-Rochereau, Paris

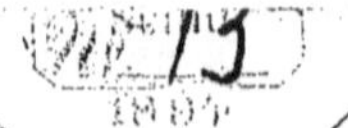

ROMANS MODERNES

JOURNAL BI-MENSUEL

SOMMAIRE :

LES BATAILLES DE LA VIE

PAR

GEORGES OHNET

Prix de l'Abonnement : 90 Centimes

LE NUMÉRO

RÉDACTION ET ADMINISTRATION
41, RUE DENFERT - ROCHEREAU, 41
PARIS

16 Juillet 1894 — N° 40

ROMANS MODERNES

JOURNAL BI-MENSUEL

SOMMAIRE :

LES BATAILLES DE LA VIE

PAR

GEORGES OHNET

Prix de l'Abonnement : 90 Centimes

LE NUMÉRO

RÉDACTION ET ADMINISTRATION
41, RUE DENFERT - ROCHEREAU, 41
PARIS

1 Août 1894 — N° 41

ROMANS MODERNES

JOURNAL BI-MENSUEL

SOMMAIRE :

LES BATAILLES DE LA VIE

PAR

GEORGES OHNET

Prix de l'Abonnement : 90 Centimes

LE NUMÉRO

RÉDACTION ET ADMINISTRATION :

41, RUE DENFERT - ROCHEREAU,

PARIS

ROMANS MODERNES

JOURNAL BI-MENSUEL ET LÉGAL

SOMMAIRE :

LES BATAILLES DE LA VIE

PAR

GEORGES OHNET

Prix de l'Abonnement : 90 Centimes

LE NUMÉRO

RÉDACTION ET ADMINISTRATION

41, RUE DENFERT - ROCHEREAU, 41

PARIS

ROMANS MODERNES

JOURNAL BI-MENSUEL

SOMMAIRE :

LES BATAILLES DE LA VIE

PAR

GEORGES OHNET

Prix de l'Abonnement : 90 Centimes

LE NUMÉRO

RÉDACTION ET ADMINISTRATION :

41, RUE DENFERT - ROCHEREAU, 41

PARIS

16 Septembre 1894 — N° 44

ROMANS MODERNES

JOURNAL BI-MENSUEL

SOMMAIRE :

LES BATAILLES DE LA VIE

PAR

GEORGES OHNET

Prix de l'Abonnement : 90 Centimes

LE NUMÉRO

RÉDACTION ET ADMINISTRATION

41, RUE DENFERT - ROCHEREAU, 41

PARIS

LA GRANDE BIBLIOTHÈQUE

ILLUSTRÉE

demande des Représentants sérieux
et actifs dans toutes les Villes.

Écrire pour conditions et
échantillons à ses bureaux,

41, RUE DENFERT ROCHEREAU

PARIS

Imprimeur-Gérant, M. SCHULHOFF, 41, rue Denfert-Rochereau – Paris

ROMANS MODERNES

JOURNAL BI-MENSUEL

SOMMAIRE :

LES BATAILLES DE LA VIE

PAR

GEORGES OHNET

Prix de l'Abonnement : 90 Centimes

LE NUMÉRO

RÉDACTION ET ADMINISTRATION

41, RUE DENFERT - ROCHEREAU, 41

PARIS

ROMANS MODERNES

JOURNAL BI-MENSUEL

SOMMAIRE :

LES BATAILLES DE LA VIE

PAR

GEORGES OHNET

Prix de l'Abonnement : 90 Centimes

LE NUMÉRO

RÉDACTION ET ADMINISTRATION :

41, RUE DENFERT - ROCHEREAU, 41

PARIS

LA GRANDE BIBLIOTHÈQUE

ILLUSTRÉE

demande des Représentants sérieux
et actifs dans toutes les Villes.

Écrire pour conditions et
échantillons à ses bureaux,

41, RUE DENFERT ROCHEREAU

PARIS

Imprimeur-Gérant, M. SCHULHOFF, 41, rue Denfert-Rochereau – Paris

ROMANS MODERNES

JOURNAL BI-MENSUEL

SOMMAIRE :

LES BATAILLES DE LA VIE

PAR

GEORGES OHNET

Prix de l'Abonnement : 90 Centimes

LE NUMÉRO

RÉDACTION ET ADMINISTRATION

41, RUE DENFERT - ROCHEREAU, 41

PARIS

Imprimeur-Gérant, M. SCHULMOFF, 41, rue Denfert-Rochereau – Paris

ROMANS MODERNES

JOURNAL BI-MENSUEL

SOMMAIRE :

LES BATAILLES DE LA VIE

PAR

GEORGES OHNET

Prix de l'Abonnement : 90 Centimes

LE NUMÉRO

RÉDACTION ET ADMINISTRATION :

41, RUE DENFERT - ROCHEREAU, 41

PARIS

1 Décembre 1894 — N° 49

ROMANS MODERNES

JOURNAL BI — MENSUEL

SOMMAIRE :

LES BATAILLES DE LA VIE

PAR

GEORGES OHNET

Prix de l'Abonnement : 90 Centimes

LE NUMÉRO

RÉDACTION ET ADMINISTRATION :

41, RUE DENFERT - ROCHEREAU, 41

PARIS

LA GRANDE BIBLIOTHÈQUE

ILLUSTRÉE

demande des Représentants sérieux
et actifs dans toutes les Villes.
Écrire pour conditions et
échantillons à ses bureaux,

41, RUE DENFERT ROCHEREAU

PARIS

Imprimeur-Gérant, M. SCHULHOFF, 41, rue Denfert-Rochereau - Paris

16 Décembre 1894 — N° 56

ROMANS MODERNES

JOURNAL BI — MENSUEL

SOMMAIRE :

LES BATAILLES DE LA VIE

PAR

GEORGES OHNET

Prix de l'Abonnement : 90 Centimes

LE . NUMÉRO

RÉDACTION ET ADMINISTRATION :

41, RUE DENFERT - ROCHEREAU, 41

PARIS

LA GRANDE BIBLIOTHÈQUE

ILLUSTRÉE

demande des Représentants sérieux
et actifs dans toutes les Villes.
Écrire pour conditions et
échantillons à ses bureaux,

41, RUE DENFERT ROCHEREAU

PARIS

Imprimeur-Gérant, M. SCHULHOFF, 41, rue Denfert-Rochereau — Paris

Imprimeur-Gérant, M. SCHULHOFF, 41, rue Denfert-Rochereau - Paris

1 Janvier 1895 — N° 51

ROMANS MODERNES

JOURNAL BI — MENSUEL

SOMMAIRE :

LES BATAILLES DE LA VIE

PAR

GEORGES OHNET

Prix de l'Abonnement : 90 Centimes

LE NUMÉRO

RÉDACTION ET ADMINISTRATION :

41, RUE DENFERT - ROCHEREAU, 41

PARIS

www.ingramcontent.com/pod-product-compliance
Lightning Source LLC
Chambersburg PA
CBHW070919100726
47908CB00001B/31